ସାଂପ୍ରତିକ ଓଡ଼ିଆ କ୍ଷୁଦ୍ରଗଳ୍ପ

ସାଂପ୍ରତିକ ଓଡ଼ିଆ କ୍ଷୁଦ୍ରଗଳ୍ପ

ସଂ ପା ଦ ନା

ଡକ୍ଟର ରବୀନ୍ଦ୍ର କୁମାର ଦାସ

କଳାଭୂଷଣ କମଳ ଲୋଚନ ଦାସ

(ଶାନ୍ତିନିକେତନ)

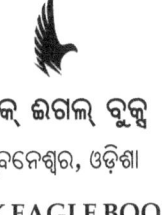

ବ୍ଲାକ୍ ଇଗଲ୍ ବୁକ୍ସ

ଭୁବନେଶ୍ୱର, ଓଡ଼ିଶା

BLACK EAGLE BOOKS
Dublin, USA

ସାଂପ୍ରତିକ ଓଡ଼ିଆ କ୍ଷୁଦ୍ରଗଳ୍ପ

ସଂପାଦନା: **ଡକ୍ଟର ରବୀନ୍ଦ୍ର କୁମାର ଦାସ, କଳାଭୂଷଣ କମଳ ଲୋଚନ ଦାସ**

ବ୍ଲାକ୍ ଈଗଲ୍ ବୁକ୍ସ : ଭୁବନେଶ୍ୱର, ଓଡ଼ିଶା • ଡବ୍ଲିନ୍, ଯୁକ୍ତରାଷ୍ଟ୍ର ଆମେରିକା

BLACK EAGLE BOOKS

USA address:
7464 Wisdom Lane
Dublin, OH 43016

India address:
E/312, Trident Galaxy, Kalinga Nagar,
Bhubaneswar-751003, Odisha, India

E-mail: info@blackeaglebooks.org
Website: www.blackeaglebooks.org

First International Edition Published by
BLACK EAGLE BOOKS, 2023

SAMPRATIKA ODIA KHYUDRAGALPA
(Contemporary Odia Short Story Collection)
Edited by **Dr. Rabindra Kumar Das** (Santiniketan)
Kamal Lochan Das

Cover & Interior Design: Ezy's Publication

ISBN- 978-1-64560-386-3 (Paperback)

Printed in the United States of America

ସୂଚିପତ୍ର

ଗଳ୍ପ ଭିତରେ ଜୀବନ:ଜୀବନ ଭିତରେ ଗଳ୍ପ

'ବ୍ଲାକ୍ ଈଗଲ୍ ବୁକ୍ସ'ଙ୍କ ଦ୍ୱାରା ପ୍ରକାଶ ପାଇବାକୁ ଯାଉଥିବା ଏହି ସାଂପ୍ରତିକ ଓଡ଼ିଆ କ୍ଷୁଦ୍ରଗଳ୍ପ ସଂକଳନରେ ସର୍ବମୋଟ ୩୪ଟି କ୍ଷୁଦ୍ରଗଳ୍ପକୁ ସ୍ଥାନ ଦିଆଯାଇଛି। ଗାଳ୍ପିକମାନଙ୍କର ଜନ୍ମ ମସିହାକୁ ଭିତ୍ତି କରି ଏହି ଗଳ୍ପ ଗୁଡ଼ିକର ଆନୁକ୍ରମିକ ସଜ୍ଜୀକରଣ କରାଯାଇଛି। ତେବେ ୧୯୨୭ ମସିହାରୁ ୧୯୪୯ ମସିହା ମଧ୍ୟରେ ଜନ୍ମ ନେଇଥିବା ୩୪ଜଣ ଗାଳ୍ପିକଙ୍କର ୩୪ଟି କ୍ଷୁଦ୍ରଗଳ୍ପର ଏକ ମଧୁର ସମନ୍ୱୟ ହେଉଛି ଏହି ଗଳ୍ପ ସଂକଳନ। ଏଥିରେ ଅଚ୍ୟୁତାନନ୍ଦ ପତିଙ୍କର 'ଅଶୁଭ ପୁତ୍ରର କାହାଣୀ',ବିଜୟକୃଷ୍ଣ ମହାନ୍ତିଙ୍କର 'ପ୍ରଚକ୍ଷୁ',ଦୁର୍ଗାମାଧବ ମିଶ୍ରଙ୍କର 'ଗେଣ୍ଡା', ସାତକଡ଼ି ହୋତାଙ୍କର 'ଦିଲ୍ଲୀର ମହାଶୂନ୍ୟ',ନନ୍ଦିନୀ ଶତପଥୀଙ୍କର 'ଅନ୍ୟ ପୃଥିବୀ',ଶାନ୍ତନୁ କୁମାର ଆଚାର୍ଯ୍ୟଙ୍କର 'ଚଳନ୍ତି ଠାକୁର',ମନୋଜ ଦାସଙ୍କର 'ଶେଷ ବସନ୍ତର ଚିଠି', ରବି ପଟ୍ଟନାୟକଙ୍କର 'ବନ୍ଧ୍ୟା ଗାନ୍ଧାରୀ', ବୀଣାପାଣି ମହାନ୍ତିଙ୍କର 'ପାଟଦେଈ', ଜଗନ୍ନାଥ ପ୍ରସାଦ ଦାସଙ୍କର 'ମନ୍ତ୍ର', ଅକ୍ଷୟ ମହାନ୍ତିଙ୍କର 'ଅକ୍ଷର', ବିଭୂତି ପଟ୍ଟନାୟକଙ୍କର 'ବିପନ୍ନ ବିବେକ', ଉମାଶଙ୍କର ମିଶ୍ରଙ୍କର 'କଇଁଛ', ବିଜୟ ପ୍ରସାଦ ମହାପାତ୍ରଙ୍କର 'କଳାପାନ ଗୋଲାମ', ଦେବ୍ରାଜ ଲେଙ୍କାଙ୍କର 'ଜୀବନ ସଙ୍ଗୀତ', ବନଜ ଦେବୀଙ୍କର 'ରାସ୍ତା', ବରେନ୍ଦ୍ର କୃଷ୍ଣ ଧଳଙ୍କର 'ଖରାଦିନ ବର୍ଷାଦିନ', ଗଣେଶ୍ୱର ମିଶ୍ରଙ୍କର 'ଅନ୍ଧାର', ପ୍ରଭାତ ମହାପାତ୍ରଙ୍କର 'କାଗଜ ଡଙ୍ଗା', ନାରୁ ମହାନ୍ତିଙ୍କର 'ବାପାଙ୍କ ଲୁହ', ପ୍ରଫୁଲ୍ଲ କୁମାର ତ୍ରିପାଠୀଙ୍କର 'ଶିକାରୀ', ପ୍ରତିଭା ରାୟଙ୍କର 'ଅମର', ପୂର୍ଣ୍ଣାନନ୍ଦ ଦାନୀଙ୍କର 'ନିଶା', ନୃସିଂହ ତ୍ରିପାଠୀଙ୍କର 'ଲାବଣ୍ୟବତୀ', ରାଧା ବିନୋଦ ନାୟକଙ୍କର 'ମୁଁ ସନାତନ କହୁଛି', ରାମଚନ୍ଦ୍ର ବେହେରାଙ୍କର 'ବର୍ଣ୍ଣବୋଧ ପାଠ', କହ୍ନେଇଲାଲ ଦାସଙ୍କର 'ବିଶେଷ ସମ୍ବାଦ',

ଅଧ୍ୟାପକ ବିଶ୍ୱରଂଜନଙ୍କର 'ସମୟ, ସମୁଦ୍ର ଓ ସ୍ୱର୍ଗଦ୍ୱାର', ଅର୍ଚ୍ଚନା ନାୟକଙ୍କର 'ଯକ୍ଷିଣୀ ରାତି', ପଦ୍ମଜ ପାଳଙ୍କର 'ସାକ୍ଷୀ', ଉତ୍ତମ କୁମାର ପ୍ରଧାନଙ୍କର 'ଚ୍ଚେର', ଆର୍ଯ୍ୟ ଯଜ୍ଞଦତ୍ତଙ୍କର 'ଭଉଁରି', ଗିରି ଦଣ୍ଡସେନାଙ୍କର 'ରେପ୍ତି',ଗୋଲାପମଞ୍ଜରୀ କରଙ୍କର 'ସୂର୍ଯ୍ୟର ମୃତ୍ୟୁ' ଗଳ୍ପକୁ ସଂକଳିତ କରାଯାଇଛି।

ଗଳ୍ପଗୁଡ଼ିକରେ ବିଭିନ୍ନ ସମୟର ବିଭିନ୍ନ ସ୍ୱର, ବିଭିନ୍ନ ସ୍ଥାନର ବିଭିନ୍ନ ବିଶେଷତ୍ୱ ଏବଂ ବିଭିନ୍ନ ପାତ୍ରର ବିଭିନ୍ନ ଗୁଣଧର୍ମକୁ ଚିତ୍ରଣ କରିବା ପାଇଁ ଗାଳ୍ପିକମାନେ ପ୍ରୟାସ କରିଛନ୍ତି। ଏହି ୩୪ଟି ଯାକ କ୍ଷୁଦ୍ରଗଳ୍ପ ଏକରୁ ଆରେକ। ଜୀବନର ବିଭିନ୍ନ ଘାତ ସଂଘାତ, ସୌଭାଗ୍ୟ-ଦୁର୍ଭାଗ୍ୟ, ଦୁଃଖ-ଯନ୍ତ୍ରଣା, ଆର୍ତ୍ତି-ଆକୂତି, ହାହାକାର, ଛଳନା-ପ୍ରତାରଣା, ଭଣ୍ଡାମି-ଶଠତା ପ୍ରଭୃତିକୁ ଗାଳ୍ପିକମାନେ ଅତି ସତର୍କତାର ସହିତ ନିଜ ନିଜ ଗଳ୍ପରେ ରୂପାୟିତ କରିଛନ୍ତି। ତେଣୁ ଏଗୁଡ଼ିକ ପାଠକଲେ ଜୀବନର ବହୁବିଧ ପାର୍ଶ୍ୱ ସମ୍ବନ୍ଧରେ ଶବ୍ଦଚିତ୍ର ଦେଇ ବସ୍ତୁଚିତ୍ର ଆଡ଼କୁ ଏବଂ ବସ୍ତୁଚିତ୍ର ଦେଇ ଭାବ ଜଗତକୁ ଲମ୍ଫିତ ହୋଇଥାଏ ପାଠକ। ପ୍ରକୃତରେ ଯେତେବେଳେ ଜଣେ ଗାଳ୍ପିକ ଗଳ୍ପ ରଚନାକରେ ସେତେବେଳେ ସେ କେଉଁ ଏକ ଉତ୍ସରୁ ପ୍ରେରଣା ଲାଭକରି ଗଳ୍ପ ରଚନାରେ ମନୋନିବେଶ କରେ। ହୁଏତ କେଉଁ ଏକ ସୁଖଦ ଘଟଣା ବା ଦୁଃଖଦ ଘଟଣା ବା କୌଣସି ଏକ ଆଘାତ ବା କୌଣସି ଏକ ବିଶେଷ ମୁହୂର୍ତ୍ତ ତାକୁ ପ୍ରଥମେ ଆଲୋଡ଼ିତ କରେ। ତା ଭିତରେ ଭାବର ଆଚ୍ଛନ୍ନତା ନିର୍ମାଣ କରେ। ତା'ପରେ ଗାଳ୍ପିକ ସେହି ଭାବକୁ ବା ସେହି ପ୍ରେରଣାକୁ ରୂପ ଦେବାପାଇଁ ଚେଷ୍ଟାକରେ। ସେ ଖୋଜି ବସେ ଶବ୍ଦ, ଖୋଜିବସେ ବାକ୍ୟ, ଖୋଜିବସେ ଅନୁଚ୍ଛେଦ ଏବଂ ଶେଷରେ ରଚିବସେ ଗଳ୍ପ। ଗଳ୍ପ ରଚିସାରିବା ପରେ ଲେଖକ ତା ନିଜ ଗଳ୍ପର ପାଠକ ପାଲଟି ଯାଏ। ତାକୁ ଯିଏ ପାଠକରେ ସେ ହୋଇଯାଏ ପାଠକ। ପାଠକ ଯେତେବେଳେ ଗଳ୍ପ ପାଠକରେ ସେତେବେଳେ ସେହିଭଳି ଶବ୍ଦଚିତ୍ର ଦେଇ ବସ୍ତୁଚିତ୍ର ଆଡ଼କୁ ଯାଏ ଏବଂ ବସ୍ତୁଚିତ୍ର ଦେଇ ସେ ପୁଣି ପହଞ୍ଚେ ଭାବ ଜଗତରେ। ପାଠକ ଏବଂ ଲେଖକ ସର୍ବଦା ଏକ ଆରୋହୀ ଏବଂ ଅବରୋହୀ ପ୍ରକ୍ରିୟାରେ ଲେଖା ଏବଂ ପଢ଼ାକାର୍ଯ୍ୟ ତୁଲାଇଥାନ୍ତି। ତେବେ ଗଳ୍ପ ପାଠକରି ଗଳ୍ପ ଭିତରେ ପାଠକ ନିଜକୁ ଖୋଜିପାଏ। ଯେଉଁ ଗଳ୍ପ ଭିତରେ ପାଠକର ଜୀବନ-ସେହି ଗଳ୍ପର ବିଭିନ୍ନ ପୃଷ୍ଠାରେ ବୁଣି ହୋଇକି ପଡ଼ିଥାଏ, ପାଠକ ସେହି ଗଳ୍ପଟି ପଢ଼ି ସାରିବା ପରେ ଭାବେ ଇଏ ଅମୁକ ଗାଳ୍ପିକଙ୍କର ଗଳ୍ପ ନୁହେଁ, ଏ ମୋର ଜୀବନ। ଏ ଗଳ୍ପ ଭିତରେ ମୁଁ ମୋ ଜୀବନକୁ ଖୋଜି ପାଉଛି। ଏହି ଗଳ୍ପ ଭିତରେ ମୋ ଜୀବନର ବହୁବିଧ ଦିଗନ୍ତ ଉନ୍ମୋଚିତ ହୋଇଛି। ମୁଁ ଯାହାକୁ ଏ ପର୍ଯ୍ୟନ୍ତ ପ୍ରକାଶ କରି ପାରିନଥିଲି ସେହି ଅପ୍ରକାଶ୍ୟ ମନ ଗହୀରର କଥାକୁ ଏହି

ଗାଳ୍ପିକ ଜଣକ ପ୍ରକାଶକରି ମୋତେ କୃତାର୍ଥ କରି ଦେଇଛନ୍ତି। ତେଣୁ ଏହି ଗଳ୍ପ, ଗଳ୍ପ ନୁହେଁ; ଏ ହେଉଛି ମୋ ଜୀବନ। ବାସ୍ତବରେ ଗଳ୍ପ ଭିତରର ଗଳ୍ପ ଓ ଗଳ୍ପ ଭିତରର ଜୀବନ ଯଦି ଜୀବନ ଭିତରର ଜୀବନ ଓ ଜୀବନ ଭିତରର ଗଳ୍ପ ନହୋଇ ପାରିଲା ତାହା ପାଠକୀୟ ଆନ୍ତରିକତା ଅର୍ଜନ କରିପାରେ ନାହିଁ।

ସେହି ମର୍ମରେ ଯଦି ଏହି ଗଳ୍ପ ସଂକଳନରେ ସ୍ଥାନିତ ୩୪ଟି ଗଳ୍ପକୁ ବିଶ୍ଳେଷଣ କରାଯାଏ, ତେବେ ଜୀବନର ବହୁ ଆବିଷ୍କୃତ ତଥା ଅନାବିଷ୍କୃତ ଦିଗନ୍ତ ଉନ୍ମୋଚିତ ହେବ। ଜୀବନର ବହୁ କୁହା ତଥା ଅକୁହା କଥାର ଗୁମର ଫିଟିଯିବ। ଜୀବନର ବହୁ ପ୍ରକାଶ୍ୟ ଏବଂ ଅପ୍ରକାଶ୍ୟ ଗୁଳାର ବିସ୍ତୃତି ଲମ୍ବିଯିବ। ସେହି ବିସ୍ତୃତି ଆଡ଼କୁ, ସେହି ଉନ୍ମୋଚନ ଆଡ଼କୁ, ସେହି ଆବିଷ୍କାର ଆଡକୁ ଆସନ୍ତୁ ଧିରେ ଧିରେ ଯାତ୍ରା କରିବା। ସେହି ଯାତ୍ରା ଜୀବନର ଯାତ୍ରା ହୋଇଯିବ; ଜଗତର ବି ଯାତ୍ରା ହୋଇଯିବ । ହୋଇଯିବ ପୁଣି ମୋ ଭିତରରୁ ତୁମ ଭିତରକୁ ଯାତ୍ରା। ତୁମ ଭିତରୁ ସେମାନଙ୍କ ଭିତରକୁ ଯାତ୍ରା। ସେମାନଙ୍କ ଭିତରୁ ପୁଣି ଗଳ୍ପ ଭିତରକୁ ଯାତ୍ରା। ଗଳ୍ପ ଭିତରୁ ପୁଣି ଜଗତ ଭିତରକୁ ଯାତ୍ରା। ଜଗତ ଭିତରୁ ପୁଣି ଜୀବନ ଭିତରକୁ ଯାତ୍ରା। ଏକ ଚକ୍ରାକାର ଯାତ୍ରା। ଏକ ଚକ୍ରାକାର ଚଳମାନତା। ଏକ ଚକ୍ରାକାର ପରିବର୍ତ୍ତନୀୟତା।

ଅନ୍ଧାର ଭିତରେ ଆଲୋକ: ଆଲୋକ ଭିତରେ ଅନ୍ଧାର ଏବଂ ଆଲୋକ ଅନ୍ଧାରର ଗଳ୍ପ

ମଣିଷ ଜାଣେ ଅନ୍ଧାର ବୋଲି କିଛି ନାହିଁ। ଯାହାକୁ ମଣିଷ ଅନ୍ଧାର ବୋଲି କହେ ତାହା ଆଲୁଅର ଛାଇମାତ୍ର। ତଥାପି ମଣିଷ ଆଲୁଅ ଓ ଅନ୍ଧାରର ଲୁଚକାଳି ଖେଳକୁ ଭାବେ ସତସତିକା ଜୀବନର ଖେଳ। ଏହି ଅନ୍ଧାର ଓ ଆଲୋକର ପକ୍ଷ ସମର୍ଥନ କରି ଏହି ପୃଥିବୀରେ ରକ୍ତପାତ, ଯୁଦ୍ଧ, ମନସ୍ତାପ, ଯନ୍ତ୍ରଣା ଆଦି ସଂଘଟର ହୁଏ। ଏହା କେଉଁ ଯୁଗରୁ କେଉଁ ଆଦିମ କାଳରୁ ଚାଲିଆସିଛି, ତାହା ହିସାବ କରି ଆକଳନ କରାଯାଇପାରିବ ନାହିଁ। ବେଳେବେଳେ ମନେହୁଏ ଏହି ପୃଥିବୀରେ ଯଦି ଅନ୍ଧାର ନଥାନ୍ତା, ତେବେ ଆଲୁଅ ନ ଥାନ୍ତା। ଆଲୁଅ ଯଦି ନଥାନ୍ତା, ତେବେ ଅନ୍ଧାର ମଧ୍ୟ ନଥାନ୍ତା। ତେଣୁ କବି ବେଳେବେଳେ ଗାଏ- "ଆଲୁଅ ତା'ର କି ମନୋହର / ଅନ୍ଧକାର ତା' ଠାରୁ ଭଲ। (ଛୋଟ ମୋର ଗାଆଁଟି, 'ପଲ୍ଲିଶ୍ରୀ' କବିତା ସଂକଳନ, ସଚ୍ଚି ରାଉତରାୟ)

ସେଦିନ ଡେରିଡା କହିଥିଲେ ଆଲୋକର ଉପସ୍ଥିତିରେ ଅନ୍ଧାର ଅର୍ଥପୂର୍ଣ୍ଣ ହୁଏ ଏବଂ ଅନ୍ଧାରର ଉପସ୍ଥିତିରେ ଆଲୋକ ମଧ୍ୟ ଅର୍ଥପୂର୍ଣ୍ଣ ହୁଏ। ତଥାପି ଆଲୋକ ଏବଂ

ଅନ୍ଧାର ମଣିଷକୁ ବିପର୍ଯ୍ୟସ୍ତ କରି ପକାଏ। ମଣିଷ ଭିତରୁ ମଣିଷପଣିଆ ଛଡ଼ାଇନିଏ। ତାକୁ ରୂପଦେବାପାଇଁ ଅଚ୍ୟୁତାନନ୍ଦ ପତିମାନେ **'ଅଶୁଭ ପୁତ୍ରର କାହାଣୀ'**; ପୂର୍ଣ୍ଣାନନ୍ଦ ଦାନୀମାନେ 'ନିଶା', ଗଣେଶ୍ୱର ମିଶ୍ରମାନେ 'ଅନ୍ଧାର' ଆଦି ରଚନା କରନ୍ତି।

ସେଥିପାଇଁ ପେଚଛୁଆଟିକୁ ଅନ୍ଧାରର ବାର୍ତ୍ତାବହ ବୋଲି ବିଚାର କରି ତାକୁ 'ଅଶୁଭ ପୁତ୍ର' ବୋଲି ବିବେଚନା କରାଯାଏ। ପୁଣି ପେଚାର ଛୁଆଟିକୁ ତା' "ମାଆ କହେ ଆମେ ଅନ୍ଧାରର ବାସିନ୍ଦା। ଅଶୁଭର ସଂପ୍ରଦାୟ। ଆମେ ଦୁନିଆର ଅଭିଶାପ। ଆମେ ଆଲୁଅ ଖୋଜିଲେ ମରିଯିବା। ଆଲୁଅର ରାଜୁତିରେ ଆମକୁ ଶିକାର କରିବାପାଇଁ ଆଲୁଅ ପୁଅମାନେ ଟାକିକି ବସିଛନ୍ତି।" (ଅଶୁଭ ପୁତ୍ରର କାହାଣୀ)। କିନ୍ତୁ ପେଚଛୁଆଟି ଅନ୍ଧାରକୁ ଅତିକ୍ରମ କରିବା ପାଇଁ ଚେଷ୍ଟା କରିଛି। ସେ ସେଥିପାଇଁ ଭାବିଛି ଯେ ଦୁନିଆକୁ ଜଣେଇ ଦେବ ସେ ମଧ୍ୟ ଆଲୋକର ପୁଅ। ଆଲୋକର ରାଜ୍ୟରେ ତା'ର ମଧ୍ୟ ଦାବି ଅଛି। ତେଣୁ ରାତି ପାହିଲା ପରେ ସେ ଯେତେବେଳେ ତୋଫା ଦିବାଲୋକରେ ଆଲୋକ ଖୋଜିବା ପାଇଁ ଯାଇଛି, ସେତେବେଳେ ତାକୁ କୁଆମାନେ ଆକ୍ରମଣ କରିଛନ୍ତି। କେବଳ ସେତିକିରେ କଥା ଶେଷ ହେଇନି। ସେ ଯେତେବେଳେ ଆଲୋକ ରାଜ୍ୟରୁ ତାର ପ୍ରାପ୍ୟ ଆଦାୟ କରିବ ବୋଲି ଭାବିଛି, ସେତେବେଳେ ଧିରମଲ୍ଲଙ୍କ ସହକର୍ମୀମାନେ ତାକୁ ଅଶୁଭ ଅଶୁଭ ମହାବିପ୍ଲବ ଯୁଗର ଦୂତ ବୋଲି କହି ଗୋଟିଏ ବାଉଁଶ ବାଡ଼ିରେ ଖେଞ୍ଚା ଖେଞ୍ଚି କରି ତାର ଡେଣାକୁ ଜଖମ କରି ଦେଇଛନ୍ତି। ତାପରେ ତାକୁ ଫୋପାଡ଼ି ଦିଆଯାଇଛି। ତା' ପରେ କୁଆପଲ ତାକୁ ପୁଣି ଆକ୍ରମଣ କରିଛନ୍ତି। ଆଲୋକ ଖୋଜିବାକୁ ବାହାରିଥିବା ଅଭିଯାତ୍ରୀ ପେଚଛୁଆଟିର ମୃତ୍ୟୁ ଘଟିଛି। ସେ ତା'ର ମାଆକୁ କହିଛି- "ମାଆ ତୁ କାନ୍ଦନା। ମୋର ଆଉ ଭାଇ ହେଲେ କହିବୁ ତାଙ୍କ ଭାଇ ଆଲୋକ ରାଜ୍ୟ ଜୟକରିବାକୁ ଯାଇ ବୀରପରି ମରିଛି।" ତା'ପରେ ସେ ସବୁଦିନ ପାଇଁ ଆଖି ବୁଜି ଦେଇଛି। ଏ ଗଳ୍ପରେ ପେଚାକୁ ନେଇ ଆମ ସଂସ୍କୃତି ଓ ପରମ୍ପରାରେ ଯେଉଁ ଅଶୁଭ ସନ୍ଦେଶର କଥା କୁହାଯାଇଛି, ତାକୁ ଗାଳ୍ପିକ ଏଠାରେ ଉପସ୍ଥାପନ କରିଛନ୍ତି। ତେବେ ଏଇ ଗଳ୍ପରେ ପେଚଛୁଆ ମାଧ୍ୟମରେ ଗାଳ୍ପିକ ଅନ୍ଧାର ଓ ଆଲୁଅର ଲଢ଼େଇକୁ ପ୍ରଦର୍ଶିତ କରିବା ସହିତ ଅନ୍ଧାର ଯେ ଆଉ ଦୂର ହେବାପାଇଁ ବେଶୀ ଦିନ ନାହିଁ; ଅର୍ଥାତ୍ ଆଲୁଅକୁ ଅଭୀପ୍ସା କରୁଥିବା ସତ୍ତାମାନେ ଅନ୍ଧାରକୁ ଅତିକ୍ରମ କରି ଆଲୋକର ଆବାହନ କରିପାରିବେ; ଅନ୍ଧାରକୁ ଜୟ କରି ଆଲୋକିତ ଦୁନିଆର ସଦସ୍ୟ ହୋଇ ପାରିବେ- ଏହି କଥା ଏ ଗଳ୍ପରେ ଚିତ୍ରିତ।

ଗଣେଶ୍ୱର ମିଶ୍ରଙ୍କ **'ଅନ୍ଧାର'** ଗଳ୍ପରେ ଥିବା ଅନ୍ଧାର ପ୍ରସଙ୍ଗ ଟିକେ ଭିନ୍ନ ଧରଣର।

ଏହି ଗଳ୍ପରେ ଅନ୍ଧାର ଭିତରେ ଭରତ ନାମକ ଜଣେ ଟ୍ୟୁସନ୍ ଛାତ୍ର କିଭଳି ହାସି ନାମକ ଜଣେ ଟ୍ୟୁସନ୍ ଛାତ୍ରୀର କାନ୍ଧକୁ ଖୁବ୍ ଜୋର୍‌ରେ ଚିପି ଦେଇଥିଲା ଏବଂ ହାସିର ଶରୀର ପ୍ରତି ତାର ଲୋଲୁପତା ବୃଦ୍ଧି ପାଇଥିଲା, ସେହି ଚିତ୍ର ପ୍ରଦତ୍ତ। ଏଠି ଅନ୍ଧକାର ଭିତରେ ଯେଉଁ ଅନ୍ଧକାରଯୁକ୍ତ କାର୍ଯ୍ୟ ଛାତ୍ର ଭରତ ଦ୍ୱାରା ଘଟିଲା, ଜଣେ ନାରୀପାଇଁ ତାହା ଅନ୍ଧାର ପରି ଗୋପନୀୟ ହୋଇ ରହିଗଲା, ସେ କଥାକୁ ପ୍ରକାଶ କରାଗଲା ନାହିଁ। ସେଥିପାଇଁ ଗଳ୍ପ ନାୟକ ଶେଷରେ କହୁଛନ୍ତି- "ସତକୁ ସତ ମୁଁ କାହାକୁ କହି ନଥିଲି, ତା'ପରେ ଆମେ ସମସ୍ତେ ସବୁଦିନପାଇଁ ନିଜ ରାସ୍ତାରେ ଚାଲିଗଲୁ। (ଅନ୍ଧାର-ଗଣେଶ୍ୱର ମିଶ୍ର)। ଅନ୍ଧାର ବେଳେବେଳେ ଏମିତି ମଧ୍ୟ ହୁଏ। ନାରୀ ଶରୀର ପ୍ରତି ପୁରୁଷର ଯେଉଁ ଆସକ୍ତିପ୍ରବଣ କଟାକ୍ଷପାତ; ତାକୁ ଛୁଇଁବାର ଯେଉଁ ଅଦମ୍ୟ ଆଗ୍ରହ; ନାରୀର ଦେହ ଭୋଗ କରିବାର ଯେଉଁ ପୁରୁଷକୈନ୍ଦ୍ରିକ ଲାଳସା ପ୍ରସଙ୍ଗ- ତାହାକୁ 'ଅନ୍ଧାର' ଗଳ୍ପ ମାଧ୍ୟମରେ ଗାଳ୍ପିକ ଗଣେଶ୍ୱର ମିଶ୍ର ସୂଚାଇବାକୁ ଚେଷ୍ଟା କରିଛନ୍ତି।

ଗାଳ୍ପିକ ପୂର୍ଣ୍ଣାନନ୍ଦ ଦାନୀ **'ନିଶା'** ଗଳ୍ପରେ ସେହିପରି ଭିନ୍ନ ଏକ ରାତିର ଅର୍ଥାତ୍ ଅନ୍ଧାରର କଥା କହିଛନ୍ତି। ଜୀବନାନନ୍ଦ ଚରିତ୍ର ମାଧ୍ୟମରେ ଗୋଟିଏ ଅନ୍ଧକାରପୂର୍ଣ୍ଣ ନିଶାର ଚିତ୍ର ଏ ଗଳ୍ପରେ ଅଙ୍କନ କରିବା ସହିତ ରାତି ବା ନିଶା କେମିତି ମାୟାବିନୀ, କେମିତି ଲଘୁ, କେମିତି ଗୁରୁ, କେମିତି ସମ୍ଭାରଯୁକ୍ତ, କେମିତି କାମାୟିନୀ ପରି, କେମିତି ପୁଣି ତିକ୍ତା, କେମିତି ପୁଣି କୁରୂପା, ବିଗତ ଯୌବନା, କେମିତି ଏକ ରାସାୟନିକ ମିଶ୍ରଣ, କେମିତି ସିଏ ଜୀବନାନନ୍ଦଙ୍କ ମନରେ ନର୍ତ୍ତନ ରଚେ- ସେକଥା ବର୍ଣ୍ଣନା କରିଛନ୍ତି ଗାଳ୍ପିକ। ଏହି ଗଳ୍ପର ଆରମ୍ଭ ରାତିରେ ହୋଇଛି, ଶେଷ ମଧ୍ୟ ରାତିରେ ହୋଇଛି। ଗଳ୍ପଟିରେ ଜୀବନାନନ୍ଦ ଏକ ଚେତନାପ୍ରବାହୀ ଧାରା ଭିତରେ ନିଜର ମନସ୍ତାତ୍ତ୍ୱିକ ପ୍ରବାହମାନଙ୍କୁ ସ୍ଥୁଳରୂପ ଦେବାକୁ ଚେଷ୍ଟା କରିଛନ୍ତି। ରାତି କିପରି ନିଦର ଆନନ୍ଦ ଦିଏ; ରାତିରେ କିପରି ରତିକ୍ରୀଡ଼ା ଚାଲେ; ରାତିରେ କିପରି ପୈଶାଚିକ କ୍ରୀଡ଼ା ରଚନା କରାଯାଏ; ରାତି କିପରି ଗଳ୍ପ ନାୟକ ଜୀବନରେ ବିବିଧ ଅନୁଭୂତି ଅଭିଜ୍ଞତାକୁ ଧରି ରଖିପାରେ; ରାତିରେ କିପରି ସକଳ ଅନ୍ଧକାର ଭିତରେ ଧ୍ରୁବତାରା ପରି ଆଲୋକ ବିନ୍ଦୁ ଆକାଶରେ ଉଦୟ ହୁଏ ଏବଂ ଜୀବନ କେମିତି ସେହି ଧ୍ରୁବତାରା ପରି ଏବଂ ସେହି ଜୀବନକୁ ବା ସେହି ଧ୍ରୁବ ତାରାକୁ ଆବିଷ୍କାର କରିବା ହେଉଛି- ସକଳ ଅନ୍ଧକାରକୁ ଅତିକ୍ରମ କରି ପୂର୍ବ ଦିଗର ଦିଗ୍‌ବଳୟ ଆଡକୁ ଗତିଶୀଳ ହେବାର ଲକ୍ଷ୍ୟ, ତାହାକୁ ଏ ଗଳ୍ପରେ ଉପସ୍ଥାପନ କରାଯାଇଛି। ତେଣୁ ଏଠି ସକଳ ରାତିର ପ୍ରତିଶ୍ରୁତି ଶେଷ ହେବା ପରେ; ନିଶାକାଳ ଶେଷ ହେବାପରେ, ଅନ୍ଧକାରର ଅବସାନ ଘଟିବା ପରେ ପକ୍ଷୀର

କାକଳି ଶୁଭିଛି, ପ୍ରାତଃକାଳରେ ଶୁଭ ଶଙ୍ଖ ଧ୍ୱନି ମନ୍ଦିରରୁ ଭାସି ଆସିଛି। ଆଉ ସକଳ ଆଲୋକ ଏବଂ ଅନ୍ଧକାରର ତଥାକଥିତ ଦୁଇପାଖିଆ ବିଚାରଧାରାରୁ ମୁକ୍ତ ହୋଇ ମଣିଷ କିପରି ଚେତନାର ଅଭ୍ୟୁଦୟ ପାଇଁ ପ୍ରୟାସରତ ରହିବ-ତାହା ମଧ୍ୟ ଏ ଗଳ୍ପ ମାଧ୍ୟମରେ ପ୍ରତିଷ୍ଠା କରିବାକୁ ଉଦ୍ୟମ କରାଯାଇଛି।

'ମୁଁ ସନାତନ କହୁଛି' ଗଳ୍ପଟି ଗାଳ୍ପିକ ରାଧା ବିନୋଦ ନାୟକଙ୍କ ଦ୍ୱାରା ରଚିତ। ଏ ଗଳ୍ପରେ ଯେଉଁ କେନ୍ଦ୍ରୀୟ ବକ୍ତବ୍ୟ ରହିଛି, ତାହା ହେଉଛି ଯେଉଁଠି ଉପଲବ୍ଧି ନାହିଁ, ସେଠି ଶୁଭ ଅଶୁଭ ସୂଚନାର ଗୁରୁତ୍ୱ ବା କ'ଣ ଅଛି। ଏଣୁ ଉପଲବ୍ଧି ପାଇଁ ସନାତନ ଏ ଗଳ୍ପର ଆରମ୍ଭରୁ ଶେଷ ପର୍ଯ୍ୟନ୍ତ ଅଭିଯାନ ଜାରି ରଖିଛି। ଗଳ୍ପଟି ବିଭିନ୍ନ ପର୍ବରେ ବିଭକ୍ତ ଏବଂ 'ମୁଁ ସନାତନ କହୁଛି' ଶିରୋନାମାରେ ଅଭିବ୍ୟକ୍ତ। ସନାତନର ବିଭିନ୍ନ ଉପଲବ୍ଧି ମାଧ୍ୟମରେ ଗାଳ୍ପିକ ବିଭିନ୍ନ ସ୍ଥାନକାଳପାତ୍ରକୁ ଆଣିଛନ୍ତି। ସେ କେତେବେଳେ ସନାତନକୁ ରାସ୍ତା, ଜହ୍ନରାତି, କେଫ୍, କୃଷ୍ଣଚୂଡ଼ା ଗଛ ଏବଂ ଯୁବତୀମାନଙ୍କୁ ସମ୍ମୁଖୀନ କରାଉଛନ୍ତି ତ କେଉଁଠି ପୁଣି ସନାତନ ଅନ୍ଧକାର ଗହ୍ୱରରେ ପଡ଼ିଯାଇ ଗୋବର୍ଦ୍ଧନ ଗଦାଧରଙ୍କୁ ବଞ୍ଚାଉ ବୋଲି ସେ ଅନୁରୋଧ କରିଛନ୍ତି। ତା'ର ହାତ ଧରି ଆଲୋକ ରାଜ୍ୟରେ ପହଞ୍ଚାଇ ଦେବାକୁ ସାହାଯ୍ୟ କରିବା ପାଇଁ କହିଛନ୍ତି। ଗାଳ୍ପିକ ସନାତନକୁ ଜଣେ ବୃଦ୍ଧ ସହିତ ସମ୍ପର୍କିତ କରେଇ ବୃଦ୍ଧର ପେନ୍‌ସନ୍ କେତେ, ତା'ର ଜିଜ୍ଞାସା କରାଇଛନ୍ତି ଏବଂ ସନାତନ ଗଳ୍ପର ଶେଷପର୍ବରେ ଘୁରୁଛି ବୋଲି କୁହାଯାଉଛି। ଅର୍ଥାତ୍ ସନାତନ ଘୂରୁଛି। ତା'ର ନିର୍ଦ୍ଦିଷ୍ଟ କକ୍ଷ ନାହିଁ। ଚାରି ଦିଗକୁ ସେ ଧାଉଁଛି। ଲକ୍ଷ୍ୟ ହେଉଛି ଏକ ଆଲୋକ ରାଜ୍ୟ। ଯେଉଁଠି ପ୍ରତ୍ୟେକ ଲୋକର ଅନୁଭବ ଅଛି ଏବଂ ସେମାନଙ୍କର ମସ୍ତିଷ୍କର ଉପରଅଂଶ ସୁରକ୍ଷିତ।

ଏ ଯେଉଁ ଗଳ୍ପ -ଏହି ଗଳ୍ପରେ ମଧ୍ୟ ଗୋଟିଏ ନୂଆ ଧରଣର ପରୀକ୍ଷାନିରୀକ୍ଷା କରାଯାଇଛି। ତେବେ ସନାତନ ଏଠାରେ ଏକ ପ୍ରତୀକ (ଚଳମାନତାର ପ୍ରତୀକ)। ସେ ବୃତ୍ତୀୟତାର ସୂଚକ। ତେବେ ବିବିଧ ରୈଖିକତା ଦେଇ ତାର ଯାତ୍ରା ଏବଂ ସବୁରେଖାଗୁଡ଼ାକ ମିଶିଗଲାପରେ ଗୋଟିଏ ବୃତ୍ତରେ ପରିଣତ ହେଉଛି ସେହି ଯାତ୍ରା। ଯେଉଁ ଯାତ୍ରାର ଅଭିଯାତ୍ରୀ ହେଉଛି ସନାତନ। ସେଥିପାଇଁ ସନାତନ ଜୀବନରେ ଚାଲିବାଟା ହିଁ କେବଳ ସତ। ଆଉ ଏଇ ଚାଲିବା ଭିତରେ ଉପଲବ୍ଧି ହିଁ ଆଉ ଏକ ସତ୍ୟ। ଏହି ସତ୍ୟ ପାଇଁ ଗଳ୍ପର ପରିକଳ୍ପନା । ଶେଷରେ ସନାତନର ଯେଉଁ ଅଭିଜ୍ଞତାଟି ହୋଇଛି; ସେଇଠି ସନାତନ ଉପରକୁ ଚାହିଁ ଚିତ୍ ହୋଇ ଶୋଇଛି । ସେ ଦେଖୁଛି ଏକ ଯାନ ଅବତରଣ କରିବାର। ତା' ପରେ ସେହି ଯାନଟି ଭୂଇଁକୁ ସ୍ପର୍ଶ କରୁଛି ଏବଂ ସେଇ ଯାନରୁ କିଛି ସୁନ୍ଦର ପୁରୁଷ ରାଜକୀୟ ପୋଷାକରେ ଆବୃତ୍ତ ହୋଇ

ଆସୁଛନ୍ତି। ସେମାନେ ପରଜନ୍ମ ପାଇଁ ସନାତନକୁ ନେଇଯିବା ପାଇଁ ଆହ୍ୱାନ କରୁଛନ୍ତି। ତା' ପରେ ସନାତନ ସେମାନଙ୍କୁ ପ୍ରଶ୍ନ କରିଛି। ଆଉ ସେ କହିଛି ଯେ ଅଳ୍ପ ସମୟ ପୂର୍ବରୁ ଏଠାରେ ଯେଉଁ ଲୋକମାନେ ଥିଲେ ସେମାନଙ୍କ ମସ୍ତିଷ୍କ ସବୁ ଠିକ୍ କରିଦେଇ ପାରିବେ ? ସେ ପୁରୁଷମାନେ ସମ୍ମତି ପ୍ରଦାନ କରିଛନ୍ତି ଏବଂ ସନାତନକୁ ସେମାନେ ଶୂନ୍ୟକୁ ନେଇ ଚାଲିଯାଇଛନ୍ତି। ଅର୍ଥାତ୍ ସନାତନ ହେଉଛି ଏଠି ଏକ ଉପଲବ୍ଧିର ପ୍ରତୀକ। ଉପଲବ୍ଧି ଯେଉଁଠି ନାହିଁ ସେଠି ଶୁଭ ଅଶୁଭ ବୋଲି ମଧ୍ୟ କିଛି ନାହିଁ। ତେଣୁ ସେଠି କଳାପେଚାର ମାନେ କିଛି ମଧ୍ୟ ନାହିଁ । ଏ ଗପଟି 'ଅଶୁଭ ପୁତ୍ରର କାହାଣୀ' ଭଳି ଯଦିଓ ନୁହେଁ ତଥାପି ଏଥିରେ ଗୋଟିଏ ପେଚା ମଧ୍ୟ ରହିଛି ଚରିତ୍ର ଭାବରେ ଏବଂ ଏ ପେଚାଟି ଏକ କଳାପେଚା। ଏଇ କଳାପେଚାଟି ସନାତନ ଛାତି ଉପରେ ବସି ରହିଛି ଏବଂ ଶେଷରେ ଉଡ଼ିଯାଉଛି। ହେଇପାରେ ଏ କଳାପେଚାଟି ଗୋଟିଏ ପରମ୍ପରାର ପ୍ରତୀକ। ଭଲମନ୍ଦ, ପାପପୁଣ୍ୟର ପ୍ରତୀକ। ସେ ଯାହାବି ହେଉ ଏହି ଗଳ୍ପରେ ଗାଳ୍ପିକ ସନାତନ ଚରିତ୍ର ମାଧ୍ୟମରେ ଗୋଟିଏ ଅବିରତ ଚଳନ୍ତ ପ୍ରବାହର କଥା କହିଛନ୍ତି। ଜୀବନର ଚଳନ୍ତି ପ୍ରବାହର କଥା, ଯେଉଁଠି ଜୀବନ ଗୋଟିଏ ଜୀବନବିନ୍ଦୁରୁ ଆଉ ଗୋଟିଏ ବିନ୍ଦୁକୁ ଯାତ୍ରା କରେ; ଗୋଟିଏ ଜନ୍ମରୁ ଆଉ ଗୋଟିଏ ଜନ୍ମକୁ ଯାତ୍ରାକରେ; ଗୋଟିଏ ସ୍ଥାନ ଖଣ୍ଡ, ଗୋଟିଏ କାଳଖଣ୍ଡ, ଗୋଟିଏ ପାତ୍ରଖଣ୍ଡରୁ ଆଉ ଏକ ସ୍ଥାନ ଖଣ୍ଡ, ଆଉ ଏକ କାଳଖଣ୍ଡ ଆଉ ଏକ ପାତ୍ର ଖଣ୍ଡକୁ ଯାତ୍ରା କରେ- ସେଠି ଉପଲବ୍ଧି ପ୍ରାପ୍ତି ଅବଶ୍ୟମ୍ଭାବୀ। ଅତଏବ ଯାତ୍ରା ଅବ୍ୟାହତ। ଏହିଭଳି ଏକ ସର୍ବଜନୀନ, ସାର୍ବକାଳିକ ସ୍ୱରର ଏକ ଫ୍ୟୁଜନ୍ ଭାବରେ ଏହି ଗଳ୍ପଟିକୁ ବିଚାରକୁ ନିଆଯାଇପାରେ।

ଯୌନତା ଭିତରେ ଜୀବନ : ଜୀବନ ଭିତରେ ଯୌନତା ଏବଂ ଜୀବନ ଏବଂ ଯୌନତାର ଗଳ୍ପ:-

ଯୌନ ଲାଳସା ବା କାମାସକ୍ତି ମଣିଷକୁ ଯୁଗେ ଯୁଗେ ଉଦ୍‌ବେଳିତ ଏବଂ ଆଲୋଡ଼ିତ କରିଛି। ସେଥିପାଇଁ ମଣିଷ ଶବ୍ଦରେ, ଚିତ୍ରରେ, କାନ୍ଥରେ, ସ୍ଥାପତ୍ୟରେ ବିଭିନ୍ନ ପ୍ରକାରର ଯୌନତାର ନିର୍ମାଣ କରି ପାଠକକୁ ବା ଦର୍ଶକକୁ ନେଇ ଯୌନ ସଂପୃକ୍ତି ବା ଯୌନ ଲାଳସା ସଂପର୍କରେ ସଚେତନ କରାଇବାକୁ ଚେଷ୍ଟା କରିଛି। ବିଭିନ୍ନ ସାହିତ୍ୟ କୃତିରେ ମଧ୍ୟ ଯୌନତାର ଚିତ୍ର ଦେଖିବାକୁ ମିଳିଥାଏ। ଏହି ଯୌନମୂଳକ ବ୍ୟାଖ୍ୟାଦ୍ୱାରା ସାହିତ୍ୟରେ ବିଭିନ୍ନ ପ୍ରକାରର ରସ ନିଷ୍ପତ୍ତି ହେବାର ମଧ୍ୟ ଲକ୍ଷ୍ୟ କରାଯାଏ। ତେବେ ଜଣେ ଲେଖକ ଯେତେବେଳେ ତା ନିଜ ରଚନାରେ ଯୌନତାର କଥାକୁ ଚିତ୍ରଣ କରେ, ସେତେବେଳେ ଚରିତ୍ର ମାଧ୍ୟମରେ ବା ଘଟଣା ମାଧ୍ୟମରେ ହେଉ ବା ଅନ୍ୟ କୌଣସି ଉପାଦାନ ମାଧ୍ୟମରେ ହେଉ ତାହାକୁ ସେ

ପାଠକ ପ୍ରତି ସଂପ୍ରେଷିତ କରାଇବାକୁ ଚେଷ୍ଟାକରେ। ଯୌନତାର ବିଭିନ୍ନ ପ୍ରସଂଗ ବା ସଂପୃକ୍ତି ସାହିତ୍ୟକୃତି ମାଧ୍ୟମରେ ପାଠକ ନିକଟରେ ପରିବେଷିତ ହୋଇଥାଏ। ଏଇ ଧରଣ ଯୌନତାର ଚିତ୍ରଣ ବିଜୟ ପ୍ରସାଦ ମହାପାତ୍ରଙ୍କ **'କଳାପାନ ଗୋଲାମ'** ଗଳ୍ପରେ, ଉମାଶଙ୍କର ମିଶ୍ରଙ୍କ **'କଇଁଛ'** ଗଳ୍ପରେ, ଦୁର୍ଗାମାଧବ ମିଶ୍ରଙ୍କ **'ଗେଣ୍ଡା'** ଗଳ୍ପରେ, ଜଗନ୍ନାଥ ପ୍ରସାଦ ଦାସଙ୍କର **'ମନ୍ତ୍ର'** ଗଳ୍ପରେ, ନୃସିଂହ ତ୍ରିପାଠୀଙ୍କ **'ଲାବଣ୍ୟବତୀ'** ଗଳ୍ପରେ ପ୍ରତିଫଳିତ ହୋଇଥିବାର ଦେଖାଯାଏ।

'କଳାପାନ ଗୋଲାମ' ଗଳ୍ପରେ ଗାଳ୍ପିକ ଡମ ଜନଜାତିର ସାମାଜିକ ଓ ସାଂସ୍କୃତିକ ଚିତ୍ର ଉପସ୍ଥାପନ କରିଛନ୍ତି ଏବଂ ତା' ସହିତ ଡମ ସ୍ତ୍ରୀ ପ୍ରତି ସବ୍-ଇନିସ୍‌ପେକ୍ଟର୍ ନିବାରଣ ଧଳଙ୍କ କାମାସକ୍ତିକୁ ମଧ୍ୟ ଅଭିବ୍ୟକ୍ତ କରିବାକୁ ଚେଷ୍ଟା କରିଛନ୍ତି।

'ଗେଣ୍ଡା' ଗଳ୍ପରେ ଯେଉଁ ଯୌନତାର ନିର୍ମିତି ହୋଇଛି, ସେଥିରେ ନିତ୍ୟାନନ୍ଦ ବାବୁ ଯେ କି ଜଣେ ଉଚ୍ଚ ପଦସ୍ଥ ଅଫିସର୍, ସେ ଗେଣ୍ଡା ପ୍ରତୀକ ମାଧ୍ୟମରେ ସେଇ ଯୌନତାର କଥାକୁ ଉଦ୍ଦୀପିତ କରାଇଛନ୍ତି। ସୁଜାତା ନାମରେ ଜଣେ ଝିଅ ଚାକିରି ପାଇଁ ଆସି ଦେହଭୋଗର ଶିକାର ହୋଇଛି। ତେଣୁ ନିତ୍ୟାନନ୍ଦ ବାବୁ ତାଙ୍କ ଚାକିରି ଜୀବନ ମଧ୍ୟରେ ଯେଉଁସବୁ କୁକାର୍ଯ୍ୟ କରିଛନ୍ତି ଏବଂ ସେ ସବୁ ତାଙ୍କ ଅବଚେତନ ସ୍ତରରେ କେମିତି ସ୍ତୂପୀକୃତ ହୋଇ ରହିଛି, ସେଇ କଥାକୁ **'ଗେଣ୍ଡା'** ଗଳ୍ପରେ ପରିବେଷଣ କରାଯାଇଛି। ତେଣୁ ଗେଣ୍ଡା ଏଠାରେ ଯୌନତାର ପ୍ରତୀକ ଭାବରେ ପ୍ରତିନିଧିତ୍ୱ କରିଛି। ତା' ସହିତ ଗେଣ୍ଡା କେମିତି ନର୍ଦ୍ଦମାରେ ଥାଏ ଏବଂ ସେହି ନର୍ଦ୍ଦମା କିଭଳି ମଣିଷର ଅବଚେତନ ସ୍ତରର ପ୍ରତୀକ, ସେ କଥା ମଧ୍ୟ ବର୍ଣ୍ଣନା କରାଯାଇଛି।

ସେହିପରି **'ମନ୍ତ୍ର'** ଗଳ୍ପରେ ଜଗନ୍ନାଥ ପ୍ରସାଦ ଦାସ ଜଣେ ଭଣ୍ଡ ବାବାଙ୍କର ଯୌନ ଲାଳସା ଓ ଧନଲୋଭର କୁପରିଣାମକୁ ଉପସ୍ଥାପନ କରିଛନ୍ତି। ଏଠାରେ ସୁହାସିନୀ, ପ୍ରଭାକର ଚରିତ୍ର କିଭଳି ସ୍ୱାମୀଜୀଙ୍କ ମନ୍ତ୍ରର ଆକର୍ଷଣରେ ବଶୀଭୂତ ହୋଇଛନ୍ତି ଏବଂ ସ୍ୱାମୀଜୀ ବା ଭଣ୍ଡ ବାବାଜୀ ଜଣକ କିଭଳି ଭାବରେ ଯୌନ ଲାଳସାର ଦାସ ହୋଇ ଧନରତ୍ନ ଧରି ପ୍ରବଚନ ଦେଉଥିବା ସ୍ଥାନରୁ ପଳାୟନ କରିଛି ଏବଂ ଶେଷରେ ପୋଲିସ୍ ଦ୍ୱାରା ଧରାପଡ଼ିଛି ତା'ର ବର୍ଣ୍ଣନା 'ମନ୍ତ୍ର' ଗଳ୍ପରେ ରହିଛି।

ଉମାଶଙ୍କର ମିଶ୍ରଙ୍କର **'କଇଁଛ'** ଗଳ୍ପରେ ଯେଉଁ ଯୌନତାର ଚିତ୍ର ରହିଛି ତାହା ଟିକେ ଭିନ୍ନ ଧରଣର। ଯୌନ ଜାନ୍ତବତା କିଭଳି ଏକ ସହଜାତ ପ୍ରବୃତ୍ତି ଦ୍ୱାରା ସଂଚାଳିତ ହୋଇଥାଏ ଏବଂ ଏହା ପଶୁ ଓ ମଣିଷମାନଙ୍କ ମଧ୍ୟରେ କିପରି ସମାନ

ଭାବରେ ରହିଥାଏ, ସେ କଥା ଗାଳ୍ପିକ ଦମୟନ୍ତୀ ଓ ହୃଷିକେଶ ଚରିତ୍ର; ରାଜାପୁଅ ଏବଂ ଗାଁ ଝିଅ ପ୍ରସଂଗ ଏବଂ ତା' ସହିତ କଇଁଛମାନେ ଯୌନ କ୍ରୀଡ଼ା କରିବାପାଇଁ କିଭଳି ଶହ ଶହ କିଲୋମିଟର ଦୂରରୁ ଗହୀରମଥାକୁ ଆସନ୍ତି ଏବଂ ତା'ପରେ ଅଣ୍ଡା ଦିଅନ୍ତି ସେ କଥା 'କଇଁଛ' ଗଳ୍ପର ମୁଖ୍ୟସ୍ୱର ଭାବରେ ବିଚାର୍ଯ୍ୟ। ତେଣୁ ଗହୀରମଥା ପରିଦର୍ଶନ ସମୟରେ ଦମୟନ୍ତୀ ଓ ହୃଷିକେଶ ମଧ୍ୟରେ ଯେଉଁ ଯୌନକ୍ରୀଡ଼ା ବା ଦୈହିକ ସଂପର୍କ ସ୍ଥାପିତ ହୋଇଛି, ସେ ସଂପର୍କ କିଭଳି ଏକ ସହଜାତ ପ୍ରକ୍ରିୟାରେ ଠିକ୍ ପଶୁପକ୍ଷୀଙ୍କ ଭଳି ବା କଇଁଛଙ୍କ ଭଳି ମଣିଷଙ୍କ ମଧ୍ୟରେ ମଧ୍ୟ ଘଟିତ ହୋଇଥାଏ - ସେକଥା ଏଠାରେ ବର୍ଣ୍ଣନା କରାଯାଇଛି।

'ସୂର୍ଯ୍ୟର ମୃତ୍ୟୁ' ଗଳ୍ପରେ ଗାଳ୍ପିକା ଗୋଲାପ ମଞ୍ଜରୀ କର ସୁମନ୍ତ ଏବଂ ତାଙ୍କ ପାରିବାରିକ ଜୀବନକୁ ରୂପ ଦେବାପାଇଁ ଚେଷ୍ଟା କରିଛନ୍ତି। ସୁମନ୍ତ ଚରିତ୍ର ଜଣକ କିଭଳି ନିଜ ଶ୍ୱଶୁର, ସ୍ତ୍ରୀ ଲଳିତାର ଚାହିଦା ମେଣ୍ଟାଇବାକୁ ଯାଇ ଦୁର୍ନୀତିଗ୍ରସ୍ତ, ସେହି କଥା ଏ ଗଳ୍ପରେ ଚିତ୍ରିତ। ଶେଷରେ ଲଳିତାଙ୍କ ଦ୍ୱାରା ଅସାମାଜିକ, ଚରିତ୍ରହୀନ ଯୌନଭୁକ୍‌ର ଆଖ୍ୟା ପାଇଛନ୍ତି ସୁମନ୍ତ। ସୁମନ୍ତ ସମୟକ୍ରମେ ସାଧାରଣ ଇଞ୍ଜିନିୟର୍‌ରୁ ଚିଫ୍ ଇଞ୍ଜିନିୟର୍ ହୋଇଛନ୍ତି। ଷ୍ଟାଟସ୍ ନେଇ ବଞ୍ଚିଛନ୍ତି ଏବଂ ଶେଷରେ ନିଜ ସ୍ତ୍ରୀର ଅତ୍ୟାଚାର ସହ୍ୟ କରିନପାରି ସେ ସୁନୀତା ନାମ୍ନୀ ଗୋଟିଏ ବିଧବାର ହାତ ଧରିଛନ୍ତି ଏବଂ ସୁମନ୍ତ ସୁନୀତାଠାରୁ ପାଇଛନ୍ତି- ସ୍ନେହ, ପ୍ରେମ, ସମର୍ପଣ ଏବଂ ସମସ୍ତ ପାପର ବିଷକୁ ଆକଣ୍ଠ ପାନକରି ନୀଳକଣ୍ଠ ସାଜିବାର ଶକ୍ତି। ଏହି ଘଟଣାକୁ ସହିପାରି ନାହାନ୍ତି ଲଳିତା ଏବଂ ତାଙ୍କର ପୁଅଝିଅମାନେ। ଶେଷରେ ସୁମନ୍ତ ଲଳିତା ଏବଂ ତାଙ୍କ ପିଲାଛୁଆଙ୍କୁ ଛାଡ଼ି ସୁନୀତା ପାଖକୁ ଚାଲିଯାଇଛନ୍ତି।

'ଲାବଣ୍ୟବତୀ' ଗଳ୍ପଟି ଗାଳ୍ପିକ ନୃସିଂହ ତ୍ରିପାଠୀଙ୍କ ଦ୍ୱାରା ରଚିତ। ଏହି ଗଳ୍ପଟି ଏକ ଭିନ୍ନ ସ୍ୱାଦର ଗଳ୍ପ। ଯଦିଓ ଯୌନତା ଓ ରତିକ୍ରୀଡ଼ା ହେଉଛି ଏହି ଗଳ୍ପର କେନ୍ଦ୍ରୀୟ ବକ୍ତବ୍ୟ; ତଥାପି ଗାଳ୍ପିକ ନାୟକ ସ୍ୱୀକାର ବାବୁ ଓ ଓଡ଼ିଆ ଅଧ୍ୟାପିକା ଲାବଣ୍ୟର ସଂପର୍କକୁ ନେଇ ଏହି ଗଳ୍ପଟିକୁ ରଚନା କରିଛନ୍ତି। ଏହି ଗଳ୍ପରେ ଗାଳ୍ପିକ କବି ସମ୍ରାଟ ଉପେନ୍ଦ୍ରଭଞ୍ଜଙ୍କ 'ଲାବଣ୍ୟବତୀ' ପ୍ରସଙ୍ଗକୁ ଆଣିଛନ୍ତି। ଲାବଣ୍ୟବତୀ ଓ ଚନ୍ଦ୍ରଭାନୁଙ୍କର ଯେଉଁ ମିଳନ ବା ରତିକ୍ରୀଡ଼ା, ସେହି ପ୍ରସଙ୍ଗ ରହିଛି। ଲାବଣ୍ୟବତୀ ଜନ୍ମ ବୃତ୍ତାନ୍ତ ଓ ଚନ୍ଦ୍ରଭାନୁର ଜନ୍ମ ବୃତ୍ତାନ୍ତ କଥା ମଧ୍ୟ ଏଠି ରହିଛି। ବିଶେଷ କରି ଲାବଣ୍ୟବତୀକୁ ରତି ସୁଖ ପ୍ରଦାନ କରିବା ପାଇଁ ଚନ୍ଦ୍ରଭାନୁ କିପରି ବିଭିନ୍ନ କାମ କ୍ରୀଡ଼ାରେ ମଗ୍ନ ହେଉଥିଲେ, ସେ କଥା ଏଠାରେ କୁହାଯାଇଛି। ସେହି ପ୍ରସଙ୍ଗକୁ ଗାଳ୍ପିକ ପୁଣି ସ୍ୱୀକାରବାବୁ ଏବଂ ଲାବଣ୍ୟ ମଧ୍ୟରେ ସଂଯୋଗ ସୂତ୍ରରେ ଦର୍ଶାଇବାକୁ ପ୍ରୟାସ କରିଛନ୍ତି। ବିଶେଷକରି

ଲାବଣ୍ୟବତୀ ଏବଂ ଚନ୍ଦ୍ରଭାନୁ ମଧ୍ୟରେ ଯେଉଁ ଭଳି ସଂପର୍କ ରହିଛି, ଏ ଗଳ୍ପରେ ଗାଳ୍ପିକ ଗଳ୍ପ ନାୟକ ସ୍ୱୀକାର କୁମାର ରାଉତ ଏବଂ ଓଡ଼ିଆ ଅଧ୍ୟାପିକା ଲାବଣ୍ୟବତୀ ନାୟକ ମଧ୍ୟରେ ସେହିଭଳି ପ୍ରେମ ସଂପର୍କକୁ ଆବିଷ୍କାର କରି ସେହି କଥାକୁ ମଧ୍ୟ ବର୍ଣ୍ଣନା କରିଛନ୍ତି। ତେବେ ଏହି ଗଳ୍ପଟି ଏମିତି ଏକ ଗଳ୍ପ ଯେଉଁଥିରେ ମଧ୍ୟଯୁଗର କାବ୍ୟ 'ଲାବଣ୍ୟବତୀ' ପ୍ରସଙ୍ଗ ରହିଛି ଏବଂ ତା' ସହିତ ଅଧ୍ୟାପିକା ଲାବଣ୍ୟ ନାୟକ ଏବଂ ପ୍ରଶାସନିକ ଅଫିସର ସ୍ୱୀକାର କୁମାର ରାଉତଙ୍କ ପ୍ରସଙ୍ଗ ମଧ୍ୟ ରହିଛି। ଦୁଇଟି ଯାକ ସଂପର୍କର ମୂଳ ବକ୍ତବ୍ୟ ହେଉଛି ରତିକ୍ରୀଡ଼ା ବା ଯୌନ କ୍ରୀଡ଼ା । ଏହି ରତି କ୍ରୀଡ଼ା ବା ଯୌନ କ୍ରୀଡ଼ା ପ୍ରସଙ୍ଗରେ ଗାଳ୍ପିକ ଭାରତୀୟ ପ୍ରାଚୀନ କାମଶାସ୍ତ୍ର କଥାକୁ ମଧ୍ୟ ଉଲ୍ଲେଖ କରିଛନ୍ତି।

ଇୟର୍‌ରିଙ୍ଗ ବା କାନଫୁଲ ହଜିଯିବା ଘଟଣାକୁ କେନ୍ଦ୍ର କରି **'ବର୍ଣ୍ଣବୋଧ ପାଠ'** ଗଳ୍ପଟି ପରିକଳ୍ପିତ । ଇୟର୍‌ରିଙ୍ଗ୍ ହଜିଯିବା ପରେ ତାକୁ ନେଇ ଯେଉଁ ତତ୍ପରତା (ଗୋଟେ ପଟ ଇୟର୍‌ରିଙ୍ଗ୍) ବା ବିଭିନ୍ନ ପ୍ରକାର ଚର୍ଚ୍ଚା ଯଥା: କୂଅ ଭିତରେ ପଡ଼ିଯାଇଥିବାର ଆଶଙ୍କା ବା ଗୀତା ନାନୀ ଘରକୁ ଅର୍ଚ୍ଚନା ଯାଇଥିଲା ସେଠି ହୁଏତ ହଜିଯାଇଥିବାର ଆଶଙ୍କା-ଏମିତି ବିଭିନ୍ନ ପ୍ରକାରର ଆଶଙ୍କା ଭିତରେ ଗଳ୍ପର କଥାଭାଗ ଗତିଶୀଳ ହୋଇଛି। ଶେଷରେ ମୋହନ ବାବୁ ନିଷ୍ପତ୍ତି ନେଇଛନ୍ତି କୂଅ ଭିତରେ ପଶି ଇୟର୍‌ରିଙ୍ଗ୍‌କୁ ବାହାର କରିବେ ବୋଲି। ଇୟର୍‌ରିଙ୍ଗ୍ ଖୋଜାରୁ ଗଳ୍ପର ଗତି ଭିନ୍ନ ଏକ ମୋଡ଼୍ ନେଇଛି। ସେହି ମୋଡ଼୍ ଭିତରେ ଗୀତା ଏବଂ ମୋହନବାବୁଙ୍କ ଭିତରର କଥା ହିଁ ରହିଛି। ମୋହନବାବୁଙ୍କର ଗୀତା ପ୍ରତି ଆସକ୍ତି ବା କାମନା ଏ ଗଳ୍ପର ଦ୍ୱିତୀୟ ମୋଡ଼୍ ଭାବରେ ବର୍ଣ୍ଣିତ। ତେବେ ଏ କଥା ଝିଅ ଅର୍ଚ୍ଚନା ଜାଣିପାରିନାହିଁ। କେବଳ ଗୀତା ହିଁ ଏ କଥାଟିକୁ ନିଜ ଭିତରେ ଚାପି ରଖିଛି ଏବଂ ଗଳ୍ପ ଶେଷ ହୋଇଯାଇଛି।

ଗଳ୍ପଟିରେ ଦୁଇଟି ଛୋଟିଆ ଘଟଣାକୁ ନେଇ ଗଳ୍ପ ରଚନା କରାଯାଇଛି। ଇୟର୍‌ରିଙ୍ଗ୍ ହେଉଛି ଗୋଟିଏ ବସ୍ତୁ; ଯାହାକୁ ନେଇ ଘଟଣାର ଗତିଶୀଳତା; କିନ୍ତୁ ମୋହନବାବୁଙ୍କର ଗୀତା ପ୍ରତି ଯେଉଁ ଯୌନାସକ୍ତି, ତାହା ଏ ଗଳ୍ପକୁ ଭିନ୍ନ ଏକ ମୋଡ଼୍ ଦେଇଛି। ବେଳେବେଳେ ମଣିଷ ଜୀବନରେ ଏମିତି ଘଟେ। ଅନେକ ଅକୁହା ଅବ୍ୟକ୍ତ ଘଟଣାମାନ ଲୋକଲୋଚନର ଆଢୁଆଳରେ ଘଟେ। କେତେବେଳେ ପ୍ରାଣର ଆହ୍ୱାନରେ ତ କେତେବେଳେ ଦେହର ଆହ୍ୱାନରେ ଏଭଳି ଅନେକ ଘଟଣା ଘଟେ। ବହୁ ସମୟରେ ତାହା ଇତିହାସର ଅନ୍ତରାଳରେ ଅଲିଖିତ ହୋଇ ରହିଯାଏ। ଏଇ ଅଲିଖିତ ଇତିହାସ ପ୍ରବୃତ୍ତି ପରିଚାଳିତ ଇତିହାସର ଏକ ଦୃଷ୍ଟାନ୍ତ କହିଲେ ଅତ୍ୟୁକ୍ତି ହେବ ନାହିଁ। ତେବେ ଆମ ସମାଜରେ ଏଭଳି ଅନେକ ଇତିହାସ ରହିଛି, ଯାହାକୁ

ଚପେଇ ଦିଆଯାଏ ବା ଯାହାକୁ ଲୋକଲଜ୍ଜା ପାଇଁ ଗୋପନୀୟ କରି ରଖାଯାଏ। ସେହିଭଳି ଏକ ସହଜାତ ପ୍ରବୃତ୍ତିଚାଳିତ ଆସକ୍ତି କୈନ୍ଦ୍ରିକ ଚିତ୍ରଣ ହେଉଛି, ମୋହନବାବୁଙ୍କର ଗୀତା ପ୍ରତି ଆସକ୍ତି ବା ଗୀତାକୁ ଉପଭୋଗ କରିବାର ଇଚ୍ଛା। ଦୁଇଟି ଘଟଣାକୁ ନେଇ ଗାଳ୍ପିକ ରାମଚନ୍ଦ୍ର ବେହେରା ଏ ଗପଟିକୁ ରଚନା କରିଛନ୍ତି। ଗଳ୍ପଟି ସୁଖପାଠ୍ୟ ହୋଇଛି। ଅପ୍ରତ୍ୟାଶିତତା ମଧ୍ୟ ଅର୍ଜନ କରିଛି।

ସଂଘର୍ଷ ଭିତରେ ଜୀବନ : ଜୀବନ ଭିତରେ ସଂଘର୍ଷ ଏବଂ ଜୀବନ ଓ ସଂଘର୍ଷର ଗଳ୍ପ

ନାରୀ ନିର୍ଯ୍ୟାତନା ଏବଂ ନାରୀଦେହଭୋଗ ଲିପ୍ସାର ଅନନ୍ୟ ଜ୍ୱଳନ୍ତ ନମୁନା ହେଉଛି ବୀଣାପାଣି ମହାନ୍ତିଙ୍କର **'ପାଟଦେଈ'** ଗଳ୍ପ। ଏହି ଗଳ୍ପଟି 'ପାଟଦେଈ' ଗଳ୍ପ ସଂକଳନର ଏକ ସ୍ମରଣୀୟ ଅଂଶବିଶେଷ। 'ପାଟଦେଈ' ଗଳ୍ପ ସଂକଳନ ସାହିତ୍ୟ ଏକାଡେମୀ ପୁରସ୍କାର ପ୍ରାପ୍ତ। ତେବେ ଏଠାରେ ପାଟଦେଈ ଜଣେ ନିର୍ଯ୍ୟାତିତ ନାରୀର ପ୍ରତିନିଧି ହୋଇ ଭୂମିକା ନିର୍ବାହ କରିଛି। ତା'ର ଯେଉଁ ଛୁଆଟେ ଜନ୍ମ ହୋଇଛି ସେହି ଛୁଆର ବାପା ବୋଲି ସେଇ ଗାଆଁର ସବୁ ପୁରୁଷଙ୍କୁ-ଯେମିତିକି ରାମୁ, ବୀରା, ଗୋପୀ, ମାଗୁଣି, ନରିଆ ଆଉ ତା ପଛକୁ ଦୁଇ ଚାରିଟା ସବୁ ଛିଡ଼ା ହୋଇଛନ୍ତି- ସେ ସମସ୍ତଙ୍କୁ କହିଛି। କାରଣ ଦୋଳପୂନେଁଇ ରାତିରେ ପାଟଦେଈ ଘରେ ପଶି ତା' ମୁହଁରେ ଗାମୁଛା ଭିଡ଼ି ତାକୁ ଶୂନ୍ୟେ ଶୂନ୍ୟେ ଟେକି ନେଇ ମଶାଣି ହୁଡ଼ା ତଳେ ସମସ୍ତେ ଦୁଷ୍କର୍ମ କରିଥିଲେ। ତା' ପରେ ସେ ହେଇଥିଲା ସନ୍ତାନର ମା'। ଏଥିପାଇଁ ତା' ସନ୍ତାନର ବାପ କିଏ ସେ କହିପାରେନା।

ବାହାଘରର କିଛି ଦିନପରେ ତା' ସ୍ୱାମୀ କଲିକତା ପଳାଇଛି। ସେ ସଂଘର୍ଷ କରି ଜୀବନ ବଞ୍ଚିବା ପାଇଁ ଚେଷ୍ଟାକରିଛି। କିନ୍ତୁ ଶେଷରେ ସେ ଗାଁର ଅସାମାଜିକ ଯୁବକମାନଙ୍କର ଶିକାର ହୋଇଛି। ସେ ଗୋଟିଏ ସନ୍ତାନର ମା' ହୋଇଛି। ଗାଳ୍ପିକା ବୀଣାପାଣୀ ମହାନ୍ତି ପାଟଦେଈକୁ ଏମିତି ଏକ ଚରିତ୍ରରେ ଅବତୀର୍ଣ୍ଣ କରିଛନ୍ତି, ଯେ କି ଏକକାଳୀନ ବା ଯୁଗପତ ଭାବରେ କାନ୍ଦୁଥାଏ ବି ହସୁଥାଏ ବି। ତା'ର ଜୀବନ ଯନ୍ତ୍ରଣାର ସ୍ୱର ଅତ୍ୟନ୍ତ କରୁଣ। ତା' ଜୀବନରେ ସ୍ୱାମୀ ସୁଖ ତ ନାହିଁ। ତା' ସହିତ ତା'ର ପିଲାର କିଏ ପିତା ତା'ର ମଧ୍ୟ ପରିଚୟ ନାହିଁ।

ଏହି ପାଟଦେଈ ଭଳି ଅନେକ ଚରିତ୍ର ଆମ ଚଉପାଶରେ ସମାଜରେ ଆତଜାତ ହେଉଥାନ୍ତି। ଏମାନଙ୍କ ଜୀବନ ଏହିଭଳି। ଏମାନଙ୍କୁ ସମାଜ ନିର୍ଯ୍ୟାତିତ କରେ। ପୁଣି ନିର୍ଯ୍ୟାତିତ କଲାପରେ ବି ସମାଜର ଭୋକ ମରେ ନାହିଁ। ସେମାନଙ୍କ ନାମରେ

କୁସ୍ଂାରଚନା ଓ ଅପବାଦ ଲୋକେ ରଚାନ୍ତି।

ଗାଳ୍ପିକା ବୀଣାପାଣି ମହାନ୍ତି ଏଠି ପାଟଦେଇ ଚରିତ୍ରଟିକୁ ଏମିତି ଭାବରେ ଚିତ୍ରଣ କରିଛନ୍ତି- ଯୋଉ ଚରିତ୍ର ଏକ ଅସହାୟ ଚରିତ୍ର। ଯେଉଁ ଚରିତ୍ର ଏକ ସଂଘର୍ଷଶୀଳ ଚରିତ୍ର। ଯେଉଁ ଚରିତ୍ର ନିଜକୁ ନେଇ ଏବଂ ନିଜ ସନ୍ତାନକୁ ନେଇ, ନିଜ ବର୍ତ୍ତମାନକୁ ନେଇ, ନିଜ ଭବିଷ୍ୟତକୁ ନେଇ ସଂଘର୍ଷଶୀଳ। ଏ ସଂଘର୍ଷର ଶେଷନାହିଁ। ଏ ସଂଘର୍ଷ ଅସରନ୍ତି ସଂଘର୍ଷ।

'ରେପ୍ତି' କ୍ଷୁଦ୍ରଗଳ୍ପଟି ଗିରି ଦଣ୍ଡସେନାଙ୍କ ଦ୍ୱାରା ଚରିତ। ଏଥିରେ ରେପ୍ତି ସୋରେନ୍‌ର ଜୀବନବୃତ୍ତକୁ ଗାଳ୍ପିକ ଅଭିବ୍ୟକ୍ତି କରିଛନ୍ତି। ରେପ୍ତି ସୋରେନ୍ ଥିଲା ଜଣେ ସୁଦକ୍ଷା ଦୁଃସାହସିକ ପ୍ରଶାସିକା; କିନ୍ତୁ ବ୍ୟାପକ ନକସଲ୍ ଦମନକୁ ନେଇ ପ୍ରଶାସନ ତାକୁ ସନ୍ଦେହ କଲା ଏବଂ ତା' ନାଁରେ ଚାର୍ଜସିଟ୍ ମଧ ତିଆରି କଲା। ରେପ୍ତି କିନ୍ତୁ ଏହାର ପ୍ରତିବାଦ କଲା। ତା'ପରେ ଘଟଣାଚକ୍ରରେ ରେପ୍ତି ତା' ନିଜ ଅଞ୍ଚଳ ଛାଡ଼ି ଦେଇ ଯେଉଁଠି କାହାରି ଆଖିର ଦୃଷ୍ଟି ପଡ଼େ ନାହିଁ, ସେହି ଅଞ୍ଚଳରେ ଲୁଚି ରହିଲା। ରେପ୍ତି କଳିଙ୍ଗ ନଗରରୁ ଗୁପ୍ତପଥ ଦେଇ ସରଣ୍ଡାଜଙ୍ଗଲକୁ ଫେରିବା ବେଳେ ଗୋଟିଏ ରାତି ତା' ଘରେ ରହି ତା' ଝିଅକୁ ଦେଖା କରିବାକୁ ଚେଷ୍ଟା କରିଥିଲା। ଝିଅ ଅଳୁବାକୁ ସେ ଦେଖାକରିବାକୁ ଆସିଥିଲା। ସର୍ବଶକ୍ତିର ନିୟନ୍ତକ ସରକାରଙ୍କ ଲାଲ୍ ଆଖି ଦୃଷ୍ଟି ଅନ୍ତରାଳକୁ ରେପ୍ତି ଯାଇପାରିନଥିଲା। ସେ ନକସଲ ଭଳି ଜୀବନ ବଞ୍ଚୁଥିଲା। ଯେଉଁ ଜୀବନ ବଞ୍ଚିବାର ବିବିଧ ରହସ୍ୟମୟ ସଂଘର୍ଷର ଚିତ୍ର ଏ ଗଳ୍ପରେ ଗୁମ୍ଫିତ।

ଗୋଟିଏ ହତ୍ୟା ଏବଂ ସେହି ହତ୍ୟାର ପରବର୍ତ୍ତୀ ସଂପ୍ରସାରିତ ସମସ୍ୟା ତଥା ସଂଘର୍ଷକୁ ନେଇ **'ବନ୍ଧ୍ୟା ଗାନ୍ଧାରୀ'** ଗଳ୍ପ ରଚିତ। ଏହି 'ବନ୍ଧ୍ୟା ଗାନ୍ଧାରୀ' ଗଳ୍ପର ଗାଳ୍ପିକ ହେଉଛନ୍ତି ରବି ପଟ୍ଟନାୟକ। ଏ ଗଳ୍ପରେ ଗୁଣ୍ଡା ବିନା ପଣ୍ଡା କୁନା ସାହୁକୁ ଛୁରୀ ଭୂଷି ହତ୍ୟା କରିଛି। ଏ ହତ୍ୟାକୁ ସ୍ୱଚକ୍ଷୁରେ ଦେଖିଛି ଗଙ୍ଗାଧରର ବାରତେର ବର୍ଷର ଝିଅ ଭାରତୀ। ଭାରତୀ ଶିଶୁ ହେଲେ ବି ତା' ଭିତରେ ସ୍ୱଷ୍ଟବାଦିତାର ଲକ୍ଷଣ ରହିଛି। ଅର୍ଥାତ୍ ସେ ଭୟ କରିନି ଗୁଣ୍ଡା ବିନା ପଣ୍ଡାଙ୍କୁ । ସେ କହିଛି ମୁଁ ଦେଖିଛି ବିନାପଣ୍ଡା କୁନାକୁ ଛୁରୀ ଭୁଷିଛି। ଏ କଥା ବିନା ପଣ୍ଡା କାନରେ ପଡ଼ିଛି ଏବଂ ସେ ମଦ ଖଟିରେ ସେଇ ବାର ତେର ବର୍ଷର ଝିଅକୁ 'ମାଇପ' କରିବ ବୋଲି ଘୋଷଣା କରିଛି। ସେଥିପାଇଁ ଘଟଣାକ୍ରମେ ବିନା ପଣ୍ଡା ନିର୍ବାଚନରେ ବିଜୟୀ ହୋଇଛି। ତା' ପରେ ବିନା ପଣ୍ଡା ଓରଫ୍ ବିନୟ କୁମାର ପଣ୍ଡା ଭାରତୀକୁ ବାହାହେବା ପାଇଁ ଜିଦ୍ ଧରିଛି। ଭାରତୀର ବାପା ମଧ ରାଜି ହୋଇଯାଇଛନ୍ତି ଏବଂ ଭାରତୀକୁ ଯେତେବେଳେ ଊଣେଇଶ ବର୍ଷ ସେତେବେଳେ ବିନା ପଣ୍ଡା ସହିତ ତାର ବାହାଘର ହେବ ବୋଲି

ସ୍ଥିର ହୋଇଛି ।

ଜଣେ ଖୁନିକୁ ବାହା ହେବାକୁ ଯାଉଥିବାରୁ ଏବଂ ସେଇ ଖୁନି ହତ୍ୟାକରିଥିବାର ଘଟଣାକୁ ସ୍ୱଚକ୍ଷୁରେ ଭାରତୀ ଦେଖିଥିବାରୁ ସେ ସେଇ ଖୁନିର ଔରସରୁ ସନ୍ତାନ କିମ୍ବା ସନ୍ତତିକୁ ନିଜ ଗର୍ଭରେ ଧାରଣ ନ କରିବାକୁ ବଦ୍ଧ ପରିକର ହୋଇଛି । ଡାକ୍ତରକୁ କହି ସେ ନିଜେ କିଭଳି ମା' ହେବନାହିଁ ସେଥିପାଇଁ ଅସ୍ତ୍ରୋପଚାର କରିବ ବୋଲି ପ୍ରସ୍ତୁତ ହୋଇଛି । ତା' ପରେ ଚିରଦିନ ପାଇଁ ବନ୍ଧ୍ୟା କରି ଦିଅନ୍ତୁ ବୋଲି ଡାକ୍ତରଙ୍କୁ ଭାରତୀ ଅନୁରୋଧ କରିଛି ।

ଏ ଏକ ଭିନ୍ନ ଧରଣର ରାଜନୀତିକ ଆଧିପତ୍ୟ କୈନ୍ଦ୍ରିକ ଗଳ୍ପ । ମଣିଷ ଗୁଣ୍ଡାମାନଙ୍କ ଭୟରେ, ଦୁଷ୍ଟ ରାଜନୀତିଜ୍ଞ ଭୟରେ କିଭଳି ଅସହାୟ ପାଲଟି ଯାଏ ଏବଂ ଜାଣିଶୁଣି କିଭଳି ଅସତ୍ କାର୍ଯ୍ୟରେ ଲିପ୍ତ ହୁଏ ତା'ର ସଂଘର୍ଷଶୀଳ ପ୍ରତ୍ୟୁତ୍ତରମୂଳକ ଚେତାବନୀ ଏହି ଗଳ୍ପ ।

'ବାପାଙ୍କ ଲୁହ' ଗଳ୍ପରେ ଧରଣୀଧର ମାଷ୍ଟ୍ରେଙ୍କ ପୁଅ ବଂଶୀଧର । ଧରଣୀଧର ମାଷ୍ଟ୍ରେ ବର୍ତ୍ତମାନ ନାହାଁନ୍ତି । ବଂଶୀଧର ବାପାଙ୍କର ବିଭିନ୍ନ ସ୍ମୃତିକୁ ମନେ ପକେଇ 'ବାପାଙ୍କ ଲୁହ' ଗଳ୍ପରେ ଗୋଟିଏ ନଷ୍ଟାଲଜିକ୍ ଚିନ୍ତାଭାବନାରେ ବୁଡ଼ି ରହିଛନ୍ତି । ଏହି ଗଳ୍ପଟିକୁ ରଚନା କରିଛନ୍ତି ଗାଳ୍ପିକ ନାରୁ ମହାନ୍ତି । ଛୋଟବେଳେ ବଂଶୀଧରର ପଇସା ଚୋରି ପାଇଁ ବାପା କିଭଳି ବାଡ଼େଇଥିଲେ; ବାପା କିଭଳି ତାଙ୍କ କାନ ମୂଳରେ ବ୍ରହ୍ମଚାପୁଡ଼ା ମାରିଥିଲେ; ବାପା ତାଙ୍କ କାନକୁ ଧରି ତାଙ୍କୁ କେମିତି 'ଶଳା' ଇତ୍ୟାଦି କଥା କହି ଗାଳି ଦେଉଥିଲେ-ସେହି କଥା ମନେପଡ଼ିଛି ବଂଶୀଧରଙ୍କର । ତେଣୁ ଏହି ଗଳ୍ପରେ ଗାଳ୍ପିକ ଜଣେ ଶିକ୍ଷକ ଜୀବନର ଚିତ୍ରକୁ ଉପସ୍ଥାପନ କରିଛନ୍ତି । ଯେଉଁ ଶିକ୍ଷକ କମ୍ ଦରମା ପାଏ ଏବଂ ସେ ସେଇ ଦରମାରେ ତା'ର ଘର ଚଳାଏ, ସଂଘର୍ଷ କରେ । ସେଇ ଦରମାରେ ସେ ତା'ର ଛୁଆଙ୍କୁ ପଢ଼ାଏ । ସେଥିପାଇଁ ତ ମାତ୍ର ଦଶଟଙ୍କା ଚୋରି ପାଇଁ ବଂଶୀଧର ବାପାଙ୍କର ଯେଉଁ ମାଡ଼ ଗାଳିର ଶରବ୍ୟ ହୋଇଥିଲା, ସେଇ ନିଅଣ୍ଟିଆ ଜୀବନଗାଥାକୁ ଏହି ଗଳ୍ପରେ ଚିତ୍ରଣ କରାଯାଇଛି ।

ଗୋଟିଏ ସମୟରେ ଶିକ୍ଷକମାନେ ବହୁତ୍ କମ୍ ଦରମା ପାଉଥିଲେ । ସେମାନଙ୍କର ଦରମା ତିନି ମାସକୁ ନବେଟଙ୍କା ଥିଲା । ସେଇ ସମୟର ସଂଘର୍ଷର ଚିତ୍ର ଏହି ଗଳ୍ପରେ ରହିଛି । ତେବେ ଗଳ୍ପଟିକୁ ପାଠକଲେ ଜଣେ ଶିକ୍ଷକ ଜୀବନର ଚିତ୍ର ଆଖି ଆଗରେ ଭାସି ଉଠେ । ଶିକ୍ଷକମାନେ କେମିତି ପୂର୍ବରୁ କ୍ରୋଧୀ ଥିଲେ, ପିଲାମାନଙ୍କୁ କିପରି ମାରପିଟ୍ କରୁଥିଲେ ସେ କଥା ମଧ୍ୟ ଛଳଛଳ ହୋଇ ଦିଶିଯାଏ ।

'ଖରାଦିନ ବର୍ଷାଦିନ' ଗଳ୍ପରେ ଗାଳ୍ପିକ ବରେନ୍ଦ୍ର କୃଷ୍ଣ ଧଳ ରାଜନୀତିର

ଉତ୍‌ଥାନପତନର ଚିତ୍ର ଉପସ୍ଥାପନ କରିବା ସହିତ କାର୍ଯ୍ୟଘେନା ପ୍ରୀତିର ଗୋଟିଏ ଜ୍ୱଳନ୍ତ ନମୁନା ପ୍ରସ୍ତୁତ କରିଛନ୍ତି। କଳ୍ପତରୁ ବାବୁ ଯିଏ କି ହେଉଛନ୍ତି ରାଜନୀତି କରି ମନ୍ତ୍ରୀପଦରେ ଅଧିଷ୍ଠିତ ହୋଇଥିବା ଅପୁତ୍ରିକ ମାମୁଙ୍କର ଅଖଣ୍ଡ କ୍ଷମତାର ପ୍ରତିନିଧି। ତା'ର ଏକମାତ୍ର କାରଣ ହେଉଛି ଯେ ମାମୁ ରାଜନୀତିକ କ୍ଷମତାରେ ଯେହେତୁ ରହିଛନ୍ତି ସେଥିପାଇଁ କଳ୍ପତରୁଙ୍କର ମଧ୍ୟ ତତ୍ତୁଲ୍ୟ କ୍ଷମତା ତାଙ୍କ ହାତରେ ରହିଥିଲା। ତେଣୁ ଯାହାର କିଛି ଦରକାର ପଡୁଥିଲା ସିଏ ନିଜ ମାମୁଙ୍କ ଦ୍ୱାରା ତାକୁ ପୂରଣ କରିବାକୁ ଚେଷ୍ଟା କରୁଥିଲେ।

ଏଇଭଳି ଏକ ବାତାବରଣ ଭିତରେ କଳ୍ପତରୁ ଗତିଶୀଳ ହେଉଥିବା ସମୟରେ ହଠାତ୍ ଦୁଇଜଣ ବନ୍ଧୁ ତାଙ୍କ ପାଖକୁ ଆସିଛନ୍ତି ଏବଂ ସେମାନେ କଳ୍ପତରୁଙ୍କ ସହିତ ବିଭିନ୍ନ ପ୍ରକାର କଥାବାର୍ତ୍ତା ହୋଇଛନ୍ତି। ସେଇ ଯୋଉ ଦୁଇ ବନ୍ଧୁ କଳ୍ପତରୁଙ୍କ ପାଖକୁ ଆସିଛନ୍ତି ସେ ଦୁଇଜଣ କଳ୍ପତରୁଙ୍କ ମାମୁ ରାଜ୍ୟର ମୁଖ୍ୟମନ୍ତ୍ରୀ ହେଇ ଦାୟିତ୍ୱ ନେବେ ବୋଲି ଜାଣିପାରିଛନ୍ତି। ସେ କଥା ଖବରକାଗଜରେ ମଧ୍ୟ ଛପା ଯାଇଛି। ତେବେ କଳ୍ପତରୁଙ୍କ ସହିତ ସେ ଯେଉଁ ଦୁଇବନ୍ଧୁଙ୍କ ସମ୍ପର୍କ- ସେ ସମ୍ପର୍କ ପଶ୍ଚାତ୍‌ରେ ଯେଉଁ ସ୍ୱାର୍ଥଟି ରହିଛି, ସେଇ ସ୍ୱାର୍ଥଟି ହେଉଛି କଳ୍ପତରୁ ବାବୁଙ୍କ ମାମୁ ମୁଖ୍ୟମନ୍ତ୍ରୀ ହେଲେ ବିଭିନ୍ନ କାମରେ କଳ୍ପତରୁ ସେଇ ଦୁଇବନ୍ଧୁଙ୍କୁ ସାହାଯ୍ୟ କରିବେ। ସେଥିପାଇଁ ସେଇ ଦୁଇବନ୍ଧୁ ଛୁଟିଆସିଛନ୍ତି କଳ୍ପତରୁ ବାବୁଙ୍କୁ ଦେଖାକରିବାକୁ। ସେଥିପାଇଁ କଳ୍ପତରୁ ବାବୁ ସବୁକଥା ଜାଣି ବିରକ୍ତ ହୋଇଉଠିଛନ୍ତି। ଆଉ ସେ ଦୁଇବନ୍ଧୁଙ୍କୁ ଘୃଣା କରିବାକୁ ଆରମ୍ଭ କରିଛନ୍ତି। ବନ୍ଧୁ ଦୁଇଜଣ ଖବରକାଗଜରେ କଳ୍ପତରୁ ବାବୁଙ୍କ ମାମୁ ମୁଖ୍ୟମନ୍ତ୍ରୀ ହେବାକଥା ଯେହେତୁ ପଢ଼ି ଜାଣିଛନ୍ତି, ତେଣୁ ସେମାନେ କଳ୍ପତରୁ ବାବୁଙ୍କୁ ଦେଖାକରିବାକୁ ଉଦ୍ଦେଶ୍ୟମୂଳକ ଭାବେ ଆସିଛନ୍ତି।

ତେବେ, ଏହି ଗଳ୍ପକୁ ଆମେ ଯଦି ଲକ୍ଷ୍ୟ କରିବା, ତେବେ ଗୋଟିଏ ସିଦ୍ଧାନ୍ତରେ ଆମେ ପହଞ୍ଚିବା ଯେ ତାହା ହେଉଛି ରାଜନୀତିକ ବାତାବରଣ ଭିତରେ ବଞ୍ଚିଥିବା ମଣିଷମାନେ ବହୁ ସମୟରେ ବିଭିନ୍ନ ସଂଘର୍ଷ ତଥା ସମସ୍ୟାର ଶିକାର ହୁଅନ୍ତି। ଯଦି ଜଣେ ବ୍ୟକ୍ତି କୌଣସି ମନ୍ତ୍ରୀର ବା କୌଣସି ରାଜନୀତିକ ନେତାର ଘନିଷ୍ଠ ହୋଇଥାଏ ତେବେ ସେ ମଧ୍ୟ ଏହିଭଳି ସମସ୍ୟାର ସମ୍ମୁଖୀନ ହୁଏ। ସେଥିପାଇଁ କଳ୍ପତରୁ ବିରକ୍ତ ହୋଇଉଠିଛନ୍ତି, ଦୁଇ ବନ୍ଧୁଙ୍କ ଉପରେ । ଯେତେବେଳେ ସେ ଜାଣୁଛନ୍ତି ଯେ ଦୁଇବନ୍ଧୁ ତାଙ୍କ ମାମୁଙ୍କର ମୁଖ୍ୟମନ୍ତ୍ରୀ ହେବା ଖବର ପାଇ ତାଙ୍କୁ ଦେଖା କରିବା ପାଇଁ ଆସିଛନ୍ତି ଅଥଚ ବନ୍ଧୁତ୍ୱ କାଏମ୍ ରଖିବା ପାଇଁ ନୁହେଁ - ସେତେବେଳେ କଳ୍ପତରୁ ଅତ୍ୟନ୍ତ

ଦୁଃଖପ୍ରକାଶ କରିଛନ୍ତି। ଏ ଗଳ୍ପଟିରେ ଯେଉଁ ବକ୍ତବ୍ୟ ରହିଛି ତାହା ହେଉଛି ସାଂପ୍ରତିକ ରାଜନୀତିର ଯେଉଁ ପରିମଣ୍ଡଳ-ସେହି ପରିମଣ୍ଡଳ ଭିତରେ ବନ୍ଧୁତ୍ୱର ବା ଆନ୍ତରିକତାର କୌଣସି ଚିହ୍ନବର୍ଣ୍ଣ ନଥାଏ। ସବୁକିଛି ସ୍ୱାର୍ଥପରତାରେ ସେଠି ପ୍ରତିଷ୍ଠିତ ହୋଇ ରହିଥାଏ। ତେଣୁ ଗାଳ୍ପିକ ଏଠାରେ ଏଇଭଳି ଏକ ସ୍ୱାର୍ଥପରତା ବା କାର୍ଯ୍ୟଘେନା ସଂପର୍କର ଚିତ୍ରକୁ ବେନକାବ କରିବା ପାଇଁ ଏବଂ ରାଜନୀତିକ ଅଭିସନ୍ଧି ଇତ୍ୟାଦିକୁ ସମ୍ମୁଖୀକୃତ କରିବା ପାଇଁ ଏ ଗଳ୍ପକୁ ରଚନା କରିଛନ୍ତି ବୋଲି କୁହାଯାଇପାରେ।

'ବିପନ୍ନ ବିବେକ' କ୍ଷୁଦ୍ରଗଳ୍ପଟି ଏକ ହତ୍ୟା ମାମଲାକୁ ନେଇ ରଚିତ। ଗଳ୍ପରେ ଗୋକୁଳି ବାବୁ ଚରିତ୍ର ଜଣକ ଅଭିମନ୍ୟୁ ବାବୁ ନାମକ ଜଣେ ବ୍ୟକ୍ତିଙ୍କୁ ବିଚ୍ ରାସ୍ତା ଉପରେ ଖୁନ୍ ହେଇଯାଇଥିବାର ଦୃଶ୍ୟ ଦେଖିଛି। କିନ୍ତୁ ହତ୍ୟାକାରୀ ବା ଘାତକର ଭୟରେ ସେ କଥା କାହାରିକୁ କହିପାରିନାହିଁ। ଗୋକୁଳିବାବୁଙ୍କର ପତ୍ନୀ ପାର୍ବତୀଦେବୀ ଗୋକୁଳିବାବୁଙ୍କୁ ହତ୍ୟାଦୁର୍ଘଟଣା କେଉଁଠି ନ କହିବା ପାଇଁ ପରାମର୍ଶ ଦେଇଛନ୍ତି। ପୋଲିସ୍ ଆସିଛି, କିଛି ସୁରାକ୍ ପାଇନାହିଁ। କିନ୍ତୁ ଇତି ଅବସରରେ କିଛିଦିନ ପରେ ଘାତକ ଯୁବକ ଜଣଙ୍କ ଗୋକୁଳିବାବୁଙ୍କ ଘରକୁ ଆସିଛି ଏବଂ ପ୍ରଧାନମନ୍ତ୍ରୀଙ୍କ ରିଲିଫ୍‌ବଣ୍ଡାକୁ ଟଙ୍କା ଦେବା ପାଇଁ ସେମାନେ କିଛି ଯୁବକଙ୍କୁ ନେଇ ଯେଉଁ ଡ୍ରାମା କରୁଛନ୍ତି ସେଥିରେ ଗୋକୁଳିବାବୁଙ୍କର ଝିଅ ଆରତୀକୁ ଅଭିନୟ କରିବା ପାଇଁ ବାଧ୍ୟ କରିଛି।

ଯେତେବେଳେ ଧମକ ଚମକ୍ ଦେଇ ଘାତକ ଯୁବକ ଏବଂ ତାଙ୍କ ସାଙ୍ଗମାନେ ଗୋକୁଳିବାବୁଙ୍କ ଘରୁ ଚାଲିଯାଇଛନ୍ତି ସେତେବେଳେ ପାର୍ବତୀ ଦେବୀ ପଚାରିଛନ୍ତି ସେ ଲୋକଟି କିଏ ? ଆଉ ସଙ୍ଗେ ସଙ୍ଗେ ଗୋକୁଳି ବାବୁ କହିଛନ୍ତି ଅଭିମନ୍ୟୁ ବାବୁଙ୍କୁ ରାତିରେ ଯିଏ ଖୁନ୍ କରିଥିଲା, ସେ ହେଉଛି ସେଇ ଯୁବକ। ତା'ପରେ ଗୋକୁଳିବାବୁ ସବୁକଥା ପାର୍ବତୀଙ୍କୁ କହିଛନ୍ତି ଏବଂ ପାର୍ବତୀ ସେଇ ସହର ଛାଡ଼ି ଆଉ ଏକ ସହରକୁ ଚାଲିଯିବେ ବୋଲି କାନ୍ଦକାନ୍ଦ ହୋଇ କହିଛନ୍ତି।

ଗଳ୍ପରେ ଏହି ଯେଉଁ ବକ୍ତବ୍ୟ ରହିଛି ଏ ବକ୍ତବ୍ୟ ପଶ୍ଚାତ୍‌ରେ ସହରୀ ଜୀବନର ସଂଘର୍ଷ ବହୁଳ କିଛି ଗୋପନ କଥା ଏଠି ଚିତ୍ରଣ କରାଯାଇଛି। ସହରରେ ଏହିଭଳି ଅସାମାଜିକ ଯୁବକମାନଙ୍କର ଆଡ୍ଡା ଜମେ। ସେହି ଯୁବକ ବା ଗୁଣ୍ଡାମାନଙ୍କର ଅତ୍ୟାଚାରରେ ସାଧାରଣ ମଣିଷ ପୀଡ଼ିତ ହୁଅନ୍ତି, ଅତ୍ୟାଚାରିତ ହୁଅନ୍ତି। ଏଭଳିକି ସେମାନେ ଯାହା ଯାହା ଦୁଷ୍କାର୍ଯ୍ୟ ବା ବର୍ବରତା ସବୁ ଭିଆଣ କରନ୍ତି, ତାକୁ କେହି ଦେଖିଲେ ମଧ୍ୟ ପୁଲିସ୍ ଆଗରେ ପ୍ରକାଶ କରନ୍ତି ନାହିଁ। ଏ ହେଉଛି ସହରୀ ଜୀବନର ସାଧାରଣ ବା ନିତିଦିନିଆ ସଂଘର୍ଷପୂର୍ଣ୍ଣ ଘଟଣା। ଏହି ଘଟଣାକୁ ଗାଳ୍ପିକ ଏଠାରେ

'ବିପନ୍ନ ବିବେକ' ଶୀର୍ଷକ ମାଧ୍ୟମରେ ଚିତ୍ରଣ କରିବାପାଇଁ ଚେଷ୍ଟା କରିଛନ୍ତି। ଏଠି ଭୟରେ ତଥା ସନ୍ତ୍ରାସରେ ଗୋକୁଳି ବାବୁଙ୍କର ବିବେକ କିପରି ବିପନ୍ନ ହୋଇଯାଇଛି ସେ କଥା ଗାଳ୍ପିକ ଉପସ୍ଥାପନ କରିଛନ୍ତି।

ଗୋଟିଏ ବଢ଼ି ଆସିବା ଏବଂ ଚାଲିଯିବା ଘଟଣାକୁ ନେଇ **'କାଗଜଡଙ୍ଗା'** ଗଳ୍ପ ରଚନା କରିଛନ୍ତି ଗାଳ୍ପିକ ପ୍ରଭାତ ମହାପାତ୍ର। ଏ ଗଳ୍ପରେ ଯେଉଁ କଳାତ୍ମକ ବିନ୍ୟାସ ହୋଇଛି ତାହା ଅତ୍ୟନ୍ତ ମନୋଜ୍ଞ ମନେହୁଏ। ତେବେ ବଢ଼ିରେ କେମିତି ସବୁତକ ଚାଲିଯାଇଛି; ଗାଁର ପରିସ୍ଥିତି କିପରି ଏପଟ ସେପଟ ହୋଇଯାଇଛି ସେ କଥା ଏହି ଗଳ୍ପରେ ବର୍ଣ୍ଣନା କରାଯାଇଛି। ଅଜାଙ୍କର କ'ଣ କ'ଣ ନଷ୍ଟ ହୋଇଯାଇଛି, ବଡ଼ ବୋହୂଙ୍କର କ'ଣ କ'ଣ ନଷ୍ଟ ହୋଇଯାଇଛି, ବଡ଼ ସାଆନ୍ତଙ୍କର କ'ଣ, ଜେଠେଇଙ୍କର କ'ଣ, ବାଞ୍ଛା ହଳିଆର କ'ଣ- ଏ ସବୁ କଥାକୁ ଅତି ସୁନ୍ଦର ଭାବରେ ଗାଳ୍ପିକ ପ୍ରଭାତ ମହାପାତ୍ର ବର୍ଣ୍ଣନା କରିଛନ୍ତି। ବଢ଼ିରେ କେମିତି ଲୋକମାନେ ଭଗବାନଙ୍କୁ ଡାକନ୍ତି, ନିଜ ବାପା, ମାଆଙ୍କୁ ଡାକପକାନ୍ତି, ସେହି ଚିତ୍ର ମଧ୍ୟ ଏହି ଗଳ୍ପରେ ଅତି ମାର୍ମିକ ଶୈଳୀରେ ବର୍ଣ୍ଣିତ। ବଢ଼ି ସମୟରେ କେମିତି ବିଭିନ୍ନ ପ୍ରକାରର ରିଲିଫ୍ ବଣ୍ଟା ଯାଏ, କଦଳୀ, କମଳା, ବିସ୍କୁଟ୍, ସିଝା ଅଣ୍ଡା, ଲୁଚି, ପରଟା, ଆଳୁଭଜା ଇତ୍ୟାଦି ପୁଡ଼ିଆମାନ ବଣ୍ଟା ହୁଏ, ତା ସହିତ ପେଷ୍ଟ, ଜାମା, ମହମବତୀ, ଖେଳଣା ଆଦି ଦିଆଯାଏ- ସେ ସବୁ କଥା ଏହି ଗଳ୍ପରେ ଚିତ୍ରିତ। ତେବେ ବଢ଼ି ଛାଡ଼ିଯିବା ପରେ- ଯେଉଁ ପରବର୍ତ୍ତୀ ଅବସ୍ଥା ବା ପରବର୍ତ୍ତୀ ସଂଘର୍ଷସଂକୁଳ ପରିସ୍ଥିତି ଦେଖାଦିଏ, ତାହା ମଧ୍ୟ ଏଠାରେ ଲିପିବଦ୍ଧ।

ଅନାହାର ମୃତ୍ୟୁକୁ ଆଧାର କରି ପ୍ରତିଭା ରାୟଙ୍କର **'ଅମର'** ଗଳ୍ପଟି ପରିକଳ୍ପିତ। ଏହା ଏକ ବ୍ୟଞ୍ଜନାଧର୍ମୀ କ୍ଷୁଦ୍ରଗଳ୍ପ। ଏ ଗଳ୍ପର ଚରିତ୍ର ମହାରାଜ ଭୋକ ଖୋଜିବା ପାଇଁ ସୁଦୂର ପାର୍ବତ୍ୟ ଅଞ୍ଚଳକୁ ଯାତ୍ରା କରିଛନ୍ତି। ଭୋକର ଅନୁଭବ କିପରି, ଭୋକ କିପରି ମଣିଷକୁ ଉଚ୍ଚାଟିତ କରେ, ଭୋକ ଦ୍ୱାରା ମଣିଷ କିଭଳି ବିଭିନ୍ନ ଦୁର୍ଯୋଗର ଶିକାର ହୁଏ- ସେଇ ସଂଘର୍ଷର କଥା ଏହି ଗଳ୍ପରେ ବର୍ଣ୍ଣିତ। ତେବେ ଅନାହାର ମୃତ୍ୟୁକୁ ନେଇ ଗଳ୍ପଟିର କେନ୍ଦ୍ରୀୟ ବକ୍ତବ୍ୟ ଲିପିବଦ୍ଧ।

ରାଜତନ୍ତ୍ରରେ ଭୋକ କିଭଳି ଏକ ସ୍ୱାଭାବିକ ପ୍ରକ୍ରିୟା ଏବଂ ଏହା କେମିତି ସାଧାରଣ ମଣିଷକୁ ବ୍ୟସ୍ତ ବିବ୍ରତ କରି ପକାଏ, ସେ କଥା ଏ ଗଳ୍ପରେ ଚିତ୍ରିତ। ଓଡ଼ିଶା ହେଉ କି ଭାରତ ହେଉ, କି ପୃଥିବୀର ଯେକୌଣସି ଅଞ୍ଚଳ- ଯେମିତିକି କଳାହାଣ୍ଡି ହେଉ ବା ସୋମାଲିଆ ହେଉ-ଭୋକ ଜନ୍ମରୁ ମରଣଯାଏଁ ରହିଛି। ସେ ଗରୀବ ମଣିଷର ସହସାଥୀ ହେଇ ଚାଲିଛି। ତାର ମୃତ୍ୟୁ ନାହିଁ। ଯେତେ ପର୍ଯ୍ୟନ୍ତ ଶାସନତନ୍ତ୍ର ରହିଛି

ସେତେ ପର୍ଯ୍ୟନ୍ତ ଭୋକ ଅନନ୍ତ କାଳପାଇଁ ରହିଥିବ। ତେଣୁ ଭୋକକୁ ଏଠି ଅମର ବୋଲି କୁହାଯାଇଛି। ଭୋକର ଜିନ୍ଦାବାଦ୍ କରାଯାଇଛି। ଏଭଳି ବର୍ଣ୍ଣନା ବା ବ୍ୟାଖ୍ୟା ପଶ୍ଚାତ୍‌ରେ ଗାଳ୍ପିକା ପ୍ରତିଭାରାୟ ଅନାହାର ମୃତ୍ୟୁକୁ ଅତି ବ୍ୟଞ୍ଜନାଧର୍ମୀ ଭଙ୍ଗୀରେ ଉପସ୍ଥାପନ କରିଛନ୍ତି। ତା' ସହିତ ଏହି ଅନାହାର ମୃତ୍ୟୁ କିଭଳି ଶାସକ ନିକଟରେ ପହଞ୍ଚିପାରେନାହିଁ; ଶାସକକୁ ବିଚଳିତ କରିପାରେ ନାହିଁ-ଶାସକ ବରଂ ଓଲଟା କଥା ଏହି ଅନାହାର ମୃତ୍ୟୁକୁ ନେଇ ଚିନ୍ତା କରିଥାଏ, ସେସବୁର ତିର୍ଯ୍ୟକ୍‌ଧର୍ମୀ ବର୍ଣ୍ଣନା ଏହି ଗଳ୍ପରେ ରହିଛି।

ପଦ୍ମଜ ପାଳଙ୍କର **'ସାକ୍ଷୀ'** ଗଳ୍ପଟି ଗୋଟିଏ ମର୍ଡ଼ର ବା ହତ୍ୟାକୁ କେନ୍ଦ୍ରକରି ରଚିତ। ଓକିଲ ଜେରା କରିଛି ଗିରିଧାରୀ ସାହୁଙ୍କୁ। ମର୍ଡ଼ର ବେଳେ ଗିରିଧାରୀ ଦେଖିଛି କି ନାହିଁ ବୋଲି ଜାଣିବାକୁ ତାକୁ ଜେରା କରାଯାଉଥିଲା। ତାକୁ ସାକ୍ଷୀ ଭାବରେ ଜେରା କରାଯାଉଥିଲା। ନାଗମଣି ବାବୁଙ୍କର ପୁଅକୁ ଗୁଣ୍ଡାମାନେ ମର୍ଡ଼ର୍ କରିଛନ୍ତି। ବଜାର ମଝିରେ ସମସ୍ତଙ୍କ ଆଖି ଆଗରେ। ସେଥିପାଇଁ ଗିରିଧାରୀ ସାକ୍ଷୀ ଦେବା ପାଇଁ କୋର୍ଟକୁ ଆସିଛନ୍ତି। ଗିରିଧାରୀ ସାକ୍ଷୀ ଦେବାପାଇଁ କୋର୍ଟକୁ ଯାଇଥିଲେ ବି ଭୟରେ ଆଖିରେ ଦେଖିଥିବା ହତ୍ୟା। ଘଟଣାକୁ ବି ଖୋଲି କହିପାରି ନାହିଁ ଗୁଣ୍ଡାମାନେ ତାକୁ ଦୁଇଦିନ ତଳେ ଧମ୍‌କେଇ ଥିବାରୁ। ସେଥିପାଇଁ ଗିରିଧାରୀର ସ୍ତ୍ରୀ ନାଣ୍ଡୀ ତାଚ୍ଛଲ୍ୟ କରିଛି ଗିରିଧାରୀକୁ। ନାଣ୍ଡୀ ଗିରିଧାରୀଙ୍କୁ ବିଭିନ୍ନ କଥା ଆଳରେ ଧିକ୍କାରିଛି। ଗିରିଧାରୀ ଧର୍ମକୁ ଚାହିଁନାହିଁ। ନାଗୁଭାଇ ମୁହଁକୁ ଚାହିଁନାହିଁ। ସେ କଥା ମଧ୍ୟ ନାଣ୍ଡୀ କହିଛି। ଛି'ଛାକର କରିଛି। ଏଭଳି ହେଲେ ଯୁଗେଯୁଗେ ଏ ଗୁଣ୍ଡାମାନେ ଯେ ରହିଥିବେ ସେ କଥା ମଧ୍ୟ କହିଛି। ତେଣୁ ନାଣ୍ଡୀର ଆଖିରେ ବିଦ୍ୱେଷ ଓ ଘୃଣା ସୃଷ୍ଟି ହୋଇଛି ଗିରିଧାରୀ ପ୍ରତି। ତା' ପରେ ନାଣ୍ଡୀ ଭାବିଛି ଯେ, ମୋରି ସୁରକ୍ଷା ପାଇଁ ଗିରିଧାରୀ ସତକଥା କହି ନାହାଁନ୍ତି। ସେଥିପାଇଁ ସେ ଖୁବ୍ ଜୋର୍‌ରେ କଚାଡ଼ି ଦେଇଛି ଚୁଡ଼ି ପିନ୍ଧିଥିବା ଦୁଇହାତକୁ। ଫଳରେ ମୁଠାକ ଯାକ ପାଣିକାଚ ଭାଙ୍ଗିରୁଜି ଚାରିଆଡ଼େ ଛିଟ୍‌କି ପଡ଼ିଛି। ଅର୍ଥାତ୍ ଗାଳ୍ପିକ ଏଠି କହିବାକୁ ଚହୁଁଛନ୍ତି, ଯେ ଗୋଟେ ସାଧାରଣ ନାରୀ ହେଉଛି ନାଣ୍ଡୀ। ତା' ଭିତରେ ବି ସତ୍ୟ ପ୍ରକାଶ କରିବାର ସାମର୍ଥ୍ୟ ରହିଛି; କିନ୍ତୁ ଗୁଣ୍ଡାମାନେ ଯେହେତୁ ଏ ଧରଣର ସାକ୍ଷୀ ପ୍ରଦାନକୁ ବରଦାସ୍ତ କରିପାରନ୍ତିନି ଏବଂ ସେମାନେ ଧମକ୍ ଚମକ୍ ଦିଅନ୍ତି; ଏଭଳି କି ଆବଶ୍ୟକ ସ୍ଥଳେ ସାକ୍ଷୀକୁ ମାରିବି ଦିଅନ୍ତି- ସେଥିପାଇଁ ଗିରିଧାରୀ ସତକଥା କହିନାହାଁନ୍ତି। ତେଣୁ ଏ ଧରଣର ଗୋଟିଏ ମାନସିକ ଦ୍ୱନ୍ଦ୍ୱ ଓ ସନ୍ତ୍ରାସ ଭିତରେ ଗଳ୍ପଟି ଆରମ୍ଭ ହୋଇଛି ଓ ଶେଷ ହୋଇଛି। ଗୋଟିଏ ଅନ୍ତର୍ଦ୍ୱନ୍ଦ୍ୱ ତଥା ମାନସିକ ସଂଘର୍ଷ ଏବଂ ଅସଙ୍ଗତ ଏଇ ଗଳ୍ପ ମଧ୍ୟରେ ରୂପାୟିତ ହୋଇଛି।

ଆର୍ଯ୍ୟ ଯଜ୍ଞଦତ୍ତଙ୍କର **'ଭଉଁରୀ'** ଗଳ୍ପଟି ଏକ ଭୟଙ୍କର ଦୁର୍ଘଟଣା ଜନିତ ସଂଘର୍ଷକୁ ଭିତ୍ତିକରି ରଚିତ। ଏକ ଆସନ୍ନ ଶୀତ ସନ୍ଧ୍ୟାରେ ପଥର ବୋଝେଇ ଟ୍ରକ୍‌ଟେ ସୁଉଚ୍ଚ ରାଜପଥ ପୋଲ ବାଡ଼ଭାଙ୍ଗି ପଥର ଚଟାଣରେ ପାଲଟାଖାଇ ପାଟନାଳିରେ ପଡ଼ିଯାଇଥିବାରୁ ଏ ଧରଣର ଦୁର୍ଘଟଣା ଘଟିଛି। ଡାଲାରେ ଅନ୍ତତଃ ପଚିଶି ତିରିଶି ଜଣ ଯାତ୍ରୀ ଥିଲେ। ସେଥିମଧ୍ୟରୁ ଘଟଣା ସ୍ଥଳରେ ତିନିଜଣ ମରିଯାଇଥିଲେ ଓ ଅନ୍ୟମାନେ ଗୁରୁତର ଭାବରେ ଆହତ ହୋଇ ଦଶ କି.ମି ଦୂରରେ ଥିବା ସବ୍‌ଡିଭିଜନାଲ ହସ୍‌ପିଟାଲକୁ ବୁହାହୋଇ ଯାଇଥିଲେ। ଏ ଥିଲା ପ୍ରକୃତରେ ଗଳ୍ପର ଆରମ୍ଭ; କିନ୍ତୁ ଯେତେବେଳେ ଗ୍ରାମର ନେତରା ମଳିକ ଖବର ପାଇ ସେହି ଦୁର୍ଘଟଣା ଘଟିଥିବା ସ୍ଥାନକୁ ଆସିଥିଲା, ସେତେବେଳେ ସେ ଲୋକମାନଙ୍କର ହୃଦୟ ବିଦାରକ ଯନ୍ତ୍ରଣା ଏବଂ ଦୃଶ୍ୟ ଦେଖି ବିଚଳିତ ହୋଇଯାଇଥିଲା। ତା'ପରେ ସେ ସେହି ମୁର୍ଦ୍ଦାର ତିନୋଟିକୁ ଜଗିଥିଲା। ଯା' ମଧ୍ୟରେ କିଛି ଲୋକ ଆସିଥିଲେ । ସେମାନଙ୍କର ଆସିବାର ଉଦ୍ଦେଶ୍ୟ ଥିଲା ଦୁର୍ଘଟଣାଗ୍ରସ୍ତ ଟ୍ରକ୍‌ରୁ ଟାୟାର୍ ବାହାର କରି ନେଇଯିବା। ସେଥିପାଇଁ ନେତ୍ରାକୁ ସେମାନେ ବିଭିନ୍ନ ପ୍ରକାର ପ୍ରଲୋଭନ ଦେଖାଇ ସେ କାମଟି କରିଥିଲେ; କିନ୍ତୁ ଯେତେବେଳେ ଥାନାର ବଡ଼ବାବୁ ନେତ୍ରାକୁ ଭେଟିଥିଲେ ଓ ନେତ୍ରାକୁ କହିଥିଲେ - "ତୁ ଆଠହଜାର ଟଙ୍କାର ଟାୟାର୍ ଚୋର୍। ବେଟିରି ଚୋର। ତେଣୁ ତୁ ଯଦି ଦୁଇହଜାର ଟଙ୍କା ମୋ ପାଖରେ ସନ୍ଧ୍ୟାସୁଦ୍ଧା ନ ପହଞ୍ଚାଇବୁ ତା'ହେଲେ ତୋର ଅବସ୍ଥା ମୁଁ ସାଂଘାତିକ କରିଦେବି।"-ସେତେବେଳେ ନେତ୍ରା ବିଚଳିତ ହୋଇ ଯାଇଥିଲା। ଅର୍ଥ ଲୋଲୁପତା ମଣିଷଙ୍କୁ କେମିତି ଗ୍ରାସକରେ ଏବଂ ସେହି ଅର୍ଥ ଲୋଲୁପତା ଦ୍ୱାରା କିଭଳି ସାଧାରଣ ଭଣ୍ଡ ମଣିଷଠାରୁ ଆରମ୍ଭ କରି ଥାନାର ବଡ଼ବାବୁ ପର୍ଯ୍ୟନ୍ତ ସଭିଏଁ କବଳିତ ତା'ର ଦୃଷ୍ଟାନ୍ତ ହେଉଛି ଏହି ଗଳ୍ପ। ଦୁର୍ଘଟଣା ପାଇଁ ମଣିଷର ସଂବେଦନା ଆସିବା ପରିବର୍ତ୍ତେ କିଭଳି ଭାବରେ ଏକ ଦାନବୀୟ ଲୋଭାତୁରତା ଦ୍ୱାରା ମଣିଷ କବଳିତ ହୋଇଛି ତାହାର ଏକ ସମ୍ବେଦନଶୀଳ ବିନ୍ୟାସ ହେଉଛି ଏଇ ଗଳ୍ପ ।

ହଜିବା ଭିତରେ ଜୀବନ: ପାଇବା ଭିତରେ ଜୀବନ ଏବଂ ହଜିବା ଓ ପାଇବାର ଗଳ୍ପ :-

ମଣିଷ ଜୀବନରେ ହଜିବା ବି ଆସେ, ପାଇବା ବି ଆସେ। ଜୀବନ ସହିତ ଏଇ ହଜିବା ପାଇବାର ଲୁଚକାଳି ଖେଳ ଭିତରେ ଜୀବନ ବି କେତେବେଳେ ଶେଷ ହୋଇଯାଏ। ହଜିବା ପାଇବାର ଏହି ଲୁଚକାଳି ଖେଳର ଏକ ସଦୃଷ୍ଟାନ୍ତ ପ୍ରତିଫଳନ ଭାବରେ ବିଜୟକୃଷ୍ଣ ମହାନ୍ତିଙ୍କର **'ପ୍ରଚକ୍ଷୁ'** ଗଳ୍ପକୁ ଗ୍ରହଣ କରାଯାଇପାରେ। 'ପ୍ରଚକ୍ଷୁ'

ଗଳ୍ପର ନାୟକ ନବଘନ ବାବୁ ଜଣେ ଅଫିସ୍ କିରାଣୀ । ଅର୍ଥ ଅନଟନ ଭିତରେ ତାଙ୍କ ଜୀବନ ଗତି କରେ । ସେଥିପାଇଁ ତାଙ୍କର ପ୍ରଚକ୍ଷୁ ବା ଚଷମାର କାଚ ସେ ବଦଳେଇ ପାରୁନାହାଁନ୍ତି । ତାଙ୍କୁ ଝାପ୍‌ସା ଦିଶୁଛି । ଅକ୍ଷରଗୁଡ଼ିକ ପଢ଼ିଲାବେଳେ ଅସ୍ପଷ୍ଟ ମଧ୍ୟ ହେଉଛି । ଏଇଭଳି ଏକ ଅଭାବମୟ ପରିସ୍ଥିତିରେ ହଠାତ୍ ଯେତେବେଳେ ସେ ଅଫିସ୍‌ରୁ ଘରକୁ ଆସିଛନ୍ତି, ସେତେବେଳେ ତାଙ୍କ ପୁଅ ପ୍ରଭାତ କଲେଜ୍‌ରୁ ଫେରିବା ବାଟରେ ଚଷମାଟିଏ ପାଇ ଘରକୁ ନେଇ ଆସିଛି । ଚଷମାଟିକୁ ଆଣି ନବଘନ ବାବୁଙ୍କ ଟେବୁଲ୍ ଉପରେ ଥୋଇଛି । ସେଇ ଚଷମାକୁ ନେଇ ଏଇ ଗଳ୍ପର ପରିକଳ୍ପନା । ଚଷମାଟି କାହାର ବୋଲି ଜଣାପଡ଼ିନାହିଁ । କୌଣସି ଠିକଣା ସେଥିରେ ଲେଖାଯାଇନାହିଁ, କିନ୍ତୁ ନବଘନ ବାବୁ ଚଷମାଟିକୁ ଚଷମା ମାଲିକକୁ ଫେରେଇଦବା ପାଇଁ ସମ୍ବାଦ ପତ୍ରରେ ବିଜ୍ଞାପନ ଦେବା କଥା ଚିନ୍ତା କରିଛନ୍ତି । ଅବଲୀଳାକ୍ରମେ ନବଘନ ବାବୁ କିନ୍ତୁ ଚଷମାଟିକୁ ଆଖିରେ ଲଗାଇ କହିଛନ୍ତି "ଏଇ ଯୋଉ ଚଷମାଟି ପ୍ରଭାତ ପାଇଥିଲା ମୁଁ ପିନ୍ଧି ଦେଖୁଛି ସବୁ ଖୁବ୍ ପରିଷ୍କାର ଦିଶୁଛି । ଦୂରକୁ ଅନାଇଲେ ସବୁ ସ୍ପଷ୍ଟ ଦିଶୁଛି । ଯେମିତି ମନେହେଉଛି ମୋ ଆଖି ପାୱାରର ଚଷମା ।"

ଏଇ ଘଟଣା ପଶ୍ଚାତ୍‌ରେ ନବଘନ ବାବୁଙ୍କର ମନସ୍ତାତ୍ତ୍ୱିକ ପ୍ରତିକ୍ରିୟା ପ୍ରକାଶ ପାଇଛି । ଯାହାକୁ ଗାଳ୍ପିକ ପରୋକ୍ଷରେ ଏଇ ଗଳ୍ପ ମଧ୍ୟରେ ପ୍ରକାଶ କରିବା ପାଇଁ ଚେଷ୍ଟା କରିଛନ୍ତି । ଅର୍ଥାତ୍ ଚଷମା ଆଖିକୁ ଫିଟ୍ ହେଉଛି । ସବୁ କିଛି ଦିଶୁଛି । ସେଥିପାଇଁ ତାଙ୍କ ମନ ଭିତରେ ସେ ଭାବିଛନ୍ତି ଯେ ଚଷମାଟି ଯଦି କେହି ଭଦ୍ରଲୋକ ନ ନିଅନ୍ତେ ସେ ହୁଏତ ଚଷମାଟିକୁ ରଖି ନିଅନ୍ତେ । କାରଣ ନୂଆ ଚଷମା କିଣିବାର ସାମର୍ଥ୍ୟ ତାଙ୍କର ନାହିଁ । ତେବେ ଏଭଳି ଏକ ଦୋ ଦୋ ପାଞ୍ଚ ଅବସ୍ଥାକୁ ନେଇ ଏଇ ଗଳ୍ପ ଗତିଶୀଳ । ଗୋଟିଏ ପାଖେ ଚଷମାର ବିଜ୍ଞାପନ ଖବରକାଗଜରେ ଛାପି ଚଷମା ମାଲିକକୁ ଚଷମା ଫେରାଇ ଦେବାର ଇଚ୍ଛା ଏବଂ ଅନ୍ୟପଟେ ନବଘନ ବାବୁଙ୍କର ଦାରିଦ୍ର୍ୟଗତ ସଂକଟର କଥା ।

ଏଇ ପାଇବା ଏବଂ ହଜିବାର ଦୋ ଛକି ଉପରେ ପରିକଳ୍ପିତ ଆଉ ଗୋଟିଏ କ୍ଷୁଦ୍ରଗଳ୍ପ ହେଉଛି ନନ୍ଦିନୀ ଶତପଥୀଙ୍କର **'ଅନ୍ୟ ପୃଥିବୀ'** । ଏ ଗଳ୍ପରେ ଜୟଶ୍ରୀର ବିବାହପୂର୍ବର ଜୀବନ ଏବଂ ବିବାହ ପରର ଜୀବନ ଭିତରେ ହଜିବା ଆଉ ପାଇବାର ଖେଳ ଘଟିତ ହୋଇଛି । ବିଦେଶୀ ଝିଅ ରୁବେନା ଆଖିରେ ନାୟକ ଚନ୍ଦନ ଏବଂ ନାୟିକା ଜୟଶ୍ରୀ ଭିତରର ପାର୍ଥକ୍ୟ, ସାଦୃଶ୍ୟ ଇତ୍ୟାଦିକୁ ଗାଳ୍ପିକ ଦେଖେଇବାକୁ ଚାହିଁଛନ୍ତି । ସବୁ ବଡ଼ ସହରର ଅବସ୍ଥା କିପରି ଏକା, ବଡ଼ ବଡ଼ କୋଠାବାଡ଼ି, ଯାନବାହନ ଜୀବିକା ପାଇଁ ମଣିଷର କିପରି ପ୍ରାଣାନ୍ତକ ପ୍ରତିଯୋଗିତା, ସ୍ୱାର୍ଥପାଇଁ ମଣିଷ କିଭଳି

ଅଣନିଃଶ୍ୱାସୀ ହୋଇ ଧାଉଁଥାଏ- ଏଇସବୁ ବୀଭତ୍ସ ବକ୍ତବ୍ୟ ଏହି ଗଳ୍ପରେ ସ୍ଥାନିତ। ମଣିଷ ଉପରେ ଗୋଟିଏ କଠିନ ଆବରଣ କିଭଳି ଜମିଯାଇଥାଏ, ବୌଦ୍ଧିକ ମଣିଷ କିଭଳି ମାପିଚୁପି କଥାବାର୍ତ୍ତା କରେ, ହସେ-ଏସବୁର ଚିତ୍ର ଏ ଗଳ୍ପରେ ଅଭିବ୍ୟକ୍ତ। ବୌଦ୍ଧିକ ମଣିଷଟିଏ ଦେଶର ସମସ୍ୟାକୁ, ସମାଜର ସମସ୍ୟାକୁ ଦେଖି ରହି ଜୀବନ ବଞ୍ଚେ; କିନ୍ତୁ ଯୌତୁକ ନିର୍ଯ୍ୟାତନାରେ ଶିକାର ହେଇଥିବା ଏବଂ ପୋଡ଼ି ମରିଥିବା ତାଜା ଖବର ସେଇ ବୁଦ୍ଧିଜୀବୀ ମଣିଷକୁ କୌଣସି ପ୍ରକାରେ ପ୍ରଭାବିତ କରେନାହିଁ। ତେଣୁ ଗାଳ୍ପିକା ନନ୍ଦିନୀ ଶତପଥୀ ରୁବେନା ଆଖିରେ ଏହିଭଳି ମଣିଷ ଜୀବନର ଦୈନ୍ୟ ଓ ଗ୍ଲାନିକୁ ଉପସ୍ଥାପନ କରିବା ପାଇଁ ଚେଷ୍ଟା କରିଛନ୍ତି ଏବଂ ଏଇ ଦୈନ୍ୟ ଓ ଗ୍ଲାନିର ଲୁଚକାଳି ଖେଳ ଭିତରେ କେମିତି ସମଗ୍ର ଦୁନିଆ ଗ୍ରସ୍ତ, ସେ କଥା ମଧ୍ୟ ଏଠି ଚିତ୍ରିତ। ଉଦାର ଆଉ ମହତ୍ ବୋଲାଉଥିବା ମଣିଷ ସ୍ୱାର୍ଥର ସଂଘାତରେ କିଭଳି କବଳିତ ତାହା ମଧ୍ୟ ଏ ଗଳ୍ପରେ ପ୍ରତିଫଳିତ। ତେଣୁ ବାସ୍ତବ ଜୀବନ ଏବଂ ବାସ୍ତବ ଦୁନିଆର ବାସ୍ତବତା ବହିର୍ଭୂତ ଜୀବନ କିଭଳି ଏକାଭଳି ନୁହେଁ ଏବଂ ଛଳନା ଭିତରେ, ପ୍ରତାରଣା ଭିତରେ ହଜିବା ପାଇବାର ଲୁଚକାଳି ଭିତରେ ଜୀବନ କେମିତି ଛକାପଞ୍ଝା ଖେଳ ଭଳି ଗତିଶୀଳ ହେଉଥାଏ-ସେକଥା ଏ ଗଳ୍ପର ଅତି ମାର୍ମିକ ଢଙ୍ଗରେ ଗାଳ୍ପିକା ପ୍ରକାଶ କରିଛନ୍ତି। ସେଥିପାଇଁ ଏ ଗଳ୍ପର ନାମକରଣ କରାଯାଇଛି 'ଅନ୍ୟ ପୃଥିବୀ'।

ପାଇବା ଏବଂ ହଜାଇବାର ଗୋଟେ ଚିରାଚରିତ ତଥା ନିରନ୍ତର ପ୍ରକ୍ରିୟାର ନଜିର୍ ହେଉଛି ରାସ୍ତା। **'ରାସ୍ତା'** ହୋଇପାରେ ଏକ କ୍ଷୁଦ୍ରଗଳ୍ପ। ହୋଇପାରେ ଚଳପ୍ରଚଳ କରୁଥିବା ମଣିଷର ରାସ୍ତା। ଏ ଗଳ୍ପର ଗାଳ୍ପିକ ପାରନ୍ତି ବନଜ ଦେବୀ ଏବଂ ରାସ୍ତାର ପଥଚାରୀ ହୋଇପାରନ୍ତି ମୁଁ, ତମେ ଏବଂ ସେମାନେ ବା ହେଇପାରନ୍ତି ସୀମିତ ଚୌଧୁରୀ ବା ହେଇପାରନ୍ତି ବିପୁଳ ବଳବନ୍ତ ରାୟ ଚରିତ୍ରମାନେ। ରାସ୍ତା ପଡ଼ିଛି। ସେଇ ରାସ୍ତାରେ ମଣିଷ ଜୀବନ ଗତିଶୀଳ। ମଣିଷ ଚାଲିଛି। କେତେବେଳେ ନୈରାଶ୍ୟ ଉପରେ ପାଦ ଦେଇ ତ କେତେବେଳେ ବେକାରୀ ସମସ୍ୟା ଉପରେ ପାଦ ଦେଇ। କେତେବେଳେ ପୁଣି ଅକାଳ ଦୁର୍ଘଟଣାର ଶିକାର ହୋଇ ହାତ ହରେଇ ଥିବା ମଣିଷଟିଏ ବି ସେଇ ରାସ୍ତାରେ ଚାଲିଛି। ତେଣୁ ଚାଲିବାର ଶେଷ ନାହିଁ। ଚାଲିବାର ଶେଷ ନଥିବା ଏକ ଚଳମାନ ପ୍ରକ୍ରିୟାର ପ୍ରତୀକ ହେଉଛି ରାସ୍ତା। ଏଇ ରାସ୍ତା ଅନେକ ଘଟଣା, ଦୁର୍ଘଟଣାର, ପାଇବା ନ ପାଇବାର, ପାଇ ପୁଣି ହଜେଇ ଦେବାର ମୂକ ସାକ୍ଷୀ।

'ସମୟ, ସମୁଦ୍ର ଓ ସ୍ୱର୍ଗଦ୍ୱାର' ଗଳ୍ପ ଯାହା କି ଅଧ୍ୟାପକ ବିଶ୍ୱରଂଜନଙ୍କ ଦ୍ୱାରା ରଚିତ; ଏଥିରେ ମଧ୍ୟ ପାଇବା ଏବଂ ନ ପାଇବାର ଲୁଚକାଳି ଖେଳ ଅବ୍ୟାହତ। ସେଥିପାଇଁ ଗାଳ୍ପିକ ସମୟକୁ ଏକ ବେଗଗାମୀ ସ୍ରୋତ ବୋଲି କହି ସେ

କେମିତି ସବୁବେଳେ ବହିଚାଲିଛି ଏବଂ ସେ କାହାରିକୁ କେବେ ଅପେକ୍ଷା କରିନାହିଁ ତାହା ଚିତ୍ରଣ କରିଛନ୍ତି। ସମୁଦ୍ରକୁ ସେ କହିଛନ୍ତି ପ୍ରଥମ ସୃଷ୍ଟିର ଜୀବନ୍ତ ପ୍ରତୀକ। ଅନନ୍ତ ଅସୀମ। ସମୁଦ୍ର ବକ୍ଷରେ ଅଗଣିତ ତରଙ୍ଗର ଉଦ୍‌ବେଳନ । ଆଉ ସ୍ୱର୍ଗଦ୍ୱାର? ଏ ସ୍ୱର୍ଗଦ୍ୱାର ହେଉଛି ପୁରୀର ସ୍ୱର୍ଗଦ୍ୱାର ବା ଶ୍ମଶାନ। ଯେଉଁଠି ଛିଡ଼ା ହୋଇ ଗାଳ୍ପିକ ତାଙ୍କ ଅତୀତ ଜୀବନକୁ ସନ୍ଦର୍ଶନ କରୁଛନ୍ତି। ଜାତି ପ୍ରଥା କିଭଳି ପ୍ରେମରେ ବାଧକତା ହୋଇ ଛିଡ଼ାହୁଏ; ଆର୍ଥିକ ଅସ୍ୱଚ୍ଛଳତା କିଭଳି ଗୋଟିଏ ନାରୀ ସହିତ ଗୋଟିଏ ପୁରୁଷକୁ ଯୋଡ଼ି ପାରେନାହିଁ ଏବଂ ଏଇଭଳି ସଂକଟ ପାଇଁ ପ୍ରେମ କିଭଳି ମୃତ୍ୟୁରେ ସମାହିତ ହୁଏ-ସେଇ ଚିତ୍ର ଏ ଗଳ୍ପରେ ପ୍ରଦତ୍ତ।

ହଜାଇବା ଏବଂ ପାଇବାର ଏକ ତୀବ୍ର କାରୁଣ୍ୟର ଚିତ୍ରଶାଳା ଭଳି ପ୍ରତୀୟମାନ ହୁଏ ସାତକୋଡ଼ି ହୋତାଙ୍କର **'ଦିଲ୍ଲୀର ମହାଶୂନ୍ୟ'** କ୍ଷୁଦ୍ରଗଳ୍ପ। ଭବାନନ୍ଦ ବାବୁ ନିଜ ସ୍ତ୍ରୀ ବାସନ୍ତୀ ଦେବୀଙ୍କୁ ସାଂଗରେ ଧରି ଦିଲ୍ଲୀକୁ କୃଷକ ମେଳାରେ ଯୋଗଦେବା ପାଇଁ ଯିବା ପ୍ରସଂଗ ଏବଂ ଘଟଣାକ୍ରମେ ଟ୍ୟାକ୍ସି ଡ୍ରାଇଭର କୋକାକୋଲାରେ ନିଶା ମିଶାଇ ଭବାନନ୍ଦ ଏବଂ ତାଙ୍କ ସ୍ତ୍ରୀଙ୍କୁ ପିଆଇବା ପ୍ରସଂଗ ଏବଂ ଶେଷରେ ଭବାନନ୍ଦଙ୍କର ସ୍ତ୍ରୀଙ୍କୁ ଅପହରଣ କରିନେବା ପ୍ରସଙ୍ଗ ଏ ଗଳ୍ପର ମୁଖ୍ୟ ସ୍ୱର। ଏ ଗଳ୍ପରେ ଦିଲ୍ଲୀ ମହା ନଗରୀର ଆଭିଜାତ୍ୟ ତଥା ଆଟୋପ ତଳେ ଲୁଚି ରହିଥିବା ମଣିଷମାନଙ୍କର କାମନା ବାସନା ଜନିତ ନୃସଂଶତା ଚିତ୍ରିତ। ନିଜ ସ୍ତ୍ରୀ ବାସନ୍ତୀଙ୍କୁ ହରାଇ ଶେଷରେ ଢେଙ୍କାନାଳ ଷ୍ଟେସନ୍‌ରେ ଗାଡ଼ିରୁ ଓହ୍ଲାଇ ଭବାନନ୍ଦ ବାବୁ କିଭଳି ମ୍ରିୟମାଣ ଅବସ୍ଥାରେ ଗୋଟିଏ ଆମ୍ବଗଛ ମୂଳେ ବସି ଉଦାସ ନୟନରେ ଶୂନ୍ୟକୁ ଦେଖୁଥିଲେ ଏବଂ ପୃଥିବୀର ସବୁ ହାହାକାର ତାଙ୍କ ଛାତି ତଳେ କିଭଳି ଠୁଳ ହେଉଥିଲା ଏବଂ ବାସନ୍ତୀଙ୍କର ମୁହଁଟି କିଭଳି ସେଇ ଦିଲ୍ଲୀର ମହାନଗରୀର ମହାଶୂନ୍ୟରେ ମିଳେଇ ଯାଉଥିଲା, ତାର କାରୁଣିକ ପ୍ରେକ୍ଷାପଟ୍ଟର ଇତିକଥା ଏ ଗଳ୍ପ। ଇଏ ବି ଏକ ପ୍ରକାରର ଜୀବନ। ଏ ଜୀବନରେ ପାଇବା ଏବଂ ହଜେଇବାର ଖେଳ ଅବ୍ୟାହତ। ଯାହା ବେଳେବେଳେ ରୋମାଞ୍ଚକର ପୁଣି ବେଳେବେଳେ ଅତ୍ୟନ୍ତ ମର୍ମନ୍ତୁଦ।

ପାଇବା ଏବଂ ହଜେଇବାର ଆଉ ଏକ କାରୁଣିକ ଦୃଷ୍ଟାନ୍ତ ହେଉଛି ଦେବ୍ରାଜ୍ ଲେଙ୍କାଙ୍କ **'ଜୀବନ ସଂଗୀତ'** ଗଳ୍ପ। ଏ ଗଳ୍ପରେ ଗରୀବ ରଘୁ ପଧାନ ଯିଏ କି ଜଣେ ଶଗଡ଼ିଆ, ସେ ତା ପୁଅ ବାଇଆକୁ ଧରି ରାତିରେ ଶଗଡ଼ ଚଳେଇ ଚଳେଇ ଘରକୁ ଫେରୁଛି। ପୁଅ ଘୁମେଇ ପଡ଼ିଛି । ରାସ୍ତାରେ ପୁଅକୁ ଅନେକ କଥା ଗଳ୍ପଛଳରେ ଶୁଣେଇଛି ରଘୁ ପଧାନ। ପୁଅ ପେଟରେ ଭୋକ ଉଠିଛି। ପୁଅର ତା ମା' କଥା ମନେ ପଡ଼ିଛି। ଆସ୍ତେ ଆସ୍ତେ ରାତି ଅଧିକ ହୋଇଛି। ଏମିତି ଏକ ସମୟରେ ରଘୁ ପଧାନ

ଯେତେବେଳେ ବଦଳମାନଙ୍କୁ ପାଞ୍ଚଣରେ କସି ଦେଇଛି ସେତେବେଳେ ଶଗଡ଼ରେ ବସିଥିବା ତା' ପୁଅ ବାଇଆ ଘୁମାଉଥିବା ଅବସ୍ଥାରେ ତଳକୁ ଖସିପଡ଼ିଛି ଏବଂ ତା' ପେଟ ଉପରେ ଚାଲିଯାଇଛି ଶଗଡ଼ର ଚକ। ସେ ମୃତ୍ୟୁ ବରଣ କରିଛି। ଏଇ ଯେଉଁ ଦୁର୍ଯୋଗ - ଏ ଦୁର୍ଯୋଗ ମଧ୍ୟ ପାଇବା ଆଉ ହରେଇବାର ଦୁର୍ଯୋଗ। ଆନନ୍ଦ ଆଉ ନିରାନନ୍ଦର ଗୋଟିଏ ଏକୀକରଣ। ଗୋଟିଏ ବିରୋଧାଭାସମୂଳକ ସମୀକରଣ। ଏଭଳି ଏକ କାରୁଣିକ ବକ୍ତବ୍ୟକୁ ଭିତ୍ତିକରି ଏ ଗଳ୍ପର କଳେବର ଗାଳ୍ପିକ ଦେବ୍ରାଜ୍ ଲେଙ୍କା ନିର୍ମାଣ କରି ଜୀବନ ଏବଂ ମୃତ୍ୟୁର ଅହେତୁକ ତଥା ଅନିବାର୍ଯ୍ୟ ସମୀକରଣକୁ ଏକ ଚରମ ଅପ୍ରତ୍ୟାଶିତ ଢଙ୍ଗରେ ଏଠାରେ ପରିବେଷଣ କରିବାକୁ ଚେଷ୍ଟା କରିଛନ୍ତି।

ଗାଳ୍ପିକ ଉତ୍ତମ କୁମାର ପ୍ରଧାନଙ୍କ **'ଚେର'** ଗଳ୍ପଟିର ଶୀର୍ଷକ ପ୍ରତୀକାତ୍ମକ ମନେ ହେଉଥିଲେହେଁ ଏହି ଗଳ୍ପଟିର କେନ୍ଦ୍ରୀୟ ଭୂମି ହେଉଛି ଡ୍ୟାମ୍ ନିର୍ମାଣ ପଶ୍ଚାତରେ ଥିବା ଈଶ୍ୱର ବିଶ୍ୱାସ ଏବଂ କୁଟିଆ ଜନଜାତିର କେତେକ ଇତିବୃତ୍ତ। ଗଳ୍ପର ପ୍ରଥମ ଭାଗରେ ଯେଉଁ ଘଟଣାଟି ରହିଛି, ତାହା 'ଲକ୍ଷ୍ମୀର ଅଭିସାର'ରେ ଯେଉଁଭଳି ଶିଶୁ ମନସ୍ତତ୍ତ୍ୱକୁ ବର୍ଣ୍ଣନା କରିଛନ୍ତି ମନୋଜ ଦାସ ଏବଂ ସେଇ ଗଳ୍ପ ଭିତରେ ଭଗବାନଙ୍କର ପ୍ରସଙ୍ଗ ଆସିଛି ଠିକ୍ ସେହିଭଳି ଏହି 'ଚେର' ଗଳ୍ପରେ ଯେତେବେଳେ କଲୋନୀର ଛୋଟ ଛୋଟ ପିଲାମାନେ ଡ୍ୟାମ୍‌ଟିକୁ କିଏ ତିଆରି କରିଛି ବୋଲି ବ୍ରାହ୍ମଣକୁ ପଚାରିଛନ୍ତି (ମନ୍ଦିର ପୂଜାରୀ ବ୍ରାହ୍ମଣ) ସେ କହିଛନ୍ତି- "ପିଲାମାନେ ଏହି ଡ୍ୟାମ୍‌ଟି ଭଗବାନ୍ ନିଜେ ତିଆରି କରିଛନ୍ତି। ସବୁ ଠାକୁରଙ୍କ ଲୀଳା।" ଏଥିରେ ପିଲାମାନେ ସନ୍ତୁଷ୍ଟ ହୋଇପାରି ନାହାଁନ୍ତି। ତା' ପରେ ଭଗବାନଙ୍କର ଗୂଢ଼ ରହସ୍ୟ ସମ୍ପର୍କରେ ତଥା ଭଗବାନ କେଉଁଠାରେ ରୁହନ୍ତି ତାହା ଜାଣିବା ପାଇଁ ସେମାନେ ଚେଷ୍ଟା କରିଛନ୍ତି। ତାଙ୍କ ଭିତରେ ଉତ୍କଣ୍ଠା ବୃଦ୍ଧି ପାଇଛି। ଇତି ଅବସରରେ ଡ୍ୟାମ୍‌ର କବାଟ ସବୁ ବନ୍ଦ କରାଯାଇଛି । ତା' ପରେ ଅସରାଏ ବର୍ଷା ହୋଇଛି। ହଠାତ୍ ଖବର ପ୍ରଚରିତ ହୋଇଛି ଯେ ପପୁନ୍, ବବୁନ୍, ଟୁକୁନା ଏବଂ ବାବୁନା କୁଆଡ଼େ ଚାଲିଯାଇଛନ୍ତି। ଡ୍ୟାମ୍‌ର କବାଟ ବନ୍ଦ କରି ଦେଇଥିବାରୁ ସମ୍ପୂର୍ଣ୍ଣ ବନଭୂମିଟି ଜଳାର୍ଣ୍ଣବ ହୋଇଯାଇଛି ଏବଂ ତଦ୍ଦ୍ୱାରା ଗୋଟିଏ ମର୍ମନ୍ତୁଦ ଘଟଣା ଘଟିଛି। ଯେଉଁଥିପାଇଁ ସେଇ ଚାରିଜଣ ଶିଶୁ ମଧ୍ୟରୁ ଦୁଇଜଣ ଶିଶୁଙ୍କର ମୃତ୍ୟୁ ଘଟିଛି।

ଗଳ୍ପର ଦ୍ୱିତୀୟ ଘଟଣା ଘଟିଛି-ଯେତେବେଳେ ଆମେରିକୀୟ ଯୁବକ ଜଣକ ପାହାଡ଼ ଗୁମ୍ଫାରେ ତା' ନିଜ ମାଆଙ୍କର କଙ୍କାଳକୁ ପାଇଛି । ବହୁବର୍ଷ ପୂର୍ବରୁ ଯେତେବେଳେ ତାଙ୍କ ବାପା ଏଇଠି ଚାକିରୀ କରିଥିଲେ, ସେତେବେଳେ ଏମିତି କିଛି ଘଟଣା ଘଟିଥିଲା। ଯେଉଁ ଘଟଣାରେ ସେଇଠି ମାଣିକ (ଆମେରିକୀୟ ଯୁବକଙ୍କ

ମାଆ)ଙ୍କୁ ସେହି ଗୁମ୍ଫାରେ ପୋତି ଦିଆଯାଇଥିଲା। ସେଇଥିପାଇଁ ଆମେରିକୀୟ ଯୁବକ ଜଣକ ଯେତେବେଳେ ଆସିଛି, ସେ ଗୁମ୍ଫାରୁ ଶ୍ୱେତବର୍ଣ୍ଣର କେଇଟି କଙ୍କାଳକୁ ଆବିଷ୍କାର କରିଛି ଏବଂ ସେ କହିଛି, "ମଉସା ମୁଁ ମାଣିକର ସନ୍ଧାନ ପାଇଛି। ମୋ ମା'କୁ ମୁଁ ପାଇଛି ମଉସା। ମୋ ମା'କୁ ମୁଁ ପାଇଛି। ମୁଁ ଜଣେ ଡାକ୍ତର ମଉସା। ଥରେ ହାତ ଛୁଇଁଲେ ଆମେରିକାରେ ହଜାରେ ଡଲାର ପାଏ। ମୋର ଅନେକ ସମ୍ପତ୍ତି। ଅନେକ୍ ଡଲାର ଅଛି; କିନ୍ତୁ ଏଇ ମା'ଓ ମାଟିକୁ ଛାଡ଼ି ଯାଇପାରିବିନି। ମୁଁ ଯେ ଜଣେ କୁଟିଆ ମଉସା। ମୁଁ ଜଣେ କୁଟିଆ।" ଏଠାରେ ଆମେରିକାରେ ରହୁଥିବା କୁଟିଆ ଜନଜାତି ଯେକି ଆମେରିକୀୟ ଯୁବକ ଭାବେ ପରିଚିତ ତା'ର ଜନ୍ମମାଟି ଥିଲା ଏଇପାହାଡ଼ ପର୍ବତ ପରିବେଷ୍ଟିତ ଅଞ୍ଚଳ।

ଘଟଣାକ୍ରମେ ସେ ବାପାଙ୍କ ସହିତ ଆମେରିକା ଚାଲିଯାଇଛି। କିନ୍ତୁ ସେ ଶୁଣିଛି, ତା ମାଆକୁ ଏଇଠି ଏଇ ଜଙ୍ଗଲରେ ପୋତି ଦିଆଯାଇଛି ବୋଲି। ତା'ପରେ ସେ ଆସିଛି ତା ମାଆର କଙ୍କାଳ ଆବିଷ୍କାର କରିବାକୁ।

ଏ ଗଳ୍ପରେ ଯେଉଁ ସ୍ୱତନ୍ତ୍ରତା ରହିଛି, ତାହା ହେଉଛି ଯେ କୁଟିଆ ଯୁବକ ଜଣକ ଆମେରିକାର ଡାକ୍ତର ତଥା ଅନେକ ଡଲାରର ମାଲିକ୍ ହୋଇବି ସେ ଏଇ ମାଟିକୁ ଛାଡ଼ି ଯିବା ପାଇଁ ଚାହିଁନାହିଁ । ସେଥିପାଇଁ ଏ ମାଟିକୁ ସେ ଚେର ବୋଲି କହିଛି। ମାଆର ସେଇ କଙ୍କାଳକୁ ସେ ଚେର ବୋଲି ସେ କହିଛି। ଆଉ ଚେର ଯେଉଁଠି ଅଛି, ଗଛ ବି ସେଇଠି ରହିବ। ତେଣୁ ପାଗଳ ଭଳି ଆମେରିକୀୟ ଯୁବକ ଜଣକ ଦୁଇ ହାତରେ ଗୁମ୍ଫାର ଚଟାଣକୁ ଧରିଛି ଏବଂ ଏଇଠି ତା ମାଆର କଙ୍କାଳ ତା'ର ହସ୍ତଗତ ହୋଇଛି। ସେହି କଙ୍କାଳ ହେଉଛି ତା'ର ପୂର୍ବତନ ରକ୍ତ ସମ୍ପର୍କର କଙ୍କାଳ। ତେଣୁ ଏ ଗଳ୍ପରେ ଗାଳ୍ପିକ ଦୁଇଟି କଥାବସ୍ତୁକୁ ଗତିଶୀଳ କରାଇ ହରାଇବା ଏବଂ ପାଇବା ଘଟଣାକୁ କେନ୍ଦ୍ରକରି ଶେଷରେ 'ଚେର' ଶୀର୍ଷକଟିକୁ ସାର୍ଥକ ରୂପ ଦେବାପାଇଁ ଉପସଂହାରରେ ଚେଷ୍ଟା କରିଛନ୍ତି।

ମନସ୍ତତ୍ତ୍ୱ ଭିତରେ ଜୀବନ : ଜୀବନ ଭିତରେ ମନସ୍ତତ୍ତ୍ୱ ଏବଂ ମନସ୍ତତ୍ତ୍ୱର ଗଳ୍ପ ଓ ଜୀବନର ଗଳ୍ପ:-

ଶାନ୍ତନୁ କୁମାର ଆଚାର୍ଯ୍ୟଙ୍କର 'ଚଳନ୍ତି ଠାକୁର'ରେ ଯେଭଳି ଶିଶୁ ମନସ୍ତତ୍ତ୍ୱର ଚିତ୍ରଣ ହୋଇଛି, ଠିକ୍ ସେହିଭଳି ମନୋଜ ଦାସଙ୍କର **'ଶେଷ ବସନ୍ତର ଚିଠି'**ରେ ଗୋଟିଏ ଶିଶୁର ମନସ୍ତାତ୍ତ୍ୱିକ ଚିତ୍ରକୁ ଅଭିବ୍ୟକ୍ତ କରାଯାଇଛି। ଶିଶୁଟିର ମା ହେଉଛି ରୀନା। ଶିଶୁଟି ଗୋଟିଏ ଘରେ ରୁହେ। ଦରୁଆନ୍ ସେହି ଘରକୁ ଜଗେ ଏବଂ ଶିଶୁର ମା ଡାକ୍ତରଖାନାରେ ଦୁରାରୋଗ୍ୟ ବ୍ୟାଧିରେ ପୀଡ଼ିତା ଥାନ୍ତି ଏବଂ ସେ ଚିଠି ଦିଅନ୍ତି

ବୋଲି ଶିଶୁଟି ଭାବେ । ସେଥିପାଇଁ ଯେତେବେଳେ ଡାକ ପିଅନ ଆସେ ଝିଅଟି ତା' ଘରୁ ବାହାରି ଯାଇ ଡାକପିଅନକୁ ପଚାରେ ମୋ'ର କୌଣସି ଚିଠି ଅଛି ? ସେ ମନା କରିଦିଏ ।

ଲେଖକ ସେହି ଝିଅର ଏଇଭଳି ଚିଠି ଜନିତ ଜିଜ୍ଞାସାକୁ ଲକ୍ଷ୍ୟ କରନ୍ତି ଏବଂ ସେ ଘଟଣାକୁ ସବୁବେଳେ ପ୍ରତ୍ୟକ୍ଷ କରନ୍ତି । ଏ କଥାକୁ ଦରୁଆନ୍ ମଧ୍ୟ ଲକ୍ଷ୍ୟ କରେ । ସେଥିପାଇଁ ଶେଷରେ ଦରୁଆନ୍ ଗୋଟିଏ ଚିଠି ଆଣି ଲେଖକଙ୍କୁ ଦେଇଛି ଏବଂ ସେଇ ଚିଠିଟି ଲେଖା ହୋଇଛି ଦୂରାନ୍ତର ଏକ ହସ୍‌ପିଟାଲ୍‌ରୁ । ଛୋଟ ଝିଅ ରୀନାକୁ ତା' ମାଆ ଚିଠିଟି ଲେଖିଛନ୍ତି ଏବଂ ଇଏ ଏଭଳି ଏକ ଚିଠି ଯେଉଁ ଚିଠି ହେଉଛି ରୀନା ମା'ର ଶେଷ ଚିଠି ଏବଂ ଏହା ବସନ୍ତ ଋତୁରେ ଲେଖାହୋଇଛି- ସେଥିପାଇଁ ଏହାର ନାମ ହେଉଛି 'ଶେଷ ବସନ୍ତର ଚିଠି' ଅର୍ଥାତ୍ ଦୂରାନ୍ତର ହସ୍‌ପିଟାଲରେ ରୀନା ମା' ଚିଠି ଲେଖି ମୃତ୍ୟୁ ବରଣ କରିଛନ୍ତି । ସେ ଚିଠି ଯେତେବେଳେ ଦରୁଆନ୍ ଲେଖକ ହାତକୁ ବଢ଼ାଇ ଦେଇଛି ସେତେବେଳେ ଲେଖକ ଚିଠିଟିକୁ ପଢ଼ିଛନ୍ତି ଏବଂ ତାଙ୍କର ମନେ ପଡ଼ିଛି ପଚାଶ ବର୍ଷ ତଳେ ତାଙ୍କ ମା'ଙ୍କ ମୃତ୍ୟୁବରଣ କରିବା ସ୍ମୃତି । ଏହି ଟିକି ଝିଅକୁ ସେ ଅଜ୍ଞାତସାରରେ ଟିକି ମା' ବୋଲି ସମ୍ବୋଧନ କରିଛନ୍ତି । ମା'କୁ ହରେଇବାର ଦୁଃଖ; ଛୋଟ ଶିଶୁର ମନସ୍ତାପ; ଛୋଟ ଶିଶୁର ଯନ୍ତ୍ରଣା ଏବଂ ଅନ୍ତହୀନ ପ୍ରତୀକ୍ଷା ଏ ଗଳ୍ପକୁ କାରୁଣିକ କରିଛି ।

ତେଣୁ ଏ ଗଳ୍ପ ଶିଶୁ ଏବଂ ଲେଖକ ଭିତରର ସମ୍ପର୍କକୁ ନେଇ ରଚିତ ହୋଇଥିଲେ ହେଁ ଶିଶୁ ରୀନାର ମନସ୍ତାତ୍ତ୍ୱିକ ଚିତ୍ରଣ ଏ ଗଳ୍ପର ମୁଖ୍ୟ ସ୍ୱର ।

ଗାଳ୍ପିକ ପ୍ରଫୁଲ୍ଲ କୁମାର ତ୍ରିପାଠୀଙ୍କର **'ଶିକାରୀ'** ଗଳ୍ପଟି ଏକ ଭିନ୍ନ ସ୍ୱାଦର ଗଳ୍ପ । ଏଥିରେ ସେ ପରୀକ୍ଷା ଏବଂ ପ୍ରୟୋଗ କରିବାକୁ ଭଲଭାବରେ ଚେଷ୍ଟା କରିଛନ୍ତି । ତେବେ ବକ୍ତବ୍ୟଟି ହେଉଛି ଶିକାରୀ ଅର୍ଥାତ୍ 'ଗଳ୍ପନାୟକ' ଏବଂ ତାଙ୍କ ବନ୍ଧୁ ଶଙ୍କର ଜଙ୍ଗଲକୁ ଯାତ୍ରା କରିବା ସଙ୍ଗେ ଜଙ୍ଗଲରେ ବିଭିନ୍ନ ପ୍ରକାରର କାଠ ବୋଝେଇ ଟ୍ରକ୍ ଇତ୍ୟାଦିକୁ ଦେଖିବା; ତା'ପରେ ଜଙ୍ଗଲ ଅଧ୍ୟୁଷିତ ଅଞ୍ଚଳଗୁଡ଼ିକର କାହିଁକି ଉନ୍ନତି ହେଉନାହିଁ ସେ ବିଷୟରେ ଆଲୋଚନା କରିବା; ବିଭିନ୍ନ ଢାବାରେ ହୁଇସ୍କି ଇତ୍ୟାଦି ମଦ୍ୟ ପାନ କରିବା ଆଉ ଜଙ୍ଗଲ ଅଞ୍ଚଳରେ ଥିବା ଲୋକମାନଙ୍କର ଉନ୍ନତି ରାଜନୈତିକ ଲୋକମାନେ କିଭଳି କରିଥାନ୍ତି ସେ କଥା ଉପସ୍ଥାପନ କରିବା ଇତ୍ୟାଦି / ଏହି ବକ୍ତବ୍ୟ ଭିତରେ ଏହି ଗଳ୍ପ ଆଗକୁ ଆଗକୁ ଗତି କରିଛି ଓ ଶେଷରେ ଶଙ୍କର ମୃତ୍ୟୁବରଣ କରିଛି । ତା'ର ଘଡ଼ି, କଲମ, ଚଷମା, ରୁମାଲ, ଟୋପି ଓ ବନ୍ଧୁକ ଶିକାରୀ ବା ଗଳ୍ପ ନାୟକ ପାଇଛନ୍ତି । ତା' ପରେ ଶଙ୍କର ପକେଟ୍‌ରୁ ଗଳ୍ପ ନାୟକ ଯେଉଁ ଚିଠିଟି ପାଇଛନ୍ତି,

ସେଥିରେ ଶଙ୍କର କିଛି ମନସ୍ତାତ୍ତ୍ୱିକ ପ୍ରଶ୍ନ ଉପସ୍ଥାପନ କରିଛନ୍ତି। ଯେମିତିକି ସୁସ୍ଥମଣିଷ କହିଲେ କାହାକୁ ବୁଝିବାକୁ ପଡ଼ିବ? ଆଉ ଶଙ୍କରର ମୁଣ୍ଡଟି କାହିଁକି ଏତେ ଧକ୍‌ଧକ୍ ହେଉଛି? ଆତ୍ମବାୟା କହିଲେ କାହାକୁ ବୁଝାଏ? ବାରମ୍ବାର ନିଜକୁ ଜାହିର କରୁଥିବା ମଣିଷଟି ଶେଷରେ କେମିତି ଯନ୍ତ୍ରଣାର ଶିକାର ହୁଏ ଏବଂ ଶେଷକୁ ଲେଖାଥିଲା "ବାରମ୍ବାର ନିଜକୁ ଶେଷ କରିବା ସକାଶେ ଆଗେଇ ଯିବାର ଠିକ୍ ପୂର୍ବ ମୁହୂର୍ତ୍ତରେ ଏହି ଶବ୍ଦମାନ ପଢ଼ି ମୁଁ ଅସଂଖ୍ୟ ବାକ୍ୟ ଗଢ଼ିଛି ଓ ଅଟକି ଯାଇଛି। ବନ୍ଦ କୋଠରୀରେ ଆତ୍ମହତ୍ୟା କରିବା ମୋ ଦ୍ୱାରା ସମ୍ଭବ ନୁହେଁ।"

ଶଙ୍କରର ଏହି ଯେଉଁ ଚିଠି; ଏହି ଚିଠିରେ ଆମେ କିଛି ମାତ୍ରାରେ ହାଲୁସିଲେସନ୍ ଲକ୍ଷ୍ୟକରୁ। ଏ ହାଲୁସିଲେସନ୍‌ର ପଶ୍ଚାତ୍‌ରେ ଗାଳ୍ପିକ ଯେଉଁ ଚିତ୍ର ଦେବାପାଇଁ ଚାହିଁଛନ୍ତି ସେଇଟା ହେଉଛି ଜଙ୍ଗଲ ଅଧ୍ୟୁଷିତ ଅଞ୍ଚଳରେ କିଭଳି କାଠ ଚୋରା ଚାଲାଣ ହୁଏ; କିଭଳି ଟ୍ରକ୍ ଟ୍ରକ୍ କାଠ ସହରକୁ ପଠାଯାଏ, ଲୋକମାନେ କିଭଳି କାଠ କାଟି ତାକୁ ଚୋରାଚାଲାଣ କରନ୍ତି; ଇତ୍ୟାଦି।

ଏଥିରେ ରାଜନୀତିର ଚିତ୍ର ମଧ୍ୟ ରହିଛି। ତଥା କଥିତ ରାଜନୀତିରେ କିଭଳି ସାଧାରଣ ଜନଜୀବନର ଉନ୍ନତିରେ ପ୍ରତାରଣା ରଚାଯାଏ, ସେ କଥା ମଧ୍ୟ ଏ ଗଳ୍ପର ଅନ୍ତଃସ୍ୱର ପାଲଟିଛି। ତେବେ ଶଙ୍କରଙ୍କ ପ୍ରଶ୍ନ ସମୂହରେ ସର୍ବାଦୌ ମନସ୍ତାତ୍ତ୍ୱିକ ଅସଙ୍ଗତି ଲକ୍ଷ୍ୟ କରାଯାଏ।

ଓଡ଼ିଶାର ପ୍ରସିଦ୍ଧ ଗାୟକ, ସଂଗୀତ ନିର୍ଦ୍ଦେଶକ, ଗୀତିକାର ଅକ୍ଷୟ ମହାନ୍ତିଙ୍କ ଗୋଟିଏ ମନସ୍ତାତ୍ତ୍ୱିକ ଗଳ୍ପ ହେଉଛି **'ଅକ୍ଷର'**। 'ଅକ୍ଷର' ଗଳ୍ପଟି ଗୋଟିଏ ଅକ୍ଷରକୁ ନେଇ ଗତିଶୀଳ ଏବଂ ଏହି ଅକ୍ଷରଟି ହେଉଛି 'ଅ'। ଗାଳ୍ପିକଙ୍କର ଶୋଇବାଘର କାନ୍ଥରେ କିଏ ଅଙ୍ଗାରରେ 'ଅ' ଲେଖିଦେଇଛି। ସେଇ ଲେଖାକୁ ନେଇ ଗାଳ୍ପିକଙ୍କର ବିଭିନ୍ନ ଚିନ୍ତାର ଚେତନାପ୍ରବାହ ମନଭିତରେ ସୃଷ୍ଟି ହୋଇଛି। ତେଣୁ ଗାଳ୍ପିକ ଗଳ୍ପନାୟିକା 'ବିଷକନ୍ୟା'କୁ ବିଭିନ୍ନ ପ୍ରକାରରେ ଏହି 'ଅ' କିଏ ଲେଖିଲା ସେ କଥା ପଚାରିଛନ୍ତି। ଯେତେବେଳେ ସେ କୌଣସି ଉତ୍ତର ପାଇନାହାଁନ୍ତି ଏବଂ ସେତେବେଳେ ଶେଷରେ ଗୋଟିଏ ଚିଠି ବିଷକନ୍ୟାଠାରୁ ଆସିଛି। ସେ ଚିଠିରେ ବିଷକନ୍ୟା ଉଲ୍ଲେଖ କରିଛନ୍ତି ଯେ, କାନ୍ଥରେ ଯେଉଁ 'ଅ' ଲେଖାଯାଇଛି, ତାହା ଗଳ୍ପନାୟକ ନିଜେ ପୂର୍ବଦିନ ରାତିରେ ଲେଖିଦେଇଛନ୍ତି। ତା'ର ଏକମାତ୍ର କାରଣ ହେଉଛି ପଇଁତିରିଶ ବର୍ଷତଳେ ଯେତେବେଳେ ଗଳ୍ପନାୟିକାର ଗର୍ଭପାତ ହେଇଥିଲା, ସେହି ଦିନଠାରୁ ଗଳ୍ପର ନାୟକ ନାୟିକା ବିଷକନ୍ୟାର ଜୀବନକୁ ଅଧିକ ଗୁରୁତ୍ୱ ଦେଇଆସୁଥିଲେ ଜନନୀ ନ ହେବାର ପ୍ରସଙ୍ଗକୁ ନେଇ। ସେଥିପାଇଁ ଗଳ୍ପର ନାୟକ ନାୟିକା ବିଷକନ୍ୟାକୁ ଆଉ କେବେ

ଛୁଇଁ ନାହାଁନ୍ତି। ସେ କହିଛନ୍ତି ଗୋଟିଏ ସନ୍ତାନ ଅପେକ୍ଷା ତମେ ମୋତେ ବେଶି ଦରକାର କର। ସେଇଠୁ ଗଳ୍ପର ନାୟିକା ବିଶ୍ୱାସ କରିଛନ୍ତି ଗଳ୍ପ ନାୟକଙ୍କୁ। ସେ ଗଳ୍ପର ନାୟକ ପାଇଁ ବଞ୍ଚିଛନ୍ତି ମଧ୍ୟ। ତେବେ ମାନସିକ ସ୍ତରରେ ଗଳ୍ପନାୟକ ଧୋକାବାଜ୍ ପାଲଟିଯାଇଛନ୍ତି। ନିଦରେ ଶୋଇବା ବେଳେ ଗଳ୍ପ ନାୟକ ଅଧରାତିରେ ଉଠି ରୋଷେଇଘରୁ ଖଣ୍ଡେ ଅଙ୍ଗାରଆଣି ଘର ଦୁଆର ମୁହଁରେ ଆଣ୍ଠେଇ ପଡ଼ି କାନ୍ଥ ପର୍ଯ୍ୟନ୍ତ ଆସି 'ଅ' ଲେଖିଦେଇଛନ୍ତି। ତା' ପରେ ଅଙ୍ଗାରଟିକୁ ତକିଆତଳେ ରଖି ଶୋଇପଡ଼ିଛନ୍ତି। ତେଣୁ ସଚେତନ ସ୍ତରରେ ଗଳ୍ପନାୟକ ସନ୍ତାନର ପିତା ହେବାପାଇଁ ଚାହୁଁନଥିଲେ ମଧ୍ୟ ଅବଚେତନ ସ୍ତରରେ ସେ ଇଚ୍ଛା ତାଙ୍କର ବଳବତ୍ତର ରହିଛି। ଫଳରେ ଗଳ୍ପନାୟିକା ଯେତେବେଳେ ନିଦ୍ରାଗ୍ରସ୍ତ ହୋଇଛନ୍ତି ସେତେବେଳେ ସେ ତାଙ୍କୁ ଘୃଣା କରିଛନ୍ତି। ସେହି ଘୃଣାର ଗୋଟିଏ ପ୍ରମାଣ 'ଅ'। ଏହି 'ଅ' ଅକ୍ଷରକୁ ନେଇ ଏହି ଗଳ୍ପ। ଏହି ଗଳ୍ପଟି ଆମୂଳଚୂଳ ମାନସିକ ଭାବନା ପ୍ରବାହ ମଧ୍ୟରେ ଗତିଶୀଳ ହୋଇଛି ଏବଂ ଶେଷରେ ଗୋଟିଏ ଚିଠି ମାଧ୍ୟମରେ ତା'ର ରହସ୍ୟ ଦୂର ହେଇଛି।

ଗାଳ୍ପିକ ଶାନ୍ତନୁ କୁମାର ଆଚାର୍ଯ୍ୟଙ୍କ **'ଚଳନ୍ତି ଠାକୁର'** ଗଳ୍ପଟି ଆର୍କିଓଲୋଜିକାଲ୍ ମ୍ୟୁଜିୟମ୍‌ରେ ଥିବା ପଥର ମୂର୍ତ୍ତି ଉପରେ ପର୍ଯ୍ୟବସିତ। ଏହି ପଥର ମୂର୍ତ୍ତିକୁ ବିକ୍ରିକଲେ କିଭଳି ହଜାର ହଜାର ଡଲାର୍ ଆୟ କରି ହେବ ସେ କଥା ମିସ୍‌କୁନ୍‌ର ମା' ଯେ କି ମୂର୍ତ୍ତି ପରିଦର୍ଶନରେ ସଂଗ୍ରହାଳୟକୁ ଯାଇଛନ୍ତି ସେ ପ୍ରକାଶ କରିଛନ୍ତି; କିନ୍ତୁ ପୁଅ ମିସ୍‌କୁନ୍ ଏଇ କଥାରେ ପ୍ରଭାବିତ ହୋଇନି। ସିଦ୍ଧାନ୍ତ ଯିଏ କି ମିସ୍‌କୁନ୍‌ଙ୍କର ବାପା, ସେ ବି କହିଛନ୍ତି ଯେ ଏହି ପଥର ମୂର୍ତ୍ତିଗୁଡ଼ିକୁ ଯଦି ବାହାର ଦେଶକୁ-ବିଶେଷକରି ଆମେରିକାକୁ ବିକ୍ରିକରି ଦିଆଯାନ୍ତା, ତେବେ ଭାରତରୁ ଦାରିଦ୍ର୍ୟ ହଟିଯାନ୍ତା। ଗୋଟିଏ ମୂର୍ତ୍ତିର ଦାମ୍ ଦଶହଜାରରୁ କମ୍ ହୁଅନ୍ତା ନାହିଁ। ଫଳରେ ଏଇ ଯେଉଁ ମିଉଜିୟମ୍‌ଗୁଡ଼ିକ ରହିଛି ଏବଂ ଭୁବନେଶ୍ୱରରେ ଯେଉଁ ମନ୍ଦିରଗୁଡ଼ିକ ଭାଙ୍ଗିଛି ବା ଭାଙ୍ଗିରୁଜି ଗଲାଣି ସେଗୁଡ଼ିକୁ ମଧ୍ୟ ଉଠାଇଦିଆ ଯାଆନ୍ତା। ମିସ୍‌କୁନ୍ ବାପାଙ୍କର ଏଇ କଥା ଶୁଣିଛି; କିନ୍ତୁ ତା' ମନରେ ଯେଉଁ ଶିଶୁସୁଲଭ ଚପଳତା ରହିଛି ସେ ଚପଳତା ଭିତରେ ସେ ଭାବିନାହିଁ ଯେ ଏହି ପଥର ମୂର୍ତ୍ତିଗୁଡ଼ାକୁ ବିଦେଶରେ ବିକ୍ରି କରିଦେବା ଯଥାର୍ଥ ହେବ ବୋଲି। ସେଥିପାଇଁ ସେ ଲୁଚିକି ଗାଡ଼ିରୁ ଓହ୍ଲାଇଯାଇଛି ଏବଂ ଗୋଟିଏ ବୁଦ୍ଧମୂର୍ତ୍ତି ପଛପଟେ ପଦ୍ମାସନାରେ ବସି ରହିଛି ।

ବାପାମାଆ ତାକୁ ଖୋଜିଛନ୍ତି। ତାକୁ ପାଇନାହାଁନ୍ତି ଏବଂ ଶେଷରେ ସେମାନେ ମ୍ୟୁଜିୟମ୍ ଭିତରେ ଦେଖିଛନ୍ତି ସେ ପଦ୍ମାସନରେ ବସିଛି। ଆଉ ତା' ବାପା ଯେତେବେଳେ ତାକୁ କୁଣ୍ଢେଇପକେଇବାକୁ ହାତ ବଢ଼ାଇଛନ୍ତି ସେତେବେଳେ ମିସ୍‌କୁନ୍

ବାପାଙ୍କର ହାତ ଦୁଇଟିକୁ ଆଡ଼େଇ ଦେଇ କହିଛି 'ଆଇ ଏମ୍ ନଟ୍ ଏ ଡେଡ୍ ଗଡ଼' ନୋ, ୟୁ କ୍ୟାନ୍ ସେଲ୍‌ମି' (I am not a dead god, No you can sale me)

ଶିଶୁ ପ୍ରାଣ ମୂଳକର ଏ ଯେଉଁ ନିଷ୍କପଟ ବକ୍ତବ୍ୟ, ଏହି ବକ୍ତବ୍ୟ ଉପରେ ଏହି ଗପଟି ଆଧାରିତ । ପଥର ମୂର୍ତ୍ତିଗୁଡ଼ିକୁ ଗୋଟିଏ ବାଣିଜ୍ୟିକ ଉଦ୍ଦେଶ୍ୟ ନେଇ ବିକ୍ରି କରିବା ପ୍ରସଙ୍ଗକୁ ମିସ୍‌କୁନ୍‌ର ଶିଶୁମନ ଗ୍ରହଣ କରିପାରି ନାହିଁ। ସେଥିପାଇଁ ମିସ୍‌କୁନ୍‌ର ମା ବାହୁନିଉଠି କହିଛନ୍ତି - "ନା'ନା' କେହି ବିକ୍ରି କରିବେ ନାହିଁ ତୋତେ ପୁଅ। ତୋତେ କେହି ବିକ୍ରି କରି ପାରିବେ ନାହିଁ। ତୁ ମୋର ଚଳନ୍ତି ଠାକୁର। ହେ ଭଗବାନ୍ ବୁଦ୍ଧ, ହେ ଅବଲୋକିତେଶ୍ୱର। ହେ ମା' ତାରା। ମୋ ପୁଅକୁ କୋଟି ପରମାୟୁ ଦିଅ। ଅର୍ଥାତ୍ ଏଠି ସିଦ୍ଧାର୍ଥ ବାବୁଙ୍କର ପୁଅ ଏବଂ ତାରା ମୂର୍ତ୍ତି ବା ଅବଲୋକିତେଶ୍ୱର ମୂର୍ତ୍ତି ଭିତରେ ଆଉ କିଛି ଫରକ୍ ରହିନାହିଁ।

ଏହି ଗଳ୍ପରେ ଶାନ୍ତନୁ ଆଚାର୍ଯ୍ୟ ଆମ ଓଡ଼ିଶାର ଐତିହ୍ୟ ପ୍ରତି ସଚେତନତା ସୃଷ୍ଟି କରିବା ପାଇଁ ଚେଷ୍ଟା କରିଛନ୍ତି। ଓଡ଼ିଶାରେ ଯେଉଁ କେତେକ ଭଙ୍ଗା ମନ୍ଦିର ରହିଛି ବା ଯେଉଁ ମ୍ୟୁଜିୟମ୍ ବା ସଂଗ୍ରହାଳୟ ରହିଛି ସେଥିରେ ଯେଉଁ ପୁରୁଣା ମୂର୍ତ୍ତି ବା ଅନ୍ୟାନ୍ୟ ସାମଗ୍ରୀ ରହିଛି ତା'ର ରକ୍ଷଣାବେକ୍ଷଣ ଠିକ୍ ଭାବରେ ହେଉନାହିଁ। ତାକୁ ସେହି ପଥର ବା ପଦାର୍ଥତୁଲ୍ୟ ଜ୍ଞାନ କରି ଅବହେଳିତ ଅବସ୍ଥାରେ ପକେଇ ରଖାଯାଇଛି। ଏ ଗଳ୍ପରେ ଗୋଟିଏ ମଣିଷ ଏବଂ ପଥର ମୂର୍ତ୍ତି ଭିତରେ କିଭଳି ଫରକ୍ ନାହିଁ ଏବଂ ଏହି ଫରକ୍ ବୌଦ୍ଧିକ ମଣିଷ ଭିତରେ ଥିଲେ ବି ଶିକ୍ଷିତ ମଣିଷ ଭିତରେ ଥିଲେ ବି ବା ଉଚ୍ଚପଦପଦବୀରେ ଅଧିଷ୍ଠିତ ମଣିଷ ଭିତରେ ଥିଲେ ବି ଗୋଟିଏ ଶିଶୁ ମନ ଭିତରେ ତାହା ନାହିଁ। ଶିଶୁଟି ଭାବିଛି ମୋ ଜୀବନ ଯେମିତି ପଥର ମୂର୍ତ୍ତିମାନଙ୍କର ଜୀବନ ସେମିତି। ଅର୍ଥାତ୍ ଆମେ ଆଉ ମୁଁ ବି ଯେମିତି ଚଳନ୍ତି, ଏମାନେ ବି ସେମିତି ଚଳନ୍ତି। ଏ ଯେଉଁ ଶିଶୁ ମନସ୍ତାତ୍ତ୍ୱିକ ଭାବନା; ଏ ଯେଉଁ ଅନୁରାଗ; ଇଏ ଆମ ଐତିହ୍ୟର ସମୃଦ୍ଧି ପାଇଁ ନିଶ୍ଚିତ ଭାବରେ ସହଯୋଗ କରିବ। ଏଇ ଭଳି ଏକ ବକ୍ତବ୍ୟକୁ ଆଧାର କରି 'ଚଳନ୍ତି ଠାକୁର' ଗଳ୍ପର କଳେବର ପରିକଳ୍ପିତ।

ଗାଳ୍ପିକା ଅର୍ଚ୍ଚନା ନାୟକଙ୍କର **'ଯକ୍ଷିଣୀରାତି'** ଗଳ୍ପଟିକୁ ଏକ ଫାଣ୍ଟାଜିଧର୍ମୀ କ୍ଷୁଦ୍ରଗଳ୍ପ ଭାବରେ ଆକଳନ କରାଯାଇପାରେ। ତେବେ ଏଥିରେ ଗଳ୍ପନାୟିକା ଟ୍ରେନ୍ କମ୍ପାର୍ଟମେଣ୍ଟରେ ଯାତ୍ରା କରୁଛନ୍ତି। ଶରତ ରାତିର ପରିଚ୍ଛନ୍ନ ଉଜ୍ଜ୍ୱଳ ଆକାଶ ତଳେ ଟ୍ରେନ୍ ଚାଲିଛି ଏବଂ ସେହି ସମୟରେ ତାଙ୍କର ଗୋଟେ ଅସ୍ୱସ୍ତିକର ଅନୁଭବ ହେଉଛି। ଫଳରେ ତାଙ୍କ ଭିତରେ ଗୋଟେ ଅଦ୍ଭୁତ ଅସ୍ଥିରତା ଦେଖାଦେଇଛି ଏବଂ ସେ ଛଟପଟ ହେଇଛନ୍ତି। ତାଙ୍କୁ ଅତ୍ୟନ୍ତ ବ୍ୟତିବ୍ୟସ୍ତ ମନେ ହେଇଛି ଏବଂ ସେ ହଠାତ୍ ଏପଟ

ସେପଟ ଅନେଇ ଦେଖିଛନ୍ତି ଯେ, ତାଙ୍କ ସିଟ୍‌ର ବିପରୀତ ଦିଗରେ ଥିବା ସିଟ୍‌ରେ ଜଣେ ଯାତ୍ରୀ ଶୋଇବା ଅବସ୍ଥାରେ ତାଙ୍କୁ ଦେଖୁଛନ୍ତି ଏବଂ ସେହି ଦୃଷ୍ଟି ତାଙ୍କୁ ଅତ୍ୟନ୍ତ ଅସ୍ୱସ୍ତିବୋଧ ହୋଇଛି ଏବଂ ଏହି ଅସ୍ୱସ୍ତି କ୍ରମଶଃ ବୃଦ୍ଧି ପାଇଛି ଏବଂ ସେ ଭାବିଛନ୍ତି ଯେ ସେହି ଲୋକଟି ତାଙ୍କୁ ଦେଖି କୌଣସି ଅପଶକ୍ତି ପ୍ରୟୋଗ କରୁଛି। ସେ ଯେତେ ଯେତେ ଚେଷ୍ଟା କରିଛନ୍ତି ଦୃଢ଼ କରିବା ପାଇଁ ନିଜକୁ, ପାରିନାହାନ୍ତି। ସମସ୍ତ ଇଚ୍ଛାଶକ୍ତି ତାଙ୍କର ଭୁଷୁଡ଼ି ପଡ଼ିଛି ଏବଂ ସେ ଜଡ଼ପିଣ୍ଡବତ୍ ପାଲଟି ଯାଇଛନ୍ତି । ତା'ପରେ ସେ ଚାଲିବା ଆରମ୍ଭ କରିଛନ୍ତି । ଗୋଟେ ବିରାଟ ପୁଷ୍କରିଣୀ ପାଖରେ ପହଞ୍ଚିଛନ୍ତି। ସେଠି ଜାଲଜାଲୁଆ ଅନ୍ଧାର ସହିତ ଅଭ୍ୟସ୍ତ ହୋଇଛନ୍ତି ଏବଂ ସେ ଦେଖିଛନ୍ତି ଯେ ପୁଷ୍କରିଣୀ ଭିତରେ ଅଣ୍ଟା ଯାଏଁ ଜଳରେ କେହି ଜଣେ ତାଙ୍କୁ ପଛ କରି ଛିଡ଼ା ହୋଇଛି ଏବଂ ସେ ଲାଗୁଛି ଜଣେ ପୁରୁଷ ବ୍ୟକ୍ତି। ଯୋଉ ପୁରୁଷର ପୃଷ୍ଠଭାଗ ଅନାବୃତ। ମୁଣ୍ଡର କେଶ କାନ୍ଧ ତଳକୁ ଝୁଲି ରହିଛି। ହାତ ପାପୁଲିରେ ଆଞ୍ଜୁଳାଏ ଜଳ ଧରି ସେ ଧ୍ୟାନମୁଦ୍ରାରେ କ'ଣ ଗୋଟେ ମନ୍ତ୍ର ଉଚ୍ଚାରଣ କରୁଛନ୍ତି। ତା'ପରେ ସେ ତାକୁ ଅବିନାଶ ବୋଲି ସମ୍ବୋଧନ କରିଛନ୍ତି। ଏହି ସମ୍ବୋଧନକୁ ସେ ବାସ୍ତବ ବୋଲି ଗ୍ରହଣ କରିପାରିନାହାନ୍ତି। ତା'ପରେ ସୁତପା ନାମ୍ନୀ ଗୋଟେ ଚରିତ୍ର ଆସୁଛି। ଦୁଇ ଜଣଙ୍କ ଭିତରେ କଥୋପକଥନ ହେଉଛି। ତା' ପରେ ଗୋଟେ ଫୁଲ ଭର୍ତ୍ତି କାଠଚମ୍ପା ଗଛକୁ ସେ ଦେଖିଛନ୍ତି। ତା'ପରେ ତାଙ୍କର ନିଦ ଭାଙ୍ଗିଛି। ସେ ଝର୍କା କବାଟ ଦେଇ ବାହାରକୁ ଚାହିଁଛନ୍ତି ଏବଂ ଜାଣିଛନ୍ତି ଯେ ସେ ଯାହା ଦେଖୁଥିଲେ ବର୍ତ୍ତମାନ ପର୍ଯ୍ୟନ୍ତ ସେ ସବୁ ସ୍ୱପ୍ନ। କିନ୍ତୁ ଗଳ୍ପନାୟିକା କହୁଛନ୍ତି ଯେ "ଯାହା ସବୁ ଆଜି ଦେଖିଲି ସେ ଯାଦୁକରୀ ରାତି ମୋ ଚେତନାରେ ଅଙ୍ଗୀଭୂତ ହୋଇସାରିଛି। କୌଣସି ପ୍ରକାର ଯୁକ୍ତି ଦ୍ୱାରା ମୋର ସେ ଅନୁଭବକୁ ମୁଁ ଅସ୍ୱୀକାର କରିପାରିବି ନାହିଁ।"

ଏହିଭଳି ଏକ ଅନୁଭବକୁ ଆମେ ଅତିକଳ୍ପନା ପର୍ଯ୍ୟାୟର ଶ୍ରେଣୀଭୁକ୍ତ କରିପାରିବା; ସେହି ଅତିକଳ୍ପନାର କଥା ଏଠାରେ 'ଯକ୍ଷିଣୀରାତି' ଶୀର୍ଷକ ମାଧ୍ୟମରେ ଗାଳ୍ପିକା ଉପସ୍ଥାପନ କରିଛନ୍ତି। ତେବେ ଗଳ୍ପର ବର୍ଣ୍ଣନାଶୈଳୀ ଏମିତି ଯେ ଏହାକୁ ପାଠକଲେ ଭୟରେ ଦେହ ଶୀତେଇ ଉଠେ। ଏକ ରହସ୍ୟମୟ ପରିମଣ୍ଡଳ ଆଡ଼କୁ ଭାବନା ସଂପ୍ରସାରିତ ହୋଇଯାଏ।

ଏହିଭଳି ଗଳ୍ପ ଗୋଟିଏ ସମୟରେ ଓଡ଼ିଆରେ ମହାପାତ୍ର ନୀଳମଣି ସାହୁ, ମନୋଜ ଦାସ ପ୍ରମୁଖ ରଚନା କରିଛନ୍ତି। ଏହି ଧରଣର ଗଳ୍ପକୁ ଅତି କଳ୍ପନାର ଗଳ୍ପ ବୋଲି କୁହାଯାଏ। ଯେଉଁଥିରେ କି ବାସ୍ତବତାଠାରୁ ପଳାୟନ କରି ଗୋଟେ ଅତିକଳ୍ପନାର ପରିମଣ୍ଡଳ ନିର୍ମାଣ କରାଯାଇଥାଏ। ତେଣୁ ଏହି 'ଯକ୍ଷିଣୀ ରାତି' ହେଉଛି

ସେହିଭଳି ଏକ ଗଳ୍ପ । ଏଥିରେ ମଣିଷ ଚେତନାର ଦ୍ୱିବିଧରୂପକୁ ପ୍ରକାଶ କରାଯାଇଛି । ଗୋଟିଏ ବାସ୍ତବ ଦିଗ, ଯେଉଁଠି ମଣିଷ ସଚେତନ ଥାଏ ଏବଂ ଆଉ ଗୋଟିଏ ହେଉଛି ଅବଚେତନ ବା ସ୍ୱପ୍ନଶୀଳ ଦିଗ, ଯୋଉଠି ମଣିଷ ବାସ୍ତବ ଜଗତରୁ ବାହାରି ଯାଇ ଗୋଟେ ଅବାସ୍ତବ ଏବଂ ରହସ୍ୟମୟ ଜଗତ ଭିତରେ ନିଜକୁ ଆଚ୍ଛନ୍ନ କରେ ।

'ବିଶେଷ ସମ୍ବାଦ' ଗଳ୍ପର ଗାଳ୍ପିକ ହେଉଛନ୍ତି କହ୍ନେଇଲାଲ୍ ଦାସ, ଯେ କି ନୂଆଗଳ୍ପ ଧାରାର ଜଣେ ଅଗ୍ରଗ ପ୍ରତିନିଧି । ଏହି ଗଳ୍ପଟିକୁ ସେ ଖବରକାଗଜ ପଢ଼ିବା ସହିତ ଫ୍ୟୁଜନ୍ କରାଇ ନୂଆ ଶୈଳୀରେ ରଚନା କରିଛନ୍ତି । ସେ ଶୋଇରହି ଖବରକାଗଜ ପଢୁଛନ୍ତି ଏବଂ ତା' ସହିତ ବିଭିନ୍ନ ଘଟଣାକୁ ସେ ଏ ଗଳ୍ପରେ ଲିପିବଦ୍ଧ କରୁଛନ୍ତି । ଯେଭଳିକି କୋରାପୁଟ ଜିଲ୍ଲାର ସମସ୍ତ ବସ୍ ଅଚଳ ହୋଇଯାଇଛି । ସାଧାରଣ ଯାତ୍ରୀମାନେ ବିଶେଷ ଅସୁବିଧାର ସମ୍ମୁଖୀନ ହୋଇଛନ୍ତି । ସେ ପୁଣି ଏ ଘଟଣାରୁ ଆଉ ଗୋଟେ ଘଟଣାକୁ ଚାଲି ଯାଉଛନ୍ତି । ତାଙ୍କର ମନେ ପଡୁଛି ଯେ ପ୍ରଶାନ୍ତିକୁ ଯେତେବେଳେ ସେ ବାହା ହେଲେ ସେ କେମିତି ଗୋଟେ ଦ୍ରୁତଗାମୀ ବସ୍‌ରେ ପ୍ରଶାନ୍ତି ରହୁଥିବା ସହରରେ ଓହ୍ଲାଇଥିଲେ । ତା' ପରେ ତାଙ୍କର ବାହାଘର ପ୍ରଶାନ୍ତି ସହିତ ହୋଇଥିଲା । ତା' ପରେ ତାଙ୍କର ଗୋଟିଏ ପୁଅ ଜନ୍ମ ହୋଇଥିଲା । ତା'ର ନାଁ ଆନନ୍ଦ । ତେଣୁ ଖବରକାଗଜର ବିଶେଷ ସମ୍ବାଦରୁ ଜୀବନର ବିଶେଷ ସମ୍ବାଦକୁ ଲମ୍ଫିତ ହୋଇଛନ୍ତି ଗାଳ୍ପିକ ।

ତା'ପରେ ପୁଣି ଥରେ ଆଉ ଗୋଟିଏ ବିଶେଷ ସମ୍ବାଦ ସେ ଖବରକାଗଜରୁ ପଢ଼ିଛନ୍ତି । ରାଣୀଗଞ୍ଜ ନିକଟରେ ଗୋଟିଏ ମାଲଗାଡ଼ି ଲାଇନ୍-ଚ୍ୟୁତ ହୋଇଛି । ରେଳ କର୍ମଚାରୀମାନଙ୍କ ଧର୍ମଘଟର ଦ୍ୱିତୀୟ ଦିବସରେ ରାଣୀଗଞ୍ଜଠାରୁ ଦୁଇ ମାଇଲ୍ ଦୂରରେ ରେଳ ଲାଇନ୍‌ର ଫିସ୍‌ପ୍ଲେଟ୍ କାଢ଼ି ନେଇଥିବା ଖବର । ତା' ପରେ ପୁଣି ଗଳ୍ପନାୟକଙ୍କର ନିଜ ଭିତରକୁ ଯାତ୍ରା । କେମିତି ତାଙ୍କର ରେଳଯାତ୍ରାର ନିଶା ଥିଲା ଆଉ ବାହା ହେବା ଆଗରୁ ସେ ପ୍ରଶାନ୍ତିକୁ ଧରି ପ୍ୟାସେଞ୍ଜର୍ ଟ୍ରେନ୍‌ରେ ଅନିର୍ଦ୍ଦିଷ୍ଟ ଭାବରେ ଏଣେତେଣେ ଘୁରୁଥିଲେ । ଟ୍ରେନ୍ ଯାତ୍ରା ସମୟରେ ଥରେ କେମିତି ଟ୍ରେନ୍ ଲାଇନ୍‌ଚ୍ୟୁତ ହୋଇଥିଲା ଏବଂ ସେ ବହୁ କଷ୍ଟରେ ପ୍ରଶାନ୍ତିକୁ ଉଦ୍ଧାର କରିଥିଲେ ଇତ୍ୟାଦି ।

ତା' ପରେ ଆଉ ଏକ ବିଶେଷ ସମ୍ବାଦ । ବରଗଡ଼ ଅଞ୍ଚଳରେ ଚାଉଳଦର କମାଇବା କଥା । ତା'ପରେ ସେ ପୁଣି ନିଜ ଜୀବନ ଭିତରକୁ ଯାତ୍ରା: ଯଥା ଧାନ ଚାଉଳର ଦର ବଢ଼ିଯିବା ଦ୍ୱାରା ତାଙ୍କର ଆର୍ଥିକ ଅବସ୍ଥା କିପରି ଦୁର୍ବଳ ହୋଇଉଠିଛି । ପ୍ରଶାନ୍ତିର ଶରୀର କିଭଳି ଆସ୍ତେ ଆସ୍ତେ ଦୁର୍ବଳ ହୋଇ ଯାଇଛି ଇତ୍ୟାଦି । ତା'ପରେ ପ୍ରଭିଡେଣ୍ଟ୍ ଫଣ୍ଡ୍ କର୍ମଚାରୀମାନଙ୍କର ବିକ୍ଷୋଭ ଭୁବନେଶ୍ୱରରେ କେମିତି ମେ ୧୦

ତାରିଖରେ ହୋଇଛି, ସେ ଖବର ସେ ବର୍ଣ୍ଣନା କରିଛନ୍ତି ଏବଂ ତା'ପରେ ସେ ପୁଣି ନିଜ ଜୀବନକୁ ଲମ୍ଫିତ ହେଉଛନ୍ତି। ଘେରି ଅଭିଯୋଗରେ ଆସାମୀ କିପରି ଗିରଫ ହୋଇଛି; ଉତ୍କଟ ଖାଦ୍ୟ ଓ କିରୋସିନି ଦ୍ୱାରା କିପରି ବିଭିନ୍ନ ସଙ୍କଟ ସୃଷ୍ଟି ହୋଇଛି; ଏମିତି ବିକ୍ଷୋଭ, ଆନ୍ଦୋଳନ, ଧର୍ମଘଟ, ଘେରି, ଘରପୋଡ଼ି, ଆତ୍ମହତ୍ୟା, ଦରବୃଦ୍ଧି, ଅନାହାରମୃତ୍ୟୁ ଇତ୍ୟାଦି ବିଶେଷ ସମ୍ବାଦକୁ ସେ ପଢୁଛନ୍ତି ଏବଂ ସମାନ୍ତରାଳ ଭାବେ ନିଜ ଜୀବନ ସହିତ ସେହି ସମ୍ବାଦକୁ ଯୋଡୁଛନ୍ତି।

ତେଣୁ ଏଠି ଗାଳ୍ପିକ ଗୋଟିଏ ଖବରକାଗଜର ବିଶେଷ ସମ୍ବାଦ ସହିତ ନିଜ ଜୀବନର ବିଭିନ୍ନ ଘଟଣାକୁ ସଂଯୁକ୍ତ କରି ତା'ର ଗୋଟିଏ ପାରସ୍ପରିକ ଇଣ୍ଟର ଟେକ୍ସଚୁଆଲ୍ ସଂପୃକ୍ତି ଭିତ୍ତିରେ ଏ ଗଳ୍ପକୁ ରଚନା କରିଛନ୍ତି। ସେଥିପାଇଁ ଏ ଗଳ୍ପ ଗୋଟେ ଭିନ୍ନ ଧରଣର ଗଳ୍ପ ଭାବରେ ଏଠାରେ ଦୃଷ୍ଟାନ୍ତ ସୃଷ୍ଟି କରିଛି। ପ୍ରଶାନ୍ତି ଗାଲ ଉପରେ କେମିତି ମଶା ବସିଛନ୍ତି; ପ୍ରଶାନ୍ତିର ଖୋଲାଛାତିରେ ଆରାମରେ ମଶାମାନେ ବସି କେମିତି ଶୁଣ୍ଢ ଭିତରକୁ ରକ୍ତଚଳାଣ କରୁଛନ୍ତି; ହଠାତ୍ ପ୍ରଶାନ୍ତିକୁ ଦଂଶନ କରୁଛନ୍ତି; ତା'ପରେ ସେ ପ୍ରଶାନ୍ତିକୁ କିପରି ଧିରେ ଧିରେ ବିବସ୍ତ୍ର କରୁଛନ୍ତି; ଚିତ୍ କରି ଶୁଆଇ ଦେଉଛନ୍ତି- ଏସବୁ ପ୍ରସଙ୍ଗକୁ ସେ ଏ ଗଳ୍ପରେ ସଂଯୁକ୍ତ କରିଛନ୍ତି। ଶେଷରେ ସେ କହୁଛନ୍ତି, "ମୁଁ ନିରୁପାୟ ହୋଇ ଆଲୁଅ ଲିଭାଇ ଶୋଇଯିବା ପୂର୍ବରୁ ଦେଖିଲି ପ୍ରଶାନ୍ତିର ସୁନ୍ଦର ଗୋରା ଦେହ ଗୋଟିଏ ଖବରକାଗଜ ହୋଇଯାଇଛି ଏବଂ ଅସଂଖ୍ୟ ତିଳଚିହ୍ନ ଭଳି ବସିଥିବା ମଶାମାନେ ଅକ୍ଷର ହୋଇଯାଇଛନ୍ତି ଏବଂ ପରିଷ୍କାର ପଢ଼ିଗଲି ବିଶେଷ ସମ୍ବାଦ ସବୁ: ରେଳ ବସ୍ କର୍ମଚାରୀ ଓ ସମସ୍ତ ଶ୍ରମିକ ଧର୍ମଘଟ ବିକ୍ଷୋଭ, ଧାନ, ଚାଉଳ, କିରୋସିନି, ପେଟ୍ରୋଲ୍, ଲୁଗାପଟା କାଗଜ ଇତ୍ୟାଦିର ଦରବୃଦ୍ଧି। ଘେରି, ଘରପୋଡ଼ି, ଆତ୍ମହତ୍ୟା, ଅନାହାର ମୃତ୍ୟୁ ଏବଂ ପୃଥିବୀକୁ ଭୀଷଣ ବେଗରେ ଏକ ଅବଶ୍ୟମ୍ଭାବୀ ବିପ୍ଳବ ମାଡ଼ିବାର ସୂଚନା।"

ଏହି ଭଳି ଭାବରେ ବହିର୍ଘଟଣାକୁ ଆଣି ଅନ୍ତର୍ଜୀବନରେ ପ୍ରବେଶ କରାଇବା ଏବଂ ପୁଣି ଅନ୍ତଃଜୀବନକୁ ଲମ୍ଫ ପ୍ରଦାନ କରି ବହିର୍ଜୀବନକୁ ଚାଲିଯିବା ପ୍ରକ୍ରିୟାର ବିନ୍ୟାସ ଦ୍ୱାରା ଏକ ନୂଆ ଗଳ୍ପ ଶୈଳୀର ସ୍ରଷ୍ଟା ଭାବରେ ଏଠାରେ କହ୍ନେଇଲାଲ୍ ଦାସ ଚିହ୍ନିତ ହୋଇଛନ୍ତି। ଅର୍ଥାତ୍ ଏ ଗଳ୍ପରେ ଗୋଟିଏ ଟେକ୍ସଟ୍ ବା ସନ୍ଦର୍ଭ ସହିତ ଆଉ ଗୋଟିଏ ସନ୍ଦର୍ଭକୁ ସମ୍ପର୍କିତ କରାଯାଉଛି। ଏଭଳି ଧରଣର ରଚନାଶୈଳୀକୁ ଇଣ୍ଟର୍ ଟେକ୍ସଚୁଆଲିଟି ବା ଆନ୍ତଃ ସାନ୍ଦର୍ଭିକତା ବୋଲି ଉତ୍ତର ଆଧୁନିକତା ବା ବିଗଠନବାଦରେ କୁହାଯାଏ। ଜୀବନର କଥା ହେଉଛି ଗୋଟିଏ ସନ୍ଦର୍ଭ। ଦେଶ ଦୁନିଆର ଖବର ବା ବିଶେଷ ସମ୍ବାଦ ହେଉଛି ଆଉ ଗୋଟିଏ ସନ୍ଦର୍ଭ; କିନ୍ତୁ ବିବିଧ ସନ୍ଦର୍ଭକୁ ଯେ ଗଳ୍ପରେ

ଗୋଟିଏ ସୂତ୍ରରେ ବାନ୍ଧି ରଖାଯାଇପାରେ ଏବଂ ବାହାର ଜଗତରେ ଘଟୁଥିବା ସନ୍ଦର୍ଭ ସହିତ କେମିତି ପାରିବାରିକ ବା ଦାମ୍ପତ୍ୟ ଜୀବନର ସନ୍ଦର୍ଭର ସମାନ୍ତରାଳ ସଂପୃକ୍ତି ରହିଛି, ତାହାକୁ ମନସ୍ତାତ୍ତ୍ୱିକ ଦୃଷ୍ଟିରୁ ଏ ଗଳ୍ପରେ ଚିତ୍ରଣ କରିଛନ୍ତି କହ୍ନେଇଲାଲ୍। ତେଣୁ ଏହି ଦୃଷ୍ଟିରୁ ଏହି ଗଳ୍ପଟିକୁ ଏକ ଉତ୍ତର ଆଧୁନିକ ଗଳ୍ପ ଭାବରେ ମଧ୍ୟ ଗଣନା କରାଯାଇପାରେ।

ଏହି 'ସାଂପ୍ରତିକ ଓଡ଼ିଆ କ୍ଷୁଦ୍ର ଗଳ୍ପ' ସଂକଳନରେ ସ୍ଥାନିତ ସର୍ବମୋଟ ୩୪ଟି କ୍ଷୁଦ୍ରଗଳ୍ପରେ ଜୀବନର ବହୁବିଧ ଚିତ୍ରକୁ ରୂପାୟିତ କରାଯାଇଛି। ଜୀବନ ସବୁବେଳେ ଗଳ୍ପ ପରି। ଜୀବନର ପ୍ରତିଟି ମୁହୂର୍ତ୍ତ ସର୍ବଦା ଗୋଟିଏ କାହାଣୀରୁ ଆଉ ଗୋଟିଏ କାହାଣୀକୁ; ଗୋଟିଏ କଥାରୁ ଆଉ ଗୋଟିଏ କଥାକୁ; ଗୋଟିଏ ପ୍ରସଙ୍ଗରୁ ଆଉ ଗୋଟିଏ ପ୍ରସଙ୍ଗକୁ; ଗୋଟିଏ ଘଟଣାରୁ ଆଉ ଗୋଟିଏ ଘଟଣାକୁ ଗତିଶୀଳ ହୋଇଥାଏ। ସେଥିପାଇଁ ସେହି ଜୀବନର କଥାକୁ ଗାଳ୍ପିକମାନେ ଶବ୍ଦ,ବାକ୍ୟ ଇତ୍ୟାଦି ମାଧ୍ୟମରେ ସାକାର ରୂପ ପ୍ରଦାନ କରନ୍ତି। ତେଣୁ ଗଳ୍ପ ହେଲେ ମଧ୍ୟ ସେଠି ଜୀବନର କେନା ଓ ଗଜା ଅତ୍ୟନ୍ତ ବୃଶାଳ ହୋଇ ଶାଖାପ୍ରଶାଖା ମେଲିଥାଏ। ତେଣୁ ଆମେ ବହୁ ସମୟରେ ଗଳ୍ପ ମଧ୍ୟରେ ଜୀବନକୁ ଭେଟୁ ଏବଂ ଜୀବନର ମହାପ୍ରବାହ ମଧ୍ୟରୁ ଗଳ୍ପର ଉଦ୍ଭବ ଘଟେ। ଗଳ୍ପରେ ଯେତେ ପ୍ରକାରର ଉଦ୍ଭବ ବା ନିର୍ମିତି ଲକ୍ଷ୍ୟ କରାଯାଏ, ସେସବୁ ଜୀବନକୁ ନେଇ ପରିକଳ୍ପିତ ହୋଇଥାଏ। ତେଣୁ ଏଠାରେ ଜୀବନ ଭିତରେ ଗଳ୍ପ ଓ ଗଳ୍ପ ଭିତରେ ଜୀବନକୁ ଆବିଷ୍କାର କରିବାପାଇଁ ଚେଷ୍ଟା କରାଯାଇଛି। ପ୍ରକୃତରେ ଜୀବନ ଏବଂ ଗଳ୍ପ ଗୋଟିଏ ପ୍ରକ୍ରିୟାକରଣରେ ସତତ ଘୂରି ବୁଲୁଥାନ୍ତି। ସେହି ଘୂରି ବୁଲିବା ଭିତରୁ ଏହି ୩୪ ଗୋଟି କ୍ଷୁଦ୍ରଗଳ୍ପର ଜନ୍ମ। ୩୪ ଜଣ ଗାଳ୍ପିକ ଏହି ଗଳ୍ପଗୁଡ଼ିକରେ ବିଭିନ୍ନ ପ୍ରକାରର ବକ୍ତବ୍ୟକୁ ଆଧାର କରି ଗଳ୍ପ ରଚନା କରିଛନ୍ତି। ଗଳ୍ପ ଗୁଡ଼ିକର ଶୈଳୀ ମଧ୍ୟ ଚମତ୍କାରିତା ଅର୍ଜନ କରିଛି। ତେଣୁ ଉଭୟ ବକ୍ତବ୍ୟ ଓ ଶୈଳୀ ଦୃଷ୍ଟିରୁ ବା ପ୍ରାରୂପଗତ ଦୃଷ୍ଟିରୁ ଗଳ୍ପଗୁଡ଼ିକ ବିଶେଷ ବିଶେଷ ବିଭବର ଅଧିକାରୀ ହୋଇଛନ୍ତି। ସେଥିପାଇଁ ଏହି ଗଳ୍ପ ସଂକଳନଟି ପାଠକମାନଙ୍କଦ୍ୱାରା ଆଦୃତ ହେବ ବୋଲି ମୁଁ ଆଶାବାଦୀ।

ଡ.ରବୀନ୍ଦ୍ର କୁମାର ଦାସ

ବିଶ୍ୱଭାରତୀ, ଶାନ୍ତିନିକେତନ

ଅକ୍ଷୟ ତୃତୀୟା, ୨୩.୦୪.୨୦୨୩

ଅଶୁଭ ପୁତ୍ରର କାହାଣୀ

ଅଚ୍ୟୁତାନନ୍ଦ ପତି

ସେଦିନ ସେ ଛୋଟ ପେଚା ଛୁଆଟି ପହିଲୁ କରି ଆଖି ଖୋଲିଲା। ଗଛର ଅନ୍ଧାରିଆ ଖୋଲ ଭିତରେ ସେ ଆଖି ଫିଟାଇ ପ୍ରଥମେ ଦେଖିଲା ଅନ୍ଧାର, ଚାରିଆଡ଼େ ଖାଲି ନିଘଞ୍ଚ ଅନ୍ଧାର। ମାଆ ତା'ର ତା ଉପରେ ଡେଣା ଘୋଡ଼ାଇ ବସିଥିଲା। ତଳେ କୁଟା କାଠିର ଟାଆଁସିଆ ଶେଯ ଉପରେ କଅଁଳ ହାତଗୋଡ଼ ଦିଖଣ୍ଡ ତା'ର ଥୋଇଥାଇ କେତେ କଥା ସପନ ଦେଖି ଯାଉଥିଲା। ଗଛର ଉପର ଡାଳରେ କାଆ କାଆ ହୋଇ କ'ଣଗୁଡ଼ାଏ ଖୁବ୍ ଜୋର୍‌ରେ ପାଟି କମ୍ପେଇଲେ। ତା ମାଆର ଡେଣା କାହିଁକି ଚହଲି ଉଠିଲା। ସେ ପକ୍ଷୀଗୁଡ଼ାକୁ ଟିକିଏ ଭଲକରି ଚହଲାଇ ଦେଇ ତାକୁ ପେଟଆଡ଼କୁ ଜାକି ଆଣିଲା। ତାକୁ ଟିକିଏ ଆରାମ ଲାଗିଲା। ସେ ଚୁଁ ଚୁଁ ହେଇ ହସି ପକାଇଲା। ମାଆ ତା କୁନି ଅଣ୍ଟରେ ଅଣ୍ଟ ଘଷି ତାକୁ ତୁନି ହେଇ ରହିବାକୁ ଚୁପ ଚୁପ କହିଲା। ମାଆ ଇମିତି କାହିଁକି କହୁଛି, ସେ ବୁଝିପାରିଲାନି। ମାଆ ଯେତେବେଳେ କହୁଛି ଖାଲି ଚୁପ୍ ହୋଇଗଲା। ମାଆର ନରମ ପର ଭିତରେ ଉଷୁମ ଟାଣି ଟାଣି ତା ଦେହରୁ ଚମଡ଼ାର ଭାଙ୍ଗସବୁ ଫିଟି ଫିଟି ଯାଉଥିଲା। ତାକୁ ଭାରି ହାଲୁକା ଲାଗୁଥିଲା। ସେ ଭାବୁଥିଲା, ସେ ଠିଆ ହୋଇପଡ଼ିବ। କାଠି କୁଟାର ବିଛଣା ଭିତରେ ସେ ତା'ର ଗୋଡ଼ ଟିକିଏ ସଳଖାଇ ଦେଲା । ମାଆ ବି ତା ଉପରୁ କାହିଁକି ଟିକିଏ ଘୁଞ୍ଚି ବସିଲା। ତା ଟିକି ଟିକି ଗୋଡ଼ ଉପରେ ଅଣ୍ଟ ଡୁକେଇ ଡୁକେଇ ମାଆ ତାର ଗୋଡ଼କୁ ସିଧା କରିଦେଲା। ସେ ଉପରକୁ ଟିକିଏ ଚାହିଁଲା। ଅନ୍ଧାର କାହିଁକି କମ୍ ଜଣାଗଲା। ସେ ଆଖି ବୁଜି ପକାଇଲା। ଟିକିଏ ମାଆ ଆଡ଼କୁ ଚାହିଁ ପୁଣି ଉପରକୁ ଚାହିଁଲା। ମା ତା'ର ଯେମିତି ତା ମନର

କଥା ବୁଝିପାରିଲା। ତା କୁନି ଚେପା ନାକରେ ନିଜର ନାକକୁ ଲଦି ହସି ହସି କହିଲା- "ଧନ ମୋର କେଡ଼େ ହୁସିଆର ହୋଇଗଲାଣି ହେଉ, ଟିକିଏ ଆଉ ଥୟ ଧର। ତୋ ଡେଣାରେ ଭଲକରି ପର ବାହାରି ଯାଉ । ମୁଁ ତତେ ଉଡ଼ିବା ଶିଖାଇଦେବି। ଡେଣା ଭାଙ୍ଗିବାର ବାଗବରଗ ସବୁ ବତେଇଦେବି। ତୁ ସରଗରେ ବୁଲି ବୁଲି ନୂଆ ଜିନିଷ ଦେଖିବୁ। ତୁ ଏଠି ସିନା ଅନ୍ଧାରରେ ପଡ଼ିଛୁ। ଦୁନିଆକୁ ବାହାରିଗଲେ ସେଠି ଆଉ ସବୁବେଳେ ଅନ୍ଧାର ନଥିବ। ସରଗରେ ତୋଫା ତୋଫା ଗୋଲ ଜହ୍ନର ଆଲୁଅ ବୋହି ପଡୁଥିବ। କୁନି କୁନି ତାରାସବୁ ଆଖି ମିଟିମିଟି କରି ତତେ ଗେହ୍ଲା କରିବେ। ମୁଁ ତୋତେ ଭଲ ଭଲ ଦରବ ତୋ ସାଙ୍ଗରେ ଘୂରି ଘୂରି ଚିହ୍ନେଇଦେବି। ତୁ ଖାଲି ବଡ଼ ହୋଇଯା। ତୋ ଦିହରେ ଟିକିଏ ତାକତ ଆସୁ।" ମାଆ ତା'ର ଖୋଲ କଡ଼ରୁ ଖଣ୍ଡେ ପାକଲା ପିଜୁଳି ଆଣି ତା ଥଣ୍ଟ ଭିତରେ ଗୁଞ୍ଜି ଦେଲା। ସେ ଆସ୍ତେ ଆସ୍ତେ ଥଣ୍ଟ ଚଳାଇ ଢୋକିନେଲା। ଆଃ କି ମିଠା! ସେ ଭାବିନେଲା, ସେ ଦୁନିଆ ଦେଖିନେବ। ଦୁନିଆଟା ଭାରି ମିଠା।

ଗଛତଳେ କ'ଣ ଗୁଡ଼ାଏ ଗୋଟାକ ପରେ ଗୋଟାଏ ହୁକେ ହୋ ହୋଇ ଦୌଡ଼ା ଦୌଡ଼ି କଲେ। ମାଆ ପେଟତଳେ ଶୋଇ ଶୋଇ ତାକୁ ବି ଟିକିଏ ନିଦ ଆସି ଯାଇଥିଲା। ସେ ସପନ ଦେଖି ଯାଉଥିଲା। ଖାଲି ଦୁନିଆର ସପନ। ଚାରିଆଡ଼େ ଖାଲି ମିଠା ପିଜୁଳି ଖଣ୍ଡ ଖଣ୍ଡ ହୋଇ ବିଛେଇ ହୋଇ ପଡ଼ିଛି। ସରଗରୁ ଗୋଲ ଜହ୍ନ ତଳକୁ ଓହ୍ଲେଇ ଆସୁଛି। ବିଲକୁଲ୍ ଅନ୍ଧାର ନାହିଁ। ହସରେ ତା ଥଣ୍ଟ ଖୋଲିଗଲା। ଗଛତଳୁ ପାଟି ଶୁଣି ସେ ଉଠିପଡ଼ିଲା। ଚାରିଆଡ଼େ ଖାଲି କିଟିକିଟି ଅନ୍ଧାର। ତା ମନଟା ଖଟା ହୋଇଗଲା। ସାଙ୍ଗେ ସାଙ୍ଗେ ଆଲୁଅର ସପନ ଦେଖି ଉଠିଛି। ମାଆ ତା'ର ଖୋଲମୁହଁରେ ବସି ଡେଣା ଖୋଲି ଝାଡ଼ି ହେଉଥିଲା। ସେ ଡାକ ଛାଡ଼ିଲା- "ମାଆ, ମୁଁ ଆଜି ଦୁନିଆ ଦେଖିବି। ଜହ୍ନ ସାଥିରେ ଖେଳିବାକୁ ମୁଁ ଆଜି ନିଶ୍ଚେ ବାହାରିଯିବି।" ମାଆ ତା'ର ଭିତରକୁ ପଶିଆସି ତା'କୁ ପେଟଆଡ଼କୁ ଟାଣିନେଲା। ସେ ମାଆର ପେଟତଳୁ ଖସରିଗଲା। ତାକୁ ଅନ୍ଧାର ମୋଟେ ଭଲ ଲାଗୁନଥିଲା। ମାଆ ହସି ହସି କହିଲା- "ଦୁନିଆକୁ ତୁ ଆସିଛୁ। ତୋ ଦୁନିଆକୁ ତତେ ଯିବାକୁ କିଏ ମନା କରୁଛି। ଦୁନିଆକୁ ବଡ଼ ହୋଇ, ଖୁବ୍ ବଳୁଆ ହୋଇ ନଗଲେ ଦୁନିଆ ତତେ ଠକେଇ ଦେବ। ଟିକିଏ ଥୟ ଧର। ଆଉ କେତେଟା ଦିନ। ମୁଁ ବଳେ ବଳେ ତତେ ନେଇଯିବି। ତୁ ଏଇଠି ଶୋଇଥା। ମୁଁ ଯାଉଛି, ତୋ ଲାଗି ନୂଆ ନୂଆ ଜିନିଷ ଆଣିବି। ତୁ ଜମା ପାଟି କରିବୁନି।" ମାଆ ତା'ର ଥଣ୍ଟରେ ଟିକିଏ ଯାକୁ ଖୁମ୍ପିଦେଇ ଗେହ୍ଲା କରି ବସାରୁ ବାହାରିପଡ଼ିଲା। ବସା ଦୁଆରେ ଟିକିଏ ଅଟକି ଯାଇ ତାକୁ ପୁଣି ଚାହିଁଲା। ମାଆ ଚାଲିଗଲା। ସେ ଆଖି ବୁଜିଲା। ଆଖି ବୁଜି ବୁଜି

ଦେଖିଲା ଦୁନିଆ ଉପରେ ଆଲୁଅ ବିଛେଇ ହୋଇ ପଡ଼ିଛି। ଆଲୁଅର ଦୁନିଆ ତାକୁ ପିଜୁଳି ଦେଖେଇ ଯିବାପାଇଁ ଇସାରା ଦେଉଛି। ତା' ଆଖି ଲାଗି ଲାଗି ଆସୁଥିଲା। ସେ ଦେଖୁଥିଲା ଡେଣାରେ ତା'ର ତା' ମାଆଠୁ ବି ବେଶୀ ପର ବାହାରି ପଡ଼ିଛି। ସେ ଜହ୍ନ ଦେହରେ ପକ୍ଷୀ ଘଷି ଘଷି ହସି ହସି ଉଡ଼ି ଉଡ଼ି ଯାଉଛି।

ତା ଗୋଡ଼ ଏଣିକି ଶକ୍ତ ହେଇଗଲାଣି। ସେ ଠିଆହୋଇ ପାରୁଛି। ଡେଣାରେ ତା'ର ପରସବୁ ଆସ୍ତେ ଆସ୍ତେ ଅଙ୍କୁରି ଆସୁଛି। ଦୁନିଆ କଥା ଭାବି ଭାବି ମନ ତା'ର ବାଇଆ ହେଇ ପଡ଼ିଲାଣି। ତା ଦୁନିଆର ଖିଆଲରେ ଜହ୍ନ ଆଲୁଅ, ପାକଲା ପିଜୁଳି ଖାଲି ଖେଳିହେଇ ଯାଉଛି। ଏଣିକି ସେ ସବୁବେଳେ ଖାଲି ବିକଳ ହେଉଛି। ମାଆ ସାଙ୍ଗରେ ଲଗାଉଛି। ସେ ବଡ଼ ହେଲାଣି, ସେ ଦୁନିଆ ଦେଖିଯିବ।

ମାଆ ସେଦିନ ତା ଅଝଟପଣିଆ ଦେଖି ପହିଲୁ କରି ତାକୁ ଖୋଲ ମୁହଁକୁ ଆଣିଲା। ସରଗର ଚନ୍ଦକୁ ଅଣ୍ଟ ବଢ଼େଇ ଚିହ୍ନେଇଦେଲା। ଆଖି ତାର ଝଲସି ଉଠିଲା। ଆଃ କି ସୁନ୍ଦର! ସେ କେତେ ଅନ୍ଧାରିଆ ଜାଗାରେ ପଡ଼ି ରହିଥିଲା। ମାଆ ଡେଣା ସାଙ୍ଗରେ ଡେଣା ମେଲାଇ ଟିକିଏ ଟିକିଏ ଖଣ୍ଡି ଉଡ଼ା ଦେଲା। ସେ ଏ ଡାଳରୁ ସେ ଡାଳକୁ ଗଲା। ପକ୍ଷୀ ତା'ର ଘୋଳେଇ ହୋଇ ପଡ଼ିଲା। ଗଛର ସବା ଉପର ଡାଳକୁ ଗୋଟାଏ ଦମରେ ଉଠିଗଲା। ସେ ଜହ୍ନଆଡ଼େ ଚହିଁକି ସେଠି ବସି ରହିଲା। ଡେଣାରୁ ତା'ର ପରାଶ ଆପେ ଆପେ କମି ଆସୁଥିଲା। ଜହ୍ନ ଦେହରୁ ଝିପିଝିପି ହେଇ ଆଲୁଅ ବିଞ୍ଚି ହୋଇ ପଡୁଛି। ସେ ଭାବିଲା ଅଣ୍ଟ ମେଲା କରି ସେଥିରୁ ମେଞ୍ଚାଏ ପିଇଯିବ। ମାଆ ଆସି ଏତିକି ବେଳକୁ ତା ପାଖରେ ପହଞ୍ଚିଲା। ତାକୁ ବୁଝେଇସୁଝେଇ ଖୋଲ ଭିତରକୁ ନେଇଗଲା।

ଥରେ ଦିନବେଳେ ମାଆ ତା'ର ଟିକିଏ ଘୁମେଇ ପଡ଼ିଥିଲା। ସେ ଆସ୍ତେ ଆସ୍ତେ ଖୋଲ ପାର ହେଇ ଚଲି ଆସିଲା। ଇସ୍, ବାହାରେ କେତେ ଆଲୁଅ! ସେଦିନଠୁଁ ଆଜି ଜହ୍ନଟା ଖୁବ୍ ବଡ଼ ହୋଇ ଦାଉ ଦାଉ ହେଇ ଜଳୁଛି । ସେ ଚହିଁଲା, ଆଖି ତା'ର ପୋଡ଼ି ଉଠିଲା। ବାପରେ ବାପ କେତେ ଆଲୁଅ! ଉପର ଡାଳରୁ ବଣିଛୁଆ ଦୁଇଟା ବାହାରି ଆସି ଏ ଡାଳରୁ ସେ ଡାଳକୁ କୁଦି କୁଦି ଯାଉଛନ୍ତି। ମାଆ ସାଙ୍ଗରେ ତାଳ ପକାଇ ଗୀତ ବୋଲୁଥାନ୍ତି । ଯା ମନ ଭାରି ଖରାପ ହେଇଗଲା। ତା ମାଆଟା ବଣିମାଆ ଭଳି ସେତେ ଭଲ ନୁହେଁ। ତାକୁତ କାହିଁ ଇମିତିକା ବଡ଼ ଜହ୍ନ ତଳେ ଗୀତ ବୋଲେଇ ଶିଖେଇନି। ସେ ଗୀତ ବୋଲି ବୋଲି ବଣିଛୁଆ ପାଖକୁ ଗଲା। ବଣିଛୁଆ ଦି'ଟା ଡରିଗଲେ। ସେମାନେ ପାଟିକରି ଉଠିଲେ। ତାଙ୍କ ମାଆ ଆସି ଯାକୁ ଖୁମ୍ପି ପକାଇଲା। ପାଟି ଶୁଣି କୁଆଟେ କା' କା' ଡାକ ଛାଡ଼ି ଛୁଟି ଆସିଲା। ପେଚ଼ ମାଆର

ନିଦ ଭାଙ୍ଗିଗଲା। ସେ ବାହାରକୁ ଧାଇଁ ଆସି ଆପଣା ଖୋଲ ଭିତରକୁ ୟାକୁ ଟାଣି ନେଇଗଲା। ମାଆ ଉପରେ ପେଚାଛୁଆ ବେଜାଏ ରାଗିଗଲା। ତା' ମାଆ ସବୁ ଭଣ୍ଡୁର କରିଦେଲା, ରାତିରେ ସେ ମାଆକୁ ଦି'ଚାରି କାମୁଡ଼ା ବି ଦେଲା। ଖୋଲ ପାର ହେଇ ପଳାଇବାକୁ ବସିଲା। ମାଆ ତାକୁ ବୋଧଦେଇ ବୁଝାଉଁ ବୁଝାଉଁ କାନ୍ଦି କରି କହିଲା- "ତୁନି ହୋ'ରେ ପୁଅ, ପାଟି କିଲି ଦେ। ସେ ଜହ୍ନ ନୁହେଁରେ ବାପ, ସେ ହେଉଛି ସୂର୍ଯ୍ୟ। ଆମ ଦୁନିଆରେ ସୂର୍ଯ୍ୟ ନାହିଁ। ଆମେ ଅନ୍ଧାରର ଜୀବ। ଜହ୍ନ ବି ସବୁଦିନେ ଆସିବନି। ଆମ ଭାଗରେ ଅନ୍ଧାର ପଡ଼ିଛି। ଆମେ ଅନ୍ଧାରରେ ରହିବା ନ ହେଲେ ଆମେ ମରିବାରେ ବାପ।"

ସେ ମାଆର କଥାରେ ରାଗିଗଲା। କାହିଁକି ସେ ସୂର୍ଯ୍ୟର ଦୁନିଆକୁ ଯିବନି? କାହିଁକି ସେ ଆଲୋକର ରାଜ୍ୟରେ ନ ବୁଲିବ? କିଏ ସେ ଇମିତି ତାଙ୍କୁ ହଇରାଣ କରିବାକୁ ନିୟମ କରିଛି? ସେ ତମ ତମ ହେଇ ଆଗେଇ ଯାଉଥିଲା। ମାଆ ତାକୁ ପେଟତଳକୁ ଟାଣି ଆଣିଲା। ମା ପେଟରୁ କେତେଟା ପର ସେ ରାଗରେ ଥଣ୍ଟମାରି ଉପାଡ଼ି ପକାଇଲା। ମାଆ ଖାଲି କାନ୍ଦିଲା । ମାଆ କାନ୍ଦୁଛି, ସେ ଫେରି ଆସିଲା। ବସା ସେ ପାଖରେ କୁଆଗୁଡ଼ାକ ପାଟି କମ୍ପାଉଥାନ୍ତି। କାହିଁ ସେ ପୋଡ଼ାମୁହଁ ସୂର୍ଯ୍ୟକଥା କହି ପୁଅର ମୁଣ୍ଡକୁ ବିଗାଡ଼ି ଦେଲା ବୋଲି ପେଚାମା' ହାଇପି ସାଇପି ହେଉଥିଲା। "ଆମେ ଅନ୍ଧାରର ବାସିନ୍ଦା। ଆମେ ଅଶୁଭର ସମ୍ପ୍ରଦାୟ। ଆମେ ଦୁନିଆର ଅଭିଶାପ। ଆମେ ଆଲୁଅ ଖୋଜିଲେ ମରିବା। ଆଲୁଅର ରାଜୁତିରେ ଆମକୁ ଶିକାର କରିବା ପାଇଁ ଆଲୁଅ ପୁଅମାନେ ଟାକିକି ବସିଛନ୍ତି।" ମାଆ ତା'ର କହୁଁ କହୁଁ ଖାଲି କାନ୍ଦିଲା। ମାଆକୁ ବୋଧ ଦେଉଁ ଦେଉଁ ସେ କହିଲା- "ମାଆ ତୁ ଟିକିଏ ଥୟ ଧର। ମୁଁ ବଡ଼ ହୁଏ। ଆଲୁଅ ରାଜ୍ୟକୁ ମୁଁ ତତେ ଅଲବତ୍ ନେଇଯିବି। ମୁଁ ସବୁ ଶତ୍ରୁକୁ ମା' ନିପାତ କରିଦେବି।"

ସେଦିନ ମାଆ ପୁଅ ଦି'ଜଣ ଆମ୍ବ ଡାଳରେ ବସିଥାନ୍ତି। ଆକାଶରେ ଜହ୍ନ ନଥାଏ। ପେଚା ଛୁଆକୁ କିଛି ଭଲ ଲାଗୁ ନ ଥାଏ। ହଠାତ୍ ପାଖ ଘରର ଫାଙ୍କ ଦେଇ ଆଲୁଅ ଦିଶିଲା। ପେଚା ଛୁଆର ମନ ଉଲସି ଉଠିଲା। ସେ ପାଟି ଖୋଲି ଗୀତ ପଦେ ଧଇଲା। ଘର ଭିତରକୁ କଡ଼ା କଡ଼ା କଥାରେ କିଏ ଗାଳି ଦେଲା- "ଉଠୁଛି ନା ପୋଡ଼ାମୁହାଁ ସେଇଠୁ। ପିଠା ଖଡ଼ିକା ପଚେଇ ଦାଗି ଦେବି ଯେ ବୁଝିବୁ! ଦୂର୍ ଦୂର୍ ତତେ ଝାଡ଼ାବାନ୍ତି ଖାଉ।" ପେଚାମାଆ ଛୁଆ ମୁହଁରେ ଥଣ୍ଟ ଲଗାଇ ଆଉ ପାଟି ନ କରିବାକୁ କହିଲା। ପେଚାଛୁଆ ରାଗିଗଲା। ବାଃ, ଆଲୁଅକୁ ଘର ଭିତରେ ଆପଣା ସମ୍ପତ୍ତି ଭଳି କାରବାର କରିବେ। ଆଲୁଅକୁ ଦେଖି ଆମେ ଟିକିଏ ଖୁସି ହେଲେ ଗାଳି

ଶୁଣିବୁ ? ନା, ତା ହେବନି। ସେ ଝରକା ଭିତରେ ପଶି ଆଲୁଅକୁ ଛଡ଼ାଇ ଆଣିବାକୁ ବାହାରିଲା। ମାଆ କାନ୍ଦି ବୋବାଇ ତାକୁ ସେଦିନ ଫେରାଇ ଆଣିଲା।

ସଞ୍ଜପରେ ଘରୁ ବାହାରିବା ଆଗରୁ ସେ ତା'ର ଡେଣା ଦୁଇଟାକୁ ଭଲକରି ଦେଖି ନେଲା। ତା'ର ସବୁ ପର ଉଠିଯାଇଛି। ଗୋଡ଼କୁ ସିଧାକରି ଦୁଇଚାରି ଥର ନାଚିଗଲା। ବେଶ୍ ଶକ୍ତ ଅଛି। ଥଣ୍ଟକୁ ଗଛ ଖୋଲ ଦେହରେ ବାଡ଼େଇ ଦେଲା। ଖୁବ୍ ଟାଣ ହୋଇଗଲାଣି। ସେ ଉଡି ଚାଲିଗଲା। ରାତିର ଅନ୍ଧାର ଭିତରେ ଗୋଟାଏ ଖୋଲରେ ବସି ରହିଲା। ସେ ଆଉ ଘରକୁ ଫେରିବନି। ସେ ସୂର୍ଯ୍ୟର ଦେଶରେ ବୁଲିବ। ସେ ଆଲୁଅକୁ ଦଖଲ କରିବ। ସେ ଶତ୍ରୁର ମୁହାଁମୁହିଁ ହେଇ ମୁକାବିଲା କରିବ।

ରାତି ପାହିଆସିଲା। ଦିଗ୍‌ବଳୟର ତଳଆଡୁ ନାଲଖରାର ପିଚକାରୀ ଉପରକୁ ଉଠିଲା। ସୂର୍ଯ୍ୟ ରାଜ୍ୟରେ ଆଲୋକର ଏହି ପ୍ରଥମ ପ୍ରବେଶକୁ ସେ କେବେ ଦେଖି ନଥିଲା। ସେ ଆଖି ଖୋଲି ଆଲୁଅର ଏ କଳସବୁଡ଼ା ଉତ୍ସବକୁ ନିଜକୁ ଭୁଲି ଦେଖିବାକୁ ଲାଗିଲା। ଶହ ଶହ ଚଢ଼େଇ ଗୀତ ସାଙ୍ଗରେ ଡେଣାର ଭାଗଂ ପକାଇ ଉଡ଼ିଗଲେ ! ତାରି ଶହ ଶହ ଜାତିଭାଇ ଆଲୁଅରେ ବୁଲି ବୁଲି ଜୀବନର ସ୍ୱାଦୁ ଚାଖିବେ, ଆଉ ସେ ଡରିମରି ଅନ୍ଧାର ଭିତରେ ସଢ଼ି ସଢ଼ି ମରିବ ? ନା, ତା ମନ ଦମ୍ଭରେ ପୂରିଉଠିଲା। ସୂର୍ଯ୍ୟ ଆସ୍ତେ ଆସ୍ତେ ଉପରକୁ ଉଠୁଥିଲେ। ଦିନର ଆଲୁଅ ବେଶି ବେଶି ଜଳି ଉଠୁଥିଲା। ଏତେ ବଡ଼, ଏତେ ସୁନ୍ଦର ଆଲୁଅର ପୃଥିବୀରେ ତା ପାଇଁ ଟିକିଏ ଜାଗା ନାହିଁ ? ନା, ସେ ଆଜି ମନପୂରା ମଉଜ କରିବ। ସେ ଆଜି କ'ଣ ଦୁନିଆକୁ ଜଣାଇଦେବ, ସେ ମଧ୍ୟ ଆଲୋକର ପୁଅ। ତା'ର ମଧ୍ୟ ଏ ରାଜ୍ୟରେ ଦାବି ଅଛି।

ସେ ମନଇଚ୍ଛା ଚାରିଆଡ଼େ ବୁଲିବାକୁ ଲାଗିଲା। ଆଖି ମେଲାଇ ଦୁନିଆର ହରେକ ଦରବ ଟିକିନିଖି କରି ଦେଖିଲା । ହଠାତ୍ ପଛଆଡୁ କିଏ ତାକୁ ଆକ୍ରମଣ କଲା। ସେ ବୁଲି ପଡ଼ିଲା। ମାଆ ସେଦିନ ତାକୁ ତା'ର ଶତ୍ରୁ ବୋଲି ଚିହ୍ନେଇ ଦେଇଥିଲା। ଏଇମାନେ ତାଙ୍କଠୁଁ ଆଲୁଅକୁ ଛଡ଼ାଇ ନେଇଛନ୍ତି। ସେ ମଧ୍ୟ ଥଣ୍ଟକୁ ସଜାଡ଼ି ନେଇ କୁଆଟା ଉପରେ ଚଢ଼ାଉ ଆରମ୍ଭ କରିଦେଲା। କୁଆଟା ପ୍ରତିରୋଧ କରୁଁ କରୁଁ ତା ଜାତି ଭାଇଙ୍କୁ ଡାକ ଛାଡ଼ିଲା। ଦଳ ଦଳ କୁଆ କା' କା'ର ରେରେକାର ଦେଇ ମାଡ଼ି ଆସିଲେ। ଏଡ଼େ ବଡ଼ ମଜବୁତ୍ ଦଳ ଆଗରେ ସେ ରହି ପାରିବନି ବୋଲି ବୁଝିପାରିଲା। ଆଗରେ ଦିଶୁଥିବା କୋଠାଘର ଆଡ଼କୁ ଖୁବ୍ ଜୋର୍‌ରେ ଡେଣା ହଲାଇ ଛୁଟିଗଲା । କାନ୍ଥର ଗୋଟାଏ ଛୋଟ ଗଳାବାଟ ଦେଇ ସେ ଚାଲିଗଲା। ଘରର ଭିତର ପାଖ ପର୍ଯ୍ୟନ୍ତ ସେ ପଶିଗଲା। ବାହାରେ ଏଣେ କୁଆଗୁଡ଼ାକ ଭେଳା ଭେଳା ହେଉଥାନ୍ତି। ସେ ଟିକିଏ ନିଶ୍ଚିନ୍ତରେ ସେଠି ବସିଲା। ଟିକିଏ ସୁବିଧା ମିଳୁ,

ଶତ୍ରୁର ଦଳ ଭାଙ୍ଗିଯାଉ ସେ ବି ତା'ର ପ୍ରତିଶୋଧ ନେଇ ଜାଣେ। ସେ ଆଜି ଆଲୁଅ ରାଜ୍ୟରୁ ତା'ର ପାଉଣାକୁ ଆଦାୟ କରିବ । ସେ ଅନ୍ଧାରର ଅଭିଶାପ ନୁହେଁ। ସେ ଆଲୁଅର ସନ୍ତାନ। ସେ ଆଜି ଆଲୁଅକୁ ମନଭରି ନିଶ୍ଚୟ ଉପଭୋଗ କରିବ।

କୋଠାଘର ଭିତରେ ପଲଙ୍କର ମୋଟା ଗଦି ଉପରେ ଧନବୀର ଓ ଧୀରୁମଲ୍ଲ ଶୋଇଛନ୍ତି। ତୁହା ତୁହା ହେଇ ଜ୍ୱରର କମ୍ପ ତାଙ୍କ ଉପରକୁ ମାଡ଼ି ଆସୁଛି। ଧୀରୁମଲ୍ଲ ବ୍ୟସ୍ତ ହୋଇ ପଡୁଛନ୍ତି। ଜରର ବିନ୍ଧା ଛିଟିକା ଭିତରେ ପିଟି ଛାଟି ହୋଇ ସେ ମଝିରେ ମଝିରେ ଚିତ୍କାର ଛାଡୁଛନ୍ତି। "ଦେଖ, ସୋରିଷ ତେଲରେ ଯେମିତି ଅଶୀଭାଗ ଅଗରା ମିଶେ। ହଁ, ମଦନା ବାରିକ ଉପରେ ଆଉ ଯେପରି ପାଞ୍ଚ ନମ୍ବର କେଶ୍ ଦାୟର ହେବ। ଶଳାର ଭଉଣୀ ଚନ୍ଦ୍ରମା ଭାରି ସତୀ ଦେଖେଇ ହେଉଛି। ମୁଁ ଟିକିଏ ଶରଧାରେ ହାତ ପକେଇ ଦେଲି ବୋଲି ଶାଳୀ ମାଇକିନା ମୋତେ ମାରିବାକୁ ଉଠୁଥିଲା। ଶୁଭୁଛି, କୋଡ଼ିଏ ଜଣ ଯାଏଁ ଗୁଣ୍ଡା ପଠାଇ ପ୍ରିୟ ମିଶ୍ର ବିଲରୁ ପାକଲା ଧାନ କାଟି ଆଣ। ପଇସାକୁ ପରବାୟ ରଖନି। ପାଠ ଦି'ଅକ୍ଷର ପଢ଼ିଛି ବୋଲି ଶଳା ମୋତେ ନମସ୍କାର କରିବନି। ଏଠି ବସି ଶୁଣ, ଶହେ ଭରି ଫେରା ଅଫିମ ଦେବ ବୋଲି ସେ କଲିକତିଆ ବଙ୍ଗାଳୀ କହି ଯାଇଛି। ତାକୁ ଟିକିଏ ଆଖି ରଖିଥିବ।"

ଏଇମାନେ ଆଲୋକ ରାଜ୍ୟର ନାମଜାଦା ଲୋକ। ଏଙ୍କ ପାଇଁ ସୂର୍ଯ୍ୟ ତାଙ୍କର ସବୁଦିନେ ଆଲୋକ ଦିଅନ୍ତି। ପେଚା ଛୁଆ ଆଖି ଖୋଲି ଭଲ କରି ଚାହିଁଲା। ହଠାତ୍ ଧୀରମଲ୍ଲଙ୍କ ବିଛଣା ପାଖରୁ ଜଣେ ଆଲୋକ ରାଜ୍ୟର ସଚ୍ଚୋଟ ସଚ୍ଚାକର୍ମୀଙ୍କ ଆଖି ପେଚାଛୁଆ ଉପରେ ପଡ଼ିଲା।

"ଅଶୁଭ, ଅଶୁଭ, ମହା ବିତ୍‌ପାତ ଯୋଗ । ଘରେ ଉଲୁକ ବସିଲା। ମାଲିକ ବେମାର ପଡ଼ିଛନ୍ତି।" କର୍ମୀ ବ୍ୟସ୍ତ ହୋଇପଡ଼ି ପାଟି କମ୍ପାଇଲେ। ଗୋଟାଏ ଲମ୍ବା ବାଉଁଶ ଆଣି ବିଚରା ପେଚାଛୁଆକୁ ଖେଞ୍ଚି ଖେଞ୍ଚି ତଡ଼ି ଦିଆଗଲା। ଦୁଇଟିଯାକ ଡେଣା ତାର ଜଖମ ହୋଇଗଲା। ସେ କଷ୍ଟେ ମଷ୍ଟେ ଡେଣାଟେକି କୋଠା ଉପରେ ବସିଲା। ଗଛ ଉପରୁ କେତେଟା କୁଆ ଆସି ଚଢ଼ାଉ ଆରମ୍ଭ କରିଦେଲେ। କୁଆଙ୍କ ପାଟି ଶୁଣି ଜଣେ ଚାକର କୋଠା ଉପରକୁ ଯାଇ ବାଡ଼ିରେ ପେଚା ଛୁଆଟି ଉପରେ ପାହାର ଲଗେଇଲା। ଛୁଆଟା ତଳକୁ ଗଡ଼ିପଡ଼ିଲା। ପେଚାଟା ବସିଛି ବୋଲି କୋଠା ଉପରେ ମେଞ୍ଚାଏ କୁଟା ଜାଳି ହଳଦୀ ପାଣିରେ ନିଭାଇ ଦିଆଗଲା । ଯାହାହେଉ ଅରିଷ୍ଟି କଟିଗଲା।

କୁଆପଲ ଅଶକ୍ତ ପେଚାଛୁଆ ଉପରେ ଆକ୍ରମଣ ଚଳେଇଦେଲେ। ପେଚା ଛୁଆଟିର ଡେଣା ମୂଳରୁ ଥୋଳା ଥୋଳା ରକ୍ତ ଥୋପି ପଡୁଥିଲା। ସେ ଥରେ ଉପରକୁ

ଗ୍ୱହିଁଲା। ସୂର୍ଯ୍ୟ ଖୁବ୍ ଉପରେ ଯଥେଷ୍ଟ ଆଲୁଅ ଦେଉଛନ୍ତି। ଖୁବ୍ କଷ୍ଟରେ ଉଠିପଡ଼ି ସେ ତା ବସାଆଡ଼କୁ ମୁହାଁଇଲା। ଖୋଲଯାଏ ଉଠି ପାରିଲାନି। ଗଛମୂଳେ ପଡ଼ିଗଲା। ମାଆ ତା'ର ପୁଅ ଆସିନି ବୋଲି କାଲୁବାଲୁ ହୋଇ ଗ୍ୱହିଁ ବସିଥାଏ କ'ଣ କରିବ? ଦିନଟାରେ ଛୁଆଟା କେଉଁଠି ଆଶ୍ରା ନେବ? ମାଆର ମନଟା ଏଣୁ ତେଣୁ ଭାବି ଭାବି ଗୋଳେଇ ଘାଣ୍ଟି ହେଉଥାଏ। ପୁଅର ପାଟି ଶୁଣି ସେ ଗଛମୂଳକୁ ଧାଇଁ ଆସିଲା। ପୁଅକୁ ରକ୍ତ ଜୁଡୁବୁଡୁ ଦେଖି ପାଟିରୁ ତାର କଥା ବାହାରିଲାନି। ପେଚ୍ୱ ଛୁଆଟି ଥରେ ଉପରକୁ ଗ୍ୱହିଁଲା। ଗଛ ଉପରେ ବଣି ଛୁଆ ଡେଇଁ ଡେଇଁ ଗୀତ ବୋଲୁଥିଲେ। ସୂର୍ଯ୍ୟ ଆକାଶରୁ ଦିନର ଆଲୁଅ ପୃଥିବୀ ଉପରକୁ ଖସାଇ ପକାଉଥିଲେ।

ପେଚ୍ୱଛୁଆ ମାଆକୁ କତିକି ଡାକି ମାଆ ଗୋଡ଼ରେ ମୁଣ୍ଡ ଗଡ଼େଇ ଗଡ଼େଇ କହିଲା – "ମାଆ ତୁ କାନ୍ଦନା। ମୋର ଆଉ ଭାଇ ହେଲେ ତାଙ୍କୁ କହିବୁ, ତାଙ୍କ ଭାଇ ଆଲୋକ ରାଜ୍ୟ ଜୟ କରିବାକୁ ଯାଇଁ ବୀରପରି ମରିଛି।"

ପେଚ୍ୱ ଛୁଆଟି ସବୁଦିନ ପାଇଁ ଆଖି ବୁଜିଦେଲା।

ସୂର୍ଯ୍ୟ ତାଙ୍କ ଦୁନିଆ ଉପରେ ବେଶି ବେଶି ଆଲୁଅ କୁଢ଼େଇ ଦେଉଥିଲେ।

ପ୍ରଚକ୍ଷୁ

ବିଜୟକୃଷ୍ଣ ମହାନ୍ତି

ନବଘନବାବୁ ଦୀର୍ଘଦିନ ହେଲା ଅନୁଭବ କଲେଣି, ତାଙ୍କର ବାଇଫୋକାଲ ପ୍ରଚକ୍ଷୁର କାଚ ବଦଳାଇବାକୁ ହେବ। ଚାରିବର୍ଷ ହୋଇଗଲା। ଏବେ ପଢ଼ିବାବେଳେ ଅକ୍ଷର ଅସ୍ପଷ୍ଟ ହେଉଚି । ଦୂରରୁ କେହି ଆସୁଥିଲେ ହଠାତ୍ ଚିହ୍ନି ହେଉନି, ଝାପ୍ସା ଦିଶୁଛି। ତାଙ୍କୁ କେହି ଟିକିଏ ଦୂରରୁ ନମସ୍କାର କଲେ, ସେ ଦେଖି ନ ପାରି ପ୍ରତି ନମସ୍କାର କରି ପାରୁନାହାନ୍ତି। ପରେ ଜାଣି ଅପ୍ରସ୍ତୁତ ହେଉଛନ୍ତି। ଅଫିସ୍‌ର ସେ ବଡ଼ବାବୁ। ତଳିଆ କର୍ମଚାରୀମାନେ ନମସ୍କାର କରି ପ୍ରତି ନମସ୍କାର ନ ପାଇ ପ୍ରଥମେ ପ୍ରଥମେ କ୍ଷୁବ୍ଧ ହେଉଥିଲେ। ମାତ୍ର କ୍ରମେ ସେମାନେ ବୁଝିଯିବା ପରେ ଦୂରରୁ ଆଉ ନମସ୍କାର ନ କରି ପାଖକୁ ଆସି ନମସ୍କାର କରନ୍ତି ଓ ପ୍ରତିନମସ୍କାର ପାଆନ୍ତି।

ଥରେ ଅଫିସ କରିଡରରେ ସାମନାରୁ ତାଙ୍କ ଅଫିସର୍ ଆସୁଛନ୍ତି, ନବଘନବାବୁ ତାଙ୍କୁ ଦେଖିପାରି ନାହାନ୍ତି । କିନ୍ତୁ ଅଫିସର୍ ତାଙ୍କୁ ଅତିକ୍ରମ କରି ଚାଲିଯିବା ପରେ ଜଣେ ଅଫିସ୍ ଲୋକ ତାଙ୍କ ପାଖକୁ ଲାଗି ଆସି ଚୁପ୍‌ଚାପ୍ କରି କହିଲେ, "ଆଚାରୀ ସାହେବ ପରା ଆପଣଙ୍କ ପାଖଦେଇ ଗଲେ, ଦେଖିପାରିଲେ ନି ତାଙ୍କୁ ?" ଅର୍ଥାତ୍ ତାଙ୍କୁ ନମସ୍କାର କଲେନି ତ ?

ଶୁଣି ଦେଇ ବିବର୍ଣ୍ଣ ହୋଇ ଯାଇଥିଲେ ନବଘନବାବୁ। "ଆଚାରୀ ସାହେବ ତାଙ୍କ ସମ୍ପର୍କରେ କ'ଣ ଭାବିଥିବେ ?"

ସେଦିନ ପରିବା ଦୋକାନୀକୁ ଅଧୁଲି ଭାବି ଟଙ୍କାଟିଏ ବଢ଼ାଇ ଦେଇଥିଲେ। ସେ ଆଠଣିଟିଏ ଫେରାଇ ଦେବା ପରେ ସେ ତାଙ୍କର ଭୁଲ ବୁଝି ପାରିଲେ।

ଏବେକାର ଟଙ୍କିକିଆ ଓ ଦିଟଙ୍କିଆ ମୁଦ୍ରାର ଆକାର ପ୍ରାୟ ସମାନ। ମୁଦ୍ରାର ପଛପଟ ଲେଖା ଦେଖିଲେ ଜଣାପଡ଼ିବ। ନବଘନବାବୁ କେତେଥର ଭୁଲରେ ଟଙ୍କିକିଆ ମୁଦ୍ରା ପରିବର୍ତ୍ତେ ଦି ଟଙ୍କିଆ ମୁଦ୍ରା ଦେଇବସିଛନ୍ତି। ଲୋକ ଭଲଥିଲେ ଟଙ୍କା ଫେରି ପାଇଛନ୍ତି ନଚେତ ତା' ଯାଇଛି।

ଚଷମା ପିନ୍ଧି ଖାଇଲେ ବି ନ ଦେଖିପାରି କେତେଥର ସେ ପିମ୍ପୁଡ଼ି ଓ ବାଳ ଖାଇଦେଇ ଥୁ ଥୁ କରି କାଢ଼ି ପକାଇଛନ୍ତି।

ଏତେ ହରକତ ହୋଇ ବି ନବଘନବାବୁ ଏଯାଏ ଚଷମାର କାଚ ବଦଳାଇ ପାରିନାହାନ୍ତି। ପ୍ରତି ମାସରେ ଭାବନ୍ତି ଏଇ ମାସରେ ବଦଳାଇବେ, ସତୁରି ଅଶୀ ଟଙ୍କା ତ ପ୍ରୟୋଜନ, ମାତ୍ର ସୀମିତ ଆୟରେ କେଉଁ ଖର୍ଚ୍ଚରୁ ଆଉ କେତେ କାଟିବେ। ଘରେ ସ୍ତ୍ରୀ, ତିନିଝିଅ। ଦୁଇଜଣ କଲେଜରେ ପଢୁଛନ୍ତି, ସାନଟି ସ୍କୁଲ୍‌ରେ ଏବଂ ଏକମାତ୍ର ପୁତ୍ର ପ୍ରଭାତ ଏମ୍.ଏ. ର ଛାତ୍ର ।

ତେଣୁ ପ୍ରତି ମାସରେ ଭାବିଲେ ବି ଟଙ୍କା ସଞ୍ଚ ହୁଏନି। ପତ୍ନୀ ସୁଲତା କହୁଥିଲେ ତାଙ୍କ ଆଖିକୁ ଏବେ ଝାପ୍‌ସା ଦିଶୁଛି। ଆଖି ତାଙ୍କର ପରୀକ୍ଷା କଲେ ହୁଅନ୍ତା, ଅର୍ଥାତ୍ ତାଙ୍କର ବି ଚଷମା ପ୍ରୟୋଜନ। ତାଙ୍କ ପାଇଁ ଚଷମାଟିଏ ନ କରି ନିଜପାଇଁ ପୁଣି ଗୋଟିଏ ଚଷମା, କରିବାକୁ ଖରାପ ଲାଗୁଛି ନବଘନ ବାବୁଙ୍କୁ।

ସେଦିନ ଅଫିସରୁ ଫେରୁଫେରୁ ସୁଲତା କହି ଉଠିଲେ, " ଶୁଣିଲଣି ! ପ୍ରଭାତ ଆଜି କଲେଜରୁ ଫେରିବା ବାଟରେ ଚଷମାଟିଏ ପାଇଛି। ତମ ଟେବୁଲ ଉପରେ ଥୁଆ ହୋଇଛି।"

ନବଘନବାବୁ ଘର ଭିତରକୁ ପଶିଯାଇ ଟେବୁଲ ଉପରେ ଥୁଆ ହୋଇଥିବା ଖୋଳ ସମେତ ଚଷମାଟି ଉଠାଇ ନେଉ ନେଉ କହି ଉଠିଲେ, " ଆହା, ଯାହାଙ୍କର ଚଷମା କେତେ ହଇରାଣ ସେ ହେବେ। ଚଷମା ଖୋଳ ଭିତରେ ଭଦ୍ରଲୋକଙ୍କର ଠିକଣା ଯଦି ଥାଏ, ତେବେ ଚଷମାଟି ତାଙ୍କୁ ଯାଇ ଦେଇଆସିଲେ ସେ କେଡ଼େ ଖୁସି ନ ହୋଇଯିବେ। ଚଷମା ନାହିଁ ମାନେ ଆଖି ନାହିଁ।"

ନବଘନବାବୁ ଖୋଳ ଖୋଲିଲେ, ଚଷମାଟି ଅଛି, ଠିକଣା ନାହିଁ।

ସୁଲତା ପାଖରେ ଠିଆହୋଇ ଉତ୍ସୁକ ଆଖିରେ ଅନାଇ ଥିଲେ ସ୍ୱାମୀଙ୍କୁ। ତାଙ୍କୁ ଉଦ୍ଦେଶ୍ୟ କରି ନବଘନବାବୁ କହିଲେ, "ଚଷମାଟି ମିଳିଥିବା ସମ୍ବାଦ ଦୈନିକ ସମ୍ବାଦପତ୍ରମାନଙ୍କୁ ଦେଇଦେଲେ ହେବ। ମାତ୍ର ଏବେ କୁଆଡ଼େ ଏମିତି ସମ୍ବାଦ ଖବରକାଗଜରେ ଛପା ହେଉନି। କିନ୍ତୁ ବିଜ୍ଞାପନ ଆକାରରେ ଦିଆଗଲେ ଛପା ହେବ।

ଦିନେ ମୁଁ କୌଣସି ସମ୍ବାଦପତ୍ରର ସମ୍ପାଦକଙ୍କୁ ଏ ସମ୍ପର୍କରେ ପ୍ରଶ୍ନ କଲାରୁ ସେ କହିଲେ, ନିଜ ଅସାବଧାନତା ଯୋଗୁଁ ଯେ କିଛି ହଜାଇଛନ୍ତି, ସେଥିଲାଗି ସେ ଦାୟୀ, ତାଙ୍କ ପ୍ରତି ଆମ୍ଭେମାନେ ସହାନୁଭୂତିଶୀଳ ହେବୁ କାହିଁକି ?" ମୁଁ ସମ୍ପାଦକଙ୍କ ମନ୍ତବ୍ୟରେ ସନ୍ତୁଷ୍ଟ ନ ହୋଇପାରି କହିଲି, ସବୁବେଳେ ଅସାବଧାନତା ଯୋଗୁଁ ହଜିବା କଥାଟା କିନ୍ତୁ ସତ୍ୟ ନୁହେଁ। ଭୁଲ ନହୁଏ କାହାର ? ସଦା ସତର୍କ ରହିଲେ ଦୁର୍ଘଟଣା ଯେ ଘଟିବନି ତା'ର କିଛି ମାନେ ଅଛି ? ତେଣୁ ଏଇସବୁ ହଜିବା ଘଟଣାକୁ ଦୁର୍ଘଟଣା ଭାବେ ବିଚାର କରିବାରେ ସମ୍ପାଦକମାନେ କିଛିଟା ଉଦାର ହେବା ଉଚିତ୍ ।

ସମ୍ପାଦକ ମହାଶୟ ମୋ ବକ୍ତବ୍ୟରେ ସନ୍ତୁଷ୍ଟ ହେବା ଭଳି ମନେ ହେଲେନି। ତେଣୁ ତାଙ୍କୁ ପୁନର୍ବାର ବୁଝାଇବାକୁ ଯାଇ କହିଲି ଧରନ୍ତୁ, ଆପଣଙ୍କର କିଛି ହଜିଗଲା, ସେତେବେଳେ ନିଜର ଅସାବଧାନତାର କାରଣ ଦର୍ଶାଇ ମନେ ମନେ ନିଜକୁ ଦୋଷୀ ସାବ୍ୟସ୍ତ କରିବେ କି ? ଅଧିକନ୍ତୁ ବ୍ୟାକୁଳ ହୋଇ ଉଠିଥିବେ ହଜିବା ଜିନିଷଟି କିପରି ମିଳିଯାଆନ୍ତା କି। ସେ ଅସମୟରେ ଯେ କେହି ଆପଣଙ୍କୁ ସାହାଯ୍ୟ କରିବାକୁ ଆଗେଇ ଆସିଲେ ଆପଣ ନିଶ୍ଚୟ ତାଙ୍କୁ ସ୍ୱାଗତ କରିବେ। ତେଣୁ ମାନବିକତା ଦୃଷ୍ଟିକୋଣରୁ ନିଜର ଅସମୟକୁ ଓ ଅନ୍ୟର ଅସମୟକୁ ସମଦୃଷ୍ଟିରେ ନ ଦେଖିବା କାହିଁକି ? ଅତଏବ ଜିନିଷଟିଏ ମିଳିଛି କି ହଜିଛି ଏମିତି ଛୋଟ ସମ୍ବାଦଟିଏ କାଗଜରେ ଛାପି ଅନ୍ୟଙ୍କୁ ସାହାଯ୍ୟ କରିବାରେ କୁଣ୍ଠିତ ହେବା ଅନୁଚିତ। ସତ କହିବାକୁ ଗଲେ ଅନେକ ଅପ୍ରୟୋଜନୀୟ ଖବର ତ ପୁଣି ସମ୍ବାଦପତ୍ରରେ ପ୍ରକାଶ ପାଉଛି ।

ସମ୍ପାଦକ ମହାଶୟ ମୋ ବକ୍ତବ୍ୟରେ ବିରକ୍ତହୋଇ ଉଠି କହିଲେ "କୌଣସି କାଗଜର ଦାୟିତ୍ୱ ନିଜେ ନେଲେ ଅସୁବିଧାଟା କ'ଣ ବୁଝନ୍ତେ । ଏମିତି ଯୁକ୍ତି କରିବାଟା ତ ଖୁବ୍ ସହଜ।"

ନବଘନ ବାବୁଙ୍କର କଥା ଶୁଣି ସୁଲତା ଦୁଃଖ କରି କହିଲେ, "ଖବର କାଗଜରେ ଚଷମା ମିଳିବା ଖବରଟି ଯଦି ପ୍ରକାଶ ନପାଏ, ତେବେ ଚଷମା ଯାହାଙ୍କର ହଜିଛି, ସେ ତ କିଛି ଜାଣି ପାରିବେ ନି।"

ନବଘନବାବୁ ଦୃଢ଼ କଣ୍ଠରେ କହିଲେ, "ମୁଁ ସବୁ ଦୈନିକ ଖବରକାଗଜକୁ ସମ୍ବାଦଟି ପଠାଇ ଦେବି ଓ ସମ୍ପାଦକମାନଙ୍କ ମନକୁ ଘେନିବା ଭଳି ଅନୁରୋଧ କରି ଦି'ପଦ ବି ଲେଖିବି । ମନେହୁଏ କୌଣସି ନା କୌଣସି ସମ୍ବାଦପତ୍ରରେ ନିଶ୍ଚୟ ତା' ପ୍ରକାଶ ପାଇବ।"

ସୁଲତାଙ୍କ ପ୍ରସ୍ଥାନ ପରେ ନବଘନବାବୁ କଳାଫ୍ରେମର ବାଇଫୋକାଲ ଚଷମାଟି ଏପଟ ସେପଟ କରି ଦେଖୁ ଦେଖୁ କ'ଣ ଭାବି ହଠାତ୍ ପିନ୍ଧି ପକାଇଲେ ଓ ପରମୁହୂର୍ତ୍ତରେ

ଚମକି ପଡ଼ିଲେ, ମୁହଁ ତାଙ୍କର ଉଜ୍ଜ୍ୱଳ ହୋଇ ଯାଉଛି- ବାଃ, ଚମତ୍କାର ତ, ବହୁ ଦୂରକୁ ଅନାଇଲେ ସବୁ କିଛି ସ୍ପଷ୍ଟ। ବହି ଖଣ୍ଡେ ଖୋଲି ପକାଇଲେ, ଅକ୍ଷରଗୁଡ଼ାକ କେତେ ପରିଷ୍କାର ଦିଶୁଛି ସତେ।

କେମିତି ଏକ ଅବ୍ୟକ୍ତ ଆନନ୍ଦରେ ନବଘନବାବୁଙ୍କର ମନ ତଳ ଭରି ଯାଉଛି।

ହଠାତ୍ କାହାର ପାଦ ଶବ୍ଦ ଶୁଣି ତରତର ହୋଇ ଆଖିରୁ ଚଷମାଟି କାଢ଼ି ପକାଇ ଖୋଳ ଭିତରେ ରଖିଦେଲେ ନବଘନବାବୁ।

କିଏ ଆସୁଛି ? ମୁହଁଟେକି ସେ ଅନାଇଲେ ଦରଜାଆଡ଼େ।

ପ୍ରଭାତ ଘର ଭିତରକୁ ଆସି କହିଲା, "ମୁଁ ଆଜି କଲେଜରୁ ଫେରିବା ବାଟରେ ଏଇ ଚଷମାଟି ପାଇଲି", ଟେବୁଲ ଉପରେ ଥୁଆ ହୋଇଥିବା ଖୋଳ ସମେତ ଚଷମା ଆଡ଼କୁ ତର୍ଜନୀ ନିର୍ଦ୍ଦେଶ କଲା ସେ।

"ଭଦ୍ରଲୋକ ବିଚରା କେତେ ହଇରାଣ ହେଉଥିବେ", ନବଘନବାବୁ ଏଥର ହୃଦୟବତ୍ତା ପ୍ରକାଶ କଲାବେଳେ ଅନୁଭବ କଲେ ସେ ଅଭିନୟ କରୁଛନ୍ତି।

ତାଙ୍କର ଏତେ ସହାନୁଭୂତିରେ ହଠାତ୍ ଏ ଦାରିଦ୍ର୍ୟ ଆସିଗଲା କିପରି ?

"ଚଷମା ମିଳିବା ସମ୍ବାଦଟି ପଠାଇଦେବା ସବୁ ଖବରକାଗଜକୁ।" ନବଘନବାବୁଙ୍କର ଏ ବକ୍ତବ୍ୟ ବି ସ୍ୱତସ୍ଫୂର୍ତ୍ତ ନଥିଲା।

ପ୍ରଭାତ ଘରୁ ବାହାରିଗଲା।

ତା' ଆରଦିନ ସକାଳେ ନବଘନବାବୁ ସୁଲତାଙ୍କୁ ଡାକ ପକାଇଲେ, "ହଇଏ ଶୁଣୁଛ, ଇଆଡ଼େ ଆସିଲ।"

ସୁଲତା ରୋଷେଇ ଘରେ ଥିଲେ, ସ୍ୱାମୀଙ୍କ ଡାକରେ ତାଙ୍କ ପାଖେ ପହଞ୍ଚିଯାଇ ଦେଖିଲେ ନିବିଷ୍ଟ ମନରେ ସେ ଖଣ୍ଡେ ବହିରେ ମୁହଁ ପୋତିଛନ୍ତି।

"ମୋତେ କାହିଁକି ଡାକିଲ ?" ସୁଲତା ସ୍ୱାମୀଙ୍କର ଆହୁରି ପାଖକୁ ଲାଗି ଠିଆ ହେଲେ।

ନବଘନବାବୁ ବହିରୁ ମୁହଁ ଉଠାଇ ହସ ହସ ମୁହଁରେ ଅନାଇଲେ ସୁଲତାଙ୍କୁ, "ଏଇ ଯେଉଁ ଚଷମାଟା ପ୍ରଭାତ ପାଇଥିଲା, ମୁଁ ପିନ୍ଧି ଦେଖୁଛି, ସବୁ ଖୁବ୍ ପରିଷ୍କାର ଦିଶୁଛି। ଦୂରକୁ ଅନାଇଲେ ସବୁ ସ୍ପଷ୍ଟ, ବହିର ଅକ୍ଷର ବି, ଯେମିତି ମନେ ହେଉଚି, ମୋ ଆଖି ପାୱାରର ଚଷମା।"

ବର୍ତ୍ତମାନ ଚଷମା ପିନ୍ଧିବା କଥାଟା କିଛି କହିଲେ ନବଘନବାବୁ, କାରଣ କାଲିଠାରୁ ସେ ତାହା ପିନ୍ଧି ସାରିଛନ୍ତି।

ପ୍ରଭାତ ବାପାଙ୍କ କଣ୍ଠସ୍ୱର ଶୁଣି ପଶିଆସିଲା ଘର ଭିତରକୁ, ତା' ପଛେ ପଛେ

ତା ତିନି ଭଉଣୀ ବି।

ନବଘନବାବୁଙ୍କ ଆଖିରେ କଳାଫ୍ରେମର ଅପରିଚିତ ଚଷମା। ସମସ୍ତେ ଅବାକ୍ ହୋଇ ଅନାଇଛନ୍ତି।

"ଜାଣିଲୁ ପ୍ରଭାତ, ଆଶ୍ଚର୍ଯ୍ୟ, ମୋ ଆଖିକୁ ଏ ଚଷମା ଏକଦମ୍ ଫିଟ୍ କରି ଯାଉଛି।"

ନବଘନବାବୁଙ୍କର କଣ୍ଠ ସ୍ୱରରେ ପ୍ରଚ୍ଛନ୍ନ ଉଲ୍ଲାସ।

ପରମୁହୂର୍ତ୍ତରେ ସେ ହଠାତ୍ ସଚେତନ ହୋଇଯାଇ ଆଖିରୁ ଚଷମାଟି କାଢ଼ି ପକାଇ, ସଂବରଣ କରି ନେଲେ ନିଜକୁ, "ବିଚରା ଭଦ୍ରଲୋକ କି ହଇରାଣ ନ ହେଉଥିବେ। ପୁଣି ଗୋଟିଏ ନୂଆ ଚଷମା କିଣିବାର ସାମର୍ଥ୍ୟ ତାଙ୍କର ଥିବ କି ନାହିଁ କିଏ ଜାଣେ। ଆଜି କିନ୍ତୁ ମୁଁ ସମ୍ବାଦପତ୍ରକୁ ଖବରଟା ଲେଖି ପଠାଇ ଦେଉଛି। କିନ୍ତୁ କଥା ହେଲା ତା' ପ୍ରକାଶ ପାଉଛି କି ନାହିଁ।" ବକ୍ତବ୍ୟ ଶେଷରେ ଢେପଢୋକିଲେ ନବଘନବାବୁ।

ସୁଲତା ପ୍ରଥମେ ଚୁପଚାପ ଘରୁ ବାହାରିଗଲେ ଓ ତାଙ୍କ ପଛେ ପଛେ ପୁଅ ଝିଅମାନେ ବି।

ଗେଣ୍ଡା

ଦୁର୍ଗାମାଧବ ମିଶ୍ର

ନର୍ଦ୍ଦମାର ପୋଚାପାଣି ବହୁତ ଦିନ ହେଲା ଟୁବୁଟୁବୁ ହୋଇ ଫୁଟୁଥିଲା- ସୃଷ୍ଟି ହେଉଥିଲା ବୁଦ୍‌ବୁଦ୍ କଳା ନେଳିମିଶା ପାଣିରେ। ମନେ ହେଉଥିଲା, କେଉଁ ଅଶରୀର ତାପରେ ଫୁଟିଉଠୁଛି ସେ ପାଣି। ଫୁଲି ଫୁଲି ଉଠୁଛି- କେତେବେଳେ ଉତୁରି ପଡ଼ିବ।

ଆଜି ଯେ ସେ ପାଣି ନର୍ଦ୍ଦମା ଦୁଇପାଖର ଇଟାବନ୍ଧକୁ ଟପି ଘର ଭିତରେ ପଶିଯିବ, ସେ କଥା ନିତ୍ୟାନନ୍ଦବାବୁ ଜାଣିବେ କେମିତି ? ଦୁଇ ତିନି ଜଣ ମେହେନ୍ତରଙ୍କୁ କହିଥିଲେ, ସଫା କରିଦିଅ । ବକ୍‌ସିସ୍ ଯାହା ପାଞ୍ଚ ଦଶ ଟଙ୍କା ନେବ।

- ପାଞ୍ଚଟଙ୍କା !

ହସିଲେ ସେମାନେ। ମୁହଁବୁଲାଇ ଚାଲିଗଲେ ।

- ବଜାର ବୋଧହୁଏ କରୁନାହାନ୍ତି ଆପଣ । ବାଇଗଣ କିଲୋ ଦଶଟଙ୍କା। ଚାଉଳ କିଲୋ ସାତ ଟଙ୍କା। ଡାଲି କିଲୋ କୋଡ଼ିଏ ଟଙ୍କା । ଏପରିକି କାକୁଡ଼ି କିଲୋ ଆଠ ଟଙ୍କା। ସେଥିରେ ଏତେବଡ଼ ନର୍ଦ୍ଦମା ପରିଷ୍କାର କରିଦେବାକୁ ଆପଣ ଦେବେ ଆଠଟଙ୍କା ନ ହେଲେ ଦଶ ଟଙ୍କା !

- କ'ଣ ଶହେ ଟଙ୍କା ନେବ ?

- ଶହେ ଟଙ୍କା ମଧ କିଛି ନୁହେଁ, ବୁଝିଲେ ସାହେବ । କେତେ ମଇଳା ଏହା ଭିତରେ ଅଛି, ଆପଣ ଧାରଣା କରିପାରୁଛନ୍ତି ? ଶହେ ଟଙ୍କା ଯଦି ବଞ୍ଚାଇ ରଖିବାକୁ ଇଚ୍ଛା, ନିଜେ ସଫା କରିଦିଅନ୍ତୁ।

ଛୋଟ ଲୋକମାନଙ୍କର ମୁହଁ ବଢ଼ିଗଲାଣି ଦେଖୁଛି- ଭାବିଲେ

ନିତ୍ୟାନନ୍ଦବାବୁ । ବିଟ୍ ବଜାର ଉପରେ ତିନିଟା ମେହେନ୍ତର ତାଙ୍କୁ ଅପମାନ ଦେଇ ଚାଲିଗଲେ, ଅଥଚ ସେ କିଛି କରିପାରିଲେ ନାହିଁ। ନିଷ୍ଫଳ କ୍ରୋଧରେ ବାତ୍ୟାହତ କଦଳୀ ବୃକ୍ଷ ପ୍ରାୟ ଥରିଗଲା ତାଙ୍କର ସମଗ୍ର ଶରୀର-ସକଳ ଅଙ୍ଗ ପ୍ରତ୍ୟଙ୍ଗ।

ମାସକ ତଳେ ଏପରି କହିପାରିଥାନ୍ତେ ସେମାନେ? ନର୍ଦ୍ଦମା ସଫା ହେବ ବୋଲି ତୁଣ୍ଡରୁ ବାହାରିବା ମାତ୍ରେ, ସେ ହୁକୁମ ତାଲିମ କରିବାକୁ ପୁଞ୍ଜେ ପାଞ୍ଚୁଟା ଲୋକ ଆଗଭର ହୋଇ ବାହାରି ଆସିଥାଆନ୍ତେ । ନର୍ଦ୍ଦମା ସଫା ହୋଇଯାଇଥାଆନ୍ତା, ସେ ଘରକୁ ଫେରିଲାବେଳକୁ। କିପରି ହେଲା ସେ ଜାଣନ୍ତେ ନାହିଁ। କେତେ ଟଙ୍କା ଖର୍ଚ୍ଚ ହେଲା, ସେ ଜାଣନ୍ତେ ନାହିଁ । କେବଳ ଅତି ନମ୍ର କଣ୍ଠରେ କିଏ ଜଣେ କହିଥାଆନ୍ତେ।

- ନର୍ଦ୍ଦମା ସଫା ହୋଇଗଲା, ସାର୍।

ସେ ତା' ମୁହଁକୁ ଚାହିଁ ନଥାନ୍ତେ।

- ନର୍ଦ୍ଦମା! କେଉଁ ନର୍ଦ୍ଦମା?

ତା' ପରେ ମନେ ପଡ଼ିଯାଇଥାଆନ୍ତା ସତେ ଯେମିତି ଶତ ବର୍ଷ ତଳର ସ୍ମୃତି........

-ହଁ ନର୍ଦ୍ଦମା............ ଓ ବୁଝିଲି ବୁଝିଲି........

ବାସ୍ ! କୃତଜ୍ଞତା ନୟନରେ ଚାହିଁ ନ ଥାନ୍ତେ ସେ ସେହି ସ୍ୱରର ଅଧିକାରୀ ଆଡ଼େ । ଜୋତା ମସ୍‌ମସ୍ କରି ପଶିଯାଇଥାଆନ୍ତେ ଘର ଭିତରକୁ।

କିନ୍ତୁ ଏବେ ସେ ସ୍ଥାନଭ୍ରଷ୍ଟ-ସେବା-ନିବୃତ୍ତ। ମନେପଡ଼ିଲା, ବାପା କହୁଥିଲେ, "ସ୍ଥାନଭ୍ରଷ୍ଟା ନ ଶୋଭନ୍ତେ କେଶାଃ, ନଖାଃ, ଦନ୍ତାଃ, ନରାଃ।" ଅର୍ଥ ବି ବୁଝାଇ ଦେଇଥିଲେ ଏ ପଦଟିର। କିନ୍ତୁ ଗୁରୁତ୍ୱ ଦେଇ ନଥିଲେ ନିତ୍ୟାନନ୍ଦବାବୁ । ହଃ, ଏମିତି ହେବନା! ଆକଣ୍ଠ ବିଷୟ-ବିଷ-ପାନ-ପ୍ରମତ୍ତ ନିତ୍ୟାନନ୍ଦବାବୁ ଏଥିପ୍ରତି ଗୁରୁତ୍ୱ ଦେବେ କାହିଁକି? ତାଙ୍କ ସମ୍ମୁଖରେ ତ ନିତ୍ୟ ଆନନ୍ଦ, ସବୁଜ ଘାସ ପଡ଼ିଆ, ଚିରନ୍ତନ, ମସୃଣ, ନରମ। ସେ ସେଥିରେ ନିନ୍ଦିତ, ଆନନ୍ଦିତ, ନିମଜ୍ଜିତ। ସମଗ୍ର ତୃଷ୍ଣା ମେଣ୍ଟିନାହିଁ- ଜୀବନକାଳର ପଞ୍ଚତିରିଶ ବର୍ଷ ପାର୍ ହୋଇଗଲା - ପଞ୍ଚତିରିଶି ମିନିଟ୍ ପରି ଲାଗିଲାନାହିଁ। ଯେଉଁଦିନ ଫୁଲମାଳ ଦିଆ ଦଉଡ଼ିରେ ଜଗନ୍ନାଥଙ୍କ ରଥକୁ ଟାଣି ଟାଣି ନେଲା ପରି, ତାଙ୍କୁ ଏକ ଜିପ୍‌ସୀଜିରେ ଫୁଲମାଳରେ ଟାଣି ଟାଣି ଅଫିସରୁ ଘରକୁ ନେଇଆସିଲେ ସେମାନେ, ଆଉ ଗୋଟି ଗୋଟି କରି ସମସ୍ତେ କରମର୍ଦ୍ଦନ କଲେ ତାଙ୍କ ସହିତ; କହିଲେ, "ଗୁଡ଼୍‌ବାଇ, ସାର୍"- ସେ ସ୍ତମ୍ଭୀଭୂତ ହୋଇଗଲେ। ତା' ଆରଦିନ ପାୱାର ବ୍ରେକ୍‌ଦିଆ ଆମ୍ବାସାଡ଼ର ଗାଡ଼ି ଆସିଲା ନାହିଁ ତାଙ୍କୁ ନେଇଯିବା

ପାଇଁ । କଡ଼ା ଇସ୍ତ୍ରୀ କରା ପୋଷାକ ପିନ୍ଧି ଗାଡ଼ିର ସାରଥି ତାଙ୍କ ଦ୍ୱାର ମୁହଁରେ "ସାବଧାନ" ଅବସ୍ଥାରେ ଘଣ୍ଟା ଘଣ୍ଟା ଠିଆ ହୋଇ ରହିବାର ସେ ଦେଖିଲେ ନାହିଁ, ଆଉ ତମ୍ବୁ ଉଠାଇ ଚାଲିଗଲେ ତାଙ୍କ ଗୃହର ପ୍ରାଙ୍ଗଣରୁ ସଶସ୍ତ୍ର ପ୍ରହରୀମାନଙ୍କର ପ୍ଲାଟୁନ୍ । ସକାଳେ ସନ୍ଧ୍ୟାରେ ଦେବମନ୍ଦିରର ଶଙ୍ଖଧ୍ୱନି ପରି ବିଗୁଲ ବାଜିଲା ନାହିଁ, ନିତ୍ୟାନନ୍ଦବାବୁ ଭାବିଲେ, ଏ କ'ଣ ହେଲା ? ସେ ତ ନୂଆ ପଶମ ସୁଟ୍ ପିନ୍ଧି ବାହାରିବାକୁ ପ୍ରସ୍ତୁତ । କିନ୍ତୁ ବ୍ରେକ୍‌ଫାଷ୍ଟ ରେଡ୍‌ଡୀ ବୋଲି କହୁନି ରାଜେନ୍ଦ୍ର ପ୍ରସାଦ, ଘରର ଗାର୍ଡ଼-ପାର୍ଟି ଗେଟ୍ ସମ୍ମୁଖରେ ଧାଡ଼ିବାନ୍ଧି ଠିଆ ହୋଇନାହାଁନ୍ତି । ସେ ଆଶ୍ଚର୍ଯ୍ୟ ହେଲେ । ଚିତ୍କାର କଲେ ସେ-

"ରାଜେନ୍ଦ୍ର ପ୍ରସାଦ, ଟେବୁଲ୍ ତୟାର କରୋ । ଦେର୍ ହୋ ରହା ହୈ ।"

ସରଳାଦେବୀ ରୋଷାଇଘରୁ ବାହାରିଆସି ହସିଲେ । ସେ ହସରେ କ'ଣ ଥିଲା ? ଘୃଣା, ଅବଜ୍ଞା ଓ ଦୟନୀୟତାର ଝଲକ ଅଥବା ବାତ୍ସଲ୍ୟର ମମତା ? ଆହା ବିଚରାଟା ଜାଣିପାରୁନାହିଁ । କହିଲେ -

" ତୁମେ କ'ଣ ବାତୁଳ ହେଲ ? କୁଆଡ଼େ ଯିବ ଯେ ଏତେ ଦାମିକା ସୁଟ୍‌ଟା ପିନ୍ଧି ପକାଇ ଗର୍ଜନ କରୁଛ ? ତାକୁ ଇସ୍ତ୍ରୀ କରାଇବାକୁ ଦଶଟଙ୍କା ଲାଗିବ, ଜାଣିଛ ?"

"ଇସ୍ତ୍ରୀ କରାଇବାକୁ ? କାହିଁକି ଗଙ୍ଗାରାମ..... ?"

"ଆଉ ଗଙ୍ଗାରାମ ନାହିଁ, ରାଜେନ୍ଦ୍ର ପ୍ରସାଦ ନାହିଁ, ଧନିରାମ ନାହିଁ । ସମସ୍ତେ କାଲି ରାତିରୁ ଚାଲିଯାଇଛନ୍ତି ତାଙ୍କର ନୂଆ ସାହେବଙ୍କ ଘରକୁ । ତୁମେ ଆସିଲ, ସେମାନେ ଗଲେ । ଏବେ କେବଳ ତୁମେ ଓ ମୁଁ- ମୁଁ ଯେଉଁ ସ୍ୱପ୍ନ ଦେଖୁଥିଲି ଗତ ବହୁବର୍ଷ ଧରି । କେହି ନଥାନ୍ତେ । ଥାଆନ୍ତେ ଆମେ ଦୁଇଜଣ । ତୁମେ କହୁଥାଆନ୍ତ । ମୁଁ ତୁମର କୋଳରେ ମୁଣ୍ଡ ରଖି ଶୁଣୁଥାଆନ୍ତି । କିଛି କହନ୍ତି ନାହିଁ । ଖାଲି କହୁଥାଆନ୍ତି, ଉଁ ଉଁ । କେତେ ସୁଖରେ କଟି ଯାଇଥାଆନ୍ତା ଜୀବନ ! ଆଜିଠାରୁ ସେହି ତୁମେ ଓ ସେହି ମୁଁ ରହିଲୁଁ । କିନ୍ତୁ ଦୁହେଁ ଦୁହିଁଙ୍କଠାରେ ଅପରିଚିତ । ତୁମକୁ ମୁଁ ଦରକାର କରୁନାହିଁ ଆଉ । ତୁମେ ମଧ୍ୟ ମୋତେ ଦରକାର କରୁନାହଁ । ତେବେ ଛାଡ଼, ରୋଷେଇ ଅଧା କରିଛି । ଏକାସାଥିରେ ଭାତ, ଡାଲି, ତରକାରୀ । ଦଶଟା ସାଢ଼େ ଦଶଟାବେଳେ ଖାଇଦେବା । ଆଉ ଲଞ୍ଚ୍ ଖାଇବାରେ ଆଜିଠାରୁ ପୂର୍ଣ୍ଣଚ୍ଛେଦ ପଡ଼ିଲା ।" କହି ରୋଷେଇ ଘରକୁ କ୍ଷିପ୍ର ଗତିରେ ଫେରିଗଲେ ସରଳା । ନିତ୍ୟାନନ୍ଦ ବାବୁ ଥ' ହୋଇ ବସିଥିଲେ ନିକଟତମ ଚୌକି ଉପରେ । ପଦେ ମଧ୍ୟ କଥା କହିବାର ଶକ୍ତି ହରାଇ ବସିଥିଲେ ସେ । ସରଳା ଟେବୁଲ ଉପରେ ରଖିଦେଇଥିଲେ ନୂଆ ଗୋଟିଏ କବିତା ଲେଖିବାର ଖାତା ଓ କଲମ । ଖାତାର ପ୍ରଥମ ପୃଷ୍ଠାରେ ଲେଖି ଦେଇଥିଲେ, "ଏଥର ମନଇଚ୍ଛା

ଲେଖ। ଅଖଣ୍ଡ ଅବସର ତୁମ ଜୀବନରେ। କବିତା ତୁମର ପ୍ରେୟସୀ ହେଉ । ମୁଁ ନେପଥ୍ୟରେ ରହିଗଲି।"

ଦୀର୍ଘଶ୍ୱାସ ପକାଇଲେ ନିତ୍ୟାନନ୍ଦ। କ'ଣ ଲେଖିବେ ? କିଛି ତ ମନ ଭିତରକୁ ଆସୁନାହିଁ!! ବଡ଼ କଷ୍ଟରେ ଲେଖିଲେ କେତୋଟି ଧାଡ଼ି -

ପଡ଼ି ରହିଅଛି ସମ୍ମୁଖେ ମୋର ଅନାବାଦୀ କେତେ ଆଶା,
ସାକ୍ଷାତ ତା'ର ଦେଇଛି ମୋ' ଆଗେ ବୁକୁର ବ୍ୟାକୁଳ ଭାଷା।
କର୍ଷଣ ପାଇଁ ଅନାଇ ରହିଛି ଊର୍ବର କେତେ ଭୂଇଁ
କର୍ମକ୍ଷମ ମୁଁ; ତୃପ୍ତିତ ମୋର ଏ ଯାଏଁ ଆସିଲା ନାହିଁ ।

କେତେବେଳେ ଚୁପ୍ ଚୁପ୍ ପଛରୁ ଆସି ଠିଆ ହୋଇଛନ୍ତି ସରଳା, ପଢ଼ି ଦେଇଛନ୍ତି କବିତା ଧାଡ଼ିତକ।

"ତୃପ୍ତି ତୁମର କେବେ ଆସିବ ନାହିଁ- ସବୁବେଳେ ଅତୃପ୍ତ ହୋଇ ରହିବ।"

ତାଚ୍ଛଲ୍ୟର ହସ ତାଙ୍କ ଓଠରେ ।

"ଦିଅ, ଉଠ, ତୁମେ ଚାରିଧାଡ଼ି କବିତା ଲେଖିଲ, ମୋର ରୋଷାଇ ସରିଗଲା, ଗାଧୁଆପାଧୁଆ ସରିଗଲା । ଆସ ଖାଇବା" କହି ତାଙ୍କର କହୁଣୀକୁ ଧରି ଉଠାଇଦେଲେ ସରଳା । ଚିତ୍ରାର୍ପିତ ପରି ନିତ୍ୟାନନ୍ଦବାବୁ ଚାଲିଲେ ଖାଇବା ଟେବୁଲକୁ ।

ଶେଷକୁ ସେଦିନ ଉଛୁଳିପଡ଼ିଲା ନର୍ଦ୍ଦମା। ଘରସାରା ମଇଳା, କଳାକଳା ପାଣି-ପୋକଜୋକ, ଜିଆ, କେଞ୍ଚୁଆ ଓ ଅସଂଖ୍ୟ ଜୀବାଣୁ। ଇସ୍ କି ଗନ୍ଧ!! ନାକ ଫାଟିଯିବ ଯେମିତି!

- ସରଳା! ସରଳା! କ'ଣ କରିବା, ଧାଇଁ ଆସ । ଘରଟାଯାକ ତ ନର୍ଦ୍ଦମାର ଲହରି! କି ଦୁର୍ଗନ୍ଧ!! କ'ଣ କରିବା ?

- ଦୁର୍ଗନ୍ଧ !! କାହିଁ ଦୁର୍ଗନ୍ଧ । ମୋତେ ତ ବାସୁନି । ନର୍ଦ୍ଦମା ପାଣି ନାହିଁ ? କାଲି ତ.... କହି ଚାରିଆଡ଼କୁ ଦୃଷ୍ଟି ବୁଲାଇ ଆଣିଲେ ସରଳା।

- ତୁମକୁ ତ ସବୁ ବାସିବ। ମେଞ୍ଚେ ହେବ ଅତର ସିଞ୍ଚିଥିବତ ବ୍ଲାଉଜ୍‌ରେ। ବାସିବ କେମିତି ?

- କ'ଣ ହେଲା ? ଅତର ? କାହିଁ କି ହୋ ? କେଉଁ ଦିନ ଶିଶିଏ ଏସେନସ କିଣି ଆଣି ଦେଇଛ। ଝିଅ ଆମେରିକାରୁ ଯେଉଁ ଇଣ୍ଟିମେଣ୍ଟ ଶିଶିଟା ଆଣି ଦେଇଥିଲା, ସେ ତ ତୁମର ବିଦାୟ ଭୋଜିମାନଙ୍କରେ ଯୋଗ ଦେଇ ଦେଇ ସରିଲା। ଶୁଙ୍ଘିଲ, ତୁମକୁ ଅତର ବାସୁଛି ? କହି ପଣତ ତଳକୁ କରିଦେଇ ନିତ୍ୟାନନ୍ଦ ବାବୁଙ୍କ ମୁଖ ନିକଟରେ ଧରିରଖିଲେ ନିଜକୁ । ଦେଖ ଅତର ବାସୁଛି ?

ଘୁଞ୍ଚି କରି ଠିଆ ହୁଅ ସରଳା। ମୋର ବୋଧହୁଏ ବାନ୍ତି ହୋଇଯିବ। ଅତରର ସତ୍ତା ତ ନାହିଁ ତୁମ ବ୍ଲାଉଜ୍‌ରେ। ଓଲଟି ଉତ୍କଟ ଗନ୍ଧ ବାହାରୁଛି ସେଥିରୁ ।

ସରଳା ଅପ୍ରତିଭ ହୋଇ ପଣତ ଗୋଟାଇ ନେଲେ । ପଛକୁ ଘୁଞ୍ଚିଗଲେ ଦୁଇ ପାହୁଣ୍ଡ ।

ମୋ ଦେହ ଗନ୍ଧାଉଛି ? ଗନ୍ଧାଇବ ତ ? ନବ ପ୍ରସ୍ଫୁଟିତ ମଲ୍ଲିଫୁଲ ତୁମର ଦରକାର। ଚାଳିଶ ବର୍ଷ ତଳେ ଫୁଟିଥିବା ବଉଳ ଫୁଲ କ'ଣ ସତେଜ ରହିପାରିବ ? ଯାଅ, ଯେଉଁ ବ୍ଲାଉଜ ସୁବାସ ଦେବ, ସେଇଠିକୁ ଚାଲିଯାଅ।

ଅପସରିଗଲେ ସରଳା ।

କିନ୍ତୁ ଏ କ'ଣ ହେଲା ? ଏତେ ଦୁର୍ଗନ୍ଧ କାହିଁକି ? ଅବଶ୍ୟ ଦେହଟା ଉଠାଇ ନିତ୍ୟାନନ୍ଦବାବୁ ଗଲେ ନର୍ଦ୍ଦମା ଦେଖିବାକୁ । କିନ୍ତୁ ନର୍ଦ୍ଦମାରେ ତ ଟୋପେ ପାଣି ନାହିଁ । କେତେବେଳେ ପରିଷ୍କାର ପରିଚ୍ଛନ୍ନ ହୋଇ ଧୁଆଧୋଇ ହୋଇଯାଇଛି ଯେମିତି। ତେବେ ଏତେ ଦୁର୍ଗନ୍ଧ ଆସୁଛି କୁଆଡୁ ?

କିଏ ସଫା କଲା ଏ ନର୍ଦ୍ଦମା ? ସେ ଜାଣି ନାହାନ୍ତି ସରଳା ପଡ଼ିଶାଘରର ଗୋପାଳବାବୁଙ୍କର ସ୍ତ୍ରୀଙ୍କୁ କହି ଗୋଟିଏ ମେହେନ୍ତର ଯୋଗାଡ଼ କଲେ । ସେ ସଫା କରିଦେଲା । ତିରିଶି ଟଙ୍କା ନେଲା। ନିତ୍ୟାନନ୍ଦବାବୁ ଜାଣିଲେ ନାହିଁ । ମୁହ୍ୟମାନ ନିତ୍ୟାନନ୍ଦବାବୁ। ତାଙ୍କ ନାଆଁ ଆଜିକାଲି ଦିଆହୋଇଛି ନିରାନନ୍ଦବାବୁ ବୋଲି। ଚବିଶ ଘଣ୍ଟା ଘର ଭିତରେ ସେ ବସିଥାନ୍ତି। କେବଳ ଚର୍ବିତ ଚର୍ବଣ କରୁଥାଆନ୍ତି ଅତୀତର ସୁଖମୟ ମୁହୂର୍ତ୍ତଗୁଡ଼ିକୁ। କିପରି ସେ ପ୍ରଶଂସା-ପଦକ ପାଇଲେ – କିପରି ସେ ଶ୍ରେଷ୍ଠ ସାହିତ୍ୟିକ ପୁରସ୍କାର ପାଇଲେ। କିପରି ବହୁ ସହଧର୍ମୀ ନ୍ୟାଯ୍ୟ ଦାବୀକୁ ଅତିକ୍ରମ କରି ଉଚ୍ଚ ସୋପାନମାନଙ୍କୁ ପଦୋନ୍ନତି ପାଇଗଲେ । କିପରି ଶାସକଦଳ ବଦଳିଲେ ମଧ୍ୟ ତାଙ୍କର ପତନ ହେଲା ନାହିଁ; ବରଂ ଉତ୍‌ଥାନ ଘଟିଲା। ସେ ରହିଗଲେ ସମସ୍ତଙ୍କର ପ୍ରିୟ ହୋଇ, ତାଙ୍କର ସମସ୍ତ ଶତ୍ରୁବର୍ଗଙ୍କୁ ଆଶ୍ଚର୍ଯ୍ୟ କରାଇଦେଇ। କି ଯାଦୁଥିଲା ତାଙ୍କ ପାଖରେ ? ସେ ଆଜି ଅକର୍ମଣ୍ୟ କାହିଁକି ? ସେହି ଯାଦୁ ବଳରେ ଏପ୍ରକାର ଅଭାବନୀୟ ପରିବେଶକୁ ଅତିକ୍ରମ କରିପାରୁ ନାହାନ୍ତି କାହିଁକି ? ନାହିଁ, ସେଇ ଗୋଟିଏ ଯାଦୁ ସବୁଠାରେ କାମ ଦେବ ନାହିଁ । ସେ ଯାଦୁର କରାମତି ତାଙ୍କର ସେବା-ନିବୃତ୍ତି ସହିତ ଅକାମୀ ହୋଇଯାଇଛି । ସେ ଆଜି ଆପାଙ୍‌କ୍ତେୟ, ଅଲୋଡ଼ା ମଣିଷ ।

କ'ଣ କହୁଛ ନର୍ଦ୍ଦମା ପାଣି ପଶିନାହିଁ ବୋଲି, କ'ଣ କହୁଛ ଦୁର୍ଗନ୍ଧ ଆସୁନାହିଁ ବୋଲି, କ'ଣ କହୁଛ ଜିଆ, କେଞ୍ଚୁଆ, ଲାଙ୍ଗୁଡ଼ିଆ ପୋକ ସାଲୁବାଲୁ ହେଉନାହାନ୍ତି ବୋଲି ! ତେବେ ନର୍ଦ୍ଦମା ସଫା ହୋଇଗଲା କିପରି ? ଓ ବୁଝିଲି ବୁଝିଲି । ନର୍ଦ୍ଦମାର

ପାଣି ଚତୁର୍ଦ୍ଦିଗରେ ଖେଳିଗଲା ପରେ, ନର୍ଦ୍ଦମା ତ ଆବର୍ଜନା-ମୁକ୍ତ ହୋଇଯିବ । ପୁଣି ଆବର୍ଜନା ଜମିଲେ ସିନା ପୂରି ଉଠିବ ନର୍ଦ୍ଦମା । ତେବେ ସେ ନର୍ଦ୍ଦମା ପାଣି ଗଲା କୁଆଡ଼େ । ଆଖିକୁ ସିନା ଦିଶୁନି, ସବୁ ପଶିଛି ଏଇ ଘର ଭିତରେ, ଏଇ ଖଟରେ, ବାଡ଼ରେ । ଚଉକିରେ, ଟେବୁଲରେ, ଦେହର ପ୍ରତ୍ୟେକ ତନ୍ତ୍ରିରେ......ଖାଲି କିଲି କିଲି ହୋଇଯାଉଛି ଦେହ ଓ ମୁଣ୍ଡ, ଆଉ ଚାରିଆଡ଼େ ଦୁର୍ଗନ୍ଧ । ପ୍ରତି ପାଖୁଡ଼ାରେ ଯେପରି ନର୍ଦ୍ଦମା ପାଣି.....ମଝିରେ ଅପରିଷ୍କାର କେତୁଟା ପୋକ । ସେ ଭୟରେ ଫୋପାଡ଼ି ଦେଲେ ମଲ୍ଲିଫୁଲଟା। ଦେହରୁ କାମିଜ, ଗେଞ୍ଜି, ଅଣ୍ଡରଓୟାର ଓ ପ୍ୟାଣ୍ଟ କାଢ଼ି ଫିଙ୍ଗି ଦେଲେ । ତାଙ୍କୁ ଲାଗିଲା ସେଗୁଡ଼ାକ ନର୍ଦ୍ଦମା ପାଣିରେ ଧୁଆ ହୋଇଯାଇଛି। ପଶିଗଲେ ଗାଧୁଆ ଘରେ। ସାୱାର ଖୋଲିଦେଲେ । ତାଙ୍କ ସାୱାରରୁ ନାଏଗ୍ରା ଜଳପ୍ରପାତ ପରି ପାଣି ଆସେ। ତା'ରି ତଳେ ଠିଆ ହୋଇଗଲେ ସେ ସଂପୂର୍ଣ୍ଣ ଏକଘଣ୍ଟା । ନୂଆ ସାବୁନ୍‌ଟିଏ ଘଷି ପକେଇଲେ ଦେହସାରା। ପୂରା ସାବୁନ- ମୁଣ୍ଡାଟା ସରିଗଲା । ପୁଣି କାଟିକୁଟି ହୋଇ ଗାଧୋଇଲେ ସେ । ସଫା ତଉଲିଆରେ ପୋଛି ହୋଇ ବ୍ରାହ୍ମୀ ତେଲରେ ମୁଣ୍ଡ କୁଣ୍ଡାଇ ସଫା ପାଇଜାମା ଓ ପଞ୍ଜାବି ପିନ୍ଧି ପକେଇଲେ। ଆଉ ଦୁର୍ଗନ୍ଧ କୁଆଡୁ ଆସିବ! ବିରାଟ ଆରାମ ଚଉକିଟାରେ ନିଜର ୭୫ କିଲୋ ଓଜନର ଦେହଟା ଲୋଟାଇ ଦେଇ ଆଖିବୁଜି ବସିଗଲେ ସେ ।

ନାଁ, ଆଉ ଦୁର୍ଗନ୍ଧ ନାହିଁ ।

କି ଶାନ୍ତି!! ଆହୁରି ଜୋରରେ ଆଖି ବୁଜି ଦେଲେ ସେ।

- ମୋର କ'ଣ ଅଛି ସାର୍, ମୁଁ ଦେବି? ଦରିଦ୍ର ବାପା, ମାଆ, ସେଥିପାଇଁ ପିଅନ ଚାକିରିଟିଏ ପାଇଁ ଏତେ ଥର କହିଲିଣି।

- ତୁମେ ଯଦି କିଛି ନ ଦେବ, ତୁମକୁ କିଏ ଦେବ କାହିଁକି?

- ପାଞ୍ଚ ଭଉଣୀ ଆମେ ସାର୍ । ବାପା ଅକର୍ମଣ୍ୟ। ଦିନକୁ ଓଳିଏ ଖାଇବାକୁ ପାଉନାହୁଁ। ମୁଁ ଦେବି କ'ଣ କୁହନ୍ତୁ?

- "ଓଃ, ମୁଁ କ'ଣ ମାଗୁଛି ତୁମକୁ ଟଙ୍କା ପଇସା । ନିଜର ବାପା ମା' ଭାଇ ଭଉଣୀଙ୍କର ପେଟ କାଟି ମୋତେ ଦେବାପାଇଁ କହୁଛି? ତୁମକୁ ଯାହା ମାଗୁଛି ପ୍ରତିଦାନରେ, ତାହା ତୁମର ନିଜସ୍ୱ, ତାକୁ ଦେଲେ ସେ ସରିଯିବ ନାହିଁ। ତୁମେ ଆନନ୍ଦ ପାଇବ ଓ ମୁଁ ମଧ୍ୟ ଆନନ୍ଦ ପାଇବି।"

କହି ସରୀସୃପ ପରି ସୁଜାତାର ଶରୀରରେ ସର୍ ସର୍ ହୋଇ ଘେରେଇ ହୋଇଗଲେ ନିତ୍ୟାନନ୍ଦବାବୁ । ପାଞ୍ଚଫୁଟ ତିନି ଇଞ୍ଚ ଉଞ୍ଚ । ଝିଅଟା ସୁଜାତା - ଆଖି ପିଛୁଳାକେ ମାଟିରେ ମିଶିଗଲା ଯେମିତି....ଘୁଷୁରି ଘୁଷୁରି ଚାଲିଗଲା କୋଠରୀ ଭିତରୁ

.....ହଁ.....ହଁ ଠିକ୍ ଗୋଟାଏ ଗେଣ୍ଡା ପରି....କଠିନ ହୋଇଯାଇଥିଲା ବହିରାବରଣ......ଭିତରେ ଫୁଟୁଥିଲା ଭୀତତ୍ରସ୍ତ ଏକ କ୍ଷୁଦ୍ର ଶରୀର ....ଯାହାର ମାଂସ କୁଆଡ଼େ ଖୁବ୍ ସୁସ୍ୱାଦୁ..............ସେ ମନ୍ଥର ଗତିରେ ଘୁଷୁରି ଘୁଷୁରି ଚାଲିଗଲା.....ହାତରେ ଧରିଥିବା ନିଯୁକ୍ତି-ପତ୍ରଟି....ମୋଜାଇକ୍ ଚଟାଣରେ ଲେଖି ହୋଇଗଲା । କଳା କଳା ଅପରିଷ୍କାର ଏକ ଗାଢ଼ ରେଖା....ଯାହାକୁ ପାଣିରେ ଧୋଇଲେ ମଧ୍ୟ ଛାଡ଼ିଲା ନାହିଁ ।

ଇସ୍ ଚଢ଼ି ଆସୁଛି ଗେଣ୍ଡାଟା। ଦଉଡ଼ି ଆସ ସରଳା। ଗାଧୋଇ ପାଧୋଇ ସଫାସୁତୁରା ହୋଇ ବସିଛି । ଅଥଚ ଅପରିଷ୍କାର ଗେଣ୍ଡାଟା......

ସରଳା ଅସ୍ତବ୍ୟସ୍ତ ହୋଇ ଧାଇଁଲେ ଶୋଇବା ଘରକୁ....।

.......ଗେଣ୍ଡା ! ଗେଣ୍ଡା କୁଆଡୁ ଆସିଲା ? ବିଚିତ୍ର କଥା।

ଝରକା କବାଟ ଖୋଲି ଦେଲେ ସରଳା। ଦିନ ଦ୍ୱିପ୍ରହରଟାରେ ମଧ୍ୟ ସବୁ ଆଲୁଅ ଜାଳିଦେଲେ। ଚଷମା ଲଗାଇ ଗେଣ୍ଡା ଖୋଜିବାକୁ ଲାଗିଲେ ସେ ।

.....କାହିଁ ଗେଣ୍ଡା କେଉଁଠି ? କିଛି ତ ନାହିଁ।

.... ଏଇଠି ଦେଖ ସରଳା......ଏଇଠି..........ଏଇ ଆରାମ ଚୌକି ଉପରେ........ଓଲଟି ପଡ଼ିଲେ ସରଳା । ସତେତ। ମୋଟା ସୋଟା ଗେଣ୍ଡାଟାଏ ବସିଛି ଚଉକି ଉପରେ। ଏତେ ସାହସ। ସତ କହୁଥିଲେ ସେ । ମୁଁ ବିଶ୍ୱାସ କରୁ ନଥିଲି ।

ଉଠାଇଲେ ଝାଡୁ ସରଳା। ପାହାରେ ଦେବା ପୂର୍ବରୁ ଗେଣ୍ଡାଟା ଚଉକିରୁ ଡିଆଁ ମାରି ଚଟାଣର ନଳାରେ ଚାଲିଯାଇ କୁଆଡ଼େ ଅଦୃଶ୍ୟ ହୋଇଗଲା। କିନ୍ତୁ ରହିଗଲା କଳା ମୋଟା ଗୋଟାଏ ବହଳିଆ ଦାଗ। ଗେଣ୍ଡା, ଗଲାଣି। ନିଶ୍ଚିନ୍ତରେ ବସ। ରୋଷେଇ ମୋ'ର ସରି ଆସିଲାଣି ।

କିନ୍ତୁ କାହାକୁ କହୁଛନ୍ତି ସରଳା ? ନିତ୍ୟାନନ୍ଦବାବୁ କାହାନ୍ତି ? ତାଙ୍କର ପାଇଜାମା ପଞ୍ଜାବୀ ଖଟ ବାଡ଼ରେ ପଡ଼ିଛି । ବାଥ୍‌ରୁମ୍ ତ ଖୋଲା। ଗଲେ କୁଆଡ଼େ ? ଘରଟାଯାକ ଖୋଜି ଆସିଲେ ସେ। କେଉଁଠି ହେଲେ ନାହାନ୍ତି ନିତ୍ୟାନନ୍ଦବାବୁ। କ'ଣ ଗାଡ଼ି ଚଲେଇ କୁଆଡ଼େ ଚାଲିଗଲେ ସରଳା ଗେଣ୍ଡା ଖୋଜୁଥିବା ବେଳେ। ଗ୍ୟାରେଜ୍ ଖୋଲି ଦେଖିଲେ ସରଳା। ନାଲି ମାରୁତି ଆରାମରେ ବସିଛି ସାରା ଗ୍ୟାରେଜ୍‌ରେ କାୟା ବିସ୍ତାର କରି ।

ତେବେ-

ବୁଲି ପଡ଼ିଲେ ସରଳା।

ଆଉ ଟିକକରେ ମାଡ଼ି ଦେଇଥାଆନ୍ତେ । ସେଇ ଗେଣ୍ଡାଟା ତାଙ୍କୁ ପଛରୁ ଚାହିଁଥିଲା। ଏ ମା........ବୋଲି ଚିତ୍କାର କରିବା ପୂର୍ବରୁ କୁଆଡ଼େ ଅନ୍ତର୍ଦ୍ଧାନ ହୋଇଗଲା ଗେଣ୍ଡାଟା।

ଦିଲ୍ଲୀର ମହାଶୂନ୍ୟ

ସାତକଡ଼ି ହୋତା

କୃଷକ-ମେଳା ଶେଷ ହୋଇଗଲା। ଲକ୍ଷ ଲକ୍ଷ ଲୋକ ସାରାଦେଶରୁ ଆସିଥିଲେ କୃଷକ-ମେଳାରେ ଯୋଗଦେବା ପାଇଁ। ମେଳା ଶେଷ ହେବାପରେ ଯେ ଯାହା ଘରକୁ ଫେରିଗଲେ। ସ୍ୱାମୀଙ୍କର ହାତଧରି ରାସ୍ତାପାରି ହେଉଥିବାବେଳେ ଚଟ୍‌କରି କହିପକେଇଲେ ବାସନ୍ତୀ ଦେବୀ, "ଯିଏ ଯାହାର ଯାଆନ୍ତୁ। ଆମେ କିଛି ଦେଖିନୁ ଏ ଯାଏ, ଆଉ ଭାଗ୍ୟରେ ହବ ଯେ ଆସିବ ଏତେ ବାଟ ଦିଲ୍ଲୀ ଦେଖିବାକୁ। ଆମେ ଦୁଇ ଚାରି ଦିନପରେ ଫେରିଲେ ହୁଅନ୍ତାନି।" ଭବାନନ୍ଦ ବାବୁ କହିଲେ, "ହଁ, ହବନି କାହିଁକି ? ଛୁଟି ବଢ଼େଇ ଦେବି। ଚାରି ପାଞ୍ଚଦିନ ରହି ଦିଲ୍ଲୀ, ଆଗ୍ରା, ମଥୁରା ଓ ବୃନ୍ଦାବନ ଦେଖିଯିବା। ଆଉ ତ ଏ ଜନ୍ମରେ ଆସି ହବ ନାହିଁ।" ରାସ୍ତାଟାରେ ଗହଳି ନ ଥିଲା। ରାସ୍ତା ପାର ହୋଇ ବାସନ୍ତୀ ଦେବୀ ହାତଟାକୁ ଛଡ଼ାଇ ନେଇ କହିଲେ, "ଲାଜ ଲାଗୁନି, ଏବେ ବି ଧରିଛ ହାତଟାକୁ। କେତେ ଲୋକ ଚାହିଁଛନ୍ତି ଦେଖିଲ।" ଭବାନନ୍ଦ କହିଲେ, "ସେମାନେ ମୋତେ ଚାହିଁ ନାହାନ୍ତି ତୁମ ହାତ ଧରିଚି ବୋଲି, ତୁମପରି ସୁନ୍ଦରୀ ମହିଳାଟିଏ ମୋ' ସାଙ୍ଗରେ କିପରି ସାଥି ହୋଇଚି ସେୟା ଦେଖୁଛନ୍ତି। ଦେଖୁନ, ତୁମ ଦେହ ଉପରେ କେତେଟା ଆଖି..."

ବାସନ୍ତୀ ଦେବୀ ଛାତିଉପରେ ଲୁଗାଟାକୁ ଆହୁରି ଟାଣିଦେଇ କହିଲେ, "ଟାହୁଲି କରିବା ପାଇଁ ବେଳ ପାଇଲ ନାହିଁ, ଆଉ ଲୋକ ମିଳିଲେ ନାହିଁ ? ମୋତେ କାହିଁକି ଚାହିଁବେ ସେମାନେ ? ଦେଖୁନ ସଭିଏଁ କିପରି ଧାଇଁଛନ୍ତି। ହୁଏତ ଅଫିସରୁ ଫେରୁଥିବେ।"ଭବାନନ୍ଦ ବାବୁ ମୋଟରସାଇକେଲ ଚଢ଼ି ତରତର ହୋଇ ଯାଉଥିବା ଗୋଟିଏ ମହିଳାକୁ ଦେଖେଇ କହିଲେ, "ଦେଖ, ଦେଖ। ତୁମେ ହାତ ନ ଧରି

ରାସ୍ତାପାରି ହେଉନାହଁ, ଆଉ ଏ ମହିଳା ମୋଟର ସାଇକେଲ ଚଢ଼ି ଏକା ବୁଲୁଚି ମନ ଖୁସିରେ।"ବାସନ୍ତୀ ଦେବୀ ଜିଭକାମୁଡ଼ି କହିଲେ, "ଇଏ କଅଣ ଭଲ କାମ କରୁଛି ? ବାହାସାହା ହୋଇଥିଲେ ଘରେ ସ୍ୱାମୀ, ପୁଅ, ଝିଅ ଥିବେ ନିଶ୍ଚୟ। ବାହାହୋଇ ନ ଥିଲେ ବାହାସାହା ହବାର ବୟସ ଆଉ ବସିରହିଛି ? ଯାହାହେଉ କି ଦରକାର ମରଦଙ୍କ ମେଳରେ ରଣଚଣ୍ଡୀପରି ବୁଲିବା। ବେଳକାଳ ଭଲ ନୁହେଁ।"

ଭବାନନ୍ଦ ବାବୁ ସ୍କୁଲ୍ ଶିକ୍ଷକ। ଜମି ପାଞ୍ଚ ମାଣ ବି ଅଛି। ବି.ଏ ପାସ୍ କରି ପନ୍ଦର ବରଷ ହେବ ଗାଁ ମାଇନର ସ୍କୁଲ୍‌ରେ ଅଛନ୍ତି। ବାସନ୍ତୀ ଦେବୀଙ୍କୁ ବାହା ହୋଇଥିଲେ ଦଶ ବରଷ ତଳେ। ସେତେବେଳେ ତାଙ୍କୁ ଷୋହଳ ବର୍ଷ, ମାଟ୍ରିକ୍ ପରୀକ୍ଷା ଦେଇ ଘରେ ବସିଥାନ୍ତି । ତା' ପରେ ଘର ସଂସାର।

ମାଷ୍ଟର ଜୀବନରେ ଦେଶକଥା ପିଲାମାନଙ୍କୁ ବୁଝାଇବାପାଇଁ ବେଳ ସିନା ହୁଏ, ଦେଶ ବୁଲିବାପାଇଁ ସୁଯୋଗ ବା ସମ୍ବଳ ହୁଏ ନାହିଁ। ଭୂଗୋଳ କି ଇତିହାସ, ନଗରବିଜ୍ଞାନ ପଢ଼ାଇବାବେଳେ ଦିଲ୍ଲୀ ନ ଦେଖି ବି ଦିଲ୍ଲୀକଥା କୁହନ୍ତି, ଯମୁନା ଓ ଗଙ୍ଗା ନଦୀର ଗତିପଥ ବର୍ଣ୍ଣନା କରନ୍ତି ଏବଂ ବହିର ପୃଷ୍ଠାରେ ଅଙ୍କା ହୋଇଥିବା ରାଷ୍ଟ୍ରପତି ଭବନ, ପାର୍ଲିଆମେଣ୍ଟ ଘର ଓ ଲାଲକିଲ୍ଲାକୁ ଦେଖାଇ ଦିଅନ୍ତି। ମାଷ୍ଟର ଜୀବନରେ ଏସବୁ ଦେଖିବାର ସମୟ ବା ସମ୍ବଳ ହୁଏ ନାହିଁ। ତେଲ-ଲୁଣର ସଂସାର ଚଳେଇ ଏସବୁ କରିବା ପାଇଁ ବେଳ ହୁଏ ନାହିଁ। ଖରା ଛୁଟିରେ ବସିଥିଲେ। ବର୍ଷା ନ ଥିଲା ବୋଲି ଚାଷକାମ ଆରମ୍ଭ ହୋଇ ନ ଥାଏ। ଦିଲ୍ଲୀରେ କୃଷକ-ମେଳା ହେଉଛି ବୋଲି ହଠାତ୍ ଖବର ପାଇଲେ। ହାତରେ ଧନ ନାହିଁ କିନ୍ତୁ ଯିବାପାଇଁ ଛଟପଟ ହେଲା ମନ। ବାସନ୍ତୀଙ୍କୁ ସାଙ୍ଗରେ ନେଇ ଦିଲ୍ଲୀଟା ଦେଖିଆସିଲେ ସାର୍ଥକ ହୁଅନ୍ତା ଜୀବନ। ଏକା ଯାଇ ହୁଏନି ବିଦେଶ। ସମୟ ଭଲ ନୁହେଁ। କୋଉଠି କଣ ହବ କିଏ ଜାଣେ ? ସାଙ୍ଗହୋଇ ଗଲେ ବିପଦ ଆପଦକୁ ସାହା ଥାଆନ୍ତି। ନିଶ୍ଚିନ୍ତ ହୋଇ ବୁଲିହୁଏ। କାଳେ ଯଦି କୃଷକ-ମେଳା ଦେଖିବାପାଇଁ ସୁଯୋଗ ମିଳିଯାଏ ଏଇ ଆଶାରେ ଦଉଡ଼ିଲେ ପଧାନଙ୍କ ପାଖକୁ। ପଧାନେ ଲୋକ ସଂଗ୍ରହ ଦାୟିତ୍ୱରେ ଥାଆନ୍ତି। ରାଜି ହୋଇଗଲେ ଏକ କଥାରେ। କମ୍ ଭଡ଼ା ପଡ଼ିବ। ଖାଇବା ଖର୍ଚ୍ଚ ଯିଏ ଯାହାର। ବାହାରି ପଡ଼। ତୁମେ ମାଷ୍ଟର ହେଲେ ବି ପାଞ୍ଚମାଣ ଜମି ଚାଷ କର। ତୁମେ କୃଷକ ଏବଂ ଶିକ୍ଷକ ଉଭୟ। ତୁମପରି ଶିକ୍ଷିତ ଲୋକ ସାଙ୍ଗରେ ଥିଲେ ଉପକାର ହବ। ଚାଷୀମାନଙ୍କୁ ଦଶ କଥା ବୁଝାଇବ। ଭବାନନ୍ଦ ଘରକୁ ଫେରି ବାସନ୍ତୀଙ୍କୁ କଥାଟା ଯେତେବେଳେ କହିଲେ ହଠାତ୍ ବିଶ୍ୱାସ ହେଲାନାହିଁ ତାଙ୍କର। କିନ୍ତୁ ତାଙ୍କୁ ନିଶ୍ଚିତ କରିବା ପାଇଁ କହିଲେ ଭବାନନ୍ଦ, ମୋ' କଥା ବିଶ୍ୱାସ ହେଉନାହିଁ ତ ପଧାନଙ୍କୁ

ପଚରେ। କୃଷକ-ମେଳା ହଉଚି ଦିଲ୍ଲୀରେ। ଶହ ଶହ ଲୋକ ଯିବେ। ଆମେ ବି ଯିବା ସେମାନଙ୍କ ସାଙ୍ଗରେ। ଚୁଡ଼ା କିଛି ସଜ କର। ନଡ଼ିଆକୋରା ତିଆରି କର । ଖାଇବାକୁ ହବ ତ ରାସ୍ତାରେ। ବାହାର ଜିନିଷଗୁଡ଼ା ସବୁ ଭେଜାଲ। ପେଟ ଖରାପ ହୋଇପାରେ। ଅନ୍ତତଃ ଜଳଖିଆଟା ସାଙ୍ଗରେ ଥାଉ। ଲୁଗାସବୁ ସାଇତିରଖ ଟ୍ରଙ୍କରେ। ବେଡ଼ିଂ ଗୋଟେ ବି ଦରକାର। ତା' ପରେ ଲୋଟା, ତେଲ, ସାବୁନ୍, ଦାନ୍ତକାଠି, ଗୁଡ଼ାଖୁ, ପାନିଆ, ଆରିସି ଏବଂ ସିନ୍ଦୂର। ଆଉ ମୋ' ପାନସଜ। ତୁମେ ସିନା ପାନ ଖାଅନାହିଁ, ମୁଁ ତ ପାନ ନହେଲେ ମୁହୂର୍ତ୍ତେ ଚଳିପାରିବି ନାହିଁ। ପାନ ନବାକୁ ଭୁଲି ନ ଯାଅ ଯେପରି। ସ୍ୱାମୀଙ୍କଠାରୁ ସବୁ ଶୁଣି କାମରେ ଲାଗିଗଲେ ବାସନ୍ତୀ। ଶୁଭବେଳା ଦେଖି ବାହାରିପଡ଼ିଲେ ସମସ୍ତେ ରେଳ ଷ୍ଟେସନ ଅଭିମୁଖେ। ଗାଡ଼ିରେ ଚଢ଼ିବା ପରେ ବାସନ୍ତୀ ଦେବୀ କହିଲେ, "ଏ ଯାଏ ବିଶ୍ୱାସ ହେଉ ନଥିଲା, ମୁଁ ଭାବୁଥିଲି ଥଟ୍ଟା କରୁଛ ତୁମେ । ଏବେ ଜାଣିଲି ଥଟ୍ଟା ନୁହଁ, ସତରେ ଆମେ ଦିଲ୍ଲୀ ଯାଉଛେ।" ଭବାନନ୍ଦ ପାନଖଣ୍ଡେ କଲରେ ଜାକି କହିଲେ, "ତୁମକୁ ସାଙ୍ଗରେ ନ ନେଇ ମୁଁ କାହିଁ ଯାଏ? ଛାଇପରି ଲାଗିରହିଥାଏ ବୋଲି ମୋ' ସାଙ୍ଗରେ ଆସିଲ। କଅଣ ଦବ କହିଲ? ବାସନ୍ତୀ ଅତି ସରୁ ଗଳାରେ କହିଲେ, "ଚାରିଆଡ଼େ ଲୋକ ଭର୍ତ୍ତି, କେହି ଶୁଣିଲେ କଅଣ ଭାବିବ। ବୁଢ଼ା ହେଲଣି। କିନ୍ତୁ ରସିକତା ଯାଇନି ଏଯାଏ।"

ବାସନ୍ତୀ ଦେବୀଙ୍କୁ ଚଳନ୍ତା ରେଳଗାଡ଼ିରୁ ବଣ, ବିଲ, ଗାଁ ଗଣ୍ଡା ସବୁ ଦେଖାଇ ଦେଉଥାଆନ୍ତି ଭବାନନ୍ଦ। ଦୁଇରାତି ଏବଂ ଗୋଟିଏ ଦିନପରେ ରେଳଗାଡ଼ି ଆସି ପହଞ୍ଚିଲା ଦିଲ୍ଲୀ ଷ୍ଟେସନରେ । ବାଟରେ ଦିନବେଳେ ଯାହା ଆଖିରେ ପଡ଼ିଲା ସବୁ ଦେଖିଲେ ସମସ୍ତେ। ଏହ୍ଲାବାଦରେ ଗଙ୍ଗା ନଦୀ ଉପରେ ରେଳଗାଡ଼ି ପାରିହେବାବେଳେ ଭବାନନ୍ଦ ଦେଖେଇଦେଇ କହିଲେ, "ଏଇ ଏହ୍ଲାବାଦ। ପୌରାଣିକ ନାମ ପ୍ରୟାଗ। ଏହିଠାରେ ଗଙ୍ଗା, ଯମୁନା ଓ ସରସ୍ୱତୀ ଗୋଟିଏ ଜାଗାରେ ମିଶିଛନ୍ତି। ସେଇ ଜାଗାଟିର ନାମ ସଙ୍ଗମ। ପୁଣ୍ୟସ୍ଥଳୀ। ଭାଗ୍ୟରେ ଥିଲେ ଦିନେ ଆସିବା।" ନମସ୍କାର କରି କହିଲେ ବାସନ୍ତୀ ଦେବୀ "ପ୍ରୟାଗ, କାଶୀ, ଗୟାରେ ପିତୃପୁରୁଷଙ୍କର ପିଣ୍ଡ ଦବାକୁ ହୁଏ। ସମୟ ସୁବିଧା ହେଲେ ଆସି କାମ ସାରିଦେଇଯିବା।"

ଭବାନନ୍ଦ ସେହି ସୁବିଧା ସମୟ ପାଇ ଚାଲି ଆସିଥିଲେ ଦିଲ୍ଲୀ କୃଷକ-ମେଳାରେ ଯୋଗ ଦେବାପାଇଁ। ଲକ୍ଷ ଲକ୍ଷ ଲୋକ ଆସିଥିଲେ ଦେଶର ଚାରିଆଡୁ। ଜନ-ସମୁଦ୍ର ଢେଉ ଭାଙ୍ଗୁଥିଲା। ଦିଲ୍ଲୀ ସହରରେ ଚାରିଆଡ଼େ ଲୋକାରଣ୍ୟ। ମଣିଷ କେବଳ ମଣିଷ। ଖାଇବା ଜିନିଷ ଦୁର୍ମୂଲ୍ୟ ହୋଇଗଲା। ରହିବାପାଇଁ ଜାଗା ମିଳିଲା ନାହିଁ। ଭାଗ୍ୟକୁ ଖରାଦିନ ବୋଲି ପଡ଼ିଆ ଓ ଖୋଲା ଜାଗାରେ ଚଦର ବିଛେଇ

ସମସ୍ତେ ଶୋଇଗଲେ। ଅନେକ ବ୍ୟବସ୍ଥା ହୋଇଥିଲା ସମସ୍ତଙ୍କ ଚର୍ଚ୍ଚା ପାଇଁ। କିନ୍ତୁ ଏତେ ସଂଖ୍ୟାରେ ଲୋକେ ମାଡ଼ିଆସିବେ ବୋଲି କେହି କଳନା କରି ନଥିଲେ। ଦିଲ୍ଲୀ ଭାରତର ପ୍ରାଣକେନ୍ଦ୍ର, ରାଜଧାନୀ। ଏଇଠାରେ ଇତିହାସ ରଚନା ହୁଏ, ଭୂଗୋଳର ଚିହ୍ନଦେଇ ଗାର ଟଣା ହୁଏ। ଦିଲ୍ଲୀ ଆସିବାପାଇଁ କିଏ ନ ବାହାରିବ ? କୃଷକ-ମେଳା ସରିଯିବାପରେ ପୁଣି ଯିଏ ଯାହାର ଗାଁ ଭୂଇଁକୁ ଫେରିଯିବେ। ଆରମ୍ଭ ହେଲା ଫେରିବା ପାଳି। ଅନେକ ଦିଲ୍ଲୀ ବଜାରରୁ କିଣିନେଲେ କିଛି କିଛି, ସ୍ତ୍ରୀ ପରିବାର ଓ ପିଲାଛୁଆଙ୍କ ପାଇଁ। ଭବାନନ୍ଦ ବି କିଣିଥିଲେ କିଛି। ବାସନ୍ତୀ କେଇପଟ ନୂଆ କାଚଚୁଡ଼ି କିଣି ପିନ୍ଧିଥିଲେ ହାତରେ। ଦିଲ୍ଲୀରୁ ସିଲ୍‌କ ଶାଢ଼ିଟିଏ ନବାପାଇଁ ମନ ହେଉଥିଲା। କିନ୍ତୁ କାଳେ ବେଶୀ ଖର୍ଚ୍ଚ ପଡ଼ିଯିବ, ଟଙ୍କା ଅଣ୍ଟିବ କି ନାହିଁ ବୋଲି ସତର୍କ ହୋଇଯାଇ କହିଲେ, ଥାଉ, ପରେ ଦେଖିବା। ମଥୁରା, ବୃନ୍ଦାବନ, ଆଗ୍ରାଟା ଆଗ ବୁଲିଆସୁ। ତା'ପରେ ହିସାବପତ୍ର କରି ଯଦି କିଛି ବଳକା ରହେ କିଣିବା। ସିଲ୍‌କ ଶାଢ଼ି କ'ଣ ଦୁର୍ଲ୍ଲଭ ହୋଇଛି ଦେଶରେ ? ବହୁତ କିଣିବାକୁ ଇଚ୍ଛା ହୁଏ ବାସନ୍ତୀଙ୍କର। ଦିଲ୍ଲୀରେ ଦେଶର ଐଶ୍ୱର୍ଯ୍ୟ ସବୁ ଯେପରି ଢାଳି ହୋଇପଡ଼ିଚି। ରାସ୍ତାଗୁଡ଼ା ଚଉଡ଼ା ଏବଂ ପରିଷ୍କାର। ଦୁଇକଡ଼ରେ ସାରି ସାରି ଗଛ ଏବଂ ବଡ଼ ବଡ଼ ବଗିଚା ଥିବା ବଙ୍ଗଳା। ଦିଲ୍ଲୀ ସହରରେ ଗାଡ଼ିର ଗତି ଖୁବ୍ ବେଶି ବୋଲି ରାସ୍ତା ପାରି ହବାବେଳେ ଡରିଯାଆନ୍ତି ବାସନ୍ତୀ ଦେବୀ, କାଳେ ଯଦି କିଛି ଦୁର୍ଘଟଣା ଘଟିଯାଏ। ଅଚିହ୍ନା ଅଜଣା ଦେଶ । କିଏ ପିଠିରେ ପଡ଼ିବ ?

ରାସ୍ତାରେ ଚାଲିଲାବେଳେ ଦର୍ଶନୀୟ ସ୍ଥାନଗୁଡ଼ାକୁ ଭଲ କରି ଚିହ୍ନାଇ ଦେଉଥାଆନ୍ତି ଭବାନନ୍ଦ। ତ୍ରିମୂର୍ତ୍ତିର ଜବାହରଲାଲ ସ୍ମୃତିମନ୍ଦିର ବୁଲି ଦେଖିବାବେଳେ ଜବାହରଙ୍କର ଚଉକି, ଟେବୁଲ ସହିତ ଅନ୍ୟାନ୍ୟ ବ୍ୟବହୃତ ସାମଗ୍ରୀ ଦେଖି ଅଭିଭୂତ ହୋଇଗଲେ ବାସନ୍ତୀ। ସ୍ୱାଧୀନ ଭାରତର ପ୍ରଥମ ପ୍ରଧାନମନ୍ତ୍ରୀ ଷୋହଳ ବର୍ଷକାଳ ଥିଲେ ଏଇ ଘରେ। ପୁଣି ବର୍ତ୍ତମାନର ପ୍ରଧାନମନ୍ତ୍ରୀ ବି ତାଙ୍କର ଜୀବନର ଖୁବ୍ ମୂଲ୍ୟବାନ୍ ସମୟ କଟାଇଥିଲେ ପିତାଙ୍କ ସହିତ। ତ୍ରିମୂର୍ତ୍ତିର କାନ୍ଥବାଡ଼ରେ ଦେଶକୁ ଭଲ ପାଇବାର ଚିହ୍ନ ଏବେ ବି ବିଦ୍ୟମାନ। ଆହୁରି ଆଗକୁ ଯାଆନ୍ତି ସେମାନେ। ରାଷ୍ଟ୍ରପତି ଭବନ, ସଚିବାଳୟ ଦକ୍ଷିଣ ଓ ଉତ୍ତର ବ୍ଲକ୍,ପାର୍ଲିଆମେଣ୍ଟ ହାଉସ। ତା'ପରେ ଯନ୍ତର ମନ୍ତର ଏବଂ ଆହୁରି ଆଗକୁ ଗଲେ ଦିଲ୍ଲୀ ପୌର ସଂସ୍ଥାର ପାତାଳ ମାର୍କେଟ। ସବୁ ବୁଲି ଦେଖିଲେ ବାସନ୍ତୀ। କନ୍ୟାକୁମାରୀରୁ କାଶ୍ମୀରଯାଏ ଦେଶଟା ଯେ ଏକ ଓ ଅବିଚ୍ଛିନ୍ନ ଏଇ ଧାରଣାଟି ବଦ୍ଧମୂଳ ହେଲା ମନରେ। ପ୍ରତି ପ୍ରାନ୍ତର ଭାଷା ଓ ଧର୍ମର ଲୋକେ ଦିଲ୍ଲୀରେ ଆସ୍ଥାନ ଜମେଇ ବସିଛନ୍ତି ।

ସବୁଠି ପଛରେ ପଡ଼ିଥିବା ଓଡ଼ିଆ ଦିଲ୍ଲୀରେ ଆଗେଇବାପାଇଁ ଚେଷ୍ଟା କରୁଛି। ସେଥିପାଇଁ ଦିଲ୍ଲୀ ଓ ଜେ.ଏନ୍.ୟୁ ବିଶ୍ୱବିଦ୍ୟାଳୟ ଆଦିରେ ଓଡ଼ିଆ ପିଲାମାନଙ୍କର ଏତେ ଭିଡ଼ । ବିଶ୍ୱବିଦ୍ୟାଳୟ ଅଞ୍ଚଳର ସବୁ ହଷ୍ଟେଲ୍‌ରେ ଓଡ଼ିଆ ପିଲା, ସବୁ କଲେଜରେ ସେମାନଙ୍କର ପ୍ରାଧାନ୍ୟ। ଜଗନ୍ନାଥ ଆଉ ପୁରୁଷୋତ୍ତମ କ୍ଷେତ୍ରରେ ବନ୍ଦୀ ହୋଇ ରହିଯାଇନାହାନ୍ତି। ଦିଲ୍ଲୀରେ ବି ଓଡ଼ିଆ ଆଣି ପ୍ରତିଷ୍ଠା କରିଚି ଜଗନ୍ନାଥଙ୍କୁ । ଏବେ କୁଆଡ଼େ ରଥଯାତ୍ରା ହବ ବୋଲି ରଥର ନିର୍ମାଣକାର୍ଯ୍ୟ ଆଗେଇ ଚାଲିଛି। ଭବାନନ୍ଦ ସ୍ତ୍ରୀଙ୍କୁ କହିଲେ, "ନିଜ ଭିତରେ କଳିକଜିଆ କରି ପରସ୍ପର ବିରୁଦ୍ଧରେ ବେନାମୀ ଚିଠି ଛାଡ଼ି, ପରସ୍ପରର ଉନ୍ନତିକୁ ରୋକି ଦଉଥିବା ଓଡ଼ିଆ ବିଦେଶରେ ଏକତ୍ରିତ ହୋଇ କିଛି କାମ କରୁଛନ୍ତି। ବୋଧହୁଏ ଇତିହାସର ଅଭିଶାପ କଟିଯାଇ ପୁଣି ଓଡ଼ିଆର ସ୍ୱର୍ଣ୍ଣଯୁଗ ଆରମ୍ଭ ହୋଇଛି।"

ବାସନ୍ତୀ ଥକିପଡ଼ିଲେ ବୋଲି ଟାଙ୍ଗାରେ ବସି ଦୁହେଁ ଚାଲିଗଲେ ରାଜଘାଟ, ଶାନ୍ତିବନ ବୁଲିଆସିବାପାଇଁ। ଗାନ୍ଧି, ନେହେରୁ ଏବଂ ଶାସ୍ତ୍ରୀଙ୍କର ସମାଧି ଦେଖିସାରି ରାଜଘାଟର ସବୁଜ ଘାସର ମଖମଲି ଗାଲିଚା ଉପରେ ଦୁହେଁ ବସିପଡ଼ିବାବେଳକୁ ସଞ୍ଜ ହେଉଥାଏ। ବାସନ୍ତୀ କହିଲେ- "ଅନେକ ବୁଲିଲେ, ବସାକୁ ଫେରିବା ନାହିଁ?" ପାଖରେ ଛିଡ଼ା ହୋଇ ଦିଲ୍ଲୀର ଚାଟ୍ ବିକୁଥିବା ପିଲାଟାକୁ ବରାଦ କଲେ ଭବାନନ୍ଦ ଭେଲପୁରୀ ଦବାପାଇଁ। ଭେଲପୁରୀ ଖାଇବାବେଳେ କହିଲେ ଭବାନନ୍ଦ- "ସଞ୍ଜ ହେଉ ଏଇଠି ଆଉ ଟିକେ ବିଶ୍ରାମ କରି ଫେରିବା। ରାଜଧାନୀର ଚାରିଆଡ଼େ ମାଳ ମାଳ ପୁଲିସ। ଭୟ କି?" ଭେଲପୁରୀ ଖାଇ ସାରି ବରଫି ଖାଇ ପାଣି ପିଇଲେ ଦୁହେଁ। ଚା' ଦୁଇ କପ୍ ବି ମିଳିଗଲା ପାଖରୁ। ପେଟ ଶାନ୍ତ ହବାରୁ ମନ କହିଲା ଦେହ ଲମ୍ବେଇ ଘାସ ଉପରେ ଶୋଇପଡ଼ିବାପାଇଁ । ବାସନ୍ତୀ ରାଜି ହେଲେନି। ଏତେ ଅଲାଜୁକି ହୋଇପାରିବେନି ସେ। ତାଙ୍କ ଜଙ୍ଘଉପରେ ମଥା ରଖି ଦେହକୁ ଲମ୍ବେଇ ଦେଲେ ଭବାନନ୍ଦ। ବାସନ୍ତୀ କହିଲେ - "କେହି ଦେଖିଲେ?"

ଭବାନନ୍ଦ ଆଉ ଟିକେ ଦୂରରେ ଯୋଡ଼ି ହୋଇ ଶୋଇଥିବା ପୁରୁଷ ଓ ନାରୀମାନଙ୍କୁ ଦେଖେଇଦେଇ କହିଲେ- "ଏ'ଟା ରାଜଧାନୀର ଚଳଣି ହୋଇଯାଇଛି। ବରଂ ନଇଁପଡ଼ ଯେ ମୁଁ ଗୋଟେ ଗରମ ଚିହ୍ନ ଆଙ୍କିଦିଏ।" ଲାଜରେ ଜଡ଼ସଡ଼ ହୋଇ କହିଲେ ବାସନ୍ତୀ - " ଧେତ୍। ତୁମେ ପିଲା ହୋଇଯାଉଛ। ବୟସ ଚାଳିଶ ପାଖାପାଖି।" ଭବାନନ୍ଦ ଗେହ୍ଲେଇ ହୋଇ କହିଲେ - "ସତ କହ, ତୁମର ଇଚ୍ଛାହଉନି?" ବାସନ୍ତୀ ସ୍ୱାମୀଙ୍କ ଅଣ୍ଟାପାଖରେ ଚିମୁଟିଦେଇ କହିଲେ, ଚାଲ ଶୀଘ୍ର ଫେରିଯିବା ତା' ପରେ ଯାହା କହିବ ସବୁ...! ଭବାନନ୍ଦ କହିଲେ - "ଫେରିଯିବା

ଆଗରୁ ମୁହଁ ନୁଆଇଁ ମୋ' ଗାଲ ଉପରେ ବୋକଟିଏ ଆଙ୍କିଦିଅ। ନହେଲେ ମୁଁ ଯିବି ନାହିଁ।" ଦୁହିଁଙ୍କ ଭିତରେ ଛକାପଞ୍ଝା ଚାଲିଲା। ଭବାନନ୍ଦ ନଛୋଡ଼ବନ୍ଧା। ସେ କହିଲେ – " କିଛି ଚିହ୍ନ ନ ନେଇ ଦିଲ୍ଲୀରୁ ଖାଲି ହାତରେ ଫେରିଯିବି ? ରାଣ ଦେଉଛି, ଯଦି ମୋତେ ଭଲ ପାଅ...।" ବାସନ୍ତୀ ଲଜ୍ଜାରେ ଲାଲ ପଡ଼ିଗଲେ। ଦେହଟା ଉଷୁମ ହୋଇଆସିଲା। ଭବାନନ୍ଦ ସବୁବେଳେ ଏହିପରି। ଅଝଟ ହେଲେ କିଛି ଶୁଣିବେ ନାହିଁ। ଚାରିଆଡ଼କୁ ସନ୍ତର୍ପଣରେ ଥରେ ଚାହିଁନେଲେ ବାସନ୍ତୀ। ତା' ପରେ ଚଟ୍‌କରି ନଇଁପଡ଼ି ଭବାନନ୍ଦଙ୍କ ଗାଲଉପରେ ତତଲା ଚୁମ୍ବନଟିଏ ଆଙ୍କି ଦେଇ କହିଲେ, "ହେଲା ! ଏଥର ଚାଲ।"

ଉଠିବାପାଇଁ ମନ ନ ଥିଲା। ଖେଳଟା ଆରମ୍ଭ ହେଲେ ଶେଷ ନ କରିବା ଯାଏ ଅଶାନ୍ତ ମନଟା ଶାନ୍ତ ହୁଏନି। ମାଷ୍ଟରି ଜୀବନରେ ରସବୋଧ ନଥାଏ। ସକାଳୁ ସନ୍ଧ୍ୟା ଅନ୍ନ-ସଂସ୍ଥାପନାପାଇଁ ଚିନ୍ତା କରୁ କରୁ ସମୟ ଚାଲିଯାଏ। କେତେବେଳେ ଯୌବନ ଅତିକ୍ରାନ୍ତ ହୋଇ ପ୍ରୌଢ଼ତ୍ୱର ଶିଥିଳତା ଆସିଯାଏ ଜାଣିହୁଏନି। ଦଶ ବର୍ଷର ବିବାହିତ ଜୀବନରେ ଦିନେ ହେଲେ ଏପରି ନିରୋଳା ପରିବେଶରେ ବାସନ୍ତୀଙ୍କୁ ପାଇ ନଥିଲେ ଭବାନନ୍ଦ। ଶାଶୁ-ଶ୍ୱଶୁର, ଯାଆ-ନଣନ୍ଦଙ୍କ ପରିବେଶରେ ଫରମାସ ଖଟୁ ଖଟୁ ରାତି ଅଧ ହୁଏ। ବିଛଣାରେ ପଡ଼ିଯିବା ବେଳକୁ କ୍ଳାନ୍ତିର ନିଦମାଡ଼ିଆସେ। ଭବାନନ୍ଦ ତା'ର ଅନେକ ଆଗରୁ ଶୋଇପଡ଼ନ୍ତି। କେବଳ ନାକର ଶବ୍ଦ ଶୁଣି ଶୁଣି ଶୋଇପଡ଼ନ୍ତି ବାସନ୍ତୀ। ରାଜଘାଟର ସେ ପାଖରୁ ଯମୁନାର କଳକଳ ଶବ୍ଦ ଭାସି ଆସୁଥିଲା। ପାଣି ଫୁଆର ଉଠୁଥିଲା ଉପରକୁ। ପାଣି କୁଣ୍ଡରେ ନାଲି ନେଳି ଆଲୁଅ। ସେଇ ଫୁଆରଟାକୁ ଦେଖାଇ କହିଲେ ଭବାନନ୍ଦ, "ତମେ ଇମିତି ଉଛୁଳିପଡ଼ ବାସନ୍ତୀ।" ବାସନ୍ତୀ ହସିଦେଇ କହିଲେ, "ଅନେକ ଦିନ ଯାଏ ଆଜିର ସନ୍ଧ୍ୟାଟା ମନେ ରହିବ।" ଭବାନନ୍ଦ ଖୁସି ହୋଇ କହିଲେ, ଆସିବ ନାଇଁ ବୋଲି କହୁଥିଲ। ନ ଆସିଥିଲେ ସେଇ ଛୋଟ ଘର ଭିତରେ ସଢୁଥାଆନ୍ତ। ପ୍ରେମ ଓ ପ୍ରଣୟ ନିମ୍ନ-ମଧ୍ୟବିତ୍ତର ଭାଗ୍ୟରେ ନାହିଁ। ସେଥିପାଇଁ ଗରିବ ହୋଇ ସ୍ଥାନକାଳପାତ୍ର ବିବେଚନା ନ କରି ପରସ୍ପରକୁ ଭୋଗ କରିବ, ନଚେତ୍ ଜନ୍ମ ହବ ସମ୍ପଦଶାଳୀର ଘରେ। ସେଠାରେ ସମ୍ଭୋଗର ଅନେକ ଉଚ୍ଚାଟନ, ଅନେକ ସୁବିଧା। ଆମ ମନଟା ଜଳେ, ଦେହଟା କୁହୁଳେ, କିନ୍ତୁ ନିଜ ଧାସରେ ନିଜେ ଜଳିବା ଛଡ଼ା ଆଉ କିଛି ହୁଏନାହିଁ।

ବସ୍‌ଷ୍ଟାଣ୍ଡକୁ ଗଲେ ଦୁହେଁ। ଅନେକ ବାଟ ଯିବାକୁ ହବ। ଚାଲି ଚାଲି ପାଦରେ ଯିବା ଅସମ୍ଭବ। ଟାଙ୍ଗା ଗାଡ଼ିଟା ଅନେକବେଳୁ ଚାଲିଗଲାଣି। ଆଉ ଗୋଟେ ଗାଡ଼ି ଏ ଯାଏ ଆଖିରେ ପଡୁନି। ବସ୍ ଦୁଇଟା ଆସିଲା, କିନ୍ତୁ ଲୋକ ଭର୍ତ୍ତି ହୋଇଥିଲେ ବୋଲି

ଛିଡ଼ା ହେଲାନାହିଁ। ଟ୍ୟାକ୍‌ସି ଗୋଟେ ବା ତିନିଚକିଆ ଖଣ୍ଡେ ହେଲେ ଚଳନ୍ତା। ଭବାନନ୍ଦ ହାତ ଟେକି ଟ୍ୟାକ୍‌ସି ଡାକିଲେ, କିନ୍ତୁ ଛିଡ଼ା ନ ହୋଇ ସବୁ ଚାଲିଗଲେ। ରାତି ବଢ଼ୁଥିବାର ଦେଖି ଆଶଙ୍କା କରି କହିଲେ ବାସନ୍ତୀ "ଅନେକ ବାଟ ଯିବାକୁ ହବ। ରାତି ହୋଇଗଲା। କେମିତି ଯିବା ଯେ..।" ଭବାନନ୍ଦ ସ୍ତ୍ରୀଙ୍କୁ ସାହସ ଦେଇ କହିଲେ, "ରାଜଧାନୀ, ଚାରିଆଡ଼େ ପଇସାର ଖେଳ। ଆସିବାଟା ଯେତେ ସହଜ ଫେରିଯିବାଟା ସେତେ ନୁହେଁ। ତଥାପି ଭୟ କି ?" ଆଗରେ ପୁଲିସ କନେଷ୍ଟବଲଟିଏ ଛିଡ଼ା ହୋଇଛି।

ବାସନ୍ତୀ ବ୍ୟସ୍ତ ହଉଥାଆନ୍ତି ଫେରିବାପାଇଁ। ଭବାନନ୍ଦ ବହୁ ଚେଷ୍ଟା କରି ବି ଟ୍ୟାକ୍‌ସି ଖଣ୍ଡେ ପାଇଲେ ନାହିଁ କି ଅନ୍ୟ କିଛି ବ୍ୟବସ୍ଥା ହେଲାନାହିଁ। କିଛି ବାଟ ପାଦରେ ଚାଲିଲେ। ଟ୍ରାଫିକ୍ ପୁଲିସକୁ ବାଟ ପଚାରି ଆଗ ଟ୍ୟାକ୍‌ସି ଷ୍ଟାଣ୍ଡ୍ ପର୍ଯ୍ୟନ୍ତ ଚାଲିଗଲେ। ଷ୍ଟାଣ୍ଡରେ ପହଞ୍ଚିବାବେଳକୁ ନଅଟା ବାଜି ଯାଇଥାଏ। ଷ୍ଟାଣ୍ଡ୍‌ରେ ଗୋଟିଏ ଟ୍ୟାକ୍‌ସି ଡ୍ରାଇଭର ଇଂଜିନର ହୁଡ଼ ଟେକି ଛିଡ଼ା ହୋଇଥିଲା। ତାକୁ ଅନୁରୋଧ କଲେ ଭବାନନ୍ଦ। ଏତେ ରାତିରେ ଉତ୍କଳ ଭବନକୁ ଯିବ କିଏ ? ଯିବାବେଳଟା ସିନା ଭଡ଼ା ମିଳିବ କିନ୍ତୁ ଆସିବା ବେଳଟା ଶୂନ। ବାସନ୍ତୀ ସ୍ୱାମୀଙ୍କୁ କହିଲେ, "କିଛି ଅଧିକ ଦିଅ, ରାଜି ହୋଇଯିବ। ଅଗତ୍ୟା ଅନ୍ୟ ଉପାୟ ନ ଦେଖି ଭବାନନ୍ଦ ଟ୍ୟାକ୍‌ସିବାଲାକୁ କହିଲେ ସେଇ କଥା। ହିନ୍ଦୀ ଭଲ ଆସୁନଥାଏ। ଇଂରାଜୀ ହିନ୍ଦୀ ମିଶାମିଶି କହି କାମ ଚଳେଇନେଲେ। ରାଜି ହେଲା ଟ୍ୟାକ୍‌ସିବାଲା। କିନ୍ତୁ ଇଂଜିନଟା ଟିକେ ମରାମତି ଦରକାର। ନିଜେ ମରାମତି କରିଦବ, ଖୁବ୍ ବେଶି ହେଲେ ଘଣ୍ଟାଏ। ବାସନ୍ତୀ ପ୍ରମାଦ ଗଣିଲେ। କିନ୍ତୁ ଉପାୟ କଅଣ ? ଯାହା ହେଲେ ଗୋଟେ କିଛି ମିଳିଚି, ଏଇଟାକୁ ଛାଡ଼ି ଦୁହେଁ ଯିବେ କୁଆଡ଼େ ?

ରାତି ଦଶଟା ପନ୍ଦର ମିନିଟ୍ ବାଜିଗଲା। ରାଜଘାଟ ପାଖରେ ରାସ୍ତା ଉପର ଗହଳି କମିଗଲା। ଟ୍ୟାକ୍‌ସିର ଦରଜା ଖୋଲିଦେଇ ଦୁହିଁଙ୍କ ପାଇଁ ଜାଗା କରିଦେଲା ଡ୍ରାଇଭର। ଟ୍ୟାକ୍‌ସି ଛାଡ଼ିଦେଲା। ଆଶ୍ୱସ୍ତ ହୋଇ ସ୍ୱାମୀଙ୍କୁ କହିଲେ ବାସନ୍ତୀ, ଏବେ ପିଣ୍ଡରେ ପ୍ରାଣ ପଶିଲା। ମୁଁ ତ କିଛି ମିଳିବ ନାହିଁ ବୋଲି ଡରି ଯାଇଥିଲି। ଭବାନନ୍ଦ କହିଲେ, ପଧାନଙ୍କ ପୁଅ ଆଗ ଏଇଠି ପଢୁଥିଲା। ସେ କୁଆଡ଼େ କହୁଥିଲା ଯେ ରାତି ବାରଟାଯାଏ ଦିଲ୍ଲୀର ରାସ୍ତା ଖାଲି ହୁଏନି। କିନ୍ତୁ ଦୁର୍ଘଟଣା ବି ଘଟେ, କାଁ ଭାଁ। ବାସନ୍ତୀ ସ୍ୱାମୀଙ୍କ ଜଙ୍ଘଉପରେ ହାତରଖି କହିଲେ, "ମୁଁ ପ୍ରାର୍ଥନା କରୁଛି ଭଲରେ ଭଲରେ ପହଞ୍ଚିଯିବା।"

ଖଣ୍ଡେବାଟ ଯିବାପରେ ପୁଣି ଗାଡ଼ି ବନ୍ଦ ହୋଇଗଲା। ଇଂଜିନ୍ ହୁଡ୍‌ଟା ଖୋଲି ପୁଣି ପରୀକ୍ଷା କଲା ଡ୍ରାଇଭର। ବେଲ୍‌ଟ୍ ଆଣ୍ଟିଲା। ପରେ ପୁଣି ଷ୍ଟାର୍ଟ କଲା ଏବଂ ଖୁବ୍

ଜୋର୍‌ରେ ଗାଡ଼ି ଦଉଡ଼ାଇଲା। ଜାଗାଟା ଅଚିହ୍ନା ଅଜଣା। ଦୁଇକଡ଼ରେ ସାରି ସାରି ଗଛ। ମଝିରେ ମଝିରେ ଫୁଲ ବଗିଚା। ଶୂନ୍‌ଶାନ୍ ଜାଗା। କଦାଚିତ ଗାଡ଼ି ବା ମଣିଷ ଜଣେ ଆଖିରେ ପଡୁଛି। ପୁଣି ଗାଡ଼ିଟା ଅଟକିଲା ଗୋଟେ କୋକାକୋଲା ଦୋକାନ ପାଖରେ। ତିନୋଟି କୋକାକୋଲା କିଣିଆଣି ନିଜେ ଗୋଟେ ରଖି ଭବାନନ୍ଦଙ୍କୁ ଦୁହିଁଙ୍କ ପାଇଁ ଦୁଇଟି ବୋତଲ ବଢ଼େଇ ଦେଲା। ମନା କରିପାରିଲେ ନାହିଁ। ଡ୍ରାଇଭର ଦେଖିବାକୁ ଭଦ୍ରଘର ପିଲାପରି। ବେଶ୍ ସୁଗଠିତ ବ୍ୟକ୍ତିତ୍ୱ। ସେ କହିଲା ଗାଡ଼ିଟା ଗୋଳମାଳ କରୁଛି ବୋଲି ଲାଗି ଲାଗି ବେଦମ ହେଲିଣି। ତଣ୍ଟି ଟିକେ ଭିଜେଇ ନିଏ। ଆପଣମାନେ ନିଶ୍ଚୟ ଦିଲ୍ଲୀବାଲା ନୁହନ୍ତି। ଆମର ଅତିଥି। କୋକାକୋଲା କ'ଣ ମୁଁ ଏକା ପିଅନ୍ତି? ଭବାନନ୍ଦ ମୁହଁରେ ପାଇପ ଲଗେଇ ପିଇବାକୁ ଆରମ୍ଭ କରି କହିଲେ ସ୍ତ୍ରୀଙ୍କୁ, ପିଇଦିଅ ଯାହା ହେଉ ଡ୍ରାଇଭର ଲୋକଟି ଭଲ। ମୋତେ ବି ଖୁବ୍ ଶୋଷ କରୁଥିଲା।

କୋକାକୋଲା ଶେଷ କରି ଗାଡ଼ି ଷ୍ଟାର୍ଟ କଲା ଡ୍ରାଇଭର। ତୀରବେଗରେ ଛୁଟିଲା ଗାଡ଼ି। ଶୀତଳ ପବନ ବହୁଥାଏ। କେତେବେଳେ ଆଖିକୁ ନିଦ ଲାଗିଆସିଲା ଜାଣିପାରିଲେ ନାହିଁ ଭବାନନ୍ଦ। କିନ୍ତୁ ଯେତେବେଳେ ପୁଣି ଆଖି ଖୋଲିଲା ସେତେବେଳେ ସେ ଦେଖିଲେ ଯେ ଏକା, ବାସନ୍ତୀ ପାଖରେ ନାହିଁ। ଜାଗାଟାକୁ ବି ଚିହ୍ନିପାରିଲେ ନାହିଁ। ଗୋଟିଏ ହଲ। ଅନେକ ଖଟ ପଡ଼ିଛି। ସବୁ ଖଟରେ ଜଣେ ଜଣେ ବ୍ୟକ୍ତି। ଖିଆଲ ହେଲା ଭବାନନ୍ଦଙ୍କର ଯେ ଏଇଟା ତ ଉତ୍କଳ ଭବନ ନୁହେଁ। ଗୋଟିଏ ଡାକ୍ତରଖାନାର ୱାର୍ଡ଼। ସେ ଆତଙ୍କରେ ଶିହରିଉଠିଲେ। ତା' ହେଲେ କଅଣ ଦୁର୍ଘଟଣା ଘଟିଲା କିଛି। କିଛି ସ୍ମରଣ କରି ପାରିଲେ ନାହିଁ। କୋକାକୋଲା ପିଇବାପର୍ଯ୍ୟନ୍ତ ସବୁ ମନେ ପଡ଼ିଲା, ତା'ପରେ ସବୁ ଅନ୍ଧାର...କିଟିକିଟିଆ ଅନ୍ଧାର। ବାସନ୍ତୀ ଗଲେ କୁଆଡ଼େ? ଦୁର୍ଘଟଣାରେ ସେ କଅଣ ବେଶୀ ଆହତ ହୋଇଛନ୍ତି? କାହାକୁ ପଚାରିବାପାଇଁ ମଥା ବୁଲାଇବାବେଳକୁ ନର୍ସକୁ ଦେଖି କହିଲେ, "ମୋ ସ୍ତ୍ରୀ କେଉଁଠି, କିପରି ଅଛି?" ନର୍ସ ଆଶ୍ଚର୍ଯ୍ୟ ହୋଇ କହିଲା, "ତୁମ ସ୍ତ୍ରୀ କିଏ? ସେ ଏଠାରେ ରହିବେ କାହିଁକି?" ଭବାନନ୍ଦ ଚମକିପଡ଼ି ବିଛଣାରୁ ଉଠିପଡ଼ିବାବେଳକୁ ତାଙ୍କୁ ଶୁଆଇଦେଇ ନର୍ସ କହିଲା, "ଆପଣ ଶୋଇ ରୁହନ୍ତୁ। ଡାକ୍ତର ଆସି ପରୀକ୍ଷା କରିବାପରେ ଯାହା କହିବେ।" ଏତିକିବେଳେ ବ୍ୟସ୍ତ ହୋଇ ଭବାନନ୍ଦ କହିଲେ, "ମୋର କଅଣ ହୋଇଛି? ମୋ ସ୍ତ୍ରୀର କଅଣ ହୋଇଛି?" ନର୍ସ କହିଲା, "ଆପଣ ଧୈର୍ଯ୍ୟ ଧରନ୍ତୁ ମୁଁ ଡାକ୍ତରଙ୍କୁ ଡାକି ଦେଉଛି।" ସେ ଆଗ ଦରଜାଦେଇ ଅଦୃଶ୍ୟ ହୋଇଗଲା।

ଭବାନନ୍ଦଙ୍କୁ ଏବେ ମନେ ହେଲା ଯେ ତାଙ୍କ ମଥାଟା ବୁଲୁଚି। ମଥାଟା ଭାରି ଭାରି ଲାଗୁଛି। ଡାକ୍ତର ଆସିବା ଆଗରୁ ସେ ସଫା କରୁଥିବା ଝିଅଟିକୁ ପାଖକୁ ଡାକି କହିଲେ- "ଇଏ କେଉଁ ହସ୍‌ପିଟାଲ ?" ସେ କହିଲା, "ସଫଦରଜଙ୍ଗ ହସ୍‌ପିଟାଲ୍, ଏ ଯାଏ ଜାଣିନ ?" ବୋକା ପରି ଛାତ ଉପରକୁ ଅନାଇ ରହିଲେ ଭବାନନ୍ଦ।

ଅଳ୍ପ ସମୟ ମଧ୍ୟରେ ଡାକ୍ତର ଆସି ଭବାନନ୍ଦଙ୍କୁ ଭଲ କରି ପରୀକ୍ଷା କରି ଔଷଧ ଦେଲେ। ଇଞ୍ଜେକ୍‌ସନ୍ ବି ଦିଆଗଲା। ତା' ପରେ ଡାକ୍ତର କହିଲେ, "ଭାଗ୍ୟକୁ ନିଶାଟା ମାରାତ୍ମକ ହେଲାନାହିଁ।"

ଆପଣ ଖୁବ୍ ସମ୍ଭାଳି ନେଲେ। ଡାକ୍ତରଙ୍କ କଥା ଶୁଣି ଅବାକ୍ ହୋଇଗଲେ ଭବାନନ୍ଦ। ସେ ନିଶା ପାନ କରନ୍ତି ନାହିଁ। କିଏ ଦେଲା, କେଉଁଠାରୁ ଆସିଲା ନିଶାଦ୍ରବ୍ୟ ? ଅନେକ ପ୍ରଶ୍ନ ସେ ମନକୁ ପଚାରିଲେ। ସବୁ ପ୍ରଶ୍ନର ସମାଧାନ କରି ମନେ ପଡ଼ିଲା ଟ୍ୟାକ୍‌ସି ଡ୍ରାଇଭରର କଥା, କୋକାକୋଲା ପିଇବା କଥା। ଡାକ୍ତରଙ୍କୁ ଏସବୁ କହିସାରି କାନ୍ଦ କାନ୍ଦ କଣ୍ଠରେ କହିଲେ ଭବାନନ୍ଦ, "ମୋ ସ୍ତ୍ରୀ ବାସନ୍ତୀ ? ସେ କେଉଁଠି, ସେ କିପରି ଅଛି।" ଡାକ୍ତର କହିଲେ, "ଆପଣଙ୍କୁ ଏକା ନିଜ ଗାଡ଼ିରେ ଆଣି ଜଣେ ଭଦ୍ରଲୋକ ଛାଡ଼ି ଯାଇଥିଲେ ଡାକ୍ତରଖାନାରେ। ଆପଣ କୁଆଡ଼େ ଅଚେତ ଅବସ୍ଥାରେ ପଡ଼ିଥିଲେ ନେହେରୁ ପାର୍କ ପାଖରେ। ଯାହାହେଉ ଆପଣଙ୍କ ସ୍ତ୍ରୀଙ୍କୁ ଖୋଜିବା ଦରକାର। ସେ ସଙ୍ଗେ ସଙ୍ଗେ ଖବର ଦେଲେ ପୁଲିସକୁ।

ଡାକ୍ତରଖାନାରୁ ଖଲାସ ହୋଇ ମାସେକାଳ ଦିଲ୍ଲୀରେ ବୁଲିଲେ ଭବାନନ୍ଦ। ବଡ଼ ସାନ ସବୁ ଗଳି ଉପଗଳି ଖୋଜିଲେ। ପୁଲିସ ହୁଲିଆ କରିଦେଲା। କେହି ସଂଧାନର ସୂତ୍ର କହିଦେଲେ ଦଶହଜାର ଟଙ୍କାର ପୁରସ୍କାର ଘୋଷଣା କରାଗଲା। କିନ୍ତୁ ସବୁ ଚେଷ୍ଟା ବ୍ୟର୍ଥ ହେଲା ଭବାନନ୍ଦଙ୍କର। ବାସନ୍ତୀ ଆଉ ମିଳିଲେ ନାହିଁ।।

ଢେଙ୍କାନାଳ ଷ୍ଟେସନ୍‌ରେ ଗାଡ଼ିରୁ ଓହ୍ଲେଇ ଆଉ ଘରକୁ କିନ୍ତୁ ଯାଇପାରିଲେ ନାହିଁ ଭବାନନ୍ଦ। ବାସନ୍ତୀଙ୍କୁ ସାଙ୍ଗରେ ନେଇ ଦିଲ୍ଲୀ ଯାଇଥିଲେ, ତାଙ୍କୁ ସାଙ୍ଗରେ ନ ଆଣି ଏକା ଫେରିଆସିଲେ । ଭବାନନ୍ଦ ଆଉ ସମ୍ଭାଳିପାରିଲେ ନାହିଁ। ଷ୍ଟେସନ୍ ପାଖରେ ଥିବା ଆମ୍ବଗଛମୂଳେ ବସିପଡ଼ି ଉଦାସ ନୟନରେ ଚାହିଁରହିଲେ ଶୂନ୍ୟକୁ। ପୃଥିବୀର ସବୁ ହାହାକାର ମୂର୍ତ୍ତ ହେଉଥିଲା ତାଙ୍କ ଛାତିତଳେ। ବାସନ୍ତୀଙ୍କର ମୁହଁଟି ମିଳାଇ ଯାଉଥିଲା ଦିଲ୍ଲୀର ମହାଶୂନ୍ୟରେ।

ଅନ୍ୟ ପୃଥିବୀ

ନନ୍ଦିନୀ ଶତପଥୀ

ସାନ୍ତାକ୍ରୁଜ ବିମାନଘାଟିରେ ଉଡାଜାହାଜ ଅବତରଣ କରିବାକୁ ଆଉ ଅଳ୍ପ ସମୟ ଅଛି । ତରବରରେ ଛୋଟ ହାତ ବ୍ୟାଗ୍‌ଟି ଧରି ଜୟଶ୍ରୀ ଟଏଲେଟ୍ ଭିତରକୁ ପଶିଗଲା । ବିମାନର ଯାତ୍ରୀମାନେ ସମସ୍ତେ ବି ଚଞ୍ଚଳ ହୋଇଉଠିଛନ୍ତି । ଛୋଟ ଛୋଟ ଜିନିଷ, ମ୍ୟାଗାଜିନ୍, ଚଷମା ଇତ୍ୟାଦି ଯଥାସ୍ଥାନରେ ରଖିଦେବା ପାଇଁ ସମସ୍ତେ ବ୍ୟସ୍ତ। ଏଆର୍ ହୋଷ୍ଟେସ୍ ଏବଂ ଷ୍ଟୁଆର୍ଡ଼ମାନେ ମଧ୍ୟ ଥରକୁ ଥର ବିଭିନ୍ନ ଯାତ୍ରୀମାନଙ୍କ ପାଖକୁ ଆସି ସୁବିଧା ଅସୁବିଧା ବୁଝି ଯାଉଛନ୍ତି । ଅନେକ ସିଟ୍ ଉପରର ନାଲି ଆଲୁଅ ଜଳି ଥରକୁ ଥର ସେମାନଙ୍କୁ ସଙ୍କେତ ଦେଉଛି।

ଦୀର୍ଘ ସାତବର୍ଷ ପରେ ସେ ଦେଶକୁ ଫେରୁଛି। ଏଇ ସାତ ବର୍ଷ ଭିତରେ ଦେଶରେ କେବେ ପରିବର୍ତ୍ତନ ହୋଇଗଲାଣି । ବିଦେଶ ସମ୍ବାଦପତ୍ରରୁ ସେ କିଛି କିଛି ଜାଣିଛି। କିନ୍ତୁ ସାଧାରଣ ଲୋକଙ୍କର କ'ଣ ପରିବର୍ତ୍ତନ ହୋଇଛି, ସେ କଥା ସମ୍ବାଦ ପତ୍ରରୁ ଜାଣିବାର ଅବକାଶ ନ ଥାଏ। ଦେଶରେ ଥିଲାବେଳେ ତ ବୁଝି ହେଉନଥିଲା ଆଉ ବିଦେଶର କାଗଜରୁ ବା ଜାଣିବ କଣ ?

ଅନେକ ଭାବନା ମନରେ ଖେଳିଯାଉଛି। ଛାଡ଼ି ଯାଇଥିବା ଆପଣାର ଲୋକ ଓ ଗାଁ ଭୂଇଁକୁ ଦେଖିବା ପାଇଁ ମନରେ ଗୋଟାଏ ପ୍ରକାର ଉଦ୍‌ବେଗ ହେଉଛି। ପୁଣି ଏକ ପ୍ରକାର ଜୀବନଯାତ୍ରା ସହିତ ନିଜକୁ ଏତେ ଦିନ ଧରି ଖାପ ଖୁଆଇ ନେଲା ପରେ ଆଉ ଥରେ ପୁରୁଣା ଢଙ୍ଗରେ ଚଳି ହେବ କି ନାହିଁ ସେଥିରେ ବି ସନ୍ଦେହ ହେଉଛି ।

ବିମାନ ଅବତରଣ କରିବାର ସଙ୍କେତ ଘଣ୍ଟି ବାଜିଉଠିଲା। ପୋଷାକ ବଦଳାଇ

ତରବରରେ ଜୟଶ୍ରୀ ଟଏଲେଟ୍ ଭିତରୁ ବାହାରି ଆସିଲା ବେଳକୁ ବିମାନ ଭିତରର ବଡ଼ ଲାଇଟ୍ ଗୁଡ଼ିକ ଲିଭି ଗଲାଣି । ନିଜ ସିଟ୍ ପାଖରେ ପହଞ୍ଚିଲା କ୍ଷଣି ସେହି ସ୍ୱଳ୍ପାଲୋକ ଭିତରେ ତାକୁ ଦେଖି ହଠାତ୍ ଚମକି ପଡ଼ିଲା ରୁବେନା। ଚନ୍ଦନ ବି ଲକ୍ଷ୍ୟ କଲା ତାକୁ । କୌଣସି ଭାବାନ୍ତର ନ ହେଲେ ମଧ୍ୟ ତା' ମୁହଁରେ ଏକ ମୃଦୁ ହାସ୍ୟର ରେଖା ଖେଳିଗଲା ।

ଅମାବାସ୍ୟାର ଅନ୍ଧକାର ଭେଦ କରି ବମ୍ବେ ନଗରୀର ଉଜ୍ଜ୍ୱଳ ଆଲୋକମାଳାକୁ ନିରୀକ୍ଷଣ କରୁଥିବା ରୁବେନାର ଚକ୍ଷୁଦ୍ୱୟ ବର୍ତ୍ତମାନ ଜୟଶ୍ରୀ ଉପରେ ସ୍ଥିର। ଜୟଶ୍ରୀ ସ୍ଲାକ୍‌ସ ବଦଳାଇ ଶାଢ଼ୀ ପିନ୍ଧିଛି ସେ ପୁଣି ମୋଟା ଖଦଡ଼ ଶାଢ଼ୀ। ମୁହଁର ସବୁ ମେକ୍‌ଅପ୍ ଏକାଥରେ ପୋଛି ସଫା କରିଦେଇଛି। ଚନ୍ଦନ ପାଖରେ ଜୟଶ୍ରୀର ଏ ବେଶ ନୂତନ ନ ହେଲେ ମଧ୍ୟ ରୁବେନା ପାଇଁ ଏକାଥରେ ନୂଆ । ଜୟଶ୍ରୀ ସହିତ ନ୍ୟୁୟର୍କରେ ତା'ର ପରିଚୟ ହେବା ଦିନଠାରୁ ବିନା ମେକ୍‌ଅପ୍‌ରେ କେବେ ତାକୁ ସେ ଦେଖିନାହିଁ । ଅବଶ୍ୟ ଥରେ ଅଧେ ଯେ ତାକୁ ଶାଢ଼ୀ ପିନ୍ଧିବାର ନ ଦେଖିଛି ଏପରି ନୁହେଁ ; କିନ୍ତୁ ସେ ସିଫନ୍ କିମ୍ବା ଜର୍ଜେଟ ଶାଢ଼ୀ।

ଲାଇଟ୍ ଲିଭାଇ ବେଲ୍‌ଟ ବାନ୍ଧିବା ପାଇଁ ମାଇକ୍‌ରେ ଘୋଷଣା କରାଯାଉଛି । ବମ୍ବେ ବିମାନ ବନ୍ଦରର ତାପମାତ୍ରା ମଧ୍ୟ ଘୋଷିତ ହେଉଛି । ଜୟଶ୍ରୀ, ଚନ୍ଦନ ଓ ରୁବେନା ମଝିରେ ଥିବା ତା'ର ସିଟ୍‌ରେ ବସିଯାଇ ବେଲ୍‌ଟ ବାନ୍ଧିଲା।

ସେତେବେଳ ଯାଏଁ ରୁବେନା ତାକୁ ସେହିପରି ଚାହିଁ ରହିଛି । ଘୋଷଣା ବନ୍ଦ ହେବା କ୍ଷଣି ହସି ହସି ଜୟଶ୍ରୀ କହିଲା- ଏପରି ଆଶ୍ଚର୍ଯ୍ୟ ହୋଇ କଣ ଦେଖୁଛ ? "ତୁମକୁ"- କହିଲା ରୁବେନା। ଏପରି ପୋଷାକରେ ତୁମେ ଏକା ବେଳକେ ଅଲଗା ପ୍ରକାର ମନେ ହେଉଛ।

ଜୟଶ୍ରୀ ହସି ହସି ପଚାରିଲା, "କେମିତି ମନେ ହେଉଛି ?" ହଠାତ୍ ଗମ୍ଭୀର ହୋଇଗଲା ରୁବେନା। ଗୋଟାଏ ସୁନ୍ଦର ବ୍ୟକ୍ତିତ୍ୱ- ଯାହା ଆରୋପିତ ନୁହେଁ, ସ୍ୱତଃସ୍ଫୂର୍ତ୍ତ !

ଏତେବେଳ ଯାଏଁ ନୀରବରେ ଦୁଇଜଣଙ୍କ କଥାବାର୍ତ୍ତା ଶୁଣି ଉପଭୋଗ କରୁଥିଲା ଚନ୍ଦନ। ରୁବେନାର ମନ୍ତବ୍ୟ ଶୁଣି ସେ କହିଲା, "ହଁ ତୁମେ ଠିକ୍ କହିଛ । ବିବାହ ପୂର୍ବରୁ ଜୟଶ୍ରୀ ସବୁବେଳେ ଏହିପରି ଦିଶୁଥିଲା । ବର୍ତ୍ତମାନ ଭାରତବର୍ଷକୁ ଆସୁଥିବାରୁ ସେ ପୁଣି ପୁରୁଣା ଅବସ୍ଥାକୁ ଫେରିଆସିବାକୁ ଚେଷ୍ଟା କରୁଛି ।"

ରୁବେନା ଆଶ୍ଚର୍ଯ୍ୟ ହୋଇ ଚନ୍ଦନକୁ ଚାହିଁଲା। 'କିନ୍ତୁ ତୁମେ ତ ଯେପରି ଆସିଥିଲ, ଠିକ୍ ସେହିପରି ଭାବରେ ଓହ୍ଲାଇବାକୁ ଯାଉଛ ବମ୍ବେ ବିମାନ ଘାଟିରେ।'

ହଁ, ରୁବେନା ମୁଁ ଏଠାରୁ ବିମାନରେ ଚଢ଼ିଥିଲା ବେଳେ ମଧ୍ୟ ଏହିଭଳି

ବେଶରେ ଯାଇଥିଲି। ମୋର ଆଉ କିଛି ପରିବର୍ତ୍ତନ କରିବାର ଦରକାର ନାହିଁ ।' ଚନ୍ଦନର କଥାରେ ସାମାନ୍ୟ ଆଘାତ ପାଇଲା ଜୟଶ୍ରୀ।

ଚନ୍ଦନ ଓ ଜୟଶ୍ରୀ ବିବାହର ମାତ୍ର ପନ୍ଦର ଦିନ ପରେ ଦେଶ ଛାଡ଼ି ଯାଇଥିଲେ। ବିଦେଶରେ କାମ କରୁଥିବା ଇଞ୍ଜିନିୟର ଚନ୍ଦନ ବିବାହ କରିବାକୁ ଆସିଥିଲା ଦେଶକୁ। ଉଚ୍ଚଶିକ୍ଷିତ, ଉଚ୍ଚ ପଦବୀରେ ଅଧିଷ୍ଠିତ ସୌମ୍ୟଦର୍ଶନ ଯୁବକ ଚନ୍ଦନକୁ ସ୍ୱାମୀ ରୂପେ ପାଇବା ପାଇଁ ବହୁ ବିଦେଶୀ ତରୁଣୀ ଆଗ୍ରହୀ ଥିଲେ। କିନ୍ତୁ ଚନ୍ଦନର ରୁଚି ଥିଲା ଭିନ୍ନ ପ୍ରକାରର । ଦୀର୍ଘକାଳ ବିଦେଶ ବାସ ଭିତରେ ତାର କୌଣସି ବାନ୍ଧବୀକୁ ପତ୍ନୀ ରୂପରେ ଗ୍ରହଣ କରିବାକୁ ସେ ଚାହିଁନଥିଲା। ସେଥିପାଇଁ ପିତାମାତାଙ୍କ ନିର୍ଦ୍ଦେଶ ପାଇବା କ୍ଷଣି ସେ ଭାରତକୁ ଚାଲି ଆସିଥିଲା ବିବାହ କରିବା ପାଇଁ।

କିନ୍ତୁ ଚନ୍ଦନର ପିତାମାତା ରକ୍ଷଣଶୀଳ ନଥିଲେ। ଆଧୁନିକ ଉଚ୍ଚ ଶିକ୍ଷିତ ପୁଅର ମତାମତ ନନେଇ ସେମାନେ ନିଜର ଇଚ୍ଛାକୁ ତା' ଉପରେ ଚାପି ଦେଇ ନାହାଁନ୍ତି । ଯେଉଁ ଦୁଇ ତିନୋଟି ଝିଅଙ୍କୁ ସେମାନେ ପସନ୍ଦ କରିଥିଲେ, ଚନ୍ଦନକୁ ସେମାନଙ୍କ ବିଷୟରେ କହିଛନ୍ତି। ସମସ୍ତଙ୍କୁ ଦେଖି ଏବଂ କଥାବାର୍ତ୍ତା କରି ଶେଷରେ ଏକ ସଂପୂର୍ଣ୍ଣ ଭିନ୍ନ ପାରିବାରିକ ପୃଷ୍ଠଭୂମିରୁ ଆସିଥିବା ଜୟଶ୍ରୀକୁ ବିବାହ କରିବାକୁ ସେ ନିଜେ ସ୍ଥିର କରିଥିଲା ।

ସାନ୍ତାକ୍ରୁଜ୍ ବିମାନଘାଟିର ରନ୍‌ୱେ ସ୍ପର୍ଶ କଲା ବିରାଟ ବୋଇଂଗ୍। ଚନ୍ଦନର ଭାବନା ଭାଙ୍ଗିଗଲା । ରନ୍‌ୱେ ଉପରେ ଦୋହଲି ଦୋହଲି ବିମାନ ଚାଲୁଥିବାବେଳେ ସେ ହସି ହସି ରୁବେନାକୁ କହିଲା "ଏଥର ଆମେ ଇଣ୍ଡିଆରେ ପହଞ୍ଚିଗଲେ। ତୁମର ତ ଅନେକ ଦିନର ସ୍ୱପ୍ନ ଫଳବତୀ ହେବାକୁ ଯାଉଛି । ଆଶାକରେ, ତୁମେ ଏଠାରେ ହତାଶ ହେବ ନାହିଁ।"

ଏକ ଶିଶୁସୁଲଭ ବ୍ୟଗ୍ରତା ନେଇ ଛୋଟ ଛୋଟ କାଚ ଝରକା ଭିତରୁ ବିମାନ ଘାଟିକୁ ଦେଖୁଥିଲା ରୁବେନା । ଚନ୍ଦନକୁ ବିଶେଷ ମନୋଯୋଗ ନ ଦେଇ କେବଳ ଜୋରରେ ମୁଣ୍ଡ ହଲାଇ କହିଲା- "ନୋ, ନୋ, ନଟ୍ ଆଟ୍ ଆଲ୍ ।"

ଚନ୍ଦନ ବି ଆଉ କିଛି ନ କହି ର୍ୟାକ୍ ଉପରୁ ନିଜର ଓଭର କୋଟ୍, ହ୍ୟାଣ୍ଡ ବ୍ୟାଗ୍ ଇତ୍ୟାଦି କାଢ଼ିବାକୁ ଲାଗିଲା । ଏଠି ତ ଆଉ ଏଗୁଡ଼ିକର କିଛି ପ୍ରୟୋଜନ ନାହିଁ। କେବଳ ବୋଝ ବୋହିବା ସାର ।

ଜୟଶ୍ରୀ କହିଲା, "ଏଆର୍‌ପୋର୍ଟକୁ କିଏ ଆସିଥିବେ ବୋଲି ତୁମେ ଭାବୁଛ ? ମୋ ବାପା ମା'ଙ୍କ ପକ୍ଷରେ କ'ଣ ଆସିବା ସମ୍ଭବ ହେଇଥିବ ?"

ଚନ୍ଦନ ବୁଝିପାରିଲା ଜୟଶ୍ରୀର ଭାବନା । କହିଲା, "ଆମେ ତ ପହଁଚି ଗଲୁଣି ।

ଓହ୍ଲାଇଲା କ୍ଷଣି ଦେଖିପାରିବା କିଏ ଆସିଛନ୍ତି। ବର୍ତ୍ତମାନ ଆଉ ସେ ବିଷୟରେ ଭାବିବା ଦରକାର କ'ଣ? ମୁଁ ତ ଭାବୁଛି କେହି ଆସି ନଥିଲେ ଭଲ।"

ପ୍ଲେନ୍‌ର କବାଟ ପାଖରେ ସିଢ଼ି ଆସି ଲାଗିବା ଯାଏଁ ସମସ୍ତେ ଚୁପ୍ ହୋଇ ବସି ରହିଲେ। ଅନେକ ଯାତ୍ରୀ ନିଜ ନିଜର ଜିନିଷପତ୍ର ଦୁଇ ହାତରେ ଝୁଲାଇ ଦୁଆର ଆଡ଼କୁ ଆଗେଇଛନ୍ତି। ଧୀରେ ଧୀରେ ଜଣକ ପରେ ଜଣେ ଠିଆ ହୋଇ ପଡ଼ିଲେଣି। ଚଢ଼ିଲାବେଳେ ଯେପରି ବ୍ୟସ୍ତତା, ଓହ୍ଲାଇଲାବେଳେ ମଧ୍ୟ ସେହିପରି- ଆଗ ଯିବାକୁ ହେବ- ଶୀଘ୍ର ଯିବାକୁ ହେବ! ଆଧୁନିକ ମଣିଷର, ଯୁଗର ଚରିତ୍ର। ଦୀର୍ଘ ସମୟ ଧରି ଯେଉଁମାନଙ୍କ ସହ ଯାତ୍ରା କଲେ, ପଥରେ ବନ୍ଧୁତା ହେଲା, ସେମାନେ କିଏ କେଉଁଆଡ଼େ ଗଲେ ଭାବିବାକୁ ବେଳନାହିଁ, ଇଚ୍ଛା ବି ନାହିଁ। ପ୍ରତ୍ୟେକ ନିଜ ପାଇଁ ବ୍ୟସ୍ତ-ବ୍ୟସ୍ତ ପାଇଁ କାରଣ ଥାଉ ବା ନଥାଉ।

ଚନ୍ଦନ ନୀରବରେ ବିମାନ ଭିତରର କ୍ରୁ ଦେଖୁଥିଲା। ଏ ପର୍ଯ୍ୟନ୍ତ ମଧ୍ୟ ଦ୍ୱାର ଖୋଲିନାହିଁ। ରୁବେନା, ଝରକା କାଚ ପାଖରେ ମୁହଁ ରଖି ବାହାରକୁ ଚାହିଁଛି। ଉଠିଯିବା ପାଇଁ ବୋଲି ତା'ର କୌଣସି ଉଦ୍‌ବେଗ ନାହିଁ। ଜୟଶ୍ରୀ କିନ୍ତୁ ଠିଆହୋଇ ପଡ଼ିଲାଣି। ଚନ୍ଦନ ଉଠୁନାହିଁ ବୋଲି ସେ ବାହାରିପାରୁନାହିଁ।

କଷ୍ଟମସ୍‌ରୁ ବାହାରି ଲାଉଞ୍ଜ ଭିତରେ ପଶିବା କ୍ଷଣି ପ୍ରଥମେ ଚନ୍ଦନ ଦେଖିଲା ଜୟଶ୍ରୀର ମା'ଙ୍କୁ। "ମା ଆସିଛନ୍ତି" ଧୀରେ ଜୟଶ୍ରୀର କାନ ପାଖରେ କହିଲା ଚନ୍ଦନ। ଜୟଶ୍ରୀ ରୁବେନା ଓ ଚନ୍ଦନକୁ ପଛରେ ଛାଡ଼ି ଦଉଡ଼ିଗଲା। ମା'ଙ୍କୁ ପ୍ରଣାମ କରୁ କରୁ ସେ ତାକୁ ଛାତି ଉପରକୁ ଟାଣିନେଲେ। ଚନ୍ଦନ ପାଖରେ ଠିଆ ହୋଇ ବିଦେଶୀ କନ୍ୟା ରୁବେନା ମୁଗ୍ଧ ଦୃଷ୍ଟିରେ ଏ ଦୃଶ୍ୟ ଦେଖୁଥିଲା।

"ତୁମର ଅଭିବାଦନ କରିବାର ପ୍ରଣାଳୀ ଭାରି ସୁନ୍ଦର ନା ଚନ୍ଦନ!" ରୁବେନା କଥାରେ ଚନ୍ଦନ ସାମାନ୍ୟ ହସିଲା। "ପହଁଚୁ ପହଁଚୁ ଏତେ ମୁଗ୍ଧ ହୋଇଯାଅନା। ପୁଣି ପରେ ହତାଶାଟା ଯଦି ସେଇ ପରିମାଣରେ ହୋଇଯାଏ ତେବେ ଅସୁବିଧାରେ ପଡ଼ିବ।" ଚନ୍ଦନର କଥା ଏଡ଼େଇ ଦେଇ ରୁବେନା କହିଲା, "ସେ ଭୟ ଆଦୌ ନାହିଁ।"

ଅର୍ଦ୍ଧରାତ୍ରିର ନୀରବତା ଆଭିଜାତ୍ୟପୂର୍ଣ୍ଣ ବମ୍ବେ ନଗରୀର ବୁକୁରେ ଓହ୍ଲାଇ ଆସିଥିଲେ ମଧ୍ୟ ଭିନ୍ନ ଏକ ପ୍ରାଣୀଗୋଷ୍ଠୀରେ ଚଞ୍ଚଳତା ଆରମ୍ଭ ହୋଇଥିଲା। ଏ ଗୋଷ୍ଠୀରେ ନାନା ବ୍ୟବସାୟର ମଣିଷ। ଦିନବେଳେ ନିଜକୁ ମଣିଷ ବୋଲି କହିବାକୁ କୁଣ୍ଠିତ ହେଉଥିବା ଜୀବ ରାତ୍ରିର ଏଇ ସମୟରେ ସମ୍ପୂର୍ଣ୍ଣ ସକ୍ରିୟ। ବହୁ ଜାଗାରେ ଏଇ ରାତ୍ରି ଅନେକ ମନର ଗ୍ରନ୍ଥି ଖୋଲି ଦେଇଛି। ସହଜ ସରଳ ବହୁ ଆଦିମ

ମଣିଷକୁ ରାତ୍ରି ତାର ବିରାଟ ଦୁଇ ବାହୁ ବିସ୍ତାର କରି ଆଲିଙ୍ଗନ କରୁଛି।

ଗୋଟିଏ ରାତି ପାଇଁ ଆଶ୍ରୟ ନେବାକୁ ଯେଉଁ ହୋଟେଲକୁ ଆସିଲେ ସେଠାରେ ମାତ୍ର ଦୁଇଟି ରୁମ୍ ସେମାନଙ୍କୁ ମିଳିଲା। ରୁବେନା ଆନନ୍ଦରେ ଜୟଶ୍ରୀର ମା'ଙ୍କ ସହିତ ଗୋଟିଏ ରୁମ୍‌ରେ ରହିବାକୁ ରାଜିହୋଇଗଲା । ତାଙ୍କୁ ଦେଖିଲା ବେଳଠାରୁ ରୁବେନା ମନରେ ତାଙ୍କ ପ୍ରତି ଏକ ସ୍ନେହ ଜାତ ହୋଇଛି। ଆହୁରି ଅଧିକ ତାଙ୍କ ବିଷୟରେ ଜାଣିବା ପାଇଁ ତା'ର ପ୍ରବଳ ଆଗ୍ରହ। ଗୋଟିଏ ଘରେ ରହିଲେ ଏହା ସମ୍ଭବ ହେବ ।

ଅନୁରାଧା ଦେବୀ ଜଣେ ଦେଶସେବୀ ବୋଲି ସେ ଜୟଶ୍ରୀଠାରୁ ଶୁଣିଛି। ତାଙ୍କ ଦେଶରେ ଦେଶସେବୀ ବୋଲି ଗୋଟିଏ ଶ୍ରେଣୀ ସେପରି କିଛି ନାହିଁ । ସେ ନିଜେ ୟୁନିଭର୍ସିଟିରେ ପଢୁଥିଲା ବେଳେ ଅନେକ ଆନ୍ଦୋଳନରେ ଯୋଗଦେଇଛି । ଭିଏତ୍‌ନାମ ଯୁଦ୍ଧ ବିରୁଦ୍ଧରେ ଯେଉଁ ଆନ୍ଦୋଳନ ହେଉଥିଲା, ସେଥିରେ ଯୋଗଦେଇ ସେ ପୁଲିସର ନିର୍ମମ ଲାଠି ପ୍ରହାର ଖାଇଛି । କିଛିଦିନ ଜେଲଖାନା ଭିତରେ ମଧ୍ୟ ରହି ଆସିଛି । କିନ୍ତୁ ଇଉନିଭର୍‌ସିଟିରୁ ପାସ୍ କଲାପରେ ସେ ସାମ୍ବାଦିକତା କରେ। ଆନ୍ଦୋଳନ କରିଥିବା ବା ଜେଲ ଯାଇଥିଲା ବୋଲି ତାକୁ କେହି ଦେଶକର୍ମୀ କହେ ନାହିଁ କି ସେ ନିଜେ ମଧ୍ୟ ଏପରି ଭାବି ପାରେନାହିଁ। ଭାରତବର୍ଷ ବିଷୟରେ ଜାଣିବା, ଲେଖିବା ତା'ର କାମ। ସେଥିପାଇଁ ତାର ବନ୍ଧୁ ଚନ୍ଦନ ଆଉ ଜୟଶ୍ରୀ ଯେତେବେଳେ ଦେଶକୁ ଆସିବାକୁ ବାହାରିଲେ ସେ ଏ ସୁଯୋଗ ଛାଡ଼ିବାକୁ ଚାହିଁଲା ନାହିଁ । ସେମାନଙ୍କ ସହିତ ଆସିଲେ ଏ ଦେଶକୁ ଆହୁରି ଘନିଷ୍ଠ ଭାବରେ ଜାଣିହେବ, ଏଇ ଆଶାରେ ତା'ର ଆଗମନ।

ଅନେକ ଡେରିରେ ଶୋଇଥିଲେ ବି କିଛି ଗୋଟାଏ ଶବ୍ଦରେ ରୁବେନାର ନିଦ ଭାଙ୍ଗିଗଲା। ସେ ଆଖି ଖୋଲି ଦେଖିଲା, ବାଥ୍‌ରୁମ୍ କବାଟ ଫିଟାଇ ଅନୁରାଧା ଦେବୀ ଆସୁଛନ୍ତି । ତାଙ୍କର ସଦ୍ୟସ୍ନାତ ଚେହେରାଟି ତାକୁ ଖୁବ୍ ଭଲ ଲାଗିଲା। ନାଇଟ୍ ଲାଇଟର ଅଳ୍ପ ଆଲୁଅରେ ରୁବେନା ହାତରେ ବନ୍ଧା ହୋଇଥିବା ଘଡ଼ିକୁ ଦେଖିଲା-ମାତ୍ର ଚାରିଟା ବାଜିଛି। ନୀରବରେ ନିଜ ବିଛଣାରେ ପଡ଼ିରହି ସେ ଅନୁରାଧାଙ୍କ କାମକୁ ଲକ୍ଷ୍ୟକଲା।

ଅନୁରାଧା ନିଜ ବିଛଣା ପାଖ ଆଲୁଅଟିକୁ ଜଳାଇ ସୁଟ୍‌କେଶ୍‌ରୁ ଗୋଟିଏ ଛୋଟ ବହି କାଢ଼ିଲେ। ତା'ପରେ ବିଛଣାରେ ଚକା ପକାଇ ବସି ଗୁଣୁଗୁଣୁ ହୋଇ ସେ ବହିରୁ କିଛି ପଢ଼ି ଲାଗିଲେ। ବିଷୟବସ୍ତୁ ଜାଣି ନ ପାରିଲେ ବି ରୁବେନା ବୁଝିଲା ଯେ ସେ ପ୍ରାର୍ଥନା କରୁଛନ୍ତି। ମୁଗ୍ଧ ଦୃଷ୍ଟିରେ ସେ ତାଙ୍କୁ ଚାହିଁ ରହିଥାଏ।

ଅନୁରାଧା କପ୍‌ଟି ହାତରେ ଧରି ଠିଆ ହୋଇଛନ୍ତି । ରୁବେନା ଆଖି ଖୋଲି, ଚାହିଁଲା। ରାତି ଚରିଟା ବେଳେ ତାଙ୍କୁ ଦେଖୁ ଦେଖୁ କେତେବେଳେ ସେ ଶୋଇ ପଡ଼ିଛି, ଜାଣେ ନାହିଁ। ଚା' ଖାଇବା ପାଇଁ ତାଙ୍କ ଡାକରେ ନିଦରୁ ଉଠିପଡ଼ି ସେ ଖୁବ୍

ଲଜ୍ଜିତା ହେଲା ।

ଅନୁରାଧାଙ୍କ ଡାକରେ ସେ ଉଠିପଡ଼ିବା ସଙ୍ଗେ ସଙ୍ଗେ ତାଙ୍କୁ କ୍ଷମା ମାଗି ରୁବେନା ମୁହଁ ହାତ ଧୋଇବାକୁ ଗଲା । ଏହା ମଧ୍ୟରେ ଚନ୍ଦନ ଓ ଜୟଶ୍ରୀ ମଧ୍ୟ ତା'ର ରୁମ୍‌କୁ ଆସିଯାଇଛନ୍ତି । ଜୟଶ୍ରୀ ପଚାରିଲା "ତୁମର ତ କିଛି ଅସୁବିଧା ହୋଇନାହିଁ ରୁବେନା ? ମା' ଯେ ଖୁବ୍ ଭୋର୍‌ରୁ ଉଠି ଗୀତା ପଢ଼ନ୍ତି, ନିଦରେ ବ୍ୟାଘାତ ହୋଇନାହିଁ ତ ?"

ରୁବେନା କହିଲା "ଆଦୌ ନୁହେଁ। ବରଂ ମୁଁ ଏତେବେଳଯାଏଁ ଶୋଇ ରହିଥିବାରୁ ଦୁଃଖିତ ।"

ନିତ୍ୟକର୍ମ ଶେଷ କରି ପ୍ରାୟ ନ'ଟା ବେଳକୁ ସମସ୍ତେ ବାହାରକୁ ଯିବାକୁ ପ୍ରସ୍ତୁତ ହୋଇଗଲେ। ଅନୁରାଧା କିନ୍ତୁ ଯିବାକୁ ଚାହିଁଲେ ନାହିଁ। ଅନୁରାଧାଙ୍କଠାରୁ କିଛି ଶୁଣିବାକୁ ରୁବେନାର ଭାରି ଇଚ୍ଛା।

ସେ ଚନ୍ଦନକୁ କହିଲେ, "ସବୁ ବଡ଼ ସହର ମୋତେ ଏକା ପରି ଲାଗେ । ବଡ଼ ବଡ଼ କୋଠାବାଡ଼ି, ଯାନବାହନ, ଜୀବିକା ପାଇଁ ମଣିଷର ପ୍ରାଣାନ୍ତକ ପ୍ରତିଯୋଗିତା, ସ୍ୱାର୍ଥ ପାଇଁ ଅଣଃନିଶ୍ୱାସୀ ହୋଇ ଧାଉଁଥିବାରୁ ଏକ ବୀଭତ୍ସ ଦୃଶ୍ୟ ସବୁ ସହରରେ ସମାନ। ଏଠି ସବୁ ମଣିଷ ଉପରେ ଗୋଟିଏ କଠିନ ଆବରଣ। ମାପିଚୁପି କଥାବାର୍ତ୍ତା, ହସ। ବରଂ ମୁଁ ମା'ଙ୍କ ପାଖରେ ରହୁଛି।"

ଅନୁରାଧା ଖୁବ୍ ପ୍ରସନ୍ନ ହେଲେ ବୋଲି ମନେ ହେଲା ନାହିଁ। ଜୟଶ୍ରୀ ବା ଚନ୍ଦନଙ୍କ ଦୃଷ୍ଟିରେ ତାହା ନ ପଡ଼ିଲେ ବି ରୁବେନାର ତୀକ୍ଷଣ ଦୃଷ୍ଟିରୁ ଏହା ବାଦ୍ ଗଲା ନାହିଁ। ତେବେ ବି ସେ ରହିବାକୁ ଚାହିଁଲା- କାରଣ ଆଜି ସକାଳର ସଂବାଦ ପତ୍ରର ପ୍ରକାଶିତ ଏକ ସଂବାଦ ତା' ମନରେ ବିଶେଷ ଆଲୋଡ଼ନ ସୃଷ୍ଟି କରିଥିଲା । ଅନୁରାଧା ଦେଶସେବୀ ଭାବରେ ପୁରସ୍କୃତା ହୋଇଛନ୍ତି ବୋଲି ସେ ଜୟଶ୍ରୀଠାରୁ ଶୁଣିଥିଲା । ତେଣୁ ସେ ନିଶ୍ଚୟ ତା'ର ସଂଦେହ ଦୂର କରିପାରିବେ।

ଜୟଶ୍ରୀ ଓ ଚନ୍ଦନ କକ୍ଷରୁ ନିଷ୍କ୍ରାନ୍ତ ହୋଇଯିବା କ୍ଷଣି ରୁବେନା ଅତି ନମ୍ର ଭାବରେ ଅନୁରାଧାଙ୍କୁ ପଚାରିଲା- "ଆଜି ସକାଳର କାଗଜରେ ଗୋଟିଏ ଝିଅକୁ ତାର ଶ୍ୱଶୁର ଘରର ଲୋକମାନେ ପୋଡ଼ି ମାରିଦେଇଥିବାର ଖବର ବାହାରିଛି- ଏହାର ମାନେ କ'ଣ ?"

"ମାନେ ଆଉ କ'ଣ ?" କିପରି ଏକ ନିସ୍ପୃହ ଭାବରେ କହିଲେ ଅନୁରାଧା। "ସେ ଯେତିକି ଯୌତୁକ ଆଣିବ ବୋଲି ତାର ଶ୍ୱଶୁର ଘର ଲୋକେ ଆଶା କରିଥିଲେ ତାହା ସେ ଆଣିଲା ନାହିଁ । ସେଥିପାଇଁ ସେମାନେ ରାଗରେ ଏପରି କରିଥିବେ।'

ଅନ୍ୟ କୌଣସି ପ୍ରଶ୍ନ ପାଇଁ ଅପେକ୍ଷା ନକରି ସେ ନିଜ ବ୍ୟାଗ୍ ଭିତରୁ ଏକ ବହି କାଢ଼ି ଆଖିଆଗରେ ଖୋଲି ଧରିଲେ ।

ସେ ଯେ ରୁବେନା ସହିତ କଥା କହିବାକୁ ଚାହୁଁନାହାନ୍ତି ଏକଥା ବୁଝିବାକୁ ତାକୁ କଷ୍ଟ ହେଲାନାହିଁ । ତଥାପି ଯୌତୁକର ଅର୍ଥ ସେ ତାଙ୍କୁ ପଚାରିଲା ଏବଂ ସଂକ୍ଷେପରେ ଅନୁରାଧାଙ୍କ ଉତ୍ତର ମଧ୍ୟ ଶୁଣିଲା ।

ତା'ପରେ ସେ ହଠାତ୍ ଅନୁରାଧାଙ୍କୁ ପଚାରିଲା, "ଆପଣମାନଙ୍କ ଭଳି ଏତେ ମହତ୍ ଲୋକ ଏ ଦେଶରେ ଥାଉ ଥାଉ ଏପରି ଘଟୁଛି କିପରି ? ଆପଣ କ'ଣ ଏକଥା ବନ୍ଦ କରିପାରିବେ ନାହିଁ ?"

ଅତ୍ୟନ୍ତ ବିରକ୍ତିପୂର୍ଣ୍ଣ ସ୍ୱରରେ ଅନୁରାଧା କହିଲେ, "ଏସବୁ ମୋର କାମ ନୁହେଁ । ଦେଶ ପାଇଁ ମୁଁ ଅନେକ ତ୍ୟାଗ କରିଛି । ଏବେ ତ ସ୍ୱାଧୀନ ସରକାର ଅଛନ୍ତି। ଏସବୁ ବନ୍ଦ କରିବା ସରକାରର କାମ।" ବିଛଣାରେ ଶୋଇ ରହି ଅନ୍ୟ ଦିଗକୁ ମୁହଁ ବୁଲାଇ ନେଲେ ଅନୁରାଧା । ଆଖି ସାମ୍ନାରେ ଖୋଲା ବହି।

ତାଙ୍କର ବ୍ୟବହାରରେ ରୁବେନା ଆହତ ହେଲା ନାହିଁ ଆଶ୍ଚର୍ଯ୍ୟ ହେଲା। ଚନ୍ଦନର କଥା ହଠାତ୍ ତାର ମନେପଡ଼ିଲା- "ବେଶୀ ମୁଗ୍ଧ ହୋଇଗଲେ ହତାଶ ହେବାକୁ ପଡ଼ିବ।" ରୁବେନା ଭାବୁଥିଲା କେତେ ଦୈନ୍ୟ ଓ ଗ୍ଲାନି ବିଛାଡ଼ି ହୋଇ ପଡ଼ିଛି ଦୁନିଆ ସାରା । ଅତି ଉଦାର ଆଉ ମହତ୍ ମଣିଷ ବି ଏଥିରୁ ବାଦ୍ ଯାଉନାହାନ୍ତି । ସ୍ୱାର୍ଥର ସଂଘାତ ହେଲେ କ'ଣ ସେଇ ଦୈନ୍ୟ ଆଉ ଗ୍ଲାନି ଏହିଭଳି ଆତ୍ମପ୍ରକାଶ କରିପକାଏ ?

■

ଚଳନ୍ତି ଠାକୁର

ଶାନ୍ତନୁ କୁମାର ଆଚାର୍ଯ୍ୟ

"ଏ ଘରଟା କଅଣ ଡାଡି ?"

ପାଞ୍ଚ ବରଷର ପୁଅ ମିସ୍କୁନ ତା ଡାଡିକୁ ପଚାରିଲା।

" ଏଇଟା ଘର ନୁହେଁ, ସନ୍! ଏଇଟା ଗୋଟାଏ ପ୍ଲେସ୍ ଅଫ୍ ୱରସିପ୍। ଏଠି ଗଡ୍ ଥାଆନ୍ତି। ଏ ହଉଚି ଆମ ହିନ୍ଦୁମାନଙ୍କ ଟେମ୍ପ୍ଲ। ଏଇଟା ଗୋଟାଏ ଭେରି ଆନ୍‌ସିଏଣ୍ଟ ଟେମ୍ପ୍ଲ। ଫିଫ୍‌ଥ୍ ସେଞ୍ଚୁରି ଏ.ଡି.ର।"

ମିସ୍କୁନ୍ ପାଇଁ ଏ ସବୁ ଇନ୍‌ଫର୍ମେସନ୍‌ଗୁଡ଼ାକ ବଡ଼ ଷ୍ଟ୍ରେଂଜ୍ ଷ୍ଟ୍ରେଂଜ୍ ମନେହେଉଥିଲା। ମିସ୍କୁନ୍ ଯଦିଚ ପାଞ୍ଚ ବର୍ଷର ସାନ ପିଲାଟାଏ, ତଥାପି ସେ ଇନ୍‌ଫର୍ମେସନ୍ ଦୃଷ୍ଟିରୁ କିଛି ପଛରେ ପଡ଼ିନଥିଲା। ସେ ଜନ୍ମ ହୋଇଥିଲା ଆମେରିକାରେ। କନେକ୍‌ଟିକଟ୍‌ର ଗ୍ଲାସଟନ୍‌ବରିରେ ତାର ଜନ୍ମ । ତା ଘରଠୁଁ ମାର୍କଟ୍ୱେନ୍‌ଙ୍କ ଘର ମୋଟେ ଡାକେ ବାଟ। ମାର୍କଟ୍ୱେନ୍‌ଙ୍କ ଘରକୁ ମିସ୍କୁନ୍ ତା' ମମିଡାଡିଙ୍କ ସାଙ୍ଗରେ ଅନେକଥର ଯାଇଛି ବୁଲି ଦେଖିବାକୁ। ମାର୍କଟ୍ୱେନ୍‌ଙ୍କ ହକଲ୍ ବରି ଫିନ୍ ଚରିତ୍ର ସାଙ୍ଗରେ ତାର ପରିଚୟ ଖୁବ୍ ଘନିଷ୍ଠ। ଖାଲି ମାର୍କଟ୍ୱେନ୍ ନୁହନ୍ତି; ମିସ୍କୁନ୍ ଚିହ୍ନିଚି ମଧ୍ୟ ହେନ୍‌ରି ଥୋରେ, ଇମରସନ୍ ପ୍ରଭୃତିଙ୍କୁ। ସେମାନଙ୍କ ଘର ମଧ୍ୟ ସେଇ ଆଖପାଖରେ ଗ୍ଲାସ୍‌ଟନ୍‌ବରିରେ। କିନ୍ତୁ, ମିସ୍କୁନ୍ ପାଇଁ ଏ ଗୋଟାଏ ଅଭିନବ ଏକ୍‌ସପିରିଏନ୍‌ସ। ଆଶ୍ଚର୍ଯ୍ୟ ହେଇଗଲା ସେ। ନିଜ ଆଡ଼କୁ ଲମ୍ବି ଆସିଥିବା ତା ଡାଡିର ହାତ ପାପୁଲିକୁ ନିଜର କୁନି ନରମ ପାପୁଲିରେ ଜାବୁଡ଼ି ଧରି ସେ ସେଇ

ଅଦ୍ଭୁତ ଘରଟାକୁ ଗାଡ଼ିର ଝରକା ଭିତରୁ ଝୁଙ୍କିପଡ଼ି ଚାହିଁଚାହିଁ କଅଣ ସବୁ ଭାବିଚାଲିଥିଲା କିଏ ଜାଣେ ?

ବିଜନ୍ ସେନାପତି କାର୍‌ର ପଛ ସିଟ୍‌ରେ ବସିଥିଲେ । ତାଙ୍କ ପାଖରେ ମିସେସ୍ ସେନାପତି । ମିସ୍କୁନ୍ ବସିଥାଏ ଆଗ ସିଟ୍‌ରେ । ଗାଡ଼ି ଡ୍ରାଇଭ୍ କରୁଥାନ୍ତି ବିଜନ୍ ବାବୁଙ୍କ ଶଳା ସିଦ୍ଧାର୍ଥ । ସିଦ୍ଧାର୍ଥ ଜଣେ ବଡ଼ ଅଫିସର୍- ଅଲ୍‌ଇଣ୍ଡିଆ ସର୍ଭିସର ବଡ଼ ର୍‍ୟାଙ୍କର ଅଫିସର୍ । ସିଦ୍ଧାର୍ଥ ତାଙ୍କ ଭଣଜା ମିସ୍କୁନ୍‌କୁ ଖୁବ୍ ଭଲପାଆନ୍ତି । ଗୋଟିଏ ବୋଲି ଭଉଣୀ ସୀମା ତାଙ୍କର ମଧ୍ୟ ଅତି ପ୍ରିୟ ଭଉଣୀଟିଏ ପିଲାଦିନୁ । ବିଜନ୍ ସହିତ ସିଦ୍ଧାର୍ଥଙ୍କର ପରିଚୟ ମଧ୍ୟ ଖୁବ୍ ନୂଆ ନୁହେଁ । ଭଉଣୀ ସୀମା ସାଙ୍ଗରେ ବିଜନ୍‌ର ବିବାହର ଢେର୍ ପୂର୍ବରୁ ସିର୍ଦ୍ଧାର୍ଥ ଜାଣିଥିଲେ ବିଜନ୍ ସେନାପତିକୁ । ବିଜନ୍ ଥିଲା ତା ସମୟର ଖୁବ୍ ବ୍ରିଲିୟାଣ୍ଟ ଛାତ୍ର । ତେବେ ସେ ଟିକିଏ ବୋକା - ସାଂସାରିକ ଦୃଷ୍ଟିରୁ । ତାଙ୍କ ସମୟର ଅଧିକାଂଶ ବ୍ରିଲିୟାଣ୍ଟ୍ ଛାତ୍ରମାନେ ଆଇ.ଏସ୍.ସି. ପରେ ଆର୍ଟସ୍‌କୁ ଚେଂଜ୍ କରିଦେଇ ବି.ଏ ପଢ଼ିବାକୁ ଆସୁଥିଲେ ମଧ୍ୟ ବିଜନ୍ ପଢ଼ିଲା ବି.ଏସ୍.ସି. । ବି.ଏସ୍.ସି. ରେ ସେ ଖୁବ୍ ଭଲକଲା । ଫିଜିକ୍‌ସ ଅନର୍ସରେ ଫାଷ୍ଟ୍‌କ୍ଲାସ୍ ଫାଷ୍ଟ୍ ଅବଶ୍ୟ ହେଲା ସେ; କିନ୍ତୁ ଏମ୍.ଏସ୍ ସି. ନପଢ଼ି ସେ ଗଲା ଇଂଜିନିୟରିଂ ପଢ଼ିବାକୁ । ଏଇ ଭିତରେ ସିଦ୍ଧାର୍ଥ ଏମ୍.ଏ. ପାସ୍ କରି ବସିପଡ଼ିଥିଲା ଅଲ୍ ଇଣ୍ଡିଆ ସର୍ଭିସ୍ ପରୀକ୍ଷାରେ । ପ୍ରଥମ ଚାନ୍‌ସଟା ବାଜିଲା ନାହିଁ । ଦ୍ୱିତୀୟ ଚାନ୍‌ସ ବାଜିଲା । ବିଜନ୍ ଇଂଜିନିୟରିଂ ପାସ୍ କଲା ବର୍ଷ ସିଦ୍ଧାର୍ଥର ପୋଷ୍ଟିଂ ହେଇସାରିଥାଏ । ବିଜନ୍ ଇଂଜିନିୟରିଂ ପାସ୍‌କରି ଆସିଷ୍ଟାଣ୍ଟ ତ ନୁହେଁ; ଜୁନିୟର ଇଂଜିନିୟର୍ ହେଇ ଯୋଗଦେଲା ସରକାରୀ ଚାକିରିରେ । ସେଇ ବର୍ଷ ସୀମା ସାଙ୍ଗରେ ତାର ବାହାଘର ହେଇଗଲା ଅବଶ୍ୟ । ସୀମାର ବାହାଘର ବେଳେ ସିଦ୍ଧାର୍ଥକୁ ତା ବାପା ପଚାରିଥିଲେ, "ପିଲାଟି କେମିତିରେ ସିଦ୍ଧୁ ?" ସିର୍ଦ୍ଧାର୍ଥ ସାର୍ଟିଫିକେଟ୍ ଦେଇଥିଲା, "ଭେରି ବ୍ରିଲିୟାଣ୍ଟ୍ କିନ୍ତୁ ବୋକା ।"

"ବୋକା ?" ସିଦ୍ଧାର୍ଥର ବାପା ଆଶ୍ଚର୍ଯ୍ୟ ହେଇ ଅନାଇଥିଲେ ପୁଅ ମୁହଁକୁ ।

"ବୋକା ନୁହେଁ ତ ଆଉ କଅଣ ? ସେ ଯେତେବେଳେ ଏକ୍‌ଜିକ୍ୟୁଟିଭ୍ ଇଂଜିନିୟର ହେଇଥିବ ମୁଁ ହେଇଥିବି ତାଙ୍କ ବିଭାଗ ସେକ୍ରେଟେରି ।" ସିଦ୍ଧାର୍ଥ ହସି ପକେଇଥିଲା ।

"କିନ୍ତୁ ସେ ତ ଥ୍ରୁଆଉଟ୍ ଫାଷ୍ଟ୍‌କ୍ଲାସ୍ ଫାଷ୍ଟ୍ ! ଇଂଜିନିୟରିଂରେ ଆଇ.ଆଇ.ଟି.ରୁ ପାଇଚି ଗୋଲ୍ଡ ମେଡାଲ । ସିଦ୍ଧାର୍ଥର ବାପା ହାଇସ୍କୁଲ୍ ହେଡ୍ ମାଷ୍ଟର ଶଙ୍କରବାବୁ ନାପସନ୍ଦ କରିଥିଲେ ପୁଅର ବଢ଼େଇକୁ ସେଦିନ । ଫଳରେ ବାପାଙ୍କ ଜିଦ୍ ଯୋଗୁଁ ସୀମାର ବାହାଘର ହୋଇଥିଲା ବିଜନ୍ ସାଥିରେ ସେଦିନ । ସିଦ୍ଧାର୍ଥ ସେ ବାହାଘରକୁ

ସ୍ୱୀକୃତି ଦେବାକୁ ବାଧ୍ୟ ହୋଇଥିଲା। ଭଉଣୀ ସୀମାକୁ ଖୁବ୍ ଭଲପାଉଥିବା ସତ୍ତ୍ୱେ ବିଜନକୁ ସେ ଦେଖୁଥିଲା ହୀନଚକ୍ଷୁରେ। ବିଜନକୁ ଦେଖିଲେ ତା ମନରେ ବରାବର ସେଇ ଧାରଣାଟା ଜାତ ହେଉଥାଏ-ସେ ଏକ୍‌ଜିକ୍ୟୁଟିଭ୍ ଇଞ୍ଜିନିୟର ହେଲାବେଳେ ମୁଁ ହୋଇଥିବି କମିଶନ୍‌ର-କମ୍-ସେକ୍ରେଟେରୀ ସେ ବିଭାଗର। ଆହା ବିଚରା ବିଜନ୍!

କିନ୍ତୁ ପରିସ୍ଥିତି ଖୁବ୍ ଶୀଘ୍ର ବଦଳିଗଲା। ବିଜନ୍ ସେନାପତି ପଳେଇଲା ଆମେରିକା। ଆମେରିକାର ବିଖ୍ୟାତ ଏମ୍.ଇ.ଟି. ରୁ ଇଞ୍ଜିନିୟରିଂରେ ପିଏଚ୍.ଡ଼ି. କଲାପରେ ସେ ଜଏନ୍ କଲା ଜେନେରାଲ୍ ମୋଟରସରେ। ମିସ୍କୁନ୍‌ର ଜନ୍ମବର୍ଷ ବିଜନ୍ ଭର୍ତ୍ତି ହୋଇଥିଲା ଆମେରିକାର ସେ ବିଖ୍ୟାତ କମ୍ପାନୀ ଜେନେରାଲ୍ ମୋଟର୍‌ସରେ। ମିସ୍କୁନ୍‌କୁ ନେଇ ବିଜନ ଓ ସୀମା ଏଇ ପ୍ରଥମ ଥର ଆସନ୍ତି ଦେଶକୁ। ସେମାନଙ୍କୁ ପୁରୀ, କୋଣାର୍କ ବୁଲେଇବା କାମ ଥିଲା ସିଦ୍ଧାର୍ଥର। ଅଫିସ୍ ଗାଡ଼ି, ଅଫିସ୍ ଡ୍ରାଇଭର୍ ଦେଇ ଭଉଣୀଭିଣେଇଙ୍କୁ ଦୂରଦୂରାନ୍ତ ଜାଗା ସବୁ ବୁଲେଇ ଆଣିବା ପ୍ରୋଗ୍ରାମ ସ୍ଥିର କରିସାରି ଘର ଆଖପାଖ କେଇଟା ଜାଗା ପ୍ରଥମେ ନିଜେ ବୁଲେଇ ଆଣିବା ପାଇଁ ବାହାରିଥିଲା ସିଦ୍ଧାର୍ଥ। ସେଦିନ ଛୁଟିଦିନ । ଗାଡ଼ି ବାହାର କରି ସିଦ୍ଧାର୍ଥ ପଚାରିଲା ତା ଭଉଣୀକୁ,

"କୁଆଡ଼େ ଯିବୁ କହ। ତୁ ମ୍ୟୁଜିୟମ୍ ଦେଖିଚୁ ?"

ମ୍ୟୁଜିୟମ୍ ଆଡ଼େ ବୁଲିଯିବା ବେଳେ ସୀମା କହିଲା, "ଭାଇ, ଏଠି ତମ ଭୁବନେଶ୍ୱରରେ କୁଆଡ଼େ ଲକ୍ଷେ ମନ୍ଦିର ଅଛି ?"

ସିଦ୍ଧାର୍ଥ ହସିଦେଲା। କହିଲା, "ଏଇଟା ମନ୍ଦିରମାଳିନୀ ରାଜ୍ୟ ଜାଣିନୁ ? ଆ ତତେ ନେଇ ଆଗ ଦେଖେଇ ଆଣିବି ସବୁଠୁଁ ପୁରୁଣା ମନ୍ଦିର ଏଠିକାର-" ଏହାପରେ ସେମାନେ ମ୍ୟୁଜିୟମ୍ ପାସ୍ କରି ଚାଲିଲେ କେଦାରଗୌରୀ ଆଡ଼େ। ପରଶୁରାମେଶ୍ୱର ମନ୍ଦିର ପାଖରେ ଗାଡ଼ି ଅଟକେଇ ସିଦ୍ଧାର୍ଥ କହିଲା, "ଦେଖ! ଏଇଠୁ ଆରମ୍ଭ ଓଡ଼ିଶାର ଗୌରବ। ଏ ହେଲା ପରଶୁରାମେଶ୍ୱର ମନ୍ଦିର- ଫିଫ୍‌ଥ ସେଞ୍ଚୁରିର।"

ସେତିକିବେଳେ ଗାଡ଼ି ସାମନା ସିଟ୍‌ରେ ମାମୁଙ୍କ ପାଖରେ ଏକା ଏକା ବସିଥିବା ପିଲାଟି ମୁହଁରୁ ଶୁଣାଯାଇଥିଲା, "ଏ ଘରଟା କଅଣ ଡାଡି ?"

ଡାଡିଙ୍କ ମୁହଁରୁ "ଫିଫ୍‌ଥ୍ ସେଞ୍ଚୁରି ଏ.ଡି." ଶୁଣିବାକ୍ଷଣି ମିସ୍କୁନ୍‌ର ମନେପଡ଼ିଗଲା ସେଇଭଳି ଗୋଟିଏ ଏକ୍‌ସପ୍ରେସନ "ନାଇନ୍‌ଟିନ୍‌ଥ ସେଞ୍ଚୁରି ଏ.ଡି. ରେ ମାର୍କଟ୍ୱେନଙ୍କ ବାର୍ଥ, ନା ଡାଡି ?"

"ୟେସ୍ ୟେସ୍ - ମାର୍କଟ୍ୱେନ୍ ଶହେ ବର୍ଷ ତଳେ ଜନ୍ମ ହୋଇଥିଲେ । ୟୁ ଆର୍ ରାଇଟ୍ ମାଇଁ ବୟ! କିନ୍ତୁ ଏ ମନ୍ଦିରଟାକୁ କେତେ ବର୍ଷ ହେଲାଣି ଜାଣୁ ? ପନ୍ଦର ଶହ ବର୍ଷ। ୱାନ୍ ଥାଉଜାଣ୍ଡ ଫାଇଭ ହଣ୍ଡ୍ରେଡ୍ ଇୟର୍ସ। ଜଷ୍ଟ ଇମାଜିନ୍.....।"

"ହାଃ, ହାଃ ହାଃ -" ସିଦ୍ଧାର୍ଥ ହସିପକେଇଲେ। ପାଞ୍ଚ ବର୍ଷର ପିଲାକୁ ପନ୍ଦର ଶହ ବର୍ଷ ବିଷୟରେ କଳ୍ପନା କରିବାକୁ କହିବା କଥାଟା ତାଙ୍କୁ କେମିତି ଅପସନ୍ଦ ଅପସନ୍ଦ ଲାଗିଲା । ତେଣୁ ସେ ପ୍ରସଙ୍ଗଟାକୁ ବଦଳେଇ ଦେବାକୁ କହିଲେ, "ବିଜନ୍ ! ତମର ସେଠି ଆମେରିକାର ଏ ବର୍ଷ ଇଲେକ୍‌ସ୍‌ନ ପରା ! କିଏ ଜିତିବ ଭାବୁଛ ? ବୁସ୍ ଆସିବ ? ରିପବ୍ଲିକାନ୍ ପାର୍ଟିର ଚ୍ୟାନ୍‌ସ କେମିତି ବୋଲି ଭାବୁଛ ?"

"ନୋ ନୋ ନୋ -",ମିସ୍କୁନ୍ ତତ୍‌କ୍ଷଣାତ୍ ପ୍ରତିବାଦ କରିଉଠିଲା, "ଡୁକାକିସ୍ ଡୁକାକିସ୍ - ମାଇକେଲ୍ ଡୁକାକିସ୍। ଡିମୋକ୍ରାଟିକ କ୍ୟାଣ୍ଡିଡେଟ୍ ଆସିବେ ଅଙ୍କଲ। ରିପବ୍ଲିକାନ୍ ହାଜ୍ ପୁଅର୍ ଚ୍ୟାନ୍‌ସ।"

ସିଦ୍ଧାର୍ଥ ଚମକି ପଡ଼ିଲେ। ଆଶ୍ଚର୍ଯ୍ୟ ହେଇଗଲେ। ପାଞ୍ଚ ବର୍ଷ ଭଣଜାଟିକୁ ତାଙ୍କର ଆଉଥରେ ଭଲକରି ଆପାଦମସ୍ତକ ନିରୀକ୍ଷଣ କରିନେଇ ସେ ତାଙ୍କ ଭଉଣୀ ସୀମା ଆଡ଼େ ମୁହଁ ବୁଲେଇ ଅନେଇଲେ। ସ୍ମିତହାସରେ ଭରିଉଠିଲା ତାଙ୍କର ସାରା ମୁହଁଟା। କଅଣ ଭାବୁଥିଲେ କେଜାଣି ?

ସୀମା ମଧ୍ୟ ଭାଇଙ୍କ ହସର ଜବାବ ଦେଲା ଗୋଟିଏ ଛୋଟ ଆମେରିକାନ୍ ହସରେ। ତାର ମୁହଁଟି ଭାରି ସୁନ୍ଦର। ଇଣ୍ଡିଆରେ ଥିଲାବେଳେ ଅବଶ୍ୟ ସେ ଏତେ ସୁନ୍ଦର ଦିଶୁନଥିଲା। ତା'ଛଡ଼ା ହସିବା କଅଣ, ସେକଥା ସୀମାକୁ ପ୍ରାୟ ଅଜଣା ଥିଲା। ହାଇସ୍କୁଲ୍ ଶିକ୍ଷକ ଶଙ୍କରବାବୁଙ୍କ ଏଇ ଝିଅଟି ତା ଭାଇ ସିଦ୍ଧାର୍ଥ ଭଳି ସେତେ ଭଲ ଷ୍ଟୁଡେଣ୍ଟ ନଥିଲା। ତଥାପି ଘୋଷାରି ଓଟାରି ହୋଇ ସେ ବି.ଏ. ପର୍ଯ୍ୟନ୍ତ ଚ୍ୟଳିଯାଇପାରିଥିଲା। ସେତିକିବେଳେ ତାର ବାହାଘର ହେଇଥିଲା ଜୁନିୟର୍ ଇଂଜିନିୟର ବିଜନ ସେନାପତିଙ୍କ ସାଙ୍ଗରେ। ବିଜନ ଗରିବ ଘରର ପିଲା। ତା ସାଙ୍ଗକୁ ନିଜ ଭାଇ ତୁଳନାରେ କେଡ଼େ ଛୋଟ ଚ୍ୟକିରିଆଟିଏ ଥିଲା ବି ବିଜନ୍। ସୀମା ସେତେବେଳେ ବହୁତ ମନ ଖରାପ କରି ବସୁଥିଲା। ବେଳେ ବେଳେ ଭାଇକୁ ତାର ଗୁପ୍ତରେ ପଚ୍ୟରୁଥିଲା - "ସତରେ ଭାଇ, ଯେ ଏକ୍‌ଜିକ୍ୟୁଟିଭ୍ ଇଂଜିନିୟର ହବାକୁ ଏତେଗୁଡ଼ାଏ ବର୍ଷ ଲାଗିବ- ତମେ କମିଶନର ହବା ଯାକେ ? ଏ ବୋକା ଲୋକଟା ସାଙ୍ଗରେ ମୋତେ ଛନ୍ଦିଦେଲେ ଯେ ବାପା ?" ସୀମାର ଆଖିରୁ ଲୁହ ବୋହିଯାଉଥିଲା ଧାର ଧାର। ସିଦ୍ଧାର୍ଥ ସେତେବେଳେ ସାନଭଉଣୀକୁ ପ୍ରବୋଧ ଦବା ପାଇଁ କହୁଥିଲେ- "ତୁ ଜାଣିନୁ ସୀମା। ବିଜନ ଭାରି ବ୍ରିଲିୟାଣ୍ଟ୍ ଷ୍ଟୁଡେଣ୍ଟ୍ ତା ସମୟର। ଆମେ ସବୁ ତା ପାସଙ୍ଗରେ ପଡ଼ିବା ପିଲା ନଥିଲୁ। କିନ୍ତୁ ସେଇଟା ପ୍ରକୃତରେ ବୋକା। ସେ ଯଦି ଆଇ.ଏସ୍‌ସି. ପରେ ଆର୍ଟସକୁ ଚେଞ୍ଜ କରି ଦେଇଥାନ୍ତା, ଫିଜିକ୍‌ସ ନନେଇ ପଲିଟିକାଲ ସାଇନ୍‌ସ ନେଇଯାଇଥାନ୍ତା, ଆଜି

ସେ ନିଶ୍ଚେ ବସିଥାନ୍ତା ଆମ ତାଲିକାର ସବା ଉପରେ। ତେବେ ଦୁଃଖ କରନା - ସେ ଭାରି ବ୍ରିଲିୟାଣ୍ଟ ଟୋକା।"

"ବ୍ରିଲିୟାଣ୍ଟ ନା ଛେନାଗୁଡ଼!" ସୀମା ମୁହଁ ମୋଡ଼ି ଦେଇଥିଲା ସେଦିନ ବିଜନ କଥା ତାଙ୍କ ଘରେ ପଡ଼ିଲାବେଳେ। ତା ମୁହଁଟି ସବୁଦିନେ ଶୁଖିଲା କାନ୍ଦୁରା କାନ୍ଦୁରା ଦିଶେ। କିନ୍ତୁ ଆଜି ସୀମା ଓଠରେ ବ୍ରଡ଼ ସ୍ମାଇଲ୍। ଆମେରିକାନ୍‌ମାନେ ଯେମିତି ବତିଶଟା ଧଳା ଧଳା ଦାନ୍ତ ଦେଖେଇ ହସନ୍ତି, ସୀମା ହସୁଥାଏ ସେମିତି। ସୀମାର ବ୍ୟକ୍ତିତ୍ୱ ଏଇ ବର୍ଷ କେତେଟା ଭିତରେ ଯେ ଏତେ ବେଶି ଡେଭଲପ କରିଯାଇପାରିବ ସିଦ୍ଧାର୍ଥ ପାଇଁ ତାହା ଥିଲା ଆଉ ଏକ ବିସ୍ମୟ ।

ନିଜର ବ୍ୟକ୍ତିତ୍ୱକୁ ଆହୁରି ଟିକିଏ ଅଭିବ୍ୟକ୍ତି ଦେଇ ସୀମା କହିଲା- "ଭାଇ, ଆମେରିକାରେ ପିଲାଗୁଡ଼ାକ ଜନ୍ମରୁ ଚଲାଖ। ମିସ୍କୁନ ଆମର କମ୍ପ୍ୟୁଟର ଅପରେଟ କରିଦେବ ଏଇକ୍ଷଣି ଯଦି ତାକୁ ଦେଖେଇଦେବ ଗୋଟାଏ କମ୍ପ୍ୟୁଟର।"

ଭଣଜାର ବୁଦ୍ଧି ଓ ଗୁଣଗ୍ରାମ ଦେଖି ଶୁଣି ସିଦ୍ଧାର୍ଥ ଖୁବ୍ ଖୁସି ହେଲେ। କେଦାରଗୌରୀ ଭ୍ରମଣ ସାରି ସେମାନେ ଫେରିଆସିଲେ ମ୍ୟୁଜିୟମ୍ ପାଖକୁ । ମ୍ୟୁଜିୟମ୍ ଗେଟ୍ ଭିତରକୁ ଗାଡ଼ି ବୁଲେଇବା ପୂର୍ବରୁ ମିସ୍କୁନ୍ ପଚାରିଲା, "ଅଙ୍କଲ ! ଏଇଟା କଅଣ ସାଇନ୍‌ସ ମ୍ୟୁଜିୟମ ? ଆମ ବୋଷ୍ଟନର..."

"ନୋ ନୋ ମାଇଁ ବୟ! ଏଇଟା ହଉଚି ଆର୍କିଓଲୋଜିକାଲ ମ୍ୟୁଜିୟମ୍। ଏଠି ହଜାର ହଜାର ବର୍ଷ ତଳର ପୁରୁଣା ପଥର ମୂର୍ତ୍ତିସବୁ ରଖାଯାଇଚି। ଚାଲ ଦେଖିବୁ।" - ବିଜନ୍ ବୁଝେଇଦେଲେ ପୁଅକୁ ।

ସିଦ୍ଧାର୍ଥ ହସିହସି ଯୋଡ଼ିଲେ ବିଜନଙ୍କ କଥାରେ ନିଜ ଅଭିମତ, "ଚାଲ ଦେଖିବୁ କେତେ ପୁରୁଣା ପଥରର ଗଡ୍‌ସ- ଅଲଡେଡ୍ ଗଡ୍‌ସ। "ମାନେ ଯୋଉ ଭଗବାନମାନେ ମରିଗଲେଣି - ଡେଡ୍ ଗଡ୍‌ସ- ବୁଝିଲୁ ତ ?"

"ଡେଡ୍ ଗଅଡ୍‌ସ"... ଆଶ୍ଚର୍ଯ୍ୟ ହୋଇଗଲା ମିସ୍କୁନ। ବିଶ୍ୱାସ କରି ପାରିଲାନି ସେ ତା ମାମୁଙ୍କ କଥାକୁ। ଆମେରିକାନ ଆକ୍‌ସେଣ୍ଟମିଶା ଓଡ଼ିଆରେ ପଚାରିଲା ସେ ତେଣୁ, "ଗଅଡ୍ ଗୁଡ଼ାକ ମରିଯାଇଛନ୍ତି ? ଏଟା ତେବେ ଗୋଟାଏ ସିମେଟରି ଅଙ୍କଲ୍ ? ଗଅଡ୍‌ମାନଙ୍କର ?

ସିଦ୍ଧାର୍ଥ ହସିଲେ। ବିଜନ ମଜା କରିବା ପାଇଁ ସୀମା ଓ ସିଦ୍ଧାର୍ଥଙ୍କୁ ବୁଝାଇ ଦେଲା ଭଳି କହିଲେ, "ସେ ଦେଶରେ ଈଶ୍ୱର ଅବିଶ୍ୱାସୀ ଲୋକ ବହୁତ। କିନ୍ତୁ ଈଶ୍ୱର ମରିଗଲେଣି କହିଲେ ଲୋକେ ତମକୁ ଭାବିବେ କମ୍ୟୁନିଷ୍ଟ। ପିଲାଟା ବୋଧେ ତା' ମାମୁକୁ କମ୍ୟୁନିଷ୍ଟ ବୋଲି ସନ୍ଦେହ କରି ଚମକୁଚି ନା କଅଣ! ହାଃ, ହାଃ-"

"ହଁ ହଁ, ମୁଁ ଏକ ପକ୍କା କମ୍ୟୁନିଷ୍ଟ। ତମେ ତ ଜାଣ ମୁଁ କଲେଜରେ ପଢ଼ିଲାବେଳେ ଏ.ଆଇ.ଏସ୍.ଏଫ୍.ର ମେମ୍ବର ଥିଲି। କଲେଜ ୟୁନିୟନ ପ୍ରେସିଡେଣ୍ଟ ପାଇଁ ଠିଆ ହେଲାବେଳେ ମତେ ଦେଖିଥିବ । ମୋ ବକ୍ତୃତା ଶୁଣିଥିବ। ମୁଁ ଏବେ ବି ସୋସାଲିଜମ୍‌ରେ ବିଶ୍ୱାସ କରେ।" - ସିଦ୍ଧାର୍ଥ ଗମ୍ଭୀର ହୋଇ ଉଠିଲେ କାହିଁକି କେଜାଣି।

ମ୍ୟୁଜିୟମ୍ ବୁଲା ସଇଲା। ବଡ଼ମାନେ କଅଣ ଦେଖୁଥିଲେ କେଜାଣି - ମିସ୍କୁନ୍ କିନ୍ତୁ ପଚାରି ଚାଲିଥାଏ "ଡାଡି ଏ ଗଡ୍‌ଙ୍କ ନାଁ କଅଣ ? ଅଙ୍କଲ ଏ ଗଡ୍ କଅଣ ଭାରି କ୍ରୁଏଲ୍ ଗଡ୍ ଥିଲେ ? ଏ କି ଭୟଙ୍କର ଦିଶୁଛନ୍ତି ! ମମି, ଏ ଜଣେ ଗଡ୍ ନା ଗଡେସ୍ ? ଏମାନେ କଅଣ ସତରେ ବଞ୍ଚିଥିଲେ ?"

ମିସ୍କୁନ୍‌ର ପ୍ରଶ୍ନର ଉତ୍ତର ମିଳୁଥାଏ ଯଥାସମ୍ଭବ। ଡାଡି କହୁଥାନ୍ତି, " ଏ ଗଡ୍‌ଙ୍କ ନାଁ ଅବଲୋକିତେଶ୍ୱର। ଏ ପଦ୍ମପାଣି। ଏମାନେ ଟେନ୍‌ଥ ସେଞ୍ଚୁରିର।"

ଅଙ୍କଲ୍ କହୁଥାନ୍ତି, "ହେଇ ଦେଖ୍ ଦେଖ୍ - ଏ ଗଅଡ୍‌ଙ୍କ ନାଁ ମହାକାଳ। ଏ ବଡ଼ ଭୟଙ୍କର ଗଅଡ୍। ଏ ସମସ୍ତଙ୍କୁ ମାରି ଖାଇଯାଆନ୍ତି। ଓଃ କି ଭୟଙ୍କର।"

ମିସ୍କୁନ୍‌ର ମମି ତାରା ଦେବୀଙ୍କ ମୂର୍ତ୍ତିକୁ ଲକ୍ଷ୍ୟ କରି କଅଣ ଭାବୁ ଭାବୁ କହୁଥାନ୍ତି, "ଆହା କି ସୁନ୍ଦର ! ଭାଇ ଏଥିରୁ ଗୋଟିଏ ଗୋଟିଏ ମୂର୍ତ୍ତିର ଦାମ୍ କେତେ ହବ ଜାଣିଚ ? ଦଶ ହଜାର ଡଲାର୍‌ରୁ କମ୍ ନୁହେଁ। ନା ନା - ଦଶହଜାର କିଛି ନୁହଁ। ତମେ ଯଦି ଏଗୁଡ଼ାକୁ ବିକ୍ରୀ କରିବାକୁ ରାଜି ହବ ଆମେରିକାନ୍‌ମାନେ ବିଲିୟନ ବିଲିୟନ ଡଲାର ଦେଇ ତମର ଏ ମ୍ୟୁଜିୟମ୍ ସମେତ ପୁରୁଣା ଭଙ୍ଗା ମନ୍ଦିରଗୁଡ଼ାକୁ ଏଠୁ ଉଠେଇ ନେଇ ଥୋଇଦିଅନ୍ତେ ସିଧା ଆମେରିକାରେ।"

ସିଦ୍ଧାର୍ଥ ହସୁଥାନ୍ତି। କହୁଥାନ୍ତି, "ଖୁବ୍ ଭଲ ହୁଅନ୍ତା। ଇଣ୍ଡିଆରୁ ପଭର୍ଟି ହଟିଯାନ୍ତା ଏକାଦିନକେ। ତୁ ଗୋଟାଏ କାମ କର- ଆଣ୍ଟିକ୍ ବିଜିନେସ୍ କର। ଏ ଡେଡ୍ ଗଡ୍‌ମାନଙ୍କୁ ଏ ଦେଶରୁ ନ ହଟେଇବା ଯାକେ ଏ ଦେଶରୁ ପଭର୍ଟି ଯିବ ନାହିଁ। କି ଫୁଲିସ୍‌ନେସ୍ ! କୋଟି କୋଟି ଟଙ୍କାର ସମ୍ପତ୍ତି ଏଇ ପଥର ଗୁଡ଼ାକ ଦେହରେ ଭର୍ତ୍ତି ହେଇଚି - ଅଥଚ ଆମେ ଦରିଦ୍ର !"

ମିସ୍କୁନ୍ ସବୁ ଶୁଣୁଥାଏ।

ମ୍ୟୁଜିୟମ୍ ବୁଲା ସଇଲା। ଏହାପରେ ସେମାନେ ପଶିବେ ହୋଟେଲ କଳିଙ୍ଗ ଆଶୋକରେ। ବହୁବେଳ ଧରି ବୁଲାହେଲାଣି। ସମସ୍ତେ ଟାୟାର୍ଡ୍। ଲଞ୍ଚ୍ ବେଳ ଟିକିଏ ଗଡ଼ିଗଲାଣି ମଧ୍ୟ ।

ସମସ୍ତେ କାର୍‌ରେ ବସିଲେ। ମିସ୍କୁନ୍ ତା ଅଙ୍କଲ୍‌ଙ୍କ ପାଖ ସିଟ୍‌ରେ ବସିଲା ପୂର୍ବପରି। କିନ୍ତୁ ସେ କିଛି ସମୟ ହେବ ଚୁପ୍ ହୋଇ ଯାଇଥାଏ। ପୂର୍ବଭଳି ବକ୍

ବକ୍ ହେଉନଥାଏ। ବୋଧହୁଏ ତାକୁ ଭୋକ ଲାଗୁଥାଏ। ସେ ଖୁବ୍ ଟାୟାର୍ଡ଼ ହେଇପଡ଼ିଥାଏ।

ଗାଡ଼ି ହୋଟେଲ କଳିଙ୍ଗ ଅଶୋକ ପୋର୍ଟିକୋରେ ଲାଗିଲା। ସମସ୍ତେ ଓହ୍ଲେଇଲେ। ପଶିଲେ ହୋଟେଲ ଲାଓଁଜ୍‌କୁ।

ସିଦ୍ଧାର୍ଥଙ୍କୁ ଏ ହୋଟେଲ୍‌ରେ ସମସ୍ତେ ଚିହ୍ନନ୍ତି। ମ୍ୟାନେଜର ପାଛୋଟି ନେଲେ ଆଉ କେତେଜଣ ଚିହ୍ନା ବନ୍ଧୁ ମଧ୍ୟ ଦେଖାହେଲେ। ଲବ୍‌ବିରେ ବନ୍ଧୁ ମେଳରେ ବସିପଡ଼ିଲେ ସିଦ୍ଧାର୍ଥ, ବିଜନ ଓ ସୀମା। ମିସ୍କୁନ୍ କଥା ଅଳ୍ପ ସମୟ ପାଇଁ ଭୁଲିଗଲେ ସମସ୍ତେ।

ଲଞ୍ଚ ସର୍ଭ ହେଇସାରିଛି ବୋଲି କେହି ଜଣେ ଆସି ସିଦ୍ଧାର୍ଥଙ୍କ କାନ ପାଖରେ ନଇଁପଡ଼ି କହିବା ପରେ ସେମାନେ ଉଠିପଡ଼ିଲେ। ସେତିକିବେଳେ ଖୋଜାପଡ଼ିଲା ମିସ୍କୁନ୍‌କୁ। କିନ୍ତୁ ମିସ୍କୁନ୍ କୁଆଡ଼େ ଉଭେଇଯାଇଥାଏ ସେତେବେଳକୁ।

ସୀମା ହାଉଳି ଖାଇଲେ। ବିଜନ ବ୍ୟସ୍ତ ହୋଇ ପଡ଼ି ହୋଟେଲ ଚାରିପାଖେ ବୁଲି ବୁଲି ଅନୁସନ୍ଧାନ କଲେ କେଉଁଠି ସ୍ୱିମିଂପୁଲ୍ ବା ପାଣିକୁଣ୍ଡ ନାହିଁ ତ ! ମିସ୍କୁନ୍ ହୋଟେଲରେ ପଶିଲେ ସ୍ୱିମିଂପୁଲ ପାଖକୁ ବରାବରା ପଳାଇଯାଏ ଆମେରିକାରେ । ସିଦ୍ଧାର୍ଥ ଆହୁରି ବ୍ୟସ୍ତ ହୋଇପଡ଼ିଲେ। ବଡ଼ପାଟି କରିଉଠିଲେ,

"ଆଇ ସାଲ ସ୍ୟାକ୍ ୟୁ ଅଲ ! ଆଇ ସାଲ ସ୍ୟାକ୍ ୟୁ ଅଲ୍....."

ଚାରିଆଡ଼େ ଧାଁଧପଡ଼। ପିଲାଟା ଏଇଠି ଥିଲା ଗଲା ଭାରି କୁଆଡ଼େ ? ହୋଟେଲରୁ ପିଲା ଚୋରି ! ପୁଣି ଏଭଳି ବଡ଼ ହୋଟେଲରୁ !

ହଠାତ୍ ବିଜନ୍‌ଙ୍କୁ ଷ୍ଟ୍ରାଇକ୍ କଲା। ସେ ସୀମାଙ୍କୁ ପଚାରିଲେ, "ଏମିତି ଆଉ ଥରେ ହେଇନଥିଲା ? ମାର୍କଟ୍ୱେନଙ୍କ ଘରେ ବୁଲୁଥିଲା ବେଳେ ଏ ପିଲା ହଜିଯାଇଥିଲା ?"

ସୀମା କାନ୍ଦିପକେଇ କହିଲେ, "ହଁ ଠିକ୍ ତ ଅବିକଳ ଏମିତି ! ମୁଁ କଅଣ କରିବି ! ଏ ପାଗଳା କଅଣ ପଳେଇଚି କି ମ୍ୟୁଜିୟମ୍‌କୁ ଆଉ ! ଚାଲିଲ ଚାଲିଲ !"

ଆଗେ ଆଗେ ସୀମା, ପଛେ ପଛେ ବିଜନ ଓ ସିଦ୍ଧାର୍ଥ।

ହୋଟେଲ କଳିଙ୍ଗ ଅଶୋକ ଓ ମ୍ୟୁଜିୟମ୍ ମଧ୍ୟରେ ଗୋଟିଏ ଚଉଡ଼ା ରାସ୍ତାର ବ୍ୟବଧାନ ମାତ୍ର।

ସୀମା ଓ ବିଜନ ମ୍ୟୁଜିୟମ୍ ଗେଟ୍ ବାଟେ ପଶୁ ନପଶୁଣୁ ସିଦ୍ଧାର୍ଥଙ୍କ ଲୋକେ ପାଚେରି ଡେଇଁପଡ଼ିଥିଲେ।

ମ୍ୟୁଜିୟମ୍‌ର ଚତୁର୍ଦ୍ଦିଗ ଖୋଜା ସରିଗଲା- କିନ୍ତୁ ମିସ୍କୁନ୍ ନାହିଁ !

ସୀମା ଆଉ ସମ୍ଭାଳି ପାରିଲେ ନାହିଁ। ପାଗଳୀ ଭଳି ସେ ଉଚ୍ଚ କଣ୍ଠରେ ବାହୁନିବାକୁ ଲାଗିଲେ, "ମିସ୍କୁନ୍....ମିସ୍କୁନ୍ ....ହେ ଭଗବାନ୍, ହେ ଭଗବାନ୍....ମୋ ମିସ୍କୁନ୍ ଗଲା କୁଆଡ଼େ ?"

ସେଥର ମାର୍କଟ୍ୱେନ ମ୍ୟୁଜିୟମ୍‌ରେ ଏଇଆଇ ହୋଇଥିଲା। ମିସ୍କୁନ ହଜିଯିବା ଖବର ପୁଲିସକୁ ଦିଆଯିବା ପରେ ପୁଲିସ୍ ଚତୁର୍ଦ୍ଦିଗ ଅନୁସନ୍ଧାନ କରି ସୁଦ୍ଧା ପିଲାଟାର ପତ୍ତା ପାଇନଥିଲେ। ସୀମା ସମ୍ଭାଳି ନପାରି ମାର୍କଟ୍ୱେନଙ୍କ ବାସଗୃହ- ସେଇ ବିରାଟ ଘରଟାକୁ ହଲେଇ ଦେଲା ଭଳି ଚିତ୍କାର କରିଉଠିଲେ, ମାର୍କଟ୍ୱେନ ! ମୋ ପିଲାକୁ ଫେରେଇଦିଅ ମାର୍କଟ୍ୱେନ.....।

କିଛି ସମୟ ପରେ ମାର୍କଟ୍ୱେନଙ୍କ ମିଉଜିୟମ୍‌ର ଗୋଟିଏ ଅସମ୍ଭବ ସ୍ଥାନରୁ ମିସ୍କୁନ୍‌ର ସନ୍ଧାନ ପାଇଥିଲା ପୁଲିସ୍ ସେଦିନ। ମାର୍କଟ୍ୱେନଙ୍କ ଲାଇବ୍ରେରିର ଗୋଟିଏ କାଉଚ୍ ଉପରେ ପିଲାଟି ଶୋଇପଡ଼ିଥାଏ କି କଅଣ। ତା' ହାତରେ ଖଣ୍ଡିଏ ବହି- ଟମ୍‌ସୟର। ବିଶାଳ ମାର୍କଟ୍ୱେନ କାଉଚ୍‌ରେ ବସିପଡ଼ି ମୁହଁ ଉପରେ ଟମ୍‌ସୟର ବହି ଖଣ୍ଡକ ଧରି ସେ ସେଇଠି ବସିଥିବା ବେଳେ ଶୋଇପଡ଼ିଚି ନିଶ୍ଚୟ। କିନ୍ତୁ ବିସ୍ମୟର କଥା ତାକୁ କାଳେ ଥଣ୍ଡା ଲାଗିବ ବୋଲି କେହି ଜଣେ ନିଶ୍ଚୟ ପିଲାଟି ଉପରେ ଗୋଟିଏ ଓଭର କୋଟ୍ ଘୋଡ଼େଇ ଦେଇ ଯାଇଥାଏ। ଆଉ ସେ ଓଭର କୋଟ୍‌ଟା ଥିଲା ଅନ୍ୟ କାହାର ନୁହେଁ- ମାର୍କେଟ୍ୱିନଙ୍କର ସେଇ ପୁରୁଣା ଓଭରକୋଟ୍ ଯୋଉଟା ମ୍ୟୁଜିୟମ୍ ପିସ୍ ହେଇ ଟଙ୍ଗା ହେଇଥିବାର ସମସ୍ତେ ପ୍ରତିଦିନ ଦେଖନ୍ତି ମାର୍କଟ୍ୱେନଙ୍କ ୱାର୍ଡ଼ ରୋବ୍‌ରେ, ଅନ୍ୟ ରୁମ୍‌ରେ।

ମିସ୍କୁନ୍ ମାର୍କଟ୍ୱେନ-କାଉଚ୍ ଉପରେ ସେଭଳି ଭାବେ ଆବିଷ୍କାର କରି ବିଜନ ଓ ସୀମା ଅଭିଭୂତ ହୋଇପଡ଼ିଥିଲେ। ପୁଲିସ ମଧ୍ୟ ବିସ୍ମୟ ପ୍ରକାଶ କରିଥିଲା। ସେମାନେ ସେ ମିଷ୍ଟ୍ରିଟାକୁ ସଲ୍‌ଭ କରିପାରିନଥିଲେ। ଓଭରକୋଟ୍‌ଟା ଅନ୍ୟ ରୁମର ୱାର୍ଡ଼ ରୋବ୍‌ରୁ ବାହାରି ଆସି ଏଠି ପହଞ୍ଚିଲା କିପରି - ଲାଇବ୍ରେରୀରେ? ଏଟା କଅଣ ମାର୍କଟ୍ୱେନ୍ ଭୂତର କାମ ? ସନ୍ଦେହ କରିଥିଲେ ସମସ୍ତେ। କିନ୍ତୁ ଏ ବିଷୟରେ କେହି ପଦେ ହେଲେ ମୁହଁ ଖୋଲି ପଚାରି ନଥିଲେ ପିଲାଟାକୁ।

ବର୍ତ୍ତମାନ ପୁଣି ଥରେ ମିସ୍କୁନ୍ ଜୀବନରେ ସେଇଭଳି ଏକ ଭୌତିକକାଣ୍ଡ ଦ୍ୱିତୀୟଥର ପାଇଁ ଘଟିଥିଲା।

ଗୋଟିଏ ବିରାଟ ବୁଦ୍ଧମୂର୍ତ୍ତିର ଠିକ୍ ପଛପଟକୁ ଲାଗି କାନ୍ଥ ଓ ମୂର୍ତ୍ତି ମଝିରେ ପଦ୍ମାସନରେ ବସିରହିଥିଲା ମିସ୍କୁନ୍। ତା' ମା'ର ଡାକ ଶୁଣି ତା'ର ଧ୍ୟାନ ବୋଧହୁଏ ଭାଙ୍ଗିଗଲା। ସେ ନିଜେ ଜବାବ ଦେଲା, "ଆଇ ଆମ୍ ହିଅର୍ ମମି।"

ଲୋକେ ଦଉଡ଼ାଦଉଡ଼ି ହେଇ ମ୍ୟୁଜିୟମ୍‌ର ସେଇ ବିରାଟ ହଲଟା ଭିତରକୁ ପଶିଗଲେ ଯୋଉଠୁ ଶୁଣାଗଲା ମିସ୍କୁନର ଆୱାଜ୍।

ସେ ସେମିତି ପଦ୍ମାସନାରେ ବସିଥାଏ। ତାର ଆଖି ଯୋଡ଼ିକ ଅର୍ଦ୍ଧନିମିଳିତ- ସତେକି ସେ ମହାଧ୍ୟାନରୁ ସେଇ ସଦ୍ୟ ଜାଗ୍ରତ ହୋଇଥାଏ।

ସିଦ୍ଧାର୍ଥ ତାକୁ କୁଣ୍ଢେଇ ପକେଇବାକୁ ହାତ ବଢ଼େଇଦେଲେ। କିନ୍ତୁ ମିସ୍କୁନ୍ ସେ ହାତ ଦୁଇଟାକୁ ଆଡ଼େଇ ଦେଇ କହିଲା, "ଆଇ ଆମ୍ ନଟ୍ ଏ ଡେଡ୍ ଗଡ୍ । ନୋ---ୟୁ କାନ୍‌ଟ ସେଲ୍ ମି- ୟୁ କାନ୍‌ଟ ସେଲ୍ ମି।"

ସେ କଅଣ କହୁଚି ? ସମସ୍ତେ ପଚରାପଚରି ହେଲେ। କେହି କିଛି କହିଲେ ନାହିଁ କାହାକୁ। ପୁଅକୁ କାଖକୁ ଟେକି ନେଇ ସୀମା ବାହୁନିଉଠିଲେ, "ନା ନା, କେହି ବିକ୍ରି କରିବେ ନାଇଁ ତତେ ପୁଅ- ତତେ କେହି ବିକି ପାରିବେ ନାଇଁ । ତୁ ମୋର ଚଳନ୍ତିଠାକୁର ! ହେ ଭଗବାନ ବୁଦ୍ଧ ! ହେ ଅବଲୋକିତେଶ୍ୱର ! ହେ ମା' ତାରା ମୋ ପୁଅକୁ କୋଟି ପାରମାୟୁ ଦିଅ !" ସେ ବାହୁନୁଥିଲେ ଜଣେ ସାଧାରଣ ଇଣ୍ଡିଆନ୍ ମା' ପରି।

■

ଶେଷ ବସନ୍ତର ଚିଠି

ମନୋଜ ଦାସ

ଛୋଟ ସହରଟିର ଅପେକ୍ଷାକୃତ ଜନବିରଳ ପଶ୍ଚିମ ପ୍ରାନ୍ତରେ କେତୋଟି ଆଧୁନିକ ଧରଣର ଘର-ଆକାଶ ରଙ୍ଗର, ବିସ୍କୁଟ୍ ରଙ୍ଗର, କଦବା ସବୁଜ ଅଙ୍ଗୁର ଭଳି ଟହଟହ ସ୍ୱଚ୍ଛ ଓ ଲୋଭନୀୟ।

ଏଇ କଲୋନୀର ଶେଷ ପ୍ରାନ୍ତରେ ଯେଉଁ ଦୁଇ ମହଲା ଘରଟି, ସଯତ୍ନବର୍ଦ୍ଧିତ ଫଳପୁଷ୍ପର ଗଛଲତା ଗହନରୁ ସେଇଟା ଦୂରକୁ ଦେଖାଯାଏ ଗୋଟାଏ ନୀଡ଼ ଭଳି।

ନୀଡ଼ ଭିତରୁ ଯିମିତି ବିହଙ୍ଗ ଶାବକଟିଏ ଆଖି ଟେକି ଅନାଏ, ଠିକ୍ ସିମିତି ଦ୍ୱିତଳର ବାରନ୍ଦାରେ କେତୋଟି ପତ୍ରପୁଷ୍ପୋଚ୍ଛଳ ଟବ୍ ଭିତରୁ ଟିକି ଝିଅଟିଏ ରେଲିଂ ଉପରେ ଭରା ଦେଇ ଅନାଇ ରହିଥାଏ ରାଜପଥର ଦୃଶ୍ୟମାନ ସୀମା ପର୍ଯ୍ୟନ୍ତ।

ସେ ପଥରେ ଦୈନିକ ଯାଏ କେତେ ଯାନବାହନ, କେତେ କିସମର। କିନ୍ତୁ ଟିକି ଝିଅଟିର ନିର୍ନିମେଷ ଦୃଷ୍ଟିକୁ ନିମେଷକ ପାଇଁ ମଧ୍ୟ ସେମାନଙ୍କର ତୈଳାକ୍ତ ଗତିଶୀଳ ଦ୍ୟୁତି ଚମକାଇ ଦେଇ ପାରେ ନାହିଁ। ସେ ପଥରେ ଯାଏ ଟ୍ରମ ପିଟି ପିଟି, ସୁଲଳିତ ବଂଶୀ ବଜାଇ ବଜାଇ, ସିନେମାର ମନ୍ଥର ବିଜ୍ଞାପନ ଗାଡ଼ି । ଦୈନିକ ସାଢ଼େ ଦଶଟାରେ ଦୁଇଟି ସାଇକେଲ୍‌ରେ ଲଗାଲଗି ହୋଇ କୌଣସି ଅଫିସ ଉଦ୍ଦେଶ୍ୟରେ ଯୁବକଟିଏ ଯୁବତୀଟିଏ ଯାଉ ଁ ଯାଉଁ ଏପରି ଆଚରଣ କରୁଥାଆନ୍ତି ଯେ, ସେଥିରେ ତଳେ ଫାଟକ ଆଗରେ ଟୁଲ୍ ପକାଇ ବସି ନିଶ ଆଉଁସା ଆଉଁସି କରି ମହାକାଳ ଅତିକ୍ରମ କରି ଚାଲିଥିବା ଦରୁଆନ୍‌ଟି କୃତ୍ରିମ ଭାବେ କାଶି ଉଠେ, କଦାଚିତ୍ ଫେରିବାଲା କିଶୋରଟିଏ ହୁଇସିଲ୍ ମାରିଦିଏ। ସେ ପଥରେ ପୁଣି ଜଣେ ଜଟାଜୁଟଧାରୀ, ବିଭୂତି-ବିମଣ୍ଡିତ

ନିରାସକ୍ତ ପୁରୁଷ ବଶୀକରଣ, ଗ୍ରହଶାନ୍ତି ଇତ୍ୟାଦିର ସ୍ୱପ୍ନଲବ୍ଧ ଅବ୍ୟର୍ଥ କବଚ, ଚେରମୂଳି ଇତ୍ୟାଦି ଧରି ବିଦଗ୍ଧ ମାନବତାର ସେବାର୍ଥେ ପ୍ରାୟଶଃ ଯିବାଆସିବା କରନ୍ତି। ଟିକି ଝିଅଟିର ସୁଦୂରପ୍ରସାରୀ ଦୃଷ୍ଟି କିନ୍ତୁ କେଉଁଥିରେ ହେଲେ ବି ଚହଲିଯାଏ ନାହିଁ।

ପଥର ବିପରୀତ ଦିଗରେ, ଅଦୂରର ଯେଉଁ କ୍ଷୁଦ୍ର ହୋଟେଲର ଦୁଇ ମହଲାରେ ଏକମାତ୍ର କୋଠରିଟି ଭଡ଼ା ନେଇ ମୁଁ ରହିଥାଏ, ସେଠାରୁ ସେଇ ଟିକି ଝିଅଟିକୁ ଦୀର୍ଘ ସମୟ ଧରି ଅବଲୋକନ କରିବାଟା ମୋର ନିଃସଙ୍ଗ ଜୀବନର ଏକ ପ୍ରୀତିକର ଅଭ୍ୟାସରେ ପରିଣତ ହୋଇଯାଇଥିଲା। ସରକାରୀ କଲେଜରୁ ଅବସର ଗ୍ରହଣ କରିବାପରେହିଁ ମୁଁ ସେଠାକୁ ସମ୍ପ୍ରତି ଏକ ପ୍ରାଇଭେଟ୍ ସାନ୍ଧ୍ୟ କଲେଜର ଅଧ୍ୟାପକ ରୂପେ ନିଯୁକ୍ତି ପାଇ ଆସିଥିଲି। ଲ୍ୟାଙ୍ଗ୍‌ଲ୍ୟାଣ୍ଡଠୁଁ ଏଲିଆଟ୍ ପର୍ଯ୍ୟନ୍ତ ବହୁ ପ୍ରସ୍ତୁତି ଜୀବନବ୍ୟାପୀ କରିଛି। ଅତଏବ ମଧ୍ୟେ ମଧ୍ୟେ ପିଲାଙ୍କର ଖାତା ସଂଶୋଧନ କରିବାଛଡ଼ା ଏଣିକି ପଢ଼ାପଢ଼ି କରିବାର ବା ଆଉ କିଛି କରିବାର ପ୍ରବୃତ୍ତି ନଥିଲା।

ଦିବସବ୍ୟାପୀ ଅନେକ ଅଳସ ମୁହୂର୍ତ୍ତ ଧରି ମୁଁ ମୋ କୋଠରିର ବାତାୟନ ଭିତରୁ ଝିଅଟିକୁ ଅନାଇ ରହୁଥିଲି । ମଧ୍ୟେ ମଧ୍ୟେ ପରିବାରର ପରିଚାରିକା ଭଳି ବୋଧ ହେଉଥିବା ଜଣେ ମହିଳା ଆସି ତାକୁ ସସ୍ନେହ ଭିତରକୁ ଡାକି ନେଉଥିଲେ। କିନ୍ତୁ ସକାଳ ପ୍ରାୟ ଆଠଟା ପରେ ଓ ଉପରଓଳି ତିନିଟା ପରେ ଝିଅଟି ପ୍ରତିଥର ଦୁଇ ତିନି ଘଣ୍ଟା ଲେଖାଏଁ ସେଇଠି ଯେପରି ନିଶ୍ଚୟ ନିଶ୍ଚଳ ହୋଇରହିବ, ସେଥିପାଇଁ କିଏ ଯେପରି ତାକୁ ମନ୍ତ୍ରମୋହିତ କରି ଦେଇଥିଲା। ଥରେ ଥରେ ତା'ର ସେଇ ଏକାନ୍ତ କମନୀୟ ବଦନକୁ ଟିକିଏ ଅଧିକ ନିରୀକ୍ଷଣ କରି ଦେଖିବା ସକାଶେ ମୋର ଇଚ୍ଛା ପ୍ରବଳ ହେଲେ ମୁଁ ମୋର କୋଠରି ସମ୍ମୁଖର କ୍ଷୁଦ୍ର ବାରନ୍ଦାକୁ ବାହାରି ଆସୁଥିଲି। ଝିଅଟି ମୋ ଆଡ଼କୁ ମଧ୍ୟେ ମଧ୍ୟେ ଅନାଉଥାଏ। ଦୂରତ୍ୱ ତଥା ମୋର ବାର୍ଦ୍ଧକ୍ୟ-ପୀଡ଼ିତ ଦୃଷ୍ଟିର ମଳିନତା ସତ୍ତ୍ୱେ ମୁଁ ଦେଖୁଥିଲି, ବରଂ କୁହାଯାଇପାରେ ଯେ ଅନୁଭବ କରୁଥିଲି, ଝିଅଟିର ନୟନଯୁଗଳ ବଡ଼ ଉଦାସ। ତଥାପି ସେହି ଔଦାସ୍ୟ ତଳେ ଚାପି ହୋଇ ରହିଥିଲା ଯେଉଁ ସ୍ୱାଭାବିକ ସ୍ଫୂର୍ତ୍ତିର ସ୍ଫୁଲିଙ୍ଗ, ତାହା ଥରେ ଥରେ ଯେମିତି ତା'ର ପରିପାର୍ଶ୍ୱକୁ ଝଲସାଇ ଦେଉଥିଲା- ଥରେ ଥରେ, ଯେତେବେଳେ ଛୋଟ ପକ୍ଷୀଟିଏ ଫୁଲକୁଣ୍ଡସବୁ ଭିତର ଦେଇ ଡେଇଁ ଡେଇଁ ତା' ସମ୍ମୁଖକୁ ଚାଲି ଆସୁଥିଲା, ଅଥବା ଯେତେବେଳେ ପାର୍ଶ୍ୱବର୍ତ୍ତୀ ଘରର ପାଳିତ ପାତିମାଙ୍କଡ଼ଟି ଜଞ୍ଜିରରୁ କୌଣସି ପ୍ରକାରେ ମୁକୁଳି ଆସି ସେହି ବାରନ୍ଦାରେ ବସୁଥିଲା ଓ ସେ ରୂପ ଦର୍ଶନେ ଶଙ୍କୀ ବିଲେଇଟିଏ କ୍ରମାଗତ ଭାବରେ ଫୁଲିବାକୁ ଲାଗୁଥିଲା।

କିନ୍ତୁ ସେ ସ୍ଫୁଲିଙ୍ଗର ସ୍ଫୁରଣ ହେଉଥିଲା ମୁହୂର୍ତ୍ତକ ସକାଶେ। ମୁଁ ଯେତେ ଆଗ୍ରହରେ

ଝିଅଟିର ଆଚରଣରେ ଏଇ ବିରଳ ବ୍ୟତିକ୍ରମକୁ ଅପେକ୍ଷା କରୁଥାଏ ନା କାହିଁକି, ମୋ ଉପରେ ଆଖିପଡ଼ିଲେ ସେ ପୁଣି ତା'ର ବିକ୍ଷଣ୍ଣ ଏକାଗ୍ରତା ଭିତରେ ନିମଜ୍ଜିତ ହୋଇଯାଏ; ଲେଉଟିଯାଏ ଏକ ସୁଦୂର ପୃଥିବୀକୁ, ଯା'ର ଏକମାତ୍ର ବାସିନ୍ଦା ସେ ନିଜେ। ଛାତ୍ର ଅବସ୍ଥାରେ, ତଥା ଅଧ୍ୟାପକ ଜୀବନର ପ୍ରଥମ ପର୍ଯ୍ୟାୟରେ, ମୁଁ ବରଂ ବିଭିନ୍ନ ସୌଖୀନ ଅଭିନୟ ଅନୁଷ୍ଠାନରେ ସର୍ବଦା ହାସ୍ୟ-ରସାତ୍ମକ ଭୂମିକାରେ ଅବତୀର୍ଣ୍ଣ ହେଉଥିଲି। ଅନ୍ୟ ଭିତରେ ମଜା ଉଦ୍ରେକ କରିବାଟା ଥିଲା ଦୁର୍ଭାଗ୍ୟ ବା ସୌଭାଗ୍ୟକ୍ରମେ ମୋ ଚେହେରାର ଜନ୍ମଗତ ବିଶେଷତ୍ୱ। ଅଥଚ ଝିଅଟି ମୋତେ ଦେଖି କିପରି ପାତିମାଙ୍କଢ଼ ସାନ୍ନିଧ୍ୟରୁ ଲାଭ କରିଥିବା ପ୍ରସନ୍ନତା ଟିକକ ହରାଇ ଦେଇପାରେ, ତାହା ମୋତେ କେବଳ ବିସ୍ମିତ ନୁହେଁ, ହତାଶ ମଧ୍ୟ କରୁଥିଲା। ଭାବୁଥିଲି, ବାର୍ଦ୍ଧକ୍ୟ ବୋଧହୁଏ ମୋ ଚେହେରାରେ ଆଣିଦେଇଛି ଅନାହୂତ ଗାମ୍ଭୀର୍ଯ୍ୟ ।

ଦିନ ସାଢ଼େ ଦଶରୁ ଏଗାରଟା ଭିତରେ ସାଇକେଲ୍ ଚଢ଼ି, ଖାକି ପରିଚ୍ଛଦରେ ରାଜପଥର ବଙ୍କିମ ସୀମାରେ ଯେଉଁ ବ୍ୟକ୍ତିଟି ଆବିର୍ଭୂତ ହୁଏ, ତାକୁହିଁ ଦୁଇ ତିନି ଘଣ୍ଟା ଧରି ଝିଅଟି ଅପେକ୍ଷା କରିଥାଏ । ପୋଷ୍ଟମ୍ୟାନ୍‌ଟି ବିଭିନ୍ନ ଘର ଆଗରେ ଦ୍ୱିଚକ୍ରରୁ ଅବତରଣ କରି ଚିଠି ବଣ୍ଟାବଣ୍ଟି କରି ଯେତେବେଳେ ସେଇ ଦୁଇ ମହଲା ପାଖକୁ ଆସେ, ସେତେବେଳେ ଝିଅଟି ପ୍ରାୟ ଶ୍ୱାସରୁଦ୍ଧ ଉତ୍କଣ୍ଠା ନେଇ ବାରନ୍ଦାର ଲୁହାବାଡ଼ ଉପରୁ ଝୁଲିପଡ଼ି ପ୍ରଶ୍ନ କରେ, "ମୋ ପାଇଁ ଚିଠି ଅଛି ? ମୋ ନାମ ରୀନା।" ପୋଷ୍ଟମ୍ୟାନଟି ଈଷତ୍ ହସି ନାସ୍ତିସୂଚକ ହାତ ହଲାଇ ଚାଲିଯାଏ। ତା' ପରେ ଯେଉଁ ଦୀର୍ଘ ନିଃଶ୍ୱାସ ଛାଡ଼ି ଝିଅଟି ତାର ଗତିପଥକୁ କେଇ ମୁହୂର୍ତ୍ତ ଅନାଇ ରହି ଘର ଭିତରକୁ ଧୀରେ ଧୀରେ ଅପସରିଯାଏ, ସେ ଦୃଶ୍ୟ ମୋତେ ବି କିମିତି ଉଦାସ କରିଦିଏ ଯଦିଓ ଟିକି ଝିଅଟି କାହାଠୁଁ ଚିଠିର ଅପେକ୍ଷା କରି ରହିଛି, ସେ ବିଷୟରେ ମୁଁ କିଛି ହିଁ ଜାଣେ ନା। ସେ ଭିତରକୁ ଚାଲିଯିବାକୁ ଉଦ୍ୟତ ହେଲେ ମୁଁ ବି ମୋ କୋଠରୀ ଭିତରକୁ ଚାଲି ଆସୁଥିଲି।

ଉତ୍କଣ୍ଠିତ ପ୍ରତୀକ୍ଷା ଓ ଅବଶେଷରେ ହତାଶ ଦୀର୍ଘନିଃଶ୍ୱାସର ଏଇ ଏକହିଁ ଦୃଶ୍ୟ ପୁନରାୟ ଅପରାହ୍ଣରେ ଦେଖିବାକୁ ପଡୁଥିଲା। ପ୍ରାୟ ତିନିଟା ବେଳଠୁଁ ଝିଅଟି ଆସି ଛିଡ଼ା ହୋଇ ରହୁଥିଲା - ସାଢ଼େ ଚାରିଟା ବେଳକୁ ପୋଷ୍ଟମ୍ୟାନ ସେ ଅଞ୍ଚଳ ପରିକ୍ରମା ଶେଷ କରି ଚାଲିଯିବା ପରେ ସେ ଘରଭିତରକୁ ପଶିଯାଉଥିଲା- ଆଉ ମୁଁ ବି ଚାଲି ଆସୁଥିଲି। ହଁ- ବାରନ୍ଦାରେ ଦୀର୍ଘ ସମୟ ଛିଡ଼ା ହୋଇ ରାଜପଥକୁ ଅନାଇବା ମୋର ବି କ୍ରମେ ଏକ ନିୟମିତ ଅଭ୍ୟାସରେ ପରିଣତ ହୋଇଯାଇଥିଲା। କହିବା ବାହୁଲ୍ୟ, ଚିଠି ପାଇଁ ମୋର ଅପେକ୍ଷା ନଥିଲା। ସେ ସବୁ ଆସୁଥିଲା କଲେଜ ଠିକଣାରେ । ଏଇ ଅଭ୍ୟାସ ପଛରେ ରହିଥିଲା ଟିକି ଝିଅଟିକୁ ବାରମ୍ବାର ଦେଖିବାର ସୁତୀବ୍ର

ଆକାଙ୍‌କ୍ଷା । ଝିଅଟି ମଧ୍ୟ କ୍ରମେ ଅଧିକରୁ ଅଧିକ ସମୟ ମୋ ଆଡ଼କୁ ଅନାଇ ରହିବାରେ ଅଭ୍ୟସ୍ତ ହୋଇପଡ଼ିଥିଲା । ଥରେ ଥରେ ମନେ ହେଉଥିଲା, ଯିମିତି ସେ ମୋତେ କିଛି ପଚାରିବାକୁ ଚାହେଁ, ଅଥଚ ତା'ର ସହଜାତ ସମ୍ଭ୍ରମବୋଧ ତାକୁ ବାଧା ଦେଉଛି । ସେ ଯାହାହେଉ, କ୍ରମେ ବୟସ ଓ ଅପରିଚୟର ସମସ୍ତ ବ୍ୟବଧାନ ସତ୍ତ୍ୱେ ଆମେ ଦୁହେଁ ପରସ୍ପର ଘନିଷ୍ଠ ହୋଇଉଠିଥିଲୁଁ ବୋଲି ମୋର ହୃଦ୍‌ବୋଧ ହେଉଥିଲା । ଆମ ଭିତରେ ଯିମିତି ଗଢ଼ିଉଠୁଥିଲା ଏକ ନିର୍ବାକ ମମତା ଓ ସହାନୁଭୂତିର ବନ୍ଧନ ।

ବେଶ୍ କିଛି ଦିନ ଏହିପରି ଗଡ଼ିଚାଲିଯିବା ଉତ୍ତାରୁ ଦିନକର ନିସ୍ତବ୍ଧ ଅପରାହ୍ଣରେ ମୋର କୋଠରିର ଦ୍ୱାର ସେପଟେ ଜଣେ କେହି ମୃଦୁ ସଙ୍କେତ ଦେବାରୁ ମୁଁ କବାଟ ଖୋଲିଦେଇ ଦେଖେ ତ ସେହି ସମ୍ମୁଖସ୍ଥ ଦ୍ୱିତଳ ହର୍ମ୍ୟର ଅତିକାୟ ଦରୁଆନ୍‌ଟି ସସଙ୍କୋଚେ ଦଣ୍ଡାୟମାନ । ତା' ମୁହଁରେ ସପ୍ରତିଭ ସ୍ମିତହସ ଦେଖି ମୁଁ ଅନୁଭବ କଲି, ଲୋକଟିର ହିଂସ୍ର-ଦର୍ଶନ ନିଶ ହଳକହିଁ ତା'ର ସମୁଦାୟ ଚରିତ୍ର ନୁହେଁ । ମୁଁ ତାକୁ ଭିତରକୁ ଡାକିନେଲି । ସେ ମୋ ହାତକୁ ଖଣ୍ଡିଏ ଲଫାଫା ବଢ଼ାଇଦେଲା । ତହିଁ ଉପରେ ଠିକଣା ଲେଖାଥିଲା, "ରୀନା, କେଆର ଅଫ୍..." ଇତ୍ୟାଦି । ମୁଁ ଜିଜ୍ଞାସୁ ନୟନରେ ଦରୁଆନ୍ ଆଡ଼କୁ ଅନାଇଲେ ସୁଦ୍ଧା ନୀରବ ସ୍ମିତହସ ବ୍ୟତିରେକେ ଆଉ କିଛି ସାହାଯ୍ୟ ତାହାଠାରୁ ଆପାତତଃ ପାଇଲି ନାହିଁ । ଲଫାଫାଟି ଖୋଲା ଥିଲା । ତହିଁ ମଧ୍ୟରୁ ନୀଳରଙ୍ଗର କାଗଜଟି ବାହାର କରି ଅଗତ୍ୟା ପଢ଼ିବାକୁ ଲାଗିଲି ।

ଛୋଟ ଚିଠିଟିଏ ଲେଖା ହୋଇଛି ଦୂରାନ୍ତର ଏକ ହସ୍‌ପିଟାଲରୁ । ବୁଝିଲି ରୀନା ନିକଟକୁ ପ୍ରବାସରୁ ତା'ର ଜନନୀ ଲେଖିଛନ୍ତି:

"ରୀନା,

ତୁ ଯଦି ମୋର ଏ ଚିଠି ଖଣ୍ଡିକ ପଢ଼ିପାରିବୁ, ତେବେ ମୋର ଲେଖି ଶିଖିଥିବା ସାର୍ଥକ ହେବ ବୋଲି ଜାଣିବି । ତୁ ମୋ ପାଇଁ ମନ ଖରାପ କରୁଥିବୁ । ଏଠାରେ ମୋତେ ଆଉ ବେଶିଦିନ ରହିବାକୁ ପଡ଼ିବ ନାହିଁ ବୋଲି ଡାକ୍ତରମାନେ କହୁଛନ୍ତି । ତେବେ ଯେତିକି ଦିନ ରହିବି, ତୁ ସୁନା ପିଲାଟି, ମୋତେ ମୋଟେ ଝୁରିହେବୁ ନାହିଁ ।

ତୁ ଫୁଲ ତୋଳିବାକୁ କେତେ ଭଲପାଉ । ତୁ ଫୁଲକୁ ଭଲପାଉ ବୋଲି ମୁଁ ଫୁଲକୁ ଭଲ ପାଉଥିଲି । ଏଠାରେ ମୋ ଶେଯକଡ଼ରେ ଝରକା ସେପଟେ ସୁନ୍ଦର ବଗିଚାଟିଏ ଅଛି । ଆଜି ବଗିଚାଟି ଭାରି ଭଲ ଦେଖାଯାଉଛି । ବୋଧହୁଏ ବସନ୍ତ ଋତୁ ଆସିଗଲାଣି । ଆମ ବଗିଚାରେ କେତେ ଫୁଲ ଫୁଟିଥିବ । ତୁ ଏଥର ଆୟା ସହିତ ଫୁଲ ତୋଳିବୁ । ଆଗାମୀ ବସନ୍ତ ବେଳକୁ ପୁଣି ମୁଁ କାଖରେ ଧରି ତୋତେ ବଗିଚାଯାକ ବୁଲାଇବି । ଉଚ୍ଚ ଡାଳମାନଙ୍କୁ ହାତ ବଢ଼ାଇ ତୁ ଫୁଲ ତୋଳିବୁ ।

ମୁଁ ସବୁବେଳେ ତୋ କଥା ଭାବୁଛି। ତୋର ଯେଉଁ କେତେଖଣ୍ଡି ଫଟୋ ମୋ ନିକଟରେ ଥିଲା, ସେଗୁଡ଼ିକ ତ ସବୁବେଳେ ଦେଖୁଛି। କିନ୍ତୁ ତୋ ବାପା ଲେଖିଥିଲେ, ତୁ କୁଆଡ଼େ ଅଭିମାନରେ ଆଉ ଫଟୋ ଉଠାଇବାକୁ ଦେଉନାହୁଁ! ସୁନା ପିଲାଟି, ତୋର ଆଉ କେତେଖଣ୍ଡି ନୂଆ ଫୋଟୋ ଯିମିତି ମୁଁ ଅତିଶୀଘ୍ର ପାଏ। ବଦଳରେ ମୁଁ ତୋ ପାଖକୁ ପ୍ରତି ସାତ ଦିନରେ ଖଣ୍ଡିଏ ଖଣ୍ଡିଏ ଚିଠି ଲେଖୁଥିବି। ଅଭିମାନ କରିବୁ ନାହିଁ.......।"

ଚିଠିଟିର ତାରିଖରୁ ବୁଝିଲି, ତାହା ପ୍ରାୟ ତିନି ମାସ ତଳେ ଲେଖାହୋଇଛି। ପ୍ରତିଶ୍ରୁତି ଅନୁସାରେ ସେ ଚିଠିର ପରବର୍ତ୍ତୀ ଏଗାର ଖଣ୍ଡି ଚିଠିରୁ ଖଣ୍ଡିଏ ମଧ୍ୟ ଯେ ରୀନାର ହସ୍ତଗତ ହୋଇ ନାହିଁ, ତାହାର ସାକ୍ଷୀ ମୁଁ ସ୍ୱୟଂ।

ପଢ଼ିସାରି ଦରୁଆନ୍ ମୁହଁକୁ ଅନାଇଲି। ସେହି ଦାନବଜାତୀୟ ମଣିଷଟିର ଆଖି ସେତେବେଳେ ଅଶ୍ରୁସଜଳ। ମୋର ବୁଝିବାକୁ ଅସୁବିଧା ହେଲା ନାହିଁ। ରୀନା ତା'ର ଜନନୀଠାରୁ ଆଉ କେବେ ବି ଚିଠି ପାଇବ ନାହିଁ। ଡାକ୍ତରମାନେ ଠିକ୍ କହିଥିଲେ । ରୀନାର ଜନନୀଙ୍କୁ ବେଶୀ ଦିନ ସେ ଆରୋଗ୍ୟ ନିକେତନରେ ରହିବାକୁ ପଡ଼ି ନ ଥିଲା। ରୀନାର ପିତା ବିଭବଶାଳୀ ବ୍ୟବସାୟୀ। କିନ୍ତୁ ବିତ୍ତଲବ୍ଧ ସମସ୍ତ ଆୟୋଜନ ଚିଠି ପାଇଁ ରୀନାର ବ୍ୟାକୁଳ ପ୍ରତୀକ୍ଷାକୁ ପ୍ରତିହତ କରିପାରିନାହିଁ।

ସବୁ ବୁଝିଲି; କିନ୍ତୁ ବୁଝିପାରିଲି ନାହିଁ ମୋ ପାଖକୁ ବା କାହିଁକି ସେ ଦରୁଆନ୍‌ଟି ଚିଠି ଖଣ୍ଡକ ନେଇ ଆସିଛି, କିଏ ପଠାଇଛି। ପ୍ରକୃତିସ୍ଥ ହୋଇ ଦରୁଆନ୍ ମୋତେ ବୁଝାଇଦେଲା। ରୀନା ସବୁଦିନେ ମୋତେ ମୋ ବସାର ବାରନ୍ଦାରେ ତାହାରି ଭଳି ପ୍ରତୀକ୍ଷାରତ ଥିବାର ଦେଖେ- ଏବଂ ଏ କଥା ମଧ୍ୟ ଦେଖେ ଯେ ମୋ ମା' ପାଖରୁ ମୋ ନିକଟକୁ କେବେ ଚିଠି ଆସେ ନାହିଁ। ସେ ମୋ ପାଇଁ ବଡ଼ଦୁଃଖ ପାଏ। କିନ୍ତୁ କ'ଣ ବା କରିବ ? ଶେଷକୁ ତା' ମାଆ ପାଖରୁ ପାଇଥିବା ଏକମାତ୍ର ଚିଠିଟି ସେ ମୋତେ ଦେଇଦେବା ନିମନ୍ତେ ସିଦ୍ଧାନ୍ତ କରିଥିଲା।

ଅର୍ଦ୍ଧଶତାବ୍ଦୀ ତଳେ ମୁଁ ମୋର ମା'କୁ ହରାଇଥିଲି। ବୟସ ଓ ଅଭିଜ୍ଞତାର ପାଷାଣ ସ୍ତୂପ ଭିତରେ ପୋତି ହେଇପଡ଼ିଥିବା ସେହି ବେଦନା ତଥା କୈଶୋର କାଳର କଳ୍ପନାରେ, ସ୍ୱପ୍ନରେ ତାକୁ ଫେରିପାଇବାର କେତେ କେତେ ବିଗତ କ୍ଷଣିକ ପୁଲକ- ସେସବୁର ସମନ୍ୱୟପ୍ରସୂତ ଏକ ଶିହରଣ ବିଦ୍ୟୁତ୍ ଭଳି ମୋ ଭିତରେ ଚମକିଗଲା।

ଅଜ୍ଞାତସାରରେ ଚିତ୍କାର କରିଉଠିଲି, "ରୀନା ! ଟିକି ମାଆଟି ମୋର!"

ବନ୍ଧ୍ୟା ଗାନ୍ଧାରୀ

ରବି ପଟ୍ଟନାୟକ

ଏଇତ ପାଞ୍ଚବର୍ଷ ତଳର କଥା।

ଦିନ ଏଗାରଟାବେଳେ ବିନା ପଣ୍ଡା କୁନା ସାହୁକୁ ଦୋକାନ ଭିତରୁ ଘୋଷାରିଆଣି ଛୁରୀ ଭୁଷି ଦେଲା ବଜାର ଉପରେ । କୁନା ସାହୁ, "ମାରି ପକେଇଲା ହୋ, କିଏ ଅଛ ବଞ୍ଚାଅ।"ଥରକ ମାତ୍ର ଚିତ୍କାର କରିଥିଲା। ତା' ପରଠୁ ତା'ର ଅନ୍ତବୁଜୁଳା ବାହାରି ପଡ଼ି ଖଦଡ଼ିଆ ନାଲି ରାସ୍ତାଉପରେ ପଡ଼ି ସାରିଥାଏ। ତା'ର "ମରିଗଲି ପାଣି, ଆଃ ପାଣି ଟୋପେ" ଓ କାନ୍ଦ କ୍ରମଶଃ ଧିମେଇ ଆସୁଥିବାର ଲୋକେ ଶୁଣିଛନ୍ତି ।

ଚାରିଆଡ଼େ ଲୋକ ହାଉଯାଉ ହେଉଥିଲେ। ହଠାତ୍ କେମିତି ନିଶୂନ ହୋଇଗଲା ଜାଗାଟା। ଧଡ଼ଧାଡ଼୍ ଦୋକାନ କବାଟ ପଡ଼ିଗଲା। ଯିଏ ଯୁଆଡ଼େ ଅତର୍ଦ୍ଧରେ ଛୁ। କ୍ଷଣିକ ଭିତରେ ବଜାରଟାରେ ମଧ୍ୟରାତ୍ରର ନିର୍ଜନତା ଛାଇଗଲା। ରାସ୍ତା ଜନଶୂନ୍ୟ । କେବଳ ଅଇଁଠୁ ଗୁଡ଼ିଆ ଦୋକାନ ପାଖରେ ପଇଁତରା ମାରୁଥିବା କେତେଟା ଲେଡ଼ି କୁକୁର ଆସି କୁନା ସାହୁ ଚାରିପାଖରେ ଚିତ୍କାର ମାରି ଦୋଦୋପାଞ୍ଚ ହୋଇ ଅନ୍ତବୁଜୁଳା ଉପରେ ଥରେ ମୁହଁ ମାରିଦେଇ ଘୁଞ୍ଚି ପଳାଉଥାନ୍ତି ଦୂରକୁ। କୁନା ସାହୁ ସେତେବେଳକୁ ନିଶ୍ଚୁପ ହୋଇ ପଡ଼ି ରହିଥାଏ ରାସ୍ତା ମଝିରେ। ଡୋଳା ଦୁଇଟା ତରାଟି ହୋଇ ବାହାରି ପଡ଼ିଥାଏ ଆଖି ଭିତରୁ। ହାତ ଦୁଇଟା ମୁଠା ମୁଠା- ଯନ୍ତ୍ରଣାରେ ବୀଭତ୍ସ ଓ ଭୟଙ୍କର। ଓଠ ଦୁଇଟା ବଙ୍କା ହୋଇଯାଇଥାଏ।

ଶ୍ମଶାନର ଏଇ ଜମାଟବନ୍ଧା କଠିନ ନୀରବତାକୁ ଚୂନ୍‌ଚୂନ୍ କରି ଭାଙ୍ଗି

ଦେଇଗଲା, ଗୋଟାଏ ମର୍ମଭେଦୀ କରୁଣ ବିଳାପର ଉଦାତ୍ତ କଣ୍ଠସ୍ୱରରେ । ଚିର୍ ଚିରେଇ ଉଠିଲା ଗୋଟାଏ ନାରୀ କଣ୍ଠର ଯନ୍ତ୍ରଣାବିଦ୍ଧ ଚିତ୍କାର । "ଆରେ ମୋ କୁନାରେ, ମୋ ଧନରେ ମୋ ସଙ୍ଖାଳିରେ । ଆରେ ମୋ କୁନାରେ, ମୋ ଧନରେ ।"

ସେଇ ଧ୍ୱନିର ଆଘାତରେ କାନ୍ଥରୁ ଚୂନ ପଲସ୍ତରା ଖସିଲା ପରି ନିସ୍ତବ୍ଧତା ଖଣ୍ଡ ଖଣ୍ଡ ହୋଇ ଖସିପଡ଼ିଲା । ଦୋକାନ ଘର ଫାଙ୍କରେ, କବାଟ ଫାଙ୍କରେ ଯୋଡ଼ା ଯୋଡ଼ା ଆଖି ଚକ୍‌ମକ୍ କରି ଉଠିଲା । ତା'ପରେ କବାଟ ଧୀରେ ଧୀରେ ଖୋଲିଲା । ଗୋଟାଏ, ଦୁଇଟା- ପୁଣି ଆଉଥରେ ପାଞ୍ଚ ମିନିଟ୍ ଭିତରେ ଜନଗହଳି ଆରମ୍ଭ ହୋଇଗଲା । "ଆରେ ତାକୁ ଡାକ୍ତରଖାନାକୁ ନେଇଚାଲ । ଆରେ କିଏ ପୋଲିସ୍‌ରେ ଖବର ଦିଅରେ ।" ଅଯଥା କୋଳାହଳ, ଚିତ୍କାର । କାନ୍ଦଣାର ସ୍ୱର ଯାହା କିଛି ସମୟ ତଳେ ଏକକ କଣ୍ଠସ୍ୱର ଥିଲା- ତା' ଏବେ ମିଳିତ ଐକତାନରେ ପରିଣତ ହୋଇ ସାରିଥାଏ । କୁନାର ବାପା, ବନ୍ଧୁବାନ୍ଧବ ତାକୁ ଅନ୍ତବୁଜୁଳା ସମେତ ଗୋଟାଏ ଗାମୁଛାରେ ବାନ୍ଧି, ଦଉଡ଼ିଆ ଖଟରେ ପକେଇ ସଙ୍ଗେ ସଙ୍ଗେ ବୋହିନେଲେ ପ୍ରାୟ ଦେଢ଼ଫର୍ଲଙ୍ଗ ଦୂରରେ ଥିବା ସରକାରୀ ଡାକ୍ତରଖାନାକୁ ।

କୁନା ବୋଉକୁ କେତେ ଜଣ ସାହି ମାଇପେ ଆସି କୁଣ୍ଢାକୁଣ୍ଢି କରି ଘରକୁ ନେଇ ଗଲେଣି । ଧୀରେ ଧୀରେ ବଜାର ତା'ର ପୂର୍ବବର୍ତ୍ତୀ ଅବସ୍ଥାକୁ ଫେରିଆସୁଛି । ଫେର୍ କିଣାବିକା । ଗହଳି । ଚା' ପାନ, ସିଗାରେଟ୍ । ଯେମିତି କିଛି ହୋଇନାହିଁ । କେହି ସେ ବିଷୟରେ ପାଟି ଫିଟଉ ନାହାନ୍ତି । ଗୋଟାଏ ଚାପା ଭୟରେ ସମସ୍ତେ ଆଛନ୍ନ । ଯୋଉ କେତେଜଣ ନୂଆ ଲୋକ ଖବର ପାଇ ଘଟଣା ବୁଝିବାକୁ ଆସିଛନ୍ତି, ସେମାନଙ୍କର ପ୍ରଶ୍ନର ଉତ୍ତର ମଧ୍ୟ କେହି ଭରସି ଦେଉନାହାନ୍ତି । "ମୁଁ କ'ଣ ଦେଖିଛି ଯେ କହିବି ? ଆରେ ମୁଁ ତ ଏଇନେ ଆସୁଛି ।" ଆଉ କେତେଜଣ ପ୍ରଶ୍ନର ଉତ୍ତର ନ ଦେଇ କେବଳ ଗୋଟାଏ ପାଷାଣୀୟ ନୀରବତାର ମୁଖା ପିନ୍ଧି ପ୍ରଶ୍ନକର୍ତ୍ତାଙ୍କୁ ଗ୍ରାହ୍ୟ ସୁଦ୍ଧା କରୁନାହାନ୍ତି ।

କିଏ କହିବ ? କ'ଣ ହାଣ ମୁହଁକୁ ବେକ ଦେଖେଇବା ଲାଗି ? କି ଦରକାର ବାବା ସେ ପୋଲିସ୍ ଝାମେଲାରେ ? ପୁଣି ଥରେ ଯଦି ବିନା ପଣ୍ଡା ଜାଣେ ସେ କ'ଣ ଆଉ ବାକି ରଖିବ- ଗୋଟାଏ ଦିନରେ ଦୋକାନ ଲୁଟ୍ ହୋଇଯିବ । ଆମର ବେଉସା ଭଲ- ଆମେ ଭଲ । ସେ ଭିତରେ ମୁଣ୍ଡ ନପୂରେଇବା ଭଲ ।

ଏ ଭିତରେ ବିନାର ଚର କେତେବେଳେ କୋଉ ଫାଙ୍କରେ ଆସି କାହାକୁ କହିଯାଇଛି କେହି ଜାଣନ୍ତି ନାହିଁ । କିନ୍ତୁ ଫୁସ୍‌ଫାସରେ ଏ କାନରୁ ସେ କାନକୁ ହୋଇ ସମସ୍ତେ ଜାଣି ସାରିଲେଣି କଥାଟା । ବିନା କହିଛି, "ଯେ ପୋଲିସରେ ସାକ୍ଷୀ ଦେବ, ତା ଜିଭ କାଟିନେବ ସେ । ତା ବଂଶର ଅବସ୍ଥା କୁନା ସାହୁ ପରି ହେବ ।"

ପ୍ରାୟ ଦୁଇଘଣ୍ଟା ପରେ ପୋଲିସ୍ ଆସିଲେ ବଜାର ଭିତରକୁ। ଥାନାବାବୁ, ସାନବାବୁ, ଚାରିଜଣ ସିପାହି। ପୋଲିସ୍‌କୁ ଦେଖି ଘଟଣା ଘଟିଥିବା ଠିକ୍ ସାମ୍ନାପଟ ଦୋକାନ ସବୁ ବନ୍ଦ ହୋଇଗଲା। ଥାନାବାବୁ ମଦନ ସାହୁର ବନ୍ଦ ଥିବା ଦୋକାନ ବାରଣ୍ଡା ଉପରେ ପଡ଼ିଥିବା ଖାଲି ବେଞ୍ଚଟା ଉପରେ ବସିପଡ଼ି ସାନବାବୁଙ୍କୁ ନିର୍ଦ୍ଦେଶ ଦେଲେ ଘଟଣାସ୍ଥଳ ପରିଦର୍ଶନ କରିବାକୁ। ଚାରିଜଣ ସିପାହି ସହିତ ଏ. ଏସ୍. ଆଇ. ବାବୁ ଘଟଣାସ୍ଥଳରେ ଛିଡ଼ା ହୋଇ ଚାରିପଟକୁ ଅନେଇ କ'ଣ ଟିପାଟିପି କଲେ। ସେତେବେଳକୁ କୁନା ସାହୁର ତାଜା ନାଲି ଟକଟକ ରକ୍ତ ନାଲି ମୋରମ ବିଛାରାସ୍ତା ସାଙ୍ଗରେ ପ୍ରାୟ ମିଶି ଯାଇଥିଲା। କେବଳ ଗୋଟାଏ ଜାଗାରେ ମେଞ୍ଚାଏ ରକ୍ତ ଜମିଯାଇ ତା ଉପରେ ଗୋଟାଏ କାଳିଚିଆ ଘୋଡ଼ଣୀ ହୋଇଯାଇଥାଏ।

ପ୍ରଥମେ ପ୍ରଥମେ ପୋଲିସ୍ ପାଖକୁ ଭରସି କେହି ଆସୁନଥିଲେ। ତା' ପରେ ଜଣେ ଦି'ଜଣ ହୋଇ ଗଡ଼ିଲେ ବାରଣ୍ଡା ଉପରକୁ । କିଛି ସମୟ ପରେ ଥାନାବାବୁ ଚାରିପଟେ ବେଶ୍ ଜନଗହଳିଟିଏ ହୋଇଗଲା। ଘଟଣାସ୍ଥଳ ପାଖରେ ମଧ୍ୟ ଗୋଟିଏ କୌତୂହଳୀ ଜନତାର ଭିଡ଼ ହୋଇ ସାରିଥାଏ।

ଥାନାବାବୁ ଅନୁସନ୍ଧାନ ଆରମ୍ଭ କଲେ। କିଏ ମାରିଲା ? ମାରିବା ଲୋକକୁ କିଏ ଦେଖିଛି କି ? ଘଟଣା କେତେବେଳେ ଘଟିଲା ?

କିନ୍ତୁ ସବୁ ପ୍ରଶ୍ନର ଗୋଟିଏ ଉତ୍ତର, "କେଜାଣି ଆଜ୍ଞା, ଆମେ କିଛି ଦେଖିନୁ କି ଜାଣିନୁ? ଆଜ୍ଞା ମୁଁ ତ ଏଇନେ ଆସିଲି ଆପଣମାନଙ୍କୁ ଦେଖି। ଆଜ୍ଞା ମୁଁ ତ ଦୋକାନରେ ବ୍ୟସ୍ତ। ଏତେ ଦୂରରୁ କେମିତି ଦେଖିବି ?"

ଶହ ଶହ ଲୋକଙ୍କର ଉପସ୍ଥିତିରେ ଘଟଣାଟା ଘଟିଗଲା ଅଥଚ ଜଣେ ମଧ୍ୟ ସାକ୍ଷୀ ନାହିଁ।

ଚାରିଆଡ଼େ ଗୋଟାଏ ଚାପା ଗୁଞ୍ଜନ। ନାନାପ୍ରକାର ଆଲୋଚନା। ଦଳ ଦଳ ମେଞ୍ଚା ମେଞ୍ଚା ଲୋକ। ପରସ୍ପର ସହିତ ଆଲୋଚନାରତ। ଫୁସ୍‌ଫାସ୍ କଥା। "ପୋଲିସ୍ ଖୋଜି ବାହାର କରୁନି କିଏ ମାରିଛି ? ଆମକୁ ଏତେ ପଚରା ହେଉଛି କାହିଁକି ? ସର୍କାର ଘରୁ ପଇସା ଖାଉଛନ୍ତି- ଏବେ ନିଜେ ବାହାର କରନ୍ତୁ।"

ଥାନାବାବୁ ଆଉଥରେ ଗମ୍ଭୀର ସ୍ୱରରେ ପଚାରିଗଲେ, "କିଓ ବାବୁମାନେ, କେହି ଦେଖିନ ମାରିଲା କିଏ ? ଏତେ ଲୋକ ଭିତରେ ଗୋଟାଏ ଲୋକ ଆସି ମଣିଷ ଖୁନ୍ କରିଦେଇଗଲା। କେହି କିଛି ଦେଖିପାରିଲ ନାହିଁ ? ଆରେ ଡରୁଛ କାହିଁକି ? ଆମେ କାହିଁକି ଅଛୁ ? ସେ ଶଳାକୁ ବାନ୍ଧି ହାଜତରେ ଭର୍ତ୍ତି କରି ଦେବିନି ?"

ପଛରୁ କେହି ଜଣେ ଚୁପି ଚୁପି ମନ୍ତବ୍ୟ କଲେ, "ଛେନାଗୁଡ଼ କରିବ ?

ଆମେ ଜାଣିନୁ ତମ କରାମତି। ପାଞ୍ଚ ଦଶହଜାର ଟଙ୍କା ଖାଇ କେସ୍ ଫଇସଲା କରିଦେବ-ଆଉ ମରିବୁ ଆମେ।"

ଥାନାବାବୁ ବୋଧହୁଏ କଥାଟା ଶୁଣି ପାରି ନାହାନ୍ତି। ସେ ଫେର୍ ଆଉଥରେ ପଚାରିଲେ, "ତମ ଭିତରୁ ସତରେ କେହି କିଛି ଦେଖିନାହଁ।"

ମଦନା ସାହୁ ଦୋକାନ କଡ଼କୁ ପଡ଼ିଥିବା ଗୁମୁଟିକୁ ଆଉଜି ଛାତି ଉପରେ ବହିବସ୍ତାନି ଜାକି ବଲବଲ ଆଖିରେ ଚାହିଁ ରହିଥିବା ବାର ତେର ବର୍ଷର ଝିଅଟି ହଠାତ୍ ଚିରାଚିରା ରଡ଼ି ଛାଡ଼ି ବିଲିବିଲେଇ ଉଠିଲା- "ମୁଁ ଦେଖିଛି, ମୁଁ ଦେଖିଛି ବିନା ପଣ୍ଡା କୁନା ସାହୁକୁ ଛୁରୀ ଭୁଷିଛି।"

ସବୁ କୋଳାହାଳ କଥାବାର୍ତ୍ତା ହଠାତ୍ ସ୍ତବ୍ଧ ହୋଇଗଲା। ସମସ୍ତେ ଭୟ, ଆଶଙ୍କା ଓ ଉତ୍କଣ୍ଠାରେ ନିର୍ବାକ୍ ହୋଇ ଏକାବେଳକେ ମୁହଁ ଫେରେଇ ନେଲେ ସେଇ ଚିତ୍କାର ଶୁଭୁଥିବା ଗୁମୁଟି କଡ଼କୁ।

ପାତଳୀ ହୋଇ ଗୋରା ଝିଅଟି। ଭୟ, ଆଶଙ୍କା ଓ ନରହତ୍ୟାର ପ୍ରଥମ ଚାକ୍ଷୁଷ ଅନୁଭୂତିରେ ଯନ୍ତ୍ରଣାବିଦ୍ଧ ହୋଇ ସେ ଏକ ଅଦ୍ଭୁତ ଉତ୍ତେଜନାରେ ଥରୁଛି। ମୁହଁଟା ଲାଲ୍ ହୋଇଯାଇଛି। ଆଖି ଯୋଡ଼ାକ ବିସ୍ଫାରିତ। ନାକପୁଡ଼ା ଦୁଇଟି ଫୁଲି ଫୁଲି ଉଠୁଛି । ଓଠ ପୁଡ଼ା ଦୁଇଟା କମ୍ପି କମ୍ପି ଉଠୁଛି। ଆଉ କ'ଣ କହିବାକୁ ଚାହୁଁଛି ଅଥଚ କହି ପାରୁନି। ଗଳା ଶୁଖିଯାଉଛି କେବଳ। ଗୋଟିଏ ଭୟାର୍ତ୍ତ ଆଖିରେ ସେ ଅପଲକ ନୟନରେ ଗୋଟାଏ ଆଡ଼କୁ ଅନିର୍ଦ୍ଦିଷ୍ଟ ଲକ୍ଷ୍ୟରେ ଚାହିଁରହିଛି ଏକଲୟରେ। ସେଇ ଦୁଇ ତିନି ପଦ କଥା କହିସାରି ସେ ଯେମିତି ସ୍ତବ୍ଧ ହୋଇଯାଇଛି।

କିଛିକ୍ଷଣର ସ୍ତବ୍ଧତା ପରେ ଭିଡ଼ ଭିତରୁ କିଏ ଜଣେ ପାଟି କରି ଉଠିଲା, "ଏଇ ଭାରତୀ, ଏଇଠି କ'ଣ କରୁଛୁ? ସ୍କୁଲ୍କୁ ନ ଯାଇ ଏଠି କ'ଣ କରୁଥିଲୁ ଏ ଯାଏଁ?" କହୁ କହୁ ସେଇ ଦରବୁଢ଼ା ଲୋକ ଜଣକ ସେଇ ଝିଅ ପାଖରେ ପହଞ୍ଚି ଗୋଟାଏ ଚଟକଣା ଠାଏ କରି କସି ଦେଲା ତା ଗାଲରେ। ସେତକ ଯେମିତି ଦରକାର ଥିଲା ବନ୍ଧ ଭାଙ୍ଗିବାପାଇଁ । ଝିଅଟି ବହିବସ୍ତାନିଟା କଚାଡ଼ି ଦେଇ 'ବାପା" ବୋଲି ଥରଟିଏ ଡାକି ଅଜାଡ଼ି ହୋଇପଡ଼ିଲା ତାଙ୍କ ଛାତିରେ। ତା ପରେ ଯେମିତି ଲହଡ଼ି ପରେ ଲହଡ଼ି ପରି କାନ୍ଦଣାର କୋହ ମାଡ଼ି ଆସିଲା। ସେ ଜୋରରେ ଜାବୁଡ଼ି ଧରି ବାପ ଛାତି ଉପରେ ମୁହଁ ଲୁଚାଇ ଖାଲି କାନ୍ଦି ଚାଲିଥାଏ ଅବିଶ୍ରାନ୍ତ ଭାବରେ। ସେଇ ଲୋକଟି ଯେ ରାଗରେ ପାଚି ଲାଲ୍ ହୋଇଯାଇଥିଲା, ତା ଆଖି ପତା ହଠାତ୍ ସଜଳ ହୋଇଉଠିଲା। ସେ ତାକୁ ଏକରକମ କାଖେଇ କରି ଭିଡ଼ ଭିତରୁ ନେଇଗଲା ବାହାରକୁ। "ନାଇଁ, ନାଇଁ, ସୁନାଟା ପରା। ଚାଲ ଘରକୁ ଚାଲ। ଛି କାନ୍ଦନା।"

ଉପସ୍ଥିତ ଜନତା ଏହି ବିୟୋଗ ମିଳନାତ୍ମକ ନାଟକଟିକୁ ନୀରବରେ କିଛି ସମୟ ଉପଭୋଗ କରିବାକୁ ଲାଗିଲେ ମଞ୍ଚ ଉପରୁ ପିତା ଓ ପୁତ୍ରୀର ପ୍ରସ୍ଥାନ ପର୍ଯ୍ୟନ୍ତ।

କିଛି ସମୟପରେ ଥାନାବାବୁ ସଦଳବଳେ ଥାନା ଅଭିମୁଖେ ପ୍ରସ୍ଥାନ କଲେ। ମନ୍ଦା ମନ୍ଦା ହୋଇ ଜମିଥିବା ଲୋକଗୁଡ଼ିକ ପୁଣି ଆଉଥରେ ଖେଳେଇ ହୋଇଗଲେ ଚାରିଆଡ଼କୁ ଟୀକ୍‌କା ଟିପ୍‌ପଣୀ, ମନ୍ତବ୍ୟର ଗୁଞ୍ଜନ ଭିତରେ।

ସେଇଦିନ ସନ୍ଧ୍ୟାରେ ଥାନାବାବୁଙ୍କର ଘର ବରଣ୍ଡାରେ ସେଇ ଦୁଇଘଣ୍ଟା ହେଲା ବସିଛନ୍ତି ଗଙ୍ଗାଧର ବାବୁ। ଥାନାବାବୁ ଏଯାଏ ଫେରିନାହାନ୍ତି। ଯେତେବେଳେ ଫେରନ୍ତୁ ପଛକେ କଥାଟା ଆଜି ଫଇସଲା ନ କଲେ ନୁହେଁ।

ଥାନାର ଠିକ୍ ଦୁଇଶ ଗଜ ପଛକୁ ଥାନାବାବୁଙ୍କ କ୍ୱାଟର। ପ୍ରାୟ ରାତି ଆଠଟା ବେଳକୁ ଥାନାବାବୁ ଘରକୁ ଫେରିଲେ। ସେ ବାରଣ୍ଡା ଉପରକୁ ଉଠୁ ଉଠୁ ଗଙ୍ଗାଧର ଲମ୍ୱ ଲମ୍ୱ ହୋଇ ପଡ଼ିଗଲେ ତାଙ୍କ ଗୋଡ଼ତଳେ।

"ମୋତେ ବଞ୍ଚାନ୍ତୁ ଆଜ୍ଞା! ସାନ ପିଲାଟା କିଛି ଜାଣେନାହିଁ ବୁଝେନାହିଁ। କଥାଟା ଫସକି ଯାଇଛି ତା ମୁହଁରୁ। ତାକୁ ଧରିବେ ନାହିଁ । ତାକୁ ଏ କେସ୍ ଭିତରକୁ ଟାଣିବେ ନାହିଁ। ଏକେ ତ ଝିଅ ପିଲା। ଟିକିଏ ଦୁର୍ନାମ ହେଲେ ତା ଜୀବନଟା ମାଟି ହୋଇଯିବ । କୁଳକୁ ଚିରଦିନ ପାଇଁ କଳଙ୍କ। ଆପଣଙ୍କ ନିଜ ପିଲାଙ୍କ ମୁହଁକୁ ଚାହିଁ, ତାକୁ ରକ୍ଷା କରନ୍ତୁ। ତା ଛଡ଼ା ଆପଣ ଆଜି ଅଛନ୍ତି କାଲିକୁ କୁଆଡ଼େ ବଦଳି ହୋଇଯିବେ। ଆମେ ତ ଆଉ ଘରଦ୍ୱାର ଛାଡ଼ି କୁଆଡ଼େ ଯାଇପାରିବୁ ନାହିଁ। ବିନା ପଣ୍ଡା ମୋର ସର୍ବସ୍ୱାନ୍ତ କରିଦେବ। ଆପଣ କଥା ନ ଦେଲେ ମୁଁ ଏଠୁ ଆଉ ଉଠିବି ନାହିଁ।"

ଥାନାବାବୁ ପ୍ରଥମେ କିଛି ସମୟ ଚୁପ୍ କରି ଶୁଣିବାପରେ ଗୋଡ଼ ଛିଞ୍ଚାଡ଼ି ଦେଇ ଘର ଭିତରକୁ ପଶିଗଲେ। ଗଙ୍ଗାଧର କିନ୍ତୁ ନଛୋଡ଼ବନ୍ଧା। ସେ ସେଇଠି ସେମିତି ବସି ରହିଲେ ।

ଥାନାବାବୁ ଡ୍ରେସ ପାଲଟି ପାଇଖାନା ଯାଇ ଚହା ଖାଇସାରି ବାହାରକୁ ଆସି ଦେଖନ୍ତିତ ଗଙ୍ଗାଧର ବାବୁ ସେମିତି ବସିଛନ୍ତି। ତା'ପରେ ବହୁ ସମୟ ଧରି 'ହଁ' 'ନାଁ' 'ହୋଇପାରିବ ନାହିଁ'। ଏତେ ଲୋକଙ୍କ ମଝିରେ କହି ଦେଇଛି। ଏ କ'ଣ ସହଜ କେସ୍-ମର୍ଡ଼ର କେସ୍‌ପରା । ଗୋଟାଏ ସାକ୍ଷୀ! କେମିତି ଛାଡ଼ିଦେବି? ମୋ ଚାକିରିକି ଭୟ ନାହିଁ ଇତ୍ୟାଦି ବହୁ ଅମଙ୍ଗ ସତ୍ତ୍ୱେ ଶେଷକୁ ଗଙ୍ଗାଧର ବାବୁ ବଢ଼େଇଥିବା କେଇଖଣ୍ଡ କାଗଜ ଅଣ୍ଟାରେ ଗୁଞ୍ଜି ନିର୍ଭୟ ଦେଲେ ଯେ ଭାରତୀର ନାଁ ରେକର୍ଡ଼ପତ୍ରରେ କେଉଁଠି ରହିବ ନାହିଁ । ଗଙ୍ଗାଧର ବାବୁ ଆଶ୍ୱସ୍ତ ହୋଇ ଘରକୁ ଫେରିଲେ ରାତି ଏଗାରଟା ବେଳକୁ।

ସେଇଦିନ ସନ୍ଧ୍ୟାବେଳେ ଆଉ ଗୋଟାଏ ଘରେ ଆଡ୍ଡା ବସିଥିଲା ବିନା ପଣ୍ଡା ଦଳର । ଶେଷ ମଦ ବୋତଲଟା ଖୋଲୁ ଖୋଲୁ ଚିନ୍ତୁ ମହାନ୍ତି କହିଲା- "ଭାଇନା, କହିବ ତ ଆଜି ରାତି ଚାରିଟା ସୁଦ୍ଧା ସେ ଶାଳୀ ଟୋକି ତୁମ ଘର ଆମ୍ବଗଛରେ ଲଟକିଥିବ।" ବିନା ପଣ୍ଡା ମଦ ଗ୍ଲାସଟା ଏକା ନିଃଶ୍ୱାସକେ ଖାଲି କରି ଦେଇ କହିଲା- "ଚୋପ୍‌ବେ ଶଳା। ସେ ଶାଳୀ ସତେଇରାଣୀକୁ ମୋ ମାଇପ କରିବି। ତା ବୋପାକୁ କାଲି କହିଦେଇ ଆସିବୁ, କଣ୍ଟ ରହିଲା। ଯଦି ସେ ଅନ୍ୟ କାହାକୁ ବିଭା ଦିଏ କି ତାକୁ ଅନ୍ୟ କୋଉଠିକି ପଠାଏ, ତା'ର ବାକି ପୁଅ ଝିଅ ରହିବେ ନାହିଁ।"

ସେଇଦିନଠୁ ଭାରତୀର ସ୍କୁଲଯିବା ବନ୍ଦ ହୋଇଗଲା । ଝିଅଟିକୁ ପାଠ ପଢ଼େଇ ଡାକ୍ତରାଣୀ କରିବାକୁ ଉଚ୍ଚ ଆଶା ପୋଷଣ କରିଥିବା ଉଚ୍ଚ ପ୍ରାଥମିକ ସ୍କୁଲ୍‌ର ହେଡ୍‌ମାଷ୍ଟର ଗଙ୍ଗାଧର ମିଶ୍ର ତାକୁ ଘର ଚାରିକାନ୍ଥ ଭିତରେ ରଖିବାକୁ ବାଧ୍ୟ ହୋଇଥିଲେ । ଭାରତୀ ପରି ଡବଡବି, ହସକୁରୀ ଝିଅଟା ମଧ୍ୟ ତା' ପରଠୁ ଅସ୍ୱାଭାବିକ ଭାବରେ ଗମ୍ଭୀର ହୋଇଗଲା। ସେ ବି ଆଉ ଘର ବାହାରକୁ ପାଦ କାଢ଼ିବାକୁ ଇଚ୍ଛା କରି ନଥିଲା। ଯଦି ତାର ପରିବାରର ଜୀବନ ରକ୍ଷା ପାଇଁ ତାକୁ ଗୋଟାଏ ଖୁଣୀ ଆସାମୀକୁ ପତି ରୂପରେ ବରଣ କରିବାକୁ ପଡ଼େ, ତାର ଆଉ ଚାରା କ'ଣ ? ଅନିଚ୍ଛାକୃତ ଭାବରେ ମଧ୍ୟ ତାକୁ ଏ ସ୍ୱାର୍ଥତ୍ୟାଗ କରିବାକୁ ପଡ଼ିବ ହିଁ ପଡ଼ିବ।

ହୁଏତ ଅଘଟଣ ଘଟିପାରେ। ବିନା ପଣ୍ଡାର ଅକସ୍ମାତ ମୃତ୍ୟୁ ହୋଇଯାଇପାରେ। ସେ ଯାବଜ୍ଜୀବନ କାରାଦଣ୍ଡ ବି ଯାଇପାରେ । ସେ ଭଗବାନଙ୍କୁ ସେଇ କଥା ହିଁ ପ୍ରାର୍ଥନା କରୁଥିଲା ଦିନ ଦିନ ଧରି।

କିନ୍ତୁ ବିନା ପଣ୍ଡାର କିଛି ହୋଇ ନଥିଲା। ସାକ୍ଷ୍ୟ ପ୍ରମାଣ ଅଭାବରୁ ପ୍ରଥମ କୋର୍ଟରେ ହିଁ ତା କେସ୍ ଖାରଜ୍ ହୋଇଗଲା ଏବଂ ତା ପରଠୁ ସେ ବୀର ଦର୍ପରେ ନିକଟବର୍ତ୍ତୀ ସମସ୍ତ ଗ୍ରାମ ଓ ବଜାରରେ ତା'ର ଅଖଣ୍ଡ ପ୍ରତିପତ୍ତି ବିସ୍ତାର କରିବାକୁ ଲାଗିଲା। ମାସକୁ ମାସ ସମସ୍ତ ଦୋକାନୀମାନେ ତା'ର ମାସିକିଆ ଚାନ୍ଦା ନିଜେ ଯାଇ ତା' ଘରେ ପଇଠ କରି ଆସନ୍ତି । ତା'ପରେ ଦୁର୍ଗାପୂଜା ଚାନ୍ଦା, ଅପେରାପାର୍ଟି ଚାନ୍ଦା ଇତ୍ୟାଦି ତ ଲାଗିରହିଛି।

ତା' ଭାଗ୍ୟକୁ ତା' ପରବର୍ଷ ଆସିଲା ପଞ୍ଚାୟତ ନିର୍ବାଚନ । ସେତେବେଳକୁ ସବୁ ଦଳର ଲୋକେ ତା ଘରେ। "ବିନୟ ବାବୁ, ଆପଣ ନ ଚାହିଁଲେ କିଛି ହେବ ନାହିଁ।" ବିନା ସବୁ ଦଳରୁ କିଛି କିଛି ଟଙ୍କା ମାରି ଶେଷକୁ ଶାସକ ଦଳ ପକ୍ଷରୁ କିଛି ମୋଟା ରକମ ଚାନ୍ଦା ଗ୍ରହଣକରି ସେମାନଙ୍କୁ ଜିତେଇ ଦେଇଥିଲା। ବାଉରୀ ସାହି, ମୁସଲମାନ ସାହିର ଲୋକେ ଭୋଟ ଦେବେନାହିଁ ବୋଲି ଚର ପାଖରୁ ଖବରପାଇ

ଭୋଟ ଆଗଦିନ ରାତିରେ ସେ ଦୁଇଟା ସାହିକୁ ନିଆଁ ଲଗେଇ ପୋଡ଼ି ଦେଇଥିଲା । ସେଥରକ ଶାସକଦଳ ନିରଙ୍କୁଶ ସଂଖ୍ୟା ଗରିଷ୍ଠତା ଲାଭ କରିଥିଲା।

ତା ପରଠୁ ବିନାର କ୍ଷମତା ଓ ପ୍ରତିପତ୍ତି ବହୁଗୁଣରେ ବଢ଼ି ଯାଇଥିଲା। ସେ ଏଥର ନିୟମିତ ଭୁବନେଶ୍ୱର ଯାଇ ମନ୍ତ୍ରୀଙ୍କଠାରୁ ଆରମ୍ଭ କରି ମୁଖ୍ୟମନ୍ତ୍ରୀ ପର୍ଯ୍ୟନ୍ତ ସମସ୍ତଙ୍କୁ ନିର୍ବିବାଦରେ ଦେଖା କରିଆସୁଥିଲା।

କିଛିଦିନ ପରେ ଦେଖାଗଲା ବିନା ତା'ର ପୁରୁଣା ଜିନ୍‌ପେଣ୍ଟ, ନାଇଲନ୍ ଗେଞ୍ଜି ଡ୍ରେସ ଛାଡ଼ିଦେଇ ଏଥର ମୋଟା ଧଳା ପାଇଜାମା ଓ ପଞ୍ଜାବୀ ପିନ୍ଧିବାକୁ ଆରମ୍ଭ କଲାଣି ଏବଂ ତା ସ୍ଥାନୀୟ ବି.ଡି.ଓ. ଡାକ୍ତର, ଥାନାବାବୁଙ୍କ ଠାରୁ ଆରମ୍ଭ କରି ଗ୍ରାମସେବକ ଓ ନିମ୍ନପ୍ରାଥମିକ ସ୍କୁଲ ମାଷ୍ଟରଙ୍କ ବଦଳି କେସ୍ ମଧ୍ୟ ସେ ଧୀରେ ଧୀରେ ହାତକୁ ନେଲାଣି ।

ଏଥର ବିନାପଣ୍ଡାର ଅଧିକାଂଶ ସମୟ ଏହି ସରକାରୀ କର୍ମଚାରୀମାନଙ୍କ ଗହଣରେ କଟେ ଓ ସେ ରାତ୍ରି ଭୋଜନଟା ପ୍ରାୟ ସେହିମାନଙ୍କ ସାଙ୍ଗରେ ସାରିଥାଏ।

ବେଶଭୂଷାରେ ପରିବର୍ତ୍ତନ ସାଙ୍ଗକୁ ବିନା ପଣ୍ଡାର ଚାଲିଚଳଣ ଓ କଥା କହିବାର ରଙ୍ଗଢଙ୍ଗ ମଧ୍ୟ ଧୀରେ ଧୀରେ ବଦଳିଗଲା ଏବଂ ପ୍ରାୟ ତିନିବର୍ଷ ଭିତରେ ସେ ସେହି ଅଞ୍ଚଳର ଜଣେ ଅପ୍ରତିଦ୍ୱନ୍ଦ୍ୱୀ ନେତା ଭାବରେ ପ୍ରତିଷ୍ଠିତ ହୋଇଗଲା, ଯଦିଓ ଏ ଅଞ୍ଚଳରେ ଘଟିଯାଇଥିବା ଚାରି ପାଞ୍ଚଟା ଧର୍ଷଣ, ତିନୋଟି ମର୍ଡ଼ର କେସ୍‌ରେ ବିନା ପଣ୍ଡାର ପ୍ରଚ୍ଛନ୍ନ ହାତ ରହିଛି ବୋଲି ଲୋକମାନେ ପଛରେ ଚୁପ୍‌ଚାପ୍ ହେଉଥିଲେ, ତଥାପି ପ୍ରକାଶ୍ୟରେ ସମସ୍ତେ, ତାକୁ ହିଁ ସମର୍ଥନ ଜଣାଉଥିଲେ ଅକୁଣ୍ଠିତ ଭାବରେ। ତା'ରି ପରିଶ୍ରମ ଫଳରେ ଗଙ୍ଗାଧରବାବୁଙ୍କ ଉଚ୍ଚ ପ୍ରାଥମିକ ସ୍କୁଲଟି ମାଇନର ସ୍କୁଲ ହୋଇଗଲା ଏବଂ ସେହି ସ୍କୁଲ୍‌ରେ ପ୍ରାଇଭେଟ ଭାବରେ ଗୋଟାଏ ଉଚ୍ଚ ବାଳିକା ବିଦ୍ୟାଳୟ ମଧ୍ୟ ଖୋଲି ଯାଇଥିଲା । ସେହି ବାଳିକା ବିଦ୍ୟାଳୟର ସେକ୍ରେଟାରୀ ଭାବରେ ବିନା ପଣ୍ଡା ନିର୍ବିବାଦରେ ନିର୍ବାଚିତ ହୋଇଥିଲା। ବାଳିକା ବିଦ୍ୟାଳୟର ଶିକ୍ଷୟିତ୍ରୀମାନେ ଅଧିକାଂଶ ରାତିରେ ବିନା ପଣ୍ଡାର ଶଯ୍ୟାସଙ୍ଗିନୀ ହୋଇଥିବା କଥା ଲୋକେ ମଧ୍ୟ ପଛରେ କୁହାକୁହି ହୁଅନ୍ତି ।

କିନ୍ତୁ ଏସବୁ ସତ୍ତ୍ୱେ ଗତ ସାଧାରଣ ନିର୍ବାଚନରେ ବିନା ପଣ୍ଡା ହିଁ ବହୁ ଭୋଟରେ ନିର୍ବାଚିତ ହେଲା। ଏଇ ଅଞ୍ଚଳର ଏମ୍.ଏଲ.ଏ. ଭାବରେ ଏବଂ ନିର୍ବାଚିତ ହେବାର ଠିକ୍ ମାସକ ପରେ ସେ ଗଙ୍ଗାଧର ବାବୁଙ୍କୁ ଖବର ପଠାଇଲା ବାହାଘରର ଯୋଗାଡ଼ କରିବାକୁ। ଗଙ୍ଗାଧର ବାବୁଙ୍କ ଚାରିପାଞ୍ଚ ବର୍ଷତଳର ପ୍ରବଳ ପ୍ରତିରୋଧ ଏ ଭିତରେ ଧୀରେ ଧୀରେ ସ୍ତିମିତ ହୋଇ ଆସିଲାଣି। ବିଶେଷତଃ ସେ ମାଇନର ସ୍କୁଲର

ହେଡମାଷ୍ଟର ଭାବରେ ନିଯୁକ୍ତି ପାଇ ସାରିଲାପରେ । ବିନା ପଣ୍ଡା ଆଉ ଏବେ ସେ ଖୁଣୀ ଆସାମୀ ବିନା ପଣ୍ଡା ନୁହେଁ - ସେ ଏବେ ଶାସକ, ବ୍ୟବସ୍ଥାପକ । ତା'ର ସମାଜରେ ସମ୍ମାନ ଅଛି। ଖାତିର ଅଛି। ତା' ହାତରେ କ୍ଷମତା ଅଛି- ଧନ ଅଛି । ହଅ, ପୁରୁଷ ପୁଅ, କ'ଣ କେବେ ରାଗରେ ଗୋଟାଏ କରି ପକାଇଥିଲା ବୋଲି ସେ କଥାକୁ କ'ଣ ଏବେ ଆଉ ଧରିଲେ ଚଳିବ। ସେ ପିଲା କେତେ ବଦଳି ଗଲାଣି । ସୁଧାର ହୋଇଗଲାଣି। ତା ଛଡ଼ା ବିନା ପଣ୍ଡାର ଶ୍ୱଶୁର ଭାବରେ ତାଙ୍କର କ୍ଷମତା ବି କମ ବଢ଼ିଯିବ ନାହିଁ?

ଗଙ୍ଗାଧର ବାବୁ ନିଶ୍ଚିନ୍ତ ମନରେ ବିବାହର ଯୋଗାଡ଼ କରିବାକୁ ଲାଗିଲେ। ବିନା ପଣ୍ଡାର ବିଶ୍ୱସ୍ତ ଚର ଚିନ୍ତୁ ମହାନ୍ତି ଆସି କହି ଦେଇଗଲାଣି, "କିଛି ଚିନ୍ତା କରିବାର ଦରକାର ନାହିଁ। ଆମେ ଆସି ଛାମୁଣ୍ଡିଆ ବାନ୍ଧି ଦେଇଯିବୁ। ହଣ୍ଡାକଡ଼େଇ ଟେବୁଲ ଚେୟାର ଯାହା ଦରକାର ସବୁ ପହଞ୍ଚେଇ ଦେବୁ । ହେଲେ ଯେମିତି ବରଯାତ୍ରୀଙ୍କ ଚର୍ଚ୍ଚାଟା ଖୁବ୍ ଭଲ ଭାବରେ ହୁଏ । ଭୁବନେଶ୍ୱରରୁ ଦି ଚାରିଜଣ ମନ୍ତ୍ରୀ ଓ ଦଶ ବାରଜଣ ଏମ୍.ଏଲ.ଏ. ବି ଆସିବେ । ଏଇ ରଖନ୍ତୁ ପାଞ୍ଚ ହଜାର। ନିଅଣ୍ଟ ହେଲେ କହିବେ। ବିନାବାବୁ କହିଛନ୍ତି, "ଖର୍ଚ୍ଚ ଯାହାହେଉ ତାଙ୍କ ମାନସମ୍ମାନ ଯେମିତି ତଳେ ନ ପଡ଼େ।"

ଚାରିଆଡ଼େ ଖବର ଖେଳିଗଲା । "ଯାହାହେଉ ବିନା ପଣ୍ଡା ସତରେ ଖାଣ୍ଟି ଲୋକ। ଯାହା କହିବ ସେଇଆ କରିବ। ଜବାବ ଏପଟ ସେପଟ ହେବ ନାହିଁ। ନହେଲେ ଦେଖ ପାଞ୍ଚବର୍ଷ ତଳେ କହିଥିଲା ଭାରତୀକୁ ବାହାହେବ ବୋଲି ଶେଷକୁ ହେଲା ହିଁ ହେଲା । ନ ହେଲେ ଏଇନେ ତାର ଯୋଉ ପାବାର୍, କେତେ ବଡ଼ ବଡ଼ ଧନୀ ଲୋକଙ୍କ ଘରୁ ପ୍ରସ୍ତାବ ଆସିଥିଲା ପରା, ସମସ୍ତଙ୍କୁ ନାହିଁ କରି ଦେଲା।"

ବାହାଘର ଆୟୋଜନ ଧୂମ୍‌ଧାମରେ ଚାଲିଥାଏ। କିନ୍ତୁ ବିନୟ କୁମାର ପଣ୍ଡାଙ୍କ ଲୋକହିତକର କାର୍ଯ୍ୟ ବି ସେ ଭିତରେ ଚାଲିଥାଏ। ବାହାଘର ମାସେ ବାକି। ବିନୟବାବୁଙ୍କ ଚେଷ୍ଟାରେ ସ୍ଥାନୀୟ ଡାକ୍ତରଖାନାରେ ଗୋଟିଏ 'ପରିବାର ନିୟୋଜନ କାର୍ଯ୍ୟକ୍ରମ' ସ୍ୱାସ୍ଥ୍ୟ ଡେପୁଟି ମିନିଷ୍ଟରଙ୍କ ସଭାପତିତ୍ୱରେ ଉଦ୍‌ଘାଟିତ ହୋଇଯାଇଛି। ମନ୍ତ୍ରୀଙ୍କ ସହ ବିନୟବାବୁ ମଧ୍ୟ ପରିବାର ନିୟୋଜନର ଉପକାରିତା ସମ୍ବନ୍ଧରେ ଗୋଟାଏ ନାତିଦୀର୍ଘ ଭାଷଣ ଦେଇଥିଲେ ସେ ସଭାରେ। ଏପରି ଗୋଟାଏ କାର୍ଯ୍ୟକ୍ରମ ଏ ଅଞ୍ଚଳରେ ପ୍ରଥମ । ତେଣୁ ଲୋକମାନଙ୍କ, ବିଶେଷତଃ ସାହି ମାଇପମାନଙ୍କ ମଧ୍ୟରେ ଏହା ଏକ ମୁଖରୋଚକ ଘଟଣା ଭାବରେ ବହୁଳ ଭାବରେ ପ୍ରଚାରିତ ହୋଇଗଲା । ଚାରିଆଡ଼େ ଚୁପ୍‌ଚାପ୍ - ଫୁସ୍‌ଫାସ୍। ହସା ହସି। କେତେ ଆଶଙ୍କା, ଭୟ । "ଶଳା,

ଅଣପୁରୁଷା ହୋଇଯିବେ ସବୁ।" "ଆରେ ଥରେ ହେଲେ ଏ ମାଇକିନିଆ ସମ୍ଭଳା ପଡ଼ିବେ । ଚରିବୁଲି ଖାଇବାକୁ ସୁବିଧା ହେବ।"

"ଆରେ, ଯେତେହେଲେ ଛୁଆପିଲା ଭଗବାନଙ୍କ ଦାନ। ଏମିତି ଜବର ଦସ୍ତି ବନ୍ଦ କରିଦେଲେ ଆଉ ପୃଥ୍ୱୀ ରହିବ? ନିର୍ବଂଶ ହୋଇଯିବେ ସବୁ।"

ଯଦିଓ ପ୍ରଥମ ଦିନେ ଦି ଦିନ ବିନୟ ବାବୁଙ୍କ ଚେଲାମାନେ ଟଙ୍କା ପଇସା ଦେଇ, ଧମକ୍‌ଚମକ ଦେଖାଇ ବାଉରୀ ସାହି, ଡମ ସାହିରୁ କିଛି ମରଦ ମାଇପଙ୍କୁ ଧରି ଆଣିଥିଲେ, ତୃତୀୟ ଦିନ ବେଳକୁ ପ୍ରାୟ ସବୁ ଫାଙ୍କା । କରଣ, ବ୍ରାହ୍ମଣ, ଖଣ୍ଡାୟତ ସାହିରୁ ଜଣେ ବି କେହି ଆସିଲେ ନାହିଁ । ବିନୟ ବାବୁଙ୍କର ଆଉ ତା ପ୍ରତି ନଜର ବି ନାହିଁ। ମନ୍ତ୍ରୀ ଆସିଥିଲେ- ଦେଖିଗଲେ ସଇଲା । ଖାତାରେ ନାଁ କ'ଣ ବାକି ରହିବ? ଡାକ୍ତରଙ୍କ ସାଙ୍ଗରେ ସେଇ କଥା ଠିକ୍‌ଠାକ୍ ହୋଇ ଯାଇଛି । ଚାରିଶ ନାଁ ପଡ଼ିବ। ଯେତିକି ସତରେ ହେଲା ହେଲା- ବାକି ସବୁ ମିଛ ନାଁ ଭର୍ତ୍ତି ହେବ। ଟଙ୍କା ଅଧା ଅଧା ଭାଗ ହେବ।

ଚତୁର୍ଥ ଦିନ ପ୍ରାୟ ସାଢ଼େ ନଅଟା ହେବ । କେହି କୁଆଡ଼େ ନାହାନ୍ତି । ନର୍ସ କଂପାଉଣ୍ଡର, ଡ୍ରେସର ସବୁ ଏପଟ ଘରେ ବସି ଗପ ଜମେଇଛନ୍ତି। ଡାକ୍ତର ବାବୁ ଚଉକିଉପରେ ବସି ପାଖ ଟୁଲରେ ଗୋଡ଼ଥୋଇ କୋଉ ଗୋଟାଏ ସିନେମା ପତ୍ରିକାଟାଏ ପଢୁଛନ୍ତି । ଏତିକିବେଳେ ମୁହଁରେ ହାତେ ଓଢ଼ଣା ଦେଇ ପଶି ଆସିଲା ସ୍ତ୍ରୀ ଲୋକଟିଏ।

ଡାକ୍ତରବାବୁ ପତ୍ରିକାଟା ଥୋଇଦେଇ ସାମାନ୍ୟ ବିରକ୍ତିରେ ପଚାରିଲେ, "କ'ଣ ଦରକାର?"

ସ୍ତ୍ରୀ ଲୋକଟି କିଛି ସମୟ ଚୁପ୍ ଚାପ୍ ରହି ଧୀରେ ଧୀରେ କହିଲା, "ଅପରେସନ୍ ହେବି।"

ଡାକ୍ତରବାବୁ ଚଞ୍ଚଳ ହୋଇ ଉଠିଲେ।

"ଆଚ୍ଛା, ଆଚ୍ଛା।"

ଟେବୁଲ୍ ଉପରେ ଅଧାମେଲା ରହିଥିବା ଖାତାଟା ଟାଣିଆଣି ପଚାରିଲେ, "ନାଁ କଣ?"

- ଭାରତୀ ମିଶ୍ର।

- ବୟସ ?

- ଉଣେଇଶ?

- ଆଁଏ। ଚମକି ପଡ଼ିଲେ ଡାକ୍ତରବାବୁ। କିନ୍ତୁ ଗାଁ ଗହଳିରେ ଏମିତି ଘଟଣା

ଘଟିଥାଏ । ବୟସର ହିସାବ ଠିକ୍ ନଥାଏ କାହାର। ଚାଳିଶ ବର୍ଷର ପ୍ରୌଢ଼ାଟିଏ ବି ଅନାୟାସରେ ପଚାଶ କିମ୍ବା ବାଇଶ କହି ଦେଇପାରେ। ତେଣୁ ସେ କିଛି ସମୟ କଲମ ବନ୍ଦକରି ଟିକିଏ ଭାବିଲାପରି ହୋଇ ଲେଖିଲେ, "ବୟସ ଅଣତିରିଶ।" ମୁହଁ ତ ଦେଖାଯାଉନି। ଦେହ ବି ମୋଟା କପଡ଼ାରେ ପୂରାପୂରି ଢାଙ୍କି ହୋଇରହିଛି।

- କେତୋଟି ଛୁଆ !

- ଗୋଟେ ବି ନାହିଁ।

- ଆଏଁ। ତମେ କ'ଣ ବାହା ହେଇନ ?

- ନା, ହେବାକୁ ଯାଉଛି ।

- କ'ଣ ମୋ ସାଙ୍ଗରେ ଥଟ୍ଟା କରୁଛ ? ଡାକ୍ତରବାବୁ ସତକୁ ସତ ଏଥର ରାଗିଗଲେ । "ଡାକିବି ସେ ସୁଇପରକୁ ।"

ଏଥର ମୁଣ୍ଡର ଓଢ଼ଣାକୁ ଖୋଲିଦେଇ ଭାରତୀ ଟେବୁଲ୍ ଉପରେ ଭରା ଦେଇ ଡାକ୍ତରବାବୁଙ୍କ ଆଡ଼କୁ ଚାହିଁରହିଲା ଏକ ଦୃଷ୍ଟିରେ। ହଠାତ୍ ଅସାମାନ୍ୟ ରୂପସୀ କନ୍ୟାକୁ ଆଖି ଆଗରେ ଦେଖି ବିସ୍ମୟରେ ଡାକ୍ତରବାବୁଙ୍କ ପାଟିରୁ କଥା ବାହାରିଲା ନାହିଁ। ସେ କେବଳ ଆଁ କରି ଚାହିଁ ରହିଲେ ତା' ଆଡ଼କୁ

- ଡାକ୍ତରବାବୁ। ମୁଁ ପାଗଳି ନୁହେଁ କି ବେଶ୍ୟା ନୁହେଁ। ମୁଁ ଜଣେ ଭଦ୍ରଘରର କନ୍ୟା । ମୋର ବିବାହ ଗୋଟାଏ ଖୁନୀ ଆସାମୀ ସହିତ ସ୍ଥିର ହୋଇ ଯାଇଛି। ବାହାଘର ଆଉ ମାସେ ବାକି। ସେ ବାହାଘରକୁ ଅସ୍ୱୀକାର କରିବା ମୋ ପକ୍ଷରେ ସମ୍ଭବ ନୁହେଁ- ମୋର ବାପା ମା' ଭାଇ ଭଉଣୀଙ୍କ ଭବିଷ୍ୟତ ପାଇଁ। ଜଣେ ହତ୍ୟାକାରୀର ସ୍ତ୍ରୀ ହେବାକୁ ମୋର ଆପତ୍ତି ନାହିଁ; କିନ୍ତୁ ମୁଁ ଚାହେଁନା ଡାକ୍ତରବାବୁ ଖୁନୀ ଆସାମୀର ମା' ହେବାକୁ କିମ୍ବା ନପୁଂସକ ଭୀରୁ ସନ୍ତାନର ଜନନୀ ହେବାକୁ।

ଡାକ୍ତରବାବୁ ! ଏ ଦେଶରେ ଅଧିକାଂଶ ସନ୍ତାନ ଆଜି ଆପଣଙ୍କ ପରି ଭୀରୁ, କାପୁରୁଷ, ନପୁଂସକ ଆଉ ବାକି ଅଂଶ ମୋ ଭାବୀ ସ୍ୱାମୀ ପରି ହତ୍ୟାକାରୀ, ଧର୍ଷଣକାରୀ, ଲୁଣ୍ଠନକାରୀ, ଡକାୟତ।

ଏମିତି ଆହୁରି କିଛି ସନ୍ତାନ ଜନ୍ମ ଦେବାର ପାପରୁ ମୋତେ ଉଦ୍ଧାର କରନ୍ତୁ ଡାକ୍ତରବାବୁ !

ମୋତେ ବନ୍ଧ୍ୟା କରିଦିଅନ୍ତୁ- ଚିରଦିନ ପାଇଁ ବନ୍ଧ୍ୟା କରିଦିଅନ୍ତୁ।

ମନ୍ତ୍ର

ଜଗନ୍ନାଥ ପ୍ରସାଦ ଦାସ

ସନ୍ଧ୍ୟାବେଳେ ଘରକୁ ଫେରିଲେ ପ୍ରଭାକର ସାଧାରଣତଃ ଅଫିସ କଥା କହିଥାଏ; କିନ୍ତୁ ସେଦିନ ଆସି କହିଲା, ବୁଝିଲ, ସ୍ୱାମୀଜୀ ଶେଷକୁ ଆମ ଚିଫ୍ ଇଞ୍ଜିନିୟରଙ୍କ ଘରେ ରହିଲେ। ସୁହାସିନୀ ସକାଳର ଖବରକାଗଜରେ 'ରାଜଧାନୀରେ ସ୍ୱାମୀଜୀଙ୍କ ପଦାର୍ପଣ' ଶୀର୍ଷକ ସମ୍ବାଦଟି ପଢ଼ିଥିଲା; କିନ୍ତୁ ପଚାରିଲା, କୋଉ ସ୍ୱାମୀଜୀ ? ପ୍ରଭାକର କହିଲା, ତମେ ଘରେ ବସି ବସି ବାହାରେ କିଛି ବି ଖବର ରଖୁ ନାହଁ । ଅନେକ ବର୍ଷ ପରେ ସ୍ୱାମୀଜୀ ଓଡ଼ିଶା ଫେରିଛନ୍ତି ତାଙ୍କର ହିମାଳୟ ଆଶ୍ରମରୁ। ଖୋଦ ମୁଖ୍ୟମନ୍ତ୍ରୀ ଯାଇଥିଲେ। ତାଙ୍କୁ ଏୟାରପୋର୍ଟରୁ ଆଣିବା ପାଇଁ। ଏ ବିଷୟରେ ଅଧିକ ଜାଣିବା ପାଇଁ ସୁହାସିନୀର କୌତୁହଳ ଥିଲା, ତେବେ ତା'ର ଘରେ ବସି ରହୁଥିବା ଉପରେ ପ୍ରଭାକର ମନ୍ତବ୍ୟ କରିଥିବା ତାକୁ ଭଲ ଲାଗିଲା ନାହିଁ ଏବଂ ସେ ଆଉ କିଛି ନ ପଚାରି ଖାଲି କହିଲା, 'ଓଃ !' ପ୍ରଭାକର କିନ୍ତୁ ଚୁପ୍ ରହିଲା ନାହିଁ। କହିଲା, ଚିଫ୍ ଇଞ୍ଜିନିୟରଙ୍କର ସବୁ ସମସ୍ୟାର ଏଥର ସମାଧାନ ହୋଇଯିବ। ସେ କ'ଣ କମ୍ ଚେଷ୍ଟା କରିଛନ୍ତି ସ୍ୱାମୀଜୀଙ୍କୁ ହାତ କରିବାକୁ ?

ସୁହାସିନୀର ସବୁ ଆଗ୍ରହ ଥଣ୍ଡା ପଡ଼ିଗଲା। ପୁଣି ସେଇ ଅଫିସ କଥା । କିଏ କାହାର ପ୍ରିୟ ଅପ୍ରିୟ, କିଏ ଚୋର କିଏ ସଚ୍ଚୋଟ ଏବଂ କାହାକୁ ଧରି କିଏ କି ଭାବରେ ଲାଗିଛି ନିଜର ଉନ୍ନତି ବା ଅନ୍ୟ କାହାର କ୍ଷତି କରିବା ପାଇଁ। ଖାଇସାରି ଶୋଇବାକୁ ଗଲାବେଳେ ବି ପ୍ରଭାକର ନିଜ କଥାର ସୂତ୍ର ଧରି କହିଲା, ଚିଫ୍ ଇଞ୍ଜିନିୟରଙ୍କର ଯଦି ବଦଳି ବନ୍ଦ ହୋଇଯିବ, ଜଣାଯିବ ଯେ ସତରେ ସ୍ୱାମୀଙ୍କର କରାମତି ଅଛି। ସୁହାସିନୀ ମନେ ମନେ ବିରକ୍ତ ହେଲା ଏବଂ ପ୍ରଭାକରକୁ ଅସ୍ୱସ୍ତି

ପହଞ୍ଚାଇବା ପାଇଁ ପୁରୁଣା କଥା ଉଠାଇ କହିଲା, ତମର କ'ଣ ଭିଜିଲାନ୍ସ କେସ୍ ଏତେ ବର୍ଷ ହେଲା ପଡ଼ିରହିଛି, ତମେ ଯାଇ ସ୍ୱାମୀଜୀଙ୍କୁ ଧରୁନା ? ଯଦିଓ ପିଲା ଦୁହେଁ ଅନ୍ୟ ଘରେ ଶୋଇଯାଇଥିଲେ ଏବଂ ସେମାନେ ଏକା ଥିଲେ, ପ୍ରଭାକର କହିଲା, ଏ ସବୁ କଥା ବଡ଼ ପାଟିରେ କହିବ ନାହିଁ । ନିଜେ ସ୍ୱରକୁ ଆହୁରି ଧୀର କରି କହିଲା, ଶଳା କିଏ କେତେ ଟଙ୍କା ଖାଇ ମଜା କରି ବୁଲୁଛନ୍ତି, ମୋରି ବେଳକୁ ଯାଙ୍କର କେସ୍ କରିବାକୁ ଥିଲା। କେସ୍ ତ କୋଉକାଳୁ ଛିଣ୍ଡି ଯାଆନ୍ତାଣି, କିନ୍ତୁ ତାକୁ ଧରି ରଖିଛନ୍ତି ଖାଲି ମଝିରେ ମଝିରେ ମତେ ଡର ଦେଖାଇ ମୋ ପାଖରୁ ଟଙ୍କା ଆଦାୟ କରିବାକୁ । କେସ୍ ବୋଲି କ'ଣ ନା କ୍ଷୋରରେ ଜିନିଷ ନ ଥିଲା । ସାତ ଦିନ ଭିତରେ ତ......

ଅଫିସ୍ କାଗଜପତ୍ରରେ ପ୍ରଭାକର ଯାହା ସବୁ କୈଫିୟତ ଦେଇଥିଲା, ବାରମ୍ବାର ସ୍ତ୍ରୀ ଆଗରେ ତା'ର ପୁନରାବୃତ୍ତି କରି ସେ ସୁହାସିନୀକୁ ଏବଂ ବିଶେଷରେ ନିଜକୁ ସାନ୍ତ୍ୱନା ଦେଉଥିଲା ଯେ ତା'ର କିଛି ବି ଭୁଲ ନାହିଁ ଏବଂ ଅନ୍ୟାନ୍ୟ ଦୁର୍ନୀତିଗ୍ରସ୍ତ ଅଫିସରଙ୍କ ଭଳି ସେ ମଧ୍ୟ ଖସିଯିବ ଏ କେସ୍‌ରୁ । ତା'ର ଦୁଃଖ ଥିଲା ଯେ ଅସତ୍ କାମମାନଙ୍କରେ ତା'ର ସହକର୍ମୀଙ୍କ ସ୍ତ୍ରୀମାନଙ୍କ ଭଳି ସୁହାସିନୀ ସହଯୋଗ କରୁନଥିଲା । ତା'ର ଦୁର୍ଦ୍ଦଶାରେ ଭାଗୀ ହେବା ତ ଦୂରର କଥା, ବର୍ତ୍ତମାନ ସେ ତା'ର କେସ୍‌ର ଯେଉଁ ଦୀର୍ଘ ବିବରଣୀ ଦେଉଥିଲା, ସୁହାସିନୀ ସେଥିରେ ଆଦୌ ଆଗ୍ରହୀ ଜଣା ପଡୁ ନ ଥିଲା । କଥା ବନ୍ଦ କରି ପ୍ରଭାକର ପଚାରିଲା, କ'ଣ ଶୋଇଗଲଣି ନା କ'ଣ ? ଅନ୍ୟ ପାଖକୁ ମୁହଁ ବୁଲାଇ ନେଇ ସୁହାସିନୀ କହିଲା, 'ହଁ।'

ସୁହାସିନୀକୁ କିନ୍ତୁ ନିଦ ଲାଗୁନଥିଲା । ପ୍ରଭାକର ତାକୁ ସହଜରେ କହିଦେଲା ଯେ ସେ ବାହାରର କିଛି ଖବର ରଖୁ ନାହିଁ। ତା ପୁଣି କି ଖବର ନା କୋଉ ଭଣ୍ଡ ସାଧୁ ଆସି କୋଉ ଭ୍ରଷ୍ଟ ଚିଫ୍ ଇଞ୍ଜିନିୟରଙ୍କ ଘରେ ଡେରା ପକାଇବେ । ପାଠ ପଢ଼ିବାବେଳେ ସୁହାସିନୀ କେବଳ ରାଜନୀତି ବିଜ୍ଞାନର ବହି ପଢୁ ନଥିଲା, ଦେଶ ବିଦେଶର ଖବର ରଖିବାରେ ବି ଅଗ୍ରଣୀ ଥିଲା । ମେଧାବିନୀ ଛାତ୍ରୀ ଓ ନେତ୍ରୀ ଭାବରେ କଲେଜରେ ତା'ର ସମ୍ମାନ ଥିଲା। ସ୍ପୋର୍ଟ୍ସରୁ ଆରମ୍ଭ କରି କଲେଜର ନାଟକ ପର୍ଯ୍ୟନ୍ତ ସବୁଥିରେ ଭାଗ ନେଉଥିଲା ସୁହାସିନୀ। କଲେଜ ବେଳର ଅନେକ ଛୋଟ ଛୋଟ ଘଟଣା ମନକୁ ଆସୁଥିଲା ବର୍ତ୍ତମାନ : ସାଙ୍ଗମାନେ ଏକାଠି ହୋଇ ସିଗାରେଟ୍ ପିଇ ଧରା ପଡ଼ିବା, କ୍ଲାସରେ ନୂଆ ଲେକ୍‌ଚରଙ୍କୁ ହଇରାଣ କରିବା, ରାତିରେ ସିନେମାରୁ ଫେରି ଫାଟକ ଡେଇଁ ହଷ୍ଟେଲ ଭିତରକୁ ପଶିବା। ଅନେକ ଦିନ ଧରି ସେ ପୁରୁଣା ଦିନ ବିଷୟରେ ଭାବିବା ଛାଡ଼ି ଦେଇଥିଲା; କିନ୍ତୁ ଆଜି ଅନାୟାସରେ ତା'ର ମନେପଡୁଥିଲେ ଅତି ଅକିଞ୍ଚିତକର କଥା ଓ ଦୃଶ୍ୟ ସବୁ: ଡିବେଟ୍‌ରେ ପ୍ରାଇଜ ନେଇ ଫେରିବା ବେଳେ

ସେମାନେ ଟ୍ରେନ୍‌ରେ ଗାଇଥିବା ଗୀତ, ତା'କୁ ଭଲ ଲାଗିଥିବା ପିଲାଟି ପାଇଁ ସେ ଲେଖିଥିବା ଦୁଇଧାଡ଼ି କବିତାର ଶବ୍ଦମାନ, ସିନେମା ହଲ୍‌ର ଅନ୍ଧାର ଭିତରେ କାହାର ହାତ ଆସି ତାର ଛାତିକୁ ଛୁଇଁ ଦେଇଥିବାର ଏକାଧାରରେ ପୁଲକ ଓ ଅସ୍ୱସ୍ତି। ନା, ଏ ସବୁ ମନେ ପକାଇ କିଛି ଲାଭ ନାହିଁ ଆଉ। କେତେ କ'ଣ ଆଶା ଆକାଂକ୍ଷା ଥିଲା ତା'ର, କିନ୍ତୁ ପିଏଚ୍.ଡି. କରୁଥିବା ବେଳେ ବାହାଘର ହୋଇଗଲା। ତା ଠାରୁ ଅଳ୍ପ ଯୋଗ୍ୟ ତା'ର ସାଙ୍ଗମାନେ ଚାକିରିର ପାହାଚରୁ ପାହାଚ ଉପରକୁ ଉଠୁଥିବା ବେଳେ ସେ ତାର ସ୍ୱାମୀ ସହିତ ଗୋଟିଏ ମଫସଲରୁ ଆଉ ଗୋଟିଏ ମଫସଲକୁ ଘର ସଂସାର ବଦଳାଇବାରେ ବ୍ୟସ୍ତ ରହିଲା। ତାର ସ୍ୱାମୀ ଜୁନିୟର ଆସିଷ୍ଟାଣ୍ଟ ଏକ୍‌ଜିକ୍ୟୁଟିଭ ଇଞ୍ଜିନିୟର ହେବା ଭିତରେ ତା'ର ଉନ୍ନତି ହେଲା: ଦିଓଟି ସନ୍ତାନ, ଘରେ ଆଉ କିଛି ଜିନିଷପତ୍ର ଓ ଅଧିକା ଚାକରବାକର। ପ୍ରଥମେ ପ୍ରଥମେ ମନ ଭିତରେ ଅପ୍ରାପ୍ତିର ଯେଉଁ କ୍ଷୋଭ ଉପୁଜୁଥିଲା, ତାକୁ ସେ ଚେଷ୍ଟା କରି ଦୂର କରିଦେଲା, ଏଇ କଥା ଭାବି ଯେ ତାର ପ୍ରଥମ କର୍ତ୍ତବ୍ୟ ହେଉଛି ପିଲା ଦୁହିଁଙ୍କୁ ମଣିଷ କରିବା। ଏଇଥିରେ କଟିଗଲା ତାର ଜୀବନର କୋଡ଼ିଏଟି ବର୍ଷ।

ପ୍ରଭାକର ସହିତ କେବେ ବି ତା'ର ଗୁରୁତର ଅପଡ଼ ହୋଇ ନଥିଲା; କିନ୍ତୁ କେବେ ବି ତା ସହିତ ଭଲରେ ମନ ମିଳି ନଥିଲା ସୁହାସିନୀର। ପ୍ରଭାକର ବିଷୟସର୍ବସ୍ୱ ଥିଲା ଏବଂ ସବୁବେଳେ ଲାଗିଥିଲା କିପରି ଆହୁରି ସଂପତ୍ତି ଏକାଠି କରିବ। କର୍ମଠ ଅଫିସର ଭାବରେ ତାର ନାଁ ଥିଲା ଏବଂ ସେ ତା'ର ସହକର୍ମୀମାନଙ୍କ ଅପେକ୍ଷା ଅଧିକ ଦୁର୍ନୀତିଗ୍ରସ୍ତ ନଥିଲା। ନିଜର ସବୁ ସମୟ ସେ କାମରେ ଲଗାଉଥିଲା ଏବଂ ଘରକୁ ଫେରିଲେ ଯୋଜନା କରୁଥିଲା କୋଉଠି ନୂଆ ଘର କରିବ, କ'ଣ ନୂଆ ଜିନିଷ କିଣିବ ଏବଂ ଚୋରୀ ଟଙ୍କାକୁ କିଭଳି ବିନିଯୋଗ କରିବ। ଏ ସବୁ ବିଷୟରେ କିନ୍ତୁ ସୁହାସିନୀର ଟିକିଏ ବି ଆଗ୍ରହ ନ ଥିଲା ଏବଂ ପ୍ରଭାକର ଯେତେବେଳେ ଘର ତିଆରି କରିବାର ନକ୍‌ସା ଆଣି ଦେଖାଉଥିଲା ଏବଂ ତା'କୁ ଆହୁରି ସୁନ୍ଦର କରିବାର ପ୍ରସ୍ତାବ ଦେଉଥିଲା, ସୁହାସିନୀ ସେଥିରେ ମୁଣ୍ଡ ନ ଖେଳାଇ ତା କଥାରେ ହଁ ଭରୁଥିଲା। ପ୍ରଭାକରର ଦୁଃଖ ଥିଲା ଯେ ସେ ଯେତେବେଳେ ସୁହାସିନୀର ହାତକୁ ଅଳଙ୍କାରର ପୁଡ଼ିଆ କିମ୍ବା ଟଙ୍କା ବିନିଯୋଗର କାଗଜପତ୍ର ଦେଉଥିଲା, ସୁହାସିନୀ କୃତଜ୍ଞତା ଓ ଆନନ୍ଦରେ ଗଦ୍‌ଗଦ ନ ହୋଇ ତାକୁ ନିର୍ବିକାରରେ ନେଇ ଆଲମାରିରେ ରଖି ଦେଉଥିଲା। ପ୍ରଭାକରର ଏତିକି ସାନ୍ତ୍ୱନା ଥିଲା ଯେ ସ୍ତ୍ରୀର ବିମୁଖତା ସତ୍ତ୍ୱେ ତା'ର ସଂସାର ଓ ସଂପତ୍ତିର ଉତ୍ତରୋତ୍ତର ଉନ୍ନତି ହେଉଥିଲା।

ସେ ଭାବିଥିଲା ଯେ ରାଜଧାନୀକୁ ଆସିବା ପରେ ସୁହାସିନୀର ମନ

ବଦଳିଯିବ ଏବଂ ସେ ତା'ର ଚାକିରି ଓ ଘରବାଡ଼ିର ଯୋଜନାରେ କିଛି ରୁଚି ରଖିବ; କିନ୍ତୁ ଏପରି କିଛି ହେଲା ନାହିଁ। ଝିଅ ବର୍ତ୍ତମାନ କଲେଜରେ ପଢୁଥିଲା ଏବଂ ପୁଅ ସ୍କୁଲ୍‌ର ଶେଷ କ୍ଲାସରେ। ସେମାନଙ୍କ ପାଇଁ ସୁହାସିନୀର ଆଉ ବେଶି କିଛି ଦାୟିତ୍ୱ ନ ଥିଲା। ସେ କିନ୍ତୁ ପୂରା ସମୟ କଟାଉଥିଲା ତା'ର କିଛି ପୁରୁଣା ସାଙ୍ଗଙ୍କୁ ଭେଟି, ପିଲାଙ୍କ ପଢ଼ାପଢ଼ିକଥା ବୁଝି ଏବଂ ତାଙ୍କର ଛୋଟ ବଗିଚାର ଯତ୍ନ ନେବାରେ। ପ୍ରଭାକର ବୁଝିପାରୁ ନଥିଲା ସେ ଅନେକ ପଇସାପତ୍ର କରି ପରିବାରକୁ ଏତେ ସୁଖସ୍ୱାଚ୍ଛନ୍ଦ୍ୟରେ ରଖି ସେମାନଙ୍କର ଭବିଷ୍ୟତ ପାଇଁ ସଂପତ୍ତି ଖଞ୍ଜି ଦେଇଥିବା କଥା କାହିଁକି ସୁହାସିନୀକୁ ପ୍ରଭାବିତ କାରିପାରୁନଥିଲା ଏବଂ କିପରି ସେ ଏ ବିଷୟରେ ନିଃସ୍ପୃହ ରହୁଥିଲା। ତଥାପି ସେ ନିୟମିତ ଭାବରେ ନିଜର ସବୁ କଥା ଆସି ଟିକିନିଖି କରି କହୁଥିଲା, ସୁହାସିନୀ ତା'ର କଥାକୁ ଅଶୁଣା କରିଦେଉଥିବା ସତ୍ତ୍ୱେ।

ଦି' ଦିନ ପରେ ରାତିରେ ଡେରିରେ ଘରକୁ ଫେରି ପ୍ରଭାକର ତା'କୁ କହିଲା, ଆଜି ଅଫିସରୁ ସିଧା ଚାଲିଗଲି ସ୍ୱାମୀଜୀଙ୍କର ପାଖକୁ। କି ସୁନ୍ଦର ପ୍ରବଚନ ଦେଲେ ସତେ ! ଆଜି ଗୀତାର ଗୋଟାଏ ଅଧ୍ୟାୟ ବୁଝାଇଲେ ସ୍ୱାମୀଜୀ । ସେ କୁଆଡ଼େ ଗୀତା ଉପରେ ଗୋଟାଏ ଭାଷ୍ୟ ଲେଖିଛନ୍ତି। ସୁହାସିନୀ କହିଲା, ଗୀତା ଉପରେ ହଜାର ବହି ଲେଖା ହୋଇଛି । ତଥାପି ସବୁ ସ୍ୱାମୀଜୀ ତା' ଉପରେ ନିଶ୍ଚେ ଆଉ ଗୋଟିଏ ଟୀକା ଲେଖିବେ ।

ତାଙ୍କ ବହିରେ କଣ ଥିବ କେଜାଣି; କିନ୍ତୁ ତାଙ୍କ କଥା ଯେମିତି ଅମୃତ। ଥରେ ଶୁଣିଲେ ଉଠି ଆସିବାକୁ ଇଚ୍ଛା ହେବନି। ସ୍ୱାମୀଜୀ କୁଆଡ଼େ ଖାଲି ଗୀତା ଭାଗବତ ନୁହେଁ, ବାଇବେଲ୍, କୋରାନ୍ ଉପରେ ବି ଏମିତି ପ୍ରବଚନ ଦେଉଛନ୍ତି। ମୁଁ ଭାବୁଛି ପ୍ରତିଦିନ ଅଫିସ ଫେରନ୍ତା ସେଇ ବାଟ ଦେଇ ଆସିବି।

ସ୍ୱାମୀଜୀ କୁଆଡ଼େ ପରା ଅସମ୍ଭବକୁ ସମ୍ଭବ କରି ଦେଖାଉଛନ୍ତି ? ସୁବିଧା ଦେଖି ତମ ଭିଜିଲାନ୍ସ କେସ୍ କଥା କହିଲ ନାହିଁ ?

ତାଙ୍କୁ ଏକୁଟିଆ ପାଇ ସବୁ କଥା କହିବା କଣ ଏତେ ସହଜ ? ତମେ ତାଙ୍କ ସଭାକୁ ଗଲେ ଦେଖନ୍ତ କେତେ ଲୋକ ଆସି ଜମା ହେଉଛନ୍ତି । ଯାହା ଉପରେ ତାଙ୍କର କୃପା ହେଉଛି, ତାକୁ ଡାକୁଛନ୍ତି ମନ୍ତ୍ର ଦେବା ପାଇଁ ।

କିଏ ଜାଣିଚି କି ମନ୍ତ୍ର। ଆଜି ସେ ପ୍ରବଚନ ପରେ ଡାକିଲେ ରାଓବାବୁଙ୍କୁ। ଏତେଲୋକ ବସିଥିଲେ, ଏମିତି ବି ଆଜି ସେଠି ଜଣେ ମନ୍ତ୍ରୀ ବି ଥିଲେ; କିନ୍ତୁ ସ୍ୱାମୀଜୀଙ୍କ ଆଖିରେ ପଡ଼ିଲେ ଏଇ କଣ୍ଟ୍ରାକ୍ଟର ।

ତମ ପାଳି ପୁଣି କେବେ ପଡ଼ିବ ବୋଲି ଭାବୁଚ ? ସୁହାସିନୀ ପଚାରିଲା ।

ଦିନ ସାରାତ ସ୍ୱାମୀଜୀ ଲୋକଙ୍କୁ ଭେଟୁଛନ୍ତି ! ଚିଫ୍ ଇଞ୍ଜିନିୟରଙ୍କ ଘରେ ଏବେ ଲୋକଙ୍କ ମେଳା । ତାଙ୍କ ଡ୍ରଇଂରୁମ୍ କଣ ଆଉ ବୈଠକଖାନା ହୋଇ ଅଛି ? ସ୍ୱାମୀଜୀ ସାରାଦିନ ସେଇଠି କଟାଉଛନ୍ତି । କେତେବେଳେ ପ୍ରବଚନ ଦଉଛନ୍ତି ତ କେତେବେଳେ ପ୍ରଶ୍ନର ଉତ୍ତର ଦେଉଛନ୍ତି। ପୁଣି କେତେବେଳେ କାହାକୁ ଭିତରକୁ ଡାକି ନଉଛନ୍ତି ମନ୍ତ୍ର ଦବାପାଇଁ।

ଯାହାହେଉ, ସହରର ଲୋକଙ୍କ ପାଇଁ ଭଲ କାମ ମିଳିଗଲା । ଏଠି ତ ଅଫିସ ଛଡ଼ା ଆଉ କାହାରି କିଛି କାମ ନଥାଏ, ଏବେ ମନୋରଞ୍ଜନ ପାଇଁ ଅନ୍ତତଃ ସ୍ୱାମୀଜୀଙ୍କର ମୁହଁ ଦେଖିବାକୁ ମିଳିବ।

କଣ ଏମିତି କଥା ସବୁ କହୁଚ, ପ୍ରଭାକର କହିଲା; ତମେ ନିଜେ ଥରେ ଗଲେ ଜାଣିବ ସ୍ୱାମୀଜୀ କି ଜ୍ଞାନୀ ଲୋକ ।

ଏଥରକ ପ୍ରତିଦିନ ସନ୍ଧ୍ୟାରେ ପ୍ରଭାକର ସ୍ୱାମୀଜୀଙ୍କ ପାଖକୁ ଯିବାରେ ଲାଗିଲା ଏବଂ ସୁହାସିନୀକୁ ରାତିରେ ଶୁଣିବାକୁ ହେଲା ତା'ର ଧାରା ବିବରଣୀ! ସ୍ୱାମୀଜୀଙ୍କ ପାଖକୁ ଆଜିକାଲି ବେଶୀ ବେଶୀ ଲୋକ ଆସିବାରେ ଲାଗିଥିଲେ ଏବଂ ସେ ଚିଫ୍ ଇଞ୍ଜିନିୟରଙ୍କ ଘରୁ ଯାଇ ଗୋଟିଏ ବଡ଼ ଭଡ଼ାଘରେ ରହୁଥିଲେ। ତାଙ୍କର କୁଆଡ଼େ ରାଜଧାନୀକୁ ଆସିବାର ବିଶେଷ ଉଦ୍ଦେଶ୍ୟ ଥିଲା ଯେ ଆଶ୍ରମରେ ଯୋଉ ଡାକ୍ତରଖାନା କରୁଥିଲେ, ତା' ପାଇଁ ଟଙ୍କା ସଂଗ୍ରହ କରିବା। ଏ ଭିତରେ ସହରର ଅଫିସର, ବ୍ୟବସାୟୀ, ନେତାମାନେ ତାଙ୍କୁ ଏଥିପାଇଁ ଲକ୍ଷ ଲକ୍ଷ ଟଙ୍କା ଦେଇସାରିଥିଲେ। ସ୍ୱାମୀଜୀ କହୁଥିଲେ, ଡାକ୍ତରଖାନା ପାଇଁ ପୂରା ଟଙ୍କା ହୋଇଗଲେ ସେ ପୁଣି ନିଜ ଆଶ୍ରମକୁ ଫେରିଯିବେ।

ଦିନେ ପ୍ରଭାକର ଆସି ଘରେ ପଶୁ ପଶୁ ଉତ୍ତେଜିତ ସ୍ୱରରେ କହିଲା, ବୁଝିଲ, ଚିଫ୍ ଇଞ୍ଜିନିୟରଙ୍କର ବଦଳି ବନ୍ଦ ହୋଇଗଲା। ସୁହାସିନୀ କିଛି ନ କହିବାରୁ ପ୍ରଭାକର ପୁଣି କହିଲା, କେହି ବି ଭାବି ନଥିଲେ ଏ ଅସାଧ କାମ ସାଧ ହେବ ବୋଲି। ନିରୁତ୍ତାପ ସ୍ୱରରେ ସୁହାସିନୀ କହିଲା, ସ୍ୱାମୀଜୀଙ୍କର କରାମତି ଅଛି ତାହେଲେ। ପ୍ରଭାକର ଯେ ଭାବିଥିଲା ଏ ବିଷୟରେ ସୁହାସିନୀ ଆହୁରି ଟିକିନିଖି ଜାଣିବାକୁ ଚାହିଁବ, ଏପରି କିଛି ହେଲା ନାହିଁ। ତେବେ ଦି' ଦିନ ପରେ ପ୍ରଭାକର ଯେତେବେଳେ ଆସି କହିଲା, ସ୍ୱାମୀଜୀ ମତେ ଆଜି ମନ୍ତ୍ର ଦେବାପାଇଁ ଡାକିଲେ, ସୁହାସିନୀ ଚୁପ ରହିପାରିଲା ନାହିଁ। ପଚାରିଲା, କେମିତି କ'ଣ ମନ୍ତ୍ର ଦେଲେ ? ଏତେଦିନ ଧରି ସୁହାସିନୀ ତାର କଥାରେ କୌଣସି ଆଗ୍ରହ ଦେଖାଉନଥିବାରୁ ପ୍ରଭାକର କ୍ଷୁବ୍ଧ ଥିଲା । କହିଲା, ପରେ କହିବି।

ରାତିରେ ଶୋଇବା ବେଳେ ବି ଯେତେବେଳେ ପ୍ରଭାକର ନିଜଆଡୁ ସେ କଥା ଉଠାଇଲା ନାହିଁ, ସୁହାସିନୀ ଭାବିଲା ସେ ଏ ବିଷୟରେ ତାକୁ ପଚାରିବ ନାହିଁ। ଶେଷରେ କିନ୍ତୁ ସେ ତା'ର କୌତୂହଳ ଚାପି ରଖିପାରିଲା ନାହିଁ; କହିଲା କଣ କହୁଥିଲ ପରା ସ୍ୱାମୀଜୀ ତମକୁ ଆଜି ମନ୍ତ୍ର ଦେଲେ ବୋଲି; କି ମନ୍ତ୍ର? ଏଥରକ ପ୍ରଭାକର ସେଦିନ ସନ୍ଧ୍ୟାରେ ଏକ ବିଶଦ ବିବରଣୀ ଦେଲା । ସ୍ୱାମୀଜୀ କଠୋପନିଷଦର ବ୍ୟାଖ୍ୟା କରିସାରିବା ପରେ ସେ ବିଷୟରେ ଦି ଚାରିଟି ପ୍ରଶ୍ନର ଉତ୍ତର ଦେଲେ । ତା' ପରେ ସେ ସଭାରେ ବସିଥିବା ଲୋକମାନଙ୍କୁ ଅନାଇ ଯେତେବେଳେ ତାଙ୍କର ଆଖି ପ୍ରଭାକର ଉପରେ ପଡ଼ିଲା, ଉଠି ଠିଆହେଲେ ଆଉ ତାକୁ ତାଙ୍କ ସାଙ୍ଗରେ ଭିତରକୁ ଯିବାକୁ ଡାକିଲେ, ଭିତରେ ଗୋଟିଏ କୋଠରିର ପୂଜାଘରେ ତାକୁ ବସାଇ କହିଲେ, ତମର ଯୋଉ ସମସ୍ୟା ଅଛି, ଏଇ ଅଳ୍ପଦିନ ଭିତରେ ଠିକ୍ ହୋଇଯିବ ।

ସୁହାସିନୀ କ'ଣ କହିବାକୁ ଯାଉଥିଲା, ପ୍ରଭାକର କହିଲା, ତମେ ଭାବୁଥିବ ଏ କ'ଣ ବଡ଼ କଥା! ଏଭଳି କଥା ତ ସମସ୍ତଙ୍କୁ କୁହାଯାଇପାରେ, କାରଣ ସମସ୍ତଙ୍କର କିଛି ନା କିଛି ସମସ୍ୟା ନିଶ୍ଚେ ଥିବ । କିନ୍ତୁ ତା' ପରେ ମୋତେ ସେ କେସ୍ ବିଷୟରେ ଏମିତି କେତେ କଥା ପଚାରିଲେ, ଯୋଉଥିରୁ ମୁଁ ଜାଣିଲି ଯେ ତାଙ୍କୁ ସବୁ ଜଣା ।

ତମ ବିଷୟରେ ସେ କେମିତି କ'ଣ ଜାଣିବେ? ତାଙ୍କୁ ଭେଟିବାକୁ ଯେତେ ଲୋକ ଯାଉଛନ୍ତି; ସେ କ'ଣ ସମସ୍ତଙ୍କ ବିଷୟରେ ସବୁ କଥା ଜାଣିଥିବେ? ଯଦି ତମ ବିଷୟରେ ସେ ଆଗରୁ କୋଉଠୁ ଖବର ସଂଗ୍ରହ କରିଥିବେ, ସେ ଅଲଗା କଥା।

ଅବଶ୍ୟ ତାଙ୍କ ପାଖରେ ଚିଫ୍ ଇଞ୍ଜିନିୟରଙ୍କ ସ୍ତ୍ରୀ ପିଲାମାନେ ଏବେ ବି ଚଳପ୍ରଚଳ ହେଉଛନ୍ତି; କିନ୍ତୁ ସେମାନେ କାହିଁକି ମୋ ବିଷୟରେ ଏତେ ଖବର ଦେବେ ତାଙ୍କୁ? ସେ ଯାହାହଉ, ସ୍ୱାମୀଜୀ ମୋର ସମସ୍ୟା କଥା ବୁଝିବେ ବୋଲି କହିଲେ । ତମକୁ ମନ୍ତ୍ର କେତେବେଳେ ଦେଲେ?

ନା, ମୋତେ ପୂରା ମନ୍ତ୍ର ଦେଇଛନ୍ତି କୋଉଠି? ମୋତେ ଗୋଟିଏ କାଗଜ ଦେଇଛନ୍ତି, ସେଥିରେ ଏବେ କିଛି ଲେଖା ନାହିଁ। କହିଛନ୍ତି ଆଉ ଥରେ ମତେ ଡକାଇ ସେଥିରେ ମୋ ପାଇଁ ମନ୍ତ୍ର ଲେଖିଦେବେ ।

ଓଃ, ଏତିକି କଥା! ସୁହାସିନୀ ନିରାଶ ହୋଇଥିବା ଭଳି ଜଣା ପଡ଼ିଲା। ପ୍ରଭାକର କହିଲା, ମୋଠୁ ଏମିତି ଶୁଣିଲେ ତମେ କ'ଣ ବୁଝିବ ସ୍ୱାମୀଜୀ କିଭଳି ଲୋକ। ତମେ ଯଦି ତାଙ୍କ ପ୍ରବଚନକୁ ଯା'ନ୍ତ, ଜାଣିପାରନ୍ତ ତାଙ୍କର କେତେ ଜ୍ଞାନ ।

ମୋର ଏଭଳି ବାବାଜୀଙ୍କ ପାଖକୁ ଯିବା ଦରକାର ନାହିଁ। ଯଦି ମୋର ଧର୍ମର ବିଷୟରେ ଜାଣିବାକୁ ଇଚ୍ଛା ହେବ, ମୁଁ ବହି ପଢ଼ିବି ନାହିଁ କାହିଁକି? ସୁହାସିନୀ

ଏ କଥା କହିଲା ସିନା, ଟିକିଏ ପରେ ପଚାରିଲା, ସେଠିକି କ'ଣ ସ୍ତ୍ରୀଲୋକମାନେ ଯାଉଛନ୍ତି ?

ତାଙ୍କୁ ଭେଟିବାକୁ ଯାଉଥିବା ଅଧାରୁ ବେଶି ତ ସ୍ତ୍ରୀଲୋକ । ଆଉ ଅଫିସ ସମୟରେ ସେ ଯେତେବେଳେ ଦର୍ଶନ ଦଉଛନ୍ତି, ସେତେବେଳେ କୁଆଡ଼େ ଖାଲି ସ୍ତ୍ରୀଲୋକ ସେଠାରେ। ଥରେ ଯାଇକରି ତ ଦେଖ।

ନା, ମୋର ଯିବା ଦରକାର ନାହିଁ। ସୁହାସିନୀ ଏ କଥା କହିଲା, କିନ୍ତୁ ପ୍ରଭାକର ଅଧା ମନ୍ତ୍ର ପାଇବା କଥା ଶୁଣିବା ପରେ ତା'ର ମଧ୍ୟ କୌତୂହଳ ହୋଇଥିଲା ଯାଇ ଦେଖିବ ଏତେ ଲୋକ କାହିଁକି କୋଉ ସାଧୁ ପାଖରେ ପ୍ରତି ସନ୍ଧ୍ୟାରେ ଯାଇ ଅଧିଆ ପଡୁଛନ୍ତି। କିଛି ଦିନ ପରେ ଦିନେ ସନ୍ଧ୍ୟାବେଳେ ପିଲା ଦୁହେଁ କାହାଘରକୁ ଚାଲିଯିବାରୁ ସୁହାସିନୀ ପ୍ରଭାକର ସାଙ୍ଗରେ ବାହାରିଲା ସ୍ୱାମୀଜୀଙ୍କ ପାଖକୁ ।

ନିଜର ସମସ୍ତ ପ୍ରତିକୂଳ ମନୋଭାବ ସତ୍ତ୍ୱେ ପ୍ରଥମ ଦର୍ଶନରେ ହିଁ ସୁହାସିନୀକୁ ମାନିବାକୁ ପଡ଼ିଲା ଯେ ସ୍ୱାମୀଜୀ ପ୍ରକୃତରେ ଜଣେ ପ୍ରଭାବ ପକାଇବା ଭଳି ବ୍ୟକ୍ତିତ୍ୱ । କୋଠରିଟି ଭର୍ତ୍ତି ହୋଇ ଲୋକ ବସିଥିଲେ; ସାମନାରେ ସାମାନ୍ୟ ଉଚ୍ଚ ଆସନରେ ବସିଥିଲେ ସ୍ୱାମୀଜୀ । ତାରି ବୟସର, କି ତା' ଠାରୁ ଟିକିଏ କମ୍ ବୟସର ହେବେ, ଭଦ୍ରବ୍ୟକ୍ତି ନିଜକୁ ପୂରାପୂରି ସଜାଇଥିଲେ ଏଇ ଚରିତ୍ର ପାଇଁ। ଏଇ ଫାଇଭ୍ ଷ୍ଟାର୍ ସ୍ୱାମୀଜୀଙ୍କର ବାଳ, ତାଙ୍କ ଦାଢ଼ି, ତାଙ୍କର ଗେରୁଆ ପୋଷାକ ସବୁ ଯେମିତି ଡିଜାଇନର୍ ତିଆରି ଥିଲା ଏବଂ ସେ ଦିଶୁଥିଲେ କୌଣସି ସୌମ୍ୟଦର୍ଶନ ଚିତ୍ରତାରକା ଜଣେ ସ୍ୱାମୀଜୀଙ୍କ ଭୂମିକାରେ ଅବତୀର୍ଣ୍ଣ ହେବାପାଇଁ ବେଶଭୂଷା ହେବାଭଳି। ତାଙ୍କର ମୁହଁର ସବୁଠାରୁ ଦର୍ଶନୀୟ ବସ୍ତୁ ଥିଲା ତାଙ୍କର ଆଖି ଦୁଇଟି, ଯାହା ଥର ଥର କରି ସମସ୍ତଙ୍କ ଆଖିରେ ଯାଇ ମିଶୁଥିଲା; ଅନ୍ୟ କାହାରି ହୋଇଥିଲେ ହୁଏତ ତାକୁ ଲୋଲୁପ ବା ଲମ୍ପଟ କୁହାଯାଇଥାନ୍ତା; କିନ୍ତୁ ଜଣେ ସ୍ୱାମୀଜୀଙ୍କର ମୁହଁରେ ଥିବାରୁ ତାକୁ ମର୍ମଭେଦୀ ଓ ସମ୍ମୋହକ ବୋଲି ମାନିବାକୁ ହେଉଥିଲା।

ସୁହାସିନୀ ଆହୁରି ପ୍ରଭାବିତ ହେଲା ସ୍ୱାମୀଜୀ ଯେତେବେଳେ ତାଙ୍କର ବକ୍ତବ୍ୟ ଦେଲେ । ଆଜି ସେ କହୁଥିଲେ ରାମକୃଷ୍ଣ ପରମହଂସଙ୍କ ବିଷୟରେ। ମଫସଲରୁ ଆସିଥିବା ଅଶିକ୍ଷିତ ଯୁବକଟି କିପରି କଲିକତାର ମଧ୍ୟବିତ୍ତ ସମାଜରେ ଚହଲ ପକାଇ ଦେଇଥିଲା ସେ ବିଷୟରେ କହିଲେ ସ୍ୱାମୀଜୀ। ଅନେକ ପ୍ରକାରର ବ୍ୟକ୍ତିଗତ ବିବରଣୀ, କାହାଣୀ ଓ ଦେଶୀ ବିଦେଶୀ ଲେଖକଙ୍କର ଉଦାହରଣ ଦେଇ ସେ ଯେତେବେଳେ ପରମହଂସଙ୍କର ଜୀବନଦର୍ଶନର ବ୍ୟାଖ୍ୟାନ ଶେଷକଲେ, ସୁହାସିନୀ ମାନିଲା ଯେ ଲୋକଟିର ଭଲ ବିଦ୍ୟାବୁଦ୍ଧି ଅଛି । ସେଦିନ ମନ୍ତ୍ର ଦେବାପାଇଁ ସ୍ୱାମୀଜୀ

ଯାହାକୁ ବାଛିଲେ, ସେ ଥିଲେ ଜଣେ ବରିଷ୍ଠ ଅଫିସରଙ୍କର ସହଧର୍ମିଣୀ । ଘରକୁ ଫେରିବା ବେଳେ ପ୍ରଭାକର କହିଲା, କ'ଣ ଏଥର ମୋ କଥାରେ ବିଶ୍ୱାସ ହେଲା ତ ? ମୁଁ କହୁ ନଥିଲି ସ୍ୱାମୀଜୀଙ୍କର କିଛି ଗୋଟିଏ ଶକ୍ତି ଅଛି ବୋଲି ? ସୁହାସିନୀ କହିଲା, ଭଲ ବକ୍ତୃତା ଦେଲେ ସ୍ୱାମୀଜୀ । ସେ ଆଗରୁ ଯୋଉସବୁ ବକ୍ତୃତା ଦେଇଥିଲେ ତା'ର ଟେପ୍ ଯଦି କିଏ ରଖିଥିବ ବୁଝିବ ତ ।

ସେହି ଦିନଠାରୁ ଯେତେବେଳେ ସୁବିଧା ପାଇଲା ସୁହାସିନୀ ଯାଇ ସ୍ୱାମୀଜୀଙ୍କର ସଭାରେ ଯୋଗଦେଲା । ପ୍ରତି ବୈଠକରେ ସେ ଗୋଟିଏ ଅତି ଅପ୍ରତ୍ୟାଶିତ ନୂଆ ବିଷୟ ଉପରେ କହୁଥିଲେ; କିନ୍ତୁ ତାଙ୍କର ପ୍ରତିଟି ବକ୍ତୃତା ଥିଲା ସାରଗର୍ଭକ ଓ ସ୍ମରଣୀୟ । ଦିନବେଳେ ସ୍ୱାମୀଜୀ ଯେଉଁ ସମୟତକ ଆସି ବସୁଥିଲେ, ସେତେବେଳେ ପୁରୁଷମାନେ ପ୍ରାୟ ନିଜ ନିଜ କାମରେ ବ୍ୟସ୍ତ ଥିବାରୁ ତାଙ୍କର ଦର୍ଶନାର୍ଥୀ ଥିଲେ କେବଳ ସ୍ତ୍ରୀଲୋକ । ସୁହାସିନୀ ଏଇ ସଭାମାନଙ୍କୁ ମଧ୍ୟ ଯିବାରେ ଲାଗିଲା । ତାକୁ ବକ୍ତୃତା ସବୁ ଅତି ଚମତ୍କାର ଲାଗୁଥିଲା; କିନ୍ତୁ ସ୍ୱମୀଜୀ ଜଣେ ଜଣେ ସ୍ତ୍ରୀଲୋକକୁ ଭିତରକୁ ଡାକିନେଇ ମନ୍ତ୍ରଦେବା କଥା ତାକୁ କିପରି ଅଶ୍ଳୀଳ ବୋଧ ହେଉଥିଲା । ବୋଧହୁଏ ଅନ୍ୟମାନେ ମଧ୍ୟ ଠିକ୍ ସେପରି ଭାବୁଥିଲେ, କାରଣ ସ୍ୱାମୀଜୀ ଚାଲିଯାଇଥିବା ସମୟତକ ଦର୍ଶନାର୍ଥୀମାନଙ୍କ ଭିତରେ ଏକ ମୃଦୁ ଗୁଞ୍ଜରଣ ଏବଂ ଚାପା ହସ ସୃଷ୍ଟି ହେଉଥିଲା । ଏତିକି ଆଶ୍ୱାସନା ଥିଲା ଯେ, ସେ ଘର ଭିତରେ ଚିଫ୍ ଇଞ୍ଜିନିୟରଙ୍କ ସଂପର୍କୀୟମାନେ ପ୍ରାୟ ସବୁ ସମୟରେ ଦେଖାଯାଉଥିଲେ ଏବଂ ଚାରିଆଡ଼େ ଏକ ଖୋଲା ଖୋଲା ଭାବ ଥିଲା ।

ଏଇଭଳି କିଛିଦିନ ସେଠାକୁ ଯିବା ପରେ ସୁହାସିନୀ ହଠାତ୍ ନିଜକୁ ପ୍ରଶ୍ନ କଲା, ସ୍ୱାମୀଜୀ ତାକୁ କାହିଁକି ମନ୍ତ୍ର ଦେବାକୁ ଡାକୁ ନାହାନ୍ତି । ସେ ନିଜେ ଏଇ ମନ୍ତ୍ରଦାନ ପଦ୍ଧତିକୁ ଅତି ଅଶିଷ୍ଟ ଓ ଅଶୋଭନ ବୋଲି ଭାବୁଥିଲା ଏବଂ ତାର ମନେ ହେଉଥିଲା ଏଥିରେ ଯେପରି କେଉଁଠି କିପରି ଏକ ପ୍ରଚ୍ଛନ୍ନ ଯୌନଭାବ ରହିଛି । ତେବେ ସ୍ୱାମୀଜୀ ଯେ କେବଳ ସୁନ୍ଦରୀ ଓ ତରୁଣୀମାନଙ୍କୁ ମନ୍ତ୍ରଦେବାପାଇଁ ଡାକୁଥିଲେ, ତା ନୁହେଁ । ହୁଏତ ସ୍ୱାମୀଜୀ ଏଭଳି ଖରାପ ଚିନ୍ତାରୁ ଉର୍ଦ୍ଧ୍ୱରେ ଥିଲେ । ତଥାପି ସୁହାସିନୀ ନିଜ ମନ ଭିତରର ସଂଶୟକୁ ଦୂର କରିପାରୁ ନଥିଲା ।

ତାର ଏଥରକ ଇଚ୍ଛା ହେଲା କିପରି ନିଜେ ଯାଇ ଦେଖିବ ସ୍ୱାମୀଜୀ କିଭଳି ମନ୍ତ୍ର ଦେଉଛନ୍ତି । ପ୍ରଭାକର ଅବଶ୍ୟ ତାକୁ ତାର ଅଭିଜ୍ଞତା କଥା ବିଶଦ ଭାବରେ ଶୁଣାଇଥିଲା । ଏ ଭିତରେ ସେ ପୁଣି ଥରେ ସ୍ୱାମୀଜୀଙ୍କ ପାଖକୁ ଯାଇ ତାଙ୍କ ପାଖରୁ ମନ୍ତ୍ର ଆଣିଥିଲା । ସ୍ୱାମୀଜୀ ତାକୁ ଯେଉଁ କାଗଜଟି ଦେଇଥିଲେ ସେଇଟିକୁ ଚଉତି

ତାଙ୍କ ପାଖରେ ଥିବା ଖାଲି ମୁଣି ଭିତରେ ପକାଇବାକୁ କହିଥିଲେ। ସେଇଟିକୁ ବାହାର କରି ପ୍ରଭାକରକୁ ଦେଇ ସ୍ୱାମୀଜୀ କହିଥିଲେ ଘରେ ଯାଇ ଖୋଲିବାକୁ । ପ୍ରଭାକର ଘରେ ପହଞ୍ଚିଲା ବେଳକୁ କାଗଜରେ ମନ୍ତ୍ରଟି ଲେଖାହୋଇ ରହିଥିଲା। ମନ୍ତ୍ରଟିକୁ କାହାରିକି ନ କହିବାକୁ ସ୍ୱାମୀଜୀ ବାରଣ କରିଥିଲେ ଏବଂ ସେଥିପାଇଁ ସୁହାସିନୀର ଆଗ୍ରହ ସତ୍ତ୍ୱେ ପ୍ରଭାକର ତାକୁ କହି ନଥିଲା ମନ୍ତ୍ରଟି କ'ଣ ଥିଲା ।

ଯୋଉଦିନ ତା'ର ପାଖରେ ବସିଥିବା ବୟସ୍କା ପୃଥୁଳା ଭଦ୍ର ମହିଳାଙ୍କର ମନ୍ତ୍ର ନେବାର ପାଳି ପଡ଼ିଲା, ସୁହାସିନୀ ନିଶ୍ଚୟ କଲା ଯେ, ତାକୁ ଏ ବିଷୟରେ କିଛି କରିବାକୁ ପଡ଼ିବ । ସେ ନିଜ କଥା ଭାବିଲା। ବୟସ ବଢ଼ି ଚାଲିଥିଲେ ବି ସେ ଏ ପର୍ଯ୍ୟନ୍ତ ନିଜର ଚେହେରା ବିଷୟରେ ସଚେତନ ରହି ଦେହର ଯତ୍ନ ନେଉଥିଲା ଏବଂ ଭାବୁଥିଲା ଯେ ଲୋକେ ତାକୁ ସୁନ୍ଦରୀ ହିଁ କହୁଥିବେ। ପରଦିନ ଯେତେବେଳେ ସ୍ୱାମୀଜୀଙ୍କ ପାଖକୁ ଯିବାକୁ ବାହାରିଲା, ସୁହାସିନୀ ନିଜକୁ ଆଉ ଟିକିଏ ସଜାଇଲା ଏବଂ ଆଖିକୁ ଆକର୍ଷଣ କରିବା ଭଳି ଶାଢ଼ିଟିଏ ପିନ୍ଧିଲା। ତଥାପି ସ୍ୱାମୀଜୀଙ୍କର ଆଖି ସେ ଦିନ ତା ଉପରେ ନ ଅଟକିବାରୁ ସେ ମନେ ମନେ ତାଙ୍କୁ ଗାଳି ଦେଲା ଏବଂ ଭାବିଲା ଯେ ଭଲ ହୋଇଛି, ମନ୍ତ୍ର ନେବାର ଏଭଳି ଅଶ୍ଳୀଳ ବିଧି ତା'ର ଦରକାର ନାହିଁ। ନିଜକୁ ଏ କଥା କହିବା ସତ୍ତ୍ୱେ ପରଦିନମାନଙ୍କରେ ସେ ଆହୁରି ଭଲ ଭାବରେ ନିଜକୁ ସଜାଇ ଯାଇ ସାମନା ଧାଡ଼ିରେ ବସିଲା । ସ୍ୱାମୀଜୀଙ୍କର ଆଖିକୁ ନିଜ ଉପରେ ଅଟକାଇବା ବର୍ତ୍ତମାନ ଯେପରି ଏକ ସ୍ପର୍ଦ୍ଧାର ବିଷୟ ହୋଇଯାଇଥିଲା ତା ପାଇଁ। ସେ ମନକୁ ମନ ସ୍ୱାମୀଜୀଙ୍କୁ ସମ୍ବୋଧନ କରି କହୁଥିଲା, ଦେଖିବା କେତେଦିନ ଏଡାଇ ଯାଇପାରିବ ମୋର ଆଖିକୁ ।

ଶେଷକୁ ଯେପରି ସ୍ୱାମୀଜୀ ହାର ମାନିଲେ ଏବଂ ଦିନେ ଖରାବେଳେ ମନ୍ତ୍ର ଦେବା ପାଇଁ ସୁହାସିନୀକୁ ଡାକ ମିଳିଲା। ସଭାରୁ ଉଠି ସ୍ୱାମୀଜୀଙ୍କ ପଛେ ପଛେ ଯିବାବେଳକୁ ସେ ଯେତିକି ଖୁସି ଥିଲା, ସେତିକି ଚିନ୍ତିତ ଥିଲା ତା ପଛରେ ଯେଉଁ ମଧୁର ଗୁଂଜନ ହେବ ସେଥିପାଇଁ । ତେବେ ସେ ମନ ସ୍ଥିର କରି ନେଇଥିଲା ସ୍ୱାମୀଜୀଙ୍କର ସହିତ ଏକାଠି ଭେଟ ହେଲାବେଳେ କ'ଣ କରିବ। ବସିବା ଘରୁ ଯାଇ ସ୍ୱାମୀଜୀ ପଛ ପାଖରେ ଯେଉଁ ଅନ୍ଧାରୁଆ କୋଠରିରେ ପଶିଲେ, ତା ଭିତରକୁ ଯାଇ ସୁହାସିନୀ ଦେଖିଲା ଯେ ସେଇଟି ପ୍ରଭାକର ବର୍ଣ୍ଣନା କରିଥିବାର ଅନୁରୂପ ଥିଲା । ତା'ର ଗୋଟିଏ ପାଖରେ ଠାକୁରମାନଙ୍କର ମୂର୍ତ୍ତିମାନ ରଖାହୋଇ ପୂଜା ବ୍ୟବସ୍ଥା ଥିଲା ଏବଂ ଅନ୍ୟ ପାଖରେ ହରିଣ ଛାଲ ପଡ଼ିଥିବା ଗୋଟିଏ ଦିବାନ ଥିଲା। ସେମାନେ ଭିତରକୁ ଗଲାବେଳକୁ ଝିଅଟିଏ ସେଠାରେ ପୂଜାର ଜିନିଷକୁ ଠିକ୍ ଠାକ୍ କରୁଥିଲା ।

ସୁହାସିନୀ ତାକୁ ଚିହ୍ନିଲା ଚିଫ୍ ଇଞ୍ଜିନିୟରଙ୍କ ଶାଳୀ ବୋଲି । ଟିକିଏ ସମୟ ପରେ ପୂଜା ଜାଗାକୁ ସଜାଡ଼ିସାରି ସେ ବାହାରକୁ ଯାଇ କବାଟକୁ ଆଉଜାଇ ଦେବାପରେ ସ୍ୱାମୀଜୀ ହରିଣ ଛାଲ ଉପରେ ବସିଲେ ଏବଂ ନିଜ ପାଦ ପାଖରେ ସୁହାସିନୀକୁ ବସାଇବାର ଜାଗା ଦେଖାଇଦେଲେ।

ବୈଠକ ଖାନାରେ ସ୍ୱାମୀଜୀ ଉଚ୍ଚ ଆସନରେ ବସିଥିବା ବେଳେ ଲୋକଙ୍କ ଗହଳିରେ ତାଙ୍କ ସାମନାରେ ତଳେ ବସିବା ଅଲଗା କଥା ଥିଲା । କିନ୍ତୁ ଗୋଟିଏ କୋଠରୀରେ କେବଳ ଦୁଇଜଣ ଲୋକ ଥିବାବେଳେ ଜଣେ ଆଉ ଜଣକ ପାଦ ତଳେ ବସିବା ଅତ୍ୟନ୍ତ ଅପମାନଜନକ ମନେହେଲା ସୁହାସିନୀକୁ। ସେ କହିଲା, ଆପଣ ଉପରେ ବସିଥିବା ବେଳେ ମୁଁ ତଳେ ବସିପାରିବି ନାହିଁ । ତା' ଆଡ଼କୁ ଅନାଇ ସ୍ୱାମୀଜୀ ହସିଲେ । କହିଲେ, ମୋତେ ଏ କଥା ଆଜିଯାଏ କେହି କହି ନଥିଲା। ଏପରିକି ମୁଖ୍ୟମନ୍ତ୍ରୀ ଆସିଲେ, ସେ ମଧ୍ୟ ମୋ ପାଦ ତଳେ ବସନ୍ତି। ଏତିକି କହି ନିଜ ବସିବା ଜାଗାରୁ ଟିକିଏ ଘୁଞ୍ଚିଯାଇ ସେ ସୁହାସିନୀ ପାଇଁ ଜାଗା କରିଦେଲେ । ସେଠାରେ ବସି ସୁହାସିନୀ ଜାଣିଲା ଯେ, ଏଇ ଛୋଟ ଆସନଟି ଉପରେ ସ୍ୱାମୀଜୀଙ୍କର ଏତେ ପାଖରେ ଲାଗିହୋଇ ବସିବା, ତଳେ ବସିବାଠାରୁ ବିଶେଷ ସୁଖଦ ନଥିଲା ।

ଏଥରକ ତା' ମୁହଁକୁ ସପ୍ରଶଂସ ଦୃଷ୍ଟିରେ ଅନାଇ ସ୍ୱାମୀଜୀ କହିଲେ, ତୋର ନାଁ କ'ଣ ମା ? ନା, ସେ ତାକୁ ଅସମ୍ମାନଜନକ ଭାବରେ ଡାକିଥିବାର କହି ଆପତ୍ତି କରିହେବ ନାହିଁ, ସୁହାସିନୀ ଠିକ୍ କଲା। ସ୍ୱାମୀଜୀମାନଙ୍କର ଏପରି ଏକ ଅଧିକାର ଥାଏ। ତା' ବ୍ୟତୀତ ମା'ମାନଙ୍କୁ ତୁ କହିବାର ପ୍ରଚଳନ ଅଛି । ସେଥିପାଇଁ ସେ ଆଉ କୌଣସି ପ୍ରତିବାଦ ନକରି ନିଜର ନାଁ କହିଲା। ସ୍ୱାମୀଜୀ କହିଲେ, ସୁନ୍ଦର ନାଁ । ମୁଁ କିନ୍ତୁ ତତେ ଗୋଟିଏ ନୂଆ ନାଁ ଦେବି । ତୁ ହେଉଛୁ ସ୍ୱାହା। ସ୍ୱାହା ହେଉଛନ୍ତି ଅଗ୍ନି ଦେବତାଙ୍କର ପତ୍ନୀ ଏବଂ ଷୋଡ଼ଶ ମାତୃକାରୁ ଜଣେ। ସୁହାସିନୀ ମନେ ମନେ ଭାବିଲା, ଠିକ୍ କଥା। ମୁଁ ତତେ ଜାଳିପୋଡ଼ି ଦେବି।

ମୁଁ ତୋ ମୁହଁକୁ ଦେଖି ତୋ ବିଷୟରେ ସବୁ ଜାଣିପାରୁଛି, ସ୍ୱାମୀଜୀ କହିଲେ। ତୁ ବିବାହିତ ଜୀବନରେ ଏତେ ଅସୁଖୀ କାହିଁକି ମା ?

ଜୀବନରେ କିଏ ଅସୁଖୀ ନୁହେଁ? ଯାହାର ମୁହଁକୁ ଦେଖିଲେ ବି ଏ କଥା କହିହବ । କିନ୍ତୁ ଖାଲି କାହାର ମୁହଁକୁ ଦେଖିଲେ କ'ଣ କହିହେବ ତା'ର ସ୍ୱାମୀର ନାଁ ପ୍ରଭାକର ବୋଲି ?

ହାର ମାନିଲା ସୁହାସିନୀ। ସ୍ୱାମୀଜୀଙ୍କୁ ଯେତିକି ଚାଲାକ ଚତୁର ଲୋକ ବୋଲି ଭାବୁଥିଲା ସୁହାସିନୀ, ତା'ଠାରୁ ଆହୁରି ଗଭୀର ଥିଲେ ସେ। ନିଶ୍ଚୟ ସେ

ଜାଣନ୍ତି ତା ବିଷୟରେ ବେଶ୍ କିଛି। ଏଥର ତାକୁ କଥାବାର୍ତ୍ତାରେ ସତର୍କ ହେବାକୁ ପଡ଼ିବ । ସେ ସ୍ୱାମୀଜୀଙ୍କ ମୁହଁକୁ ଚାହିଁ ଦେଖିଲା ଯେ, ସେ ସେଇଭଳି ପରମ ଆତ୍ମବିଶ୍ୱାସ ସହିତ ତା ଆଡ଼କୁ ଅନାଇଥିଲେ ଏବଂ ତାଙ୍କ ଆଖିରେ ସାମାନ୍ୟ ବ୍ୟଙ୍ଗର ବି ଆଭାସ ଥିଲା ବର୍ତ୍ତମାନ। ସ୍ୱାମୀଜୀ ତା'ର ମୁଣ୍ଡ ଉପରେ ହାତ ରଖିଲେ; କହିଲେ, ମୁଁ ତୋର ଦୁଃଖକୁ ଦୂର କରିଦେବି । ନିଜର ଆଙ୍ଗୁଳିରେ ସେ ସୁହାସିନୀର ଆଖି ପତାକୁ ବନ୍ଦ କରିଦେଲେ।

ଅଳ୍ପ ଆଲୁଅ ଓ ଧୂପ ଚନ୍ଦନର ବାସନାରେ କୋଠରି ଭିତରେ ଏକ ଭାରହୀନ ମୃଦୁ ବାତାବରଣ ଥିଲା । ବର୍ତ୍ତମାନ ଆଖି ବନ୍ଦ କରିନେବା ପରେ ନିଜକୁ ଆହୁରି ସ୍ୱଚ୍ଛନ୍ଦ ଅନୁଭବ କଲା ସୁହାସିନୀ। ତାର ବାଳ ଉପରେ ସ୍ୱାମୀଜୀଙ୍କର ହାତର ଚାପ ପ୍ରୀତିକର ଥିଲା । ତାଙ୍କ ହାତର ଆଙ୍ଗୁଳି ତାର ବାଳ ଉପରେ ଖେଳି ବୁଲୁଥିଲେ। ଯେତେବେଳେ ଦୁଇ ପାପୁଲିରେ ସେ ତା'ର ଗାଲକୁ ଛୁଇଁଲେ, ସୁହାସିନୀ ଆଖି ଖୋଲି ତାଙ୍କ ଆଡ଼କୁ ଚାହିଁଲା। ସ୍ୱାମୀଜୀ କିନ୍ତୁ ତା'ର ମୁହଁରୁ ହାତ ବାହାର କରିନେଲେ ନାହିଁ । ନିଜ ବୟସ୍କ ଜୀବନରେ ପ୍ରଭାକର ବ୍ୟତୀତ ଆଉ କେହି ତାକୁ ଏତେ ଘନିଷ୍ଠ ଭାବରେ ଛୁଇଁଥିବାର ସୁହାସିନୀକୁ ମନେ ପଡ଼ିଲା ନାହିଁ। ତାକୁ ହୁଏ ତ କେହି ଲୁଚାଛପାରେ ଅନ୍ୟମନସ୍କ ଭଳି ବା ଆକସ୍ମିକତାର ଛଳନା କରି ଛୁଇଁଥିଲେ କେବେ କେବେ; କିନ୍ତୁ ସ୍ୱାମୀଜୀ ତାର ମୁହଁକୁ ହାତରେ ଧରିଥିଲେ ସଂପୂର୍ଣ୍ଣ ସତ୍‌ସାହସ ଓ ଆତ୍ମପ୍ରତ୍ୟୟର ସହିତ। ପରିସ୍ଥିତି କିପରି ନିଜର ନିୟନ୍ତ୍ରଣରୁ ବାହାରି ଯାଉଥିବା ଦେଖି ସୁହାସିନୀ କହିଲା, ଆପଣ ମୋତେ ମନ୍ତ୍ର ଦେବେ। ସ୍ୱାମୀଜୀ ତାକୁ ଛାଡ଼ି ଉଠିଲେ ଓ ପୂଜା ଜାଗାରୁ କାଗଜଟିଏ ଆଣି ନିଜ ସ୍ଥାନରେ ବସିଲେ । କାଗଜଟିକୁ ସେ ସୁହାସିନୀର ହାତ ଉପରେ ରଖିଲେ; କିନ୍ତୁ ସୁହାସିନୀର ହାତ ଉପରୁ ନିଜର ହାତ ଉଠାଇ ନେଲେ ନାହିଁ । ଏଥରକ ସୁହାସିନୀ ନିଜର ଅନ୍ୟ ହାତଟିକୁ ଆଣି ତାଙ୍କ ହାତ ଉପରେ ରଖିଲା ।

ମୁଁ ତୋତେ ଗୋଟିଏ ବିଶେଷ ମନ୍ତ୍ର ଦେବି, ସ୍ୱାମୀଜୀ କହିଲେ ; ତା ପୂର୍ବରୁ କିନ୍ତୁ ପୂଜା କରିବାକୁ ହେବ । ସେ ପୂଜା ଜାଗାକୁ ଉଠିଲେ ଏବଂ ସୁହାସିନୀ ତାଙ୍କ ପଛେ ପଛେ ଯାଇ ତାଙ୍କ ପାଖରେ ବସିଲା । ସ୍ୱାମୀଜୀ କହିଲେ, ପୂଜା ଆଗରୁ ସବୁ ଆଭରଣ ଖୋଲି ରଖିଦେବାକୁ ହେବ । ସୁହାସିନୀ ଆଙ୍ଗୁଳିର ମୁଦି ଖୋଲିଲା, ହାତରୁ ଚୁଡ଼ି ଓହ୍ଲାଇଲା, କାନରୁ କାନଫୁଲ ବାହାର କଲା । ତା'ର ଦେହ ମୁହଁ ବର୍ତ୍ତମାନ ଯେପରି ନିଆଁର ଉତ୍ତାପରେ ଜଳୁଥିଲା। ସେ ସ୍ୱାମୀଜୀଙ୍କ ଆଡ଼କୁ ଅନାଇଲା ଏବଂ ସେଥିରେ ମଧ୍ୟ ସେ ତା'ର ଧାସ ଦେଖିବାକୁ ପାଇଲା। ଗମ୍ଭୀର ହୋଇ ସ୍ୱାମୀଜୀ କହିଲେ, ସବୁ ଆଭରଣ । ସୁହାସିନୀ ଭାବିଲା ସେ ଉଠିପଡ଼ି ଘର ଭିତରୁ ବାହାରିଯିବ;

କିନ୍ତୁ ସେ କଥା ନ କରି ସେ ଅସହାୟ ଆଖିରେ ଆଉଜା ହୋଇଥିବା କବାଟ ଆଡ଼କୁ ଅନାଇଲା । ସ୍ୱାମୀଜୀ ଉଠିଯାଇ କବାଟଟିକୁ ବନ୍ଦ କରିଦେଲେ ।

ସୁହାସିନୀ ଲକ୍ଷ୍ୟ କରି ନଥିଲା ଯେ କେତେବେଳୁ ସ୍ୱାମୀଜୀ ଆବୃତ୍ତି କରିଥିବା ଶ୍ଳୋକର ଟେପ୍ ବାଜୁଥିଲା । ସେ ଆଗଭଳି ଦିବାନ ଉପରେ ବସିଥିଲା ଏବଂ ସ୍ୱାମୀଜୀ ତା ପାଖରେ ବସିଥିଲେ। ଦେହରୁ ସବୁ ଉତ୍ତାପ ଓହ୍ଲାଇ ଯାଇଥିଲା ଏବଂ ଚାରିଆଡ଼ ଶାନ୍ତ ଓ ସମନ୍ୱିତ ଜଣାପଡୁଥିଲା । ତା' ହାତରେ ଏ ପର୍ଯ୍ୟନ୍ତ କାଗଜର ଟୁକୁଡ଼ାଟି ଥିଲା। ତାକୁ ସ୍ୱାମୀଜୀଙ୍କୁ ଦେଖାଇ ସୁହାସିନୀ କହିଲା, ଆପଣ କ'ଣ ସମସ୍ତଙ୍କୁ ଏଭଳି ବିଶେଷ ମନ୍ତ୍ର ଦିଅନ୍ତି? ସ୍ୱାମୀଜୀ ହସିଲେ, କହିଲେ, ଯେଉଁମାନେ ମୋତେ ଭଲ ଲାଗନ୍ତି, କେବଳ ସେଇମାନଙ୍କୁ। ସୁହାସିନୀ କହିଲା, ତମେ ଜଣେ ଠକ। ସ୍ୱାମୀଜୀ କହିଲେ , ତୁ ଆଜି ଦୁଇଟା ଜିନିଷ କରି ଦେଖାଇଲୁ, ଯାହା ଏ ପର୍ଯ୍ୟନ୍ତ କେହି କରି ନଥିଲେ। କେହି ଆଜିଯାଏ ମୋ ପାଦ ପାଖରେ ବସିବାକୁ ମନା କରି ନଥିଲା ଏବଂ କେହି ମୋତେ ତମେ ବୋଲି କହିବାର ସାହସ କରିନଥିଲା।

ମୁଁ ଭୁଲ୍ କହିଥିଲି, ସୁହାସିନୀ କହିଲା ଏବଂ ସ୍ୱାମୀଜୀଙ୍କର ଆହୁରି ପାଖକୁ ଘୁଞ୍ଚି ବସିଲା। ହାତରେ ତାଙ୍କ ଗାଲରେ ମୃଦୁ ଆଘାତ କରି କହିଲା, ମୋର କହିବା ଉଚିତ୍ ଥିଲା, ତୁ ଗୋଟିଏ ଅସଲ ଠକ, ବୁଝିଲୁ?

ଠିକ୍ କହିଚୁ। ପୁଣି କେତେବେଳେ ଠକ ପାଖକୁ ଠକିଯିବାକୁ ଆସିବୁ?

ଆଉ ନ ଆସି ବି ପାରେ। ତେବେ ତୋ ସଭାକୁ ନିଶ୍ଚେ ଆସିବି। ତୁ ଆଉ ଯାହା ହୋଇଥା ପଛେ, ଭାଷଣ ଭଲ ଦଉଚୁ; ମନେରଖିବା ଭଳି ।

ତା' ହେଲେ ମୁଁ ତୋ ପାଇଁ ଗୋଟିଏ କାମ ବି ଠିକ୍ କରିଦଉଛି। ମୋର ଭାଷଣର ଟେପ୍‌କୁ କାଗଜରେ ଲେଖି ତାକୁ ବହି ଛପାଇବାକୁ କହୁଛନ୍ତି । ତୁ ଯଦି ଏ କାମଟା କରିଦିଅନ୍ତୁ, ଭଲ ହୁଅନ୍ତା। ଏଇ ଆଳରେ ଦେଖା କରିବାକୁ ବି ଅସୁବିଧା ହୁଅନ୍ତା ନାହିଁ।

ତୁ ସତରେ ଗୋଟିଏ ଠକ; ଠକ ଆଉ ଲମ୍ପଟ। ସୁହାସିନୀ ଉଠି ଠିଆ ହେଲା, ପର୍ସରେ କାଗଜଟିକୁ ରଖିଲା ଏବଂ ଯିବାକୁ ବାହାରିଲା। ସ୍ୱାମୀଜୀ ତାକୁ ଜଡ଼ାଇ ଧରି କହିଲେ, ପୁଣି ଶୀଘ୍ର ଆସିବୁ। ସୁହାସିନୀ କହିଲା, ଦେଖିବା।

ବାହାରକୁ ବାହାରି ତା'ର ଭେଟ ହେଲା ଚିଫ୍ ଇଞ୍ଜିନିୟରଙ୍କର ଶାଳୀ ସହିତ। ମନକୁ କିପରି ସଂକୋଚ ଓ ଲଜ୍ଜା ଆସିଲା ତାର। କିନ୍ତୁ ସେ ସହଜରେ ମନରୁ ସେସବୁ କଥା ଦୂର କରିଦେଲା ଏବଂ ଠିକ୍ କଲା ଯେ ଘରେ ପହଞ୍ଚି ଦିନଟି କଥା ଭାବିବ ।

ଘରେ ପହଞ୍ଚି କିନ୍ତୁ ପିଲାଙ୍କ କଥା ବୁଝିବାରେ, ଅତିଥି ସତ୍କାର କରିବାରେ ଏବଂ ଅନ୍ୟ ଛୋଟ ଛୋଟ କଥାରେ ସେ ପୂରାପୂରି ବ୍ୟସ୍ତ ରହିଲା। ସନ୍ଧ୍ୟା ନହେଉଣୁ ପ୍ରଭାକର ଆସି ଘରେ ପହଞ୍ଚିଲା; କହିଲା, ଆଜି ମୋ ଫାଇଲ୍‌ରେ ଅର୍ଡ଼ର ହୋଇଗଲା । ମୋ ନାଁରେ ଯାହାସବୁ ଆପତ୍ତି ଅଭିଯୋଗ ଥିଲା, ସବୁ ବାତିଲ୍। ସୁହାସିନୀ ପଚାରିଲା, କେମିତି ହେଲା ଏ କାମଟା ? ପ୍ରଭାକର କହିଲା, ସ୍ୱାମୀଜୀ ନିଶ୍ଚୟ କିଛି କରିଥିବେ । ନ ହେଲେ ଏତେବର୍ଷ ଧରି ପଡ଼ିଥିବା ଫାଇଲ୍ ମୁକୁଳିଲା କେମିତି ? ମୁଁ ଯାଉଛି ସ୍ୱାମୀଜୀଙ୍କୁ କିଛି ଟଙ୍କା ଦେଇଆସିବି। ତମେ ଚାଲ ମୋ ସାଙ୍ଗରେ।

ତାର ଯିବାକୁ ମନ ହେଉଥିଲା; କିନ୍ତୁ କହିଲା, ମୁଁ ଖରାବେଳେ ଯାଇଥିଲି। ଆଉ ଇଚ୍ଛା ହେଉନାହିଁ ଯିବାପାଇଁ।

ସାଧୁସନ୍ଥଙ୍କ ପାଖକୁ କ'ଣ ଦିନରେ ଦି' ଥର ଯିବା ମନା ? ତମର ତ ଆଜିଯାଏ ବି ସ୍ୱାମୀଜୀଙ୍କ ଉପରେ ବିଶ୍ୱାସ ଆସିଲା ନାହିଁ। ତମକୁ ଯଦି କିଛି ଚମତ୍କାର କରିଦେଖାନ୍ତି, ତାହେଲେ ହୁଏତ ତମେ ମାନିବ । ପାରିବାର ଲୋକ କିନ୍ତୁ ସ୍ୱାମୀଜୀ। ଦେଖୁନାହଁ କେମିତି ଅସାଧ କାମ କରି ଦେଖାଉଛନ୍ତି ?

ସୁହାସିନୀ ପ୍ରଭାକରକୁ ଜଣାଇଲା କିପରି ସେ ମଧ୍ୟ ସ୍ୱାମୀଜୀଙ୍କ ପାଖରୁ ଅଧାମନ୍ତ୍ର ପାଇଛି ଏବଂ ପୂରା ମନ୍ତ୍ରଟି ପାଇଁ ତାକୁ ପୁଣି ଯିବାକୁ ହେବ । ସ୍ୱାମୀଜୀଙ୍କ ଭାଷଣକୁ ଟେପ୍‌ରୁ ଲେଖିବା କଥା ମଧ୍ୟ ସେ ତାକୁ ଜଣାଇଲା । ପ୍ରଭାକର ଖୁସିହେଲା ଏ ସବୁ ଶୁଣି । ଯାହାହେଉ, ସ୍ୱାମୀଜୀଙ୍କ ପାଖରେ ଟିକିଏ ତ ମନ ଲାଗୁଛି ସୁହାସିନୀର । ସୁହାସିନୀ କିନ୍ତୁ ସେ ଦିନ ସନ୍ଧ୍ୟାରେ ଆଉ ପ୍ରଭାକର ସହିତ ଗଲା ନାହିଁ । ତା ଆରଦିନ ଖରାବେଳେ ସ୍ୱାମୀଙ୍କର ପାଖକୁ ଯିବ କି ନାହିଁ ଭାବୁଛି, ତା' ପାଖରେ ସ୍ୱାମୀଜୀ ପଠାଇଥିବା ଟେପ୍ ସବୁ ଆସି ପହଞ୍ଚିଲା। ସୁହାସିନୀ ଘରେ ବସି ସେ ଟେପ୍ ସବୁକୁ ଶୁଣିଲା ଏବଂ କାଗଜ ଆଣି ତା ଦେହରୁ ଲେଖିବାକୁ ଚେଷ୍ଟା କଲା ।

ଏଥରକ ସେ ଆଉ ସ୍ୱାମୀଜୀଙ୍କ ସଭାକୁ ନଯାଇ ଟେପ୍‌ରୁ ଯାହା ସବୁ ଲେଖୁଥିଲା, ତାକୁ ସାଙ୍ଗରେ ନେଇ ଅଲଗାରେ ସ୍ୱାମୀଜୀଙ୍କ ସହିତ ଆଲୋଚନା କରୁଥିଲା। ସ୍ୱାମୀଜୀ ମଧ୍ୟ ତାଙ୍କ ଭାଷଣର ନିର୍ଘଣ୍ଟ ବଦଳାଇ ବେଶ୍ ସମୟ ଦେଉଥିଲେ ବହିଟି ପାଇଁ । ସ୍ୱାମୀଜୀଙ୍କ ସହିତ ନିରୋଳାରେ ବସି କଥାବାର୍ତ୍ତା କରିବାରେ ତା'ର କୌଣସି ସମସ୍ୟା ନଥିଲା ବର୍ତ୍ତମାନ। ପ୍ରଭାକର ମଧ୍ୟ ଖୁସି ହେଉଥିଲା ସୁହାସିନୀ ସ୍ୱାମୀଜୀଙ୍କର ଏଭଳି ଭକ୍ତ ହୋଇଯାଇଥିବାରୁ। ଆଜିକାଲି ଏକା ଥିଲାବେଳେ ସ୍ୱାମୀଜୀ ନିଜ କଥା ଶୁଣାଉଥିଲେ ସୁହାସିନୀକୁ। ଦିନେ ସୁହାସିନୀ ପର୍ସରୁ ମନ୍ତ୍ର କାଗଜଟି ଖୋଲି ସ୍ୱାମୀଜୀଙ୍କୁ ଦେଇ କହିଲା, ତୁ ପରା କହୁଥିଲୁ ଏଥିରୁ ଲେଖା ବାହାର କରିବୁ ? ଏଥର

ତୋର ଚମତ୍କାର ଦେଖା। ସ୍ୱାମୀଜୀ ଉଠିଯାଇ ପୂଜା ଜାଗା ପାଖରୁ ଥଳିଟିଏ ଆଣି ସୁହାସିନୀର ହାତକୁ ନେଇ ତା ଭିତରେ ପୂରାଇଲେ । ଥଳି ଭିତରେ ଆଉ ଗୋଟିଏ ଗୁପ୍ତ ପକେଟ୍ ଥିଲା ଏବଂ ସେଥିରେ ଏକା ଭଳି ଆଉ ଗୋଟିଏ କାଗଜ ଥିଲା । ତାକୁ ଆଣି ଖୋଲି ସୁହାସିନୀ ପଢ଼ିଲା; ଏଥିରେ ଖାଲି ଓଁ ଶ୍ରୀ ଲେଖା ହୋଇଥଲା । ସୁହାସିନୀ କହିଲା, ଏମିତି କେତେଦିନ ଆଉ ଲୋକଙ୍କୁ ଠକିବୁ ? ଦିନେ ନା ଦିନେ ଧରାପଡ଼ିବୁ।

ସ୍ୱାମୀଜୀ କହିଲେ, କାଗଜରେ ଯେ ମନକୁ ମନ କିଛି ଲେଖାହେବା ଅସମ୍ଭବ, ଏ କଥା କିଏ ନଜାଣେ ? କିନ୍ତୁ ସେମାନେ ବିଶ୍ୱାସ କରିବାକୁ ଚାହାନ୍ତି ଚମତ୍କାରରେ। ଯଦି ଏଭଳି ଠକାମିରେ କିଛି ଲୋକ ଉପକୃତ ହେଉଛନ୍ତି, କ୍ଷତି କଣ ? ଡାକ୍ତରମାନେ ରୋଗୀଙ୍କ ମନ ବୁଝାଇବାକୁ ମିଛ ଔଷଧ ଦେଇ ରୋଗ ଭଲ କରିଦେବାର ଉଦାହରଣ ଅଛି ।

କିନ୍ତୁ ତୁ ଲୋକଙ୍କର କାମ ବି ତ କରାଇ ଦେଉଛୁ । ଚିଫ୍ ଇଞ୍ଜିନିୟରଙ୍କ ବଦଲି ବନ୍ଦ କରାଇଦେଲୁ; ମୋର ସ୍ୱାମୀଙ୍କ ଫାଇଲ୍ ବାହାର କରିଆଣିଲୁ ।

ଏ ତ ଆହୁରି ସହଜ କଥା। ଏତେ ବଡ଼ ବଡ଼ ଲୋକ ଯେତେବେଳେ ମୋ ପାଖକୁ ଭକ୍ତ ହୋଇ ଆସୁଛନ୍ତି, ତାଙ୍କ ପାଖରେ ଏଇ ଛୋଟ ଛୋଟ କାମ କରାଇହବନି ?

ଆଉ ଡାକ୍ତରଖାନା ନାଁରେ ଏ ଯୋଉ ଟଙ୍କାପଇସା ସଂଗ୍ରହ କରୁଚୁ?

ତୁ ବିଶ୍ୱାସ କର, ମୋର ଜୀବନରେ ବୋଧହୁଏ ଏଇଟା ହିଁ ସବୁଠାରୁ ବେଶି ନିଷ୍କପଟ କାମ । ସବୁ ଟଙ୍କା ସତରେ ଯିବ ହସ୍‌ପିଟାଲ୍ ପାଇଁ । ମୋର ନିଜ ପାଇଁ କିଛି ଅସୁବିଧା ନାହିଁ ଭକ୍ତଙ୍କ ଦୟାରୁ। ଭାବିଲି ଅନ୍ତତଃ କିଛି ଭଲ କାମ କରାଯାଉ ।

ସ୍ୱାମୀଜୀ ଉଠିଯାଇ ଗୋଟିଏ ବାକ୍ସ ଆଣି ଦେଖାଇଲେ । ସେଥିରେ ଟଙ୍କା ଓ ଅଳଙ୍କାର ଭର୍ତ୍ତି ହୋଇଥିଲା । ସୁହାସିନୀ ନିଜ ହାତରୁ ପଟେ ଚୁଡ଼ି ଖୋଲି ସେଥିରେ ପକାଇଲା। କହିଲା, ହେଲା, ମୁଁ ତୋ କଥା ବିଶ୍ୱାସ କଲି। ଏଇଟା ହେଲା ତୋ ହସ୍‌ପିଟାଲ୍ ପାଇଁ ମୋର ଦାନ । କ'ଣ ହସ୍‌ପିଟାଲ ଖୋଲିଲେ ମାତେ ଡାକିବୁ କି ନାଇଁ ?

ସ୍ୱାମୀଜୀ ଗମ୍ଭୀର ହୋଇଗଲେ । କହିଲେ, ସବୁ ଠିକ୍ ଚାଲିଥିଲା; କିନ୍ତୁ ଏବେ ମୁଁ ଗୋଟାଏ ସସମ୍ୟା ଭିତରେ ପଡ଼ିଯାଇଛି। ଜାଣେନା କ'ଣ ହବ । ପୁଣି କେବେ ସୁବିଧା ହେଲେ ତୋତେ କହିବି।

ଏହାପରେ କିନ୍ତୁ ସ୍ୱାମୀଜୀ ତାକୁ ଦେଖାକରିବା ପାଇଁ ଆଉ ବିଶେଷ ସମୟ

ଦେଲେ ନାହିଁ ଏବଂ ଯେତେବେଳେ ତାଙ୍କ ସାଙ୍ଗରେ ଦେଖା ହେଉଥିଲା, ସେଠାରେ ବହିର ପ୍ରକାଶକ ନହେଲେ ଆଉ କେହି ରହୁଥିଲେ। ପ୍ରଥମେ କିଛିଦିନ ସୁହାସିନୀ ଅସ୍ଥିର ହେଲା, ସ୍ୱାମୀଜୀଙ୍କୁ ମନେ ମନେ ଗାଳିଦେଲା, କିନ୍ତୁ ପୁଣି ଭାବିଲା ଯେ ନିଶ୍ଚୟ କିଛି ସମସ୍ୟା ଉପୁଜିଛି। ଏଇଭଳି କେତେଦିନ ପରେ ଦିନେ ଅଫିସ୍‌ରୁ ଫେରି ପ୍ରଭାକର ସମ୍ବାଦ ଦେଲା ଯେ କାହାକୁ କିଛି ନକହି ସ୍ୱାମୀଜୀ ସହର ଛାଡ଼ି ଚାଲିଯାଇଛନ୍ତି ।

ମୁଁ ଜାଣିଥିଲି ଏମିତି ଗୋଟାଏ କିଛି ନିଶ୍ଚୟ ହେବ ବୋଲି, ପ୍ରଭାକର ମନ୍ତବ୍ୟ କଲା।

ସୁହାସିନୀ ଏ କଥା ଶୁଣି ବିରକ୍ତ ହୋଇ କହିଲା, କାହିଁ ଆଗରୁ ତ କିଛି କହୁ ନଥିଲ ଏମିତି ହବ ବୋଲି ।

ଏ ସାଧୁ ସନ୍ନ୍ୟାସୀମାନେ ସମସ୍ତେ ଏମିତି । ଉପରେ ଯେତେ ଯାହା ଭଲ କଥା କହନ୍ତୁ ପଛେ, ଭିତରେ ଟଙ୍କା ପଇସା, ସ୍ତ୍ରୀ କାରବାର।

ପ୍ରଭାକର ଭାବିଥିଲା ଏକଥା ଉପରେ ସୁହାସିନୀ ସ୍ୱାମୀଜୀଙ୍କ ପକ୍ଷ ନେଇ ଯୁକ୍ତି କରିବ । ତାକୁ ଚୁପ୍ ରହିବା ଦେଖି କହିଲା, କାହିଁକି, ତମେ ତ ପ୍ରଥମେ ପ୍ରଥମେ ଯିବାକୁ ଅମଙ୍ଗ ହେଉଥିଲ ତାଙ୍କୁ ଠକ ବୋଲି କହି । ପରେ କେମିତି ପୁଣି ତାଙ୍କ ଆଡ଼କୁ ଢଳିଲ ?

ପ୍ରଭାକର ତାକୁ ବାଦ ବିସମ୍ବାଦ ଭିତରକୁ ଟାଣିବାକୁ ଚେଷ୍ଟା କରୁଥିଲା; କିନ୍ତୁ ସୁହାସିନୀ ଚାହୁଁନଥିଲା ବର୍ତ୍ତମାନ ତା ଭିତରେ ପଶିବା ପାଇଁ। ସେ କହିଲା, ମୁଁ ତାଙ୍କର ପ୍ରବଚନ ଶୁଣି ଜାଣିଲି ଯେ, ତାଙ୍କର ଅନେକ ଜ୍ଞାନ ଅଛି । ତାଙ୍କ ସାଙ୍ଗରେ ଯେତେବେଳେ କଥାବାର୍ତ୍ତା କଲି, ବୁଝିଲି ଯେ ସେ ସଚ୍ଚୋଟ ଲୋକ।

ପ୍ରଭାକର ଯେତେବେଳେ କହିଲା ସ୍ୱାମୀଜୀ ସ୍ତ୍ରୀଲୋକମାନଙ୍କୁ ମନ୍ତ୍ରଦେବା ବିଷୟରେ ଲୋକେ ନାନା କଥା କହୁଛନ୍ତି, ସୁହାସିନୀ ସେଠାରୁ ଉଠି ଚାଲିଗଲା ।

ପରଦିନ ସକାଳର ଖବରକାଗଜରେ ଏ ବିଷୟରେ ପ୍ରଥମ ପୃଷ୍ଠାରେ ସମ୍ବାଦ ବାହାରିଲା 'ଟଙ୍କା ସୁନା ନେଇ ବାବାଜି ଚମ୍ପଟ୍' ଶିରୋନାମାରେ। ଏଥିରେ ସ୍ୱାମୀଜୀଙ୍କ କ୍ରିୟାକଳାପର କଟୁ ସମାଲୋଚନା କରାହୋଇଥିବା ଏବଂ ସେ ରାଜନୀତିକ ନେତାମାନଙ୍କର ବାହୁଛାୟା ତଳେ ରହି ଲୋକମାନଙ୍କୁ ଠକିଥିବାର ବିବରଣୀ ଥିଲା। ଏକ କାଳ୍ପନିକ ଡାକ୍ତରଖାନା ତିଆରି କରିବା ପାଇଁ ବ୍ୟବସାୟୀମାନେ ସ୍ୱାମୀଜୀଙ୍କୁ ଟଙ୍କା ଦେଇଥିଲେ ଏବଂ ଅନେକ ସ୍ତ୍ରୀଲୋକ ମଧ୍ୟ ଏଥିପାଇଁ ନିଜର ଅଳଙ୍କାର ଦେଇଥିଲେ, ପୋଲିସ୍ କୁଆଡ଼େ ତା'ର ବିଶଦ ବିବରଣୀ ସଂଗ୍ରହ କରୁଥିଲେ। ଶେଷରେ

ଏ କଥା ଲେଖା ଥିଲା ଯେ, ସ୍ୱାମୀଜୀଙ୍କର ଫେରାର୍ ହୋଇଯିବା ସଙ୍ଗେ ସଙ୍ଗେ ସହରର ଗୋଟିଏ ସମ୍ଭ୍ରାନ୍ତ ପରିବାରର ଜଣେ ମହିଳା ମଧ୍ୟ ନିଖୋଜ ହୋଇଯାଇଛନ୍ତି ।

ସେଦିନ ଅଫିସ୍‌ରୁ ଫୋନ୍ କରି ପ୍ରଭାକର ସୁହାସିନୀକୁ କହିଲା, ତମକୁ ଯଦି ପୋଲିସ୍ ଆସି ପଚାରନ୍ତି, ତମେ କହିଦବ କିଛି ଜାଣ ନାହିଁ ବୋଲି। ସୁହାସିନୀ କହିଲା, କୋଉ ବିଷୟରେ? ପ୍ରଭାକର ବିରକ୍ତ ହୋଇ ଜବାବ୍ ଦେଲା, ସେଇ ବାବାଜି କଥା, ଆଉ କୋଉ ବିଷୟରେ? ମୁଁ ସଞ୍ଜବେଳେ ଆସି ସବୁ କଥା କହିବି। ପୋଲିସ୍ ଅବଶ୍ୟ ତା ଘରକୁ ଆସିଲେ ନାହିଁ କିନ୍ତୁ ସେଦିନ ଅଫିସ୍‌ରୁ ଫେରି ଚା' ପିଉ ପିଉ ପ୍ରଭାକର ଅନେକ ତଥ୍ୟ ଦେଲା । ଡାକ୍ତରଖାନା ପାଇଁ ସଂଗ୍ରହ କରିଥିବା ଟଙ୍କାପଇସା, ଅଳଙ୍କାର ସହିତ ଚିଫ୍ ଇଞ୍ଜିନିୟରଙ୍କ ଶାଳୀକୁ ନେଇ ସ୍ୱାମୀଜୀ ପଳାଇ ଯାଇଛନ୍ତି। ଅଫିସର ଓ ବ୍ୟବସାୟୀମାନେ ନିଜର କଳାଧନ ଦେଇଥିବାରୁ ପୋଲିସ୍‌ରେ ସେ କଥା କହିପାରୁନାହାନ୍ତି; କିନ୍ତୁ କେତେକ ସ୍ତ୍ରୀଲୋକ କୁଆଡ଼େ ବୟାନ ଦେଲେଣି ଯେ, ସ୍ୱାମୀଜୀ ମନ୍ତ୍ରକରି ତାଙ୍କ ଦେହରୁ ଅଳଙ୍କାର ବାହାର କରି ନେଇଛନ୍ତି । ଏତିକି କହି ପ୍ରଭାକର ସୁହାସିନୀ କାନରେ ଓ ହାତରେ ଲାଗାଇଥିବା ଅଳଙ୍କାର ଆଡ଼କୁ ଚାହିଁଲା। ପଚାରିଲା, ତମ ପାଖରୁ ସେ କିଛି ନେଇ ଯାଇନାହିଁ ତ? ସୁହାସିନୀ କହିଲା, ମୁଁ ତାଙ୍କୁ ପଟେ ସୁନାଚୁଡ଼ି ଦେଇଥିଲି । ପ୍ରଭାକର ଆଉ କ'ଣ କହିବାକୁ ଯାଉଥିଲା, ଏଇ ସମୟରେ ପିଲାମାନେ ପହଞ୍ଚିଯିବାରୁ କଥାବାର୍ତ୍ତା ବନ୍ଦ ରହିଲା । କିନ୍ତୁ ଶୋଇଲାବେଳେ ପୁଣି ସେ କଥା ଉଠାଇ ପ୍ରଭାକର ପଚାରିଲା, ଲୋକଟା କ'ଣ ମନ୍ତ୍ର କରି ଚୁଡ଼ି ନେଇଗଲା? ସୁହାସିନୀ କହିଲା, ନା, ମୁଁ ନିଜ ଇଚ୍ଛାରେ ତାଙ୍କୁ ସେଇଟି ଦେଇଥିଲି। ବିରକ୍ତ ହୋଇ ପ୍ରଭାକର କହିଲା, ତମ ଭଳି ବୋକା କେହି ନାହାନ୍ତି। ଅନ୍ୟମାନେ ସିନା ମନ୍ତ୍ର ଯୋଗୁଁ ବାଧ୍ୟହୋଇ ଟଙ୍କା, ସୁନା ଦେଲେ, ତମେ କ'ଣ ନା ନିଜେ ତା' ହାତକୁ ଅଳଙ୍କାରଟା ବଢ଼ାଇ ଦେଲ। ସୁହାସିନୀ କହିଲା, ସେ ଚୁଡ଼ି ମୁଁ ବାପଘରୁ ଆଣିଥିଲି।

ସ୍ୱାମୀଜୀଙ୍କ ବିଷୟରେ ପ୍ରଭାକର ପ୍ରତିଦିନ ନୂଆ ନୂଆ ଖବର ଆଣୁଥିଲା । ତା'ର କିଏ ପୋଲିସ୍ ଅଫିସ୍‌ର ସାଙ୍ଗ ତାକୁ ଏ ଭିତରେ ସ୍ୱାମୀଜୀଙ୍କର କୋଉ କୋଉ ସ୍ତ୍ରୀଲୋକଙ୍କ ସହିତ ସଂପର୍କ ଥିଲା ତାର ତାଲିକା ଦେଇଥିଲା। ପ୍ରଭାକର ଖୁସି ହୋଇଥିଲା ଯେ, ଏଥିରେ ସୁହାସିନୀର ନାଁ ନ ଥିଲା, ଯଦିଓ ସମସ୍ତେ ଜାଣିଥିଲେ ସେ ସ୍ୱାମୀଜୀଙ୍କ ସହିତ ମିଶି ତାଙ୍କର ବହିର କାମ କରୁଥିଲା । ତା'ର ଅବଶ୍ୟ ସନ୍ଦେହ ହେଉଥିଲା ଯେ ପୋଲିସ୍ ଅଫିସ୍‌ର ହୁଏତ ସଙ୍କୋଚ ବଶତଃ ବନ୍ଧୁପତ୍ନୀର ନାଁଟି ତାକୁ କହିନାହିଁ । ତେବେ ସୁହାସିନୀ ଉପରେ ପ୍ରଭାକରର ସଂପୂର୍ଣ୍ଣ ଆସ୍ଥା ଥିଲା, ଯଦିଓ ବାବାଜୀକୁ

ଚୁଡ଼ିପଟେ ଦେଇଥିବା କଥାକୁ ସେ କ୍ଷମା କରିପାରୁନଥିଲା ।

ଶେଷରେ ଦିନେ ପୋଲିସ୍ ସ୍ୱାମୀଜୀଙ୍କୁ ଧରି ଆଣିଲେ, ଟଙ୍କା ସୁନା ଜବତ ହେଲା ଏବଂ ଚିଫ୍ ଇଞ୍ଜିନିୟରଙ୍କ ଶାଳୀ ଘରକୁ ଫେରିଆସିଲା। ଶାଳୀ ପୋଲିସ୍‌କୁ ବୟାନ ଦେଲା ଯେ, ମନ୍ତୁରା ଔଷଧ ଖୁଆଇ ସ୍ୱାମୀଜୀ ତାକୁ ବଶୀଭୂତ କରି ନେଇଯାଇଥିଲେ। ଏ ପର୍ଯ୍ୟନ୍ତ ଯେଉଁ ସ୍ତ୍ରୀଲୋକମାନେ ଲୋକନିନ୍ଦା ଭୟରେ ଚୁପ୍ ରହିଥିଲେ, ସେମାନେ ମଧ୍ୟ ନିଜ ନିଜର ଅଳଙ୍କାର ଫେରିପାଇବାକୁ ଥାନାରେ ଯାଇ ପହଞ୍ଚିଲେ ଏବଂ ସ୍ୱାମୀଜୀ ସେମାନଙ୍କୁ ମନ୍ତ୍ର କରିଥିବାର ଦ୍ୱାହି ଦେଲେ। ପ୍ରଭାକର ଯେତେବେଳେ ସୁହାସିନୀକୁ ଚୁଡ଼ି ଫେରାଇ ଆଣିବା କଥା କହିଲା, ସୁହାସିନୀ କହିଲା, ମୁଁ ଦାନ କରିଥିବା ଜିନିଷ ଫେରାଇ ନେବି କାହିଁକି ? ପ୍ରଭାକର କିନ୍ତୁ ସୁନାଚୁଡ଼ିର ଲୋଭ ଛାଡ଼ି ପାରିଲା ନାହିଁ ଏବଂ ତା'ର ପୋଲିସ୍ ସାଙ୍ଗକୁ ପଚାରିଲା, କୋଉ ଅଳଙ୍କାର ସନାକ୍ତ ନ ହୋଇ ପଡ଼ି ରହିଚି କି ବୋଲି। ସେ କିନ୍ତୁ ଆସି ଖବର ଦେଲା। ଯେ ସବୁ ଅଳଙ୍କାରର ମାଲିକାଣୀ ମିଳି ସାରିଲେଣି ।

ପୋଲିସ୍ ତଦାରଖ ସହିତ କିଛିଦିନ ପର୍ଯ୍ୟନ୍ତ ସହରର ସ୍ୱାମୀଜୀଙ୍କର ଅପକୀର୍ତ୍ତି ଓ ବିଶେଷରେ ଯୌନ ବ୍ୟଭିଚାରର ଚର୍ଚ୍ଚା ଚାଲିଲା। ହୁଏତ ଜିନିଷଟି ଆପେ ଆପେ ଥଣ୍ଡା ପଡ଼ିଯାଇଥାନ୍ତା କିନ୍ତୁ ଏଇ ସମୟରେ ପ୍ରକାଶକ ସ୍ୱାମୀଜୀଙ୍କ ପ୍ରବଚନ ବହିଟି ବାହାର କରିଦେଲେ। ଏଥିରେ ମୁଖବନ୍ଧରେ ସ୍ୱାମୀଜୀ ସୁହାସିନୀକୁ ଧନ୍ୟବାଦ ଦେଇଥିଲେ ତାଙ୍କୁ ସାହାଯ୍ୟ କରିଥିବା ପାଇଁ। ପ୍ରଭାକର ଯୋଉଦିନ ଜଣେ ସାଙ୍ଗ ପାଖରେ ଏ ବହିଟି ଦେଖିଲା, ତାର ମୁହଁ ଲାଲ୍ ପଡ଼ିଗଲା। ଲୋକେ ଭିତରେ ଭିତରେ ସ୍ୱାମୀଜୀଙ୍କ ସାଙ୍ଗରେ କୋଉ ସ୍ତ୍ରୀ କ'ଣ ସଂପର୍କ ସେ ବିଷୟରେ ଚୁପ୍‌ଚାପ୍ କଥା ହେଉଥିବା ଅଲଗା କଥା ଥିଲା । ଏବେ କିନ୍ତୁ ଛପା ବହିରେ ସ୍ୱାମୀଜୀଙ୍କ ନାଁ ସାଙ୍ଗରେ ତାର ସ୍ତ୍ରୀର ନାଁ ଯୋଡ଼ା ହୋଇ କଥା ବଜାରରେ।

ସେଦିନ ଘରକୁ ଫେରି ସୁହାସିନୀ ଆଡ଼କୁ ବହିଠି ଫିଙ୍ଗିଦେଇ ପ୍ରଭାକର କହିଲା, ଆମ ନାଁ ଏବେ ଦାଣ୍ଡରେ ପଡ଼ି ହାଟରେ ଗଡ଼ିବ ।

ସୁହାସିନୀ ବହିଟିକୁ ଓଲଟାଇ ଦେଖିଲା । କହିଲା, ସୁନ୍ଦର ହେଇଛି ବହିଟି ।

ତମ ନାଁ ସେଥିରେ ଲେଖାହୋଇଚି, ଦେଖିଲ ତ ?

ହଁ, ମତେ ଏ ମୁଖବନ୍ଧ ବି ସ୍ୱାମୀଜୀ ଦେଖାଇଥିଲେ ପ୍ରେସ୍‌କୁ ପଠାଇବା ପୂର୍ବରୁ। ଠିକ୍ ଲେଖା ହୋଇଚି ଏଥିରେ। ମୁଁ ତ ସାହାଯ୍ୟ କରିଥିଲି ଏ ପ୍ରବଚନ ସବୁକୁ ଟେପ୍‌ରୁ ଉତାରିବାରେ। ତମେ ତ ସେତେବେଳେ କହୁଥିଲ ଏ ଗୋଟିଏ ଭଲ କାମ କରୁଚି ବୋଲି ।

ସେତେବେଳ ଆଉ ଏତେବେଳ କଥା ଅଲଗା । ସେତେବେଳେ କିଏ ଜାଣିଥିଲା ବାବାଜି ବେଶଭୂଷା ଭିତରେ ଏମିତି ଗୋଟିଏ ବଦମାସ୍ ଲୋକ ଅଛି ବୋଲି ? ଏବେ ସମସ୍ତେ ବୁଝିଗଲେଣି ସ୍ୱାମୀଜୀ ପ୍ରକୃତିରେ କ'ଣ।

ତା ବୋଲି କଣ ଏଇ ପ୍ରବଚନ ସବୁ ଭୁଲ୍ ହୋଇଯିବ ? ଅନେକ ଭଲ କଥା ଅଛି ଏଥିରେ। ମୁଁ ଭାବୁଛି ସମସ୍ତେ ଏ ବହିଟିକୁ ପଢ଼ିବା ଉଚିତ୍।

ତମେ ଆଜିକାଲି କଥା କଥାକେ ସ୍ୱାମୀଜୀଙ୍କର ପକ୍ଷ ନଉଚ । ଅନ୍ୟ ମାଇକିନାଙ୍କ ଭଳି ତମର ବି କ'ଣ ତା' ସାଙ୍ଗରେ ସଂପର୍କ ଥିଲା ନା କଣ ?

ହଁ, ସହଜ ଭାବରେ ସୁହାସିନୀ ଉତ୍ତର ଦେଲା।

ତମେ ମୋତେ ଏ କଥା ଆଗରୁ କହି ନଥିଲ, ସାମାନ୍ୟ ଚଢ଼ା ଗଳାରେ କହିଲା ପ୍ରଭାକର।

ତମେ କେବେ ଏ କଥା ପଚାରି ନଥିଲ, ସେଥିପାଇଁ ।

ସେ ବାବାଜି ତୁମକୁ ନିଶ୍ଚୟ ମନ୍ତ୍ରକରି ଦେଉଥିଲା ।

ନା, ମତେ କେହି ମନ୍ତ୍ର କରି ନଥିଲା । ମୁଁ ଯାହା କଲି ଭାବିଚିନ୍ତି ସ୍ୱଇଚ୍ଛାରେ କଲି । ସୁହାସିନୀ ବେଶ୍ ଜୋର୍‌ରେ କହିଲା ଏଇ କେତେପଦ।

ପ୍ରଭାକର ହଠାତ୍ ସେଠାରୁ ଉଠି ଚାଲିଗଲା ଏବଂ ସେଦିନ ଅଫିସ୍‌ରୁ ଫେରିଲା ଅନେକ ଡେରିରେ। ତାପରେ ଗୋଟିଏ ପୂରା ଦିନ ସେ ସୁହାସିନୀ ସହିତ କଥାବାର୍ତ୍ତା ବନ୍ଦ କରିଦେଲା। ତା ଆରଦିନ ଯେତେବେଳେ ପ୍ରଭାକର ଅଫିସ୍‌ରୁ ଫେରିଲା, ପିଲାମାନେ ଘରେ ନଥିଲେ। ସୁହାସିନୀ ହାତରୁ ଚା' କପ୍ ପିଉ ପିଉ ପ୍ରଭାକର କହିଲା, ତମେ ସିନା ଜାଣିପାରୁନାହଁ, ତମକୁ ନିଶ୍ଚୟ ବାବାଜି କଣ ମନ୍ତ୍ର କରି ଦେଇଥିଲା। ଏତେ ସ୍ତ୍ରୀଲୋକଙ୍କୁ ଯେତେବେଳେ ମନ୍ତ୍ର କଲା, ତମକୁ କଣ ଛାଡ଼ି ଦେଇଥିବ ? ସୁହାସିନୀ କିଛି ଜବାବ ନଦେଇ ଚୁପ୍ ରହିଲା ।

ପ୍ରଭାକର କହିଲା, ଶଳା ବାବାଜିକୁ ତନ୍ତ୍ରମନ୍ତ୍ର, ଗୁଣିଗାରେଡ଼ି, ସବୁ ଭଲ ଭାବେ ଜଣା । ହଁ, ମନେପଡ଼ିଲା। ତମେ ତ ନିଜେ କହୁଥିଲ ତମକୁ ସେ କଣ ମନ୍ତ୍ର ଲେଖି ଦେଇଥିଲା ବୋଲି । ଶଳା ମୋତେ ବି ଖଣ୍ଡେ କାଗଜରେ ମନ୍ତ୍ର ବୋଲି କଣ ଲେଖି ଦେଇଥିଲା । କହିଥିଲା କ'ଣ ନା ମନ୍ତ୍ରକୁ ଗୁପ୍ତ ରଖିବ; କାହାକୁ କହିଲେ କ୍ଷତି ହେବ । ପ୍ରଭାକର ଉଠିଯାଇ ଆଲମାରି ଭିତରୁ ଛୋଟ କାଗଜଟିକୁ ଆଣି ସୁହାସିନୀ ଆଗରେ ଖୋଲି ଧରିଲା। କହିଲା, ମୁଁ ସମସ୍ତଙ୍କୁ ଏଇ କାଗଜ ନେଇ ଦେଖାଇବି । ଦେଖିବି ଶଳା ମୋର କ'ଣ କ୍ଷତି ହବ । ସୁହାସିନୀ କିଛି ନକହି ଚୁପ୍ ରହିଲା ।

ପ୍ରଭାକର କହିଲା, କାଇଁ, ତମକୁ କ'ଣ ମନ୍ତ୍ର ଲେଖି ଦେଇଥିଲା ପରା,

ଦେଖି । ତମକୁ ବି କହିଥିବ କାହାକୁ ନ ଦେଖାଇବାକୁ । କିଛି ମାନିବା ଦରକାର ନାହିଁ ତା କଥାକୁ । ଆଣ ଦେଖିବା ସେ କାଗଜ । ଚୁପ୍‌ଚାପ୍ ଉଠିଯାଇ ସୁହାସିନୀ ସେଇ କିଛି ବି ଲେଖା ନଥିବା ସାଦା କାଗଜ ଟୁକୁଡ଼ାଟିକୁ ଆଣି ପ୍ରଭାକର ହାତକୁ ବଢ଼ାଇଦେଲା ।

■

ଅକ୍ଷର

ଅକ୍ଷୟ ମହାନ୍ତି

ଚାଳିଶ ବର୍ଷର ସଂସାର। ତିରିଶି ବର୍ଷର ଘର। କିନ୍ତୁ ଏତେଦିନ ଭିତରେ ଝରକାର କାଚଖଣ୍ଡେ ବି ଫାଟିଯାଇନି। ତିଆରି ବେଳେ ଯାହା ଥିଲା ଅବିକଳ ସେୟା ଅଛି । କିଛି ବଦଳେଇବାକୁ ପଡ଼ିନି। ସୁସଙ୍ଗଠିତ ସୁସଜ୍ଜିତ ଓ ସୁଶୃଙ୍ଖଳିତ ଜୀବନ ମୋର। ଜୀବନକୁ ସଜାଡ଼ିବାକୁ ଦିନେ ହେଲେ ମୁଁ ହେଳା କରିନି। ନିୟମ ଓ ଶୃଙ୍ଖଳା ଏଇ ଦୁଇଟି ହେଲେ ମୋର ଦୁଇ ପ୍ରେମିକା । ମୁଁ ସେମାନଙ୍କଠୁ ଦୂରକୁ କେବେ ଯାଇନି କିମ୍ବା ଦୂରେଇ ଦେବାକୁ ଚେଷ୍ଟା କରିନି। ଅଥଚ- ଆଜି ଏଇ କାନ୍ଥରେ ଅଙ୍ଗାରରେ କିଏ ଗୋଟେ ଲେଖିଦେଇଛି 'ଅ' ।

ଇସ୍, କେଡ଼େ କଦର୍ଯ୍ୟ ହୋଇଥିବ ସେ ଲୋକଟା ? କେତେ ଅସଭ୍ୟ ?

ସୌନ୍ଦର୍ଯ୍ୟବୋଧହୀନ ଏଇ ଲେଖକଟି ନିଶ୍ଚୟ ଜଣେ ଶିଳ୍ପୀ ନୁହେଁ । ହୋଇଥିଲେ ଅନ୍ତତଃ ଏଇ 'ଅ' ଟା ଏତେ ଅସୁନ୍ଦର ଦେଖାଯାଉନଥାନ୍ତା। ମନେହେଉଛି ଅନଭିଜ୍ଞ ହାତର ଲେଖା। ଅଥବା ଲେଖୁ ଲେଖୁ ହୁଏତ କାହାର ପାଦଶବ୍ଦ ଶୁଣିପାରି ଡରରେ ଅଧା ଲେଖି ଛାଡ଼ି ଚାଲିଯାଇଛି।

ପ୍ରଥମରେ ବିଚାର କରିବା କଥା ଏଇଟା - ସେ 'ଅ' ଲେଖିଛି ନା ଆଉ କିଛି। ହୁଏତ ସେ ଗୋଟେ ହଂସର ଚିତ୍ର କରିବାକୁ ବସିଥିଲା। ଏଇ ସମୟରେ ବୋଧହୁଏ କେହି କରିଡ଼ର ଆଡୁ ଆସୁଥିବାର ସେ ଜାଣିପାରିଛି। ପାଦଶବ୍ଦ ଶୁଣି ସେ ଚିତ୍ର ଆଙ୍କିବା ଛାଡ଼ିଦେଇ ଚାଲିଯାଇଛି। ଆଉ ସେଇ ଅଧା ଅଙ୍କା ହୋଇଥିବା ଚିତ୍ରଟା ମତେ 'ଅ' ପରି ଦେଖାଯାଉଛି।

କିନ୍ତୁ ଏ 'ଅ' ଲେଖିଲା କିଏ ? ବିଷକନ୍ୟା, ତୁମେ ଜାଣଛକି ? ନାଁ, ତୁମେ ତ

ଏକବାରେ ନୀରବ ରହିଛ। ଏଥରକୁ ମିଶାଇ ମୁଁ ପ୍ରାୟ ଶହେଥର ଏଇ ଏକା ପ୍ରଶ୍ନ ତୁମକୁ ପଚାରି ସାରିଲିଣି। ତୁମେ ତ କୌଣସି ଥର ମତେ ଉତ୍ତର ଦେଇନ। ତୁମେ ଯଦି ଜାଣିଛ ତେବେ ଖୋଲାଖୋଲି ସେ କଥାଟି କହିଦେଲେ ତ ମୋ ମନରେ ସନ୍ଦେହ ରହନ୍ତା ନାହିଁ ।

ତେବେ ତୁମେ ଜାଣିଛ କିଏ ଲେଖିଛି, କିନ୍ତୁ ତା'ର ନାମ ମତେ ତମେ କହିବାକୁ ରାଜି ନୁହଁ । ଧିକ୍ ଆମର ଏଇ ଚାଳିଶ ବର୍ଷର ବୈବାହିକ ଜୀବନ। ବିଷକନ୍ୟା, ମୁଁ ତୁମକୁ ଚାଳିଶ ବର୍ଷଧରି ଭଲପାଇ ଆସିଛି । ମତେ ମଧ୍ୟ ଭଲପାଇବାକୁ ତମେ ସୁଯୋଗ ଦେଇଛ । ଏଇ ତେବେ କଣ ମୋର ଭଲପାଇବାର ପ୍ରାପ୍ୟ ?

ବିଷକନ୍ୟା, ତୁମେ ଆଜି ଯେତେ ନୀରବ ରହୁଛ ସେତିକି ନୀରବତା ତୁମେ ମଧୁଶଯ୍ୟା ରାତିରେ ରଖିପାରିଥିଲ କି ? ତୁମେ ତ ମାତ୍ର ଏକ ମିନିଟ୍ ପରେ ଫିକ୍ କରି ହସିଦେଇ ମତେ ଚାହିଁ ମୋ ଆଖିରେ ଆଖି ମିଶେଇଥିଲ । କିନ୍ତୁ ଆଜି ମୋର ଏତେ ପ୍ରଶ୍ନ ସତ୍ତ୍ୱେ ତୁମେ କାହିଁକି ନୀରବ ରହୁଛ ? ଆଉ ତୁମେ କାହିଁକି ଝରକା ଦେଇ ବାହାରକୁ ଚାହୁଁଛ ?

ମନେହେଉଛି ଏଇ ଝରକା ଦେଇ 'ଅ' ଲେଖକ କାଲି ହୁଏତ ଆସିଥିଲା। ଆଉ ଆମ କାନ୍ଥରେ ଅଙ୍ଗାରରେ 'ଅ' ଲେଖି ଦେଇ ଚାଲିଗଲା। ତୁମେ ଏଇ ଘଟଣାଟିର ନୀରବ ଦର୍ଶକ । ଅର୍ଥାତ୍ ସେ ଲେଖକ ସହିତ ତୁମର ଗୋଟେ କିଛି ଆନ୍ତରିକ ସମ୍ପର୍କ ଅଛି-ମୁଁ ବିଶ୍ୱାସ କରିବାକୁ ବାଧ୍ୟ ହେବିକି ? ତଥାପି ତୁମେ ନୀରବ । ତୁମେ କାହିଁକି ଝରକା ଦେଇ ବାହାରକୁ ଚାହୁଁଛ ?

'ଅ' ଯେଉଁ ଉଚ୍ଚତାରେ ଲେଖାହୋଇଛି ସେ ଉଚ୍ଚତାରେ କାହିଁକି ଲେଖାହେଲା ? ଲେଖକ ନିଶ୍ଚେ ନଇଁପଡ଼ି ଲେଖୁଥିଲା । ନଇଁକରି ଲେଖୁଥିଲା କାହିଁକି ? ତା'ର ଯଦି ଲେଖିବାର କଥା ସେ ନିଜ ହାତ ସିଧାରେ କାହିଁକି ଲେଖିଲା ନାହିଁ? ଏହା ପଛରେ ନିଶ୍ଚୟ ଏକ ଗୂଢ଼ରହସ୍ୟ ଥିବ ବୋଲି ମୋର ବିଶ୍ୱାସ । କୁହ ବିଷକନ୍ୟା, ତୁମେ ମୋର ସ୍ତ୍ରୀ । ଗତ ଚାଳିଶ ବର୍ଷ ଧରି ମୁଁ ତୁମକୁ ଭଲପାଇ ଆସିଛି । ମୋ ଭଲପାଇବାରେ ଅଂଶୀଦାର ଆଉ କେହି ଆମ ସଂସାରକୁ ଆସିନାହାନ୍ତି। ମାନୁଛି ତୁମ ଭଲପାଇବା ମଧ୍ୟ ଚାଳିଶ ବର୍ଷ ଧରି କେବଳ ମୋ ପାଇଁ ଉଦ୍ଦିଷ୍ଟ ଏକ ନୀରାଜନା । ଏତେ ପ୍ରେମକୁ କ'ଣ ଆଜି କେବଳ ଗୋଟାଏ 'ଅ' ଲେଖିଲା କାହିଁକି ?

ତୁମେ ଯଦି ନୀରବ ନରହି କୁହନ୍ତ ଯେ ତୁମେ ଜାଣିନ ବୋଲି, ତେବେ ମୁଁ ଗ୍ରହଣ କରିନିଅନ୍ତି ଯେ ଏଇ 'ଅ'ର ଲେଖକ ନିଶ୍ଚୟ କେହି ଆଗନ୍ତୁକ ଯାହାକୁ ଆମେ ଦୁହେଁ ଚିହ୍ନିନୁ । ଆଗନ୍ତୁକ ଚୋର ପରି ଆସିଥିଲା କାହିଁକି ? ସେ ଯଦି ଚୋର ହୋଇଥାଏ

ତେବେ ଘରର ଅନ୍ୟାନ୍ୟ ଜିନିଷ ପ୍ରତି ନଜର ନ ପକେଇ ଏଇ ପରିଷ୍କାର କାନ୍ଥ ଉପରେ ଅଙ୍ଗାରରେ 'ଅ' ଲେଖିଲା କାହିଁକି ?

ବିଷକନ୍ୟା, ତୁମ ନୀରବତାର ଘଣ୍ଟାକଣ୍ଟା ମିନିଟ୍ କଣ୍ଟା ତଳେ ଗୋଟେ ରହସ୍ୟର ଚକ୍ରି ନିଶ୍ଚୟ ଅଛି। ହୁଏତ ଏକଠାରୁ ବାର ପର୍ଯ୍ୟନ୍ତ ଅଥବା ଅନ୍ୟ କିଛି ସଂଖ୍ୟା ଲେଖାହୋଇଛି। କେବଳ ସଂଖ୍ୟା କାହିଁକି ଅନ୍ୟ କୌଣସି ବାର୍ତ୍ତା ମଧ୍ୟ ଲେଖା ଥାଇପାରେ କିନ୍ତୁ ଘଣ୍ଟାକଣ୍ଟା ମିନିଟ କଣ୍ଟା ତଳେ ସମୟ ହିଁ କେବଳ ବିତିଯାଇଛି, ଏଇ 'ଅ'କୁ ଆହୁରି ରହସ୍ୟମୟ କରିଦେଇ ।

ବିଷକନ୍ୟା, ତୁମ ଅକ୍ଷର ମଧ୍ୟ ମୁଁ ଭଲଭାବରେ ଚିହ୍ନିନାହିଁ। କାରଣ ତୁମ ପ୍ରେମପତ୍ର ମୁଁ କେବେ ପାଇନାହିଁ। ବିବାହ ଆଗରୁ ଥିବା ମୋର ପ୍ରେମିକାର ହାତଲେଖା ମୋ ଆଖିକୁ ମୁଗ୍ଧ କରି ରଖିଥିଲା। କିନ୍ତୁ ବିବାହ ପରେ ତୁମେ ସଦାବେଳେ ମୋ ପାଖରେ ରହିଆସିଛ-ତେଣୁ ଚିଠି ଲେଖିବାର ସୁଯୋଗ ତୁମେ ପାଇନ କିମ୍ବା ମୁଁ ଚିଠି ପଢ଼ି ତୁମ ଅକ୍ଷର ଚିହ୍ନିବାର ସୁଯୋଗ ମଧ୍ୟ ପାଇନି-କେମିତି ଜାଣିବି ଏ ଅକ୍ଷର ତୁମର ବା ଆଉ କାହାର ?

ତାହେଲେ ଏଇ ଚାଳିଶ ବର୍ଷର ବୈବାହିକ ଜୀବନଟା ଗୋଟେ ଫମ୍ପା ଆୱାଜ ମାତ୍ର ? ଏଇ ଚାଳିଶ ବର୍ଷର ପରିଚୟ ଆମର ଯଥେଷ୍ଟ ପରିଚୟ ନୁହେଁ ? ଆମକୁ ଆମେ ଚିହ୍ନିବା ପାଇଁ କେବଳ ସମୟ ନଷ୍ଟ କରି ଚିହ୍ନିବାର ଚେଷ୍ଟା ହିଁ କରିଛୁ ? ଚିହ୍ନିନୁ ?

ଆଃ, ମୋର ବର୍ତ୍ତମାନ ମନେପଡୁଛି ମୋ ପ୍ରେମିକାର ହାତ ଅକ୍ଷର କେତେ ସୁନ୍ଦର ଆଉ ଛୋଟ ଛୋଟ ମୁକ୍ତା ପରି। ପୁଣି ଅଳ୍ପ ଜାଗାରେ ବହୁତ ଗୁଡ଼େ କଥା ଲେଖିବାରେ ଯେଉଁ ପରିଶ୍ରମ ତା'ର ନମୁନା ନେଇ ପ୍ରତିଟି ପ୍ରେମପତ୍ର ଆସେ ମୋ ପାଖକୁ ସତେ ଯେମିତି ଗୋଟେ ଗୋଟେ ଟେଲିଭିଜନ। ହାତରେ ଧରି ପଢ଼ିଲେ ଜଣାପଡ଼େ ମୁଁ ପଢୁନି ଯେ- ମୋ ପ୍ରେମିକା ଯେମିତି ସେଇ କଥାଗୁଡ଼ା ମୋ ଆଗରେ ଛିଡ଼ା ହୋଇ କହିଯାଉଛି।

କେବଳ କ'ଣ ପ୍ରେମିକାର ହାତ ଅକ୍ଷର-ଆହୁରି ଅନେକ ଲୋକଙ୍କର ହାତ ଅକ୍ଷର ମୋର ମନେପଡୁଛି। ପ୍ରାଇମେରୀ ସ୍କୁଲ୍‌ରେ ମୋ ବନ୍ଧୁମାନଙ୍କର ହସ୍ତାକ୍ଷର ଖାତା। କେତେଜଣ ମାଷ୍ଟ୍ରଙ୍କର ସ୍କୁଲ୍ ବ୍ଲାକ୍‌ବୋର୍ଡ଼ ଉପରେ ଲେଖା ହୋଇଥିବା ଅକ୍ଷର। ସ୍କୁଲ କାନ୍ଥରେ ଲେଖାହୋଇଥିବା ଅନେକ ଅଶ୍ଳୀଳ ସମ୍ବାଦ। ଏମିତିକି କଲେଜ ପୋର୍ଟିକୋ ପାଖ ଲାଟ୍ରିନ୍‌ରେ ଲେଖା ହୋଇଥିବା ଅସଭ୍ୟ ସାହିତ୍ୟ। ସବୁ ଅକ୍ଷର ମୋର ମନେ ପଡୁଛି। କିନ୍ତୁ ବିଷକନ୍ୟା, ତୁମେ କେମିତି ଲେଖ ତା' ତ ମୁଁ

ଜାଣିପାରୁନି ? ଧିକ୍ ମୋର ସ୍ୱାମୀତ୍ୱ । ମୁଁ କେମିତି ତେବେ ବିଶ୍ୱାସ କରିଗଲି ତୁମେ ଶିକ୍ଷିତା ବୋଲି ? ସମସ୍ତେ କହିଲେ-ଆଉ ମୁଁ କିପରି ମାନିଗଲି ?

ବିଷକନ୍ୟା, ଆଜି ତୁମ ମୁହଁକୁ ଚାହିଁ ହଠାତ୍ ମତେ ଲାଗୁଛି ଯେମିତି ମୁଁ ତୁମକୁ ଗତ ଚାଳିଶ ବର୍ଷ ଧରି ବୁଝିବାକୁ ଚେଷ୍ଟା କରିଛି-କିନ୍ତୁ ବୁଝିପାରିନି । ତେବେ ଏ ସମ୍ପର୍କଟା କ'ଣ ? ଘଡ଼ିର ଦୁଇଟା କଣ୍ଟାପରି ଆମେ ଦୁହେଁ ?

ଆଶ୍ଚର୍ଯ୍ୟ ଏଇ ଯେ ବିବାହ ପରେ ତମେ ମୋର ପ୍ରେମିକାର କେତେ ଖଣ୍ଡ ପ୍ରେମପତ୍ର ପଢ଼ିଲ ଅଥଚ ଝଡ଼ ଉଠିଲାନି। ପୁଣି ମୁଁ ପାଇଲି ଖବର ତୁମ ଅତୀତର। ଆଉ ଚେଷ୍ଟାକରି ମୁଁ ମଧ୍ୟ ଝଡ଼ ଉଠେଇ ପାରିଲିନି। କିନ୍ତୁ ଆଜି ସାମାନ୍ୟ ଗୋଟେ ଅକ୍ଷର ଭାଙ୍ଗି ଦେବାକୁ ବସିଛି ଆମ ଏଇ ଦେଉଳକୁ ଯାହାକୁ ଗଢ଼ିବାକୁ ଦୀର୍ଘ ଚାଳିଶବର୍ଷ ବିତିଯାଇଛି। ତେବେ ସେଇ ଅକ୍ଷରର ଅଦୃଶ୍ୟ ଲେଖକ ନିଶ୍ଚୟ ଜଣେ ବିଚକ୍ଷଣ ବ୍ୟକ୍ତି-ଯେ କି କେବଳ ଗୋଟିଏ ଅକ୍ଷର ଲେଖି ଆମ ଜୀବନରେ ଝଡ଼ ଉଠେଇଦେଇ ପାରିଚି ।

କିନ୍ତୁ ପୁଣି ସନ୍ଦେହ । ଯଦି ସେ ଲୋକଟି କେବଳ ଗୋଟେ ଶିଶୁ ହୋଇଥାଏ ! ହୁଏତ ସେ ଆଣ୍ଠେଇ ଆଣ୍ଠେଇ ଚାଲୁ ଚାଲୁ ଏଇ କାନ୍ଥ ପାଖକୁ ଆସିଯାଇଛି। ପାଖରେ ପାଇଛି ଅଙ୍ଗାର ଖଣ୍ଡେ, ଆଉ ଲେଖିଛି 'ଅ'। କିନ୍ତୁ ଅଙ୍ଗାର ପାଇଲା କେଉଁଠୁ ?

ଏ ଘରକୁ ଅଙ୍ଗାର କିଏ ଆଣିଥିବ ? ଅଙ୍ଗାର ପରି ଜିନିଷ ତ ଆଉ କିଛି ନାହିଁ । ହଁ ବିଷକନ୍ୟା ଯଦି eyebrow pencil ବ୍ୟବହାର କରୁଥାନ୍ତା ତେବେ ଭାବିଥାନ୍ତି ସେଇଟାର ସଦ୍‌ବ୍ୟବହାର ହୋଇଛି। ଯଦି ସେ ଅଙ୍ଗାରରେ ଲେଖିଛି ଓ କରିଡ଼ରରେ କାହାର ପାଦଶବ୍ଦ ଶୁଣି ତରତରରେ ପଳାଇଯାଇଛି, ତେବେ ନିଶ୍ଚୟ ସେ ଅଙ୍ଗାରଟାକୁ ଏଇଠି କେଉଁଠି ପକେଇ ଦେଇ ପାରିଥିବ। ମୁଁ ତ ଆଜି ପୁଲିସ କୁକୁର ପରି ଘରଦ୍ୱାର ଖାନ୍‌ତଲାସ କରିଛି-କେଉଁଠି ତ ଅଙ୍ଗାରର ଚିହ୍ନବର୍ଣ୍ଣ ଦେଖିନି ।

ଗୋଟିଏ ପ୍ରଶ୍ନ-ଶିଶୁ କେଉଁଠୁ ଆସିଲା ? ବିଷକନ୍ୟା, କାଲି କ'ଣ କେହି ଆମ ଘରକୁ ବୁଲିବାକୁ ଆସିଥିଲେ ? ହୋଇଥିବ, ମୋର ସାନ୍ଧ୍ୟ ଭ୍ରମଣ ସମୟରେ କେହି ଆସିଥିବେ । ମନେପକାଅ-ଚେଷ୍ଟା କର ଭାବିବାକୁ ।

ଏଁ, କ'ଣ କହିଲ ? ତଥାପି ଚୁପ୍ । ତା'ମାନେ କେହି ହୁଏତ ଆସିଥିଲେ, ଯାହାଙ୍କର ପରିଚୟ ତମେ ମତେ ଦେବାକୁ ଆଦୌ ରାଜି ନୁହଁ । ତୁମେ ପୁଣି ଝରକା ବାହାରକୁ ଅନେଇ ରହିଲ-ସତେ ଯେମିତି ଝରକା ସେ ପାଖରେ ଗୋଟିଏ ସମୁଦ୍ରର ଉପକୂଳ। ଢେଉ କିଛି ଆସୁଛି । ଢେଉ ପୁଣି ଫେରୁଛି। ଆଉ ପ୍ରତିଥର ଢେଉ ଆସିବା-ଯିବା ଭିତରେ ତୁମେ ଭାବିନେଉଛ ଗୋଟେ ନୂଆ କଥା ।

କିନ୍ତୁ ମୁଁ ଜାଣେ, ତୁମେ ଯଦି ଭାବୁଥାଅ ତେବେ କେବଳ ଅତୀତର କଥାହିଁ ଭାବୁଥିବ। କାରଣ ଭବିଷ୍ୟତ ସମ୍ପର୍କରେ ବିଶ୍ଳେଷଣ କରିବା ଭଳି ବ୍ୟକ୍ତିତ୍ୱ ତୁମ ପାଖରେ ନାହିଁ ।

"କ'ଣ ହୋଇଯାଇଛି" ଉପରେ ତୁମେ ବେଶ୍ ବ୍ୟସ୍ତ। "କ'ଣ ହେବ" ଉପରେ ମୁଁ ବିଶେଷ ବ୍ୟସ୍ତ। ଏଇ ଦେଖୁନା-'ଅ'ଟା ଲେଖାହୋଇଯିବା ପରେ ତୁମେ ଭାବୁଛ ସେଇ ଘଟଣାଟି ସମ୍ପର୍କରେ ଆଉ ମୁଁ ଭାବୁଛି ଏହାର ଶେଷ ପରିଣତି କ'ଣ? ପ୍ରକୃତ ପକ୍ଷରେ ମୁଁ ଯଦି ଜାଣିଥାନ୍ତି ଯେ ଏ ଅକ୍ଷରଟା କେମିତି ଲେଖାହେଲା, ହୁଏତ ଆଉ ସେ ଘଟଣା ଅଥବା ଦୁର୍ଘଟଣା ନେଇ ମଥା ଘୁରାନ୍ତି ନାହିଁ। କେବଳ ତେଣିକି ଭାବନ୍ତି ଏଇ ଦୁର୍ଘଟଣାର ଉଦ୍ଦେଶ୍ୟ କ'ଣ?

ମାଳୀର ସନ୍ତାନ ମାଳୀ ପାଖରେ ରୁହନ୍ତି ନାହିଁ । ସେମାନେ ଅନେକ ଦୂର ଏକ ଗାଁରେ ମାଳୀର ଅପେକ୍ଷାରେ ସାରାବର୍ଷ ପଡ଼ିରହିଥାନ୍ତି । ସେଇ ଥରେ ମାତ୍ର ସେ ଛୁଟି ନେଇ ଆମ ପାଖରୁ ଯାଏ ତା' ଗାଁକୁ । ମାଳୀର ପିଲାମାନେ ଆସି ଯେ ଏମିତି ଗୋଟାଏ କାମ କରିଥିବେ ବୋଲି ମୋର ବିଶ୍ୱାସ ନୁହେଁ । ତେଣୁ ମାଳୀର ଅନ୍ୟ ଆତ୍ମୀୟ ମଧ୍ୟ କେହି କେବେ ଆସିବାର ମୁଁ ଦେଖିନାହିଁ ।

ଘରର ଚାକରମାନେ ଭଲଭାବରେ ଜାଣନ୍ତି ମୁଁ କିପରି ଶୃଙ୍ଖଳାକୁ ଭଲପାଏ । ମୋ ଲନ୍‌ରେ ଦିନେହେଲେ ଅଯଥା ଘାସ ଉଠିନାହିଁ। ମୋ ଫୁଲବଗିଚାରେ କେବେ ହେଲେ ଶୁଖିଲା ପତ୍ର ପଡ଼ିବାର ଦେଖାଯାଇ ନାହିଁ । ମୋ ମେହେନ୍ଦି ଗଛର ବାଡ଼ ଦିନେହେଲେ ଅସୁନ୍ଦର ଦେଖାଯାଇନାହିଁ । ମୋ ଘରୁ ଚୂନ ଖସିବା ମୁଁ କେବେ ହେଲେ ସହ୍ୟ କରିପାରିନି। ମୋ ଘରର କାଚ ଝରକା ଏବେ ବି ଅକ୍ଷୁଣ୍ଣ। ମୋ ଘରର ପରିଧି ଭିତରେ ଏଣେତେଣେ କେହିହେଲେ ପାନ ପିକ ପକାଇ ନାହିଁ; କିନ୍ତୁ ଆଜି ମୋ ଶୋଇବା ଘର କାନ୍ଥରେ କେହି ଲେଖି ଦେଇଯାଇଛି ଗୋଟାଏ 'ଅ'।

ସେ କ'ଣ କେହି ବ୍ରହ୍ମଜ୍ଞାନୀ? ହୁଏତ ଲେଖିବାକୁ ଯାଉଥିବ ଅ-ଉ-ମ? ସେ କ'ଣ ଶିଶୁଟିଏ -ଲେଖିବାକୁ ଚେଷ୍ଟା କରୁଥିବ ଅ ଆ ଇ! ସେ କ'ଣ ଜଣେ ଅସଭ୍ୟ ଯେ ଲେଖିବାକୁ ଯାଉଥିବ.....

ବିଷକନ୍ୟା, କୁହ, ରାତି ଯେ ହେଲାଣି। ଗୋଟିଏ ଦିନ ଭିତରେ ମୁଁ ଆଜି ଗୋଟାଏ ପ୍ରଶ୍ନର ଉତ୍ତର ପାଇଲିନି । ତା' ମାନେ ଚାଳିଶ ବର୍ଷ ଭିତରେ ମୁଁ ତୁମର ଗାର୍ଜେନ ହୋଇପାରିନି।

ବିଷକନ୍ୟା - ଆଶ୍ଚର୍ଯ୍ୟ, ଆଜି ପ୍ରଥମ ଥର ପାଇଁ ତୁମେ ଅନ୍ୟ ଘରେ ଶୋଇବାକୁ ଯାଉଛ!

ମୁଁ ଜାଣେ ଏବଂ ତୁମେ ମଧ୍ୟ ଜାଣ ଯେ ମୁଁ ଜାଣେ ଓ ମୁଁ କ'ଣ ଜାଣେ।

ମୋ ଶେଯ ଉପରେ ଆଜି ଏ କାହାର ଚିଠି ? ବିଷକନ୍ୟା, ଏ ତୁମର ଚିଠି । ତୁମର ପ୍ରଥମ ପତ୍ର- ପଢ଼େ....

ବିଷକନ୍ୟାର ଚିଠି

ଅଭ୍ୟାସ ନଥିବା ହେତୁ କ'ଣ ସମ୍ବୋଧନ କରିବି ତା' ଠିକ୍ କରିପାଇଲିନି। ତୁମେ ଆଜି ସାରା ଦିନ ମତେ ଯେତେ ବ୍ୟସ୍ତ କରିନ ତା'ଠୁ ବେଶି ନିଜେ ବ୍ୟସ୍ତ ହୋଇଛ । ତେବେ ଘଟଣାଟା ତୁମକୁ କହେ। ଘଟଣାଟା କାଲି ରାତିର। ତୁମର ନିଦ୍ରା ଅବସ୍ଥା ଓ ମୋର ଜାଗ୍ରତ ଅବସ୍ଥା। ସେଇଥିପାଇଁ ମତେ ବେଶି ବାଧିଲା। କହୁଛି ଶୁଣ, ଆମେ ଶୋଇବା ବେଳେ ସବୁଦିନ ଘରିଆଡ଼ ଶୂନ୍‌ଶାନ୍ ଥାଏ। କିନ୍ତୁ ଗତ କେତେଦିନ ଧରି ଆମ ଘର ପଡ଼ିଶାକୁ ଯେଉଁ ନୂଆ ପରିବାର ଆସିଛନ୍ତି, ତାଙ୍କର ଗୋଟାଏ ଶିଶୁ ସବୁବେଳେ କାନ୍ଦୁଛି । ତୁମେ ଶୁଣି ନଶୁଣିଲା ପରି ହେଉଚ; ମତେ କିନ୍ତୁ ବଡ଼ ବାଧୁଛି । କାରଣ ପ୍ରଥମ ଥର ପାଇଁ ମୁଁ ଏ ଘରେ ଗୋଟାଏ ଜିନିଷର ଅଭାବ ଲକ୍ଷ୍ୟ କରିଛି । ମୁଁ ପିଲାର କାନ୍ଦ ଶୁଣି ଆଶ୍ଚର୍ଯ୍ୟ ହୋଇଗଲି। ସତରେ ଏ ତ ଅଦ୍‌ଭୁତ୍ କଥା ଯେ, ନାରୀ ହୋଇ ମୁଁ କାହିଁକି ଜନନୀ ହେବାପାଇଁ ଲାଳାୟିତ ହୋଇପାରିଲିନି ? ପଇଁତିରିଶି ବର୍ଷ ତଳେ ମୋର ଗର୍ଭପାତ ପରେ ସେ ଡାକ୍ତର ତୁମକୁ କ'ଣ କହିଲେ । ତୁମେ ମତେ ଛୁଇଁଲ ନାହିଁ । କହିଲ ଯେ ଗୋଟାଏ ସନ୍ତାନ ଅପେକ୍ଷା ତମେ ମତେ ବେଶୀ ଦରକାର କର। ମୁଁ ବିଶ୍ୱାସ କରିଗଲି । ତୁମକୁ ଭଲପାଇଲି । ତୁମ ଲାଗି ବଞ୍ଚିଲି । କିନ୍ତୁ ତୁମେ ଗୋଟେ ଧପ୍ପାବାଜ । ନିଦରେ ଶୋଇଥିଲା ବେଳେ ତୁମେ ଯେ ମତେ ଘୃଣାକର, ତା' ପ୍ରମାଣ ମୁଁ ମାତ୍ର କାଲି ପାଇଲି। ତୁମେ ଉଠିଲ କାଲି ଅଧରାତିରେ । ମୁଁ ସେତେବେଳେ ଶୋଇନଥିଲି-ପିଲାଟା କାନ୍ଦୁଥିଲା। ମୁଁ ଭାବିଲି ତମେ କାନ୍ଦ ଶୁଣି ଉଠିଲ। ତୁମକୁ ମୁଁ ମଧ୍ୟ ପଚାରିଲି। ତମେ ମତେ ଉତ୍ତର ନଦେଇ ହଠାତ୍ ରୋଷେଇ ଘର ଭିତରକୁ ଚାଲିଗଲ । ହାତରେ ଖଣ୍ଡେ ଅଙ୍ଗାର ନେଇ ଫେରିଲ । ଘର ଦୁଆର ମୁହଁରେ ହଠାତ୍ ଆଣ୍ଠେଇ ପଡ଼ି ଏଇ କାନ୍ଥ ପର୍ଯ୍ୟନ୍ତ ଆସିଲ ଏବଂ 'ଅ' ଲେଖିଲ । ପୁଣି ଉଠି ଛିଡ଼ାହେଲ ଏବଂ 'ଅ' ଲେଖିଲ । ପୁଣି ଉଠି ଛିଡା ହେଲ । ଅଙ୍ଗାରଟା ତକିଆ ତଳେ ରଖିଲ ଓ ଶୋଇପଡ଼ିଲ । ଏଥର ବୋଧହୁଏ ତୁମେ ତୁମକୁ ବୁଝିପାରିଛ । ମତେ ଛୁଟି ଦିଅ।

ଇତି

ତକିଆ ତଳେ ଅଙ୍ଗାରଟା ଏବେ ବି ଅଛି।

ପାଟଦେଈ

ବୀଣାପାଣି ମହାନ୍ତି

ପାଟଦେଈ ଘରଛାଡ଼ି ରାତି ଅଧରେ କୁଆଡ଼େ ଚାଲିଗଲା ଯେ ଗଲା, କେହି ଜାଣିଲେ ନାହିଁ। ଦୋଳ ପୂନେଇଁ ରାତି, ତୋରା ହେଇ ଜହ୍ନ ପଡ଼ିଥିଲା ସାଇସାରା। ମେଲଣ ପଡ଼ିଆରେ ଝାଞ୍ଜ ମୃଦଙ୍ଗ ବଜେଇ ଠାକୁରମାନେ ଘରକୁ ଘର ବୁଲି ଭୋଗ ଖାଇ ଆସି ଠୁଳ ହେଉଥିଲେ । ଚାରିଆଡ଼େ ଗହଳି ଲାଗି ରହିଥିଲା। ଛୋଟ ଛୁଆଗୁଡ଼ାକ ଟିକିଏ ଶୋଇ ପୁଣି ଟିକିଏ ଦାଣ୍ଡମୁଣ୍ଡ ଘୂରି ଆସୁଥିଲେ। ମେଞ୍ଚା ମେଞ୍ଚା ଅବିର ଧରି ଲୁଚାଚୋରାରେ ଯିଏ ଯାହାକୁ ପାଇଲା ସେ ତାକୁ ବୋଳି ଚାଲିଥିଲା। ହୋଲି ଦିନର ମଜା ଆଉ ତା' ପୂର୍ବଦିନର ମଜା ତ ସମାନ ନୁହେଁ । ବର୍ଷକରେ ଥରେ ସେ ଉତ୍ସବ, ଧରିବାକୁ ଚାହିଁଲେ ଧରି ହୁଏନା, କେତେବେଳେ ଆସି କେତେବେଳେ ଆଖିପିଛୁଳାକେ ଚାଲିଯାଏ। ନ ଧରିବାକୁ ଚାହିଁଲେ ବି ସବୁ ଯେମିତି ନିଜ ଉପରେ ମନକୁ ମନ କୁଢ଼େଇ ହୋଇଯାଏ, ବର୍ଷସାରା ଧୂଳି ମଇଳା ଦେହରେ ମନରେ କୁଢ଼େଇ ହୋଇ ରହେ। କେହି ଦେଖେ ନାହିଁ କି ଦେଖେଇ ହୁଏ ନାହିଁ । ସେମିତି ବୋଧେ ପାଟଦେଈ ଉପରେ ହସୁଥିଲା, ଭିତରେ ତା'ର ଭୂତପରି ଗୁଡ଼ାଏ ଚିନ୍ତାଦକ ବର୍ଷ ବର୍ଷ ଧରି ମାଡ଼ି ରହିଥିଲା। ଏମିତି ଦିନ ପରି ଜହ୍ନ ରାତିରେ, ଗହଳି ଚହଳି ଲାଗି ରହିଥିଲା ବେଳେ ପାଟଦେଈ ଠାକୁରଙ୍କୁ ଭୋଗ ଖୁଆଇ ମେଲଣ ଦାଣ୍ଡକୁ ଯାତ୍ରା ଦେଖିବ ବୋଲି ଚାଲିଆସିଲା ଘରୁ । ସନ୍ଧ୍ୟାବେଳେ ସଜନା ଶାଗଭଜା ଆଉ ପଖାଳ ବେଲାଏ ସେ ଖାଇଥିଲା। ପେଟ ଭଲଲାଗୁନି କହି ସପଟା ପକେଇ ରୋଷେଇ ବାରଣ୍ଡାରେ ଗଡ଼େଇ ତଡ଼େଇ ହେଉଥିଲା। ବାପା ଠାକୁର କାନ୍ଧେଇ କୋଉ ଦୂର ଗାଁକୁ ସକାଳୁ ଚାଲି ଯାଇଥିଲା। ଘରେ କାଉ କୋଇଲି ବକଟେ ନାହିଁ ଯେ କାହା ସାଙ୍ଗରେ ପଦେ କଥା

କହିବ। ପଡ଼ିଶା ଘରର ମଣି ଭାଉଜ ତାସ୍ ଖେଳିବାକୁ ଡାକି ଆସିଥିଲା, ହେଲେ ଦେହ ଭଲ ନାହିଁ କହି ଘାଲେଇ ପଡ଼ିଥିଲା ପାଟଦେଈ। ମଣି ଭାଉଜ ଓ ଅନ୍ୟମାନେ ଫେରି ଯାଇଥିଲେ। ବାରି କବାଟ ଆଉଜେଇ ନେଉ ନେଉ ଖିଲି ଖିଲି ହସି କିଏ ଜଣେ କହିଥିଲା "ମ.....! ଦେହ ଗରୁ କରି ଢିଙ୍କିଟା ପରି ଶୋଇଛି, କହୁଛି କ'ଣ ନା ଦେହ ଭଲ ଲାଗୁନି। ତୁଛାକୁ ଏତେ...।" ତା'ପରେ ସମସ୍ତେ ଠୋ ଠୋ କରି ହସି ଉଠିଥିଲେ। ଚଗଲା ପବନରେ ସେ ହସ ଉଡ଼ି ଯାଇଥିଲା କୋଉ ଦିଗକୁ କେଜାଣି। ମାତ୍ର ପାଟଦେଈ ସେମିତି ଚିତ୍‌ହୋଇ ଶୋଇ ଜହ୍ନକୁ ବକ୍ ବକ୍ କରି ଅନେଇଥିଲା। ବାହାରେ ଜମିଥିବା ଗହଳି, ଆନନ୍ଦ ମଉଛବ ଯେମିତି ତାକୁ ଧରି ମଧ୍ୟ ଧରିପାରୁ ନଥିଲା । ସେ ସେଦିନ କୋଉ ଜଗତରେ ଥିଲା ଓ କ'ଣ ଭାବୁଥିଲା ତା' ଛଡ଼ା ଅନ୍ୟ କାହାର ଖବର ନେବାରେ କିଛି ଦରକାର ନଥିଲା।

ସାଇସାରା ଭଜନ କୀର୍ତ୍ତନ ଝାଞ୍ଜ ମୃଦଙ୍ଗରେ ଭାଙ୍ଗି ପଡୁଥିଲା। ଅବିର ବୋଳି ହୋଇ ଲୋକେ ଗହଳି କରୁଥିଲେ। ସେତିକିବେଳେ ମଝିରାତିର ବିଲୁଆ, କୁକୁର, ଭୂତ, ଡାହାଣୀ କାହାକୁ ନ ଡରି ପାଟଦେଈ ଘର ଦୁଆରେ ଶିକୁଳି ଦେଇ ଯାତ୍ରା ଦେଖିବାକୁ ଚାଲିଗଲା। ରାତିସାରା ଶିକୁଳି ଖୋଲି ଘରକୁ ଆଉ କେହି ଆସିନି କି ପାଟଦେଈ କୁଆଡ଼େ ଗଲା ବୋଲି କେହି ମୁଣ୍ଡ ଖେଳାଇନି।

ରାତିସାରା ମଉଛବ। ସକାଳେ, ଦି'ପହରେ ହୋରି ଖେଳ ପରେ ଯେ ଯୁଆଡ଼େ ବେଳ ଗଡ଼ାଣି ଘର ଭିତରେ ଗଡ଼ି ପଡ଼ିଲେ। କାହାରି ବେଳ ଅଛି କୁଆଡ଼େ ଯିବାକୁ; କିଏ ଗଲା, ମଲା, ହଜିଲା, ଖାଇଲା, କି ଉପାସ ଶୋଇଲା କିଏ ଯାଉଛି ବୁଝିବାକୁ! ତେହିଁକି ସେ ରାତିରେ ଥିଲା ଦି' ସାଇ ଭିତରେ ପାଲା ଲଢ଼େଇ। ଏତେବେଳେ ପାଟଦେଈର ଖବର ନେଉଛି କିଏ! ସେ ରାତି ବିତେଇ ତା' ପରଦିନ ଦ୍ୱିପ୍ରହରେ ଯେତେବେଳେ ଧକେଇ ଧକେଇ ଜଗୁ ବେହେରା ଘରକୁ ଫେରି ଦୁଆର ମୁହଁରେ ଶିକୁଳି ଦେଖିଲା, ରାଗି ପଞ୍ଚମରେ ଉଠିଲା। ଆଖପାଖ ଘରକୁ ଶୁଣେଇଲା ପରି ପାଟ ନାଁ ଧରି ଡାକ ପକେଇଲା। ହେଲେ ତା'ରି କଣ୍ଠ ତା'ରି ଛାତି ଭିତରେ ଫେରିଆସି ଢାଏ ଢାଏ ବାଡ଼େଇ ହୋଇଗଲା। ଘଡ଼ିଏ ଥକ୍କାମାରି ସେ ଉଠିପଡ଼ିଲା ଆଉ ଗର୍ଜି ଗର୍ଜି ସବୁରି ଘରେ ଯାଇଁ ଖୋଜି ବୁଲିଲା ପାଟକୁ।

ଗର୍ଜିବ ନାହିଁ? ଜମି ପାଞ୍ଚଗୁଣ୍ଠ ବିକିଦେଇ ପାଟକୁ ସେ ବାହା ଦେଇଥିଲା । ରଜାଘର ପୁଅପରି ଦେଖିବାକୁ ଜୋଇଁ, ଜମି ଘରଡିହ ମିଶି ଦି' ମାଣରୁ ଅଧିକ, ବନ୍ଧକି ସୁନା ଘରେ ଥିଲା କାହିଁରେ କ'ଣ। ହେଲେ ଝିଅ ମାସ ଦି'ଟା ବି ଶାଶୁଘର କଲା ନାହିଁ। କ'ଣ ତା'ର ହେଲା ସେଇ ଜାଣେ। ଚିନ୍ତାରେ କଳାକାଠ ପଡ଼ିଗଲା

ଯେମିତି ମାସ ଗୋଟାକରେ । କେହି ପଚାରିଲେ କିଛି କହେ ନାହିଁ, ଡବ ଡବ କରି ଅନେଇ ରହେ। ସତେ ଯେମିତି ନୂଆକରି ମଣିଷଟିଏ ସେ ଦେଖୁଛି, ଦେଖୁନାହିଁ ତ ଚିହ୍ନିବାକୁ ଚେଷ୍ଟା କରୁଛି। ଜଗୁ ଭାବିଥିଲା, ଗେହ୍ଲାରେ ଝିଅକୁ ବଢ଼େଇଥିଲା, ଟିକେ ଦୁଃଖ ଅସୁବିଧା ସହି ନ ପାରି ଝିଅ ସେମିତି ହାଉଳି ଖାଇଯାଉଛି। ମା, ଭାଇ ନାହାନ୍ତି ଯେ ପେଟରୁ ଝିଅର ଦୁଃଖକୁ ଓଟାରି ଆଣିବେ, ବାପ ହୋଇ ସେ ଅଧିକ ଆଉ କ'ଣ କହିବ? କୋଉ ରଜା ଜମିଦାର ଜଗୁ ବେହେରା ହୋଇଛି ଯେ ସମୁଦି ସମୁଦୁଣୀଙ୍କି ଦି'ପଦ କଡ଼ା କଥା କହି ହାଙ୍କି ଦେବ। ହେଲେ, ଜଗୁର ମନଟା ସବୁକାମ ଭିତରେ ପାଟ ପାଇଁ ଅନବରତ ଛଟପଟ ହେଉଥିଲା।

କିଛି ଶୁଣା ନାହିଁ, ଜଣା ନାହିଁ, ଦିନେ ରାତି ଅଧରେ କବାଟର କଡ଼ା ଝଣ୍ ଝଣ୍ କରି ବାଜି ଉଠିଥିଲା। ଟୁପୁରୁ ଟୁପୁରୁ ମେଘ ବର୍ଷୁଥିଲା, ଆକାଶରେ କଳାହାଣ୍ଡିଆ ମେଘ ଚାରିକାତ ଲମ୍ବେଇ ଶୋଇ ରହିଥିଲା । ବେଙ୍ଗଗୁଡ଼ାକ ପୋଖରୀ ହୁଡ଼ାରେ କେଁ କଟର ରଡ଼ି ଛାଡୁଥିଲେ। ଶୀତୁଳିଆ ଲାଗିବାରୁ ଗୋଡ଼ଠାରୁ ମୁଣ୍ଡଯାଏଁ ଘୋଡ଼ିହୋଇ ଜଗୁ ଶୋଇଥିଲା। ଖଡ଼୍ ଖଡ଼୍ ଶବ୍ଦରେ ସେ ଉଠିପଡ଼ିଲା। କିଏ ବୋଲି ଦି'ଥର ପ୍ରଶ୍ନ କଲା। କାହାର ଜବାବ ନାହିଁ। ଭୂତ ଡାକୁଛି ବୋଲି ମନରେ ଭାବି ସେ କର ଲେଉଟାଇ ଶୋଇଥିଲା। ପୁଣି ଟିକକ ପରେ ସେମିତି କଡ଼ା ଝଣ୍ ଝଣ୍ ହୋଇ ବାଜି ଉଠିଥିଲା। ଜଗୁ ବିରକ୍ତ ହେଲା, ଠାକୁରଙ୍କ ଧଣ୍ଡାଧରି କବାଟ ଖୋଲିଦେଇ ଅନ୍ଧାର ଭିତରେ ସେ ଚମକି ପଡ଼ିଲା । ଯେତେ ହେଲେ ବି ରକ୍ତର ଡାକ। ନିଜ ଝିଅକୁ ଅନ୍ଧାର ଭିତରେ ଚିହ୍ନି ନବାକୁ ତାକୁ ଟିକେ ବି କଷ୍ଟ ହେଲାନି। ଅଥଚ ଅବାକ୍ ବିସ୍ମୟରେ ତା' ପାଟିରୁ କ୍ଷୀଣ କଣ୍ଠରେ ଡାକ ଶୁଭିଲା- "ପାଟ! ପାଟ ତୁ.........।"

ପାଟ କିଛି ନ କହି ବାପାକୁ ଆଡ଼େଇ ଘର ଭିତରକୁ ପଶିଆସିଲା ଏବଂ ଘରର ହୁଡ଼୍କା ଦେଇଦେଲା। ଜଗୁ ବ୍ୟସ୍ତ ହୋଇ ପଚାରିଲା-

"କିଲୋ ! ରାତି ଅଧରେ ଚାଲିଆସିଲୁ ଯେ? କ'ଣ ଜୁଆଁଇ ସାଙ୍ଗରେ କଳି କରି ଲୁଚି ପଳେଇ ଆସିଛୁ?"

ପାଟ ମୁହଁପୋତି କାନ୍ଥକୁ ଆଉଜି ଛିଡ଼ା ହୋଇଥାଏ। ତା ମୁହଁ ଭଲକରି ଦେଖି ହଉନଥାଏ। କେମିତି ଯେମିତି ଜଗୁ ବେହେରା ହାଲିଆ ହୋଇ ତଳେ ବସିପଡ଼ିଲା। ପାଟ କିଛି ନ କହି ଘର ଭିତରକୁ ମୁହାଁଇବା କ୍ଷଣି ଜଗୁ କରୁଣ କଣ୍ଠରେ ପଚାରିଲା-

"କିଲୋ ପାଟ! କ'ଣ ହୋଇଛି କିଛି କହୁନୁ ଯେ ! ବୁଢ଼ାବୁଢ଼ୀ ମାରଧର କଲେ କି? ତୋ ଦେହ ଭଲ ଅଛିଟି?"

ପାଟ ଜବାବ ନ ଦେଇ ଚାଲିଗଲା। ଜଗୁ ଭାବିଲା ବୋଧେ ଟିକିଏ

ଗୋଳମାଳିଆ ହୋଇଯାଇଛି ପରିସ୍ଥିତିଟା। ବଳେ ଜଣାପଡ଼ିବ ନାହିଁ ଯେ କାହିଁକି ପଚାରି ହେବ ରାତି ଅଧରେ! ଝିଅଟା ଖାଇଛି କି ନାହିଁ କେଜାଣି। ସବୁଦିନେ ଏକବାଗିଆ ସେ । ମନ ସମ୍ଭାଳି ନ ହେବାରୁ ଜଗୁ ଉଠିଯାଇ ଝିଅକୁ ରୋଷଘର ବାରଣ୍ଡାରେ ବସିଥିବା ଦେଖି ପଚାରିଲା- "କିଲୋ! କ'ଣ ଖାଇବୁ କି? ହାଣ୍ଡିରେ ପଖାଳ ଥିବ- ।" ପାଟ ଆଣ୍ଠୁ ଭିତରୁ ମୁହଁ ଲୁଚେଇ କାନ୍ଦି ଉଠିଲା। ଏମିତି କାନ୍ଦ ଯେ ନାହିଁ ନ ଥିବାର, ବାପଘରୁ ଗୋଡ଼ କାଢ଼ି ଯିବା ଦିନ ବି କାନ୍ଦି ନଥିଲା। ନିଜ ଗାମୁଛାରେ ଝିଅର ଆଖିରୁ ଲୁହ ପୋଛିଦେଇ ଜଗୁ ନୀରବ ହୋଇଯାଇଥିଲା। ବୁଝିପାରି ଥିଲା କୋଉ କାରଣରୁ ଝିଅକୁ କଷ୍ଟ ହେବାରୁ ସେ ସହି ନ ପାରି ପଳେଇ ଆସିଛି। ବଳେ ଜଣାପଡ଼ି ଯିବନି କି? ହଅ କଞ୍ଚାମନ, ଘର ଧରିନି। ସକାଳ ପାହିଲେ ଜ୍ୱାଇଁ କି ସମୁଦି ଯିଏ ହେଲେ ଆସି ପହଞ୍ଚିଯିବେ। ଜଗୁ ବେହେରା କିନ୍ତୁ ଦି'ପଦ ନ ଶୁଣେଇ ଛାଡ଼ିବନି ମୋତେ। କିନ୍ତୁ ତା ହେଲା ନାହିଁ । ମାସ ମାସ ଧରି ବର୍ଷେ ବିତିଗଲେ ବି ପାଟର ଶାଶୁଘରୁ କେହି ଖବର ନେବାକୁ ଆସିଲେନି କି ଦିନରାତି ଚେଷ୍ଟା ଚଳେଇ ଜଗୁ ବୁଝିପାରିଲା ନାହିଁ, ପାଟ କ'ଣ ପାଇଁ ରାତି ଅଧରେ ଶାଶୁଘର ଛାଡ଼ି ପଳେଇ ଆସିଲା। ପଚାରି ଦେଲେ ସେ ଖାଲି ଡବଡବ କରି ଅନେଇ ରହେ। ଅକାତକାତ ଲୁହରେ ତାର ଆଖି ଉବୁଟୁବୁ ହୁଏ, ଓଠ ଦି'ପୁଡ଼ା ଥରି ଉଠେ, ହେଲେ ପଦୁଟିଏ କଥା ବାହାରେ ନାହିଁ। ସାଇବାଲା ଯିଏ ଯେତେ ପଚାରିଲେ ଜଗୁ ଚୁପ୍ ରହେ, ଅତି ବେଶି ହେଲେ କହେ ଜ୍ୱାଇଁ ମାନ୍ଦ୍ରାଜ ଯାଇଛି, ସେଠି ଫେରିକି ହେଲେ ଝିଅକୁ ଆସିନେବ। ମାତ୍ର ଶାଶୁ ଶ୍ୱଶୁର ଜ୍ୱାଇଁ କାହାର ଚିଠି ଖଣ୍ଡିଏ ନ ଥିଲା କି ଲୋକଟିଏ ଖବର ନେଇ ଆସି ନଥିଲା। କ'ଣ ଭାବି କେଜାଣି ଜଗୁ ବେହେରା ବି ପାଟର ଶାଶୁଘରକୁ ଯାଇ ଖବର ନେବାକୁ ଚେଷ୍ଟା କରିନଥିଲା। ମୂଳ ଲାଗି ବୁଢ଼ା ବୟସରେ ଯାହା ଆଣୁଥିଲା ସେଥିରେ ଓଳିଏ ଉପାସ ରହି କୌଣସି ମତେ ବଞ୍ଚି ଯାଉଥିଲେ। ମୁହଁରେ ବାପକୁ ଏତେ ବୁଢ଼ା ବୟସରେ କଷ୍ଟ ଦେଉଛି ବୋଲି ପାଟ ଥରୁଟିଏ ବି କହି ନାହିଁ। ରାଗିବ କ'ଣ ଜଗୁ? ଅଭିମାନ କଲେ ବି ପାଟ ମୁହଁକୁ ଚାହିଁ ସେ କିଛି କହିପାରେ ନାହିଁ। କାଳେ ଆତ୍ମହତ୍ୟା କରିଦେବ, କାଳେ ଲୁଚି ଅନ୍ୟ କୁଆଡ଼େ ପଳେଇବ! ଜଗୁର ତ କୋଉ କୂଳରେ କିଛି ନାହିଁ। ଯେତେ ଅବିଗୁଣର, ଯେତେ ଅମାନିଆ ହେଲେ ବି ତାକୁଇ ନେଇ ବଞ୍ଚିବାକୁ ହେବ....ତା'ରି ପାଇଁ ଶୁଣିବାକୁ ହେବ ନିନ୍ଦା ପ୍ରଶଂସା ସବୁକିଛି। ସେଇଥି ପାଇଁ ଚବିଶ ଘଣ୍ଟା ବକର ବକର ହେଉଥିବା ଜଗୁ ବେହେରାର ପାଟିରେ ତାଲା ପଡ଼ିଯାଇଥିଲା। ପାଟ ଆସିଲା ପରେ ସାଇଲୋକ କେତେ ଛି'ଛାକର କଲେ, କିଏ କହିଲା ଶାଶୁଶ୍ୱଶୁରଙ୍କ ସଙ୍ଗେ କଳି କଲାରୁ ଘରୁ ତଡ଼ିଆ ମାରି ବିଦା କରିଦେଲେ,

କିଏ କହିଲା ଜୋଇଁର ମନ ମାନିଲା ନାହିଁ ବୋଲି ତଡ଼ିଦେଲା, ଆଉ କିଏ କହିଲା ସାଇଲୋକଙ୍କ ସଙ୍ଗରେ ରଙ୍ଗରସରେ ମାତିଲାରୁ ରାତି ଅଧରେ ନିଆଁଖୁଣ୍ଟା ମାଡ଼ିଦେଇ ଘରୁ ବିଦା କରିଦେଲେ। କାହାକୁ କିଛି ଉତ୍ତର ନ ଦେଇ ଜଗୁ ପାଟ ମୁହଁକୁ ଚାହେଁ, ଭାବେ ପଚାରିବ, ଗାଳିଦେବ, ନ ହେଲେ ଜବରଦସ୍ତ ନେଇ ଶାଶୁଘରେ ଛାଡ଼ିଦେଇ ଆସିବ। ମାତ୍ର ତାର କାନ୍ଦୁରା ବିକଳ ଆଖିକୁ ଚାହିଁ ଜଗୁ ପୁଣି ଅଟକିଯାଏ। କାଉ ଡାକିଲା କ୍ଷଣି ଉଠି ମୂଲ ଲାଗିବାକୁ ଯାଏ, ସଞ୍ଜବୁଡ଼େ ମୁଣ୍ଡିଆ ମାରେ କିଛି ଗୋଟାଏ କିନାରା କରିବାକୁ। ସେ ତ ସବୁଦିନେ ଆଉ ଝିଅକୁ ଜଗି ବଞ୍ଚି ରହି ପାରିବ ନାହିଁ।

ଜଗୁ ଆଉ ସ୍ଥିର ରହି ପାରିଲାନି। ଦୁଇଦିନର କ୍ଲାନ୍ତିରେ ଭୋକ ଉପାସରେ ଦେହଟା ଝୋଲା ମାରିଗଲା ଭଳି ଲାଗୁଛି। ଝିଅଟା ସିନା କବାଟ ଖୋଲି ତୋରାଣି କଂସାଏ ଧରି ଛିଡ଼ା ହୋଇଥାନ୍ତା ବାପର ଫେରିଲା ବାଟକୁ ଚାହିଁ। ଯାଇଁ କନିଆ ଝିଅପରି ସାଇରେ ତାସ ଖେଳୁଛି, କି ହେଁ ହେଁ ଫେଁ ଫେଁ ହେଉଛି । କେତେ ସହିବ ଜଗୁ ବେହେରା ଆଉ ? ମଶାଣିକୁ ଶବ ହୋଇ ବୁହା ହେଲାଯାଏ ସେ ଖାଲି ଖଟୁଥିବ, ସବୁରି ମନ ଜଗି ଚଳୁଥିବ। ତା' କଥା ବୁଝିବାକୁ କେହି ବି ଆଗେଇ ଆସିବେନି ?

ଜଗୁ ବେହେରା ଚିଲାଇ କରି ଡାକ ପକାଇଲା- "ପାଟ ! ପାଟଲୋ ! କୋଉଠି ଅଛୁ। ଅଇଲୁ ଶୀଘ୍ର....ପାଟ, ପାଟଲୋ !!" କୋଉଠି କିଛି ଜବାବ ନ ଥିଲା। ଘର ଘର ବୁଲି ଗାଁଟା ସାରା ବେଳବୁଡ଼ାଣି ଜଗୁ ବେହେରା ନିଜ ଘରକୁ ଫେରି ଆସି ଚାହିଁଲା । ଶିକୁଳି ସେମିତି ଲଗା ହୋଇଛି। ଦଦରା କବାଟ ଦୁଇଟା ପରସ୍ପରକୁ ଯାପ ପକେଇ କାମୁଡ଼ି ଧରି ଯେମିତି ଖତେଇ ହେଉଛନ୍ତି। ସୂର୍ଯ୍ୟ ଅସ୍ତ ହୋଇ ଢିଅ ଉପରେ ଅନ୍ଧାର ଚାରିଦିଗକୁ ଲମ୍ବି ଯାଇଥିଲା....।

ଜଗୁ ବେହେରା ସେମିତି ଦାଣ୍ଡ ବାରଣ୍ଡାରେ ବସିରହି କାନ୍ଥ ଦେହରେ ଢୋଳେଇ ପଡ଼ିଥିଲା। ଢୋଳେଇ ଢୋଳେଇ ରାତି ପାହି ଯିବାକ୍ଷଣି କାଉ କୁମ୍ଭାଟୁଆ ଡାକରେ ଉଠିପଡ଼ି କବାଟ ଉପରେ ଶିକୁଳିକୁ ସେ ଚାହିଁଥିଲା। ସେମିତି ବନ୍ଦ ଥିଲା....।

ଗାଁ ଲୋକେ କହନ୍ତି, ଦେଖଣାହାରୀଟିଏ କହନ୍ତି, ଜଗୁ ବେହେରା ସେଇ ଯେ ସେମିତି କାନ୍ଥରେ ବସି ଢୋଳେଇବା ଆରମ୍ଭ କରି ଦେଇଥିଲା, ତା'ର ଆଉ ଜ୍ଞାନ ଫେରିଲା ନାହିଁ। ବୟସ୍କ ଗୁରୁଜନ ଲୋକେ ଆସି ବୁଝେଇଲେ ସେ ବଡ଼ ବଡ଼ ଆଖି କରି ଚାହେଁ, ପଖାଳ ତୋରାଣି ଧରି କୋଉ ଝିଅବୋହୂ ସାମ୍ନାରେ ଆସି ଠିଆ ହେଲେ ଓଠ ପୁଡ଼ା ଥରି ଉଠେ, ଆଖିରୁ ଝର ଝର ଲୁହ ବୋହିଯାଏ, ମାତ୍ର ଶବ୍ଦ କିଛି ବାହାରେ ନାହିଁ। ସମସ୍ତେ କୁହାକୁହି ହେଲେ ଝିଅଟା ଅଘରୀ ଦୋଚାରୁଣୀ ହେଲାରୁ ବାପର ତୋଟି ପଡ଼ିଗଲା, ମୂକ ବଧିର ହୋଇଗଲା। ସତକୁ ସତ ସେମିତି ବୋକା ହୋଇ

ଜଗୁ ବେହେରା ଭୋକ ଉପାସରେ ଦଶଦିନ ପରେ ସବୁଦିନ ପାଇଁ ଢୋଳେଇ ପଡ଼ିଗଲା। ସକାଳୁ ସାଇସାରା ଲୋକ ଡାକିଡାକି ଥକିଗଲେ ବି ସେ ଜବାବ ଦେଲାନି। ଅଥଚ ତା'ର ଆଖି ଦୁଇଟା ବନ୍ଦ କବାଟର ଶିକୁଳି ଉପରେ ସ୍ଥିର ନିଶ୍ଚଳ ହୋଇ ଲାଖି ରହିଥିଲା । ମୁହଁ ଉପରେ ଗୁଡ଼ାଏ ମାଛି ଭଣ ଭଣ ହୋଇ ଘୂରି ବୁଲୁଥିଲେ।

ପାଟଦେଈ ଘର ଛାଡ଼ି ଯିବାର ତିନିବର୍ଷ ବିତିଗଲାଣି ଆଉ ଜଗୁ ବେହେରା ସଂସାର ଛାଡ଼ିଯିବାର ବି ତିନିବର୍ଷ ଗଲାଣି। ସେଦିନୁ ମେଲଣ ଡୋଟାରେ ତିନିଥର ମେଲଣ ସରିଲାଣି, ଆମ୍ବ କଷି ପାଚିଯାଇ ଝଡ଼ି ପଡ଼ିଲାଣି, ନଈର ଢେଉ ଏ କୂଳ ସେ କୂଳ କରଢ଼ି ହୋଇ ସମୁଦ୍ର ମୁହାଁଣି ଧରିଲାଣି। ପାଟର ମଣିଭାଉଜ ପୁଅଟିଏ କୋଳରେ ଧରି ବିଧବା ହେଲାଣି, ସାଙ୍ଗସାଥି କେତେ ଏ କୂଳ ସେ କୂଳ ହୋଇ ଖେଳେଇ ହୋଇ ଗଲେଣି। ହେଲେ ପାଟଦେଈକୁ ଫେରିବାର କେହି ଦେଖିନି, କାହିଁକି ଘରଛାଡ଼ି ଗଲା ବୋଲି କେହି ଦିନେ ଭାବିନି, ପାଟଦେଈର ସ୍ୱାମୀ କୁଆଡ଼େ ଗଲା, କାହାକୁ ବାହା ହେଲା ତା'ର ଚିନ୍ତା ମଧ୍ୟ କେହି କରିନି। ଅଥଚ ସବୁଦିନ ସୂର୍ଯ୍ୟ ଉଇଁଥିଲା, ସବୁ ଋତୁ ତାଙ୍କର ଲୀଳାଖେଳା ଯଥାରୀତି ସାରିଥିଲେ। ପାଟଦେଈ ସବୁରି ମନରେ ଅକୁହା ଅପୁଚ୍ଛା, ଅଲୋଡ଼ା ପ୍ରଶ୍ନବାଚୀଟିଏ ହୋଇ ରହିଗଲା। ତା' ପାଇଁ ଉତ୍ତର ଦେବାକୁ ସେ ନିଜେ ସମର୍ଥ ନ ଥିଲା କି ସଂସାର ଭିତରେ କେହି ସମର୍ଥ ନ ଥିଲେ। ସେଦିନୁ ମଧ୍ୟ ଜଗୁ ବେହେରା ଘରର ଶିକୁଳି ସେମିତି ବନ୍ଦ ଥିଲା। ଦେଢ଼ ବଖରିଆ ଘର। ଭିତରେ ଛିଣ୍ଡା ଚଦର, ଶପ ମଶିଣା ପଡ଼ିଥିଲା ଓ ମେଲା ପଡ଼ିଥିଲା ଟିଣ ସୁଟ୍‌କେଶଟା କେବଳ । ସାଇସାରା ଲୋକେ ସେ ଦୃଶ୍ୟ ଦେଖିଥିଲେ। କାହାର ସେ ଚିଜରେ ଲୋଭ ନ ଥିଲା। କିଏ ବା ସେ ଅପଯଶିଆ ଦରବରେ ହାତ ଦେବାକୁ ଯାଇଥାନ୍ତା। ରାତିରେ ଭୂତପ୍ରେତକୁ ଡର କାହାର ନଥାଏ ଯେ, ଦୁର୍ଭାଗ୍ୟକୁ ଗାଁର ଶେଷ ମୁଣ୍ଡକୁ ଘରଟା ଥିଲା ଜଗୁ ବେହେରାର । ଦାଣ୍ଡ ଦ୍ୱାର ମୁହଁରେ ଫୁଟୁଥିବା ଡରାଟ ଗଛର ଫୁଲ ବି ସେଦିନୁ ଫୁଟୁନଥିଲା ଯେ କିଏ ହେଲେ ଆକର୍ଷି ଯାଇ ଦି'ଟା ତୋଳି ଆଣିଥାନ୍ତା। ଆଉ ସେଇ ବାହାନାରେ ଶିକୁଳିଟା ଖୋଲିଦେଇ ପାଟ ଦେଈର ଜିନିଷପତ୍ର ତନଖି ନେଇଥାନ୍ତା। ଏକଣା ହୋଇ ଘରଟା ଦିନେ ଭୂତଖାନା ପରି ଆଖିକୁ ଦିଶିଲା। ସେପଟେ ରାସ୍ତା ଦେଇଗଲା ଲୋକ ମାଈ ଅନ୍ଧାରରେ ପାଟ ଦେଈର ଧୋବ ସରସର ଦେହକୁ ଦେଖିଲେ, ନ ହେଲେ ଜଗୁ ବେହେରାର ହେଣ୍ଟାଳିଆ ଡାକକୁ ବେଳେ ବେଳେ ଶୁଣି ମଧ୍ୟ ପାରିଲେ।

ହଠାତ୍ ଦିନେ ଘରିଆଡ଼େ ଚହଳ ପଡ଼ିଗଲା। ତିନିବର୍ଷ ମନେ ହୋଇଥିଲା ତିନିଯୁଗ। ପଛକଥା ଠିକ୍ ଠିକ୍ ଭାବରେ ମନେ ପଡୁ ନଥିଲା। ନ ଜାଣିଲା ଲୋକେ

ରଙ୍ଗ ମିଶାଇ ସାତ ରଙ୍ଗରେ କଥା କହିଲେ, ଜାଣିବା ଶୁଣିବା ଲୋକେ ତ୍ରାହି ତ୍ରାହି ଡାକ ଛାଡ଼ିଲେ। କାହିଁକି ନା, ସକାଳୁ ଦିନେ ଦେଖାଗଲା ପାଟ ଦେଈ ଦାଣ୍ଡ ବାରଣ୍ଡା ଓଳଉଛି। ଦୁଇବର୍ଷର ଛୁଆ ପୁଅଟିଏ ଆଙ୍ଗୁଠି ଦୁଇଟା ପାଟିରେ ପୂରେଇ ତା' ପଛେ ପଛେ ଧାଇଁଛି। ପାଟଦେଈର ଅଣ୍ଟା ପାଖ ଟିକେ ମୋଟେଇ ଯାଇଛି, ମୁହଁରେ ପେଟରେ ମାଉଁସ ଟିକିଏ ଲାଗିଛି। ହେଲେ ଆଖି ଦୁଇଟା ସେମିତି ଆଗପରି ଲୁହ ଡବ ଡବ ହୋଇ ବୋବାଳିଆ କୋହରେ ଭାଙ୍ଗି ପଡୁଛି। ଖବରଟା ନିମିଷକରେ ଚତୁର୍ଦ୍ଦିଗ ବ୍ୟାପିଗଲା... ଛତରକୁ ଯାଇଥିବା ଜଗୁ ବେହେରାର ଝିଅ ପାଟଦେଈ ଘରକୁ ଫେରି ଆସିଛି। ସାଙ୍ଗରେ ଆଣିଛି ପୁଣି ପିଲାଟିଏ । ନିଜର ହୋଇଥିବ, ନଇଲେ କାହିଁକି ଆଣିଥାନ୍ତା ? ଚନ୍ଦ୍ରଉଦିଆ ବରକୁ ଛାଡ଼ି ଯିଏ ରାତି ଅଧରେ ପଳେଇ ଆସିଥିଲା ସେ କ'ଣ ଖାଲି ତୁଚ୍ଛାରେ ଆସିଥିଲା ? ବାପଘରେ ବି ସେ ରହି ପାରିଲାନି, କାହା ସଙ୍ଗରେ ସଲାସୁତର ହୋଇ ପୁଣି ଘର ଛାଡ଼ି ପଳେଇଗଲା। କିଏ ଭଲା ତାକୁ ସାରା ଜୀବନ ଦାନା କନା ଦେଇ ପାଳି ପୋଷି ରଖିଥାନ୍ତା ଯେ! ବୟସ ଗଡ଼ି ଯାଉଛି ପାଟଦେଈର, ଦେହ ଖଟେଇ ଜୀବନ କାଟିବାକୁ ଆଉ ତା'ର ତାକତ ନାହିଁ। ଶେଷକୁ ସେଇ ବାପଘରକୁ ଆଶା କରି ଲେଉଟି ଆସିଛି।

ତିନିବର୍ଷ ତଳର ପାଟଦେଈ ଆଉ ଏବର ପାଟଦେଈ ଭିତରେ ଆକାଶ ପାତାଳ ପ୍ରଭେଦ। ଅଥଚ ସେ କାହାରିକୁ ଖାତିର୍ କରୁନାହିଁ। ବୟସ୍କ ଗୁରୁଜନ ପ୍ରଶ୍ନକଲେ ମୁଣ୍ଡରେ ଓଢ଼ଣା ଦେଇ ଆଡ଼ହୋଇ ଛିଡ଼ା ହୋଇଛି। ଝିଅ-ବୋହୂ ଗଲେ ଛିଣ୍ଡା ସପଟା ମେଲେଇ ଦେଇ ବୋବାଳିଆ ଆଖିରେ ଚାହିଁ ବସୁଛି। ଯିଏ ଯାହା ପଚାରିଲେ, ଥଟ୍ଟାତାମସା କଲେ ବି ଉତ୍ତର ଦେଉନି। କେତେବେଳେ ଟିକେ ହସୁଛି ତ, କେତେବେଳେ ଅନ୍ୟମନସ୍କ ହୋଇ ଭୂଇଁରେ ଚିତ୍ର କାଟୁଛି।

ସମସ୍ତେ କହିଲେ ଅସତୀ କଳଙ୍କିନୀଟା। କେମିତି ଜୀବନ କାଟିବୁ କାଟ। କାହାର କି ଯାଏ ଆସେ? ଶାଶୁଘରୁ ସ୍ୱାମୀକୁ ଛାଡ଼ି ଆସିଲା ପରେ ମା' ହୋଇ ଗେହ୍ଲେଇ ହବାର କାହାଣୀ କେହି ଶୁଣିନାହିଁ। ସେଥିରେ ପୁଣି ଏତେ ଗର୍ବ ଅହଂକାର ? ରାମ! ରାମ! ଧର୍ମ ସହିବନି! ପାଟଦେଈ କ'ଣ ସ୍ୱର୍ଗର ଠାକୁରାଣୀ ଯେ ସବୁ ଅନିୟମକୁ ନିୟମ କରିଦେବ ? ସବୁ ଅକାହାଣୀକୁ କାହାଣୀ କରିଦେଇ ସଂସାରରେ ବଞ୍ଚି ରହିବାକୁ ସ୍ୱପ୍ନ ଦେଖିବ ? ଛିଃ ଛିଃ ଅଲାଜୁକ କଥା! ପାଟଦେଈକୁ କ'ଣ ଜହର ଟିକିଏ ମିଳିଲାନି....। ସବୁ କଥାରେ ଚୁପ୍ ରହିଲେ କ'ଣ ଏଇ ସଂସାରରେ ସେ ବଞ୍ଚି ପାରିବ ?

ପାଟଦେଈର ତୃତୀୟ ଶ୍ରେଣୀ ଶେଷ କରିଥିବା ପାଠ ଏ ବିଷୟରେ ତାକୁ

କୌଣସି ସଠିକ୍ ଜ୍ଞାନ ଦେଇ ପାରିଲା ନାହିଁ । ଏଣେ ବାପଭାଇ ନାହାନ୍ତି ଯେ କିଏ ତା'ର ପିଠିରେ ପଡ଼ି ସାହା ହେବ! ଶେଷକୁ ଦିନେ ଗାଁ ବାଲା ନିଷ୍ପତ୍ତି କଲେ- ପାଟଦେଈ ଗାଁ ଛାଡ଼ି ଚାଲିଯିବ ଯଦି ତା'ର ଜୀବନରେ ଆଶା ଥାଏ, ନହେଲେ ଜଗୁ ବେହେରାର ସେଇ ଘରଟାକୁ ନିଆଁ ଲଗେଇ ପୋଡ଼ି ଦିଆଯିବ । ଗାଁ ଝିଅ, ବୋହୂଙ୍କର ଇଜ୍ଜତ୍‌କୁ ଦି' ପଇସାଠୁ ହୀନ କରି ପାଟଦେଈ କାଳି ବୋଳି ଦେଲା ସବୁରି ମୁହଁରେ!

ସେଦିନ ମାଛିସଞ୍ଜ ବୁଢ଼େ ସାଇବାଲା ମେଳି କରି ଯେତେବେଳେ ପାଟଦେଈ ଦ୍ୱାର ମୁହଁରେ ଛିଡ଼ା ହୋଇ କୈଫିୟତ ମାଗିଲେ, ସେ ଛିଣ୍ଡା ଲୁଗାକାନିଟା ମୁହଁରେ ଲଫିଧରି କହିଲା- "ହଁ, ହଁ, ଏ ପୁଅ ମୁଁ ଜନ୍ମ କରିଛି। ବାହା ହେଲା ବାସିଦିନ ଯେତେବେଳେ ମୋ' ସ୍ୱାମୀ କଲିକତା ପଳେଇଲା, ଶାଶୁଶ୍ୱଶୁର ମୋତେ ଗୋଟାଏ ଘରେ ବନ୍ଦ କରି ଉପାସ ଭୋକରେ ରଖି ପନ୍ଦର ଦିନ ମୁହଁ ଲହିଁଲେନି, ରାତି ଅଧରେ ମୁଁ ଲୁଚି ପଳେଇ ଆସିଲି ବାପା ପାଖକୁ। ସେ ବି ମତେ ଦେଖି ଘାବରେଇ ଗଲା। ଯେତେଦିନ ତା' ପାଖରେ ରହିଲି, ସେତେଦିନ ସେ ସମସ୍ତଙ୍କଠୁ ଗଞ୍ଜଣା ଶୁଣିଛି। ମୁଁ ବି ନାନା ଅପବାଦ ଶୁଣିଛି। ମୋରି ପାଇଁ ଏ ବୁଢ଼ା ବୟସରେ ସେ ହାଡ଼ ଭାଙ୍ଗି ମୂଲ ଖଟିଛି, ହେଲେ ପେଟ ପୂରିନାହିଁ କି ଲାଜ ତୁଟିନାହିଁ।"

ପାଟଦେଈ ଛେପ ଢୋକିଲା, ମୁଣ୍ଡରେ ଓଢ଼ଣାକୁ ଟାଣି ଧରି କହିଲା -

"ମୋର କିଛି କହିବାର ନଥିଲା, କରିବାକୁ ମଧ୍ୟ ନଥିଲା। ବାପକୁ ଖଟଣିରୁ ମୁକ୍ତି ଦେବାକୁ ମୁଁ ବି ମରି ପାରିଲିନି....ହେଲେ..ଏ ନିଷ୍ଠୁର ପୃଥିବୀ ମତେ ପୁଣି ଛୁଆଟିଏ କୋଳରେ ଦେଇ ଏଇଠିକି ଫେରେଇ ଦେଲା।" କିଏ ଜଣେ ବୟସ୍କ ବ୍ୟକ୍ତି ଅଣ୍ଟାରେ ଗାମୁଛାଟା ଭିଡ଼ି ଆଗକୁ ବାହାରି ଆସିଲେ କେଜାଣି, ପାଟଦେଈ ଓଢ଼ଣା ଭିତରୁ ଦେଖି ପାରିଲାନି। ଅଣ୍ଟାରେ ହାତ ଦେଇ କିଳିକିଳା କଣ୍ଠରେ ସେ କହିଲେ -

"କ'ଣ କହିଲୁ ? ଆଉ ଥରେ କହିବୁ ? ପୃଥିବୀ ତତେ ଛୁଆଟାଏ ଦେଇଥିଲା ? ଯେଉଁଠି ସେଠି ନ ରଖି ଏଠିକି କାହିଁକି ପଠାଇଲା ? ଆରେ...ଯାହା କହନ୍ତି ଅମୂକଙ୍କ ମୁହଁ ଟାଣ। କହ, କହ କାହାର ଏ ଛୁଆ ?"

ଓଢ଼ଣାକୁ ଆହୁରି ଆଗକୁ ଟାଣିନେଇ ପାଟ ଥରି ଥରି ତଳେ ବସିପଡ଼ିଲା। ଛୁଆଟା ଆଖିରୁ ନୀରବରେ ଲୁହ ବୋହି ଯାଉଥିଲା, କୋହ ଉଠୁଥିଲା ଘନ ଘନ, ହେଲେ ସ୍ୱର ନ ଥିଲା।

ହଠାତ୍ ଅଣ୍ଟାରେ ଗୋଇଠାଟାଏ କିଏ ପକେଇଲା। ମଣି ଭାଉଜଙ୍କ ଶାଶୁ, ସମ୍ପର୍କରେ ଖୁଡ଼ୀ ହେବେ ପାଟର। ପାଟ କାନ୍ଦି ଉଠୁଉଠୁ ବୁଢ଼ୀ କମ୍ପି ଉଠି କହିଲା -

"କିଲୋ ପାଟିରେ ବେଙ୍ଗ ପଶିଛି କି ଟୁପ୍‌ସୀମୁହିଁ! ପିଲାଟି ଦିନରୁ ମାଛିକୁ ମ

କହେନି, ଶାଶୁ ଘରେ ମାସ ଗୋଟେ ରହିପାରିଲୁ ନି, ବାପକୁ ଜୀଅନ୍ତା ଖାଇଲୁ । ଏବେ କଣ ନା ତୁଣ୍ଡ ଖୋଲି କହୁଛି ମୋ ଛୁଆ, ପୃଥି ମା' ମୋତେ ଦେଇଛି। ଆଲୋ ! ସତ କହ ଏ ଛୁଆର ବାପ କିଏ ? ନଇଲେ ତତେ ଆଜି ପନିକିରେ ଦି ଗଡ଼ କରିଦେବି...ହଁ । ମତେ ଚିହ୍ନିଛୁ ଟି ?"

ପାଟର ବେକ ଉପରେ ବୁଢ଼ୀ ଗୋଡ଼ଟା ଥୋଇ କମ୍ପୁଛି। ଚାରିପଟରେ ମର୍ଦ୍ଦ ମାଇକିନା ଘେରି ଅନେଇଛନ୍ତି, ସତେ ଯେମିତି ଗୋଟାଏ କଉତୁକ ଖେଳ ଚାଲିଛି।

ପାଟର ବେକଟା ତଳକୁ ମୋଡ଼ି ମୋଡ଼ି କରି ପୋତିହୋଇ ଯାଉଛି। ନିଶ୍ୱାସ ରୁଦ୍ଧ ହୋଇ ଯାଉଛି। ଆଖିରୁ ଜୁଳୁଜୁଳିଆ ପୋକ ବାହାରୁଛି। ନାହିଁ, ସେ ଆଉ ସହିପାରିବନି...ପାରିବନି...ପାରିବନି। ତା' ପାଇଁ ପୃଥିବୀ ଦି'ଖଣ୍ଡ ହେବନି କି ସରଗରୁ ହରପାର୍ବତୀ ଧାଇଁ ଆସିବେନି। ନିଜେ ଚାହିଁଲେ ମରିବ, ଚାହିଁଲେ ବି ବଞ୍ଚିବ। ଏଇ କଥା ତ ?

ହଠାତ୍ କ'ଣ ହେଲା କେଜାଣି, ବୁଢ଼ୀର ଗୋଡ଼ଟାକୁ ଛିଞ୍ଚାଡ଼ି ଦେଇ ପାଟ ଛିଡ଼ା ହୋଇପଡ଼ିଲା। ସିଧାସଳଖ ପାଞ୍ଚ ଫୁଟିଆ ବୟସ୍କାର ନାରୀଟିଏ ପରି ମୁହଁରେ ତା'ର ଦମ୍ଭ ଆଉ ଘୃଣା ଫେଣ୍ଟାଫେଣ୍ଟି ହୋଇ ବାଇଗଣୀ ରଙ୍ଗ ଉକୁଟି ଉଠିଲା। ଗାଁ ସାରା ଲୋକଙ୍କୁ ନିରେଖି ତରାଟି ଚାହିଁ ସେ କାନ୍ଦୁରା ଛୁଆଟାକୁ କାଖେଇ ନେଇ କହିଲା -

"ଏ ଛୁଆର ବାପ କିଏ ପଚାରୁଛ ତ ? ଏ ଛୁଆର ବାପ ତ ହେଇଟି ସମସ୍ତେ ଛିଡ଼ା ହୋଇଛନ୍ତି। ରମୁ, ବୀରା, ଗୋପୀ, ମାଗୁଣି, ନରିଆ ଆଉ ତା ପଛକୁ ସେଥିରୁ ଦି' ଚାରିଟା ସଭିଏଁ ତ ! କେମିତି କହିବି ଛୁଆ କାହାର ବୋଲି ? ଦୋଳ ପୂନେଇଁ ରାତି, ମେଳଣ ଭିତରୁ ଯେତେବେଳେ ପାଲା ଲଢ଼େଇ ଲାଗିଥିଲା, ସେତିକିବେଳେ ତ ଏଇ, ଏଇ ସେ ରମୁ ଗାମୁଛାଟା ମୋ ମୁହଁରେ ମାଡ଼ିଦେଇ ଶୂନ୍ୟେ ଶୂନ୍ୟେ ଟେକି ନେଇଗଲା। ମଶାଣି ହୁଡ଼ାତଳକୁ ସେଇ ବୁଦାମୂଳରେ ଏଇ ସମସ୍ତେ ତ ମୋତେ ଘେରି ଯାଇ କଣ୍ଟାରୁ ମାଉଁସ ଛଡ଼େଇ ଗବ ଗବ କରି ଖାଇଗଲେ। ପାଟି ବନ୍ଦ ଥିଲା ହେଲେ ଚେତା ବୁଡ଼ିବା ପୂର୍ବରୁ ଏମାନଙ୍କ ମୁହଁ ଜହ୍ନରାତିରେ ଠିକ୍ ମୁଁ ଚିହ୍ନିପାରିଥିଲି..। ହେଲେ କାହାର ଏ ଛୁଆ ? କେମିତି କହିବି ? ପଚାର ସେଇ ହରିଆ ବାଉରୀକୁ ଯେ ସେମାନଙ୍କଠାରୁ ଟଙ୍କା ନେଇ ମତେ ଛାଡ଼ିଦେଇ ଆସିଥିଲା କଟକରେ। କେବଳ ବାପକୁ ନିନ୍ଦା ଦେବିନାହିଁ ବୋଲି ମୁଁ ଏତେଦିନ ଆସିନଥିଲି। ଫେରିଆସି ବି ମୁଁ କାହାକୁ କିଛି କହିନି....ଏବେ ପଚାର ସେମାନଙ୍କୁ ଖୁଡ଼ୀ। ଛାତିରେ ହାତଦେଇ କହୁତ କିଏ ଏ ଛୁଆର ବାପ ବୋଲି ?"

ହଠାତ୍ କେମିତି ପରିସ୍ଥିତିଟା ଗଣ୍ଡଗୋଳିଆ ହୋଇଗଲା। ବୁଢ଼ା ଓ ମଧ୍ୟବୟସ୍କ ଲୋକମାନେ ଋହାଁଋହିଁ ହେଲେ, ଟୋକାଗୁଡ଼ାକ ମୁର୍କି ହସା ଦେଲେ। କାହା ପାଟିରୁ ସଠିକ୍ କିଛି ପ୍ରଶ୍ନ କି ଉତ୍ତର ନିର୍ଗତ ହେଲାନାହିଁ। ଖୁଡ଼ୀ ବାରଣ୍ଡାରେ ବସି ପଡ଼ିଥିଲା, ହାଲିଆ ହେଲାପରି। ରମୁ, ବୀରା, ଗୋପୀ, ମାଗୁଣୀ ପ୍ରଭୃତି ମୁହଁ ତଳକୁ ପୋତି ଦେଇଥିଲେ ।

ପାଟଦେଈ ଆଖି ପୋଛିପୋଛି ବାରଣ୍ଡା ଓଳେଇବା ଆରମ୍ଭ କରିଦେଲା। ଏଣେ ଛୋଟ ଛୁଆଟା ରାହାଧରି କାନ୍ଦ ଆରମ୍ଭ କରିଦେଲା। ଛାଞ୍ଚୁଣୀଟା ପକେଇଦେଇ ପାଟଦେଈ ବାଁ ହାତ ଟିପରେ ଛୁଆଟାର ସିଂଘାଣି ପୋଛି କାଖେଇ ନେଇ ତାକୁ ବହେ ଗେଲ କରି କହିଲା- "କାହିଁକି କାନ୍ଦୁଛୁ ? ଲୋକ ଦେଖିଲେ ତତେ ଡର ମାଡୁଛି କିରେ ସୁନା ? ଡର ନାହିଁରେ ଧନ, ମୁଁ ଅଛି ପରା ? ଏ ଜଗତରେ କିଏ ମର୍ଦ୍ଦ ପୁଅ ଅଛି ଯେ ତୋ' ବାପ ବୋଲି ଚିହ୍ନା ଦେବ ? ସେଥିପାଇଁ କାନ୍ଦନାରେ ପୁଅ, ତୋ' ମା ତ ଅଛି।"

ଛୁଆଟା କ'ଣ ବୁଝିଲା କେଜାଣି ମେଘ ଭିତରେ ଉଡ଼ିଗଲା। ଜହ୍ନ ଆଡ଼େ ହାତ ବଢ଼େଇ କିରି କିରି ହୋଇ ହସି ଉଠିଲା। ଆଉ ସେ ହସରେ ଋରିଆଡ଼େ ଜମିଥିବା ଲୋକଗୁଡ଼ାକ ଚମକି ପଡ଼ିଲା ଭଳି ଇତସ୍ତତଃ ହୋଇ ପଛ ବୁଲି ମୁହଁ ପୋତି ଋଲିବା ଆରମ୍ଭ କରିଦେଲେ।

ଦୁଇଦିନ ତଳେ ନୂଆ କରି ଫୁଟିଥିବା ଥୁଣ୍ଟା ତରାଟ ଗଛରେ ଦି' ଋରିଟା ଫୁଲ ପବନରେ ମୁର୍କି ହସା ଦେଉଥିଲେ। ମଣି ଭାଉଜଙ୍କ ଶାଶୁ ଅଣ୍ଟାଭାଙ୍ଗି ଠୁକ୍ ଠୁକ୍ ବାଡ଼ି ଧରି ନୀରବରେ ଋଲି ଯାଉଥିଲେ।

ପାଟଦେଈ ଏଣିକି ତେଣିକି ଋହିଁ ପୁଅ ଛାତିରେ ମୋଞ୍ଛାଏ ଛେପ ପକେଇଲା। ଆହା, ରଜା ପରି ପୁଅ ବାର ଲୋକଙ୍କ ଆଖି ନିଆଁରେ ଘଡ଼ିକରେ ଅଧା ଶୁଖି ଝଡ଼ିଗଲାଣି। କିଏ ଦଉଛି ନା ଦବ ବା ? ହକ୍ ବାପଡିହରେ ସେ ମାଲିକାଣୀ, ରାଣୀ- ପୁଅ ମୋର ରଜା।

ସେତେବେଳେ ସବୁଦିନ ପରି ପୃଥିବୀ ଆକାଶ ହଲଚଲ ନ ହୋଇ ସ୍ଥିର ରହିଥିଲେ। ପାଟଦେଈ ତଳକୁ ଆଉ ଉପରକୁ ଋହିଁ ଏକ ସଙ୍ଗରେ ହସୁଥାଏ ଆଉ କାନ୍ଦୁଥାଏ !

ବିପନ୍ନ ବିବେକ

ବିଭୂତି ପଟ୍ଟନାୟକ

କୃଷ୍ଣପକ୍ଷର ରାତ୍ରି।

ଏଇ ଅଳ୍ପ ସମୟ ଆଗରୁ ଅସରାଏ ବର୍ଷା ହୋଇ ଛାଡ଼ିଯାଇଛି। ଏଇ ଗଳି ମୋଡ଼ର ଷ୍ଟ୍ରିଟ୍‌ଲାଇଟର ବଲ୍‌ବ କେଉଁ ଶିକାରୀର ଅଜ୍ଞାତ ବାଟୁଳିଖଡ଼ାର ଆଘାତରେ ଅନେକଦିନୁ ଚୂର୍ଣ୍ଣବିଚୂର୍ଣ୍ଣ ହୋଇଯାଇଛି। ସେଥିପାଇଁ ଏ ଗଳିରେ କୌଣସି ଦିନ ମ୍ୟୁନ୍‌ସିପାଲଟିର ବିଜୁଳି ଆଲୁଅ ଜଳେ ନାହିଁ।

ରାତି ନଅଟା ହେବ। କାରଣ, ଆରତି ଆଉ ପାର୍ବତୀ 'ଉତ୍ତର-ରାମାୟଣ' ସିରିଆଲ୍ ଦେଖିବାପାଇଁ ଟି.ଭି. ସେଟ୍ ପାଖରେ ପହଞ୍ଚିଯାଇଥିଲେ।

ଗୋକୁଳିବାବୁଙ୍କର ମଧ୍ୟ ରାମାୟଣ ଦେଖିବାର ଇଚ୍ଛା। ସେଥିପାଇଁ ତରତର କରି ରାତ୍ରିଭୋଜନ ଶେଷ କରି ମୁହଁ ଧୋଇବା ପାଇଁ ୱାସ୍ ବେସିନ୍ ପାଖକୁ ଯାଉଥିଲେ। ହଠାତ୍ ସେଇ ଅନ୍ଧକାର ଉପଗଳିରେ କାହାର ଆର୍ତ୍ତଚିତ୍କାର ଶୁଣି ସେ ଝରକା ପାଖକୁ ଛୁଟିଗଲେ।

ଗୋଟିଏ ଅସହାୟ ନାରୀର ବ୍ୟାକୁଳ ଚିତ୍କାର, ଧସ୍ତାଧସ୍ତି ଶବ୍ଦ ସହିତ ଆଉ ଜଣେ ପୁରୁଷର ମୃତ୍ୟୁକାଳୀନ ଆର୍ତ୍ତନାଦ ସେହି ଗଳି ମୋଡ଼ର ବର୍ଷା-ସଜଳ ନୀରବତାକୁ ଦୀର୍ଣ୍ଣବିଦୀର୍ଣ୍ଣ କରିଦେଉଥିଲା।

ଏହି ସମୟରେ ଆକାଶରେ ଝଲକାଏ ବିଦ୍ୟୁତ୍ ଝଲସି ଉଠିଲା। ସେଇ ଆଲୋକରେ ଗୋଟାଏ ଲାଲ୍ ବୁଲେଟ୍ ମଟର ସାଇକେଲ ପଛରେ ବସି ପଳାଉଥିବା ଯୁବକର ମୁହଁ ଗୋକୁଳିବାବୁଙ୍କୁ ଦିଶିଗଲା। ସେ ମୁହଁ ତାଙ୍କର ଖୁବ୍ ପରିଚିତ । ମଟର

ସାଇକେଲ ଡ୍ରାଇଭ୍ କରୁଥିବା ମୁଣ୍ଡରେ ହେଲ୍‌ମେଟ୍ ଥିଲା। ତା'ର ମୁହଁ ସେ ଦେଖିପାରି ନଥିଲେ।

ମଟର ସାଇକେଲ ଆରୋହୀ ଦୁଇଜଣ ଗଳିର ପ୍ରସ୍ତରୀଭୂତ ଅନ୍ଧକାର ମଧ୍ୟରେ ଅଦୃଶ୍ୟ ହୋଇଗଲା ପରେ ଗଳି ଛକର ଦୋକାନୀ ଏବଂ ସ୍ଥାନୀୟ ବାସିନ୍ଦାମାନେ ଘଟଣାସ୍ଥଳରେ ଜମା ହୋଇଗଲେ। ଆଲୁଅ ଆସିଗଲା।

ଗୋକୁଳିବାବୁ ଦେଖିଲେ, ଏଇ ଗଳିର ଆଠ ନମ୍ବର ଘରର ନୂଆ ଭଡ଼ାଟିଆ ଅଭିମନ୍ୟୁବାବୁ ରାସ୍ତା ଉପରେ ଚିତ୍‌ହୋଇ ପଡ଼ିଛନ୍ତି। ସାରା ଦେହ ରକ୍ତାକ୍ତ। ତାଙ୍କ ଛାତି ଉପରେ ମୁଣ୍ଡ ବାଡ଼େଇ ତାଙ୍କ ଝିଅ ବିକଳ ହୋଇ କାନ୍ଦୁଛି। ତା'ର ରାହା ଲେଉଟୁ ନାହିଁ। କେବଳ ତା' ପାଟିରୁ ଗାଁ ଗାଁ ଶବ୍ଦ ଶୁଣାଯାଉଛି।

ଗୋକୁଳିବାବୁଙ୍କ ଛାତିରୁ ଭୟ ଓ ଆତଙ୍କର ଅତଡ଼ା ଧସିପଡ଼ିଲା। ସେ ମୁହଁ ଧୋଇ ତରତର ହୋଇ ରାସ୍ତା ଉପରକୁ ଓହ୍ଲାଇଯିବାକୁ ବସିଥିବାବେଳେ ସ୍ତ୍ରୀ ପାର୍ବତୀ ଆସି ତାଙ୍କର ବାଟ ଓଗାଳିଲେ।

– କୁଆଡ଼େ ଯାଉଛ ?

– ରାସ୍ତା ଉପରେ ଅଭିମନ୍ୟୁବାବୁ ଖୁନ୍ ହୋଇଗଲେ। ଖୁନୀ ଆସାମୀର ମୁହଁ ମୁଁ ଦେଖିଛି, ଇସ୍...

ତାଙ୍କର ପାଟି ଖନି ମାରିଗଲା। ସେ ଉତ୍ତେଜନାରେ ଗୋଟାସୁଦ୍ଧା ଥରୁଥିଲେ। ଭୟରେ ଡରି ଡରି ପାର୍ବତୀ ପଚାରିଲେ, ତମେ ସେ ଖୁନୀକୁ ଚିହ୍ନିଛ ?

– ହଁ-ହଁ ସେ ଆମ...

ପାର୍ବତୀ ସ୍ୱାମୀଙ୍କ ପାଟିରେ ହାତ ଚାପି ଚୁପ୍ କରିଦେଲେ। ଖୋଲା ଥିବା ଝରକାକୁ ବନ୍ଦ କରିଦେଇ ସେ ଗୋକୁଳିବାବୁଙ୍କୁ ଟାଣି ଟାଣି ଶୋଇବା ଘର ଭିତରକୁ ନେଇଗଲେ।

ତା' ପରେ ସ୍ୱାମୀଙ୍କ ଛାତିରେ ମୁହଁ ରଖି ଅନୁନୟ କଲାଭଳି କହିଲେ- ଯାହା ଦେଖିଛ, ସେସବୁ ଭୁଲିଯାଅ। ମୋ ରାଣଟି...ମୋ ମୁଣ୍ଡ ଖାଆଟି – ବାହାରେ ଏ କଥା କାହାକୁ କୁହନାଇଁ-

ଗୋକୁଳିବାବୁ ପତ୍ନୀଙ୍କ କଥା ଶୁଣି ଅବାକ୍ ହୋଇଗଲେ। ତାଙ୍କର ମାନସିକ ଉତ୍ତେଜନା ବଢ଼ିଗଲା। ସେ କ୍ଷୀଣକଣ୍ଠରେ ଚିତ୍କାର କରି ଉଠିଲେ । କ'ଣ କହିଲ ? ଚୁପ୍ ରହିବି ? ରାତି ନଅଟାବେଳେ ବିଚ୍ ରାସ୍ତାରେ ଗୋଟାଏ ନିରୀହ ଲୋକ ଖୁନ୍ ହୋଇଯିବ, ଆଉ ସେ ନୃଶଂସ ଖୁନୀକୁ ଚିହ୍ନି ମଧ୍ୟ ମୁଁ ଚୁପ୍ ରହିବି ? ପୋଲିସ୍‌କୁ ଖବର ଦେବିନାହିଁ ? ସେ ଆତତାୟୀକୁ ଫାଶୀଖୁଣ୍ଟରେ ଚଢ଼େଇବା ପାଇଁ କୋର୍ଟରେ ସରକାରୀ ସାକ୍ଷୀ ହେବି ନାଇଁ ? ଏ କେମିତି କଥା ?

ପାର୍ବତୀ କାନ୍ଦ କାନ୍ଦ ହୋଇ କହିଲେ- ମୁଁ ତମ ଗୋଡ଼ ଧରୁଛି, ତମେ ପାଟି ବନ୍ଦ କର। ଝରକାବାଟେ ବିଜୁଳି ଆଲୁଅରେ ସେ ପିଲାକୁ ଦେଖିଛ ବୋଲି କାହାକୁ କୁହନାହିଁ, ଅପରାଧୀକୁ ଧରିବା ପୋଲିସ୍‌ର କାମ... ତମେ ଶାଗପଖାଳଖିଆ କିରାଣି...ମୁହଁ ଧୋଇସାରି ରାମାୟଣ ଦେଖିବା ଲୋକ...ଝରକାବାଟେ ମୁହଁ ଗଳାଇ ରାସ୍ତା ଉପରର ଅଭିମନ୍ୟୁ ବଧ ନାଟକ ଦେଖୁଥିଲ କାହିଁକି ?

ବିସ୍ମୟ ବିସ୍ଫାରିତ ଆଖିରେ ଗୋକୁଳିବାବୁ ସ୍ତ୍ରୀଙ୍କ ମୁହଁକୁ ଚାହିଁ ରହିଲେ। ଗତ ୨୪ ବର୍ଷ ଧରି ଏଇ ପାର୍ବତୀଙ୍କୁ ନେଇ ସେ ଘର ସଂସାର କରୁଛନ୍ତି। କେତେବେଳେ ତାଙ୍କ ମୁହଁରୁ ସେ ଏଭଳି ଅନ୍ୟାୟ ଅନୁରୋଧ ଶୁଣି ନାହାନ୍ତି।

ପାର୍ବତୀ ପ୍ରାର୍ଥନା କଲାଭଳି ସ୍ୱାମୀଙ୍କୁ କହିଲେ- ଦେଖ, ଆକାଶରେ, ମୁହୂର୍ତ୍ତକ ପାଇଁ ବିଜୁଳି ଝଲସି ଉଠିଥିବ। ସେଇ ଆଲୁଅରେ ଠିକ୍ ଭାବରେ ଜଣେ ଲୋକଙ୍କୁ ଚିହ୍ନିବା କ'ଣ ଏତେ ସହଜ ? ହୁଏତ ତାହା ତମର ଦୃଷ୍ଟି ବିଭ୍ରମ ହୋଇପାରେ-

ଗୋକୁଳିବାବୁ ଏଥର ସ୍ୱଗତୋକ୍ତି କଲେ- ବୟସ ହୋଇଯାଇଥିଲେ ବି ମୋର ଦୃଷ୍ଟିଶକ୍ତି କମି ନାହିଁ। ମୁଁ ସେ ପିଲାକୁ ଠିକ୍ ଚିହ୍ନିଛି। ବଡ଼ଲୋକ ଘରର ପିଲାବୋଲି ସେ ମଣିଷ ମାରି ଖସିଯିବ- ଆଉ ତାହା ଦେଖିକରି ମୁଁ ଚୁପ୍ ହୋଇ ରହିବି ? ତାହାହେଲେ ଏ ସମାଜରେ ଆମେ ଚଳିବା କିପରି ?

ସ୍ୱାମୀଙ୍କ ମୁହଁରୁ କଥା ଛଡ଼େଇ ନେଇ ପାର୍ବତୀ କହିଲେ- ମୁଁ ତ ସେଇ କଥା କହୁଛି। ଏଇଟା ଗୋଟାଏ ଅର୍ଥ-ସର୍ବସ୍ୱ ସମାଜ। ଏ ସମାଜରେ ଚଳିବାକୁ ହେଲେ କେତେ କଥା ଦେଖି ମଧ୍ୟ ଆଖି ବୁଜି ଦେବାକୁ ହୁଏ। ମନେରଖ, ତମ ଝିଅ ରିକ୍ସା ଚଢ଼ି ନିର୍ଜ୍ଜନ ରାସ୍ତାରେ ମହିଳା କଲେଜକୁ ଯାଉଛି- ତମେ ମଧ୍ୟ ସାଇକେଲ ଠେଲି ନିତି ଅଫିସ୍‌କୁ ଯିବା ଆସିବା କରୁଛ। ଖୁନୀ ଆସାମୀର ନାମ ପୋଲିସକୁ କହିଦେଲେ ସେମାନେ କ'ଣ ତମକୁ ଛାଡ଼ିଦେବେ ? ମୋ ସଂସାର ଉଚ୍ଛନ୍ନ ହୋଇଯିବ। ଆଉ ତମେ କହିଦେଲେ ପୋଲିସ ତମ କଥା ବିଶ୍ୱାସ କରିବ କାହିଁକି ? ବିଜୁଳି ଆକାଶରେ ଝଲସି ଉଠିଥିଲା ବୋଲି ପ୍ରମାଣ କ'ଣ ଅଛି ? ଆଉ କେତେଟା ବର୍ଷ ପରେ ତମେ ଚାକିରିରୁ ଅବସର ନେବ। ତମକୁ କ'ଣ ମୁଁ ବୁଝାଇବା ଦରକାର ଯେ ଟଙ୍କା ଥିଲେ ଏ ସମାଜରେ ସବୁ କିଛି କିଣାଯାଇପାରେ- ପୋଲିସର ବିବେକ...ବିଚାରାଳୟର ନ୍ୟାୟ-ସବୁ କିଛି। ଅଭିମନ୍ୟୁବାବୁ ତ ବଡ଼ ଅଫିସର ଥିଲେ- ତମେ ମାତ୍ର ସାମାନ୍ୟ କିରାଣି।

ପାର୍ବତୀ କଥା ଶୁଣି ଗୋକୁଳି ବାବୁଙ୍କ ମୁଣ୍ଡରୁ ଉତ୍ତେଜନାର ଉତ୍ତାପ ଓହ୍ଲାଇଗଲା। ପତ୍ନୀଙ୍କ ଯୁକ୍ତିର ବାସ୍ତବତା ଓ ନିଜର ଦଂଶିତ ବିବେକର ଧର୍ମ ସଂକଟରେ ସେ ପଡ଼ି ଛଟପଟ ହେବାକୁ ଲାଗିଲେ।

ଘରର ଦରଜା ଆଉଜାଇ ନେଇଗଲାବେଳେ ପାର୍ବତୀ କହିଗଲେ- ତମେ ଆଖି ବୁଜି ଶୋଇପଡ଼। ଭଗବାନଙ୍କ ନାମ ସ୍ମରଣ କର। ଦେଖିବ- ଆଖି ବୁଜିଦେଲେ ଅନ୍ଧକାର। ସେ ଅନ୍ଧକାର ମଧ୍ୟରେ ବିଜୁଳି ଝଲସି ଉଠିଲେ ବି ଘାତକର ମୁହଁ ଦେଖାଯାଏ ନାହିଁ।

ତା' ପରଦିନ ଅଫିସରେ ପହଞ୍ଚି ଗୋକୁଳି ବାବୁ ଦେଖିଲେ ସହକର୍ମୀମାନେ କାମ ବନ୍ଦ କରି ଗପରେ ମାତିଛନ୍ତି। ସେଇ ନିହତ ଅଭିମନ୍ୟୁ ବାବୁ ସେମାନଙ୍କ ଗଳ୍ପର କେନ୍ଦ୍ରବିନ୍ଦୁ।

ଏକ ଶୀତଳ ଶିହରଣ ଭଳି ଖବର କାଲି ରାତି ମଧ୍ୟରେ ସାରା ସହରର ସ୍ନାୟୁଗ୍ରନ୍ଥିରେ ସଂଚରିଯାଇଛି।

ଜଣେ କିଏ କହୁଛି- ପୋଲିସ ହତ୍ୟାକାରୀର ସନ୍ଧାନ ପାଇନାହିଁ। ଗଳି ଦୁଇ ପାଖର ବସ୍ତି ବାସିନ୍ଦାମାନେ ଟି.ଭି.ରେ ରାମାୟଣ ଦେଖୁଥିଲେ। ଅଭିମନ୍ୟୁ ବାବୁଙ୍କ ଚିତ୍କାର କିମ୍ବା ତାଙ୍କ ଝିଅର କାନ୍ଦଣା ପ୍ରଥମେ କେହି ଶୁଣି ପାରିନଥିଲେ। ପରେ ଝିଅର ଚିତ୍କାର ଶୁଣି ବାହାରକୁ ଆସିଲାବେଳକୁ ଖୁନୀ ଅନ୍ଧାରରେ ମଟର ସାଇକେଲ ଚଢ଼ି ଛୁ'-

ବାପ ଝିଅ ଦୁହେଁ ଜଣେ ନିକଟ ଆତ୍ମୀୟଙ୍କ ବାହାଘର ଭୋଜି ଖାଇ ଯାଇଥିଲେ। ରିକ୍ସା ଗଳି ମୋଡ଼ରେ ସେମାନଙ୍କୁ ଓହ୍ଲାଇଦେଲା। କାରଣ ଅଭିମନ୍ୟୁ ବାବୁ ସେଇ ଗଳି ମୋଡ଼ ପର୍ଯ୍ୟନ୍ତ ଭଡ଼ା ଛିଡାଇଥିଲେ। ରିକ୍ସା ଆଉ ଗଳି ଭିତରକୁ ଆସିବାକୁ ରାଜି ହେଲା ନାହିଁ।

ପୋଲିସର ସନ୍ଦେହ- ବାହାଘର ଉତ୍ସବକୁ ଅଭିମନ୍ୟୁ ବାବୁଙ୍କ ଝିଅ ସୁନା ଅଳଙ୍କାର ପିନ୍ଧି ଯାଇଥିଲା। ଦୁର୍ବୃତ୍ତମାନେ ଝିଅ ବେକରୁ ସୁନାହାର ଛଡ଼ାଇବାକୁ ଚେଷ୍ଟା କଲାବେଳେ ଅଭିମନ୍ୟୁ ବାବୁ ବାଧା ଦେଇଥିଲେ। ଫଳରେ ହାର ଛିଣ୍ଡାଇ ନ ପାରି ସେମାନେ ଝିଅ ବଦଳରେ ବାପକୁ ଛୁରୀ ମାରିଦେଲେ। ହୁଏତ ଝିଅ ଚିହ୍ନି ପାରି ନଥିଲେ ବି ଅଭିମନ୍ୟୁ ବାବୁ ସେ ଗୁଣ୍ଡାଙ୍କ ଭିତରୁ କାହାକୁ ଚିହ୍ନି ପାରିଥିଲେ। ତେଣୁ ନିଜେ ଧରାପଡ଼ିଯିବା ଭୟରେ ତାଙ୍କୁ ଖୁନ୍ କରିବା ଭିନ୍ନ ସେମାନଙ୍କର ଅନ୍ୟ ଉପାୟ ନଥିଲା।

ଆଉ ଜଣେ କିଏ ମନ୍ତବ୍ୟ କଲା-କାଲି ଟି.ଭି. ରାମାୟଣରେ ସ୍ୱର୍ଣ୍ଣମୃଗ ଉପାଖ୍ୟାନ ଥିଲା। ସୁନା ଲୋଭରେ ସତୀ ସୀତା ମଧ୍ୟ ଭୁଲିଥିଲେ। ଆଉ ଆଜିକାଲି ବଜାରରେ ଯାହା ସୁନା ଦର ହୋଇଛି, ବେକରେ ହାତରେ ସୁନା ଚକ୍ ଚକ୍ କରୁଥିବା ଦେଖିଲେ ଗୁଣ୍ଡାମାନଙ୍କ ହାତରେ ଛୁରୀ ଚିକ୍ ଚିକ୍ କରି ଉଠୁଛି।

ପାନ ଖିଲେ କଳରେ ଜାକିଦେଇ ଅଫିସର କ୍ୟାସିଅର୍ ଅନାମ ବାବୁ ଚେୟାର ଛାଡ଼ି ଟେବୁଲ ଉପରକୁ ଉଠିଗଲେ। ସମସ୍ତଙ୍କ ମୁହଁକୁ ଅଭିଭାବକ ଦୃଷ୍ଟିରେ ଥରେ ଲେଖାଏଁ ଚାହିଁଦେଇ କହିଲେ-ବୁଝିଲ, କଥାଟା ସୁନାହାରରେ ନାହିଁ। ଏ ହତ୍ୟା ରହସ୍ୟର ଚେର ଆହୁରି ଗହୀରରେ -

ରହସ୍ୟ ଭେଦ କରିବା ପାଇଁ ଉତ୍ସୁକ ଶ୍ରୋତାମାନଙ୍କ ଆଖି ଅନାମ ବାବୁଙ୍କ ପାନଖିଆ ଓଠ ଉପରେ ସ୍ଥିର ହୋଇଗଲା ।

ଅନାମ ବାବୁ ପାନଛେପ କାଢ଼ିବା ପାଇଁ ସମୟ ପାଇଲେ ନାହିଁ। ସେ ଛେପ ଢୋକିନେଇ କହିଲେ- ଜାଣିଲ, ଅଭିମନ୍ୟୁ ବାବୁଙ୍କ ଅଫିସରେ ଗୋଟିଏ କିରାଣି ଚାକିରି ଖାଲି ଥିଲା। ଏମ୍ପ୍ଲୟମେଣ୍ଟ ଏକ୍ସଚେଞ୍ଜ୍ ପନ୍ଦର ଜଣ ପ୍ରାର୍ଥୀଙ୍କ ନାମ ସୁପାରିଶ ପାଇଁ ଫାଇଲ ଅଭିମନ୍ୟୁ ବାବୁଙ୍କ ପାଖରେ ଅଟକି ରହିଛି। ସେ କୁଆଡ଼େ ସମସ୍ତଙ୍କୁ ଚାକିରି କରାଇଦେବେ ବୋଲି କହି ଜଣେ ପିଛା ଆଠ ଦଶ ହଜାର ପକାଇ ଦେଇଥିଲେ। ଚାକିରି ପାଇବାର ଆଶା ନ ଦେଖି କେହି କେହି ଟଙ୍କା ଫେରସ୍ତ ମାଗିଥିଲେ। ଅଭିମନ୍ୟୁ ବାବୁ ସମ୍ଭବତଃ ସେମାନଙ୍କୁ ଫାଙ୍କି ଦେବାକୁ ବସିଥିଲେ । ସେମାନଙ୍କ ଭିତରୁ କେହି ଜଣେ-

ଗୋକୁଳି ବାବୁଙ୍କ କାନରେ ଏ ସବୁ କଥାର ଭଗ୍ନାଂଶ ପହଞ୍ଚୁଥିଲା। ବିଜୁଳି ଆଲୁଅରେ ଦେଖିଥିବା ଘାତକର ମୁହଁ ମଧ୍ୟ ତାଙ୍କୁ ଦିଶିଯାଇଥିଲା। ତାଙ୍କର କଣ୍ଠନଳୀ ଶୁଖି ଆସୁଥିଲା। ସେ ଟେବୁଲ ଉପରେ ଥୁଆ ହୋଇଥିବା ପାଣିଗ୍ଲାସ୍‌ଟା ମୁହଁ ପାଖକୁ ଉଠାଇ ନେଲାବେଳେ ପାଣି ଭିତରେ ଖୁନୀର ମୁହଁ ଦେଖି ଚମକି ଉଠିଥିଲେ।

ଯେତେ ଚେଷ୍ଟା କଲେ ମଧ୍ୟ ଗୋକୁଳି ବାବୁ କାମରେ ମନଯୋଗ ଦେଇ ପାରିଲେ ନାହିଁ। ଶ୍ୟାମଳିର ଚିତ୍କାର ଆଉ ଅଭିମନ୍ୟୁ ବାବୁଙ୍କ ଆର୍ତ୍ତନାଦ ତାଙ୍କ କାନରେ ଶୁଭିଯାଉଥିଲା। ସେ ନିଜକୁ ଖୁବ୍ ଅପରାଧୀ ମନେ କରୁଥିଲେ।

ଆଜି ଘରୁ ଅଫିସକୁ ଆସିଲାବେଳେ ପଛରେ ସ୍କୁଟର କିମ୍ବା ମଟର ସାଇକେଲ ଆୱାଜ୍ ଶୁଣି ଭୟରେ ଓହ୍ଲାଇ ପଡୁଥିଲେ। ଭୟରେ ପଛକୁ ଚାହିଁ ଦେଖୁଥିଲେ- ଏଇଟା ସେ ଲାଲ୍ ବୁଲେଟ ନା ନୁହେଁ।

ସକାଳୁ ସାହିର ସମସ୍ତେ ଅଭିମନ୍ୟୁ ବାବୁଙ୍କ ବିଧବା ସ୍ତ୍ରୀ ଓ କନ୍ୟାକୁ ସାନ୍ତ୍ୱନା ଦେବାକୁ ଯାଇଥିଲେ। ଏକା ସେ ଯାଇନାହାନ୍ତି। ପୋଲିସ ଆଗରେ ଖୁନୀର ନାମ ପ୍ରକାଶ ନ କରି ସତ୍ୟକୁ ଆଢୁଆଳ କରି ରଖିଥିବାର ଅପରାଧବୋଧ ତାଙ୍କ ଛାତି ଉପରେ ପଥର ବୋଝ ଭଳି ଚାପି ହୋଇରହିଛି। ତାଙ୍କର ମନେ ହୋଇଛି, ଅଭିମନ୍ୟୁ ବାବୁଙ୍କୁ ଛୁରୀ ମାରିଥିବା ଲୋକଟା ଏକ ନମ୍ବର ଆସାମୀ ହେଲେ, ଭୟରେ ନାମ

ପ୍ରକାଶ କରିବାକୁ ସାହସ କରିପାରୁ ନଥିବା କାପୁରୁଷ ଭାବରେ ସେ ହୋଇଛନ୍ତି ଦୁଇ ନମ୍ବର ଆସାମୀ। କେଉଁ ମୁହଁରେ ସେ ଆଜି ଅଭିମନ୍ୟୁ ବାବୁଙ୍କ ସ୍ତ୍ରୀ ଆଉ କନ୍ୟାକୁ ସହାନୁଭୂତି ଜଣାଇବା ପାଇଁ ତାଙ୍କ ଘରକୁ ଯାଇଥାଆନ୍ତେ।

ଅଫିସ୍ ଛୁଟି ହେବାପରେ ଗୋକୁଳି ଚରଣ ଅନ୍ୟମନସ୍କ ଭାବରେ ନିଜର ସାଇକେଲ ଉପରେ ଉଠିପଡ଼ିଥିଲେ। କେତେବେଳେ ସେ ଲାଲବାଗ ଥାନା ପାଖରେ ପହଞ୍ଚି ଯାଇଛନ୍ତି ତାଙ୍କର ଖିଆଲ ନାହିଁ। ତାଙ୍କ ଘର ଫେରନ୍ତି ରାସ୍ତାରେ ଥାନା ପଡ଼ିବା କଥା ନୁହେଁ। ହୁଏତ ନିଜ ଅଲକ୍ଷ୍ୟରେ ସେ ଚାଲିଆସିଛନ୍ତି କିମ୍ବା ତାଙ୍କର ଦଂଶିତ ବିବେକ ତାଙ୍କୁ ଏଠାକୁ ବାଟ କଢ଼ାଇ ଆଣିଛି।

ଗୋକୁଳି ଚରଣ କିଛି ସମୟ ସାଇକେଲ ଉପରେ ଅଣ୍ଟା ଡେରି ଥାନା ଆଡ଼କୁ ଚାହିଁ ରହିଲେ। ଏ ଥାନାର ଦାରୋଗା ବାବୁ ତାଙ୍କର ଚିହ୍ନା। ତାଙ୍କୁ ଅଭିମନ୍ୟୁ ବାବୁଙ୍କ ହତ୍ୟାକାରୀର ନାମଟା କହିଦେଲେ ଅନ୍ତତଃ ତାଙ୍କ ଛାତି ଉପରୁ ପଥର ବୋଝ ଖସିଯିବ। ଶ୍ୱାସନଳୀରେ ନିଃଶ୍ୱାସ ନେବାପାଇଁ ଯେଉଁ କଷ୍ଟ ହେଉଛି, ତାହା ଦୂର ହୋଇଯିବ। ଖୁନୀର ନାମ ପୋଲିସଠାରୁ ଗୋପନ ରଖିବା ତାଙ୍କ ପକ୍ଷରେ ଗୁରୁତର ଅପରାଧ। ଯାହା ପଛେ ପରିଣତି ହେଉ ସେ ଥାନା ଭିତରକୁ ଯିବେ, ଯାହା ସେଦିନ ହଠାତ୍ ବିଦ୍ୟୁତ୍‌ର ଝଲକରେ ତାଙ୍କର ଦୁଇ ଆଖି ଦେଖିଛି; ତା'ର ସ୍ୱୀକାରୋକ୍ତି ଦେବେ। ଏହାହିଁ ତ ସଭ୍ୟସମାଜ ତାଙ୍କଠାରୁ ପ୍ରତ୍ୟାଶା କରେ।

ଥାନା ଭିତରକୁ ଯିବା ପାଇଁ ସାଇକେଲ ରଖି ସେ ଚାବି ପକାଇବାକୁ ଯାଉଛନ୍ତି, ଆରତି କଥା ମନେ ପଡ଼ିଗଲା। ପାର୍ବତୀଙ୍କ ସାଂସାରିକ ଜ୍ଞାନ ତାଙ୍କ ଠାରୁ ନିଶ୍ଚୟ ଅଧିକ। ତାଙ୍କର ଅନୁନୟଭରା ପରାମର୍ଶ କଥା ସ୍ମରଣ ହୋଇଗଲା। ତା' ଭଳି ଖୁନୀ ଏ ସହରରେ ଏକାକୀ ନୁହେଁ। ସେମାନେ ରକ୍ତବୀର୍ଯ୍ୟର ଦଳ। ଜଣେ ଧରା ହୋଇଗଲେ ଆଉ ଜଣେ ପ୍ରତିଶୋଧ ନେବା ପାଇଁ ରାସ୍ତା ଉପରୁ ଆରତିକୁ ଉଠାଇ ନେବ। ପୋଲିସ କ'ଣ ଏ ସହରର ପ୍ରତି ବିପନ୍ନ ନାଗରିକଙ୍କୁ ନିରାପତ୍ତା ଦେଇପାରିବ ?

ଗୋକୁଳି ବାବୁ ଭୟରେ ଆତଙ୍କରେ ପୁଣି ସାଇକେଲ ଧରି ରାସ୍ତା ଉପରକୁ ଚାଲି ଆସିଲେ। ଆଜି ଅଫିସକୁ ଆସିଲାବଳେ ପାର୍ବତୀ ଶୀଘ୍ର ଘରକୁ ଫେରିବା ପାଇଁ ବାରମ୍ବାର ତାଗିଦା କରିଥିଲେ। ତାଙ୍କର ଫେରିବା ବିଳମ୍ବ ଦେଖି ସେ ଦକଦକ ହେଉଥିବେ।

ସେ ଆଉ କିଛି ନ ଭାବି ଜୋର୍‌ରେ ପେଡାଲ ମାରି ସାଇକେଲ ଛୁଟାଇଦେଲେ।

ସେ ଗଳିର ୮ ନମ୍ବର ଛାଡ଼ି ଅଭିମନ୍ୟୁ ବାବୁଙ୍କ ପିଲାମାନେ ଗ୍ରାମକୁ ଚାଲିଗଲା

ପରେ ଆଉ ଜଣେ ଅବକାରୀ ବିଭାଗର କର୍ମଚାରୀ ସେ ଘର ଛାତ ଉପରେ ଟେଲିଭିଜନ ଆଣ୍ଟିନା ଲଗାଇ ଦେଲେ। ଆସ୍ତେ ଆସ୍ତେ ଅଭିମନ୍ୟୁ- ବଧ ଘଟଣା ଏ ସହରବାସୀଙ୍କ ସ୍ମୃତିରୁ ଲିଭିଗଲା। ଆକ୍ସିଡେଣ୍ଟ, ଗୁଳିମାଡ଼, ଛୁରୀକାଘାତରେ ପ୍ରତିଦିନ କେହି ନା କେହି ଏ ସହରରେ ମରୁଥିଲେ। ସେହି ସବୁ ନୂତନ ମୃତ୍ୟୁଜନିତ ଘଟଣାର ଚାପରେ ଅଭିମନ୍ୟୁ ବାବୁଙ୍କ ହତ୍ୟା ଓ ହତ୍ୟାକାରୀ କଥା ଲୋକମାନେ ଭୁଲିଗଲେ।

ଗୋକୁଳି ଚରଣଙ୍କ ମନରୁ ମଧ୍ୟ ସେ ଘଟଣାର ସ୍ମୃତି ଫିକା ପଡ଼ିଆସିଲା। ସେ ଅତୀତର ଏକ ଦୁଃସ୍ୱପ୍ନ ଭଳି ସେହି ରାତିର ନୃଶଂସ ସ୍ମୃତିକୁ ଭୁଲିଯାଇଥିଲେ। ତାଙ୍କର ନୈତିକତାବାଦୀ ମଧ୍ୟବିତ୍ତ- ବିବେକ; ଦଂଶନର ଜ୍ୱାଳା ଯନ୍ତ୍ରଣାରୁ ମୁକ୍ତ ହୋଇ କ୍ରମଶଃ ସୁସ୍ଥସବଳ ହୋଇଉଠିଥିଲା।

ସବୁ ଠିକ୍ ଚାଲିଥିଲା।

କିନ୍ତୁ ଦିନେ ତାଙ୍କ ଘର ସାମ୍ନାରେ ସେଇ ଲାଲ୍ ବୁଲେଟ୍‌ର ହର୍ଣ୍ଣ ଶୁଣି ଗୋକୁଳିବାବୁ ଚମକି ଉଠିଲେ।

ସେଇ ପିଲାଟା ତା'ର ସାଙ୍ଗ ସହିତ ସିଧା ତାଙ୍କ ଡ୍ରଇଂରୁମ୍‌କୁ ପଶି ଆସି କହିଲା, ମଉସା ! ନମସ୍କାର।

ନମସ୍କାର ଅକ୍ଷର ଚରୋଟି କେବଳ ତା'ର ମୁହଁରେ ଉଚ୍ଚାରିତ ହେଲା, ହାତ ଉଠିଲା ନାହିଁ।

ଗୋକୁଳି ଚରଣ ତାହା ମଧ୍ୟ ଆଶା କରି ନଥିଲେ। ଦୁଇମାସ ପରେ ଘାତକର ଆକସ୍ମିକ ଆବିର୍ଭାବ ତାଙ୍କ ହୃତ୍‌ସ୍ପନ୍ଦନ ଛନ୍ଦକୁ ବହୁଗୁଣିତ କରିଦେଇଥିଲା। ସେ ନିଜକୁ ସମ୍ଭାଳି ନେଇ ତା' ମୁହଁକୁ ଜଳ ଜଳ କରି ଅନେଇ ରହିଲେ।

ସେ ଲୋକ କହିଲା- ପ୍ରଧାନମନ୍ତ୍ରୀଙ୍କ ରିଲିଫ୍ ପାଣ୍ଠିକୁ ଟଙ୍କା ଦେବାପାଇଁ ଆମେ ଗୋଟାଏ ଡ୍ରାମା କରୁଛୁ। ଆପଣଙ୍କ ପାଖକୁ ସାହାଯ୍ୟ ପାଇଁ ଆସିଛୁ-

ଡ୍ରାମା ପାଇଁ ସାହାଯ୍ୟ ?

ସେ ପଚରିଲେ- ଚାନ୍ଦା ? କେତେ ଟଙ୍କା ?

ସେ ଲୋକଟା ମୁହଁରେ ଏଥର ଏକ ବ୍ୟଙ୍ଗ ହସର ଆଲେଖ୍ୟ ଆଙ୍କି ହୋଇଗଲା।

ସେ ଏଥର ତା'ର ସାଙ୍ଗ ମୁହଁକୁ ଚାହିଁ କହିଲା -

ନା, ଟଙ୍କା ନୁହେଁ, ଅନ୍ୟ ପ୍ରକାର ସାହାଯ୍ୟ। ଡ୍ରାମାରେ ଆରତିକୁ ଗୋଟାଏ ପାର୍ଟ ନେବାକୁ ହେବ । ମୁଁ ଡ୍ରାମାଟିକ୍ କ୍ଲବ୍‌ର ସେକ୍ରେଟାରୀ। ରିହରସାଲ୍ ପାଇଁ ମୁଁ

ତାଙ୍କୁ ଗାଡ଼ିରେ ଆସି ନେଇଯିବି; ରିହରସାଲ୍ ପରେ ନିଜେ ଛାଡ଼ି ଦେଇଯିବି। ଆପଣଙ୍କର କିଛି ଚିନ୍ତା କରିବାର ନାହିଁ-

ଗୋକୁଳିବାବୁଙ୍କ ଛାତିରୁ ଗୋଟାଏ ଅତଡ଼ା ଖସି ପଡ଼ିଲା। ସେ ବିସ୍ମୟ-ଚକିତ କଣ୍ଠରେ ପଚାରିଲେ। ଆରତି....ମାନେ ମୋ ଝିଅ ନାଟକରେ ଅଭିନୟ କରିବ ?

ଗୋକୁଳିବାବୁଙ୍କ ପ୍ରଶ୍ନବାଚକ ଉତ୍ତର ଶୁଣି ସେ ଲୋକଟାର ମୁହଁ ନିଷ୍ଠୁରତାରେ ବିକୃତ ଦେଖାଗଲା। ତା'ର ଏହିଭଳି ମୁଖାକୃତି ସେଦିନ ରାତିରେ ସେ ଦେଖିଥିଲେ।

ସେ ଜୋର୍ ଦେଇ କହିଲେ - ହଁ, ଆରତି, ଆପଣଙ୍କ ଝିଅ। ତାଙ୍କ ମହିଳା କଲେଜ ବାର୍ଷିକ ଉତ୍ସବରେ ଶକୁନ୍ତଳା ଭୂମିକାରେ ଅଭିନୟ କରି ଦର୍ଶକମାନଙ୍କୁ କମାଲ୍ କରି ଦେଇଥିଲା। ମୋ ଡାଡି ସେଇ ବାର୍ଷିକ ଉତ୍ସବରେ ବରେଣ୍ୟ ପ୍ରଧାନ ଅତିଥି ହୋଇ ଯାଇଥିଲେ। ତା'ର ଅଭିନୟ ପ୍ରଶଂସା ଡାଡିଙ୍କ ମୁହଁରୁ ଶୁଣି ଆମ ଡ୍ରାମା ପାଇଁ ତାକୁ ନାୟିକା ବାଛିଛୁ।

ସେମାନଙ୍କ ନିଷ୍ପତ୍ତି ଯେପରି ଅପରିବର୍ତ୍ତନୀୟ, ସେଇଭଳି ଦୃଢ଼ତା ଫୁଟିଉଠିଥିଲା ଲୋକଟାର କର୍କଶ କଣ୍ଠସ୍ୱରରେ । ଗୋକୁଳିବାବୁଙ୍କ ଛାତି ଭିତର ଥରୁଥିଲା ଅନାଗତ ଦୁର୍ଘଟଣାର ଆଶଙ୍କାରେ। ମହିଳା କଲେଜରୁ ରିକ୍ସାରେ ଫେରୁଥିବା ବେଳେ ଯଦି ଏଇ ଲାଲ୍ ବୁଲେଟ୍ ପଛରୁ ଆସି ଧକ୍କା ଦିଏ ?

ସେ ଢୋକ ଗିଳି କହିଲେ - ମତେ ସାତ ଦିନ ସମୟ ଦିଅ। ଭାବିଚିନ୍ତି ମୁଁ ତୁମକୁ ପରେ କହିବି।

ଗୋକୁଳିଚରଣଙ୍କ ଉତ୍ତରରେ ଲୋକଟା ସନ୍ତୁଷ୍ଟ ହେଲା ଭଳି ମନେ ହେଲା ନାହିଁ। ସେ ତା'ର ପ୍ୟାଣ୍ଟ ପକେଟ୍‌ରେ ହାତ ଭର୍ତ୍ତିକରି କଅଣ ଗୋଟାଏ ଜିନିଷ ମୁଠାକରି ଧରିଲା। ତା'ପରେ ନାୟକର ସଂଳାପ ଉଚ୍ଚାରଣ କଲା ଭଳି କହିଲା-

- ସାତ ଦିନ ପାଇଁ ଆମ ହାତରେ ସମୟ ନାହିଁ। ଦୁଇଦିନ ପରେ ସନ୍ଧ୍ୟାବେଳେ ଆମେ ଗାଡ଼ି ନେଇ ଆସିବୁ। ଆରତିକୁ ରେଡି କରି ରଖିଥିବେ।

ଏ ତ ଅନୁରୋଧ ନୁହେଁ, ରୀତିମତ ଧମକ !

ସେମାନେ ଆଉ ଗୋକୁଳିବାବୁଙ୍କ ଉତ୍ତରକୁ ଅପେକ୍ଷା ନ କରି ଚାଲିଗଲେ।

ବିବର୍ଣ୍ଣ, ରକ୍ତହୀନ ମୁହଁରେ ହାତ ଚାପିଧରି ସୋଫା ଉପରେ ସଂତ୍ରସ୍ତ ଗୋକୁଳି ଚରଣ ବସି ପଡ଼ିଲେ।

ପାର୍ବତୀ ପଚାରିଲେ - ସେ ଲୋକଟା କିଏ ?

- ସେଇ ଖୁନୀ, ଯେ ଅଭିମନ୍ୟୁ ବାବୁଙ୍କୁ ସେଦିନ ରାତିରେ -

- ସେ ତମ ପାଖକୁ କାହିଁକି ଆସିଥିଲା ?

- ପ୍ରଧାନମନ୍ତ୍ରୀ ରିଲିଫ୍ ପାଣ୍ଠି ପାଇଁ ଚାନ୍ଦା ଉଠାଇବା ନାମରେ ସେମାନେ ଡ୍ରାମା କରିବାକୁ ଚାହାନ୍ତି । ଆରତିକୁ ଗୋଟାଏ ରୋଲ୍ କରିବାକୁ ହେବ । ଦୁଇଦିନ ମାତ୍ର ସମୟ ଦେଇଯାଇଛନ୍ତି ।

ପାର୍ବତୀ ସ୍ୱାମୀଙ୍କୁ କଟମଟ କରି ଚାହିଁ କହିଲେ- ତମେ ସଫା ମନା କରିଦେଲ ନାହିଁ ।

ତିକ୍ତ ଓ ବିରକ୍ତ କଣ୍ଠରେ ଗୋକୁଳିବାବୁ ଉତ୍ତର ଦେଲେ- ତାହା ହେଲେ ଅଭିମନ୍ୟୁ ବାବୁଙ୍କ ଭଳି ମୋର ଲାସ୍ ମଧ୍ୟ ରାସ୍ତାରେ ପଡ଼ିଯିବ...କିମ୍ବା ଆରତି ଉପରେ କିଛି ବିପଦ... ଦେଖିଥିବା ଲୋକେ ସାକ୍ଷୀ ହେବେ ନାହିଁ...ସେମାନଙ୍କ ବେକ ପାଖରେ କୌଣସି ଦିନ ଆଇନର ଲମ୍ବା ହାତ ପହଞ୍ଚି ପାରିବ ନାହିଁ....

ପାର୍ବତୀ କାନ୍ଦ କାନ୍ଦ ହୋଇ କହିଲେ ...ତାହାହେଲେ ଚାଲ...ଆଉ କେଉଁ ସହରକୁ ବଦଳି ହୋଇଯିବା...ତମର ତ ବଦଳି ଚାକିରି...।

ନିଜ ଦୁଇ ହାତ ପାପୁଲିରେ ମୁହଁକୁ ଚାପି ଧରି ଗୋକୁଳିବାବୁ ଭାବିବାକୁ ଲାଗିଲେ - ଏଭଳି କେଉଁଠି ଏକ ସ୍ୱପ୍ନର ସହର ଅଛି- ଯେଉଁଠି ଖୁନୀ ଆସାମୀକୁ ଦେଖିଥିବା ଲୋକ ପୋଲିସ୍ ଆଗରେ ନିର୍ଭୟରେ ସତ୍ୟ କଥା ପ୍ରକାଶ କରନ୍ତି...ପ୍ରତି ଖୁନୀ ଆସାମୀ ଖସି ନ ଯାଇ ଫାଶୀଖୁଣ୍ଟରେ ଝୁଲନ୍ତି ?

କଇଁଛ

ଉମାଶଙ୍କର ମିଶ୍ର

ସାପ ଧରିଛି ପାରାକୁ ତା ଅଧାମେଲା ପାଟିରେ। ନଅ ଫୁଟ ଲମ୍ବର କୁଣ୍ଢେମୋଟ ଜବ୍‌ବର ଅଜଗର ସାପ। ମୋଡ଼ି ମୋଡ଼ି ହୋଇ ଗୁଡ଼େଇ ହେଇ ଝୁଲୁଚି ଗୋଟେ ଅଧା ପଳାଶ ଗଛ ଗଣ୍ଡିରେ। ତାର ନିବୁଜ ଫଣା ମୁନର ଆଁ କରିଥିବା ପାଟି ଭିତରେ ପାରାର ପୁରା ଦେହଟା ଚିପିହୋଇ ରହିଚି। ପାଟିର ଗୋଟେ କଡ଼ରେ ଲଟକିଚି ପାରାର ମଥା ଆଉ ଚଞ୍ଚୁ। କଇଁଛ ପରି ଆଖି ଦିଇଟା ଜୁଲୁଜୁଲୁ ଚାହୁଁଚି ଚାରିଆଡ଼କୁ। ପାରାର ଘୁମୁରା ରାବ ନାଇଁ, ଦ୍ରୋହ ନାଇଁ। ସାପ ଗିଳିଲା ବେଳେ ସତରେ କ'ଣ ତାକୁ ଆରାମ ଲାଗିଚି। ନିଦ ଆସି ଯାଇଛି। ଭୋଜନ ଆଉ ଭୋକା। ଦି'ଜଣଙ୍କ ଦୃଷ୍ଟି ନିର୍ଲିପ୍ତ। ମସ୍ତ ଲୁହାତାର ଜାଲି ଘେରା ଖୁଆଡ଼ ଭିତରେ କେତେ ରକମର ସାପଙ୍କୁ ପୋଷାଯାଇ ଏଇ ପାରା ବଣୀ ଭଦଭଦଳିଆଙ୍କ ପରି ଚଢ଼େଇ ସବୁ ଭୋଜନ ଦିଆଯାଉଚି। ଏପାଖେ ସାପ ଗବେଷଣା ସେକ୍ଟର। ସେପାଖେ କୁମ୍ଭୀର, କଇଁଛ ଆଉ ଭଳି ଭଳି ଜଳଜନ୍ତୁଙ୍କ ଗବେଷଣା ସେକ୍ଟର। ସରକାରୀ ଗବେଷଣାଗାର। ଗହୀର ମଥା- ଡାଙ୍ଗମାଳ କମ୍ପ୍ଲେକ୍‌ସର ଜଳଜନ୍ତୁଙ୍କ ହାବଭାବ ଗତିବିଧି ତର୍ଜମା କରିବା ପାଇଁ ଖୁବ୍ ନାଆଁ କମେଇ ଥିବା ପୃଥିବୀ ପ୍ରସିଦ୍ଧ ରିସର୍ଚ୍ଚ ସେଣ୍ଟର।

ହାଇ ଦେଖ, ଦେଖମ, ସାପ ପାଟି ଭିତରକୁ ପୁରା ପାରାର ମୁଣ୍ଡଟା ଗିଳି ହେଇ ଗଲାଣି। ଆଉ ଦିଶୁନି । ପାରାଟାକୁ କ'ଣ ଜମ୍ମା କାଟୁନି।

ଏଡ଼େ ଏଡ଼େ କରି ଆଖି ତରାଟି ଅବିଶ୍ୱାସ୍ୟ ଉଦ୍ଦେଶ୍ୟରେ ଏଇ ଦୃଶ୍ୟ ଦେଖୁ

ଦେଖୁ ତରୁଣୀଟି ପାଖରେ ଠିଆ ହେଇଥିବା ଲୋକଟିର ବାହାକୁ ଶକ୍ତ ମୁଠାରେ ଚାପି ଧରିଚି। ନିଃଶ୍ୱାସ ରୁନ୍ଧି ହେଇଗଲାପରି ମୁହଁ ଆଉ ନାସାଗ୍ର ଆରକ୍ତ। ଏତିକିବେଳେ ଜାଲିକବାଟ ଫାଳେ ମେଲା କରି ଜଣେ ଖାକି ସର୍ଟସ୍ ଓ କମିଜ୍ ପିନ୍ଧା ଆଟେଣ୍ଡର ଗୋଟେ ବାଲଟିରୁ ବାହାର କରି ଆଉ ଚାରି ଛଅଟା ପକ୍ଷୀ ସାପ ଖୁଆଡ଼ ଭିତରକୁ ଫୋପାଡ଼ି ଦେଲା। ସେଇ ଚଢ଼େଇ ସବୁ ନଜାଣୁଆଁ ହେଇ ଭୂଇଁ ଉପରେ ଖୁପୁରୁଖୁପୁରୁ ଡେଇଁଲେ। ସେମାନଙ୍କ ଆଡ଼କୁ ଉତ୍ସାହ ହୀନ ଅଳସ ଗତିରେ ତମ୍ପ ନାଗ ଢେମେଣା ସାପ ଆଗେଇ ଆସିଲେ । ଫଣା ଟେକି ନ ଥିଲେ । କିନ୍ତୁ ଲମ୍ବ ପାଟି ଭିତରୁ ସରୁ କେଞ୍ଚୁଆପରି ଲହ ଲହ ମୁନିଆଁ ଜିଭ ହଲେଇ ଚଢ଼େଇଙ୍କ ଆଡ଼କୁ ମୋହିଁଲେ। ତରୁଣୀଟି ଚମକିଲା ପରି 'ମୋ ମା' ଲୋ' ବୋଲି ବୋବାଳି କରି ଲୋକଟାର ହାତକୁ ଟାଣି ନେଇଗଲା । ଲୋକଟି କହିଲା: ଏତିକିରେ ଏତେ ଡର। ଚାଲ ଏବେ ଦେଖିବା କୁମ୍ଭୀର ଆଉ କଇଁଛ ବ୍ରିଡ଼ିଂ ପାର୍କ। ଫରେଷ୍ଟ ବଙ୍ଗଳାର ଦକ୍ଷିଣ ପାଖ ମ୍ୟାନ୍ ଗ୍ରୋଭ ଜଙ୍ଗଲ ଦାଢ଼ରେ।

ଚାରି କୋଣିଆଁ ଚବକା ଖୋଳା ହେଇଚି । ଆଠ ଦଶଟା ହେବ । ତା ଚାରିପାଖେ ବି ତାର ଜାଲି ଘେର। ପର୍ଯ୍ୟଟକମାନେ ଧାଡ଼ିବାନ୍ଧି ଦେଖୁଛନ୍ତି। ଚବକାର ପଥର ବସା ପାହାଚ ପାଖେ ଯାଇ ପାରିଚାରକ ଜଣେ ବାଲଟି ମଙ୍ଗରେ ଚଟୁଖଣ୍ଡେ ବାଡେଇ ଖଡ଼ଖଡ଼ କଲା। ଚବକାର ଗୋଳିପାଣି ଶାନ୍ତ ନିଥର ଥିଲା। ଏବେ ସେଥିରୁ ହାବୁକା ଉଠିଲା। ଏଠି ସେଠି ଭଉଁରି ଖେଳିଲା। ସେଇଥିରୁ ପହଁରି ପହଁରି ବାହାରିଲେ ତିନିଟା ପାଞ୍ଚ ସାତ ଫୁଟିଆ କୁମ୍ଭୀର। ବାଲଟି ଖଡ଼ଖଡ଼ ଆୱାଜ୍ ବଢ଼ିଲା। ଖାଦ୍ୟ ଯୋଗାଣ ଆଖର ସଙ୍କେତ ପାଇ କୁମ୍ଭୀରମାନେ ପାଣି ଉପରୁ ଭୂଇଁକୁ ଉଠିଲେ। ଚାରି ଗୋଡ଼କୁ ଲଥ ଲଥ ପକେଇ ପେଟକୁ ଭୂଇଁରେ ଘୋଷାରି ଆଗେଇ ଆସିଲେ ବାଲଟି ବାହକ ପରିଚାଳକ ପାଖକୁ। ଆଖି ଡୋଳାକୁ ଉପରତଳ କରି ତରାଟିଲେ। ଦିଫୁଟିଆ ଲମ୍ବ ପାଟିକୁ ମେଲେଇ ଚାରିଧାଡ଼ି କରତ ପରି ମୁନିଆଁ ଦାନ୍ତ ଦେଖେଇ ହସିଲେ। ଯେମିତି ପରିଚାରକଟି ବାଲଟି ଭିତରୁ ମୁଠାମୋଟର କଙ୍କଡ଼ା ସବୁ ଗୋଟିକ ପରେ ଗୋଟିଏ ବାହାର କରି ଚବକା ଚାରିପାଖେ ଫୋପାଡ଼ିଚି, କୁମ୍ଭୀରମାନେ ଲେପଟି ଧାଇଁଲେ ସେଇ କଙ୍କଡ଼ାକୁ ଗ୍ରାସିବା ପାଇଁ। ତାଙ୍କ ଠିଆ ହେଇଥିବା ଜାଗାରୁ ଦି'ହାତ ଦୂରରେ ଦିଟା ନାଲି କଙ୍କଡ଼ା କାନି ଖାଇଲା ପରି ଡଗଡଗ ଚାଲି ଆସୁଥିଲେ। ଗୋଟେ କୁମ୍ଭୀର ତାଙ୍କରି ପିଛାକରି ତାର କରତ ପାଟିକୁ ବଢ଼େଇ ଧପ୍ କରି ଧରିନେଲା। ଦି'ଟାଯାକ କଙ୍କଡ଼ାକୁ। ଆଉ ମୂଳା ଚୋବେଇଲା ପରି କଚକଚ ଚୋବେଇ ପକେଇଲା। ଝିଅଟା ଆତଙ୍କରେ ଏମିତି ଭୂଇଁରୁ ଛିଟିକି ଲୋକଟାର କାନ୍ଧ ଉପରକୁ

ଉଠି ଓହଳି ପଡ଼ିଲା ଯେ ଦେଖଣାହାରିମାନେ କୁମ୍ଭୀରଙ୍କ କଙ୍କଡ଼ା ଭୋଜନ ଦେଖିବେ କ'ଣ, ଏ ଦି'ଜଣଙ୍କର ଅବସ୍ଥା ଦେଖି ଚାପା ହସର ଗୁଞ୍ଜରଣ ଖେଳେଇ ଦେଲେ। ଲୋକଟା ଝିଅଟିର କାନ୍ଧ ବେକ ଆଉଁସି ଆଶ୍ୱାସନା ଦେଇ ତଳକୁ ଓହ୍ଲେଇ ଦେଲା। କହିଲା; "ଏଇଟା ହେଲା ଲୁଣା ପାଣି ଜଙ୍ଗଲ ରାଜ୍ୟ । ବଡ଼ମାଛ ସାନ ମାଛକୁ ଖାଇ ବଞ୍ଚେ। ବହିରେ ତ ପଢ଼ିଚ। ଏବେ ଆଖିରେ ଦେଖିଲେ ଏତେ ବ୍ୟତିବ୍ୟସ୍ତ ହେଇଯାଉଛ କାହିଁକି ? ପୁଣିତ ଦେଖିବ କଇଁଛଙ୍କ ଅଣ୍ଡାଦିଆ ଜାଗା, ପୁଣି ରାତିରେ ହରିଣ ପଲ । ଆଉରି କେତେ କ'ଣ ବିଚିତ୍ର କଥା।

ଝିଅଟା ଆଖି ଅଧାବୁଜି ଦି'ଟା ଲମ୍ବ ପ୍ରଶ୍ୱାସ ଛାଡ଼ି କହିଲା : ନାଇଁ ନାଇଁ ଆଜି ଏତିକି । ମୋ ମୁଣ୍ଡ ବୁଲଉଚି। ଚାଲ ବଙ୍ଗଳାକୁ । ପିକ୍‌ନିକ୍‌ରେ ଆସିଚେ ଆରାମ କରିବାକୁ ନା ମଥା ଖରାପ କରିବାକୁ।

ଦିହେଁ ଆଗେଇଲେ ବଙ୍ଗଳା ଦିଗରେ । ଜଣେ ହୃଷୀକେଶ ଦାସ ଶାଢ଼ୀ ରପ୍ତାନି ବେପାରି, ଆର ଜଣକ ଦମୟନ୍ତୀ ଓଝା ଗୃହନିର୍ମାଣ ଋଣ ନିଗମର ଜୁନିୟର ଆକାଉଣ୍ଟାଣ୍ଟ। ନଗଦ ଛ' ମାସ ହେଲା ଭାବଦୋସ୍ତି ହେଇଚି। ଏକାଠି ଡେଣା ଛନ୍ଦି ଦିଗହଜା ଆକାଶରେ ପକ୍ଷ ବିସ୍ତାର କରିପାରିବେ କି ନାଇଁ, ଏୟା ପରଖିବା ପାଇଁ ପିକ୍‌ନିକ୍ ବାହାନାରେ ଭୂଚିତ୍ରରୁ ଭୂଚିତ୍ରକୁ ଡେଉଁଛନ୍ତି।

ରାତିସାରା ଘନଘୋଟ ମେଘ ଉତୁରିଆସିଲା। ମୂଷଳ ଧାରାରେ ବର୍ଷା ଛେଚିଲା। ଡାକ ବଙ୍ଗଳାର ବିଜୁଳି ସରବରାହ ବନ୍ଦ । ଖୋଲା ଝର୍କା ଭିତରୁ ଆସୁଥିବା ବର୍ଷାର ଛିଟିକା ଭାରି ମୁଲାଏମ୍ ଲାଗୁଚି ଦେହକୁ । ପ୍ରାଥମିକ ପ୍ରେମର ଦି'ଚାରିଟା ମୁହଁ ଉହାଡ଼ ଆଲିଙ୍ଗନ ଆଉ ଚୁମ୍ବନ ଏ ପର୍ଯ୍ୟନ୍ତ ସମ୍ଭବ ହୋଇଥିଲା। ଏଇ ହଉଚି ହୃଷୀକେଶ ଆଉ ଦମୟନ୍ତୀଙ୍କ ଭିତରେ ସର୍ବପ୍ରଥମ ନିକାଞ୍ଚନ ସମ୍ବେଦନ ଆଉ ତଲ୍ଲୀନ ହେବାର ମୌକା। ଲହୁଣୀ ଧାରପରି ଘମାଘୋଟ ବର୍ଷାର କୁତୁକୁତୁ ନିଃସର୍ଗେ ରେତ କ୍ଷାଳନ। ନୂଆ ପ୍ରେମିକଟି ଅସମ୍ଭାଳ ଓ ଆତ୍ମହରା। ବହୁ ନିବାରଣ ସତ୍ତ୍ୱେ ହୃଷୀକେଶ ଜାନ୍ତବ ସମ୍ଭୋଗରେ ମଗ୍ନ । ଦମୟନ୍ତୀ ଉନ୍ମନା ହେଉଚି, କଷଣ ସହୁଚି କିନ୍ତୁ ଏକ ନାରକୀୟ ଆହ୍ଲାଦରେ ବିବଶ । ବର୍ଷା ମୁଖର ଜଙ୍ଗଲୀ ସମ୍ମୋହନର ଉଚ୍ଚାଟ ଦି'ଜଣଙ୍କୁ କାବୁ କରିସାରିଚି, ସୁନ୍ଦରାଫାଟିବା ଭୋର ପର୍ଯ୍ୟନ୍ତ । ଦମୟନ୍ତୀର ହାଡ଼ ଗୋଡ଼ରେ ଯେମିତି ଆଉ ତାକତ ନାହିଁ ଟଏଲେଟରେ ପହଞ୍ଚିବା ପାଇଁ। ହୃଷୀକେଶ ତା ମଥାର ଚିକୁରକୁ ଆଦରରେ ଆଉଁସି ଦେଇ ଅନୁନୟ କଲେ, ଅଣ୍ଡିରି ପୁଅ ନୃଶଂସ ବୋଲି ଭାବୁଥିବ। ଦାମ୍ପତ୍ୟ ସମରରେ ଦି ଜଣଙ୍କ ହାରଜିତ ସମାନ, ଏଇଥିପାଇଁ ତ ଆମେ ଦିହେଁ କାୟମନରେ ଅବଶ ହେଲେବି ପରିପୂର୍ଣ୍ଣ ।

ଦମୟନ୍ତୀ ଅଳସ ଭାଙ୍ଗି ବୁକୁ ଉପରେ କାନି ଓଟାରି ତାଙ୍କ କାନରେ କହିଲା : "ଗୋଟେ କଥା ପଚାରିବି ଖରାପ ଭାବିବନି।" ଯେମିତି ଫୁଲରୁ ଫୁଲରେଣୁ ଉଡ଼ି ଉଡ଼ି ଯାଇ କିମ୍ବା ପ୍ରଜାପତି କି ଭ୍ରମରଙ୍କ ମସୁଧାରେ ଆଉ ଆଉ ଫୁଲର ଗର୍ଭରେ ସୁଦ୍ଧୁ ହାୱା ହିଲ୍ଲୋଳରେ ପରାଗ ସଙ୍ଗମ କରନ୍ତି । ସେମିତି କେଡ଼େ ବିଚିତ୍ର ଆଉ ନିରାମୟ ସଙ୍ଗମ ସୃଜିଛନ୍ତି ବିଧାତା ଗଛବୃଛଙ୍କ ପ୍ରେମ ଆଲିଙ୍ଗନ ସଙ୍ଗମ ପାଇଁ । ମଣିଷ ଆଉ ଜନ୍ତୁଜୁନ୍ତାଙ୍କ ପାଇଁ ତାଙ୍କ ପଦ୍ଧତିରେ ଏତେ ତଫାତ୍ କାହିଁକି। ଆମେ କୋଳାକୋଳି ହେବା, ଅଙ୍ଗାଙ୍ଗୀ ହୋଇ ହିଲ୍ଲୋଳିତ ହେବା। କିନ୍ତୁ ପଚ୍ଛା ହେଉଚି ଅଜଗର ଚିଡ଼ିଆଖାନା ଯୋଗାଉଥିବା ପାରା ଭଦଭଦଳିଆ ହଳଦି ବସନ୍ତଙ୍କୁ ଚୋବେଇ ଗ୍ରାସକରି ଉନ୍ମତ୍ତ ହେବାର ଚିରାଚରିତ ପ୍ରକ୍ରିୟା । କେତେ ସୁନ୍ଦର ଏ ସବୁଜ ମାୟାର ବିଶ୍ୱ ଆଉ କେଡ଼େ ବୀଭତ୍ସ ଏଇ ମଣିଷ ଆଉ ଜନ୍ତୁଜୁନ୍ତାଙ୍କ ପ୍ରେମପ୍ରଣୟର ଅଙ୍ଗ ନିବେଦନ।

ହୃଷୀକେଶ ଏତିକି ଶୁଣି ସାରିଲା ପରେ ବର୍ଷାମୁଖର ହେମାଳ ସକାଳରେ ତାଙ୍କ କପାଳଠୁଁ ପାଦ ଯାଏ ଝାଳରେ ଜୁତୁବୁତୁ। ତାଙ୍କର ଏମିତି ରଙ୍ଗ ଉତୁରା ଚେହେରା ଦେଖି ଦମୟନ୍ତୀ ଦେହରୁ ସବୁ ଆଭରଣ ଉତାରି ଦେଇ ତାଙ୍କୁ ଗାଢ଼ ଆଲିଙ୍ଗନରେ ଉତ୍ତାଠାଣିରେ ସାନ୍ତ୍ୱନା ଦେଉଚି; କାନ ପାଖରେ ଫିସ୍ ଫିସ୍ କରି କହୁଚି : ଏଇ ହେଲା ଗୋଟେ ସିରିୟସ୍ ଜୋକ୍ । ଆମେ ଆମ ଜୀବନ ବଞ୍ଚିବା । ନେଣଦେଣ ଭଲ ପାଇବାରେ ଆବଦ୍ଧ ହେବା। ଯେମିତି ସେଇ ନବଜିଆ ବିଧାତା ହାତଗୋଡ଼ ଦେହ ଦୋହଲାଉ ଥିବା ପ୍ରାଣୀଙ୍କୁ ସୃଜିଚି। ଆମେ ଅଣାୟତ୍ତ। ଫରଗେଟ୍ ହ୍ୱାଟ୍ ଆଇ ସ୍ପୋକ୍ ଟୁ ୟୁ। ଜୀବନକୁ ଶୋଣିତ ପ୍ରବାହରେ କଞ୍ଚା ରକ୍ତମାଂସର ଆବେଗରେ ଉପଭୋଗ କରାଯାଉ। ନୋ ରିଗ୍ରେଟ୍ସ୍। ହୃଷୀକେଶ ପୁଣିଥରେ ନୂଆ ଜୀବନିକାର ସ୍ଫୁଲିଙ୍ଗରେ ଉଚ୍ଚକିତ ହେଲେ। ପ୍ରତ୍ୟୁଷର ବର୍ଷା ଥମିନି ଏଯାବତ୍।

(୨)

ସକାଳୁ ଫରେଷ୍ଟ କଣ୍ଟ୍ରାକ୍ଟରକୁ କୁହାବୋଲା କରି ଦିନ ଏଗାରଟା ବେଳକୁ ଗୋଟାଏ ଷ୍ଟିମ୍ବର ଯୋଗାଡ଼ ହେଇଗଲା । ପହିଲିପାଳି ଯିବାବେଳେ ନୂଆ ଭୁଆସୁଣୀ ବୋହୂର ଥମ୍‌ଥମ୍ ମୁହଁ ପରି ଚହଲା ମେଘ ସନ୍ଧିରୁ ସିରାସିରା ହୋଇ ସୂର୍ଯ୍ୟ ଆଉ ପାଣି ଉପରେ ପଡ଼ି ଚିକିଚିକି କଲାଣି । ଡାଙ୍ଗମାଳ ବଙ୍ଗଳାରୁ ଏ ଦିହେଁ ଷ୍ଟିମରକୁ ଉତୁରିବେ। ନଈହୁଡ଼ା ପାଖରୁ ଷ୍ଟିମରର କାଠ ପଟା ଖଞ୍ଜା ଛାତି ଉପରକୁ ଉଠିବା ପାଇଁ ଲକ୍ ଲକ୍ କରୁଥିବା ଦି'ଟା ଲମ୍ବ ପିଆଶାଳ ପଟା ଖଞ୍ଜିଦେଲା ଷ୍ଟିମ୍ବର ବାହକ। ଦେହର ଭାରସାମ୍ୟ ରଖିବାକୁ ଗତି ରେଖାରେ ଅର୍ଗଳି ପରି ଦି'ଚାରିଟା ବାଉଁଶ କାନ୍ଧ ଉଚ୍ଚାରେ ବନ୍ଧା

ହେଇଚି ଷ୍ଟିମ୍‌ର ପର୍ଯ୍ୟନ୍ତ। ତାକୁଇ ଧରି ଧରି ଷ୍ଟିମ୍‌ର ପର୍ଯ୍ୟନ୍ତ ଚାଲିବାରେ ସଙ୍ଗିନୀଙ୍କ ପାଦ ଟଳମଳ ହଉଚି । ଷ୍ଟିମ୍‌ର ହେଲପର ମୃଦୁ ହସି କହିଲା : "ମା' ଟିକିଏ ସାବଧାନରେ ପାଦ ପକେଇବେ। ଏଇଠି ପରା ତିନିଦିନ ତଳେ ଆମ ନୂଆ ଜିଲ୍ଲାର ନଗଦ ଜିଲ୍ଲାପାଳ ପଟା ସନ୍ଧିରେ ବେହୁସିଆର ହେଇ ଗୋଡ଼ ଗଳେଇ ପକେଇଲେ । ତାଙ୍କ ଡାହାଣ ହାତ କ୍ୟାବିନ୍ ଉପରେ ଭରା ଦେଉ ଦେଉ ଖୁଆରୁ ଖସିଗଲା । କୋଉ ଜ୍ୟୋତିଷ ତାଙ୍କୁ କହିଥିଲା ଯେ ବନ୍ଧନ ଯୋଗ ଅଛି ବୋଲି। ଅବିକା କହୁଣିକୁ ପ୍ଲାଷ୍ଟରରେ ବାନ୍ଧି ରାଜଧାନୀରେ ଚିକିତ୍ସା ହେଉଛନ୍ତି । ହୃଷୀକେଶ ଦମୟନ୍ତୀର ତନୁଯଷ୍ଟିକୁ ପଛପାଖୁଁ ବାହୁ ବନ୍ଧନରେ ସୁରକ୍ଷିତ କରି ଆଗେଇଲା ବେଳେ କିଛିଟା ନରମ ବିରକ୍ତିରେ କହି ପକେଇଲା; ଅମଙ୍ଗଳ କଥାଗୁଡ଼ାକ କହନାହିଁ । ଆମ ପାଦ ଖସିବ ନାହିଁ। ଖସି ପଡ଼ିବା ଏତେ ସହଜ ନୁହେଁ। ଟିକିଏ ଆନନ୍ଦ କରିବା ପାଇଁ ତମ ଗାଁ ନଈ ପାଣି କଇଁଚ କୁମ୍ଭୀର ହରିଣ ଦେଖିବାକୁ ଆସିଚୁ। ଯେତେ ବୁଲେଇ ଦେଖେଇ ପାରିବ ସେଇ ତମ କର୍ତ୍ତବ୍ୟ ଆଉ ଆମର ସନ୍ତୋଷ ।

ଷ୍ଟିମର୍ କ୍ୟାବିନ୍‌ର ଗୁମ୍ଫି ଭିତରେ ଲଗାଲଗି ହେଇ ଦିହେଁ ବସିଗଲେ ଖୋଲା ଝରକା ପାଖରେ। ନିର୍ଦ୍ଧାରିତ ବ୍ୟବସ୍ଥାରେ ସେଇଠି ତାଙ୍କୁ ପାଉଁରୁଟି ପାଚିଲା କଦଳୀ ଆଉ ଦି' ମୁଣ୍ଡା ତଟକା ଛେନା ପରଷା ହେଲା। ତା ପରେ ଫ୍ଲାସ୍‌ରୁ ଢାଳି କଫି ପିଇଲେ । ଷ୍ଟିମ୍‌ରଟା ନଈର ଗୋଳିପାଣି କାଟି ଆଗେଇଲା ଗହୀରମଥା ଦିଗରେ।

ସୁଲୁସୁଲୁ ଦକ୍ଷିଣା ପବନ। ମେଘମୁକ୍ତ ନହେଲେ ବି ଶରଦ ଆକାଶରୁ ଝରୁଚି କନକନିଆଁ ମନଛୁଆଉଁ ରବି ରଶ୍ମି । ପିକ୍‌ନିକ୍‌ଟା ଜମିଗଲା ଏଥର। ଅନ୍ୟ ଦି'ଟା ଲୋକଙ୍କ ଉପସ୍ଥିତିକୁ ଭୁଲି ଦମୟନ୍ତୀ ହୃଷୀକେଶଙ୍କ ଛାତିରେ ନିବୁଜ ହେଇ ଆସି କାନ୍ଧ ଉପରୁ ଗ୍ରୀବାକୁ ଟେକି ଷ୍ଟିମ୍‌ର ଝର୍କା ଭିତରୁ ଲୁଣା ଜଙ୍ଗଲ ଆଉ ନଈର ଗତିଶୀଳ ପ୍ରାଞ୍ଜଳ ଶୋଭାକୁ ପିଇ ଯାଉଚି ଆଖିରେ । ଏଇଟା କୋଉ ନଈ ବୋଲି ପଚାରିବାରୁ ଷ୍ଟିମର୍ ଚାଳକ ମୁହଁ ଫେରେଇ କହିଲା : "ଗୋଟେ ନଈ ନୁହେଁ , ଦି'ଟା ନଈ ଆଜ୍ଞା । ଦି'ଟା ନଈର ଧାର ଏକାଠି ହେଇଯାଇଛନ୍ତି । ଦି'ଟା ମସ୍ତ ଅଣ୍ଡିରା ମାଈ ସାପ ପରି କୋଳାକୋଳି ଗୁଡ଼େଇ ହେଇ ଗୋଟାଏ ସୁଅ ପାଲଟି ଯାଇଛନ୍ତି । ଏଇ ଦି'ଟା ନଈଙ୍କ ନାଁ ହେଲା ପାଟଶାଳା ଆଉ ହଂସୁଆ । ଯୋଉ ମୋଡ଼ରେ ମିଶିଚନ୍ତି ସେଇଠିକି ଦେଖନ୍ତୁ । ବାଁ କାନି ଆଗକୁ । ସେଇ ପାଖ ଦେଇ ଆମେ ଷ୍ଟିମର୍ ଚଳେଇବା।" ବୁଦିବୁଦିକିଆ ଅଣ୍ଟଉଚ୍ଚା ମାଇଲ୍ ମାଇଲ ଧରି ସାବ୍‌ଜା ଲହକା ଗଛ ସବୁ ଖୁନ୍ଦି ହେଇଚନ୍ତି । ବନ୍‌ସାଇ ଜଙ୍ଗଲ ପରି । ସୁଦ୍ଧୁ ପାଣି ଭିତରେ ଆଉ ଏଠିସେଠି ବାଲିଚଡ଼ାର ଅଭ୍ୟନ୍ତରରେ । ଏଇ କୁନି କୁନି ଗଛର ନାଁ କଣ ପଚାରିଲା ଦମୟନ୍ତୀ। ଉତ୍ତର ଆସିଲା

: "ଏଗୁଡ଼ାକ ମା ବିଚିତ୍ର ଗଛ । ଯାଙ୍କ ଫଳ ଫୁଲରେ ଫାଇଦା ନାହିଁ। ଗଛ ବୃଛର ନାଁ ହେଲା ହେଣ୍ଟାଳ, ବନୀ, ସୁନ୍ଦରୀ।" ସରକାରୀ ଫରେଷ୍ଟ ବାଲା ଯାକୁ ମେନ୍-ଗ୍ରେଭ୍ ଜଙ୍ଗଲ ବୋଲି କହୁଛନ୍ତି । ଲୁଣାପାଣି ଭିତରେ, ବାଲିଚଡ଼ା ଭିତରେ ଏମିତି ବୁଦା ସବୁ ନଥିଲେ ମୌସୁମୀ ବା' ବତାସରେ ନଈପାଣିର ଜୁଆରକୁ ଆକଟ କରି ରଖନ୍ତା କିଏ । ଉତ୍କଳ ଜୁଆର ଆଉ ଅଣଚାଶ ମୌସୁମୀ ପବନ କୋଉଦିନୁ ନଈ ହୁଡ଼ାରେ ଠିଆହୋଇ ଥିବା ଦଶପନ୍ଦର ଖଣ୍ଡ ଗାଁକୁ ପୋତି ନିଶ୍ଚିହ୍ନ କରି ସାରନ୍ତାଣି । ତାପରେ ଏଇ ବୁଦାସବୁ କୁମ୍ଭୀରଙ୍କ ଆୟତ୍ତରେ ରଖନ୍ତି, କୂଳ ହୁଡ଼ାଯାଏଁ ନଆସିବାକୁ। ଏତିକିବେଳେ ଖାକି ଫତେଇ ଆଉ ହାଫ୍ ପ୍ୟାଣ୍ଟ ପିନ୍ଧା ହେଲପର ପାଟିଟାଏ କରି କହିଲା : "ଦେଖ ଦେଖ ବାବୁ ସେଇ ଡେଙ୍ଗା ନଡ଼ିଆ ଗଛ ସନ୍ଧିରେ କେମିତି ପଲେ ହରିଣ ତରକି ଚାହିଁଚନ୍ତି ଆମ ଆଡ଼କୁ । ଆଉ ଆରପାଖ ବାଲି ଚଡ଼ାରେ ତିନି ଚାରି ହେବ କୁମ୍ଭୀର କେମିତି ଖରା ପୋଉଁଛନ୍ତି।" ଦମୟନ୍ତୀ ଭାରି ଖୁସିରେ କୁନିଝିଅ ପରି ତାଳିମାରି କିରିକିରି ହସି ପକେଇ ହୃଷୀକେଶକୁ କହୁଚି ; ଦେଖୁଚ କି ନାଇଁ, ଯଦି ସେପାଖୁ କୁମ୍ଭୀର ଖେପାମାରି ହରିଣଙ୍କୁ ଚୋବେଇ ଗିଳିବା ପାଇଁ ଦଉଡ଼ି ଆସିବ କ'ଣ ହେବ କହିଲ? ହୃଷୀକେଶ ତାଙ୍କର ଗ୍ରୀବାର ପରିଧିରେ ପାପୁଲି ଆଉଁସି ଗେହ୍ଲାକରି କହିଲେ : କିଛି ହବନି । ଏଇ ଭୂଖଣ୍ଡର ମୃଗ ମୃଗୁଣୀ ଭାରି ଚଞ୍ଚଳ । ସରକାରୀ ପୋଷା କୁମ୍ଭୀରମାନେ ନିଜର ଓଜନଦାର ବପୁ ବୋହି ପାଣିରେ ପହଁରି ଆର ପାଖ ଚଡ଼ାରେ କଛପ ଗତିରେ ସରକାରୀ ନାଲିଫିତା ଫାଇଲ୍ କ୍ରମରେ ପହଞ୍ଚିଲା ବେଳକୁ ହରିଣ ଯୂଥ ବିଜୁଳି ବେଗେ ଡିଆଁ ଉକ୍ଚା କରି ତୀର ବେଗରେ ଉଭାନ୍ ହେଇ ସାରିଥିବେ। ଯେମିତି କାଳେ କାଳେ ତମେ ମୋ କବ୍ଜାରୁ ଖସି ପଳେଇ ଯାଇଚ । ଦମୟନ୍ତୀ କହିଲେ ମୃଦୁ ଭର୍ତ୍ସନାର ଭାଷା : "ଭାରି ତ। ତମ ଭଳି କୁମ୍ଭୀର ଠୁ ମୋ ଭଳି ହରିଣୀର ନିସ୍ତାର କାହିଁ। ତମେ ତ ମୋତେ କଞ୍ଚା ଗିଳି ସାରିଲଣି। ତମଠୁ ମୋର ମୁକ୍ତି ନାହିଁ।"

ପିକ୍ନିକ୍ ଜମିଯାଉଛି। ଦି'ଟା ପ୍ରକୃତି ଆଉ ପୁରୁଷ ପ୍ରାଣୋଚ୍ଛଳ ଆଉ ରସୋଚ୍ଛଳ। ଦିହେଁ ତନ୍ମୟ ହୋଇ ପାଣି ପବନ ଆକାଶ ଗଛ ବୃଛ ସ୍ଥାବର ଜଙ୍ଗମଙ୍କ ଶୋଭା ଦେଖୁଚନ୍ତି । ସାଗର ପର୍ବତ ଆକାଶଙ୍କ କେଳି କୌତୁକ ଦେଖି ତନ୍ମୟ ହେଉଛନ୍ତି । ଷ୍ଟିମର୍ ଚାଲିଚି । ଏବେ ଦେଖିବେ ଗହୀର ମଥାର ସ୍ୱପ୍ନ- ସମ୍ଭବା କଇଁଛଙ୍କ ଚୋରାବାଲିର ସାମ୍ରାଜ୍ୟ।

ଷ୍ଟିମର୍ ଗହୀର ମଥାରେ ପହଞ୍ଚିବାକୁ ଆଉ ଘଣ୍ଟେ ବେଳ ଲାଗିବ। ଗୋଟାଏ ଅସୁମାହିତ ପ୍ରଶ୍ନ ମନରେ ଚେଉଁଚି ଥରକୁ ଥର । ଦିଇଟା ନଈ ହଁସୁଆ ଆଉ ପାଟଶାଳା

ମିଶିଗଲେ କେମିତି ଆଉ କାହିଁକି ? ଗୋଟାଏ ସୁଅରେ ! ଷ୍ଟିମର୍ ଚାଳକ ଅଳ୍ପ ହସି କହିଲା : ବାବୁ ପିଲାବେଳୁଁ ଶୁଣିଚୁ । ଆଳି କି ରାଜକନିକାର ଦି'ଶହ ବର୍ଷ ତଳେ ଜଣେ ରଜା ଥିଲେ। ତାଙ୍କ ହାରେମ୍ ପାଇଁ କୋଡ଼ ଶହେପଚାଶ ସୁନ୍ଦରୀ ଆମଦାନୀ ହେଇ ନଥିବେ । ତେବେ ମିଜାଜୀ ରଜା ପୁଅର ମନ ଲାଗିଗଲା ନଈ ଆର ପାରି ଦୂର ଗାଆଁର ଗୋଟେ ଭାରି ସୁନ୍ଦରୀ ଚଷା ଝିଅର ରୂପରେ। ମୋହ ଏମିତି ହେଲା ଯେ ଚାରିବର୍ଷର ଖଜଣା ଖର୍ଚ୍ଚକରି ସିଏ ଗୋଟିଏ ନଈର ଆଉ ଗୋଟେ ସୁଅ ଧାର ଖୋଳେଇଲେ। ଦି'ଟା ନଈ ଗର୍ଭକୁ ଏକାଠି ଚଉଡ଼ା କରି ସେଇ ରୂପସୀ କନ୍ୟାର ଗାଁ ପାଖକୁ ନୌକା ବିହାରରେ ସିଧାପହଞ୍ଚି ଯା' ଆସ କରିବ ବୋଲି । ରାଜାପିଲା ଆଉ ତାର ପ୍ରେମସୋହାଗୀର କ'ଣ ହେଲା କେହି ମନେ ରଖି ନାହାନ୍ତି । କୁମ୍ଭୀର କଇଁଛ ରାଜ୍ୟରେ ଦିଓଟି ମଣିଷର ଆତ୍ମା ଭିତରେ ଏମିତି ଦାରୁଣ ପ୍ରୀତିପ୍ରଣୟ ସମ୍ଭବିବାରେ ବୈଚିତ୍ର୍ୟର କଥା ହୃଷୀକେଶଙ୍କ ପାଇଁ ବୁଝିବା ସହଜ ନଥିଲା । କିନ୍ତୁ ଦମୟନ୍ତୀ କହିଲେ ଯେ : "କିବା- କଥା। ମୁଁ ତମକୁ ବୁଝେଇ ଦେବି ମୌକା ଆସିଲେ । ଚାଲ ଆଗ କଇଁଛ ଦେଖିବା।"

(୩)

ସ୍କଟ୍‌ସ୍ ହ୍ୱିଲର ଦ୍ୱୀପଠୁଁ ନଈ ଆସି ସମୁଦ୍ରରେ ମିଶିଥିବା ତଟ ରେଖା ପର୍ଯ୍ୟନ୍ତ, ଏବଂ ସେଇଠୁଁ ପୁଣି ଏକାଠି ହୋଇ ଲମ୍ବି ଯାଇଥିବା ଦି'ଟା ନଈର ବାଁ କୂଳରେ ତିନି ଚାରି ବର୍ଗ ମାଇଲ୍ ଆକାରରେ ବାଲିବନ୍ତ। ଘାସ ଗୁଳ୍ମ ଆଉ ଅରାଏ ଅରାଏ ଲୁଣା ଜଙ୍ଗଲ ତା' ଉପରେ ଉଧେଇଚି। ଏଇ ହେଲା ଗହୀର ମଥା । ଷ୍ଟିମରରୁ ଓହ୍ଲେଇ ପାଣି ଧାରରୁ କୂଳ ଉପରକୁ ପ୍ରସରି ଥିବା ଓଦା ବାଲିରେ ପାଦ ଦେଉ ନ ଦେଉଣୁ ଦେଖା ପଡ଼ିଲା। ଦନ୍ତୁରିତ ବାଲି ଡୁଠର ଧାରେ ଧାରେ ଏଣ୍ଡୁରି ଭାଡ଼ି ପରି ଶୋଇଛନ୍ତି ଗୈରିକ ନୀଳାଭ, ଆଉ କଳା ରଙ୍ଗର ଅସୁମାରୀ କଇଁଛ । ଫୁଟେଠୁଁ ତିନିଫୁଟ ଯାଏ ତାଙ୍କ ପିଠି ଗୋଲେଇର ବ୍ୟାସ, ଇସ୍ପାତ ପରି ଚକଚକ କରୁଥିବା ପିଠି ଖୋଳପା ଭିତରୁ ମୁହଁ ଟୁଙ୍ଗାରି ବାହାରକୁ ଚାହିଁ ଦଉଛନ୍ତି ଦଣ୍ଡେ । ଚାରି ଛ' ଖେପା ଡଗଡଗ ଚାଲି ଯାଉଛନ୍ତି ବାଲିରେ। ପୁଣି ମଥା ଖସି ଯାଉଛି ଖୋଳପା ଭିତରକୁ । କଇଁଛ ପଲଙ୍କ ସଂକ୍ରମଣରେ ଭିନ୍ନ ଭିନ୍ନ ଜ୍ୟାମିତିକ କ୍ୟାଲିଗ୍ରାଫି ହେଇ ବାଲି ଚଡ଼ା ତାଟରେଖା ଏକ ନୂଆ ଭୂଚିତ୍ରର ଭ୍ରମ ଆଣୁଚି । ପଚିଶ ପାଦ ଆଗରେ ଯେଉଁଠି ବାର ଚଉଦଟା ବଡ଼ ଆକାରର 'ସିଲଭର୍ ରିଡ଼ଲେ' କଇଁଛ ଗୋଲ କରି ମନ୍ଦା ବାନ୍ଧିଚନ୍ତି, ସେଇଠିକି ବାଟ କଢ଼େଇ ନେଲା ଷ୍ଟିମର୍ ଡ୍ରାଇଭର୍। ଏଇଠି

ଦେଖ ବାବୁ କେମିତି କଇଁଛମାନେ ଅଣ୍ଡା ଦେଇ ତାକୁ ବାଲିରେ ପୋତିଛନ୍ତି। ବାଲିଆ ମାଟି ଭିତରେ ଜୁକୁଜୁକିଆ ପାଣିଗାତ ସନ୍ଧିରୁ ପ୍ରାୟ ତିରିଶି ହବ ଅଧା ଲୁଚା ଧଳା ନାଲିଆସିଆ ରଙ୍ଗର କଇଁଛ ଅଣ୍ଡାର ଆକାର ଫୁଟି ଦିଶୁଛନ୍ତି ବାହାରକୁ। ଆଗେ ଗାଁ ଲୋକେ ବହୁତ କଇଁଛ ଅଣ୍ଡାକୁ ଭୂଇଁରୁ ଖୋଳି ତାଡ଼ି ନଷ୍ଟ କରି ଦଉଥିଲେ। ଏବେ ସରକାରୀ ଜଗୁଆଳିମାନେ କଡ଼ାକଡ଼ି ପହରା ଦଉଚନ୍ତି । କଇଁଛମାନେ ଏଇ ବାଲିବନ୍ତରେ ଅଣ୍ଡା ଦେଇ ପୁଣି ପାଣି ଭିତରକୁ ପଳେଇ ଯିବେ ଆଉ ପହଁରି ପହଁରି ଫେରିବେ ତାଙ୍କ ନିଜ ଠାବ ସମୁଦ୍ରକୁ, ନିଜ ଦେଶକୁ । କେଇଟା ଗୁଆ ଗଛ ତଳେ ଦଳେ ପର୍ଯ୍ୟଟକଙ୍କୁ ଜଣେ ଗାଇଡ୍ ଗବେଷକ ବୁଝାଉଥିଲେ କେଉଁ କାରଣରୁ ଦୂର ଦୂରାନ୍ତ ସମୁଦ୍ର ଶଯ୍ୟାରୁ କାରବିୟାନ ମେକ୍‌ସିକୋ ଗଲ୍ଫ, ସାର୍‌ଗାସୋ, ଡେନ୍‌ମାର୍କ ଷ୍ଟ୍ରେଟ୍, ମୋଜାମ୍ବିକ ଚାନେଲ୍, ଲୋହିତ ସମୁଦ୍ର ଆଉ ଆଟଲାଣ୍ଟିକ୍ ପାସିଫିକ୍ ଜଳାର୍ଣ୍ଣବ ବହୁ ଅଂଶରୁ ହଜାର ହଜାର ସଂଖ୍ୟାରେ କଇଁଛ ପହଁରି ପହଁରି ଆକର୍ଷିତ ହୋଇ ଆସନ୍ତି ଏଇ ଗହୀର ମଥାର କୁଞ୍ଜକୁଞ୍ଜ ନଈ ପଠାକୁ। ସାମୁଦ୍ରିକ ଗବେଷଣାରୁ ଯେତିକି ଜଣା ପଡ଼ିଚି ତା' ହେଲା ଡିସେମ୍ବରରୁ ଫେବୃଆରୀ ମାସ ଭିତରେ ସେଇ ସୁଦୂର ସାଗର ଜଳ ଗର୍ଭରେ କି ପ୍ରବାହରେ ଏକ ରକମ ବୈଦ୍ୟୁତିକ ଜଳ ଗର୍ଭରେ କି ପ୍ରବାହରେ ଏକ ରକମ ବୈଦ୍ୟୁତିକ ଓ ରାସାୟନିକ ଆଲୋଡ଼ନ ସୃଷ୍ଟି ହୁଏ, ଯାହା ପୁରୁଷ ଓ ନାରୀ କଚ୍ଛପଙ୍କ ସଙ୍ଗମ ପାଇଁ ଅନୁକୂଳ ନୁହେଁ । ଜଳବାୟୁର ବିବର୍ତ୍ତନ ସାଙ୍ଗକୁ କଚ୍ଛପ ଅଙ୍ଗର ଯୌନ ସମ୍ପର୍କର ତଡ଼ିତ୍ ତ୍ୱରାନ୍ୱିତ ହୁଏ । ଏତିକି ବେଳେ ସେମାନେ ସାଗରରୁ ସାଗର ହଜାର ହଜାର ମାଇଲ୍ ଅତିକ୍ରମ କରି ଏଇଠି ପହଞ୍ଚିବା ପର୍ଯ୍ୟନ୍ତ ଜଳ ପଥରେ ରତି ସଙ୍ଗମ କରି ଆସନ୍ତି । ମାଈ କଇଁଛମାନେ ଏଇଠି ବାଲିପଠାରେ ସହସ୍ର ସଂଖ୍ୟାରେ ଅଣ୍ଡା ଦେଇଯାଆନ୍ତି । କାରଣ ଜଳ ଆଉ ବାଲୁକା ଶଯ୍ୟାର ପ୍ରକୃତି ଗନ୍ତାଘର ଏଇଠି ହୁଏତ ଉଚିତ୍ ଶୀତୋଷ୍ଣ ଆବେଗରେ ସେମାନଙ୍କ ଅଣ୍ଡା ଆଉ ତା ଭିତରେ ଥିବା ଶାବକଙ୍କୁ ଜୀଆଇଁ ସୁରକ୍ଷିତ ରଖିବା ପାଇଁ ସବୁଠୁଁ ଅନୁକୂଳ। ତିନିଟା ମାସ ଭିତରେ ଅଣ୍ଡାଗୁଡ଼ିକ ଫୁଟି ସେଇଥିରୁ କଇଁଛ ଛୁଆମାନେ ଉଭବ ହେଇ ପୁଣି ପାଣି ଭିତରକୁ ପଶି ଯାଆନ୍ତି । ଆଗରୁ ଜାଣିଥିଲାପରି ତାଙ୍କ ମା ବାପାଙ୍କ ଫେରନ୍ତା ଗତି ପଥରେ ସ୍ୱତସ୍ଫୂର୍ତ୍ତ ଆବେଗରେ ପହଁରି ପଳେଇ ଯାଆନ୍ତି ତାଙ୍କ ଭିଟା ଭୂଇଁ ସାଗର ରାଜ୍ୟମାନଙ୍କୁ । ଭୂଇଁରେ ପାହାଡ଼ରେ ସାଗର ଜଳ ଗର୍ଭରେ ଯେତେ ଜୀଅନ୍ତା ପ୍ରାଣୀ ଅଛନ୍ତି ସେମାନଙ୍କ ପୁରୁଷ ସ୍ତ୍ରୀ ମଧ୍ୟରେ କୋଳାକୋଳି, ବିହାର, ବେପଥୁ ସଙ୍ଗମ ସବୁ ଯେମିତି ପ୍ରକୃତିରେ ନିର୍ଦ୍ଧାରିତ ସ୍ଥାନ ପରିବେଶ ଜଳବାୟୁ ଏବଂ ନିର୍ଦ୍ଦିଷ୍ଟ ଋତୁଚକ୍ରରେ ବନ୍ଧା । କିନ୍ତୁ

ବିଚିତ୍ର କଥା ମଣିଷଙ୍କ ପାଇଁ ଏମିତି ସ୍ଥାନ କାଳର ଅନୁଶାସନ ଆଦୌ ନାହିଁ କହିଲେ ଚଳେ । କୋଉ ପ୍ରାଗୈତିହାସିକ ପ୍ରସ୍ତର ଯୁଗରେ ହୁଏତ ଥିଲା। ତା ଉପରେ ରିସର୍ଚ୍ଚ ଚାଲିଛି।

ଗାଇଡ୍ ମୁହଁରୁ ଏତିକି ଶୁଣିଦେଇ ଦମୟନ୍ତୀ ମୁହଁ ମୋଡ଼ି ଦେଲା। ହୃଷୀକେଶଙ୍କୁ କହିଲା ବୁଝିଲ ଏଇ କଇଁଛ ଥାଟଙ୍କ ଗହୀରମଥାରେ ଶୀତଦିନିଆ ପିକ୍‌ନିକ୍ ଭାରି ଆଚମ୍ବିତ କଥା, ଆମ ପରି ଦର୍ଶକଙ୍କ ପାଇଁ ଏକ ନିଃସର୍ଗ ଅନୁଭୂତି । କିନ୍ତୁ ମଣିଷ ଆଉ କଇଁଛଙ୍କ ଭିତରେ ବଂଶ ବିସ୍ତାର ଉସ୍ୱାସରେ ଯୋଉ ପ୍ରକ୍ରିୟାଟି ଜାରି ରହିଚି ସେଥିରେ ଟିକିଏ ବୋଲି ତଫାତ୍ ନାହିଁ । ଫେରିଲା ବେଳେ ମୁଁ ତମକୁ ବୁଝେଇ ଦେବି । ଦମୟନ୍ତୀ ଆଖିରେ ଜାଣି ସିଆଣୀ ବିଙ୍କ ଚାହାଣୀ।

ସଞ୍ଜ ନଇଁ ଆସିଲା। ସେମାନେ ଷ୍ଟିମର୍ ଚଢ଼ି ଓଲଟା ପାଣି ସୁଅରେ ଆଗେଇଲେ ଡାଙ୍ଗମାଳ ଦିଗରେ । ପୁଣି ଝିପିଝିପି ବର୍ଷା ଆରମ୍ଭ ହେଇଗଲା। କ୍ୟାବିନ୍ ଝରକା ଦେଇ ବର୍ଷା ଛିଟା ପଡୁଛି।

ଭାରି ଜୋର ନଈକୂଳିଆ ପବନ ବୋହିଲାଣି । ହୃଷୀକେଶ ଦମୟନ୍ତୀଙ୍କ ଦେହରେ ନିଜ ଘୋଡ଼ିହେଲା ଚାଦରରୁ ଫାଳେ ଢାଙ୍କି ଦେଇ ପାଖକୁ ଆଉଜେଇ ଆଣିଲେ। କହିଲେ : ଏଥର ଅଧା ରଖିଥିବା ତତ୍ତ୍ୱ କଥାଟା ଶୁଣାଅ।

ଦମୟନ୍ତୀ ଉଲ୍ଲସା ଗଳାରେ କହିଲେ : ଦେଖିଲତ ଏ ପାଖରେ ଓଦାତ୍ୱକ୍‌ରେ ଶୀତ ବସନ୍ତ ଓହ୍ଲେଇ ଆସିଲା ବୋଲି ତମେ କେମିତି ମୋତେ ଅବିକା ଆଦର କରିବାକୁ ଅସ୍ଥିର ହେଇ ପଡ଼ିଲ। ଏତେ ଦିନ ଏକା ସହରରେ ମିଳାମିଶା ହେଇଚେ । କାହିଁକି ଦରକାର ପଡ଼ିଲା କୁମ୍ଭୀର କଇଁଛଙ୍କ ରାଜ୍ୟ ନଈର ଉସଙ୍ଗ, ଲୁଣା ଜଙ୍ଗଲ, ଡାଙ୍ଗମାଳର ସୈକତ ସବୁଜିମାରେ ଏକାନ୍ତ ଆବେଶ ଟିକିଏ, ବାୟବୀୟ ଆଲିଙ୍ଗନ ଟିକିଏ, ଉଚ୍ଚାଟ ଟିକିଏ ଖୋଜିବାକୁ। ଯାହା ସହର ବଜାରରେ ଦିନ ଦିନ ଧରି ସ୍ୱପ୍ନ ହେଇ ରହିଥିଲା ଦିଇଟା ଦିନରେ ଏଇଠି ସତ ହେଇଗଲା । ସଙ୍ଗମ ହେଇଗଲା ଦେହ ଶୋଣିତ ପ୍ରବାହ, ଏକାତ୍ମ ହେଇଗଲା ଦିଇଟା ଅଲଗା ଅଲଗା ଅନ୍ତର୍ଦାହ । ଆମେ ଦିଇଟା ମଣିଷ ଏଇଠି ମନଲାଖି ଋତୁ ଚକ୍ରଟିଏ ପାଇଗଲେ କି ଗଢ଼ିନେଲେ ନୌକା ବିହାରରେ। ଠିକ୍ ସେୟା ଘଟିଲା କାଲି ରାତିରେ ଡାକବଙ୍ଗଳାରେ । ଖାଲି ପାଣି ପବନ ପ୍ରକୃତିର ଆଡ଼ରୁଷା ଅପାଙ୍ଗରେ ଆମ କଲିଜାରେ ସ୍ୱେଦ କ୍ଷରଣର କେଡ଼େ ସହଜରେ ନିଆଁ ଲାଗିଗଲା। କେଡ଼େ ରୋମାଞ୍ଚକର ଭାବେ ଆମେ ଦୁହେଁ ଜଳି ଚାଲିଚେ ଏ ଯାଏଁ । ଆଉ କଇଁଛ ପଲେ ନିଜ ଦେହସୁଆ ଗାଁ ପାଣି ଛାଡ଼ି ଛୁଟି ଆସୁଛନ୍ତି ସାତ ସମୁଦ୍ର ଡେଇଁଡେଇଁକା ବିହାର କରିବା ପାଇଁ, ପ୍ରମତ୍ତ ହେବା ପାଇଁ ମନ ଉଲୁସା ନୂଆ ପରିବେଶଟିଏ

ଖୋଜିବାକୁ । ଏଥିରେ ତାଙ୍କ ଆମ ଭିତରେ ତଫାତ୍ କୋଉଠି କହ ? ଏଇଠି ନମୁନା ଦେଖୁନା । ରଜା ପିଲାର ଉଆସରେ କୋଉ ଫୁଲ ବଗିଚା କି ସନ୍ତରଣଶାଳା ଅଭାବ ଥିଲା ଯେ ଆଠ ମାଇଲ ଲମ୍ବା ନଈଟେ ଖୋଳି ପକେଇଲା ପ୍ରେମିକା ଗାଁ ସାଙ୍ଗେ ଜଳ ରାସ୍ତା ଯୋଡ଼ି ନୌକା ବିହାର କରିବ ବୋଲି । କାହିଁକି ମାଟି ରାସ୍ତାରେ ଘୋଡ଼ାଗାଡ଼ିରେ ତା'ର ପ୍ରିୟାର ଗାଁ କୁ ଯା' ଆସ କଲାନି। କିଏ ମନା କରୁଥିଲା ?

ନିଜ କଥାର କୌତୁକରେ ନିଜେ ମଜ୍ଜିଯାଇ ଦମୟନ୍ତୀ ଫେଁକିନା ହସି ପକେଇଲା।

ହୃଷୀକେଶ ପ୍ରେମର ଜଳବାୟୁ ବିଷୟରେ ଏଇ ତାତ୍ତ୍ୱିକ ବିନ୍ୟାସ ଶୁଣୁଶୁଣୁ ତାଙ୍କ ଆଖି ପଡ଼ିଗଲା ସୁନାରୀ ବୁଦାର ନେପଥ୍ୟରେ ଠିକ୍ ପୂର୍ବରୁ ଦୃଶ୍ୟମାନ ହେଇଥିବା ବାଲିଚଡ଼ା ଉପରେ ସାତ ଆଠଟି ବାଲିହରିଣଙ୍କ ଉଭାଠାଣୀ ଉପରେ। ଷ୍ଟିମର୍ ପାଖେଇ ଆସିଲାରୁ ସେମାନେ ଖପ୍‌ଖାପ୍ ଡେଇଁ ପଳେଇଲେ ଅସ୍ତାଚଳ ଦିଗରେ ।

ହୃଷୀକେଶ ମନକୁମନ ଆସ୍ତେ ହସି ଭାବୁଥିଲେ ଯେ ଦମୟନ୍ତୀର ଏଇନା ଯେମିତି ମାନସିକ ପ୍ରସ୍ତୁତି, ଆଉଥରେ ଯଦି ଦିହେଁ ଏଇ ସୈକତ ରଙ୍ଗଭୂମିକୁ ଆସନ୍ତେ, ସିଏ ନିଶ୍ଚୟ ସୁନାହରିଣୀର ହୀରାପୁଚ୍ଛଟିଏ ମାଗିବ, ବେଣୀ ମଣ୍ଡନ ପାଇଁ ।

କଳାପାନ ଗୋଲାମ

ବିଜୟ ପ୍ରସାଦ ମହାପାତ୍ର

ସେସବୁ ଗୋରା ସାହେବଙ୍କ ଅମଳରେ ହେଉଥିଲା। ସେ ଅଲଗା ଯୁଗ ଥିଲା। ଆଜିକାଲି ସମୟରେ ପୋଲିସ୍ ସବ୍‌ଇନିସ୍‌ପେକ୍ଟରଟାକୁ କିଏ ଦେଉଛି ହେ ସୁନ୍ଦରୀ ଝିଅ, ଯୌତୁକରେ ମଟର ସାଇକେଲ ? କିନ୍ତୁ ହୃଦାନନ୍ଦ ଧଳା ପୁରୁଣାକାଳିଆ ଲୋକ ଥିଲେ। ସେ କୁଆଡ଼େ ମୁହଁ ଖୋଲି କହିଲେ- "ବୁଝିଲ ପ୍ରଧାନେ, ମୋ ପୁଅ ଯୋଉ ଯାଇତାଇ ଚାକିରି କରିନାହିଁ । ପୁଲିସ୍ ସବ୍‌ଇନିସ୍‌ପେକ୍ଟର୍। ଚାଲିଗଲେ ହାତୀ ବି ଆଡ଼େଇଯିବ ବାଟରୁ । ତୁମେ ଯେଡ଼େ ବି ଏ କ୍ଲାସ୍ କଣ୍ଟ୍ରାକ୍ଟର୍ ହୁଅ, ଝିଅ ଯେଡ଼େ ବି ଭଲ ହେଉ ଦେଖିବାକୁ, ଗୋଟେ ମଟର ସାଇକେଲ ନଦେଲେ ମୋ ପୁଅ ଇଜ୍ଜତ ଦି କଡ଼ାର ହୋଇଯିବ। ଆଉ ଇଜ୍ଜତ କଥା ଉଠିଲେ, ଆମେ ଧଳ ବଂଶର ମର୍ଦେ କାଉଁରିଆ କାଠି, ଭାଙ୍ଗିଯିବ ସିନା ନଇଁବ ନାହିଁ । ଯୁଗ ସିନା ବଦଳିଯିବ, ମଣିଷେ ତ ବଦଳିଯିବେ ନାହିଁ। ସେଇ ଧଳ ବଂଶର ରକ୍ତ ନିବାରଣ ଧଳ ଦେହରେ ବି ବୋହୁଛି। ତା'ର କାଲି ପିଲା ହେବେ, ତାଙ୍କ ଦେହରେ ବି ବୋହିବ। କ'ଣ ବୁଝିପାରୁଛ ତ ପ୍ରଧାନେ ? ରକ୍ତ କିଣୁଛ, ରକ୍ତ।"

ପ୍ରଧାନଙ୍କର ବୁଝିବାରେ ଅସୁବିଧା ହେଲା ନାହିଁ। ବାହାଘର ଠିକ୍ ହେଲା।

କେନାଲ କୂଳରୁ ମାଛବାଲୀମାନେ "ମାରି ପକାଇଲା, ମାରି ପକାଇଲା" ପାଟିକରି ଆସି ଘେରିଗଲେ ସେଠି। କିନ୍ତୁ କାହାରି ସାହସ ପାଇଲା ନାହିଁ ଆଗେଇବାକୁ। ପିଲାଟା ସେମିତି ପଡ଼ିଥାଏ, ଆଉ ଛ'ଫୁଟ ଦେଢ଼ ଇଞ୍ଚର ନିବାରଣ ଧଳ ଠିଆ ହୋଇଥାନ୍ତି ଫ୍ଲାଗ୍‌ଷ୍ଟାଫ୍ ପରି ମଟର ସାଇକେଲରେ ଷ୍ଟାଣ୍ଡ ଲଗାଇ ଦେଇ । ଜୋତା ଅଗରେ

ନିଶ୍ଚଳ ପିଲାଟାକୁ ଥରେ ଗଡ଼ାଇ ଦେଇ ନିବାରଣ ଧଳ ପଚାରିଲେ- "କାହା ପିଲା ଏ ? ଶାଳାର ମୁର୍ଗିବାତ ଅଛି।" ତା' ପରେ ସେ ମଟର ସାଇକେଲରେ ଷ୍ଟାର୍ଟ୍ ଦେଲେ। ଲୋକମାନେ ଦୁଇ ଭାଗ ହୋଇ ଆଡ଼େଇଗଲେ ବାଟରୁ। ସେକଥା ସେଇଠି ସରିଲା ନାହିଁ। ଠିକ୍ ସାଢ଼େ ଏଗାରଟା ବେଳକୁ ଲୋକ ଦୁଇଶହ ତିନିଶହଙ୍କୁ ଏକାଠି କରି, ମାଛବାଲୀଙ୍କ ଖଦଡ଼ି ନେତା ଚୈତନ ମାଝି ସେ ପିଲାଟାକୁ କାଖାଇ ଏସ୍.ପି. ଦୁଆର ସାମ୍ନାରେ ଯାଇ ଗହଳ କଲା- "ପୁଲିସ୍ ଅତ୍ୟାଚାର ବନ୍ଦ ହେଉ, ବନ୍ଦ ହେଉ। ନିବାରଣ ଧଳ ମୁର୍ଦାବାଦ ମୁର୍ଦାବାଦ।

ଏମିତି ପରିସ୍ଥିତିରେ ଏସ୍.ଆଇ. ନିବାରଣ ଧଳ ବଦଳି ହୋଇଗଲେ ରଣପୁର। ନିବାରଣ ଧଳଙ୍କର କୌଣସି ଗ୍ଳାନି ନାହିଁ ମନରେ । ହେଉ ବଦଳି ଯେଉଁଆଡ଼େ ହେଉଛି । ଢିଙ୍କି ସ୍ୱର୍ଗକୁ ଗଲେ ବି ଧାନ କୁଟିବ। ପୁଲିସ୍ ବିଭାଗର କାମ ହେଉଛି କୁଟିବା । ସେଥିରୁ ତ କେହି ତାଙ୍କୁ ଓହରାଇ ଦେଉନାହିଁ ।

ଚାର୍ଜ ନେବାର ଦିନ ଦୁଇଟା ଭିତରେ ସେ ବୁଝିଗଲେ, ରଣପୁରରେ ଆଉ କିଛି ନାହିଁ। ଗଡ଼, ରଜା ଉଆସ, ମଣିନାଗ ପାହାଡ଼, ଭୂତେଶ୍ୱର ଦେଉଳ, ପଦ୍ମପୋଖରୀ- ସେସବୁ କିଛି ନୁହେଁ। କାନ ଧଇଲେ ମେଁ, ନାକ ଧଇଲେ ମେଁ। କିନ୍ତୁ ଦକ୍ଷିଣ ଖଣ୍ଡି ମଶାଣିକୁ ଲାଗି ଯେଉଁ ଦୁଇ ଶହ କି ଅଢ଼େଇ ଶହ ଘର ଡମ ସାହି ଅଛି, ସେହି ହେଉଛି ଅସଲ । ଦିନ କି ରାତି କି, ଢୋଲ ମାଡ଼ରେ ଗାଁ ଦାଣ୍ଡ ଦୁଲୁକୁଛି । ଘୁଷୁରୀ କଟା ହୋଇ ରନ୍ଧା ଚାଲିଛି ଧାନ ଉଷୁଁଆ ହାଣ୍ଡିରେ । ସଞ୍ଜ ଲାଗିଗଲେ ଚାଉଳି ପିଇ ବୁଢ଼ା, ପିଲା, ମାଇପି, ମର୍ଦ ଅଧାନଙ୍ଗଳା ନାଚରେ ମାତିଛନ୍ତି । ଘରେ ଘରେ, ଚୋରିମାଲ । ଛେଳି କୁକୁଡ଼ାଙ୍କଠୁ ଆରମ୍ଭ କରି ଥାଳି କଂସା, ଲୁଗା, ଚାଦର, ଧାନ, ମାଣ୍ଡିଆ, ଗହଣା ଗାଣ୍ଠି ଓଗେର । ଡମ ମାଇପିମାନେ ଦିନ ବେଳେ ଡାଲା ବାଉଁଶିଆ ବିକିବା ନାଁରେ ଗଡ଼ ଭିତରେ ପଶନ୍ତି । ଅଧଲାକଠୁ ପଇସାକର ଜିନିଷ ପର୍ଯ୍ୟନ୍ତ ସବୁ ଠଉରାଇ କରିଯାଆନ୍ତି । ରାତିରେ ତାଙ୍କ ମରଦମାନେ ଛୁରୀ ଖଣତି ଧରି ପଶନ୍ତି ଗଡ଼ରେ। ସକାଳୁ ଗଡ଼ଯାକ ଚହଳ ପଡ଼େ, କାହାର ଛଡ଼ା ଦାମୁଡ଼ି ହଳକ ମିଳୁନାହାନ୍ତି ତ କାହାର ଧାନକୋଠି ଚାଲିଯାଇଛି। ଥାନାରେ ଏତଲା ଉପରେ ଏତଲା। ସମସ୍ତେ ଜାଣନ୍ତି ଡମମାନେ କରୁଛନ୍ତି ବୋଲି । କିନ୍ତୁ ଡମ ଗାଁକୁ ପଶିବ କିଏ ?

ତୃତୀୟ ଦିନ ସକାଳେ ନିବାରଣ ଧଳ ଗୁମ୍ ହୋଇ ବସିଛନ୍ତି ଥାନା ବାରଣ୍ଡାରେ। ପାହାଚ ତଳେ ଧୋବା ଯୋଡ଼େ ମୁଣ୍ଡ କୋଡ଼ି କୋଡ଼ି ବୋବାଳି ଛାଡ଼ିଛନ୍ତି- କାଲି ରାତିରେ ତାଙ୍କ ଲୁଗାଭାଟି କିଏ ଲୁଟିନେଇଛି। ଧୋବଣୀ ବାହୁନା ପକାଇଛି- "ହେ

ଭୂତେଶ୍ୱର । ହେ ମା' ପାର୍ବତୀ । ବାଡ଼ିପଡ଼ାଙ୍କ କୁଳ ବୁଡ଼ିଯିବ । ବଉଁଶ ଉଚ୍ଛନ୍ନ ହୋଇଯିବ । ବାଘ ଖାଇବ ଭେଣ୍ଡାପୁଅକୁ । ବଡ଼ରୋଗ ହୋଇଯିବ। ଡମ ଗାଁରେ ଅଚିହ୍ନା ରୋଗ ମାଡ଼ିଯିବ। କୋଢ଼ି ହୋଇଯିବେ। ରାଣ୍ଡ ହେବେ ଝିଅବୋହୂ। ବସିଲାଠି ଛାତି ଫାଟିଯିବ। ହେ ଭୂତେଶ୍ୱର ହେ ମା' ପାର୍ବତୀ! ତୁମେ ଯଦି ସତ ହୋଇଥିବ, ହେ ମା କାଳିଜାଈ । ଓଲାଉଠା ପଶିଯିବ ଡମ ଗାଁରେ ।"

ନିବାରଣ ଧଳ ଆଉ ସମ୍ଭାଳି ପାରିଲେ ନାହିଁ । ଡାକ ଦେଲେ- "ପହରା, ଚୁପ୍ କରା ସେ ମାଇକିନାଟାକୁ ।"

ତା' ପରେ ସେ ପଚାରିଲେ- "ଡମସାହି ମୁଖିଆ କିଏ ?"

"ଭୋଳା ସର୍ଦାର୍, ହଜୁର୍!" ପହରା ଉତ୍ତର ଦେଲା ।

" ବାନ୍ଧିଆଣ ଶଳାଟାକୁ।" ନିବାରଣ ଧଳ ଆଦେଶ ଦେଲେ ।

ପହରାଠାରେ କୌଣସି ପ୍ରତିକ୍ରିୟା ଦେଖାଦେଲା ନାହିଁ । ସେ ହାତ ମଳିମଳି ଉତ୍ତର ଦେଲା - "ହଜୁର୍, ସେ ଚାଲିପାରେ ନାହିଁ । ତା' ଆଖିକୁ ଦିଶେ ନାହିଁ । ଅଶି ବର୍ଷର ବୁଢ଼ା।"

"ଆଚ୍ଛା"! କହି ଉଠିଲେ ନିବାରଣ ଧଳ। ଟେବୁଲ୍ ଉପରୁ ରୁଲବାଡ଼ିଟା ଉଠାଇ ନେଇ ସିଧା ଯାଇ ମଟର ସାଇକେଲ୍ ଉପରେ ବସିଲେ।

ନିବାରଣ ଧଳଙ୍କ ମଟର ସାଇକେଲ ଯେତେବେଳେ ଭଡ଼ଭଡ଼ ଆବାଜ କରି ଗଡ଼ିଚାଲିଲା ଗାଁ ଦାଣ୍ଡରେ, ସାଙ୍ଗେସାଙ୍ଗେ ନିସ୍ତବ୍ଧ ହୋଇଗଲା ଗାଁ । ଢୋଲ ବାଜିଲା ନାହିଁ। ଘୁଷୁରୀ ମାଉଁସ ରନ୍ଧା ଅହିଆ ଲିଭିଗଲା । କୁଆ ସବୁ ଉଡ଼ିଗଲେ ଗଛ ଉପରକୁ । କୁକୁର ଲାଙ୍ଗୁଡ଼ ଜାକି ପଳାଇଲେ। କୁକୁଡ଼ାଚିଆଁ ସବୁ ଦୌଡ଼ିଲେ ମା' ପେଟ ତଳକୁ । ପଡ଼ିରହିଲା ଅଧାବୁଣା ବାଉଁଶିଆ ଆଉ ମୁଗୁରା । ଦରଘଷା ଗୋରୁ ଆଉ ମଇଁଷିଛାଲ। ଡମୁଣୀମାନେ ଘର ଭିତରକୁ ପଶିଯାଇ ତାଟିକବାଟ ପକାଇଦେଲେ।

ନିବାରଣ ଧଳ ମଣ୍ଡଘର ସାମ୍ନାରେ ଅଟକି ଗୋଡ଼ ଲଗାଇଲେ ତଳେ । ଥରେ ବୁଲି ଚାହିଁଲେ ଚାରିପଟକୁ। ଗାଁ ଦାଣ୍ଡ ନିଶୂନ, ବିଲେଇ ଛୁଆଟିଏ ବି ନାହିଁ । ମାଟି ପିଣ୍ଡା ଉପରେ ତ୍ରିପଣ୍ଡ କାଳିଆ ଠୁରା ବୁଢ଼ାଟିଏ ବସିଛି। କୁଞ୍ଚୁକୁଞ୍ଚୁଆ ନୁଖୁରାବାଳ ଉଡୁଛି ଫର୍‌ଫର୍ ହୋଇ । ଆଖିରେ ସୂତା ଦେଇ ବନ୍ଧା ହୋଇଛି ପଥରପରି ମୋଟା କାଚର ହଳେ ଚଷମା। ପିନ୍ଧିଛି ଖଣ୍ଡେ କୌପୁନୀ, ଆଉ ଫେଟା ଖଣ୍ଡେ ଦୁଇ ପରସ୍ତ ହୋଇ ଘୋଡ଼ି ହୋଇଛି। ନିବାରଣ ଧଳ ଚାହିଁଲେ ବୁଢ଼ାକୁ । ଭାବିଲେ, ଏଇ ଶାଳାଟା ହେବ ଭୋଳା ସରଦାର । ବୁଢ଼ା ପିଣ୍ଡା ଉପରୁ ଜୁହାର ହେଉଛି। ନିବାରଣ ଧଳଙ୍କୁ ବୁଝିବାକୁ ବେଶି ସମୟ ଲାଗିଲା ନାହିଁ । ଚଢ଼େଇସବୁ ଉଡ଼ି ଗଲେଣି।

ଯେତେଥର ସେ ଜାଲ ପକାଇବେ, ସବୁଥର ସେଗୁଡ଼ାକ ଉଡ଼ିଯିବେ। ଚଢ଼େଇଙ୍କୁ ତାଙ୍କ ପଳାରୁ ଧରିବା ସହଜ ନୁହେଁ। ଆଉ କ'ଣ ଉପାୟ କରିବାକୁ ପଡ଼ିବ। ସେ ମଟର ସାଇକେଲ ବୁଲାଇ ଯେଉଁ ବାଟେ ଯାଇଥିଲେ ବାଟେ ବାଟେ ଫେରିଆସିଲେ ଥାନାକୁ । ପୁଣି ତାଙ୍କ କାନକୁ ଶୁଭୁଛି ଡମସାହିରେ ଢୋଲ ବାଜିବାର। ଘୁଷୁରୀ ମାଂସ ଚୂଲିରୁ ଧୂଆଁ ଉଠୁଛି ଉପରକୁ । ଓଦା ଚମଡ଼ାର ଫୁରକୁଟି ଗନ୍ଧ । ମା' କୁକୁଡ଼ା ତା' ପିଲାମାନଙ୍କୁ ଇସାରା ଦେଉଛି । ଭୟ ନାହିଁ, ଭୟ ନାହିଁ, ଚିଲ ଆଉ ଚକ୍ରି କାଟୁନି ମୁଣ୍ଡ ଉପରେ।

ସୂର୍ଯ୍ୟ ବୁଡିଯାଇଛି। ଭୟରେ ପଳାଇ ଯାଇଥିବା ଡମମାନେ ଫେରୁଛନ୍ତି, ପାହାଡ଼ ଆରପଟେ ସିଜୁ ଆଉ ଫଣଫଣା ଜଙ୍ଗଲରୁ। ପାଣୁ ଡମ ବି ଫେରୁଛି । ହେଲେ ଆଉ ଡମମାନଙ୍କ ପରି ସେ ଜଙ୍ଗଲକୁ ପଳାଇ ନଥିଲା । ପାଣୁ ଡମ ଗଡ଼ ମଶାଣିରେ ପଡ଼ିଥାଏ । ପାଞ୍ଚ ସୁଉକା ପଇସା ନେଇ ସେ ମଡ଼ା ପୋଡ଼ା କାଠ ବାଉଁଶ ଯୋଗାଇଦିଏ। ଜୁଇ ନିଆଁ ଶୀତୁଳାଇଦିଏ । ସେ ରଣପୁରର ମଡ଼ାଚଣ୍ଡିଆ ଡମ । ଉପୁରି ଦି ପଇସା ଯେ ନାହିଁ, ନୁହେଁ। ଭାଗ୍ୟ ଭଲ ଥିଲେ, କୋକେଇରୁ ଖଣ୍ଡେ ମସିଣା ଚଦର କି ଲୋଟାଟାଏ କି ଛତା ଖଣ୍ଡେ ସୁବିଧା ଦେଖି ମାରିଦିଏ। ଆହୁରି ଭାଗ୍ୟ ଭଲ ଥିଲେ, ମଡ଼ା ଦେହରୁ ଯଦି ପୁରୁଣା ରୂପା ମୁଦିଟାଏ କି ନାକମାଛିଟାଏ ବାହାର କରି ନପାରି ମାଲ ଭାଇ ପୋଡ଼ି ଦିଅନ୍ତି, ପାଣୁ ଡମ ପରେ ମଲା ପାଉଁଶ ଚଲାଇ ଚଲାଇ ଖୋଜେ। କେବେ କେବେ ପାଏ ବି। ସେଇଥିପାଇଁ ପାଣୁ ଡମ ଚୋରି କରିବାକୁ ଯାଏନାହିଁ । ଚାଉଳି ପିଇ ରାତିଯାକ ମାଇପକୁ କୁଣ୍ଢାଇ ଘରେ ଗଡୁଥାଏ । ସେଇଥିପାଇଁ ଆଉ ଡମମାନେ ତାକୁ "ଏଇ ଶଳା ମାଇଚିଆଟା, ମଶାଣି କୁକୁର" ବୋଲି କହୁଥିଲେ ବି ମନେ ମନେ ଈର୍ଷା କରନ୍ତି । ଡମସାହିରେ ସେ ଏକ ପ୍ରକାର ଏକ ଘରକିଆ । ପାଣୁ ଡମର ସେଥିପାଇଁ ଶୋଚନା ନାହିଁ। ସାରା ସାହିରେ ଏକା ତା'ରି ଇଟାପିଣ୍ଡା । ତା' ମାଇପ ପରି ମାଇପଟିଏ ନାହିଁ ଡମ ସାହିରେ ।

ନିବାରଣ ଧଳ କାହାକୁ ନ କହିଲେ ବି ମନେମନେ ଠିକ୍ କଲେ- ଡମଗୁଡ଼ାକ କିଛି ନୁହନ୍ତି । ଶଳେ ଦୁଇପଇସାର ଚୋର ନିର୍ବୁଦ୍ଧିଆ ଗଣ୍ଡିକଟାଗୁଡ଼ାକ। ସେଗୁଡ଼ାଙ୍କର ଆଖି କାନ ନାହିଁ । ତାଙ୍କର ଆଖି କାନ ହେଉଛନ୍ତି, ଏ ଡମୁଣୀ ମାଇକିନାଗୁଡ଼ାକ। ଏଇ ମାଇକିନାଗୁଡ଼ାକ ନିତି ଆସନ୍ତି ଗଡ଼କୁ, ଦୁଆର ଦୁଆର ବୁଲନ୍ତି, ଆଉ କାହା ହାଣ୍ଡିରେ କେତେ ପେଜ ତାଙ୍କୁ ଜଣା । ବାଉଁଶିଆ, ଡାଟ, କୁଲା ବିକିବା ନାଁ ରେ ସାରା ଗଡ଼ଯାକର ଭେଦ ବୁଝିକରି ଯାଆନ୍ତି । କାହା ଚାଳରେ କେତେଟା କଖାରୁଠାରୁ ଆରମ୍ଭ କରି କିଏ କେବେ କୁଣିଆଘର ଯାଉଛି । ଏଇ ମୂଳଟାକୁ ଛେଦି ଦେଲେ ଗଣ୍ଡି

ଆପେଆପେ ଭୁଷୁଡ଼ି ପଡ଼ିବ। ନିବାରଣ ଧଳ ସେଦିନ ଠିକ୍ ଆଠଟା ବେଳକୁ ଯାଇ ଥାନା ଫାଟକ ସାମ୍ନାରେ ଠିଆ ହୋଇଛନ୍ତି। ଡମ ସାହିଆଡୁ ଚଉଡ଼ା ନାଲି ରାସ୍ତା ଥାନା ସାମ୍ନା ଦେଇ ପଡ଼ିଛି ଗଡ଼ ଭିତରକୁ। ଦୁଇପଟ ଡେଙ୍ଗା ଡେଙ୍ଗା ଦେବଦାରୁ ଗଛ ଫାଙ୍କ ଦେଇ ସକାଳର ଖରା ପଡ଼ିଛି ଠାଏଠାଏ। ନିଶ୍ଚଳ କାଠବତୀ ଖୁଣ୍ଟ । ଚଢ଼େଇମାନେ ବସିଛନ୍ତି ।

ଡମୁଣୀମାନେ ଆସୁଛନ୍ତି । ନିବାରଣ ଧଳ ଦୂରରୁ ଦେଖିଲେ। ପଞ୍ଝାପଞ୍ଝା ହୋଇ ଆସୁଛନ୍ତି ମାଇପି ପିଲେ। ସ୍ୱର ଶୁଭୁଛି ଅବୋଧ ଗୀତର, ଟହଟହ ହସର। କିଏ ବାଉଁଶିଆ ପୁଞ୍ଜେ କାଖାଇଛି ତ କିଏ କୁଲା ମୁଣ୍ଡାଇଛି। କିଏ ମୁଗୁରା ଯୋଡ଼େ ଓହଳାଇଛି ତ କାହା ମୁଣ୍ଡରେ ନାଲି ନେଳି ଫଙ୍ଗ ଥିବା ତାଟରୁ ହଳେ। କିଏ ପିଲା କାଖାଇଛି। କାହା ପଛରେ କଉପୁନି ଖଣ୍ଡେ ମାରି ପାଞ୍ଚ ସାତ ବର୍ଷର ଟୋକୀଟିଏ ଧାଇଁଛି। ତା' ମୁଣ୍ଡରେ ପିଲାଙ୍କ ଖେଳ କୁଲେଇ ଭୋଗେଇରୁ ପୁଞ୍ଜାଏ । ଗୀତ ବନ୍ଦ ହୋଇଗଲାଣି । ପ୍ରଥମ ପଞ୍ଝାକ ମାଇପି ତାଙ୍କୁ ପାର ହୋଇଯିବା ଉପରେ। ନିବାରଣ ଧଳଙ୍କ ଆଖି ସେମାନଙ୍କୁ ଅନୁସରଣ କଲା। ଗେଡ଼ାଗେଡ଼ା ହୋଇ କଳା ମଇଁଷି ପରି ମାଉଁସାଳିଆ ମାଇପିଟାମାନେ, ବଳ ଯେମିତି ସେମାନଙ୍କ ଛାତିରେ, ଅଣ୍ଟାରେ ପୁଟାରେ ଖୁନ୍ଦି ହୋଇଯାଇଛି। ଦିଶୁଛନ୍ତି ମାଟିରେ ଗାତ କରି ରହୁଥିବା ସରୀସୃପ ପରି । ସେମାନଙ୍କର ଶିଙ୍ଗ ନାହିଁ; ଶିଙ୍ଗ ଯେମିତି ଭାଙ୍ଗି ଯାଇଛି ଆପୋଷରେ ଲଢ଼ାଲଢ଼ି ହୋଇ ।

ଆହୁରି ପଞ୍ଝାଏ ଆସୁଛନ୍ତି । ସେମାନଙ୍କ ବୟସକୁ ନିବାରଣ ଧଳ କଳନା କରିପାରୁନାହାନ୍ତି । ସମସ୍ତେ ଯେମିତି ଗୋଟେ ଦିନରେ ଗୋଟେ ମା'ଠୁ ଜନ୍ମ ହୋଇଛନ୍ତି । ମାଂସଳ ବଳିଷ୍ଠ ଦେହ ଧାରେ ମଳିଆ କନାର ଆବରଣ ଭେଦି ଚଳନ୍ତା ଦେହ ସାଙ୍ଗରେ ଚହଲୁଛି। ଥରେ ଅଣ୍ଟା ଉପରୁ ସାମ୍ନାକୁ ତ ଥରେ ଅଣ୍ଟା ତଳୁ ପଛକୁ। ନିବାରଣ ଧଳ କି ଏକ ସ୍ତବ୍ଧ ଦୃଷ୍ଟିରେ ଚାହିଁ ରହିଲେ ପୃଥଳ ମାଈ ମଇଁଷିଗୁଡ଼ାଙ୍କୁ । ତା' ପରେ ସେ ଭାବିଲେ- ସେ ଯଦି ଗୋଟାଏ ଚାବୁକ୍ ଫୁଟାଇ ଫୁଟାଇ ଦୌଡ଼ାନ୍ତି ଏଇ ମାଇପି ଗୋଠଟାକୁ; ଦୌଡ଼ାନ୍ତି ଦୌଡ଼ାନ୍ତି ଖରାରେ, ଝାଳ ବୋହି ତାଙ୍କ ପାଦ ଖସଡ଼ି ଲଥିଲାଥା ହୋଇ ତଳେ ପଡ଼ିବା ଯାଏ, ଦେହରୁ କନା ଖଣ୍ଡ ଖୋଲି ଖସି ପଡ଼ିବା ଯାଏ। ସେ ସ୍ତମ୍ଭିତ ହେଲେ ନିଜ ଭାବନାରେ। ସେ ଏକ ଅଦ୍ଭୁତ ଶିହରଣ ଅନୁଭବ କରୁଛନ୍ତି ସର୍ବାଙ୍ଗ ଶରୀରରେ। ତାଙ୍କର ହାତ ମୁଠାମୁଠା ହୋଇ ଆସୁଛି, ପାଟି ଚବଚବ କରୁଛି ଲାଳରେ ।

ଏତିକିବେଳେ ଆସିଲା ସେ ଏକୁଟିଆ ଡମୁଣୀଟା। ସେ କାଖେଇଛି ଗୋଟେ ବାଉଁଶିଆ । ପିନ୍ଧିଛି ଗୋଟେ ଫିକା ହଳଦିଆ ଜରିଧଡ଼ିଆ ଶାଢ଼ି ଡମୁଣୀ ଭଙ୍ଗୀରେ।

ତା' କୁଞ୍ଚୁକୁଞ୍ଚୁଆ ବାଳ କୁଣ୍ଡିଆ ହୋଇ କିଲିପ ମରାହୋଇଛି । କାନରୁ ଝୁଲୁଛି ନାଲିନେଳି ପଥରର ଦୁଲ। ହାତରେ କେତେ ରଙ୍ଗର କାଚ । ଗୋଡ଼ରେ ପାଉଁଜି ଆଉ ବେକରେ ସୁନେଲି ମାଳ।

ନିବାରଣ ଧଳ ପ୍ରଥମେ ନିଜ ଆଖିକୁ ବିଶ୍ୱାସ କରିପାରିଲେ ନାହିଁ । ଭାବିଲେ,ଏଇଟା ବୋଧେ ଡମଙ୍କ ଠାକୁରାଣୀ ହେବ । ତା'ପରେ ତାଙ୍କ ହୋସ୍ ଫେରିଲା। ସେ ରାଗରେ ଅନ୍ଧ ହୋଇଗଲେ । ରୁଲବାଡ଼ି ହଲାଇ ସେ ଡାକିଲେ- "ଏ ଡମୁଣୀ, ଏଠିକି ଆ !"

ଡମୁଣି ଡରି ଡରି ଫାଟକ ପାଖକୁ ଆସିଲା ।

ନିବାରଣ ଧଳ ପଚାରିଲେ- "ଏ ମାଇକିନା, କୋଉଠୁ ପାଇଲୁ ଏ ଶାଢ଼ି ? ଏ ଗହଣା।"

"ମୋ ବର ଆଣି ଦେଇଥିଲା।" ଡମୁଣୀ କହିଲା।

"କିଏ ତୋ ବର ?"

"ପାଣୁ ଡମ !"

ନିବାରଣ ଧଳ ନିଆଁ ହୋଇଗଲେ-"ଆବେ, ପାଣୁ ଡମ କ'ଣ ଗଭର୍ଣ୍ଣର। ତାକୁ ମୁଁ ଚିହ୍ନିବି ? କହ, କି କାମ କରେ ସେ ?"

ଡମୁଣୀ କହିଲା- "ସେ ମଶାଣି ମଡ଼ାଚଣ୍ଡିଆ।"

"ସେ କେମିତି ପାଇଲା ଏ ଶାଢ଼ି ?" ନିବାରଣ ଧଳ ପଚାରିଲେ।

" ସେ ପାଏ।" ପାଣୁ ଡମର ବୋହୂ କହିଲା- "ସେମାନେ ମଡ଼ା ପୋଡ଼ିଲାବେଳେ ଲୁଗା, କାଚ, ଜୋତା, ସବୁ ଖୋଲି ତାକୁ ଦେଇଦିଅନ୍ତି ।"

ନିବାରଣ ଧଳଙ୍କ କାନରେ ଡମୁଣୀର କଥା ପଶୁ ନଥାଏ। ସେ ଚାହିଁ ଥାଆନ୍ତି ଗୋଟେ ଦୃଷ୍ଟିରେ। ପାତଳା ଜରି ଶାଢ଼ି ଭେଦି ଡମୁଣୀର ମାଂସଳ ଜଙ୍ଘରୁ ଧାରଧାର ଝାଳ ବୋହି ପେଣ୍ଡା ପର୍ଯ୍ୟନ୍ତ ଆସିଲାଣି । ଖରା ପଶିଛି ତା' ଝଲଝଲ ଜରି ଶାଢ଼ି ଭେଦି । ଭୟରେ ଥରୁଛି ତା' ପୃଥୁଳ ଛାତି, ତା' ପେଟ, ତା' ଜଙ୍ଘ। ପୁଣି ରକ୍ତ ଦୌଡ଼ିଲା ନିବାରଣ ଧଳଙ୍କ ଶିରାରେ। ହାତ ମୁଠା ମୁଠା ହୋଇ ଆସୁଛି। ସେ ଚିତ୍କାର କଲେ- "ଚୁପ୍ ଶଳା ଚୋରଣୀ ! ଖୋଲ ସେ ଶାଢ଼ି। ସେ ଶାଢ଼ି ଖୋଲ।" କି ଏକ ଅସମ୍ଭବ କ୍ରୋଧ, ଏକ ପାଶବିକ ଉନ୍ମାଦନାରେ ସେ ଅନ୍ଧ ହୋଇଯାଇଥାଆନ୍ତି । ନିଜେ ବୁଝୁ ନଥାନ୍ତି କ'ଣ କହୁଛନ୍ତି ।

ଡମୁଣୀ ହୁଏତ ପଳାଇବାକୁ ଚେଷ୍ଟା କରୁଥିଲା। କିନ୍ତୁ ନିବାରଣ ଧଳ ଗୋଟାଏ

ଚେଷ୍ଟାରେ ତା' ଦେହରୁ ଲୁଗା ଖଣ୍ଡକ ଓଟାରି ଆଣିଲେ। ହାଉଳି ଖାଇ ଡମୁଣୀ ଧାଇଁଲା ଗାଁ ଆଡ଼େ । ପଛେପଛେ ନିବାରଣ ଧଳ ବି ଧାଇଁଲେ। ଆଗେଆଗେ ଛନ୍ଦଣି ମନ୍ଦଣି ହୋଇ ଡମୁଣୀ ଧାଇଁଛି । ମାଂସର ଲହଡ଼ା ଉଡ଼ି ଭାଙ୍ଗି ପଡୁଛି ପିଠିରୁ, ଦେହରୁ, ସୋରା ସୋରା ମାଂସପେଶୀର ଏକ ଆରଣ୍ୟ ଛନ୍ଦରେ । ନିବାରଣ ଧଳ ଲାଗି ଆସୁଛନ୍ତି ଛୁଁଅଁ ନଛୁଅଁ ହୋଇ। ଭୟର ଗନ୍ଧ ବାଜୁଛି ତାଙ୍କ ନାକରେ। ସେ ହୁଏତ ହାତ ବଢ଼ାଉଛନ୍ତି ନଙ୍ଗଳା ମାଇପିଟାକୁ ତା' ଉଡ଼ନ୍ତା ବାଳବେଣ୍ଟିରୁ ଧରି ଘୋଷାରି ଆଣିବାକୁ।

ତା'ପରେ ହଠାତ୍ ସେ ଛିଡ଼ା ହୋଇପଡ଼ିଲେ। ସେ କେମିତି ଅସମ୍ଭବ ଭାବେ ଅବସନ୍ନ ବୋଧ କରୁଛନ୍ତି । ଦେହଟା ଲାଗୁଛି ଉଡ଼ିଗଲା ପରି। ସେ ଝାଳରେ ଗାଧୋଇ ପଡ଼ିଥାନ୍ତି। ହୁଏତ ତାଙ୍କର ଜ୍ଞାନ ଫେରି ଆସୁଥାଏ । ଲାଗୁଥାଏ ତାଙ୍କ ତଳି ପେଟରୁ ନିଆଁ ହୁଳାଟାଏ ଯେମିତି ଦୁଇ ପାଦ ଦେଇ ତଳକୁ ଉତୁରି ଯାଉଛି । ଏମିତି ସୁଖ ସେ କେବେ ଅନୁଭବ କରିନଥିଲେ, ନିଜ ସ୍ତ୍ରୀଙ୍କ ସାଙ୍ଗରେ ବି ନୁହେଁ।

■

ଜୀବନ ସଙ୍ଗୀତ

ଦେବ୍ରାଜ ଲେଙ୍କା

ଅନ୍ଧାର ସଡ଼କରେ ଶଗଡ଼ଟା ଧକଡ଼ ଧକଡ଼ ହୋଇ ଚାଲିଛି । ଶଗଡ଼ର ଅଖରେ ବନ୍ଧା ହୋଇଥିବା ଲଣ୍ଠଣଟାଏ ଏପାଖ ସେପାଖ ଦୋହଲୁଛି ।

ଘନ ବହଳ ଅନ୍ଧାର । ଏ ଅନ୍ଧାର ଯେପରି ଆଜି ଆହୁରି ବି' ଚାରିଗୁଣା ହୋଇ ବଢ଼ିଯାଇଛି। ଏ ଅନ୍ଧାର ଯେପରି ସାରା ପୃଥ୍ୱୀକୁ ଚାରିଆଡ୍ରୁ କୁଣ୍ଢେଇ ଚାପି ଧରିଛି । ଏହି ଅନ୍ଧାରର ଜମାଟ ପରଦାକୁ ଠେଲି ଠେଲି ଶଗଡ଼ଟି ଚାଲିଛି। ଏତେ ଅନ୍ଧାର ରାତିରେ, ଏକା-ଏକା ଏ ଦୂର ବାଟକୁ ପାର ହେବା ପାଇଁ ସାହସ ବାନ୍ଧି ଗାଡ଼ି ମେଲିଛି।

ଅନ୍ଧାର ରାତିର ଏକ ଅସହାୟ ଶଗଡ଼ଟିଏ...... !

ଧୂଆଁଳିଆ ମିଞ୍ଜି ମିଞ୍ଜି ଲଣ୍ଠଣଟା ଯାହା ସାହା।

ଅଥଚ ବେଳେ ବେଳେ ସେଥିରେ ପବନ ପଶି ମରି ଯାଉଥିବା ରୋଗୀର ହିକ୍କା ପରି ଧପ୍ ଧପ୍ ହେଉଛି ।

ଗଛପତ୍ରମାନେ ଆଗରୁ ଅସାଡ଼ ନିଦରେ ଶୋଇଥିଲେ। ସଡ଼କର ପଥର ଢିମା, ମୋରମ୍ ବି ନିଘୋଡ଼ ନିଦରେ ଶୋଇ ଢୁଳି ପଡ଼ି ଯାଇଥିଲେ। କିନ୍ତୁ ଶଗଡ଼ଟି ଯେମିତି ପାଖକୁ ଆସିଲା, ସେମାନେ କାନ ଡେରି, ଆଖି ମେଲି ଆଶ୍ଚର୍ଯ୍ୟହେଇ ଚାହିଁ ରହିଲେ ଶଗଡ଼ଟିକୁ ।

ବଳଦମାନେ ଝୁଲି ଝୁଲି ଚାଲିଥିଲେ । ବିଚରା !

ଖାଲ-ଢିପ ସଡ଼କ। ପଥର ଆଉ ଖମା ଚାରିଆଡ଼େ। ଶଗଡ଼ଟା ଖାଲି ଧଡ୍‌ଧାଡ୍ ହେଇ ପଡୁଥିଲା ଆଉ ଉଠୁଥିଲା।

ବୋଝେଇ ଶଗଡ଼ । ଧାନବସ୍ତାମାନ ଲଦା ହେଇଛି ଶଗଡ଼ ଉପରେ ।

ପଛରେ କୋଶ କୋଶ ବାଟ ପକେଇ ଶଗଡ଼ ଆଗେଇ ଚାଲିଛି । ବାଉଁଶ ବଣ, ପଳାଶ ବଣ, ଜାମୁ ବଣ, କେତେ କେତେ ଡୋଟା, ନାଳ, ପୋଖରୀ, ମଶାଣି ଟପି ଶଗଡ଼ଟା ଆଗେଇ ଚାଲିଛି ।

ବଳଦମାନେ ସେହିପରି ଝୁଲି ଝୁଲି ଚାଲିଛନ୍ତି।

ରାତିର ଶୂନ୍‌ଶାନ୍‌କୁ ଥରେଇ ଶଗଡ଼ଟା କେଁ......କେଁ ବିକଳ ଚିତ୍କାର କରୁଥିଲା। ସେ ଚିତ୍କାର ଯେପରି ସଡ଼କ କଡ଼ରେ ଠିଆ ହେଇଥିବା ଆମ୍ବ, ଜାମୁ ଓ କୋଚିଲା ଗଛମାନଙ୍କ ଛାତିକୁ ଥରାଇ ଦେଉଥିଲା । ସେ କେଁ.... କେଁ ନାଦ କେବଳ ସଡ଼କ ନୁହେଁ ବରଂ ଚାରିଦିଗକୁ ଚମକାଇ ଦେଉଥିଲା।

ତୁନି ପଡ଼ି ଯାଇଥିବା ରାତିରେ ଏକା ଶଗଡ଼ର ଶବ୍ଦ କି କରୁଣ ସତେ....! ବଞ୍ଚିବା ପାଇଁ ଆକୁଳ ସଂଗ୍ରାମ । ଚାଖଣ୍ଡକର ପେଟ । ଚାଖଣ୍ଡକର ପେଟରେ ଅଭାବ ସତେ ଯେପରି ଏହି ପୃଥ୍ୱୀଟା ଯାକ ବିଞ୍ଚି ହେଇ ପଡ଼ିଛି ।

କଇଁଆ ଗଛର ଅଗରେ ପେଚାଟାଏ ହୁଁ ହୁଁ ହଉଥିଲା, କିନ୍ତୁ ଶଗଡ଼ଟା ଯେମିତି ପାଖକୁ ଚାଲି ଆସିଲା, ଫଡ୍ ଫଡ୍ ଶବ୍ଦକରି ତା'ର ଡେଣା ଝାଡ଼ି ଉଡ଼ିଗଲା ।

ଜଣାପଡ଼ିଲା ସତେ ଯେପରି ଗଛଟା ମୁଣ୍ଡ ଉପରେ ଅଜାଡ଼ି ଭାଙ୍ଗିପଡ଼ିବ।

ବାଇଆ...! ବା'ଲୋ....।

ଡରିଲୁ କିରେ ପୁଅ ?

ହଁ..... ।

ସେଇ ହଁ ପଦଟି ବଡ଼ ନିସ୍ତେଜ ଥିଲା। ଯେମିତି ଛୋଟିଆ ଫୁଲଟି ଆଖି ମେଲୁ ମେଲୁ ଖରାଧାସରେ ମଉଳି ଯାଏ, ଯେମିତି ଛୋଟିଆ ଚଢ଼େଇଟିଏ ଅଧା ରାବୁ ରାବୁ ବାଣୁଆକୁ ଦେଖି କାତର ହୋଇପଡ଼େ ।

ଡରନା । ଚଢ଼େଇଟାଏ । ପାଖରେ ବଳଦ ଅଛନ୍ତି। ପ୍ରତି ରୁମରେ କୋଟି କୋଟି ଦେବତା । ଭୂତ କି ପିଶାଚ ପାଖ ପଶିବେନି।

ବାଟ କ'ଣ ସରିବନି ବା.... ?

ସରିବରେ ସରିବ । ଏଇ ତରାଟା ଯେତେବେଳେ ମୁଣ୍ଡ ଉପରକୁ ଆସିବ, ଆମେ ସେତେବେଳେ ଥାନ ମୁଣ୍ଡାରେ ପହଞ୍ଚିଯିବା ।

ରାତି ବଢ଼ିବାରେ ଲାଗିଛି। ଝିଙ୍କାରୀର ଝିଁ ଝିଁ...ଶବ୍ଦ ବଢ଼ିବାରେ ଲାଗିଛି ।

ଏକା ଏକା ଭାବ ବଢ଼ିବାରେ ଲାଗିଛି। କିନ୍ତୁ ଶଗଡ଼ର ଗତି ବଢୁନି। ସେହିପରି ଧୀରେ ଧୀରେ ଚକ ଗଡ଼ି ଚାଲିଛି । ବାଁ ଡାହାଣ....ବାଁ ଡାହାଣ... ।

ଗୋଟିଏ ଗୀତ ବୋଲୁନୁ? ଭଜନ।

ବୋଲିବି ?

ହଁ, ଗୀତ ବୋଲିଲେ ବାଟ ସରିଯାଏ ।

ବାଇଆ ଶଗଡ଼ ଉପରୁ ବାଟକୁ ଚାହିଁଲା । କାଳିଆ ଅନ୍ଧାର ଭିତରେ ସଡ଼କଟା ତଳେ ପଡ଼ି ସରପଟି ଯାଇଛି। ଆଗକୁ ଅନ୍ଧାର ଛଡ଼ା ଆଉ କିଛି ଦିଶୁନି । କେବଳ ସେହି ଅନ୍ଧାରକୁ ମୁହଁ କରି ବଳଦ ଦିଓଟି ଆଗେଇ ଚାଲିଛନ୍ତି । ବାଟ ଚାଲୁ ଚାଲୁ ବୋଝ ଭାରରେ ବଳଦ ଭିତରୁ ଯଦି ଗୋଟାଏ ମରିଯାଏ। ବା' ଦଣ୍ଡା ଧରି ଚାଲିଛି । ବା'ର ମୁହଁ ଦିଶୁନି। ସେଇ ଅନ୍ଧାର ଭିତରେ ତା'ର ଦାଢ଼ିଭରା ମୁହଁଟି ଛପି ଯାଇଛି। ସେହି ଅନ୍ଧାର ଭିତରେ ବା'କୁ ଯଦି ସାପ କାମୁଡ଼େ, ସେ ମରିଯାଏ....।

ବାଇଆର ଛାତି ଭିତରଟାରେ କୋହ ଗୁଡ଼ା, କୋଉଠୁ ଆସି ଜମା ହେଇଗଲା। ସେ ଭଲା ଆଉ ଅନ୍ୟ କିଛି ଭଜନ ବୋଲି ଥା'ନ୍ତା, ମାତ୍ର ତା'ର ତୁଣ୍ଡକୁ ଗୋଟିଏ ଅବାଗିଆ ଭଜନ ମନକୁ ମନ ଚାଲି ଆସିଲା । କାହିଁକି ଆସିଲା ସେ ଜାଣି ପାରିଲା ନାହିଁ। ସେ ତା'ର ସରୁ ଗଳାରେ ବୋଲିବାକୁ ଲାଗିଲା-

ଚତୁର୍ଥ ବୟସ ହେଲା ଆସି।
ଜନମ ହୋଇବେ ରୋଗ ରାଶି
କଫ ସନ୍ନିପାତ ରୁନ୍ଧି ବାତ ପିତ
ତଣ୍ଡି ଶୁଖୁଥିବ ଘଡ଼ ଘଡ଼ ।
ଆରେ ଶୁଖା ଖଡ଼ ଖଡ଼ ।
ପିଣ୍ଡରୁ ପରାଣ ଯିବ ଛାଡ଼ି
ଶମଶାନକୁ ନେବେ ଘୋଷାଡ଼ି
ଜାତି ଭାଇ ବନ୍ଧୁ କୁଟୁମ୍ବ ସହିତ
କାଠ ଖଞ୍ଜି ଦେବେ ବଡ଼ ବଡ଼
ଆରେ ଶୁଖା ଖଡ଼ ଖଡ଼ ।

ସଡ଼କର ହାଡାଣ ପାଖରେ ଛାତିଏ ଉଚ୍ଚାର ନିଆଁ ଜଳୁଛି । ଚଡ଼ ଚଡ଼ ହେଇ ନିଆଁ ଉପରକୁ ଉଠିଯାଉଛି। ବାଉଁଶ ଢୋ' ଢୋ' ହେଇ ଫୁଟୁଛି । ବିଲୁଆମାନେ ହୁକେ ହୋ' ପାଟି କରି ଉଠୁଛନ୍ତି।

ନିଆଁ ରକ୍ତ ବର୍ଣ୍ଣ ଦିଶୁଛି । ଫୁର୍‌କୁଟିଆ ଗନ୍ଧରେ ବାଇଆର ନାକଟା ପୋଡ଼ି ଉଠିଲା । ସେ ହଠାତ୍ ତା'ର ଗୀତ ବନ୍ଦ କରିଦେଲା ।

କିରେ, ଗୀତ ବନ୍ଦ କଲୁ କିଆଁ ?

ସେ ନିଆଁଟା କ'ଣ ?

କୋଉ ନିଆଁ.... ?

ଏଇ ଯୋଉ ନିଆଁଟା ଜଳୁଛି।

କିଛି ନୁହେଁ। ତୁ ଆଗକୁ ଅନା.....।

ଆଗକୁ। ଅନେଇ ବି ଯେ, ମୁଁ ପଚାରୁଛି ପରା ସେ ନିଆଁଟା କ'ଣ ?

ଓଃ..., ତୁ ସିଆଡ଼େ କିଆଁ ଚାହୁଁଛୁ ? ତୁ ତ ଭଜନ ବୋଲିବୁ।

ଏଇଟା କ'ଣ ମଶାଣି ବା' ?

ନାଇଁମ, ମଶାଣି କିଆଁ ହବ ?

ତେବେ ନିଆଁ କିଆଁ ଜଳୁଛି ? ମୁର୍ଦ୍ଦାର କ'ଣ ପୋଡ଼ାଚାଲିଛି ?

ହେତ୍.... ! କେତେଆଡୁ କେତେ କଥା କହୁଛୁ ? ଗୀତ ବୋଲ।

ବାଇଆର ପାଟି ଅଠା ହେଇ ଯାଉଥିଲା। ଗୀତ ତା'ର କଣ୍ଠାରେ ଅଟକି ଯାଉଛି। ଗୀତ ସେହି ପର ପଦକୁ ମୁହଁରେ ଧରିବାକୁ ସାହସ ହେଉନି। ସେହି ପଦଟି ମନ ଭିତରେ ଗୁଡ଼େଇ ତୁଡ଼େଇ ହଉଛି। ସେହି ଭୟାନକ ପଦ। ବାଇଆ ଶଗଡ଼ ଉପରେ ଥୁଆ ହେଇଥିବା ବସ୍ତା ଉପରେ ନେପ୍‌ଚି ପଡ଼ିଲା। କିନ୍ତୁ ସେହି ଘୋର ଅନ୍ଧାର ଭିତରେ ନିଆଁଟା ପଛରୁ ଲହ ଲହ କରି ତା'ର ଜିଭକୁ ବୁଲାଉଛି। ବାଇଆକୁ ଟାଣିନେବା ପାଇଁ ତା' ଜିଭ ଲମ୍ବି ଆସୁଛି। ନେଇ ଥୋଇ ଦେବ ତହିଁ ଉପରେ।

ଦୟା ନ ହୋଇବ କିଞ୍ଚିତରେ
ତଳ ମୁହଁ କରି ହାତଗୋଡ଼ ପୁଣି।
ଭାଙ୍ଗି ଦେବେ ଧରି ମଡ଼ ମଡ଼ ।

ବାଇଆ ତା' ଆଖିକୁ ଏକାବେଳେ ବୁଜିଦେଲା । ଜଣା ଯାଉଥିଲା, ସତେ ଯେପରି ଗଛ ଉପରେ କିଏ ଗୋଟିଏ କାଳିଆ ହେଇବସିଛି। ତା'ର ମୁଣ୍ଡବାଳ ଫିଟାଇ, ଆଖିକୁ ତରାଟି ଦାନ୍ତ ଦେଖାଇ ଖିଁ...ଖିଁ.... ହେଇ ହସୁଛି ।

ଗଛର ନିଆଁ ଯେପରି ତା' ପଛେ ପଛେ ଦଉଡ଼ି ଆସୁଛି। ସେଇ ନିଆଁଟା ମଶାଣି ପାଖରେ ଯାହା ଜଳୁଥିଲା, ଏଇନା ଆଉ ଜଳୁନି ସେଇଠି। ବରଂ ସେ ନିଆଁ ମଶାଣିରୁ ଖସି ଆସି ଆଖି ଭିତରେ ଆଖିରୁ ଖସି ଆସି ଛାତି ଭିତରେ ଜଳୁଛି। ଛାତିରୁ ଖସି ଯାଇ ମନ ଭିତରେ, ମନର ମନ ଭିତରେ ଜଳିବାକୁ ଲାଗିଛି।

ବାଇଆକୁ ଏ ରାତି, ଏ ସଡ଼କଟା ବଡ଼ ଅବାଗିଆ ଲାଗୁଛି। ବେଳକୁ ବେଳ ତା'କୁ ଯେମିତି ସବୁ ମାଡ଼ି ମାଡ଼ି ପଡୁଛି। ଏ ହାଣ୍ଡିକଳା ବୋହି ପଡୁଥିବା ରାତି, ଯେଉଁଠି ମୁହଁକୁ ମୁହଁ ଦିଶୁନି, ସେଇଠି ଶଗଡ଼ ଦଣ୍ଡାରେ ଯଦି ଗୋଟିଏ କିଏ ଓହଳି ପଡ଼େ, ନ ହେଲେନାହିଁ, ଶଗଡ଼ ଉପରେ ଚଢ଼ିଯାଏ, ତେବେ ବାଇଆ କ'ଣ କରିବ ?

ବାଇଆର ସବୁ ମନକୁ ଯଦି ଏକାଠି କରି ଦିଆଯାଏ, ଆଉ ସେ ମନଟା ଯଦି ଗୋଟାଏ ଛୋଟିଆ ବିନ୍ଦୁ ହୋଇଯାଏ, ସେଇ ବିନ୍ଦୁଟି ସେଇ ନିଆଁ ଧାସରେ ଯେପରି ସିଝି ଯାଉଛି, ଆଉ ସେ ନିଆଁର ତରାସରେ ପୋଡ଼ିଯାଉଛି।

ବାଇଆର ଛାତି ଭିତରେ ଧକ୍ ଧକ୍ ହେଉଥିଲା।

ଶଗଡ଼ଟା ଉଠାଣି ଉଠୁଛି । ଆଗରେ ଅଛି ମୁଣ୍ଡିଆ। ବଳଦମାନେ ଦିହରେ ଜୋର୍ ଭିଡ଼ିବାକୁ ଉହୁଙ୍କିଲେଣି।

ରଘୁ ପଧାନ ଦଣ୍ଡାଟା ଧରି ଶଗଡ଼କୁ ଅଣ୍ଟାଉଥିଲା।

ବୁଦୁବୁଦିକିଆ ଜଙ୍ଗଲ। ଫିରିକ ବୁଦା, ଭୂଇଁଅଁକୋଳି ବୁଦା, କଣ୍ଟେଇ କୋଳି ବୁଦା ରାସ୍ତାର ଦୁଇପାଖରେ ଘନ ଅନ୍ଧାରକୁ ଜାବୁଡ଼ି ଧରି ଭୂତ ପରି ଠିଆ ହେଇଛନ୍ତି।

ବାଇଆ କିରେ.....ଏ ବାଇଆ ...ଶୋଇ ପଡ଼ିଲୁଣି କିରେ ପୁଅ ?

ଶଗଡ଼ ଉପରୁ ବାଇଆ ନାହିଁ କଲା।

କିଛି ତ କଥା କହୁନୁ ? ଗାମୁଛାରେ ମୁଆଁ, ଚୁଡ଼ା, ଗୁଡ଼ ଅଛି। ଫିଟେଇ ଖା'.... ।

ପିଲାଲୋକ, ବାଟ ଆସକତରେ ଭୋକ ହବଣି। ଘରେ ମା' ତବତ ରାନ୍ଧିଥିବ ଯେ, ଗଲେ ଖାଇବୁ।

ମା'.... ! ବାଇଆର ଆଖି ଛଳ ଛଳ ହେଇ ଉଠିଲା। କହିଲା- ମା' କ'ଣ ଆମ ବାଟକୁ ଚାହିଁ ରହିଥିବ ବା'.... ?

ହଁ। ଦେଖିଛୁ, ସେ ତତେ ନ ଖୁଆଇ କେବେ ଶୋଇପଡ଼େ ? ଘର ଆଗରେ ତିନି ଚାରିଟା ସଜନା ଗଛ ଅଛି, ଅଛି କେତୁଟା ଅମୃତଭଣ୍ଡା ଗଛ, ଗୋଟିଏ ପିଜୁଳି ଗଛ, ସେହି ଘରର ଦୁଆରବନ୍ଧକୁ ଆଉଜି ବସିଛି ମାଇପିଟିଏ ।

ତା'ର ମା'.... ।

ଏକା ଆଖିରେ ଚାହିଁ ରହିଛି ସେମାନଙ୍କର ବାଟକୁ । ଆଖିରେ ନିଦ ନାହିଁ । ପାଟିରେ ହାଇ ନାହିଁ। ସାବନା ମୁହଁରେ ଟୋପାଏ ସିନ୍ଦୂର ଲଗାଇବାକୁ ତା'ର ମନ ସରାଗ ବି ନାହିଁ, ପଇସା ବି ନାହିଁ, ଖାଟେଣି ଭଙ୍ଗା ନିଦା ଦେହରେ ଗେରୁମଡ଼ା ଲୁଗା, ଆଉ ବାଁ କହୁଣିରେ ବ୍ରତ ସାଥିରେ ଗୋଟିଏ ସରୁ ପିତଳ ଚାବିକାଠି ଗୁନ୍ଥା ହୋଇଛି, ହାତରେ ମୋଟା ପାଣି କାଚ, ନାକରେ ନିମକାଠି, ତେଲ ଲଗା ହେଇ ନଥିବା

ନୁଖୁରା ବାଳକୁ ମୁହଁରେ ପକାଇ ଅପଲକ ଆଖିରେ ଚାହିଁ ରହିଛି ବାଇଆକୁ। ତା'ର ପୁଅକୁ...।

ଆହା.............।

ବାଇଆର ପିଲା ମନଟା ଉଦାସରେ ପୂରିଗଲା । ତା' ମା' ତା' ପାଇଁ, ଆଉ ତା' ବା' ପାଇଁ କେତେ ଯେ କାମ ନ କରେ ? ସାଆନ୍ତଘର ଗୁହାଳ ପୋଛେ, ବାସନ ମାଜେ, ଲୁଗା କାଚେ, ଘର ଓଳାଏ । ସେତକ ସରିଲେ ନିଜର ଛେଳିଗୁହାଳ ପୋଛେ, ଘର ଓଳାଏ, ବାସନ ମାଜେ, ଦାଣ୍ଡରୁ ଗୋବର ଗୋଟାଇ ଆଣି ଘସି ପକାଏ, ଢିଙ୍କି କୁଟେ, ନଟାକୁ ଯାଏ କାଠ ପାଇଁ, ଆଉ ଭାତ ବସାଏ, ଆଉ ରାତି ହେଲେ ବାଇଆକୁ କୋଳରେ ପୂରାଇ କଥା କହେ। ମା' କୋଳ ଭିତରେ ପଶି ବାଇଆ ହଜିଯାଏ, ହଜିଯାଏ ଉଷୁମ୍ ଭିତରେ, ହଜିଯାଏ ଅଭୟ ଭିତରେ, ହଜିଯାଏ ରାଜଘର ପୁଅ ଭିତରେ।

ଗୋଟିଏ ବୋଲି ପୁଅ ବାଇଆ।

ଶଗଡ଼ ଉପରେ ପାଞ୍ଚଣ ଧରି ବସିଛି । ବଳଦକୁ ଅଡ଼ଉଛି । ସାଆନ୍ତଘର ଧାନ । ଗାଁ'ଠୁ ଦଶ କୋଶ ଦୂରରେ ସାଆନ୍ତ ଘର ଜମି, ଖମାର। ସେଇଠୁ ଧାନ ଅମଳ ହୋଇ ଯାଉଛି । ସାଆନ୍ତ ଘର ବାଟି ବାଟି ଜମି। ଗାଁ'ରେ ବାହାରେ ଯୋଉଠିକି ଚାହିଁବ ସେଇଠି। ଅମାରରେ ଧାନ ରହିଛି ଠେସି ହେଇ। ରାତି ଦିନ ମୂଷା ଖୋଳି ପକାନ୍ତି ବୋଝ ବୋଝକରି ।

ହାୟ....! ରଘୁ ପଧାନ ଦେଖେ ତା' ଭାରିଯା ରୂପେଇ ଯେତେବେଳେ ତା' ନିଜ ଧାନ ଶୁଖାଏ, ଗୋଟେଇଲା ବେଳେ ଗୋଟି ଗୋଟି ହେଇ ପଡ଼ିଥିବା ଧାନ ଖୁଣ୍ଟିବାକୁ ଯେ କେତେ କଷ୍ଟ ନ କରେ । ଧାନ ତ ତାଙ୍କ ପାଇଁ କେବଳ ଧାନ ନୁହେଁ, ଯେମିତି ସୁନା କଣିକା।

କିନ୍ତୁ ସାଆନ୍ତଘରେ ଧାନ ଗୋଟି ଗୋଟି । ମୂଷାମାଟିରେ ମିଶି ଧାନ ଅଜାଡ଼ି ହେଇଯାଇଛି ଯେ, ତା'ର ହିସାବ ନାହିଁ, ହିସାବ ନାହିଁ କେତେ ଯେ ଧାନ ମୂଷା ଖାଇ ଯାଉଛି।

ଚାରିଆଡ଼େ ପାଣି। ସମୁଦ୍ରରେ ଚାରିଆଡ଼େ ପାଣି, ଅଥଚ ପିଇବାକୁ ପାଣି ଚଳାଏ ନାହିଁ। ଚାରିଆଡ଼େ ଧାନ। ଚାରିଆଡ଼େ ଧାନ। ଅଥଚ ରଘୁପଧାନ ପାଇଁ ଖାଇବାକୁ ମୁଠାଏ ଧାନ ନାହିଁ। ସେ ବାବୁଘର ପାଟହଳିଆ। ତା'ରି ହାତରେ ଧାନ ମପା ହେଇ ଅମାରରୁ ଆସି ବିକ୍ରି ହୁଏ। ଟଙ୍କା ପଇସା ଗୌଣୀରେ ମପା ହୁଏ। ଅଥଚ ସେ ଜଳ ଜଳ ହେଇ ଚାହେଁ। ଧାନ ମାପିଲାବେଳେ ଧାନ ଧୂଷ ନାକରେ ପଶି ସେ

ଛିଙ୍କେ, କାଶେ। ଧାନ ଧୂଷରେ ସେ ଧୂଳିଆ ବାବାଜି ପରି ଦିଶେ। ତା' ଦେହରୁ ଝାଳ ବହିଯାଏ। ମାପିଲାବେଳେ ଏକ, ଦୁଇ, ତିନି ଡାକରେ ଅଗଣା ପୂରି ଯାଏ। ଅଥଚ ସେ ଧାନ ପାଏନା। ଧାନ ପାଇବ କିପରି ? ସେ ଜଳକା ହୁଏ। ପେଜ, ତୋରାଣି ପିଇ ଧାନ ମାପିବା ତା'ର କାମ। ଜମିରୁ ଧାନ ଉପୁଜାଇବା ତା'ର କାମ । ଧାନ ମାପି ତା' ଅଣ୍ଟା ପିଠି ଲାଗିଯାଏ। ଚାରିଆଡୁ ଲକ୍ଷ୍ମୀଙ୍କୁ ଟାଣି, ଘୋଷାରି ଝିଙ୍କି ଆଣି ଅମାର ଘରେ ଚାବି ଦେଇ ବାବୁଙ୍କ ପାଇଁ ସାଇତି ରଖିବା ତା'ର ହେଲା କାମ ।

କିନ୍ତୁ ତା' ଘରେ ମାଣେ ବୋଲି ଖୁଦ ନାହିଁ। ବିଧାତାର ଲିଖନ ଏହା। ଘରଟା ଖାଲି ଖାଁ....ଖାଁ....।

ଆଉ ସେହି ଘରେ ଚନ୍ଦ୍ରଉଦିଆ ଜଳୁଛି ରୂପେଇ। ତା' କୋଳରେ ବାଇଆ ଝୁଲ୍ ହାତୀ ହେଉଛି।

ବହୁତ ଦିଅଁଦେବତାଙ୍କୁ ମନାସି ଏଇ ବାଇଆକୁ ପାଇଥିଲା ରୂପେଇ। ତାଙ୍କ ବାହାଘର ଦଶବର୍ଷ ପରେ ବାଇଆ ଆସିଲା ତା' କୋଳକୁ। ସେହି ଗୋଟିଏ । ଗୋଟିଏ ଆଖି। ଫୁଟିଗଲେ ଆଉ ନାହିଁ । ଚାରିଆଡ଼େ ଅନ୍ଧାର । ଏକୋଇର ବଳା ବିଶିକେଶନ। କାଳିଆ କାହ୍ନୁ। ତା'ପରେ ବହୁବର୍ଷ ବିତିଯାଇଛି ପଛେ ଆଉ କେହି ନାହିଁ- କେହି ଆସିନି । ବାଇଆକୁ ଏଇନା ଦଶ ପୂରିଲାଣି।

ଭଗବାନ୍ ସିନା ତାଙ୍କୁ କିଛି ଦେଇନି, ଦେଇଛି କିନ୍ତୁ ଏଇ ବାଇଆକୁ। ବାଇଆ ମୁହଁରେ ହସ ଦେଖିଲେ ଦି' ପ୍ରାଣୀଙ୍କର ମନ ପୂରିଉଠେ । ସେହି ହସ ହିଁ ତାଙ୍କ ପାଇଁ ଟଙ୍କା ସୁନା, ଧାନ, ମୁଗ ।

ବା'ଲୋ..... ।

କ'ଣ ?

ବାଟ କ'ଣ ସରିବ ନି ?

ଓଃ....ତୁ ଏମିତି ବ୍ୟସ୍ତ କିଆଁ ହଉଛୁ କହିଲୁ ? ତତେ କିଏ କହୁଥିଲା ଆସିବାକୁ ? ଜିଦ୍ କଲୁ ତ ଆସିବାକୁ, ଗାଁ ଗଣ୍ଡା ସବୁଆଡ଼ ଦେଖିବୁ ବୋଲି। ଏଇନେ ଖାଲି ବାଟ-ବାଟ କିଆଁ ହଉଛୁ ?

ଘୁମ ମାଡୁଛି !

ହଉ, ଶୋଇପଡ଼ ବସ୍ତା ଉପରେ ।

ବାଇଆ ବସ୍ତା ଉପରେ ଚେକେଇ ହେଇ ଶୋଇପଡ଼ିଲା।

ରାତି କେତେ ଘଡ଼ି ହବ ?

ଜହ୍ନ ଘଡ଼ିମାରି ଉଠିଲାଣି । ଫିକା ପାଉଁଶିଆ ଜହ୍ନ । ଅନ୍ଧାରକୁ ଭାଙ୍ଗିପାରୁନି।

ଶଗଡ଼ଟା ଢପ୍ ଢପ୍ ହେଇ ଚାଲୁଛି । ବଦଳମାନେ ଥକି ପଡ଼ିଲେଣି । ଚାଲୁଛନ୍ତି ତ ଚାଲୁଛନ୍ତି। କାନ୍ଧରେ ଶଗଡ଼ ଝୁରା ଲଦା ହେଇଛି ବୋଲି ଚାଲୁଛନ୍ତି, ନ ହେଲେ ଶୋଇ ପଡ଼ନ୍ତେଣି ହାଲିଆ ମେଣ୍ଟେଇବାକୁ । ବୟସ ଆସି ଦି'କୋଡ଼ି ଟପିଲାଣି । ମୁଣ୍ଡବାଳ ସବୁ ଧଳା ଧରିବାକୁ ବସିଲାଣି। ଛାତିରୁ, ଅଣ୍ଟାରୁ ଏଥର ଜୋର୍ ଖସିବାକୁ ବସିଲାଣି। ପୂର୍ବ ଦେହ ତା'ର ଭାଙ୍ଗିଗଲାଣି ।

ଦିନ ଆସିବ, ସେମାନେ ଟଳି ପଡ଼ିବେ।

ଏ ବାଟ କ'ଣ ସରିବନି ?

ଏ ବାଟରେ ଦି' କୋଡ଼ିରୁ ଅଧିକ କୋଶ ବାଟ ସେ ଟପି ଆସିଲାଣି। ଝୁଣ୍ଟି କଚାଡ଼ି, ପଡ଼ି-ଉଠି ସେ ଉହଳ -ବିକଳ ହେଇ ଏ ବାଟ ଚାଲୁଛି। ତାତିଲା ବଇତରଣୀର ଏ ଜୀବନ ବାଟ । କେତେ ଅନୁଭବ, କେତେ ପରାଭବ, ଯାତନାର ବୋଝ ସେ ମୁଣ୍ଡାଇ ଚାଲିଛି। ଖାଲି କଣ୍ଟା, ଖୁଞ୍ଚା, ଖାଲି ଦୁଃଖ, ଖାଲି ଅଭାବ। ହା-ହୁତାଶ ଭାବ।

ଅଥଚ ବାଟ ସରୁନି।

ଟାଙ୍ଗରା, ଛାଇ ନ ଥିବା, କଣ୍ଟା ବିଛା ବାଟରେ କେବଳ ଗୋଟିଏ ଫୁଲ ହସୁଛି, ଫୁଲଟିଏ ଖିଲିଖିଲି ହେଇ ହସୁଛି ବାଇଆ, କେବଳ ତାରି ପାଇଁ ହିଁ ଏ ବାଟ ଚାଲିବାକୁ ପଡ଼ିବ । ତାକୁ ବଞ୍ଚାଇବା ପାଇଁ ହିଁ ଏ ବାଟ ଚାଲିବାକୁ ପଡ଼ିବ।

ଆଗରେ ଦିଶୁଛି ଗୋଟାଏ ଗାଁ। କାହା ଘର ଭିତରୁ ଆଲୁଅ ମିଞ୍ଜି ମିଞ୍ଜି ହେଇ ଦିଶୁଛି ସେହି ବହଳିଆ ଅନ୍ଧାର ଭିତରେ ।

ରଘୁ ପଧାନ ବଳଦମାନଙ୍କୁ ଅଡ଼ଉଥିଲା।

ପିଲାଟା ଦି' ପହର ବେଳୁ ଯାହା ଖାଇଥିଲା, ଆଉ କିଛି ଖାଇନି। ଗାମୁଛାରେ ମୁଆଁ, ଚୁଡ଼ା-ଗୁଡ଼ ବନ୍ଧା ହେଇଛି। ବିନା ଭାତରେ କ'ଣ ପେଟ ପୂରେ ? ନ ଥିଲା ଘରଛୁଆ। ପିଲା ବେଳସୁ ଭୋକ ସାଥିରେ ଯୁଝ କରି ଚାଲିଛି। ଘରେ ଥିଲେ ତା' ମା'ପିଜୁଳିଟାଏ କି କଦଳୀଟାଏ ନଇଲେ ନାହିଁ କୋଳି ପୁଞ୍ଜାଏ କାନିରେ ଘୋଡ଼େଇ ତା' ପାଇଁ କୋଉଠୁ ନେଇ ଆସନ୍ତା । ଘରେ ସିନା ଚାଉଳ ନାହିଁ। ଗଛରେ ଫଳ ଭଗବାନ ଦେଉଛି ।

ଗରିବ ଘର ଛୁଆ। କ୍ଷୀରୀ, ପୁରି ସୁଆଦ ଜାଣିନି।

ରଘୁ ପଧାନ ଛାତିରୁ ବେଙ୍କାଏ ମୋଟର ନିଃଶ୍ୱାସ ବାହାରି ପଡ଼ିଲା।

ହଉ...., ଆଉ ଦି'ଚାରି ବର୍ଷ ଯାହା ଡେରି। ଚାରିଟା ବର୍ଷ ଆଖି ପିଛୁଳାକେ ପାଣି ପରି ବୋହିଯିବ। ତା' ପରେ ବାଇଆ ହବ ମୂଲିଆ। ବାପ ପୁଅ ଏକାଠି ମୂଲ ଲାଗିବେ। ତାଙ୍କ ପଇସା କିଏ ଖାଇବ ?

ସେହି ଆଖି ନାହିଁ- ସାକ୍ଷୀ ନାହିଁ, ଘନ କଳା ଅନ୍ଧାର ଭିତରେ ବୋଝେଇ ଶଗଡ଼ଟି କେଁ କେଁ ବିକଳ ପାଟିକରି ମୁଣ୍ଡିଆ ଉପରକୁ ଉଠୁଛି। ପାଟି କରୁଛି ନା କାନ୍ଦୁଛି ? ବଳଦମାନେ କୁଜା ହେଇଯାଉଛନ୍ତି। ରଘୁପଧାନ ଦିହରୁ ବହିଯାଉଛି ସର ସର ହେଇ ଝାଳ। ଦଣ୍ଡା ଅଣ୍ଟେଇଲା ବେଳକୁ ତା'ର ଛାତି ହାଡ଼, ହାତ ହାଡ଼ କଟ କଟ ଡାକୁଛି । ତଥାପି ଏକୁଟିଆ ଶୂନ୍‌ଶାନ୍, ଦାତା-ଦଇବ ନଥିଲା ରାତିରେ ରଘୁପଧାନର ଏକା-ଏକା ଟାକରା, ମୁଣ୍ଡିଆ କାନ୍ଥିକୁ ଥରେଇ ଦେଉଛି। ଥରେଇ ଦେଉଛି ଚାରି ଦିଗକୁ ।

କିନ୍ତୁ ବାଇଆର ପାଟି ଶୁଭୁନି।

ଶଗଡ଼ ସେହିପରି ଚାଲିଛି।

ରଘୁ ପଧାନର ଆଶାଫୁଲଟି ଘୁମେଇ ପଡ଼ିଛି ଶଗଡ଼ ଉପରେ। ଏ ଅନ୍ଧାରକୁ ଦଇବ ସାହା । କିନ୍ତୁ ଦଇବ କାହିଁ ? ଏଇ ଏକାଟିଆ ନିଛାଟିଆ ବାଟକୁ କେବଳ ଦଇବ ସାହା। କିନ୍ତୁ ଦଇବ କାହିଁ ? ବାଘ, ଭାଲୁ, ସାପକୁ କେବଳ ହିଁ ଦଇବ ସାହା। କିନ୍ତୁ ଦଇବ କାହିଁ ? ଏହି ଦୁଃଖ- କଷଣକୁ ତୁ କୋଉଠି ବସିଛୁରେ ଦଇବ ? ବାପ-ପୁଅଙ୍କର ଏ ଦୁଃଖ ନ ଦେଖିବା ପାଇଁ ତୁ କୋଉଠି ଶୋଇ ପଡ଼ିଛୁ ?

ଧୂଆଁଳିଆ ଲଣ୍ଠନଟା ବେଳକୁ ବେଳ କଳା ଦିଶିଲାଣି । କ'ଣ କିରାସିନି ନାହିଁ ? ଶଗଡ଼ଟା ସତେ ଯେମିତି ଠାକି ଯିବ । ଉଠାଣିଟା ଉଠିପାରୁନି। ଓଃ.....ଏ ବାଟ କ'ଣ ସରିବନି ?

ରଘୁ ପଧାନ ବଳଦକୁ ପାଞ୍ଚଣରେ କଷି ଦେଲା।

ଅଳପେଇଷା.... ।

ହଠାତ୍- ହଁ....ହଁ,...ଏକଦମ୍ ହିଁ ହଠାତ୍ ଓଃ....ଏ କଅଣ ହେଲା ?

ଏ କଅଣ ହେଲା ? ଭୁସ୍‌କରି ଶଗଡ଼ ଉପରୁ କିଏ ପଡ଼ିଗଲା ?

ରଘୁ ପଧାନ ବଡ଼ ପାଟିରେ ଚିତ୍କାର କରି ଉଠିଲା-ବାଇଆରେ...ଏମିତି କରି ମୋତେ କୁଆଡ଼େ ଗଲୁରେ... ?

ସେଇ ଅନ୍ଧାର ରାତିରେ ଗୋଟାଏ ମଣିଷ ଛୁଆ ଶଗଡ଼ ଚକ ତଳେ ପଡ଼ି ଖୁବ୍ ଜୋରରେ କିଛି ବାଟ ଧାଇଁ ଯାଇ ମାଟିରେ ଛଟପଟ ହେଉଛି । ଗଁ, ଗଁ, ଚିତ୍କାର କରୁଛି।

ଆଖି ପିଛୁଳାକେ ଶଗଡ଼ଟା ବାଇଆର ପେଟ ମଝିରେ ଚାଲିଗଲା।

ଚିଙ୍ଗୁଡ଼ି ମାଛ ଯେମିତି ଶୁଖିଲାରେ ଛଟପଟ ହୁଏ, ବାଇଆ ମାଟିଟା ଉପରେ ଛଟପଟ ହେଇ ଶେଷରେ ବାଟ ମଝିଟାରେ ବାପର କୋଳରୁ ହଜିଗଲା।

କବାଟ ଖୋଲ... ! କବାଟ ଖୋଲ.... !

କିଏ ଡାକୁଛି ?

ମୁଁ ରଘୁ ପଧାନ ଡାକୁଛି । ବାବୁ......, କବାଟ ଖୋଲ । ମୋ ପୁଅ, ମୋର ଏକୋଇରବଳା ମତେ ଛାଡ଼ି ଚାଲିଗଲା ବାବୁ.... ।

ଗାଁ ଲୋକେ ଉଠି ପଡ଼ିଲେ । ଗୋଟାଏ ଲୋକ, ଏଇ ରାତି ଅଧରେ ହାଉ ହାଉ ହେଇ ଡକା ଛାଡ଼ିଛି- ମୋର ସଂସାର ସରିଗଲା । ମୋର ସଂସାର ସବୁଦିନ ପାଇଁ ଭାଙ୍ଗିଗଲା ।

କଅଣ ହେଇଛି ?

ଗାଁ ଲୋକମାନେ ଧାଇଁଗଲେ । ରାସ୍ତା ଉପରେ ଶଗଡ଼ଟା ଥୁଆ ହୋଇଛି । ବଳଦମାନେ ଚୁପ୍‌ଚାପ୍ ଠିଆ ହେଇଛନ୍ତି । କିଛି ବାଟ ଛାଡ଼ି ଗୋଟାଏ ପିଲା ଶୋଇଛି ମାଟିକୁ ମୁଠା ମୁଠା କରି । ମଇଳା ଲଣ୍ଠନ ଆଲୁଅରେ ତା'ର ମୁହଁଟା ବିକୃତ ଦିଶୁଛି । ମୋଞ୍ଚାଏ ରକ୍ତବାନ୍ତି କରି ପକାଇଛି । ପେଟ ମଝିଟାରେ ଶଗଡ଼ ଚକ ଯାଇ ପେଟରେ ଗୋଟାଏ ମୋଟା ଗାର ପକାଇ ଦି'ଭାଗ କରି ଦେଇଛି ।

ରଘୁ ପଧାନ ବାଇଆକୁ କୋଳକୁ ଆଣି ଛାତିରେ ଭିଡ଼ିଧରିଲା ।

ରଘୁ ପଧାନ ପୁଅକୁ କୁଣ୍ଢେଇ ପାଗଳଙ୍କ ପରି ପାଟି କରୁଥିଲା । ପୁଣି ଥକ୍‌କା ହେଇ ବସିପଡ଼ିଲା ।

ବୁଢ଼ା... !

ଆଜ୍ଞା... !

କଅଣ ଭାବୁଛୁ ?

ମୁଣ୍ଡର ବାଳକୁ ଭିଣିଭିଣା କରି ରଘୁ ପଧାନ ପାଟିକରି ଉଠିଲା- ଖାଲି ହାତରେ କେମିତି ଯିବି ବାବୁ ? ତା' ମା'କୁ କ'ଣ କହି ବୁଝାଇବି ? ତା' ମା'ର ସେ ଯେ ଗୋଟିଏ ଆଖି ।

ତୋର କ'ଣ ଆଉ କେହି ନାହାଁନ୍ତି ?

ନା, କେହି ନାହାଁନ୍ତି ଆଜ୍ଞା । ସେଇତ ମୋର ସବୁ । ମୋର ବାଇଆରେ.... ।

ବୁଢ଼ା..., ତା' ବାଟ ତ ତା' ପାଇଁ ସରି ଯାଇଛିରେ, ଆଉ ମୁଣ୍ଡ ବାଡ଼େଇ ହେଲେ କ'ଣ ହବ ?

ହଁ...ହଁ...ସେହି ବାଟ କଥା ସେ ତ ଖାଲି ପଚାରୁଥିଲା । ଆଉ କିଛି ଗୀତ ନ ବୋଲି ବୋଲିଲା- ଆରେ ଶୁଖା ଖଡ଼୍ ଖଡ଼୍...

ମୁର୍ଦ୍ଦାରକୁ କଅଣ ସାଥିରେ ନବୁ ?

ବାବୁ.... ?

ମୁର୍ଦ୍ଦାରକୁ ସାଥିରେ ନେଲେ ବାଟରେ କେତେବେଳେ କୋଉ କଥା । ବାଟରେ ଥାନା ଅଛି। ପୁଲିସବାଲା ତତେ ହଇରାଣ କରିବେ।

ରଘୁ ପଧାନ ପାଟିରୁ କଥା ବାହାରିଲା ନାହିଁ।

ସେ ଯେତେବେଳେ ନାହିଁ, ଏ ମଲାଦେହଟାକୁ ନେଇ କଅଣ କରିବୁ ? ତା' ମା' ଡାକ ସେ କ'ଣ ଶୁଣିପାରିବ ?

ବାଇଆ ଛାତିଟା ଉପରେ ରଘୁ ପଧାନ ମୁଣ୍ଡ ବାଡ଼େଇ ପକାଇଲା । ରୁପେଇ ଲୋ... ।

ସେମିତି ଅଧୈର୍ଯ୍ୟ ହୁଅନା। ଆମ କଥା ଶୁଣ । ଯେ ଚାଲିଯାଇଛି, ସେ ସବୁଦିନ ପାଇଁ ଚାଲିଯାଇଛି। ଆଉ ଯେତେ ଯାହା ହେଲେ ବି ସେ ଫେରି ଆସିବନି।

ରଘୁ ପଧାନ ହାଁ କରି ଲୋକମାନଙ୍କ ମୁହଁକୁ ଅନେଇଲା।

ମୁର୍ଦ୍ଦାରକୁ କାନ୍ଧରେ ପକା।

କୁଆଡ଼େ ନେବି ?

ଏଇ ଯୋଉ ନଈ ନାହିଁ, ସେହି ନଈରେ ଭସେଇ ଦେ.... ।

ବାବୁ... ?

ହଁ, ସେ ନଈରେ ଭସେଇ ଦେ'...... !

ବାବୁ..... !

ହଁ, ମୁର୍ଦ୍ଦାରକୁ କାନ୍ଧରେ ପକା ।

ମୋ ଧନରେ.... !! ରଘୁ ପଧାନ ବାଇଆର ମଥା ଆଉଁଶି ପକାଇଲା। ଧୀରେ ଧୀରେ ଠିଆ ହେଲା। ଯେପରି ତା' ଦେହରେ ଆଉ ଜୀବନ ନାହିଁ। ତଥାପି କାନ୍ଧରେ ଧାନ ବସ୍ତା ନୁହେଁ, ତା'ର ପ୍ରାଣ ପିତୁଳାକୁ ତୋଳି ଧରିଲା। କାନ୍ଧରେ ବାଇଆର ମୁଣ୍ଡଟା ଦୋଳି ଖେଳୁଥିଲା।

ବାପର କାନ୍ଧରେ ବାଳୁତ ପୁଅର ମଲା ଦେହ। ହାଃ..... !

ମୁଣ୍ଡିଆ, ଗଛଲତା ନିସ୍ତେଜ ହେଇ ଚାହିଁ ରହିଥିଲେ।

ସେଇ ଫିକା ଜହ୍ନ ରାତିରେ ଚାରି ପାଞ୍ଚଜଣ ଗାଁ ଲୋକ ରଘୁ ପଧାନକୁ ବାଟ କଢ଼େଇ ନେଉଥିଲେ ନଈ ଆଡ଼କୁ ।

କ'ଣ ଥିଲା, କ'ଣ ହେଲା ?

ଜୀବନର ବାଟ ହାଟରେ ବାଇଆ କ'ଣ କିଣିଲା ?

ରଘୁ ପଧାନ ଧାନ ପାଇଁ ଆସିଥିଲା। କ'ଣ କିଣି ଘରକୁ କ'ଣ ନେଲା ?

ରୂପେଇଲୋ.....।

ରୂପେଇ ଯେମିତି ତାକୁ ଭିଡ଼ି ଧରୁଛି। ଆହା.....ରୂପେଇ ଲୋ... ! ରଘୁ ପଧାନ ଯନ୍ତ୍ରଟି ପରି ଆଗେଇ ଚାଲିଥିଲା ତା'ର କାଳିଆ କାହ୍ନୁକୁ କାନ୍ଧରେ ପକାଇ। ବାପର ଛାତିରେ ପୁଅର ଛାତି ମିଶି ଯାଇଛି। ବାପ-ପୁଅର ଛାତି ! ଆହା....., ଏହି ଧୁକ୍‌ଧୁକିଟା ଯଦି ବାପ ଛାତିରୁ ଖସିଯାଇ ପୁଅ ଛାତିରେ ପଶି ଯା'ନ୍ତା....।

ବାଇଆର ମୁଣ୍ଡ ସେହିପରି ବାପର କାନ୍ଧରେ ଦୋଳି ଖେଳୁଛି। ଜିଅନ୍ତା ପିଲାର ଖେଳର ପରଶରେ ଏ କାନ୍ଧ ବହୁବାର ଉଷୁମ ହେଇଛି। ଆଜି କିନ୍ତୁ ସବୁ ହେମାଳ। ରଘୁ ପଧାନ ଆଖିରେ ଲୁହ ନାହିଁ। ରଘୁ ପଧାନ ଆଖି ପଥର ପାଲଟି ଯାଇଛି। ଦଇବ ଆଜି ତାଙ୍କୁ ଆଣି କୋଉଠିକି ନଉଛି, ସେ କେବଳ ଜାଣେ। ସେ ତ ଆଜି ଯନ୍ତ୍ରଟିଏ। ଦଇବ ହାତର ଯନ୍ତ୍ରଟିଏ।

ନଈ ଦିଶୁଛି। ଫିକା ଜହ୍ନ ଆଲୁଅରେ ନଈର ପାଣି ଝାପ୍‌ସା ଶେଥାଳିଆ ଦିଶୁଛି। ଲୋକମାନେ ଠିଆ ହେଲେ।

ବୁଢ଼ା.....ନଈ ତ ହେଲା। ଠିଆ ହେଇ ଆଉ ଭାବୁଛୁ କ'ଣ ? ଏଥର ପକେଇ ଦେ' ପୁଅକୁ....।

ରଘୁ ପଧାନ, ବିଚରା ରଘୁ ପଧାନ, ଗରିବ ଚଷାଘର ପୁଅ, ନିଜର ଛାତିକୁ ପାଷାଣ କରି ଶୂନ୍ୟେ ଶୂନ୍ୟେ ଫିଙ୍ଗିଦେଲା ନଈ ଭିତରକୁ ତା'ର ନିଜ କଲିଜାଟିକୁ।

ରଘୁ ପଧାନ ତା'ର ପଥର ଆଖିରେ ଦେଖିଲା- ବାଇଆର ଦେହଟା ପାଣି ଭିତରେ ଟୁବ୍ କରି ବୁଡ଼ିଗଲା, ଆଉ ଉଠିଲାନି ।

କିନ୍ତୁ ତା'ର ଗାମୁଛାରେ ବନ୍ଧା ହେଇଥିବା ଦି' ତିନିଟା ମୁଆଁ ଫିଟିପଡ଼ି ନଈ ସୁଅରେ ଆଗେଇ ଚାଲିଛି।

ରଘୁ ପଧାନ ସେଇ ଭାସି ଯାଉଥିବା ମୁଆଁ ଗୁଡ଼ିକୁ ଡବ ଡବ ଆଖିରେ ଚାହିଁ ରହିଲା। ବାଇଆର ମୁଆଁ ଭାସି ଯାଉଛି। ତା'ର ପୁଅର ମୁଆଁ ଭାସିଯାଉଛି। ସେ ବାପା ! ସେ ବାଇଆର ବାପ। ତା' ଛାତିଟା ଭିତରେ ଯୋଉ ବାପଟି ନିରୁପାୟ ହେଇ, ଭୋ' ଭୋ' ମୁଣ୍ଡ ବାଡ଼େଇ କାନ୍ଦୁଛି, ତାରି ପୁଅର ମୁଆଁ ଭାସିଯାଉଛି। ତା'ର ଶେଷ ସନ୍ତକ ଏଇ ଆଖି ପିଛୁଳାକେ ଦୂରକୁ ଦୂରକୁ ଚାଲି ଯାଉଛି।

ସେହି ମୁଆଁକୁ ଦୁଇଟି କଅଁଳ ହାତ ଧରିଥିଲା।

ସେହି ମୁଆଁକୁ କେତେ ଖୁସିରେ ଗୋଟିଏ ଛୋଟିଆ ପାଟି ଚାଖିଥିଲା। ସେ ତା'ର ପ୍ରାଣର ପ୍ରାଣ। ଜୀବନର ଧନ।

ଆହା....ବାଇଆରେ...।

ପାଣି ଭିତରୁ ସେ ଯେମିତି ଡକା ପାରିଛି- ବା' ଲୋ.....। ପାଣି ଭିତରୁ ମତେ ଛାଣି ନେଇ ଯା'। ମୁଁ ବୁଡ଼ି ଯାଉଛି ! ମତେ ପାଣିରୁ ନେଇ ଯା'...। ଏଡ଼େ ନିର୍ଦ୍ଦୟ, ପଥର ତୁ ! ମତେ ପାଣିରେ ଏଇଠି ପକେଇ ଦେଲୁ ? ମୋ ମା' ଥିଲେ ମତେ ଏଇ ଅଧାବାଟରେ ପାଣିରେ ପକେଇ ଦେଇ ନଥାନ୍ତା। ମୁଁ ମରିନି। ମୁଁ ବଞ୍ଚିଛି।

ଏଇ ମୁଆଁ ପଛେ ପଛେ ପାଣିରେ ମୁଁ ଭାସି ଚାଲିଛି।

ରଘୁ ପଧାନ ଭୋ' କରି କାନ୍ଦିଉଠିଲା- ରୂପେଇ ଲୋ... ! ଆମର ସଂସାର ଭାସିଗଲା ଲୋ.... !

ସଂସାର ଭାସିନି ବା'..,...। ସଂସାରକୁ ତୁ ନିଜେ ଭସାଇ ଦେଲୁ । ମୁଁ ମରିନି ବା'.....। ତୁ ବାପ ହେଇ ନିଜେ ମତେ ଗଣ୍ଡନଈରେ ପକାଇ ଦେଲୁ।

ବାଇଆରେ..... ! ରଘୁ ପଧାନ ସେହି ମୁଆଁକୁ ଧରିବା ପାଇଁ ଉହୁଙ୍କି ଉଠିଲା । ଛାଡ଼ ଛାଡ଼ ମତେ। ମୋ ବାଇଆ ପାଖକୁ ମତେ ଛାଡ଼ିଦିଅ....।

କିନ୍ତୁ ପାଖରେ ଥିବା ଲୋକମାନେ ରଘୁ ପଧାନକୁ ଧରି ପକାଇଲେ।

ଯେଉଁ ତୁଠ ପଥରଟା ବହୁକାଳରୁ ବହୁ ଯାତନା ସହିଛି, ବହୁ କଥା ଦେଖିଛି, ବହୁ ଦୁଃଖ ଶୁଣିଛି, ହଠାତ୍ ଉଷୁମ୍ ହେଇଗଲା।

ରଘୁ ପଧାନର ମୁଣ୍ଡରୁ ଝରିପଡ଼ିଲା ଧାର ଧାର ରକ୍ତ ତୁଠ ପଥର ଉପରେ।

ପୁଅର ମୁର୍ଦ୍ଦାର ସାଥିରେ ବାପର ସୋରାଏ ରକ୍ତ, ପହଁରିଗଲା ନଈର ଧାରେ ଧାରେ ପାଣି ସାଥିରେ। ସେ ରକ୍ତ ପାଣିରେ ମିଶି ପୁଅ ପଛେ ପଛେ ଧାଇଁ କାନ୍ଦୁଥିଲା- ବାଇଆରେ.. !

ଖରାଦିନ ବର୍ଷାଦିନ

ବରେନ୍ଦ୍ର କୃଷ୍ଣ ଧଳ

ବାବୁ କଳ୍ପତରୁଙ୍କର ମନରେ ଏବେ ଆଉ ସରସତା ନାହିଁ। ଚତୁର୍ଦ୍ଦିଗ ଯେପରି ଶୂନ୍ୟତାରେ ଭରିଯାଇଛି । ସମୟ ମଧ କଟୁନାହିଁ । ଯେଉଁ ବନ୍ଧୁମାନଙ୍କ କୋଳାହଳରେ ସମୟ ସଂକ୍ଷିପ୍ତ ମନେ ହେଉଥିଲା, ଏବେ ସେହି ବନ୍ଧୁମାନଙ୍କର ଆଉ ଦେଖାଦର୍ଶନ ନାହିଁ। ଟେଲିଫୋନ୍ କଲେ ଜବାବ ମିଳୁଛି "ବାବୁ ଘରେ ନାହାନ୍ତି।" ଅଥଚ ସେ ଜାଣନ୍ତି ଏ ସମୟରେ ସେମାନେ ପ୍ରାୟ ଘରେ ଥାଆନ୍ତି। ଦୀର୍ଘ ତିନି ଚାରି ବର୍ଷର ଅଭ୍ୟାସ କିପରି ବନ୍ଧୁମାନଙ୍କର ବଦଳିଗଲା ? କଳ୍ପତରୁଙ୍କ ଧାରଣା ଇଚ୍ଛାକୃତ ଭାବେ ଏହି ବନ୍ଧୁମାନେ ତାଙ୍କୁ ଏଡାଇ ଚାଲିଛନ୍ତି; କିନ୍ତୁ ସମୟ ଥିଲା, ଯେତେବେଳେ ଏହି ବନ୍ଧୁମାନେ ତାଙ୍କ ଦର୍ଶନ ପାଇଁ ଘଣ୍ଟା ଘଣ୍ଟା ଧରି ଅପେକ୍ଷା କରି ବସୁଥିଲେ । ବନ୍ଧୁମାନଙ୍କ ବ୍ୟବହାର ଅପେକ୍ଷା ଅଫିସରମାନଙ୍କ ବ୍ୟବହାର ଆହୁରି ବେଦନାଦାୟକ। ଏବେ କୌଣସି ଅଫିସରଙ୍କୁ କୌଣସି କାମରେ ଟେଲିଫୋନ୍ କଲେ ତାଙ୍କ ଷ୍ଟେନୋ ବା ପି.ଏ. ଜବାବ ଦେଉଛନ୍ତି, "ସାର୍, ବିଜି ଅଛନ୍ତି, ବର୍ତ୍ତମାନ କଥାବାର୍ତ୍ତା କରି ପାରିବେ ନାହିଁ ।" କିନ୍ତୁ ସେଦିନ ଟେଲିଫୋନ୍‌ରେ ତାଙ୍କ ସ୍ୱର ଶୁଣିବା ମାତ୍ରେ ଆଗ୍ରହରେ ଅଫିସର ପଚାରୁଥିଲେ, "ସାର୍ ଫୋନ୍‌ରେ କହିବେ ନା ମୁଁ ଘରକୁ ଯିବି ?"

ଏ ସବୁ କଥା ଚିନ୍ତା କରିବାବେଳେ କଳ୍ପତରୁ ଆଶ୍ଚର୍ଯ୍ୟ ହୁଅନ୍ତି। ଏତେ ଶୀଘ୍ର ଲୋକେ ସବୁ କିପରି ଭୁଲିଯା'ନ୍ତି ?

କଳ୍ପତରୁ ଜୀବନରେ କେବେ ମନ୍ତ୍ରୀ ହୋଇ ନଥିଲେ, କିନ୍ତୁ ତାଙ୍କର ନିଶ ନଥିଲେ ମଧ ମାମୁଙ୍କର ନିଶ ଥିଲା। କଳ୍ପତରୁ ଥିଲେ ସେଇଭଳି ଏକ ସୁପୁରୁଷ ! କିଛି

ନ ଥାଇ ମଧ୍ୟ ସେ ଥିଲେ ଅଖଣ୍ଡ କ୍ଷମତାର ଅଧିକାରୀ। ଏହାର ମୂଳ ଉତ୍ସ ଥିଲା ଶାସନ କ୍ଷେତ୍ରରେ ଅପୁତ୍ରିକ ମାମୁଙ୍କର ଅପରିସୀମ କ୍ଷମତା । କଳ୍ପତରୁ ଏହି କ୍ଷମତାର ଅଦୃଶ୍ୟ ଡୋରି ହାତରେ ଧରି ଅନ୍ୟମାନଙ୍କୁ ଖେଳାଉଥିଲେ ।

ତାଙ୍କ ନିକଟରେ ସେତେବେଳେ ପ୍ରତିଦିନ ନୂଆ ନୂଆ ବନ୍ଧୁ ଭିଡ଼ ଜମାଉ ଥିଲେ। ପ୍ରତିଦିନ ବରା, ଚା', ପକୁଡ଼ିରେ ଆସର ଜମି ଉଠୁଥିଲା। ପ୍ରତିଟି ସଂଧ୍ୟା ତାଙ୍କ ମନକୁ ଉତ୍‌ଫୁଲ୍ଲିତ କରୁଥିଲା। ମାତ୍ର ମାମୁଙ୍କ ହାତରୁ କ୍ଷମତା ଚାଲିଗଲା ପରେ ସେମାନେ ତାଙ୍କ ପାଖରୁ ବାଟଭାଙ୍ଗି ଚାଲି ଯାଉଛନ୍ତି।

ତାଙ୍କର ମନେ ଅଛି ଥରେ ଜଣେ ବନ୍ଧୁ ସ୍ତ୍ରୀଙ୍କର ବେମାର ବୋଲି କହି ଦୁଇ ହଜାର ଟଙ୍କା ନେଇଥିଲେ। ଆଜି ପର୍ଯ୍ୟନ୍ତ ସେ ଟଙ୍କା ସେ ଫେରସ୍ତ ପାଇଁ ନାହାନ୍ତି । ବନ୍ଧୁଙ୍କର ମଧ୍ୟ ଆଉ ଦେଖା ଦର୍ଶନ ନାହିଁ। ବହୁଦିନ ପର୍ଯ୍ୟନ୍ତ ବନ୍ଧୁ ନ ଆସିଥିବାରୁ ତାଙ୍କ ସ୍ତ୍ରୀଙ୍କ ବେମାର ଅଧିକ ହେଲା ନା କ'ଣ ହେଲା ସେ କଥା ବୁଝିବାକୁ ସେ ଲୋକ ପଠାଇଲେ, କିନ୍ତୁ ସେ ଯେଉଁ ଖବର ପାଇଲେ ତାହା ତାଙ୍କୁ ଚମତ୍କୃତ କରିଥିଲା। ବନ୍ଧୁଙ୍କର ସ୍ତ୍ରୀ ବିବାହର ବର୍ଷକ ପରେ ବନ୍ଧୁକୁ ଛାଡ଼ି ଅନ୍ୟ ଜଣେ ପୁରୁଷ ସହ ପଳାଇଥିଲେ । ସେହିଦିନୁ ବନ୍ଧୁ ଆଉ ନାରୀଜାତି ପ୍ରତି ଆଗ୍ରହୀ ନୁହନ୍ତି। ଟଙ୍କା ପାଇଁ କଳ୍ପତରୁଙ୍କର ଦୁଃଖ ନ ଥିଲା । ତାଙ୍କ ପାଇଁ ଦୁଇ ହଜାର ଟଙ୍କା ବିଶେଷ କିଛି ନୁହେଁ । ଯେଉଁ ଟଙ୍କା ରୋଜଗାର କରୁଥିଲେ ତାହା ମଧ୍ୟ ଝାଳବୁହା ଧନ ନୁହେଁ। ତେବେ ତାଙ୍କୁ ବନ୍ଧୁଙ୍କ ବ୍ୟବହାର ଦୁଃଖ ଦେଇଥିଲା । ସମ୍ଭବତଃ ଟଙ୍କା ଫେରାଇବାକୁ ପଡ଼ିବ ଭାବି ବନ୍ଧୁ ଆଉ ତାଙ୍କ ଦୁଆର ମାଡୁନାହାଁନ୍ତି।

ଆଉ ଜଣେ ବନ୍ଧୁ ମାଧବ ଦାସ। ଟଙ୍କା ନେଇ ନ ଥିଲେ ମଧ୍ୟ ତାଙ୍କ ଜରିଆରେ ୫/୬ ଜଣ ବିକ୍ରିକର ଅଫିସର, ଇଞ୍ଜିନିୟର ଓ ଡି.ଏଫ୍.ଓ.ଙ୍କୁ ନିଜର ଆତ୍ମୀୟ ବୋଲି କହି ଭଲ ଭଲ ସ୍ଥାନରେ ପୋଷ୍ଟିଂ କରାଇ ଦେଇଥିଲେ । ପରେ ଜାଣିଲେ ବନ୍ଧୁଙ୍କର 'ଦାସ' ସାଙ୍ଗିଆ ହେଲେ ମଧ୍ୟ ସେ କରଣ ବା ବ୍ରାହ୍ମଣ 'ଦାଶ' ନଥିଲେ, ଥିଲେ କୈବର୍ତ୍ତ ଦାସ; କିନ୍ତୁ ବଦଳି ହୋଇଥିବା ସମସ୍ତ ଅଫିସର ଥିଲେ ବ୍ରାହ୍ମଣ କିମ୍ବା କରଣ। ସେ ବନ୍ଧୁତ୍ୱ ଖାତିର୍‌ରେ ମାମୁଙ୍କୁ କହି ବିନା ପଇସାରେ ପୋଷ୍ଟିଂ କରାଇ ଦେଇଥିଲେ। ମାତ୍ର ପରେ ଜାଣିଥିଲେ ମାଧବ ସମସ୍ତଙ୍କ ନିକଟରୁ ମାମୁଙ୍କ ନାଁ କହି ବେଶ୍ ମୋଟା ରକମର ଚାନ୍ଦା ନେଇଥିଲେ। ସେଇ ଅର୍ଥରେ ଏକ କାର୍ କିଣି ଏବେ ତାକୁ ଟାକ୍‌ସି ରୂପେ ଚଳାଉଛନ୍ତି ।

ସଂସାରଟା ପ୍ରକୃତରେ ବଡ଼ ବିଚିତ୍ର। କଳ୍ପତରୁ ଲୋକ ଚିହ୍ନିବାରେ ଭୁଲ୍ କରିଥିଲେ। ଭୁଲ୍ ସଂଶୋଧନ କଲାବେଳକୁ ମାମୁଙ୍କ ହାତରୁ କ୍ଷମତା ଚାଲିଯାଇଛି।

ଆଉ ତା' ସଙ୍ଗେ ସଙ୍ଗେ ସେ ଶକ୍ତିହୀନ ହୋଇ ପଡ଼ିଛନ୍ତି । ହଠାତ୍ ଫୋନ୍‌ଟା ବାଜି ଉଠିଲା। କଳ୍ପତରୁ ରିସିଭର ଉଠାଇ ନେଇ "ହ୍ୟାଲୋ" ବୋଲି କହିବା ମାତ୍ରେ ଅପରପଟୁ ଜଣେ କେହି ଅତ୍ୟନ୍ତ କର୍କଶ ଗଳାରେ କହିଲା, "କିବେ କ'ଣ କରୁଛୁ ?" ସେ ଏ ପ୍ରକାର ସଂବୋଧନ ପାଇଁ ପ୍ରସ୍ତୁତ ନଥିଲେ । ଧୀରେ ଧୀରେ କହିଲେ, "ଆପଣ ବୋଧେ ଭୁଲ୍ ନମ୍ବରକୁ ଫୋନ୍ କରୁଛନ୍ତି ।" ସେପଟୁ ପୁଣି ଉତ୍ତର ଆସିଲା, "ଆବେ କଳ୍ପତରୁ ! ଭୁଲ ଜାଗାକୁ ଟେଲିଫୋନ୍ କରି ନାହିଁ । ତୁ ଶଳା ମୋ ପଛରେ ଲାଗି ମୋତେ କୋରାପୁଟ ପଠାଇଥିଲୁ। ଅନ୍ୟ ଲୋକ ପାଖରୁ ଟଙ୍କା ପକାଇ ମୋତେ ଦୂରକୁ ଠେଲିଥିଲୁ। ଏବେ ମୁଁ ଭୁବନେଶ୍ୱର ଆସିଲି। ଏଣିକି ଦେଖାଚାହାଁ ହେବା।" କଳ୍ପତରୁ ରାଗ ଓ ଅବସାଦରେ ରିସିଭରଟାକୁ କଚାଡ଼ି ଦେଲେ। ସଙ୍ଗେ ସଙ୍ଗେ ପୁଣି ରିଂ ହେଲା । ମାତ୍ର ଭୟରେ ସେ ଆଉ ଫୋନ୍ ଉଠାଇଲେ ନାହିଁ । ଏବେ ଅନେକ ସମୟରେ ସେ ଏହିଭଳି ଟେଲିଫୋନ୍ କଲ୍ ପାଉଛନ୍ତି। କ୍ଷମତା ଥିବାବେଳେ ଯେଉଁମାନଙ୍କୁ ସେ ଦୂରକୁ ବଦଳି କରାଇଥିଲେ ସେମାନେ ଏବେ ଟେଲିଫୋନ୍‌ରେ ବେନାମୀ ଧମକ ଦେବାରେ ଲାଗିଛନ୍ତି।

ହଠାତ୍ ମନେ ପଡ଼ିଗଲା, ବନ୍ଧୁ ମହେନ୍ଦ୍ରର ଶଳା ପ୍ରଶାନ୍ତକୁ କ୍ୟାପିଟାଲ ଆଣିବା ପାଇଁ ସମବାୟ ବିଭାଗର ମାୟାଧର ରାଉତକୁ ତାଙ୍କରି ଚେଷ୍ଟାରେ କୋରାପୁଟ ବଦଳି କରାଯାଇଥିଲା। କେଉଁଠି ଖବର ପାଇଁ ବଦଳି ବନ୍ଦ କରିବା ପାଇଁ ଖୁବ୍ ଅନୁନୟ, ବିନୟ କରିଥିଲା ଲୋକଟା। ଝିଅ-ପୁଅ କଲେଜରେ ପଢୁଛନ୍ତି । କୋରାପୁଟ ଗଲେ ସେମାନଙ୍କ ପଢ଼ାପଢ଼ି କ୍ଷତିଗ୍ରସ୍ତ ହେବ । ସ୍ତ୍ରୀ ବେମାର। ଅଶୀ ବର୍ଷର ମାଆ ମୃତ୍ୟୁ ଶଯ୍ୟାରେ... ଇତ୍ୟାଦି ଇତ୍ୟାଦି । ଲୋକଟାର କାତର ପ୍ରାର୍ଥନାରେ କଳ୍ପତରୁଙ୍କ ହୃଦୟ ତରଳି ନଥିଲା, ବରଂ ଏକ ନୃଶଂସ ଆନନ୍ଦରେ ମାୟାଧରକୁ ସେ ବୁଝାଇଥିଲେ ଆପଣ ଦକ୍ଷ ଅଫିସର । ଅନୁନ୍ନତ ଅଞ୍ଚଳରେ ଉନ୍ନୟନ ଆପଣଙ୍କ ଭଳି ସୁଦକ୍ଷ ଅଫିସରଙ୍କ ଉପରେ ନିର୍ଭର କରୁଛି। ପରେ ଶୁଣିଥିଲେ, କୋରାପୁଟ ଜଳବାୟୁ ଦେହରେ ନ ଯିବାରୁ ମାୟାଧର ରାଉତଙ୍କ ସ୍ତ୍ରୀ ସେ'ପାରିକୁ ଚାଲି ଯାଇଥିଲେ । ତଥାପି ତାଙ୍କର ବିବେକ ଦଂଶିତ ହୋଇ ନ ଥିଲା- ସେ ଯାହା କରିଥିଲେ, ତାହା ନିଜ ପାଇଁ ନୁହେଁ, ବନ୍ଧୁ ମହେନ୍ଦ୍ର ପାଇଁ, କିନ୍ତୁ କାହିଁ ମହେନ୍ଦ୍ର, ତା'ର ଶଳା ପ୍ରଶାନ୍ତ ! ଯାହା ପାଇଁ ମାୟାଧର ରାଉତ କଣ୍ଠରୁ ଟେଲିଫୋନ୍‌ରେ ଦୋ' ଅକ୍ଷରି ଶୁଣିବାକୁ ହେଉଛି, ସ୍ୱାର୍ଥସିଦ୍ଧି ପରେ ସେମାନଙ୍କର ମଧ୍ୟ ଦେଖାନାହିଁ। ଭୟ, ତାଙ୍କ ସହିତ ସମ୍ପର୍କ ରଖିଲେ ବର୍ତ୍ତମାନର କ୍ଷମତାଧାରୀ ପ୍ରଶାନ୍ତକୁ ଦୂରକୁ ବଦଳି କରିଦେଇ ପାରନ୍ତି । ମାମୁଙ୍କ କ୍ଷମତା ଚାଲିଗଲା ପରେ ସେ ଆଜି ସଂକ୍ରାମକ ରୋଗୀ ପରି ଅସ୍ପୃଶ୍ୟ ।

ସବୁ ଶଳା ବେଇମାନ୍ !

କଳ୍ପତରୁ ମନେ ମନେ ଭାବିଲେ, ମାମୁ ଆଜି ନ ହେଲେ କାଲି କ୍ଷମତାକୁ ଫେରିବେ। ଏକା ମାଘକେ ଶୀତ ଯାଏ ନାହିଁ। ସେତେବେଳେ ସେ ସମସ୍ତଙ୍କୁ ଦେଖିନେବେ। ଆଜି ତାଙ୍କର କ୍ଷମତା ନାହିଁ, କିନ୍ତୁ ରହିଛି ତିନି ପୁରୁଷ ଚଳିବା ପାଇଁ ପ୍ରଚୁର ସମ୍ପତ୍ତି, କିନ୍ତୁ କ୍ଷମତାର ଯେଉଁ ମୋହିନୀ ଶକ୍ତି ତା ହରାଇବା ପରେ ତାଙ୍କୁ ସବୁ ବିଷ ପରି ଲାଗୁଥିଲା । ଟଙ୍କା ଗଦା ଉପରେ ବସିଥିଲେ ମଧ୍ୟ ତାଙ୍କର ମନେ ହେଉଥିଲା ଟଙ୍କାଟା ସବୁକିଛି ନୁହେଁ। କ୍ଷମତାରେ ଥିବାବେଳେ ଯଦି ସେ କେତେଜଣ ସତ୍ ବନ୍ଧୁ ପାଇଥାନ୍ତେ, ତେବେ ଆଜି ତାଙ୍କୁ ଏ ଅନୁଶୋଚନା କରିବାକୁ ପଡ଼ି ନଥାନ୍ତା। ସୁବିଧାବାଦୀ ସ୍ୱାର୍ଥପର ସ୍ତାବକମାନଙ୍କୁ ସେଦିନ ସେ ବନ୍ଧୁ ବୋଲି ଧରି ନେଇଥିଲେ। ପ୍ରତିଦିନ ସେମାନଙ୍କର ସ୍ତୁତି ବାକ୍ୟ ଶୁଣି ଶୁଣି ସେତେବେଳେ ମନେ କରିଥିଲେ, ଜୀବନଟା ସେଇମାନଙ୍କର ଉଷ୍ମ ସୌହାର୍ଦ୍ଦ୍ୟ ମଧ୍ୟରେ କଟିଯିବ । ଯେଉଁ ଅର୍ଥ ସେ କମାଇଛନ୍ତି, ତାହାର ଉତ୍ସ ତାଙ୍କୁ ଜଣା। ତେଣୁ ଅନେକ ସମୟରେ ଭୟ ହୁଏ, ଆୟକର ବିଭାଗର ଲମ୍ବା ହାତ ତାଙ୍କ ତଣ୍ଟି ପର୍ଯ୍ୟନ୍ତ ହୁଏତ ଲମ୍ବି ଆସିପାରେ। ଲୋକ ନିନ୍ଦା ସାଙ୍ଗକୁ ଜେଲ ଭୟ ମଧ୍ୟ ଅଛି । ଏ ସବୁ ଭାବିଲା ବେଳକୁ ତାଙ୍କୁ ଚାରିଆଡ୍ରୁ ଅନ୍ଧକାର ଦେଖାଯାଏ।

ଜୀବନରେ କେବେ ସେ ସମ୍ଭୋଗର ରାସ୍ତାକୁ ଯାଇ ନାହାନ୍ତି । ସୁରା-ସାକୀ କଥା ବନ୍ଧୁମାନଙ୍କ ମୁହଁରୁ ଶୁଣିଛନ୍ତି। ଅନେକ ସମୟରେ ଆପେ ଆପେ ଏ ସବୁ ତାଙ୍କ ହାତ ପାଆନ୍ତାକୁ ଆସିଛି; କିନ୍ତୁ କେବେ ସେ ଏହା ସ୍ପର୍ଶ କରି ନାହାନ୍ତି। ସ୍ତ୍ରୀ ରୂପବତୀ ଓ ପତିପରାୟଣା; କିନ୍ତୁ ଦିନ ସାରା ସ୍ତ୍ରୀଙ୍କ ମୁହଁକୁ କେତେ ଚାହିଁ ବସିବେ ? ମନୋଟୋନି ଭାଙ୍ଗିବା ପାଇଁ ଏବେ କେମିତି କେଜାଣି ମଦ୍ୟପାନ ପାଇଁ ମଝିରେ ମଝିରେ ଇଚ୍ଛା ହେଉଛି। ବନ୍ଧୁମାନଙ୍କ ନିକଟରୁ ଶୁଣିଛନ୍ତି ମଦ୍ୟପାନ ଅନେକ ସମୟରେ ଅବସାଦକୁ ଦୂର କରିଦିଏ; କିନ୍ତୁ ଇଚ୍ଛା ହେଲେ ମଧ୍ୟ ସେ ବିଶେଷ ସେ ଦିଗରେ ଆଗେଇ ପାରନ୍ତି ନାହିଁ । କାରଣ ସାଙ୍ଗରେ କେହି ଜଣେ ଦି' ଜଣ ନ ଥିଲେ ପାନର ଆସର ଜମେନାହିଁ । ଅନେକ ଚିନ୍ତା କରି କଳ୍ପତରୁ ବନ୍ଧୁମାନଙ୍କୁ ଫୋନ୍ କଲେ। ଶ୍ରୀମତୀ ମାଧବ ଫୋନ୍ ଧରିଲେ। ନିଜ ପରିଚୟ ଦେଲେ "ସେ ତ ବାହାରେ ଥିଲେ, ଅଛନ୍ତି କି ନାହିଁ ମୁଁ ଦେଖେ, ଧରନ୍ତୁ ।" କଳ୍ପତରୁ ଅନୁନୟଭରା ଗଳାରେ ପୁଣି କହିଲେ, "ଭାରି ଜରୁରୀ କାମ। ଦୟାକରି ଟିକେ ଡାକି ଦିଅନ୍ତୁ!" "ଆଚ୍ଛା ହେଉ, ମୁଁ ଦେଖେ" କହି ଶ୍ରୀମତୀ ଗଲେ ସ୍ୱାମୀଙ୍କୁ ଡାକିବାକୁ।

ମାଧବ ବେଶ୍ ପିଇବା ବାଲା, କିନ୍ତୁ ମାତାଲ ହେବା ସେ ଦେଖି ନାହାନ୍ତି।

ହସେଇ ରସେଇ ମଜଲିସ୍‌କୁ ଜମାଇ ଦେବାରେ ପାରଙ୍ଗମ। କଥାରେ ସର ପକାଇଦେବେ। ତାଙ୍କ ଜରିଆରେ ଅନେକ କାମ କରାଇ ନେଇଛନ୍ତି। ହାତ ଚିକ୍‌କଣ ବେଶ୍ କରିଛନ୍ତି। କଳ୍ପତରୁଙ୍କ ବନ୍ଧୁ ବୋଲି ଅନ୍ୟମାନଙ୍କ ଆଗରେ ପରିଚୟ ଦେବାବେଳେ ତାଙ୍କ ଛାତି ଫୁଲି ଉଠୁଥିଲା। ମାତ୍ର ଏବେ ମାଧବ ସମ୍ପୂର୍ଣ୍ଣ ଭିନ୍ନ ମଣିଷ । କଥାବାର୍ତ୍ତା ତ ଦୂରର କଥା । ଦେଖା ସାକ୍ଷାତ୍ ମଧ୍ୟ ବନ୍ଦ। କଳ୍ପତରୁ ଅନ୍ୟମାନଙ୍କ ଅପେକ୍ଷା ମାଧବକୁ ଖୁବ୍ ପସନ୍ଦ କରନ୍ତି। ମାଧବ ସରକାରୀ ଚାକିରି କରନ୍ତି, କିନ୍ତୁ କଳ୍ପତରୁଙ୍କ କ୍ଷମତା ଥିଲାବେଳେ ସେ ଅଫିସ ଯିବା ଛାଡ଼ି ଦେଇଥିଲେ। ତାଙ୍କୁ କୈଫିୟତ ମାଗିଥିବା ଅଫିସରଙ୍କୁ କଳ୍ପତରୁ ବଦଳି ମଧ୍ୟ କରାଇ ଦେଇଥିଲେ। ଏବେ ମାଧବ କିନ୍ତୁ ନିୟମିତ ଅଫିସ ଯାଉଛନ୍ତି । ନ ଗଲେ ଚାକିରି ଯିବାର ସମ୍ଭାବନା ମଧ୍ୟ ଅଛି । କଳ୍ପତରୁ ବର୍ତ୍ତମାନ ସରକାରଙ୍କ ବିଷ ଦୃଷ୍ଟିରେ ଅଛନ୍ତି । ତେଣୁ ତାଙ୍କ ସହ ନିୟମିତ ସମ୍ପର୍କ ରଖିବାଟାକୁ ମାଧବ ଯଦି ଉଚିତ ମନେ କରୁ ନଥିବେ ସେଥିପାଇଁ ତାଙ୍କୁ ଦୋଷ ଦେଇ ହେବ ନାହିଁ।

ଟେଲିଫୋନ୍‌ର ଅପରପାର୍ଶ୍ୱର ଶବ୍ଦରେ ତାଙ୍କର ଚିନ୍ତା ଛିନ୍ନ ହେଲା। ଆଗ୍ରହର ସହ "ମାଧବ-କ'ଣ ଭଲ ଅଛ ?" ବୋଲି ପଚାରିବା ବେଳେ ଅପରପଟୁ ମାଧବଙ୍କ ଭାଇ ଜବାବ ଦେଲେ, "ଆଜ୍ଞା, ଭାଇ ବଜାରକୁ ଗଲେ। ଆସିଲେ ଆପଣଙ୍କୁ ଫୋନ୍ କରିବେ।" ବିରକ୍ତି ଓ ଚରମ ହତାଶାରେ କଳ୍ପତରୁ ରିସିଭର ଥୋଇଦେଲେ। ବନ୍ଧୁଙ୍କର ଶଠତା ମନକୁ ବିଷାକ୍ତ କରି ପକାଇଲା। ହାତ ମୁଠାକରି ଘରସାରା ବୁଲିବାକୁ ଲାଗିଲେ। ବେଇମାନ ସବୁ ଶଳେ ବେଇମାନ । ତୁମମାନଙ୍କୁ ଏଥର ମୁଁ ଠିକ୍ ଚିହ୍ନିଗଲି । ମୁଁ ବି ଠିକ୍ ସମୟରେ ତୁମମାନଙ୍କୁ ଦେଖିନେବି । ସ୍ୱଗତୋକ୍ତି କଲାଭଳି ଏହି କଥା ଗୁଡ଼ାକ ଉଚ୍ଚାରଣ କରି କଳ୍ପତରୁ ପାଗଳ ଭଳି ଘରସାରା ବୁଲିଲେ। ପୁଣି କ'ଣ ଭାବି ଘରୁ ବାହାରି ଗାଡ଼ି ଧରି ବାହାରକୁ ବାହାରି ଗଲେ।

ଗାଡ଼ି ନେଇ କିଛି ବାଟ ଯିବାପରେ ତାଙ୍କର ଚେତା ପଶିଲା । ସେ ଯାଉଛନ୍ତି କୁଆଡ଼େ ? ପ୍ରଥମେ ଭାବିହେଲେ ମାଧବଙ୍କ ଘରକୁ ଯିବେ । ପଚାରିବେ, 'ବନ୍ଧୁ ଏହି କ'ଣ ବନ୍ଧୁତ୍ୱ ?' କିନ୍ତୁ ପର ମୁହୂର୍ତ୍ତରେ ଭାବିଲେ ଏହାଦ୍ୱାରା ତାଙ୍କର ଆତ୍ମ ସମ୍ମାନରେ ଆଞ୍ଚ ଆସିବ। ମନ ଭିତରେ କ୍ଷମତା ଥିବା ବେଳର ସେଇ ଅହଙ୍କାର ପୁଣି ଚେଇଁ ଉଠିଲା। ତାଙ୍କରି ଦୟାରେ ଅପର ଡିଭିଜନ କିରାଣି ମାଧବ ଆଜି ଗାଡ଼ି କିଣି ଟ୍ୟାକ୍‌ସି କରିଛି । ଜମି ପାଇଛି । ସେଇ ମାଧବକୁ ସେ ଯାଇ ପୁଣି ଅନୁନୟ ବିନୟ ହେବେ। ନା, ସେ ସେଠାକୁ ଯିବେ ନାହିଁ । ବରଂ ଶୁଭେନ୍ଦୁଙ୍କ ଘରଆଡ଼େ ଯିବେ । ଶୁଭେନ୍ଦୁ ସରକାରୀ ଫ୍ଲାଟ୍‌ର ଉପର ମହଲାରେ ରହନ୍ତି । ତାଙ୍କ ଘର ନିକଟରେ ପହଞ୍ଚି ଗାଡ଼ି ରଖି

ସେ ଯେତେବେଳେ ଉପରକୁ ଚାହିଁଲେ, ତାଙ୍କର ମନେ ହେଲା ହଠାତ୍ ଜଣେ କାହାର ମୁହଁ ଝରକା ନିକଟରୁ ତାଙ୍କୁ ଦେଖି ଅପସରିଗଲା। କିଛି ସମୟ ସେ ଗାଡ଼ିରେ ବସିଲେ। ଡୋର୍ ଖୋଲି ତଳକୁ ଓହ୍ଲାଇବା ପାଇଁ ଉପକ୍ରମ କରିବାବେଳେ ଉପରୁ ଶୁଭେନ୍ଦୁଙ୍କ ପୁଅ ଗାଡ଼ି ପାଖକୁ ଆସି କହିଲା, "ବାପା ସକାଳୁ କଟକ ଯାଇଛନ୍ତି- ରାତିକୁ ଫେରିବେ।" ବାକ୍ୟ ବ୍ୟୟ ନ କରି କଳ୍ପତରୁ ଜୋର୍‌ରେ କାର୍ ଡୋର୍ ବାଡ଼େଇ ଦେଇ ଗାଡ଼ିରେ ଷ୍ଟାର୍ଟ ଦେଲେ । ମନେ ମନେ ଭାବିଲେ ଯେଉଁ ମୁହଁ ଝରକା ନିକଟରୁ ଅପସରିଗଲା ତାହା ଶୁଭେନ୍ଦୁଙ୍କର ନିଶ୍ଚୟ। ଜଣେ ଲୋକର ହାତର କିଛି ଅଂଶ ସେ ଦେଖିବାକୁ ପାଇଥିଲେ। ଶୁଭେନ୍ଦୁଙ୍କ ଏହି ବ୍ୟବହାର ବାସ୍ତବରେ ତାଙ୍କ ପାଇଁ ଚାବୁକ୍ ପ୍ରହାର ଭଳି ବୋଧ ହେଲା। ଗାଡ଼ି ନେଇ କଳ୍ପତରୁ ସହରର ଏଣେତେଣେ ଘୂରି ବୁଲିଲେ। ମାଧବ ଓ ଶୁଭେନ୍ଦୁଙ୍କ ବ୍ୟବହାର ତାଙ୍କୁ ବିବ୍ରତ ଓ ବିଚଳିତ କରି ଦେଇଥିଲା।

ଶୁଭେନ୍ଦୁ ତା' ସାନ ଭାଇ ଓ ସ୍ତ୍ରୀ ନାମରେ ବସ୍ କିଣିଲାବେଳେ ବସ୍ ପାଇଁ ଋଣ ପାଇବାଠାରୁ ଆରମ୍ଭ କରି ଭଲ ପେୟିଂ ରୁଟ୍‌ରେ ସେ ପରମିଟ୍ ମଧ୍ୟ କରାଇ ଦେଇଥିଲେ। ଖୁବ୍ କମ୍‌ରେ ଏଥିପାଇଁ ଅନ୍ୟ ଲୋକ ହୋଇଥିଲେ ପନ୍ଦର କୋଡ଼ିଏ ହଜାର ଟଙ୍କା ସେ ପାଇଥାନ୍ତେ।ଏଥିପାଇଁ ଅନ୍ତତଃ ଦୁଇଜଣ ପ୍ରଭାବଶାଳୀ ବସ୍ ମାଲିକଙ୍କର ସେ ଶତ୍ରୁ ହୋଇଥିଲେ। ଅଥଚ ଆଜି ସେଇ ଶୁଭେନ୍ଦୁ ଶେଷରେ ଘରେ ଥାଇ ମଧ୍ୟ ନାହିଁ ବୋଲି ପୁଅ ହାତରେ କହି ପଠାଇଲା।

କଳ୍ପତରୁ ବୁଝିପାରୁଥିଲେ, ଏମାନେ ସମସ୍ତେ ଥିଲେ ତା'ର ଖରାଦିନର ବନ୍ଧୁ। ମାମୁଙ୍କ କ୍ଷମତାର ଖରାତେଜ କମିଗଲା ପରେ ସେମାନେ ତାଙ୍କୁ ଛାଡ଼ି ଚାଲିଯାଇଛନ୍ତି। ବର୍ତ୍ତମାନ ତାଙ୍କର ଦୁର୍ଦ୍ଦିନ, ବର୍ଷାଦିନ। ଆଜି ତାଙ୍କର ସୁବିଧାବାଦୀ ବନ୍ଧୁମାନେ ଛତା ମେଲାଇ ନିଜକୁ ରକ୍ଷା କରୁଛନ୍ତି; କିନ୍ତୁ ବନ୍ଧୁମାନଙ୍କ ଛତା ତାଙ୍କ ମୁଣ୍ଡ ଉପରକୁ ଆସିନାହିଁ। ତାଙ୍କର ସବୁ ଥାଇ ସେ ବର୍ଷାରେ ଭିଜୁଛନ୍ତି ଏକାକୀ ନିଃସଙ୍ଗ ହୋଇ।

ସେଦିନ ସଂଧ୍ୟାରେ କଳ୍ପତରୁ ନିଜର ସୁସଜ୍ଜିତ ଡ୍ରଇଂ ରୁମ୍‌ରେ ବସି 'ଆଗାଥା କ୍ରିଷ୍ଟି'ଙ୍କର ଏକ ନଭେଲ ପଢୁଥିଲେ; କିନ୍ତୁ ମଝିରେ ମଝିରେ ନିଜର ସ୍ଥିତି କଥା ଭାବି ଅନ୍ୟମନସ୍କ ହୋଇ ପଡୁଥିଲେ। ସକାଳ କଥା ଭୁଲି ପାରୁନଥିଲେ। ଏବେ ମଝିରେ ମଝିରେ କିଛି ବାଲୁଙ୍ଗା ପିଲା ଆସି ଚାନ୍ଦା ମାଗନ୍ତି। ଚାନ୍ଦା ପରିମାଣ କମ୍ ହେଲେ ଦି'ଚାରି ପଦ ଶୁଣାଇ ଦିଅନ୍ତି। ଅଳ୍ପ ସମୟ ପୂର୍ବରୁ ଦଳେ ଟୋକା ଆସିଥିଲେ। କୋଡ଼ିଏ ଟଙ୍କା ଚାନ୍ଦା ଦେଲାପରେ ମଧ୍ୟ ସେମାନେ ସନ୍ତୁଷ୍ଟ ନୁହନ୍ତି। ଜବରଦସ୍ତ ଶହେ ଟଙ୍କାର ରସିଦ୍ କାଟି ଧରାଇଦେଲେ। ଏତେ ଟଙ୍କା ଦେଇ ପାରିବେ ନାହିଁ ବୋଲି ସେ କହିବାମାତ୍ରେ ଜଣେ ଟୋକା ତାଙ୍କ ମୁହଁ ଉପରେ କହିଲା- "ଲକ୍ଷ ଲକ୍ଷ ଟଙ୍କା ମାରିଛ।

ଆମକୁ ଦେଲାବେଳକୁ କାଟୁଛି କାହିଁକି ? ସତେ ଯେପରି ଝାଳବୁହା ଧନ। " କଳ୍ପତରୁ ରାଗରେ କବାଟଟାକୁ ଧଡ଼୍ କରି ବନ୍ଦ କରି ଦେଲାବେଳେ ସେମାନଙ୍କ ଭିତରୁ ଜଣେ କିଏ କହିଲା-

"ରୁହ-ରୁହ ଆମେ ଆସୁଛୁ-"

ପୁଣି କଲିଂବେଲ୍ ବାଜି ଉଠିଲା। କଳ୍ପତରୁ ଚମକି ପଡ଼ିଲେ। ଛାତି ଭିତରଟା ଥରି ଉଠିଲା। ତାଙ୍କର ମନେ ହେଲା ସେଇ ପୂଜାଚାନ୍ଦା ଦଳ ଅଧିକ ଟୋକାଙ୍କୁ ଧରି ଆସିଛନ୍ତି। କଲିଂବେଲ୍ ପୁଣି ବାଜି ଉଠିଲା। ତଥାପି କଳ୍ପତରୁ ଚୁପ୍‌ଚାପ୍ ବସି ରହିଲେ। ଘର ଭିତରକୁ ଚାକର ଦୌଡ଼ି ଆସିଲା। ତାଙ୍କୁ ଫେରାଇ ଦେଲେ। ପରେ ପରେ ଆଉ ଦୁଇ ତିନି ଥର କଲିଂ ବେଲ୍ ବାଜିଲା। କଳ୍ପତରୁ ବାବୁ ନିଶ୍ଚିତ ହେଲେ ପୂଜା ଚାନ୍ଦା ଦଳ ହାମଲା କରିବାକୁ ଆସିଛନ୍ତି। ଗାଡ଼ିଟାକୁ ଗ୍ୟାରେଜରେ ନ ରଖି ସେ ବାହାରେ ରଖିଥିଲେ ଭୟ ହେଲା କବାଟ ନ ଖୋଲିଲେ ଗାଡ଼ି ପୋଡ଼ି ଦେଇ ପାରନ୍ତି। ଦେବାଦେବୀଙ୍କୁ ମନେ ମନେ ସ୍ତୁତି କରି କଳ୍ପତରୁ କବାଟ ଖୋଲିବାକୁ ଗଲେ । ଖୋଲିବା ପୂର୍ବରୁ ଭିତରପଟୁ ପାଟି କରି ପଚାରିଲେ କିଏ ? ଉତ୍ତର ମିଳିଲାନି। ସମଗ୍ର ଶରୀରଟା ତାଙ୍କର ଯେପରି ନିର୍ଜୀବ ହୋଇଗଲା। ଥରି ଥରି କବାଟ ଖୋଲିଦେଲେ। ମାତ୍ର କବାଟ ଖୋଲି ଦେଇ କଳ୍ପତରୁ ଯାହା ଦେଖିଲେ ସେଥିରେ ଏତେ ସମୟ ଧରି ତାଙ୍କର ଥିବା ଅବସାଦ, ଦୁଃଖ, ଭୟ ଆଉ ନିର୍ଜୀବତା ମୁହୂର୍ତ୍ତକ ମଧ୍ୟରେ କଟିଗଲା। ନିଜ ଆଖିକୁ ପ୍ରଥମେ ସେ ବିଶ୍ୱାସ କରି ପାରିଲେ ନାହିଁ। ବୋକାଭଳି ଆଗନ୍ତୁକମାନଙ୍କୁ ଚାହିଁ ରହିଲେ। ତାଙ୍କ ସମ୍ମୁଖରେ ଠିଆ ହୋଇଥିଲେ ଦୁଇବନ୍ଧୁ ମାଧବ ଆଉ ଶୁଭେନ୍ଦୁ।

ଦୁଇ ବନ୍ଧୁଙ୍କୁ ଡ୍ରଇଂରୁମ୍‌କୁ ଭିଡ଼ି ଆଣିଲେ। ଏଇ ମୁହୂର୍ତ୍ତ ଏ ଦୁଇ ଜଣଙ୍କୁ ଦେବଦୂତ ଭଳି ମନେ ହେଲା। ପୂଜା ଚାନ୍ଦାଦଳ ଏବେ ଆସିଲେ ଅନ୍ତତଃ ଭୟ ରହିବ ନାହିଁ। ଘର ଭିତରକୁ ଆସି ବଡ଼ ପାଟିରେ ଡାକ ପକାଇଲେ ପୁଝାରୀକୁ। ବରାଦ ଦେଲେ ପକୁଡ଼ି ଛାଣିବାକୁ। ନିଜ ପକ୍ଷରୁ ପ୍ରସ୍ତାବ ଦେଲେ ଟିକେ ଡ୍ରିଙ୍କ୍ କରିବା ପାଇଁ। ଦୁଇ ବନ୍ଧୁ ଏ କଥା ଶୁଣି ରୀତିମତ୍ ଆଶ୍ଚର୍ଯ୍ୟ। ଲଙ୍କାରେ ହରି ଶବ୍ଦ। କଳ୍ପତରୁ ଡ୍ରିଙ୍କ୍ କରିବେ ଏହା କେବଳ ଅବିଶ୍ୱାସ ନୁହେଁ ଅକଳ୍ପନୀୟ। ଦୁହେଁ ଆନନ୍ଦରେ ଗଦ୍ ଗଦ୍ ହୋଇଗଲେ। କଳ୍ପତରୁ ପକେଟରୁ ଟଙ୍କା କାଢ଼ି ମାଧବକୁ ଯାଚିଲେ ଭଲ ହୁଇସ୍କି ଆଣିବା ପାଇଁ କିନ୍ତୁ ମାଧବ ତାଙ୍କ ହାତ ଧରିପକାଇ କହିଲେ, " ଛିଃ-ଛିଃ ଏ ଖର୍ଚ୍ଚଟା ମୋତେ ବହନ କରିବାକୁ ଦିଅନ୍ତୁ। ଅନେକ ଦିନ ଧରି ଆପଣଙ୍କ ସହ ଦେଖା ହୋଇନି। ସେଥିପାଇଁ ଆମେ ଲଜ୍ଜିତ। ଆମ ଘରକୁ ଯାଇ ଆପଣ ଫେରି ଆସିଛନ୍ତି। ଏହାଠାରୁ ବଳି ଲଜ୍ଜାର କଥା ଆମ ପାଇଁ କ'ଣ ଥାଇପାରେ।" ମାଧବ ଚାଲିଗଲେ । ପ୍ରାୟ ଘଣ୍ଟାକ ପରେ ପୁଣି କଲିଂବେଲ୍

ଶବ୍ଦହେଲା। କଳ୍ପତରୁ ଉଠିଯାଇ କବାଟ ଖୋଲି ଦେଲେ। ଦୁଆର ସାମନାରେ ଠିଆ ହୋଇଥିଲେ ମାଧବ। ମାତ୍ର ମାଧବର ନୂଆ ଆମ୍ବାସାଡ଼ର କାର୍ ଭିତରୁ ଓହ୍ଲାଇ ଆସୁଥିଲେ ମହେନ୍ଦ୍ର, ପ୍ରଶାନ୍ତ ଓ ସୁଧାକର। ମାଧବ ହସି ହସି କହିଲେ, "ତିନି ଜଣଙ୍କୁ ସାଙ୍ଗରେ ଧରି ଆଣିଲି। ସମସ୍ତେ ନ ଆସିଲେ ପାର୍ଟିଟା ଜମିବନି।"

ବହୁଦିନ ପରେ ପୁଣି ବନ୍ଧୁମାନଙ୍କୁ ଏକତ୍ର ଦେଖି କଳ୍ପତରୁଙ୍କ ଆଖିରେ ଲୁହ ଜକେଇ ଆସିଲା। ତାଙ୍କ ମନରେ ସମସ୍ତ ଦୁଃଖ-ଅବସାଦ ମୁହୂର୍ତ୍ତକ ମଧ୍ୟରେ ମିଳାଇ ଗଲା। ଏହି ବନ୍ଧୁମାନଙ୍କୁ ସ୍ୱାର୍ଥପର, ସୁବିଧାବାଦୀ ଭାବିଥିଲେ ବୋଲି ମନେ ମନେ ସେ ଖୁବ୍ ଲଜ୍ଜିତ ହେଲେ। ଗଭୀର ସ୍ନେହରେ ସମସ୍ତଙ୍କୁ ଆଲିଙ୍ଗନ କରି ଘର ଭିତରକୁ ଭିଡ଼ି ନେଲେ ।

ଧୀରେ ଧୀରେ ମଜଲିସ୍ ଜମି ଆସୁଥିଲା। କଳ୍ପତରୁ ଜୀବନରେ ପ୍ରଥମ ଥର ପାଇଁ ସୁରାପାତ୍ର ହାତରେ ଧରିଥିଲେ। ହଠାତ୍ ମଝିରେ ଶୁଭେନ୍ଦୁ ତାଙ୍କୁ ଚମକାଇ ଦେଇ କହିଲା।

- "ଏ କିନ୍ତୁ ଆପଣଙ୍କର ଖୁବ୍ ଅନ୍ୟାୟ କଳ୍ପତରୁ ବାବୁ! ଏଭଳି ଏକ ଶୁଭ ଖବର ଆମଠୁଁ ଆପଣ ଆଜିଯାଏ ଲୁଚାଇ ରଖିଥିଲେ।"

କଳ୍ପତରୁ କିଛି ବୁଝି ନ ପାରି ବୋକାଙ୍କ ଭଳି ଚାହିଁ କହିଲେ, "ଶୁଭ ଖବର? କାଇଁ ମୁଁ ତ ସେମିତି କିଛି ଜାଣି ନାହିଁ!"

ମାଧବ କିଛି ନ କହି ତାଙ୍କ ହାତକୁ ବଢାଇ ଦେଲେ ସେହିଦିନ ଅପରାହ୍ନରେ ଆସିଥିବା ଦିଲ୍ଲୀର ଏକ ଇଂରାଜୀ ଦୈନିକ ଖବର କାଗଜ-ଯେଉଁଥିରେ ପ୍ରଥମ ପୃଷ୍ଠାରେ ପ୍ରକାଶ ପାଇଥିଲା ଯେ, କଳ୍ପତରୁଙ୍କ ମାମୁ ରାଜ୍ୟର ମୁଖ୍ୟମନ୍ତ୍ରୀ ରୂପେ ଦାୟିତ୍ୱ ନେବେ।

ଖବରଟା ପଢ଼ି ସାରିବା ପରେ କଳ୍ପତରୁଙ୍କ ମୁହଁର ଭଙ୍ଗି ବଦଳିଗଲା। ବଦଳିଗଲା ଆଖିର ଚାହାଣି। ଏମାନେ ତା' ହେଲେ ମାମୁଙ୍କର ମୁଖ୍ୟମନ୍ତ୍ରୀ ହେବା ସମ୍ଭାବନା ଖବର ପଢ଼ି ତାଙ୍କ ପାଖକୁ ଛୁଟି ଆସିଛନ୍ତି । ପୂର୍ବରୁ ବନ୍ଧୁତ୍ୱ ପାଇଁ ନୁହେଁ?

ପୁଣି ତା' ହେଲେ ଫେରି ଆସୁଛି ତାଙ୍କ ହାତକୁ କ୍ଷମତାର ଖରାତେଜ। ସେଇଥିପାଇଁ ଏମାନେ ତାଙ୍କ ପାଖକୁ ପୁଣି ଘୁଞ୍ଚି ଆସିବାକୁ ଚାହାନ୍ତି। ସେମାନଙ୍କୁ କ'ଣ ସେ ପୁଣି ପ୍ରଶୟ ଦେବେ?

କ୍ରୋଧରେ କଳ୍ପତରୁ ନିଜର ସେଇ ପାନ ପାତ୍ରକୁ ଚଟାଣ ଉପରକୁ ଫିଙ୍ଗିଦେଲେ । ଭଙ୍ଗୁର କାଚପାତ୍ର ଖଣ୍ଡ-ବିଖଣ୍ଡିତ ହୋଇ ଘରସାରା ଖେଳାଇ ହୋଇ ପଡ଼ିଲା।

■

ରାସ୍ତା

ବନଜ ଦେବୀ

ଆମେ ଯେମିତି ତାଙ୍କର ଚିହ୍ନା ମୁହଁ । ଦେଖୁ ଦେଖୁ ସେମିତି ଅତି ପରିଚିତ ଭଳି ସେ ହସିଦିଅନ୍ତି । ବେଶୀ କିଛି ଦୂରତ୍ୱ ଥିଲେ ମଧ୍ୟ, ସେ ହସ ଆମକୁ ଜକଜକ ହୋଇ ସ୍ପଷ୍ଟ ଦେଖାଯାଏ । ହସି ଦେଲେ, ସେ ବୟସ୍କ ହାଡୁଆ ଗାଲରେ ରେଖା ଟାଣି ହୋଇଯାଏ, କୋଟର ଗତ ଆଖିରେ ଆଲୁଅ ଝଲମଲ ହୋଇ ଉବୁକି ପଡ଼େ, ସତେକି ଜଣାଇ ଦିଏ ଦୁଆର ଖୋଲି ଯାଇଚି, ଏକଦମ୍ ସାହାଣ ମେଲା, ଯେ କେହି ଯିବ ଓ ସିଂହାସନ ଛୁଇଁଦେଇ ପାରିବ ।

ଆମେ ଯେ ବାରବୁଲା, ଛତରା କୋଉଠିକାର, ଯାହାକୁ କହନ୍ତି ସମ୍ପୂର୍ଣ୍ଣ ବାସ୍ତୁହରା, ଆମପାଇଁ ଭିତରକୁ ଯିବା ଓ ସିଂହାସନ ଛୁଇଁବା ଏକ ଅକଳ୍ପନୀୟ ବ୍ୟାପାର; ସିଂହାସନ କ'ଣ ଓ କେଉଁଠି ଆମେ ଜାଣୁନାହିଁ, ବୁଝି ମଧ୍ୟ ନାହୁଁ, ଆମ ପାଇ ସିଂହାସନ କେଉଁଠି ନା କେଉଁଠି ଅଛି ଓ ସେଠି ଦୀପଟିଏ ମିଞ୍ଜି ମିଞ୍ଜି ଜଳୁଛି ।

ଏଇ ଛୋଟ ସହରର ଶେଷ ମୁଣ୍ଡରେ, ବୁଦିବୁଦିକା ଗଛଲତା ଭର୍ତ୍ତି ତାହା ଏକ ଅବ୍ୟବହୃତ ଅଞ୍ଚଳ । ଯାହାର ଏକ ପାଖରେ ସରୁ ପାଦଚଲା ରାସ୍ତାଟିଏ ପାୱାର ଷ୍ଟେସନ ଆଡ଼େ ଯାଇଚି, ଏକ କଡ଼ରେ ମଶାଣି ଓ ଅନ୍ୟ ପାଖରେ କେଉଁ କାଳର କବରଖାନାଟିଏ ଅଦ୍ୟାପି ରହିଛି । ବ୍ରିଟିଶ୍ ଅମଳରେ କେତେଜଣ ସାହେବ ଏଠି ବସବାସ କରି ରହିଥିଲେ, ସେହିମାନଙ୍କର ଓ ସେମାନଙ୍କର ବଂଶଧରମାନଙ୍କର ମୃତ ଦେହ ଏଇ କବରଗୁଡ଼ିକ ମଧ୍ୟରେ ସ୍ଥାନ ପାଇଛି । କବରଗୁଡ଼ିକ ଭିତରୁ କେତେକ ଭାଙ୍ଗିରୁଜି ଗଲାଣି, ଗଛଲତା ମାଡ଼ିଲାଣି ଶିଉଳି ଲାଗି ସବୁ ଧୂସର ବିବର୍ଣ୍ଣ ଦିଶିଲାଣି ।

ପ୍ରତିଦିନ ମୁଁ ଆସି ଏହି କବରଖାନାରେ ବସେ । ସକାଳେ ଓ ସଞ୍ଜରେ, ଖରା ଓ ବର୍ଷାରେ, ଶୀତ ଓ କାକରରେ, କେବେ ମୋର ଆସିବା ବନ୍ଦ ହୁଏନା । ଦିନ ଅଧକର ନୁହେଁ, ଅନେକ ଦିନର ଏ ଅଭ୍ୟାସ। ଏଇ କବରଖାନା ମୋର ଚରାଭୂଇଁ, କିନ୍ତୁ ମୁଁ? ମୁଁ ସୀମିତ ଚୌଧୁରି, ବିଶ୍ୱବିଦ୍ୟାଳୟର ସର୍ବୋଚ୍ଚ ଡିଗ୍ରୀ ମୋ ନାଁ ପଛରେ। ସହରର ସିନେମା ହଲ୍, ବସ୍‌ଷ୍ଟାଣ୍ଡ, ରେଳଷ୍ଟେସନ, ଛକଜାଗାର ପାନଦୋକାନ, ଯେଉଁଠିକି ମୋର ସାଙ୍ଗ ଓ ସମବୟସ୍କ ଯୁବକଗଣ ଆଡ୍ଡା ମାରି ସମୟ କଟାନ୍ତି ସେ ସବୁ କୋଳାହଳକୁ ବର୍ଜନକରି ମୁଁ ଏଠି ଏ ନିର୍ଜନ କବରଖାନାରେ ବସେ କାହିଁକି? ନିଜକୁ ଏ ପ୍ରଶ୍ନ ଯେ ମୁଁ ନ ପଚାରିଛି ଏମିତି ନୁହେଁ। ପ୍ରତି ମୁହୂର୍ତ୍ତରେ ପ୍ରଶ୍ନ କରିଛି, ମୋ ହାତରେ କ'ଣ କିଛି କାମ ନାହିଁ? ମୋ ସମ୍ମୁଖରେ କ'ଣ ମୋର ଭବିଷ୍ୟତ ନାହିଁ? ମୁଁ କ'ଣ କିଛି କରିବାକୁ ଚାହେଁ ନାହିଁ? ଏସବୁ ପ୍ରଶ୍ନର ଉତ୍ତରରେ, ମୋ ଭିତରୁ କିଏ ପ୍ରବଳ ଅଟ୍ଟହାସ୍ୟରେ ଫାଟିପଡ଼େ ଓ ମୋତେ କହେ, ତୁ କ'ଣ ସତରେ କିଛି କରିବାକୁ ଚାହିଁଥିଲୁ? କିଛି କରିବାକୁ ଚାହୁଁ? କିଛି କରିବା ପାଇଁ ତୁ କ'ଣ ଯୋଗ୍ୟ? କାହିଁକି ତେବେ ବାପାଙ୍କ ବ୍ୟବସାୟରେ ସାହାଯ୍ୟ କଲୁନାହିଁ! ଭାଇଙ୍କର ଫାଇଭଷ୍ଟାର୍ ହୋଟେଲ୍‌ର ମ୍ୟାନେଜର ପଦକୁ ଲୋଭେଇଲୁ ନାହିଁ? ମଝିଆଁ ଭାଇଙ୍କ ପ୍ରେସ୍, ସାନ ଭାଇଙ୍କର ସିନେମା ହଲ, ମା ଓ ତାଙ୍କ ପୁରୁଷ ବନ୍ଧୁଙ୍କ ପାର୍ଟନରସିପ୍‌ରେ ଖୋଲା ଯାଇଥିବା ମଦ ଦୋକାନର ଦେଖାଶୁଣା କରିବାର ଲୋଭନୀୟ ପ୍ରସ୍ତାବଟିକୁ ପାଦରେ ଦଳି ଦେଇ ଆସିଲୁ? ଛାଟିପିଟି ହୋଇ ସେମାନଙ୍କଠାରୁ ପଳାଇ ଆସିଲୁ? କାହିଁକି ରିସର୍ଚ୍ଚ କାମରେ ମନ ଲଗାଇ ନ ପାରି ଅଧାରୁ ଛାଡ଼ିଦେଲୁ ? କାହିଁକି କମ୍ପିଟେଟିଭ୍ ପରୀକ୍ଷାଗୁଡ଼ିକର ଫର୍ମ ପୂରଣ କରିଦେଇ, ପରୀକ୍ଷା ନ ଦେଇ ରହିଗଲୁ? କହ, କାହିଁକି ତୋର ଏମିତି ହୁଏ? କାହିଁକି, କାହିଁକି?

ଏ କାହିଁକିର ଉତ୍ତର ମୋତେ କେହି ଦେଇ ନାହିଁ, ଏ କାହିଁକିର ଉତ୍ତର ମୁଁ କାହାକୁ ଦେଇ ପାରିନାହିଁ। ସମ୍ଭବତଃ ଏ କାହିଁକିର ଉତ୍ତର ଖୋଜୁ ଖୋଜୁ ଅବିନ୍ୟସ୍ତ ଚିନ୍ତା ଭିତରେ ମୁଁ ମୋ ନିଜକୁ କେଉଁଠି ହଜାଇ ଦେଇ ବସିଛି । ତେଣୁ ଘରର, ସାଇ ପଡ଼ିଶାର, ସହରର, ସବୁକିଛି କୋଳାହଳକୁ ଏଡ଼ି ଦେଇ, ମୁଁ ଏ ଅପନ୍ତରାରେ ଆସି ବସେ, ବସି ବସି ସିଗାରେଟ୍ ଟାଣେ, ଧୂଆଁଛାଡ଼େ, ଆକାଶକୁ ଚାହେଁ, ହାତ ମୁଠା ମୁଠା କରେ। ଏମିତି ସବୁଦିନ।

ସେଦିନ ହଠାତ୍ ଦେଖାହେଲା ବିପୁଳ। ବିପୁଳ ବଳବନ୍ତ ରାୟ, ସେଇ କଳା ଓ ଡେଙ୍ଗା, ଧୋତି ସାର୍ଟ ପିନ୍ଧିଥିବା ପିଲାଟା। ଚିପୁଡ଼ି ଦେଲାପରି ତା'ର ମୁହଁ ଶୁଖାଶୁଖା। ସେ ଆସି ମୋ ସାମ୍ନାରେ, ଏକ ପଥର ଉପରେ ବସିଲା। ବସିଲା ଅନେକ ସମୟ, ତା ଆଖିରେ

ଶୂନ୍ୟତାର ଛାଇ, ମୁଁ ତାକୁ ଦେଖୁ ଦେଖୁ ଚମକି ପଡ଼ିଲି। କହିଲି...ତମେ.... ? ତମେ ଏଠି ? ଏଠାକୁ କୌଣସି ଲୋକ ବସିବାକୁ, ଚାଲିବାକୁ ଆସନ୍ତି ନାହିଁ। କିନ୍ତୁ ତମେ...ତମେ....ତମେ.... ମାନେ, ତମେ ବି କ'ଣ ତମ ବାପାଙ୍କର ବ୍ୟବସାୟରେ ମିଶି ପାରିଲ ନାହିଁ ? ଭଲ ଲାଗିଲା ନାହିଁ ? ଠିକ୍ ମୋରି ପରି ? ଭାଇଙ୍କର ଫାଇଭଷ୍ଟାର୍ ହୋଟେଲ୍, ମାଆଙ୍କର ମଦଦୋକାନ, ସାନ ଭାଇର ସିନେମା ହଲ୍, କେଉଁଠି ନିଜ ପାଇଁ ସ୍ଥାନ କରି ନେଇ ନାହଁ? ମାନେ, ମାନେ, ମୋର ପରି ତମକୁ କ'ଣ କିଛି ବି ଭଲ ଲାଗିଲା ନାହିଁ?

ବିପୁଳ ମୋତେ ବଲବଲ କରି ଚାହିଁଲା ଅନେକ ସମୟ। ମୋର ଗୋଡ଼ଠୁଁ ମୁଣ୍ଡଯାଏ, ମୋର ଦାମୀ ପୋଷାକପତ୍ର, ହାତରେ ଦାମୀ ସିଗାରେଟ୍, ଏ ସବୁଥିରେ ତା'ର ଦୃଷ୍ଟି ଘୂରି ଘୂରି ଗଲା, ବେଶ୍ କେତେଥର । ତା' ପରେ କେତେବେଳେକେ କହିଲା, ଜାଣିଲ ବନ୍ଧୁ ! ଯଦି ମୋ ବାପାଙ୍କର କିଛି ଏକ ବ୍ୟବସାୟ ଥାନ୍ତା, ଭାଇଙ୍କର ଫାଇଭଷ୍ଟାର୍ ହୋଟେଲ୍ ବା ମା'ଙ୍କର ମଦ ଦୋକାନ ଥା'ନ୍ତା, ଏ ଅପନ୍ତରାରେ ନିଷ୍କର୍ମା ହୋଇ ବସିବାକୁ ମୁଁ ଆସିନଥାନ୍ତି, ସହରର ରଙ୍ଗୀନ୍ କୋଳାହଳକୁ ପିଠିକରି । ତମ ପାଖେ ଅନେକ ସମସ୍ୟା । ପ୍ରାଚୁର୍ଯ୍ୟର, ଐଶ୍ୱର୍ଯ୍ୟର ସମସ୍ୟା। କିନ୍ତୁ ମୋ ପାଖେ ଗୋଟିଏ ସମସ୍ୟା । ଭୋକ ଭୋକ : ନିଜ ପେଟର ଭୋକ। ଭାଇ, ଭଉଣୀ, ମା' ପେଟର ଭୋକ। ବଞ୍ଚି ରହିବାର, ଅସମ୍ଭବ ଦାବି ! ଅନ୍ୟମାନଙ୍କୁ ବଞ୍ଚାଇବାର ଅନିବାର୍ଯ୍ୟ ଦାୟିତ୍ୱ । ତମେ କହ, ମୁଁ କରିବି କ'ଣ ? ମୋତେ ଚାହିଁ ରହିଛନ୍ତି ଚାରି ପାଞ୍ଚପ୍ରାଣୀ କୁଟୁମ୍ବ। ଚାହିଁ ଚାହିଁ ତାଙ୍କ ଆଖି ଜଳକା ହୋଇଗଲାଣି । ଟିଉସନ୍ କରି ନିଜ ଚେଷ୍ଟାରେ ମୁଁ ଏମ୍.ଏ. ପଢ଼ିଛି । ହେଲେ ତୃତୀୟ ଶ୍ରେଣୀ । କାରଣ ପ୍ରକୃତ ମୂଲ୍ୟାଙ୍କନ ହୋଇପାରି ନାହିଁ। ହେଉନାହିଁ, ମା'ର ସବୁ ଗହଣାଗାଣ୍ଠି ବିକ୍ରି କରି କରି ମୋର ସବୁ ଇଣ୍ଟରଭ୍ୟୁ ଖର୍ଚ୍ଚ, ପରୀକ୍ଷା ଖର୍ଚ୍ଚ, ଲାଞ୍ଚ ଇତ୍ୟାଦି ଦେଇସାରିଛି। ହେଲେ ଚାକିରି ମିଳିନାହିଁ। ତମେ କ'ଣ ଜାଣ ଭୋକରେ, ଦାରିଦ୍ର୍ୟରେ, ବର୍ଷ ବର୍ଷ ଧରି ସଢ଼ିଲେ ବି ମଣିଷ ଆଶ୍ଚର୍ଯ୍ୟ ଭାବେ ବଞ୍ଚିରହିପାରେ ? ଏଥି ଭିତରେ ସାନଭଉଣୀ ପ୍ରୌଢ଼ଶିକ୍ଷା କେନ୍ଦ୍ରରେ କିଛି ଏକ ଚାକିରି ନେଇଯାଇଚି। ସାନଭାଇ, 'ଖବରକାଗଜ ବିକ୍ରି କରିବ' ଡାକି ଡାକି, କାଗଜ ଆଣି ଠୁଙ୍ଗା ତିଆରି କରି ଆତ୍ମନିଯୁକ୍ତି କରି କିଛି ରୋଜଗାର କରୁଛି। ଏସବୁ ଦେଖି, ମୁଁ ବି ଛକ ମୁଣ୍ଡରେ ପାନ ଦୋକାନଟିଏ ଦେବାର ସ୍ଥିର କଲି । ହେଲେ, ମା ରାଜି ହେଲାନି । କାରଣ ମା'ର ମୁଁ ବଡ଼ ପୁଅ, ସପନର ପୁଅ । ମୋର ବହୁତ ପାଠ, ତେଣୁ ଭଲ ଚାକିରି ଲୋଡ଼ା। ମା' ଏଇ ଭାବରେ ମୋତେ ଆଜିଯାଏ ଦେଖୁଚି । ଭାଇ, ଭଉଣୀ କେହି କିଛି କହୁନାହାନ୍ତି । ସାନଭଉଣୀର କିଞ୍ଚିତ୍ ରୋଜଗାରରେ ଜୁଟୁଥିବା ଅନ୍ନବ୍ୟଞ୍ଜନ ତଥାପି ମୋ ପାଇଁ, ବଡ଼ଭାଗ ଆକାରରେ ସଯତ୍ନ ହୋଇ

ରହୁଛି। ହେଲେ ଏତେ ବଦାନ୍ୟତା, ଏତେ ଉଦାରତା ମୁଁ ବହନ କରିବି କେମିତି ? ପାରିବି କି ? ବନ୍ଧୁ ! ତମେ ବଡ଼ଲୋକ, ପ୍ରାଚୁର୍ଯ୍ୟରେ ବଢ଼ିଛ, ସମୟକୁ ଉପଯୋଗୀ ନ କରିପାରି, ତାକୁ ଫୋପାଡ଼ି ଦେଇଚାଲିଛ - ହେଲେ ସମୟ ମୋତେ ଉପଯୋଗୀ ନ କରିପାରି ଫୋପାଡ଼ି ଦେଇଛି, ଏଇ ଅପନ୍ତରାରେ ଆମର ସହାବସ୍ଥାନ।

ସେଦିନ ଆମେ ହାତ ମିଳାଇଲୁ, ପରସ୍ପର ହାତକୁ ମୁଠାଇ ଧରିଲୁ । ସମାଜ ଓ ସଂସାରର, ଅବ୍ୟବହୃତ ଆମେ ଦୁଇବନ୍ଧୁ। ଆମ ଛାତିରେ ଯୁଗର ଯନ୍ତ୍ରଣା, ଆଶାରେ ଯୁଗର ବଞ୍ଚନା, ବିଶ୍ୱାସରେ ମାନବିକତାର ନିର୍ଯ୍ୟାତନା, ଏଇ ନିଃଶବ୍ଦ ସ୍ଲୋଗାନ୍‌କୁ ନେଇ ଆମେ ବସୁ। ଏତିକିବେଳେ ହିଁ ଆମର ଆବିଷ୍କାର ସେ। ସେଇ ମହିଳାଜଣକ ସେଇ ମଶାଣିପାଖ ରାସ୍ତାରେ ଯିବା ଆସିବା କରନ୍ତି। ପଚାଶ କି ପଞ୍ଚାବନ ସରିକି ବୟସ ହେବ । ମୁଣ୍ଡରେ କଳାଧଳା ମିଶା ବାଳକେରାକରେ ପଛପଟେ ଗଣ୍ଠିଟିଏ ପଡ଼ିଛି। ଦେହରେ ସାଧାରଣ କାଣ୍ଟିଆ ଚଦରଟିଏ ଘୋଡ଼ିହେଇ ଥାଆନ୍ତି। ପ୍ରଥମେ ଆମକୁ ଦେଖି ସେ କିଞ୍ଚିତ୍ ଆଶ୍ଚର୍ଯ୍ୟ ହୋଇଥିଲେ । ହେଲେ ପ୍ରତ୍ୟହ ନୀରବ ସାକ୍ଷାତରେ ଆମେ ହୋଇଗଲୁ ତାଙ୍କର ଚିହ୍ନାମୁହଁ। ଆମକୁ ଦେଖି ସେ ହସି ଦିଅନ୍ତି। କ'ଣ କହିବେ କହିବେ ହୁଅନ୍ତି, କହନ୍ତି ନାହିଁ। ଖାଲି ଓଠରୁ, ଆଖିରୁ, ହସର ଧାର ଝରି ଝରି ଯାଏ। ଖୋଲା, ପଖଳା ହସ। ଆମେ ଯେ ଏକ ଅବକ୍ଷୟ ଚେତନାର ଭାରଗ୍ରସ୍ତ ଲର୍ନଡ଼୍ ଭାଗାବଣ୍ଡ, ବିକ୍ଷୋଭ ଓ ବିତୃଷ୍ଣାରେ ପୃଥିବୀକୁ ପିଠିକରି ଏକ ଶୂନ୍ୟତାର ଭବିଷ୍ୟତ ଆଡ଼କୁ ନିଃଶେଷିତ ହୋଇ ଚାଲିଛୁ, ସେ ହସ ଆମ ଆଗରେ ସୁନ୍ଦର ପୂର୍ଣ୍ଣଛେଦଟିଏ ପକାଇଦିଏ, ଆଖି ଆଗରେ ସରୁ ପାଦଚଲା ରାସ୍ତାଟିଏ ଫିଟି ଫିଟି ଯାଏ। ତାଙ୍କର କାଣ୍ଟିଆ ଚଦରଟି ପବନରେ ଇତସ୍ତତଃ ଉଡ଼େ, ସତେକି ଆହ୍ୱାନ କରେ, ଆସ, ଧୂଳି ଝାଡ଼ିଦେବି, ଆସ।

ଏ ନୀରବ ଆହ୍ୱାନ ମୁଁ ବେଶ୍ ଶୁଣିପାରେ, ବୁଝି ମଧ୍ୟ ପାରେ; କିନ୍ତୁ ବିଶ୍ୱାସ କରିପାରେନା। କାରଣ ନିଜକୁ ମୁଁ ଆଜିଯାଏ ଠଉରାଇ ପାରିନି, ଆଉ ଅନ୍ୟକୁ କ'ଣ ବିଶ୍ୱାସ କରିବି ? କିନ୍ତୁ ବିପୁଳ ? ସେ ଏକାବେଳେକେ ଉତ୍‌କ୍ଷିପ୍ତ। ହାତ ତା'ର ସବୁବେଳେ ମୁଠା ମୁଠା।

ସେଦିନ ଆମେ ପରସ୍ପରକୁ ଚାହିଁ କହିଲୁ "କିଛି କରିବା"। ସେ କହିଲା, "ହଁ କିଛି କରିବା"। ତା' ପରେ ଆମେ ମୁହୂର୍ତ୍ତେ ମାତ୍ର ଚିନ୍ତା ନ କରି, ସାମ୍ନାରେ ଥିବା କବରଗୁଡ଼ିକୁ ପରିଷ୍କାର କରିବାରେ ଲାଗିଗଲୁ । ସେ ଗଛଲତା, ଅନାବନା ଘାସକୁ ସଫା କରିବାରେ ଲାଗିଲା । ମୁଁ ଖଣ୍ଡେ ଟେକା ଧରି, କବରର ଶିଉଳିସବୁ ଘଷିଘଷି ଛଡ଼ାଇବାରେ ଲାଗିଲି ।

ଏତିକିବେଳେ ସେ ଆସି ଆମ ସାମ୍ନାରେ ଠିଆ ହେଇଗଲେ । ସେଇ ଖୋଲା ପଖଲା ହସ, ଇଆଡ଼େ ସିଆଡ଼େ ଝରି ଝରିଗଲା। ତାଙ୍କୁ ଏତେ ପାଖରେ ଦେଖି ମୋ ହାତ ଅଟକିଗଲା, ମୁଁ ମୁହଁ ଟେକି ତାଙ୍କୁ ଚାହିଁ ରହିଲି ।

ସେ କହିଲେ...ଏଠି ସବୁ କ'ଣ କରୁଚ ?

ବିପୁଳ ମୁଣ୍ଡଟେକି ଥରେ ମାତ୍ର ଚାହିଁଦେଇ, ନିଜକାମ କରୁ କରୁ କହିଲା....ଆମର ଯାହାଖୁସି, ତା' କରୁଛୁ, ତମେ ପଚାରିବାକୁ କିଏ ?

ସେ ହସିଲେ- କହିଲେ...ମୁଁ ତ ନିଶ୍ଚିତ ଭାବେ ତୃତୀୟ ପୁରୁଷ । କିନ୍ତୁ କୌଣସି ଅବାନ୍ତର କାର୍ଯ୍ୟ ଦେଖିଲେ, ମୋତେ ସହ୍ୟ ହୁଏନା, ସମୟ ନଷ୍ଟ କରିବା ଅଧିକାର କାହାରି ନାହିଁ ।

ମୁଁ କହିଲି...ଅବାନ୍ତର କାର୍ଯ୍ୟ କାହାକୁ କହୁଛନ୍ତି। ଅଠରଶହ ଅଶୀ ମସିହାରେ ଏଇ କବରଗୁଡ଼ିକ । ଯାହାଙ୍କୁ ସମ୍ମାନ ଦେବାକୁ ଅଦ୍ୟାପି କେହି ନାହାନ୍ତି। ଆମେ ସେଗୁଡ଼ିକୁ ସଂରକ୍ଷିତ କରୁଛୁ।

ମୋର ଧାରଣା ଥିଲା, ମୋ' କଥା ଶୁଣୁ ଶୁଣୁ ସେ ପ୍ରଶଂସା କରିବେ, କାରଣ ତଥାକଥିତ ଯୁବକମାନଙ୍କ ପରି କୌଣସି କାମର ଅନ୍ତରାଳରେ ଆମର ଫାଇଦା ଉଠାଇବା ମନୋବୃତ୍ତି ନାହିଁ, ଆମେ ଯାହା କରୁଛୁ, ତାହା ତୁଚ୍ଛ ହେଲେ ମଧ୍ୟ ସଂମ୍ପୂର୍ଣ୍ଣ ନିଃସ୍ୱାର୍ଥପର ଭାବେ ହିଁ କରୁଛୁ। ଆମେ ତଥାକଥିତ ଯୁବଗୋଷ୍ଠୀର ଅନ୍ତର୍ଭୁକ୍ତ ନୋହୁଁ ।

ସେ କିନ୍ତୁ ହସିଲେ। ପ୍ରାୟ ହସି ହସି ଗଡ଼ିଗଲେ ଯେମିତି। କହିଲେ ସଂରକ୍ଷିତ କରିବାକୁ ଯଦି କିଛି ଚାହଁ, ତେବେ କ'ଣ ଆଉ କିଛି ନାହିଁ ? ଏଇ ଅଠରଶହ ଅଶୀର ଗୋରାକବର ?

ଆମେ ଦୁହେଁ ତାଙ୍କୁ ମୁଣ୍ଡ ଉଠାଇ ଚାହିଁଲୁ । ସେମିତି ଚାହିଁ ରହିଲୁ । ତାଙ୍କ ଆଖି ଆମକୁ ଭର୍ତ୍ସନା କରିବାରେ ଲାଗିଲା, ଆଉ କିଛି ନାହିଁ ? ଆଉ କିଛି ?

କେତେବେଳକେ ସେ କହିଲେ, ତମ ଦୁହିଁଙ୍କୁ ସବୁଦିନ ଏଠି ଦେଖୁଛି, ଯେତିକି ଦେଖୁଛି, ସେତିକି ଆଶ୍ଚର୍ଯ୍ୟ ହଉଛି। ତମେ ଦୁହେଁ, ମାନେ, ମାନେ...

ବିପୁଳକୁ ଏ ଯାବତ ବେଷ୍ଟନ କରିଥିବା ଅପ୍ରତିଭତା ହଠାତ୍ ଯେମିତି ବିସ୍ଫୋରଣରେ ଫାଟିପଡ଼ିଲା। ସେ ତୀବ୍ର ସ୍ୱରରେ କହି ଉଠିଲା "କ'ଣ ମାନେ ମାନେ ହେଉଛନ୍ତି ? ଯାହା କହିବାକୁ ଚାହାନ୍ତି, ସ୍ପଷ୍ଟ କରି ଦିଅନ୍ତୁ, ସ୍ପଷ୍ଟ ପଚାରନ୍ତୁ । ଆମେ କିଏ ? କ'ଣ ଆମର ପରିଚୟ ? ଆମେ କାହିଁକି ଏଠି ବସିଛୁ ? କୌଣସି ସାମାଜିକ ପରିଚିତି ନ ପାଇଲା ଯାଏ ତ ସମସ୍ତଙ୍କର ଦୃଷ୍ଟି ସନ୍ଦିଗ୍ଧ। ଦିବାଲୋକରେ ଆମେ ଯଦି

ଝିଅମାନଙ୍କୁ ଅଶ୍ଳୀଳ କମେଣ୍ଟ କରନ୍ତୁ, ତେବେ ତ ପଚାରନ୍ତେ ନାହିଁ କିଛି ? ଏମିତିକି ଦେଖିଲେ ବି ବାଧା ଦେଇ ପାରନ୍ତେ ନାହିଁ । ପାରନ୍ତେ ? ସିନେମା ହଲର କ୍ୟୁ ପାଖରେ, ଚଢ଼ାଦାମରେ ଟିକେଟ୍ ବ୍ଲାକ୍ କରିଆଣି, ଆପଣଙ୍କୁ ବଢ଼ାଇ ଦେଲେ ଆପଣ ତ ପଚାରନ୍ତେ ନାହିଁ,ଖଣ୍ଡେ ଟିକେଟ୍‌ରେ ଏତେ କିଳାପୋତେଇ ? ଦରଦାମ ହୁ ହୁ ବଢୁଛି ବୋଲି, ଆମେ ଯଦି ସରକାରଙ୍କୁ ତୀବ୍ର ନିନ୍ଦା କରୁ, ତେବେ ଆପଣ ପ୍ରକାଶ୍ୟରେ ଉତ୍ସାହିତ କରିପାରନ୍ତେ କି ? ସେଠି ଆପଣ ହୋଇଥାନ୍ତେ ନୀରବ ଦର୍ଶକ । ଆଜ୍ଞା, ଆମେ କ'ଣ କରିପାରୁ ବା ନ ପାରୁ । ଆମଦ୍ୱାରା କାହାରି କ୍ଷତି ହେଉନାହିଁ, ଏତିକି ଆମର ପରିଚୟ ।"

ଏଥର ସେ ଆମକୁ ଚାହିଁଲେ । ତାଙ୍କର ଆଖିର ଆଲୁଅରେ ସେହି ସାହାଣମେଲା ତରଙ୍ଗିତ ହେଲା । ସେ ସସ୍ନେହ କଣ୍ଠରେ କହିଲେ, କିଛି, ତାହେଲେ କ'ଣ ତମେ ଜାଣନା ? ନିଶ୍ଚୟ ଜାଣ, ସମୟଟା ଭଲ ନୁହେଁ । ଭଲ କଥାଟିଏ କହ, ତାକୁ ଖରାପ ସମସ୍ତେ ବୁଝିବେ । ପଦେ ସତ କଥା କହ, କେହି ବିଶ୍ୱାସ କରିବେ ନାହିଁ, ଦଶପଦ ମିଛ କହ, ଲୋକେ ମନଦେଇ ଶୁଣିବେ, ଏଇ ଆଜିର ଦିନକାଳ । ଶୁଣିବ ? ଗତବର୍ଷ ଗୟା ଯାଇଥିଲି । ଟ୍ରେନ୍‌ରେ ଏକ ଓଡ଼ିଆ ଟି.ଟି.ଆଇ. କୁ 'ପୁଅ' ବୋଲି ଥରେ ଦି'ଥର ଡାକି ଦେଲି । ବା, ବାଃ ରେ ! ସେ କି ରାଗ ତା'ର, ସାରା କମ୍ପାର୍ଟମେଣ୍ଟକୁ କମ୍ପାଇ ଦେଇ ଭର୍ତ୍ସନା କଲା "ହେ ବୁଢ଼ୀ ! କ'ଣ ପୁଅ ପୁଅ ହେଉଚୁ ବେ । ସତେ କି ଜନ୍ମ କରିଚୁ, ଏଣ୍ଡୁଡ଼ି ପାଳିଚୁ ।" ମୁଁ ତ ଲାଜରେ ମରିଗଲି ବାପା ତମେମାନେ ଯେ ମୋର ପୁଅ ବୟସର, ତମକୁ ପୁଅ ନ ଡାକି ବାବୁ ଡାକିଲେ ତମେମାନେ ଖୁସିହୁଅ । ଏଇତ ଆଜିର ସମୟ ।

ବିପୁଳର ରାଗ ହଠାତ୍ ଥମିଗଲା । ସେ ତାଙ୍କୁ ଚାହିଁ ରହିଲା । ମୁଁ ବିପୁଳଠୁ ଆଖି ଫେରାଇ ତାଙ୍କୁ ଚାହିଁଲି । ସେ କହିଲେ, ତମକଥା ଶୁଣି ମୋତେ ଖୁବ୍ ଭଲ ଲାଗିଲା, ସେତିକି କଥାରୁ ତମର ପରିଚୟ ପାଇଗଲି । ହେଲେ ଏତିକି ତ ସବୁ ନୁହେଁ । ନିଶ୍ଚେ ଏହା ପଛରେ ଆଉ କିଛି ଅଛି । ତା' ନ ହେଲେ ତମେ କାହିଁକି ଏମିତି ମନମାରି ବସିଥାନ୍ତ, ଆଉ ମନମରା ପିଲାଙ୍କୁ ଦେଖିଲେ, ମୋ ଛାତି କ'ଣ ହୋଇଯାଏ । ସାମ୍ନାରେ ଏତେ ବଡ଼ ପୃଥିବୀ, ଏତେ ବଡ଼ ଜୀବନ, ତମେ ସବୁ ମନମାରି ମୁହଁ-ଶୁଖେଇ ବସିବ ? ଛିଃ....

ଆମ ବିଷୟରେ ମୋଟାମୋଟି କିଛି ଏକ ଜାଣିନେବାକୁ ତାଙ୍କୁ ବେଶୀ ଡେରୀ ଲାଗିଲା ନାହିଁ । ଆମର ସଂକ୍ଷିପ୍ତ ପରିଚୟ ପାଇଗଲା ପରେ, ସେ ହସି ଉଠିଲେ ଖୁବ୍ ଜୋରରେ । ପିଠି ଆପୁଡ଼ାଇ କହିଲେ, ପାଗଳ, ଦି'ଟାଯାକ ବଦ୍ଧପାଗଳ ।

ସରୁ ପାଦଚଲା ରାସ୍ତାଟିଏ ହେଇ ସତେକି ସେ ଆମ ଆଗେ ବିଛେଇ

ହୋଇଗଲେ। ଆମେ ଯେ କେବେ କାହାକୁ ଅନ୍ଧଭାବେ ଅନୁସରଣ କରିବା ଲୋକ ନୋହୁଁ, ଏଇ କଥା ଭାବି ଭାବି ଏଇ ପଚାଶ ପଞ୍ଚାବନ ବର୍ଷର ସ୍ତ୍ରୀଲୋକଟି ପଛରେ ଚାଲିଲୁ। ସବୁ ବିଭ୍ରାନ୍ତିକୁ ନିଷ୍କ୍ରିୟ କରିଦେଇ, ମରିଯାଇ ଥିବା ମନଟିକୁ ଛିଃ ବୋଲି ସ୍ନେହର ଭର୍ତ୍ସନା କରିଥିବା ସେହି ସଞ୍ଚିତ, ସୁରକ୍ଷିତ ମନର ପଛେ ପଛେ...।

ଆମ ସାମ୍ନାରେ ସେ ବସିଥିଲେ, ଖଣ୍ଡେ ପଥର ଉପରେ। ପାଚିଲା ଦରପାଚିଲା ବାଳସବୁ ବିଞ୍ଚିପଡ଼ିଥାଏ ମୁହଁସାରା, ଶ୍ୟାମଳ ମୁହଁଟି ହସର ଉଜ୍ଜ୍ୱଳତାରେ ଝଲମଲ । ସେ ସେଇ ମାଟିଗୋବର ଲିପା ଅଗଣାରେ ସପଟିଏ ପାରିଦେଇ, କୁଣ୍ଠିତ କଣ୍ଠରେ ଜଣାଇଲେ ତାଙ୍କ ଘରେ ଟୁଲ୍ କିମ୍ବା ଚୌକି କିଛି ଖଣ୍ଡେ ନାହିଁ । ଆମର ହୁଏତ ବସିବାରେ ଅସୁବିଧା ହେଇପାରେ ।

ବସିବାରେ ଆମର କୌଣସି ଅସୁବିଧା ହେଲା ନାହିଁ । ସପ ଉପରେ ବସି ମୁଁ ସପ ତଳର ମାଟିରେ ହାତ ଦେଲି। ମାଟିର ସ୍ପର୍ଶ, କଞ୍ଚା ମାଟିଗୋବରର ମିଶ୍ରିତ ଗନ୍ଧରେ ମୋର ମନ, ପ୍ରାଣରେ ସତେ କି ଏକ ଶୀତ୍କାର ସଞ୍ଚରିଗଲା । ମୁଁ ଚାରି ପାଖକୁ ଚାହିଁଲି। ସହର ତଳିର ଅରାଏ ବୋଲି ଜାଗା। ପରିଷ୍କାର,ପରିଚ୍ଛନ୍ନ, ସବୁଜ, ସ୍ୱପ୍ନର ପ୍ରଗଣାଟିଏ ଅବା । କଣ୍ଟାସିଜୁର ବାଡ଼ ଦେଇ ଜାଗାଟି ଚଉଖୁଣ୍ଟିଆ ଦିଶୁଛି । ଗୋଟାଏ ପଟେ ସାଗୁଆନ୍, ଆମ୍ବ ଓ ପଣସ ତିନୋଟି ଗଛ। ତା'ର ଶୀତଳ ଛାୟା ତଳେ ଛୋଟ କୁଡ଼ିଆଟିଏ। ଚାଳ ଉଲୁରି ଯାଇଛି । କୁଡ଼ିଆ କାନ୍ଥରେ ଝୋଟି ଦିଆଯାଇଛି । ଅଗଣାସାରା ଗେଣ୍ଡୁଫୁଲ ପଡ଼ିଛି। ଚଉରା ମୂଳେ ନାଲି ନେଳି ମୁରୁଜରେ ଅଙ୍କା ହୋଇଛନ୍ତି ଜଗନ୍ନାଥ, ବଳଭଦ୍ର, ସୁଭଦ୍ରା, ଏକ ପାଖେ ଗରୁଡ଼ ଖମ୍ବ।

ମୁଁ ମୁରୁଜରେ ହାତ ଅଙ୍କା ଏତେ ସୁନ୍ଦର ଚିତ୍ର କେବେ ଦେଖିନଥିଲି। ଅନେକ ଅନେକ ବର୍ଷତଳେ ମୋର ଜେଜେମା' ହବିଷ କଲାବେଳେ ଏପରି ମୁରୁଜ ଦେଉଥିଲେ ଚଉରାମୂଳେ । ସେ ସବୁ ସୁଦୂରଶୈଶବର ସ୍ମୃତି । ଅତ୍ୟନ୍ତ ଅସ୍ପଷ୍ଟ । ଜେଜେମା' ମଲା ପରେ ଏ ସବୁ ଆଉ ହୁଏନା । ମୋ' ମା' ଏ ସହରର ଜଣେ ଜଣାଶୁଣା ନାଗରିକା ଭାବରେ ଯଦିଓ ଅନେକ ଧର୍ମାନୁଷ୍ଠାନର ପୃଷ୍ଠପୋଷକତା କରନ୍ତି, ଅନେକ ଧର୍ମସଭାର ଉଦ୍ୟୋକ୍ତା ହୋଇଥାନ୍ତି; କିନ୍ତୁ ସେ କେବେ ହବିଷ କରି ଚଉରାମୂଳେ ଜଗନ୍ନାଥ ମୂର୍ତ୍ତି ଲେଖନ୍ତି ନାହିଁ । ଆକାଶ ଦୀପ ଜାଳନ୍ତି ନାହିଁ । କେତେବେଳେ କାର୍ତ୍ତିକ ମାସ ଆସି ଚାଲିଯାଏ, ତା' ଜାଣିବାର ଉପାୟ ଆମର ନ ଥାଏ।

ମୁଁ ମନ୍ତ୍ରମୁଗ୍ଧେ ପରି ଦେଖୁଥିଲି ସେଇ ତିନି ମୂର୍ତ୍ତିକୁ, ସାମ୍ନାରେ ବସିଥିବା ସେଇ ପ୍ରୌଢ଼ା ଶିଳ୍ପୀଜଣଙ୍କୁ। ଆଶ୍ରମ ପରି ଦିଶୁଥିବା ସେଇ ଚାଳିଆ କୁଡ଼ିଆଟିକୁ ବେଷ୍ଟନ କରିଥିବା ନିର୍ଜନତାକୁ । କିନ୍ତୁ ଏ ନିର୍ଜନତା ଯେମିତି ଶୂନ୍ୟତା ନୁହେଁ, ଯେମିତି ଶାନ୍ତିର

ଏକ ସ୍ନିଗ୍ଧ ଝୀନ ଆସ୍ତରଣ ।

କେତେବେଳେ ସେ ନୀରବତା ଭାଙ୍ଗି କହିଲେ- "କ'ଣ ଏତେ ଚୁପ୍ ହୋଇ ବସି ଦେଖୁଚ ପୁଅ । ଏ ଗରିବ ଘରେ ତମେ ଦେଖିଲା ଭଳି ଅଛି କ'ଣ।"

ମୁଁ ତାଙ୍କୁ ଚାହିଁଲି । ସେ ମୋତେ ଚାହିଁଥିଲେ । ମୁଁ ଜଗନ୍ନାଥଙ୍କ ଆଡ଼େ ହାତ ଦେଖାଇ କହିଲି, ଦେଖୁଚି, ଆପଣଙ୍କ ହାତରେ ମୁରୁଜର ଏହି କାର୍ଯ୍ୟାକାର୍ଯ୍ୟକୁ। ଜଗନ୍ନାଥ ତ ଶ୍ରୀମନ୍ଦିରଠାରୁ ଆରମ୍ଭ କରି ପାନ ଦୋକାନର କାନ୍ଥ ପର୍ଯ୍ୟନ୍ତ ବିସ୍ତାରିତ ହୋଇ ରହିଛନ୍ତି। ବେକର ଲକେଟ୍, ହାତର ଘଣ୍ଟାଚେନ୍, ଟ୍ରକର କାଚ ପର୍ଯ୍ୟନ୍ତ, ସବୁଠି ଜଗନ୍ନାଥ । ମୁଁ କିନ୍ତୁ ଦେଖୁଚି ଆପଣଙ୍କ ହାତକୁ....ହାତର କଳା କୁଶଳତାକୁ ସତେ, ଅପୂର୍ବ ଏ କଳା ନୈପୁଣ୍ୟ।

"ମୋ' ହାତ..... ?" ସେ ଟିକେ ଚମକିଲା ପରି ହସିଲେ । ଢୋକ ଗିଳି କିଛି ସମୟ ଚୁପ୍ ରହିଲେ, ତା' ପରେ ସେ ଜଗନ୍ନାଥ, ବଳଭଦ୍ର ଅଙ୍କନ ଆଡ଼େ ଚାହିଁ ଦୀର୍ଘଶ୍ୱାସଟିଏ ଛାଡ଼ିଲେ। କେତେବେଳେ କହିଲେ, ମୁଁ ତ ମୂର୍ଖ ମାଇପି ଲୋକଟିଏ ପୁଅ, ମୁଁ ଜଗନ୍ନାଥ ତତ୍ତ୍ୱ କ'ଣ ବୁଝେ, ନା କଳା ବୋଲି ଯାହା କହୁଛ ତାକୁ କ'ଣ ବୁଝେ ? ମୋର ମୂର୍ଖ ମନରେ, ଏତିକି ପରତେ ଅଛି। ଖଣ୍ଡିଆ ହାତ ଜଗନ୍ନାଥ, ନୀଳାଚଳରେ ଗମ୍ଭୀରି କଣରେ ବସିଚି । ଜଗତ ଲୀଳା ଦେଖୁଛି। ସେଠି ଅଖଣ୍ଡ ଦୀପ ଜଳୁଛି। ସେଇ ଦୀପ ଆଲୁଅରେ ହିଁ ନିଘାଟିକର। ଏତିକି ବୁଝିଲେ, ଜୀବନ ବଞ୍ଚିବାକୁ ଶିଖି ହୁଏ । ମାଟିରେ ପାଦ ଥୋଇ ମୁଣ୍ଡଟେକି ସଳଖି ଠିଆହେଇହୁଏ । ମଣିଷକୁ ଭଲ ପାଇହୁଏ। ଦୁଇପାଦ ଭୂମି, ଅନ୍ଧିଆରରେ ରହିଲେ ବି, ଟିକି ଆଖି ଦୁଇଟିରେ ଏତେ ବଡ଼ ସଂସାରକୁ ଦେଖିହୁଏ ।

ବିପୁଳ ଓ ମୁଁ ଏକାବେଳେକେ ତାଙ୍କୁ ଚାହିଁଲୁ, ସେ ସେମିତି ବସିଥିଲେ କାଣ୍ଠିଆ ଚଦରଟି ଦେହରେ ଘୋଡ଼ାଇ ହୋଇ । ଏଇ କୁଡ଼ିଆ ଘରଟିର ସେଇ ଶାନ୍ତ ଶୀତଳ ପରିବେଶ, ମାଟିଗୋବରଲିପା ଚଟାଣରେ, ମୁରୁଜର ଚିତା, ଏ ସବୁକୁ ବେଷ୍ଟନ କରିଥିବା ନିର୍ଜନତା ଭିତରେ, ତାଙ୍କର ରୁଗ୍ଣ ଦେହର ହସ ହସ ଚାହାଣି, ଚିରାଶାଢ଼ି, ତାଳିପକା କାଣ୍ଠିଆ ଚଦର ସବୁ କେମିତି ଚିତ୍ରଟିଏ ପରି ମନେ ହେଲା। ତାଙ୍କ କହିବା କଥାତକ ସେ କେତେ ଗହୀରରୁ କହିଥିଲେ- ତା' ଆମେ ଠିକ୍ ବୁଝିପାରିଲୁ ।

ବିପୁଳ ହଠାତ୍ କହି ପକାଇଲେ "ଘରେ କାହାକୁ ଜଣେ ଦେଖୁନାହିଁ ଯେ,.....ମାନେ....ଆପଣ କ'ଣ ଏଠି ଏକା ରହନ୍ତି ?"

ସେ ବିପୁଳ ମୁହଁକୁ ଚାହିଁ ହସିଲେ। କହିଲେ, "ସ୍ତ୍ରୀ ଲୋକଟିଏ ଏକୁଟିଆ ରହିବା ଦେଖିଲେ, ସମସ୍ତଙ୍କ ଦୃଷ୍ଟିକୁ ଅଡୁଆ ଅଡୁଆ ଲାଗେ। କିଏ ଜଣେ କହିଥିଲେ

ସ୍ତ୍ରୀଲୋକମାନଙ୍କର ଶୈଶବ, ଯୌବନ, ଜରା, ତାଙ୍କର ବାପା, ସ୍ୱାମୀ, ପୁତ୍ର ଦ୍ୱାରା ଆଶ୍ରିତ ହୋଇ ରହିବ । ସେ କଥା ଆଜି ସତ ବୋଲି ପ୍ରମାଣିତ ହୋଇପାରୁନି। ଶହ ଶହ ଝିଅ ଆଜି ପରିସ୍ଥିତି ସହ ଲଢ଼େଇ କରି ନିଜ ଗୋଡ଼ରେ ନିଜେ ଠିଆ ହେଇ ବଞ୍ଚି ରହିଛନ୍ତି, ମୁଁ ନ ବଞ୍ଚିବି କାହିଁକି? ଏଇ ଦେଖ, ସେ କଡ଼ରେ ବାଛୁରୀଟିଏ ବନ୍ଧା ହୋଇଛି। ପିଣ୍ଡାରେ ଥିବା ପଞ୍ଜୁରୀରେ ଶୁଆ ରାମ ନାମ ଜପୁଛି। ଚୁଲ୍ଲୀ ପାଖରେ ପୁଷି ବିଲେଇଟି ଘୁଡୁଘୁଡୁ ହେଉଛି। ମୁଁ ଜମା ଏକା ନୁହେଁ ପୁଅ, ଜମା ଏକା ନୁହେଁ । କେମିତି ହେଲେ ମୋତେ ସାଥୀ ଜୁଟିଯାଏ ।" ଏତିକି କହି ସେ ତଳକୁ ମୁହଁ ପୋତିଲେ । ଚିରାଶାଢ଼ିର କାନିରେ ମୁହଁ ପୋଛିନେଲେ। ଟିକକ ପରେ ଢୋକ ଗିଳି କହିଲେ, ମୋ ପରି ଲକ୍ଷେ କୋଟି ନିଆଶ୍ରୀ ପୃଥିବୀର କୋଣେ କୋଣେ ବିଞ୍ଚି କରି ରହିଛନ୍ତି, ଭିନ୍ନ ଭିନ୍ନ ଦୁଃଖ, ଶୋକ, ଯନ୍ତ୍ରଣା ଓ କଦର୍ଥନା ଭିତରେ । ସଭ୍ୟତାର ରଙ୍ଗୀନ୍ ଆଲୋକ ତଳେ, କେତେ ମିଞ୍ଜି ମିଞ୍ଜି ଜଳୁଥିବା ପୋଲାଙ୍ଗ ତେଲର ଦୀପ, ତା'ର ସତ୍ତା ହରାଇ ବସିଚି। କିନ୍ତୁ ସେ ସତେ ହାରିଛି କି ? ମୋ' ବିଷୟରେ ଜାଣିବାକୁ ତୁମେ ଉତ୍କଣ୍ଠିତ ହେଲଣି। ତମ ଆଖିରେ, ରହସ୍ୟାବୃତ ହୋଇ ରହିବା ମୋର ଇଚ୍ଛା ନୁହେଁ। ମୋର ପରା ସବୁ ଖୋଲା ମେଲା। ଶୁଣିବ ? ସାମାନ୍ୟ ବିଧବା ସ୍ତ୍ରୀ ଲୋକଟିଏ ମୁଁ; କିନ୍ତୁ ବୈଧବ୍ୟର ନିଦାରୁଣ ଧକ୍‌କା ମତେ ଭାଙ୍ଗି ଦେଇପାରିଲାନାହିଁ । ଓଲଟି ଦୁର୍ଦ୍ଦାନ୍ତ ଆଶା ନେଇ ବଞ୍ଚି ରହିଲା, ମୋର ଦଶବରଷର ଛେଉଣ୍ଡ ପୁଅଟି ଭିତରେ, ପୁଅକୁ ଉଚ୍ଚଶିକ୍ଷା ଦେଇ ଠିଆ କରାଇବାକୁ । ରକ୍ତକୁ ପାଣି କରି ଦେଲି। ହେଲେ କଲେଜରେ ଚାରିବର୍ଷ ଭିତରେ ପୁଅ ବନିଗଲା ପୂରା ଅମଣିଷ। ସାଙ୍ଗମେଳରେ ଗଞ୍ଜେଇ,ଭାଙ୍ଗ,ମଦ, ନିଶାବଟିକା, ସବୁଥିରେ ତା'ର ଦଖଲ ଆସିଗଲା। ରାତି ରାତି ଧରି ବାହାରେ ରହିଲା। ବି.ଏ. ପରୀକ୍ଷା ଦେଲାନାହିଁ। ପଢ଼ା ଛାଡ଼ିଦେଲା। ପୁଅକୁ ବୁଝାଇ ବୁଝାଇ ଥକିଲି। ବାଟକୁ ଆଣିପାରିଲି ନାହିଁ। ଶେଷକୁ ଭାବିଲି, ହାତକୁ ଦି' ହାତ କରିଦେଲେ ମନ ତା'ର ଘର ଧରିବ। ଭଗବାନଙ୍କର ଇଚ୍ଛା ସତେ ଆଶ୍ଚର୍ଯ୍ୟ ପୁଅ । ବୋହୂଟା ମୋର ବିଚକ୍ଷଣ ପିଲା। ମାସ ଦି'ଟାରେ ପୁଅ ଠିକ୍ ବାଟକୁ ଆସିଗଲା । ନିଜକୁ ଚିହ୍ନିଲା । ସଂସାରକୁ ଚିହ୍ନିଲା । ଏବେ ସେ ଏ ସହରର ଜଣେ ଜଣାଶୁଣା ଲୋକ। କୋଠା, ମୋଟରସାଇକେଲ, ଚାକର ବାକର, ପୁଣି ଘର ତୋଳା ଚାଲିଚି । ବ୍ୟବସାୟ ବଢ଼ିଚି। ଅନ୍ୟ ସହରରେ ପୁଣି କଣ୍ଟ୍ରାକ୍ଟରୀ ନେଇଚି। ମୁଁ ଯେ ଜୀବନରେ କିଛି ବି ପାପ କରିନାହିଁ ପୁଅ, ମୋର ପୁଣ୍ୟ ମୋର ପୁଅ ନେବ ନାହିଁ ? ମୋ' ପୁଣ୍ୟ ତାକୁ ଘଣ୍ଟ ଘୋଡ଼େଇ ରଖିବ। ନିଶ୍ଚୟ ରଖିବ ।

ନାଁ ନ ଜାଣିଲେ, ମଧ, ତାଙ୍କର ପୁଅଙ୍କୁ ଆମେ ଠିକ୍ ଅନୁମାନ କରିନେଲୁ।

ଛାତି ଭିତରେ ମନ୍ଥି ହେଲା ପରି କ'ଣ ଯେମିତି ଖେଞ୍ଚିଲା। ବିପୁଳ କହି ପକାଇଲା...ଆପଣ ପୁଅଙ୍କ ପାଖେ ରହନ୍ତି ନାହିଁ କାହିଁକି ?

ସେ ସେମିତି ହସିଲେ । କହିଲେ ଜାଣେ, ଏଇ ପ୍ରଶ୍ନ ତମେ ପଚାରିବ। ସମସ୍ତେ ପଚାରନ୍ତି, ପୁଅ ପାଖେ ନ ରହିଲି ତ, କ'ଣ ହେଇଗଲା ସେଥୁ? କୋଉଠି କ'ଣ ଲେଖା ହେଇଚି, ପୁଅଘରେ ମାଆ ରହିବ, ରହିଥିବ ସବୁଦିନ? ପୁଅ କ'ଣ ମୋତେ ଘରେ ରଖନ୍ତା ନାହିଁ? ଅସଲ କଥା, ତା' ଘରେ ମୁଁ ଚଳିପାରିଲି ନାହିଁ । ମୋର କ'ଣ ବଦ୍‌ଗୁଣ କମ୍ କି ? ମୋର ପରା ସବୁ ଖୋଲାମେଲା। ବନ୍ଧ ବାଡ଼ କିଛି ନାହିଁ ।

"ମୁଁ ଭାବିଲି ବରଂ ଯେ ଭଲ। ବୋହୂ ସୁଖରେ ରହିବାକୁ ଚାହେଁ, ରହୁ । ତା' ସଂସାରରେ ମୁଁ କିଆଁ କଣ୍ଟା ହୋଇ ରହିବି? ମୋର ବା' ଆଉ କେତେଦିନ? ଗୋଟାଏ ବୋଲି ତ ପେଟ। ଏକା ଏକା, ପୁଅକୁ ଏତେ ବଡ଼ କଲି। ଗୋଟାଏ ପେଟକୁ ଦି'ମୁଠା ଭାତ ଯୋଗାଇ ପାରିବିନି? ପୁଅ ଘରେ ଚଳିପାରିଲି ନାହିଁ ବୋଲି ଦୁଆରେ ଦୁଆରେ ଭିକ ମାଗିବି? ସେଇଠୁ ପୁଅପିଲାଙ୍କୁ ଧରି ଚାହାଳିଟିଏ କଲି । କଷ୍ଟେମଷ୍ଟେ ଚଳିଯାଏ ତ । ଦଳ ଦଳ ପିଲା ଯାଇ ପୁଣି ଆସନ୍ତି । ସେମାନଙ୍କ ଭିତରେ ମୁଁ ବଞ୍ଚିଯାଏ। ଏ ଗାଈ, ବାଛୁରୀ, ପୁଷି, ଶୁଆ, ଆଉ ମୋର ସେଇ ପିଲା ପଞ୍ଝାକ, ଏଇମାନଙ୍କ ଗହଣରେ ଜୀବନଟା କେତେ ଛୋଟ ହୋଇଯାଏ।"

ସେ ଉଠି ଚାଲିଗଲେ ଘର ଭିତରକୁ । ଘରସାରା ଏକଡ଼ ସେକଡ଼ ହୋଇ, କ'ଣ ଯେମିତି ଖୋଜିବାରେ ଲାଗିଲେ, କେତେ ସମୟ। ଆମେ ତାଙ୍କୁ ଥକ୍‌କା ହୋଇ ଚାହିଁ ବସିଥାଉ । କେତେବେଳକୁ ସେ ଆସିଲେ, ସେମିତି କାଣ୍ଟିଆ ଚଦରଟି ଘୋଡ଼ି ହେଇଥାଆନ୍ତି। ଆମ ପାଖେ ଠିଆ ହେଇ କହିଲେ "ଘରେ କିଛି ଟିକେ ବି ନାହିଁ। କ'ଣ ତମକୁ ଖାଇବାକୁ ଦେବି? ମନ ତ ସବୁବେଳେ ହୁଏ ତମ ପରି ପିଲାମାନଙ୍କୁ ଡାକି ଖୁଆନ୍ତି। କିଛି ହେଲେ କରିଦିଅନ୍ତି । ତା' ପରେ ଢୋକ ଗିଳି ସେ କହିଲେ....ଚାଟଟିଏ କାଲି ତା' ବାରି ପିଜୁଳି ଦି'ଟା ଆଣି ଦେଇଥିଲା। ଟୋକାଟାର ଭାରି ମନ ଆସିବାକୁ ମୋ' ପାଖକୁ । ହେଲେ ବାପାଙ୍କୁ ମା'କୁ ଡର । ତାଙ୍କର ପହରା ଭିତରୁ ମୁକୁଳି ପାରିଲେ ତ? ଏ ଦିଓଟି ନିଅ ପୁଅ! ତମେ ଖାଅ! ନାତି ଖାଇଥାନ୍ତା। ତମେ ବି ତ ମୋର ପୁଅ।"

ସେ ପିଜୁଳି ବଢ଼ାଇ ଦେଲେ। ସ୍ନେହର ବଶ ହେବାକୁ ଆଦୌ ବିଳମ୍ବ ହେଲା ନାହିଁ । ବିପୁଳ, ପିଜୁଳିଟା ଛଡ଼ାଇ ନେଲାପରି ଖାଇବାରେ ଲାଗିଲା ଖୁସିରେ। ଆମର ଖାଇବା ଦେଖି, ସତରେ ସେ ଭାରି ଖୁସି ହେଲେ । ହସି ହସି ମନକୁ ମନ କହିଲେ, ମୁଁ ସେଥିପାଇଁ କହେ- "ମୁଁ ଜମା ଏକା ନୁହେଁ, ଜମା ଏକା ନୁହେଁ....।"

ବଡ଼ ବଡ଼ ପିଜୁଳି ଦି'ଟା ଆମେ ଖାଇବାରେ ଲାଗିଲୁ। ସେ ଆମକୁ ଚାହିଁ ଚୁପ୍ କରି ବସିଥିଲେ। କେତେବେଳେକେ ସେ ହଠାତ୍ କହିଲେ, "କେବେ କେଉଁ ଯୁଗରେ, କୁରୁକ୍ଷେତ୍ରରେ ଧର୍ମଯୁଦ୍ଧ ଲାଗି ରହିଥିଲା । ସେ ଯୁଦ୍ଧ ସରିଗଲେ ମଧ୍ୟ, ଧର୍ମର ଯୁଦ୍ଧ କେବେ ଶେଷ ହୋଇନାହିଁ। ଶେଷ ହୁଏ ନାହିଁ। ଏବେ ବି ସେ ଯୁଦ୍ଧ ଲାଗି ରହିଚି । ସେଇ ଧର୍ମଯୁଦ୍ଧର ପିମ୍ପୁଡ଼ିଟିଏ ମୁଁ। ଗୁଣ୍ଡୁଚିଟିଏ ମୁଁ। ଚାଲିଚି ତ ପୁଅ, ଦେଖ, ତଥାପି ମୁଁ ବଞ୍ଚିବି।" ଏତିକି କହି ସେ ତାଙ୍କ ଦେହରୁ କାଣ୍ଠିଆ ଚଦରଟି କାଢ଼ିଦେଲେ।

ଆମେ ଦୁହେଁ ଏକାବେଳେକେ ଚିତ୍କାର କଲା ପରି ପାଟି କରି ଉଠିଲୁ। କ'ଣ ଆମେ ଦେଖୁଚୁ? ଏ କି ଦୃଶ୍ୟ?

"ଭୟ କରୁଚ କି ବାପା?" ସେ କହିଲେ ।

ମୋ ଗଳା ଜମାଟ ବାନ୍ଧି ଯାଇଥିଲା । ମୁଁ ଗଳାଝାଡ଼ି କହିଲି କିନ୍ତୁ ଏ ଦୁର୍ଘଟଣା, କିପରି ଘଟିଲା? କେଉଁଠି ? କେବେ?

ସେ ଏଥର କାଣ୍ଠିଆ ଚଦରଟି ଦେହରେ ଘୋଡ଼େଇ ହୋଇ ପଡ଼ିଲେ। କହିଲେ, "ଏ ଦୁର୍ଘଟଣାତ ଜୀବନ ଆରମ୍ଭରୁ ପୁଅ । ଜୀବନର ଆରମ୍ଭରୁ, ତାଙ୍କର ଆଖି ଛଳ ଛଳ ହେଇ ଉଠିଲା। ସେ ପୁଣି କହି ଚାଲିଲେ....ବାପା ଥିଲେ କଲିକତାର ସାଧାରଣ ଶ୍ରମିକ। ସେଇଠି ମୋର ପିଲାଦିନ କଟିଚି । ବିଭାଘର ହୋଇଗଲା । ଟ୍ରେନ୍‌ରେ ଆମେ ପୁରୀ ଫେରୁଥିଲୁ । ବରଯାତ୍ରୀ ଦଳ ଓ ତାଙ୍କ ସହ ମୁଁ ବୋହୂ ବେଶରେ ଟ୍ରେନ୍‌ରେ ବସିଥାଏ । ରାତି ଟ୍ରେନ୍, ଝରକା ପାଖେ ମୁଁ ଆଉଜି ବସିଥାଏ। କେତେବେଳେ ଆଖି ଲାଗି ଯାଇଛି। କେଉଁ ଷ୍ଟେସନ୍ ମୁଁ ଜାଣେନା । କିଏ ସେ ଡକାୟତ ମୁଁ ଦେଖିନାହିଁ, ଝରକାରେ ହାତ ଭରାଦେଇ ବସିଥିଲି। ଗୋଟାଏ ଚୋଟରେ ହାତ କାଟି ନେଇଗଲା । ହାତ ଭର୍ତ୍ତି ମୋର ସୁନାଗହଣା ।"

ସେ ଟିକିଏ ରହି କହିଲେ...."ସୁନା ଗହଣା ଥିବା ହାତଟିକୁ କାଟିନେଇ ଡକାୟତ ଚାଲିଗଲା। କିନ୍ତୁ ବିଚରା, ଜୀବନଯାକ ମୋତେ ଦଣ୍ଡଦେଇ ସେ କ'ଣ ପାଇଲା? ସେ ସବୁ ଗହଣା ଥିଲା ଇମିଟେସନର । ତାକୁ ଇମିଟେସନ ଗହଣା ଦେଇ ଠକିଦେଲି ସିନା ହେଲେ ନିଜେ ଠକିଗଲି, ନିଜ ପାଖରେ। ନୂଆ ଗଢ଼ିବାକୁ ଯାଉଥିବା ସଂସାର ପାଖରେ, ଗୋଟାଏ ବୁନ୍ଦାତୁରା ଜନର ମନ ପାଖରେ। ମୁଁ ନିଜେ ହୋଇଗଲି ଇମିଟେସନ୍ । ତାଳି ପକାଇ ପକାଇ ସେ ସଂସାରକୁ ମୁଁ ଜଣାଇଥିଲି ଯେ, ମୁଁ ନିଜେ କେବେ ବି ଇମିଟେସନ ନୁହେଁ, ନୁହେଁ, ନୁହେଁ; କିନ୍ତୁ ଶେଷଯାଏ ସେ ବୁଝିଛନ୍ତି, କି ନା ମୁଁ ତା' ଜାଣେନା ।

ସେ ଗୁମ୍ ଖାଇଗଲେ । ରହିଲେ କିଛି ସମୟ, ତାଙ୍କ ମୁହଁକୁ ଚାହିଁ ଅନେକ କହିବାକୁ ଥିବା କଥା ମୁଁ କହିପାରିଲି ନାହିଁ । ଆମେ ଦୁହେଁ କେବଳ ହାଁ କରି ଚାହିଁଥିଲୁ ।

କେତେବେଳେକେ ସେ ଆମ ଦୁହିଁଙ୍କ ହାତ ତାଙ୍କର ଗୋଟିଏ ହାତରେ ମୁଠେଇ ଧରି କହିଲେ, "ପୁଅ କାଲି ଆସିବ । ମୋ ଘରେ ମୁଠିଏ ହବିଷ ଭାତ ଖାଇଯିବ । ହବିଷ କରି କେହି ଅତିଥିଙ୍କୁ ନ ଖୋଇଲେ ଧର୍ମ ହାନି ହୁଏ । ମୋ ପୁଅ ନାତିଙ୍କୁ ତ ଖୋଇବାର ଭାଗ୍ୟ ମୋର ନାହିଁ ।"

କହୁ କହୁ ଅଟକିଗଲେ, କହିଲେ "କ'ଣ କହୁଚ ? କାଲି ଆସିବ ?"

କାଗଜ ଡଙ୍ଗା

ପ୍ରଭାତ ମହାପାତ୍ର

ଏ ବଢ଼ିରେ ସମସ୍ତଙ୍କର ସବୁ ଚାଲିଗଲା।

ଅଜାଙ୍କର ପିତ୍ତଳ ଗୋବବସା ବାଡ଼ି, ଆଈର ପାନକୁଟା, ମୁନ୍ନାର ଢୋଲପିଟା ମୁଣ୍ଡଟୁଙ୍ଗୁରା ମାଙ୍କଡ଼, ମୁନ୍ନିର ତୁଣରନ୍ଧା ଦି'କୁଞ୍ଚିଆ ଡେକିଚି, ସଂଯୁକ୍ତାର ଅତର ଶିଶି, ବୋହୂଙ୍କର ବାହାଘର ପାଟ, କେଶବ ବାବୁଙ୍କର ନୂଆ ରାଲେ ସାଇକେଲ-

ବଡ଼ବୋହୂଙ୍କ ଚାବିନେନ୍ଥା, ମଝିଆଣୀଙ୍କ ବଳା-

ବଡ଼ ସା'ନ୍ତେଙ୍କ ଧୋବକରା କାମିଜି, ସାନ ସା'ନ୍ତେଙ୍କ କାଣ୍ଟିଆ, ଅନି ଅପାଙ୍କ ସଉକି ହାର, ଖୁଡ଼ୀଙ୍କ ପେଟରା, ଦିଅରଙ୍କ ମାଉଥ୍ ଅର୍ଗାନ୍।

ଦେଢେଇଙ୍କ କଣ୍ଠି, ବଡ଼ବୁଢ଼ୀଙ୍କ କରାଟ, ଦାଦାଙ୍କ ଚଷମା, ବାପାଙ୍କର ନଥି, ବୋଉଙ୍କ କୋଥଳି, ହୀରା ପିଇସାଙ୍କ ଗୁଆକାତି-

ବାଞ୍ଛା ହଳିଆର ପାଞ୍ଚଣ, ଚନ୍ଦରା ଚାକରର ଗୁହାଳପୋଛା ଗାଣ୍ଡୁଆ, ଚମ୍ପା ପୋଇଲିର କନ୍ଥା, ପରୁଡ଼ି ମସିଣା-

ସବୁ- ସବୁ ଚାଲିଗଲା-

ଯାହା ଯେତେ ଯାହାର-

ଆଣ୍ଠୁ ନିଧିଆ ବୁଢ଼ାର ଗଣ୍ଠିଆ, ତେଲପିଆ ଠେଙ୍ଗାଟା ଚାଲିଗଲା। ବିଧବା ରତନୀ ନାନୀର ଚନ୍ଦନଲିପା କାହ୍ନୁ, ଅଶୋକର ସାଇତା ପ୍ରେମପତ୍ର।

ରାତିରେ ଗଛରେ ଚଢ଼ି ନଡ଼ିଆ ଚୋରି କରୁଥିବା ମାଇଚିଆ ଅପନାର ଜୋତା, ଉତ୍ସବ ରାଉତର ଠେକା, ଚେମ ଅଜାଙ୍କ ପାଲି, ବାବୁମିଆଁଙ୍କ ଚପ୍‌କନ୍, ଭରତ

ଟାଉଟରର ସିଙ୍ଗଲ ବେଣ୍ଡ ଟ୍ରାଞ୍ଜିଷ୍ଟର, ଗୁନବାବୁଙ୍କ ଅଗଷ୍ଟ ତା ୩୧ ରିଖ ସଂଖ୍ୟା ଦୈନିକ 'ସମାଜ', ନବୀନର ପାକଲା ଗାମୁଛା, ରାଧୀ ଅପାର କସ୍ତା, ନବଘନର ବଇଁଶୀ, ବିଶୁନୁର ବନିଶିଖଡ଼ା, ହରିମିଶ୍ରଙ୍କ ଖଡ଼ମ, ସପ୍ତମ ଶ୍ରେଣୀରେ ପାଠ ପଢୁଥିବା ବିନୋଦର ନଈବଢ଼ି ଦୃଶ୍ୟ ଥିବା ପ୍ରବନ୍ଧମାଳା-

ମାଧିଆ ପାଗଳାର ଛିଣ୍ଡାକନା ଅଖା, ଅରକ୍ଷିତ ବାବାଙ୍କ ଚିଲମ, ନେଡେରା ବୁଢ଼ୀର ଅମୁଲ ଟିଣ, ବାବୁ ବାଉରୀର ଜଡ଼ିବୁଟୀ, ନିଆଁଶୀ ଧୋବି ବୁଢ଼ୀର ଧବଳେଶ୍ୱର ଧଣ୍ଡା -

ଯାହା ଯେତେ ଯାହାର-

ନେଡିବୋଉ ବୁଢ଼ୀର ଜାମୁକୋଳି ବିକା ପାଚିଆ, ଭୀମା ଛତରଖିଆର ପୋହୁଳ, ନବା କଣ୍ଡରାର ଝାଡ଼କଟା କଟୁରି, ସାମିମ୍‌ର କୁକୁଡ଼ା ଘେରା ଚାଞ୍ଚରା, ଶ୍ୟାମ ପୁରୋହିତଙ୍କ ଶ୍ରୁବ, ବିଶୁଆ ଚମାରର ମଦ ଘଡ଼ା, ନରି ବାରିକର ମୁଠି, ସନିଆ ଧୋବାର ଟାଙ୍ଗିଆ, ମାଗୁଣିଆର ଶଗଡ଼, କେଳାନାଙ୍କ ଜାଲିଚଟୁ, ନୀଳା ବଢ଼େଇର ବାରିଶି, ପଦନୀ ବୁଢ଼ୀର ମୁଢ଼ିବିକା କୁଞ୍ଚା, ରାମ ନାହାକର ପାଞ୍ଜି, ଖରିଆର ମାଟିବୁହା ଗାଣ୍ଡୁଆ, ଆନନ୍ଦ ଗୋଛେଇତର ମହୁରି, ସାବି ବୁଢ଼ୀର ଘାସଚାଞ୍ଚା ଖୁରୁପି, ଟେରା ବଣିଆର ଫୁଙ୍କନଳୀ, ବୈରାଗୀ ସାର୍‌ଙ୍କ ବେତ, ଉଦ ବଇଦଙ୍କ ବଟୁଆ, ପଦନ ସାହୁର ବଟକରା, ଗାନ୍ଧିଆ ତନ୍ତୀର କଣ୍ଟା, ଉଛବ ଦାସର ବାହୁଙ୍ଗି, ହାଡ଼ି କେଉଟୁଣୀର ଢିଙ୍କି, ଅମୀନର ଛତାସିଆଁ ଛୁଞ୍ଚି, ସପନା କମାରର ଉହା, ରଘୁଆ ତେଲିର ପଳା, ଛୋଟ ଭୋବନୀର ମୁଗୁରା, ଗୁରିଆ ଗୋଖାର ଖାଳେଇ, ଶୁକା ଦଳେଇର କାତ-

ସବୁ, ସବୁ ଚାଲିଗଲା-

କାନ୍‌ଗୋଇ ଘରେ ଥିବା ତିନି ପୁରୁଷୀ ଖାନ୍‌ଦାନି ଚାନ୍ଦୁଆ, ମହାପାତ୍ର ଘର ବଡ଼ ଶିଳପୁଆ, ଧନିଘର ଧାରୁଆ ପନିକି, ସରଜୁ ଘର ସିଡ଼ି, ବରଜା ବୋଉ ଘର ହଣ୍ଡା, ବରଜୁ ମାଷ୍ଟ୍ର ଘର ହାର୍‌ମୋନିଅମ୍, ମଣିଘର ଟାଣୁଆ କାଟେଣି, ସନ୍ତୁବାବୁ ଘର ସିନ୍ଦୁକ, ନେତା ଘର ହେମଦସ୍ତା, ମହାନ୍ତିଘର ପେଟ୍ରୋମାକ୍ସ, ଜଗୁ ନାହାକ ଘର ଘୁମ, ବରୁଣ ଘର ଗଇନ୍ତି, ଡମେଇ ଘର ଏହେଁ ଓଜନର ଶାବଳ, ପାତ୍ରବାବୁ ଘର କଳଗାଉଣା, ଗଉରୀବୋଉଙ୍କର ବଡ଼ ପିତ୍ତଳ ତସଲା, ପରିଜାଘର ପିଲସଜ, ପଟ୍ଟନାହାକ ଘର ଜଳଯନ୍ତ୍ର, ବଳିବାବୁ ଘର ଦାଣ୍ଡ ପିଣ୍ଡାରେ ଟଙ୍ଗା ଅସିଆକାଳର ସବାରି, ସଦେଇ ଜେନାର ଓଦର,ନିଧିବାବୁ ଘର ଅଠର ଚଉଣିଆ ନନ୍ଦିଆ -

ସା'ନ୍ତରା ଘର ଅମାର, ପରିଜା ଘର ଖଣିତି, ପରିଡ଼ା ଘର ଓଳିଆ, ପଦବାବୁ ଘର ପାଳଗଦା-

ଦାସ ଘର ପ୍ଲାଷ୍ଟିକ୍ ବାଲ୍ଟି-

କ୍ଲବ୍ ଘରର ଚୌକି, ଟେବୁଲ, ରେଡ଼ିଓ, କ୍ୟାରମ୍ ବୋର୍ଡ଼, ମହିଳା ସମିତିର ଦରି ସବୁ ଚାଲିଗଲା ।

ଗାଁ ଭୂଗୋଳ ବି ବଦଳିଗଲା ।

ଗାଦିଗୋସେଇଁଙ୍କ ସମାଧି ଜଳରେ ବତୁରିଗଲା । ତାକୁ ଲାଗିଗଲା ସାହାଡ଼ା ମୂଳର ଉଇହୁଙ୍କା ।

ଗୁଡ଼ିଆ ଘର ପାଖ ଗଡ଼ା, ବଣିଆ ସାହିର ଗୋହିରି, ଷଡଙ୍ଗୀ ଘର ଦାଣ୍ଡ ବାଙ୍କ, କେଉଟ ସାହି ଗୋଞ୍ଜି-

ଗାଁ ଦାଣ୍ଡକୁ ଚଙ୍କି ଆସି ଶଗଡ଼ ଚକା ବାଜୁଥିବା ଓ ଫାଳେ ଖାଇ ଯାଇଥିବା ପଦବାବୁଙ୍କ ନଡ଼ିଆ ଗଛଟା ଚାଲିଗଲା ।

ତଳ ସାଇର ବାଉଁଶ ବଣ, କ୍ଷେତ୍ରପାଳଙ୍କ ଚାନ୍ଦିନି, ଅପତ୍ତି ଦାମ ଚଉରା, ପଦୀବୋଉ ଦାଣ୍ଡ ଗୋରୁଖୁଣ୍ଟ, ବ୍ରାହ୍ମଣ ଦାଣ୍ଡ ବାଡ଼ି, ରାଧିବୋଉ ଚଉରାପାଖ ବରକୋଳି ଗଛ, କୋଶଳି କେଉଟୁଣୀ ଡିହ, ମାହାନ୍ତି ସାହି ଦେବୀଘର, ମଝିସାହି ପିଣ୍ଡା, ବାଉବାବୁଙ୍କ ବାଉଁଶବାରି, ଉଦୁ ଝୁଲଙ୍କ ଭିତରେ ଏ ଯାଏ ମେଣ୍ଟି ନଥିବା ମକଦ୍ଦମା ନଡ଼ିଆଗଛ-

ମେଲଣପଡ଼ିଆ ଆମ୍ବତୋଟା, ଅନାଦି ଦାସଙ୍କ ପୂଜା ପାଉଥିବା ଅସ୍ଥି, ଦଉଡ଼ିଦିଆ କୋରଡ଼ ବରଗଛ, ଡିଆଁ ଉପର ହିଡ଼, ବନ୍ଧ କଡ଼ର ଗଡ଼ା, ତାଳମରେଇ ଭୂତ ବାଇଆ ଚଢ଼େଇ ବସା, ଧୋବା ଦଣ୍ଡା କଣ୍ଟା ବାଉଁଶ ଝାଡ଼, ବରୀଜୋରି କିଆ ଘୁନ୍ଦୁଲ, କଣ୍ଟିଆ ବେଣା ଚେର, ପଠାଣ ପାଳନ୍ଦା କୋକିଶିଆଳି ଗାତ, ଜୋର ମୁହଁ ବାଗୁଡ଼ି ଖେଳ ପଠା, ବ୍ରାହ୍ମଣ ତୁଠ ଗିରି, ଘାଟମୁଣ୍ଡା ଅତଡ଼ା-

ଗାଁ ମଶାଣିର ଖଜୁରିଗଛ, କଣ୍ଟେଇକୋଳି ବୁଦା, ଖପରା, କୋକେଇ ବାଉଁଶ, ଖପୁରି, ପାଉଁଶ-

ସବୁ ସବୁ ଚାଲିଗଲା । ଜଳାର୍ଣ୍ଣବରେ ସଂସାର ଏକାକାର ହୋଇଗଲା ।

ସପନି ପାତ୍ରଙ୍କ ଚୂଳି ଉପର ଦେଇ ଦି' ପୁରୁଷ ପାଣି ବୋହିଗଲା-

ଗହୀରଚକ ଶାରଦ କିଆରିଯାକ ବିବାକ୍ ବାଲି ଚରିଗଲା ।

ଏତେ ବଡ଼ ଗଜରାଜପୁର ଗାଁ ରାତିକ ଭିତରେ ନାହିଁ ନ ଥିବା ବଢ଼ିରେ ନିଶ୍ଚିହ୍ନ ହୋଇଗଲା-

ଏ ବଢ଼ି ଆସିବାର ଥିଲା ।

ଆ' କଥା ମାଳିକାରେ ଥିଲା ।

ଏ ବଢ଼ି ଏହିପରି ଆସିଲା-

ମୁନ୍ନା ବାପାଙ୍କ ଅନ୍ତଲପେଟ ଉପରେ ହାତ ପକାଇ ହୁଁ ମାରୁଥିଲା । ତା' ପାଟି କ୍ରମେ ନିଦୁଳିଆ ହୋଇ ଆସୁଥିଲା । ସଞ୍ଜ ପହରୁ ଆଈ ପାଖରୁ ବି ଆଜି ସେ ବଢ଼ିଆ ଗପଟାଏ ଶୁଣିଥିଲା । ଇସ୍କୁଲରେ ହସ୍ତାକ୍ଷର ଖାତାରେ ଭେରିଗୁଡ୍ ପାଇଥିଲା ।

ସକାଳେ ଇସ୍କୁଲ ବାଟରେ ମାଳତୀ ତାକୁ ଏକୁଟିଆ ଦେଖି ତା' ବସ୍ତାନିରୁ କାଢ଼ି ତାଙ୍କ ବାରି କରମଙ୍ଗାଟାଏ ତାକୁ ଦେଇଥିଲା । ସେଇ ଗୋଡ଼ିବାଣ ଗଛ ପାଖରେ କାଲି ବି ଆହୁରି ପାଚିଲାଟାଏ ଦେବ ବୋଲି କହିଥିଲା । ଏକୁଟିଆ ତାକୁ ହିଁ ଦବ ବୋଲି କହିଥିଲା ।

ତା' ମନ ଭାରି ଭଲଥିଲା ।

ବାପାଙ୍କ ପେଟ ଉପରେ ହାତ ପକାଇ ରାତି ବେଶି ହଉ ହଉ ଶୋଇ ପଡୁ ପଡୁ ବାପାଙ୍କଠାରୁ ତା' ପିଲା ଦିନର କଥାମାନ ଶୁଣୁଥିଲା ।

ଦି' ଘଡ଼ିରେ ସେଇ ବେଳା ଗାଁସାରା ଅନ୍ୟ ଠେଇଁ ସବୁ ଗାଁ ଜୀବନର ସେ ବେଳାର ଚିରନ୍ତନ ଲୀଳା ଯେତେ, ସବୁଦିନର ସେଇ ବେଳା ପରି ଅବିକଳ ବିଛେଇ ପଡ଼ିଥିଲା:

ମୂଷା ନାହାକ ଗୁହାଳ ଭିତରେ ମରାମରି ହେଉଥିବା ଦାମୁରି ଦି' ଟାକୁ ନିଆରା କରି ବାନ୍ଧୁଥିଲା । ରାଧିବୋଉ ବୁଢ଼ୀ କଟାସ ଦାଉରୁ କୁକୁଡ଼ାଭାଡ଼ି ଉପରେ ଚିରା ଅଖାଟିଏ ଚଉତରା କରିପାରି ଦେଉଥିଲା । ଯଦୁଆ, ରାତିରେ ଘରକୁ ନ ଫେରି ବେଜାଏ ଓ ହରକତ ତାକୁ କରିଥିବାରୁ ଛଣ ବିଡ଼ାଟି ସାଙ୍ଗକୁ ଓଲେଇ ସଁବାରିକି ପାହାରୁଟିଏ ଦେଉଥିଲା । ଜେନାଘର ବୋହୂ କବାଟ କଣରେ ଡିବିର ଜାଳି ଜଳନ୍ତା ସଳିତାରୁ ଗୁଲ ଝାଡ଼ି କଳାପାତିରେ ପୁଅ ପାଇଁ କଜଳ ପାଡୁଥିଲା । ଭୋବନୀବାବୁ ରାତି ଦି' ଘଡ଼ିରେ ପୋଖରୀପାଣି ଉଠି ବରକୁଣ୍ଡ ଘର ବାଟ ହିଡ଼ ଉପରେ ଚୁପ୍‌କିନା ବସି ପଡୁଥିଲା । ଜଟାଧାରୀ ଏକୁଟିଆ ନିରୋଳା ଟିକକରେ ବାରିପିଣ୍ଡାକୁ ଟେକି ହେଇ ବସି କାନ ଉପରୁ ଖଣ୍ଡିଆ ବିଡିଟା କାଲି ସକାଳକୁ ଥିବା ମହି ଦବାର ଭାବନା ଭିତରେ କାଢ଼ି ଆଣୁଥିଲା । ଜନୁମୁ ବୁଢ଼ାର ନଟାଳିଆ କାଶଟାଏ ଭିତରୁ ଉଠୁଥିଲା । କାଲୁଣୀବୁଢ଼ୀ ମୁଣ୍ଡତଳ ମାଣ୍ଡିତଲୁ ଅନ୍ଧାରିଆ ଉଣ୍ଡାଳିପକାଇ ଅଫିମ କରାଟଟା ଉପରେ ପାପୁଲିକି ଥୋଇ ଦେଉଥିଲା ।

କୁନିବୋଉ ଛ' ଝୁଅରେ ପୁଅଟିଏ ପାଁଇ ଗୁଣୁଗୁଣୁ ହେଇ ଦିଗିବାରିଣୀଙ୍କ ଶାଢ଼ି ମନାସୁଥିଲା । ନେତିବୋଉ, ଗଉରିଆ ମା' ଛ' ମାସ ନ ପୁରୁଣୁ ନିଆଁଶୀ ହୋଇଯିବାକୁ ତଳେ ମୁଣ୍ଡ ବାଡ଼େଇଦେଇ ଗାଦି ଗୋସେଇଁଙ୍କି ସୁଉକିକର ଗଞ୍ଜେଇ ଯାଚୁଥିଲା । କେଲୁ ତା' ମାଇପର ରଷା ଭାଙ୍ଗିବାକୁ ଜୋର୍ କରି ତାକୁ ତା' ଆଡ଼କୁ ଭିଡ଼ି ଆଣୁଥିଲା ।

ପୁନି ବିଛଣାରେ ଚରଚର କରି ମୂତି ପକଉ ପକଉ ହାଉ ହାଉ କରି ନିଦ ବାଉଳାରେ ବିଳିବିଳେଇ ଉଠୁଥିଲା ।

ମୁନ୍ନା ବାପାଙ୍କର ଅନ୍ତଲପେଟ ଉପରେ ହାତ ପକାଇ ହୁଁ ମାରୁଥିଲା । ଏତିକିବେଳେ ହଠାତ୍ କାନ ଅତଡ଼ା ପକାଇ ଘୁଉଁକରି କ'ଣଟିଏ ଶୁଭିଲା, ଯେ ଶୁଭିଲା, ଶୁଭିଗଲା। ତା'ପରେ ଘୁଉଁ ଘୁଉଁ ଘୁଉଁ ଘୁଉଁ ନାଦରେ ରାତିର ନୀରବତାଯାକ ଖିନ୍‌ଭିନ୍ ଟୁକୁରା ଟୁକୁରା ହେଇ ଭାଙ୍ଗିରୁଜି ଧ୍ୱସ୍ତବିଧ୍ୱସ୍ତ ହୋଇ ଲୋପ ପାଇଗଲା ।

ସକାଳୁ ଧୀମେଇ ଧୀମେଇ ବଢୁଥିବା ନଈ ସଞ୍ଜପରେ କେତେବେଳେ ହୁ ହୁ ବଢ଼ିଉଠି ନଈବନ୍ଧ ବିଲୁଆଖାଇଠାରେ ଘାଇ ଭାଙ୍ଗିଥିଲା –

ସମୁଦ୍ର ଭଳିଆ ପାଣି ତୋଡ଼କରି ପାହାଡ଼ ପ୍ରମାଣେ ଉଅଁରୁ ସୁଉ ସୁଉ ଗର୍ଜନରେ ବିଲୁଆଖାଇ ଘାଇରୁ ଗାଁ ଭିତରକୁ ରାତିର ଅନ୍ଧାର ଭିତରେ ମାଡ଼ି ଆସୁଥିଲା।

ତା'ପରେ ତେଣିକି ନିମିଷକ ଉତ୍ତାରେ ବିକଳ ଆର୍ତ୍ତନାଦ, ଛାତିଫଟା କାନ୍ଦଣା, କାନଫଟା ରଡ଼ି, ନାହିଁ ନ ଥିବା ଚିତ୍କାର ଓ ରାବରେ ଗଜରାଜପୁରର ନିରପରାଧ, ନିରିମାଖୀ ଆକାଶ ଅରକ୍ଷ ଅସହାୟ ହୋଇ ନିମିଷକ ଭିତରେ ଭାଙ୍ଗିପଡୁଥିଲା।

ପଳାଅ ପଳାଅ, ପଳାଅ ପଳାଅ, ପଳାଅ, ପଳାଅ ପଳାଅ, ପଳାଅ ପଳାଅ, ପଳାଅ, ପଳାଅ, ହରିବୋଅଲ, ହରିବୋଅଲ, ହରିବୋଅଲ, ହରିବୋଅଲ, ହରିବୋଅଲ, ହରିବୋଅଲ, ହରିବୋଅଲ, ହୁଳୁଳୁଳୁଳୁଳୁଳୁଳୁଳୁ ହେ ଜଗନ୍ନାଥ, ହେ ଗାଦି ଗୋସେଇଁ, ହେ ଜଗନ୍ନାଥ, ହେ ଜଗନ୍ନାଥ, ହେ ଜଗନ୍ନାଥ, ହେ ଜଗନ୍ନାଥ, ମା ମଙ୍ଗଳା, ହେ ଗାଦି ଗୋସେଇଁ, ହେ ଜଗନ୍ନାଥ, ହେ ଆଖଣ୍ଡଳମଣି, ମା ଦିଗିବାରିଣୀ ମା, ମା, ମା ପ୍ରଭୁ, ପ୍ରଭୋ, ସୁକୁଟାରେ, ଇଲୋ ମୋ ଧନରେ, ଇଲୋ ମୋ ଧନରେ, ରତନି ଲୋ, ବାପା, ବାପା, ବାପା, ବୋଉଲୋ ଓ, ଓ, ଇରେ ନବୀନା, ଇରେ ନଆଁକିଆ, ଚନ୍ଦୁରା, ଦାମମାଳାରେ ହେମିବୋଉ, ତାରା, ଆରେ ବାବୁନି, ଇଲୋ କିଏ କୁଆଡ଼େ ଅଛଲୋ, ଇଲୋ ରେ ଏଏ, ରେ ଏଏଏ ହୋଏ, ରକ୍ଷାକର, ରକ୍ଷାକର, ରକ୍ଷାକର, ରକ୍ଷାକର, କୁଆଡ଼େ, କୁଆଡ଼େ, ବଡ଼ପା, ମହନାରେଏ, ଦାଦା, ଅଜା, ନାନୀ ଇଲୋ, ମୋ ଖୁଡ଼ୀଲୋଓଓ, ବାପା, ହୋଓଓଃ, ବୋଉଉଉଉ, ଭେଁ,ଭେଁ,ଭେଁ,ଭେଁ, ଏ, ଭାଆଁ, ଭେଁ, ଭାଁ, ଭେଁ, ଭେଁ, ଭାଁ, ଭାଁ, ଭାଁ, ଆ ଆ ଆ ଆ ଆ ଆ....ଆ......ଆ.... ।

ଏ ବଢ଼ି ଆସିବାର ଥିଲା।

ଆ' କଥା ମାଳିକାରେ ଲେଖା ହେଇଥିଲା ।

ଲେଖା ଥାଉ କି ନ ଥାଉ ଆ' କଥା ପିଲାଠାରୁ ବୁଢ଼ାଯାଏ ଜନ୍ମମୁରୁ ସଭିଙ୍କି ଜଣାଥିଲା।

ଏ ବଢ଼ିର ସଙ୍ଗୁପତ ନିଷ୍ଠୁର ଭୟଟିଏ ମଞ୍ଜୁରେ ପୂରାଇ ସବୁକାଳେ ସବୁଠେଇଁ ମଣିଷର ଶିଶୁ ଜନ୍ମ ହଉଥିଲା-

ଥିବ !

ଆସି ସାରିଲେ ବି ଆ'ର ଆହୁରି ଆସିବାକୁ କାଳକାଳକୁ ମାଳିକାରେ ଲେଖା ରହିଥିବ ।

ତେଣୁ ଏ ଭୀତିରୁ ଗଜରାଜପୁର ଗ୍ରାମବାସୀଙ୍କର ଯାହା ଯେତିକି ବା ହଂସା, ସେତିକି ସେଦିନ କାଳରାତିରେ କାମରେ ଆସିଗଲା ।

ମନ୍ଦାଟିଏ ପିମ୍ପୁଡ଼ି ପରି ଖରି ପତରର ଅଗକୁ ଧରି ଉବୁଟୁବୁ ହେଉଥିବାର ସେ ଅନୁଭୂତି ତିନିମାସ ହୋଇଗଲା ଆସି ଆଜିକି-

ପଛକଥା ସବୁ ଜିକିଜିକି ଅନ୍ଧାରିଆ କାଳିଆ ଦିପିଦିପି ହେଇ କାହାଣୀରେ ରହିଗଲାଣି-

ବଢ଼ିବେଳେ ବନ୍ଧ ଉପରେ ରହିଥିବା କଥା-

କେତେବେଳେ କଦର୍ଥନା ।

କେତେ ଯେ ହୀନସ୍ତା ହେବାକୁ ହେଇଥିଲା ଆହା-

ରାଇପୀନ୍ ଡାଙ୍ଗ, ଅମରି ଡାଳ ଓ ସପ ମସିଣାର ଆଳୁଆଳ ତଳେ କାଦୁଅ ସନ୍ତସନ୍ତ ଗୁଗୁଚିଆ ମୂଳରେ ବାଚୁସ୍ତିରୀର ବିଚାରି ଚାରି ଝୁଅରେ ପୁଅଟିଏ ହୋଇଥିଲା । ରାଧିକା ବୋଉ ଖୁଡ଼ୀ କାନ୍ଦି କାନ୍ଦି ବନ୍ଧକଡ଼ରୁ ଖପରା ଗୋଟେଇ ପୁଅର ନାହି କାଟିଥିଲା । ମେଘୁଆ ଖୋଲା ଆକାଶର ବଉଦ ଦାଢ଼କୁ ଓଦାଳିଆ କୁନି ତାରାଟିଏ ସେତେବେଳକୁ ମିଞ୍ଜିମିଞ୍ଜି ହେଉଥିଲା । କଟକ ବଡ଼ କଲେଜରେ ପାଠ ପଢୁଥିବା ନାତି ଟୋକାକୁ ଶେଷ ବେଳାରେ ଦେଖି ନପାରି ଟୁନା ଟୁନା କହି ଛ'ମାସ ହେଲା ରୋଗରେ ସଢୁଥିବା ସାନ୍ତରାବୁଢ଼ାର ଜୀବ ଛାଡ଼ି ଯାଇଥିଲା । ବନ୍ଧକଡ଼ ଓସ୍ତଗଛ କୋରଡ଼ରେ ରାତିଅଧିଆ ପେଚାଟିର ଲାଗି ରହିଥିବା ହୁଟ୍ ହୁଟ୍ ଭିତରେ ସା'ନ୍ତରା ବୁଢ଼ାର ନିସ୍ତେଜ ଟୁନା ଡାକ ହିକା ସାଙ୍ଗରେ ଜଡ଼ିଯାଇ ମିଶି ଯାଇଥିଲା । ସକାଳ ପହରୁ ପାଣି ଭଳିଆ ପିଟି ପଡ଼ିଥିଲେ ବି ଭୟ ଜୁଡୁସୁଡୁ କୋକିଳର ବେଳକୁ ବେଳ କଳାକାଠ ପଡ଼ିଯାଉଥିବା କଅଁଳା ପିଲାଟା ପାଇଁ ଓଷଦ ଟିକିଏ ନଥିଲା । ହେଁସ ଗୁଡ଼ାଇଲା ପରି ଚିକ୍କାର ପାଣିରେ ନହଡ଼ା ଉଠୁଥିଲେ ବି ତଣ୍ଟି ଅଠାବେଳକୁ ପାଟିରେ ଦେବା ପାଇଁ ମୁନ୍ଦାଟାଏ ପାଣି କାହିଁ ନଥିଲା । ପେଟ ବିକଳିଆ ବାବୁନାଟା ଦି'ଦିନ ସାରା ଖାଡ଼ା ଉପାସରେ ପେଟ ନାଗିଯାଇ କାଦୁଅ କଡ଼କୁ ବୋଉ କାନି ଉପରେ କି ନାରଖାର ହୋଇ ଶୋଇଯାଇ ଥିବାର ଦେଖିବାର ଥିଲା । ନେତ୍ରମଣି ଆଖିରେ ଲୁହ ରହୁ ନଥିଲା । ଡୋବା ଡୋବା ଆଖିରେ

ବାପ ଛକଡ଼ି ପଧାନ ଗାଁ ଉପରଦେଇ ବହିଯାଉଥିବା ପାଣିକି ଚାହିଁଥିଲା। ଝାଡ଼ା ଯିବାକୁ ଥାନ ଟିକିଏ ନ ଥିଲା । ନା ମୂତି ବସିବାକୁ। ପଦାଟାରେ ଲୋକ ହାଉ ହାଉ, ଗାଁ ମିଣିପିଙ୍କ ଅବସଥାନ ଭିତରେ ବି ଅଲାଜୁକ ହେବାକୁ ଭଲଲାଗୁ ନଥିଲା । ସୁନୁବାବୁ ଝୁଅ ତିଳିଟାର ପୁଣି ସେଇ ତିନିଦିନକୁ ବଡ ହେବାକୁ ଥିଲା। ତିନିଦିନ ହେଲା ଟା ପାଣି ଟିକିଏ ନ ପାଇ ସୁନେଇବୋଉ ବୁଢ଼ୀର ହଂସା ଉଡ଼ିଯାଇଥିଲା। ତିନିଦିନ ହେଲା ତୋରାଣି ଟୋପାଏ ନ ପିଇ ନଇଆ ବୁଢ଼ୀଟା ହାଉଁ ହାଉଁ ହୋଇ- ଖଜୁରି ମୂଳରେ ଫାଁଗାଳି ଦେଇ ପଡ଼ି ଯାଇଥିଲା । ଦୁକ୍ତା ଟିକିଏ ପାଇଁ ହାରୁନ୍ ମିଆଁ ମଥାରେ ବାତଚକ୍ର ଘୂରୁଥିଲା । ସାବି ଗଉଡୁଣୀ ମୋ ବଟଫଳ, ମୋ ବଟଫଳ କହି ଛୋବ ଯାଉଥିଲା ।

ଆହା, କେତେ କଦର୍ଥନା ହେବାକୁ ନଥିଲା, ଆହା !

ପୁଣି ବଢ଼ି ଛାଡ଼ିଗଲା ଉତ୍ତାରୁ ଗଜରାଜପୁର ଗ୍ରାମବାସୀଙ୍କର ଗାଁକୁ ଫେରିଯିବା କଥା।

ପରିଡ଼ା ବୁଢ଼ା କ'ଣ ଖୋଜିଲା ? କେଉଁଠି ତା'ର ପାଞ୍ଚଶେଣିଆ ମଉଡ଼ମରା ଖଞ୍ଜାଘର ଥିଲା, କାଠ ବାଉଁଶରେ କୁଢ଼ ଭିତରୁ ଏକା ଏକା ତିନିଦିନ ଯାଏ ? କି ପଦାର୍ଥ ? ଏଇଠି ଥିଲା କି ସାବି ବୁଢ଼ୀର ଢିଙ୍କି ଚାଳି ? ଏରୁଣ୍ଡି ବନ୍ଧ ? ଆଠ ଦିନଯାଏ ଖିଆପିଆ ଛାଡ଼ି କାହାରି ବୋଧ ନ ଘେନି ସାବିବୁଢ଼ୀ ବସି ବାହୁନିଲା ଯେ ବାହୁନିଲା । ଛାତି କୋରିଦେଇ ତୁହାଇ ତୁହାଇ। ସବୁଯାକ ଡାଳ ଉଞ୍ଚି ହୋଇଯାଇ ଖାଲି ରହିଥିବା ଆମ୍ବ ଗଣ୍ଡିରାଟି ନେଇ ଝୁଲ ରତନାଙ୍କ ଭିତରେ ବହେ କନ୍ଦଳ ଲାଗିଥିଲା । ରତନାର ସାତ ବରଷର ଝିଅ ସରସୋତି ମନକୁମନ ତା'ର ଠାବ କଲା, ତାଙ୍କ ଗଛ ଦିହରେ ଥିବା ପଥୁରିଆ ଗୁବଟା ଏଥିରେ ନ ଥିଲା । ରାହାବାଳି ରତନା ମାଇପ କଜିଆ ଭିତରେ ଝୁଅକୁ ଏଡ଼େ ଏଡ଼େ ଆଖି କରି ତରାଟି ଚାହିଁଲା। ଚିହ୍ନ ପାଇଁ ଥିବା ଧଳାଙ୍କ ଗଛଟା ତାଡ଼ି ହୋଇଯାଇ ଥିବାରୁ ପୂନବାବୁ ଜାଗା ଉପରକୁ ମଡାଇଦେଇ ଦିହବଳିଆରେ ଗୁନବାବୁ ଆଚ୍ଛାକରି କିଳାଟିଏ ପୋତିଦେଲା। ମେଣ୍ଟିପାରୁ ନଥିବା ଆଉ ଗୋଟାଏ ବିବାଦ ଉପୁଜିଲା। ଝରିଆ ତେଲି କିନ୍ତୁ ତା' ବାରିପଟ ବାଟକୁ ନେଇ ପୂନସାଉ ସାଙ୍ଗରେ ଲାଗି ରହିଥିବା ନେଣ୍ଟରାକୁ, ଠେଙ୍ଗା ଉଠାଉଠି ଯାଏ କଥା ଯାଇଥିବା ପୁରୁଣା ନେଣ୍ଟରାକୁ ଅକାତରେ ତା' ଆଡୁ ଜାଗା ଛାଡ଼ିଦେଇ ସଭିଙ୍କୁ କାବା କରିଦେଇ ଅଳପକରେ ମେଣ୍ଟାଇଦେଲା । ବଇଷିମ ଘର ଜଣାଶୁଣା ପିତ୍ତଳ ଗରାଟା ବଇବାକୁ ଘର ଆଠଦିନ ଲୁଚାଇ ରଖିଦେଲା । ଚୋର ମହନା କିନ୍ତୁ ହାଲକୁ ଅନା, ବିଧବା ନିଆଶୀରି ଶୀରିମତୀ ବୁଢ଼ୀର ପିତ୍ତଳ ଗଡୁଟି ବାଲିତଳୁ ପାଇ ଆପେ ଆସି ବୁଢ଼ୀକୁ

ଲୋଡ଼ି ଯାଚି ଦେଇଦେଲା । ଶତ୍ରୁରା ଗଉଡ଼ କଲିକତାରୁ ଫେରି ଝୁଅପାଇଁ ଥିବା କାନଫୁଲ ଛାଡ଼ି ତୁଚ୍ଛା ପ୍ରାଣଧରି ଧାଇଁ ଯାଇଥିବାରୁ ମୂଳ ପାରିଆରେ ମାଇପକୁ ବାଡ଼େଇ ପକାଇଲା। ହୁଣ୍ଡା ଜଡ଼ା ଗୋପାଳିଆ ତାକୁଇ ଜଣା କାହିଁକି, ଦି'ଦିନ କାଳ ପାଖେ ପାଖେ ରଖି ବୁଲିବା ପରେ ସାନ୍ତରା ଘର ସାନବୋହୂର ବିଲରୁ ପାଇଥିବା ପାଉଁଜି ପଟକ ସିଧାସଳଖ ଯାଇ ଓଢ଼ଣା ଟାଣିଥିବା ତା' ହାତରେ ଥୋଇଦେଲା । ହାଉ ହାଉ କରି କ'ଣ ସବୁ ତା' ମୁହଁକୁ ଅନାଇ କହିଗଲା। ସବୁବେଳେ ତୋଡ଼ କାଢୁଥିବା କେଡ଼େ ଥିଲାବାଲା ସାର୍‌ବାବୁ ଗରିବ ମକରା ସାଙ୍ଗରେ ବାଟ ଚାଲୁଚାଲୁ ସକାଳ ନାଇଁ ସଞ୍ଜ ନାଇଁ ଆପଣାର ହରାଇଥିବା ପଦାର୍ଥମାନ ଭାଳି କେତେ ଦୁଃଖସୁଖ ହେଲା। ମକରାର ବା କିବା ଘର, କିବା ଜିନିଷ। ତେବେ ବି ତା'କୁ ପଚାରିଲା। କେତେ ଆଶ୍ଚର୍ଯ୍ୟକୁ ଦେଖି, କେଡ଼େ କେଡ଼େ ବୃକ୍ଷ ଓପାଡ଼ି ତାଡ଼ି ନେଇଥିଲାବେଳେ ବିଚାରୀ ବଇଷ୍ଣାଣୀର ଭାଲୁ ପରି ମାଡ଼ିଥିବା ଜୁଣପୋଇ ନଟାଟା ସେମିତି ରହିଥିଲା। ନୂଆ ବାନ୍ଧିଥିବା ପଠା ଉପରେ ରେବି ରତନାକୁ ସଞ୍ଜବେଳିଆ କଥା ହଉଥିବାର ଜଣାପଡ଼ିଯାଇ ଗାଁ ସାରା କେତେ କଥା ରଚିଗଲା । ଆଗରୁ ଥିବା ବନ୍ଧଛିଡ଼ା ଖମା ମୁହଁରେ କାଳେ ଆଗରୁ ଦିହିଙ୍କର ଭାବ ଥିଲା ।

ଆଗର ସେ ଖମା ମୁହଁରେ ଚିହ୍ନ ବି ଏବେ ନ ଥିଲା।

ରିଲିଫ୍ ଚାଉଳ ଘରଭଙ୍ଗା ଟଙ୍କା କଥା:

ପାଣି ଆଉ ପାଣି- ଚାରିଆଡ଼ ଜଳାର୍ଣ୍ଣବ-ଜଗଦୀଶ ସାହା। ଭାଁ ଭାଁ ଭାଁ କରି ଏତିକିବେଳେ ଥରିଉଠିଲା ଆକାଶ। ଯେତେବେଳେ ତିନିଦିନ ପରେ ପୂର୍ବ ଦିଗରୁ ଉଦେହୋଇଉଠି ଯୋଡ଼ିକାଉଁଳି ଭଳି ଉଡ଼ିଆସିଲେ ଦିଓଟି ଉଡ଼ାଜାହାଜ ଓ ତଳେ ଛୋଟିଆ ଟାପୁଟାର ଚକଡ଼ା ପରେ ଉପରକୁ ହାତମାନ ଟେକି, ମୁଣ୍ଡଭାଙ୍ଗି, ଗୋଡ଼ମାନଙ୍କୁ ଲସରପସର କରି ଗଜରାଜପୁରବାସୀ ଆବାଳବୃଦ୍ଧବନିତା ଉଡାଜାହାଜକୁ ଦେଖାଇବାକୁ କାର୍ଟୁନ୍ ପରି ନାଚିବାରେ ଲାଗିଥିଲେ, ଦେଖିନପାରି ହେଲିକପ୍ଟର ଦି'ଟା ଉଡ଼ିଯାଇଥିଲା ଦୂରକୁ, ଦୂରକୁ। ହେଲିକପ୍ଟର ଦି'ଟା ମୁହୂର୍ତ୍ତକରେ ଚାଲିଯିବା ପରେ ସ୍ଥିର ହୋଇ ରହିଯାଇଥିବା ସେଇ ଦୃଶ୍ୟକୁ ମନେପକାଇ ବଗୁଲିଆ ଗୋପାଳିଆ କହେ, ନଳୀପରି ଯେ ତମ ହାତ ଦି'ଟା ଆକାଶକୁ ଡେରାହୋଇ ତମେ ଦିଶୁଥିଲ ଠିକ୍ ବଢ଼ି ଆଗରୁ ଥିବା ଆମ ବାଡ଼ିର ଦି' କେନିଆ ପାଳଧୂଆ ଗଛପରି । ମନେ ଅଛି ନା, ପୋଖରୀ ହୁଡ଼ାର ଆମ ସେଇଠେଇଁ ଦି' କେନିଆ ଭୂତପରି ଦିଶୁଥିବା, ପାଳଧୁଆ ଗଛ ? ଆନ୍ଦ ଅଜା କହନ୍ତି, ଆରେ ଯାଃ, ଚଗଲାଟା।

ତା ପରଦିନ କିନ୍ତୁ ହେଲିକପ୍ଟରରୁ ପଡ଼ିଥିବା ପୁଡ଼ିଆଟିମାନ, ଆଃ ତିନିଦିନ, ତିନିରାତିର ଉପାସ ପରେ ପିଣ୍ଡରେ ପଶୁଥିବା ପ୍ରାଣ-କି ସୁନ୍ଦର, ଚିକ୍କଣ ମଟମଟ ଲାଗୁଥିବା ହାତକୁ ଛୋଟ ବଡ଼ ପୁଡ଼ିଆଟିମାନ ଭିତରେ ପାଉଁରୁଟି, ସିଝା ଅଣ୍ଡା, ଲୁଚି, ପରଟା ଆଳୁଭଜା, କଦଳୀ, କମଳା, ବିସ୍କୁଟ, କେତେ କ'ଣ ! କେତେଥର ହେଲିକପ୍ଟରରୁ ପଡ଼ିଛି ତା'ପରେ। କେତେକେତେ ଚିଜ, ପେଣ୍ଟ, ଜାମା, ମହମ୍‌ବତୀ, ଖେଳଣା। ସରକାରୀ ଢଙ୍ଗାରେ ଦେଇଯାଇଥିବା ଚାଉଳବସ୍ତାର ସତ୍ୟାସତ୍ୟ ନେଇ ଗାଁ ବାଲାଙ୍କ ଭିତରେ ହଲପ ପ୍ରମାଣ ଯାଏ କଥା ଯାଇଥିଲା। କେତେ ପାଟିତୁଣ୍ଡ ତଥା ହଟାହଟି ଉଚ୍ଚବାଚ। ଶେଷରେ ନବମ ଶ୍ରେଣୀରେ ପାଠ ପଢୁଥିବା ଜଗୁପାତ୍ରଙ୍କ ପୁଅ କିଶୋରର କଥାରେ ସମସ୍ତଙ୍କର ଅକଲ ପଇଟି ଦେଖାଗଲା, ସତକୁ ସତ ବସ୍ତାଗୋଟାକେ କୁଇଣ୍ଟାଲ୍‌ପିଛା ପନ୍ଦର କେଜି, କୋଡ଼ିଏ କେଜି ଊଣାଥିଲା । ମଟର ବୋଟରେ ଭର୍ତ୍ତି ନଦଉ ହୋଇ ଆସିଥିବା ମହିଳା ସମିତିର ସେଇ ଥାକୁଲି ଦରବୁଢ଼ୀ ସ୍ତ୍ରୀଲୋକଗୁଡ଼ା ରିଲିଫ୍ ବାଣ୍ଟିବା ପାଇଁ ଓଠରେ ଲିପ୍‌ଷ୍ଟିକ୍, ମୁହଁରେ ପାଉଡର ବୋଳି ଆସିଥିଲେ । ବଗୁଲିଆ ଗୋପାଳିଆ ଆଈବୁଢ଼ୀକି ଶୁଣାଇ କହେ, ଆନ୍ଧଅଜା, ତମେ ସିଏ ମଝିରେ ଥିବା ଗେଧି ଗୋରୀ ଦରବୁଢ଼ୀଟିକି ଚାହିଁରହି ନଥିଲ ? କଟମଟ କରି ଅନଉଥିବାର ବୁଢ଼ୀଆଈ ମୁହଁ ଆଡୁଆଳକରି ଅଜା କହନ୍ତି, ଆରେ ଯାଃ, ଚଗଲାଟା। ବାଟ ଫିଟିଯିବାପରେ ଗଜରାଜପୁର ଗାଁକୁ କେତେ ମଟରଗାଡ଼ିର ପଟୁଆରରେ ମନ୍ତ୍ରୀଙ୍କ ଆଗମନ। ମନ୍ତ୍ରୀ ଶୁଖିଲାରୁ ଗଡ଼ି ପାଣି ଭିତରକୁ ଆଣ୍ଠିଏ ପଶିଲେ। ପାଣି ଉପରେ ଦଇଆ ଡମକୁ ମୋଟା ଧୋତିଟାଏ ଟେକି ଦେଉଥିବାବେଳେ ଫଟୋ ଉଠିଥିଲା । ସେଥର କିନ୍ତୁ ଚୂଡ଼ାଚାଉଳ ଧରି କଲେଜ ପିଲାଙ୍କୁ ସାଙ୍ଗରେ ଘେନି ସେଇ ଯେଉଁ ବାବୁ ଆସିଥିଲେ, ଲୋକଙ୍କ ଦୁଃଖରେ ଲୁହ ବହିଯାଇଥିଲା ତାଙ୍କର । ରାତି ଗୋଟାଏବେଳେ ବେକେ ପାଣିରେ ପଶି ଗାଁବାଲାଙ୍କ ତରଫରୁ ଶ୍ୟାମବାବୁ, ସୁଦାମ, ସୁବଳ ଦାସ ବ୍ଲକ୍‌ଅଫିସକୁ ରିଲିଫ୍ ଚାଉଳ ପାଇଁ ଯାଇଥିଲେ । ବାଟରେ ପାଞ୍ଚବସ୍ତା ହେରଫେର କରି ପଛରେ ଧରାପଡ଼ି ଜୋରିମାନା ଦେଲେ । ଏବେ ହି କଥାପଡ଼ିଲେ ଜାଣି ହଉନଥାଏ, ଗାଁବାଲା ବସିବାକୁ ଚଉକିଟାଏ ଦେଇ ନପାରିବାରୁ ସତେ କ'ଣ ତହସିଲ୍‌ଦାରବାବୁ ତାଙ୍କ ଗାଁକୁ କମ୍ ଘର ଭଙ୍ଗା ଟଙ୍କା ଦେଲେ କି ଆଉ ! ଏତେଆଡୁ ଏତେକଥା ମିଳୁଥିବାବେଳେ ଏତେ ବିପଦରେ ବି ଲକ୍ଷ୍ମୀଧର ରିଲିଫ୍ ଗ୍ରହଣ କଲାନାହିଁ। ଭାରିଜାକୁ ସାଙ୍ଗରେ ନେଇ ରିଲିଫ୍ ପାଇଁ ଯାଇଥିବା କୁରୁପା ଭୋଇ ରିଲିଫ୍ ବାଣ୍ଟୁଥିବା ବାବୁଜଣଙ୍କୁ ଧାଡ଼ିମୁଣ୍ଡରୁ କଟମଟ କରି ଚାହିଁ କିଛି କାହାକୁ ନ କହି ଭାରିଜା ସାଙ୍ଗରେ ରିଲିଫ୍ ଚାଉଳ ଆଡ଼େଇଦେଇ ଫେରିଆସିଲା କାହିଁକି।

କେତେ କେତେ କଥା ଅକଥା, ଘଟଣ ଅଘଟଣ, ଧର୍ମ ଅଧର୍ମ ଦୁର୍ନୀତି, ସଦାଶୟ କଥା-

ସବୁକଥା ସେତେବେଳକାର ଜିକିଜିକି ଅନ୍ଧାରିଆ କାଳିଆ ଦିପିଦିପି ହୋଇ କାହାଣୀରେ ରହିଗଲାଣି ଆସି !

ଆସି ତିନିମାସ ହୋଇଗଲାଣି ।

ତିନିମାସ କାଳ ଯଥେଷ୍ଟ !

ତିନିମାସ ଭିତରେ ଆମ୍ବତୋଟା ନ ହେଉ ପଛେ କଦଳୀବାରିର କଦଳୀଗଛରେ ଏଢ଼େ ଏଢ଼େ ନେଳିଆ ବାହୁଙ୍ଗୀମାନ କାଢ଼ି ପକାଇଲାଣି। ଦୂରେ ଥାଉ ନଡ଼ିଆଗଛର ଗୋଟମା, ଅମୃତଭଣ୍ଡା ଗଛରେ କଷିକଷି ଅମୃତଭଣ୍ଡା ମଣ୍ଡି ହୋଇ ଆସିଲାଣି । କଖାରୁ ଗଛରେ ହଳଦୀ ଗୁରୁଗୁରୁ ଫୁଲ ଧରିଲାଣି ।

ପାରିଆ ବାଉଁଶରେ ଚାଳିଖଣ୍ଡିଏ ଲେଖାଁ ସଭିଏଁ ଉଠାଇଛନ୍ତି। ଚାଳିଆ ଆଗରେ ଅଙ୍କାବଙ୍କା ହେଇ ଦାଣ୍ଡ ଫିଟିଚି। ଦାଣ୍ଡରେ ପୋତାହେଇଛି ଗୋରୁ ଖୁଣ୍ଟ । ନଈ ଅତଡ଼ାରେ ବାଟ କରି ତୁଠ ହେଇଚି । ତୁଠକୁ ପଡ଼ିଚି ହିଡ଼ । ବାରିଖାଲିଆରେ ବଢ଼ିପାଣି ପଶି ମାଛ ଜାଆଁଳମାନେ ବଡ଼ ହଉଛନ୍ତି । ଗାଁ ମୁଣ୍ଡରେ କ୍ଷେତ୍ରପାଳଙ୍କ ପାଇଁ ଜାଗା ଛଡ଼ାଯାଇଚି । ମଝିରେ ପୂଜା ପାଉଛନ୍ତି ଦୁଦୁରାଫୁଲରେ ନୂଆ ଥପା ହୋଇଥିବା ପଥର। ଗାଁ ସେମୁଣ୍ଡର ଗାଦିଗୋସେଇଁ। କୁମ୍ଭାର ଦେଇଥିବା ନୂଆ ମାଟିଘୋଡ଼ା ସିନ୍ଦୂର ବୋଳରେ ଦାଉ ଦାଉ ଦିଶୁଚି। ଚାରିପାଖଯାକ ଚଞ୍ଚାହୋଇ ହେଇଚି ଲିପାପୋଛା। ବନ୍ଧାଗଡ଼ାରେ ଉପୁଡ଼ି ପଡ଼ିଥିବା ବରଗଛ ଜାଗାରେ ନାଲିପତାକା ବନ୍ଧାହୋଇ ବରଓସ୍ତ ଦି'ଟା ଚାରା ଲାଗିଚି। ବିଧବା ଧୋବିର ନିତି ଗାଧୁଆ ଫେରନ୍ତି ଗଡ଼ୁଏ ପାଣିରେ ବଡ଼ ହଉଚି । କଅଁଳିଆ ନାଲିପତର ଦୁଇଟି ପବନରେ ଥିର୍‌କିନା ହଲିଯାଉଛି –

ତିନିମାସ ପରେ ଏବେ ଗଜରାଜପୁର ଅସ୍ଥାୟୀ ନାହାଚାଳିଆ ପିଢ଼ାଟିମାନ ଉପରେ ସଞ୍ଜର ଅନ୍ଧାର ସାଙ୍ଗକୁ ନଟେଇ ଜଡ଼େଇ ଧୂଆଁ ଉଠେ । ନୂଆ ବାନ୍ଧିଥିବା ପଠାଉପରୁ ରାତି ଦିଘଡ଼ିକୁ ଡାକିଉଠନ୍ତି ଦି ପହରିଆ ବିଲୁଆ ହୁକେ ହୋ, ହୁକେ ହୋ, ଗଛ ତ ନାହିଁ- କୁଆଡୁ କେଜାଣି ଉଡ଼ିଆସନ୍ତି ସକାଳୁ ସକାଳୁ କୁଆ। ଅଗଣାରୁ ଅଗଣା ଡାକି ଯାଆନ୍ତି କା' କା' କା- ବଢ଼େଇ ସାହିରୁ ନିହାଣ ମୁଗୁରର ଠୁକ୍ ଠାକ୍ ଶୁଭେ । ଥଟାରୀ ସାହିର ଢାଇଁ ଢାଇଁ ଆସ୍ତେ ଶୁଭିଯାଏ ବଡ଼ କରି କାଲିରୁ ଆଜିକି । ବଢ଼ିଭୋରୁ ଗାଧେଇସାରି ଫେରୁଥିବା ବଇଁଶୀ ଗୋସେଇଁଙ୍କ ପାଦ ନୂଆ ନଈବାଟର ଅଜଣା ଅଟପାରେ ଖସିଯାଏ। ପଡ଼ି ଯାଉ ଯାଉ ସମ୍ଭାଳି ନେଇ ସଳଖି ଠିଆ ହୁଅନ୍ତି ସେ। ତୁଣ୍ଡରେ ମନ୍ତ୍ରସାଙ୍ଗରେ ଆଉ ଗୋଟିଏ ପାଦ ଆଗକୁ ପଡ଼େ, ତିନିମାସ ପରେ।

ଗାଁ ଦାଣ୍ଡରେ ଗୀଲଖେଳ ପାଇଁ ପିଲାଏ ଖେଳିଥିବା ଗୀତ ଦିଶିଥାଏ-

ମାର୍ଗଶୀର ମାସ ଗୁରୁବାର । ମାଣବସା। ରାତି ନ ପାହୁଣୁ କେଡ଼େ ନିଷ୍ଠାରେ ଘର ଲିପାହୋଇଛି । ପୀଠ ଉପରେ ପଡ଼ିଛି ଝୋଟି। ହାତୀ କଳସୀ କଦଳୀଗଛର ଚିତା। କୁନି କୁନି ଲକ୍ଷ୍ମୀପାଦ ସବୁ ମୁଠୁଣୀରେ ଥପାହୋଇ ପାହାଚରୁ ଲମ୍ବି ଆସିଛନ୍ତି ଘର ଭିତରକୁ। ପଦ୍ମଫୁଲର ଲେଖା ଉପରେ ମହାଲକ୍ଷ୍ମୀଙ୍କର ଆସନ। କବାଟକଣ ଘିଅଦୀପ ତଳେ ଗେଣ୍ଡୁଫୁଲ ଆଞ୍ଜୁଳାରେ ଧନଧାନ୍ୟ ଗୋପଲକ୍ଷ୍ମୀଦାୟିନୀ ମା' ଅନ୍ନପୂର୍ଣ୍ଣା ମହାଲକ୍ଷ୍ମୀଙ୍କର ପୂଜା, ଆଜି ପ୍ରତିଟି ଘରେ।

ପ୍ରତିଟି ଘରେ ମଣ୍ଡା, କାକରା ପିଠା ଗାଁ ସାରା-

ସଞ୍ଜପହରୁ ଆଜି ଜହ୍ନ ଆଲୁଅରେ ଗାଁର ସଭିଏଁ ମେଳି ହୋଇଥିଲେ। ଗ୍ରାମ ଦେବତୀଙ୍କ ପାଖରେ। କଥା ପଡ଼ିଥିଲା ଏ ବରଷର ରାମଲୀଳା କଥା-ହବ ନା ନାହିଁ। କିଏ କହିଲା ସବୁ ତ ଗଲା । ନାହିଁ ନ ଥିବା ଏ ବଢ଼ିରେ ସବୁ ଭାସିଗଲା । ରାମଲୀଳାରେ ଆଉ କ'ଣ ଥାଏ। ବିରସ ମନରେ ଛାଇ ଆଲୁଅରେ ମୁହଁପୋତି କିଏ କିଏ ସମ୍ମତି ଦେଲେ, ହଁ, କ'ଣ କଥା! କଥା ପଡ଼ିଥିଲା ବହୁତ ବେଳଯାଏ। କୋଣ-ଆକାଶରେ ନିରବରେ ଜଳୁଥିବା ଜହ୍ନକୁ ଅନାଇ ଗାଁ ରାମଲୀଳାରେ ହନୁମାନ ହେଉଥିବା ବୀରା ଗୁଡ଼ିଆର ପଲକ ପଡୁ ନଥିଲା। ରାତି ଘଡ଼ିକଯାଏ କଥା ପଡ଼ିଥିଲା। ସରବୁ ପରିଡ଼ା ବୁଢ଼ା ପରିଶେଷରେ ତେଜେଇକରି କହିଲା, ହଇରେ, କ'ଣ ହେଇଗଲା କି! ତମେ ତ ସବୁ ଭାସିଯାଇନାହଁ। କେଉଁ ପୁରୁଷରୁ ତ ଗାଁର ରାମଲୀଳା, ଭାଙ୍ଗିବ-ଆଉ ରହିବ କ'ଣ । ତମେ ସବୁ ଆଉ ଥବ କାହିଁକି!

ସଭିଏଁ ହରିବୋଲ ଦେଲେ। ଗାଁ ସଭା ଭାଙ୍ଗିଲା ।

ଦାଦା ଯେତେବେଳେ ଘରେ ଆସି ଖବର ଦେଲେ, ରାମଲୀଳା ହେବ, ଭାଙ୍ଗିବ ନାହିଁ, ମୁନ୍ନା ସେତେବେଳେ ଆଈଙ୍କ ପାଖରେ ଶୋଇ ଗପ ଶୁଣୁଥିଲା। ଗପ ସରିଲେ, ରଜାପୁଅ ରଜାଝିଅକୁ ନେଇ ଫେରି ଆସିଲେ, ଭାବୁଥିଲା ଚୁଲିମୁଣ୍ଡରୁ ବୋଉପାଖକୁ ଯାଇ ଆଉ ଗୋଟିଏ ପୁର ପିଠା ଆଣିବ। ଦାଦା ଆସି ଖବର ଦେଲା, ରାମଲୀଳା ହେବ, ଏ ବରଷ ଭାଙ୍ଗିବ ନାହିଁ।

ବୋଉ ଚୁଲ୍ଲୀମୁଣ୍ଡରୁ ଉତ୍ତର ଦେଲା, ଯା' ହଉ!

ଆଈ ରଜା ଝିଅକୁ ରଜା ପୁଅ ସହିତ ଭେଟାଇ ଦେଲେ।

ମୁନ୍ନା ମନ ଆନନ୍ଦରେ କୁରୁଳି ଉଠିଲା।

ମଣ୍ଡା ପିଠା ପାଇଁ ଧାଇଁ ଯାଉ ଯାଉ ଖୁସି ଭିତରେ ବାଟରେ ମନେ ପଡ଼ିଗଲା ତା'ର ଗୋଟାଏ କଥା। କାଲିଠାରୁ ସେ ଭୁଲି ଯାଇଥିଲା। ମଣ୍ଡା ପିଠା ବାଟରେ ବାଟ

ଭାଙ୍ଗି ସେ ନେଉଟି ଆସିଲା । ଧାଇଁ ଧାଇଁ ଅନ୍ଧାର ଭିତରେ ତା ବସ୍ତାନି ପାଖକୁ । ଅନ୍ଧାର ଭିତରେ ବସ୍ତାନି-ତା' ଭିତରେ ସାହିତ୍ୟ ବହି। ସାହିତ୍ୟ ବହିର ସତେଇଶ ପୃଷ୍ଠାରେ ବର୍ଷା ପଦ୍ୟ। ତାରି ପାଖରୁ କାଢ଼ି ଆଣିଲା, ଚଉତା ହୋଇ ଛୋଟିଆ କାଗଜଟିଏ। ବାପାଙ୍କ ଆଡ଼େ ଦୌଡ଼ି ଦୌଡ଼ି ଗଲା।

ପୁରୁଣା ହାରକିନିର ଛାଇ ପଡୁଥିବା ଆଲୁଅରେ ଅଣଓସାରିଆ ଗଳି ପିଣ୍ଡାରେ ମସିଣା ଉପରେ ବସି ବାପା କ'ଣ ନିବେଶରେ କାଗଜଟିଏ ଦେଖୁଥିଲେ । ପେନ୍‌ସିଲ୍‌ରେ ଚିହ୍ନ ଦେଉଥିଲେ।

ଦୌଡ଼ି ଦୌଡ଼ି ଆସିଥିବା ମୁନ୍ନା ବାପାଙ୍କ ପିଠି ଉପରେ ନଦିହୋଇ, ପଛରୁ ତାଙ୍କ ଆଗରେ କେଡ଼େ ଯତ୍ନରେ ଭଙ୍ଗା ଛୋଟ ଧଳା କାଗଜ ଖଣ୍ଡେ ଖୋଲିଧରି କହିଲା- ହେଇତିନି ବାପା, ମୁଁ ଆକୁ ପାଇଥିଲି। ବବ୍‌ଲୁ ଦେଇଚି । ହେଲିକପ୍ଟରରୁ ବନ୍ଧ ଉପରୁ ବଢ଼ିବେଳେ ଯେଉଁ ପୁଡ଼ିଆ ପଡୁଥିଲା ସେ ପୁଡ଼ିଆରେ ମଟ ମଟ କାଗଜକୁ ମୁଁ ରଖିଥିଲି । ମୁଁ କାଲି ଦେଖିଲାବେଳେକୁ ସେ କାଗଜତଳେ ଆଲ୍‌ପିନ୍‌ରେ ଏ ଚିଠି ଫୋଡ଼ା ହୋଇଥିଲା। ବବ୍‌ଲୁ ଦେଇଚି। ବବ୍‌ଲୁର ଚିଠି।

ତମେ ସବୁ କେତେ ବିପଦରେ ପଡ଼ିଚ । ଆମେ ସମସ୍ତେ ତମ ପାଇଁ ଏଠି ଭାରି ବେସ୍ତ ହେଇଛୁ । ଆମ ଘରେ ସବୁବେଳେ ଖାଲି ତମରି କଥା ପଡ଼ିଚି । ବାପା ବୋଉ ତ କଥା ହଉଛନ୍ତି । ପୁଣି ଆମ ଘରକୁ ଆମର ଯେତେସବୁ ମଉସା ମାଉସୀ ଆସୁଛନ୍ତି। ରବି ମଉସା, ଦେବ ମଉସା, ପ୍ରଫୁଲ୍ଲ ମଉସା। ସ୍ବର୍ଣ୍ଣ ମାଉସୀ, ସ୍ନେହ ମାଉସୀ, ଲତା ମାଉସୀ। କାଲି ଆମ ସାର୍ କହିଥିଲେ, ଯିଏ ଯାହା ପାରିବ, ଘରୁ ପୁଡ଼ିଆ କରି ନେଇ ଯିବାକୁ । ପାଖରେ ଚାରି ଟଙ୍କା ଥିଲା । ମୁଁ ଚେନାଚୂର, ଚକୋଲେଟ୍, କମଳା, ବିସ୍କୁଟ୍ ପଠାଇଚି । ବୋଉ କରିଥିବା ପରଟା, ସିଝାଅଣ୍ଡା, କଷାଆଳୁ ବି ଏଥିରେ ଅଛି । ତମେ ସବୁ ଖାଇବ। ବାପା କହୁଥିଲେ, ବଢ଼ି ଶୀଘ୍ର ଛାଡ଼ିଯିବ । ହାରୁନ୍ ମଉସା କହୁଥିଲେ, ଆମେସବୁ କାଲେ ସମସ୍ତେ ତମ ପଛରେ ଅଛୁ। ତେଣୁ ତୁମେ ବ୍ୟସ୍ତ ହେବ ନାହିଁ । ମୁଁ ପୁଣି କାଲି କ'ଣ ପଠାଇବି ।

ଇତି

ବବ୍‌ଲୁ

ବାପାଙ୍କ ବେକ ଚାରିପଟେ ପଛଆଡ଼ ହାଡ଼ ଗୁଡ଼େଇ ତାଙ୍କ ମୁହଁ ସାମ୍ନାରେ ଛୋଟିଆ ଚିଠିଟି ଟେକି ଧରି ଏକା ନିଃଶ୍ୱାସକେ ପଢ଼ି ସାରିବାପରେ ମୁନ୍ନା ତଳକୁ ଚାହିଁଲା। ଲଣ୍ଠନ ଆଲୁଅରେ ବାପାଙ୍କ ସାମ୍ନାରେ ଖୋଲାହୋଇ ଥୁଆ ହୋଇଥିଲା

ବଡ଼ ଫର୍ଦ୍ଦେ କାଗଜ, ମୋଟା ପେନ୍‌ସିଲ୍‌ରେ କେତେସବୁ ଗାର ଟଣା ଯାଇଥିଲା । ମୁନ୍ନା ଚାହିଁଲା। ବଡ଼ ବଡ଼ ଆଖି କରି ଚାହିଁଲା । ବାପାଙ୍କୁ ହଲାଇ ପକାଇ ପଚାରିଲା, "ବାପା, ବାପା, ଇଏ କ'ଣ ?" ମୁନ୍ନାଠାରୁ ଚିଠିଟି ନେଇ ବାପା ଭାରି ନିବେଶରେ ପଢୁଥିଲେ । ଚିଠି ଉପରୁ ନିବିଷ୍ଟ ଆଖିକୁ ନ ଉଠାଇ ଓଦାଳିଆ କଣ୍ଠରେ କହିଲେ, ନକ୍ସା, ଆମ ନୂଆ ଘରର-

■

ଅନ୍ଧାର

ଗଣେଶ୍ୱର ମିଶ୍ର

ସେତେବେଳେ ଆମେ ସବୁ ଖୁବ୍ ଛୋଟ ଥିଲୁଁ- ମୁଁ, ଭରତ ଓ ହାସି। ସଞ୍ଜ ଲାଗିବାର ବହୁତ ଆଗରୁ ଆମେ ଟିଉସନରେ ପଢୁଥିବା ପିଲାମାନେ ସେଇ ଅଧାଭଙ୍ଗା ଘରଟିରେ ପହଞ୍ଚିଯାଉ। ମାଷ୍ଟ୍ରେ ଡେରିରେ ଆସନ୍ତି, ବାତଜରିଆ ମଣିଷ, ଗୋଟିଏ ଗୋଟିଏ ଚାଲି, ଦୂର ଗାଁରୁ ଆସୁ ଆସୁ ଦୁଇ ତିନି ଘଣ୍ଟା ଲାଗେ। ଗୁରୁଙ୍କ ଆଦେଶ ମାନି ଆମେ ପିଲାମାନେ ମସିଣା ପକାଇ ଲଣ୍ଠନ ଜାଳି ଗପ କରୁ । ହଠାତ୍ କୌଣସି ଏକ ମୁହୂର୍ତ୍ତରେ ବାଡ଼ିର ଠକ୍ ଠକ୍ ସହ ମାଟିଆ ଜାମା ପିନ୍ଧା ଆମର ପୂଜ୍ୟ ମାଷ୍ଟ୍ରେ ଆସି ପହଞ୍ଚନ୍ତି ଓ ତା' ପରେ ଅଧ୍ୟୟନ ପର୍ବର ଆରମ୍ଭ ହୁଏ।

ଦିନେ ଦିନେ ଟିଉସନ ବହୁତ ଶୀଘ୍ର ଛୁଟି ହୋଇଯାଏ, ମାଷ୍ଟ୍ରେଙ୍କ ଦେହ ଭଲ ନ ଲାଗିଲେ କିମ୍ବା ତାଙ୍କର କୌଣସିଠାରେ ଭୋଜି ଥିଲେ । ଆମେ ସଙ୍ଗେ ସଙ୍ଗେ ଘରକୁ ନ ଫେରି ପରସ୍ପର ଭିତରେ ଗପ ଜମାଇଦେଉ। ଦିନେ ଶୀତ ରାତିରେ ଏମିତି ମାଷ୍ଟ୍ରେ ଚାଲିଗଲେ। ରାତି ମୋଟେ ବେଶୀ ହୋଇନଥାଏ। କାରଣ ରାତି ସାଢ଼େ ଆଠଟା ହୋଇଗଲେ ମ୍ୟୁନିସିପାଲିଟିର ମଇଳାବୁହା ବସ୍ ଡ୍ରାଇଭର ରଘୁ ଦାସ ଆସି ତା ପୁଅକୁ ଟିଉସନରୁ ଡାକି ନିଏ ଏବଂ ଆମେ ଯାହାଙ୍କ ଘରେ ଟିଉସନ ହେଉ, ତାଙ୍କର ବୁଢ଼ୀମା ସଞ୍ଜ ଆଳତି ଦେଖି ଦେଉଳରୁ ଫେରନ୍ତି। ସେମାନେ ଆସିବା ଯାଏଁ ଅନ୍ତତଃ ଗପ କଲେ କିଛି କ୍ଷତି ନାହିଁ ବୋଲି ଆମେ ଭାବିଲୁ।

ମୁଁ ବୋଧହୁଏ ଚତୁର୍ଥ ଶ୍ରେଣୀରେ ପଢୁଥାଏ। ଭରତ ମୋର ସହପାଠୀ। ହାସି ମୋ'ଠାରୁ ବଡ଼ ନହେଲେ ବି ପଞ୍ଚମରେ ପଢୁଥାଏ। ଭରତଙ୍କ ଘର ଆମ ଘରକୁ

ଲାଗି। ହାସି ଅନ୍ୟ ସାହିର, କିନ୍ତୁ ଆମ ପରିବାର ସହିତ ତାଙ୍କ ପରିବାରର ସଂପର୍କଟା ଟିକିଏ ନିବିଡ଼ । କୌଣସି କାରଣରୁ ହାସିକୁ ଦେଖିଲେ ମୋତେ ଖୁବ୍ ଭଲ ଲାଗୁଥିଲା ଓ ସେଥିପାଇଁ ସବୁବେଳେ ମୁଁ ତା ସାମ୍ନାରେ ବସିବା ପାଇଁ ଚେଷ୍ଟା କରୁଥିଲି। ଆଶ୍ଚର୍ଯ୍ୟ ଯେ, ସେଥିପାଇଁ ମୋର ଜଣେ ଶତ୍ରୁ ବି ବାହାରି ପଡ଼ିଲା । ହାସି ସହିତ କଥାଭାଷା ହେବା ପାଇଁ ଆମ ଦୁଇ ଜଣଙ୍କ ମଧ୍ୟରେ ପ୍ରତିଯୋଗିତା ଚାଲେ। ମାଷ୍ଟ୍ରେ ଅଙ୍କ ଦେଲେ ଆମେ ଦୁଇଜଣ ତର ତର ହୋଇ ଅଙ୍କ କଷି ଦେଉ। ଯିଏ ପ୍ରଥମେ ଅଙ୍କ ଦେବ, ହାସି ତା ସହିତ ବେଶୀ କଥାବାର୍ତ୍ତା ହେବ ବୋଲି ମୋର କେମିତି ଧାରଣା ହୋଇଥିଲା । ମୋର ପ୍ରତିଯୋଗୀଙ୍କର ହୁଏତ ସେଇ ଧାରଣା ଥିଲା।

ଦିନେ ଦିନେ ଆମ ଦୁଇଜଣଙ୍କ ମଧ୍ୟରୁ ଜଣେ ଅନୁପସ୍ଥିତ ରହିଲେ ଅନ୍ୟ ଜଣକ ବେଶ୍ ଆଶ୍ୱସ୍ତ ହେଉଥିଲା। ଏଇଥିପାଇଁ ଯେ ସେ ହାସି ସହିତ ମନଇଚ୍ଛା ଗପି ପାରିବ। ମୁଁ ଯେଉଁ ଶୀତଦିନର ସଂଜ କଥା କହୁଥିଲି, ସେଦିନ ମୋର ପ୍ରତିଯୋଗୀ ଆସିନଥିଲେ । ମୋତେ କେମିତି ଆଶ୍ୱସ୍ତ ଲାଗୁଥିଲା। ହଠାତ୍ ଯେପରି ପ୍ରତିଯୋଗିତାରେ ମୁଁ ବହୁତ ଉପରକୁ ଚାଲିଗଲି ! ସେଦିନ ହାସି ସହିତ ମୁଁ ଅନେକ ସମୟ କଥାବାର୍ତ୍ତା ହୋଇଥିଲି । ଜଣା ପଡୁଥିଲା, ଆମ ଦୁଇ ପ୍ରତିଯୋଗୀଙ୍କ ଭିତରୁ ହାସି ମୋତେ ହିଁ ଅଧିକ ଭଲପାଏ ।

ଭରତ ବିଚରା ଚୁପ୍‌ଚାପ୍ ପିଲା-ଅନ୍ୟମାନେ ଗପ କଲାବେଳେ ସେ ଶୁଣେ। ତା'ର ଜାତିଟା ଟିକିଏ ନିକୃଷ୍ଟ ଓ ତାଙ୍କ ଜାତିଟା ଧୂର୍ତ୍ତ ବୋଲି ଗୋଟିଏ ପ୍ରବାଦ ଅଛି। ଟିଉସନର ପିଲାମାନେ ସେଥିପାଇଁ ତାକୁ ଅନେକ ସମୟରେ ଚିଡ଼ାନ୍ତି। ନିଜ ଦେହକୁ ବଡ଼ ହେଉଥିବା ଗୋଟାଏ ମଇଳା ହାଫ୍ ସାର୍ଟ୍ ପିନ୍ଧି ସେ ଟିଉସନକୁ ଆସେ ଓ ପିଲାମାନେ ଏକତାବଦ୍ଧ ହୋଇ ଚିଡ଼ାଇଲେ ଜୁଳୁଜୁଳୁ ଅନାଇ ନିଃସହାୟ ଭାବରେ ଶୁଖିଲା ଜିଭଟା ବେଳେବେଳେ ଓଠ ଉପରେ ବୁଲାଇ ଆଣେ। ପିଲାମାନେ ହସି ଉଠନ୍ତି। ମୁଇଁ କେବଳ ଥରେ ଥରେ ଭରତ ପାଇଁ ଓକିଲାତି କରି ତାକୁ ଆସନ୍ନ ଅପମାନରୁ ରକ୍ଷା କରେ। କୃତଜ୍ଞତାର ଚିହ୍ନ ସ୍ୱରୂପ ସେ ମୋତେ ପିଜୁଳି ଓ ଆମ୍ବକଷି ଭଳି ଚୋରା ମାଲ ଉପହାର ଦିଏ।

ମାଷ୍ଟ୍ରେଙ୍କ ଅନୁପସ୍ଥିତିରେ ସେଦିନ ଆମେ ଗପ କଲାବେଳେ ଭରତ ବସି ଚୁପ୍‌ଚାପ୍ ଶୁଣୁଥାଏ। ମୁଁ ବୋଧହୁଏ ସବୁଠାରୁ ବେଶୀ କଥା କହୁଥାଏ ଓ ଶ୍ରୋତାମଣ୍ଡଳୀ ମଧ୍ୟରୁ କେବଳ ହାସି ପ୍ରତି ହିଁ ମୋର ଦୃଷ୍ଟି ନିବଦ୍ଧ ଥାଏ। ହଠାତ୍ କବାଟ ଓ ଝର୍କାମାନଙ୍କୁ ଖୁବ୍ ଜୋରରେ ପିଟି ଦଲକାଏ ଥଣ୍ଡା ପବନ ଘର ଭିତରକୁ ପଶିଆସିଲା ଓ ଡିଟେକ୍‌ଟିଭ୍ ଉପନ୍ୟାସବର୍ଣ୍ଣିତ ଏକ ଭୟଙ୍କର ଦୃଶ୍ୟ ଅଭିନୀତ ହୋଇଯିବା ଆଶଙ୍କାରେ ଆମ୍ଭେମାନେ

ହତବାକ୍ ହୋଇ ବସି ରହିଲୁ। କେହି କେହି "ବାପାଲୋ" କିମ୍ବା ସେହିଭଳି ଭୀତିସୂଚକ ଶବ୍ଦ କରି ଘର ଭିତରୁ ବାହାରକୁ ଦୌଡ଼ି ପଳାଇଲେ । ଅନ୍ଧାରରେ ପଳାଉଥିବା ବେଳେ କେହି କେହି ଅନ୍ୟର ପାଦ ମାଡ଼ି ପକେଇବା, ଦାଣ୍ଡ ଦୁଆରର ବିପରୀତ ଦିଗରେ ଯାଇ କାନ୍ଥ ଦେହରେ ଧକ୍କା ଖାଇବା ଇତ୍ୟାଦି ଘଟଣାମାନ ଘଟିବାକୁ ଲାଗିଲା। ମୁଁ କାନ୍ଥକୁ ଆଉଜି ଠିଆ ହୋଇଥିଲି ଓ ମୋ ଠାରୁ ଅଳ୍ପ ଦୂରରେ, ଅନ୍ଧାରରେ ହାସି ଖୁବ୍ ଜୋରରେ ଚିତ୍କାର କରି ଉଠିଲା। "କ'ଣ ହେଲା" ପଚାରି ମୁଁ କୌଣସି ଉତ୍ତର ପାଇଲି ନାହିଁ। ଦିଆସିଲି ନଥିବାରୁ ଲଣ୍ଠନ ଲଗାଇବାର ବି ଉପାୟ ନଥିଲା। ମାତ୍ର ସୌଭାଗ୍ୟକ୍ରମେ ହାତରେ ଲଣ୍ଠନଟିଏ ଧରି ରଘୁ ଦାସ ତା ପୁଅକୁ ନେବା ପାଇଁ ଏତିକିବେଳେ ପହଞ୍ଚିଲା ଓ ଲଣ୍ଠନ ଆଲୁଅ ଦେଖି ଆମେ ପିଲାମାନେ କିଛି ନହୋଇଥିବା ପରି ଆଲୁଅ ପାଖକୁ ଲାଗି ଆସିଲୁ ।

ତା'ପରେ ନିଜ ନିଜ ବହି ବସ୍ତାନି ଧରି ଆମେ ଘରମୁହାଁ ବାହାରିଲୁ। ହାସି କିଛି ସମୟ ମୋ ମୁହଁକୁ ବୋକା ଭଳି ଅନାଇବା ପରେ କହିଲା, "ଅନ୍ଧାରରେ କେହି ଜଣେ ମୋ କାନ୍ଧକୁ ଖୁବ୍ ଜୋରରେ ଚିପି ଦେଲା।"

ଏପରି କିଏ କଲା ବୋଲି ମୁଁ ଜଣ ଜଣକୁ ପଚାରିଲି। ସମସ୍ତେ ନାହିଁ କଲେ। ଏପରି କରିବାର କାରଣ ମୁଁ ବୁଝି ନାହିଁ । ତଥାପି ଦୋଷୀକୁ ଧରିବାକୁ ଚେଷ୍ଟା କଲି। ଶେଷରେ ଯେ ଦୋଷୀ ବୋଲି ଜଣାପଡ଼ିଲା- ମୁଁ ତାକୁ ସନ୍ଦେହ କରିନଥିଲି। ଭରତ ମୋ କାନପାଖେ ଚୁପ୍ ଚୁପ୍ କହିଲା, "ମୁଁ ହାସି କାନ୍ଧ ଚିପି ଦେଇଥିଲି। କାହାକୁ କହିବୁନି।"

ସତକୁ ସତ ମୁଁ କାହାକୁ କହି ନଥିଲି । ତା'ପରେ ଆମେ ସମସ୍ତେ ସବୁଦିନ ପରି ନିଜ ନିଜ ରାସ୍ତାରେ ଚାଲିଗଲୁ। (୧୯୬୫)

ଅମର

ପ୍ରତିଭା ରାୟ

'କିନ୍ତୁ-' ମହାମନ୍ତ୍ରୀ ଯୋଡ଼ ହସ୍ତରେ ଉଭା।

ଧନୁ ଆକାରରେ ଭ୍ରୂକୁଞ୍ଚେଇ, ଚକ୍ଷୁ ବିସ୍ତାରି ମହାରାଜ କୁହାଟିଲେ, "ମୋ ରାଜ୍ୟର ପରିସୀମା ମଧ୍ୟରେ କିନ୍ତୁର ସ୍ଥାନ କାହିଁ।"

"ରାସ୍ତାରେ ଯାଉ ଯାଉ ହାତୀ ମୋ ଶିରରେ କଳସ ଢାଳି ମତେ ରାଜପଦ ଲାଭର ସୌଭାଗ୍ୟ ଦେଇନାହିଁ, ମୁଁ ରାଜା ହୋଇଛି ବାପ ଅଜା ତ୍ରେତିଶକୋଟି ପୁରୁଷର ବଂଶାନୁକ୍ରମିକ ଅଧିକାର ବଳରେ। ଏ ବଂଶର ଧମନୀରେ ରାଜରକ୍ତ ଚିରସ୍ରୋତା ନଦୀ। କୁହ ମହାମନ୍ତ୍ରୀ ଏପରି ବୁନିଆଦ୍ ରାଜ୍ୟର ପରିସୀମା ଭିତରେ 'କିନ୍ତୁ' ପୁଣି କିଏ, କାହିଁକି, କେଉଁଠି ?"

"ମହାରାଜ ! ଆପଣଙ୍କ ରାଜ୍ୟର ପରିସୀମା ଭିତରେ କେଉଁଠି ଇନ୍ଦ୍ରପୁରୀ ତ କେଉଁଠି ବୈକୁଣ୍ଠ ଭୁବନ । ସୁଖ, ଶାନ୍ତି, ଆଳସ୍ୟ, ବିଳାସ, ମଦ, ମାତ୍ସର୍ଯ୍ୟ, ଯଶ, ପୌରୁଷର ଅଭାବ ନାହିଁ-ତଥାପି....."

"ତଥାପି ! କୁହ ମହାମନ୍ତ୍ରୀ, କିଏ ସେହି ଦୁରାଚାରୀ 'ତଥାପି'- ମୁଁ ତାକୁ ଏ ରାଜ୍ୟର ପରିସୀମା ଭିତରୁ ବିତାଡ଼ିତ କରିବି, ନଚେତ୍ ଦେବି ପ୍ରାଣଦଣ୍ଡ।"

"ମହାରାଜ ! ବହୁ ଚେଷ୍ଟା କରି ମଧ୍ୟ ଏ ରାଜ୍ୟରୁ ମୃତ୍ୟୁକୁ ନିର୍ବାସନ କରିହେଲା ନାହିଁ। ରାଜ୍ୟର ପାର୍ବତ୍ୟ ପ୍ରଦେଶରେ ବହୁ ପ୍ରଜା ମୃତ୍ୟୁବରଣ କରିଛନ୍ତି।"

ଆନନ୍ଦ, ବିସ୍ମୟ ଏବଂ ବିରକ୍ତିର ମିଶ୍ର ରାଗରେ ମହାରାଜଙ୍କର ହସର ଆରୋହ ମହାମନ୍ତ୍ରୀଙ୍କର ହୃତ୍‌ସ୍ପନ୍ଦନକୁ କ୍ଷଣକ ପାଇଁ ସ୍ତବ୍ଧ କରିଦେଲା।

ମହାରାଜ ଟଙ୍କାରି ଉଠିଲେ- 'ମୃତ୍ୟୁ !' ମୃତ୍ୟୁ କେଉଁଠି ନାହିଁ ? ମୃତ୍ୟୁ ତ

ସ୍ୱାଭାବିକ ଜୀବନ ପ୍ରବାହର ସୂଚନା। ଏଥିରେ 'କିନ୍ତୁ' ଏବଂ 'ତଥାପି'ର ଭୂମିକା କେଉଁଠି ?"

ମହାମନ୍ତ୍ରୀ ନାସାଗ୍ରରେ ପ୍ରଚକ୍ଷୁ ସ୍ଥିର ରଖି ନଥିପତ୍ର ଖେଳାଇ ବିନମ୍ର କାରୁଣ୍ୟରେ ସ୍ୱର ଲୟ ତାଳର ଭାରସାମ୍ୟ ରକ୍ଷାକରି କହିଲେ- "ମହାରାଜ ଏ ମୃତ୍ୟୁ ସ୍ୱାଭାବିକ ନୁହେଁ - ଅପମୃତ୍ୟୁ !"

"କେଉଁ ପ୍ରକାରର ଅପମୃତ୍ୟୁ ! ହତ୍ୟା-ଆତ୍ମହତ୍ୟା-ଦୈବୀ ଦୁର୍ଘଟଣା-"

"ନାଁ ମହାରାଜ, ଏପ୍ରକାର ମୃତ୍ୟୁ ମଧ୍ୟ ସମ୍ପ୍ରତି ସ୍ୱାଭାବିକ ମୃତ୍ୟୁରେ ପରିଣତ ହେଲାଣି । ଦୈନନ୍ଦିନ ଜୀବନର ଏ ଏକ ଅଙ୍ଗ। ଏପ୍ରକାର ସମ୍ବାଦ ନଥାଇ ଆଜିକାର ସମ୍ବାଦପତ୍ର ସତ୍ୟ ଗୋପନକାରୀ ଅସମ୍ପୂର୍ଣ୍ଣ ସମ୍ବାଦପତ୍ର ପରି ମନେହେଉଛି। ତେଣୁ ଏପରି ମୃତ୍ୟୁ ଘଟଣାରେ ମୁଁ ବିଚିତ୍ର ନୁହେଁ-ମୁଁ ବିବ୍ରତ 'ଅନାହାର ମୃତ୍ୟୁ' ସମ୍ବାଦରେ। ରାଜ୍ୟର ଗୋଟିଏ ସୀମାରେ ଗୁରୁଭୋଜନ ଯୋଗୁଁ କେତେକ ବ୍ୟକ୍ତି ପ୍ରାଣ ହରାଉଥିବା ସ୍ଥଳେ, ରାଜ୍ୟର ଅନ୍ୟପ୍ରାନ୍ତରେ ଖାଦ୍ୟ ବିହୁନେ ଅନାହାର ଯୋଗୁଁ କେତେକ ବ୍ୟକ୍ତି ପ୍ରାଣ ହରାଇଛନ୍ତି। ଗୁରୁଭୋଜନ ଯୋଗୁଁ ମୃତ୍ୟୁବରଣ କରିଥିବା ବ୍ୟକ୍ତିଙ୍କ ପାଇଁ ମହାରାଜାଙ୍କୁ କେହି ଦାୟୀ କରିବେ ନାହିଁ, କିନ୍ତୁ ଅନାହାର ମୃତ୍ୟୁ ପାଇଁ ଶତ୍ରୁରାଜ୍ୟ ମହାରାଜଙ୍କୁ ଘୋର ଦୋଷାରୋପ କରୁଛନ୍ତି । ଏହାର ତୁରନ୍ତ ପ୍ରତିକାର ଆବଶ୍ୟକ।"

"ଅନାହାର ମୃତ୍ୟୁ ! ଏକବାର ଅବିଶ୍ୱାସ୍ୟ- !! ରାଜବୈଦ୍ୟଙ୍କ ପରାମର୍ଶରେ ମୋତେ ବି ମଝେ ମଝେ ଆହାର ତ୍ୟାଗ କରିବାକୁ ହୁଏ । କାହିଁ-ମୋର ତ ମୃତ୍ୟୁ ହୋଇନାହିଁ।"

"ମହାରାଜ, ସ୍ୱାସ୍ଥ୍ୟର ଭାରସାମ୍ୟ ରକ୍ଷା କରିବା ପାଇଁ ଆପଣଙ୍କୁ ଆଂଶିକ ଭାବରେ ଆହାର ତ୍ୟାଗ କରିବା ପାଇଁ ହୋଇଛି। କିନ୍ତୁ କ୍ରମାଗତ ଅନାହାର ଯୋଗୁଁ ସେଇ ହତଭାଗ୍ୟ ବ୍ୟକ୍ତିମାନେ ଭୋକରେ ଶୁଖି ଶୁଖି ମରିଛନ୍ତି । ଶତ୍ରୁ ପକ୍ଷର ସାମ୍ବାଦିକମାନେ ଏହାର ଘୋର ନିନ୍ଦାବାଦ କରିଛନ୍ତି। ଏହାଦ୍ୱାରା ଦେଶର ସୁନାମ କ୍ଷୁଣ୍ଣ ହୋଇଛି। ଯେତେ ଚେଷ୍ଟାକଲେ ମଧ୍ୟ 'ଭୋକ' ଏ ରାଜ୍ୟରୁ ନିର୍ବାସିତ ହୋଇପାରିନାହିଁ- ଏହା ହିଁ ଆଜି ଉଦ୍‌ବେଗର କାରଣ।"

'ଭୋକ!' ମହାରାଜ ବିସ୍ମୟାଭିଭୂତ ହୋଇ ପୁଣିଥରେ ଜିଜ୍ଞାସିଲେ- "ଭୋକ କ'ଣ ? ଏହାର ସ୍ୱରୂପ କିପରି ? ନିବାସ କେଉଁଠି ? ମୋ ରାଜ୍ୟରେ ସେ ଅଛି, ଅଥଚ ମୁଁ ଜାଣେ ନାହିଁ! ଯାଅ- ତୁରନ୍ତ ତାକୁ ବନ୍ଦିକର। ନେଇଆସ ମୋ ଦରବାରକୁ - ତା'ର ସ୍ୱରୂପ ମୁଁ ଦେଖିବାକୁ ଚାହେଁ-।"

ମହାମନ୍ତ୍ରୀ ଯୋଡ଼ହସ୍ତରେ ଅକ୍ଷମତା ପ୍ରକାଶ କଲେ- "ମହାରାଜ। 'ଭୋକ'

ହେଉଛି ପ୍ରଜା-ବିଶେଷକରି ଦରିଦ୍ର ପ୍ରଜାଗଣଙ୍କର ଏକଚାଟିଆ କାରବାର। ଆପଣ ଯେତେ ଚେଷ୍ଟାକଲେ ମଧ୍ୟ 'ଭୋକ'କୁ ଆପଣଙ୍କ ଦରବାରକୁ ଆଣିପାରିବେ ନାହିଁ। ରାଜପ୍ରାସାଦ ଭିତରେ 'ଭୋକ'ର ଉପସ୍ଥିତି ପୃଥିବୀ ଇତିହାସରେ ଲେଖା ନାହିଁ।"

"ଯଦି ଇତିହାସରେ ଲେଖା ନାହିଁ- ମୋରି ରାଜତ୍ୱକାଳରେ ହିଁ ରାଜପ୍ରାସାଦରେ 'ଭୋକ' କୁ ଅଟକ ରଖି ନୂତନ ଇତିହାସ ସୃଷ୍ଟି କରିବାକୁ ହେବ। ପୃଥିବୀରେ ଏପରି କୌଣସି କଥା ନାହିଁ ଯାହା 'ରାଜା'ର ଅଧିକାର ନୁହେଁ- ପ୍ରଜାର ଏକଚାଟିଆ ଅଧିକାର ହୋଇପାରେ। ମହୁ ହେଉ, ମହୁରା ହେଉ ରାଜ୍ୟ ଭିତରର ସମସ୍ତ ଦ୍ରବ୍ୟ ରାଜାର। ଯଦି ପ୍ରଜାର ସୁଖ, ପ୍ରଜାର ସ୍ଥାବର ଅସ୍ଥାବର ସମ୍ପତ୍ତି, ପ୍ରଜାର ଅଧିକାର ରାଜା ଚାହିଁଲେ କରାଗତ କରିପାରେ- ତେବେ 'ଭୋକ' କୁ କରାଗତ କରିପାରିବ ନାହିଁ କାହିଁକି ? ଯଦି ଏହା ସମ୍ଭବ ନହୁଏ ତେବେ ମହାମନ୍ତ୍ରୀ ନିଜ ପଦ ପାଇଁ ଅଯୋଗ୍ୟ । 'ଭୋକ' ନଚେତ୍ ମହାମନ୍ତ୍ରୀଙ୍କର 'ଇସ୍ତଫାପତ୍ର' - ଏଇ ଦୁଇଟି ଭିତରୁ ଗୋଟିକୁ ବାଛିନେବାକୁ ପଡ଼ିବ। ଭୋକ କିଏ ଏବଂ କିପରି ମତେ ବୁଝାଇ ନଦେଲେ ଆପଣ ମନ୍ତ୍ରୀ ପଦର ଅଯୋଗ୍ୟ !"

ମହାମନ୍ତ୍ରୀ ଅତ୍ୟନ୍ତ ଚିନ୍ତିତ।

ଯିଏ 'ଭୋକ' କଣ ଜାଣନ୍ତି ନାହିଁ- ଅଜୀର୍ଣ୍ଣ ହେଲେ ନିରାହାର ରହିବା ଆଳରେ ଯିଏ ଦ୍ରାକ୍ଷାରସ, ସଞ୍ଜୀବନୀ ସୁରା, ଶକ୍ତିକାରୀ ସାଲସା ସେବନ କରନ୍ତି, ତାଙ୍କୁ 'ଭୋକ'ର ସ୍ୱରୂପ ବୁଝାଇବେ କିପରି ?

ଶତପୁତ୍ରର ଜନକ ଧୃତରାଷ୍ଟ୍ରଙ୍କୁ ଗର୍ଭବେଦନା ଜଣାଇବା ଯାହା ତେତ୍ରିଶକୋଟି ପିଢ଼ିର ବୁନିଆଦ୍ ବଂଶର ମହାରାଜାଙ୍କ ଚେତନାରେ 'ଭୋକ'ର ଅନୁଭବ ଭେଦେଇବା ତାହା।

"ମହାରାଜ ଭୋକ ଖୋଜୁଛନ୍ତି । ମହାରାଜଙ୍କୁ 'ଭୋକ' ଆଣିଦେବି କେଉଁଠୁ ?"

ମନ୍ତ୍ରୀକନ୍ୟା 'ଚେତାବନୀ' ପିତାଙ୍କୁ ପରାମର୍ଶ ଦେଲେ। ପରଦିନ ମହାମନ୍ତ୍ରୀ ଛାମୁରେ ଗୁହାରି କଲେ, "ମହାଭାଗ, ଭୋକ ଦରିଦ୍ର ଉଦରରେ ଗୋପ୍ୟ ହୋଇ ରହିଥାଏ। ତାକୁ ଦେଖିବା କଷ୍ଟ। କୀଟାଣୁ, ଭୂତାଣୁଠାରୁ ଏହାର ସ୍ୱରୂପ ଆଉରି ସୂକ୍ଷ୍ମ। ଚକ୍ଷୁ ନୁହେଁ, ଅନୁଭବ ହିଁ ଏହାକୁ ଦେଖିପାରେ।"

ମହାରାଜ ଆଦେଶ ଦେଲେ- "ଦରିଦ୍ରର ଉଦର ବିଦୀର୍ଣ୍ଣ କର- ଭୋକର ଭୂତାଣୁକୁ ଆବିଷ୍କାର କର। ହାଜର କର ମୋ ସାମ୍ନାରେ । 'ଭୋକ'କୁ ବୁଝାଇ ଦିଅ ରଜାର ଉଦାର ଉଦରରେ କ'ଣ ସ୍ଥାନାଭାବ ହୋଇଛି ଯେ ସେ ପ୍ରଜାର ଉଦରରେ ହିଁ କେବଳ ଗୋପ୍ୟ ହୋଇ ରହିବ।"

ମହାମନ୍ତ୍ରୀ ପ୍ରସ୍ତାବ କଲେ- "ମହାରାଜ ଭୋକ ଖୋଜିବା ପାଇଁ ସେଇ ସୁଦୂର ପାର୍ବତ୍ୟ ଅଞ୍ଚଳକୁ ଯିବାକୁ ହେବ, ଯେଉଁଠି ଭୋକରେ ମୃତ୍ୟୁବରଣ କରିବା ପ୍ରତିବର୍ଷର ବିଶ୍ୱସମ୍ବାଦ ହୋଇ ପଡ଼ିଛି ।"

"ଯାତ୍ରାର ଆୟୋଜନ କର- ଆଉ ବିଳମ୍ବ କାହିଁକି ? ଭୋକ କ'ଣ ନ ଜାଣିବା ପର୍ଯ୍ୟନ୍ତ ମୋର ସୁନିଦ୍ରା ହେଉନାହିଁ। ସଂସାରରେ ଏପରି ପୁଣି କିଛି ପଦାର୍ଥ ରହିବ ଯାହା ପ୍ରଜା କେବଳ ଭୋଗ କରିବ, ରାଜା ଭୋଗ କରିବ ନାହିଁ! ରାଜାର ଅହଂକାର ଉପରେ ଏ ମସ୍ତବଡ଼ ଆଘାତ। ଶୀଘ୍ର ପ୍ରତିକାର ବ୍ୟବସ୍ଥା କର ।"

"ମାତ୍ର ଯାତ୍ରାପଥରେ ଖାଦ୍ୟପେୟର ଘୋର ଅଭାବ । ପାର୍ବତ୍ୟ ପଥରେ ମହାରାଜଙ୍କ ଖାଇବା ଭଳି ପଦାର୍ଥ ଦୁଷ୍ପ୍ରାପ୍ୟ। ସମୟେ ସମୟେ ଅନାହାରରେ ରହିବାକୁ ପଡ଼ିପାରେ- ମଣିମା ସହି ପାରିବେ ତ।"

"ଚିନ୍ତା ନାହିଁ ମହାମନ୍ତ୍ରୀ, ଭୋକକୁ ଆବିଷ୍କାର କରିବା ପାଇଁ ମୁଁ ଯେକୌଣସି ପରିସ୍ଥିତିର ସମ୍ମୁଖୀନ ହେବାକୁ ପ୍ରସ୍ତୁତ ଅଛି। ଦୁଇ ତିନିଦିନ ଅନାହାରରେ ରାଜାର ପ୍ରାଣନାଶ ହୁଏନାହିଁ। ରାଜାର ଜୀବନୀଶକ୍ତି ଏତେ କ୍ଷୀଣ ନୁହେଁ- !"

ମହାମନ୍ତ୍ରୀ ଅତ୍ୟନ୍ତ ପ୍ରସନ୍ନ। 'ଭୋକ ଖୋଜିବା'ର ଯାତ୍ରାପଥରେ ମହାରାଜ ନିଶ୍ଚୟ ଭୋକର ଭୂତାଣୁକୁ ନିଜ ଭିତରେ ଆବିଷ୍କାର କରିବେ ଏବଂ ମହାମନ୍ତ୍ରୀଙ୍କ ମନ୍ତ୍ରୀପଦଟି ସୁରକ୍ଷିତ ହୋଇଯିବ। ଯାତ୍ରାପଥରେ ଅନାହାର ରହିବା ଫଳରେ ମହାରାଜ ଯେତେବେଳେ ପ୍ରଶ୍ନ କରିବେ- "ମହାମନ୍ତ୍ରୀ, ମୋର ଉଦର ଭିତରେ କିଏ ଏପରି ଉତ୍ପାତ କରୁଛି- କାହିଁକି ମୋର ଶରୀର ଅବଶ ଲାଗୁଛି- ହସ୍ତପଦ ଦୁର୍ବଳ ବୋଧହେଉଛି- ଉଦର ଭିତରେ ଏ କି ଅନନୁଭୂତ ଯନ୍ତ୍ରଣା! କଣ ଏହି ଯନ୍ତ୍ରଣାର ନାମ ?"

"ଭୋକ"! ମହାରାଜ ଆପଣ ନିଜର ଅସାମାନ୍ୟ ତ୍ୟାଗ ଓ ସାଧନା ବଳରେ 'ଭୋକ'ର ଅନୁଭବ ଲାଭ କରିଛନ୍ତି।"

ମହାମନ୍ତ୍ରୀ ପ୍ରଶ୍ନ ଏବଂ ଉତ୍ତର ଉଭୟର କଳ୍ପନା ଜଳ୍ପନାରେ ହଜି ଯାଇଥିଲେ।

ମହାରାଜଙ୍କ ହାନ୍ଦୋଳା ଆଗେଇ ଚାଲିଛି। ପାର୍ବତ୍ୟପଥର ଦୁର୍ଗମ ପ୍ରଦେଶରେ ବି ସ୍ଥାନେ ସ୍ଥାନେ ସୁସଜ୍ଜିତ ତୋରଣ ରାତାରାତି କେଉଁ ବିଶ୍ୱକର୍ମା ବିନ୍ଧାଣୀ ଗଢ଼ିଦେଇଛି। ସ୍ଥାନୀୟ ବିଶ୍ୱସ୍ତ ଅନୁଚରମାନେ ରାଜାଙ୍କ ଆଗମନ ସମ୍ବାଦ ପାଇ ସ୍ୱାଗତ ସମ୍ବର୍ଦ୍ଧନା ପାଇଁ ଏପରି ଆଶୁ ପଦକ୍ଷେପ ନେଇଥିବେ- ଏହା ମହାମନ୍ତ୍ରୀଙ୍କର ଅନ୍ଦାଜ ଅଟକଳ ଭିତରେ ସ୍ଥାନ ପାଇନଥିଲା । ମହାମନ୍ତ୍ରୀ ଏକରକମ ଆଶ୍ୱସ୍ତ। ମହାରାଜଙ୍କର ନିଶ୍ଚୟ ହୃଦବୋଧ ହେଉଥିବ ଯେ ରାଜ୍ୟର ସର୍ବତ୍ର ସୁଖ, ଶାନ୍ତି, ସ୍ୱାଚ୍ଛନ୍ଦ୍ୟ, ଖାଦ୍ୟ, ଆଲୋକ,

ଜଳ, ଫଳ ସାଧାରଣ ପ୍ରଜା ପାଟକଙ୍କ ବାଡ଼ିର ଲଙ୍କାମରିଚ ପରି ସୁଲଭ- ଅଭୟାରଣ୍ୟ ଭିତରେ ବି ସଭ୍ୟତାର ଆଲୁଅ, ଅନ୍ଧାର ରାତିରେ ଖଦ୍ୟୋତ ପରି ମଧ୍ୟେ ମଧ୍ୟେ ଚକ୍‌ମକ୍ କରୁଛି। ରାଜ୍ୟ ଉନ୍ନତି ପଥରେ ଅଗ୍ରସର ହେଉଛି, ଏଥିରେ ସନ୍ଦେହ ନାହିଁ।

ପଥ ମଧ୍ୟରେ ବିଶ୍ରାମ ନେବାପାଇଁ ମଣ୍ଡପମାନ ତିଆରି ହୋଇଛି। ଖାଦ୍ୟ ପାନୀୟର ବନ୍ୟାରେ ମରୁଡ଼ିର ମୂଳଦୁଆ ଭୁଷୁଡ଼ି ପଡ଼ିବକି ବୋଲି ସଂଶୟଜାତ ହେଉଛି । ପାନାହାର ସମୟରେ ମନ୍ତ୍ରୀପରିଷଦ ଏବଂ ଅନୁଚରମାନଙ୍କୁ ମହାରାଜ ତାରିଫ୍ କରୁଛନ୍ତି । "ବାଃ ଏଠାରେ ତ ସବୁ ମିଳୁଛି। ରାଜପ୍ରାସାଦରେ ଯେପରି ଭୂରିଭୋଜନ, ଏଠାରେ ତା'ଠାରୁ ଅଧିକ। ରାସ୍ତାଘାଟ ପରିଷ୍କାର ପରିଛନ୍ନ । ଚତୁର୍ଦ୍ଦିଗରେ ଗୋଟାଏ ସୁସ୍ଥ ପରିମଳ ବାତାବରଣ। ରାଜଧାନୀର ଜନାକୀର୍ଣ୍ଣ କୋଳାହଳମୟ ଦୂଷିତ ପରିବେଶ ଅପେକ୍ଷା ଏହି ଅନୁନ୍ନତ ବଣ୍ୟ ପରିବେଶ ଅଧିକ ସ୍ୱାସ୍ଥ୍ୟକର ମନେ ହେଉଛି। ଏଠିକାର ଅଧିବାସୀ ଆମମାନଙ୍କଠାରୁ ଅଧିକ ଭାଗ୍ୟବାନ!"

ମନ୍ତ୍ରୀ, କର୍ମଚାରୀ, ଜନତା କୃତ୍ୟକୃତ୍ୟ, ଗର୍ବିତ- ନିଜର, ନିଜ ଅଞ୍ଚଳର ଗୌରବ କାହାକୁ ଅବା ଶ୍ରୁତିମଧୁର ନଲାଗେ।

ଦୋଳମଣ୍ଡପକୁ ଯିବାବେଳେ ଠାକୁର ଠା'କୁ ଠା' ଭୋଗ ଖାଇବାଭଳି ମହାରାଜଙ୍କୁ ପାର୍ବତ୍ୟ ପଥସାରା ଠା'କୁ ଠା' ଦିବ୍ୟ ଭୋଜନ ମିଳୁଛି- ଫୁଲମାଳ, ଉପଢୌକନ ଇତ୍ୟାଦି ପାଇଁ ସ୍ୱତନ୍ତ୍ର ଯାନ ଆବଶ୍ୟକ ହେଲାଣି। ମନୋରଞ୍ଜନର ବହୁଳ ବ୍ୟବସ୍ଥାରେ ମଧ୍ୟ ତ୍ରୁଟି ହୋଇନାହିଁ।

ମହାରାଜ ନିଜର ଚର୍ବିଳ ଉଦରକୁ ସାଉଁଳୁ ସାଉଁଳୁ ଢକ୍‌କାର ମାରି ମହାମନ୍ତ୍ରୀଙ୍କୁ କହିଲେ- "ଆପଣ କହୁଥିଲେ ଭୋକ ଖୋଜିବାକୁ ଯିବାପଥରେ ଅନେକ କଷ୍ଟ ସ୍ୱୀକାର କରିବାକୁ ପଡ଼ିବ। ମାତ୍ର ମୁଁ ତ ଦେଖୁଛି ଯାତ୍ରା ବଡ଼ ସୁଖପ୍ରଦ ଏବଂ ଆନନ୍ଦଦାୟକ।"

ମହାମନ୍ତ୍ରୀ ପୁଣି ଚିନ୍ତାରେ ଘାରି ହେଲେଣି। ପାର୍ବତ୍ୟ ପଥରେ ମହାରାଜାଙ୍କର କିଛି କଷ୍ଟ ହେବନାହିଁ ବୋଲି ସେ ଯେଉଁ ବ୍ୟବସ୍ଥା କଲେ ତା' ଦ୍ୱାରା ମହାରାଜ ପ୍ରୀତ ହେଲେ ସତ୍ୟ,ମାତ୍ର ଏ ଅଞ୍ଚଳର ପ୍ରକୃତ ଚିତ୍ର ମହାରାଜଙ୍କ ଦୃଷ୍ଟିରୁ ଗୋପ୍ୟ ହୋଇଗଲା। ମହାରାଜ ଯଦି ନିର୍ଦ୍ଧାରିତ ପଥ ଛାଡ଼ି ଅନ୍ୟ ଏକ ପଥଦେଇ ନିଭୃତ ପଲ୍ଲୀମାନଙ୍କରେ ପହଞ୍ଚିବେ ତେବେ ସେ ସତ୍ୟକୁ ବରଦାସ୍ତ କରିବା ପୂର୍ବରୁ ମହାମନ୍ତ୍ରୀଙ୍କ ସମେତ ସମସ୍ତ କର୍ମଚାରୀ କାର୍ଯ୍ୟଚ୍ୟୁତ ହେବେ ଏଥିରେ ସନ୍ଦେହ ନାହିଁ। ଏ ବଡ଼ ବିଷମ ସଙ୍କଟ। ସତ୍ୟ ଗୋପନ କଲେ ପାପ, ସତ୍ୟ ପ୍ରକଟ କଲେ ସନ୍ତାପ!

ମହାରାଜ ନିର୍ଦ୍ଧାରିତ ସମୟରେ, ନିର୍ଦ୍ଦିଷ୍ଟ ଅନାହାର ପ୍ରପୀଡ଼ିତ ଅଞ୍ଚଳରେ

ପହଞ୍ଚିଗଲେ । ଗାଁ ଗଣ୍ଡା ପରିଚ୍ଛନ୍ନ । ରାସ୍ତାଘାଟ, ତୋରଣ, ମଣ୍ଡପ, ସବୁକିଛି ମହାରାଜାଙ୍କ ରୁଚି ଉପଯୋଗୀ। ମହାରାଜ ପୁରପଲ୍ଲୀର ଗଳି କନ୍ଦିରେ ଘୂରିବୁଲିଲେ- ନିରୀହ ନାଗରିକଙ୍କ ଗୃହର ଅନ୍ଦର ମହଲାରେ ପ୍ରବେଶ କଲେ। ଜୀବନ ଏଠି ପବନ ଭଳି, ପକ୍ଷୀ ଭଳି, ସୂର୍ଯ୍ୟାଲୋକ ଭଳି ଉନ୍ମୁକ୍ତ। ଆଡ଼ ଆଢୁଆଳ ନାହିଁ, ବାଧା ବନ୍ଧନ ନାହିଁ। ରାଜଧାନୀର ସଭ୍ୟ ନାଗରିକଙ୍କ ବାସଭବନରେ ମହାରାଜା ହୋଇ ମଧ୍ୟ ଏଭଳି ଅବାଧ ପ୍ରବେଶର ଦୁଃସାହସ ସେ କରି ନାହାନ୍ତି। ମହାରାଜ ମାଟିର ଚଟାଣରେ ଚଟେଇ ଉପରେ ବସିଲେ-ସର୍ବଦା ଉଚ୍ଚ ଆସନରେ ବସିବାରେ ବି ଗୋଟାଏ ବିରକ୍ତି ଅଛି। ପ୍ରଜାମାନେ ଜୁଳୁଜୁଳୁ ଚାହିଁଛନ୍ତି- କୃତଜ୍ଞତାରେ ତେଜି ଉଠିଛି ସମତଳ ଚାହାଣିର ନିସ୍ତରଙ୍ଗ ଶିଖା। ମହାରାଜ ଦୁଃଖ ସୁଖ ପୁଛା କରୁଛନ୍ତି- "ତମର ଅଭାବ କ'ଣ ?"

"ଅଭାବ ।" ଯିଏ ଭାବ କ'ଣ ଜାଣେ ନାହିଁ- ସେ ଅଭାବ ଜାଣିବ କେମିତି ?

"କିଛି ନାହିଁ ମହାରାଜ! ଭଗବାନ୍ ତ ସବୁ ଦେଇଛି, ପାହାଡ଼, ବନ, ନଦୀ, ଝରଣା ଗଛବୃଛ-।"

"ତମର ଏଠାରେ କାହାର ଅନାହାର ମୃତ୍ୟୁ ହୋଇଛି ?"

"ଅନାହାର ଅର୍ଥ କ'ଣ ?"

"ମହାମନ୍ତ୍ରୀ ବୁଝାଇଦେଲେ-ଅନାହାର ଅର୍ଥ, ବିନା ଆହାରରେ ଦିନ ବିତାଇବା। କୌଣସି ଖାଦ୍ୟ ଖାଇବାକୁ ନ ପାଇ ଏଠାରେ କେହି ମୃତ୍ୟୁବରଣ କରିଛିକି ?"

"ନାଁ ହଜୁର- ଆମ ଦେଶରେ ଅନାହାର ନାହିଁ। ଭଗବାନ୍ ଯାହାକୁ ଜନମ ଦେଇଛି ତା' ପାଇଁ ବଣ ଜଙ୍ଗଲରେ ଆହାର ଦେଇଛି- ପାଣି ପବନ ଦେଇଛି । ଗଛପତ୍ର, କଇଁଆ, କରମଙ୍ଗା, କେନ୍ଦୁ, ଜାମୁକୋଳି, ଶାଗ, ଲଟି, ଚାକୁଣ୍ଡା, ଟାଙ୍କୁ (ଟାକୁଆ) ଥିବାଯାଏ ବିନା ଆହାରରେ କେହି ମରିବାର କଥା ଆମ ଗାଁ ଗଣ୍ଡାରେ ଶୁଣାନାହିଁ । କିଛି ନଥିଲେ ପାଣି ଅଛି - ପବନ ବି ଅଛି- ପାଣି ପବନ ଆହାର କରି ବଣ ଜଙ୍ଗଲରେ କେତେ କେତେ ବାବାଜି ବୈଷ୍ଣବ ବି ବଞ୍ଚନ୍ତି । ଏଠାରେ ଯଦି କେହି ମରେ-ଆଇଷ ପୂରିବା ଯୋଗୁଁ ମରେ। ଜନମ୍ ସଙ୍ଗେ ମରଣ ମଣିଷ ପାଇଁ ଭଗବାନ୍ ତ ଖଞ୍ଜିଛି !"

ମହାରାଜ ଉତ୍‌ଫୁଲ୍ଲିତ ହୋଇ କହିଲେ- "ମହାମନ୍ତ୍ରୀ! ଶୁଣିଲେତ ନିଜ କାନରେ ? ଏ ରାଜ୍ୟରେ ଅନାହାର ମୃତ୍ୟୁ ନାହିଁ।" ମହାରାଜ ପ୍ରଜାମାନଙ୍କୁ ପୁନର୍ବାର କୁଶଳ ପୁଚ୍ଛିଲେ "ତମ ଗାଁ ଗଣ୍ଡାରେ 'ଭୋକ' ବୋଲି କିଛି ଅଛିକି ?"

ଥୁରୁ ଥୁରୁ ଆଦିମ ଅମଳର ବୁଢ଼ାଟିଏ ଓଠ ପ୍ରସାରି ହସିଲା । ଥରିଲା ଥରିଲା ସ୍ୱର ଲମ୍ବେଇ କହିଲା- "ଭୋକ! ଜନ୍ମରୁ ମରଣଯାଏ ଯିଏ ଅଧାପେଟ ବଞ୍ଚେ 'ଭୋକ'

ତ ତା'ର ଜୀବନ- ତା'ର ଜନମ୍ ମରଣ ସାଥୀ- ଭୋକ ପାଇଁ ଜୀବନ ତ ଅଟକି ନାହିଁ । ଜଣକ ପେଟର ଭୋକ ଆଉ ଜଣେ ବୁଝିପାରେ ନାହିଁ । ହଜୁରଙ୍କୁ ଭୋକକୁ ଦେଖେଇବୁ କିପରି ?"

"ଆଉ-ଦାରିଦ୍ର୍ୟ ? ଗରିବ ପଣିଆ ?"

"ଆମ ଗାଁ ଗଣ୍ଡାରେ ସମସ୍ତେ ଏକାପରି-ସମାନ-କେହି କାହିଁକି ଗରିବ ଭାବିବ ? ନିଜକୁ ଗରିବ ବୋଲି ଭାବିହେବାକୁ ତର ବି କାହିଁ ?"

ମହାମନ୍ତ୍ରୀ ସ୍ତବ୍ଧ-ମହାରାଜା ମୁଗ୍ଧ-

ତା ପରେ ଯୁବକଯୁବତୀ, ବୃଦ୍ଧବୃଦ୍ଧା ସମସ୍ତେ ମିଶି ନାଚିଲେ, ଗାଇଲେ, ମହାରାଜାଙ୍କର ମନକୁ ମତୁଆଲା କରିଦେଲେ । ମହାରାଜାଙ୍କର ଇଚ୍ଛା ହେଉଥିଲା ରାଜଗାଦୀରୁ ଓହ୍ଲାଇ ଆସି ସେ ମଧ୍ୟ ଏଇ ଗାଁରେ ବସତି ବାନ୍ଧନ୍ତେ-ନାଚନ୍ତେ । ଅବଶ୍ୟ ତାଙ୍କ ପକ୍ଷେ ଏକଥା ସମ୍ଭବ ନୁହେଁ- ମାତ୍ର ଭାବିବାରେ କି ଅସୀମ ଆନନ୍ଦ ।

ବିଦାୟ ଭାଷଣରେ ମହାରାଜ କହିଲେ- "ମୁଁ ଭୋକ ଖୋଜି ଆସିଥିଲି - ଅନାହାରକୁ ଚିହ୍ନିବାକୁ ଆସିଥିଲି । ଖୋଜି ଖୋଜି ନିରାଶ ହେଲି । ମୋ ରାଜ୍ୟରେ ଅନାହାର ମୃତ୍ୟୁ ନାହିଁ । ଅବଶ୍ୟ ଭୋକ ଅଛି । କିନ୍ତୁ 'ଭୋକ' କୁ ନବୁଝି ନିର୍ବୋଧଗଣ ତା'ର ନିନ୍ଦାବାଦ କରୁଛନ୍ତି । ଭୋକକୁ ମୁଁ ଚିହ୍ନି ପାରିଛି- ଭୋକ ମହାର୍ଘ । ଯେଉଁଠି ଭୋକ ନାହିଁ ସେଠାରେ ସଙ୍ଗୀତ ନାହିଁ, ମୁକୁଳା ଆନନ୍ଦ ନାହିଁ, ଜୀବନ ନାହିଁ । ମୁଁ ସହରରେ ବହୁ ସଙ୍ଗୀତ ଶୁଣିଛି, ନୃତ୍ୟ ଦେଖିଛି । କିନ୍ତୁ ସେଥିରେ ଜୀବନର ସ୍ୱଚ୍ଛନ୍ଦ ପ୍ରକାଶ ନାହିଁ- ଏପରି ସାବଲୀଳ ହୃଦୟବତ୍ତା ନାହିଁ । ତେଣୁ ଭୋକର ସ୍ୱରୂପ ଯାହା ହେଉନା କାହିଁକି- 'ଭୋକ' ଅନନ୍ତକାଳ ପାଇଁ ବଞ୍ଚି ରହୁ, କାରଣ ଭୋକ ହେଉଛି ସଙ୍ଗୀତ, ନୃତ୍ୟ, ଆନନ୍ଦ ଏବଂ ଜିଇଁବା ଭଳି ଜୀବନ ।"

ମହାମନ୍ତ୍ରୀ ଏବଂ ପାରିଷଦ ବର୍ଗ ସ୍ଲୋଗାନ୍ ଦେଲେ- "ମହାରାଜାଙ୍କର ଜୟହେଉ ଭୋକ ଜିନ୍ଦାବାଦ୍ !"

ପର୍ବତେ ପର୍ବତେ ପ୍ରତିଧ୍ୱନି ସଂଚରିଲା- "ଭୋକ ଅମର ହେଉ । ଭୋକ ଜିନ୍ଦାବାଦ୍ !"

■

ନିଶା

ପୂର୍ଣ୍ଣାନନ୍ଦ ଦାନୀ

ୟୁକାଲିପଟାସ୍ ଗଛ। ଡେଙ୍ଗା ଡେଙ୍ଗା। ଧାଡ଼ିଏ। ରାସ୍ତାକଡ଼ରେ- କଲେଜ କଂପାଉଣ୍ଡ ରାସ୍ତା.... ଏବଂ ତା ସାଙ୍ଗକୁ ଦେବଦାରୁ ଗଛ । ମୋଡ଼ି ମୋଡ଼ି ହୋଇ ପତ୍ର। ଆଉ ଧାଡ଼ିଏ ସେଇ ରାସ୍ତାର ଅନ୍ୟ କଡ଼ରେ।

ଏବେ ନିଶାକାଳ। କଲେଜ ପଡ଼ିଆ ଉପରେ। ୟୁକାଲିପଟାସ୍ ଓ ଦେବଦାରୁ ଗଛ ଉପରେ ରାତି ସବାର ହୋଇଛି। କଲେଜ ବାରଣ୍ଡାରେ, ଗାର୍ଡ଼େନ୍‌ର ଲନ୍‌ମାନଙ୍କ ଉପରେ ରାତି ହାକିମିଗିରି ଚଳେଇଛି। ସହର ଉପରେ ହଣ୍ଟର ଚଳେଇଛି ରାତି । ଚୁପ୍‌ଚାପ୍ ସହର। ସେ କାନ୍ଦିପାରୁନାଇଁ ବା ଚୁପ୍ ରହିପାରୁନାଇଁ । ଯେ ଆଲୁଅଗୁଡ଼ାକ ଦାନ୍ତ ନିକାଲି ନିଜର ଦୈନ୍ୟ କଥା କହୁଛନ୍ତି। ସେମାନଙ୍କୁ ରାତି ଆହୁରି ଟହୁକମାଡ଼ରେ ଅକ୍ତିଆର କରୁଛି । କଲେଜ ଶୋଇ ପଡ଼ିଛି, ଡରରେ ଛାନିଆ ହୋଇ କି ! ଶୋଇଛି ନା ଚେଇଁଛି ଜାଣିହେଉନାଇଁ। ....ଏବଂ ଏଭଳି ଏକ ରାତି। ରାତି ପ୍ରାୟ କେତେ ହେବ ? କେଜାଣି ? ସେ କଥା ରାତି ହିଁ କହିବ। ୟୁକାଲିପଟାସ୍ ଓ ଦେବଦାରୁ ଗଛରେ ରାତିର ବୋଝ ହିଁ କହିବ। ଜୀବନାନନ୍ଦ ସେ ରାତିରେ ଛିଡ଼ାହୋଇ ଚାହୁଁଛି ପଡ଼ିଆକୁ, ୟୁକାଲିପଟାସ୍ ଓ ଦେବଦାରୁ ଗଛକୁ । କଲେଜ କରିଡୋରରୁ ତା ମନବେଦୀରେ କୀର୍ତ୍ତନ। ସେ କୀର୍ତ୍ତନ ଯାହାର ବି ହେଉ, ଆୱାଜ୍ ବେଶ୍ ଚଞ୍ଚଳ୍ୟକର- ଝନ୍‌ଝନ୍.... ବୋଲ ନିତେଇ ଗୌର....ବୋଲ.....

ଜୀବନାନନ୍ଦ ଏଥରକ ଚାହୁଁଛି ହଷ୍ଟେଲ୍‌କୁ। ଉଭୟ ହଷ୍ଟେଲ୍‌ରେ ରାତି ପଶିବାକୁ ଚେଷ୍ଟାକରିଛି ଏବଂ ଅର୍ଦ୍ଧାଧିକ ବିଜୟଲାଭ କରିସାରିଛି ସେ। ଅନେକ କୋଠରୀରେ ଆଲୁଅର ଦାନ୍ତ ନିକୁଟିବା ଶବ୍ଦ । ଜୀବନ ଲକ୍ଷ୍ୟ କରୁଛି।

"ରାତି ! ତମେ ମାୟାବିନୀ। ତମେ ଲଘୁ। ତମେ ଗୁରୁ। ତମେ ସ୍ୱର। ତମେ ସମ୍ଭାର । ତମେ ଯୌବନ। ତମେ କାମା-କାମାୟିନୀ। ରାତି, ତମେ ପୁଣି ତିକ୍ତା। ତମେ କୁରୂପା। ବିଗତଯୌବନା। ବସ୍ତୁତଃ ତମେ ଏକ ରାସାୟନିକ ମିଶ୍ରଣ...." - ଜୀବନାନନ୍ଦର ମନରେ ନିଶାକାଳ ଆରମ୍ଭ କରିଛି ନର୍ତ୍ତନ । କଥକ। ପଲ୍ଲବ । ବେପଥୁ...

ନୃତ୍ୟର ଅଥୟ ତାଳରେ ଜୀବନର ଇଚ୍ଛା ଏକ ଅଦ୍ଭୁତ ରୂପ ଧାରଣ କଲା। ତା' ପରେ ଜୀବନ ନିଜ ଦେହକୁ ଗ୍ରହିଁଲା। ସେ ଦେହରେ ଊନତ୍ରିଂଶଟି ବିନ୍ଦୁର ସବୁଜ ଓ ଲାଲ ଦାଗ । ସେ କଲେଜ ଛାଡ଼ିସାରିଛି। ଜୀବିକାର ବ୍ୟାକୁଳତା ତା' କଲେଜଠାରୁ (ହୁଏତ ଜଲିଠାରୁ) ଛଡ଼େଇନେବାର ଚେଷ୍ଟା କରିଛି ଖୁବ୍। କିନ୍ତୁ ପାରିଛି କି ? କଲେଜ କାନ୍ଥର ପ୍ରତି ବାଲିକଣା ବି କଥା କହିପାରନ୍ତି ତା' ବିଷୟରେ ଏବଂ ଆଉ ବି କାହାର। ଇତିହାସର । କାହାଣୀର।

ଜୀବନର ଇଚ୍ଛା ଅସମ୍ଭବ ଭାବରେ ନୃତ୍ୟ ଆରମ୍ଭ କରିଛି। ତା'ର ଇଚ୍ଛା ହେଉଛି କଲେଜ କରିଡୋରରେ ଗଡ଼ିବାକୁ। ପଡ଼ିଆରେ ଗଡ଼ିବାକୁ। କଲେଜ ରାସ୍ତାରେ ଗଡ଼ିବାକୁ। ୟୁକାଲିପଟାସ୍ ଗଛରେ ଚଢ଼ିବାକୁ । କଲେଜ ବିଲଡିଙ୍ଗ୍ ଉପରେ ଦୌଡ଼ିବାକୁ। କିନ୍ତୁ ଦେହ ? ଦେହ ଓ ମନ ପରିପୂରକ କି ? ମନ ମଦ ପିଏ। ଦେହ ବି । ନିଶା ତେବେ କାହାର ବେଶି ? ଦେହକୁ ମନ ହୁଏତ ଥାପଡ଼ ମାରିପାରେ।

ତାହା ହିଁ ହେଲା ଯେ ଥାପଡ଼ ମାରିଲା ଦେହକୁ ମନ। କରିଡ଼ୋରରୁ ପଡ଼ିଆ ଉପରକୁ କୁଦାମାରିବାକୁ ଇଚ୍ଛା ହେଲା ଜୀବନର। ୟୁକାଲିପଟାସ୍ ଗଛର ଡେଙ୍ଗା ଶାଖାରୁ ପତ୍ରମାନେ ହଜାର ହଜାର ସଂଖ୍ୟାରେ ହଜାର ବାର ମନାକଲେ । ଦେବଦାରୁ ଗଛର ପତ୍ରମାନେ ଏଥିରେ ଯୋଗଦେଲେ - ନା.....ନା.। ଜୀବନ ତେଣୁ ସିଧାସଳଖ ପାହାଚ ପରେ ପାହାଚ ଫଡ଼୍‌ଫଡ଼୍ ଓହ୍ଲାଇ ଆସି ପଚାରିଲା- "କାହିଁକି ?"

ସେମାନେ ଯେମିତିକି କହିଲେ- "ତମେ ଯେହେତୁ ଜୀବନବାବୁ....."

ଜୀବନାନନ୍ଦବାବୁ। ସେ ବାବୁ ରାସ୍ତା ଉପରେ ଛିଡ଼ା ହୋଇଛି । ତାକୁ ସଲାମୀ ଜଣାଉଛନ୍ତି ଗଛମାନେ, ପତ୍ରମାନେ, ତାରାମାନେ। ତାରାମାନେ ଆକାଶର ଫୁଲ କି ? ସେ ଜୀବନବାବୁ । ଫୁଲ ତେବେ ଝରିବ କି ?

ସେ ଜୀବନ ବାବୁ- ତା' ମନରେ ଆନନ୍ଦର କମ୍ପନ। ଆନନ୍ଦର ଡେଙ୍ଗୁରା ଶବ୍ଦ। ସେ ବାବୁ। ବୁର୍ଜୁୟାର ସ୍ୱର। ସେ ବାବୁ...ସେ ତେଣୁ ଇଚ୍ଛାର ପୂରଣ ଲାଗି ଆଗଭର ହୋଇଛି କି? ଆରମ୍ଭ କରିଛି ପଡ଼ିଆରେ ଗଡ଼ିବାର । ପଡ଼ିଆରେ ଘାସ । ଘାସ ସାମାନ୍ୟ ଶୁଖି ଯାଇଛି। ଜୀବନ ବାବୁଙ୍କ ଭଳି ଘାସର ଶୁଖିଯିବାଟା ହୁଏତ

ହୋଇପାରେ। "ଆଚ୍ଛା, ଏହା କି ଋତୁ?" - ଜୀବନ ମନେପକେଇଲା- "ବସନ୍ତ ଋତୁ ।"

ବସନ୍ତ ଋତୁ ପୁଣି ଆସିଛି । ଆଉ ଥରେ ଆସିଛି। ସବୁଥର ଭଳି ଆସିଛି । ଜୀବନ ଉପରେ ଖେଆଲ ତୋଳି ତୋଳି ଆସିଛି। ଆରେ ହଁ, ତା' ସହିତ 'ଜଲି' ଆସିଛି କି ନାହିଁ? ପଚ୍ଚର ପଚ୍ଚର ତାକୁ। ଜଲି ଆସିଛି କି ନାହିଁ? ଯେହେତୁ ଯେ' ବସନ୍ତ ଋତୁ । ପୁନଶ୍ଚ କଲେଜ ପଢ଼ିଆରେ। ଅଧିକନ୍ତୁ ରାତିରେ ନର୍ତ୍ତକୀ ରାତି । କିଏ ? ....ଓ......... ତମେ!

'ଜଲି' ! ଆସ, ତମେ ଆସିବ ବୋଲି ମୋର ପୂର୍ଣ୍ଣ ବିଶ୍ୱାସ ଥିଲା। ମୁଁ ବି ବସୁଛି। ତମେ ବି ବସ ଏ ପଢ଼ିଆରେ । କେହି ନାହାନ୍ତି ଏଇଠି। ଭୟ ବା ଲାଜ କରିବାର କଣ ଅଛି? ବୋଉ, ବାପା, ଅପା, ଭାଇ, ପୂଜାରି, ବେହେରା ସମସ୍ତଙ୍କୁ ତମେ ଠକିଦେଇ ଆସିଯାଇଛ, ନା! ୟା' କହିଆସିଛି ଯେ ତମେ ଶିବାନୀ ଘରକୁ ପଢ଼ିବାକୁ ଯାଉଛ। ମଧ୍ୟାହ୍ନରେ ୟା' ମୋତେ ଜଣାଇଥିଲ ଏବଂ ତମେ ତମ କଥା ରଖିଛ । ଭୟ ନାହିଁ ଜଲି, ତମ ଘରେ ମୁଁ ନେଇ ତମକୁ ଛାଡ଼ିଆସିବି। ଜଲି, ସତେ, ଭାରି ମଜାର କଥା ଗୋଟେ ମନେପଡ଼େ। ଶୁଣି ତୁମେ ପୁଣି ଥରେ ହସିପାର।

ଯେ ସେଦିନ ପ୍ରଥମ ସୋ'ରେ ତମ ବାପା, ବୋଉ ଓ ଅପା ଗଲେ ସିନେମା। କଣ ଗୋଟେ ଭଲ ଖେଳ ଚ୍ଚଲିଥିଲା ହୁଏତ? ହଲ୍ ଭିତରେ ମୁଁ ଦେଖିପାରିଥିଲି। ଖୋଜୁଥିଲି ତମକୁ। ନା, ତମେ ନଥିଲ। ହଲ୍ ଭିତରେ ଖୁବ୍ ଗରମ ହେଲା। ଉତ୍ତାପ ଜମିଲା ଦେହରେ । ହଲ୍‌ରୁ ବାହାରି ଆସି ହୋଟେଲରୁ ବହୁ ପାଣି ପିଇଲି। ଗରମ ମରିଲାନାଇଁ ଲମ୍ବା ଲମ୍ବା ପାଦ ପକେଇ ସିଧା ତମ କୋଠରି-ଝର୍କାରେ ମୁଣ୍ଡ ଟୁଙ୍ଗାରିଲି।

ତମେ ଗାଉଥିଲ ଗୀତ । ଗୁଣୁଗୁଣୁ। ଯୌବନର ଫୁଲମାନେ ସେ ଗୀତରେ ଫୁଲିଉଠୁଥିଲେ ତମେ ଘୂରି ବୁଲୁଥିଲ କୋଠରି ଭିତରେ । ଚେୟାର ଉପରେ ବସି କି ଇଚ୍ଛାରେ, ଗୋଟିଏ ବିଧା ଟେବ୍ଲ ଉପରେ ମାରି ଛିଡ଼ାହେଲ ପୁଣି।

ଡାକିଲି- "ଜଲି!" ଧୀରେ। ତମ ଗୁଣୁଗୁଣୁ ଗୀତଭଳି। ଚମକି ଉଠିଲ। ଦରଆଉଜା କବାଟକୁ ଆଉଜେଇଆଣି ଝର୍କା ନିକଟକୁ ଆସି କହିଲ-

"ତମେ! ତମେ ଚ୍ଚଲିଯାଅ....."

"ମୁଁ, ଯେ ଚ୍ଚଲିଆସିଛି ହଲ୍‌ରୁ....."

"ହଁ, ସେଇଠିକି....."

"କିନ୍ତୁ....."

କିନ୍ତୁଟାଇ ଏଇ ବିରାଟ କିନ୍ତୁ । ଆଚ୍ଛା, ଏବେ ଏ ପ୍ରସଙ୍ଗଟା ଏଇଠି ଥାଉ ତ... ଜଲି ! ତମେ ବର୍ତ୍ତମାନ ଯାହାହେଉ, ଆଜିଭଳି ରାତିରେ ଏଠିକି ଆସିଯାଇଛ ।

ମୁଁ ଯଦି ଆଜି ତମକୁ କହିବି- "ଜଲି, ତମେ ଚାଲିଯାଅ...."

ଆହା, ସତେ ଚାଲିଗଲ। ମୋ ମନରୁ ଚାଲିଗଲ ବର୍ତ୍ତମାନ ପାଇଁକି ?

ସତରେ...

.... ଯେହେତୁ କଲେଜ ପଡ଼ିଆରେ ପଦଶବ୍ଦ। ହତ୍ୟାକାରୀର ? ନା, ଗୋଟାଏ ନିରୀହ, ଜୀବନସଂଗ୍ରାମୀ ଷଣ୍ଢ ପଡ଼ିଆ ଉପରେ ବୁଲେଇହେଉଛି।

ରାତି ସହ ସେ ବି ଲଢ଼େଇ କରୁଛି । ଆହା, ବିରହୀ ଯକ୍ଷ ସମ ତମେ ବି ବିରହୀ ଶିବଭକ୍ତ। କାହାର ଖୋଜରେ ? କେଉଁ ରାଜରାଣୀର ?

ଷଣ୍ଢ ଟିକିଏ ବି ନଚାହିଁ, ସେପଟେ ଏକ ନିର୍ବୋଧଭଳି- ଛିଡ଼ାହୋଇଛି। ଜୀବନ ତାକୁ ଚାହିଁଲା । ତା' ସହିତ ବନ୍ଧୁତ୍ୱ କରିବାର ଇଚ୍ଛା ପୁଣି ଅଦ୍ଭୁତ ହେଲା। "କମ୍ ମାଇଁ ଡିଅର ଫ୍ରେଣ୍ଡ୍, ହେ କମ୍ରେଡ୍, ଆସ। ତମେ ଆମେ ଏକା। ପାଦ ମିଳେଇ ଚାଲିବା।"

କିନ୍ତୁ ନିର୍ବୋଧ ଭଳି ଛିଡ଼ାହୋଇଥିବା ଷଣ୍ଢ କଣ ବୁଝିବ ଜୀବନର ଚିନ୍ତାରୁ ? ଜୀବନ ଏକ ଅନୁଚ୍ଚାରିତ ସ୍ୱର। ସେ ସ୍ୱର ଚିହ୍ନରା ହେଲେ ସିନା ତା' ପାଇଁ! ତଥାପି ସେମାନେ ବନ୍ଧୁ । ଆଜି ରାତିକ ପାଇଁ ହେଲେ ବନ୍ଧୁ।

ୟୁକାଲିପଟାସ୍ ଗଛ ଓ ଦେବଦାରୁ ଗଛର ପତ୍ର ଶିରିଶିରି କଲେ। ମୁଣ୍ଡ ହଲେଇଲେ । ପବନରେ ଦୋଳି ଖେଳିଲେ। ଜୀବନକୁ ପୁଣି ଡାକିଲେ। ଆସିବା ପାଇଁ। ଷଣ୍ଢକୁ ଅନେଇ ଜୀବନ କହିଲା- "ସଖା, ତମେ ଟିକେ ଅପେକ୍ଷାକର। ସେମାନେ ଡାକୁଛନ୍ତି। ସଖୀମାନେ ଡାକୁଛନ୍ତି । ମୁଁ ଆସେ ଟିକେ..."

"ଆରେ ତମେ ଯେ ଜଲି!....କି ମଜା, କି ମଜା! ତମେ ଏ ଦେବଦାରୁ ଗଛ ତଳେ। ତମେ ଚାଲିଯାଇଥିଲ ପରା! ପୁଣି ଆସିଗଲ! କି ଲୁଚୁକାଳି ଖେଳ ଏ ?.....

ଜୀବନର ମନରେ ଇଚ୍ଛାର ଉନ୍ମତ୍ତତା। ନୃତ୍ୟ ମନର ନୃତ୍ୟ । କୁହୁକ। ଜଲି ଛିଡ଼ାହୋଇଛି ସେମିତି ।

"ଆଚ୍ଛା ଜଲି, ଏଇଠି ଏ ଦେବଦାରୁ ଗଛ ତଳେ ଛିଡ଼ାହୋଇଥିବ ନା କଲେଜ ବାରଣ୍ଡାରୁ ଘେରାଏ ଚକ୍କର ମାରିଆସିବା ଆମେ। ଭାରି ମଜା ହେବ। ବେଶ୍ ମଜା ହେବ ।"

"ତମେ ମୋତେ ଶୁଣୁନାହଁ। ଆଚ୍ଛା, ବର୍ତ୍ତମାନ ଯଦି କ୍ଲାସ ଥାଆନ୍ତା । ଯଦି

ବର୍ତ୍ତମାନ ବ୍ୟାଡମିଣ୍ଟନ ଖେଳ ଚାଲିଥାନ୍ତା ହଲ୍‌ରେ। ସତ କହ, ଆସନ୍ତ ନାଇଁ ମୋ ରାଣ, ଆସନ୍ତ କି ନାଇଁ? କହିଲ, ମନେପଡୁଛି କି ନାଇଁ, ଏଥର ଡିସେମ୍ବରରେ ହୋଇଥିବା ଇଣ୍ଟର କଲେଜ ବ୍ୟାଡ୍‌ମିଣ୍ଟନ ସିଙ୍ଗଲ ମ୍ୟାଚ୍ କଥା।

ତୁମେ ଅନ୍ତତଃ ମୋତେ ପଚାଶ ଥର କହିଥିବ ଆସିବ। ନିଶ୍ଚୟ ଆସିବ ଜରୁର ଆସିବ। ଦେଖିବାକୁ ଚିଅର୍ ଅପ୍ କରିବାକୁ। ତାଳି ମାରିବାକୁ । କହ

ମୁଁ ଯାଇଥିଲି। ବ୍ୟାଡମିଣ୍ଟନ ସିଙ୍ଗଲରେ ତମେ ଜିତିଲ। ବିଜୟୀ ହେଲ। ମୋର କ୍ଲେପିଙ୍ଗ, ଚିଅର ଅପ୍, କଙ୍ଗ୍ରାଚ୍ୟୁଲେସନରେ ତମେ ନିଶ୍ଚୟ କିଛିଟା ପ୍ରେରଣା ପାଇଥିବ। ମାତ୍ର ତମେ ହାରିଗଲ । ହଁ, ହାରିଗଲ ଡବଲ ମ୍ୟାଚ୍‌ରେ, ହୁଏତ ମୁଁ ସେ ଡବଲସ୍ ମ୍ୟାଚ୍‌ରେ ତମର ପାର୍ଟନର ହୋଇଥିଲେ କିଛିଟା ହୋଇଥାନ୍ତା ବୋଲି ମୁଁ ତୁମକୁ ବିଶ୍ୱାସ ଜନ୍ମାଇପାରିଥାନ୍ତି। ଯିଏ ପାର୍ଟନର ହୋଇଥିଲା, ସେ କେବେ ଖେଳିଥିଲା ନା ନାଇଁ?.....

"ଆହା, ତମେ ରାଗିଗଲ କି? ଏମିତି ରାଗିଲେ ହୁଏ? ଚାଲିଯାଉଛ ଯେ..... ଯେ ଚାଲିଯାଏ, ତାକୁ ରୋକିବା ଠିକ୍ ହେବନାହିଁ। ତମେ ଯାଅ...."

ଜଳି ନଥିଲା ସତରେ। ଜୀବନର ପୁଣି ଦୌଡ଼ିବାକୁ ଇଚ୍ଛା ହେଲା ପଡ଼ିଆ ଉପରେ। ରାସ୍ତା ଉପରେ। ହଷ୍ଟେଲ୍‌ରେ ତଥାପି ରାତି ତାର ରତି-ନୃତ୍ୟ କରୁଛି। "କମ୍ରେଡ୍..." - ଜୀବନ ଡାକିଲା। କେହିଁ ନଥିଲେ। କ୍ଷଣଟା କୁଆଡ଼େ ଗଲାଣି। ସେକଥା ସେ ହିଁ ଜାଣେ। ତେବେ? ତେବେ କଣ କରିବ ଜୀବନ ବର୍ତ୍ତମାନ? ରାତି ସହିତ ଅରାତି ହେବ ନା ରତି କରିବ। ନିଶାକାଳ- ରାତି। ଫୁଙ୍ଗୁଳା ରାତି। ରତି-ପ୍ରୀତିର ରାତି। ରାତିକୁ ବାରମ୍ବାର ଚୁମ୍ବନ ଦିଆଯାଇପାରେ। ଅନ୍ଧାରକୁ ନିହାତି ଆତ୍ମୀୟ କରାଯାଇପାରେ। ଅନ୍ଧାରକୁ ଜାବୋଡ଼ି ରଖିବାରେ ଖୁବ୍ ଉତ୍ତେଜନା ।

ଜୀବନ ତେଣୁ ଜାବୋଡ଼ିବାକୁ ଚେଷ୍ଟା କଲା ଅନ୍ଧାରକୁ, ରାତିକୁ। କୁଣ୍ଢେଇବାକୁ ଚେଷ୍ଟା କଲା। କିନ୍ତୁ ଅନ୍ଧାରର ଏ କି ପ୍ରୀତି? ଏ କି ଲୁଚୁକାଳି? ଧରାଦେଉନାହିଁ। ଧରିବାକୁ ଧାଇଁଲା ଜୀବନ। ପଡ଼ିଆରେ ଧାଇଁଲା ଇତସ୍ତତଃ। ରାସ୍ତାରେ ବି। କାହିଁକି ଅନ୍ଧାର? ଅନ୍ଧାର ଅଥଚ ସବୁଠି। କୁହୁକ ରଚିପାରେ ଅନ୍ଧାର।

ଜୀବନ ଖୁବ୍ ଥକ୍‌କା ହେଲା। ତାକୁ ଭାରି ଶୋଷ ମାଡ଼ିଲା । ଆଃ....ଅସରନ୍ତି ଶୋଷ। ଜିଭ ଅଠା ଅଠା। ଓଠ ଅଠା ଅଠା। ତଣ୍ଟି ଶୁଖିଯାଉଛି। ପାଣି - ପାଣି ଦର୍କାର-ପାଣି.....

ଦୌଡ଼ିଲା। କୂଅକୁ। କୂଅ ଯେ ଶୂନ୍ୟ। ନା, ନା, ପୂର୍ଣ୍ଣ। (ବାଲ୍‌ତି କାହିଁ?) ଓଃ....ତଣ୍ଟି ଶୁଖିଯାଉଛି। ଶୋଷ। ଅସରନ୍ତି। ଟେପ୍‌ଟା ଗଲା କୁଆଡ଼େ? ଦୌଡ଼ିଲା

ଟେପ୍ ନିକଟକୁ। ନଳମୁହଁରେ ମୁହଁ ଦେଲା। ଓଃ....ପାଣି କାହିଁ? ପାଣି??? ତା' ପାଖରେ ଏକ କୁଣ୍ଡ। ପାଣିଭରା। ବେକ ଲମ୍ବେଇ ପିଇଲା ପଶୁଙ୍କ ଭଳି। ପେଟେ। ଶୋଷ ହୁଏତ ତଥାପି ମରିବାକୁ ବାକି ଅଛି। ଶୋଷ କେବେ ଶେଷ ହୁଏ? ତା'ପରେ ଏକ ନିଶ୍ୱାସ ମାରି କୁଣ୍ଡକୁ ଚାହିଁଲା। କୁଣ୍ଡ ଜୀବନାନନ୍ଦର ଜୀବନ ରଖିଛି। କୁଣ୍ଡରେ ଲେଖାଅଛି- "ପଶୁଙ୍କ ପାଇଁ ପିଇବା ପାଣି।"

ଜୀବନ ହସିଲା। କିଏ ସେ ବଦାନ୍ୟ ବ୍ୟକ୍ତି ଏ କୁଣ୍ଡ ତିଆରି କରେଇଛନ୍ତି? ସେ ନିଶ୍ଚୟ ବୁଦ୍ଧିମାନ୍- "ପଶୁଙ୍କ ପାଇଁ ପିଇବା ପାଣି।" ପଶୁ ପଢ଼ିବ। ତା' ପରେ ପିଇବ। ସେ ପିଇଛି। (ନିଶା ନୁହଁ।) ପାଣି। କୁଣ୍ଡରୁ। ତା' ହେଲେ ସେ କ'ଣ ପଶୁ କି! ଜୀବନର ମନରେ ଅହରହ ବ୍ୟସ୍ତତା। ସେ କି ପଶୁ? ସେ କି ମାନବ? ସେ କି ଦାନବ? ସେ କି ଦେବତା? ସେ ପଶୁ ବୋଲି ସିନା କୁଣ୍ଡରୁ ପାଣି ପିଇଲା।

.....ଆରେ,ସେ କଲେଜ ବାଉଣ୍ଡରୀ ଡେଇଁ, କଲେଜ ଛକ ପାରିହୋଇ, ଖୋଲା ରାସ୍ତାକୁ ଚାଲିଆସିଛି। ଅନ୍ଧାର ଏଇଠି ସଂପୂର୍ଣ୍ଣ ବିଜୟ-ତୂରୀ-ଫୁଙ୍କି ପାରିନାହିଁ। ବତିଖୁଣ୍ଟମାନେ ଦାନ୍ତ ନିକୁଟୁଛନ୍ତି। ତଥାପି...ଓ.....ଦୂରରେ କାହାର ଛାଇ। ଢଳିଢଳି ଆଗେଇଛି। ନିଶ୍ଚୟ ସେହି କମ୍ପେଡର। ଷଣ୍ଢର। ସେ ପଶୁ। ପାଣି ପିଇବା ପାଇଁ ଆସୁଛି। ଏ ପରିପ୍ରେକ୍ଷୀରେ ଜୀବନର ଗୋଟେ କଥା ମନେପଡ଼ିଲା। ସେ ହସିଲା। ଜଲି ବି ହସୁଥିଲା ଖୁବ୍ । ତାକୁ ପୁଣି ଥରେ କହିଲେ ବି ସେ ହସିବ। ବାଧ ହୋଇ ହସିବ ଯେ। ଏକଦା ଜୀବନାନନ୍ଦ ପ୍ରଭୃତି କେତେଜଣ ବନ୍ଧୁ ଇଚ୍ଛାକଲେ କୋଣାର୍କରୁ ପୁରୀ ଯିବାପାଇଁ। ବଙ୍ଗୋପସାଗରର କୂଳେ କୂଳେ । ମଜା ହେବ । ଭାରି ମଜା। ସମୁଦ୍ରର ନୀଳଲହରୀମାନେ ସେମାନଙ୍କୁ ଖଡେଇହେଲେ ବି ହଟେଇ ପାରିବେ ନାହିଁ। ସେମାନେ ଚାଲିଛନ୍ତି....ଆଃ....ତୃଷା। ତୃଷା ଯେ ଚିରନ୍ତନ। ଶେଷ କାହିଁ? ତୃଷାର। ସାଗରତୀରେ ତୃଷା। ପାଣି । ହେ ଇନ୍ଦ୍ର, ବରୁଣ! ପାଣି...ପାଣି ଦିଅ...... ପୁରୀ ପହଞ୍ଚିବାବେଳକୁ ଅଧାପ୍ରାଣ। ପେଟେ ପାଣି ପିଇଥିବେ ସେମାନେ ଟେପ୍‌ରୁ। ଜୀବନମାନ ରହିଲା। ନୀଳ ଲହରୀମାନେ ତଥାପି ଖଡେଇ ହେଉଥିଲେ। ଜଲି ତ ଖଡେଇ ହୋଇଥିଲା। ତୃଷାର ଶେଷ କାହିଁ? କହିଲେ, ଜଲି ପୁଣି ହସିବ। ଜଲି କିନ୍ତୁ କାହିଁ? ଏବେ ଜୀବନକୁ ଷଣ୍ଢଟି ପାରିହୋଇସାରିଛି। ବର୍ତ୍ତମାନ ରାସ୍ତା ଶୂନ୍ୟ । ଦୋକାନ-ବଜାର ଶୂନ୍ୟ। ଶୂନ୍ୟ...ସବୁ ଶୂନ୍ୟ। ପୂର୍ଣ୍ଣ ଏକା ଜୀବନ। ଜଲି ତେବେ କାହିଁ? ଦୋକାନ-ବଜାରରେ ଲୁଚିଛି କି? ଜୀବନ ଖୋଜିବ। ଖୋଜିବ ତ ସତ; କିନ୍ତୁ ବର୍ତ୍ତମାନ ଖଣ୍ଡେ ସିଗ୍ରେଟ୍ ହେଲେ ନିତାନ୍ତ ଭଲ ହୁଅନ୍ତା। ଦୋକାନ ବନ୍ଦ। ସବୁ ବନ୍ଦ। ସବୁ ଶୂନ୍ୟ। ସିଗ୍ରେଟ୍ ନହେଲେ ନହେଉ, ଜଲି ହେଲେ ଆସୁ।

ସତକୁ ସତ ବୁଢ଼ୀ ଅସୁରୁଣୀ ଗପର କୁହୁକଭଳି ଜଲି ଆସିଲା।

- ସେ କଣ ମନକଥା ବୁଝିପାରେ ? ହଁ, ମନ ବୁଝେ ମନକଥା।

ଜଲି ଆସିଛି। କଣ କହି ଆଦର କରିବ, ଅଭ୍ୟର୍ଥନା କରିବ ତାକୁ ଜୀବନାନନ୍ଦ ? ହଠାତ୍ ଏ ରାସ୍ତାଟାରେ କେଉଁଠି ବସିବାକୁ ତାକୁ କହିବ ? ନା, ସେମାନେ ଚାଲି ଚାଲି ଗପ ଆରମ୍ଭ କରିବେ। ଦେଖ, ଜଲି କିମିତି ଟିପ୍ ଟିପ୍ ହୋଇ ଆସିଛି। ବାହୁ ତାର କେତେ ଗୋଲ। ସେ ବାହୁରେ କେବେ ବଳୟ ସୃଷ୍ଟି କରି ଛନ୍ଦିବାକୁ ଇଚ୍ଛା କରିଛି କି ସେ ? ତା' ଡ୍ରେସ୍ କାହିଁକି ଏତେ ଟାଇଟ୍ ? ସେଇଟା ତାର ରୁଚିବୋଧ। ସେଭଳି ଡ୍ରେସ୍ ଭଲ ପାଉଥିବ। କେଶ ବିନ୍ୟାସ ପ୍ରତି ତା'ର ଦୃଷ୍ଟି ଖୁବ୍। ସବୁବେଳେ ସଜାଡୁଥାଏ। ଏବେ ବି। କ୍ରମଶଃ ଜଲି ପହଞ୍ଚିଯାଇଛି ପାଖକୁ।

'ଜଲି.....!' ଡାକିଲା ଜୀବନ। ଶୂନ୍ୟ। ଶୂନ୍ୟତାର ଶବ୍ଦମାନେ। ଦୋକାନ ବଜାରରେ। ରାସ୍ତା ଉପରେ। ଶୂନ୍ୟତା ଭିତରେ ଜୀବନ ଏକ ମହାଶୂନ୍ୟ। ଶୂନ୍ୟ ଓ ଶୂନ୍ୟ ଯୋଗରେ ପୂର୍ଣ୍ଣତା କି ? ଜୀବନ ବର୍ତ୍ତମାନ ଆଗେଇଛି ରାସ୍ତା ଉପରେ। ପୁଣି ଦୂରରେ କାହାର ଏକ ଛାଇ ? କାହାର ? କିଏ ସେ ? ସେ ଛାଇ କ୍ରମଶଃ ନିକଟତର ହେଲା। ସେ ପାଖରୁ କୁକୁରଗୁଡ଼ାକ ଶୂନ୍ୟତାରେ ଶବ୍ଦ ଯୋଗକରି ରଡ଼ି ଛାଡ଼ିଲେ- ଭୋ....ଭୋ.....(ତମେ କିଏ ?) ଜୀବନ କିଛିଟା ଡରିଯାଇଛି । ତେଣୁ ପାଖ ଛୋଟିଆ ଗଳିକୁ ହଠାତ୍ ପଶିଗଲା। ସେ ଅନ୍ଧାରରେ ଆତ୍ମୀୟତା ବଢ଼େଇଲା। ରାସ୍ତାକୁ ଚାହିଁଲା। ସେ ଛାଇଠାରୁ ଶୁଭୁଛି- ହ୍ୟାତ୍...ହ୍ୟାତ୍.... କୁକୁଡ଼ାଗୁଡ଼ା ତଥାପି ରଡ଼ି ଛାଡ଼ିଛନ୍ତି ତା ପଛେ ପଛେ। ସେ ଛାଇ ଗଳି ପାରିହେଲା।

ରାତି ଡିଉଟିରେ ଥିବା ଜଣେ ପୋଲିସ କନେଷ୍ଟବଲ ସେ। ଓଃ....ରକ୍ଷା ହୋଇଯାଇଛି। ଜୀବନକୁ ନ ହେଲେ ବର୍ତ୍ତମାନ ଗୁଡ଼ାଏ ଏଣୁତେଣୁ ବାଜେକଥା ପଚାରିଥାନ୍ତା ପୋଲିସ। ଡରେଇଥାନ୍ତା । କିଛି ଗୁଞ୍ଜିଥିଲେ ହୁଏତ ଶାନ୍ତ ହୋଇଥାନ୍ତା। ଠିକ୍ ହୋଇଛି, ସେ ପାରିହୋଇଯାଇଛି।

ତେଣୁ ବର୍ତ୍ତମାନ ପାଇଁ ଏକମାତ୍ର ନିରାପଦ ସ୍ଥାନ କଲେଜ ପଡ଼ିଆ। ବହୁ ହର୍ଷ-ବିଷାଦର ସଖା। କାହାଣୀର ଇତିହାସ। ସେ ରାସ୍ତା ଠିକ୍ ପାରିହେବ ଭାବୁଛି- ଏକ ଟ୍ରକର ଶବ୍ଦ ଶୁଭିଲା। ପୁଣି ଅପେକ୍ଷା କଲା ଜୀବନ। ଟ୍ରକ୍ ଆଗେଇଛି । ବହୁ ବ୍ୟଭିଚାରର ଟ୍ରକ୍ । ମାଲ ବୋଝେଇ ହୋଇଛି ଟ୍ରକ୍‌ରେ। ରାତାରାତି କେତେ ଅରଣ୍ୟ ନଗର ପାରିକରେ। କଳାକୁ ଧଳା କରେ। ଧଳାକୁ ବି କଳା କରେ। ଏହା ରାତିର କରାମତି-ଟ୍ରକ୍‌ର ମନ୍ତ୍ର।

....କ୍ରମଶଃ କଲେଜ ବାଉଣ୍ଡେରୀକୁ ପଶିଲା ଜୀବନାନନ୍ଦ (ଆଃ.....ଶାନ୍ତି।

ବର୍ତ୍ତମାନ। ପିଣ୍ଡରେ ପ୍ରାଣ।) କଲେଜ ପଡ଼ିଆ। ରାସ୍ତା, ୟୁକାଲିପଟାସ୍ ଗଛ, ଦେବଦାରୁ ଗଛ । ରାତିର ଡରେଇବା ସ୍ୱର। ହଷ୍ଟେଲରେ ତଥାପି ନିଦ। ଜୀବନ କେବେ ହଷ୍ଟେଲ୍‌ରେ ରହିନାହିଁ। ଜାଣି ଜାଣି ରହିନାହିଁ। ଘର ଭଡ଼ା ନିଏ । ଏକଲା ରହେ। ଏକାନ୍ତ ଗୀତିରେ ତାର ଅନେକ ପସନ୍ଦ । ଜଲି କିନ୍ତୁ ଭଲ ପାଏ ହଇଚଇକୁ। ଏ ବର୍ଷ ଦଶହରାକୁ ସେ ରୂପକାନ୍ତିରେ ମଣ୍ଡି ହୋଇଥିଲା, ସଜେଇ ହୋଇଥିଲା। ମେଢ଼ର ଭିଡ଼ମାନଙ୍କରେ ବାଜାର ଶବ୍ଦମାନଙ୍କରେ, କାର୍‌ର ହର୍ଣ୍ଣ ଭିତରେ ଜଲି ଜଳଉଥିଲା ତା' ଯୌବନକୁ। ସେ ଫୁଲର ପଛରେ କେତେ ଭ୍ରମର । ପ୍ରଜାପତିର ବିଚିତ୍ର ବର୍ଣ୍ଣ। ତା' ସହିତ ସାଥି ହେଉଥିଲା ଲିଲି। ଦୁହେଁ ହସିପାରୁଥିଲେ ଖୁବ୍ ।- ଜୀବନ ବର୍ତ୍ତମାନ କଲେଜର ବାରଣ୍ଡାରେ ବସୁଛି ଓ ପୁଣି ଘାଣ୍ଟି ହେଉଛି ଯେ- ସେ କିନ୍ତୁ ଏକାନ୍ତ ଗୀତ ଗାଇ, ଇଚ୍ଛା କରିଥିଲା କେବଳ ସେ ଫୁଲର ସୌରଭ।

ହଁ, ଜଲି ତାକୁ ଦେଖେ। ଖୁବ୍ ଦେଖେ । ତାକୁ । କଣ ଭାବେ- ହସେ। କି ହସ ସେ ? ଜୀବନର ଭିତରଟା କିମିତି କ'ଣ ହୋଇଯାଏ ? ସେ ହସ ବିରୋଧରେ ଭାସିଉଠେ ବିରୋଧାଭାସ।

ମନେପଡ଼େ ସେଇ କଥା । ଜଲିକୁ ସେ ସିଧା କହିଦେଇପାରିଥାନ୍ତା । ନା, ଜଲିର ବା ଏଥିରେ ଦୋଷ କଣ ? ଦୋଷ ସେ ଭିଡ଼ର। ସେ ଭିଡ଼ରେ ଯେଉଁ ତରୁଣମାନଙ୍କ ବୃଥା ରକ୍ତର ଉତ୍ତେଜନା, ସେ ଉତ୍ତେଜନା ବିରୁଦ୍ଧରେ ଦର୍କାର ହଜାର ହଜାର ଗେଟ.....ଏବକାର କଥା....

ଯେ, ରାସ୍ତାକଡ଼ରେ ବସିଥାଏ ବୁଢ଼ୀଟିଏ। କେତେ ଦଶରା, କେତେ ଶୀତ ବର୍ଷା, ଖରା ନ ଦେଖିଛି ସେ। କେତେ ଭିଡ଼ ନ ଦେଖିଛି ସେ। ତା' ଯୌବନ ସେ କ'ଣ ଉପଭୋଗ କରିନାଇଁ? ସେ କ'ଣ ପ୍ରେମ କରିନାଇଁ? ସେ କ'ଣ ସଂସାର କରିନାଇଁ? ସବୁ କରିଛି । ସବୁ। କିନ୍ତୁ ଏମିତି ।....ତଥାପି ପତେଇଛି ହାତ- ଦିଅ, ଯାହା, ଦେବ, ଦିଅ ଏହାତରେ । ଅମୃତ ଦିଅ । ନେବ। ବିଷ ଦେବ । ଦିଅ। ସେ ସବୁ ନେବ। ସବୁ ଅମୃତ ମଣିବ।

ସେ ହାତ ପତେଇଛି। ବୟସର ପୋଲ୍‌ରେ ବସି । ବୟସର ଠେଙ୍ଗାମାଡ଼ ସେ ସହୁଛି। ସହି ସହି କହୁଚି- ଦିଅ। ଦିଅ। ଏ ହାତରେ ଅନ୍ତତଃ କିଛି ଦିଅ.....

କିଏ ଶୁଣୁଛି କଥା ତାର ? ସ୍ୱର ତାର ? ଭିଡ଼ ଭିତରେ ସାଇକେଲର ଟୁଂ ଟାଂ କାର୍‌ର ପେଁ....ଚେନାଚୁରବାଲାର ଡାକ ଭିତରେ ସ୍ୱର ତାର ମିଳେଇଯାଉଛି। କିଏ ଦେଖୁଛି ତାକୁ? ସେ ଝରା ପତ୍ରର ମର୍ମର। ଅର୍ଦ୍ଧଳି ତାର ଶୁଣାଯାଏନା.....ଦେହିଂ....ଦେହିଂ...ତା' ଗରିପଟେ ଘୂରିବୁଲେ....

ଅଥଚ ସେ ଭିଡ଼ର ଶୋଭାଯାତ୍ରାରେ ଦଳକୁ ଦଳ ଯୁବକ ଯୁବତୀ। ବୁଟ୍‌ର ଆୱାଜ୍ । ହାଇହିଲ୍‌ର ଆୱାଜ୍। ଶାୟା, ଶାଢ଼ୀ, ବ୍ଲାଉଜ୍, ଭେନିଟିର ଆଡ଼ମ୍ବର । ଛାତି ଟେକି ହୁଏ। ଆଖି କୁରଙ୍ଗୀ ସାଜେ। ବେଣୀ ବି ସାପ ହୁଏ ? ତରୁଣୀ ଦଳର କିଚିରିମିଚିରି ଧ୍ୱନି ଶୁଭେ । ସେମାନେ ମାଗନ୍ତି ନାହିଁ। ଦିଅ ବୋଲି କହନ୍ତି ନାହିଁ । ତରୁଣଦଳ; ଦଳକୁ ଦଳ ଗୋଡ଼େଇଥାଆନ୍ତି। "ଆମେ ଦେବୁ, ନିଅ, ନିଅ, ତମେ....." ବୋଲି ଯଚେଇ ହୋଇ, ଗୋଡ଼େଇ ଗୋଡ଼େଇ ଥକ୍‌କା ହେଲେ ବି ଧାଇଁଥାନ୍ତି । (ତା' ଭିତରେ ଜଳି ବି)

ଦୋଷସବୁ ବୟସର – ଶୂନ୍ୟ ଓ ପୂର୍ଣ୍ଣ : ପୂର୍ଣ୍ଣ ଓ ଶୂନ୍ୟ।

ଦେହିଂ....ଦଦାତି.....ଧ୍ୱନି ବୟସର।

ଏ ବୟସ କେତେ ଦିନ ? କେତେ ଦିନର ବା।

.....ଜୀବନ ହାଇ ମାରିଲା। ହାଇ ନିଦର ଅନ୍ୟ ପ୍ରତିଧ୍ୱନି । ନିଦ କ୍ରମଶଃ ମାଡ଼ିପଡ଼ିଛି। ନା, ସେ ଶୋଇବ ନାହିଁ। ଶୋଇଲେ ପ୍ରଗତି ହୁଏନା। ନ ଶୋଇଲେ ବି ଆନନ୍ଦ ମିଳେନା। ଏ ରାତିର ତିଆରି କେବଳ ଶୋଇବା ପାଇଁ। ଅଥଚ ଏ ରାତିରେ ରତିକ୍ରୀଡ଼ା ଚାଲେ। ପୈଶାଚିକ ଲୀଳା ଚାଲେ। କେତେ କାହାଣୀ ଆସେ ଓ ଯାଏ। କେତେ ସ୍ୱପ୍ନ ଆସେ ଓ ଯାଏ। ଯେମିତିକି ଦିନ ଆସେ ଓ ଯାଏ। ରତି କି ଜିନିଷ। ରତିରୁ ରତିଏ ବି ଯଦି ଜୀବନ ପାଆନ୍ତା, ହୁଏତ ତୃପ୍ତ ହୁଅନ୍ତା ବର୍ତ୍ତମାନ। କିନ୍ତୁ ରତିର ଇତି କାହିଁ ?

ରତି, ଆରମ୍ଭ ଓ ଶେଷ।

ରତି ବା କି ଜିନିଷ।

ରତିକୁ ଦେଖିବାକୁ ଇଚ୍ଛାହେଲା ଜୀବନର।

ଓଃ....ତା' ଦେହରେ କାହିଁକି ଏତେ ଉତ୍ତାପ ?

ତା' ମସ୍ତିଷ୍କରେ କାହିଁକି ଏତେ ବ୍ୟସ୍ତତା ?

ତା' ହାତରେ ଯେମିତି କି କାହାକୁ ଦଳିଦେବାର ଇଚ୍ଛା। ତା' ଦେହରେ ଚୁମ୍ବକର ଏକ ଶକ୍ତି ! ଟାଣିଆଣିବାର ପ୍ରବଳ ଆଗ୍ରହ। ରକ୍ତପ୍ରବାହ କ୍ରମଶଃ କ୍ଷିପ୍ର ହେଉଛି। ଜୀବନ ଠିଆହେଲା। କଣ କହିବ ସେ ? ରତିକୁ କିମିତି ପାଇବ ସେ ? ସେ କେଇଘଣ୍ଟା ତଳେ ଠିକ୍ ଅନୁଭବ କରି ପାରିଥିଲା, ତୃଷା ଚିରନ୍ତନ। ଶୋଷର ଶେଷ କାହିଁ ? ହଁ, ଠିକ୍ ସେଇୟା। ଠିକ୍ ସେଇୟା....

ଓଃ....ମୋତେ ଦେହ ଦିଅ। ମୋତେ ସ୍ପର୍ଶ ଦିଅ। ମୋତେ ଉତ୍ତାପ ଦିଅ । ମୋତେ ରତି ଦିଅ। ରତି ଦିଅ।

ଅନ୍ଧାରରେ ଆଉ କିଛି ଦେଖାଯାଉନାହିଁ। କେବଳ ଅନ୍ଧାର। ସେ ବର୍ତ୍ତମାନ ପଡ଼ିଆରେ କେବଳ ଗଡୁଛି। ଛାଟିପିଟି ହେଉଛି କିଛିକ୍ଷଣ ପାଇଁ। ଉତ୍ତେଜନା। (ଓଃ......ଜଳି କି ତମେ ଆସନ୍ତ ନାଇଁ।) ସେ ଅଧିକ ମୋଡ଼ିମାଡ଼ି ହେଉଛି। ......ଏବଂ କ୍ରମଶଃ ଉତ୍ତେଜନା ଶାନ୍ତ ହେଉଛି । ଶୋଇ ପଡୁଛି। ଧୀରେ ଧୀରେ......

(ରତି ତାହାହେଲେ କଣ ଏୟା?)

...ଜୀବନ ବର୍ତ୍ତମାନ କି ଏକ ପ୍ରଚଣ୍ଡ ଶବ୍ଦ ଶୁଣିପାରୁଛି। ହ୍ୟୁସିଲ ଶବ୍ଦ। ସତର୍କ ଧ୍ୱନି। ସେ ଶୁଷୁରି ମାରି ଜାଣେ। ଇସାରା କରିବାକୁ ହେଲେ, ଶୁଷୁରି ମାରିବାକୁ ହୁଏ ବୋଲି ସେ ଜାଣିଛି। କିନ୍ତୁ ଏ ଯେ ପ୍ରଚଣ୍ଡ ଧ୍ୱନି । ସାଇରନ୍ ଗର୍ଜନ ନୁହେଁ, ଏକବାରେ ହ୍ୟୁସିଲ୍। (କାହାର?)

ହଁ, ଟ୍ରେନ୍‌ର । ରାତି ଅଧରେ ଟ୍ରେନ୍ ଏ ଲାଇନ୍‌ରେ ତ ପ୍ରାୟ ଯାଏ ନାହିଁ। କ୍ରମଶଃ ଘର୍ଘର ଶବ୍ଦ ଓ ଧ୍ୱନି ଖୁବ୍ ନିକଟତର ହେଉଛି । ଯେମିତିକି ମାଡ଼ିଯିବ। ଜୀବନକୁ ମାଡ଼ିଯିବ। ଏ ସହରକୁ ମାଡ଼ିଯିବ । ଅନ୍ଧାରକୁ ବିଦୀର୍ଣ୍ଣ କରିବ । ରାତିକୁ ଚିରି ଫାଡ଼ି ତା' ଭିତରୁ ଆଲୁଅ ବାହାର କରିବ।

ଗୁଡ୍‌ସ୍ ଟ୍ରେନ୍ କଦବା କେବେ ଆସେ। ନା, ଅନେକ ସମୟରେ ଆସେ । ମାଲ ପରିବହନ ତା'ର କର୍ତ୍ତବ୍ୟ। କର୍ତ୍ତବ୍ୟରେ ହେଳା କଲେ, ରକ୍ଷା ନାଇଁ । ତା'ର ତେଣୁ ବିଶ୍ରାମ କାହିଁ? କର୍ତ୍ତବ୍ୟ କର। କେବଳ କର । ସେ ମେସିନ୍ ହେଲେ ବି କର୍ତ୍ତବ୍ୟ ଜାଣେ । ତା' ହ୍ୟୁସିଲ ତାକୁ ସତର୍କ କରେ । ଓଃ.... ପ୍ରଚଣ୍ଡ ଶବ୍ଦ.....

ଯେମିତିକି ପୃଥ୍ୱୀ ଫାଟିପଡ଼ିବ। ତା' ଭିତରୁ ଯେତକ ଅନ୍ତବୁଜୁଳା ବାହାରି ଆସିବ। ପୃଥ୍ୱୀର ପେଟରୁ ହୁଏତ ଏକ ନୂତନ ସନ୍ତାନ ଆସିବ। ସେ ସନ୍ତାନ କ'ଣ ସୈତାନ ହୋଇପାରେ?? କିଏ ଜାଣେ?"

ଶବ୍ଦ କ୍ରମଶଃ ତୀବ୍ର ହେଉଚି ଓ ଧୀରେ ଧୀରେ ଲମ୍ବିଯାଉଚି ଟ୍ରେନ୍ । ଲାଇନ୍‌ରେ ଡେଇଁ ଡେଇଁ। ନାଚି ନାଚି। ହରିଣୀଟି ପରି। କି ସମ୍ବାଦ ନେଇ ଯାଉଛି ସେ? କି ଆନନ୍ଦ ନେଇ ଯାଉଛି ସେ? କି ହଳାହଳ ନେଇ ଯାଉଛି ସେ? କିଏ ଜାଣେ?

ଏବଂ କ୍ରମଶଃ ସେ ଶବ୍ଦ ଅପସରିଯାଉଛି। ଚୁପ୍‌ଚାପ୍ ଦୋଷୀ ଭଳି ସେ ଚାଲିଯାଉଛି । ଯିବା ତା'ର କର୍ମ। ସେ ଯିବ।

...କିନ୍ତୁ ଜୀବନାନନ୍ଦ ବର୍ତ୍ତମାନ ପାଇଁ ଏଇଠି ରହିଥିବ। ଯେହେତୁ ରାତିର ରତିରେ ସେ ପ୍ରୀତ। ଦେବଦାରୁ ଗଛର ପତ୍ରମାନେ ଏବେ ଭିଡ଼ିମୋଡ଼ି ହେଉଛନ୍ତି । ଛଟପଟ ହେଉଛନ୍ତି। କାହାର ପ୍ରତୀକ୍ଷାରେ? ଜୀବନାନନ୍ଦ ପାଇଁ। ଜୀବନ ତ ଅଛି। ଜୀବନ ସବୁଠି ଅଛି। ଜୀବନର କ୍ରିୟା ଅଛି। ପ୍ରତିକ୍ରିୟା ଅଛି। ତେବେ ଗଛର ପତ୍ରମାନେ

ଛଟପଟ ହେବେ କାହିଁକି ? ସେମାନଙ୍କୁ ବୁଝେଇବାର ଚେଷ୍ଟା କରାଯାଉ -

ହେ ପତ୍ରମାନେ, ଦେଖ, ଆକାଶରେ କିମିତି ଦୀପାବଳୀ ! ତାରାମାନଙ୍କର। କେତେ ଫୁଲଝରି !.......କେତେ ରୋଶଣି.....

(ଯେମିତି ଏଥର ଦୀପାବଳୀରେ ଜଲି ସବୁଜ ଶାଢ଼ି ପିନ୍ଧି ଫୁଲଝରି ଖେଳୁଥିଲା। ନାଚୁଥିଲା। ଡେଉଁଥିଲା ଖାଲି। ଛୋଟ ଶିଶୁଭଳି।)

ଆହା ପତ୍ରମାନେ, ତମକୁ ଶିଶୁ ଭଳି ମନେଇ ହେବ ନାଇଁ । ରାଜାରାଣୀ ଗପ କହିଲେ, ତମେ ମାନିବ ନାଇଁ। ଚକୋଲେଟ୍ ଦେଲେ, ମାନିବ ନାଇଁ ।

ଆହା, କି ମମତା ଲଗେଇଲ ସତେ ! ତମେ କି ସବୁଦିନ ଏ ଭଳି ଏଇଠି ଠିଆ ହୋଇଥିବ ? କହିବ ନାଇଁ କଥା ! ତୋଳିବ ନାଇଁ ଛନ୍ଦ ! ତମେ କ'ଣ ସବୁ ଦିନ ସବୁଜ ଥିବ ? ତମ ଦେହରେ ବସନ୍ତ ଖାଲି ଆସୁଥିବ !

ଆହା, ତମେ ଝଲିଗଲେ କିଏ ମନେରଖିବ ତମକୁ ? କଲେଜ ବିଲଡିଙ୍ଗ୍ ? ଛାତ୍ରଛାତ୍ରୀ ? ସେମାନେ ବି ମରଣଶୀଳ। ନା, ନା, ପୃଥିବୀ..........ପୃଥିବୀ....

ପୃଥିବୀ ତେବେ ବୁଢ଼ୀ ହେବ ନାହିଁ ? ବୟସ ତା'ର ଖସିବ ନାଇଁ ? ବୟସ ଯେମିତିକି ଦିନ ବଢ଼େ । ପଶ୍ଚିମକୁ ସୂର୍ଯ୍ୟ ଢଳେ । ଛାଇ ଲମ୍ବା ହୁଏ କ୍ରମଶଃ । ମଣିଷର ଛାଇ ଲମ୍ବା ହୁଏ ସିନା; ସେ କିନ୍ତୁ ଛୋଟ ହୁଏ କ୍ରମଶଃ ସମୟକୁ ନେଇ। ମୃତ୍ୟୁକୁ ନିକଟତର ଆହୁରି।

ତେବେ ଜୀବନ ସରିଆସୁଛି । କା'ର ଅସ୍ପଷ୍ଟ ପଦଧ୍ୱନି ନିକଟତର ହେଉଛି। ଜୀବନ କ'ଣ ସରିଯିବ ? କିଏ ତାକୁ ସାରିବ ? ସେ ସରିଗଲେ କ'ଣ ହେବ ?

ନା' ନା, ସେ ରହିବାକୁ ଝହେଁ । ରହିବାକୁ ଝହେଁ ଜୀବନାନନ୍ଦ ।

କିନ୍ତୁ କାହିଁକି !

ତା' ନିଜ ପାଇଁ। ଅନ୍ୟ ପାଇଁ। ସମସ୍ତଙ୍କ ପାଇଁ। (ଜଲି ପାଇଁ ।) କାହିଁକି ?

ଜଲି : ରକ୍ତର ହୋଲିଖେଳ ! ଅଶ୍ରୁର ଶ୍ରାବଣୀ। ବ୍ୟଥାର ଝରଣା।

....ଅଥଚ ଜଲି ଭଲ ଖେଳିଜାଣେ। ଜିତି ଜାଣେ । କେବଳ ବାହାବା' ନେଇ ଜାଣେ । ୟୁନିଭର୍ସିଟି ସ୍ପୋର୍ଟ୍ସ ଡେ' ଦିନ- ସେଦିନ ଜଲିର ସୌରଭ ମାତିଉଠିଥିଲା। ଗୋଲାପୀ ଶାଢ଼ି, ବ୍ଲାଉଜ୍ ପିନ୍ଧି ଯେମିତି କି ଏକ ଗୋଲାପ ପରୀ ସାଜିଥିଲା। ବହୁ ଜୀବନକୁ ଆକ୍ରାନ୍ତ କରିଥିଲା। ସେ ସୌରଭରେ ଥିଲା ବିଷାକ୍ତ ହାଓ୍ୱା। ସେ ବିଷକନ୍ୟା ଭାଇରସ୍‌ର ଅଜସ୍ର ବିନ୍ଦୁ। ସେ ଧ୍ୱଂସ କରିପାରେ ଜୀବନକୁ। ପୁନଶ୍ଚ ଅନ୍ଧାର...

ହେ ଅନ୍ଧାର। ମୋତେ ଲୁଚେଇ ରଖ। ଲୁଚେଇ ରଖ ତମର ନିରାପଦ ଗୁମ୍ଫା ଭିତରେ। ମୁଁ ଅନ୍ଧାରରେ ଜୁଡୁବୁଡୁ ହୋଇ ପୋଷା ବିଲେଇଟିଏ ଭଳି ଶୋଇପଡ଼ିବି।

ଚୁପ୍‌ଚାପ୍ ଶୋଇପଡ଼ିବି ।

ଆଃ.....ତାହାହେଲେ ନିଦ କାହିଁ? ନିଦ । ନିଦ ନ ହେଲେ ମଣିଷ ତିକ୍ତ ହୋଇଯାଏ । ପାଗଳ ହୋଇଯାଏ । ମଣିଷ ତେଣୁ ନିଦ-ପିଲ୍‌ସ ଖାଏ । ନିଦର ଛଳନା କରେ । କାୟିକ ପରିଶ୍ରମ କରେ । ମାନସିକ ପରିଶ୍ରମ କରେ । ନିଦର ଛଳନା କରେ....ନହେଲେ ଖାଏ ନିଶା । ନିଶା ଖାଇଲେ ନିଦ ଖୁବ୍ ହୁଏ । ଜୀବନାନନ୍ଦ ତା' ହେଲେ ନିଶା ଖାଇବ । ସେ କ'ଣ ନିଶା ଖାଇନାଇଁ?

ନା, ଜୀବନାନନ୍ଦ ଶୋଇବ ନାଇଁ । ସେ ନିଜକୁ ଧକ୍‌କା ମାରି ନିକାଲି ଦେବ ଶୋଇଲେ, କର୍ତ୍ତବ୍ୟରେ ହେଳା ହେବ ।....ଏବଂ ସେ ଦେଖିପାରୁଛି ଯେ ହଷ୍ଟେଲ୍‌ରେ କାହାର ଏକ ଝର୍କା ଖୋଲା ହେଉଛି । ଖୋଲା ଝର୍କା ଦେଇ ମେଞ୍ଚାଏ ଆଲୁଅ ପଡ଼ିଆକୁ ଖୁବ୍ ତୀବ୍ର ଭାବରେ ଲମ୍ଫ ପ୍ରଦାନ କରୁଛି । ଯେମିତି ଶରତାକାଶରେ ଖଣ୍ଡେ ଧଳା ମେଘ ବା ଛଉର ଦାଗ ଦେହରେ । ସେଇ ଝରକା ଦେଇ ଜଣେ କେହି ବିଦ୍ୟାର୍ଥୀ କଲେଜ ପଡ଼ିଆକୁ ଚାହୁଁଛି ଏବଂ ସିଗ୍ରେଟ୍‌ର ଧୂଆଁ ଗୁଳି ଛାଡୁଛି । ପରସ୍ତ ପରସ୍ତ ଗୁଳି । ସେ ପଢ଼ିବାର ଆରମ୍ଭ କରିବ । କିଏ କହିପାରେ, ସେ ପ୍ରେମପତ୍ର ନ ଲେଖିବ ବୋଲି ? କିଏ କହିପାରେ, କବିତା ନ ଲେଖିବ ବୋଲି.....

ଆରେ ସେ ଜୀବନକୁ ଚାହୁଁଛି କି?

ଜୀବନ ବର୍ତ୍ତମାନ ଅନ୍ଧାର ଭିତରେ ଗୋଟେ ଅନ୍ଧାର । ତାକୁ କିଏ ଚିହ୍ନିବ? କିନ୍ତୁ ଗାର୍ଲସ୍ ହଷ୍ଟେଲ୍‌ର ଛାତ ଉପରେ ଯେଉଁ ଶାଢ଼ି, ଶାୟା, ବ୍ଲାଉଜ୍, ବ୍ରେସ୍ୟାର୍, ସଲଓ୍ୱାର ଦ୍ୱିପ୍ରହର ଖରାରେ ଖରା ପାଉଥାଏ, ଜୀବନାନନ୍ଦ ସେଇଠୁ ଚିହ୍ନେ, ସେସବୁ - କିଏ କାହାର? ସେ ସବୁ ବିଭିନ୍ନ ଦେଶର ପତାକା ପରି ଉଡୁଥାଏ ଧାଡ଼ି ଧାଡ଼ି, ପବନରେ ଫର୍‌ଫର୍ । ଅନ୍ତତଃ ଜଣକର (ସେ ହୁଏତ ବୋଧ କରେ) ଠିକ୍ ଚିହ୍ନେ । ଜୀବନ ଚିହ୍ନେ ନିଜ ଦେଶର ପତାକାକୁ ।

କିନ୍ତୁ ତାକୁ ବର୍ତ୍ତମାନ କେହି ଚିହ୍ନି ପାରିବେ ନାଇଁ । ଚିହ୍ନିଲେ ବି କିଛି କରିପାରିବେ ନାଇଁ ଯେ ସେ ଜୀବନାନନ୍ଦ !

.....ଏବଂ ଜୀବନର ବର୍ତ୍ତମାନ ଖୁବ୍ ଇଚ୍ଛା ହେଲା, କାହା ସହିତ ଭେଟ ହେବାକୁ । ରାତିରେ ଆଳାପ, ସଂଳାପ (ବିଳାପ) କରିବାକୁ । ୟୁକାଲିପଟାସ୍ ଦେବଦାରୁ ଗଛର ପତ୍ରମାନେ ବର୍ତ୍ତମାନ ନିସ୍ତେଜ ହୋଇପଡ଼ିଛନ୍ତି । ସେମାନଙ୍କ ସହ ସେ କଥା ହେବ ନାଇଁ । ଜଲି ତେଣୁ ଯଦି ଆଆନ୍ତା.........

.........ଏଠି କାହିଁକି ଯେ ବର୍ତ୍ତମାନ ଭଲ ଲାଗୁନାହିଁ । କଲେଜ ବାଉଣ୍ଡେରି ବାହାର ହୋଇ ଛକକୁ ଯିବାର ବିଚାର କରୁଛି ସେ । ଦୋକାନ ବଜାରମାନଙ୍କରେ

ଜଲିକୁ ଖୋଜିବ । ନ ହେଲେ ସିଗ୍ରେଟ୍ ଖୋଜିବ। ନ ହେଲେ ଖୋଜିବ କଫି ।

ନ ହେଲେ-

ନାଇଁ, କାହାକୁ ଖୋଜିବା ଦରକାର ନାଇଁ । ଖୋଜିଲେ, ମିଳେ ନାଇଁ । ନ ଖୋଜିଲେ, ହଠାତ୍ ମିଳିଯାଏ । ଜଲିକୁ ସେ ଖୋଜୁଛି; ଅଥଚ ପାଉ ନାଇଁ। ଜଲି ଲୁଚୁକାଳି ଖେଳ ଆରମ୍ଭ କରିଦେଇଛି । ତା' ପର ଛକରେ ବି ଭଲଲାଗୁନାଇଁ।

କିଛି ଭଲଲାଗୁନାଇଁ। ଧାତ୍........ଜୀବନ ମୁହଁ ବୁଲେଇବାକୁ ବସିଛି, ଶୁଣିବାକୁ ପାଇଲା କାଶିବାର ଶବ୍ଦ । କାହାର? ଅନେଇଲା। ହୋଟେଲ ଆଗରେ ଯେଉଁ ଦଦରା ବେଞ୍ଚ ପଡ଼ିଛି, ତା ଉପରେ କେହି ଛିଣ୍ଡା ଲୁଗା ଘୋଡ଼ି ହୋଇ ପଡ଼ିଛି । ଦୂର ବତୀଖୁଣ୍ଟ ଆଲୁଅଟା ପଡ଼ିଛି ମାତ୍ର।

ଜୀବନର ଇଚ୍ଛା ହେଲା, ତାକୁ ଦେଖିବାକୁ। ନିକଟକୁ ଗଲା । ଛାଡ଼ିହେଲା। ସେ ଶୋଇପଡ଼ିଛି। ମୁହଁ ଦିଶୁଛି। ବୃଦ୍ଧ। ଶ୍ମଶ୍ରୁର ଜାଲ ଢାଙ୍କି ହୋଇଛି। ଧଳା ଧଳା। ଶୋଇଛି। ଶୋଇଥାଉ। ଜୀବନ ଚିହ୍ନିବାକୁ ଚେଷ୍ଟାକଲା। ଚିହ୍ନିପାରିଛି। ସେ ବୁଢ଼ା ମାଗେ ନାଇଁ। ଦେଲେ ନିଏ। ହାତ ପତାଏ ନା। ସେଇ ହୋଟେଲ୍‌ରୁ ଚା' ପିଇବ ତା' ମାଟି ଗ୍ଲାସରେ। ପଇସା ଅଥଚ ଜରୁର ଦେବ। ବୁଢ଼ା କାହାଣୀ କହିବ ତା' ସମୟର-ତା' ସମୟରେ......

ଆଚ୍ଛା, ବୁଢ଼ାକୁ ଉଠେଇ, ତା' ସମୟର କାହାଣୀ ଶୁଣିଲେ କିମିତି ହୁଅନ୍ତା? ଜୀବନ ବିଚାର କଲା। ମନ୍ଦ ନୁହେଁ! କିନ୍ତୁ ଆହା; ବୁଢ଼ାଟାକୁ ନିଦ ହୋଇଯାଇଛି। ଶୋଇଥାଉ। ତା' ସମୟର ତାରୁଣ୍ୟ କଥା, ଶକ୍ତିର କଥା....ଥାଉ। ପରେ ଶୁଣିବ ।

ତା' ହେଲେ ବର୍ତ୍ତମାନ କ'ଣ କରିବ ଜୀବନ? ସମୟ ଯେ ସରିଯାଉଛି। ବୟସ ଯେ ସରିଯାଉଛି। ରାତି ଯେ କ୍ରମଶଃ ସରି ସରି ଆସୁଛି। ଓଃ...ଆଉ କିଛି ଭଲଲାଗୁନାଇଁ।

ତେବେ? ହଁ, ତେବେ ଫର୍ଲଙ୍ଗେ ଦୂରରେ ଥିବା ଛକକୁ ଯିବ କି ଜୀବନାନନ୍ଦ? ଜନାକୀର୍ଣ୍ଣ ଛକ । କେତେ ଗହଳି । କେତେ ଶବ୍ଦ। କେତେ ଚିତ୍କାର। ସବୁ ଶୂନ୍ୟ ବର୍ତ୍ତମାନ ଶୁନ୍‌ଶାନ୍ ସେ ଛକରେ। ଛକ ମଝିରେ ସେଇ ଷ୍ଟାଣ୍ଡରେ ଟ୍ରାଫିକ୍ ପୋଲିସ ଭଳି ସେ ହୁଇସିଲ ଫୁଙ୍କିବ କି? ହାତ ଟେକିବ। ନିର୍ଦ୍ଦେଶ ଦେବ କାର୍‌କୁ, ରହ । ଆଉ ଏ କାର୍‌କୁ କହିବ, ଯାଅ। ଶୃଙ୍ଖଳା ରଖିବ। ନହେଲେ ଛକ ଯେ ବିଶୃଙ୍ଖଳିତ ହୋଇଯାଏ । ଦୁର୍ଘଟଣାର ସମ୍ଭାବନା ପ୍ରତି ମୁହୂର୍ତ୍ତରେ। ଛକକୁ ବ୍ୟବହାର କରୁଥିବା ପ୍ରତି ମଣିଷ, ଜୀବଜନ୍ତୁ, କାର୍, ଟ୍ରକ୍, ସାଇକଲ, ରିକ୍‌ସାକୁ ସେ ରକ୍ଷା କରିବ। ପଥ ବଢ଼େଇବ। ନିରାପତ୍ତା ରଖିବ। ସେଇ ଛକ। ଚାରି ଦିଗକୁ ଚାରି ରାସ୍ତା। କେଉଁ ଦିଗକୁ ଗଲେ ସେ ପାଇପାରିବ

ତା'ର ଚରମ ସ୍ଥଳ ? କେଉଁ ରାସ୍ତାରେ ? ଆରେ, ସେ ନିଜେ ତ ଠିକ୍ କରି ପାରୁନାଇଁ ନିଜ କଥା ! ଦିଗ କଥା ! ରାସ୍ତା କଥା ! ତେବେ ସେ କେମିତି ଛକ ଉପରେ ଠିଆ ହୋଇ ଟ୍ରାଫିକ୍ ଛକକୁ ସମ୍ଭାଳିବ ? ହୁଇସିଲ ଦେବ ? ସତର୍କ କରେଇବ ?

ନା, ସେଠିକି ଯିବା ଏବେ ଠିକ୍ ହେବନାଇଁ। ସେଇଠି ଏବେ ଶୂନ୍‌ଶାନ୍- ସବୁ ଶୂନ୍ୟ। (ଶୂନ୍ୟ ଯେ ସବୁ ଶୂନ୍ୟ। ମହାଜାଗତିକ ଶୂନ୍ୟରେ କେବଳ ମହାଶୂନ୍ୟ।) ଜୀବନ ତେଣୁ କେତେବେଳେ ଯେ କଲେଜ ପଡ଼ିଆକୁ ପଶିଯାଇଛି, ସେ ନିଜେଇ ଜାଣିପାରୁନାଇଁ। ତା'ପରେ ତାକୁ କିଛି ଭଲଲାଗୁନାହିଁ । ପଡ଼ିଆ ଭଲଲାଗୁନାହିଁ। ୟୁକାଲିପଟାସ୍ ଗଛ। ଦେବଦାରୁ ଗଛ। ରାସ୍ତା। କିଛି ଭଲଲାଗୁନାଇଁ।

ସେ ଆକାଶକୁ ଚାହୁଁଛି। ଆକାଶରେ ଅଗଣିତ ତାରା। ଆହା, ଚନ୍ଦ୍ର ଆଜି ଆସିଥିଲା କି ନାଇଁ ଆକାଶର ସମୁଦ୍ରରେ ବୋଇତ ଭଳି। ଆସିଥିଲା ଖଣ୍ଡିଆଖାବରା ହୋଇ। ବୁଡ଼ିଯାଇଚି ବହୁ ପୂର୍ବରୁ। ଜୁଆରରେ ହୁଏତ। ତାରାମାନେ ତେଣୁ ଜୁଳୁଜୁଳୁ ହେଉଛନ୍ତି। କାନ୍ଦି କାନ୍ଦି ଆଖି ଫୁଲିଯାଉଛି ସେମାନଙ୍କର। ପାଣି ତଥାପି ସରିନାହିଁ। ଜୀବନ ସେମାନଙ୍କୁ ଚାହିଁଛି।

ତା'ର ଇଚ୍ଛା ହେଉଛି, ସେମାନଙ୍କ ନିକଟକୁ ଯିବାପାଇଁ। କଲେଜ ବିଲଡିଙ୍ଗ୍ ଉପରକୁ ଚଢ଼ିଗଲା । କାରଣ ତାରାମାନେ ଆଉ କିଛି ବାଟ ନିକଟ ହୋଇପାରନ୍ତି । ଓଃ......ଜୀବନାନନ୍ଦକୁ କିଛି ଆଉ ଭଲଲାଗୁନାଇଁ। ତାକୁ କେମିତି ଲାଗୁଛି । କିଛି ଗୋଟେ ଅଜବ ଅନୁଭବ କରିପାରୁଛି ସେ। ତା'ର ବସ୍ତୁତଃ ଇଚ୍ଛା ହେଉଛି, ବିଲଡିଙ୍ଗ୍ ଉପରେ ଦୌଡ଼ିବାକୁ , କେବଳ ଦୌଡ଼ିବାକୁ ।

......ଏବଂ ହଠାତ୍ ତା' ଆଖି ପଡୁଛି 'ସପ୍ତର୍ଷିମଣ୍ଡଳ' ତାରାମାନଙ୍କ ଉପରେ। ସେ ଖୁବ୍ ନିବିଷ୍ଟ ଭାବରେ ଲକ୍ଷ୍ୟକରୁଛି 'ବଶିଷ୍ଠ' ତାରାକୁ। ତା'ର ଠିକ୍ ତଳେ 'ଅରୁନ୍ଧତୀ'। 'ବଶିଷ୍ଠ' ଓ 'ଅରୁନ୍ଧତୀ'। ଯୁଗ୍ମ। 'ଜୀବନ ଓ --- 'କିଏ ପୂରଣ କରିବ ଏ ଶୂନ୍ୟ ସ୍ଥାନ ?

('ଜଲି' ?)

ହସ ମାଡ଼େ। ସେ ପାରିବ ନାଇଁ। ପାରିବ ନାହିଁ। ଜୀବନ କିଏ, ସେ ଜାଣି ନାହିଁ। ଜୀବନ କ'ଣ, ସେ ଜାଣିନାହିଁ। ଜୀବନ କାହିଁକି, ସେ ଜାଣିନାହିଁ।

ସେ ତ ଏବେ ଜଣେ କାହାର ତୃଷା ମେଣ୍ଟାଉଥିବ। ସେହେତୁ ଜଲି ଏକ ଫାଙ୍କା ବା ଶୂନ୍ୟତା ବା ନିଷ୍ଫଳ କାମନା।

ଜୀବନ ତେଣୁ ବ୍ୟସ୍ତ ହେଉଛି ଶୂନ୍ୟତାର ପୂରଣ ପାଇଁ....ଏବଂ ଦେଖୁଛି ଯେ ପୂର୍ବ ଦିଗ୍‌ବଳୟ କିଛିଟା ଫର୍ଚ୍ଚା ଦେଖାଗଲାଣି। ପରେ ପରେ ସିନ୍ଦୂରା କ୍ରମଶଃ ଫାଟିବାକୁ

ଆରମ୍ଭ କରିବ । ରକ୍ତ ଝରିବ। ରକ୍ତ......

ତେବେ ଜୀବନ କ'ଣ କରିବ ଏବେ ?

ସେ ଦୌଡ଼ିବାରେ ଲାଗିଛି କଲେଜ ବିଲ୍‌ଡିଙ୍ଗ୍ ଉପରେ। ଖୁବ୍ ବ୍ୟସ୍ତତା। ଘଣ୍ଟା-ଚକଟା ମନରେ- କିଛି ଠିକ୍ କରିପାରିନାହିଁ। ଏ ପର୍ଯ୍ୟନ୍ତ। ନା, ତାକୁ କିଛି ଭଲଲାଗୁନାହିଁ । କିଛିହେଲେ....ତାକୁ ସବୁ ଭୁଲିଯିବାକୁ ହେବ। ଅଭିନୟ ଭୁଲିଯିବାକୁ ହେବ। ଏବେ ତାକୁ ନିଶା ଦରକାର। ଆହୁରି ନିଶା। କଡ଼ା ନିଶା।

ସେ ଖାଇବ। ପିଇବ। ଶୋଷିବ । ନିଶା।

ଜୀବନ କ'ଣ ନିଶା ଖାଇ ନାଇଁ ?

(ଖାଇଛି ।)

ତା' ପରେ କ୍ରମଶଃ ଏକ ଆଲୋକବିନ୍ଦୁ ତା' ଆଖିରେ ହଠାତ୍ ଧରାଦେଇଛି । 'ଧ୍ରୁବତାରା'। ସେ ହିଁ ଧ୍ରୁବ। ଜୀବନ ହିଁ ଧ୍ରୁବ। ('ଜୀବନାନନ୍ଦ' ଧ୍ରୁବ ନୁହେଁ। ସେ ମିଥ୍ୟା)

ସେ ମିଥ୍ୟା। ତା ହେଲେ ଅକାରଣରେ ସେ ନିଶା ଖାଇ ଅଭିନୟ କରୁଛି । ଧ୍ରୁବ ହିଁ ଏକମାତ୍ର ଲକ୍ଷ୍ୟ।

(ଜଲି ଏକ ଜୁଆଖେଳ। ଘୋଡ଼ାଦୌଡ଼। ମିଛ ମିଛ....)

ଧ୍ରୁବକୁ ହିଁ ପାଇବାକୁ ହେବ। ଜୀବନକୁ ତେଣୁ ଆବିଷ୍କାର କରିବାକୁ ହେବ....ଏବଂ ଜୀବନାନନ୍ଦ ଦେଖୁଛି ପୂର୍ବାଶାରେ ରକ୍ତ.....କେବଳ ରକ୍ତ....

ନା, ନା, ଯାହା ଧ୍ରୁବ, ତାହାହିଁ ଧ୍ରୁବ। ତାକୁ ହିଁ ପାଇବାକୁ ହେବ। ଧ୍ରୁବ ଦିଗକୁ ଆଗେଇଯାଉଛି ଜୀବନାନନ୍ଦ କ୍ରମଶଃ....

ସେ ନିଶା ଖାଇଛି । ଅଭିନୟ କରିଛି। ରକ୍ତ ଖେଳିଛି। ମିଛ ଦେଖିଛି। ନିଶାରେ ଭୁଲିଯାଇଛି ସବୁ କିଛି। ଭୁଲିଯାଇଛି ପୃଥ୍ୱୀକୁ। ନିଜକୁ। ଆତ୍ମାକୁ। ଜୀବନକୁ। ସତ୍ୟକୁ....

ନିଶା ତାକୁ ଘାରିଛି। ମାୟା ଘାରିଛି। କୁହୁକ ଘାରିଛି।

ଜୀବନ ଧ୍ରୁବକୁ ହିଁ ପାଇବ। ନିଶାକୁ ଭୁଲିବ। ରକ୍ତ ଝରିଲେ, ଝରୁ। ଦେହ ସରିଲେ, ସରୁ। ପୃଥ୍ୱୀ ପ୍ରଳୟ ହେଲେ, ହେଉ। ....ସେ ଧ୍ରୁବକୁ ହିଁ କେବଳ ପାଇବ....

କ୍ରମଶଃ ଧ୍ରୁବତାରା ଦିଗକୁ ଆଗେଇଯାଉଛି ଜୀବନାନନ୍ଦ।

ନା, ନା, ସେ ଭୁଲ୍ କରିଛି। ନିଶା ଖାଇଛି। ଭୁଲିଯାଇଛି ନିଜକୁ। ଆତ୍ମାକୁ। ଜୀବନକୁ। ସତ୍ୟକୁ। ବିହ୍ୱଳ ହୋଇଛି। ପାଗଳ ପ୍ରାୟ ହୋଇଛି।

ଜୀବନ କ'ଣ ନିଶା ଖାଇ ନାହିଁ? ସେ କ'ଣ ନିଶା ପିଇ ନାଇଁ।

(ହଁ, ସେ ଖାଇଛି । ପିଇଛି । ନିଶା ।)
କ୍ରମଶଃ ରକ୍ତ ପୂର୍ବାଶାରେ ।
ଜୀବନ ଆଗେଇଛି । ଦୌଡୁଛି.....

XXX

ରାତିର ରତି ଶେଷ । ନିଶାକାଳ ଶେଷ । ଅନ୍ଧାରର ବି ।
ପୁନଶ୍ଚ ପକ୍ଷୀର କାକଳି । ଶୁଭ ଶଙ୍ଖଧ୍ୱନି ମନ୍ଦିରରୁ.....

ଅଥଚ ଏକ ହଇଚଇ । ହଷ୍ଟେଲ୍‌ର ଛାତ୍ରମାନଙ୍କ ମଧ୍ୟରେ । କିଏ ଯେ' ବିଲ୍‌ଡିଙ୍ଗ୍‌ରୁ ପଡ଼ିଯାଇଛି ! ଓଃ.....କେତେ ରକ୍ତ.......

ପଡ଼ିଆରେ ପଡ଼ିରହିଥିବା ଯୁବକର ନାକରେ ଜଣେ କେହି ହାତ ଦେଲା । ନିଃଶ୍ୱାସ ଚାଲିଛି । ଚେତନା ସଂପୂର୍ଣ୍ଣ ଲୋପ ପାଇ ନାହିଁ ।

"ଚେତନାର ଅଭ୍ୟୁଦୟ ପାଇଁ ଚେଷ୍ଟା କର; ଚଞ୍ଚଳ କର...."

ଆଉ ଜଣେ କେହି କହୁଛି- "ଏ ଯେ ଜୀବନାନନ୍ଦ......ଜୀବନ......."

ବାପାଙ୍କ ଲୁହ

ନାରୁ ମହାନ୍ତି

'ଘର କୋଉଠି ?' ବୋଲି ଆପଣ ଯେତେବେଳେ ପଚାରନ୍ତି ସାର୍, ମୋର ସର୍ବାଙ୍ଗ କାହିଁକି ଥରି ଉଠେ, ଆପଣ ବୋଧହୁଏ ଜାଣନ୍ତିନି। ଜାଣିବାକୁ ମୁଁ ସୁଯୋଗ ଦେଇନି ଆପଣଙ୍କୁ, କେବେବି ସୁଯୋଗ ଦେବାକୁ ଚାହେଁନା। ଆପଣ କିନ୍ତୁ ଠିକ୍ ଜାଣିଯିବେ ସାର୍ ।

କେମିତି ଆକାଶରୁ ଖସି ପଡ଼ିଲି ମାଟି ଉପରେ, ନ ହେଲେ ସେଇ ମୋର ବାପା ମାଆର- ଯିଏ ମୋ' ବାପା ମାଆ ହେବାକୁ ପସନ୍ଦ କଲେ, ଆପଣ କାହିଁକି ପସନ୍ଦ କଲେନି, ଆପଣଙ୍କୁ ତ ଚିହ୍ନିଲି ଏଇ, ଆଗରୁ ଯାହା ଯେମିତି ଜାଣିଥିଲି ଆପଣଙ୍କୁ, ସେଗୁଡ଼ା ଆସ୍ତେ ଆସ୍ତେ ପରଖି ନେବି ଯଦି କେବେ ମୁଁ ଇଚ୍ଛାକରେ ଯେ ମୋ' ବାପା, ମୋର ବାପା ନହୋଇ ଆପଣ ଯଦି ମୋର ବାପା ହୋଇଥାନ୍ତେ। ତେବେ ମୋ' ମାଆ, ସେଇ ଅଦ୍ୱିତୀୟା ମାଆ ହେବା ପାଇଁ ଧରନ୍ତୁ ଆପଣଙ୍କର ସୁଯୋଗ୍ୟ......ନା, ସେକଥା ଜଣା ନାହିଁ ମତେ, ଆଗ୍ରହ ଅବଶ୍ୟ ଅଛି, ବ୍ୟାକୁଳ ନୁହେଁ ମୁଁ ଚିହ୍ନିବାକୁ ଆପଣଙ୍କର ଧର୍ମପତ୍ନୀଙ୍କୁ, ଯେମିତି ଆପଣଙ୍କୁ ବି । ଅନହୁତି ସୁଯୋଗ ଆସିଗଲା, ଆପଣଙ୍କୁ ଚାହିଁବା ମାତ୍ରେ ମୋର ମନେ ହେଲା ଆପଣ ଯଦି ମୋର ବାପା....

ହଉ ସାର୍, ସେତିକିରେ ଥାଉ, ଅଧିକା ପଚାରି ମୋତେ ଅପ୍ରସ୍ତୁତ କରନ୍ତୁନି ନିଜେ ଅପ୍ରସ୍ତୁତ ହେବାକୁ । ମୋର ବାପାଙ୍କ ସ୍ଥାନକୁ ଆପଣଙ୍କୁ ଉଠିବାକୁ ହେଲେ ବା ଖସିବାକୁ ହେଲେ ହିସାବ-କିତାବ କରି ମୁଁ ଜାଣୁଚି ଆପଣଙ୍କୁ ହଠାତ୍ ଆହୁରି ପଚିଶ ବର୍ଷ ହୁ' କରି ବଢ଼ିଯିବାକୁ ହେବ, ମୋ' ମୋଟା ନିଶଠୁଁ ଆହୁରି ମୋଟା ନିଶଟିଏ

ଚାହୁଁ ଚାହୁଁ ଗଳୁରେଇବାକୁ ହେବ ଆପଣଙ୍କୁ ନିଜ ନାକ ତଳେ, ଯେଉଁଠି ଆପଣଙ୍କର ବେଶି ହେଲେ ହଜାରେ ଖଣ୍ଡେ ପତଳା କହରା ରୁମର ସନ୍ଧାନ ମିଳୁଚି ମତେ, ମୋର ଚଷମାଲଗା ଆଖିରେ। ତା'ପରେ କ'ଣ ? ହଁ, ତ୍ରିପଣ୍ଡ କଳା, ମୁଗୁନି ପଥୁରିଆ ନୁଖୁରା ଚେହେରା, ହାଡୁଆ ମୁଦ୍‌ଗର ପରି କୁସ୍ତିକରା ମହାବିକ୍ରମ ପୁରୁଷ ଯାହାର କିଳିକିଳା ରଡ଼ିରେ ଗଗନ ପବନ ପ୍ରକମ୍ପିତ ହେଉଥିଲା, ସାରା ଖଣ୍ଡମଣ୍ଡଳରେ ହୁରି ପଡୁଥିଲା- ଏ ଧରଣୀଆଟା ସବୁ ଧ୍ୱଂସ କରି ଶେଷରେ ଧ୍ୱଂସ ହବ, କେହି ତାକୁ ରକ୍ଷା କରି ପାରିବେନି, ନ ହେଲେ, ବେଳକୁ ବେଳ ସେ ଏମିତି ଉତୁରୁଚି କାହିଁକି ?

ଧ୍ୱଂସ ତ ହୋଇଗଲା ଧରଣୀଆ- ଧରଣୀଧର ନାଆଁଟାକୁ କିଏ ଆଉ ଧରି ରଖିବ ? ମାଟ୍ରିକ୍ ପାସ୍‌କରା ମୁରଲୀମାଷ୍ଟର ଅଛି ଯେ ପରମାନନ୍ଦ ଖଣ୍ଡେଇ 'ଗଣିତ-ସମ୍ପଦ' ଏମୁଣ୍ଡରୁ ସେ ମୁଣ୍ଡ ପୃଷ୍ଠା ପରେ ପୃଷ୍ଠା ଜଳବତ୍ ତରଳମ୍ କରି ଧରଣୀଧର ମାଷ୍ଟରର ତଳମୁହାଁ କାଙ୍କ ସବା ଉପର ଗୁଣବନ୍ତକୁ ବେଞ୍ଚ ଉପରେ ଛିଡ଼ା କରେଇ ପଚାରିବ- କହିଲୁ ଆରେ ତେଇଶି ନୂଆଁ କେତେ- ହ୍ୟାଳିପ ବୋପା ଗାଁ ଟା ଭିତରେ ଆଁଟା କରିଚି ପୁଅ ନାଆଁଟା ରଖିବ ବୋଲି, ଆଉ ପୁଅ ଏଠି ବାଲିଙ୍ଗି ମାରୁଚି, ଚୁପ୍, କାନ ମୋଡ଼ି ବସିପଡ଼।

ନମସ୍ତେ ମୁରଲୀ ସାର୍ ! ଆପଣ ମୃତ ନା ଜୀବିତ, ଖବର ନେବାକୁ ଫୁର୍‌ସତ୍ ଥାଇପାରେ ମୋର, କିନ୍ତୁ ମୁଁ ଚାହେଁନା ଯେହେତୁ ମୁଁ ଏବେ ଆପଣଙ୍କଠୁଁ ବହୁତ ଉପରେ। ଦେଖା ହେଲେ ଆପଣ ସିନା ବାଟକାଟି ଚାଲିଯିବେ ମତେ, ମୁଁ କିନ୍ତୁ ଆପଣଙ୍କୁ ଚିହ୍ନିପାରିବି ନାହିଁ, ଚିହ୍ନିଲେ ବି ମୋର ଅଣ୍ଟା ନଇଁବ ନାହିଁ ଆପଣଙ୍କୁ ତଳୁଆ ଜୁହାରଟିଏ ଦେବାକୁ। ମୋର ଅଣ୍ଟା ମୋଟା, ନିଶ ମୋଟା ଏବଂ ସବା ଉପରେ ବାଳ ଛୋଟ, ମୁଁ ଫଟ୍‌ଫଟି ଚଢ଼ି ମହା ଉଚ୍ଚାଟ ଲୀଳାରେ ମାତିଚି ଏବେ, ଫାଇଲ୍ ଫିଗରବାଲାଙ୍କୁ ତ ମୁଁ ବାଳ ପ୍ରମାଣେ ଖାତିରି କରୁନି, ଆଉ ଆପଣଙ୍କ କୋଉ ହାଇପେନ୍‌ର ହାଇପେନ୍ ! ହେଲା ?

ନାଇଁ ସାର୍, ମୁଁ ଆପଣଙ୍କ 'ତେଇଶି ନୁଆଁ'କୁ ଡରୁନି କି ମନେ ରଖିନି ତେଇଶି ନୁଆଁ କେତେ- ମୋ' ପକେଟ୍‌ରେ, ମାନେ ମୋ ହାଣ୍ଡ୍‌ବ୍ୟାଗ୍‌ରେ ଥାଏ ସର୍ବଦା ପକେଟ୍ କାଲ୍‌କୁଲେଟରଟାଏ- ଯେତେ ବଡ଼ ଗୁଣନ କି ହରଣ, ଯୋଗ କି ବିଯୋଗ, ଟିପା ମାରିଲା ମାନେ ଚଟାପଟ୍ ନିର୍ଭୁଲ ହିସାବଟା ଥୁଆ। ଆମ ପାଇଁ ଏବେ ଯାହା ମେସିନ୍ ଆଖି ପିଛୁଳାକେ କରି ଥୋଇ ଦଉଚି, ସେଥିପାଇଁ ଆପଣଙ୍କ ବେତ୍ରାଘାତକୁ ଡରି, ବେତ୍ରାଘାତ ଖାଇ ଖାଇ ତଥାପି ଯଦି ଭୁଲ୍ ହେଲା- ସେଥିଲାଗିତ ମେସିନ୍ ! ଏଣିକି ଆପଣ ଅଚଳ, ଆପଣଙ୍କ ଫର୍ମୁଲା ଅଚଳ, ଆପଣଙ୍କ ପରମାନନ୍ଦ

ଖଣ୍ଡେଇ 'ଗଣିତ-ସମ୍ପଦ' ଅଚଳ। ଏଥର କ'ଣ ଆଉ ଥରେ ଦୋହରାଇବି-ହେଲା ?

କିଛି ହେଲା ନାହିଁ ସାର୍, ସବୁଟା ନୋହିଲା। ଧରଣୀଧର ମାଷ୍ଟରଙ୍କର ମୁଁ ସବା ଉପର ଗୁଣବନ୍ତ ବଂଶୀଧର ଏବେ ହରଦମ୍ ବଇଁଶୀ ଫୁଙ୍କୁଛି। ହାତ ଟେକି ସ୍ୱର୍ଗକୁ ନେହୁରା ହଉଚି- ତୁ ଖସିପଡ଼ିଲେ ଆକାଶ, ମୋତେ, ମୋ' ସହିତ ଏ ସମସ୍ତଙ୍କୁ ରସାତଳକୁ ଦାବି ଦେ। ନ ହେଲେ ଏଠି ଗୋଟିଏ ମୁହୂର୍ତ୍ତ ଗୋଟିଏ ଯୁଗ ପରି-ଚକ୍ରବତ୍ ଘୂରି ଘୂରି ଏଠି କୂଳ କିନାରା ମିଳୁନି ମତେ। ମୁଁ ଯେତେ ପାଉଚି, ଆହୁରି ବଢୁଚି, ଛିଣ୍ଡୁଚି, ଯାହା ଯେମିତି ଥିଲି, ସେମିତି ରହିଚି, ଘଡ଼ିକେ ଆକାଶ, ଘଡ଼ିକେ ପାତାଳ ଦର୍ଶନ କରୁଚି, କିଛି ଠିକ୍ ଜାଣିପାରୁନି, 'ସତ' 'ମିଛ'ର ସଂଜ୍ଞା ବଦଳିଗଲାଣି ମୋ' ପାଇଁ, ମୁଁ ବଞ୍ଚିଛି କାହିଁକି, ମରୁନି କାହିଁକି, ନିଜ ଉପରେ ସବୁ ରାଗ ସୁଝେଇ ଦବାକୁ ମନ କହୁଛି, ପୁଣି ପିମ୍ପୁଡ଼ିଟେ କାମୁଡ଼ି ଦେଲେ ତାକୁ ଗୋଡ଼ ତଳେ ଦଳି ଚକଟି ମାରି ନ ଦେବା ପର୍ଯ୍ୟନ୍ତ ରାଗ କମୁନି, କାହାର ନାଲି ଆଖି ଦେଖି ସାଙ୍କୁଡ଼ି ଯାଉଛି ତ ପରକ୍ଷଣକୁ ଆଉ କାହାକୁ ନାଲି ଆଖି ଦେଖାଇ ଜବତ୍ କରୁଚି ମୁଁ। ମୋର ଏ ଦଶା କାହିଁକି ସାର୍ ?

ଶୂନ୍ୟକୁ ଡାକ ଶୁଭିଲା ପରି ଲାଗିଲା ବଂଶୀଧରକୁ- ଇଏ ଆଉ କେହି ନୁହେଁ, ତୋର ବାପା ଧରଣୀଧର ଉପରୁ କୁହାଟୁଚି- ଶୁଣ ବେଟା, ତୁ ଥିଲୁ ମୋର ସନ୍ତାନ, ପ୍ରକୃତରେ ଦ୍ୱିତୀୟ, ତୋର ଠିକ୍ ଉପରଟା ପୋଖରୀରେ ବୁଡ଼ି ମରିବା ଦିନୁ ମୋର ମୃତ୍ୟୁ ପର୍ଯ୍ୟନ୍ତ ତୁ ଥିଲୁ ମୋର ପ୍ରଥମ। ମା'ଗର୍ଭରେ ତୋର ଭ୍ରୂଣ ସଞ୍ଚାର ବେଳେ ମୋର ବୟସ କେତେ ଥିଲା ଜାଣୁ-ତିରିଶି। ମୋର ସମସ୍ତ ପରିପକ୍ୱତାର ତୁ ଥିଲୁ ବାସ୍ତବ ଅଧିକାରୀ ମୋର ସ୍ୱପ୍ନ, ଅହଂକାର, ମାନସମ୍ମାନ, ଦୁଃଖ, ଅବଶୋଷ-ସବୁକିଛିର ତୁ ଥିଲୁ ଏକମାତ୍ର ଉତ୍ତରାଧିକାରୀ। ତୋ' ମୁହଁକୁ ଚାହିଁ ମୁଁ କଳନା କରୁଥିଲି ଏଇ ସବାବଡ଼ ପୁଅଟି ମୋର ଦିନେ ମୋ' ନାଁ ରଖିବ-ତା' କାର୍ଯ୍ୟକଳାପ ଦେଖି ଲୋକେ ଜାଣିବେ, ଥୋକେ ହୁଏତ ମନେ ରଖିବେ ମୋର ନାଁ ଗାଁ- ସେତିକି ହବ ମୋର ପରକାଳର ପୁଞ୍ଜି, ଯାହାକି ମୋର ଇହକାଳର ସ୍ୱପ୍ନ ଥିଲା। ହଉ, ଭଲ ହେଲା, ତୁ ଯେତେ ପାରୁଚୁ ମାଡ଼ିଯା, ଚଷିଯା, ରହ୍ଲାଳି ଯା, ଏମିତିକି ଭୁଲିଯା ମୋ' ପରି ଗୋଟେ ଅକର୍ମା ପୁରୁଷ ତୋର ବାପ ଥିଲା। ଖାଲି ସେତିକି ନୁହଁ, ଗୋଟି ଗୋଟି କରି ତୋର ସମସ୍ତ ଦୁଃଖପୂର୍ଣ୍ଣ ବାଲ୍ୟବୃତ୍ତାନ୍ତ ଯେତେ ଶୀଘ୍ର ପାସୋରି ପାରୁ ପାସୋରି ଦେ, ଏପରିକି ତୋର ଭିଟାମାଟି, କୁଳକୁଟୁମ୍ବ, ପିଲାଦିନର ସାଙ୍ଗ-ସାଥୀ, ମୁରବି ସ୍ଥାନୀୟ ବ୍ୟକ୍ତିମାନଙ୍କୁ ବାଟ-ଘାଟ-ହାଟର ଲୋକ ପରି ଭୁଲିଯା, ତେବେ ଯାଇ ତୋର ମଙ୍ଗଳ ହେବ।

ଯେତେ ଦିନଯାକ ତୁ ପିଛିଲା କଥା ମନେ ପକୋଉଥିବୁ, ସେତେଦିନ ଯାକେ ହୀନମନ୍ୟତା କାବୁ କରିଥିବ ତତେ, ମନେ ପଡୁଥିବ ମୁଁ ୟାର ପୁଅ, ତା'ର ଭାଇ, ଏମିତି ଘରେ ବଢ଼ିଚି, ସେମିତି ଗାଁରେ ଚଳିଚି- ଏସବୁ ଅଛ୍ଳ ଲୋକଙ୍କ କାମ ମଳିମୁଣ୍ଡିଆ ଔରସରୁ ଜନ୍ମି, ମଳିମୁଣ୍ଡିଆ ସ୍ମୃତିକୁ ପୁଞ୍ଜିକରି ଏ ଦୁନିଆଁରେ ମଣିଷ ହବା କାଠିକର ପାଠ- ସୁତରାଂ ଅତୀତ ସମସ୍ତେ, ନମସ୍ତେ - ଆଣ୍ଡ ଅଲ୍ ୟୁ ଗୋ ଟୁ ହେଲ୍!

॥ ଦୁଇ ॥

ଅଗିରା ପୂନେଇଁ ଚାରିଦିନ ଆଗର ଫାଳିକିଆ ଜହ୍ନକୁ ବାଲ୍‌କୋନିରେ ବସି ଏକ ଲୟରେ ଚାହିଁବାକୁ ବାଧ ହେଇ ପଡ଼ିଚି ବଂଶୀଧର। ଲୋଡ୍‌ସେଡ଼ିଙ୍ଗ୍ ଚାଲିଚି ପୂରା ଦମ୍‌ରେ ସାରା ଦିନର ଛଅ ଘଣ୍ଟା ଲୋଡ୍ ସେଡ଼ିଙ୍ଗ୍‌ରେ ଚଳିଲାନି ଯେ ରାତି ଆଠରୁ ଦଶ ପର୍ଯ୍ୟନ୍ତ ଅନ୍ଧାର। ଧନ୍ୟ କହିବ ଏ ଜହ୍ନକୁ, ଧନ୍ୟ କହିବ ସେଇ ରସାନନ୍ଦ ନର୍କକୁ। ରସାନନ୍ଦର ଜିଦି ଆଉ ରାଗର ଗୋଳା ଫେଣ୍ଟା ପରିଣାମରୁ ବଂଶୀଧରକୁ ଯଦି ଏଇ ଉପରତାଲା ତେରେଛା ପଶ୍ଚିମ ମୁହାଁ କ୍ୱାଟର୍‌ଟା ମିଳି ନଥାନ୍ତା, ସିଏ କ'ଣ ଆଜି ଏମିତି ବାଲ୍‌କୋନିର ଆରାମ ଚେୟାର୍‌ରେ ଦୋହଲି ଦୋହଲି ବାଲ୍‌କୋନିର ଷ୍ଟିଲ୍ ଆଡ଼ି ଉପରକୁ ତା'ର ଖୁରା ଦିଇଟା ଟେକି ଦେଇ, ଜହ୍ନମୁହାଁ ବସି ରହି, ସୁଲୁସୁଲିଆ ଶୀତୁଆ ହାୱାରେ ଲୋମଟାଙ୍କୁରା ଉନ୍ମାଦନାରେ ଆଖିବୁଜି ମସ୍‌ଗୁଲ୍ ରହିଥାନ୍ତା, ତା'ର ଅତୀତ ରୋମନ୍ଥନରେ!

କେତେ ହବ- ବାଇଶିବର୍ଷ ନା ବତିଶି ବର୍ଷ, ତିରିଶି ବର୍ଷରୁ କମ୍ ହବନି ଜମା। ଆଉ ଗୋଟାଏ ଅଗିରା ପୂନେଇଁ। ନାଳିବର-ଗୋପାଳପୁର ଦଳର ସେଇ ଡୁଏଟ୍‌ଟା। କ'ଣ କହିବା ଆଉ ରାଧେ!! ରାଧେ ନାହାଁନ୍ତି? ଆପଣଙ୍କୁ କହୁଚି, ଚୁପ୍‌ଚାପ୍ ଶୁଣନ୍ତୁ। ଆଃ, ଦେହଟା ଏମିତି ଶିରଶିରେଇ ଉଠୁଚି କାହିଁକି? ଗୁଲଗୁଲିଆ ପୁଅ ପିଲାଙ୍କୁ ଦେଖିଲେ ଚମକି ଉଠେ ବଂଶୀଧର-ପୁଣି ସେଇ ଯୋଉ ପୁଅପିଲାଟା ହେଇଥିଲା ଡୁଏଟ୍‌ରେ ହିରୋଇନ୍ - ତମେ ଜାଣିଚ ସେ ପୁଅ, ହେଉଚି କିନ୍ତୁ ସେ ଝିଅ- ସେଇ ହିରୋଇନ୍‌ର ନାଲି ନାଇଲନ୍ ଶାଢ଼ିକାନି ଧରି ଚକ୍କର କାଟୁଥିଲା ତା'ର ଗେଡୁ ହିରୋଟା ଡୁଏଟ୍‌ରେ- ବୋଲୁଥିଲା ହିନ୍ଦୀ ସିନେମା ଗୀତ ସ୍ୱରରେ - ତୋର ଡଉଲଡାଉଲ ମୁହଁକୁ ଚାହିଁ ମରି ଯାଏନା ମୁଁ, ରସ ଯାଆ ଚାଲିଯା/ ତୋର ଜହ୍ନିଫୁଲିଆ ଗାଲରେ ସେଇ ନାଲି ଠୋପାଟା ମୁଁ, ରସ ଯାଆ ଚାଲି ଯା!!

ଡୁଏଟ୍ ଦେଖି ବଂଶୀଧର କୁରୁଳୁଥିଲା, ନିଜ ହାପ୍‌ପ୍ୟାଣ୍ଟକୁ ଥରକୁ ଥର

ସଜାଡୁଥିଲା, ମନେ କରୁଥିଲା ହଠାତ୍ କରି ଯଦି ଅନ୍ଧାର ହେଇ ଯାଆନ୍ତା, ସେ ହିରୋଇନ୍‌କୁ ଧରି ମାରନ୍ତା ଚମ୍ପଟ ଯେ କେହି ତା'ର ପତ୍ତାବି ପାଆନ୍ତେ ନାହିଁ । ଆଉ ଠିକ୍ ସେତିକିବେଳେ ପଡ଼ିଲା ବ୍ରହ୍ମଚଡ଼କ ।

ଥାଟପଟାଳ ଲୋକଭିଡ଼, ଥାଳି ମାରିଲେ ଥାଳି ଖସିଯିବ କାହିଁ ନା କେତେ ଦୂର ଲୋକଙ୍କ ମୁଣ୍ଡ ଉପର ଦେଇ । ଏମନ୍ତ ଭିଡ଼ରେ କେମିତି, କୋଉବାଟେ ପଶି ଆସିଲେ କୋପାନଳ ଉଦ୍ଦଣ୍ଡ ପିତୃ ମହୋଦୟ ଶ୍ରୀ ଧରଣୀଧର । ବଂଶୀଧର ତ ମସ୍‌ଗୁଲ୍, ସବୁଯାକ ଦାନ୍ତକାଢ଼ି, ଆଁ ଫାଡ଼ି ଅନେଇଚି ସେ ଡୁଏଟ୍‌କୁ । କାନଟାକୁ ଛାଟିଦେଲା ସେ ବିରକ୍ତିରେ ଏବଂ ପୁଣି ନିକିଟି କରି ଅନେଇଲା ହିରୋ-ହିରୋଇନ୍‌ଙ୍କୁ । କାନରେ ଗୋଡ଼ି ପୂରେଇ ରଗଡ଼ିଲା ପରି ଖୁବ୍ ଜୋର୍‌ରେ ଧରଣୀଧର ଆଉ ଥରେ ରଗଡ଼ି ଦେଲେ ତା' କାନମୂଳକୁ ଏବଂ ଭିଡ଼ି ଭିଡ଼ି ଓଟାରି ନେଲେ ତାକୁ ସଭା ଭିତରୁ । କିଛି ବୁଝିପାରିଲାନି ବଂଶୀ ବାପାଙ୍କୁ ଦେଖି ହାଲ୍‌କ ଉଡ଼ିଗଲା ତା'ର । ତିନି ପହର ରାତି, କାହିଁନା କେତେ ଭିଡ଼, ତା' ଭିତରେ ଉଣ୍ଡି ଉଣ୍ଡି କେମିତି ଠାବ କଲା ତାକୁ ବାପ ? ଆଗ ପଛ କିଛି ନ ବିଚାରି, ଏତେ ବଡ଼ ଜନସମାଜ ଭିତରେ ଟିକେ ସୁଦ୍ଧା ତାଙ୍କୁ ଲାଜ ସରମ ଲାଗିଲାନି ଯେ ଷୋହଳବର୍ଷିଆ ପୁଅଟାର କାନଧରି ଓଟାରି ଓଟାରି ଭିଡ଼ି ନେଲା । ଇଏ ବାପ ନା ମସ୍ତାନ ? ଚୋର ନା ଖଣ୍ଟ ? ମାରିବ ନା ହାଣିବ ? ପୁଅର ଇଜ୍ଜତ୍ ନେଇ ନିଜର ଇଜ୍ଜତ ଦେଲା ।

ଯାତ୍ରା ଜାଗାରୁ ବେଶ୍ କିଛି ଦୂର । ଟେକା କିଆରି, ଧାନକଟା ଜମିରେ ହଳପଡ଼ି ମାଳ ମାଳ ଛୋଟ ବଡ଼ ଶୁଳା । ତା'ରି ମଝିରେ ବାପ ଆଉ ପୁଅ । ଆକାଶରେ ତରାଟ ଫୁଲିଆ ଜହ୍ନ । ଘୋ ଘୋ ପିଟୁଚି ଅଦିନିଆ ଦକ୍ଷିଣାପବନ । ଦେହ ଶିତେଇ ଉଠିବା କଥା । କିନ୍ତୁ ବଇଁଶୀ ଦେହରୁ ଗମ ଗମ ଝାଳ ବୋହୁଛି । ତଣ୍ଟିଆ ପରେ ତଣ୍ଟିଆ, ବିଧାଟାଏ ନହେଲେ ଚାପୁଡ଼ାଟାଏ । ସବୁ ଖାଉଚି ବଇଁଶୀ । ଖାଇ ଖାଇ ଦୌଡୁଚି ଟେକା କିଆରି ମଝିରେ ସେ । ତା' ପଛେ ପଛେ ଧରଣୀଧର ଚାଲ ଶଳା ଘରକୁ, ତତେ ଆଜି ବଧ କରିବି, ତତେ ମାରି ତୋ' ରକ୍ତରେ ଚିତା ନାଇବି । ଶଳା ପୁଅ ହେଇଚୁ ମୋର, ପୁଅ ନା ଖଣ୍ଟ, ଶଳା ଡକାୟତ- ଚାଲ ତୁ ଆଗ, ତୋର ଦିନେକୁ ମୋର ଦିନେ ।

- କି ଚୋରି ? କି ଡକାୟତି ? କଲି କ'ଣ ମୁଁ, ଇଏ କି କଥା-କାନମୁଣ୍ଡା, ସାରା ଦେହଟା ଝାଇଁ ଝାଇଁ ହେଇ ଯାଉଥାଏ, କିନ୍ତୁ ମାଡ଼ ଖାଇ, ପୁଣି ମାଡ଼ ଭୟରେ କିଲି କିଲି ହେଇ ବଇଁଶୀ ଦୌଡୁଥାଏ ଟେକା କିଆରିରେ । ବାଟ ଘାଟରେ ମାଡ଼ ଖାଇବା ଅପେକ୍ଷା ଚାରିକାନ୍ଥ ଭିତରେ ଖୁଣ୍ଟରେ ବନ୍ଧା ହେଇ ଛେଚା ଖାଇବା ଭଲ ।

କେହି ବାହାର ଲୋକ ତ ଦେଖିବେ ନାହିଁ- ଦେଖିଲେ ଦେଖିବ ତା ବୋଉ ଆଉ ସାନ ଭାଇ ଦିଇଟି। ହେଲେ ଦୋଷ କ'ଣ? ଯାତ୍ରା ଦେଖିବାକୁ ଆସୁଚି ବୋଲି ସେ ବୋଉକୁ କହି ଆସିଥିଲା । ଆଉ ବୋଉ କ'ଣ ବାପାଙ୍କୁ କହିନି? ନା କହିଚି ଯେ ବଇଁଶୀ ଲୁଚିକି ପଳେଇ ଯାଇଚି ଘରୁ! ହେଲା ଏବେ ସେଇଟା ସତ, ତା ବୋଲି ସେ ଚୋର ଡକେଇତ ହେଲା କେମିତି?

ଟେକା କିଆରି ଟପି ଗାଁମୁଣ୍ଡ ରାସ୍ତାରେ ଦୌଡୁଥାଏ ବଇଁଶୀ ଘର ମୁହାଁ ଏବଂ ଭାବୁଥାଏ- ଇଏ ତ ବାପାଙ୍କ ଗାଳି ଦବା ଢଙ୍ଗ। କାହିଁକି କେତେ ଖରାପ ଭାଷାରେ ଗାଳି ଦେବେ ସେ ଯୋଉ କାର୍ଯ୍ୟ କାରଣ ଟିକେ ସୁଦ୍ଧା ସମ୍ପର୍କ ନଥିବ- ରାଗ ତାଙ୍କ ବ୍ରହ୍ମଚଣ୍ଡାଳ, ମାରି ମାରି କବିରା କରିବେ, ରାଗ ଥଣ୍ଡା ହେଲେ ଯାଇ ମାରିବାର କାରଣ ବତେଇବେ- ତେଣିକି ଦୋଷ ଥାଉ ବା ନ ଥାଉ।

ତାହାହିଁ ହେଲା । ଘରେ ପହଞ୍ଚିଲା ବେଳକୁ ବଇଁଶୀ ଦେଖିଲା ଦୁଆର ମୁହଁରେ କବାଟ ଦର ଆଉଜା କରି ତା' ବୋଉ ବସିଚି, ପାଖରେ ଲଣ୍ଠନଟା ଜଳୁଚି ମିଞ୍ଜି ମିଞ୍ଜି । ସେ ବୋଉକୁ ଗୋଇଠାଏ ମାରିବା ପରି ଧସେଇ ପଶିଗଲା ଘର ଭିତରକୁ ଏବଂ ଢକ ଢକ କରି ଢାଳରୁ ଅଧଢାଳ ପାଣି ଠିଆ ଠିଆ ପିଇ ପକେଇଲା।

ଏ ରାତି ସାରା-ଯେମିତି ତାକୁ ପାଣି ପିଇବାକୁ ହିଁ ହବ, ପାଣି ପିଇ ପିଇ ସେ ନୟାନ୍ତ ହବ, ହେଲେ ତଣ୍ଟି ଶୋଷ ମରିବ ନାହିଁ।

ଚାହୁଁ ଚାହୁଁ ଧରଣୀଧର ପଶି ଆସିଲେ ଘର ଭିତରକୁ ତା' ପଛେ ପଛେ ଏବଂ ଢାଏ କିନା ଥୋଇ ଦେଲେ ଗୋଟେ ବ୍ରହ୍ମଚାପୁଡ଼ା ବଇଁଶୀର କାନ ମୂଳେ। ଜଣା ପଡୁଥାଏ ଏଇଠୁ ଆଉ ଥରେ ସୁରୁ ହେଲା ତାଙ୍କ ଶାସନ- ଆଗରୁ ଯାତ୍ରା ପେଣ୍ଡାଲ୍‌ଠାରୁ ଘର ପର୍ଯ୍ୟନ୍ତ ସେ ଯାହା ଏପର୍ଯ୍ୟନ୍ତ କରି ଆସିଛନ୍ତି ସେସବୁ ପିଛିଲା କଥା, ସେଗୁଡ଼ାକ ବୋଧେ ଅନ୍ୟ କେଉଁଦିନର ଘଟଣାକୁ ନେଇ।

ବଇଁଶୀର ହାତ ଦୁଇଟାକୁ ଗୋଟେ ଖୋର୍ଦ୍ଧା ଗାମୁଛାରେ ତା' ପିଠି ପଛରେ ବାନ୍ଧି ପକେଇ ତା' କାନକୁ ଧରି ବାପା ପଚାରିଲେ- କହ ଶଳା, ମତେ ସତ ସତ କହ, ମୋ' ଟ୍ରଙ୍କ୍‌ରୁ ଦଶ ଟଙ୍କା ନେଲୁ କେତେବେଳେ। ଆରେ ଶଳା, ମୁଁ ତ କାଲି ସନ୍ଧ୍ୟାରେ ମୋ' ତିନି ମାସର ଦରମା ନବେ ଟଙ୍କା ଆଣି ଟ୍ରଙ୍କ ଭିତରେ ରଖିଲି । ତୋ' ମାଆ ଜାଣେନା କି କେହି ଜାଣେନା। ତୁ ତ ସେତେବେଳେ ସେଇଠି ନଡ଼ବଡ଼ ହଉଥିଲୁ। ପରେ ଗଣିକି ଦେଖିଲା ବେଳକୁ ଅଶୀ ଟଙ୍କା। ସେଥିରୁ ଦଶ ଟଙ୍କା ଗଲା କୁଆଡ଼େ? ଟଙ୍କା ନେଇ ଯାତ୍ରାରେ କୋଉ ଭିଣେଇକି ମପେଇ ଦେଇଚୁ? କାଢ଼ ସେ ଟଙ୍କା।

ଟଙ୍କା କଥା ଶୁଣି ଜ୍ଞାନ ଉଡ଼ିଗଲା ବଇଁଶୀର । ଯାତ୍ରାକୁ ଗଲା ବେଳକୁ ତା'

ପକେଟ୍‌ରେ ପାଞ୍ଚଟା ପଇସା ବି ନଥିଲା। ଏବେ ସେ ଦଶଟଙ୍କା କାଢ଼ିବ କୋଉଠୁ?

ଧରଣୀ ସେତେବେଳେ ମୂଳି ବାଉଁଶର ଗଣ୍ଠିଆ ଠେଙ୍ଗାଟିଏ ଧରି କଂସଦୂତ ପରି ଛିଡ଼ା ହେଇଗଲେଣି ବଇଁଶୀ ଆଗରେ । ଡିମା ଡିମା ନାଲି ଆଖିରେ ଦରପାଚିଲା ମୋଟା ନିଶ ଫୁଲେଇ ପୁଣି କୋବଲେଇଲେ ସେ- କିବେ ଟଙ୍କା କାଢ଼ି ଥୋଇବାକୁ କହୁଚିପା ତତେ! ଖୁଣ୍ଟଟା ପରି ଛିଡ଼ା ହେଇଚୁ କ'ଣ? ଟଙ୍କା କାଢ଼ିବୁ ନା ଏଥିରେ ମାରିବି ଗୋଟାଏ ଢିଅ।

ବଇଁଶୀର ସର୍ବାଙ୍ଗ ବରଡ଼ା ପତର ପରି ଥରି ଉଠିଲା। ଚରମବେଳା ଉପସ୍ଥିତ। କ'ଣ କରିବ, କେମିତି ରକ୍ଷା ପାଇବ ପିତୃ କୋପାନଳରୁ । ମୁଣ୍ଡଟା ତା'ର ପୁଣି ଝାଇଁ ଝାଇଁ ହେଇଗଲା । କ'ଣ କହି ସେ ବୁଝେଇବ ବାପାଙ୍କୁ ଯେ ସେ ତାଙ୍କ ଟଙ୍କା ନେଇନାହିଁ। ମହାପ୍ରସାଦ ଛୁଇଁ କହିଲେ ବି ସେ ବିଶ୍ୱାସ କରିବେନି ବରଂ ମହାପ୍ରସାଦ ସହିତେ ତାକୁ ଗୋଇଠା ମାଡ଼ରେ ଉଡ଼େଇ ଦେବେ। ପାଖରେ ମହାପ୍ରସାଦ ବା କାହିଁ? ନିଜ ମୁଣ୍ଡ ଛୁଇଁ କହିଲେ ସେ ମୁଣ୍ଡରେ ବସିବ ଠେଙ୍ଗା ପାହାର, ବାପାଙ୍କ ମୁଣ୍ଡ ଛୁଇଁବାକୁ ହାତ ବଢ଼େଇଲେ ସେ ହାତଟା ସବୁଦିନ ପାଇଁ ଅକାମୀ କରିଦେବେ ସେ। ଯେ କୌଣସି ରାଣ ନିୟମକୁ ସେ ଘୃଣା କରନ୍ତି, ସେପରି କଥା ଶୁଣିଲେ ତାଙ୍କର ରାଗ ଚାରିଗୁଣ ବଢ଼ିଯାଏ। କେଉଁ ଭାଷା, କେଉଁ ଆଶା, କେଉଁ ବିଶ୍ୱାସ ନେଇ ସେ ବୁଝାଇବ ଯେ ତାଙ୍କ ଟଙ୍କା ସେ ନେଇ ନାହିଁ।

ହଁ, ତାଙ୍କ ଟଙ୍କା, ବାପାଙ୍କ ଟଙ୍କା ଏଇ ଟଙ୍କାହିଁ ବାପ ପୁଅ ମଝିରେ ଏକ ଅଭେଦ୍ୟ ଦୁର୍ଗପରି ଦଣ୍ଡାୟମାନ। ସେଥିରେ ରକ୍ତ ସମ୍ପର୍କର କୌଣସି ଭୂମିକା ନାହିଁ ଯେପରି।

ସତ କଥା- ତିନି ମାସର ଦରମା। ଦିନକୁ ଗୋଟିଏ କରି ଟଙ୍କା, ନବେ ଦିନର ଦରମା ମିଳିଚି ଏକକାଳୀନ, ତାହା ପୁଣି, ଆହୁରି ତିନି ମାସ ପରେ। ଗୋଟିଏ ଦିନର ଦରମାରେ, ଗୋଟିଏ ଟଙ୍କାରେ ତିନି କିଲୋ ଚାଉଳ, ବାଇଗଣ କିଲୋକୁ କୋଡ଼ିଏ ପଇସା ଡାଲି କିଲୋ ବାରଣା- ଏମିତି ହିସାବ ସେତେବେଳକାର।

ପ୍ରାଇମେରୀ ସ୍କୁଲ୍ ଶିକ୍ଷକର ତିନି ମାସର ଦରମା ମିଳେ ମାନେ ତେଜରାତି ଦୋକାନୀ, ଲୁଗା ଦୋକାନୀ, ସାଇପଡ଼ିଶା- ସମସ୍ତଙ୍କର ବାକି ଆଉ ଧାର ସୁଝା ବେଳ, ତେଣୁ ଆଲୋଚନାର ବିଷୟ। ଧରଣୀମାଷ୍ଟ୍ର ଦରମା ପାଇ ଏମିତି ବିଜୁଳି ବେଗରେ ସାଇକେଲ୍ ଛୁଟେଇ ଥିବେ ଯେ ବାଟ ଘାଟରେ ଚିହ୍ନା ପରିଚିତ ଲୋକ ଦେଖିଲେ ଜାଣି ପାରିଥିବ- ମାଷ୍ଟ୍ରେ ଆଜି ଦରମା ପାଇଛନ୍ତି । ସେଥିପାଇଁ ତାଙ୍କର ଅଲଗା ଥାଟ, ଅଲଗା ରଙ୍ଗ ଢଙ୍ଗ। ବଇଁଶୀ ବୋଉ ବି ଦରମା ପାଇ ଆସିଥିବା ସ୍ୱାମୀ

ଆଗରୁ ହଟିଯିବ କିଛିଟା। ଲୁଗାଦୋକାନୀର ବାକି ସୁଝା ହେଲେ ତା ପାଇଁ କସ୍ତା ଖଣ୍ଡେ କିଣିହବ। ପୁଅମାନେ ନାକେଇ ରହିଥିବେ, ପାଟରା ଦୋକାନରୁ ତାଙ୍କ ପାଇଁ ଖଣ୍ଡେ ଲେଖା ରେଡିମେଡ୍ ପ୍ୟାଣ୍ଟ୍ କି ସାର୍ଟ କିଣାହେବ। ଅଧକିଲୋ ମାଂସ କି ଅଧକିଲିଆ ପକ୍ଷୀମାଛଟେ କିଣା ହୋଇ ଆସିବ- ଅନ୍ୟଦିନ ପରି କେରାଣ୍ଡି ଶୁଖୁଆ କି କେରାଣ୍ଡି ମାଛ ନ ହେଲେ ଗଡ଼ିଶା ମାଛ ଆସିବନି। ଯୋଗଥିଲେ ଟିଣ- ଡାଲଡା ଘିଅରେ ପୁରି କି ଲୁଚି ଛଣାଯିବ, ତା ସାଙ୍ଗକୁ ଗରମ ମସଲା ପଡ଼ି ବହଳିଆ ଆଳୁଦମ୍। ମଣ୍ଡା ଆଉ ଚକୁଳି ପିଠାରୁ ନିସ୍ତାର ମିଳିବ । ଏମିତି କେତେ କ'ଣ ଧରଣୀଧରଙ୍କ ଦରମା ମିଳିବାର ପର ପର୍ବସବୁ । ସେଥିରୁ ନବେ ଟଙ୍କାରୁ ଦଶଟଙ୍କା କୁଆଡ଼େ ହରଣଚାଳ । ଏଥିରେ ଖୋପୁଡ଼ି ଗରମ ନ ହେବ କାହାର, ପୁଣି ଧରଣୀମାଷ୍ଟ୍ରଙ୍କର ।

'ଆବେ ଶଳା ଟଙ୍କା କାଢ଼ି ଥୋଉଚୁ ନା ଦେଖିବୁ ଏଇକ୍ଷଣି', କହି ଠେଙ୍ଗାଟା ବଇଁଶୀର ତାଳୁ ଉପରକୁ ଉଠେଇବା ମାତ୍ରେ ସେ ହାତ ଯୋଡ଼ି ବାପାଙ୍କ ଗୋଡ଼ତଳେ ପଡ଼ିଯାଇ ଭୋ ଭୋ କାନ୍ଦି କହିଲା- "ମୁଁ ସତ କହୁଛି ବାପା, ମୁଁ ଟଙ୍କା ନେଇନି, ତମ ଗୋଡ଼ ଧରୁଚି ବାପା, ମୁଁ ତମ ଟଙ୍କା ନେଇନି, ମତେ ଏମିତି ମାରନା !"

ଭୋ ଭୋ କାନ୍ଦରେ ମାଟିଘର କାନ୍ଥ ଯେପରି ଛପର ଚାଳ ଫାଟି ପଡ଼ିବ ପରା। ଗାଁର ନିଛାଟିଆ ସ୍ତବ୍ଧ ବାତାବରଣକୁ ଚହଲେଇ ଦେଉଚି ବଇଁଶୀର ଆର୍ତ୍ତ ଚିତ୍କାର ଏବଂ ଧରଣୀଙ୍କର କଂସ-ରଡ଼ି। କେତେବେଳେ, କେଉଁ ମୁହୂର୍ତ୍ତରେ ଏହାର ଅବସାନ ହେବ ସ୍ୱୟଂ ଈଶ୍ୱରଙ୍କୁ ହୁଏତ ଅଜଣା !

॥ ତିନି ॥

କାଉ କା' କା' କଲା, ପୂର୍ବଦିଗରେ ସିନ୍ଦୂରା ଫାଟିଲା, ସକାଳ ହେଲା। କିନ୍ତୁ ବଇଁଶୀ ନ ମରି ବଞ୍ଚିଥିଲା। ଘରର ମଝିଖୁଣ୍ଟ ପାଖରେ ସେ ମାଟି ଚଟାଣ ଉପରେ ଖାଲି ଦେହରେ ମୁହଁମାଡ଼ି ଶୋଇଥିଲା। ତା' କଳା ପିଠିଟାରେ ତିନି ଚାରିଟା ଗେବ ବାହାରି ପଡ଼ିଥିଲା। ମୂଳି ବାଉଁଶ ଠେଙ୍ଗାରେ ଭୁସା ଖାଇ ତା' ପିଠିର ଏ ଅବସ୍ଥା।

ବୋଉ ଆସି ଚୁପ୍‌ଚାପ୍ ଠିଆ ହୋଇ ଦେଖିଲା। ରାତିସାରା ମାଡ଼ ଖାଇଥିବା ବଡ଼ପୁଅର ଅବସ୍ଥା ଦେଖି ତା ଆଖିରେ କେତେଥର ଲୁହ ବୋହି ମୁହଁ ଉପରେ ତା'ର ଚିହ୍ନ ରହି ଯାଇଥିଲେ ବି, ସେଥିରେ ଆଉଥରେ ପୁଣି ଦୁଇଟି ଧାର ବୋହିଗଲା। ସିଏ ବା କ'ଣ କରିଥାନ୍ତା ? ସେ ମୁହଁ ଖୋଲିଥିଲେ ତା'ର ବି ଅବସ୍ଥା ଖରାପ ହୋଇଥାନ୍ତା। ଅନେକଥର ସ୍ୱାମୀଙ୍କର ଏପରି ଅନ୍ୟାୟ କାର୍ଯ୍ୟ ବିରୁଦ୍ଧରେ ପାଟି ଖୋଲି ତା' ଦେହ

ମୁହଁ ସିଝିଚି। ଆଉ ଗତ ରାତିର ଘଟଣା ଥିଲା ଅଭୂତପୂର୍ବ। ମୁଣ୍ଡକୁ ପିତ୍ତ ଉଠିଲେ ମଣିଷ କେତେ ଜଘନ୍ୟ ହୋଇପାରେ, ତାହାର ଏକ ମର୍ମାଘାତୀ ଦୃଶ୍ୟ ସେ ସାରା ରାତି ଦୁଆର ମୁହଁରେ ବସି ଦେଖିଚି, ଦେଖି ଲୁହ ଗଡ଼ାଇଚି, ଅଥଚ ପାଟି ଖୋଲି ପ୍ରତିବାଦ କରିବାକୁ ସାହସ କରିନାହିଁ, ସାହସ ନ କରିବାରୁ ନିଜ ଭିତରେ ସନ୍ତୁଳି ହଉଚି।

କୋହ ସମ୍ଭାଳି ନ ପାରି ସେ ଭୋ କରି କାନ୍ଦି ଉଠିଲା। ପୁଅର ଫୁଲା ଉପରେ ଟିପଦେବା ମାତ୍ରେ 'ଉହୁଁ' କହି କଡ଼ ଲେଉଟାଇବାକୁ ଚେଷ୍ଟା କଲା। ଅଥଚ କଡ଼ ଲେଉଟାଇ ପିଠି ପାଖଟା ମାଟିରେ ମାଡ଼ି ହେଇଯିବା ମାତ୍ରେ ସେ ବେଶୀ ଯନ୍ତ୍ରଣା ଅନୁଭବ କଲା ଏବଂ ଶୋଇ ନ ପାରି ଉଠି ବସି ପଡ଼ିଲା।

ତା' ବୋଉ ଦେଖିଲା ବଇଁଶୀର ମୁହଁଟା ଅପେକ୍ଷାକୃତ ଗୋଲ ଦେଖାଯାଉଚି। ତା'ର ଚେପାମୁହଁ, ଠାକରା ଗାଲରେ ଯେମିତି ରାତାରାତି ମାଂସ ଲାଗିଯାଇଚି। ମୁହଁ ଉପରେ ବିଧା ଚାପୁଡ଼ା ଖାଇ ଖାଇ ମୁହଁର ଅବସ୍ଥା ଏପରି ହୋଇଯିବାଟା ସେ କଳ୍ପନା ସୁଦ୍ଧା କରିପାରୁ ନଥିଲା।

ସେଇ ସମୟରେ ବଇଁଶୀ କାନ୍ଦିବାକୁ ଚେଷ୍ଟା କରିବାରୁ ତା' ଓଠ ଚଡ଼ ଚଡ଼ କରି ଫାଟି ଯାଇ ସେଥିରୁ କିଛିଟା ରକ୍ତ ବାହାରି ପଡ଼ିଲା। ସେ ନିଜ ଜିଭରେ ସେ ରକ୍ତ ଟିକକ ଚାଟି ନେଇ ମୁହଁ ଉପରେ ଦୁଇ ପାପୁଲି ଦେଇ ଭେଁ କରି କାନ୍ଦି ଉଠିଲା।

ବୋଉ ଓ ବଡ଼ ଭାଇର କାନ୍ଦ ଶୁଣି ଆର ଘରୁ ବଇଁଶୀର ଦୁଇ ସାନଭାଇ ବିଛଣାରୁ ଉଠିଆସି ପାଖରେ ମୂକ ହୋଇ ଛିଡ଼ା ହୋଇଗଲେ। ସେମାନେ କାନ୍ଦି ପାରିଲେନି।

ଏ ସମସ୍ତ ଦୃଶ୍ୟ ଦେଖିବାକୁ ଧରଣୀଧର ଘରେ ନ ଥିଲେ। ବଡ଼ିଭୋରୁ ଧୋତି ପଞ୍ଜାବି ପିନ୍ଧି, ସାଇକେଲ୍ ଧରି ସେ ଘରୁ ବାହାରି ଯାଇଥିଲେ କୁଆଡ଼େ। ସେ ଘରେ ଥିଲେ ଏ ଦୃଶ୍ୟଟି ହୁଏତ ଦେଖିବାକୁ ମିଳି ନଥାନ୍ତା। ବଡ଼ ପାଟିରେ କନ୍ଦାକଟା ଶୁଣିଲେ ତାଙ୍କ ରାଗ ପଞ୍ଚମକୁ ଉଠିଯାଏ।

॥ ଚାରି ॥

ସବୁଦିନ ପରି ସେଦିନ ବଇଁଶୀ ସ୍କୁଲ ଯାଇଥିଲା। ସ୍କୁଲ୍‌ରେ କେତେକ ସାଙ୍ଗ ତା'ର ଫୁଲା ମୁହଁକୁ ଦେଖି ଅନେକ ପ୍ରଶ୍ନ ପଚାରିଥିଲେ ତାକୁ। ସେ ସମସ୍ତଙ୍କୁ କେବଳ ଗୋଟାଏ ଉତ୍ତର ଦେଇଥିଲା- ରାତି ଅନିଦ୍ରା ହେଇ ଯାତ୍ରା ଦେଖିଥିବାରୁ ତା'ର ମୁହଁ

ଏମିତି ଫୁଲିଲା ଫୁଲିଲା ଦେଖାଯାଉଛି। ସ୍କୁଲ୍‌କୁ ଯିବାବେଳେ ତା'ର ବୋଉ ଏଇ କଥାଟି ତା'ର ସାଙ୍ଗସାଥୀଙ୍କୁ କହିବା ପାଇଁ ତାକୁ କହିଥିଲା ଏବଂ ବୋଉ କଥାମାନି ସେ ତାହା ହିଁ କହିଥିଲା। ସେ ମଧ୍ୟ ଜାଣିଥିଲା ଯେ ଉତ୍ତର ଦେଇ ସେ ତା'ର ମାଡ଼ଖିଆ ମୁହଁଟିକୁ ସାଙ୍ଗମାନଙ୍କୁ ଲୁଚାଇ ପାରିବନି। ଜଣେ ସାଙ୍ଗ କହିଲା- ତୋ' ବାପା ନିଶ୍ଚେ ତତେ ମାରିଚି, ଇଏ ତ ମାଡ଼ରେ ଫୁଲିଲା ପରି ଦିଶୁଚି, ଆମକୁ ମିଛ କହୁଚୁ କାହିଁକି ? ଏ କଥାରେ ତା'ର ଅନ୍ୟ ସାଙ୍ଗମାନେ ଏକମତ ହୋଇ ତାକୁ କୋବଲେଇଥିଲେ - ତୁ କହ, କାହିଁକି ମାଡ଼ ଖାଇଲୁ। ଶେଷରେ ବଇଁଶୀ କହିଲା- ସେ ଘରେ ନ କହି ରାତିରେ ଯାତ୍ରା ଦେଖିବାକୁ ଯାଇଥିବାରୁ ବାପା ଏମିତି ମାଇଲେ।

ଖେଳ ଛୁଟିରେ ସ୍କୁଲ ଆମ୍ବତୋଟାରେ ନିଜ ମାଡ଼ଖିଆକୁ ନେଇ ସାଙ୍ଗମାନଙ୍କ ଭିତରେ ଚାଲୁଥିବା କଥାବାର୍ତ୍ତାରେ ଅସହାୟତା ବୋଧ କରୁଥିବା ବେଳେ ବଇଁଶୀ ଦେଖିଲା ତା' ବାପା ସାଇକେଲ୍‌ରେ ସ୍କୁଲ୍‌ହତା ଭିତରକୁ ଆସୁଛନ୍ତି। ବାପାଙ୍କୁ ଦେଖି ସେ ଖୁବ୍ ଭୟ ପାଇଗଲା। ତେବେ କ'ଣ ବାପା ଆସୁଛନ୍ତି ହେଡ଼ମାଷ୍ଟରଙ୍କୁ ତା' ଟଙ୍କା ଚୋରି ବିଷୟରେ କହିବା ପାଇଁ।

ହେଡ଼ମାଷ୍ଟର ତ ତା' ବାପାଙ୍କ ବହୁଦିନର ପରିଚିତ ଲୋକ। ତା' ଚୋରି ବିଷୟରେ ବାପା ହେଡ଼ମାଷ୍ଟରଙ୍କୁ କ'ଣ ନାହିଁ କ'ଣ କହିପାରନ୍ତି। ଚୋରି ବିଷୟରେ ହେଡ଼ମାଷ୍ଟର ଜାଣିଲେ ଅନ୍ୟ ଶିକ୍ଷକମାନେ ଜାଣିବେ ଏବଂ ଶିକ୍ଷକମାନେ ଜାଣିଲେ ତା' କ୍ଲାସ୍‌ପିଲା ସବୁ ଜାଣିବେ। ଶେଷରେ କଥାଟା ସ୍କୁଲ୍ ସାରା ପ୍ରଘଟ ହେଇଯିବ। ଏ ଚୋରି ଅପବାଦରୁ ସେ ନିଜକୁ ରକ୍ଷା କରିବ କେମିତି ? ଚୋରି ନ କରି ଶେଷରେ ସେ ଚୋର ବୋଲି ପ୍ରମାଣିତ ହୋଇଯିବ ନିଶ୍ଚୟ, ଯେତେବେଳେ ତା ବାପା ହିଁ ଅଭିଯୋଗକାରୀ।

ସେ କ'ଣ କରିବ, କେମିତି ନିଜକୁ ରକ୍ଷା କରିବ ଭାବି ଆତଙ୍କିତ ହୋଇ ପଡ଼ିଥିବା ମୁହୂର୍ତ୍ତରେ ଧରଣୀଧର ତା' ପାଖକୁ ଆସି ତା' କାନ୍ଧରେ ହାତ ପକେଇ କିଛିଟା ଦୂର ଏକ ନିଛାଟିଆ ସ୍ଥାନକୁ ଡାକିନେଲେ। ସେତେବେଳେ ବଇଁଶୀର ଅନ୍ୟ ସାଙ୍ଗମାନେ ଏକ ଲୟରେ ତା' ଆଡ଼କୁ ଚାହିଁଥିଲେ। ବାପାଙ୍କ ସାଙ୍ଗରେ ସେ ଯିବା ଦେଖି ଜଣେ ଦି'ଗଣ ଫେଁ ଫାଁ ହସିବାର ସେ ପଛରୁ ଶୁଣିପାରିଲା।

ସ୍କୁଲ ପୋଖରୀ ହୁଡ଼ା ଆଖ ପାଖରେ କେହି ନଥିବା ସ୍ଥାନରେ ଧରଣୀଧର ସାଇକେଲ୍ ଷ୍ଟାଣ୍ଡ ମାରିସାରି ତାକୁ ଧୀରେ ଧୀରେ କହିଲେ- ମୁଁ ଆଜି ବଡ଼ି ଭୋରୁ ମୋ ସ୍କୁଲ ପାଖ ପୋଷ୍ଟ ଅଫିସ୍‌କୁ ଯାଇଥିଲି । ପୋଷ୍ଟ ଅଫିସ୍‌ରେ ପହଞ୍ଚିବା ମାତ୍ରେ ପୋଷ୍ଟମାଷ୍ଟର ରଘୁବାବୁ କହିଲେ- "କିହୋ ଧରଣୀ ମାଷ୍ଟ୍ରେ, ତମେ କେଡ଼େ ଭୋଳା

ଲୋକ କି ହୋ ! ତମ ହାତକୁ ଅଶୀ ଟଙ୍କା ଦେଇ ଆଉ ଦଶଟଙ୍କାର ରେଜା ବାକ୍ସରୁ କାଢ଼ି ଦବାକୁ ମୁଁ ଆର ପାଖ ବଖରାକୁ ଗଲି। ତମକୁ କହିଲି ମନିଅର୍ଡ଼ର ଫର୍ମରେ ଦସ୍ତଖତ କରିକି ରଖ। ଟଙ୍କାନେଇ ମୁଁ ଆସିଲାବେଳକୁ ତମେ ଛୁ। ତମେ ଗଲାବେଳେ ଟଙ୍କା ଗଣିକି ନେଇଥିଲ ନା ସେମିତି ପଳେଇଲ ? ଗଣିଥିଲେ ତ ନିଶ୍ଚେ ଏ ଦଶଟଙ୍କା ନେଇକି ଯାଇଥାନ୍ତ। ତମେ ଯେମିତି ଲୋକ, ଘରେ ଟଙ୍କା ଗଣି ମୋ' ସପ୍ତପୁରୁଷ ଉଝାଳୁଥିବ। ହଉ ନିଅ, ତମ ଟଙ୍କା ନିଅ।"

ତଳମୁହାଁ ହେଇ ବଂଶୀ ବାପାଙ୍କ କଥା ଶୁଣୁଥିଲା। କଥା ହଠାତ୍ ବନ୍ଦ୍ ହେବା ଶୁଣି ସେ ମୁହଁ ଉଠେଇ ଦେଖିଲା ଯେ ବାପାଙ୍କ ଆଖିରେ ଜକେଇ ଆସିଥିବା ଲୁହ ସେ ଲୁଗାକାନିରେ ପୋଛୁଛନ୍ତି।

॥ ପାଞ୍ଚ ॥

କରେଣ୍ଟ ଆସିଲା। ପଶ୍ଚିମ ଆକାଶରେ ଫାଳିକିଆ ଜହ୍ନ ମଳିଚିଆ ଦେଖାଯାଉଛି। ଆଉ ଟିକେ ପରେ ସାମ୍ନା କୋଠା ଧାଡ଼ିର ଛାତ ତଳକୁ ଜହ୍ନ ଖସିଯିବ।

ଦୁଇ ଘଣ୍ଟାର ଲୋଡ୍‌ସେଡ଼ିଙ୍ଗ୍ ଭିତରେ ତିରିଶ ବର୍ଷ ତଳର ଯେଉଁ ଘଟଣାଟି ବଂଶୀଧର ଏବେ ରୋମନ୍ଥନ କରୁଥିଲା, ତାହା କେବଳ ଆଜି ନୁହେଁ, ଅତୀତର ଅନେକ ଥର ତା' ମନକୁ ଆସିଚି। ସେଥିରୁ ବାପାଙ୍କ ଆଖିରେ ଲୁହ ଜକେଇ ଆସିବା ଦୃଶ୍ୟଟି ତା'ର ଯେତେଥର ମନେପଡ଼ିଛି, ସେତେଥର ସେ ହାଲୁକା ହେବାପରି ମନେ କରିଚି। ଯେଉଁ ଦଶଟଙ୍କା ପାଇଁ ସାରା ରାତି ବିଧା ଚାପୁଡ଼ା, ଠେଙ୍ଗାମାଡ଼ ଖାଇ ଶ୍ୱାସରୁଦ୍ଧ ହୋଇଯାଇଥିଲା, ସେଇ ଟଙ୍କାରେ ବାପା ତା' ପାଇଁ ଅବଶ୍ୟ ଧଳା ହାପ୍‌ପ୍ୟାଣ୍ଟ ଓ ଧଳା ହାପ୍‌ସାର୍ଟ ହଳେ ତିଆରି କରେଇ ଥିଲେ। ସେଇ ସାର୍ଟ ପ୍ୟାଣ୍ଟ ହଳଟି ସେ ଯେଉଁଦିନ ନୂଆକରି ପିନ୍ଧି ସ୍କୁଲ୍‌କୁ ଯାଇଥିଲା, ତା'ର ସାଙ୍ଗସାଥିମାନେ ତା' ପ୍ୟାଣ୍ଟ ସାର୍ଟକୁ ହାତରେ ଛୁଇଁ, ତା' ପିଠି ଥାପୁଡ଼େଇ ବହୁତ ତାରିଫ୍ କରିଥିଲେ। ସେତେବେଳେ ସେ ମନେ ମନେ ବହୁତ ଖୁସି ହେଇଥିଲା ଏବଂ ସ୍କୁଲ୍‌ରୁ ଫେରି ଏକାନ୍ତରେ ଛୋଟ ଆଇନାକୁ ଝରକା କାନ୍ଥ ଉପରେ ରଖି ସେ କେତେ ବାଗରେ, ଆଗପଛ ଏପାଖ ସେପାଖ ହେଇ ସେଇ ପୋଷାକଟିର ତାରିଫ୍ ଅନୁଭବ କରିଥିଲା।

ସନ୍ଧ୍ୟାରେ ଲୋଡ୍‌ସେଡ଼ିଙ୍ଗ ସମୟତକ ବାଲ୍‌କୋନିରେ ଅନ୍ଧାରରେ ଏକା ଏକା ବସି ରହି ବଂଶୀଧର ଯେଉଁ ବାସ୍ତବ ବା କାଳ୍ପନିକ ବ୍ୟକ୍ତି ବିଶେଷଙ୍କୁ 'ସାର୍' ବୋଲି ସମ୍ବୋଧନ କରି ପରୋକ୍ଷରେ ନିଜର କ୍ରୋଧ, ଅହଂକାର, ଦୁଃଖ, ଯନ୍ତ୍ରଣା ଉଦ୍‌ଗାରିବା

ପରି ଭାବୁଥିଲା, ସେଇ ସମ୍ମାନନୀୟ ବ୍ୟକ୍ତିମାନଙ୍କୁ ତା'ର କାହିଁକି ପଚାରିବାକୁ ଇଚ୍ଛା ହେଲା - ଆଚ୍ଛା ସାର୍, ଧଳା ପୋଷାକ ପିନ୍ଧୁଥିବା ପ୍ରତ୍ୟେକ ବ୍ୟକ୍ତି କ'ଣ ତାରିଫ୍ ପାଇବାକୁ ଯୋଗ୍ୟ ? ପର କ୍ଷଣରେ ସେ ପୁଣି ଭାବିଲା- ନା, ଏ ପ୍ରଶ୍ନଟା ଠିକ୍ ପ୍ରଶ୍ନ ନୁହେଁ। ବରଂ ସେ ପଚାରିବା ଉଚିତ୍- ଧଳା ପୋଷାକ ପିନ୍ଧିବାକୁ ହେଲେ କି ମୂଲ୍ୟ ଦେବାକୁ ପଡ଼େ ? ଯେମିତି ପିଲାଦିନେ ତା' ବାପା ଦଶଟଙ୍କାର ମୂଲ୍ୟ ଦେଇଥିଲେ ? ନା ଦଶଟଙ୍କା ପାଇଁ ସେ ନିଜେ ଯେଉଁ ମୂଲ୍ୟ ଦେଇଥିଲା ? କିନ୍ତୁ ଏ ପ୍ରଶ୍ନଗୁଡ଼ିକ ତା ମନକୁ ପାଇଲାନି ।

ବାଲ୍‌କୋନି ପାଖ ରୁମ୍‌ରେ ଟ୍ୟୁବ୍ ଲାଇଟ୍‌ର ଶୁଭ୍ର ଆଲୋକ ଚାରିଆଡ଼େ ବିଛେଇ ହେଇ ପଡ଼ିଥିଲା ଏବଂ ସେଇ ଆଲୋକରୁ କିଛି ଅଂଶ ଆସି ବଂଶୀଧରର କଳା ମୁହଁ ଓ ଦେହରେ ପଡୁଥିଲା। ସେତେବେଳେ ତା'ର ମନେ ହେଲା ଏଭଳି ତୋଫା ଆଲୁଅରେ ଅନେକ ଦିନରୁ ଗଡ଼ି ଗଡ଼ି ଆସୁଥିବା ସମସ୍ୟା ସବୁର ସମାଧାନ ଅସମ୍ଭବ। ବୋଧହୁଏ, ତା' ବାପାଙ୍କ କୌଣସି ଫଟୋ ତା ପାଖରେ ନଥିବା ହେତୁ ସେ ଏପରି ଅସ୍ଥିର ହେଉଛି, ଅଥଚ ତାଙ୍କ ଫୋଟ ଉଠାଇ ରଖିବାର ଆଉ କୌଣସି ସମ୍ଭାବନା ନାହିଁ।

ଶିକାରୀ

ପ୍ରଫୁଲ୍ଲ କୁମାର ତ୍ରିପାଠୀ

"ଜୋରରେ ଯଦି ଧରେନା; ଖୁବ୍ ହଇରାଣ ହେବି"- ମନ ଥାଇ ମନା କରିବା ଢଙ୍ଗରେ ମୁଁ କହିଲି। ଶଙ୍କର ହସିଲା। କହିଲା, "ତୋତେ ତ ଆଗରୁ ଟବାକୋ, କାନ୍ନାବିଶ୍ ବେଶ୍ କୋମଳ ଆଲିଙ୍ଗନରେ ବାନ୍ଧିରଖିଛନ୍ତି। - ଏଇଟା ଧରିବ କେଉଁଆଡୁ?" ମୁଁ କହିଲି, "ଥରେ ଭାଙ୍ଗପଣା ପରେ ଦୁଇଟା କାମ୍‌ପୋଜ୍ ବଟିକା ଗିଳି ମୁଁ ମରୁ ମରୁ ବଞ୍ଚିଛି। ଡାକ୍ତରଖାନାରେ ଯାଇ ସବୁ ବାନ୍ତି କରିବାକୁ ପଡ଼ିଥିଲା ।" ଶଙ୍କର କହିଲା, "ନିଷିଦ୍ଧ ସଂଯୋଗ ଘଟିଲେ ସେମିତି ହୁଏ । ଆମର ଖାଣ୍ଟି ସ୍ୱଦେଶୀ ଭାଙ୍ଗପଣା ସାଙ୍ଗରେ ବହିରାଗତ ଟାବ୍‌ଲେଟ୍ ଠିକ୍ ମେଳ ଖାଇଲା ନାହିଁ । କଣ୍ଟା ହୋଇଗଲା । ତେଣୁ....।" ଶଙ୍କର ଚୁପ୍ ରହିଲା। ସେ ଚୁପ୍ ରହିଲେ ମୋତେ ସାହସ ଫେରିପାଇଲା ପରି ଲାଗେ। ମୁଁ ପକେଟରେ ହାତ ପୂରାଇ ଦେଖିନେଲି ଆହୁରି ସତାବନ ଟଙ୍କା ଅଛି।

କହିଲି, "ହଉ ତେବେ, ଯିବା ।"

ସହରର ଶେଷ ପେଟ୍ରୋଲ ପମ୍ପଠାରୁ କିଛି ବାଟ ଆଗକୁ ଖୋଲିଥିବା ଢାବାରେ ଆମେ ଦୁହେଁ ପହଞ୍ଚିଲୁ। ସେଠି ନାନ୍ ଓ ତନ୍ଦୁରି ଚିକେନ୍ ଅର୍ଡ଼ର୍ କରି ପେଟ୍ରୋଲ ପମ୍ପ ପର୍ଯ୍ୟନ୍ତ ଫେରିଲୁ। ଦଶ ଲିଟର ପେଟ୍ରୋଲ ନେଲୁ ।

ଶଙ୍କର କାନ୍ଧରେ ବେଗ୍ ଲଟକାଇ ମୋ ପଛରେ ବସିଥାଏ। ଆଉ ଏକ ପାଖରେ ବନ୍ଧୁକ। କେରିଅର୍‌ରେ ଛଅ ବୋତଲ ବିଅର୍ ଓ ଏକ ବୋତଲ ହ୍ୱିସ୍କି।

ବାଟରେ ପଡ଼ିଲା ଛୋଟିଆ ଏକ ବସ୍ତି। ବଜାରସାରା ଜଳୁଥାଏ ୧୦%

ଲିଭୁଥାଏ ୧୫% । ଅନେକ ଫୁଲ ଦିଶୁଥାଏ। ସବୁଜ ରଙ୍ଗର, ଛୋଟ ଛୋଟ ଇଲେକ୍‌ଟ୍ରିକ୍ ବଲ୍‌ବ ଜଳୁଥାଏ, ଆଙ୍କି ହୋଇ ଯାଉଥାଏ ସପ୍ତଦଳ ପଦ୍ମ। ଲିଭୁଥାଏ ପୁଣି ତାରା ଜଳୁଥାଏ । ତୀର ଆଖିମାନ ଲାଖିଯାଇଥାନ୍ତି ଭ୍ରୂଲତା ତଳେ । ଯଥାବିଧି ଭିଡ଼ ମାଗୁଥାଏ, ପଚାରୁଥାଏ, ଯାଚୁଥାଏ, କିଛି ଶୁଭୁ ନଥାଏ ଆମେ ଦୁହେଁ ଚାଲିଥାଉ ମଣ୍ଡପରୁ ମଣ୍ଡପକୁ।

ମୁଁ ପଚାରିଲି, "ଦିଅଁଙ୍କୁ ଗଣିବା ନା ପୂଜକଙ୍କୁ ନା ଭକ୍ତଙ୍କୁ ?"

ଶଙ୍କର କହିଲା- "ଗଣନା ନିରର୍ଥକ। କାରଣ ଯାହା ଗଣନା କରାଯିବ, ତାହା ଅଟକି ଯାଇନାହିଁ, ସ୍ଥିର ରହିନାହିଁ।"

ମୁଁ ପଚାରିଲି- "ତା ହେଲେ ?"

ଶଙ୍କର କହିଲା - "ଆହୁରି ଆଗକୁ ଯିବା।"

ଶଙ୍କର କାନ୍ଧରେ ବନ୍ଧୁକ ଦେଖି ବସ୍ତିର ଲୋକମାନେ ଫୁସୁରୁଫାସର୍। ୧୦% ଜଳୁଥାଏ ଆଉ ଲିଭୁଥାଏ। ଆମେ ଦୁହେଁ ମୋଟର ସାଇକେଲ ଚଢ଼ି ଆଗେଇଲୁ।

ଶଙ୍କର କହିଲା- "କହ, ଏଡ଼େ ଦ୍ରୁତଗତି, ମୋ ପରି ମୋଟା ମଣିଷ, ଅଥଚ ଏ ଗାଡ଼ିଟାର ବେଲେନ୍‌ସ କେମିତି ରହିଚି କହ ?" ଗାଡ଼ି ଚଲାଇଲାବେଳେ ମୁଁ କିଛି କହେ ନାହିଁ। ଶରତ ପୂର୍ଣ୍ଣମୀର ମଧୁର ନିର୍ମଳ ଶୀତଳ ରାତି। ଦୁଇ ପାଖରେ ଦୁଇଟି ଛୋଟ ପାହାଡ଼କୁ ଯୋଡୁଥିବା ଏକ ପଥରବନ୍ଧ। ବାଁ ପାଖରେ ଜଳଭଣ୍ଡାର ଓ ବନ୍ଧର ଶେଷ ମୁଣ୍ଡରେ ପାନ୍ଥଶାଳା। ସେଠୁ ଶୁଭୁଥାଏ ଭାଓଲିନ୍, ହାର୍‌ମୋନିଅମ୍, ତବ୍‌ଲା ଓ ଝୁମ୍‌କାର ମିଳିତ ସଂଗୀତସୃଷ୍ଟ ସିନେମାଧୂନ୍ । ନାଦିର୍ ତା ଦିର୍‌ତାନା...ନାଦିର୍ ତା ଦିରତାନା...ବାଜେରେ...ବାଜେରେ....ବାଜେରେ.....

କାନ ଭିତରେ ଦମକାଏ ଶୀତଳ ପବନ ପଶିଯିବାରୁ ମୋର ମନେପଡ଼ିଲା ମଫ୍‌ଲର୍ ନଆଣି ମୁଁ ଭୁଲ କରିଛି। ଆହୁରି କିଛି ବାଟ ଗଲାପରେ ମୋଟର ସାଇକେଲ ଅଟକାଇ ମୁଁ ମୁଣ୍ଡରେ ରୁମାଲ ବାନ୍ଧି କାନ ଘୋଡ଼ାଇଲି। ଶଙ୍କର ଆକାଶର ଚନ୍ଦ୍ରକୁ ଲକ୍ଷ୍ୟ କରି ଗୁଳି ଫୁଟାଇଲା ଓ ଚିତ୍କାର କଲା- "ଯା, ପଳା ଏଠୁ ଭାଗ୍।" ମୁଁ ହସିଦେଲି ନାଟକର ରଜା ପରି।

ବହୁ ବାଟ ଗଲାପରେ, ଆମର ଦୁଇକଡ଼ରେ ବହୁବେଳ ପର୍ଯ୍ୟନ୍ତ ଗଛ ବ୍ୟତୀତ ଅନ୍ୟ କିଛି ନ ଦିଶିବାରୁ ଆମେ ଜନ୍ତୁ ଖୋଜିଲୁ । ହେଡ୍‌ଲାଇଟ୍‌ର ଆଲୁଅ ଓ ଇଞ୍ଜିନ୍‌ର ଶବ୍ଦ ଯୋଗୁଁ ଜନ୍ତୁମାନେ ଡରି ପଳାଇଯାଉଥାନ୍ତି । ଲମ୍ବା ସାପଟିଏ ରାସ୍ତା ଅତିକ୍ରମ କଲା । ଭାଲୁଟିଏ ଲାଜେଇ ଲାଜେଇ ପାଖ ବୁଦା ଆଢୁଆଳରେ ଲୁଚିଗଲା। ଆହୁରି ବହୁ ବାଟ ଗଲାପରେ ଶଙ୍କର କହିଲା- "ଆଗରେ ପୋଲ।" କାଠପୋଲର ଏ

ପାଖରେ ମୁଁ ମୋଟର୍ ସାଇକେଲ୍ ଅଟକାଇ ଠିଆକରାଇଲି । ସେଇଠି ବସି ଦୁହେଁ ପିଇଲୁ ଓ ଖାଇଲୁ। ମୋର ମନେପଡ଼ିଲା, ଭାଙ୍ଗୁଆମାନଙ୍କ ସାଙ୍ଗରେ ଯାଇଥିଲେ ସାଲାଡ଼୍, ପଲାଉ, ଭେଜିଟେବୁଲ କୋଫ୍‌ତା, ଆଳୁ ମଟର ତରକାରୀ, ବଡ଼ି, ଲେମ୍ବୁ, ପିଆଜ, ପୁରି, ପାମ୍ପଡ଼, ମୁଗହାଲୁଆ ଖାଇବାକୁ ମିଳିଥାନ୍ତା। ମାତ୍ର ସେ ସବୁ କାହିଁ? ଶୁଖିଲା ନାନ୍ ଆଉ ତନ୍ଦୁରୀ ଚିକେନ୍ ଚୋବେଇ ଚୋବେଇ ପାଟି ବଥେଇଲା । ଯେତେ ଖାଇବୁ ବୋଲି ହିସାବ କଷିଥିଲୁ ସେତେ ଖାଇପାରିଲୁ ନାହିଁ।

ଶଙ୍କର କହିଲା- "ତୁ ଯାହା କହ, କୋକେନ୍, ମାରିଜୁଆନା, ଆମ୍‌ଫେଟାମାଇନ୍‌ସ, ଏସ୍.ଟି.ପି., ଏଲ୍.ଏସ୍.ଡ଼ି ସବୁ ଟ୍ରାଏ କରି ମୁଁ ଦେଖିଲିଣି, ବିଅର୍ ଆଉ ହୁଇସ୍କିର ପାସଙ୍ଗରେ କେହି ପଡ଼ିବେ ନାହିଁ।"

ମୁଁ କହିଲି- "ୟୁ ଆର୍ ରାଇଟ୍। ସେଣ୍ଟ ପରସେଣ୍ଟ କରେକ୍ଟ।"

ଏହା ବ୍ୟତୀତ ଅନ୍ୟ କିଛି କହିବା ମାନେ ଶଙ୍କରଠାରୁ ବିଭିନ୍ନ ମାଦକଦ୍ରବ୍ୟର ନିର୍ମାଣ ପ୍ରଣାଳୀ, ଚରିତ୍ର ଓ ବ୍ୟବହାର ବିଧି ଇତ୍ୟାଦି ବିଷୟରେ ତଥ୍ୟମୂଳକ ଦୀର୍ଘ ଭାଷଣଟିଏ ଶୁଣିବା । ମୁଁ ସେଭଳି କିଛି ଶୁଣିବା ସକାଶେ ପ୍ରସ୍ତୁତ ନଥିବାରୁ ତେଣିକି ତାର ସବୁ କଥାରେ କେବଳ ହଁ ହଁ କହିବାକୁ ସ୍ଥିର କରିନେଲି।

ଶଙ୍କର କହିଲା- " ଏ ଦେଶର ଗଣତନ୍ତ୍ର ପ୍ରତିଷ୍ଠିତ ହେବାକୁ ଆହୁରି ଦୁଇ ଶତାବ୍ଦୀ ଆବଶ୍ୟକ ।"

ମୁଁ କହିଲି - "ୟୁ ଆର୍ ରାଇଟ୍।"

ଶଙ୍କର କହିଲା - "ରାସ୍କେଲ ମହାନ୍ତି, ମନେ ମନେ ନିଜକୁ ଭାରି ଭାରି ଭାବୁଛି।"

ମୁଁ କହିଲି - "ଠିକ୍ କହିଛୁ।"

ଶଙ୍କର କହିଲା - "ଏତେ ଲୋକ ଶଳା ଖାଇପିଇ ମଉଜରେ ଥିଲାବେଳେ, ମୋର ଖପୁରୀ ଭିତରେ କାହିଁକି ଏତେ ଧପଧପ୍ ହେଉଛି ? ମୁଁ କାହିଁକି ଏତେ କଥା ଚିନ୍ତା କରୁଛି ? ବିଶ୍ୱାସ କର, ମୋର ମସ୍ତିଷ୍କଟା ଗୋଟେ ୱେଟିଂ ରୁମ୍ ହୋଇପଡ଼ିଛି। ଚିନ୍ତାମାନ ଆସି ଅଟକିଯାଉଛନ୍ତି ।"

ମୁଁ କହିଲି - "ନିଶ୍ଚୟ ସନ୍ଦେହ ନାହିଁ ।"

ଶଙ୍କର କହିଲା - "ଗାଁରୁ ମେଳିବାନ୍ଧି ଲୋକମାନେ କାହିଁକି ଆମର ପକ୍କା ସହର ଆଡ଼କୁ ମାଡ଼ି ଆସୁନାହାନ୍ତି ? କାହିଁକି ସେମାନେ ଏତେ ଅନ୍ୟାୟ ସହିଯାଉଛନ୍ତି ? ଚୋର ଡକାଏତମାନଙ୍କ ଗଳାରେ ହାର ପିନ୍ଧାଇ ସେମାନେ କାହିଁକି ଭାଷଣ ଶୁଣୁଛନ୍ତି ? କୋଡ଼ି, ଗଇନ୍ତି, ଶାବଳ ଧରି ସେମାନେ କାହିଁକି ଆସୁନାହାଁନ୍ତି ସହରକୁ ?"

ମୁଁ କହିଲି – "ବୋଧହୁଏ ବିପ୍ଳବ କରିବା ପାଇଁ ସେମାନଙ୍କୁ କେହି ନିମନ୍ତ୍ରଣ କରି ନାହାନ୍ତି ।" ଶଙ୍କର ହସିଲା। ବହୁବେଳ ପର୍ଯ୍ୟନ୍ତ ହସିଲା। ତାର ହସର ପ୍ରତିଧ୍ୱନି ଶୁଭିଲା ପାହାଡ଼ରୁ।

ଶଙ୍କର ସିଧା ବୋତଲରୁ ପିଇଲେ ବି ତାର ମୁହଁରେ କୁଞ୍ଚ ପଡ଼େନାହିଁ । ମାତ୍ର ମୁଁ ପାଟିରେ ବିଅର୍ ଭର୍ତ୍ତି ନ କଲେ ହ୍ୱିସ୍କି ଢୋକିପାରେ ନାହିଁ। ଶଙ୍କର କହିଲା- "ଆଜି ସବୁ ସାରିବାକୁ ହେବ।" ପଚାରିଲା- "କେତେଟା ବାଜିଲା ।" ମୁଁ ଘଡ଼ି ପିନ୍ଧିନଥିଲି । ଆକାଶ ଆଡ଼କୁ ଚାହିଁ କହିଲି- "ଅତି ବେଶି ହେଲେ ସାଢ଼େ ବାରଟା ।"

ଜଙ୍ଗଲ ଭିତରୁ କାଠ ବୋଝେଇ ଟ୍ରକ୍‌ଟିଏ କୁନ୍ଥେଇ କୁନ୍ଥେଇ ଆସିଲା। ନାଳର କାଠପୋଲ ଉପରେ ଗଲାବେଳେ କଁ କଁ ଶବ୍ଦ ହେଲା। ଟ୍ରକ୍‌ଟି ନିଜ ପଛ ପାଖରେ ବହଳ ଧୂଳି ଉଡ଼ାଇ ଚାଲିଗଲା। ଶଙ୍କର କହିଲା- "ସବୁବେଳେ, ସବୁଠି, ଦିନରାତି, ସହର ଜଙ୍ଗଲ ସବୁଆଡ଼େ ଖାଲି ଚୋରି।" ମୁଁ କହିଲି- "ୱେଲ୍ ସେଡ୍।"

ଜଙ୍ଗଲ ଭିତରେ ପ୍ରତ୍ୟେକ ବୃକ୍ଷ ଅସଂଖ୍ୟ ହାତ ଟେକି ପ୍ରଶ୍ନ ପଚାରିବାର ଅଧିକାର ମାଗୁଛନ୍ତି । ଆକାଶରେ, ଛନଛନ ଜହ୍ନଟିର ପ୍ରଶ୍ନ ଶୁଣିବାକୁ ତର ନାହିଁ। ମୁଁ ଆଖି ବୁଜିଦେଲି। ହ୍ୱିସିଲ୍, ଚିତ୍କାର, ରଡ଼ି, ଚଟାଣରେ ପାଦଠେସା, କରତାଳି, କପାଳରେ ପାପୁଲି ବାଡ଼ିଆ, ଦାନ୍ତ କଡ଼ମଡ଼ ଶୁଭିଲା। ଧ୍ୱନିର କ୍ରମ ଭାଙ୍ଗିଗଲା ଓ ନାନା ଆଡୁ ନାନା ପ୍ରକାର ଧ୍ୱନି ଶୁଭିଲା। କୁହ୍ଲାଣ, ଗୀତ, ଭାଷଣ ଭିତରେ ଜଣେ ସର୍ବଦା ରଡୁଥାଏ, "ରକ୍ଷାକର ରକ୍ଷାକର।" ଦେଖିଲି ଏକ ପ୍ରକାଣ୍ଡ ଖୋଳପା ଭାଙ୍ଗି ପଦାକୁ ମୁକୁଳିଆସୁଥାନ୍ତି ଲୋକମାନେ। ମୁଁ ଶୁଣୁଥିବା ଧ୍ୱନି ଓ ଦେଖୁଥିବା ଦୃଶ୍ୟକୁ ନିଜ ଭିତରେ ବେଶି ସମୟ ଅଟକାଇ ପାରିଲି ନାହିଁ । କହିଲି, "ଶୁଣ୍ ଶଙ୍କର ଶୁଣ୍ ।" ଶଙ୍କର ମୋର ମୁହଁକୁ ଚାହିଁଲା ବେଳକୁ ମୁଁ ଡୋଳା ମେଲା କରି ସାରିଥାଏ। ଶଙ୍କର କହିଲା, "ମୋ ପାଖରେ ଆଉ ମାତ୍ର ପାଞ୍ଚଟି ଗୁଳି ଅଛି।" ମୁଁ କହିଲି, "ପାଞ୍ଚକୋଟି ଗୁଳି ଫୁଟେଇଲେ ବି ଜୀବନ ଥିବ ।" ଶଙ୍କର କହିଲା, "ନିଶ୍ଚୟ । ଜୀବନର ପ୍ରତିରୋଧ କରିବାକୁ ମୁଁ ଗୁଳି ଫୁଟାଇବି ନାହିଁ । ମୋର ଖାଦ୍ୟ ନ ଦିଶିବା ଯାଏଁ ମୁଁ ଗୁଳି ଫୁଟାଇବି ନାହିଁ । ବଢ଼ିଆ ସମ୍ବରଟିଏ ଯଦି ଦିଶିଯାନ୍ତା ନା ?" ବହୁବେଳ ଆମେ ଦୁହେଁ ନୀରବରେ ବସି ରହିଲୁ । ଖରାପ ସମ୍ବରଟିଏ ସୁଦ୍ଧା ଦିଶିଲା ନାହିଁ। ହତାଶ ହୋଇ ଶଙ୍କର କହିଲା, "କଣ କରିବା ? ଆମର ଭାଗ୍ୟ ଫଟା । ମୋର ନିଶା ବି ଉତୁରି ଗଲାଣି। ଚାଲ୍ ଷ୍ଟାର୍ଟକର୍ ଗାଡ଼ି, ଫେରିବା।"

ଫେରିବା ବେଳକୁ ଭୋର। ପେଣ୍ଠା ପେଣ୍ଠା ତାଳ ପରି ଅସଂଖ୍ୟ ମଣିଷ ମୁଣ୍ଡ ବୋହି ଟ୍ରକଟିଏ ଯାଉଥାଏ ଜଙ୍ଗଲ ଆଡ଼କୁ । ଟ୍ରକର ବାହାର ଭିତର ସବୁଆଡ଼ ଫଟା,

ଭଙ୍ଗା ଓ ଚେପା। ଯେମିତିକି ଅସନ୍ତୁଷ୍ଟ ଯାତ୍ରୀଗଣ ମାରିଛନ୍ତି ବିଧା, ଖୁନ୍ଦା ତା ଦେହରେ । ଏଡ଼େ ଭୋର ସକାଳରୁ ଏତେ ଲୋକ ଯାଆନ୍ତି କୁଆଡ଼େ ? ସାଙ୍ଗରେ ଶରୀର ଧରି, କେବଳ ଶରୀର ଧରି, ନାମଧାମ ପରିଚୟ ସମ୍ପତ୍ତି ସଂସାର ଛାଡ଼ି; ଏତେ ଲୋକ ଗୁରୁଣ୍ଡି ଗୁରୁଣ୍ଡି ପୁଣି ଚାଲି ଓ ଦଉଡ଼ି ଯାଆନ୍ତି କୁଆଡ଼େ ?

ଜଙ୍ଗଲରୁ ଆସି ଯେଉଁଠି ରାସ୍ତା ହାଇୱେରେ ମିଶିଥିଲା ସେଠି ଶହ ଶହ କାଠଭାରୁଆ ଦୁଇ ପାଖରେ ଠିଆ ହୋଇଥିଲେ । ଟ୍ରକ୍, ବସ୍,ଜିପ୍, କାର୍ ଅଟକାଇ ଲୋକ କାଠ କିଣି ନେଉଥିଲେ। କାଠୁରିଆମାନେ ପଇସା ଛୁଇଁବା ମାତ୍ରେ ଖର୍ଚ୍ଚ କରିବା ଆରମ୍ଭ କରି ଦେଉଥିଲେ। ରାସ୍ତାକଡ଼ରେ ଦୋକାନମାନଙ୍କରେ ଖୁବ୍ ଖିଆପିଆ ଓ କିଣାବିକା ଚାଲିଥାଏ ।

ଆମେ ଠିଆ ଠିଆ ଚା ପିଉଥାଉଁ । ଧାବମାନ ବସ୍‌ର ଉପରେ ଏକ ସୁରକ୍ଷିତ ହାଟ। ମାତ୍ର ତାହା ହାଟଟିଏ ପରି ଦିଶେ ନାହିଁ କି ଶୁଭେନାହିଁ। ବସ୍‌ର କାନ୍ଥରେ ବହୁ ବିଜ୍ଞାପନ ଅଦରକାରୀ ବସ୍ତୁମାନଙ୍କର । ଏତେ ଭୋର ସକାଳରୁ ଏତେ ଟ୍ରକ୍, ଏତେ ବସ୍ ଯାଆନ୍ତି କୁଆଡ଼େ ?

ପାନ ଦୋକାନରେ ଧଳା ପାଇଜାମା ଓ ପଞ୍ଜାବୀ ପିନ୍ଧା ଯୁବକଟିଏ ଜଣେ ମଧ୍ୟବୟସ୍କଙ୍କୁ ପଚାରୁଥାନ୍ତି, "ସବୁ ତ ଦେଖିଲେ, ଏଣିକି କୁହନ୍ତୁ, ମନ୍ତ୍ରୀଶକ୍ତି ବଡ଼ ନା ମନ୍ତ୍ରଶକ୍ତି ?" ମଧ୍ୟବୟସ୍କ କହିଲେ, "ଦେଖିଲେ ଆଉ କ'ଣ ? ମନ୍ତ୍ରୀ ଆମର ଦାବି କାଗଜ ଖଣ୍ଡିକ ହସି ହସି ଧରିଲେ ନିଜ ହାତରେ। ତା'ପରେ ତାଙ୍କ ପି.ଏ.ଙ୍କୁ ଦେଲେ । ପି.ଏ. ଦେଲେ ଜିଲା ସାହେବଙ୍କୁ। ସେ ଦେଲେ ଏସ୍.ଡି.ଓ.ଙ୍କୁ। କାଲି ସଂଧ୍ୟା ସୁଦ୍ଧା ତ ଯେତିକି ବାଟ ଯାଇଥିଲା। ମୁଁ ଆଉ ଦେଖିଲି କଣ ଯେ କହିବି ? ଯାହା ହେଉଛି ପ୍ରଭୁଙ୍କ ଇଚ୍ଛାରେ, ଦେଶର ମଙ୍ଗଳ ପାଇଁ ହେଉଛି ।" ଯୁବକ କହିଲେ, "ଏସ୍.ଡି.ଓ. ଦେଲେ ବି.ଡି.ଓ.ଙ୍କୁ , ବି.ଡି.ଓ ଦେଲେ ଏ.ଇ.ଓ.ଙ୍କୁ । ଏମିତି ଶେଷ ସୁଦ୍ଧା ସେଇଟି ଯାଇ ପହଞ୍ଚିବ ନବଘନ ଚପରାସୀ ହାତରେ । ସେଇ କାଗଜ ବିକି ତାର ପିଲାଏ ସୁନ୍‌ପାପଡ଼ି ଆଉ ଚିନାବାଦାମ ଖାଇବେ ।" ମଧ୍ୟବୟସ୍କ ପଚାରିଲେ, "ତାହେଲେ କଣ କରିବା ?" ଯୁବକ ଚିତ୍କାର କଲେ, "ଆନ୍ଦୋଳନ, ଆଉ କଣ ?"

- "କିନ୍ତୁ କିପରି ?"

- "ଏଠି କହିହେବ ନାହିଁ।"

- "କ୍ଷତି କ'ଣ ?"

- "ଆପଣଙ୍କ ବେଳ ଆଉ ଆମ ବେଳ ଅଲଗା । ଏବେ ଆଉ ପୂର୍ବଭଳି ପ୍ରକାଶ୍ୟ ଆନ୍ଦୋଳନ କରିବା ଆଦୌ ନିରାପଦ ନୁହେଁ।"

– "ହଉ ତେବେ ଚାଲନ୍ତୁ।"

ସମସ୍ତଙ୍କର ଆଢୁଆଳରେ ଗୁପ୍ତ ଆନ୍ଦୋଳନ କରିବା ପାଇଁ ଯୁବକ ଓ ମଧ୍ୟବୟସ୍କ ଜଙ୍ଗଲ ଭିତରେ ପ୍ରବେଶ କଲେ। ସେ ଦୁହେଁ ବାଟ ଚାଲୁ ଚାଲୁ ପର୍ଯ୍ୟାଲୋଚନା, ଆଲୋଚନା, ବର୍ଣ୍ଣନା, ଗୁରୁତ୍ୱ ନିରୂପଣ, ମୂଲ୍ୟାୟନ, ବିବରଣୀ ପ୍ରଦାନ, ଗୁରୁତ୍ୱ ସମୀକ୍ଷା ଓ ମହତ୍ତ୍ୱ ଆଲୋଚନା କରିବେ। ଶେଷ ନିଷ୍ପତ୍ତି ହୋଇ ନପାରିବା ଯୋଗୁଁ ଆଲୋଚନା ସ୍ଥଗିତ ରହିବ। କାର୍ଯ୍ୟ ଆରମ୍ଭ ହୋଇପାରିବ ନାହିଁ।

ଶଙ୍କର କହିଲା- "ଶାସକ ବଦଳି ଗଲେ ଯେ ଶାସନ ବଦଳିଯିବ ଏହାର କୌଣସି ଅର୍ଥ ନାହିଁ । ଏତିକି ଜାଣି ଯିଏ ଆନ୍ଦୋଳନ କରିବ, ସେ ପରେ ଆଉ ହତାଶ ହେବ ନାହିଁ ।"

ମୁଁ କହିଲି- "ଦେଖିନାହାନ୍ତି କି ଏମାନେ, ଦେବାନାଂ ପ୍ରିୟ ପ୍ରିୟଦର୍ଶୀ ଅଶୋକଙ୍କ ଭଳି ସମ୍ରାଟଙ୍କର ଶିଳାଲେଖ ଥିବା ସ୍ତମ୍ଭକୁ ଲାଖ କରି ନୂଆ ବନ୍ଧୁକ ଚଳାଇ ଶିଖୁଥିବା ମୋଗଲ ସୈନ୍ୟମାନେ ଗୁଳି ଛାଟୁଥିଲେ ? ଏ ପରା ୧୮୪୦ ର କଥା !"

ଶଙ୍କର କହିଲା, "ଆଉ ମୋଗଲମାନଙ୍କର ସ୍ମୃତି ସୌଧକୁ ପରା ବିଲାତି ଶାସକମାନେ ନୂଆ ବିଭାହୋଇଥିବା ଯୋଡ଼ିଙ୍କୁ ଭଡ଼ାରେ ଲଗାଉଥିଲେ।" ମୁଁ କହିଲି- "ବିଲାତି ଶାସକମାନେ ଥାପିଥିବା କୀର୍ତ୍ତିଚିହ୍ନ ସବୁର ଅବସ୍ଥା କଣ ହେଲାଣି, ତାହା କଣ ଏବେର ଶାସକମାନଙ୍କୁ ଦିଶୁନାହିଁ ?" ଶଙ୍କର କହିଲା- "ସେମାନେ ଅନ୍ଧ।"

ଜାତୀୟ ରାଜପଥର ଠିକ୍ ମଝିରେ ମୋଟରସାଇକେଲ ଚଢ଼ି ଦୁଇ ଜଣ ବିଫଳ ଶିକାରୀ-ଶଙ୍କର ଓ ମୁଁ-ଖୁବ୍ ଦ୍ରୁତ ଗତିରେ ଫେରୁଥାଉ । ଆଉ କୌଣସି ବିଷୟରେ କଥାବାର୍ତ୍ତା ଚଳାଇ ରଖିବା ଅନ୍ତତଃ ମୋ ପକ୍ଷରେ ଥିଲା ଅସମ୍ଭବ। ଆଗକୁ ଦୃଷ୍ଟି ସ୍ଥିର ରଖି ଅଧା ବାଟରେ କହିଥିଲି, "ମୋତେ ଧନ୍ୟବାଦ ଦେ ଯେ, ଏମିତି ଏକ ରାତି ପରେ ସୁଦ୍ଧା ମୁଁ ମୋଟର୍ ସାଇକେଲ୍ ଚଳାଇ ପାରୁଛି।"

ଶଙ୍କର ମୋ କାନ ପାଖରେ ମୁହଁ ଲଗାଇ କହିଲା, "ଧନ୍ୟବାଦ ।" ଆଉ କିଛି ବାଟ ଗଲାପରେ ସେ ଚିତ୍କାର କଲା, "ଏମିତି ଅନେକ ନିର୍ବାଚନ ପରେ ଯେଉଁମାନେ ଶାସନ କରୁଛନ୍ତି, ଏମିତି ଅନେକ ପରୀକ୍ଷା ପରେ ଯେଉଁମାନେ ରାଜସେବାରେ ନିଯୁକ୍ତ ହୋଇଛନ୍ତି, ସେମାନଙ୍କୁ କଣ ଦେବା ? ଚୁପ୍ କାହିଁକି ? କହ, ଆକାଶ ! କହ, ବଣ !" ପ୍ରଶ୍ନର ଆବୃତ୍ତି ବ୍ୟତୀତ ଆକାଶ ଓ ବଣ ଅନ୍ୟ କିଛି କଲେନାହିଁ । ସେଇ ପ୍ରଶ୍ନ ବାରମ୍ବାର ଧ୍ୱନିତ ହେଲା ସବୁଆଡୁ।

ବାଟ ସରିଆସିଲା। ଏ ପ୍ରକାର ପ୍ରଶ୍ନର ବିପୁଳ ଧ୍ୱନି ଆମକୁ ମୂକ କରି ଦେଇଥିଲା। ଶେଷକୁ ବାଟ ସରିଗଲା। ମୁଁ ପେଟ୍ରୋଲ ପମ୍ପରେ ଗାଡ଼ି ଅଟକାଇ ତଳେ ଗୋଡ଼ ଥାପିଲି। ପଛରୁ ଶଙ୍କର ଓହ୍ଲାଇଲା ନାହିଁ। ମୁଁ ଲେଉଟି ଦେଖିଲି ଶଙ୍କର ନାହିଁ । ହଠାତ୍ କିଛି ବୁଝି ହେଲା ନାହିଁ । ଚଳନ୍ତା ମୋଟର ସାଇକେଲରୁ ବାଟରେ ଯେ ଶଙ୍କର ଓହ୍ଲାଇ ପଡ଼ିଥାଇପାରେ କିମ୍ବା ଖସିଯାଇ ଥାଇପାରେ....ଉଭେଇ ଯାଇ ଥାଇପାରେ।

ସହରର ଶେଷ ପେଟ୍ରୋଲ ପମ୍ପରୁ ମୋଟରସାଇକେଲ ଷ୍ଟାର୍ଟକରି ରାସ୍ତାର ବାମପାର୍ଶ୍ୱରେ ଫେରିଲି ଅରଣ୍ୟ ଆଡ଼କୁ । ରାସ୍ତା କଡ଼ରେ ବିଭିନ୍ନ ଦୂରତ୍ୱକୁ ପାଇଲି ତାର ଘଡ଼ି, କଲମ, ଚଷମା, ରୁମାଲ, ଟୋପି ଓ ବନ୍ଧୁକ । ଏସବୁ ସାଙ୍ଗରେ ଧରି ଆମେ ବସିଥିବା ଚଟାଣରେ ପହଞ୍ଚି ଦେଖିଲି ସାତଟି ଶୂନ୍ୟ ବୋତଲ ଠିଆ। କୁକୁଡ଼ାର କଙ୍କାଳଟିଏ ପଡ଼ିରହିଛି କଳା ମିଶ୍ ମିଶ୍ ଚିକ୍‌କଣ ପଥର ଚଟାଣ ଉପରେ। ମୁଁ ଖୁବ୍ ଥକିଯାଇଥିଲେ ହେଁ ଫେରିବାକୁ ସ୍ଥିର କରି ରାସ୍ତାର ବାମ କଡ଼ରେ ଚାଲିଲି। ରାସ୍ତାକଡ଼ରେ ବୁଦାକୁ ଘୋଡ଼େଇ ରଖିଥାଏ ଶଙ୍କରର ସାର୍ଟ । ଆଉ ଖଣ୍ଡେ ଦୂରରେ ଗୋଟିଏ ଛୋଟିଆ ଗଛର ଡାଳରେ ଝୁଲୁଥାଏ ତାର ଗେଞ୍ଜି । ଆହୁରି ଆଗରେ ଜୋତା, ମୋଜା, ଟ୍ରାଉଜର୍ସ ଓ ଚଡ଼୍ଢ଼ି ସବୁ ଗୋଟି ଗୋଟି ହୋଇ ମିଳିଲା। 'ଶଙ୍କର ସଂଗ୍ରହାଳୟ'ଟିଏ ଖୋଲି ପାରିବା ଭଳି ଅବସ୍ଥାକୁ ମୁଁ ମାତ୍ର ଗୋଟିଏ ଗମନ ଓ ପ୍ରତ୍ୟାଗମନ ମଧ୍ୟରେ ଆସିଯାଇଥିବା ସତ୍ତ୍ୱେ ମନେ ମନେ ଶଙ୍କରକୁ ଖୋଜୁଥାଏ । ସଂମ୍ପୂର୍ଣ୍ଣ ଉଲଗ୍ନ ଶଙ୍କରଟିଏ ମୋତେ ଯେଉଁଠି ମନ ସେଇଠି ଭେଟି ହତବାକ୍ କରିଦେଉ ବୋଲି ଚାହୁଁ ଚାହୁଁ ସହରର ଶେଷ ପେଟ୍ରୋଲ୍ ପମ୍ପରେ ପହଞ୍ଚି ଯାଇଥିଲି।

ପେଟ୍ରୋଲ ପମ୍ପ କଡ଼ରେ ଥିବା ନିର୍ମିୟମାଣ ହୋଟେଲର ଛାତହୀନ କୋଠରୀରେ ଯାଇ ମୁଁ ଲୁଗା ବଦଳାଇଲି, ଅର୍ଥାତ୍ ଶଙ୍କର ଦେହରୁ ବିଚ୍ୟୁତ ବସ୍ତ୍ର ଓ ବସ୍ତୁ ସବୁ ନିଜ ଦେହରେ ଖଞ୍ଜିଦେଲି ।

ଦ୍ୱିତୀୟ ଭାଗ

ଘଟଣାର ବହୁ ଦିନ ପରେ ଫୋରେନ୍‌ସିକ ପରୀକ୍ଷାଗାରରେ ଚାଲିଥିବା ପରୀକ୍ଷାର ଫଳ ପ୍ରକାଶ ପାଇଲା । ଘଟଣା ଦିନ ସେଇ ରାସ୍ତାରେ ଯାଇଥିବା ସର୍ବମୋଟ ୮୪୫ ଗୋଟି ଯାନ ମଧ୍ୟରୁ ୪୧୮ ଗୋଟି ଯାନର ୧୨୩୪ ଗୋଟି ଚକ ପରୀକ୍ଷା କରାଯାଇଥିଲା । ତହିଁରୁ ୬୪୦ ଗୋଟି ଚକରେ ମଣିଷର ଶବାଂଶ ଲାଖିଥିବାର ସ୍ପଷ୍ଟ

ଇଙ୍ଗିତମାନ ମିଳିଲା । ସର୍ବମୋଟ ୮୭ କିଲୋମିଟର ପଥ ମଧ୍ୟରୁ ୮ଟି ସ୍ଥାନରେ ୫୦୦ ମିଟର ଲେଖାଏଁ ରାସ୍ତାର ନମୁନା ପରୀକ୍ଷଣରୁ ଜଣାପଡ଼ିଲା ଯେ ଅନ୍ତତଃ ଦୁଇଟି ସ୍ଥାନରେ ଦୀର୍ଘ ୨୪୦ ମିଟର ରାସ୍ତାରେ ମଣିଷର ଶବାଂଶ ନେସି ହୋଇଯାଇଛି ।

ଘଟଣା ଦିନ ସେଇ ରାସ୍ତାରେ ଗାଡ଼ି ଇତ୍ୟାଦି ଚଳାଉଥିବା ଏବଂ ଚଳାଇ ଶିଖୁଥିବା ଲୋକଙ୍କର ଏକ ସମ୍ମିଳନୀ ଡକାଗଲା । ୪୧୮ ଜଣଙ୍କ ମଧ୍ୟରୁ ମାତ୍ର ୪୨ ଜଣ ଉପସ୍ଥିତ ହୋଇ ପୂର୍ବ କଥା ବୟାନ କଲେ । ତହିଁରୁ ଜଣାପଡ଼ିଲା ଯେ, ଉଲଗ୍ନ ଶଙ୍କର ରାସ୍ତା ଉପରେ ଠିଆହୋଇ ଉପରକୁ ଦୁଇହାତ ଟେକି ନାଚୁଥିବା ସମୟରେ ପିଠିରେ ତିନୋଟି ମିଲିଟାରୀ ଟ୍ରକ ବୋହି ଖୁବ୍ ଦ୍ରୁତଗତିରେ ଯୁଦ୍ଧକାଳୀନ ଭିତ୍ତିରେ ଧାବମାନ ଏକ ଅଠରଚକିଆ ପ୍ରକାଣ୍ଡ ଟ୍ରକ୍ ତା ଉପରେ ମାଡ଼ିଯାଇଥିଲା । ଏହାପରେ ଭୂପତିତ ଶଙ୍କରର ଶବକୁ ଏକ ବଣ ମଣିଷର ଶବ ମନେକରି ବିଭିନ୍ନ ଯାନର ଚାଳକଗଣ ତା ଉପରେ ଚକ ମଡ଼େଇ ଆଗକୁ ବଢ଼ିଲେ ।

ଏହିଭଳି କାରଣ, ପରିସ୍ଥିତି ଓ ସମୟରେ ଶଙ୍କର ନିଶ୍ଚିହ୍ନ ହୋଇଥିଲା ।

ମୁଁ ତା' ପକେଟରୁ ଯେଉଁ ଟଙ୍କା ପାଇଥିଲି, ତାହା ତାର ସ୍ମୃତି ପାଣ୍ଠି ପାଇଁ ରଖିଛି, ମାତ୍ର ଯେଉଁ କାଗଜ ଖଣ୍ଡିକ ପାଇଲି, ତହିଁରେ ଯାହା ଯେପରି ଲେଖାଥିଲା, ତାହା ଏ ରଚନାର ତୃତୀୟ ଭାଗ ରୂପେ ପ୍ରକାଶ କରୁଛି ।

ତୃତୀୟ ଭାଗ

"ସେମାନେ କାହିଁକି ପାଗଳଗାରଦ ଖୋଲିଛନ୍ତି ? ପାରିବାରିକ ବା ସାମାଜିକ ଜୀବନ ସହ ଠିକ୍ ଖାପ ଖାଉ ନଥିବା ଲୋକଙ୍କୁ 'ଆଡ଼ବାୟା' ଆଖ୍ୟା ଦେଇ ନିଜଠାରୁ ଅଲଗା କରି ରଖିବା ପାଇଁ । ଏଡେ ବଡ଼ ବିଶ୍ୱରେ, ସଂପୂର୍ଣ୍ଣ ସୁସ୍ଥ ମସ୍ତିଷ୍କ ବୋଇଲେ କଣ ବୁଝିବାକୁ ହେବ, ସେ କଥା ମନପଣ୍ଡିତମାନେ କହିନାହାନ୍ତି । ଯେଉଁମାନେ ସେଇ ପାଖାପାଖି କଥା କହିଛନ୍ତି, ସେମାନଙ୍କ କହିବା ପଛରେ କେତେଟା ଖାମଖିଆଲି ପରୀକ୍ଷା ନିରୀକ୍ଷା ବ୍ୟତୀତ ଅନ୍ୟ କୌଣସି ବଳିଷ୍ଠ ପ୍ରମାଣ ନାହିଁ । ତଥାପି ଏତେ ଲୋକ କେଡ଼େ ସୁନ୍ଦର, ସୁଖ ଆଉ ଆରାମରେ ଜୀବନଯାପନ କରୁଛନ୍ତି । ତା ହେଲେ ମୋର ମୁଣ୍ଡ ଭିତରଟା କାହିଁକି ଏତେ ଧପ୍‌ଧପ୍ ହେଉଛି ?"

ଗୋଟିଏ ପାଖରେ ଏସବୁ କଥା ସହିତ ଶଙ୍କର ବହୁବାର ନିଜର ଦସ୍ତଖତ କରିଥିଲା । ସେ ବୋଧହୁଏ ସକଳ ପ୍ରକାର ଅସ୍ଥିରତା ଓ ଯନ୍ତ୍ରଣା ସୁଦ୍ଧା ଆତ୍ମବିଶ୍ୱାସ ହରାଇନଥିଲା । ତେଣୁ ବାରଂବାର ନିଜକୁ ଜାହିର କରିଥିଲା । କାଗଜର ଅପର

ପାର୍ଶ୍ୱରେ ଗଋରିଟି ସ୍ତମ୍ଭରେ ଏହି ଶବ୍ଦମାନ ଲିଖିତ ହୋଇଥିଲା :

ତୁମର	ଚେତନା	ଅବସର	ତୁମେ
ବିଷୟ	ଅଭାବିତ	ପ୍ରଚେଷ୍ଟା	ଉପଯୁକ୍ତ
ଗୋଟିଏ	ଉତ୍ତେଜକ	କ୍ରୋଧୀ	କିମ୍ବା
ଆଜି	ଆସ	ଭିତରେ	କେହି ଜଣେ
ଛୋଟ	ରାତି	ଭଲ	ଜୀବନ
ମାଧ୍ୟମରେ	ରଖ	ପ୍ରଭାବ	ଆର୍ଥିକ
ପତନ	ସାମାଜିକ	କଷ୍ଟକର	ସ୍ୱାଭାବିକ
କେବଳ	ଜଣାଶୁଣା	ବୋଧହୁଏ	ଭ୍ରମଣ
କାମ	ସମ୍ଭବତଃ	ଯୋଜନାବଦ୍ଧ	ଯାଅ
ଫଳାଫଳ	ଅନ୍ୟମାନେ	ବନ୍ଧୁଗଣ	ଦିନ
ପରିବର୍ତ୍ତନ	ମୋହିନୀ	ହେବ	ଅଗ୍ରଗତି
ସଂପୂର୍ଣ୍ଣ	ନିଶ୍ଚୟ	ଆରମ୍ଭ	ସକାଶେ
ଏବଂ	ତେବେ	ଯଦିଓ	ହଠାତ୍

ଏହା ତଳକୁ ଲେଖାଅଛି- "ବାରମ୍ବାର ନିଜକୁ ଶେଷ କରିବା ସକାଶେ ଆଗେଇ ଯିବାର ଠିକ୍ ପୂର୍ବ ମୁହୂର୍ତ୍ତରେ ଏଇ ଶବ୍ଦମାନ ପଢ଼ି ମୁଁ ଅସଂଖ୍ୟ ବାକ୍ୟ ଗଢ଼ିଛି ଓ ଅଟକି ଯାଇଛି । ବନ୍ଦ କୋଠିରିରେ ଆତ୍ମହତ୍ୟା କରିବା ମୋ ଦ୍ୱାରା ସମ୍ଭବ ନୁହେଁ।"

ମୁଁ ସନାତନ କହୁଛି

ରାଧା ବିନୋଦ ନାୟକ

ମୃତ୍ୟୁ ଯେତେବେଳେ ସନାତନର କୋଠରି ମଧ୍ୟରେ ଏକ ଅସହାୟ ପରିବେଶ ସୃଷ୍ଟି କରିଥିଲା, ଠିକ୍ ସେଇ ସମୟରେ କାଳ ପେଚାଟିଏ ତା' ଛାତି ଉପରେ ବସି ଦୁଇଟି ଗୋଲ ରହସ୍ୟମୟ ଆଖିରେ ଦୁନିଆର ରୂପ କଳୁଥିଲା।

ତେଣେ ସମୁଦ୍ରର ଢେଉ ଆକାଶକୁ ଛୁଇଁବା ପାଇଁ ପର୍ଯ୍ୟାୟକ୍ରମେ ଅଧିକ ସ୍ଫୀତ ହେଉଥିଲା ବେଳେ ଆକାଶରେ ମେଘ ଜମାଟ ବାନ୍ଧି ଆକସ୍ମିକ ବଜ୍ରପାତରେ ଆଶଙ୍କା ମନରେ ଆଣୁଥିଲା।

ସନାତନର ମୁକ୍ତି ମୁହୂର୍ତ୍ତ ନିକଟ ହେଉଛି। ସନାତନର ରୋଗଶଯ୍ୟା। ପୁରୁଣା ତକ୍ତପୋଷ ଉପରେ ହାତଗୋଡ଼ ମେଲା କରି ପ୍ରକାଶ୍ୟ ସନାତନ ମୃତ୍ୟୁକୁ ଅପେକ୍ଷା କରିଛି। ପାଖ ଟି' ପୟ ଉପରେ କେତୋଟି ଫାଙ୍କା ଶିଶି। ଅନ୍ଧକାର କୋଠରିଟିରେ ଆଲୋକ କହିଲେ ଗୋଟିଏ ଲଣ୍ଠନ। କାଚ ଦେହରେ କଳା ବସିଯାଇଥିବାରୁ ଟି' ପୟର ଗୋଲାକାର ଭୂମି କେବଳ ଆଲୋକିତ।

ପ୍ରକାଶ୍ୟରେ ସନାତନ ଯନ୍ତ୍ରଣାରେ ଚିତ୍କାର କରୁଛି। ତା' ଭିତରର ସ୍ଥିତପ୍ରଜ୍ଞ ସନାତନ ତାକୁ ସତର୍କ କରୁଛି- "ଦେଖ ସନାତନ, ଏତେଦିନ ଗୋଟେ ଧାରଣାରେ ବଞ୍ଚି ଆସିଲୁ। ମଣିଷ ମୁକ୍ତହୋଇ ଜନ୍ମ ନେଇଛି। ସ୍ୱାଧୀନତା ତା'ର ଅଧିକାର। ଅନେକ ତ ଦଉଡ଼ିଲୁ, ଜଣଜଣ କରି ବୁଝେଇଲୁ, ପ୍ଲାଟ୍‌ଫର୍ମରେ ହାଠ ମୁଠାକରି ଘୋଷଣା କଲୁ ତୁ ମୁକ୍ତ, ତୁ ମୁକ୍ତ ! କିନ୍ତୁ କିଛି ଅନୁଭବ କଲୁ ? ତୋରି ଘୋଷଣା ତୋ କାନରେ ଏକ ପରିହାସରେ ପରିଣତ ହେଲା। ତୁ କେବେ ମୁକ୍ତ ନଥିଲୁ, ଏବେ ମଧ୍ୟ ନୁହେଁ।

ଶୁଣ ମୋ କଥା- ଯଦି ପ୍ରକୃତରେ ମୁକ୍ତି ଚାହୁଁ ଚିଠିକରି ଶୋଇପଡ଼। ଅଯଥାରେ ଛାଟିପିଟି ହୋଇ ଶରୀରକୁ କଷ୍ଟ ଦେବାର ଅର୍ଥ କ'ଣ ?"

ସନାତନ ନୀରବ ହେଲା। ତା'ର ମୁକ୍ତି ମୁହୂର୍ତ୍ତ ନିକଟ ହେଉଛି। ସନାତନ ଶୋଇଶୋଇ ସ୍ୱପ୍ନ ଦେଖୁଛି । ଠିକ୍ ସ୍ୱପ୍ନ ତ ନୁହେଁ, ବରଂ ମୃତ୍ୟୁକାଳୀନ ଅଛିନାହିଁର ଅସଂଯତ ମାନସିକ ଅବସ୍ଥା ଭିତରେ ସେ କେତୋଟି ଖଣ୍ଡିତ ଚିତ୍ର ଦେଖୁଛି। ଚିତ୍ରଗୁଡ଼ିକ ସନାତନର ଦୀର୍ଘ ତିରିଶବର୍ଷ ଜୀବନକାଳ ମଧ୍ୟରେ କେତେ ଗୁଡ଼ିଏ ଅନୁଭୂତି: ତାକୁ ନାଚିବା ହସିବା, କାନ୍ଦିବାରେ ସାହାଯ୍ୟ କରିଛନ୍ତି କିମ୍ବା ଏମିତି ସବୁ କ୍ଷେତ୍ର ପ୍ରସ୍ତୁତ କରିଛନ୍ତି, ଫଳରେ ଏ କ୍ରିୟାଗୁଡ଼ିକ ତା' ଜୀବନରେ ସ୍ୱତଃ ସଙ୍ଘଟିତ ହୋଇଛି। ଘଟୁଥିବା ଘଟଣାଗୁଡ଼ିକର କ୍ରମ ଏହିପରି।

ସାମାନ୍ୟ କୋଳାହଳରେ ସନାତନ ଆଖି ଖୋଲି ଦେଖିଲା କୋଠରିରେ କେତେଗୁଡ଼ିଏ ବିଚିତ୍ର ମଣିଷ। ଆପାତତଃ ଦେଖାରେ ସେମାନଙ୍କୁ ମଣିଷ ବୋଲି ଧରିନେବାରେ କିଛି ଅସୁବିଧା ନାହିଁ । କାରଣ ମଣିଷଠାରୁ ବ୍ୟତିକ୍ରମ କହିଲେ କେବଳ ସେମାନଙ୍କର ମସ୍ତିଷ୍କ । ମଣିଷର ମସ୍ତିଷ୍କକୁ ସୁରକ୍ଷିତ କରୁଥିବା ପିଟା ଲୁହା ଚାଦରରୂପକ ଖପୁରୀର ଉପର ଅଂଶ ସେମାନଙ୍କର ନଥିଲା। ଖପୁରୀଟି ନଥିବାରୁ ମସ୍ତିଷ୍କ ସୁରକ୍ଷିତ ହେଇପାରିନି, ଫଳରେ ସେ ସ୍ଥାନ ଶୂନ୍ୟ।

ସନାତନ ଆଖିର ଡୋଳା ଦୁଇଟିକୁ ସେମାନଙ୍କ ଉପରେ ସ୍ଥିର କଲା; କିନ୍ତୁ ମଣିଷ ନାମଧାରୀ ସେହି ଅସମ୍ପୂର୍ଣ୍ଣ ଜୀବଗୁଡ଼ିକ ତରଙ୍ଗାୟିତ ଭାବେ ତା' ବିଛଣାର ଧାରେ ଧାରେ ଘୂରୁଥିଲେ ଏବଂ ଅଳ୍ପ ବ୍ୟବଧାନରେ ଆନନ୍ଦଧ୍ୱନି କରୁଥିଲେ। ସେମାନେ ବୋଧହୁଏ ସେମାନଙ୍କର ହିପ୍ ହିପ୍ ହୁରା କିମ୍ବା 'ଜୟ' ପରି କେତେଗୁଡ଼ିଏ ଧ୍ୱନି ଦେଉଥିଲେ।

ସନାତନ ସେମାନଙ୍କୁ ଚିହ୍ନିବାକୁ ଚେଷ୍ଟା କଲା। ମୁହଁଗୁଡ଼ିକ ଅନେକ ଜଣାଜଣା। କେବେ ଯେମିତି ଅତି ଆପଣାର ଥିଲେ, ଅଥଚ କୋଉଠି କଣ ସମ୍ପର୍କଟା ଛିଡ଼ିଗଲା ଯେ ଯୋଗସୂତ୍ର ନାହିଁ। ହୁଏତ ସେମାନେ ଦୂରକୁ ଚାଲିଗଲେ କିମ୍ବା ସନାତନ ଛିଟିକିଯାଇ କୋଉ ଅପନ୍ତରାରେ ପଡ଼ିଗଲା।

ସନାତନକୁ ବେଢ଼ି ନାଚୁଥିବା ମଣିଷମାନଙ୍କ ମଧ୍ୟରୁ ଦୁଇଜଣ ଧାଡ଼ିରୁ ବାହାରି ଆସି ତା' ବିଛଣା କଡ଼ରେ ବସିଲେ। ତା' ପରେ ପରସ୍ପରକୁ ଚାହିଁ ଆଖିରେ ହସି ସାରି ଜଣେ ତା'ର କପାଳରେ ଏବଂ ଅନ୍ୟଜଣକ ତା' ଦେହରେ ହାତ ବୁଲେଇଲା।

ସନାତନ ବୋକା ହୋଇ ସେମାନଙ୍କୁ ଚାହିଁଲା। ଆଗନ୍ତୁକ ଦୁଇଜଣ ବୁଝିଗଲେ ସନାତନ ସେମାନଙ୍କୁ ଠିକ୍ ଭାବେ ଚିହ୍ନିପାରୁନି। ତା'ପରେ ସେମାନେ ଉଠି ଠିଆହେଲେ

ଓ ସେମାନେ ଯୁଆଡ଼େ ଯାଉଛନ୍ତି, ତାଙ୍କ ପଛେ ପଛେ ଚାଲିବାକୁ ସନାତନଙ୍କୁ ନିର୍ଦ୍ଦେଶ ଦେଲେ।

ସନାତନ ଆଖି ବନ୍ଦ କଲା। (ପ୍ରକାଶ ଥାଉକି ଆଖି ବନ୍ଦ କଲାପରେ ଘଟଣାଗୁଡ଼ିକ ସନାତନକୁ ସ୍ପଷ୍ଟ ମନେହେଉଛି।)

ପ୍ରଥମ ପର୍ବ :

ସନାତନ ସେମାନଙ୍କ ପଛେପଛେ ଚାଲିଛି। ଏମିତି ସେମାନେ ଚାଲିଲେ କିଛି ସମୟ। ପରେ ଦେଖାଗଲା ଗୋଟିଏ ଆଲୋକିତ ଅଞ୍ଚଳ, ଯେଉଁଠି ବିରାଟ କୋଠାଘରମାନ ଆକାଶକୁ ଛୁଇଁଲା ପରି । ସମସ୍ତ ଅଞ୍ଚଳଟି ଏକ ଉଚ୍ଚ ଇଟା ପ୍ରାଚୀର ଦ୍ୱାରା ପରିବେଷ୍ଟିତ। ସେ ସ୍ଥାନର କେନ୍ଦ୍ରବିନ୍ଦୁରେ ମନ୍ଦିରଟିଏ ଏବଂ ମନ୍ଦିର ମଧ୍ୟରେ କେତେଗୁଡ଼ିଏ ପାହାଚ କ୍ରମେ ଉପରକୁ ଉଠିଯାଇ ଶେଷରେ ଏମିତି ସ୍ଥାନରେ ମିଶିଯାଇଛି ଯେଉଁଠାରେ ପହଞ୍ଚିବା ପାଇଁ ସେଠାରେ ଉପସ୍ଥିତ ପ୍ରତ୍ୟେକ ବ୍ୟକ୍ତି ଇଚ୍ଛା କରିଥାନ୍ତି। ସେଠାରେ ପହଞ୍ଚିଗଲା ପରେ ସେ ଲୋକଙ୍କୁ ସ୍ୱତନ୍ତ୍ର ଉତ୍ସବରେ ସମ୍ମାନିତ କରାଯାଇ ଦୁନିଆରେ ସେ ଜଣେ ବିଜ୍ଞ ଲୋକ ବୋଲି ସ୍ୱୀକୃତି ଦିଆଯାଏ ।

ସେଠାରେ ପହଞ୍ଚିଗଲା ପରେ ସନାତନ ସ୍ୱତଃ ସେ ପାହାଚ ନିକଟକୁ ଚାଲିଯାଉଛି ଏବଂ ତାକୁ ଏତେ ବାଟ ଟାଣିନେଇ ଆସିଥିବା ଭଦ୍ରବ୍ୟକ୍ତି ଦୁଇଜଣ ମନ୍ଦିର ନିକଟରୁ ଦୂରେଇ ଯାଇ ନିକଟସ୍ଥ ଘାସ ପଡ଼ିଆରେ ପଦଚାରଣ କରୁଛନ୍ତି।

ସନାତନକୁ ସ୍ଥାନଟି କ୍ରମେ ପରିଚିତ ମନେହେଉଛି।

ଛନ୍ଦାଛନ୍ଦି ହୋଇ ଅନେକ ସରୁ ରାସ୍ତା, କଡ଼କୁ କୃଷ୍ଣଚୂଡ଼ା ଗଛ। ଗଛଗଡ଼ିକର ଶୀର୍ଷଦେଶ ଏବଂ ଆକାଶ ମଝିରେ ଥିବା ଶୂନ୍ୟତାର ସ୍ୱତନ୍ତ୍ର ରଙ୍ଗ ନାହିଁ, ଅଥଚ ପରିଷ୍କାର କାଚ ପରି । ସେଇ ଗଛମାନଙ୍କ ଉପରେ ଥାକଥାକ ଫୁଲ ସବୁଜ କାନ୍‌ଭାସ୍ ଉପରେ ଡିପ୍ ଲାଲ୍‌ରଙ୍ଗ ପରି ।

ତା’ ତଳେ ପୁଣି ଦେଖାଯାଉଛି ଯୁବକ ଯୁବତୀ କିମ୍ବା ରକ୍ତ ମାଂସର ଶୋଭାଯାତ୍ରା। ଅନେକ ପସନ୍ଦ କରୁଛନ୍ତି ସେ ମନ୍ଦିରର ପାହାଚ ଦେଇ ଅନିର୍ଦ୍ଦିଷ୍ଟ ପଥ ଅତିକ୍ରମ କରିବା ଅପେକ୍ଷା କୃଷ୍ଣଚୂଡ଼ା ଗଛମୂଳେ ରକ୍ତ ବିନିମୟକୁ । ଯୁବତୀମାନଙ୍କ ଅନାବୃତ୍ତ ନାଭିମଣ୍ଡଳର ନିମ୍ନାଂଶ, ଉଚ୍ଚ ବକ୍ଷ ଆଉ ସେମାନଙ୍କ ଚାହାଣୀକୁ ମିଶାଇ ଦେଲାପରେ ହଠାତ୍ ସେ ଅଞ୍ଚଳରେ ବକୁଳଫୁଲର ବାସ୍ନା ଅନୁଭବ କରାଯାଏ ଓ ପ୍ରତ୍ୟେକ ବସ୍ତୁ କେବଳ ରକ୍ତବର୍ଣ୍ଣ ଦେଖାଯାଆନ୍ତି ।

ଯୁବକ ଯୁବତୀଙ୍କର ସେ ଶୋଭାଯାତ୍ରାରେ ଦି’ଜଣ ମିଶିଯାଉଛନ୍ତି ଓ ପରେ ପରେ ସେଠାରୁ ଅଳ୍ପ ଦୂରରେ ଥିବା ଜଙ୍ଗଲକୁ ଯୁବତୀ କନ୍ୟାମାନଙ୍କୁ ଡାକିନେଇ

ଉଲଗ୍ନ କରୁଛନ୍ତି । ତା' ପରେ ତାଙ୍କ ପାଟିରେ ସେମାନଙ୍କ ତାଜା ରକ୍ତକୁ ପିଇ ଯାଉଛନ୍ତି ।

ପୁଣି ସେ ଦୁଇଜଣଙ୍କୁ ଦେଖାଯାଉଛି ନିର୍ଦ୍ଦିଷ୍ଟ କେଫେରେ। ଦି'କପ୍ କଫି କିଛି ସିଗ୍ରେଟ୍ ପରେ ପ୍ରଶସ୍ତ ରାସ୍ତା, ଜହ୍ନରାତି, ଯୁବତୀମାନଙ୍କ ପାଇଁ ନିର୍ମିତ ପ୍ରାସାଦର ଦ୍ୱାର ଦେଶରେ।

ସନାତନ ସେ ପାହାଚଗୁଡ଼ିକୁ ଯେତେ ଅତିକ୍ରମ କରୁଛି ଲୋକ ଦୁଇଟି ତାକୁ ଅଧିକ ପରିଚିତ ମନେ ହେଉଛନ୍ତି।

ସନାତନ ପାହାଚର ଶୀର୍ଷଦେଶରେ ପହଞ୍ଚିଗଲା ଓ ସେତେବେଳେ ସ୍ପଷ୍ଟ ଚିହ୍ନିପାରିଲା ସେ ଦୁଇଜଣ ତା'ର ସମଧର୍ମୀ ବନ୍ଧୁ ଗୋବର୍ଦ୍ଧନ ଏବଂ ଗଦାଧର। ଯଦିଓ ସେମାନେ ମନ୍ଦିରରେ ପ୍ରବେଶ କରିବାକୁ ଇଚ୍ଛା କରିନାହାନ୍ତି। କାରଣ ସେମାନେ ସେଠାକାର ଯୁବତୀ, ରାସ୍ତା, ଜହ୍ନରାତି, କେଫେ ଓ କୃଷ୍ଣ ଚୂଡ଼ା ଗଛମାନଙ୍କୁ ଆବୋରି ନେଇଥିଲେ ନିଜକୁ, ନିଜର ଖିଆଲକୁ ପ୍ରକାଶ କରିବା ପାଇଁ।

(ଗୋବର୍ଦ୍ଧନର ନାମ ସହିତ ଆକୃତି ଏବଂ ଆକୃତି ସହିତ ବୁଦ୍ଧିର ମେଳ, ଗଦାଧର ଆକୃତିରେ ସ୍ଥୁଳ ଅଥଚ ଧୂର୍ତ୍ତ, ସନାତନ ସାଧାରଣ ସ୍ୱାସ୍ଥ୍ୟର ଯୁବକ କିନ୍ତୁ ସ୍କଲାର ବୋଲି ପରିଚିତ।)

ସନାତନ ଆଲୋକ ରାଜ୍ୟରେ ରହି ଚାରିଆଡ଼କୁ ଚାହିଁଲା.....ଚାହିଁଲା ଗୋବର୍ଦ୍ଧନ ଓ ଗଦାଧରକୁ। କେତେଟା ବର୍ଷ ବିତିଯାଇଛି । ସେମାନେ ଭୁଲିଗଲେ ସେମାନଙ୍କର ଉଦ୍ଦେଶ୍ୟ। ସନାତନ ଖୁବ୍ ହାଲୁକା ଅନୁଭବ କରୁଛି।

ସେଠାରୁ ସନାତନକୁ ପାଛୋଟି ନେବା ପାଇଁ ଜଣେ ଲୋକ (ଯେ ଏକ ସ୍ୱତନ୍ତ୍ର ପୋଷାକ ପରିଧାନ କରିଛନ୍ତି।) ଉପସ୍ଥିତ ହେଲେ ଓ ସନାତନକୁ ଜଣାଇଲେ ଯେ ତା' ସହିତ ଅନ୍ୟ ଯେଉଁମାନେ ସେ ଆଲୋକିତ ରାଜ୍ୟରେ ପହଞ୍ଚିଛନ୍ତି, ସେମାନଙ୍କୁ ସ୍ୱୀକୃତି ଦେବାକୁ ମନ୍ଦିରର ମହନ୍ତଙ୍କ ଦ୍ୱାରା ଏକ ଉତ୍ସବର ଆୟୋଜନ ହେଉଛି। ସନାତନର ଦୃଷ୍ଟି ଦିଗନ୍ତକୁ ପ୍ରସାରିତ ହେଉଛି।

ମନ୍ଦିରର ମହନ୍ତ ଘୋଷଣା କଲେ- ଆଜି ଯେଉଁମାନଙ୍କୁ ଏଠାରେ ସ୍ୱୀକୃତି ଦିଆଗଲା, ସେମାନେ ସମାଜରେ ଏକ ସ୍ୱତନ୍ତ୍ର ଗୋଷ୍ଠୀ। ସେମାନଙ୍କ ମସ୍ତିଷ୍କର ଉଚିତ୍ ବିନିଯୋଗରେ ସମାଜର ରୂପ ବଦଳିବ। ତା' ପରେ ସେ ସନାତନ ସମେତ ଅନ୍ୟମାନଙ୍କ ମୁଣ୍ଡ ଉପରେ ନିଜର ହାତଟିକୁ ଟେକିଦେଇ ଆଶୀର୍ବାଦ କଲେ- ଯାଅ ବତ୍ସ ! ତମମାନଙ୍କ ପାଇଁ ଦୁନିଆଁର ପଥ ଏବେ ଉନ୍ମୁକ୍ତ। ତରୁଣୀ ଭାର୍ଯ୍ୟା ସହିତ ସୁଖରେ ସାଂସାରିକ ଜୀବନ ଅତିବାହିତ କର।

ଗୁରୁଙ୍କର ଆଶୀର୍ବାଦ ଶିରରେ ବହି ସନାତନ ଉତ୍ସବ ମଣ୍ଡପରୁ ତଳକୁ ଓହ୍ଲାଇ ଆସୁଥିଲା ବେଳେ ଦେଖିଲା ଗୋବର୍ଦ୍ଧନ ଏବଂ ଗଦାଧର ତାକୁଇ କେବଳ ଅପେକ୍ଷା କରିଛନ୍ତି । ସେମାନଙ୍କ ପରାଜୟରେ ସନାତନ ଦୁଃଖ ପ୍ରକାଶ କଲା । ସେମାନେ କିନ୍ତୁ ବେଶ୍ ପ୍ରଫୁଲ୍ଲ ଦେଖା ଯାଉଥିଲେ। ସନାତନ ତାଙ୍କ ନିକଟରେ ପହଞ୍ଚିଗଲା ପରେ ତିନି ବନ୍ଧୁଙ୍କର ଏକ ଛୋଟ ଶୋଭାଯାତ୍ରା ବାହାର ଦୁନିଆ ଉଦ୍ଦେଶ୍ୟରେ ଆଗେଇଲା।

ବିରାଟ ପ୍ରାଚୀରର ପ୍ରବେଶଦ୍ୱାର ଖୋଲିଗଲା । ତିନି ବନ୍ଧୁ ସେ ପରିବେଶ ମଧ୍ୟରୁ ମୁକ୍ତ ହୋଇ ରାଜପଥରେ ପାଦ ଦେଲେ। କିଛିବାଟ ଚାଲିଲା ପରେ ଗୋଟାଏ ଟ୍ରାଫିକ୍ ପୋଷ୍ଟ, ଯେଉଁଠି ସେମାନେ ଅଟକି ଯାଇ ପରସ୍ପରକୁ ଚାହିଁଲେ ଓ ଦୁଇ ହାତ ପାପୁଲିରେ କିଛି ସମୟ ଧରି ନିଜର ମୁହଁକୁ ପୋଛିବାକୁ ଲାଗିଲେ। ଠିକ୍ ସେତିକବେଳେ ଗୋଟିଏ ଶୋଭାଯାତ୍ରା ସେଇ ବାଟ ଦେଇ ଆସିଲା। ସୁଯୋଗ ଉପସ୍ଥିତ ଦେଖି ଗୋବର୍ଦ୍ଧନ ସେ ଟ୍ରାଫିକ୍ ପୋଷ୍ଟ ଉପରେ ଠିଆହୋଇ ଶୋଭାଯାତ୍ରାକାରୀଙ୍କ ଉଦ୍ଦେଶ୍ୟରେ କିଛି କହିବାକୁ ଉଦ୍ୟତ ହେଉଥିଲା ବେଳେ ଗଦାଧର "ଜନନେତା ଗୋବର୍ଦ୍ଧନ ଭୋଇ କି ଜୟ" ବୋଲି କେତୋଟି ପଦ ଉଚ୍ଚାରଣ କଲା ଓ ପରେପରେ ସେ ଲୋକମାନେ ସେମାନଙ୍କର ମିଳିତ ସ୍ୱର ଗଦାଧରର ସ୍ୱର ସହିତ ମିଶାଇଦେଲେ। ତା' ପରେ ସେମାନଙ୍କ ହାତରୁ ଗୋଟିଏ ଫୁଲମାଳ ଆଣି ଗୋବର୍ଦ୍ଧନ ବେକରେ ଗଳେଇ ଦେଲା। ଗୋବର୍ଦ୍ଧନର ଏବଂ ତା'ର ବୋକାଳିଆ ଚେହେରା ସହିତ ଫୁଲମାଳଟି ମିଶିଗଲାପରେ ସେ ଗୋଟିଏ ଆଧୁନିକ ନେତା ପରି ଦେଖାଗଲା।

ସନାତନ ଚାହିଁ ରହିଛି। ଶୋଭାଯାତ୍ରା ଆଗରେ ଗୋବର୍ଦ୍ଧନ, ତା'ପଛକୁ ଗଦାଧର ଓ ସେମାନଙ୍କ ପଛକୁ ଶୋଭାଯାତ୍ରାକାରୀ ।

ଶୋଭାଯାତ୍ରା ଚାଲିଗଲା । ସନାତନ ଆଗରେ ଚାରିଦିଗକୁ ଚାରୋଟି ରାସ୍ତା । କୌଣସି ଗୋଟିଏ ରାସ୍ତାରେ ଚାଲିବାକୁ ପଡ଼ିବ । ସନାତନ ସେ ଭିତରୁ ଗୋଟିଏ ଦିଗ ହଠାତ୍ ଠିକ୍ କରିନେଇ ସେଇ ରାସ୍ତାରେ ଚାଲିବାକୁ ଲାଗିଲା । ଆଗରେ ବିରାଟ କୋଠାଘର। ସନାତନ ମନରେ ଦ୍ୱନ୍ଦ୍ୱ। ତଥାପି ଗୋଟିଏ ରାସ୍ତାରେ ଚାଲିବାକୁ ହେବ। ସନାତନ ସେ କୋଠାଘରେ ପଶିଗଲା। ସନାତନ ଆଖି ଖୋଲିଲା।

ପୂର୍ବବର୍ତ୍ତୀ ଘଟଣା ସହିତ ସମ୍ପର୍କ ଥିବାରୁ ସେ ଦୁଇଜଣ ବ୍ୟକ୍ତିଙ୍କୁ ଏବେ ଚିହ୍ନି ପାରିଲା । କ୍ଷୋଭ ଏବଂ ଉଦ୍‌ବେଗରେ ସେ ବ୍ୟସ୍ତ ହୋଇପଡ଼ିଲା। ପୁଣି କାହିଁକି! ତମ ନିକଟରୁ ନିଜକୁ ସଂପୂର୍ଣ୍ଣ ଦୂରେଇ ନେଇ ହାରିଯାଇଛି ବୋଲି ଘୋଷଣା କରି ସାରିଲା ପରେ ମୋର ନିଜପଣିଆ ଆଉ କ'ଣ ରହିଲା ଯେ, ତମେ ମୋ ପାଖକୁ ପୁଣି

କଷ୍ଟ କରି ଆସିଛ ! !

ସନାତନ ତା'ର ଦୁଇଟି ଦୁର୍ବଳ ହାତରେ ଶେଯକୁ ଜାବୁଡ଼ି ଧରିଲା.... । ଗୋଟିଏ ଅଧିକାର ଗହ୍ୱରରେ ପଡ଼ି ଯାଇଥିଲା ବେଳେ କେତେ ତୁମକୁ ଡାକିଛି, ଅନୁନୟ ହୋଇ କେତେ ଚିତ୍କାର କରିଛି । ଗୋବର୍ଦ୍ଧନ, ଗଦାଧର ମୋତେ ବଞ୍ଚାଅ, ମୋ ହାତଧରି ଟିକେ ଆଲୋକ ରାଜ୍ୟରେ ପହଞ୍ଚିବାକୁ ମୋତେ ସାହାଯ୍ୟ କର । କିନ୍ତୁ ତୁମେ ଶୁଣିଲ ? ବରଂ ମୋ ଯନ୍ତ୍ରଣାରେ ତମେ ଆନନ୍ଦିତ ହେଲ । ମୋ ପାଖ ଦେଇ ଚାଲିଗଲା ବେଳେ ତମ ନିଜସ୍ୱ ଅହଙ୍କାର ଟିକକ ଫୁଲ୍‌କା ହୋଇ ତମ ମୁହଁରେ ରୂପ ପାଇଛି । ମୁଁ ସେମିତି ଖୋଲା ହାତ ଦୁଇଟି ଟେକି ତୁମକୁ ଚାହିଁଥିଲି ସିନା ଧରିପାରିଲି ନାହିଁ । ଆଉ ଫେରେ କାହିଁକି ?

ଗୋବର୍ଦ୍ଧନ : ଏଥିରେ ଆମର ଦୋଷ ରହିଲା କେଉଁଠି ?

ସନାତନ : ମୁଁ କାହାରିକୁ ଦୋଷ ଦେଉନି ।

ତେବେ ?

କିଛି ନୁହେଁ, ତୁମେ ଚାଲିଯାଅ ।

ଚାଲିଯିବୁ ନିଶ୍ଚୟ, କିନ୍ତୁ ଦେଖ, ତୁ ବଞ୍ଚିବା ସହିତ ସନ୍ଧିକରି ପାରିଲୁନାହିଁ । ସବୁବେଳେ ସ୍ରୋତର ପ୍ରତିକୂଳରେ ଚାଲିବାକୁ ଚେଷ୍ଟାକଲୁ !

ନା, ଠିକ୍ ସେୟା ନୁହେଁ, ବରଂ ମୁଁ....ମୁଁ ଚେଷ୍ଟା କରୁଥିଲି ଯଦି ଏଇ ପୁରୁଣା ସ୍ରୋତର ଧାରାକୁ ବଦଳେଇ ଦିଆଯାଇ ପାରନ୍ତା ।

ପାରିଲୁ ? ପାରିବୁ ନାହିଁ । ନପାରିଲେ ସନ୍ଧିପତ୍ରରେ ସ୍ୱାକ୍ଷର କରିବା ଏକ ସ୍ୱାଭାବିକ କଥା । ତୋ ମୁଣ୍ଡର ଉପର ଅଂଶକୁ କାଟିଦେଇ ଯଦି ସେମାନଙ୍କ ପରି ହେଇଯାଇଥାନ୍ତୁ କ'ଣ କ୍ଷତି ହୋଇଥାନ୍ତା ।

ମୁଁ ପାରୁନି ।

ଚେଷ୍ଟା କର୍ । ଏବେ ବି ସମୟ ଅଛି । ସେମାନେ ତୋ ପାଖକୁ ଆସିଛନ୍ତି । ସନାତନର ବିଛଣା କଡ଼ରେ ଅନ୍ୟ ଯେଉଁମାନେ ରହି ତରଙ୍ଗାୟିତ ଭାବେ ଗତି କରୁଥିଲେ, ସେମାନେ ତା' ନିକଟକୁ ଆସିଲେ । ସେମାନେ ନିକଟକୁ ଆସି ସନାତନକୁ ପ୍ରଶ୍ନ କଲେ- "ଆମକୁ ଚିହ୍ନି ପାରୁଛ ?"

ସନାତନ ପୁନଶ୍ଚ ଆଖି ବନ୍ଦ କଲା ।

ଦ୍ୱିତୀୟ ପର୍ବ :

ପୂର୍ବର ସେହି କୋଠାଘର । ଭିତରେ ପଶିଗଲେ ଲମ୍ବା ଲମ୍ବା ହଲ୍ । କାନ୍ଥରେ ଝରକା ନାହିଁ । ବାହାରର ମୁକ୍ତବାୟୁ ନାହିଁ । ବିଜୁଳିପଙ୍ଖା, ଅସ୍ପଷ୍ଟ ଆଲୋକ ସହିତ

ସେଠାକାର ଲୋକମାନଙ୍କ ଦୀର୍ଘଶ୍ୱାସ ମିଶି (ଯେଉଁମାନେ ବଞ୍ଚିବା ସହିତ ସାଲିସ୍ କରି ନେଇଛନ୍ତି) ହଲ୍‌ର ବାୟୁମଣ୍ଡଳ ଦୂଷିତ ଏକପ୍ରକାର । ତା' ଭିତରେ ସନାତନର ଗୋଟିଏ ନିର୍ଦ୍ଦିଷ୍ଟ ଆସନ । କାର୍ଯ୍ୟକ୍ଷେତ୍ର ଖଣ୍ଡିଏ ପୁରୁଣା ଟେବୁଲ୍, ଯେଉଁଥିରେ ଅନେକଥର ଢାଳିହେଇ ପଡ଼ିଥିବା ନାଲି ଏବଂ କଳା କାଳିର ଚିହ୍ନ ବିକୃତ ଦିଶୁଛି । ସନାତନକୁ ଧାରଣା ଦିଆଯାଇଛି ସେଠି ଥିବା ପର୍ଯ୍ୟନ୍ତ ସେଇ ଟେବୁଲ୍ ଓ ତା' ନିକଟରେ ଥାକମରା ହୋଇଥିବା ପୁରୁଣା କାଗଜପତ୍ର ତା'ର ସାଂପ୍ରତିକ ଦୁନିଆ। ଅନ୍ୟକଥା କିଛି ନାହିଁ ।

ସନାତନ ସେଇ ହଲ୍ ମଧ୍ୟରେ ପ୍ରବେଶ କରୁଛି । ବହୁତ ପାନ ଖାଇ ଦାନ୍ତ ନାଲି କରିଥିବା ଯେଉଁ ଚନ୍ଦା ବୃଦ୍ଧଜଣକ ସେ ହେଲେ ସେଠାକାର ପର୍ଯ୍ୟବେକ୍ଷକ । ସେଠାରେ ନିଯୁକ୍ତ ସମସ୍ତ ଲୋକଙ୍କୁ ସମୟାନୁବର୍ତ୍ତୀ କରି ଗୋଟିଏ ନିର୍ଦ୍ଦିଷ୍ଟ ରୀତିରେ ପକେଇବା ତାଙ୍କ କାମ । ତେଣୁ ପ୍ରଥମ ଦେଖାରେ ସେ ସନାତନକୁ ସେଠାକାର ନୀତି ନିୟମ ବିଷୟରେ କିଛି କହିବା ନିହାତି ସ୍ୱାଭାବିକ।

ସନାତନ ସେ ବୃଦ୍ଧଙ୍କର ଦୀର୍ଘ ଭାଷଣ ଶୁଣିବାକୁ ବାଧ୍ୟ । କାରଣ ସେଠି ଯିଏ ପାଦ ଦିଏ, ସେ ସେମିତି ଅନେକକଥା ତାଙ୍କଠାରୁ ଶୁଣେ ବୋଲି କଥା ଅଛି । ତେଣୁ ସନାତନ ଧୈର୍ଯ୍ୟର ସହିତ ଶୁଣୁଥିବାର ଛଳନା କରୁଛି ।

ବୁଝିଲେ, ଆପଣ ଯୁବକ ଲୋକ। ନୂଆକରି ଜୀବନ ଆରମ୍ଭ କରୁଛନ୍ତି । ନିଜକୁ ଯେମିତି ସଜାଡ଼ିବେ, ସେ ଫର୍ମାରେ ପଡ଼ିଯିବେ। ଧୈର୍ଯ୍ୟ ଦରକାର....ମାନେ ପେସେନ୍‌ସ୍....ଫର୍ମା ସହିତ ନିଜକୁ ଟିକେ ଖାପ୍ ଖୋଇନେବେ । ଅବଶ୍ୟ ପ୍ରଥମେ ଆଡଜଷ୍ଟ୍ କରିବାକୁ ଅଡୁଆ ଲାଗିବ । କିନ୍ତୁ ଦେଖିବେ କିଛିଦିନ ଗଲାପରେ ଆପଣ ଗୋଟେ ନୂଆ ଲୋକ....ସଂପୂର୍ଣ୍ଣ ନୂଆ, ବୁଝିଲେ । ବୃଦ୍ଧ ଫାଇଁଫାଇଁ ହେଇ ହସିଲେ।

ହଁ ମୋ କଥା ଶୁଣିବେ- "ପିଲାବେଳେ ଭାରି ଦୁଷ୍ଟ ଥିଲି। ମେଟ୍ରିକ୍ ଖଣ୍ଡକ ଟପିବାକୁ ପାଞ୍ଚଥର ଲାଗିଗଲା। ବାପାଙ୍କର ଗୋଟିଏ ପୁଅ ନା, ଗେହ୍ଲା ହେଇଥିଲି। ବୁଲିଲି ଗୁଡ଼ାଏ ଦିନ.....କେତେଦିନ ବା ବୁଲନ୍ତି ? ତା' ସାଙ୍ଗକୁ ବାହାଘରଟା ହେଇଗଲା.... ମାନେ ଅଠର ବର୍ଷରେ ରଂଜନା ବୋଉ ସହିତ। ରଂଜନା ମୋ ବଡ଼ ଝିଅ, ନାତିଟା ଆସି ବାହା ହେବାକୁ ହେଲାଣି, ତା'ର ଚଳାଚଳ ତ ଗୋଟେ ରଜାଘର ପରି । ହଁ, ରଂଜନା ବୋଉ ଆସିଗଲା। ଏବେ ଆପଣମାନେ ସବୁ ତିରିଶ ଟପିଲେ ବାହାଘର କଥା ଚିନ୍ତା କରୁଛନ୍ତି...ଆମବେଳେ ଚିନ୍ତା କ'ଣ। ଭାବିଲି କିଛି ଗୋଟେ ଧନ୍ଦା କରିବା। ଆପଣ ବିଶ୍ୱାସ କରିବେନି, ବ୍ରାହ୍ମଣ ପିଲା ତ ! ବାପା କହିଲେ ଗୋରା ଅଧୀନରେ କାମ କଲେ ଜାତି ଯିବ। ମୁଁ କାହିଁକି ମାନନ୍ତି.... ସେତେବେଳକାର ମେଟ୍ରିକ୍, ମାନେ ଆପଣଙ୍କ କ୍ୱାଲିଫିକେଶନର ଏବେ କ'ଣ ଗୁରୁତ୍ୱ ଅଛି । .....ଛାଡ଼ନ୍ତୁ, ସେଇ

ସମୟରୁ ଏପର୍ଯ୍ୟନ୍ତ । ଆଉ ଦି'ବର୍ଷ ପରେ ବିଶ୍ରାମ।"

ହଁ ଅସଲ କଥା ଭୁଲିଗଲି । ସାହେବମାନେ ଏ ଦେଶରୁ ଯେଉଁଦିନୁ ଗଲେଣି, ସେତେବେଳେ ଆପଣଙ୍କ ଜନ୍ମ ନଥିବ। କିନ୍ତୁ ଗୋଟେ କଥା ଜାଣନ୍ତି। ସେ ଯୋଉ ଫର୍ମାଟା ପକେଇ ଦେଇ ଗଲେ, ଏବେ ତ ଦେଶୀ ସାହେବ ହେଲେଣି। କେହି ବଦଳାଉଛନ୍ତି ? କ'ଣ ଦରକାର, ସେମାନେ କୋଉ ଭୁଲ୍ କରିଛନ୍ତି। ଆପଣ ମୋ ଭିତରେ ଯଦି ମାଲିକ,ମାନେ ମାଷ୍ଟର ସର୍‌ଭେଣ୍ଟ୍ ସଂପର୍କ ନରହେ, ଆଡ୍‌ମିନିଷ୍ଟ୍ରେସନ୍ ଚଳିବ......କହନ୍ତୁ, ଚଳିବ ?

ସନାତନକୁ ବୃଦ୍ଧ ବଡ଼ ରହସ୍ୟମୟ ମନେ ହେଉଛନ୍ତି। ତା'ର ଏତେକଥା ଶୁଣିବାକୁ ଧୈର୍ଯ୍ୟଚ୍ୟୁତି ଘଟୁଛି କ୍ରମେ। ସନାତନ ମୁହଁରେ ପ୍ରଶ୍ନ- ଯାହା କହିବାର କଥା ସଂକ୍ଷପରେ କହନ୍ତୁ।

ଏଇ ତ' ଏଇଠି ଧରାପଡ଼ିଲା ଆପଣଙ୍କର ପେସେନ୍‌ସ କେତେ କମ୍। ସେମିତି ନୁହେଁ, ଦରକାର ପଡ଼ିଲେ କାଠଟିଏ ପରି ଘଣ୍ଟାଘଣ୍ଟା ଠିଆ ହେବାକୁ ପଡ଼ିବ। ଏ ଭିତରେ ଥିଲାବେଳେ ବାହାରେ ଗୋଟିଏ ଦୁନିଆ ଅଛି ବୋଲି ଭୁଲିଯାଆନ୍ତୁ। ଏଠାକାର ଉପରିସ୍ଥମାନେ ଆପଣଙ୍କ ବାପା ପରି ଗୁରୁଜନ। ହସ ତାମ୍‌ସା କରିବେ ନାହିଁ, ତଳିଆମାନଙ୍କ ସହିତ ଯଥାସମ୍ଭବ ଗାମ୍ଭୀର୍ଯ୍ୟ ରଖିବେ। ଏଠି ସବୁ ଲୋକମାନଙ୍କର ସ୍ଥାନ ବିଭିନ୍ନ ଶ୍ରେଣୀରେ ବିଭକ୍ତ। ମୋର କହିବାର କଥା- ଆପଣ ଟୋକାଲୋକ ତ, ଆକାଶ ତଳେ ଘୁରୁଥିଲେ। ଏବେ ଏ ଛାତ ତଳେ ଟିକେ ଅସୁବିଧା ଲାଗିବ। ନିଜକୁ ଚଳେଇ ନିଅନ୍ତୁ। ହଁ ଯେତେବେଳେ ଯାହା ଅସୁବିଧା ହେଉଥିବ, ମୋତେ କହୁଥିବେ ।

ଧନ୍ୟବାଦ, ସନାତନ ନିଜ ଆସନରେ ବସି ସତର୍କରେ ଚାରିଆଡ଼େ ଆଖି ବୁଲାଇ ନେଉଛି। ପ୍ରତ୍ୟେକ ଲୋକ ନିଜନିଜର ଆସନରେ ବସି ଯେମିତି ସେ ଟେବୁଲ୍ ଉପରେ କିଛି ଜିନିଷକୁ ନିରୀକ୍ଷଣ କରୁଛନ୍ତି। କାହାରି ମୁହଁରେ ହସ ନାହିଁ, ଖାଲି ଗୋଟେ ବହଳ ବିମର୍ଷତା। ବୃଦ୍ଧଙ୍କର କଥା ଶୁଣିଲା ବେଳେ ସନାତନର ମନେହେଉଛି, ଯେମିତି ସେ ଦୀର୍ଘ ଦିନର ପ୍ୟାଣ୍ଟ୍ ପିନ୍ଧା ଅଭ୍ୟାସ ଛାଡ଼ି ଦଶହାତ ଧୋତିଟିଏ ପିନ୍ଧିଛି ଓ ସେ ଖଣ୍ଡକ ଠିକ୍ କରିପାରୁନି, ଫଳରେ ଛନ୍ଦି ହେଇ ପଡୁଛି । ବୃଦ୍ଧଙ୍କର ଖଣ୍ଡିତ ବାକ୍ୟଗୁଡ଼ିକ ଯେମିତି ଗୋଟାଏ ଶୃଙ୍ଖଳିତ ଜୀବନର କିଛି ଭୂମିକା।

ସନାତନ ଚିନ୍ତାଗ୍ରସ୍ତ। ଦିନକୁ ଦିନ ସେ ପରିବେଶରେ ପୁରୁଣା ହେଉଛି ଓ ପରିବେଶଟି ତା' ନିକଟରେ ଅଧିକ ସ୍ୱଷ୍ଟ ହେଉଛି। ପୁଣି ଯେତିକି ସ୍ୱଷ୍ଟ ହେଉଛି ତାକୁ ସେତିକି ଭୟଙ୍କର ମନେ ହେଉଛି। ସେ ଲକ୍ଷ୍ୟ କରୁଛି, କେତେ ଗୁଡ଼ାଏ ବ୍ୟତିକ୍ରମ

ନିଜଠାରେ। ଯେମିତି ସେ ଛାତ ଆଉ ଘରର ଧୂଆଁଳିଆ ଅନ୍ଧକାର ତା' ଉପରେ ଲଦିହେଇ ତା'ର ନିଜପଣିଆକୁ ଦଳିମକ୍‌ଚି ଛିନ୍‌ଛତ୍ର କରି ଦେଉଛି। ସେ କ୍ରମେ ସଙ୍କୁଚିତ ହେଇଯାଉଛି ଓ ସେଠାକାର ଲୋକମାନଙ୍କର ଚେହେରାରେ ପରିବର୍ତ୍ତନ ଦେଖାଯାଉଛି।

ସନାତନ ଦିନେ ହଠାତ୍ ଦେଖୁଛି ସେ ଲୋକମାନଙ୍କର ମୁଣ୍ଡର ଉପର ଅଂଶ ଖୋଲିଯାଇ ସେମାନଙ୍କ ମସ୍ତିଷ୍କ କେଉଁଆଡ଼େ ଅନ୍ତର୍ଦ୍ଧାନ ହୋଇଯାଇଛି । ଅଥଚ ଲୋକମାନେ ସେ ପାଇଁ ଚିନ୍ତିତ ନୁହନ୍ତି । ସେ ଅସହାୟ ବୋଧ କରୁଛି ଏବଂ ଏକୁଟିଆଭାବ ତା' ପଛରେ ଗୋଡ଼େଇ ଗୋଡ଼େଇ ଶେଷରେ ତାକୁ ଟକ୍ କରି ଗିଳିଦେଉଛି।

ସନାତନ ଚିତ୍କାର କରୁଛି। ରୁଦ୍ଧଶ୍ୱାସ ହେଇ ଏଠାରେ ମରିଯିବା ଅପେକ୍ଷା ଟିକେ ଆଲୋକ ଆଉ ମୁକ୍ତବାୟୁ ତା'ର ଦରକାର । ସନାତନ ବାଟ ଖୋଜୁଛି । କିନ୍ତୁ ସେଠାକାର ଲୋକମାନେ ତାକୁ ଯେମିତି ପଛରୁ ଟାଣି ଧରୁଛନ୍ତି ଆଉ ତାକୁ କହୁଛନ୍ତି- "ତୁ କୁଆଡ଼େ ଯାଇପାରିବୁନି ସନାତନ। ଯେକୌଣସି ପରିସ୍ଥିତିରେ ମୁକ୍ତ ଆଉ ଆଲୋକିତ ବୋଲି ଅନୁଭବ କରିବାକୁ ଚେଷ୍ଟା କର ।"

ସନାତନ ପାରୁନି। ତା' ସାମ୍ନାରେ ପୂର୍ବର ସେ ବୃଦ୍ଧ ଆସି ଠିଆହୋଇଛନ୍ତି। ତା' ମୁଣ୍ଡରେ ହାତମାରି ତାକୁ ସାନ୍ତ୍ୱନା ଦେଉଛନ୍ତି- "ଆଉଥରେ ଚେଷ୍ଟାକର, ଅନ୍ୟମାନଙ୍କ ପରି ନିଜ ମୁଣ୍ଡଟାକୁ ଫାଙ୍କା କରିଦିଅ, ଦେଖିବ ତମେ ଫର୍ମାରେ ପଡ଼ିଯାଇଛ।"

ଗୋଟାଏ ଫର୍ମା, ଗୋଟାଏ ଶୃଙ୍ଖଳା ପୁଣି ନିଜଠାରୁ ନିଜକୁ ଆଉ ଏକ ନୂଆଲୋକ ବୋଲି ଅନୁଭବ କରିବା ସବୁ ଯେମିତି ଅସମ୍ଭବ ସନାତନ ପାଇଁ....ନା....ନା.....ନା।

ନିଜ ଶବ୍ଦରେ ନିଜେ ଚମକି ଯାଇ ସନାତନ ଆଖି ଖୋଲିଦେଲା। ତା' ରୋଗଶଯ୍ୟାରେ ତଥାପି ଗୋବର୍ଦ୍ଧନ, ଗଦାଧର ଏବଂ ତାକୁ ବେଢ଼ି ନାଚୁଥିବା ଲୋକମାନେ ବସିଛନ୍ତି । ସେମାନେ ସନାତନ ଆଖି ମେଲା କରିବାର ଦେଖି ତା' ପ୍ରତି ଆଗ୍ରହୀ ହେଲେ । ଯଦି ସନାତନ ସେମାନଙ୍କ ସର୍ତ୍ତରେ ରାଜିହୁଏ, ହୁଏତ ଲୋକଟା ବଞ୍ଚିଯିବ। ସେମାନଙ୍କ ଉପସ୍ଥିତି କିନ୍ତୁ ସନାତନ ପାଇଁ ବିରକ୍ତିକର ଥିଲା । ତେଣୁ ସେ ପୁନର୍ବାର ଆଖି ବନ୍ଦକଲା।

ଶେଷପର୍ବ :

ସନାତନ ଘୂରୁଛି। ତା'ର ନିର୍ଦ୍ଦିଷ୍ଟ କକ୍ଷ ନାହିଁ, ଚାରିଦିଗକୁ ସେ ଧାଉଁଛି। ଲକ୍ଷ୍ୟ

ଏକ ଆଲୋକ ରାଜ୍ୟ, ଯେଉଁଠି ପ୍ରତ୍ୟେକ ଲୋକର ଅନୁଭବ ଅଛି ଏବଂ ସେମାନଙ୍କ ମସ୍ତିଷ୍କର ଉପର ଅଂଶ ସୁରକ୍ଷିତ। କେତେବେଳେ ଥକ୍‌କା ଆସୁଛି। ସେ ବସି ପଡୁଛି ଓ ଦେଖୁଛି ସେହି ସବୁ ପୁରୁଣା ଦୃଶ୍ୟ ଯାହା ଅନେକ ଦିନ ତଳେ ଦେଖିଥିଲା। ଆକାଶରେ ମେଘ ଆସୁଛି, ଟପ୍‌ଟପ୍ ବର୍ଷାରେ ଦେହ ଭିଜିଯାଉଛି । ଠିକ୍ ସେତିକିବେଳେ ତା' ସାମ୍ନା ଦେଇ କୌଣସି ଯୁବତୀ ତା' ଆଣ୍ଠୁ ପର୍ଯ୍ୟନ୍ତ ଲୁଗା ଟେକି ଚାଲିଯାଉଥିଲେ ବି ତା' ଦେହରେ ଶିହରଣ ନାହିଁ । ପୁଣି ସେ ଦେଖୁଛି ରାସ୍ତାକଡ଼ର କୃଷ୍ଣଚୂଡ଼ା ଗଛ, ତା'ର ଲାଲ୍ ଫୁଲ, ଧାଡ଼ିଧାଡ଼ି ଦେବଦାରୁ, ଇଉକାଲିପଟାସ୍ ଗଛ, ବିସ୍ତୀର୍ଣ୍ଣ ସବୁଜ ପ୍ରାନ୍ତର, ଶସ୍ୟ କ୍ଷେତ.....ଅଥଚ ସବୁ ଯେମିତି ବିରକ୍ତିକର ଏବଂ ଟ୍ରାଫିକ୍ ପୋଷ୍ଟର ଲାଲ୍ ସଙ୍କେତରେ ଗାଡ଼ି ସବୁ ବନ୍ଦ ହେଇଗଲା ପରି ସ୍ଥିର । ଗୁଡ଼ାଏ ଫସିଲ୍।

ସନାତନର ଇଚ୍ଛା ହେଉଛି ଏସବୁ ଦୃଶ୍ୟ ବୋମା ମାଡ଼ରେ ଧ୍ୱଂସ କରି ଦିଆଯାଆନ୍ତା; ଆଉ ରାସ୍ତାରେ ପଇଁତରା ମାରୁଥିବା ବେପରୱା ଝିଅମାନଙ୍କୁ ବିଚ୍ ବଜାରରେ ରେପ୍ କରି ରକ୍ତାକ୍ତ ଅବସ୍ଥାରେ ରାସ୍ତାକଡ଼କୁ ଫିଙ୍ଗିଦିଆ ଯାଆନ୍ତା।

ଗୋବର୍ଦ୍ଧନ ବେକରେ ଅନେକ ଫୁଲମାଳ, ତା' ମୁହଁର ଫାଙ୍କାକଥା ସବୁ ଖବରକାଗଜରେ ଛାପା ଅକ୍ଷର ପାଲଟୁଛି। ଆଉ ଗଦାଧରର ଟେଣ୍ଡର ଧରିବା ଏକ ପ୍ରହସନରେ ପରିଣତି ହେଉଛି। ସେମାନେ ମନ୍ଦିର ମହନ୍ତଙ୍କ ଦ୍ୱାରା ସ୍ୱୀକୃତ ନୁହଁନ୍ତି, ଅଥଚ ବେଶ୍ କିଛି ଆଗକୁ ଧାଇଁଗଲେଣି ।

ସନାତନ ଘୁରୁଛି, ଦିନରାତି, ସଂଜ ସକାଳ ବା ମଧ୍ୟାହ୍ନ, ମଧ୍ୟରାତ୍ରିରେ। ଗୋବର୍ଦ୍ଧନ ଗଦାଧରଠାରୁ ଆରମ୍ଭ କରି ଯାହା ପ୍ରତି ବିଶ୍ୱାସ ଆସୁଛି, ତା'ର ହାତ ଧରି ସେ ଅନୁରୋଧ କରୁଛି....ମୋତେ ଟିକେ ସାହାଯ୍ୟ କର, ମୋତେ ଆଲୋକ ରାଜ୍ୟର ସଂଧାନ ଦିଅ, ମୋତେ ମୁକ୍ତି ଦିଅ।

ସମସ୍ତେ ତା' ମୁହଁକୁ ଚାହୁଁଛନ୍ତି। ଯେମିତି ସେ ମୁହଁରେ କି ଭାବ ଲୁଚି ରହିଛି କେହି ଧରିପାରୁ ନାହାନ୍ତି । ତା'ପରେ ତା'ର ଗୁଡ଼ାଏ ପ୍ରଳାପ ଶୁଣି ସାରିଲା ପରେ କବାଟ ବନ୍ଦ କରୁଛନ୍ତି । ଦେଖନ୍ତୁ ମୁଁ ଦୁଃଖିତ, ଅନ୍ୟତ୍ର ଚେଷ୍ଟା କରନ୍ତୁ ।

ଅନେକ ଚେଷ୍ଟା ଅନେକ ଘୂରିବା ସବୁ ଗୋଟିଏ ମନୋଟନିରେ ପରିଣତ ହେଲାଣି ସନାତନ ପାଖରେ । ସେ କ୍ରମେ କ୍ଳାନ୍ତ ହେଇ ପଡୁଛି । ତା' ନିକଟରେ ମୁକ୍ତି ଏକ ଦିବାସ୍ୱପ୍ନରେ ପରିଣତ ହେବାକୁ ଯାଉଛି ।

ସନାତନ ଗୋଟିଏ ଗଛ ଛାଇରେ ବସି ପଡ଼ିଲା ଏବଂ ଖୋଲା ପଡ଼ିଆର ଚାରିଆଡ଼କୁ ଥରେ ଚାହିଁଲା। କେହି ନାହିଁ କେବଳ ଗଛ ଛାଇରେ ସେଇ ସନାତନ। ତା' ଦୁର୍ବଳ ଶରୀରରେ ନିଜସ୍ୱ ଅହଙ୍କାର ଟିକକ ଗୋଖର ସାପ ପରି ଭିତରୁ ଶବ୍ଦ କରୁଛି- ଶଳା

ମରିଯିବା ବରଂ ଭଲ। ସନାତନ ଆଖି ଖୋଲିଲା । ତଥାପି ସେ ଲୋକମାନେ ବସିଛନ୍ତି। ରୋଗଶଯ୍ୟାରେ ସନାତନର ଦୁର୍ବଳ ଶରୀର । ଗୋବର୍ଦ୍ଧନ-କ'ଣ ଠିକ୍ କଲୁ? ସନାତନ ତା' ମୁହଁକୁ ବଲବଲ କରି ଚାହିଁଲା। ଦଣ୍ଡେ ରହି କ'ଣ ଚିନ୍ତାକଲା କେଜାଣି ଅତି କ୍ଷୀଣସ୍ୱରରେ ଉତ୍ତରଦେଲା ନା ମୁଁ ପାରିବିନି । ତମେମାନେ ଚାଲିଯାଅ, ମୋତେ ଅନ୍ତତଃ ମୋ ଗୋଲ ମୁଣ୍ଡଟାକୁ ନେଇ ଗର୍ବ କରିବାକୁ ସୁଯୋଗ ଦିଅ।

ସେ ଲୋକମାନେ ଉଠି ଠିଆହୋଇ ଓ ପୂର୍ବପରି ତରଙ୍ଗାୟିତ ଭାବେ ସନାତନର ବିଛଣା କଡ଼ରେ ଥରେ ଘୂରି ସାରିଲା ପରେ ସେ କୋଠରିରୁ ଅନ୍ତର୍ଦ୍ଧାନ ହେଲେ।

ତା'ପରେ ଗୋଟିଏ ଅଦ୍ଭୁତ ଘଟଣା ଘଟିଲା । ସନାତନ ଉପରକୁ ଚାହିଁ ଚିତ୍ ହୋଇ ଶୋଇଛି । ସେ ଦେଖିଲା ତା' କୋଠରିରେ ଗୋଟିଏ ଯାନ ଅବତରଣ କଲା। ସେଥିରେ ବସିଥିବା ପୁରୁଷମାନେ ସୁନ୍ଦର ଓ ରାଜକୀୟ ପୋଷାକରେ ଆବୃତ୍ତ। ଯାନ ଭୂମି ଛୁଇଁଲା ପରେ ସେମାନେ ତଳକୁ ଆସିଲେ । ତାକୁ ଘେନିଯିବା ପାଇଁ ଆସିଛନ୍ତି ବୋଲି ସନାତନକୁ ଜଣାଇଦେଲେ। ପରଜନ୍ମ ପାଇଁ ତା'ର କାମନା କ'ଣ ବୋଲି ପ୍ରଶ୍ନ କଲେ ।

ସନାତନ ତା' ଦୁଇଟି ଖୋଲା ହାତକୁ ଚାହିଁଲା ଓ ସ୍ୱଗତୋକ୍ତି କଲା; ଏ ଦୁଇଟି ହାତରେ ଯଦି ଦୁଇଟି ଶକ୍ତିଶାଳୀ ମାରଣାସ୍ତ୍ର ଦିଆଯାଇ ପାରନ୍ତା ! ତା'ପରେ ସେ ସୁନ୍ଦର ପୁରୁଷମାନଙ୍କ ମୁହଁକୁ ଚାହିଁ କ'ଣ ଭାବିଲା କେଜାଣି ପରମୁହୂର୍ତ୍ତରେ କ୍ଷୀଣ କଣ୍ଠରେ ନା....ନା....ବୋଲି କେତେଥର କହିଲା।

ଅଳ୍ପ ସମୟ ପୂର୍ବରୁ ଏଠାରେ ଯେଉଁ ଲୋକମାନେ ଉପସ୍ଥିତ ଥିଲେ, ସେମାନଙ୍କ ମସ୍ତିଷ୍କ ସବୁ ଠିକ୍ କରିଦେଇ ପାରିବେ? ସନାତନ ପ୍ରଶ୍ନ କଲା। ସେ ପୁରୁଷମାନେ ଏଥିରେ ସମ୍ମତି ପ୍ରଦାନ କଲେ । ତା'ପରେ ଯାନଟି ସନାତନକୁ ନେଇ ଶୂନ୍ୟକୁ ଚାଲିଲା।

ସନାତନର ଛାତି ଉପରେ ବସିଥିବା କଳାପେଚାଟି ଉଡ଼ିଗଲା, ସମୁଦ୍ରର ଢେଉ ସ୍ୱାଭାବିକ ହେଲା, ଏବଂ ଆକାଶର ମେଘ ଅନ୍ଧକାର ହୋଇ ପୃଥିବୀକୁ ଆଚ୍ଛାଦିତ କଲା। ଯେଉଁଠି ଉପଲବ୍ଧି ନାହିଁ, ସେଠି ଶୁଭ ଅଶୁଭ ସୂଚନାର ଗୁରୁତ୍ୱ ବା କ'ଣ ଅଛି.....!!

■

ଲାବଣ୍ୟବତୀ

ନୃସିଂହ ତ୍ରିପାଠୀ

ଏ ଗପ ନାୟକଙ୍କ ନାଆଁ ସ୍ୱୀକାର କୁମାର ରାଉତ। ସେ ଦୁଇବର୍ଷ ତଳେ ଆଇ.ଏ.ଏସ୍. ପାଇ ବର୍ତ୍ତମାନ ତାମିଲନାଡୁର ରାମେଶ୍ୱରମ୍ ଜିଲ୍ଲା ଅନ୍ତର୍ଗତ ଧନୁଷକେଡିରେ ସବ୍-କଲେକ୍ଟର ଭାବେ ଅବସ୍ଥାପିତ। ଆଇ.ଏ.ଏସ୍. ପାଇବାର ଛ'ମାସ ପରେ ସେ ବିବାହ କଲେ ଓଡ଼ିଆ ଅଧ୍ୟାପିକା ଲାବଣ୍ୟ ନାୟକଙ୍କୁ। ଲାବଣ୍ୟ ଓଡ଼ିଆ ସାହିତ୍ୟରେ ଏମ୍.ଏ. କରି କବିସମ୍ରାଟ ଉପେନ୍ଦ୍ର ଭଞ୍ଜଙ୍କ ବିଭିନ୍ନ କାବ୍ୟ ଭିତରେ ଆଦିରସ ଜରିଆରେ ମାନସିକ ଉତ୍ତରଣକୁ ନେଇ ଗବେଷଣା କରି ପିଏଚ୍.ଡି. ପାଇବା ପରେ ବଲାଙ୍ଗିର ମହିଳା ମହାବିଦ୍ୟାଳୟରେ ଅଧ୍ୟାପନାରତ। ଆଠଦଶଦିନ ତଳେ, ଗୋଟିଏ ବର୍ଷର କ୍ଷତି ଲିଭ୍ ନେଇ ଲାବଣ୍ୟ ବଲାଙ୍ଗିରରୁ ଏଠାକୁ ଆସିଲେ। ସରକାରୀ ଘର ତିଆରି ସମ୍ପୂର୍ଣ୍ଣ ହେବାକୁ ଆଉ ଦୁଇତିନିମାସ ଲାଗିବ। ତେଣୁ ସ୍ୱୀକାରବାବୁ ଓ ଲାବଣ୍ୟ ସେଇ ଛୋଟ ସହରରେ ଅବସ୍ଥିତ ସରକାରୀ ଅତିଥିଭବନରେ ରହୁଥିଲେ। ସ୍ୱୀକାରବାବୁ ବିଜ୍ଞାନ ଛାତ୍ର। ଘଟଣାଚକ୍ର ଏମିତି ହେଲା ଯେ ଲାବଣ୍ୟବତୀ କାବ୍ୟକୁ ପଢ଼ିବାର ସୁଯୋଗ ପାଇ, ତାକୁ ଅଂଗେ ନିଭାଇବାର ପ୍ରୟାସକରି ଏଇ ସାତଆଠ ଦିନ ଖୁବ୍ ମଜଗୁଲ୍ ହୋଇ ସମୟ ବିତାଉଥିଲେ। ଆଜି ଗୋଟିଏ ଅଘଟଣ ଘଟି ସବୁ ଏପାଖସେପାଖ କରିଦେଲା। ସେଇ ଦୁର୍ଘଟଣାକୁ ଅବତାରଣା କରିବା ଆଗରୁ ସ୍ୱୀକାରବାବୁଙ୍କ ବିଶଦ ପରିଚୟ ଦେବା ନିହାତି ଦରକାର। ତା' ପୂର୍ବରୁ ପାଠକମାନଙ୍କୁ 'ଲାବଣ୍ୟବତୀ' କାବ୍ୟର ସାରାଂଶ କହିଦେବା ଉଚିତ ହେବ।

ଓଡ଼ିଆ କାବ୍ୟ ସାହିତ୍ୟରେ କବିସମ୍ରାଟ ଉପେନ୍ଦ୍ର ଭଞ୍ଜ ହିଁ ଅଳଂକୃତ କାବ୍ୟ

ଶୈଳୀର ସର୍ବପ୍ରଧାନ କବି। 'ଲାବଣ୍ୟବତୀ' କବିଙ୍କର ଶ୍ରେଷ୍ଠ କାବ୍ୟ। କୁହାଯାଏ ଯେ ଜଗନ୍ନାଥ ଦାସଙ୍କ 'ଭାଗବତ' ଓ ଉପେନ୍ଦ୍ର ଭଞ୍ଜଙ୍କ 'ଲାବଣ୍ୟବତୀ' ନ ପଢ଼ିଲେ, ଓଡ଼ିଆ ସାହିତ୍ୟରେ ପ୍ରବେଶ ଅସମ୍ପୂର୍ଣ୍ଣ ହେବ। 'ଲାବଣ୍ୟବତୀ'ର ଘଟଣା କଳ୍ପନା କବିଙ୍କର ନିଜସ୍ୱ ।

ହିମାଳୟ ପର୍ବତ ମହାଦେବ ଶିବଙ୍କ ବାସସ୍ଥଳୀ । ଜୀବଜଗତର ପରିତ୍ରାଣ ନେଇ ସେ ସବୁବେଳେ ବ୍ୟସ୍ତ । ତାଙ୍କ ସ୍ତ୍ରୀ ପାର୍ବତୀ ଦେବୀ । ଶିବଙ୍କ ଗସ୍ତରେ ତାଙ୍କୁ ବଡ଼ ଏକଲାଏକଲା ଲାଗିଲା । ଭାବିଲେ, ଗୋଟିଏ ସହଚରୀ ଥିଲେ ତା' ସଂଗରେ ପଶା ଖେଳି କି ଆଳାପକରି ସମୟ ବିତାଇହୁଅନ୍ତା । ତାଙ୍କ ମନ-ଶକ୍ତିକୁ ଏକତ୍ର କରି ଜଣେ ନାରୀ ସୃଷ୍ଟିକଲେ । ତା' ନାଆଁ ରଖିଲେ ବାଞ୍ଛାବତୀ। ବାଞ୍ଛାବତୀ ଦେଖିବାକୁ ଭାରି ସୁନ୍ଦରୀ । ପାର୍ବତୀ ଭାବିଲେ ଯେ ସୌନ୍ଦର୍ଯ୍ୟରେ ତାଙ୍କଠାରୁ ବି ତରୁଣୀଟି ବଳିଗଲା । ପୁରୁଷପକୃତି କ'ଣ ପାର୍ବତୀଙ୍କୁ ଅଗୋଚର! ମନକୁ ପାପ ଛୁଇଁଲା, ଶିବ ମହାରାଜ ଯଦି ଏ ତରୁଣୀଟିକୁ ଦେଖି ତା' ପ୍ରତି ଆକର୍ଷିତ ହେବେ, ତେବେ ତାଙ୍କ ଭେଳା ବୁଡ଼ିବ । ଭାବିଲେ ପଶାଖେଳ, ଆଳାପ ନ ହେଲା ନାହିଁ ପଛେ, ଇଏ ଏଠୁ ଯାଉ । ହିମାଳୟ ପାଦଦେଶରେ ଘୋର ଜଙ୍ଗଲ ଭିତରେ ଶ୍ରୀକେଦାରେଶ୍ୱରଙ୍କ ମନ୍ଦିର । ସେଇ ପାଖଆଖରେ ଘରଟିଏ ମାନସଶକ୍ତିରେ ତୋଳାଇ ବାଞ୍ଛାବତୀକୁ ଅଟକବନ୍ଦୀ କରି ରଖିବା ପାଇଁ ସେଠିକି ପଠେଇଦେଲେ । ଗଲାବେଳେ ଚେତାବନୀ ଦେଇଥିଲେ, "ଖବରଦାର! ଯେଉଁଦିନ ତୁ ସେ ଘର ଦ୍ୱାରବନ୍ଧ ଡେଇଁବୁ, ତୋ' ଛାତି ଫାଟିଯିବ, ତୁ ମରିଯିବୁ।" ବାଞ୍ଛାବତୀ କାନ୍ଦିଲେ । କହିଲେ: "ମତେ ତମ ମନରୁ ଗଢ଼ିଲ, ଅଥଚ ମୋ' ଭାଗ୍ୟରେ ଟିକେ ହେଲେ ସୁଖ ଲେଖିଲ ନାଇଁ? ତମେ ଏଡେ ନିର୍ଦ୍ଦୟ!" ପାର୍ବତୀଙ୍କ ହୃଦୟ ତରିଳିଗଲା, କହିଲେ: "ହେଉ ହେଉ, ବ୍ୟସ୍ତ ହ'ନା । ଏ ଜନ୍ମରେ ତୋର ସ୍ୱାମୀସୁଖ ନାଇଁ ସିନା, ମାତ୍ର ଏ ଜନ୍ମରେ ଯେଉଁ ପୁରୁଷ ତୋ' ହାତ ଧରିବ ବା ତତେ ଛୁଇଁବ, ସେ ଆରଜନ୍ମକୁ ତୋ'ର ପତି ହେବ । ମୁଁ ବ୍ୟବସ୍ଥା କରିଦେଉଚି।"

ବନ୍ଦୀଘରେ ବାଞ୍ଛାବତୀଙ୍କ କାଳ କଟୁଥାଏ । ଦିନଟାଯାକ କରିବେ ବା କ'ଣ? ଦ୍ୱାରବନ୍ଧ ନ ଡେଇଁପାରି ସେଇଠି ବସିଥାନ୍ତି, ଜଙ୍ଗଲର ପଶୁପକ୍ଷୀ ଦେଖି ମନ ଭୁଲାନ୍ତି । ଯା' ଭିତରେ କ'ଣ ହୋଇଚିନା, ପ୍ରଭାକର ନାମରେ ଜଣେ କ୍ଷତ୍ରିୟ ବୀର ଯୁବକର, ଯେତେ ବିବାହ ପ୍ରସ୍ତାବ ଆସିଲେ ମଧ୍ୟ, କୌଣସି ଝିଅ ତାଙ୍କ ମନଲାଖି ହେଲା ନାହିଁ । ବିରକ୍ତ ହୋଇ ତପସ୍ୟା କରିବାକୁ ପଳେଇଆସିଲେ କେଦାରେଶ୍ୱର ମନ୍ଦିର: "ହେ ପ୍ରଭୁ! ମତେ ଗୋଟିଏ ଦିବ୍ୟନାରୀ ହୁକୁମ ହେଉ । ଯେତେ ଦେଖିଲିଣି, କେଉଁ ନାରୀଠାରେ ମୋର ମନ ମାନୁ ନାହିଁ।"

ତପସ୍ୟା ସମୟ ସରିଲା । ଜନବସତିକୁ ଫେରିବା ବାଟରେ ଆଖିରେ ପଡ଼ିଗଲା ଗୋଟିଏ ସୁଦୃଶ୍ୟ ଘର, ଆଉ ଦ୍ୱାରବନ୍ଧ ପାଖରେ ଠିଆହୋଇଚି ଅନିନ୍ଦ୍ୟ ସୁନ୍ଦରୀଟିଏ । ମନଟା ପ୍ରସନ୍ନ ହେଲା କେଦାରେଶ୍ୱରଙ୍କ ଉପରେ । ପାଖକୁ ଆସି ସବୁ ବୃତ୍ତାନ୍ତ ଶୁଣିଲେ । ସୁନ୍ଦରୀଙ୍କୁ କହିଲେ: "ନାଇଁ! ତମକୁ ଛାଡ଼ି ମୁଁ ଆଉ କୁଆଡ଼େ ଯାଇପାରିବି ନାହିଁ। ଦ୍ୱାରବନ୍ଧ ଏପଟେ ରହି ତମକୁ ଦେଖିଦେଖି ପ୍ରାଣତ୍ୟାଗ କରିବି ପଛେ।" କିଛିଦିନ ଅନାଅନି ହୋଇ ବିତାଇଲେ; କିନ୍ତୁ ଯେତେ ଯାହା ହେଲେ ବି ମନ କ'ଣ ସେତିକିରେ ମାନିବ କି ? ରାତିକି ଆହୁରି ଅସୁବିଧା, ଚକ୍ଷୁର ମିଳନ ପାଇଁ । ଦିନେ ଜହ୍ନରାତିରେ ଦୁହେଁ ଆଉ ସମ୍ଭାଳି ପାରିଲେ ନାହିଁ । ଟିକେ କୋଳାକୋଳି ହୋଇଛନ୍ତି, ବାଞ୍ଛାବତୀଙ୍କ ଜୀବନ ଠକ୍‌କରି ଛାଡ଼ିଗଲା । ପ୍ରଭାକର ଭାବିଲେ - "ଯାହାକୁ ହୃଦୟ ଅଜାଡ଼ିଦେଲି, ସେ ତ ରହିଲା ନାହିଁ, ମୁଁ ଆଉ ଜୀବନ ରଖିବି କାହିଁକି ? ଯାଉଚି ଗଂଗାନଦୀରେ ବୁଡ଼ିମରିବି।" ବୁଡ଼ିବା ଆଗରୁ ଶୂନ୍ୟବାଣୀ ହେଲା: "ପାର୍ବତୀଙ୍କ ପ୍ରତିଶ୍ରୁତି ଅନୁସାରେ ତମେ ଦି'ଜଣ ପୁଣି ଜନ୍ମହେବ, କେତେ ସୁଖ ଭୁଞ୍ଜିବ, ଶାନ୍ତ ଚିତ୍ତରେ ଯା' । ଗୋଟିଏ ଜନ୍ମ ସରିଲା।"

ପ୍ରଭାକର ଜନ୍ମହେଲେ କର୍ଣ୍ଣାଟଦେଶର ରାଜାଙ୍କ ଘରେ । ତାଙ୍କ ବାପା ଶଶିଶେଖର ଓ ମା' ରାଣୀ ଶଶିରେଖା । ପ୍ରଭାକରଙ୍କ ନାଆଁ ହେଲା ଚନ୍ଦ୍ରଭାନୁ । ଚନ୍ଦ୍ରଭାନୁ ଜନ୍ମ ହେବାର କିଛି ବର୍ଷ ପରେ ସିଂହଳ ଦେଶର ରାଜା ରତ୍ନେଶ୍ୱର ଓ ରାଣୀ ବିଦ୍ୟୁତ୍‌ଲତାଙ୍କ ପାଂଚ ପୁଅରେ ଝିଅଟିଏ ହେଲା - ସେଇ ବାଞ୍ଛାବତୀ - ତାଙ୍କ ନାଆଁ ହେଲା ଲାବଣ୍ୟବତୀ । ଚନ୍ଦ୍ରଭାନୁ ବୟସବୃଦ୍ଧି ସହିତ ସବୁ ବିଦ୍ୟାରେ ପାରଙ୍ଗମ ହୋଇଉଠୁଥାନ୍ତି । ଲାବଣ୍ୟବତୀ ମଧ୍ୟ ଯୌବନରେ ପଦାର୍ପଣ କଲେଣି । ଭାରି ଗୁଣର, ଭାରି ସୁନ୍ଦରୀ । ସିଂହଳଦେଶରେ ମଣିମାଣିକ୍ୟ ପ୍ରଚୁର ମିଳେ । କର୍ଣ୍ଣାଟଦେଶକୁ ସାଧବମାନେ ବିକିବାକୁ ଆସନ୍ତି। ରାଜପରିବାରର ଲାଗୁଆ ସାଧବ ମଣିମାଣିକ୍ୟ ବୁଜୁଳା ଧରି ରାଜାଙ୍କ ନଅରକୁ ବ୍ୟବସାୟ କରିବାକୁ ଆସିଚି, ଆଖି ପଡ଼ିଗଲା ଯୁବରାଜ ଚନ୍ଦ୍ରଭାନୁ ଉପରେ । ଭାବିଲା, ଏଇଟି ଆମ ଡଉଲଡାଉଲ ରାଜଜେମା ପାଇଁ ଉପଯୁକ୍ତ ବର । ସହଜେ ତ ଯୌବନ ବେଳ, ଆଉ ସାଧବଟି ଲାବଣ୍ୟବତୀର ରୂପମାଧୁରୀ ଏମିତି ବଖାଣିଲା ଯେ ଯୁବରାଜେ ଆଉ ଯାଆନ୍ତି କୁଆଡେ ! ପାଗଳ ପରାଏ ମନକଥା ସାଧବ ଆଗରେ ବଖାଣିଲେ । ଅନ୍ୟପକ୍ଷରେ ରାଜଜେମାଙ୍କ ବିବାହ ପାଇଁ ଗୋଟିଏ ହାତଅଙ୍କା ଚିତ୍ରପଟ ଦେଇ ଜଣେ ଦୂତଙ୍କୁ ସିଂହଳରାଜା ବିଭିନ୍ନ ରାଜପରିବାରକୁ ପ୍ରେରଣ କରିଛନ୍ତି । ସେ ଦୂତଙ୍କ ନାଆଁ ଜ୍ଞାନାନନ୍ଦ ସନ୍ନ୍ୟାସୀ । ଫେରିବା ବାଟରେ ସେ କର୍ଣ୍ଣାଟଦେଶ ଦେଇ ଆସିଲେ । ଚନ୍ଦ୍ରଭାନୁ ତାଙ୍କୁ ହାତ କରିନେଲେ । ଜ୍ଞାନାନନ୍ଦ

ସନ୍ନ୍ୟାସୀ ସିଂହଳ ଫେରି ମୌକା ଦେଖି ଲାବଣ୍ୟବତୀ ଆଗରେ ଚନ୍ଦ୍ରଭାନୁର ରୂପ-ଗୁଣର ଏମିତି ତାରିଫ୍ ଶୁଣାଇଲେ ଯେ ସେ ଚନ୍ଦ୍ରଭାନୁଙ୍କୁ ପାଇବା ପାଇଁ ପାଣିପାଣି । ଉଭୟେ ପରସ୍ପରକୁ ସ୍ୱପ୍ନ ଦେଖିଲେ, ସ୍ୱପ୍ନ ସତ କି ନୁହଁ ଜାଣିବାକୁ ମନ ହାଇଁପାଇଁ ହେଲା । ଲାବଣ୍ୟବତୀ ତା' ପ୍ରିୟ ସଖୀକୁ ସେଠିକା ଶିବମନ୍ଦିରକୁ ପଠାଇ ସତକଥା ଜାଣିଗଲେ ଯେ ସେ ଯେମିତି ଚନ୍ଦ୍ରଭାନୁ ପାଇଁ ପାଗଳୀ, ରାଜପୁତ୍ର ତାଙ୍କ ପାଇଁ ବି ସେମିତି ପାଗଳ । ଏପଟେ ଚନ୍ଦ୍ରଭାନୁ ଲାବଣ୍ୟବତୀଙ୍କ ମନ ଜାଣିବା ପାଇଁ ତାଙ୍କର ଜଣେ ବିଶ୍ୱସ୍ତ ଲୋକକୁ ଯାଦୁଖେଳ ଦେଖାଇବା ବାହାନାରେ ସିଂହଳ ରାଜପ୍ରାସାଦକୁ ପଠେଇ ଥାଆନ୍ତି । ସେ ଖବର ଆଣି ଆସିଲା ଯେ ଦେଖାନହୋଇଥିଲେ ବି କଥା ଶୁଣିଶୁଣି ଲାବଣ୍ୟବତୀ ଚନ୍ଦ୍ରଭାନୁ ପ୍ରତି ଏତେ ଆସକ୍ତ ଯେ ଆଉ ବିରହବେଦନା ସହିବା ଅବସ୍ଥାରେ ନାହାନ୍ତି । ମଧ୍ୟସ୍ଥିମାନେ ଯତ୍‌ପରୋନାସ୍ତି ଚେଷ୍ଟାକରି ରାମେଶ୍ୱରମ୍‌ର ଶିବମନ୍ଦିରରେ ଦୁଇ ଜଣଙ୍କର ସାକ୍ଷାତ କରାଇଦେଲେ । ଚନ୍ଦ୍ରଭାନୁଙ୍କୁ ନାରୀବେଶ ହୋଇ ଯିବାକୁ ପଡ଼ିଥିଲା । ଚିଠିପତ୍ରରେ ଦିନାକେତେ ଖୁବ୍ ରସାରସି ହେଲେ । ଅଭିଭାବକମାନଙ୍କ କାନରେ କଥା ପଡ଼ିଲା । ବିବାହପର୍ବ ଘଟିତ ହେଲା । ସିଂହଳରୁ ଲାବଣ୍ୟବତୀଙ୍କୁ ଧରି ଚନ୍ଦ୍ରଭାନୁ କର୍ଣ୍ଣାଟକ ଫେରିବା ବାଟରେ କାବେରୀ କୂଳରେ ହନିମୁନ୍ ପାଇଁ କିଛିଦିନ ରହିଗଲେ । ହନିମୁନ୍ ବା ପୁରୁଷ-ନାରୀଙ୍କ ବିବାହ ପରେ ପ୍ରଥମ ପର୍ଯ୍ୟାୟର ରତିକ୍ରୀଡାକୁ କବିସମ୍ରାଟ ଟିକିନିଖିଭାବେ କାବ୍ୟର ତେତିଶତମ ଛାନ୍ଦଠାରୁ ଅଠତିରିଶିତମ ଛାନ୍ଦ ପର୍ଯ୍ୟନ୍ତ ବର୍ଣ୍ଣନା କରିଛନ୍ତି । ରତିର ପୂର୍ବରାଗରେ ଆଲିଙ୍ଗନ, ଚୁମ୍ବନ, ସ୍ତନମର୍ଦ୍ଦନ, ନଖ-ଦନ୍ତ କ୍ଷରଣ, ରତି ସମୟରେ ବିଭିନ୍ନ ବନ୍ଧ ଇଂରାଜୀରେ ପୋସ୍‌ଚରର ବିଶଦ ବିବରଣୀ ଓ ରତି ଶେଷରେ ତୃପ୍ତିଜନିତ ପ୍ରେମାଳାପ ବର୍ଣ୍ଣନା ଯୋଗୁଁ ଉପେନ୍ଦ୍ରଙ୍କ ସମସ୍ତ କୃତି ଭିତରେ 'ଲାବଣ୍ୟବତୀ' ସର୍ବାଧିକ ଲୋକପ୍ରିୟ । ବର୍ଣ୍ଣନା ଏତେ ଜୀବନ୍ତ ଯେ ବିବାହିତ ଯୁବକଯୁବତୀ ସେମାନଙ୍କ ଅତୀତରେ ମଧୁଶଯ୍ୟା ରାତିରେ ଘଟିଥିବା ଅପାରଗତାକୁ ମନେ ପକେଇ ଦୁଃଖକରିବେ ଓ ବାହାହେବାକୁ ଯାଉଥିବା ତରୁଣତରୁଣୀ ଏଇ ଭାବେ ରତିକ୍ରୀଡା କଲେ ଅଶେଷ ଆନନ୍ଦ ପାଇବେ ବୋଲି କୁହାଯାଏ।

ମଣିଷ ଦି'ଟା ରତିରେ ଏତେ ଆନନ୍ଦ ପାଉଥିବାର ଜାଣି ଦେବତାମାନେ ଈର୍ଷାପରାୟଣ ହୋଇପଡ଼ିଲେ। ଋଷିମାନଙ୍କ ଯଜ୍ଞରକ୍ଷା କରିବାର ଆଳ ଦେଖାଇ ଚନ୍ଦ୍ରଭାନୁଙ୍କୁ ଲାବଣ୍ୟବତୀଠାରୁ ବର୍ଷେ ପାଇଁ ଉଡ଼େଇନେଇ ବିରହ କଷ୍ଟ ଦେଲେ । ପୁଣି ସେମାନେ ଏକାଠି ହେଲେ; ମିଳନ-ବିରହ-ମିଳନ । ସଂକ୍ଷେପରେ ଏଇ ହେଲା 'ଲାବଣ୍ୟବତୀ' କାବ୍ୟର କାହାଣୀ।

ଆମ ସ୍ୱୀକାର-ଲାବଣ୍ୟ କାହାଣୀରେ କ'ଣ କେମିତି ଘଟିବ, ଚାଲନ୍ତୁ ଦେଖିବା ।

ସ୍ୱୀକାରବାବୁ ବାଲେଶ୍ୱର ଅଞ୍ଚଳର ଲୋକ । ତାଙ୍କ ଯୌଥ-ପରିବାରରେ ତାଙ୍କ ବାପା, ମା' ତିନି ଭାଇଭଉଣୀ- ସମସ୍ତେ ବଂଚିଛନ୍ତି । ଇଏ ସବୁଠୁ ସାନ, ମା' ଓ ବଡ଼ଭାଉଜଙ୍କ କୋଡ଼ପୋଛା । ତାଙ୍କ ବାପା ସେ ଅଞ୍ଚଳର ଜଣେ ବଡ଼ ଚାଷୀ। ଘର ଚାରିପାଖରେ ଗଣ୍ଡାଏ ଦି'ଗଣ୍ଡା ମାଛପୋଖରୀ; ଥିଲାବାଲା ଘର । ସ୍ୱୀକାରବାବୁ ଭାଇଭଉଣୀମାନଙ୍କ ମଧ୍ୟରେ ସବୁଠାରୁ ସାନ, ସବାବଡ଼ ଭାଇ ନିରାକାରବାବୁଙ୍କ ବଡ଼ପୁଅ ତାଙ୍କରି ବୟସର । ନିରାକାରବାବୁଙ୍କ ବୟସ ପଚାଶ ଟପିଲାଣି । ଗାଁ'ରେ ଚାଷକାମ ଓ କରଜ ଦେଣ୍-ନେଣ୍ ବୁଝାବୁଝି କରନ୍ତି । କିନ୍ତୁ ସେ ନିର୍ମାୟା ପୁରୁଷ ହୋଇଥିବାରୁ ଅସଲ ଚାବିକାଠି ସ୍ତ୍ରୀ ମାଳତୀଦେବୀଙ୍କ ହାତରେ । ମାଳତୀଦେବୀ ନିରାକାରବାବୁଙ୍କ ପଛରେ ଲାଗି ଲାଗି କଟକର ହରିପୁର ରୋଡ୍‌ରେ କୋଠାଘରଟିଏ ତୋଳାଇଲେ । ତାଙ୍କ ଦିଅରମାନେ ଓ ପୁଅମାନେ ସେଇଠି ରହି ପାଠପଢ଼ି ମଣିଷ ହେଲେ । କଟକରୁ ଗାଁ, ଗାଁରୁ କଟକ, ମାସେ ପନ୍ଦରଦିନରେ ତାଙ୍କର ଯାଆସ। ନଣନ୍ଦମାନେ ତାଙ୍କ ପାରିବାପଣ ଯୋଗୁଁ ଅଳ୍ପ ଯୌତୁକରେ ଭଲ ଘରେ ଯୋଗ୍ୟ ଜ୍ୱାଇଁ ପାଇଲେ । ଦି'ଜଣ ବଡ଼ ଦିଅର - ଜଣେ ଡାକ୍ତର ଓ ଆରଜଣକ ବି.ଡି.ଓ. ଚାକିରିରେ ପଶ୍ଚିମ-ଓଡ଼ିଶାରେ ତାଙ୍କ ପିଲାଛୁଆ ଧରି ରହୁଛନ୍ତି । ଘରୁ ଚାଉଳଡାଲି ନିଅନ୍ତି । ସେମାନଙ୍କ ରୋଜଗାର ବେଶ୍ ଭଲ । କିନ୍ତୁ ଯେତେହେଲେ ପିଲାଲୋକ । ହାତରେ ପଇସା ପଡ଼ିଲେ ଖର୍ଚ୍ଚ କରିବାକୁ ମନ ଖଲ୍‌ଖଲ୍ ହେବ । ମାଳତୀଦେବୀ ମାସେ ଦି'ମାସରେ ସେମାନଙ୍କ ଘରକୁ ଗସ୍ତ ପକାଇ, ବେଶ୍ ଦି'ପଇସା ଆଦାୟ କରି ନେଇଆସନ୍ତି । ସେମାନେ ତାଙ୍କ ହାତରେ ମଣିଷ, ଏବେ ରୋଜଗାର କଲେ ବୋଲି କ'ଣ ସ୍ତ୍ରୀ ବୋଲକରା ହୋଇ ସବୁ ଉପାର୍ଜନ ଉଡେଇଦେବେ ? ତାଙ୍କ ପାଖରେ ପଇସା ରହିବା ଯାହା, ବ୍ୟାଙ୍କ୍‌ରେ ରହିବା ତାହା । କାହାର ପଦେ ପାଟି ଫିଟେଇବାର ଜୁ, ନାହିଁ ।

କଟକରେ ପାଠପଢ଼ା ସାରି ସ୍ୱୀକାରବାବୁ ଖଡ଼ଗ୍‌ପୁର ଆଇ.ଆଇ.ଟି.ରୁ ପାସ୍ କଲେ। ଟାଟାନଗରରେ ଚାକିରି। ସେତେବେଳକୁ ତାଙ୍କ ସମବୟସ୍କ ପୁତୁରା ଓରଫ ସାଙ୍ଗ କେଦାର, ଆୟୁର୍ବେଦ ଓ ଏଲୋପାଥିର ମିଶାଗୋଳିଆ ଡାକ୍ତରି ପାଠ ଶେଷ କରି ବ୍ରହ୍ମପୁରରେ ସରକାରୀ ଡାକ୍ତର। ମଧ୍ୟସ୍ଥିମାନେ ବିବାହ ପ୍ରସ୍ତାବ ଆଣୁଥାଆନ୍ତି । କେଉଁ ଝିଅକୁ କେଦାର ଓ କାହାକୁ ସ୍ୱୀକାର ଦେଖିବାକୁ ଯିବ, ତାକୁ ଠିକ୍ କରନ୍ତି ମାଳତୀଦେବୀ। ପୁଅ ଅପେକ୍ଷା ଦିଅରଙ୍କର ପାଠ ଅଧିକ, ସେଥିପାଇଁ ଖର୍ଚ୍ଚ ଅଧିକ, ସେଇ ଅନୁସାରେ ଯୌତୁକର ପରିମାଣ। ପରିମାଣ ଅନୁସାରେ କନ୍ୟାକୁ କିଏ ଦେଖିବାକୁ ଯିବ, ଠିକଣା ହୁଏ ।

ଲାବଣ୍ୟକୁ ଦେଖିବା ଆଗରୁ ତାଙ୍କ ଭାଉଜଙ୍କ ନିର୍ଦ୍ଦେଶକ୍ରମେ ସେ ଆଉ ଦୁଇଟି ଝିଅ ଦେଖିଥିଲେ, କିନ୍ତୁ ଯୌତୁକ ବ୍ୟାପାରରେ କଥା କଟାକଟି ହେଲା, ମାଳତୀଦେବୀ ଆଗେଇଲେ ନାହିଁ । ଲାବଣ୍ୟ ଥିଲାବାଲା ଘରର ଝିଅ । ତା' ବାପା ଭୁବନେଶ୍ୱରଠାରୁ କୋଡ଼ିଏ କିଲୋମିଟର ଦୂର ଆଠଦଶ ଖଣ୍ଡ ଗାଁର ପୁରୁଣା ଜମିଦାର। ଏବେ ବଡ଼ କୋଠାଟିଏ ଆଉ ପଚାଶ ଏକର ସରିକି ଭଲ ଚାଷଜମି ହାତରେ ରଖିଛନ୍ତି, ଟ୍ରାକ୍ଟର ଲଗେଇ ଚାଷକରନ୍ତି । ପୁଅ ଦି'ଜଣ ପାରିବାର ହୋଇ ଭୁବନେଶ୍ୱରରେ କାରଖାନା ବସାଇ ବେଶ୍ କମାଉଛନ୍ତି ବୋଲି ଖବର ମିଳିଚି। ତହିଁକି ଝିଅ ସରକାରୀ କଲେଜରେ ଅଧ୍ୟାପିକା । ମଧ୍ୟସ୍ଥିମାନେ ଖବର ଆଣିଛନ୍ତି ଯେ ଖାନଦାନୀ ଜମିଦାରଘରେ ଶହେ ତୋଳା ଗହଣା ଝିଅ ପାଇଁ କେଉଁ ଅମଳରୁ ସାଇତା ହୋଇ ରହିଚି । ବାକି ଜିନିଷପତ୍ର ସବୁ ମିଳିବ । ଦୁଇ ପୁଅରେ ଗୋଟିଏ ଝିଅ ଲାବଣ୍ୟ; ଦଶ ଏକର ଜମି ଜ୍ୱାଇଁଙ୍କ ନାଆଁରେ କରିଦେବାକୁ ତା'ର ବାପା ରାଜି । ତିନି ଚାରିଜଣ ବନ୍ଧୁଙ୍କୁ ନେଇ ଝିଅ ଦେଖା କାମ ସାରି ସ୍ୱୀକାରବାବୁ ଟାଟାନଗର ଫେରିଗଲେ । ସେଠାରେ ପହଂଚିଥିବେ କି ନାହିଁ ଖବର ମିଳିଲା ଯେ ସେ ଆଇ.ଏ.ଏସ୍. ପାଇଗଲେ । ଆଉ ଦେଖିବ କ'ଣ ? ଗାଁ ପୋଖରୀରେ ମାଛ ଧରାବେଳେ ଜାଲରୁ ବଡ଼ମାଛ ଓଝଳା ହେଲେ ଯେମିତି ସମସ୍ତେ ରୁଣ୍ଡ ହୋଇ ଦର ହାଙ୍କନ୍ତି, ଛଡାମଡ଼ା ହୁଅନ୍ତି,- ସେଇ ଅବସ୍ଥା । କିଏ କହୁଚି ପଚାଶ ଲକ୍ଷ ନିଅ, କିଏ କହୁଚି ଭୁବନେଶ୍ୱରରେ ବିରାଟ କୋଠା, ଆଉ ତାକୁ ଅନେଇ ବ୍ୟାଙ୍କ ବାଲାନ୍ସ ଝିଅ ନାଆଁରେ, ଆସି ଦେଖିଯାଅ । ମାଳତୀଦେବୀଙ୍କ ମନଟା ଖାଲି ଛକ୍‌ପକ୍ ହେଉଥାଏ। ଏତେ ଦିନକେ କୋଟିପତି ହେବା ସୁଯୋଗ ଏ ଟୋକାଟା ଦେଲା !

କିନ୍ତୁ ଘଟଣା ଘଟିଲା ଅନ୍ୟ ପ୍ରକାର।

ଲାବଣ୍ୟର ଦି' ରୋଜଗାରିଆ ଭାଇ ଜାଣିନେଲେ ଯେ ଏତିକି ଯୌତୁକରେ ଏଇ ଆଇ.ଏ.ଏସ୍. ଆସାମୀଟାକୁ ଜ୍ୱାଇଁ କରିହେବ ନାହିଁ । ସେମାନେ ଟାଟା ଯାଇ ସ୍ୱୀକାରବାବୁଙ୍କୁ ଗୁପ୍ତରେ ଭେଟିଲେ; ବାହାଘର ହେଲେ ସ୍ୱୀକାରବାବୁ କୋଡ଼ିଏ ଲକ୍ଷ ଟଙ୍କା ଅଲଗା ପାଇବେ। ତାଙ୍କ ଘରେ କେହି ଜାଣିବେ ନାହିଁ। ସ୍ୱୀକାରବାବୁ ଏଇ ପ୍ରସ୍ତାବକୁ ତାଙ୍କ ଯୌଥ ପରିବାରର ପରିସ୍ଥିତି ସହ ମିଳାଇ ଚିନ୍ତାକଲେ। ଉପର ଦି'ଭାଇଙ୍କ ବାହାଘର ଯୌତୁକ ବାବଦକୁ ଯେଉଁ ତିନି ଚାରି ଲକ୍ଷ ଟଙ୍କା ମିଳିଥିଲା, ତାକୁ ମାଳତୀଦେବୀ ହାତପଇଠ କରି ନେଇଥିଲେ। ଏବେ ପିଲାମାନେ ପାରିବାର ହୋଇଗଲେଣି। କୋଠ ସମ୍ପତ୍ତି ଭାଇଭାଗ କଥା ଉଠିଲେ, ତାଲିକାରେ ଯୌତୁକ ଟଙ୍କା କଥା ଉଠୁ ନାହିଁ । ମାଳତୀଦେବୀଙ୍କ ଗହଣା ତିଆରି ଚାଲିଚି । ତାଙ୍କ ବଡ଼ ଦୁଇ

ଭାଇଙ୍କ ରୋଜଗାରର କିଛି ଅଂଶ, ସେମାନେ ଦେବା ପାଇଁ ବାଧ୍ୟ । ଏଇ ପରିସ୍ଥିତିରେ ଏ ପ୍ରସ୍ତାବଟା କିଛି ମନ୍ଦ ନୁହେଁ । ତାଙ୍କୁ ବିକ୍ରି କରି ଯାହା ଆସିବ, ସବୁ ମାଳତୀଦେବୀଙ୍କ ହାତରେ ରହିବ, ସେ କାଣିକଉଡିଟିଏ ପାଇବେ ନାହିଁ । ଆଉ ପଇସା ନଥିଲେ ଜୀବନର ମାନେ ନାହିଁ । ଏତେଗୁଡାଏ ଟଙ୍କା ତାଙ୍କ ହାତକୁ ଚାଲିଆସିବ, କେହି ଟେର୍ ପାଇବେ ନାହିଁ, ଏକଥା ଭାବି ମନଟା କୁରୁଳିଉଠିଲା । ସେ ହଁ ଭରିଲେ । ବର ବିକାକିଣାର ଏଇ ଯେଉଁ ପ୍ରହସନ ଚାଲିଚି, ସେଥିରେ ପଶିବେ ନାହିଁ ଓ ଲାବଣ୍ୟ ନାୟକଙ୍କୁ ବାହାହେବେ ବୋଲି କଟକରେ ଖବର ମିଳିଲା ।

ମାଳତୀଦେବୀଙ୍କୁ ଲାଗିଲା, ତାଙ୍କ ମୁଣ୍ଡରେ ବଜ୍ରପଡ଼ିଲା କି କ'ଣ ! ଟାଟାନଗର ଧପାଳି ଦିଅରକୁ ଜେରା କଲେ: କିରେ ! ତୋର ଏ କି ବୁଦ୍ଧି ? ଏମିତି ତ ଆଗରୁ ନଥିଲୁ ! ସେ ଟୋକୀ ସାଙ୍ଗରେ ତୁ ତ ପ୍ରେମରେ ପଡ଼ିନାହୁଁ ଯେ ଜିଦ୍ କରିବୁ ? କହନ୍ତି ପରା ଆହାର, ଧନ; ଥରେ ହୁଡ଼ିଲେ, ଆସେ ନାହିଁ ଆଉ ଥିଲେ ଜୀବନ । କିନ୍ତୁ କିଛି ଫଳ ପାଇଲେ ନାହିଁ । ଫେରିଲେ ଖାଲିହାତରେ କଟକ; ଖାଲି ମନକୁ ଏତିକି ସାନ୍ତ୍ୱନା ମିଳିଲା ଯେ ବିବାହ ବଜାରର ବଡ଼ମାଛ ବିକା-କିଣା ତଉଲରେ ତାଙ୍କ ପୁଅ କେଦାର ନିଜକୁ କେରାଣ୍ଡିମାଛ ଭାବି ଯାହା ମନ ଶୁଖେଇଥିଲା; ସମତୁଲ ଯୌତୁକ ସମତୁଲ କନ୍ୟା - ନିକିତି ସମାନ, ତାକୁ ବାଧିବ ନାଇଁ । ହଉ ! ବାହାଘର ସରୁ, ଭୁବନେଶ୍ୱରରେ ଯୌତୁକ ବାବଦ ଦଶ ଏକର ଜମି ବିକିଦେଲେ ଭଲ ପଇସା ମିଳିବ ଯେ !

ମଶୋରିରେ ସ୍ୱୀକାରବାବୁଙ୍କ ଟ୍ରେନିଂ ଅଧା ହୋଇଚି, ବାହାଘର ହୋଇଗଲା କକା ପୁତୁରାଙ୍କର ଏକାଦିନରେ । ଚତୁର୍ଥୀ ରାତିଟା କିଛି ଭଲରେ କଟିଲା ନାହିଁ । ଖରାଦିନିଆ ବାହାଘର, କଟକର ଘର ତ ଖଂଜା ନୁହଁ, ତାଙ୍କର ଓ ତାଙ୍କ ପୁତୁରାଙ୍କ ଭାଗରେ ଦୁଇଟି ପିଲାଙ୍କ ପଢ଼ାଘର ପଡ଼ିଲା । ବାକି ସବୁଠି କୁଣିଆ ଖୁନ୍ଦାଖୁନ୍ଦି । ରାତି ଦଶଟାରୁ ବିଜୁଳିବତି ଗଲା ଯେ ତହିଁଆରଦିନ ଖରାବେଳ ଦି'ଟାବେଳକୁ ଆସିଲା । ଚତୁର୍ଥୀକାମ ହନିମୁନ୍‌କୁ ସ୍ଥଗିତ ରହିଲା । ଟ୍ରେନିଂ ସମୟରେ ଛୁଟିମିଳେ ନାହିଁ ବେଶି, ଦୁଇଦିନ ପରେ ସ୍ୱୀକାରବାବୁ ଲାବଣ୍ୟଙ୍କୁ ନେଇ ମଶୋରି ଚାଲିଆସିଲେ। ମଶୋରି ଟ୍ରେନିଂ ଗଲାଦିନଠାରୁ ତାଙ୍କର ଅଣ୍ଟାବ୍ୟଥା ରୋଗ ବାହାରିଚି ବୋଲି ସେ ସମସ୍ତଙ୍କୁ କହୁଥାନ୍ତି । ପିଲାଦିନୁ ଖେଳକସରତର ଅଭ୍ୟାସ ନାହିଁ, ଶଳେ କି ଟ୍ରେନିଂ ଦଉଛନ୍ତି ସେଠି ! ସକାଳୁ ଦଉଡେଇବେ। ଆଠ ଦଶ ଦିନରେ ପାହାଡ ଚଢ଼େଇବେ । କ'ଣ ନା ଆଇ.ଏ.ଏସ୍. । ଗାଁ ଭାଇବନ୍ଧୁ ଯେଉଁମାନେ ଶୁଣିଲେ, କହିଲେ - "କିରେ ସ୍ୱୀକାର ! ତୁ କ'ଣ ଏବେ ନିଜକୁ କମି ଲୋକଟିଏ ମଣୁଚୁ ? ତୁ ପରା ରଜା ହବୁ । ଆରେ, ଯିଏ ରଜା ହେବ, ସେ ସବୁ ବିଦ୍ୟାରେ ପାରଙ୍ଗମ ହୋଇଥିବନା" ।

ମଶୋରି ଯିବାଦିନ ଶ୍ୱଶୁରଘର ଆଡ଼େ ହୋଇ ଆସିଥିଲେ। ସେଇଠୁ ଆଣିଥାନ୍ତି ଦୁଇଫୁଟରେ ଦୁଇଫୁଟର ଚାରିକଣିଆ ଫୁଟେ ଉଞ୍ଚା ତକିଆଟିଏ। ଛୁଇଁଲାଲୋକକୁ ଉପର ନରମ, ଭିତର ଟାଣ ଲାଗିବ। ସ୍ୱୀକାରବାବୁ ପରେ ସମସ୍ତଙ୍କୁ ବୁଝେଇଦେଲେ ଯେ ଏଇଟା 'ପାୱାର ପିଲୋ' ବା ଶକ୍ତିମନ୍ତ ତକିଆ, ବ୍ରିଟିଶ୍ ଅମଳର। ଶଶୁରଙ୍କ ଅଣ୍ଟାଧରା ଏଇଥିରେ ଲାଘବ ହୋଇଚି। ଜ୍ୱାଇଁଙ୍କ ଅବସ୍ଥା ଶୁଣି ତାଙ୍କୁ ବ୍ୟବହାର କରିବାକୁ ଦେଇଦେଲେ । ତକିଆ ଉପରେ ଭେଲଭେଟ୍ କନା ଗୁଡ଼ାହୋଇଚି; ଖୁବ୍ ପୁରୁଣା କାଳର, ଦେଖୁଦେଖୁ କହିଦେଇହେବ। ସ୍ୱୀକାରବାବୁ ଯେଉଁ ସମୟତକ କଟକରେ ରହିଲେ, ତକିଆଟି କେବେ କରଛଡ଼ା ହେଲା ନାହିଁ। ଝାଡ଼ା ପରିସ୍ରା ଗଲେ, ତକିଆଟିକୁ ଲାବଣ୍ୟ ହାତରେ ଦେଇଯାଆନ୍ତି। ସେଇ ତକିଆଟିକୁ ସାଂଗରେ ଧରି ମଶୋରି ଗଲେ । ମଶୋରିରେ ତାଙ୍କ ରୁମ୍‌କୁ କେହି ବନ୍ଧୁ ଆସି ଏଇ ଅବାଗିଆ ତକିଆ ବାବଦରେ ପଚାରିଲେ, ସ୍ୱୀକାରବାବୁ ତାଙ୍କ ଅଣ୍ଟାବଥା କାହାଣୀ ଆରମ୍ଭ କରନ୍ତି । ଏକଲା ଥିଲେ ତକିଆଟିକୁ ଆଉଁଶିଦେଇ ମନକୁମନ କୁରୁଳିଉଠନ୍ତି: ଭଲରେ ଥାଅରେ କୋଡ଼ିଏ ଲକ୍ଷ । ବେଳ ଆସିଲେ ବାହାରିବ।

ତକିଆକୁ ଧରି ସିନା ସ୍ୱୀକାରବାବୁ ଆନନ୍ଦ ପାଇଲେ, କିନ୍ତୁ ଲାବଣ୍ୟଠାରୁ କିଛି ମଜା ପାଇପାରିଲେ ନାହିଁ ମଶୋରିରେ। ମଶୋରିରେ ପହଞ୍ଚି, ଜଳବାୟୁ ପରିବର୍ତ୍ତନ ଓ ଅତି ଶୀତ ଯୋଗୁଁ, ଲାବଣ୍ୟର ନାକ ଭଡ଼ଭଡ଼ ହେଉଥାଏ ସର୍ଦ୍ଦିରେ । ରାତିରେ ଯେତେ ଲୁଗାପଟା ଖୋଲିବାକୁ ଚେଷ୍ଟାକଲେ ଲାବଣ୍ୟ ଖାଲି ଛଡ଼େଇମଡ଼େଇ ହେଲା । କ'ଣନା, ଶୀତ କରୁଚି, କୁତ୍‌କୁତ୍ ଲାଗୁଚି। ହାବେଳିବାଣ ଖେଳକୁ ଖୁବ୍ ସମୟଯାଏ, ଖୁବ୍ ଉଚ୍ଚଯାଏ ଉଠେଇ ଖେଳିବାକୁ ତାଙ୍କ ସାଂଗମାନେ କାହିଁରେ କ'ଣ କେତେକଥା କହିନଥିଲେ! କିନ୍ତୁ ସେ କରିବେ ବା କ'ଣ? ଏ ଲାବଣ୍ୟ ଢଙ୍ଗ ଏମିତି କଲା ଯେ ନିଆଁ ଧରଉ ଧରଉ ଫୁସ୍। ତାଙ୍କର ମନେପଡ଼ିଲା ଯେ ଯେଉଁଦିନ ସେ ତାଙ୍କର ତିନି ଚାରିଜଣ ସାଙ୍ଗକୁ ନେଇ ପ୍ରଥମଥର ଝିଅଦେଖା ପର୍ବରେ ଲାବଣ୍ୟକୁ ଦେଖିବାକୁ ଗଲେ, ତାଙ୍କ ସାଂଗରେ ଯାଇଥିଲା ଆଦିତ୍ୟ। ମହାଛତରା । ମଦପିଏ, ମନା କରୁକରୁ ମାଲ୍‌ଟିକେ ପକେଇଦେଇ ଯାଇଥାଏ । ଲାବଣ୍ୟର ଅଣ୍ଟା ଓ ବ୍ଲାଉଜ୍ ମଝିରେ ଅଧା ପେଟକୁ ଦେଖାଇ ଯେଉଁ ଜାଗା ଖଣ୍ଡକ, ସେଇଠି ତା'ନଜର ସବୁବେଳେ । ସ୍ୱୀକାରବାବୁଙ୍କୁ ଖରାପ ଲାଗୁଥାଏ; କିନ୍ତୁ କିଛି କହିପାରୁନଥାନ୍ତି । ସମସ୍ତେ ଉଠିଆସିଲାବେଳକୁ ଆଦିତ୍ୟ ଧୀର ସ୍ୱରରେ କମେଣ୍ଟ୍‌ଟାଏ ମାରିଲା: ଭଞ୍ଜ ନାୟିକାଟିଏ ତ! ଆଦିତ୍ୟ କ'ଣ କହିଲା ସ୍ୱୀକାରବାବୁ ବୁଝିପାରିଲେ ନାହିଁ । ବାଟରେ ପଚାରିଲେ: କିରେ ମଦୁଆ! କ'ଣ କହୁଥିଲୁ? ଆଦିତ୍ୟ କହିଲା: ଯା'ବେ ଶଳା, ତୁ'ଟା ତ

ସାଇନ୍‌ସ ଷ୍ଟୁଡେଣ୍ଟ୍ - ତତେ କ'ଣ ବୁଝେଇବି ? ଅସଲବେଳେ ଜାଣିବୁ, ହେଇଚି ତ ଖଣ୍ଡେ ! ଆଦିତ୍ୟ ତୁଣ୍ଡରେ ବାଡ଼ବତା ନ ଥାଏ । ସ୍ୱୀକାରବାବୁ ଆଉ କଥା ବଢ଼ାଇଲେ ନାହିଁ । ସେଇ ଅଣ୍ଟାକୁ ଏବେ ଟିକେ ଛୁଇଁଦେଲାରୁ ବିଛଣାରେ ଲାବଣ୍ୟ ଡେଇଁପଡୁଚି; ଭାରି କୁତ୍‌କୁତ୍ ଲାଗୁଚି କୁଆଡ଼େ । ପିଠି ଆଉଁଶି ଟିକେ କାଖ ବାଟେ ଆଗକୁ ଗଲାବେଳକୁ ହାତକୁ ଜାକିଦେଇ ଜମା ଧରାଦେଉନାହିଁ - କୁଆଡ଼େ ଭାରି ସଲସଲ ଲାଗୁଚି । ସେ ମଶୋରିରେ ଥିବା ଭିତରେ ଥରେ, ଆଉ ରାମେଶ୍ୱରମ୍‌ରେ କଲେକ୍ଟରଙ୍କ ପାଖରେ ପ୍ରାକ୍‌ଟିକାଲ୍ ଟ୍ରେନିଂ ନେବା ଭିତରେ, ଦୁଇଥର ବଲାଙ୍ଗିର ଯାଇଛନ୍ତି । ଲାବଣ୍ୟ ଅନ୍ୟ ଅଧ୍ୟାପିକାଙ୍କ ସହିତ ଗୋଟିଏ ଭଡାଘର ନେଇ ରହୁଥାଏ । କଥା ଥାଏ ଯେ ସ୍ୱୀକାରବାବୁଙ୍କ ସ୍ଥାୟୀ ପୋଷ୍ଟିଂ ହେଲେ, ସେ ପ୍ରଥମେ ବର୍ଷେ ଷ୍ଟଡ଼ି ଲିଭ୍ ନେଇ ଚାଲି ଆସିବ ଓ ପରେ ଚାକିରି ଛାଡ଼ିଦେବ, କିନ୍ତୁ ଏ ସମୟରେ ଏକାଠି ହେବାରେ କେବେହେଲେ ସ୍ୱୀକାରବାବୁଙ୍କୁ ଆହାର କରିବାର ତୃପ୍ତି ମିଳିନାହିଁ । କ'ଣ କେମିତି ଗୋଟେ ଛଡାମଡ଼ା ଭିତରେ ଟିକେ ଲଗାଲଗି ଛୁଆଁଛୁଇଁରେ ଆହାର କରିବାର ଗୋଟାଏ ସାମୟିକ ତୃପ୍ତି ଭାବ ଆସିଯାଏ ସିନା, କିନ୍ତୁ ଖାଦ୍ୟକୁ ହାତରେ ଧରି, ନିରେଖି, ଚୋବାଇ ଖାଇ, ସେ ଚୋବାଇ ଚୋବାଇ ହେଇଟି ଖାଉଛନ୍ତି ଜାଣି ଯେଉଁ ଆନନ୍ଦ ମିଳେ ବୋଲି ଏତେ ବନ୍ଧୁଙ୍କଠାରୁ ଶୁଣିଛନ୍ତି ତା' କାଇଁ ?

ଅନ୍ୟ ସବୁଦିଗରୁ ରାମେଶ୍ୱରମ୍‌ରେ ଛ'ମାସର ଟ୍ରେନିଂ ସମୟ ବେଶ୍ ଭଲରେ କଟିଲା । ତା'ର ମୁଖ୍ୟ କାରଣ ଥିଲେ ସେଠାକା କଲେକ୍ଟର ଥିରୁ ଏସ୍. କନ୍ନନ । ସିଧାସଳଖ ଆଇ.ଏ.ଏସ୍. ପାଇନାହାନ୍ତି, ତଳ ପାହ୍ୟାରୁ ଉଠିଛନ୍ତି; କିନ୍ତୁ ଭାରି ସ୍ନେହୀ । ଅଧିକାଂଶ ଦିନ ରାତିବେଳା ସ୍ୱୀକାର ତାଙ୍କ ଘରେ ଖାଇନିଅନ୍ତି । କନ୍ନନ ଦମ୍ପତିଙ୍କର ଗୋଟିଏ ମାତ୍ର ଝିଅ ରାଜଲକ୍ଷ୍ମୀ, ବୟସ କୋଡ଼ିଏ ପାଖାପାଖି, ଏମ୍.ଏ. ପଢୁଛି । ସ୍ୱୀକାରବାବୁଙ୍କୁ ସୁକୁ-ଆନ୍ନା, ସୁକୁ-ଆନ୍ନା ଡାକି ଭାରି ଆଦରକରେ । ଯାହା ତାମିଲ ଟିକେ ଟିକେ ସେ ଶିଖିଥିଲେ, ରାଜଲକ୍ଷ୍ମୀ ଲାଗି କହିବା ଓ ଲେଖିବା ପୂରା ଆୟତ୍ତ କରିନେଲେ । ଅଫିସ୍‌ରେ ସବୁ ଠିକ୍‌ଠାକ୍ ଚାଲିଥାଏ ସିନା, ତକିଆକୁ ନେଇ ସ୍ୱୀକାରବାବୁ ଖାଲିବେଳରେ ଚିନ୍ତିତ ହୋଇପଡ଼ନ୍ତି । ଭାଉଜଙ୍କ ଆଖିରେ ଧୂଳି ଦେଇ ସେ ଯୌତୁକ ଟଙ୍କା ହଡ଼ପ କରି ନେଇଆସିଲେ ସିନା, ତାକୁ କେଉଁଠି ରଖିବେ ? ତାଙ୍କ ଅଣ୍ଟାରୋଗ-ତକିଆ ପ୍ରହସନ ସବୁଦିନ ଚାଲିପାରିବ ନାହିଁ, ତା'ଛଡ଼ା ଏତେଗୁଡାଏ ଟଙ୍କା ଘରେ ରଖିବା ନାନା ଦୃଷ୍ଟିରୁ ନିରାପଦ ନୁହେଁ । ଦିନେ ରାତିରେ ଖାଇସାରି କଲେକ୍ଟରଙ୍କ ଲନ୍‌ରେ ବସି ଖୁସି-ମିଜାଜରେ ଗପ ହେଲାବେଳେ ସ୍ୱୀକାରବାବୁ ତାଙ୍କୁ ଖୋଲି ସବୁକଥା କହିଦେଲେ । କନ୍ନନ ସାହେବ ପୋଖତ ଲୋକ, ଭଲ ଉପାୟଟିଏ

ବତାଇଦେଲେ: ତମେ ସବ୍-କଲେକ୍ଟର ହୋଇ ସ୍ଥାୟୀ ପୋଷ୍ଟିଂ ପାଇଲାପରେ ସେଇ ଅଞ୍ଚଳରେ ଦଶ କୋଡ଼ିଏ ଏକର ଜାଗା ଲିଜ୍ ନେଇଯିବ । ସେଇଠି ଗୋଲମରିଚ ଚାଷ କରୁଛ ବୋଲି ଦେଖାଇବ । କୋଡ଼ିଏ ଏକର ଜମିରୁ ଗୋଲମରିଚ ଚାଷରେ ବର୍ଷକୁ ସବୁ ଖର୍ଚ୍ଚ ଯାଇ ଚାରିପାଂଚ ଲକ୍ଷ ଟଙ୍କା ରୋଜଗାର କିଛି ଅବିଶ୍ୱାସ କଲାଭଳି କଥା ନୁହେଁ । ସେତକ ଟଙ୍କା ପ୍ରତିବର୍ଷ ବ୍ୟାଙ୍କରେ ଜମା ରଖିଦେଉଥିବ । ସ୍ୱୀକାରବାବୁଙ୍କ ବଡ଼ ସମସ୍ୟାଟିର ସମାଧାନ ହୋଇଗଲା । ସେଦିନ ରାତିରେ ବହୁତ ବେଳଯାଏ ସେ ଶୋଇପାରିଲେ ନାହିଁ । ପ୍ରଥମବର୍ଷ ଶେଷକୁ ସେ ପାଞ୍ଚ ଲକ୍ଷ ଟଙ୍କାର ସୁଧ ବାବଦକୁ ପଚାଶ ହଜାର ଟଙ୍କା ପାଇବେ, ତା' ଆରବର୍ଷକୁ ଲକ୍ଷେ, ପାଂଚବର୍ଷ ପୂରି ଗଲାବେଳକୁ ବର୍ଷକୁ ଖାଲି ସୁଧ ବାବଦକୁ ଦୁଇ ଲକ୍ଷ ଟଙ୍କା ପାଇବେ। ଦଶ ବର୍ଷ ସରିନଥିବ, ସେ ପଚାଶ ଲକ୍ଷରୁ ଅଧିକ ଟଙ୍କାର ମାଲିକ ହୋଇସାରିଥିବେ । ସବୁ ହ୍ୱାଇଟ୍ । ଯେଉଁଦିନ ସେ କଲେକ୍ଟରଙ୍କଠାରୁ ବିଦାୟ ନେଇ ଧନୁଷକେଡ଼ି ଆସିଲେ, କୃତଜ୍ଞତାରେ କନ୍ନନ ସାହେବଙ୍କ ପାଇଁ ତାଙ୍କ ଆଖି ଛଳଛଳ ହୋଇଗଲା।

ଧନୁଷକେଡ଼ି ରାମେଶ୍ୱରମ୍‌ଠାରୁ ଅଶୀ କିଲୋମିଟର । ସମୁଦ୍ରକୂଳଠାରୁ ପାଂଚ କିଲୋମିଟର ଦୂରରେ ଛୋଟିଆ ସହର। ଜଏନ୍ କଲାପରେ ଜାଣିଲେ ଯେ ସେ ଏଠାକାର ସର୍ବେସର୍ବା । ପୁଲିସ୍ ଡି.ଏସ୍.ପି., ତହସିଲଦାର, ବିଡିଓ, ମେଡିକାଲ ଅଫିସର, ସମସ୍ତେ ତାଙ୍କ ଅଧୀନସ୍ଥ କର୍ମଚାରୀ । ଛୋଟ ଅଫିସ୍; ତାଙ୍କ ନିଜର ବଶମ୍ବଦ ଷ୍ଟାଫ୍, କିନ୍ତୁ ଏ ଅଞ୍ଚଳର ସବୁଠୁ ବଡ଼ ସମସ୍ୟା ହେଉଚି, ଶ୍ରୀଲଙ୍କାର ଏଲ୍.ଟି.ଟି.ଇ. ସନ୍ତ୍ରାସବାଦୀ ତାମିଲ ଟାଇଗରମାନଙ୍କର ଏଇ ବାଟ ଦେଇ ଭାରତସୀମା ଭିତରକୁ ଅନଧିକାର ପ୍ରବେଶ । ଏହି ସନ୍ତ୍ରାସବାଦୀମାନେ ପଥଭ୍ରଷ୍ଟ ଯୁବକ । ଶ୍ରୀଲଙ୍କାରେ ଅଲଗା ରାଜ୍ୟ ସେମାନଙ୍କର ଦାବି । ସେମାନେ ତାମିଲନାଡୁ ଭିତରକୁ ପଶିଆସି ଆନ୍ଦୋଳନ ଲାଗି ଅର୍ଥସଂଗ୍ରହ କରନ୍ତି । ଅନେକ ସମୟରେ ଜୋର ଜବରଦସ୍ତ ଲୁଟ୍‌ତରାଜ କରିବାକୁ ପଛାନ୍ତି ନାହିଁ । ତା' ଛଡ଼ା, ଭାରତସୀମା ଭିତରେ ରହି ଶ୍ରୀଲଙ୍କା ବାହାରେ ତାଙ୍କ ନେତାମାନଙ୍କ ସହିତ ରେଡିଓ ବା ଓ୍ୱାରଲେସ୍ ମାଧ୍ୟମରେ ଯୋଗାଯୋଗ କରିବା ସୁବିଧାଜନକ ହୁଏ । ଏଠାରେ ଭାରତର ସମୁଦ୍ରସୀମାଠାରୁ ନୌକାରେ ତିନିଚାରି ଘଣ୍ଟା ପରେ ଶ୍ରୀଲଙ୍କା ସୀମା ଆସିବ । ସେଥିପାଇଁ ସମୁଦ୍ରକୂଳରେ ସୀମାସିକ୍ୟୁରିଟି ଫୋର୍ସଙ୍କୁ ମୁତୟନ କରାଯାଇଚି । ଏଠାରେ ଡି.ଏସ୍.ପି. ଥିରୁ ଭିରାସ୍ୱାମୀ ବେଶ୍ ବପୁବାନ୍ ଲୋକ । ସ୍ୱୀକାରବାବୁଙ୍କୁ ଦେଖିଲେ ଡାହାଣ ଗୋଡ଼ ପାରୁପର୍ଯ୍ୟନ୍ତ କଟାଡ଼ି ଏମିତି ସାଲ୍ୟୁଟ୍ ମାରିବେ, ଯେମିତି କିଏ ବାଣ ଫୁଟାଇଲା । ନିଶ ଏତେ ବହଳ, ଦୀର୍ଘ ଓ ମୋଡ଼ାମୋଡ଼ା ଯେ ଗୁଣ୍ଡୁଚିମୂଷା ଲାଙ୍ଗୁଡ଼ ପରି ଦୂରରୁ ଦିଶେ । କେତେବେଳେ

ଏଲ.ଟି.ଟି.ଇ. ଟାଇଗରଙ୍କ ସମ୍ପର୍କରେ ଆଲୋଚନା ହେଲେ ତାଙ୍କ ଡାହାଣ ହାତ ନିଶ ପାଖକୁ ଚାଲିଯାଏ । ସେ ସବୁବେଳେ ସବ୍-କଲେକ୍ଟର ସାହେବଙ୍କୁ ଆଶ୍ୱାସନା ଦେଇ ରଖିଛନ୍ତି ଯେ ସେ ଥିବା ଭିତରେ ତାମିଲ ଟାଇଗର ତ ଦୂରେ ଥାଆନ୍ତୁ, ତାଙ୍କ ଛାଇ ମଧ୍ୟ ଧନୁଷକେଡ଼ି ଭିତରକୁ ପଶିପାରିବ ନାହିଁ । ସ୍ୱୀକାରବାବୁ ଗସ୍ତରେ ଗଲେ ତାଙ୍କ ପାଖେପାଖେ ଥାଆନ୍ତି । ଏଠାକୁ ଆସି ଜଏନ୍ କରିବାର ଆଠଦିନ ପରେ ତିନି ଚାରିଦିନ ଛୁଟି ପଡ଼ିଲା ରବିବାରକୁ ମିଶାଇ । ସ୍ୱୀକାରବାବୁ କଟକ ଯାଇ ବାହାଘର ବେଳେ ମିଳିଥିବା ଖଟପଲଙ୍କ, ସୋଫା, ଫ୍ରିଜ୍ ଟ୍ରକ୍‌ରେ ଏଠାକୁ ନେଇଆସିଛନ୍ତି । ପ୍ୟାକିଂ ଖୋଲା ନ ହୋଇ ଅଫିସ୍ ଗୋଦାମରେ ସେଗୁଡ଼ିକ ରହିଛି । ନୂଆ କ୍ୱାଟର୍ସ ରହିବାଯୋଗ୍ୟ ହେବାକୁ ଆଉ ଦୁଇମାସ ଲାଗିବ । ଏ ଅତିଥି ଭବନକୁ କେବଳ ଗୋଦ୍‌ରେଜ୍ ଆଲମାରି ଓ ତାଙ୍କ ଲୁଗାଭରା ସୁଟ୍‌କେଶ୍ କେତେଟା ଆଣିଛନ୍ତି । କଟକରେ ଲାବଣ୍ୟର ଘରୁ ଦୁଇଟା ପୁରୁଣା ଟ୍ରଙ୍କ ମଧ୍ୟ ତାଙ୍କ ଲୁଗାପଟା ସୁଟ୍‌କେଶ୍ ସହିତ ଅତିଥି ଭବନକୁ ଚାଲିଆସିଚି । ଲାବଣ୍ୟକୁ ଚିଠି ଓ ଫୋନ୍ କରି ଏଠାକୁ ତୁରନ୍ତ ପଳେଇଆସିବାକୁ ଯେତେ ତନାଘନା କଲେ ବି ତା'ର ଆସିବା ଡେରିହେଲା । ଛୁଟି ଅର୍ଡ଼ର ଆସିଯାଇଥିଲେ ବି, ସେଇ ବିଭାଗର କେବଳ ଅନ୍ୟ ଅଧ୍ୟାପିକା ଜଣକ ଛୁଟିରେ ଥିଲେ । ସେ ନ ଫେରିବାଯାଏଁ ଲାବଣ୍ୟକୁ ଛୁଟିରେ ଚାଲିଯିବାକୁ ଅନୁମତି ମିଳୁନଥିଲା ।

ଅତିଥି ଭବନଟି ସହରର ଛୋଟ ବଜାରଠାରୁ ଟିକିଏ ଦୂରରେ । ଦୁଇଟି ରୁମ୍; ସବୁ ସ୍ୱୀକାରବାବୁଙ୍କ ପାଇଁ ଉଦ୍ଦିଷ୍ଟ। ଗୋଟିଏ ଘରେ ଉଠା ଅଫିସ୍ ହୁଏ । ଆର ରୁମ୍‌ଟି ବେଶ୍ ବଡ଼, ତାଙ୍କ ରହିବା ଘର । ଘର ଆଗକୁ ଲମ୍ବାଚଉଡ଼ା ବାରଣ୍ଡା, ବସାଉଠା ଲାଗି ଚୌକି ପଡ଼ିଚି । ଅତିଥି ଭବନର ପୁରୁଣା ଜଗୁଆଳି କାର୍ତ୍ତିକେୟନ୍, ବୁଢ଼ା ଲୋକ । ଭବନର ପଛପଟକୁ ତା' ରହିବାଘର । ତା'ର କେହି ନାହାନ୍ତି, ରାତିବେଳା ସାହେବଙ୍କ ରୋଷେଇ କରେ ଓ ସେଇଠୁ ଖାଏ, ସକାଳେ ଚା' କରିଦିଏ । ସବ୍-କଲେକ୍ଟର ଏଠାରେ ଏବେ ରହୁଛନ୍ତି ବୋଲି ସହରଯାକ ସମସ୍ତେ ଜାଣନ୍ତି । କିଛି ଭୟ ନାହିଁ । ରାତିରେ ବାରଣ୍ଡା ଗ୍ରୀଲ୍ କବାଟ ଭିତରୁ ତାଲା ପକାଇ ଘର କବାଟ ପବନ ଆସିବା ପାଇଁ ମୁକୁଳା କରି, ସ୍ୱୀକାରବାବୁ ବିଶ୍ରାମ କରନ୍ତି । ପ୍ରତିଦିନ ସଂଜବେଳେ ଗୋଦ୍‌ରେଜ୍ ଆଲମାରି ଖୋଲି ତାଙ୍କ ପାଓ୍ୱାର ପିଲୋ ଠିକ୍ ସାଇତାହୋଇ ରହିଚି କି ନାହିଁ, ଦେଖି ନିଅନ୍ତି । ତାକୁ ଦେଖିଲାମାତ୍ରେ ମୁହଁଟା ତାଙ୍କର ପୂରିଉଠେ । ଆର୍ଶି ପାଖକୁ ଚାଲିଆସି ନିଜକୁ ଦେଖି ମନକୁମନ କୁହନ୍ତି: କୋଡ଼ିଏ ବର୍ଷରେ କୋଟିପତି, ମାଲାମାଲ୍ !

ଅତିଥି ଭବନରେ ରହିବା ସମୟରେ ମାଡ଼ିମାଡ଼ିପଡ଼େ । କଥା ଦି'ପଦ ହେବାକୁ

ପାଖରେ କେହି ହେଲେ ନାହାନ୍ତି । ଲାବଣ୍ୟର ପଢ଼ାବହି ଥିବା ଟ୍ରଙ୍କ ଖୋଲାଉଖୋଲାଉ ଦେଖିଲେ ଉପେନ୍ଦ୍ର ଭଞ୍ଜ ମହାଶୟଙ୍କ ଗ୍ରନ୍ଥାବଳୀ ଓ ଟୀକାସବୁ ଓ ଲାବଣ୍ୟର ପିଏଚ୍.ଡି. ଥେସିସ୍ । ସେଇଗୁଡ଼ିକ ପଢ଼ିବାକୁ ଲାଗିଲେ । ଆହା ! ରତିକ୍ରୀଡା ଉପରେ କି ବର୍ଣ୍ଣନା କବି କରିଛନ୍ତି ! ଟୀକାକାରମାନେ ମନ୍ତବ୍ୟ ଦେଇଛନ୍ତି ଯେ ବାତ୍ସାୟନଙ୍କ 'କାମସୂତ୍ର', 'କୋକଶାସ୍ତ୍ର', 'ରତି ମଞ୍ଜରୀ' - ଏଥିରେ ରତିକ୍ରିୟାର ଯେଉଁ ବିଭିନ୍ନ ପର୍ଯ୍ୟାୟ, ତାକୁ କବିସମ୍ରାଟ୍ ତାଙ୍କର ସବୁ ଚରିତ୍ରଙ୍କଠାରେ ଖୋଲାଖୋଲି ଭାବରେ ପରୀକ୍ଷା କରେଇଛନ୍ତି। ବର୍ଣ୍ଣନା ଏତେ ପ୍ରାଞ୍ଜଳ ଯେ ଆଖି ସାମ୍ନାରେ ରତିକ୍ରିୟା ଚାଲୁଥିଲା ପରି ଲାଗିବ । କବିସମ୍ରାଟ ତ ନୁହଁ, ତମେ ମୋର ଗୁରୁଦେବ, ଗୁରୁଦେବ ! ସ୍ୱୀକାରବାବୁ ମନେମନେ କୁହନ୍ତି। ଏ କାବ୍ୟଗୁଡ଼ିକ ପଢ଼ିନଥିଲେ ତାଙ୍କ ବୈବାହିକ ଜୀବନ ଏଯାଏଁ ଯେମିତି ବେକାର ଥଣ୍ଡାରେ ବିତିଚି, ସେମିତି ବିତିଯାଇଥାନ୍ତା କି କ'ଣ ! ଗ୍ରନ୍ଥାବଳୀରେ କବିସମ୍ରାଟ୍ଙ୍କର ଯେଉଁ ଫଟୋ ଥିଲା ତାକୁ ବଡ଼ ଓ ରଙ୍ଗିନ୍ କରାଇ ସ୍ୱୀକାରବାବୁ ତାଙ୍କ ରୁମ୍‌ରେ ଲଗାଇ ଫୁଲମାଳ ପିନ୍ଧାଇଛନ୍ତି ।

ଗବେଷଣା ପୁସ୍ତିକାରେ ରତିକ୍ରିୟା ବର୍ଣ୍ଣନା ପଢ଼ି ସ୍ୱୀକାରବାବୁଙ୍କ ଆଖି ଉପରକୁ ଖୋଷି ହୋଇଗଲା । ତାଙ୍କର ସ୍ତ୍ରୀ ଲାବଣ୍ୟ; ଟୋକୀ ଖଣ୍ଡକ ଏତେ କଥା ଜାଣିଚି, ଆଉ ବେଳ ଆସିଲେ କ'ଣନା କୁତ୍‌କୁତ୍ ଲାଗୁଚି, ସଲ୍‌ସଲ୍ ଲାଗୁଚି, ଛାଡ଼ବାଡ଼ ! ଏଇ ଦୁଇ ପୃଷ୍ଠାକୁ ସେ ବାରମ୍ବାର ପଢୁଥିଲେ । ଗବେଷଣା ବିଷୟ; 'ଭଞ୍ଜ ସାହିତ୍ୟରେ ଅତିମାନସ ଦିଗ', ଷଷ୍ଠ ପରିଚ୍ଛେଦ: ଲାବଣ୍ୟବତୀ କାବ୍ୟରେ ଶିବ ସ୍ୱରୋଦୟ', ପୃଷ୍ଠା ୨୪୨-୪୩ ।

ଲାବଣ୍ୟବତୀ କାବ୍ୟର ତେତିଶତମ ଛାନ୍ଦରେ ପ୍ରେମର ତିନିଗୋଟି ଅବସ୍ଥାର ବିଶଦ ବର୍ଣ୍ଣନା କରାଯାଇଚି । ସେଗୁଡ଼ିକ ହେଲା: ମିଳନର ପୂର୍ବରାଗ, ସମ୍ଭୋଗ ବା ମୈଥୁନ ଏବଂ ସମ୍ଭୋଗ ପରବର୍ତ୍ତୀ ବାର୍ତ୍ତାଳାପ । କବିସମ୍ରାଟଙ୍କ ଏହି ରତିକ୍ରୀଡା ବର୍ଣ୍ଣନା, କାଳିଦାସଙ୍କ 'କୁମାର ସମ୍ଭବଂ'ରେ ଶିବ-ପାର୍ବତୀଙ୍କ ରତି ବର୍ଣ୍ଣନା, 'ନୈଷଧ'ରେ ଶ୍ରୀହର୍ଷଙ୍କ ସ୍ତ୍ରୀ ଯୋନି ଓ ଭଗାଙ୍କୁରର ବର୍ଣ୍ଣନା, ଜୟଦେବଙ୍କ 'ଗୀତଗୋବିନ୍ଦ'ରେ ରାଧାକୃଷ୍ଣ କେଳି ପ୍ରସଙ୍ଗରେ ଦନ୍ତ ଦଂଶନ ଓ ସ୍ତନ ପୀଡ଼ନର ବର୍ଣ୍ଣନାଠାରୁ କୌଣସି ଗୁଣରେ କମ୍ ନୁହେଁ ।

ଚନ୍ଦ୍ରଭାନୁ ଓ ଲାବଣ୍ୟବତୀ ଉଭୟେ ରତିପ୍ରିୟ । ରାତିର ନିରୋଳା ପ୍ରହରରେ ସଖୀମାନେ ଛନ୍ଦୋକ୍ତି କରି ଲାବଣ୍ୟବତୀଙ୍କୁ କେଳିସଦନର କବାଟ ପାଖରେ ଛାଡ଼ିଦେଇ ଚାଲିଯାଇଛନ୍ତି । ଲାବଣ୍ୟବତୀ ଦରଆଉଜା କବାଟ ଦେଇ ଭିତରକୁ ଧୀରେ ପ୍ରବେଶ କଲେ ଓ କବାଟକୁ ଆସ୍ତେ ବନ୍ଦ୍ କଲେ । ଟିକେ ଦୂରରେ ସାମ୍ନାରେ ପଲଙ୍କ ଉପରେ

ବସିଛନ୍ତି ଚନ୍ଦ୍ରଭାନୁ । ଗେହ୍ଲାରେ ଡାକିଲେ: ଆସ...ଘରକଣରେ ବଡ଼ ଦୀପଟିଏ ଜଳୁଚି । ଲାବଣ୍ୟବତୀ ଏକ-ବସ୍ତ୍ର ହୋଇ ଆସିଛନ୍ତି । ପତଳା ଲୁଗା ତଳୁ ବିପୁଳ ସ୍ତନର ଗଢ଼ଣ କ୍ଷୀଣ ଆଲୋକରେ ବେଶ୍ ବାରି ହୋଇଯାଉଚି । କବିସମ୍ରାଟ ଉପମାଦେଲେ ଯେ ସେ ସ୍ତନ ଦୁଇଟି ଦିଶୁଚି, ଯେମିତି ଅମୃତ କଳସ ଉପରେ କନା ଘୋଡ଼ା ହୋଇଚି। ଲାବଣ୍ୟବତୀ ପାଦ ଚିପିଚିପି ଆସିଲେ ଓ ଚନ୍ଦ୍ରଭାନୁଙ୍କ ସାମ୍ନାରେ ଲଜ୍ଜାବଶତଃ ମୁହଁ ତଳକୁ କରି ଠିଆହେଲେ। ଚନ୍ଦ୍ରଭାନୁ ତାଙ୍କୁ ଆସ୍ତେ ଟାଣିଆଣି କୋଳରେ ବସାଇଲେ । ଏହାକୁ 'କାମଶାସ୍ତ୍ର'ରେ ଲଘୁଆଲିଙ୍ଗନ କୁହାଯାଏ । ଏହି ଆଲିଙ୍ଗନ ପରେ ଚୁମ୍ବନ ବିଧି । ଚନ୍ଦ୍ରଭାନୁ ପ୍ରଥମେ ହାଲ୍‌କା ଚୁମ୍ବନ ଦେଲେ ଓ କ୍ରମାଗତ ଚୁମ୍ବନ ଗାଢ଼ ଓ ଗଭୀର ହେବାକୁ ଲାଗିଲା । ଏହିପରି ଘନଘନ ଚୁମ୍ବନ ରମଣୀର କାମଭାବକୁ ଉଦ୍ରେକ କରାଏ । ଏହାକୁ କୁହାଯାଏ ରତିଚେଷ୍ଟା ବା କାମଚେଷ୍ଟା । ଏଥିରେ ଯେତେବେଳେ ପୂର୍ଣ୍ଣତା ଆସିବ, ରମଣୀର ନିଃଶ୍ୱାସ-ପ୍ରଶ୍ୱାସ କ୍ଷିପ୍ର ହେବ ଏବଂ ସେ ପୁରୁଷର ହାତ ଦୁଇଟିକି ନେଇ ଆସି ତା'ର ସ୍ତନକୁ ଧରାଇଦେବ । ବର୍ତ୍ତମାନ ଲାବଣ୍ୟବତୀଙ୍କଠାରେ ସେୟା ଘଟିଲା । କବିସମ୍ରାଟ କହିଲେ ଯେ ସ୍ତନମର୍ଦ୍ଦନ କରୁକରୁ ଚନ୍ଦ୍ରଭାନୁ ଭାବୁଥାନ୍ତି ଯେ ଏହାଠାରୁ ଆଉ କେଉଁ ସ୍ୱର୍ଗ-ସୁଖ ଅଧିକ ହେବ! ସ୍ତନ-ମର୍ଦ୍ଦନ ପରେ 'ରତିଲକ୍ଷ'କୁ ଯିବାର ରାସ୍ତା ଖୋଜାଯାଏ । ଚନ୍ଦ୍ରଭାନୁ ମର୍ଦ୍ଦନରୁ ବିରତ ହୋଇ ସ୍ତନର ଅଗ୍ରଭାଗକୁ ଘନଘନ ଚୁମ୍ବନ ଦେବାରେ ଲାଗିଥାନ୍ତି ଓ ବେକ, ପିଠି ବାହାରେ ହାତ ବୁଲାଇ କାଖ ସନ୍ଧି ଭିତରେ ହାତରଖି ନଖରେ କୋମଳ ମାଂସକୁ ଚାପିଦେଲେ । ଏହା କଲାରୁ ଲାବଣ୍ୟବତୀଙ୍କ ଲୋମାବଳି ଟାଙ୍କୁରିଉଠିଲା ଓ ସେ ଚନ୍ଦ୍ରଭାନୁଙ୍କୁ ଗାଢ଼ ଆଲିଙ୍ଗନରେ ଆବଦ୍ଧ କରିନେଲେ । ଏହାକୁ ବିଦ୍ଧକ ଆଲିଙ୍ଗନ କୁହନ୍ତି । ଏହା ହେଉଚି ପୁରୁଷ ପାଇଁ ନାରୀର ବିଭିନ୍ନ ସ୍ଥାନରେ ନଖ-କ୍ଷତ ଓ ଈଷତ୍ ଦନ୍ତ-ଦଂଶନର ସମୟ । ଏହା ଯେତେବେଳେ ଚନ୍ଦ୍ରଭାନୁ ଆରମ୍ଭ କଲେ, ଲାବଣ୍ୟବତୀଙ୍କ ଅଧାରୁ ଅଧିକ ଲଜ୍ଜା ଦୂରହୋଇଗଲାଣି । ସେ ଚନ୍ଦ୍ରଭାନୁଙ୍କୁ ଗାଢ଼ ଆଲିଙ୍ଗନରେ ରଖି ତାଙ୍କ ଦେହର ବିଭିନ୍ନ ସ୍ଥାନକୁ ଚୁମ୍ବନ ଦେବାରେ ଲାଗିଲେ । ସବୁ ଲଜ୍ଜା ବରଫ ପାଣିଫାଟିଲା ପରି ତରଳହୋଇ ବୋହିଯିବାକୁ ବାହାରିଲାଣି । ଆଉ ଯେଉଁ ଟିକକ ଲଜ୍ଜା ଲାବଣ୍ୟବତୀକୁ ଛାଡ଼ି ପାରୁନଥିଲା, ତାହାରି ପରିସମାପ୍ତି ପାଇଁ ଚନ୍ଦ୍ରଭାନୁ ଅଣ୍ଟାର ଲୁଗା ଗଣ୍ଠି ଖୋଲିଦେବାକୁ ବାହାରିଲାବେଳକୁ ଲାବଣ୍ୟବତୀ ମିଛ ବାରଣ କରି ଚେତାଶୂନ୍ୟ ହେଲା ପରି ପଡ଼ିଗଲେ; ଆଖି ବନ୍ଦ୍ । ତାଙ୍କୁ ବିବସ୍ତ୍ର କରାଇବାକୁ ଚନ୍ଦ୍ରଭାନୁ ବିଳମ୍ବ କଲେ ନାହିଁ ଓ ନିଜେ ବିବସ୍ତ୍ର ହୋଇ ରତିକ୍ରିୟା ପାଇଁ ଅଗେଇଗଲେ । କବି ଚାତୁରୀରେ ଭଞ୍ଜ ମହାଶୟ ଲେଖିଲେ ଯେ ଏପରି ଶୋଭାବନ୍ତ ଦୁଇ ନର-ନାରୀଙ୍କୁ ଉଲଗ୍ନ ଦେଖିବାପାଇଁ ଦୀପଟି

କେବଳ ଯେପରି ସାକ୍ଷୀ ଭାବରେ ଜଳୁଥିଲା । ବର୍ତ୍ତମାନ ସମ୍ପୂର୍ଣ୍ଣ ସମ୍ଭୋଗର ବେଳ; ଉଭୟଙ୍କ ଶରୀରରେ ନିଆଁ ଜଳିଲା ପରି ସେମାନେ ହେଉଛନ୍ତି; ବାହ୍ୟଜ୍ଞାନଶୂନ୍ୟ ହୋଇ କିଏ କେଉଁଠି ନଖ-କ୍ଷତ ଦେଉଚି, ଦନ୍ତ-ଦଂଶନ କରୁଚି, ତା'ର ଠିକଣା ରହୁନାହିଁ । 'ନାଗର ବନ୍ଧ'ରେ ରତିକ୍ରିୟା ଆରମ୍ଭ ହୋଇଚି, ଜଂଘମୂଳେ ବସି, ଛାତିକୁ ଛାତି ଲଗାଇ, ଗ୍ରୀବାକୁ ଦୁଇ ହାତରେ ଧରି, ରତିଯୁକ୍ତ ହେବାକୁ ଏଇ ବନ୍ଧ କହନ୍ତି । ଏହାପରେ ଷୋହଳଟି ବିଭିନ୍ନ ବନ୍ଧରେ ରତିଯୁକ୍ତ ହୋଇ ଦୀର୍ଘ ସମୟ ଧରି ରତି ଚାଲିଚି । ଲାବଣ୍ୟବତୀ ଅନୁଭବ କଲେ ଚନ୍ଦ୍ରଭାନୁଙ୍କ ଦେହରେ ଝାଳ । ତାଙ୍କୁ ବିଶ୍ରାମ ଦେବାଲାଗି ବିପରୀତ ରତି ଆରମ୍ଭ କଲେ । ଏଇ ଦୀର୍ଘ ରତିର ଆନୁଷଙ୍ଗିକ ଉତ୍ତେଜକ କ୍ରିୟା, ଚୁମ୍ବନ, ନଖ-କ୍ଷତ, ଦନ୍ତ-ଦଂଶନ, ସ୍ତନ-ମର୍ଦ୍ଦନ, ଜିହ୍ୱାଚାଳନ ଇତ୍ୟାଦି ଜାରି ରହିଥାଏ । ଚନ୍ଦ୍ରଭାନୁ ଓ ଲାବଣ୍ୟବତୀ କ୍ଷେତ୍ରରେ ମଧ୍ୟ ସେହିପରି ଘଟିଲା । ଯେତେବେଳେ ଲାବଣ୍ୟବତୀଙ୍କ କପାଳ ଝାଳ ହୋଇଗଲା, ଚନ୍ଦ୍ରଭାନୁ ଠିକ୍ କଲେ ଯେ ଏହାହିଁ ହେଉଛି ଶୀର୍ଷକୁ ଯିବାର ଠିକ୍ ସମୟ ଓ ତାହା କରି ସେମାନେ ଚରମ ଆନନ୍ଦକୁ ପ୍ରାପ୍ତ ହେଲେ । ପ୍ରଥମେ ଲାବଣ୍ୟବତୀ ଓ ପରେ ଚନ୍ଦ୍ରଭାନୁ ଲୁଗା ଗୋଟେଇନେଇ ପିନ୍ଧିଲେ ଓ ପରସ୍ପରକୁ ଚିହ୍ନି ନ ଥିବା ପରି କିଛି ସମୟ ଶୋଇରହିଲେ । ଅବଶତା ଦୂର ହେବାରୁ ଚନ୍ଦ୍ରଭାନୁ, ଲାବଣ୍ୟବତୀଙ୍କୁ କୋଳ ଭିତରେ ଶୁଆଇ ନାନା ପ୍ରେମକଥାରେ ତାଙ୍କ ମନ ମଜେଇରଖିଲେ; ଦେଖୁ ଦେଖୁ ରାତି ପାହିଲା ।

କବିସମ୍ରାଟ ଉପେନ୍ଦ୍ରଭଞ୍ଜ ପୁରୁଷ-ନାରୀ ସମ୍ଭୋଗ ଚିତ୍ର ତଳେ ମଣିଷ ଶରୀର ଭିତରେ ଦୁଇ ନୈସର୍ଗିକ ଶକ୍ତିର ମିଳନ କଥା ଜ୍ଞାନୀ ପାଠକଙ୍କ ପାଇଁ ଦର୍ଶାଇଛନ୍ତି । ଶିଶୁ ଜନ୍ମହେବା ପରେ ପ୍ରଶ୍ୱାସ ମୁଖ୍ୟତଃ ଦୁଇଟି ନାଡ଼ି ମାଧ୍ୟମରେ ନିଏ । ବାମ ନାକପୁଡ଼ାରେ ପ୍ରଶ୍ୱାସ-ନିଶ୍ୱାସ ଗତିକୁ ଇଡ଼ା ବା ଚନ୍ଦ୍ରନାଡ଼ି ଓ ଦକ୍ଷିଣ ନାକପୁଡ଼ାରେ ପ୍ରଶ୍ୱାସ-ନିଃଶ୍ୱାସ ଗତିକୁ ପିଙ୍ଗଳା ବା ସୂର୍ଯ୍ୟନାଡ଼ି କୁହନ୍ତି । ତେଣୁ ଚନ୍ଦ୍ର-ଭାନୁ ବା ଇଡ଼ା-ପିଙ୍ଗଳା ପ୍ରତିମୁହୂର୍ତ୍ତରେ ବାହ୍ୟ ପ୍ରକୃତିରେ ଲିପ୍ତ ଥିଲେ ସୁଦ୍ଧା ପ୍ରକୃତରେ କର୍ଣ୍ଣପୁଟରେ ଅନାହତ ଶବ୍ଦ ମଧ୍ୟରେ ରହନ୍ତି । ତେଣୁ ଚନ୍ଦ୍ରଭାନୁଙ୍କ ଦେଶ ହେଉଚି କର୍ଣ୍ଣାଟଦେଶ । ସେଠାକାର ଯେ ରାଜା, ସେ ସବୁ ବିଦ୍ୟାରେ ପାରଙ୍ଗମ । ମଣିଷର ସମ୍ଭୋଗ ସ୍ଥାନର ଟିକିଏ ଭିତରକୁ ଥାଏ ମୂଳାଧାର ଚକ୍ର । ଏଠାରେ କୁଣ୍ଡଳିନୀ ସୁପ୍ତ ଅବସ୍ଥାରେ ଥାଏ । କବି ଏହାକୁ ଲାବଣ୍ୟବତୀ ରୂପେ ଛଦ୍ମନାମ ଦେଇଛନ୍ତି । ଲାବଣ୍ୟବତୀକୁ ଚନ୍ଦ୍ରଭାନୁ ଉଦ୍ରେକ କରାଇବ; ଅର୍ଥାତ୍ ପ୍ରଶ୍ୱାସ-ନିଃଶ୍ୱାସ ପ୍ରାଣାୟାମ ରତିଦ୍ୱାରା ମୂଳାଧାରଠାରେ ଥିବା କୁଣ୍ଡଳିନୀ ଶକ୍ତି ଜାଗ୍ରତ ହେବ । ଥରେ କୁଣ୍ଡଳିନୀ ଶକ୍ତି ଜାଗ୍ରତ ହେଲେ ସେ ବାହ୍ୟ ବସ୍ତ୍ର ବା ବାହ୍ୟ ସ୍ୱରୂପକୁ ଦୂରେଇଦେଇ, ସହସ୍ରାରରେ ମିଳିତ ହେବାକୁ ପାଗଳପରାଏ ହେବ । କୁଣ୍ଡଳିନୀ ଓ

ସହସ୍ରାର ମିଳନ ଶକ୍ତି ଓ ଶିବଙ୍କ ମିଳନ ଏବଂ ଏହା ସମ୍ଭବ, ବିପରୀତ ପଥରେ ବା ତଳୁ ଉପରକୁ ଉଠିବା ଦ୍ୱାରା । ଛଳକରି ଏହାକୁ ବିପରୀତ ରତି ବୋଲି କବିସମ୍ରାଟ ଦର୍ଶାଇଛନ୍ତି। ଏହି ମିଳନ ଆଦିରସର ମିଳନ ବା ଆଦି ଅର୍ଥାତ୍ ସୃଷ୍ଟିର ପ୍ରଥମ ଅବସ୍ଥାକୁ ଚାଲିଯାଇ ଚରମ ଆନନ୍ଦରସ ଆସ୍ୱାଦନର ମିଳନ ।

ତେଣୁ କବି ସମ୍ରାଟ୍ ଉପେନ୍ଦ୍ରଭଞ୍ଜଙ୍କୁ ଯେଉଁମାନେ ସମ୍ଭୋଗଧର୍ମୀ କାବ୍ୟ ସୃଷ୍ଟିକରି ଅଶ୍ଳୀଳ ସାହିତ୍ୟ ରଚନାର କୁଖ୍ୟାତି ଦିଅନ୍ତି, ସେମାନେ ଅଜ୍ଞାନ।

ସ୍ୱୀକାରବାବୁ ଏଇ ପୃଷ୍ଠାଗୁଡ଼ିକୁ ବାରମ୍ବାର ପଢ଼ନ୍ତି । ରତି ବ୍ୟାଖ୍ୟାକୁ ବୁଝନ୍ତି ସିନା, କୁଣ୍ଡଳିନୀ-ସହସ୍ରାର ମିଳନ, ଶକ୍ତି-ଶିବ ଏକାଠି ହେବାର ଯେଉଁ ଆଲୋଚନା ଲାବଣ୍ୟ କରିଚି, ସେଥିରୁ କିଛି ବୁଝନ୍ତି ନାହିଁ । ରାତିରେ ବାରମ୍ବାର ପଢ଼ିଲେ ଦେହ ଗରମ ହୋଇଯାଇ ନିଦ ହୁଏ ନାହିଁ । ବିଛଣାରେ ଛଟପଟ ହୁଅନ୍ତି । ଲାବଣ୍ୟ ଉପରେ ରାଗ ଲାଗେ। ଆଲୋ ଚାଣ୍ଡାଳୀ ଏତେ କଥା ଜାଣିଚୁ, ଦେଖିଚୁ, ଅଥଚ ମତେ ବତେଇଲୁ ନାହିଁ କାହିଁକି ? ତାଙ୍କୁ ଲାଗିଲା ଯେ 'ଲାବଣ୍ୟବତୀ' କାବ୍ୟରେ ଯେଉଁ ରତିକ୍ରୀଡ଼ା କଥା ବର୍ଣ୍ଣନା କରାଯାଇଚି, ତାକୁ ପଞ୍ଚତାରକା ହୋଟେଲ୍‌ର ପାଞ୍ଚ-ପର୍ଯ୍ୟାୟ ଭୋଜନ ବ୍ୟବସ୍ଥା ସହିତ ତୁଳନା କରାଯାଇପାରେ । ପ୍ରଥମେ ଭୋକ ଉଦ୍ରେକ କରିବାକୁ ହାଲ୍‌କା ହାଲ୍‌କା କିଛି, ଯାହାକୁ ଇଂରାଜୀରେ ଆପିଟାଇଜର୍ କହନ୍ତି, ଆଉ ରତିକ୍ରୀଡାରେ ପୂର୍ବରାଗ ବା ମୃଦୁ ଆଲିଙ୍ଗନ ଚୁମ୍ବନ । ସେ ସରିଲାବେଳକୁ ପରଷିଦେବ, ଆଉଟିକେ ଗରିଷ୍ଠ ସ୍ୱାଦିଷ୍ଟ - ମାନେ ଗାଢ଼ ଆଲିଙ୍ଗନ, ସ୍ତନ-ମର୍ଦ୍ଦନ ଇତ୍ୟାଦି । ତା'ପରେ ଆସିବ ଆଉ ଟିକେ ଗୁରୁପାକ ବ୍ୟଞ୍ଜନ ଅର୍ଥାତ୍-ନଖ-କ୍ଷତ, ଦନ୍ତ-ଦଂଶନ, ନାହିରେ କାଣିଆଙ୍ଗୁଠି ଘର୍ଷଣ ଇତ୍ୟାଦି । ଏବେ ଅସଲ ଖାଦ୍ୟ ମେଜର ମିଲ୍ ଖାଇବାର ସମୟ ଆସିଗଲା । ପେଟଭରି ଚୋବାଇଚୋବାଇ ସ୍ୱାଦ ନେଇନେଇ ବହୁ ସମୟ ଧରି ଖାଇବ । ପେଟ ପୂରିଆସିଲାଣି - ନା ରେ ବାବା ଆଉ ନୁହେଁ, ସମ୍ଭୋଗରେ ମହାସନ୍ତୋଷ ଲାଭ ହେଲାଣି, ତେଣୁ ଏଉଡିଟିଏ ମାରି ଖାଇବା ସାରିବା । ଖାଇସାରି ହାତମୁହଁ ଧୋଇ ଆସିଲେ ମିଠାଫଳ ଇତ୍ୟାଦି ସବାଶେଷ କୋର୍ସ । ରତିକ୍ରିୟା ପରେ ଲୁଗା ପିନ୍ଧିବା ଓ ଧରାଧରି ହୋଇ ଏକାଠି ଶୋଇ ପ୍ରେମାଳାପ କରିବା ସହିତ ଏହା ତୁଳନୀୟ ।

ସ୍ୱୀକାରବାବୁ ନିଜକୁ ଧିକ୍କାରିଲେ । ଠିକ୍ ଭାବରେ ଅପିଟାଇଜର୍ ପିଆହୋଇନାହିଁ, ତା' ପରକୁ ଆଉ ଦୁଇଟା ତିନିଟା ପରଷା ବାକିଅଛି, ଆଉ ସେ ସବୁଠୁ ଗୁରୁପାକ ଆହାର ଉପରକୁ ମାଡ଼ିବସିଲେ। ଫଳ ଆଉ କ'ଣ ହୋଇଥାଆନ୍ତା ଯେ ! ଅଜୀର୍ଣ୍ଣ; ଅଜୀର୍ଣ୍ଣ ହେଲେ ତଳିପେଟରୁ ମଳବନ୍ଧ ହେଇ ଅସମୟରେ ଖଲାସ

ହେବ ନାହିଁ । ଆଉ ଏଇ ଯେଉଁ ଅତର୍କ୍କି ହୋଇ ପେଟ ଖଲାସ କରିବା ଏଯାଏଁ ତାଙ୍କ ଯୌନଜୀବନରେ ଘଟିଚି, ତାକୁ ଆଗ ଠିକ୍ କରିବାକୁ ପଡ଼ିବ, ନଚେତ୍ ସେ ଉପେନ୍ଦ୍ର-ନାୟକ ହେବେ କେମିତି ? ସଂଗେ ସଂଗେ ପୁତୁରା ଓରଫ୍ ସାଂଗ କେଦାରନାଥ ରାଉତଙ୍କ ପାଖକୁ ଟେଲିଫୋନ୍ ହେଲା । ଡାକ୍ତରବାବୁ ଖାଇବାକୁ କିଛି ଲେହ୍ୟ ଓ ମାଲିସ୍ ପାଇଁ ତୈଳ ସୁପାରିସ କଲେ । ଆୟୁର୍ବେଦ ଔଷଧ ଦୋକାନରୁ ସେଗୁଡ଼ିକ ତୁରନ୍ତ କିଣାହୋଇଆସିଲା । ଏବେ ସ୍ୱୀକାରବାବୁ ତାଙ୍କ ଦୁର୍ବଳତାକୁ ବାଗେଇ ନେଲେଣି ବୋଲି ନିଶ୍ଚିତ ଧାରଣା କରିନେଲେଣି । ଲାବଣ୍ୟ ବିହୁନେ 'ଲାବଣ୍ୟବତୀ' କାବ୍ୟ ପଢ଼ି ପଢ଼ି ସ୍ୱୀକାରବାବୁ ଏକରକମ ପାଗଳ । ସେ ଚନ୍ଦ୍ରଭାନୁ ପରି ହେବେ, କବିସମ୍ରାଟ ଉପେନ୍ଦ୍ର ଭଞ୍ଜଙ୍କ ନାଆଁ ରଖିବେ । ଏଣିକି ଅଫିସ୍‌ରୁ ଫେରିଲେ ଆଉ ଟ୍ରାଉଜରପଞ୍ଜାବି ପିନ୍ଧନ୍ତି ନାହିଁ । ଚମ୍ପା ରଙ୍ଗର ସିଲ୍କ ଲୁଙ୍ଗି ଓ ତା' ଉପରେ ନାଲି ସିଲ୍କ ଗାମୁଛା । ଗଳାରେ ଗୋଟେ ଓସାରିଆ ସୁନାଚେନ୍ । କପାଳରେ, ଉପେନ୍ଦ୍ରଭଞ୍ଜ ରାଜପୁତ୍ର ଥିଲେ ବୋଲି ତାଙ୍କୁ ନକଲ କରି, ବୈଷ୍ଣବ-ମାର୍କା ଇଂରାଜୀ ଅକ୍ଷର 'ଇଉ' ପରି ନାଲି କଲି । ଏଣିକି ଖାଲି ଲାବଣ୍ୟକୁ ଅପେକ୍ଷା । ସେତେବେଳେ ସିଂହଳ-ଏବେ ଓଡିଶା; ସେତେବେଳେ ଜଳପଥ - ଏବେ ରେଳପଥ, ଏତିକି ତଫାତ୍ ଯାହା ।

ଆଠଦିନ ତଳେ ଲାବଣ୍ୟ ନାୟକ ଟ୍ରେନ୍ ଯୋଗେ ବଲାଙ୍ଗିରରୁ ଚିନ୍ନାଇରେ ପହଞ୍ଚିଲା ଓ ସ୍ୱୀକାରବାବୁ ପାଛୋଟିଆଣିବାକୁ ଚିନ୍ନାଇଯାଏ ଯାଇଥିଲେ । ତା' ପରଦିନ ରାମେଶ୍ୱରରେ ପହଞ୍ଚି ଥିରୁ କନ୍ନନ ପରିବାର ସହିତ ମଧ୍ୟାହ୍ନଭୋଜନ କରି ତାଙ୍କ କର୍ମକ୍ଷେତ୍ରକୁ ଯାତ୍ରାକଲେ । ବାଟରେ ରାମେଶ୍ୱରମ୍ ମନ୍ଦିର ଦର୍ଶନ କଲାବେଳେ ସ୍ୱୀକାରବାବୁ ପଚାରିଲେ, 'ଆଚ୍ଛା, ୟା ଆଗରୁ ତମେ ଏଠିକି ଆସିଥିଲ, ମନେପଡୁଚି ?'

ଲାବଣ୍ୟ ଆଶ୍ଚର୍ଯ୍ୟ ହୋଇ ତାଙ୍କ ଆଡ଼େ ଚାହିଁଲା, "ମୁଁ? ମୁଁ କାହିଁକି କେବେ ଇଆଡ଼େ ଆସିବି ମ! ମୁଁ ପରା ବିଶାଖାପାଟଣା ଦେଖିନଥିଲି, ଏଥର ଟ୍ରେନ୍‌ରେ ଆସିଲାବେଳେ ଷ୍ଟେସନ୍‌ରେ ଯାହା ନାଆଁ ପଢ଼ି ଜାଣିଲି ।"

"ସେତିକି ତ ତଫାତ୍ ତମ ମୋ' ଭିତରେ," ସ୍ୱୀକାରବାବୁ ଦାର୍ଶନିକ ଢଂଗୀରେ କହିଲେ । 'ମୋର ପୂର୍ବଜନ୍ମ କଥା ମନେଅଛି, ଅଥଚ ତମେ ସବୁ ଭୁଲିଯାଇଚ । ଆମେ ବହୁ ଆଗ ଜନ୍ମରେ ଚନ୍ଦ୍ରଭାନୁ ଓ ଲାବଣ୍ୟବତୀ ଥିଲେ ।'

"ତମେ ପାଗଳ ହେଲଣି ନା କ'ଣ ?" ଲାବଣ୍ୟ ହସି ହସି କହିଲା ।

"ଲାବଣ୍ୟବତୀ" ପଢ଼ିଲେ ମଣିଷ ପାଗଳ ନ ହୋଇ ଆଉ କ'ଣ ହେବ ଯେ!" ସ୍ୱୀକାରବାବୁ ଉତ୍ତରଦେଲେ ।

ତାଙ୍କ ଅଫିସ୍ ଗାଡ଼ିରେ ଧନୁଷକେଡ଼ି ଆସିଲାବେଳେ ସ୍ୱୀକାରବାବୁଙ୍କ ମିଜାଜ୍

ଖୁବ୍ ତାଜା ଆଉ ମିଠାସ୍ ଥିଲା । ସ୍ତ୍ରୀକୁ ପଚାରିଲେ, "ତମ ବହିବାକ୍ସରୁ ତମ ଥେସିସ୍ ପଢ଼ିଲି - ମାନେ ଅନେକଥର ପଢ଼ିଲି । ଏତେ କଥା ଲେଖିଚ ରତିକ୍ରୀଡ଼ା ବାବଦରେ, ଆଉ କାମରେ କ'ଣନା କୁତ୍‌କୁତ୍ ଲାଗୁଚି, ସଲ୍‌ସଲ୍ ଲାଗୁଚି ?"

"ମଲା, ସେଗୁଡ଼ାକ ପାଠ କଥା, ମୁଁ ସେମିତି କାହିଁକି କରିବାକୁ ଯିବି ମ !" ସ୍ୱୀକାରବାବୁଙ୍କ ହାତ ଆଉଁଶୁ ଆଉଁଶୁ କହିଲେ, "ରତିକ୍ରୀଡ଼ା ଭିତରେ କବି ସମ୍ରାଟ ଶରୀରଭେଦର ଗୂଢ଼ରହସ୍ୟ କଥା କହିଛନ୍ତି, ତମେ ତାକୁ ବୁଝିଲ ତ ?"

"ଚାଲ, ରତିକ୍ରୀଡା କରି ମତେ ସବୁ ବୁଝେଇଦେବ । ଆଉ ଉପେନ୍ଦ୍ର ଭଞ୍ଜ ଯେଉଁ ପତ୍ନୀବ୍ରତ କଥା କହିଛନ୍ତି, ସେଥିରେ ମୁଁ ଆସ୍ଥା ରଖେ; ତମେ ତ ମୋର ସର୍ବସ୍ୱ, ସବୁ ସୁଖ" ସ୍ୱୀକାରବାବୁ ନାଟକୀୟ ଭଙ୍ଗୀରେ କହିଲେ ଓ ଠିକ୍ ସେତିକିବେଳକୁ ଝିଅ ଦେଖାବେଳେ ତାଙ୍କ ସ୍ତ୍ରୀଙ୍କୁ ଅଶ୍ଳୀଳ କମେଣ୍ଟ୍ ମାରିଥିଲା ବୋଲି ଆଦିତ୍ୟକୁ ମନେମନେ ଖୁବ୍ ଗାଳିଦେଲେ, "ଶଳା ମଦୁଆ ! ମୋ ସ୍ତ୍ରୀ ଉପରେ ଖରାପ ନଜର ପକେଇ, ତା' ପେଟ ଛାତି ଆଡ଼େ ଚାହିଁ ଚାହିଁ ଖରାପ କଥା କହିବୁ ?"

ଅତିଥି ଭବନରେ ତାଙ୍କ ରହିବା ରୁମ୍‌ରେ ପହଂଚି କାନ୍ଥରେ କବି ସମ୍ରାଟଙ୍କ ବଡ଼ ରଙ୍ଗିନ୍ ଫଟୋ ଦେଖି ଲାବଣ୍ୟ ଆଶ୍ଚର୍ଯ୍ୟ ହୋଇ ପଚାରିଲେ, "ଇଏ କ'ଣ ?"

"ସେ ପରା ଆମ ଗୁରୁ, ସେ ଯେମିତି ପାଠ ବତେଇଛନ୍ତି, ଆମେ ସେମିତି ପଢିବା," ସ୍ୱୀକାରବାବୁ ହସିହସି କହିଲେ ଓ ତାଙ୍କ ହାତରୁ ଗହଣାବାକ୍ସ ନେଇ ଗୋଦ୍‌ରେଜ୍ ଆଲ୍‌ମାରି ଖୋଲି ତାଙ୍କ ପାଓ୍ୱାରପିଲୋ ପାଖରେ ରଖି ପୁଣି ଚାବି ପକାଇଦେଲେ ଓ ଗ୍ଲାସ୍‌ରେ ପାଣି ଢାଳି ପିଇଲେ । ଦିନଟାଯାକ ଶୟନକକ୍ଷକୁ କେଳିସଦନ ଭାବେ ସଜାଇବାରେ ଗଲା ।

ଗୋଟେ ବଡ଼ ଠିଆଦୀପ ବଳିତା ତେଲ ସହ ଗୋଟିଏ କୋଣରେ ରଖାଯାଇଚି । ପଲଙ୍କର ମଶାରିବାଡ଼ରେ ସୁନେଲି ଜରିକାଗଜ ଓ ଫୁଲମାଳ ଓହଳାଯାଇଛି । ଦୀପ ଲିଭିଯିବ ବୋଲି ସିଲିଂଫ୍ୟାନ୍ ବନ୍ଦ୍ । ତା' ଜାଗାରେ ଟିକେ ଦୂରରେ ଷ୍ଟୁଲ୍ ଉପରେ ଟେବୁଲଫ୍ୟାନ୍, ପାଖକୁ ବିଞ୍ଚଣାଟିଏ । ପଲଙ୍କ ପାଖ ଟି'ପୟ ଉପରେ ପୁରାକାଳର କାଚକଳସୀ କେଉଁଠୁ ପାଇଲେ କେଜାଣି, ସେଥିରେ ମିଠା ସରବତ । ସେଇ ରାତିରେ ଲାବଣ୍ୟକୁ ଏକବସ୍ତ୍ରରେ ଲାବଣ୍ୟବତୀ ଭାବେ ସଜାଇ 'ଲାବଣ୍ୟବତୀ'ର ତେତିଶତମ ଛାନ୍ଦରେ ଯୌନକ୍ରୀଡା ଠିକ୍ ନିୟମ ଅନୁସାରେ ସ୍ୱୀକାରବାବୁ ଘଟାଇଲେ । ଇଏ ତ ଆଉ ମଶୋରି ହଷ୍ଟେଲ ହୋଇନାହିଁ କି ଲାବଣ୍ୟର ବଲାଙ୍ଗିର ଭଡ଼ାଘର ହୋଇନାହିଁ ଯେ ପାଖଲୋକ କିଏ ଜାଣିଯିବେ ବୋଲି ଶଙ୍କା ଲାଗିବ ! ନିର୍ଜନ ଅତିଥି ଭବନ । ବାରଣ୍ଡାର ଭିତରପଟୁ ତାଲାପକାଇ, କବାଟ

ଖୋଲାରଖି, ରତିକ୍ରୀଡ଼ା ହେଲା । ଲାବଣ୍ୟକୁ ଆଗ ଆପିଟାଇଜର୍ ପିଆଇ ନିଜେ ଅମୃତ ପିଇ ଯାଉଛନ୍ତି ବୋଲି କହି ତା' ଭୋକ ଜଗାଇଲେ । ଗୁରୁଦେବ ଭଞ୍ଜେ ଯାହା ପରେ ଯାହା କହିଛନ୍ତି, ଠିକ୍ ସେଇ ମାର୍ଗରେ ମନମତାଣିଆ ରତିକ୍ରୀଡାଟିଏ ହେଲା । ସ୍ୱୀକାରବାବୁ ମନେମନେ ବଡ଼ ଖୁସ୍, ତାଙ୍କ ପୁତୁରାକୁ ଭିତରେ ଭିତରେ ବହୁତ ଧନ୍ୟବାଦ ଦେଲେ - "ସାବାସ୍ ଡାକ୍ତର କେଦାର ରାଉତ ! ତମ ଔଷଧ ଫଳ ଦେଇଚି ।" ଆଦିତ୍ୟ କଥା ମନେପଡ଼ିଲା । ତାକୁ ମନେମନେ କହିଲେ, "ଶଳା ମଦୁଆଟା ସିନା, ସୁନା ଚିହ୍ନେ ବଣିଆ, ଠିକ୍ କହିଥିଲା ଲାବଣ୍ୟକୁ ଦେଖି - ଭଞ୍ଜ ନାୟିକାଟିଏ ତ !"

ଆଜି ନୂଆ ବାସରରାତିର ଅଷ୍ଟମ ରାତି । 'ଲାବଣ୍ୟବତୀ' କାବ୍ୟ ଅନୁସାରେ ଷଡତିରିଶିତମ ଛାନ୍ଦ । ଚନ୍ଦ୍ରଭାନୁ ଓ ଲାବଣ୍ୟବତୀ ସ୍ୱଦେଶରେ ପହଞ୍ଚିଲେଣି, ରାଜଧାନୀରେ ନୁହେଁ । କିନ୍ତୁ ବାସରରାତିର ରତିକ୍ରୀଡା ପରି ରତିକ୍ରୀଡା ଚାଲିଚି । ସ୍ୱୀକାରବାବୁ ଯେତେ ରସ ଆସ୍ୱାଦନ କରୁଚନ୍ତି, ମନକହୁଚି - ଆହୁରି ଚାଲୁ, ଆହୁରି ଚାଲୁ ।

ଆଜି ରାତିରେ ସିନେମା ଦେଖି ଫେରି ଖାଉଖାଉ ବହୁତ ଡେରି ହୋଇଗଲା । ରାତି ବାରଟା ବେଳଠାରୁ ଚନ୍ଦ୍ରଭାନୁ-ଲାବଣ୍ୟବତୀଙ୍କ ରତି ଅଭିନୟ ଆରମ୍ଭ ହୋଇଚି । କିଛି ସମୟ ପରେ କାର୍ତ୍ତିକେୟନ ଯେଉଁ ବୁଲାକୁକୁର ଖାଇବାକୁ ଦେଇ ପୋଷିଚି, ସେ ଭୁକିବାରୁ ଲାବଣ୍ୟ ଅନ୍ୟମନସ୍କ ହେଲା । ସ୍ୱୀକାରବାବୁ ବୁଝେଇଦେଲେ ଯେ ଏ କୁକୁରଟା ମିଛଟାରେ ଏମିତି ଭୁକେ । ତା'ର କିଛି ସମୟ ପରେ ବାରଣ୍ଡା ଗ୍ରୀଲ୍ ପାଖରେ କ'ଣ ଟିକେ ଘଷିହୋଇଯିବାର ଶବ୍ଦ ହେଲାରୁ ଖୋଲାଦୁଆର କବାଟ ଆଡ଼କୁ ଟିକେ ଚାହିଁ ସେ ପୁଣି ଆଲିଙ୍ଗନରେ ମନ ଦେଉଦେଉ ଲାବଣ୍ୟକୁ ଶୁଣାଇଲା ପରି କହିଲେ, 'ଏ ଶଳା କୁକୁରର ଦେହଟାଯାକ ଯାଦୁ, ଏଇ ଗ୍ରୀଲ୍ ପାଖରେ ନିତି ଘଷିହେବ । ବାହାର କରୁଚି କାଲି ତାକୁ ।'

ଦୀର୍ଘରତି ସରିଲାଣି । ଦୁହେଁ ଲୁଗା ପିନ୍ଧି, ସରବତ୍ ପିଇ ବିଛଣାରେ ପଡ଼ି ଗପସପ ହେଉଛନ୍ତି, ଏଇ ସମୟରେ ଖୋଲାକବାଟ କୋଣରୁ ଗୋଟିଏ ଉଚ୍ଚସ୍ୱର ଶୁଭିଲା, "ତାମିଲ୍ ଏଲାମ୍, ତାମିଲ୍ ଏଲାମ୍ ।" ସ୍ୱୀକାରବାବୁ ବିଛଣା ଉପରୁ ତଳକୁ ଡେଇଁପଡ଼ି ପାଟିକଲେ: "କିଏ, କିଏ ?" ଓ ସୁଇଚ୍ ଟିପି ବିଜୁଳିବତି ଜଳାଇଦେଲେ । ସାମ୍‌ନାରେ ଦେଖିଲେ କବାଟ କୋଣରୁ ଭୂତ ପରି ଜଣେ ଠିଆ ହୋଇଚି । ନୀଳ ଜିନ୍ସ ପ୍ୟାଣ୍ଟ ଉପରେ କଳା ଗେଞ୍ଜି ପିନ୍ଧିଚି ଓ ହାତରେ ରିଭଲଭର ତାଙ୍କ ଆଡ଼କୁ କରିଚି । "ତୁ କିଏ ?" ସ୍ୱୀକାରବାବୁ ଥରୁ ଥରୁ ପଚାରିଲେ ତାମିଲ ଭାଷାରେ ।

'ମୁଁ? ମୁଁ ଏଲ୍.ଟି.ଟି.ଇ. ଗରିଲା । ମଝିରେମଝିରେ ଇଆଡ଼େ ବୁଲିଆସେ ।

କିନ୍ତୁ ତମେ କିଏ ଏଠି ନୂଆଲୋକ, ରହିଚ ? ମୁଁ ଆଗରୁ ଯେତେଥର ଆସିଚି, ଜଣେ ବୁଢ଼ା ଇଞ୍ଜିନିୟରକୁ ଡରେଇ ବହୁତ ଝଡେଇଚି । ସେଇଟା କୁଆଡ଼େ ଗଲା ? ତୁ ତା' ଜାଗାରେ ଆସିଚୁ ?'

ସେ ସ୍ୱୀକାରବାବୁଙ୍କ ଏଠାକାର ସର୍ବେସର୍ବା ବୋଲି ଚିହ୍ନିନାହିଁ ? ଅପମାନିତ ଲାଗିଲା, କିନ୍ତୁ ସେ ନିଜକୁ ପ୍ରତ୍ୟୟଦେଇ କହିଲେ, "ମୁଁ ଏଠାକାର ରାଜା, ସବ୍-କଲେକ୍ଟର, ଯା' ପଳା, ନହେଲେ ଗୁଳିକରି ମାରିଦେବି ।"

"ଗୁଳି କରିବୁ ? କାହିଁ, ବାହାରକଲୁ ତୋ' ରିଭଲଭର ? ରାତିଯାକ ତ ଏମିତି ଗୁଳି ଚଳେଇଚୁ ସେ ମାଇକିନା ଉପରେ ଯେ ମୁଁ ଅବାକ୍ ହୋଇ ସେତେବେଳଠୁ ଦେଖୁଚି । ସବୁ ଦେଖିଚି ଆରମ୍ଭରୁ ଶେଷଯାଏ । କି ବ୍ଲୁ ଫିଲ୍ମ କଲ ବେ ! ଏଟା କେଉଁଠିକା କଲ୍ ଗାର୍ଲ୍ ? ଏତେ ବଢ଼ିଆ କେଉଁଠୁ ପାଇଲୁ ?"

ସ୍ୱୀକାରବାବୁ ଜାଣିଲେ ଯେ ତାଙ୍କ ରିଭଲଭର ଏବେ ପାଖରେ ନାହିଁ । କେବେ ଦରକାର ପଡ଼ିବ ବୋଲି ସେ କଳ୍ପନା କରିନଥିଲେ, ସେଇଟା ଅଛି ତାଙ୍କ ପାଖ ରୁମ୍ ଅଫିସ୍ ଟେବୁଲ ଡ୍ରୟରରେ । ତାକୁ ଆଣିବେ କେମିତି ? ସେ କହିଲେ, "କଲ୍ ଗାର୍ଲ୍ ନୁହେଁ, ଏ ମୋ ସ୍ତ୍ରୀ। ଯା' ପଳା ଏଠୁ!"

"ମାଲ୍ ନନେଇ ପଳେଇବି ? ଆଉ ଆସିଚି କାହିଁକି, ଏତେ ରାତିରେ ?" ଗରିଲା ଟୋକା କହିଲା।

"କି ମାଲ୍ ? ମାଲ୍ ଏଠି କିଛି ନାହିଁ, ମୁଁ ମାଲ୍ କେଉଁଠୁ ପାଇବି ? ମୁଁ କ'ଣ ସେ ବୁଢ଼ା ଇଞ୍ଜିନିୟର ?" ସ୍ୱୀକାରବାବୁ ନରମ ହୋଇ କହିଲେ।

"ମାଲ୍ ନାହିଁ ? ସେ ଆଲମାରିରେ କ'ଣ ରଖିଚୁ ? ଖୋଲ୍ ତାକୁ ।" ଗରିଲା ଆଲମାରି ଆଡ଼େ ରିଭଲଭର ଉଠାଇ ପଚାରିଲା ।

"ସେଠି ଅଫିସ୍ କାଗଜପତ୍ର ଅଛି," ସ୍ୱୀକାରବାବୁ କହିଲେ । ତାଙ୍କୁ ଏ ଟୋକାର ତୁ-ତା-ରେ-ରା ସମ୍ବୋଧନ ଖୁବ୍ ବାଧୁଥିଲା; କିନ୍ତୁ ସେ କରିବେ ବା କ'ଣ ?

"ଆଣ ଚାବି, ମୁଁ ଦେଖେ।" ଗରିଲା ଚାବି ନେବାପାଇଁ ବାଁ ହାତ ବଢ଼ାଇଲା।

"ଚାବି ନାହିଁ, ହଜିଯାଇଚି," ସ୍ୱୀକାରବାବୁ କହିଲେ।

"ଚାବି ହଜିଯାଇଚି ! ଦେଖେ, ମୁଁ ଟିକେ ଖୋଜେ।" ରିଭଲଭର ଉଠାଇ ଇସାରାରେ ସେ ଦୁଇଜଣଙ୍କୁ ପଲଙ୍କର ତଳପଟକୁ ବସାଇ ତକିଆ, ବିଛଣା, ଚାଦର ଝାଡ଼ି ଚାବି ପାଇଲା ଓ ଆଲମାରି ଖୋଲିବା ଆଗରୁ ସାବଧାନ କରାଇଦେଲା, "ବେଶି ଚାଲାଖି କରିବୁ ତ ଗୁଳି ଚଳେଇଦେବି, ସ୍ଥିର ହୋଇ ବସ୍ ।"

ସ୍ୱୀକାରବାବୁ କିଂକର୍ତ୍ତବ୍ୟବିମୂଢ଼ ହୋଇ ଦେଖୁଥାଆନ୍ତି - ଗରିଲା ଟୋକା

ଗହଣାବାକ୍ସ ଫିଟେଇଦେଇ ଖୁସିରେ ହସିଦେଲା ଆଉ କହିଲା, "ଏଗୁଡା କୋଉ ରଜାଘରୁ ଲାଞ୍ଚ ଆଣିଚୁ ?" ସ୍ୱୀକାରବାବୁ ଚୁପ୍ ରହିଲେ । ଗରିଲା ସବୁ ଗହଣାକୁ ହାତରେ ଟେକିରଖିଲା ଓ ପାଓ୍ୱାର ପିଲୋକୁ ବାଁ ହାତ ବଢ଼ାଇ କାଢ଼ିଲାବେଳେ ସ୍ୱୀକାରବାବୁ ପାଟିକଲେ, "ସେଇଟା ଛୁଁ'ନା, ସେଇଟା ମୋ ଅଣ୍ଟାବ୍ୟଥା ପାଇଁ ତକିଆ ।"

"ହଉ, ଦେଖିବା ଦେଖିବା, ତୁ ଏମିତି କହିଲେ କ'ଣ ମୁଁ ନଦେଖି ଛାଡ଼ିଦେବି ?" ଗରିଲା କହିଲା ଓ ବାଁ ହାତରେ ପ୍ୟାଣ୍ଟ୍ ପକେଟରୁ ଛୁରି ବାହାର କରି ଆଗ ଭେଲଭେଟ୍ ଖୋଳ ଓ ତା' ପରେ ପତଳା ଫୋମ୍ ଗଦିକୁ କାଟି ତଳକୁ ଫୋପାଡ଼ିଦେଲା । ଏଣିକି ରହିଲା କେବଳ କାଗଜଡବା । ତାକୁ ଛୁରି ମାରି ଅଜାଡ଼ିଦେଲାରୁ ନୋଟ୍ ବଣ୍ଡଲ୍ ସବୁ ଖସିବାକୁ ଲାଗିଲା । ଆହୁରି ମସ୍ତ ହୋଇ ଗରିଲା ପଚାରିଲା, "ଶଳା ! ଭଲ ପାଓ୍ୱାରପିଲୋ ସାଇତିଚୁ ! କୁଆଡୁ ପାଇଲୁ ଏତେ ?"

ପାଖ ଟେବୁଲ ଉପରେ ଯେଉଁ କନା ବିଛାହୋଇଥିଲା, ସେଥିରେ ନୋଟ୍‌ଯାକ ଓ ସବୁ ସୁନାଗହଣା ବାନ୍ଧି ଗଣ୍ଠିଲିଟିଏ କଲା । ଗଣ୍ଠିଲି ଧରି ରିଭଲଭର୍ ଉଞ୍ଚେଇ ବାହାରିଗଲାବେଳକୁ ଦ୍ୱାରବନ୍ଧ ପାଖରେ ଅଟକିଯାଇ ସ୍ୱୀକାରବାବୁ ଓ ଲାବଣ୍ୟକୁ ଚାହିଁଲା କିଛି ସମୟ ଓ କହିଲା, "ମୋର ଗୋଟିଏ ସର୍ତ୍ତ ଅଛି । ରାଜିହେଲେ ଏଇ ଗଣ୍ଠିଲିଟା ତତେ ପୁଣି ଫେରାଇଦେବି ।"

"କ'ଣ କହ, କହ," ସ୍ୱୀକାରବାବୁ ଆଶାନ୍ୱିତ ହୋଇ ପଚାରିଲେ ।

"ଏତେ ନାରୀ ମୁଁ ଭୋଗକରିଚି, କିନ୍ତୁ ଏଇ ଟୋକୀ ଭଳି ଖଣ୍ଡେ ଦେଖିନାହିଁ । ବିଜୁଳି ତ ! କି ସେକ୍ସି ! ଟଙ୍କା ମାଲ୍ ତ ଆଉ କେଉଁଠି ମିଳିବ, କିନ୍ତୁ ଏଭଳି ଟୋକୀ ମାଲ୍ ? ଏଇ ଗୋଟାକ ମୋ' ମନକୁ ଖୁବ୍ ପାଇଚି । ଦବୁ ?"

"ହଉ, ମୁଁ ଯାଉଚି ଆରଘରକୁ, ମତେ ଗଣ୍ଠିଲିଟା ଦେ । ତୋର ଯାହା କରିବା କଥା କର ।" ସ୍ୱୀକାରବାବୁ ଏତକ କହି ଚାଲିଯିବାକୁ ଉଦ୍ୟତ ହେଲାବେଳେ ଲାବଣ୍ୟ ତାଙ୍କୁ ଭିଡ଼ି ଧରିଥିଲା । ତା' ହାତକୁ ଜୋରଜବରଦସ୍ତ ଛଡାଇ ଉଠୁଥିଲାବେଳେ ସ୍ୱୀକାରବାବୁଙ୍କୁ ଗରିଲା ହାତ ଦେଖାଇ ବାରଣକଲା ।

"ତତେ ଏ ଘରୁ ଯିବାକୁ ଦେବି ନାହିଁ ! ଶଳା ! ଆରଘରେ ଯଦି ରିଭଲଭର ରଖିଥିବୁ ? ମତେ ଗୁଳିକରି ମାରିଦେବୁ ବୋଲି କହୁଥିଲୁ, କିଏ ଜାଣେ ? ଏଇଠି ରହ, ତୁ ଦେଖିଲେ ମୋର କିଛି ଆପତ୍ତି ନାହିଁ । ମୁଁ ତ ପୁଣି ସବୁ ଦେଖିଚି ।" ଗରିଲା ହାତ ମେଲା କରି କବାଟରେ ଛେକିଲା ପରି କହିଲା ।

ସେତେବେଳକୁ ଲାବଣ୍ୟ ଲୁହରେ ଅସ୍ତବ୍ୟସ୍ତ ହେଲାଣି । ଦି'ହାତରେ ସ୍ୱୀକାରବାବୁଙ୍କ

ହାତ, ଅଣ୍ଟାକୁ କୁଣ୍ଢେଇଧରି କାନ୍ଦୁଚି। ସ୍ୱୀକାରବାବୁ ଟିକେ ପ୍ରକୃତିସ୍ଥ ହେଲେ । ଲାବଣ୍ୟର ବାଳ ଆଉଁଷିଦେଇ ଓଡ଼ିଆରେ କହିଲେ - "ଯଦି ତମେ ରାଜି ହୋଇଯାଆନ୍ତ, ଆମେ ବହୁତ କ୍ଷୟକ୍ଷତିରୁ ବଞ୍ଚିଯାଆନ୍ତେ । ଏତେ ଗୁଡେ ଟଙ୍କା, ଏତେ ଗୁଡେ ଗହଣା...କ'ଣ କହୁଚ ?"

"କ'ଣ ତମେ କହୁଚ !" ଲାବଣ୍ୟ କାନ୍ଦିକାନ୍ଦି ନେହୁରା ହେଲା ପରି କହିଲା, "ଏଇ ଟଙ୍କା ଗହଣା ଲାଗି ସେ ଛତରା ପାଖରେ ତମେ ମତେ ବିକିଦେବ ?"

ବୁଝେଇବା ସ୍ୱରରେ ସେ କହିଲେ, "ବିକୁଚି କିଏ ? ତମ ସହିତ ଥରେ ଶୋଇ ସେ ପଳେଇବ। ଏକଥା ଆଉ କେହି ଜାଣିବେ ନାହିଁ, ଯାଅ, ବିଛଣାରେ ବସ, ସେ ଗଣ୍ଠିଲି ଧରି ମୁଁ କବାଟକୋଣରେ ଠିଆହେଉଚି ।"

ସ୍ୱୀକାରବାବୁ ଲାବଣ୍ୟକୁ ହାତଛଡ଼ା କରି ବିଛଣା ଆଡ଼କୁ ଠେଲିଦେଲାବେଳକୁ ଗରିଲା ମୁହଁ ଖୋଲିଲା, "ମୁଁ ମୋ' ମନ ବଦଳେଇଦେଲି । ସେଠି ଆମର ଏତେ ଭାଇ ରୋଜ୍ ମରୁଛନ୍ତି, ଆଉ ମୁଁ ଏଇ ମାଇକିନା ପାଲରେ ପଡ଼ି ସବୁ ଛାଡ଼ି ପଳେଇବି ? ଆମର ଏବେ ଟଙ୍କା ଦରକାର, ନଗଦ ଟଙ୍କା, ନଚେତ୍ ମୁଁ ଜୀବନକୁ ପାଣି ଛଡ଼େଇ ଇଆଡ଼େ ଆସିଥାନ୍ତି କାହିଁକି ?" ଲାବଣ୍ୟ ଆଡ଼େ ଚାହିଁ କହିଲା, "ହେ ସୁନ୍ଦରୀ ନାରୀ ! ବ୍ୟସ୍ତ ହ'ନା, ମୁଁ ତୋ' ଉପରେ ବଳାତ୍କାର କରିବି ନାହିଁ ।" ଗରିଲା ଗଣ୍ଠିଲି ଧରି ଥରେ ଦି'ଥର ପଛକୁ ଚାହିଁ ରିଭଲ୍‌ଭର୍ ଉଞ୍ଚାଇ, ବାରଣ୍ଡା ଖୋଲା ଗ୍ରୀଲ୍ କବାଟ ଦେଇ ବାହାରକୁ ଚାଲିଗଲା ଓ ସ୍ୱୀକାରବାବୁ ଦେଖିଲେ, ସେ ଗେଟ୍ ଡେଇଁ ଅଦୃଶ୍ୟ ହୋଇଯାଉଛି ।

ଗେଟ୍ ପାଖ ଆମ୍ବଗଛରେ କୁଆ କୋଇଲି ନିଦରୁ ଉଠି ରାବିବା ଶବ୍ଦ ଶୁଭିଲା । ପୂରା ଫର୍ଚ୍ଚା ହୋଇ ନାହିଁ । ରହିବା ଘର ଲାଇଟ୍ ସେମିତି ଜଳୁଚି । ସ୍ୱୀକାରବାବୁ ଦେଖିଲେ, ଲାବଣ୍ୟ ତା'ର ବଲାଙ୍ଗିରରୁ ଆଣିଥିବା ସବୁଠାରୁ ବଡ଼ ସୁଟ୍‌କେଶ୍‌ରେ ଲୁଗାପଟା ସଜାଇ ରଖୁଚି । ଏତେବେଳକୁ ଏଇ କାମ କରିବାକୁ ଥିଲା ? ସେ ମନେ ମନେ ତା' ଉପରେ ବିରକ୍ତ ହେଲେ । କିଛି ସମୟ ପରେ ସେ ଦେଖିଲେ, ଲାବଣ୍ୟ ସୁଟ୍‌କେଶ୍ ଧରି ଘରୁ ବାହାରିଯାଉଚି । କିଛି ବୁଝି ନପାରି ପଚାରିଲେ, "ତମେ କୁଆଡ଼େ ଯାଉଚ ?"

"ନୀଚ ! ଧିକ୍ ତୋ' ପ୍ରତ୍ନୀବ୍ରତ !" ଚାଲିଯାଉଯାଉ କହିଲା ଲାବଣ୍ୟ ।

■

ବର୍ଣ୍ଣବୋଧ ପାଠ

ରାମଚନ୍ଦ୍ର ବେହେରା

ସକାଳର ନିତ୍ୟକର୍ମ ସାରି ଘରେ ପହଞ୍ଚିଲାକ୍ଷଣି ମୋହନବାବୁ ଝିଅ ଅର୍ଚ୍ଚନାଠାରୁ ଏଇ କଥା ଶୁଣିଲେ-ବାପା, ଡାହାଣ କାନର ଇଅର୍‌ରିଙ୍ଗ୍‌ଟା କେଉଁଆଡ଼େ ହଜିଗଲା।

ହଜିଗଲା ! ମୋହନବାବୁ ଅର୍ଚ୍ଚନାର ଦୁଃଖରେ ଜଡ଼ସଡ଼ ମୁହଁକୁ ଚାହିଁଲେ କିଛିକ୍ଷଣ ଯାଏ। ଜିନିଷଟାତ ଖାଲି ହଜିଗଲା ନାହିଁ; ପରନ୍ତୁ ଏହା ସହିତ ଲାଗି ରହିଥିବା ମମତା ଓ ଆନ୍ତରିକତାର ବିଶ୍ୱସ୍ତ ଚିତ୍ରଟି ଛାଡ଼ିଦେଇଗଲା ଅର୍ଚ୍ଚନାର ବିବ୍ରତ, ଉତ୍ତେଜିତ ମୁହଁ ଉପରେ । ମଣିଷ ନିରୁପାୟ ଓ ଅସହାୟ ହୋଇଗଲେ କେଡ଼େ ସରଳ, ସ୍ନିଗ୍ଧ, ନରମ ଜଣାପଡ଼େ, ତାହା ଅର୍ଚ୍ଚନାର ସେତେବେଳର ମୁହଁ ସଠିକ୍ ଭାବେ ପ୍ରକାଶ କରୁଥିଲା।

ଦୋକାନୀର କଥାନୁସାରେ ରିଙ୍ଗ୍ ହଳକ ତିଆରି ହୋଇଥିଲା ଖାଣ୍ଟି ସୁନାରେ । ଏଇ ମାସେ ହେବ ସେ ହଳକ ଦୋକାନରୁ ଅଣାଯାଇଥିଲା । ସେତେବେଳକୁ ଅପରାହ୍ଣ ହୋଇଯାଇଥିଲା। ଅର୍ଚ୍ଚନା ସେ ହଳକ କାନରେ ଲଗାଇ ମୁଣ୍ଡ କୁଣ୍ଡେଇଲା। ମୁହଁ ଧୋଇ ସ୍ନୋ-ପାଉଡର ଲଗାଇଲା । ପାଦରେ ଅଳତା ନାଇଲା। ପିନ୍ଧିଲା ସବୁଠାରୁ ଆକର୍ଷଣୀୟ ଶାଢ଼ି ଓ ବ୍ଲାଉଜ୍। ସେ ବାହାରିଲା ସାଇବୁଲି । ତାଙ୍କ ଘରଟା ଗାଁ ଠାରୁ ଟିକିଏ ଦୂରରେ ଗୋଠଖଣ୍ଡିଆ ଭଳି ଏକୁଟିଆ, ନିର୍ଜନ ଆଉ ଉଦାସ। କାହିଁକି ସେ କାହାରି ବାରଣ ମାନନ୍ତା। ପାହାଡ଼ ଛାତି ଉପରେ ଡେଇଁ ଡେଇଁ ବେହେଲ ହୋଇ ଝରି ଆସୁଥିବା ପ୍ରଗଳ୍ଭ ଜଳସ୍ରୋତ ଭଳି ସେ ଯାଇଥିଲା ଗାଁ ଭିତରକୁ, ଚକ୍‌ଚକ୍ କରୁଥିବା, ଶେଷ ସୂର୍ଯ୍ୟର ଦେହର ରଙ୍ଗ ଭଳି ଦିଶୁଥିବା ରିଙ୍ଗ୍ ହଳକ ସାଙ୍ଗମାନଙ୍କୁ ଦେଖାଇବା ପାଇଁ ।

ରିଙ୍ଗ୍ ଦେଖାଇବା ଅଭିଯାନ କିନ୍ତୁ ସେଇଦିନ ସରି ନ ଥିଲା। ଗାଁର ଅନ୍ୟ ମୁଣ୍ଡରେ ତାଙ୍କ ଘର ଭଳି ବିଚ୍ଛିନ୍ନ ହୋଇ ରହିଥିବା ଯୋଗେନ୍ଦ୍ରବାବୁଙ୍କ ଘରକୁ ସେ ଯାଇପାରି ନଥିଲା ସେଦିନ ସନ୍ଧ୍ୟାରେ । ଅନ୍ଧାର ହୋଇ ଯାଇଥିଲା। ଏଇ ସକାଶେ ତା ପରଦିନ ସକାଳୁ ସ୍ୱେଟର ବୁଣା ଶିଖିବା ବାହାନାରେ ସେ ସେଠାକୁ ବାହାରିଲା। ଗୀତା ନାନୀ କେତେ ପ୍ରକାରର ବୁଣା ନ ଶିଖିଛି। ଖାଲି କ'ଣ ସେତିକି? ସତରଞ୍ଜି ଉପରେ ବସି ସିତାରଟିକୁ କାନ୍ଧ ଉପରେ ପକାଇ ସେ ଯେତେବେଳେ ତା'ର ଆଙ୍ଗୁଳିଗୁଡ଼ିକୁ ଯନ୍ତ୍ରଟିର ତାର ଉପରେ ବୁଲାଇ ଆଣେ, ସେତେବେଳେ ସମସ୍ତ ପରିବେଶଟା ମେଘଢଙ୍କା ଆକାଶ ଭଳି ଅଶ୍ରୁଳ; ଶ୍ମଶାନର ନିଆଁଭଳି ନିଷ୍କରୁଣ ହୋଇପଡ଼େ। ସେ ମୂର୍ଚ୍ଛନାରେ କ'ଣ ଥାଏ କେଜାଣି, ଅର୍ଚ୍ଚନା କେତେଥର ବିହ୍ୱଳିତ ହୋଇଯାଇଛି, ଭୟଭୀତ ହୋଇ ପଡ଼ିଛି କିଛି ଗୋଟାଏ ସଂଜ୍ଞାହୀନ ଅବଶ୍ୟମ୍ଭାବୀ ଆଶଙ୍କାର ଇଙ୍ଗିତ ଦେଖି। ଗୀତା ସହରରେ ରହିଥିଲା, ଏ ଯାଏଁ। ତା'ର ରୁଚି ପରିଚ୍ଛନ୍ନ ଓ ପ୍ରଗତିଶୀଳ। ଗାଁରେ ଅନ୍ୟ ସାଙ୍ଗମାନେ ରିଙ୍ଗ୍‌ହଳକୁ ଯେତେ ତାରିଫ୍ କଲେବି ଗୀତା ମୁହଁରୁ ସେଥିପାଇଁ ଦି'ପଦ ଅନୁକୂଳ ମନ୍ତବ୍ୟ ଶୁଣି ନଥିଲେ କଥାଟା ଭାରି ଅସମ୍ପୂର୍ଣ୍ଣ ଜଣାପଡ଼ିଥାନ୍ତା।

ରିଙ୍ଗ୍ ହଳକ ଭିତରେ କିଛି ନୂତନତା ନ ଥିଲା, ବୈଚିତ୍ର୍ୟ କଥା ଦୂରେ ଥାଉ। ତେବେ ଅର୍ଚ୍ଚନା ପାଇଁ ସେ ଥିଲା ନୂତନ ଅଭିଜ୍ଞତା। ଆରିସିରେ ସେ ମୁହଁ ଦେଖିଲାବେଳେ ଭାବୁଥିଲା, ସତେ ଯେମିତି ବିଧାତା ତା' ମୁହଁରେ ଯେଉଁ ବିଶେଷତ୍ୱ ଟିକକ ବୋଳି ଦେଇଛି (କାରଣ ପ୍ରତ୍ୟେକ ମଣିଷ ମୁହଁରେ କିଛିଟା ବିଶେଷତ୍ୱ, ଅତୁଳନୀୟତା ରହିଛି) ତାହା ଏ ଯାବତ୍ ଅବହେଳିତ ହୋଇ ରହିଥିଲା, ବିନ୍ଧାଣୀ ନିର୍ମିତ ଏଇ ଗହଣାକୁ ତା' ମୁହଁ ଅପେକ୍ଷା କରି ରହିଥିଲା, ପରିପୂର୍ଣ୍ଣତା ସକାଶେ।

ଗାଁର ସବୁ ସାଙ୍ଗମାନଙ୍କଠାରୁ ଏତେ ପ୍ରଶଂସା ପାଇଥିବା ସେହି ରିଙ୍ଗ୍ ହଳକରୁ ଗୋଟିଏ କେଉଁଆଡ଼େ ହଜିଗଲା। ଅର୍ଚ୍ଚନାର ମୁହଁ ଏମିତି କରୁଣ ହୋଇ ପଡ଼ିଥିଲା ଯେ, ମୋହନବାବୁ ତା'ର ଅସାବଧାନତା ଓ ଦାୟିତ୍ୱହୀନତା ପାଇଁ ତାକୁ ଗାଳିଦେଇ ପାରିଲେ ନାହିଁ; ବରଂ, ଅର୍ଚ୍ଚନାର ସେଥିପ୍ରତି ଥିବା ଆବେଗ ଓ ଆଦର କଥା ମନେ ପକେଇଲେ । ଆଉ ରିଂ ହରାଇଥିବା ଜନିତ ବେଦନାର ଗଭୀରତା ମାପୁଥିଲେ।

ପଟେ ରିଙ୍ଗ୍ ! କେଉଁଆଡ଼େ ତାହା ହଜିଯାଇଛି। ଖୋଜିବାକୁ ହେବ। ମୋହନବାବୁ ଜମା ସ୍ଥିର କରିପାରିଲେ ନାହିଁ କ'ଣ ସେ କରିବେ। କେଉଁଠି ତାହାକୁ ଖୋଜିବେ? ତାଙ୍କ ଆଖି ଆଗରେ ଗୋଟାଏ ମାନଚିତ୍ର ସୃଷ୍ଟି ହୋଇଗଲା- ଅର୍ଚ୍ଚନା ଯେଉଁ ସ୍ଥାନ ଗତକାଲି ବୁଲିଥିବ, ତାହାର ମାନଚିତ୍ର ତା ତୁଳନାରେ ପଟେ ଇୟରିଙ୍ଗର

ଆକାର ଏମିତି ନିଃସହାୟଭାବେ କ୍ଷୁଦ୍ର ଯେ, ସେ ପ୍ରଥମେ ଟିକିଏ ବିଚଳିତ ହୋଇ ପଡ଼ିଲେ। ଅବଶ୍ୟ ସମଗ୍ର ପୃଥିବୀର ଆକାର ତୁଳନାରେ ବର୍ତ୍ତମାନ ତାଙ୍କର ନିର୍ଦ୍ଧାରିତ ମାନଚିତ୍ରଟି ଭାରି ଛୋଟ। ତଥାପି କାହିଁକି କେଜାଣି ନିଜ ଇଚ୍ଛା ବିରୁଦ୍ଧରେ ପ୍ରଥମେ ସେଇ ମାନଚିତ୍ର, ତାପରେ ପୃଥିବୀ ପୃଷ୍ଠ ଓ ତା'ପରେ ସମଗ୍ର ବିଶ୍ୱର ବ୍ୟାପକତା ନିଜ ଆଖି ଆଗକୁ ଆଣି ନିଜକୁ ଉତ୍ସାହିତ କଲେ- ତେବେ ଆରମ୍ଭ ହେଉ ଖୋଜିବାର ଅଭିଯାନ। କ'ଣ ନା, ପଟେ ରିଙ୍ଗ୍। ହଜିଛି ବିଶ୍ୱ ଭିତରେ।

ତାଙ୍କ ନିରବତା ହୁଏତ ଅସ୍ଥିର ଓ ବିରକ୍ତ କଲା ଅର୍ଚ୍ଚନାକୁ। ସେ ସିଧା ଉତ୍ତରଟିଏ ଦାବି କରି ବସିଲା- ତା' ରିଙ୍ଗ୍ ଖୋଜିବାରେ ବାପା ତାଙ୍କୁ ସାହାଯ୍ୟ କରିବେ କି ନା, ପରେ ପରେ ତାହା ଖୋଜିବା ସଂକ୍ରାନ୍ତରେ ନିଜର ବ୍ୟକ୍ତିଗତ ଚେଷ୍ଟାର ଏକ ସୁବିସ୍ତୃତ ବିବରଣୀ ଦେଲା । ସେ ତନ୍ନ ତନ୍ନ କରି ଦେଖିଛି ନିଜର ବିଛଣା, ପ୍ରତ୍ୟେକ କୋଠରିର ଠଣା, ଚଟାଣ । ସକାଳେ ଘର ଓଳାଇସାରି ଯେଉଁ ଜାଗାରେ ଅଳିଆତକ ଫୋପାଡ଼ି ଦେଇଥିଲା, ତାହା ବି ଖୋଜା ଯାଇଛି।

ଅର୍ଚ୍ଚନାର ବିବରଣୀ ସଙ୍କୁଚିତ କରି ଦେଉଥିଲା ମୋହନବାବୁ ମନ ଭିତରେ ସୃଷ୍ଟି କରିଥିବା ମାନଚିତ୍ରଟିକୁ। ତା କଥା ଶେଷ ହେବା କ୍ଷଣି ସେ ପଚାରିଲେ- "ତୁ ଆଉ କେଉଁଆଡ଼େ ଯାଇଥିଲୁ ମନେ ପକା। କେତେବେଳେ ରିଙ୍ଗଟିକୁ ହଜେଇଲୁ ବୋଲି ଭାବୁଛୁ?"

ରିଙ୍ଗଟି ଠିକ୍ କେତେବେଳେ କାନଛଡ଼ା ହୋଇଗଲା, ତାହା ସେ କହି ପାରନ୍ତା କିପରି? ଗୋଟିଏ ଜିନିଷ ଯଦି ହଜେ, ତାହା ଏମିତି ଅଜାଣତରେ ଆକସ୍ମିକ, ରହସ୍ୟଜନକ ଭାବରେ ହଜିଯାଏ ସେ ତାହାର ସମ୍ଭାବ୍ୟ ଅବସ୍ଥିତି କଳନା କରିବା ସମ୍ଭବ ହୁଏ ନାହିଁ । ଖାଲି ଅନୁମାନ କରି- କାଳେ ଏଇଠି ଥିବ, କେଜାଣି ଅମୁକ ନେଇ ଯାଇଥିବ ପରା ବୋଲି- ଅଣ୍ଡାଳିବା କଥା । ଏକଥା ସତ ଯେ ମଣିଷର ବ୍ୟାବହରିକ ପୃଥିବୀର ଆକାର ଭାରି ସୀମିତ। ତା ସତ୍ତ୍ୱେ, ଜିନିଷଟିଏ ହଜିଗଲେ କେଡ଼େ ଅସହାୟ ଲାଗେ, ଆଖି ଆଗରେ କେଡ଼େ ବଡ଼ ପୃଥିବୀଟାଏ ଲମ୍ବିଯାଏ। ଅହରହ ଜିନିଷ ହଜୁଥିବା ଏ ସ୍ଥାନରେ, ଖୋଜିବାର ବିରାମ ବା କାହିଁ? ହେଲେ ସମସ୍ତେ ନିଜ ନିଜର ଜିନିଷ ତ ପାଆନ୍ତି ନାହିଁ! ଅର୍ଚ୍ଚନାର ରିଙ୍ଗ୍ ମିଳିଯିବ ବୋଲି କିଏ ବା ନିର୍ଭର ଜବାବ୍ ଦେଇପାରିବ, ମୋହନବାବୁଙ୍କର ଆନ୍ତରିକ ଖୋଜିବା ସତ୍ତ୍ୱେ?

ଲୁହ ଛଳ ଛଳ ଆଖିରେ ଅର୍ଚ୍ଚନା କହିଲା- "କେତେବେଳେ ହଜିଲା, କହିବି କିମିତି? ଆଉ ଦୁଇଟା ସ୍ଥାନ ଖୋଜା ଯାଇନାହିଁ। ସେଇଠି ଖୋଜିଲେ ମିଳିଯିବ କି କ'ଣ।"- "କେଉଁଠି?" ମୋହନ ବାବୁ ସତେ ଯେମିତି ଭରସା ପାଇଗଲେ।

- "ସକାଳେ କୂଅରୁ ପାଣି କାଢୁଥିଲି। କାଳେ ତା ଭିତରେ ପଡ଼ିଯାଇଥିବ। ସେ ରିଙ୍ଗ୍‌ର ହୁକ୍‌ଟା ହୁଗୁଳା ହୋଇଯାଉଛି ବୋଲି କେତେଦିନୁ କହି ଆସୁଛି, ହଉ ଦେଖିବା, ଦେଖିବା ବୋଲି କହି ତୁମେ ଏ ଯାଏଁ କିଛି ବି କଲନି।" ଅର୍ଚ୍ଚନା ଏଥର ଲୁଗାକାନିରେ ମୁହଁ ଘୋଡ଼ାଇ କାନ୍ଦି ପକାଇଲା।

ସାଢ଼େ ପାଞ୍ଚଫୁଟ ଗୋଲେଇ, ପ୍ରାୟ ପଚିଶଫୁଟ ଗହୀରର ପଥର ବନ୍ଧା କୂଅ। ବୈଶାଖମାସ ଯୋଗୁଁ ଏବେ ୩/୪ ଫୁଟ ପାଣି ଅଛି। ପୁଣି କେତେ ବହଳର ପଙ୍କ ଥିବ, କେଜାଣି ? ପ୍ରାୟ କୋଡ଼ିଏ ବର୍ଷ ହେଲା, ଗାଁରୁ ଉଠିଆସି ନିଜର ଡିହରେ ଘର ତିଆରି କରିବା ସଙ୍ଗେ ସଙ୍ଗେ ଏଇ କୂଅଟିକୁ ଖୋଳେଇଥିଲେ। ଦୁଇ ତିନି ବର୍ଷରେ ଥରେ କୂଅ ଭିତରର ପଙ୍କ ସଫା କରିବା ଦରକାର ହୁଏ। ସେ ନିଜେ କୂଅ ଭିତରକୁ କେବେ ଯାଇନାହାନ୍ତି। କ'ଣ ତେବେ କରାଯିବ ? ମୋହନ ବାବୁ ଟିକିଏ ହତାଶ ହୋଇ ପଡୁଥିଲେ।

- ଆଉ, କେଉଁ ଜାଗା କଥା କହୁଥିଲୁ ? ସେ ପଚାରିଲେ।

- "କାଲି ସଞ୍ଜବେଳେ ଗୀତାନାନୀ ପାଖକୁ ଯାଇଥିଲି। କାଳେ ସେଇଠି ରହିଯାଇଥିବ।" ଅର୍ଚ୍ଚନା ଆଖିରୁ ଲୁହ ପୋଛୁ ପୋଛୁ କହିଲା।

ଆକସ୍ମିକ ଭାବରେ ଚମକି ପଡ଼ିଲେ ମୋହନ ବାବୁ। ତାଙ୍କ ମୁହଁରୁ ସମସ୍ତ ରକ୍ତ ହଠାତ୍ ଯେମିତି ଶୁଖିଗଲା। ତାଙ୍କ ଭିତରେ ସୃଷ୍ଟିହେଲା ଏକ ବିସ୍ଫୋରଣ। ଏହା ତାଙ୍କୁ ଜୋର୍‌କରି ଘୋଷାରି ଆଣିଲା ସେ ଭୁଲିଯାଇଥିବା ଏକ ଘଟଣା ଭିତରକୁ। ସେ ଘଟଣାର ଅପ୍ରୀତିକର ପରିଣାମ ଯେ ଆଜି କୌଣସି ମୁହୂର୍ତ୍ତରେ ଆତ୍ମ-ପ୍ରକାଶ କରିପାରେ, ତାହା ତାଙ୍କର ମନେ ନଥିଲା। ରିଙ୍ଗ୍ ହଜିବା କଥା ଶୁଣି ସେ ଏଭଳି ବିଚଳିତ ଓ ତତ୍ପର ହୋଇପଡ଼ିଲେ ଯେ, କୂଅ ଭିତରର ସମସ୍ତ ଅନ୍ଧକାର ତାଙ୍କର ଏକାନ୍ତ ଭାବେ କାମ୍ୟ ହୋଇ ପଡ଼ିଲା। ତା' ଭିତରର କାଦୁଅ ଓ ପଙ୍କ ତାଙ୍କ ପାଇଁ ସର୍ବଶ୍ରେଷ୍ଠ ସ୍ଥାନ ବୋଲି ପ୍ରତୀୟମାନ ହେଲା। ବିଛା ଲାଗିଲା ଭଳି ସେ କ୍ଷଣକ ମଧ୍ୟରେ ସେଠାରୁ ଯାଇ କୂଅ ଭିତରେ ପ୍ରବେଶ କରିବାର ଆୟୋଜନ କଲେ।

ଅର୍ଚ୍ଚନାର ଯୁକ୍ତି ଶୁଣିବା ପାଇଁ ସେ ସେଠାରେ ନ ଥିଲେ। ସେ ପ୍ରସ୍ତାବ ବାଢୁଥିଲା ଯେ, ପ୍ରଥମେ ଗୀତାନାନୀ ଘରକୁ ଯାଇ ରିଙ୍ଗ୍ ସମ୍ପର୍କରେ ଅନୁସନ୍ଧାନ କରିବା ଭଲ ହେବ। ସେଠାରେ ଯଦି ତାହା ନ ମିଳେ, ତାହାହେଲେ କୂଅ ଭିତରେ ଖୋଜାଯିବ।

ମାତ୍ର ସେ ବାରି ପାଖକୁ ଆସିଲାବେଳେ ଦୁଇଟି ଲମ୍ବା ବାଉଁଶ କୂଅ ଭିତରେ

ପକାଇ, ମୋହନବାବୁ ଭିତରକୁ ଯିବାର ବ୍ୟବସ୍ଥା କରୁଥିଲେ। ଚାରି ଆଡ଼କୁ ଚାହିଁ ଗୁପ୍ତକଥା ଶୁଣେଇଲା ଭଳି ସେ କହିଲେ- "ମୁଁ କୂଅ ଭିତରେ ଅଛି ବୋଲି କାହାରିକୁ କହିବୁ ନାହିଁ, ଜାଣିଲୁ ?"

- "କାହିଁକି ?" ଅର୍ଚ୍ଚନା ବାପାଙ୍କର ଏ ପ୍ରକାର ଆଚରଣ ବୁଝିପାରୁନଥିଲା।

- "କି ଗଧ ଝିଅଟାଏ ! ସୁନା ଜିନିଷ ଏଠାରେ ପଡ଼ିଛି ବୋଲି ଜାଣିଲେ, ଅନ୍ୟ ଲୋକ ନେଇଯିବେ ନାହିଁ !"

ଏମିତି ଅଜବ କଥା ଶୁଣି ହସି ପକାଉଥିଲା ଅର୍ଚ୍ଚନା; କିନ୍ତୁ ସେ କହି ଚାଲିଥିଲେ- "ତଳେ ପହଞ୍ଚିବା ମାତ୍ରେ ତୁ ଏ ବାଉଁଶ ଦୁଇଟା କାଢ଼ି ନେବୁ। ରିଙ୍ଗ୍ ମିଳିଗଲେ ମୁଁ ଡାକିବି।"

ଅନ୍ୟ କୌଣସି କଥାକୁ ଅପେକ୍ଷା ନ କରି ମୋହନ ବାବୁ କୂଅ ଭିତରକୁ ଓହ୍ଲାଇବାକୁ ଚେଷ୍ଟା କଲେ । ତାଙ୍କର ଦେହ ହାତ ଏମିତି କମ୍ପୁଥିଲା ଯେ ସେ ଭୟ କରୁଥିଲେ ହୁଏତ ସେ ଖସି ପଡ଼ିବେ ତଳକୁ।

ତାଙ୍କ ନିର୍ଦ୍ଦେଶାନୁସାରେ, ଅର୍ଚ୍ଚନା ବାଉଁଶ ଦୁଇଟା କାଢ଼ିନେଲା। ସେ ଠିଆ ହୋଇ ଲକ୍ଷ୍ୟ କରୁଥିଲା ବାପାଙ୍କୁ । ପ୍ରାୟ ଅଣ୍ଟେ ବହଳର ପାଣି, ପଙ୍କ ଉପରେ ଠିଆହୋଇ ସେ ଗୋଟିଏ ନୂଆ ମଣିଷ ଭଳି ଦିଶୁଛନ୍ତି । ମୂଲିଆମାନଙ୍କୁ କାମ କରିବା ପାଇଁ ନିର୍ଦ୍ଦେଶ ଦେବା, ଚାଳିଶା ଚଷମା ଲଗେଇ ଲଣ୍ଠନ ପାଖରେ ବସି ବାସି ଖବର କାଗଜ ପଢ଼ିବା, ତାକୁ ଛାଇନିଦ ହେଲାବେଳକୁ ତା' ଦେହରୁ ମାଛି ହୁରୁଡ଼େଇବା ସମୟରେ ସେ ଯେମିତି ଦେଖାଯାନ୍ତି, ତା' ସହିତ ବର୍ତ୍ତମାନ ଦେଖୁଥିବା ବାପାଙ୍କ ଭିତରେ ସତେ ଯେମିତି ମୋଟେ ସାମଞ୍ଜସ୍ୟ ନାହିଁ । ପଚିଶ ଫୁଟ ତଳେ ଠିଆହୋଇ, ପାଞ୍ଚଫୁଟର ଗୋଲେଇ ଭିତରେ ପଟେ ଗୋଲ ରିଙ୍ଗ୍ ଖୋଜିବା ପାଇଁ ଠିଆ ହୋଇଥିବା ଏ ମଣିଷଟି ଖାଲି ତ ଦୟନୀୟ ଦେଖାଯାଉ ନାହିଁ; ପରନ୍ତୁ ପୁନରାୟ ସଂସାରକୁ ଫେରି ଆସିବା ପାଇଁ ଅବଲମ୍ବନ ହରାଇ ଗୋଟାଏ ପତିତ ଆତ୍ମା, ଦରଜିର ସିଲେଇ ମେସିନ ତଳେ ପଡ଼ିଥିବା ଟୁକୁରାଏ ଛିନ୍ନ କନା ଭଳି ଜଣାପଡୁଛି।

ବାପାଙ୍କ ସମ୍ବନ୍ଧରେ ଅର୍ଚ୍ଚନା ଏମିତି ଆଗରୁ କେବେ ଭାବି ନଥିଲା । ଆଖପାଖର ଏତେ ଲୋକ ସରପଞ୍ଚ ବୋଲି ଯାହାଙ୍କୁ ସମ୍ମାନ କରନ୍ତି, ଯାହାଙ୍କୁ ଦେଖିଲେ ବଜ୍ରର ଧମକ, ରାତିର ଅନ୍ଧକାର, ନିଜପ୍ରତି ଯେ କୌଣସି ଆଶଙ୍କାକୁ ବେପରୁଆ ଭାବରେ ଆଡ଼େଇ ଦେଇ ପାରୁଥିଲା, ସେ ବର୍ତ୍ତମାନ କେଡ଼େ ଛୋଟିଆଟିଏ ଦେଖାଯାଉଛନ୍ତି, ସତେ ! ଭାବିଲା ରିଙ୍ଗ୍‌ଟା ନ ମିଳୁ ପଛେ, ବାପାଙ୍କୁ ସେ ଅନୁରୋଧ କରିବ କୂଅ ଭିତରୁ ଉଠି ଆସିବା ପାଇଁ।

ଏଇ କଥା କହିବା ପାଇଁ ଯାଉଥିଲା; କିନ୍ତୁ କୂଅ ଭିତରୁ ଗମ୍ଭୀର ସ୍ୱରରେ ନିର୍ଦ୍ଦେଶ ଆସିଲା- "ପଳା, ପଳା ଏଠୁ। ରିଙ୍ଗ୍ ମିଳିଲେ ଡାକିବି ।"

ମୋହନ ବାବୁଙ୍କ ଆଖି ଆଗରୁ ଛୋଟିଆ ମୁହଁଟି ଅଦୃଶ୍ୟ ହୋଇଗଲା। ତାଙ୍କର ବହୁ ଉପରେ ବର୍ତ୍ତମାନ କେବଳ ମୁଠାଏ ଆକାଶ ଆଉ ଚାରିପାଖରେ ପାଣି ଓ ତାଙ୍କର ଅବିସ୍ମରଣୀୟ ବାସ୍ତବ ନରକ । ଖୋଜୁଥିବା ଚିଜଟି ପାଇସାରିଲେ ସେ ଉଠିଯିବେ ଉପରକୁ । ଅବଶ୍ୟ ଦେହ ଓ ଲୁଗାକୁ ସାବୁନ୍‌ରେ ସଫା କରିବାକୁ ପଡ଼ିବ।

ଅଣ୍ଟା ବଙ୍କେଇ ସେ ଦୁଇହାତ ପାଣି ଭିତରକୁ ନେଲେ । କୂଅର ତରଙ୍ଗହୀନ ପାଣି ଓ ପଙ୍କର ନିଦ ବ୍ୟାହତ ହେବାର ଲକ୍ଷ୍ୟକଲେ ସେ; କାହିଁକି ନା ତାଙ୍କ ଚାରିପଟେ ଅସଂଖ୍ୟ ବୁଦ୍‌ବୁଦ୍ ଓ ବଜ୍‌ବଜ୍ ସ୍ୱର । ଏଇଟା କ'ଣ ? କୌଣସି ମତେ ସେ ଉଠାଇ ଆଣିଲେ ସେଇଟାକୁ। କଳାରଙ୍ଗ ଧାରଣ କରିଥିବା ବାଲ୍‌ଟିଟାଏ- ପଙ୍କରେ ବୋଳି ହୋଇଥିବା ଦଉଡ଼ି ଖଣ୍ଡେ ଲାଗିଛି ! ଅକାରଣଟାରେ ସେ ମନେ ପକେଇବାକୁ ଲାଗିଲେ, କେବେ ଏ ବାଲ୍‌ଟି ଏଠାରେ ପଡ଼ିଲା; କାହିଁକି ବା ଏତେଦିନ ପଡ଼ିରହିଲା ଏଠାରେ। ପରେ ପରେ ସେ ଆବିଷ୍କାର କଲେ ଯେ, କୂଅ ଭିତରେ ଛୋଟ ପଥର, ଇଟା ଇତ୍ୟାଦି ପଡ଼ିରହିଛି। ସାନପିଲାମାନେ ଏସବୁ ଭିତରକୁ ପକାନ୍ତି ଓ ପାଣି ଯେଉଁ ପ୍ରତିପାତର ସ୍ୱର ସୃଷ୍ଟି କରେ ତାହାକୁ ଉପଭୋଗ କରନ୍ତି । ଦାନ୍ତ ରଗଡ଼ି ସେ ମନକୁ ମନ କହିଲେ- "ଏଥର କୌଣସି ଛୁଆକୁ ଏହା ଭିତରେ ଇଟା ପଥର ପକେଇବାର ଦେଖିଲେ, ତାହାକୁ ମୁଁ ନିଜେ ଏହା ଭିତରକୁ ପକାଇ ଦେବି।"

ମୋହନ ବାବୁ ଏଥର ଠିଆ ହେଲେ । ଶୁଖିଲା ଶିଉଳିର ବକଳ, ଠାଏ ଠାଏ ଚୂନ ଖସିଯାଇ ଥିବାର ଦେଖା ଯାଉଥିବା ପଥର ଆଡ଼େ ଚାହିଁ, ସେ ଦୀର୍ଘଶ୍ୱାସ ତ୍ୟାଗ କଲେ । ନା, ଆଉ ସମ୍ଭବ ନୁହେଁ । ଯଦିବା ରିଙ୍ଗ୍‌ଟା ଏହା ଭିତରେ ପଡ଼ିଥାଏ, ତାକୁ ପାଇବାରେ କୌଣସି ଉପାୟ ତାଙ୍କୁ ଦେଖାଗଲା ନାହିଁ। ପାଞ୍ଚଫୁଟ ଗୋଲେଇର ବକଟେ ବୋଲି ସ୍ଥାନ। ଏହା ଭିତରେ ହଜିଯିବ ମମତା ଲାଗିଥିବା ରିଙ୍ଗ୍ ପଟେ। ସେ ଜମା ଭାବି ନଥିଲେ ଯେ, କୂଅ ଭିତରଟା ବି ପୃଥିବୀ ଭଳି ଏଡ଼େ ବ୍ୟାପକ ଜଣା ପଡ଼ିବ ତାଙ୍କୁ।

ସେ ଠିଆହୋଇ ରହିଲେ ହତ୍‌ବାକ୍ ହୋଇ। ଏଥର ସେ ଭୟାନକ ଭାବେ କ୍ରୁଧ ହୋଇ ପଡ଼ିଲେ ଅର୍ଚ୍ଚନା ଉପରେ। କେଡ଼େ ଦାୟିତ୍ୱହୀନ ଅସାବଧାନ ଝିଅଟାଏ। କାନରେ ଝୁଲୁଥିବା ରିଙ୍ଗ୍ ପଟେ କେଉଁଆଡ଼େ ହଜିଗଲା, ସେ ଜାଣି ପାରିଲା ନାହିଁ। ଏମିତି ଖାମ୍‌ଖିଆଲି, ବେଢଙ୍ଗପଣିଆ ପାଇଁ କେତେ ବଡ଼ ମୂଲ୍ୟ ଦେବାକୁ ପଡ଼େ ସେକଥା ସେ ଆଉ ଜାଣିବ କେବେ ? ମଣିଷ ତ ନିଜ ଦରବର ଯତ୍ନ ନେଇ ପାରୁନି;

ଆଉ ଏ ପୃଥିବୀ, ଛୁଆମାନେ ଟେକା ମାରୁଥିବା ବାୟା ଚଢ଼େଇର ବସା, ରହି ରହି କରୁଣ ସ୍ୱରରେ କାନ୍ଦୁଥିବା ପଡ଼ୋଶୀର ଭବିଷ୍ୟତ କ'ଣ ହେବ ?

କ'ଣ ହେବ ? ପ୍ରଶ୍ନଟା ସତେ ଯେମିତି ତାଙ୍କ ମନର ପରିସୀମା ଡେଇଁ କୂଅ କାନ୍ଥରେ ପ୍ରତିଧ୍ୱନିତ ହେଲା । ପରେ ପରେ ସେ ବୋଧକଲେ କୂଅ ଭିତରେ ଗୋଟାଏ ଭୟଙ୍କର, ନୃଶଂସ ସ୍ୱର ତୀବ୍ର ହୋଇ ତାଙ୍କର ବିଚାରବୋଧ ଓ ନୈତିକତାବୋଧକୁ କ୍ଳୀବ କରି ଦେଉଛି । ସେ ସ୍ଥିର ହୋଇ ମନ ଭିତରେ ସେହି ସ୍ୱରର ସତ୍ତାକୁ ଯେମିତି ଦୃଢ଼ ଭାବରେ ଅସ୍ୱୀକାର କରିବାକୁ ଚେଷ୍ଟାକଲେ, ସେ ସ୍ୱର ସେତିକି ନିରବଚ୍ଛିନ୍ନ ଓ ହିଂସ୍ରହୋଇ ପଡୁଥିଲା, ହଠାତ୍ ତାଙ୍କର ମୁହଁ କଠିନ ହୋଇପଡ଼ିଲା । ନିଜର ଭୀରୁତାକୁ ଘୋଡ଼ାଇବା ପାଇଁ ସେ ପାଟିକରି ଉଠିଲେ- "ଏ ସ୍ୱର ଏକବାରେ ମିଛ; କୂଅର ଏ ନିର୍ଜନତା ବେଶ୍ ନିରାପଦ ଓ ସତ୍ୟ ।"

- "ଆଉ ଏଇ କଥାଟା ବି ସତ ?"

- "କେଉଁ କଥା ?" ମୋହନ ବାବୁ ପଚାରିଲେ; କାରଣ ସେ ଅନୁଭବ କଲେ ଯେ, ତାଙ୍କ ଆଡ଼େ ଆଙ୍ଗୁଳି ନିର୍ଦ୍ଦେଶ କରି କେହି ଜଣେ ଉପରୋକ୍ତ ପ୍ରଶ୍ନଟି ପଚାରିଲା ।

ଯାପରେ କୂଅ ଭିତରର ସେ ସ୍ୱର କେଉଁଆଡ଼େ କେଜାଣି ହଜିଗଲା, ତାଙ୍କ ସାମ୍ନାରେ ଉଭାହେଲା ଗୀତାର ଅଶ୍ଳୀଳ ମୁହଁ, ଅବିନ୍ୟସ୍ତ କେଶ ଏବଂ ପିନ୍ଧିଥିବା ଶାଢ଼ିକୁ ଗୋଟାଏ ଦୁର୍ଦ୍ଦାନ୍ତ, ବଳିଷ୍ଠ ହାତ ମୁଠାରୁ ଛଡ଼େଇ ଆଣିବାର ବ୍ୟାକୁଳ ଚେଷ୍ଟା । ମୋହନ ବାବୁଙ୍କ କାନରେ କିଏ ଯେପରି ବିଦ୍ରୂପ କରି କହିଗଲା- ମଣିଷ ତ ନିଜ ଦରବର ଯତ୍ନ ନେଇପାରୁନି ଆଉ ରହି ରହି କରୁଣ ସ୍ୱରରେ କାନ୍ଦୁଥିବା ପଡ଼ୋଶୀର ଭବିଷ୍ୟତ କ'ଣ ହେବ ?

ରିଟାୟାର୍ଡ଼ କରିବା ପରେ ବସୁଥିବା ଅଫିସ୍-ଚେୟାର୍ ସହିତ ଆଉ ସମ୍ପର୍କ କ'ଣ ? ମୁଣ୍ଡ ଖେଳେଇବା ଆଉ ଦରକାର କ'ଣ ଦୁଆତ ଭିତରେ କାଳି, ହାକିମଙ୍କ ନାକଟେକା ସମ୍ବନ୍ଧରେ ? ଯୋଗେନ୍ଦ୍ର ବାବୁଙ୍କ କିରାଣି ଚାକିରି ସରିଗଲା । ଏଣିକି ସେ ସିଗାରେଟ୍‌ର ଅବଶିଷ୍ଟାଂଶ ମାତ୍ର । କେତେବା ଜିନିଷ ? ବାଲ୍ୟକାଳ କଟେଇଥିବା ଗାଁକୁ ସେ ଫେରିଲେ ବାର୍ଦ୍ଧକ୍ୟ କଟାଇବା ପାଇଁ । ଦୁଇ ପୁଅ ଅନ୍ୟ ସ୍ଥାନରେ ଚାକିରି କରନ୍ତି । ଅଭାଗୀ ଗୀତାକୁ ଧରି ସେ ଫେରି ଆସିଲେ କ୍ଳାନ୍ତ, ନିର୍ଲିପ୍ତ ଦେହକୁ ନେଇ ।

ଗୀତାକୁ ଦେଖିଲେ ମନରେ ଆପଣାଛାଏଁ ପ୍ରଶ୍ନଟାଏ ମୁଣ୍ଡଟେକେ- କେଉଁ ଠାକୁର ଏଡ଼େ ବଡ଼ ଅଭିଶାପଟାଏ ଥୋଇଦେଲେ ଯା ମୁଣ୍ଡ ଉପରେ ? ଆହା, କେଡ଼େ

ନିରିମାଖି କେଡ଼େ ନିର୍ମଳ, ସୁନ୍ଦର ଦେଖାଯାଉଛି ଏ ଝିଅଟି ? ଏହାକୁ ବିଧବା କରି ନ ଥିଲେ ସଂସାରରେ କ'ଣ ବା କ୍ଷତି ହୋଇଥାଆନ୍ତା ?

ସବୁବେଳେ ଧଳାଶାଢ଼ି, ସବୁବେଳେ ପ୍ରଶାନ୍ତି ଭାବ । ନିଜର ପୋଡ଼ା କପାଳ ପ୍ରତି ତା'ଠି ସତେ ଯେମିତି ମୋଟେ କ୍ରୋଧ ନାହିଁ, ପ୍ରତିବାଦ ନାହିଁ। ତାକୁ ଦେଖିଲେ ଜଣାଯିବ, ଜଗତରେ ଜୀବନର ସ୍ରୋତକୁ ସେ ଅନୁଶୀଳନ କରୁଛି ଆବେଗମୁକ୍ତ, ଉତ୍ତେଜନାହୀନ ଏକ ସହନଶୀଳତାର ଆଲୋକରେ । ଭବିଷ୍ୟତ ପାଇଁ ସେ ବିଶ୍ୱାସ ସଂଗ୍ରହ କରୁଛି, ସମୟର ତୀକ୍ଷ୍ଣ ନିର୍ଣ୍ଣୟ କରୁଛି । ଯେତେବେଳେ ସେ ବିଶ୍ୱାସର ଧାରା ଅଡୁଆ, ଗଣ୍ଡଗୋଳିଆ ହୋଇଯାଏ, ସେ ବସେ ସତରଞ୍ଜି ଉପରେ। ସିତାରର ସ୍ୱର ଭିତରୁ ସେ ଆହରଣ କରେ ଗୋଟାଏ ଉଦ୍ଦେଶ୍ୟ, ଗୋଟିଏ ପ୍ରତିଜ୍ଞା । ପୁଣି ସମୟ ଧ୍ୱଂସାତ୍ମକ ଓ ଭୀଷଣ ଜଣା ପଡ଼ିଲେ ସେ ଉଲ୍ ସୂତାକୁ ସ୍ୱେଟରରେ ପରିଣତ କରେ ।

କିନ୍ତୁ ଗାଁରେ ଏସବୁ କଥା କିଏ ବା ବୁଝିବ ? ସିଏ ଯାହା ଭାବୁ ପଛକେ; ଏ କଥା ସତ ଯେ ଅଧିକାଂଶ ମଣିଷଙ୍କ ଆଖିରେ ଜୀବନର ଅର୍ଥ ହେଲା ବଞ୍ଚିରହିବା। ସେଇଥିପାଇଁ ଗୋଟାଏ ପ୍ରବୃତ୍ତିର ଉଦ୍‌ଗିରଣ ଯେଉଁ ଦାବିକରେ, ତାହାକୁ ଏଇଠି ଓ ବର୍ତ୍ତମାନ ପକାଇବାକୁ କେଡ଼େ ଅସ୍ଥିର ନୁହନ୍ତି ସେମାନେ। ଏ ଦୃଷ୍ଟିରୁ ଗୀତାର ଗୋରା, ସୁନ୍ଦର ଦେହଟା ସେଠାରେ କେତେକଙ୍କ ପାଇଁ ଏକ ଲୋଭନୀୟ ବାସ୍ତବତା ହୋଇ ପଡ଼ିଲା ବୋଲି ଆଶ୍ଚର୍ଯ୍ୟ ହବାରେ କ'ଣ ବା ଅଛି ?

ଗତ ରାତିର କଥା। ସେତେବେଳେ ଦଶଟା ବାଜିଲାଣି। ମୋହନବାବୁ ପାଞ୍ଚ ମାଇଲ ଦୂର ବ୍ଲକ ଅଫିସରରୁ ଫେରୁଥାନ୍ତି ଏକୁଟିଆ। ଜିଲ୍ଲାପାଳ ମିଟିଂ ଡକେଇ ଥିଲେ। ଯୋଗେନ୍ଦ୍ର ବାବୁଙ୍କ ଘର ପାଖରେ ପହଞ୍ଚିବା କ୍ଷଣି, ତାଙ୍କୁ ଜଣା ପଡ଼ିଲା, କେଉଁଠି ଯେପରି କିଛି ଅଘଟଣ ଘଟୁଛି। ରାସ୍ତା କଡ଼କୁ ହତାବାଡ଼ ! ସେଇଠୁ ପନ୍ଦର ମିଟର ଦୂରରେ ଘର। ଭିତରୁ ବ୍ୟାକୁଳ ସ୍ୱରରେ ଗୀତା କାହାକୁ କିଛି କହୁଛି, ଭାରି ଅନୁନୟ ହୋଇ। ମୋହନବାବୁ ସାଇକେଲରୁ ଓହ୍ଲାଇ ପଡ଼ିଲେ। ଅଳ୍ପ କେତୋଟି ମୁହୂର୍ତ୍ତ ପାଇଁ ସବୁ ନୀରବ, ଶୂନ୍‌ଶାନ୍ ଜଣା ପଡ଼ିଲା। ତା'ପରେ ଗୀତାର ବାଷ୍ପାକୁଳ କଣ୍ଠର ଚିତ୍କାର-ବାହାର ଏ ଘରୁ! Get out you filth beast ?"

ମୋହନ ବାବୁ କ୍ଷିପ୍ର ଗତିରେ ଘର ବାରଣ୍ଡାରେ ଠିଆ ହୋଇ ବନ୍ଦଥିବା କବାଟରେ କରାଘାତ କଲେ। ଟର୍ଚ୍ଚ ପକେଇ ଚାରିଆଡ଼େ ଦୃଷ୍ଟି ବୁଲାଇଲେ। ଆଉ କିଛି ଶବ୍ଦ ନାହିଁ ଗୋଟାଏ ପରିତ୍ୟକ୍ତ ଘରେ ଯେମିତି କିଛି ଭୌତିକ କାଣ୍ଡ ଘଟି ଯାଇଛି। ସେ ରୀତିମତ ଚଞ୍ଚଳ ଓ ଉଦ୍‌ବିଗ୍ନ ହୋଇ ପଡ଼ିଲେ। କ'ଣ କରିବେ ବୋଲି ଭାବୁଥିଲେ। ସେତିକି ବେଳେ ସେହି କୋଠରିର ଅନ୍ୟ ପାର୍ଶ୍ୱରେ ଥିବା ଦରଜା

ଖୋଲିଲା। ସେ ଘରର ପଛ ପଟକୁ ଚାଲି ଆସିଲେ। ତାଙ୍କ ଆଗରେ ଘନୀଭୂତ କଳାରଙ୍ଗର ପିଣ୍ଡୁଳାଟାଏ ଧାଇଁ ଯାଉଛି। ସେ ଟର୍ଚ୍ଚ ପକେଇ ଦେଖିଲା ବେଳକୁ ସେ ମଣିଷଟି ପଛପଟ ବାଡ଼ ଡେଇଁ ସାରିଥିଲା।

ସେ ନିର୍ଦ୍ଦିଷ୍ଟ କୋଠରି ଭିତରକୁ ପଶିଲେ। ସମ୍ପୂର୍ଣ୍ଣ ରୂପରେ ଛିଣ୍ଡି ଯାଇଥିବା ବ୍ଲାଉଜ୍‌ଟିକୁ ଦେହରୁ କାଢ଼ି ଗୀତା ନିଜକୁ ଆବୃତ ରଖିବାକୁ ଚେଷ୍ଟା କରୁଥିଲା, ଶାଢ଼ି ସାହାଯ୍ୟରେ। ମୋହନ ବାବୁ ଲଣ୍ଠନ ତେଜିଲେ। ଗୀତା ମୋହନ ବାବୁଙ୍କୁ ଦେଖି ହସିବାକୁ ଚେଷ୍ଟା କରୁଥିଲା, ମାତ୍ର ପରକ୍ଷଣରେ ତା'ର ମୁହଁ ବିକୃତ ହୋଇଗଲା ଏବଂ ସେ ଦୁଇ ହାତରେ ମୁହଁ ଘୋଡ଼ାଇ ସର୍ବହରା, ନିଃସହାୟ ଭଳି କାନ୍ଦି ଉଠିଲା। ମୋହନ ବାବୁ ତଳେ ପଡ଼ିଥିବା ଧର୍ଷିତ ବ୍ଲାଉଜ୍ ଓ ଲୋଚାକୋଚା ବିଛଣା ଆଡ଼େ ଚାହିଁ, ମୁହଁ ବୁଲେଇ ନେଲେ। ତା'ପରର ମୁହୂର୍ତ୍ତ ନୀରବ, ଅପ୍ରୀତିକର ଅଥଚ ଆଶ୍ୱାସନାମୟ !

ଅନେକ ସମୟ ପରେ ଗୀତାର କଣ୍ଠସ୍ୱର ଶୁଭିଲା- "ଦାଦା ତୁମେ ଆଉ ଗୋଟିଏ ମିନିଟ୍ ଡେରି କରିଥିଲେ ମୋର କ'ଣ ହୋଇଥାନ୍ତା ?"

ଯା' ପରେ ପୁଣି ସେହି ବୁକୁଫଟା କୋହ।

ସେ ଶାନ୍ତ ହେଲାପରେ ମୋହନବାବୁ ପଚାରିଲେ- 'ଭାଇ ନାହାନ୍ତି ?'

"ନା" ଗୀତା ଉତ୍ତର ଦେଲା। "ସଞ୍ଜବେଳେ ବଡ଼ ଭାଇଙ୍କର ଟେଲିଗ୍ରାମ୍ ପାଇ ସେ ଯାଇଛନ୍ତି।"

ପୁଣି ନୀରବତା। ମୋହନବାବୁ ମନ୍ତବ୍ୟ ବାଢ଼ିଲେ- ତୋତେ ଏକୁଟିଆ ଛାଡ଼ି...କିଛି ହେଲେ ତ ବ୍ୟବସ୍ଥା କରିବା ଉଚିତ୍ ଥିଲା। ନ ହେଲେ ତୁ ବି ମୋତେ କହି ପାରିଥାନ୍ତୁ !'

ଦୀର୍ଘଶ୍ୱାସ ତ୍ୟାଗକରି ଗୀତା କହିଲା- "ମଣିଷ ମୁହଁରୁ ତା ଭିତରର କଥା ଜଣାପଡ଼େ ବୋଲି କିଏ କହିଥିଲା କେଜାଣି ? କେଡ଼େ ନିର୍ବୋଧ ମିଛ କଥାଟାଏ । ଏଇ ମଣିଷଟା ତ ଭାରି ବିଶ୍ୱାସୀ ବୋଲି ବାପାଙ୍କର ଆଉ ମୋର ଭରସା ଥିଲା । ଯେଉଁଦିନ ରାତିରେ ବାପା କୌଣସି କାମ ଯୋଗୁଁ ଏଠାରେ ରହନ୍ତି ନାହିଁ, ଏଇ ମଣିଷଟି ଏ ଘର ଜଗେ। ଆଉ ଆଜି...ଛାଡ଼ । ମଣିଷ କେତେବେଳେ କି ଭଳି ଆଚରଣ ଦେଖାଇବ, ସେକଥା ଜାଣିବାର ଉପାୟ ନାହିଁ।"

"କେଉଁ ମଣିଷ କଥା ତୁ କହୁଛୁ ?" ମୋହନବାବୁ କିଛି ବୁଝି ନପାରି ପଚାରିଲେ । ଗୀତା ଅଳ୍ପହସି ଚାହିଁଲା ତାଙ୍କ ଆଡ଼େ । ତା'ପରେ ଆଙ୍ଗୁଳି ବଢ଼େଇ ତାଙ୍କର ଦୃଷ୍ଟି ଆକର୍ଷଣ କଲା ଖୋଲାଥିବା ଦରଜା ପ୍ରତି। ହଠାତ୍ ସେ ଗମ୍ଭୀର ହୋଇଗଲା। ତଳେ ପଡ଼ିଥିବା ଛିଣ୍ଡା ବ୍ଲାଉଜ୍‌ଟିକୁ ଉଠାଇ ସେ ଗଲା ବିଛଣା ପାଖକୁ।

ଫଟୋ ଫ୍ରେମ୍ ଓ କାଚରୁ ଧୂଳି ଝାଡ଼ିଲା ଭଳି ସେ ସହଜ ଭାବରେ ବିଛଣାଟିକୁ ସଜାଡ଼ିବାରେ ଲାଗିଲା ।

ମୋହନବାବୁ ସେଇମିତି ଠିଆହୋଇ ଲକ୍ଷ୍ୟ କରୁଥିଲେ ଏସବୁ । ଲଣ୍ଠନ ଆଲୁଅରେ ଗୀତା ଖୁବ୍ ଉଜ୍ଜ୍ୱଳ ଓ ମର୍ଯ୍ୟାଦାବନ୍ତ ଦେଖାଯାଉଥିଲା । ଯା ସତ୍ତ୍ୱେ କିଛିକ୍ଷଣ ଆଗରୁ ଘଟି ଯାଇଥିବା ଘଟଣାଟି ସୂଚେଇ ଦେଉଥିଲା ଯେ ଗୀତା ପାଖରେ ଯେଉଁ ବିପୁଳ ବିଭବ ରହିଛି, ତାହାକୁ ପ୍ରତିରକ୍ଷା କରିବା ପାଇଁ ତା'ର ଆଦୌ ସମ୍ବଳ ନାହିଁ । ବର୍ତ୍ତମାନ ତା'ର ବ୍ଲାଉଜ୍‌ବିହୀନ ଦେହ, ଅବିନ୍ୟସ୍ତ କେଶ, ବିଛଣା ସଜାଡ଼ିବାର ଭଙ୍ଗି, ମୋହନବାବୁଙ୍କ ମନ ଭିତରେ ସହସା ଉତ୍ତେଜନାର କମ୍ପନ ସୃଷ୍ଟି କରିଦେଲା । ତାଙ୍କର ତଣ୍ଟି ଶୁଖିଗଲା । ଛାତି ଦପ୍‌ଦପ୍ ହେଲା ।

ସାରା ଗାଁ ସେତେବେଳକୁ ନିସ୍ତବ୍ଧ । ମୋହନ ବାବୁ ବ୍ୟସ୍ତ ହୋଇପଡ଼ିଲେ । ଗୀତା ଆଡ଼କୁ ଦୁଇ ପାହୁଣ୍ଡ ଆଗେଇ ସେ ମୁକୁଳା ଥିବା ଦରଜା ଆଡ଼େ ଚାହିଁଲେ।

- "ତା' ହେଲେ କ'ଣ କରିବା ?" ମୋହନବାବୁ ନିଜ ସ୍ୱରକୁ ଚିହ୍ନିପାରିଲେ ନାହିଁ ।

- "କ'ଣ ?" ଗୀତା ଆଶ୍ଚର୍ଯ୍ୟ ହୋଇ ଭ୍ରୂକୁଞ୍ଚନ କଲା । ସେ ହୁଏତ ମୋହନ ବାବୁଙ୍କ ପ୍ରଶ୍ନର ସ୍ପଷ୍ଟିକରଣ ଚାହୁଁଥିଲା ।

- "ତୁ ଏକୁଟିଆ ଏଠି ରହିବୁ କିପରି ?" ଛେପଢୋକି ସେ ପଚାରିଲେ ।

- "ଓ, ଏଇକଥା ?" ଗୀତା ସ୍ୱରରେ ଆତ୍ମ-ପ୍ରତ୍ୟୟ। "ତମେ ବ୍ୟସ୍ତ ହୁଅ ନାହିଁ। ମୋର କିଛି କ୍ଷତି ହେବନାହିଁ। ମଣିଷର ଉପସ୍ଥିତି ଠାରୁ ଏ ନିର୍ଜନତାବୋଧ ଆହୁରି ନିରାପଦ।"

ଯା'ପରେ ଆଉ କ'ଣ ସବୁ ଘଟିଲା ମୋହନ ବାବୁଙ୍କର ଭଲକରି ମନେନାହିଁ। ତାଙ୍କର ହୋସ୍ ଆସିଲା ବେଳକୁ ସେ ଦେଖିଲେ, ଗୋଟାଏ ଘାତକ ଭଳି ସେ ଦୃଢ଼ ଭାବରେ ଟାଣି ଧରିଛନ୍ତି ଗୀତାର ଶାଢ଼ି ପଣତ। ତା'ର ଆଖି ଅଗ୍ନିଳ, କେଶ ଅବିନ୍ୟସ୍ତ। ତାଙ୍କ ହାତରୁ ଶାଢ଼ିଟିକୁ ଛଡ଼େଇବା ବେଳେ ଘୃଣାର ସହିତ ସେ କହୁଥିଲା- "ଆଜି ତା' ହେଲେ ସମସ୍ତେ ପଶୁପାଲଟି ଯାଉଛନ୍ତି। ରୁହ, ସକାଳ ହେଉ। ତୁମ ମୁଖାକୁ କାଢ଼ିଦେବି ସମସ୍ତଙ୍କ ଆଗରେ। ଛାଡ଼, ମୋ ଶାଢ଼ି ଛାଡ଼ିଦିଅ କହୁଛି।"

ତାଙ୍କ ଶିଥିଳ ହାତରୁ ଶାଢ଼ିଟି ଖସିଗଲା। ସେ ସମ୍ମୋହିତ ହୋଇ ଚାହିଁଲେ ଗୀତା ମୁହଁକୁ। ପରେ ସେଠାରୁ ବାହାରିଆସି ମିଶିଗଲେ ଅନ୍ଧାର ଭିତରେ।

ପୁଣି ସେଇ ଭୟଙ୍କର, ହିଂସ୍ର ସ୍ୱର। ମୋହନ ବାବୁଙ୍କୁ ଜଣାପଡ଼ିଲା ସତେ ଯେମିତି କୂଅର କାନ୍ଥ ଭୁଶୁଡ଼ି ପଡ଼ିବ ସେ ସ୍ୱରର ଶକ୍ତିରେ। କାହାର ଏ ସ୍ୱର ?

ନିର୍ଜନତାର, ନା ଅନ୍ଧାରର, ନା ପାପର?' କେଜାଣି, ହୁଏତ ପଙ୍କ ଓ ପାଣିର ଏ ନରକ ତାଙ୍କ ଉପସ୍ଥିତିକୁ ସହି ନ ପାରି ଗର୍ଜିଉଠୁଛି।

ତେବେ କେଉଁଠି ସେ ହଜିଯିବେ? କେଉଁଠି ସେ ଲୁଚେଇବେ ନିଜକୁ? ପଟେ ରିଙ୍ଗ୍ ଏଇଠି ଖସିପଡ଼ିଥିବ ବୋଲି ଭାବିଲା କ୍ଷଣି, ଏ କୂଅ କେଡ଼େ ବିଶାଳ ଜଣାପଡୁଥିଲା ଅଥଚ ସେ ଜାଣିଶୁଣି, ଇଚ୍ଛାକୃତ ଭାବରେ ନିଜକୁ ଏଇଠି ଲୁଚେଇ ଦେବେ ବୋଲି ଭାବିଲା ବେଳକୁ ଏ କୂଅ ଏମିତି ଛୋଟିଆଟିଏ ହୋଇପଡୁଛି କାହିଁକି? ସବୁଠୁ ବଡ଼କଥା ହେଲା କାହିଁକି ସେ ଠିଆ ହୋଇଛନ୍ତି ଏଠାରେ ଖୋଜିବା ପାଇଁ ନା, ହଜିବା ପାଇଁ?

ମୋହନବାବୁ ଏମିତି ଜଡ଼ସଡ଼ ହୋଇ ପଡ଼ିଲେ ଯେ, କୂଅ କାନ୍ଥ ଉପରେ ଡେରି ହେବାକୁ ବାଧ୍ୟ ହେଲେ ଶେଷରେ।

- "ବାପା......।"

ସମ୍ବୋଧନଟା କାହିଁ କେତେ ଦୂରରୁ ଭାସି ଆସିଲା ଭଳି ଜଣାଗଲା। ଏ ଡାକ ତାହାଙ୍କୁ ଫେରାଇ ଆଣିବାକୁ ଚେଷ୍ଟାକରୁଥିଲା ତାଙ୍କର ଜଣାଶୁଣା ପୃଥିବୀ ଭିତରକୁ। ପ୍ରଥମେ ସେ ଅପ୍ରତିଭ, ଭୟଭୀତ ହୋଇ ପଡୁଥିଲେ ବି ସେ ଡାକ ତାଙ୍କର ରକ୍ତାକ୍ତ ଓ ରୁଗ୍ଣ ଚେତନାକୁ ପରିଷ୍କାର କରି ସୁସ୍ଥ କରିବାକୁ ଚେଷ୍ଟା କରୁଥିଲା। କ୍ଷଣକ ମଧ୍ୟରେ ସେ ଢେର୍ ଉଶ୍ୱାସ ଅନୁଭବ କଲେ।

- "ବାପା...।"

ସେ ଉପରକୁ ଚାହିଁଲେ। ଅର୍ଚ୍ଚନାର ମୁହଁ ସକାଳର ମେଘମୁକ୍ତ ପୂର୍ବଦିଗ ଆକାଶଭଳି ଦେଖାଯାଉଥିଲା। "ବାପା, ବାହାରି ଆସ। ରିଙ୍ଗ୍‌ଟା ମିଳିଗଲା।"

- "କ'ଣ କହିଲୁ?"

ଅର୍ଚ୍ଚନା ଆଉ ଜବାବ୍ ଦେଲାନାହିଁ। ଯେଉଁ ବାଉଁଶ ଯୋଗେ ସେ ତଳକୁ ଯାଇଥିଲେ, ତାକୁ ସେ ପୁଣି ଥରେ କୂଅ ଭିତରକୁ ପକାଇଲା।

ଉପରକୁ ଆସି ମୋହନବାବୁ ଏତେ ଆଶ୍ୱସ୍ତି ବୋଧକଲେ ଯେ, ଗତରାତି ଗୀତା ଯେଉଁ ଚେତାବନୀ ତାଙ୍କୁ ଶୁଣେଇଥିଲା, ତାହା ତାଙ୍କର ମନେପଡ଼ିଲା ନାହିଁ।

- "ବିଛଣାଟା ପୁଣି ଝାଡ଼ିଲୁ। ରିଙ୍ଗ୍‌ଟା ଖୋଳ ଭିତରକୁ ଯାଇ, ଫାଟି ଯାଇଥିବା ତକିଆ ଭିତରେ ପଶିଯାଇଥିଲା–ତୁଳା ଭିତରେ।" ଏକରକମ ନାଚି ଆନନ୍ଦରେ କହିଲା ଅର୍ଚ୍ଚନା।

ହଠାତ୍ ଗମ୍ଭୀର ହୋଇଯାଇ ସେ କହିଲା- "ବାପା!"

- "କ'ଣ?"

- "କାଲି ରାତିରେ ଗୀତା ନାନୀ ଘରେ ଏମିତି ଘଟଣା ଘଟିଲା। କାହିଁ, ତୁମେ ତ ଆମକୁ ସେ କଥା କହିନ ?"

- "ତୁ ଜାଣିଲୁ କେମିତି ?" ଆକସ୍ମିକ ଭାବରେ ମୋହନବାବୁ କୂଅ ଭିତରର ସ୍ୱର ଶୁଣିବାକୁ ପାଇଲେ। ଅନୁଭବ କଲେ ପଙ୍କ ଓ ପାଣିର ନରକ ।

- "ସେ ଆସିଥିଲା ଏଠାକୁ। ତାହାରି ଯୋଗୁଁ ରିଙ୍ଗ୍‌ଟା ମିଳିଲା ସିନା! ସେ ନିଜେ ଖୋଜିଲା ସବୁଆଡ଼େ। ସେ କାନ୍ଦୁଥିଲା କ'ଣ ନା, ରାତିରେ ଦୁଇଜଣ ଚୋର ତା'ଙ୍କ ଘରେ ପଶିଥିଲେ।"

- "ଦୁଇଜଣ!"

- "ଜଣେ ତାଙ୍କ ଘର ଜଗିବାକୁ ସେଠାରେ ଥିଲା। ପାଟିକରି ତାକୁ ତଡ଼ିଦେଲା ପରେ ଆହୁରି ଜଣେ ଯାଇଥିଲା। ସେ କୁଆଡ଼େ ସେ ଦୁହିଁଙ୍କୁ କ୍ଷମା କରି ଦେଇଛି।" ଅର୍ଚ୍ଚନା ଏଥର ମନଖୋଲା ହସିଲା। ପୁଣି କହିଲା- "ଗୀତା ନାନୀ ବଡ଼ ଅଦ୍ଭୁତ। ଆରେ ହଁ କାଲି ରାତିରେ ତାଙ୍କ ଘରେ ତୁମେ ଚପଲ ହଳକ ଛାଡ଼ି ଆସିଥିଲ। ସେ ଆଣି ଦେଇଛି ।"

ମୋହନବାବୁ ହଜେଇଥିବା ଜିନିଷ ପାଇଗଲେ । ସାବୁନ୍‌ଧରି ଗାଧେଇବାକୁ ଗଲାବେଳେ ସେ ଭାବୁଥିଲେ, "ଯା'ପରେ ଆଉ କେଉଁ ଜିନିଷ ହଜିବ କେଜାଣି ? ହେଲେ, ଭବିଷ୍ୟତରେ କ'ଣ ହଜିବ, ସେ' କଥା ଏଇଲାଗେ ଜାଣିବା ସମ୍ଭବ ହେବ କିପରି ?"

■

ବିଶେଷ ସମ୍ବାଦ

କହ୍ନେଇଲାଲ ଦାସ

ମୁଁ ଶୋଇ ଶୋଇ ଖବର କାଗଜ ପଢୁଛି ।

ପ୍ରଶାନ୍ତି ଶୋଇ ଯାଇଛି।

ମଶାମାନେ ମୋ କାନ ପାଖରେ ବିରକ୍ତିକର ଶବ୍ଦ କରୁଛନ୍ତି।

କୋରାପୁଟ ଜିଲ୍ଲାରେ ସମସ୍ତ ବସ୍ ଅଚଳ। ଜୟପୁର, ୧୦/୪, (ନି.ପ୍ର.)- ଧର୍ମଘଟ ଫଳରେ କୋରାପୁଟ ଜୋନ୍‌ରେ ଯାତାୟାତ କରୁଥିବା ସମସ୍ତ ବସ୍ ଗତ କାଲିଠାରୁ ଅଚଳ ହୋଇ ପଡ଼ିଛନ୍ତି। ଏଠାରୁ କୌଣସି ବସ୍ ଛାଡ଼ି ନାହିଁ କିନ୍ତୁ ଯେଉଁ ବସ୍‌ଗୁଡ଼ିକ ଅନ୍ୟତ୍ର ଯାଇ ରାତିରେ ଅଟକିଥିଲା ସେଗୁଡ଼ିକ ଗ୍ୟାରେଜ୍‌କୁ ଫେରି ଆସିଛନ୍ତି ଧର୍ମଘଟ ଯୋଗୁଁ । ବିଶେଷତଃ ବିବାହ ତିଥି ଭିତରେ ଧର୍ମଘଟ ହେଉଥିବାରୁ ବହୁ ବରଯାତ୍ରୀଦଳ ପ୍ରାୟ ପ୍ରତି ଗ୍ରାମରେ ଅଟକି ରହିଛନ୍ତି।

ମୁଁ ଯେତେବେଳେ ପ୍ରଶାନ୍ତିକୁ ବାହା ହେଲି ସେତେବେଳେ ଏ ଧରଣର ଧର୍ମଘଟ ସବୁ ଏତେ ନଥିଲା। ମୁଁ ଦଳେ ବରଯାତ୍ରୀ ସହ ଗୋଟିଏ ଦ୍ରୁତଗାମୀ ବସ୍‌ରେ ଯେତେବେଳେ ପ୍ରଶାନ୍ତିର ସହରରେ ଓହ୍ଲାଇଲି ମନେହେଲା ଏଠାରେ ସମସ୍ତେ ଯେପରି ପ୍ରଶାନ୍ତି ପରି ସୁନ୍ଦର, ସରଳ ଓ ଶାନ୍ତ। ସମସ୍ତଙ୍କ ଘର ସାମ୍ନାରେ ଚମତ୍କାର ଫୁଲ ବଗିଚା। ସମସ୍ତଙ୍କ ଘରେ ଧାନ ଚାଉଳ ଲୁଗାପଟା ଭର୍ତ୍ତି। ବେଦିରେ ପ୍ରଶାନ୍ତି ପାଖରେ ବସି ମନ୍ତ୍ର ଉଚ୍ଚାରଣ କରୁଥିବା ବେଳେ ଗୋଟିଏ ପାଖରେ ସବୁ ସୁନ୍ଦରୀ ତରୁଣୀଙ୍କ ଶାଢ଼ିର ଫୁଲ ଦେଖି ଗୋଟିଏ ମୁହୂର୍ତ୍ତପାଇଁ ମୋର ଇଚ୍ଛା ହୋଇଥିଲା ଶାଢ଼ିର ଫୁଲ ସବୁ ତୋଳି ଆଣି ସେଥିରେ ହାର ତିଆରି କରି ସମସ୍ତଙ୍କ ବେକରେ ପକାଇ

ଦେବି। ଯାହାହେଉ ପ୍ରଶାନ୍ତି ମୋର ଫୁଲହାର ପିନ୍ଧି ଘରକୁ ଆସିଲା। ଘର ଆଗରେ ତିଆରି ହେଲା ଫୁଲ ବଗିଚା। ଧାନଚାଉଳ, ରଙ୍ଗୀନ ଫୁଲପକା ଲୁଗାପଟାରେ ଘର ଭର୍ତ୍ତି ହେଲା। ଗୋଟିଏ ବର୍ଷର ସୁନ୍ଦର ଫୁଲ ବଗିଚା ପାରିହେଲା ପରେ ପ୍ରଶାନ୍ତିର କୋଳଭର୍ତ୍ତି କରି ଆସିଲା ଆନନ୍ଦ। ସେତେବେଳେ ପ୍ରଶାନ୍ତି ଅନେକ ରାତି ପର୍ଯ୍ୟନ୍ତ ଶୋଇ ଶୋଇ ଏଣୁ ତେଣୁ ଗପୁଥିଲା ଆଉ ଲୁଗା କାନି ବିଞ୍ଚି ଆନନ୍ଦ ଦେହରୁ ମଝିରେ ମଝିରେ ମଶା ଘଉଡ଼ାଇ ଦେଉଥିଲା। ଏବେ ଆଉ ସେଦିନ ନାହିଁ। ପ୍ରଶାନ୍ତି ଶୋଇ ଯାଇଛି।

ରାଣୀଗଞ୍ଜ ନିକଟରେ ଗୋଟିଏ ମାଲଗାଡ଼ି ଲାଇନ୍‌ଚ୍ୟୁତ ୧୦/୫ ରେଳ କର୍ମଚାରୀମାନଙ୍କ ଧର୍ମଘଟର ଦ୍ୱିତୀୟ ଦିବସରେ ବିକ୍ଷୋଭକାରୀମାନେ ରାଣୀଗଞ୍ଜଠାରୁ ଦୁଇମାଇଲ ଦୂରରେ ରେଳ ଲାଇନ୍‌ର ଫିସ୍‌ପ୍ଲେଟ୍ କାଢ଼ି ନେଇଥିଲେ। ରାଣୀଗଞ୍ଜ କୋଇଲା ଖଣିରୁ କୋଇଲା ଆଣୁଥିବା ମାଲଗାଡ଼ିର ଦୁଇଟି ଡବା ତଳକୁ ଖସି ଯାଇଥିଲା। ବର୍ତ୍ତମାନ ପୂର୍ବ ରେଳପଥର ବଡ଼ ବଡ଼ ଷ୍ଟେସନ୍‌ମାନଙ୍କରେ ବିକ୍ଷୋଭକାରୀମାନଙ୍କୁ ଘଉଡ଼ାଇବା ପାଇଁ ପୋଲିସ ମୁତୟନ କରାଯାଇଛି ଏବଂ ଅବସ୍ଥା ଆୟତ୍ତାଧୀନ ରହିଛି।

ମୋର ସବୁବେଳେ ରେଳଯାତ୍ରାର ନିଶା ଥିଲା। ପ୍ରଶାନ୍ତିକୁ ବାହା ହେବା ଆଗରୁ ମୁଁ ସମୟ ପାଇଲେ ଅନିର୍ଦ୍ଦିଷ୍ଟ ଭାବେ ପାସେଞ୍ଜର ଟ୍ରେନ୍‌ରେ ଘୂରି ବୁଲୁଥିଲି। ବିଭିନ୍ନ ଅଞ୍ଚଳର ଲୋକଙ୍କୁ ଦେଖିବା, ନୂଆ ନୂଆ ସ୍ଥାନରେ ପାଦ ଦେବା ଥିଲା ମୋର ନିଶା। ଆନନ୍ଦର ଜନ୍ମ ପରେ ହଠାତ୍ ସେଇ ନିଶା ଭିତରେ ଚେଇଁ ଉଠିଲା । ଦିନେ ପ୍ରଶାନ୍ତି ଓ ଆନନ୍ଦକୁ ନେଇ ଟ୍ରେନ୍‌ରେ ଚଢ଼ିଗଲି । ସୁନ୍ଦରଗଡ଼ରେ ଜଣେ ସଂପର୍କୀୟ ଭାଇ ରହୁଥିଲେ। ଲକ୍ଷ୍ୟ ତାଙ୍କଠାରେ କିଛିଦିନ ବିତାଇ ଫେରି ଆସିବା। ରାତିର ଅନ୍ଧକାରରେ ଟ୍ରେନ୍ ଝୁକ୍ ଝୁକ୍ ଶବ୍ଦ କରି ଆଗେଇ ଯାଉଥାଏ। ଷ୍ଟେସନ୍ ପରେ ଷ୍ଟେସନ୍ ପାରି ହୋଇ ଯାଇଥିବାର ମୁଁ ଲକ୍ଷ୍ୟ କରେ। ଝର୍କା ପାଖରେ ମୁଁ। ଆନନ୍ଦ ମୋ ଆଡ଼େ ମୁଣ୍ଡ କରି ପ୍ରଶାନ୍ତିର କୋଳରେ ତାର ବଳିଲା ବଳିଲା ପାଦ ଦୁଇଟି ଟେକି ଆରାମରେ ଶୋଇ ଯାଇଥାଏ। ପ୍ରଶାନ୍ତି ଢୁଳାଉଥାଏ। ମୁଁ ତା’ ଆଡ଼େ ଜିରାଫ୍ ଭଳି ମୁହଁ ବଢ଼ାଇ ମନେ ମନେ ଚୁମା ଖାଉଥାଏ। ହଠାତ୍ ଟ୍ରେନ୍‌ଟା ଯେମିତି ଖୁବ୍ ସ୍ପିଡ଼୍ ନେଲା ବୋଲି ମୋତେ ମନେ ହେଲା। ଝକାଂ ଝକାଂ ଶବ୍ଦଟା ଦ୍ରୁତତର ହୋଇ ଉଠିଲା। କିନ୍ତୁ ହଠାତ୍ ଦପ୍‌କରି ସବୁ ଆଲୁଅ ଲିଭିଗଲା। ସବୁ ଯେପରି ଓଲଟ ପାଲଟ ହୋଇଗଲା। ମୁଁ ହଠାତ୍ କିଛି ବୁଝିପାରିଲି ନାହିଁ। ନିଜକୁ ଠିକ୍ ଭାବରେ ଯେତେବେଳେ ଅନୁଭବ କଲି ବୁଝିପାରିଲି ଟ୍ରେନ୍‌ଟା ଲାଇନ୍‌ଚ୍ୟୁତ ହୋଇଯାଇଛି। ମୁଁ ଅଣ୍ଡାଳି ଅଣ୍ଡାଳି ଅନେକ ବାକ୍ସ ସୁଟକେଶ ବେଡ଼ିଂ ଅତିକ୍ରମ କରି ପ୍ରଶାନ୍ତିର ପାଦଟା ଏବଂ କ୍ରମେ

ଭଙ୍ଗାରୁଜା ଭିତରୁ ସଂପୂର୍ଣ୍ଣ ପ୍ରଶାନ୍ତିକୁ ଖୋଜି ପାଇଲି। ଅବଶ୍ୟ ଦୁଇ ସପ୍ତାହ ପରେ ପ୍ରଶାନ୍ତି ଓ ମୁଁ ଡାକ୍ତରଖାନାରୁ ଘରକୁ ଫେରିଲୁ। ପ୍ରଶାନ୍ତି କେମିତି ଖୁବ୍ ଏକା ହୋଇଗଲା। ସେଦିନରୁ ତାର ଅସମ୍ଭବ ନିଦ। ବହୁତ ସମୟ ଶୋଇ ଶୋଇ କଟାଏ। ମନେହୁଏ ସେ ଯେପରି ଆନନ୍ଦକୁ ସ୍ୱପ୍ନ ଦେଖୁଛି । ଏବେ ସେ ଶୋଇଯାଇଛି।

ଚାଉଳ ଦର କମାଇ ଦିଆଯାଉ: ବରଗଡ଼, ୧୦/୫- ଶ୍ରୀ ଶୁଭେନ୍ଦୁ ମୁଣ୍ଡ ଜଣାଇଛନ୍ତି ଯେ ବର୍ଷ ଆରମ୍ଭରୁ ସରକାର ଚାଉଳ ଦର ବଢ଼ାଇ ଦେଇଥିବାରୁ ଦେଶର ଚାରିଆଡ଼େ କିଣିଖିଆ ଲୋକଙ୍କ ମଧ୍ୟରେ ଭୀଷଣ ଅସନ୍ତୋଷ ପ୍ରକାଶ ପାଇଛି । ନୂତନ ଧାନ ଫସଲ ଆଦାୟ ପର୍ଯ୍ୟନ୍ତ ଲୋକେ କିପରି ଚଳିବେ ତାହା ସବୁ ସ୍ଥାନରେ ଆଲୋଚନା କରାଯାଉଛି। ଏଥିର ପ୍ରତିକାର ସକାଶେ ଜନସାଧାରଣଙ୍କ ମଧ୍ୟରେ ପ୍ରତିବାଦ ସଭା ହୋଇ ବିକ୍ଷୋଭ କରାଯାଉଛି । ଏହି ଅବସ୍ଥାକୁ ବଢ଼ାଇ ଦେବା ବର୍ତ୍ତମାନ ସରକାରଙ୍କ ପକ୍ଷେ ଉଚିତ ନୁହେଁ । ଏପରି ଅବସ୍ଥାରେ ଧାନଚାଉଳ ଦର ବଢ଼ାଇ ଦେଇ କୃଷକଙ୍କ ମଙ୍ଗଳ କରିବା ଠିକ୍ ବୋଲି ଧରାଯାଉ ନାହିଁ । ସରକାର ଏଥିରେ ସୁବିଚାର କରି ଅତିଶୀଘ୍ର ଚାଉଳଦର କମାଇ ଦେଇ ଲୋକଙ୍କ ମଙ୍ଗଳ କରନ୍ତୁ।

ସବୁ ଠିକ୍ ଚାଲିଥିଲା। ହଠାତ୍ ତା'ପରେ ଧୀରେ ଧୀରେ ଧାନ ଚାଉଳର ଦର ହୁ ହୁ ବଢ଼ିଗଲା। କ୍ରମେ କ୍ରମେ ମୁଁ ଅନୁଭବ କଲି ପ୍ରଶାନ୍ତି ଦୁର୍ବଳ ହୋଇଉଠିଛି । ଖାଦ୍ୟ ଖାଦ୍ୟସାର ବିହୀନ ହୋଇଗଲା ପରି ପ୍ରଶାନ୍ତିର ଅସ୍ଥିମଜ୍ଜା ଶୂନ୍ୟ ହୋଇ ଉଠୁଛି। ମୁଁ ଦେଖେ ପ୍ରଶାନ୍ତି ଝାଳ ସରସର ହୋଇ ରୋଷେଇ ଘରୁ ବାହାରି ଆସେ। ଘର ଓଳେଇ ସାରି ଅସମ୍ଭବ ଧକେଇ ହୁଏ । ତା' ଆଖି କୋଣ କ୍ରମେ କଳା ପଡ଼ି ଆସେ। ତା'ର ଓଠର ରଙ୍ଗ ଫିକା ହୋଇଯାଏ। କ୍ରମେ ପ୍ରଶାନ୍ତି ପ୍ରକାଶ କରେ ସେ ଅନ୍ତଃସତ୍ତ୍ୱା। ମୁଁ ପୁଣି ଆନନ୍ଦର ହଳଦିଆ ତିକ୍ତତା ଉପରେ ସୁଗାର କୋଟିଂ ଦେଇ ପ୍ରଶାନ୍ତିକୁ ସ୍ନେହ କରେ, ଚୁମାଖାଏ। ପୁଅ ହେଲେ ତା'ର ନାମ ସୁନ୍ଦର ଓ ଝିଅ ହେଲେ କଳ୍ପନା ଦିଆଯିବ ବୋଲି ଘୋଷଣା କରେ। ପ୍ରଶାନ୍ତି ଭାବହୀନ ଆଖିରେ ମୋତେ ଚାହେଁ । ବ୍ଲାକ୍‌ରେ ବେଶୀ ଦାମ ଦେଇ ଅମୂଲ ଆଣି ଘରର ଥାକ ଭର୍ତ୍ତି କରିଦିଏ। ପ୍ରଶାନ୍ତି ବି କେମିତି ହଠାତ୍ ଜୀବନ୍ତ ହୋଇ ଉଠେ । ସେ ହୁଏତ ବୁଝିପାରେ ତାର ଏଥର ଝିଅ ହେବ। ସେ ଦ୍ୱିପ୍ରହରରେ ବାଳ ମୁକୁଳା କରି ଗୋଡ଼ ଲମ୍ୱାଇ ବସି କୁନି କୁନି ଫ୍ରକ୍ ତିଆରି କରେ। ସେ ଦିନମାନଙ୍କରେ ପ୍ରଶାନ୍ତି ରାତିରେ ଶୋଇ ଶୋଇ ମୋ ସହ ଗପୁଥିଲା, ମୋ ପିଠି ଆଉଁଷି ଦେଉଥିଲା। ଏବଂ ମୋ ଛାତି ବାଳରେ ତା'ର ସୁନ୍ଦର ନରମ ଆଙ୍ଗୁଳିରେ ସିଆର କାଟୁଥିଲା। କିନ୍ତୁ ଏବେ ଆଉ ସେଦିନ ନାହିଁ। ପ୍ରଶାନ୍ତି ବହୁତ ବେଳୁ ଶୋଇ ଯାଇଛି।

ପ୍ରୋଭିଡେଣ୍ଟ ଫଣ୍ଡ କର୍ମଚାରୀମାନଙ୍କ ବିକ୍ଷୋଭ: ଭୁବନେଶ୍ୱର, ୧୦/୫-

ପ୍ରୋଭିଡେଣ୍ଟ ଫଣ୍ଡ ଅଫିସ କର୍ମଚାରୀ ୟୁନିୟନର ସାଧାରଣ ସଂପାଦକଙ୍କ ଆହ୍ୱାନକ୍ରମେ ଅଫିସର ସମସ୍ତ କର୍ମଚାରୀ କମିଶନରଙ୍କ ଅଫିସ ସମ୍ମୁଖରେ ବିକ୍ଷୋଭ ପ୍ରଦର୍ଶନ କରିଥିଲେ। ବେତନ ବୃଦ୍ଧି, ନୂତନ ବେତନ ହାର ସ୍ଥିରୀକରଣ ପ୍ରଭୃତି ଆଠଟି ଦାବି ଉପରେ ମହାସଂଘର ନିର୍ଦ୍ଦେଶାନୁଯାୟୀ ବିକ୍ଷୋଭ କରାଯାଇଥିଲା। ଚଳିତ ମାସ ମଧ୍ୟରେ ଦାବିଗୁଡ଼ିକର ନିଷ୍ପତ୍ତି କରା ନ ଗଲେ ସର୍ବଭାରତୀୟ ସ୍ତରରେ ବିକ୍ଷୋଭ, ଧର୍ମଘଟ ଓ ଅନଶନ ଆଦି କରାଯିବ ବୋଲି ସଂଘ ତରଫରୁ ଘୋଷଣା କରାଯାଇଛି।

ମୋର ମନେ ଅଛି ସେଦିନ ଏହିପରି ଦରମା ହାର ଇତ୍ୟାଦି ନେଇ ଅଫିସରେ ବିକ୍ଷୋଭ ପ୍ରଦର୍ଶନ କରାଯିବାର ଥିଲା। ସେଦିନ ଲେବର ରୁମ୍‌ରେ ପ୍ରଶାନ୍ତି। ମୁଁ ବିକ୍ଷୋଭ ଇତ୍ୟାଦି ଛାଡ଼ି ଲେବର୍ ରୁମ୍ ବାହାରେ ଚାର୍‌ମିନାର୍ ଟାଣି ଏପଟ ସେପଟ ହେଉଥିଲି। ପୁଅ ହେଲେ ତା' ନାଁ ସୁନ୍ଦର ଓ ଝିଅ ହେଲେ କଳ୍ପନା। ମୋର କଳ୍ପନାର ହାବେଲିଟା ସୁଁ ସୁଁ ଉପରକୁ ଉଠି ଯେତେବେଳେ ତଳକୁ ତଳକୁ ଖସିଲା, ସେତିକିବେଳେ ନର୍ସ ଆସିଲା। ମୁଁ ଭିତରକୁ ଗଲି। ପ୍ରଶାନ୍ତିର ମୁଣ୍ଡରେ ସାନ୍ତ୍ୱନାମୂଳକ ହାତଟା ଥାପି ବାହାରକୁ ବାହାରି ଆସିଲି । ତା'ପରେ ବିକ୍ଷୋଭରେ ଗଳା ଫଟାଇ ଚିତ୍କାର କଲି। କଳ୍ପନା ଜନ୍ମ ହୋଇଥିଲା ସତ, କିନ୍ତୁ ନିଷ୍ପ୍ରାଣ ଦେହ ନେଇ ପୃଥିବୀର ଆଲୁଅକୁ ବାହାରି ଆସିଥିଲା। ପ୍ରଶାନ୍ତି ସେଦିନରୁ କେମିତି ନିଷ୍ପ୍ରାଣ ହୋଇଗଲା। କାହାରି ସହ ପ୍ରାୟ କଥା କହେ ନାହିଁ। କେବଳ ଗଣ୍ଡେ ଖାଏ, ରଙ୍ଗ ବେରଙ୍ଗର ଔଷଧ ପିଏ ଓ ଶୁଏ। ସେଇ ଔଷଧ ପିଇ ପିଇ ସେ ଆଜିକାଲି ସବୁବେଳେ ଶୋଉଛି।

ଚୋରି ଅଭିଯୋଗରେ ଜଣେ ଆସାମୀ ଗିରଫ: ବାଲେଶ୍ୱର, ୧୦/୫ (ନି.ପ୍ର.)-ମେ ଆଠ ତାରିଖ ପାହାନ୍ତିଆ ତିନିଟା ବେଳେ । ଶ୍ରୀ ଅଶୋକ ମାଇତି ନାମରେ ଜଣେ ଲୋକ ମାଣିଖମ୍ବ ଅଞ୍ଚଳରୁ ଚୋରି କରିବାକୁ ଉଦ୍ୟମ କରୁଥିଲା ବେଳେ ସ୍ଥାନୀୟ ଟାଉନ ଥାନାର ଏ.ଏସ୍.ଆଇ. ଖୁବ୍ ତତ୍‌ପରତାର ସହିତ ଆସାମୀକୁ ଧରି ହାଜତକୁ ପଠାଇଛନ୍ତି। ଏହି ଆସାମୀର ଘର ଖାନଖୋଲା ହୁଗୁଳି ବୋଲି ଜଣାଯାଇଛି ଏବଂ ସେ ବଡ଼ ବଡ଼ ଚୋରି ଅପରାଧରେ ସଂପୃକ୍ତ ବୋଲି ସନ୍ଦେହ କରାଯାଉଛି।

ସବୁ ଘଟଣା ଦୁର୍ଘଟଣା ଅତିକ୍ରମ କରି ପ୍ରଶାନ୍ତିର ସୁଖ ଫେରାଇ ଆଣିବାକୁ ଅନେକ ଚେଷ୍ଟା କରିଥିଲି। ଋଣ କରି ପ୍ରଶାନ୍ତି ପାଇଁ ସୁନ୍ଦର ସୁନ୍ଦର ଶାଢ଼ି କିଣିଲି। ନୂଆ ଡିଜାଇନ୍‌ର ଗହଣା ତିଆରି କରିଦେଲି। ମୁଁ ଦେଖିଲି ପ୍ରଶାନ୍ତି ସେଗୁଡ଼ା କିଛି ବ୍ୟବହାର କରୁନାହିଁ। କେବଳ ଆଲମିରାରେ ସାଇତି ରଖୁଛି। ଦିନେ ସକାଳେ ବିଛଣାରୁ ଉଠି ଦେଖିଲି ପ୍ରଶାନ୍ତି ଆଲୁଳାୟିତ ବେଶବାସରେ ନିଷ୍ପଲକ ଆଖିରେ ବସିଛି। ଆଲମିରା ଖୋଲା। ମୁଁ ହଠାତ୍ କିଛି ବୁଝିପାରିଲି ନାହିଁ। ପ୍ରଶାନ୍ତି ବାରିପଟେ କବାଟ ଆଡ଼େ

ଆଙ୍ଗୁଠି ଦେଖାଇଲା। ମୁଁ ଦେଖିଲି ବାରିପଟ ମେଲା। କିଛି ସମୟ ପରେ ବୁଝିପାରିଲି ଋଣ କରି ପ୍ରଶାନ୍ତି ପାଇଁ ଦୋକାନମାନଙ୍କରୁ ଯେଉଁ ସୁଖ ସବୁ ଆଣି ଆଲମିରାରେ ସାଇତି ଥିଲି, ସେଗୁଡ଼ା କେଉଁ ଏକ ଅଜଣା ଆସାମୀ ହାତରେ ରାତିର ଅନ୍ଧକାରରେ ଚାଲାଣ ହୋଇଯାଇଛି। କାରଣ ପ୍ରଶାନ୍ତି ସବୁବେଳେ ନିଘୋଡ଼ ନିଦରେ ଶୁଏ ଯେମିତି ସେ ବର୍ତ୍ତମାନ ଶୋଇଯାଇଛି।

ଉତ୍କଟ ଖାଦ୍ୟ ଓ କିରାସିନି ଅଭାବ: ଆଳି, ୧୦/୫ (ନି.ପ୍ର.)- ବର୍ତ୍ତମାନ ଏ ଅଞ୍ଚଳରେ ଉତ୍କଟ ଖାଦ୍ୟାଭାବ ସାଙ୍ଗକୁ କିରାସିନି ଅଭାବ ମଧ୍ୟ ଦେଖାଦେଇଛି। ଏଠାରେ ଚାଉଳ କିଲୋ ପ୍ରତି ଟ.୨-୫୦, ଅଟା କିଲୋ ପ୍ରତି ଟ.୨-୫୦ ପଇସାରେ ବିକ୍ରୟ ହେଲାଣି । ଏହା ବ୍ୟତୀତ କିଲୋ ପ୍ରତି ସୁଜି ଟ.୩.୦୦, ଡାଲଡା ଟ.୧୪.୦୦ ଦରରେ ବିକ୍ରି ହେଉଛି। ଗତ ୨ ମାସ ଧରି କିରାସିନି ଲିଟର ଟ.୧.୫୦ ଦରରେ ମଧ୍ୟ ମିଳୁନି। ଏଠାକାର ଶତକଡ଼ା ୯୫ ଭାଗ ଲୋକ ଖଟିଖିଆ । ସେମାନେ କୌଣସି କାମଧନ୍ଦା ନ ପାଇ ଭୋକ ଉପାସରେ ଦିନ କାଟୁଛନ୍ତି। ସରକାର ତୁରନ୍ତ ପ୍ରତି ପଞ୍ଚାୟତରେ ୨/୩ଟି କରି ବିକ୍ରୟ କେନ୍ଦ୍ର ଖୋଲି ଖାଦ୍ୟଦ୍ରବ୍ୟ ଓ କିରାସିନି ଯୋଗାଇ ଦେବାକୁ ଦାବି ହେଉଛି ।

ମୁଁ ଏଥର ଖବରକାଗଜ ମୋଡ଼ିମାଡ଼ି ମୁଣ୍ଡ ଆଡ଼େ ଫିଙ୍ଗିଦେଲି। ଆଉ ଖବର କାଗଜ କିଣିବି ନାହିଁ। ସବୁଦିନେ ସେଇ ଏକ ପ୍ରକାର ଖବର। ବିକ୍ଷୋଭ, ଆନ୍ଦୋଳନ, ଧର୍ମଘଟ, ଚୋରି, ଘରପୋଡ଼ି, ଆତ୍ମହତ୍ୟା, ଦରବୃଦ୍ଧି, ଅନାହାର ମୃତ୍ୟୁ-। ବିଶେଷ ସଂବାଦ ଆଉ କ'ଣ ? ପ୍ରଶାନ୍ତି ନିଦରେ ତା ବେକ କୁଣ୍ଡାଇ ହେଲା। ବେକରେ ମଶା ବସିଥିଲା ବୋଧହୁଏ। ପ୍ରଶାନ୍ତି ଦେହରେ ରକ୍ତ ନାହିଁ। ଗୋରା ଦେହ ଶେତା ପଡ଼ିଗଲାଣି । ତା' ଉପରେ ମଶାର ଶୋଷଣ। ପ୍ରଶାନ୍ତି ଚମତ୍କାର ଭଙ୍ଗିରେ ମୋ ଆଡ଼େ ବୁଲି ଶୋଇଲା। ମୁଁ ଦେଖିଲି ତା' ବ୍ଲାଉଜ୍‌ର ଉପର ବୋତାମ ଖୋଲା। ମୁଁ ଖୁବ୍ ଭିତରେ ଖୁବ୍ ସୂକ୍ଷ୍ମ ଭାବରେ ଶୃଙ୍ଗାରର ଉତ୍କଣ୍ଠା ଅନୁଭବ କଲି। ମୋ କାନ ପାଖ ଦେଇ ସୁଁ କରି ଗୋଟିଏ ମଶା ଉଡ଼ିଗଲା। ମୁଁ ଉଠି ମଶାରି ପକାଇ ଦେଲି। ଏବେ ମୁଁ ଓ ପ୍ରଶାନ୍ତି ବେଶ୍ ସୁରକ୍ଷିତ। ପ୍ରଶାନ୍ତିକୁ ଡାକିଲି। ସେ କ୍ଷୀଣ ସ୍ୱରରେ କେବଳ ଉଁ ଉଁ ହେଲା। କିନ୍ତୁ ଉଠିଲା ନାହିଁ। ମୁଁ ଆଲୁଅ ଲିଭାଇ ଦେଲି। ତା' ଆଡ଼େ ମୁହଁ କରି ଶୋଇଲି । ମୋ ଦେହ ଆଉ ତା' ଦେହ ମଝିରେ ପଡ଼ିଥିବା ତା'ର ଦୁର୍ବଳ ହାତଟା ଉଠାଇ ଧରି ମୁଁ ତା' ପାଖକୁ ଘୋଷାରି ଗଲି ଏବଂ ତା' ହାତଟା ମୋ ଅଣ୍ଟାରେ ପକାଇ ଦେଲି। ରୋଗୀର ନିଃଶ୍ୱାସ ଭଳି ତାର ତାତିଲା ନିଃଶ୍ୱାସ ମୋ ଗାଲରେ ବାଜିଲା। ଠିକ୍ ସେଇ ସମୟରେ ଅନୁଭବ କଲି ଅନ୍ଧକାରରେ ମଶାରି ଭିତରେ ବି

ଗୋଟିଏ ମଶା ବିରକ୍ତିକର ଶବ୍ଦ କରି ଉଡ଼ି ବୁଲୁଛି। ହାତଟାକୁ ଶବ୍ଦଭେଦୀ ଅସ୍ତ୍ର କରି ଘୂରାଇ ଆଣିଲି। ଡାହାଣ ହାତରେ ବ୍ଲାଉଜ୍‌ର ବୋତାମ ଖୋଲିଲା ବେଳେ ମନେ ହେଲା ମଶାଟା ଡାହାଣ ହାତ ପାପୁଲିର ପିଠି ଉପରେ ବସିଛି। ହାତଟା ଜୋରେ ବିଞ୍ଚି ଦେଲା ମାତ୍ରେ ସେଇଟା ଉଡ଼ିଗଲା। ମୁଁ ପ୍ରଶାନ୍ତିକୁ ଆଉଥରେ ଡାକିଲି। ସେ ସେମିତି ନିର୍ଜୀବ ଭାବରେ ପଡ଼ି ରହିଥିଲା। ମୋର ଇଚ୍ଛା ହେଲା ପ୍ରଶାନ୍ତି ହଠାତ୍ ଉଠି ମୋର କଣ୍ଠ ସଂଲଗ୍ନା ହୋଇ କାନପାଖରେ କହନ୍ତା କି- ପୃଥିବୀରେ ଯେତେ ବିପ୍ଳବ ହେଉ ପଛକେ ମୁଁ ତୁମକୁ ଭଲ ପାଏ। ହଠାତ୍ ମଶାଟା ମୋ କାନ ପାଖରେ ସେଇ ବିରକ୍ତିକର ଶବ୍ଦ କରି ଦୂରକୁ ଉଡ଼ିଗଲା। ପ୍ରଶାନ୍ତିର ନରମ ଗାଲରେ ଓଠ ଲଗାଇଲା ବେଳେ ମୋର ଇଚ୍ଛା ହେଲା ସେ ନିଦରୁ ଉଠି ମୋର ଗାଲରେ ଓଠ ଲଗାନ୍ତା କି। ଠିକ୍ ସେଇ ସମୟରେ ମଶାଟା ମୋ ଗାଲରେ ତା'ର ଶୁଣ୍ଢ ପୂରାଇ କିଛି ରକ୍ତ ଶୋଷି ନେଲା। ମୁଁ ନିଜ ଗାଲରେ ଖୁବ୍ ଜୋରେ ଚାପୁଡ଼ାଟାଏ ମାରିଲି ଏବଂ ଉଠି ଆଲୁଅ ଜଳାଇଲି ।

ତଥାପି ମଶାମାନେ କେଉଁଠି କେଉଁ ଏକ ସନ୍ଧିରେ ରହି ବିରକ୍ତିକର ଆୱାଜ୍ କରୁଥିଲେ । ମୁଁ ଚୁପ୍‌ଚାପ୍ ମଶାରି ଭିତରେ ବସିରହି ପ୍ରଶାନ୍ତିକୁ ଦେଖିଗଲି। ମୁଁ ଜାଣେ ଆଉ ଗୋଟିଏ ନୂଆ ସୂର୍ଯ୍ୟୋଦୟ ନ ହେଲା ପର୍ଯ୍ୟନ୍ତ ସେ କେବେହେଲେ ଉଠିବ ନାହିଁ। ତାକୁ ଆଉ ଡାକିବା ବୃଥା। ମୁଁ ଧୀରେ ଧୀରେ ତାକୁ ବିବସ୍ତ୍ର କଲି ଏବଂ ଚିତ୍ କରି ଶୁଆଇ ଦେଲି । ହଠାତ୍ ମତେ ମନେ ହେଲା ମଶାରି କୋଣରୁ କେଉଁ ଏକ ଅଜଣା ରାସ୍ତା ଦେଇ ଗୋଟିକ ପରେ ଗୋଟିଏ ମଶା ପଶି ଆସୁଛନ୍ତି। ଗୋଟିକୁ ଦେଖିଲି ମୁଣ୍ଡ ଆଡ଼େ ମଶାରି ଦେହରେ ବସି ରହିଛି। ମୁଁ ଖୁବ୍ ରାଗରେ ତାକୁ ଦୁଇ ପାପୁଲି ଘେରକୁ ଆଣି ଚାପିଦେଲି। ତାଳି ମାରିବାର ଶବ୍ଦ ହେଲା ଓ ହାତକୁ କେବଳ କାଟିଲା। ଆଉ ଗୋଟାକୁ ଦେଖିଲି ପ୍ରଶାନ୍ତିର ଖୋଲା ଛାତିରେ ଆରାମ୍‌ରେ ବସି ତାର ଶୁଣ୍ଢ ଭିତରକୁ ରକ୍ତ ଚାଲାଣ କରି ଦେଉଛି। ସେଇ ଆଡ଼କୁ ଲକ୍ଷ୍ୟ କରି ହାତ ଉଠାଇଲା ମାତ୍ରେ ସେଠାରୁ ଅଦୃଶ୍ୟ। ତା'ପରେ ଏକ ସମୟରେ ମନେହେଲେ ମୋ ପିଠିରେ ଗୋଟିଏ ମଶା ତା'ର ଶୁଣ୍ଢ ପୂରାଇ ଦେଉଛି ଏବଂ ଆଉ ଗୋଟିଏ ମଶା ତିଳ ଚିହ୍ନ ଭଳି ପ୍ରଶାନ୍ତିର ଗାଲ ଉପରେ ବସି ଯାଉଛି ଏବଂ ମୋ କାନ ପାଖରେ ଆଉ ଗୋଟିଏ ବିକ୍ଷୋଭ କରୁଛି ଏବଂ ପ୍ରଶାନ୍ତିର ପେଟ ଉପରେ ଏବଂ ମୋ ବାହୁରେ ଏବଂ ପ୍ରଶାନ୍ତିର ଜଙ୍ଘରେ ଏବଂ ମୋ ଗାଲରେ ଏବଂ ପ୍ରଶାନ୍ତିର ପାଦରେ ଏବଂ ମୋ କପାଳରେ ଏବଂ ପ୍ରଶାନ୍ତିର ଧଳା ଦେହର ସର୍ବତ୍ର ଅସଂଖ୍ୟ ତିଳଚିହ୍ନ ଭଳି ମଶାମାନେ ବସି ଯାଇଛନ୍ତି।

ମୁଁ ନିରୁପାୟ ହୋଇ ଆଲୁଅ ଲିଭାଇ ଶୋଇଯିବା ପୂର୍ବରୁ ଦେଖିଲି ପ୍ରଶାନ୍ତିର

ସୁନ୍ଦର ଗୋରା ଦେହ ଗୋଟିଏ ଖବର କାଗଜ ହୋଇ ଯାଇଛି ଏବଂ ଅସଂଖ୍ୟ ତିଳଚିହ୍ନ ଭଳି ବସିଥିବା ମଶାମାନେ ଅକ୍ଷର ହୋଇ ଯାଇଛନ୍ତି ଏବଂ ପରିଷ୍କାର ପଢ଼ିଗଲି ବିଶେଷ ସମ୍ବାଦ ସବୁ- ରେଳ ବସ୍ କର୍ମଚାରୀ ଓ ସମସ୍ତ ଶ୍ରମିକ ଧର୍ମଘଟ, ବିକ୍ଷୋଭ, ଧାନ, ଚାଉଳ, କିରାସିନି, ପେଟ୍ରୋଲ୍, ଲୁଗାପଟା, କାଗଜ ଇତ୍ୟାଦିର ଅସମ୍ଭବ ଦରବୃଦ୍ଧି, ଚୋରି, ଘରପୋଡ଼ି, ଆତ୍ମହତ୍ୟା, ଅନାହାର ମୃତ୍ୟୁ ଏବଂ ପୃଥିବୀକୁ ଭୀଷଣ ବେଗରେ ଏକ ଅବଶ୍ୟମ୍ଭାବୀ ବିପ୍ଳବ ମାଡ଼ି ଆସିବାର ସୂଚନା ।

■

ଯକ୍ଷିଣୀ ରାତି

ଅର୍ଚ୍ଚନା ନାୟକ

ଟ୍ରେନ୍ କମ୍ପାର୍ଟମେଣ୍ଟର ଦୁଇଚକିଆ ବର୍ଥର ତଳ ସିଟ୍‌ରେ ଆରାମରେ ଗୋଡ଼ ଲମ୍ବାଇ ବସି ମୁଁ ବାହାରକୁ ଚାହିଁଥାଏ।

ଶରତ ରାତିର ପରିଚ୍ଛନ୍ନ ଉଜ୍ଜ୍ୱଳ ଆକାଶ।

ଏକ ନିର୍ଜନ ନିକାଂଚନ ଜହ୍ନ ଧଉଳା ପାହାଡ଼ ଓ ଶ୍ୟାମଳ ପ୍ରାନ୍ତର ଘେରା ଏକ ରମଣୀୟ ଜଗତ ଭିତରେ ସତେ ଯେମିତି ଟ୍ରେନ୍‌ଟି ପହଁରି ପହଁରି ଯାଉଥିଲା। କରେ କରେ ଲହଡ଼ା ମାରୁଥିଲା କାଶତଣ୍ଡୀ ଫୁଲ । ମନେ ହେଉଥିଲା ଟ୍ରେନ୍‌ରୁ ହାତ ବଢ଼ାଇ ଦେଲେ ମୁଁ ଯେମିତି ଛୁଇଁପାରିବି ସେ ଶୁଭ୍ର କୋମଳ ଲହରୀକୁ ।

କେତେବେଳେ ଜହ୍ନ ଆକାଶରୁ ଅପସରି ଗଲାଣି ମୋର ଖିଆଲ ହୋଇନି। ବାହାରେ କେମିତି ଏକ ଅସ୍ପଷ୍ଟ ଆଲୋକର ଛାଇ ।

ହଠାତ୍ ମତେ କାହିଁକି କେଜାଣି କେମିତି ଗୋଟାଏ ଅସ୍ୱସ୍ତିକର ଅନୁଭବ ହେଲା । ଭିତରେ ଏକ ଅଦ୍ଭୁତ ଅସ୍ଥିରତା । ମୁଁ ଛଟପଟ ହେବାକୁ ଆରମ୍ଭ କଲି । ମୋ ପେଟ ଭିତରୁ କେମିତି ଗୋଟାଏ ଚିତ୍କାର ଉଠିଆସି ଅଟକି ଯାଉଥିଲା ମୋ ତଣ୍ଟି ପାଖରେ। ଇଚ୍ଛା ହେଉଥିଲା ଟ୍ରେନ୍ ଭିତରୁ ବାହାରକୁ ଡେଇଁପଡ଼ିବି, ନହେଲେ ମୋର ନିଃଶ୍ୱାସ ହୁଏତ ବନ୍ଦ ହୋଇଯିବ। କିନ୍ତୁ ଦୁଇଟାଯାକ ଝରକାତ ଖୋଲା ଅଛି, ବେଶ୍ ପବନ ଆସୁଛି ଭିତରକୁ । ତଥାପି ଅଣନିଃଶ୍ୱାସୀ ଲାଗୁଛି କାହିଁକି !

ମୁଁ ବ୍ୟତିବ୍ୟସ୍ତ ହୋଇ ଠିଆ ହୋଇପଡ଼ିଲି। କାହାକୁ ଡାକିବି କ'ଣ କରିବି ବୁଝିପାରିଲିନି। ସମସ୍ତେ ଏଠି ଅପରିଚିତ ଯାତ୍ରୀ, ପୁଣି ନିଘୋଡ଼ ନିଦରେ ଶୋଇଛନ୍ତି।

କାହାକୁ ଡାକିବି ! ପାଣି ଗ୍ଲାସଟେ ପିଇଲି। ଶୋଇବାକୁ ଚେଷ୍ଟାକଲି। କିନ୍ତୁ ଅସ୍ୱସ୍ତିବୋଧ କୌଣସି ପ୍ରକାରେ ଊଣା ହେଲାନି, ପୁଣି ଉଠିବସିଲି ।

ମୋ ଆଖି ତଳଉପର ସବୁ ବର୍ଥ ଉପରେ ଘୂରିଆସିଲା । ହଠାତ୍ ମୋ ଦୃଷ୍ଟି ପଡ଼ିଲା ମୋ ସିଟ୍‌ର ଠିକ୍ ବିପରୀତ ଦିଗରେ ଥିବା ସିଟ୍‌ରେ ଜଣେ ଯାତ୍ରୀ ଶୋଇବା ଅବସ୍ଥାରେ ମତେ ଚାହିଁଛି । ମୋ ଦେହରେ କେମିତି ବିଜୁଳି ଚରିଗଲା। ସେ ମତେ ସେମିତି ଚାହିଁଥାଏ ଏକ ଆଖିରେ। ମୋ ଅସ୍ୱସ୍ତିବୋଧ ଆହୁରି ବଢ଼ିଗଲା । ମୋର କାହିଁକି ମନେହେଲା ମୋର ଏ ଅବସ୍ଥା ପାଇଁ ସେହି ଲୋକ ହିଁ ଦାୟୀ । ମୁଁ ତାକୁ ବିରକ୍ତିରେ ଚାହିଁଲି । ତା'ର କୌଣସି ପ୍ରତିକ୍ରିୟା ହେଲାନାହିଁ; ତା' ଦୃଷ୍ଟି ଯେପରି ମୋ ଉପରେ ସ୍ଥିର ହୋଇଯାଇଛି ।

ମୁଁ ତାକୁ ପଛ କରି ବସିଲି, ହେଲେ ମତେ ଲାଗିଲା ଯେପରି ଦୁଇଟା ତୀକ୍ଷ୍ଣ ଛୁଞ୍ଚି ମୋ ମୁଣ୍ଡ ପଛରୁ କେହି ଡ୍ରିଲ୍ କରି ଭର୍ତ୍ତି କରୁଛି ।

ଏଥର ମୁଁ ନିଃସନ୍ଦେହ ହେଲି ଯେ ସେହି ଲୋକ ହିଁ କିଛି ଅପଶକ୍ତି ପ୍ରୟୋଗ କରୁଛି ମୋ ଉପରେ। ମୁଁ ମନକୁ ଦୃଢ଼ କଲି। କିନ୍ତୁ ତାକୁ ବାଧାଦେବା ପାଇଁ ମୋ ସତ୍ତା ଭିତରେ ପ୍ରତିରୋଧର ପ୍ରାଚୀରଟିଏ ଠିଆ ହେଉ ହେଉ ଭୁଶୁଡ଼ି ପଡୁଥାଏ। ମୋର ଶକ୍ତି କମିଗଲା। ମୁଁ ସେ ଲୋକର କାର୍ଯ୍ୟ ସଂପର୍କରେ ସଚେତନ ଥିଲେ ମଧ୍ୟ ବାଧା ଦେବାର ସାମର୍ଥ୍ୟ ହରେଇ ନିସ୍ତେଜ ହୋଇପଡ଼ିଲି। ଅନୁଭବ ହେଲା ମୋର ସର୍ବାଙ୍ଗରୁ ସତେକି ସମସ୍ତ ପ୍ରାଣଶକ୍ତି ଅପସରି ଯାଉଛି । ମୁଁ ସେହି ବର୍ଥ ଉପରେ ଏକ ଜୀବନ୍ତ ଜଡ଼ପିଣ୍ଡ ପରି ପଡ଼ିରହିଲି। ମୋର ମନ କିନ୍ତୁ ଠିକ୍ କାମ କରୁଥାଏ । ଚାହୁଁଥାଏ ସେ ଅପଶକ୍ତିର ମୁକାବିଲା କରିବା ପାଇଁ; କିନ୍ତୁ ଦେହ ତାକୁ ସହଯୋଗ କରିବା ଅବସ୍ଥାରେ ରହିଲା ନାହିଁ।

ମୁଁ ଦେଖୁଥାଏ ସେ ଧୀରେ ଧୀରେ ତା' ସିଟ ଛାଡ଼ି ମୋ ସିଟ୍ ପାଖରେ ଆସି ଠିଆ ହେଲା। ମତେ ଲାଗିଲା ସତେ ଯେମିତି ଅଜଗରଟାଏ ପାଟିମେଲେଇ ଆସୁଛି ତା'ର ସମ୍ମୋହିତ ହୋଇପଡ଼ିଥିବା ଶିକାରକୁ ବିନା ବାଧାରେ ଆତ୍ମସାତ କରିବାପାଇଁ ।

କିଛି ସମୟ ପରେ ସେ କରିଡ଼ର ଭିତରେ ଆଗେଇଲା ଓ ମୁଁ ମନ୍ତ୍ରଚାଳିତ ପରି ଉଠି ତା' ପଛରେ ଚାଲିଲି । ସେ ଚେନ୍ ଟାଣିଲା, ଗାଡ଼ି ଅଟକିବା ସଙ୍ଗେ ସେ ଓହ୍ଲାଇ ପଡ଼ିଲା ତଳକୁ । ମୁଁ ମଧ୍ୟ ତା' ପଛେ ପଛେ ଓହ୍ଲାଇଗଲି। ବୁଦବୁଦିକିଆ ଜଙ୍ଗଲ ଥିଲା। ସେ ସେଇ ବଣବୁଦା ଭିତରେ ଆଗକୁ ବାଟ କରି କରି ଆଗଉଥାଏ ଓ ମୁଁ ତା' ପଛରେ ।

ପଛରୁ ଟ୍ରେନ୍‌ର ଶବ୍ଦ ମୁଁ ଶୁଣିପାରିଥିଲି। କେତେବାଟ ସେମିତି ଚାଲିଛି

ଜାଣେନି । ଆଗରେ ନକ୍ଷତ୍ରର ଆଲୋକରେ ଦେଖାଯାଇଥିଲା ନାତିବୃହତ ପାହାଡ଼ଟାଏ । ଆମେ ସେଇ ଦିଗରେ ଆଗଉଥିଲୁ । ହଠାତ୍ କିଛି ବାଦ୍ୟଧ୍ୱନି ଶୁଣାଗଲା । ମନେ ହେଉଥିଲା କିଛି ଲୋକ ମିଳିତ ଭାବରେ କେତେଗୁଡ଼ିଏ ବାଦ୍ୟ ଏକାଠି ବଜାଉଛନ୍ତି ।

ମୁଁ ଯେତିକି ଆଗେଇ ଚାଲିଥିଲି ସେ ବାଦ୍ୟଧ୍ୱନି ସେତିକି ସ୍ପଷ୍ଟ ଶୁଣାଯାଉଥିଲା । ମୋର ମନ ହେଉଥିଲା ସେ ଧ୍ୱନିର ତରଙ୍ଗ ମତେ କେତେବେଳେ ଆକାଶକୁ ଉଠାଇ ନେଉଥିଲାତ ପରମୁହୂର୍ତ୍ତରେ ମତେ ଫେରେଇ ନେଉଥିଲା ମୋର ମାତୃଗର୍ଭକୁ। ମୁଁ ପହଁରି ପହଁରି ଚାଲୁଥିଲି। ମୋର ପାଦ ମାଟି ସ୍ପର୍ଶ କରୁନଥିଲା ।

ମୁଁ ଦିଗ ଜାଣେନି । ଲକ୍ଷ୍ୟ ମୋ ପାଇଁ ନିର୍ଦ୍ଦିଷ୍ଟ ନୁହେଁ । ପଥ ପରିଚୟ ନାହିଁ । ଅଥଚ ମୁଁ ଭାସିଚାଲିଛି କେଉଁ ଅଜଣା ଦିଗରେ, କେଉଁ ଅଜଣା ଶକ୍ତିର ଆକର୍ଷଣରେ! ....କାହିଁ ସେ କଳା ଛାଇଟାତ ଆଗରେ ଆଉ ଦିଶୁନି; ଯିଏ ମତେ ଟ୍ରେନ୍‌ର ନିରାପଦ ଆଶ୍ରୟ ଭିତରୁ ଏକପ୍ରକାର ବାଧ୍ୟ କରି ଟାଣି ଆଣିଲା ଏଇ ଘନ ଅରଣ୍ୟ ଭିତରକୁ । କାହିଁ ସେ ! ଯଦିବା ସେ ଲୋକର ଚେହେରା ପ୍ରତି ମୋ ଭିତରେ ବୀତସ୍ପୃହତା ଥିଲା, ତା' ଆଖିରେ ସେଇ ଅଦ୍ଭୁତ କୁଟିଳ ଚାହାଣି ମୋ ପାଇଁ ଏକପ୍ରକାର ଆତଙ୍କପ୍ରଦ ଥିଲା, ତା'ର ଉପସ୍ଥିତିରେ କେମିତି ଏକ ଭୀତପ୍ରଦ ଅବସ୍ଥିତି ରହୁଥିଲା, ତଥାପି ଏତେ ବେଶି ନିର୍ଜନତା ଓ ନିକାଞ୍ଚନତା ଭିତରେ ଏକାକୀ ଥିବା ବେଳେ ମନେ ହେଉଛି ସେ ଅନ୍ତତଃ ଥାଆନ୍ତା କି ଆଖପାଖରେ !

ମୁଁ ବହୁତ ଆଗକୁ ଚାଲି ଆସିଥିଲି। ଜହ୍ନ ବହୁ ଆଗରୁ ଅସ୍ତାଚଳକୁ ଓହ୍ଲାଇ ସାରିଥିଲା । ଏବେ ଖାଲି ନକ୍ଷତ୍ରାଲୋକରେ ଝାପସା ଝାପସା ଦୃଶ୍ୟ ।

ଏକ ବିରାଟ ପୁଷ୍କରିଣୀ ପାଖରେ ମୋ ଗତି ସ୍ଥିର ହୋଇଗଲା । ପୁଷ୍କରିଣୀର ସ୍ୱଚ୍ଛ ଜଳଦର୍ପଣ ଉପରେ ପ୍ରତିବିମ୍ବିତ ହେଉଥିଲା ନକ୍ଷତ୍ରଖଚିତ ଆକାଶର ଛବି। ଜାଲଜାଲୁଆ ଅନ୍ଧାର ସହିତ ଆଖି ଟିକେ ଅଭ୍ୟସ୍ତ ହୋଇଯାଇଥିଲା। ମତେ ସବୁ ପ୍ରାୟ ସ୍ପଷ୍ଟ ଦେଖାଯିବାକୁ ଆରମ୍ଭ କଲା । ମୁଁ ସେଇଠି ଠିଆ ହୋଇ ବିଭିନ୍ନ ଦିଗକୁ ଚାହିଁ ସେ ସ୍ଥାନ ବିଷୟରେ କିଛିଟା ଅନୁମାନ କରିବାକୁ ଚେଷ୍ଟା କରୁଥାଏ ।

ହଠାତ୍ ମୋ ଆଖି ଗୋଟିଏ ଦୃଶ୍ୟରେ ସ୍ଥିର ହୋଇଗଲା। ପୁଷ୍କରିଣୀ ଭିତରେ ଅଣ୍ଟାଯାଏ ଜଳରେ କେହି ଜଣେ ମତେ ପଛକରି ଠିଆ ହୋଇଛନ୍ତି । କିଏ ଇଏ? ମୁଁ ଭଲ ଭାବରେ ନିରୀକ୍ଷଣ କଲି। ଦେଖିପାରିଲି କେହି ଜଣେ ପୁରୁଷ ବ୍ୟକ୍ତି ମତେ ପଛକରି ଜଳରେ ଠିଆ ହୋଇଛନ୍ତି । ତାଙ୍କର ପୃଷ୍ଠଭାଗ ଅନାବୃତ, ମୁଣ୍ଡର କେଶ କାନ୍ଧ ତଳକୁ ଝୁଲିରହିଛି । ସେ ଦୁଇ ପାପୁଲିରେ ଆଞ୍ଜୁଳାଏ ଜଳ ଉପରକୁ ଟେକି

ଧ୍ୟାନମୁଦ୍ରାରେ କ'ଣ ସବୁ ମନ୍ତ୍ର ପାଠ କରୁଛନ୍ତି।

ସେ ଧ୍ୱନି କ୍ରମଶଃ ଗୁଞ୍ଜରଣରୁ ଗହ ଗହ ହୋଇ ଶୁଣାଗଲା। କିନ୍ତୁ ତାକୁ ବୁଝିବା ମୋ ପକ୍ଷରେ ସମ୍ଭବ ନଥିଲା । ମୁଁ କେବଳ ଚାହିଁରହିଥିଲି ।

ସେ ମନ୍ତ୍ରପାଠ ପରେ ଫେରିବା ପାଇଁ ବୁଲିପଡ଼ିଲେ। ତାଙ୍କର ଥିଲା ଦୀର୍ଘକାୟ ରଜୁ ଶରୀର, ପ୍ରଶାନ୍ତ ଲଲାଟପଟ,ଉନ୍ନତ ନାସା ଓ ଦୁଇଟି ଦୀର୍ଘ ଆୟତ ଆଖି । ତାକୁ ଦେଖି ମୋର ମନେ ହେଲା ସେ ସତେ ଯେମିତି କେଉଁ କାବ୍ୟପତ୍ରରୁ ସିଧା ବାହାରି ଆସିଛନ୍ତି। ସେ ଯେତେ ନିକଟେଇ ଆସିଲେ ମନେହେଲା ମୁଁ ତାଙ୍କୁ ଜାଣିଛି । କିନ୍ତୁ କେଉଁଠି କିପରି ଭାବରେ ଜାଣିଛି ଭାବି ସ୍ଥିର କରିବା ପୂର୍ବରୁ ହିଁ ମୁଁ ହଠାତ୍ ତାଙ୍କ ଉଦ୍ଦେଶ୍ୟରେ ସମ୍ବୋଧନ କଲି, "ଅବିନାଶ" ଏ ନାଁରେ ମୁଁ କାହିଁକି ଡାକିଲି ଜାଣିପାରିଲିନି ।

ସେ କିନ୍ତୁ ମୁହୂର୍ତ୍ତକ ପାଇଁ ଅଟକି ଯାଇ ପୁଣି ଚାଲିବାକୁ ଆରମ୍ଭ କରିଥିବାରୁ ମୁଁ ତାଙ୍କ ଆଗକୁ ଦଉଡ଼ି ଆସି ବାଟ ଓଗାଳି ଠିଆ ହୋଇଗଲି ଓ ପଚାରିଲି, "ଅବିନାଶ" ତୁମେ ମତେ ଚିହ୍ନି ପାରୁନାହଁ ନା ନ ଚିହ୍ନିବାର ବାହାନା କରୁଛ ?"

ସେ ଠିଆହୋଇଗଲେ ଓ ସ୍ଥିର ଶାନ୍ତ ଦୃଷ୍ଟିରେ ମୋତେ ଚାହିଁ କହିଲେ, "ହଁ ଚିହ୍ନି ପାରୁଛି ।"

- "ଯଦି ଚିହ୍ନି ପାରୁଛ । ତେବେ ଅଟକି ନ ଯାଇ ଚାଲିଯାଉଛ ଯେ ?"

ମୋର ଅଭିଯୋଗଭରା ସ୍ୱର ମୋ ନିଜ କାନକୁ ମଧ୍ୟ ଅବାଗିଆ ଶୁଣାଯାଉଥିଲା ।

"ଅଟକି ରହିଯିବା କଥା ହୋଇଥିଲେ, ବହୁ ଯୁଗ ତଳେ ହିଁ ରହିଥାନ୍ତି।"

- "ତଥାପି ଏତେ ଯୁଗ ପରେ ମୋ ସହିତ ହଠାତ୍ ତୁମର ଭେଟ ହେଲା ଅଥଚ ତୁମେ ଟିକେ ବି ଆଶ୍ଚର୍ଯ୍ୟ ବା ଆନନ୍ଦ ପ୍ରକାଶ କରୁନାହଁ! ମୁଁ କିପରି ଏଠାକୁ ଆସିଲି ଜାଣିବାର କୌତୁହଳ ମଧ୍ୟ ତୁମର ନାହିଁ ?"

- "କୌଣସି ପ୍ରକାର ଆଶ୍ଚର୍ଯ୍ୟ ବା କୌତୂହଳ ଦ୍ୱାରା ମୋର ଚିତ୍ତବୃତ୍ତି ପ୍ରଭାବିତ ନୁହେଁ ।" ତାଙ୍କ ସ୍ୱର ବେଶ୍ ସ୍ୱାଭାବିକ ଥିଲା ।

ତାଙ୍କ କଥାରେ ମତେ ଖୁବ୍ ଅପଦସ୍ତ ଲାଗିଲା। ସତରେ ଏ ବ୍ୟକ୍ତି କିଏ ମୁଁ ତ ଜାଣେନା। ଅଥଚ ମୋର ଜଣେ ପରମ ଆତ୍ମୀୟଙ୍କ ପରି ମୁଁ ତାଙ୍କ ସହିତ କଥା ହେଉଛି। ପୁଣି ଅଭିଯୋଗ କରୁଛି, ଏହା କିପରି ସମ୍ଭବ! ମୁଁ ଚିନ୍ତାରେ ପଡ଼ିଯାଇଥିଲି । ହଠାତ୍ ଦେଖିଲି ଅବିନାଶ ସେ ଜଙ୍ଗଲ ରାସ୍ତାରେ ଆଗକୁ ଚାଲିଛନ୍ତି, ମତେ ଆଶ୍ଚର୍ଯ୍ୟ ଲାଗିବା ସତ୍ତ୍ୱେ ମୁଁ ତାଙ୍କ ପଛେ ପଛେ ଚାଲିବାକୁ ଲାଗିଲି। ମୁଁ କାହିଁକି ଓ କୁଆଡ଼େ

ଯାଉଛି ଏ ଚିନ୍ତା ମନକୁ ଆଦୌ ଆସୁନଥିଲା । ମୁଁ ପବନରେ ପହଁରି ପହଁରି ଯାଉଥିବା ପରି ଅନୁଭବ କରୁଥିଲି। ସେ ଥରକ ପାଇଁ ମଧ୍ୟ ପଛକୁ ଚାହୁଁ ନଥିଲେ। ନ ଚାହାନ୍ତୁ। ବର୍ତ୍ତମାନ ଏ ଘଞ୍ଚ ଅରଣ୍ୟର ଗଭୀର ନିକାଞ୍ଚନତା ଭିତରେ ମୋର ତାଙ୍କ ବ୍ୟତୀତ ଅନ୍ୟ ଗତି ବି କାହିଁ !

ସେ ପହଞ୍ଚିଲେ ଏକ କୁଟୀର ସାମ୍ନାରେ । ମୁଁ ତାଙ୍କୁ ଅପେକ୍ଷା ନ କରି କୁଟୀର ଭିତରକୁ ପ୍ରବେଶ କଲି । ପରିବେଶ ମତେ ପରିଚିତ ଲାଗୁଥିଲା। ଯେମିତି ମୁଁ ଆଗରୁ ଏଠି କେବେ ଥିଲି । କିନ୍ତୁ କେବେ ଥିଲି ? ସେଠି ସିଏ ଅଛି ତ ? ମୁଁ ଘରର ଚାରିପଟକୁ ଦଉଡ଼ିଗଲି । ଝାପ୍‌ସା ଆଲୁଅରେ ବେଶ୍ ବାରିହୋଇ ପଡୁଥିଲା ଧଳା ଧଳା ଫୁଲରେ ବୋଝେଇ ହୋଇଥିବା କାଠଚମ୍ପା ଗଛର ସୁରଭିତ ଅସ୍ତିତ୍ୱ ।

ତେବେ ମୁଁ ଏଠି କେବେ ଥିଲି ? ଅବିନାଶ ବୋଲି ଯାହାଙ୍କୁ ସମ୍ବୋଧନ କରୁଛି, ଯାହାଙ୍କ ପାଖରେ ଅଭିଯୋଗ କରୁଛି ସେ କିଏ ? ମୋର ତାଙ୍କ ସହିତ ସମ୍ପର୍କ କ'ଣ ? ସେ କୃଷ୍ଣ ସତ୍ତାଟି ମତେ ଏତେ ବାଟ ନେଇ ଆସିଲା ବା କାହିଁକି ? ମୋ ମନକୁ ହଠାତ୍ ଗ୍ରାସ କରିଗଲା ଏକ ଗଭୀର ବିଷାଦବୋଧ। ଗୋଟେ ଅନ୍ଧମୁହାଁଣିରେ ପଶିଯିବାର କଷ୍ଟ ଓ ସେଥିରୁ ବାହାରି ଆସିବାକୁ ନ ଚାହିଁବାର ଅଦ୍ଭୁତ ଦ୍ୱନ୍ଦ୍ୱ ଭିତରେ ମୁଁ ପଡ଼ିଯାଇଥିଲି।

କିନ୍ତୁ ଏ ଅବିନାଶ ବ୍ୟକ୍ତିଟି କରୁଛନ୍ତି କ'ଣ ! ମୋର ଉପସ୍ଥିତିକୁ ଆଦୌ ଧ୍ୟାନ ନଦେବା ପରି ଲାଗୁଛି; କିନ୍ତୁ ପ୍ରତ୍ୟାଖ୍ୟାନ ବି ତ ନାହିଁ। ଇଏ ଚାହାନ୍ତି କ'ଣ ? ମୁଁ ଦ୍ୱାର ବନ୍ଧ ପାଖରେ ଯାଇ ଦୃଢ଼ ଭାବରେ ଠିଆହେଲି । କୁଟୀରର ସେଇ ଛୋଟ ପ୍ରାଙ୍ଗଣଟି ଭିତରେ ସେ ଚୁପ୍ ହୋଇ ଠିଆ ହୋଇଥିଲେ ମୁଁ କିଛି ଶବ୍ଦ ଉଚ୍ଚାରଣ କରିବା ପୂର୍ବରୁ ସେ ମତେ ଆକାଶ ଆଡ଼େ ଚାହିଁବା ପାଇଁ ଇସାରା କଲେ ।

ଆକାଶରୁ ଅସ୍ତ ଯାଇଥିବା ଜହ୍ନ ପୁଣି କେତେବେଳେ ଅସ୍ତାଚଳ ଉପରକୁ ଉଠିଆସିଛି। ବେଶ୍ କିଛି ସମୟ ଏକାଗ୍ର ହୋଇ ଜହ୍ନକୁ ଚାହିଁ ରହିଲି । ମତେ ସ୍ପଷ୍ଟ ଦେଖାଗଲା ସେଥିରେ ବିଭିନ୍ନ ରଙ୍ଗର ଆଲୋକ ରଶ୍ମି ତରଙ୍ଗାୟିତ ହେଉଛି ଓ ମିଶିଯାଉଛି ମହାଶୂନ୍ୟରେ । ମୁଁ ସଚେତନ ହେଲି। ସେ ମୋ ନାମ ଧରି ଡାକୁଥିଲେ ସୁତପା, ସୁତପା। ସେ ଧ୍ୱନିର ସହସ୍ର ପ୍ରତିଧ୍ୱନି ସେଇ ନିର୍ଜନ ପରିବେଶକୁ ଗୁଞ୍ଜରିତ କରି ତୋଳୁଥିଲା। ମୋର ମନେହେଲା ମୋ ହୃଦୟ ଭିତରେ ଥିବା ଅସ୍ଫୁଟ ସହସ୍ର ତାର ବୀଣାରେ ସତେ ଯେମିତି କିଏ ଏକା ସାଙ୍ଗରେ ସ୍ୱରସଞ୍ଚାର କରିଦେଲା। ମୋର କେଉଁ ଅନ୍ତଃସ୍ଥଳରେ ଆତ୍ମଗୋପନ କରି ରହିଥିବା ସୁତପା କ୍ରମେ ବୃହତ୍ତରରୁ ବୃହତ୍ତର ହୋଇ ବାହାରି ଆସିଲା ଗଗନ ପବନରେ ପ୍ରସରି ଯିବାକୁ। ସେ ଏକ ଅନନ୍ୟ ଅନୁଭୂତି।

ଏକା ସାଙ୍ଗରେ ନିଜର କ୍ଷୁଦ୍ରତା ଓ ବୃହତ୍ତର ବ୍ୟାପ୍ତିର ଓତପ୍ରୋତ ଅନୁଭବ ପାଇବା କେମିତି ସମ୍ଭବ ହେଲା କେଜାଣି !

ଅବିନାଶ ମୋ ସାମ୍ନାରେ ଠିଆ ହୋଇଥିଲେ। ମୁଁ ଆଖିଖୋଲି ତାଙ୍କୁ ଚାହିଁଲି। ଏକ ଅଦ୍ଭୁତ ପ୍ରଶାନ୍ତିରେ ମୋର ମନ ଭରି ଯାଇଥିଲା ! ସେଥିରେ ନା କିଛି ଅଭିଯୋଗ ଥିଲା ନା କିଛି କୌତୂହଳ ଥିଲା । ଥିଲା ଏକ ପ୍ରଶାନ୍ତ ଶୂନ୍ୟତା।

- ମତେ ଚିହ୍ନିପାରିଲ ସୁତପା ?

ମୁଁ କେବଳ ମୁଣ୍ଡ ହଲାଇ ମୋର ସମ୍ମତି ଜଣାଇଲି ।

- ମୋ ବିରୋଧରେ କ'ଣ ତୁମର କିଛି ଅଭିଯୋଗ ଅଛି ?

- ନାଁ ତ।

- ଭଲ କରି ଭାବ । ତୁମକୁ ମୁଁ ଛାଡ଼ି ଆସିଛି ନା ତୁମେ ନିଜେ ରହିଯାଇଛ ।

- ମୁଁ ଜାଣେନି ।

- ଜାଣିବାକୁ ଚେଷ୍ଟା କର ।

- ମୋର ଯାହା ମନେହୁଏ, ତୁମେ ହିଁ ମୋଠାରୁ ଦୂରେଇ ଯାଇଛ।

- ଅନୁମାନ ଉପରେ ନିର୍ଭର କରନା, ଅନୁଭବ କରିବାକୁ ଚେଷ୍ଟା କର।

- ମୋ ପାଇଁ ଆଉ ପ୍ରହେଳିକା ସୃଷ୍ଟିକରନି ଅବିନାଶ।

- ଇଏ ପ୍ରହେଳିକା ନୁହେଁ ସୁତପା, ପୂରାପୂରି ବାସ୍ତବତା । ଶୁଣ, ମନେ ପକାଇବାକୁ ଚେଷ୍ଟା କର ତୁମେ ଏଠି କେବେ ଥିଲ କି ?

- ହଁ କିଛି ମନେପଡ଼ୁଛି.....ସେ ଫୁଲଭର୍ତ୍ତି କାଠଚମ୍ପା ଗଛ । ଯେଉଁଥିରୁ ପ୍ରତିଦିନ ତୁମେ କିଛି ଫୁଲ ତୋଳି ଆଣି ମତେ ଦେଉଥିଲ ଓ କହୁଥିଲ ଏ ଫୁଲ ରତିଦେବୀଙ୍କର ଖୁବ୍ ପ୍ରିୟ । ରତି କେବେ ଅଭିମାନ କଲେ କାମଦେବ ଏଇ ଫୁଲର ମାଳାଟିଏ ଆଣି ତାଙ୍କ ଜୁଡ଼ାରେ ପିନ୍ଧାଇ ଦିଅନ୍ତି। ସବୁ ଅଭିମାନ ଭୁଲିଯାନ୍ତି ସେ।

- ମୁଁ ତେବେ କାଠଚମ୍ପାର ମାଳଟିଏ ଗୁନ୍ଥି ଆଣେ । ଅବିନାଶଙ୍କ ସ୍ୱରରେ ଥିଲା ଏକ ଚଟୁଳ ରସିକତାର ସ୍ପର୍ଶ ।

ମୁଁ ଆହ୍ଲାଦ ଅନୁଭବ କଲି । କିନ୍ତୁ ମୁଁ ଆଉ ଅଧିକ କିଛିତ ମନେ ପକାଇ ପାରୁନି । ଭିତରେ ଫୁଟି ଆସୁଥିବା ଫୁଲଟିର ପାଖୁଡ଼ାଗୁଡ଼ିକ ପୁଣି ସବୁ ବୁଜି ହୋଇ ଆସିଲା । ସବୁ ଦ୍ୱାର ପଡ଼ିଗଲା ଯେମିତି....ଫର୍ଚ୍ଚା ଦିଶୁଥିବା ଦିଗନ୍ତରେ ଛାଇଗଲା ଅନ୍ଧାର । ମୁଁ ଆଖିବୁଜି ବସିରହିଲି...ସେଇ ପ୍ରଗାଢ଼ ଅନ୍ଧାର ଭିତରେ ଖୋଜୁଥିଲି ଆଲୋକର ରେଖାଟିଏ। କାଳେ କୋଉ ଦିଗଟି ଟିକେ ଝଲସି ଉଠିବ କି! ଦୃଶ୍ୟଟିଏ ରୂପ ନେବକି! କିନ୍ତୁ ନା ଅନ୍ଧାର ଖାଲି ଅନ୍ଧାର।

କେଉଁ ଦୂରରୁ ଯେମିତି ଭାସିଥିଲା ସ୍ୱରଟିଏ ସୁ...ତପା । ସେ ସ୍ୱର ମତେ ପୁଣି ଥରେ ଆକାଶକୁ ଉଠାଇ ନେଉଥିଲା ତ ପରକ୍ଷଣରେ ଫେରାଇ ନେଉଥିଲା ମୋର ମାତୃଗର୍ଭକୁ । ଏଇ ଦୁଇଟି ସ୍ଥିତିର କିଞ୍ଚିତ ଅନୁଭବ ମୋର ଘଟୁଥିଲା ମାତ୍ର ମଧ୍ୟବର୍ତ୍ତୀ ଅବସ୍ଥିତିର କୌଣସି ସୂଚନା ନଥିଲା ।

ଅବିନାଶଙ୍କର ସ୍ୱର ଏଥର ମତେ ସ୍ପଷ୍ଟ ଶୁଣାଗଲା । "ଶୁଣ ସୁତପା....ମୁଁ ଜାଣେ ତୁମେ ଅଧିକ କିଛି ମନେ ପକାଇ ପାରିବନି । ତେଣୁ ମୁଁ ତୁମକୁ ସାହାଯ୍ୟ କରୁଛି । ଦିନେ ତମେ ଏଇଠି ଥିଲ, ମୋ ସାଥୀରେ ଥିଲ । ରାତିର ଆକାଶରେ ଘଟୁଥିବା ନାକ୍ଷତ୍ରିକ ଅଦ୍ଭୁତଲୀଳା ଆମେ ଦେଖୁଥିଲେ ଓ ଦେଖୁଥିଲେ ଦିନର ପୃଥିବୀରେ ଜାଗତିକ କ୍ରିୟାର ବିଚିତ୍ର ସଂଚରନା । ଗୋଟିଏ ଛନ୍ଦରେ ଗତି କରୁଥିଲେ ଆମେ, ଗୋଟିଏ ସ୍ୱର ସ୍ପନ୍ଦିତ ହେଉଥିଲା ଆମ କଣ୍ଠରେ । ଆମ ଚଲାପଥ ଆଗକୁ ଆଗକୁ ପ୍ରସାରିତ ହୋଇ ଚାଲିଥିଲା ।

କିନ୍ତୁ ଅଚାନକ ସବୁ ସ୍ତବ୍ଧ ହୋଇଗଲା । ତୁମ ପାଦ ହରାଇ ବସିଲା ଛନ୍ଦ, ସୁର ହଜିଗଲା ତୁମ କଣ୍ଠରୁ । ତୁମେ ବାରବାର ଫେରିଚାହିଁଲ ପଛକୁ । ମୁଁ ମଧ୍ୟ ଅଟକିଗଲି; କିନ୍ତୁ ତୁମ ପାଇଁ ପଛକୁ ଫେରିପାରିଲି ନାହିଁ ବା ତୁମକୁ ସାଥିରେ ନେଇ ଆଗକୁ ଯିବା ଯେ ସମ୍ଭବ ନୁହେଁ ତା' ବୁଝିଗଲି । ଏତେଦିନ ଧରି ଅଭ୍ୟସ୍ତ ହୋଇଯାଇଥିଲା । ସାନ୍ନିଧ ହରାଇବା ଖୁବ୍ କଷ୍ଟକର ଥିଲା । ତେବେ ମୁଁ ଭାବିଲି ଯେଉଁଠି ସଂପର୍କ ଶିକୁଳି ହୋଇଯାଏ ତାକୁ ଛିଡ଼ାଇ ଦେବାକୁ ପଡ଼ିବ, ସମ୍ପର୍କ ଯଦି ବୋଝ ହୋଇଯାଏ ତାକୁ କାନ୍ଧରୁ ଓହ୍ଲାଇ ଦେବା ବ୍ୟତୀତ ଅନ୍ୟ ଉପାୟ ନାହିଁ ।

ତୁମେ ଫେରିଗଲ ତୁମର ସେଇ ଗତାନୁଗତିକ ଜୀବନକୁ, ତୁମର ଜଣାଶୁଣା ପରିଚିତ ପାର୍ଥିବ ସ୍ଥିତିକୁ । ଭାବିଦେଖ ତୁମେ ଯାହା ହରେଇଲ, ତା' ବଦଳରେ ପାଇଲ କ'ଣ ? ଯଦି କିଛି ସୁଖ ପାଇଛ ବୋଲି ଭାବୁଛ ସେ ସୁଖର ସଂଜ୍ଞା କ'ଣ କହିପାରିବ ?"

ମୁଁ ମୋର ସେଇ ସମ୍ମୋହିତ ସ୍ଥିତି ଭିତରୁ ପାଟିକରି ଉଠିଲି...... "ମୁଁ କିଛି ପାଇନି ଅବିନାଶ, ପାଇବା ପଛରେ କେବଳ ଧାଇଁ ଚାଲିଛି.... କେବଳ କ୍ଳାନ୍ତି....ବହୁତ କଷ୍ଟ ।"

"ତେବେ ତୁମେ କ'ଣ ଫେରିଆସିବାକୁ ପ୍ରସ୍ତୁତ ସୁତପା ?"

ମୋର ଯେମିତି କଣ୍ଠରୋଧ ହୋଇଗଲା । ଯଦି ମୁଁ ଜଗତରେ କିଛି ସୁଖ ପାଇନି ତେବେ କେଉଁ ଆକର୍ଷଣ ମତେ ଏଠାକୁ ଆସିବାକୁ ବାଧା ଦେଉଛି ? ହୁଏତ ଏ ଜଗତ ବି ମୋ ପାଇଁ ଏକମାତ୍ର ସତ୍ୟ ତା' ମୁଁ ଉପଲବ୍ଧି କରିପାରୁନି ।

ଅବିନାଶଙ୍କଠାରୁ ଦୂରେଇ ରହିବାରେ ଏକପ୍ରକାର ଶୂନ୍ୟତାବୋଧ ମତେ ପୀଡ଼ିତ କରୁଥିଲା ଅଥଚ ମୁଁ ରହୁଥିବା ଜଗତକୁ ଛାଡ଼ିଦେଇ ଆସିବାର ସାହସ ବା ମାନସିକ ସାମର୍ଥ୍ୟ ମଧ୍ୟ ମୋର ନଥିଲା । ଉଭୟ ଜଗତରେ ଆକର୍ଷଣ ମତେ ବିଚଳିତ କରୁଥିଲା । କାହାକୁ ଛାଡ଼ିବି କାହାକୁ ଧରିବି ସ୍ଥିର କରିପାରୁନଥିଲି ।

ମୋର ଏ ସଙ୍କଟ ଅବସ୍ଥାକୁ ଲକ୍ଷ୍ୟ କରୁଥିଲେ ଅବିନାଶ । କେମିତି ଏକ ଉଦାର ହସଟିକେ ଖେଳେଇ କହିଲେ, "ସୁତପା ଏଥିରେ ଏତେ ବିଚଳିତ ହେବାର ନାହିଁ। ତୁମେ ଯେଉଁଠି ଅଛ ସେଇଠି ଥାଅ । ଏବେ ସେଇ ଜଗତ ତୁମ ପାଇଁ ଠିକ୍ ବୋଲି ଧରିନିଅ। ଏଠାକୁ ଫେରିଆସିବା ପାଇଁ ତୁମକୁ ବହୁତ ସମୟ ଲାଗିପାରେ, ନ ଆସିବି ପାର । ମୁଁ କେବଳ ଜାଣିବାକୁ ଚାହୁଁଥିଲି, ତୁମର ବର୍ତ୍ତମାନର ସ୍ଥିତି କ'ଣ। ଫେରିଯାଅ ସୁତପା....ବର୍ତ୍ତମାନ ପାଇଁ ଫେରିଯାଅ ।"

ଅବିନାଶ ଏ କଥା ଉଚ୍ଚାରଣ କରିବା ମାତ୍ରେ ମୁଁ ଅନୁଭବ କଲି ସେ କଳାଛାଇଟି ପୁଣି ଫେରିଆସିଛି ମତେ ବାଟକଢ଼ାଇ ନେବାପାଇଁ । ମୁଁ କେମିତି ଆତଙ୍କରେ ଚିତ୍କାର କରି ଉଠିଲି, "ନା ନା ଅବିନାଶ, ମତେ ଏଠି ରହିବାକୁ ଦିଅ ।" କିନ୍ତୁ ଅବିନାଶ ମୋ ଦିଗରୁ ପୂରା ମୁହଁ ବୁଲାଇ ନେଇଥିଲେ, ତାଙ୍କର ଦୃଷ୍ଟି ସ୍ଥିର ଥିଲା ଆକାଶର କେଉଁ ଅଜଣା ଦିଗରେ।

ମୁଁ ନ ଚାହିଁଲେବି ମୋ ପାଦ ପୁଣି ପଛକୁ ଫେରିବାକୁ ଲାଗିଲା ।

ହଠାତ୍ ମୁଁ ଉଠିପଡ଼ିଲି । ଚାରିଆଡ଼କୁ ଆଶ୍ଚର୍ଯ୍ୟ ହୋଇ ଚାହିଁଲି, ମୁଁ କେଉଁଠି ଅଛି ବୁଝିପାରୁନଥିଲି । ମୋର ଏ ଅବସ୍ଥା ଲକ୍ଷ୍ୟକରି ସହଯାତ୍ରିଣୀ ଜଣେ କହିଲେ, "ଅଦ୍ଭୁତ ନିଦତ ଆପଣଙ୍କର! ଏଇ ଜଙ୍ଗଲ ଭିତରେ ଗାଡ଼ି ପ୍ରାୟ ଚାରିଘଣ୍ଟା ହେଲାଣି ଅଟକି ରହିଛି । ଲୋକ ବ୍ୟସ୍ତ ବିବ୍ରତ ହୋଇ ତଳ ଉପର ହେଉଛନ୍ତି, ଚାରିଆଡ଼େ ଏତେ ପାଟିତୁଣ୍ଡ ହେଉଛି, ଏକା ଆପଣ ହିଁ ଶୋଇଛନ୍ତି ଏତେ ନିଶ୍ଚିନ୍ତରେ। କି ନିଦରେ ବାବା।"

ମୁଁ ତାଙ୍କୁ କିଛି ଉତ୍ତର ଦେବାପୂର୍ବରୁ ଗାଡ଼ି ଚାଲିବାକୁ ଆରମ୍ଭ କରିବାର ଦେଖି ସେ ପୁଣି କହିଲେ, "ଯାହା ହେଉ ଆପଣଙ୍କ ନିଦ ଭାଙ୍ଗିବା ପରେ ହିଁ ଗାଡ଼ି ଚାଲିଲା।"

ଝରକା ବାଟ ଦେଇ ମୁଁ ବାହାରକୁ ଚାହିଁ ରହିଲି । ଅସ୍ତାଚଳ ସେପାରିକୁ ଜହ୍ନ ଓହ୍ଲାଇ ସାରିଥିଲା । ପୂର୍ବାକାଶ ଫର୍ଚ୍ଚା ଦିଶିବାକୁ ଆରମ୍ଭ କରିଥିଲା । ମୁଁ ଅଦ୍ଭୁତ ଆବେଗ ଭିତରେ ଆଚ୍ଛନ୍ନ ରହିଥିଲି । ମୁଁ ଜାଣେନି ସେ ମୋର କେବଳ ସ୍ୱପ୍ନ ଥିଲା ନା କିଛି ଭିନ୍ନ ଅଭିଜ୍ଞତା ଥିଲା। କିନ୍ତୁ ଏତିକି ଭିତରେ ମୁଁ ଗୋଟିଏ କଥା ଜାଣିସାରିଥିଲି

ଯେ ଆଜିର ଏ ଯାଦୁକରୀ ରାତି ମୋ ଚେତନାରେ ଅଙ୍ଗୀଭୂତ ହୋଇସାରିଛି। କୌଣସି ପ୍ରକାର ଯୁକ୍ତି ଦ୍ୱାରା ମୁଁ ମୋର ସେ ଅନୁଭବକୁ ଅସ୍ୱୀକାର କରିପାରିବି ନାହିଁ।

ଦୀର୍ଘ ଏତେ ସମୟ ଧରି ପଡ଼ିଥିବା ଟ୍ରେନ୍ ପୁଣି ତା'ର ଗତି ଦ୍ରୁତ କରୁଥିବାରୁ ଆଶ୍ୱସ୍ତ ଯାତ୍ରୀମାନଙ୍କର କୋଳାହଳ ଓ ସେଥିରେ ଚା' ବାଲାମାନଙ୍କର ଚିତ୍କାର କିଛି ବି ମତେ ଛୁଉଁ ନଥିଲା। ମୋର ବୁଜା ଆଖିତଳେ କ୍ରମଶଃ ସ୍ୱଷ୍ଟ ଓ ଉଜ୍ଜ୍ୱଳ ହୋଇ ଉଠୁଥିବା ଅବିନାଶଙ୍କର ମୁହଁଟି କେବଳ ମୋ ପାଇଁ ଏକମାତ୍ର ଅବଧାରିତ ବାସ୍ତବତା ଥିଲା।

ଚେର

ଉତ୍ତମ କୁମାର ପ୍ରଧାନ

ରାଜ୍ୟର ମୁଖ୍ୟ ବନପାଳ ଭାବରେ ଅବସର ଗ୍ରହଣ ପରେ, ରାଜଧାନୀରେ, 'ବନାନୀ' ନାମକ ପ୍ରାସାଦରେ ମୁଁ ଏବେ ଅବସ୍ଥାନ କରୁଛି। ମୋର ଚାକିରିକାଳ ମଧ୍ୟରେ ଯେଉଁ ଯେଉଁ ବନାଞ୍ଚଳମାନଙ୍କର ତତ୍ତ୍ୱାବଧାନ (ହତ୍ୟାବଧାନ)ରେ ଥିଲି ତହିଁର ବିଲୁପ୍ତ ପାଦପବଂଶଙ୍କର ମହାର୍ଘ ସ୍ମୃତିରେ 'ବନାନୀ' ସ୍ୱରୂପିତ। ସେମାନଙ୍କର କାଷ୍ଠକାୟାରେ ହିଁ 'ବନାନୀ'ର ପ୍ରତ୍ୟେକ କୋଠରୀ ସୁସଜ୍ଜିତ। ଶିମିଳିପାଳ-ଶାଳରେ ତିଆରି ଗମ୍ବୁଜାକାର ଅତିଥିଶାଳା, କର୍ଲାପାଟ୍ ଶୈଶବ-ଶସର କୃଷ୍ଣକାୟ ଶୋଫାସେଟ୍, ଦଣ୍ଡକାରଣ୍ୟ ରକ୍ତଚନ୍ଦନର ହିରଣ୍ୟଗର୍ଭ ନଭୋମଣ୍ଡଳରେ ପ୍ରସ୍ତୁତ ଡାଇନିଂ ସେଟ୍, ମେଜ୍, ଟି'ପୟ, ଫୁଲବାଣୀ ଚନ୍ଦନରେ ନିର୍ମିତ ଗଜଦନ୍ତ ଖଚିତ ବିଶାଳ ପଲଙ୍କ, ଦଶପଲ୍ଲାର ଶୁଦ୍ଧ ଶାଗୁଆନ୍‌ରେ ଖୋଦିତ ଦ୍ୱାରବନ୍ଧ ଓ କବାଟ। କେବଳ ସେତିକି ନୁହେଁ, ଥୁଆମୁଲ୍ ରାମ୍‌ପୁରର ଗୟଳ, କାଶୀପୁର୍‌ର ମହାବଳ, ଫୁଲବାଣୀର କୃଷ୍ଣକାୟ ଚିତା, କଳାହାଣ୍ଡିର କୃଷ୍ଣସାର, ମଦନପୁରର ବିଶାଳକାୟ ଦନ୍ତାଧିପ ଗଜରାଜ, କେଉଁଝରର ଭଲ୍ଲୁକ, କୃଷ୍ଣ ପ୍ରସାଦର ସାରସ, ଏପରିକି ଆଠଗଡ଼ର ବନ୍ୟ-ଶ୍ୱାନ ଏବଂ ରାମଶିଆଳ ମୋର ଦକ୍ଷ ଲକ୍ଷ୍ୟରେ ଲାଖି, ରୁଚିବୋଧର ବିଚିତ୍ର ବର୍ଣ୍ଣାଳିର ଅକ୍ତିଆରରେ, ବନାନୀର ପ୍ରତ୍ୟେକ କାନ୍ଥରେ ପ୍ରତିନିଧିତ। ସତ କହିବାକୁ ଗଲେ ସନ ସତଚାଳିଶରୁ ଅଶୀ, ମୋର ଚାକିରି କାଳ, ସହସ୍ର ଅରଣ୍ୟର ସାମୂହିକ ବିନାଶ, ଅସୁମାରୀ ବନ୍ୟପଶୁଙ୍କର ସବଂଶ ସଂହାରରେ ହିଁ ଅତିବାହିତ ହୋଇଗଲା। ଜୀବିକା ନିର୍ବାହ ପାଇଁ ଏପରି ମହାନ୍ ବୃତ୍ତିର ପଟାନ୍ତର ନାହିଁ। ଈର୍ଷାପରାୟଣ ଜନତା କିନ୍ତୁ ମୋର

ସନ୍ତାନ-ଶୂନ୍ୟ-ଜୀବନ, ଅକାଳରେ ପତ୍ନୀଙ୍କର ନିଧନ, ଦ୍ୱିତୀୟବାର ହୃତ୍‌ପିଣ୍ଡର ମାରାତ୍ମକ ପୀଡ଼ନକୁ, ମୋର ଉତ୍ସର୍ଗୀକୃତ କର୍ମର ପ୍ରଚ୍ଛନ୍ନ ପରିଣାମ ବୋଲି ଅଭିଯୋଗ କରନ୍ତି। ତେବେ, ଆଜିର କାହାଣୀ ମୋର ନିଜର ନୁହଁ ଆଉ ଜଣଙ୍କର।

ଏ ମଧ୍ୟରେ କଳାହାଣ୍ଡିର ମାଣିକ୍ୟରତ୍ନର ଆବିଷ୍କାର ଖବରଟି ଯେ ଏତେ ସୁଦୂର-ପ୍ରସାରୀ ହେଲାଣି ତାହା ମୋର କଳନା ବାହାରେ ଥିଲା। ମୁଁ କେବଳ ଭାବୁଥିଲି କଳାହାଣ୍ଡିର କଂକାଳସାର ଭିକାରୀଙ୍କ ଫଟୋଚିତ୍ରକୁ ଆଶ୍ରା ଓ ଆୟୁଧ କରି ସାମ୍ବାଦିକ, ରାଜନେତା, ସାହିତ୍ୟିକମାନେ ନାମକରା ପୁଞ୍ଜି କରିସାରିଲେଣି। କିନ୍ତୁ କେଇଦିନ ତଳେ, ହଠାତ୍ ସୁଦୂର ଆମେରିକାର ବୋଷ୍ଟନ୍ ସହରରେ ଜଣେ ବିତ୍ତଶାଳୀ ଡାକ୍ତର ଯୁବକ କଳାହାଣ୍ଡିର ମାଣିକ ସଂଧାନରେ ଆସି, ମୋର ଦ୍ୱାରସ୍ଥ ହେବାରେ ମୁଁ ବିସ୍ମିତ ହୋଇଥିଲି।

ଯୁବକ ଜଣକ ତାଙ୍କ ପିତାଙ୍କଠାରୁ ମୋର ନାମରେ ଖଣ୍ଡେ ପତ୍ର ମଧ୍ୟ ଆଣିଥିଲେ। ଦୁଇବର୍ଷ ତଳେ ପତ୍ନୀ ବିୟୋଗ ପରେ, ଶଯ୍ୟାଶାୟୀ ପିତା, ମୃତ୍ୟୁ ପୂର୍ବରୁ ଏଇ ଚିଠିଟି ପୁତ୍ରକୁ ଦେଇଥିଲେ ମୋ ଉଦ୍ଦେଶ୍ୟରେ। ଚିଠିଟିରେ କ'ଣ ଲେଖାହୋଇଛି, ସେ ଜାଣନ୍ତି ନାହିଁ; କିନ୍ତୁ ମୃତ୍ୟୁ ପୂର୍ବରୁ ପିତା ଯେଉଁ ସୂଚନା ଦେଇଥିଲେ ସେଥିରୁ ସେ ଅନୁମାନ କରନ୍ତି ଯେ, ତାଙ୍କ ପିତା ଏକଦା ଭାରତରେ ଥିବାବେଳେ, କଳାହାଣ୍ଡିର କର୍ଲାପାଟ ଜଙ୍ଗଲ ମଧ୍ୟରେ ମୋ ସହ ଶିକାର ସମୟରେ ଅକସ୍ମାତ୍ ଏକ ବିଶାଳ ମାଣିକ ଭଣ୍ଡାରର ସନ୍ଧାନ ପାଇଥିଲେ। ସେହି ଅବସ୍ଥାରେ ରତ୍ନଖଣ୍ଡମାନ ସଙ୍ଗରେ ଘେନି ଆସିବା ସମ୍ଭବ ନଥିଲା। ତେଣୁ ସମଗ୍ର ରତ୍ନଖଣ୍ଡକୁ ଏକ ଦୁର୍ଗମ ଗୁମ୍ଫାରେ ସୁରକ୍ଷିତ କରି ଏକ ବିଶାଳ ଶିଳାଦ୍ୱାରା ଅବରୁଦ୍ଧ କରିଦେଇଥିଲେ। ଏଭଳି ଦୁର୍ଲଭ ରତ୍ନକୁ ହାତଛଡ଼ା ନ କରି, ତାଙ୍କ ପୁତ୍ରସହ ସମଭାଗରେ ବଣ୍ଟନ କରିନେବା ପାଇଁ ପିତା ସମ୍ଭବତଃ ଚିଠିଟିରେ ଅନୁରୋଧ କରିଥାଇପାରନ୍ତି।

ମୁଁ ଚିଠିଟି ପଢ଼ିଲି। ସେଇକ୍ଷଣି, କଳାହାଣ୍ଡିର କର୍ଲାପାଟ ଜଙ୍ଗଲରୁ ଗୁପ୍ତ ରତ୍ନଭଣ୍ଡାରର ସନ୍ଧାନରେ ଆମେ ବାହାରିପଡ଼ିଲୁ।

ଭବାନୀପାଟଣାଠାରୁ ଚାଳିଶ ମାଇଲ୍ ପରେ, ଆମେ ଗାଡ଼ିକୁ ଜଙ୍ଗଲ କଡ଼ରେ ଥୋଇ, ନିବିଡ଼ ଜଙ୍ଗଲ ଦିଗରେ ଆଗେଇଲୁ। ସଙ୍ଗରେ କିଛି ଖାଦ୍ୟ ଏବଂ ବନ୍ଧୁକ। ସନ୍ଧ୍ୟା ହୋଇସାରିଥାଏ। ସର୍ଚ୍ଚଲାଇଟ୍ ସାହାଯ୍ୟରେ ଆମକୁ ପାହାଡ଼ ଅତଡ଼ାମାନ ସତର୍କରେ ଡେଇଁବାକୁ ହେଉଥାଏ। ଆମର ଲକ୍ଷ୍ୟସ୍ଥଳ ପାଖେଇବା ଆଗରୁ ଆମେରିକୀୟ ଯୁବକଙ୍କୁ ମୋର ଜୀବନର କାହାଣୀଟିଏ କହିଲି।

ଚାଳିଶ ବର୍ଷ ତଳେ ମୁଁ ବନପାଳ ଭାବରେ ପ୍ରଥମ ନିଯୁକ୍ତି ପାଇଥାଏ, ଗୋଟାଏ ଜଳସେଚନ ଯୋଜନାରେ। ଯୋଜନାରେ ନିର୍ମାଣାଧୀନ ବନ୍ଧ ଯୋଗୁଁ

ସମ୍ଭାବିତ ଜଳାଶୟର ହଜାର ହଜାର ଏକର ବନଭୂମିରେ ଥିବା ବୃକ୍ଷାଦି ବନସମ୍ପଦର ତଡ଼ିତ୍ ଅପସାରଣ ଥିଲା ମୋର ଦାୟିତ୍ୱ । ଯୋଜନାରେ କର୍ମରତ ସରକାରୀ କର୍ମଚାରୀଙ୍କର ଗୋଟାଏ ଚମତ୍କାର କଲୋନୀ ସେଇଠି ଗଢ଼ିଉଠୁଥାଏ। ଡ୍ୟାମ୍ ନିର୍ମାଣ କାମ ପ୍ରାୟ ଶେଷ ହୋଇଯାଇଥାଏ। ଡ୍ୟାମ୍ ଫାଟକମାନ ବନ୍ଦ କରିଦେବା କ୍ଷଣି କେଇ ଘଣ୍ଟାରେ ଶହେ ଫୁଟ୍ ପାଣି ବିସ୍ତୃତ ବନାଞ୍ଚଳରେ ମାଡ଼ିଯିବ। ସେଥିପାଇଁ ଆବଶ୍ୟକ ପ୍ରସ୍ତୁତି ଚାଲୁଥାଏ।

କଲୋନୀ ମଧ୍ୟରେ ମୋ ଘର ସମ୍ମୁଖରେ ଥାଏ ଗୋଟାଏ ସୁନ୍ଦର ଫୁଲ ବଗିଚା। ସେଠିକି କଲୋନୀର ଟିକିଟିକି ପିଲାମାନେ ଖେଳିବାକୁ ଆସନ୍ତି। ଫୁଲ ବଗିଚା ସାରା ପ୍ରଜାପତିମାନଙ୍କୁ ଗୋଡ଼ାଇ ଗୋଡ଼ାଇ ଧରିବା ତାଙ୍କର ସଉକ। ଦିନେ ଦେଖିଲି, ଚାରିଜଣ ଡଉଲଡାଉଲ୍ ପିଲା ଫୁଲ ବଗିଚାରେ ଖେଳୁଛନ୍ତି। ଜଣେ ଆରଜଣକୁ ପଚାରୁଛି, "ବାବୁନା, କହିଲୁ ଏଇ ଡ୍ୟାମ୍ କିଏ ତିଆରି କରୁଛି।"

ବାବୁନା ନାମକ ପିଲାଟି ଚଟ୍‌କିନା ଉତ୍ତର ଦେଲା, "ମୋ ବାପା ପରା ଇଞ୍ଜିନିୟର୍, ସେ ତିଆରି କରୁଛନ୍ତି।" ତାଙ୍କ ମଧ୍ୟରୁ ତୃତୀୟ ବାଳକ ବାଧାଦେଇ କହିଲା- "ତୁ ମିଛ କହୁଛୁ, ସେ ରାମୁ ବୁଲଡୋଜର ବାଲା ଡ୍ୟାମ୍ ତିଆରି କରୁଛି, ମୁଁ ନିଜେ ଦେଖିଛି।।"

ସେତିକିବେଳେ କଲୋନୀର ସଦ୍ୟ ନିର୍ମିତ ମନ୍ଦିରର ପୂଜାରୀ ବ୍ରାହ୍ମଣ ବଗିଚାକୁ ଆସି ଫୁଲ ତୋଳୁଥାଏ। ତାକୁ ଘେରିଯାଇ ପିଲାଏ ପ୍ରଶ୍ନ କଲେ, "ମଉସା, ଏଇ ଡ୍ୟାମ୍ କିଏ ତିଆରି କରୁଛି?" ପୂଜାରୀ ତତ୍କ୍ଷଣାତ୍ ଉତ୍ତର ଦେଲେ, "ପିଲାମାନେ! ଏଇ ଡ୍ୟାମ୍‌ଟି ଭଗବାନ ନିଜେ ତିଆରି କରୁଛନ୍ତି, ସବୁ ଠାକୁରଙ୍କ ଲୀଳା।"

ପୂଜାରୀ ସିନା ଚାଲିଗଲେ ଉତ୍ତରଟି କିନ୍ତୁ ପିଲାଙ୍କୁ ସନ୍ତୁଷ୍ଟ କରିପାରିଲା ନାହିଁ। ସେ ମଧ୍ୟରୁ ଜଣେ କହିଲା, " ଏଇଟା କେମିତି ହେଲା? ଆମ ଘରେ ଖଟୁଲିରେ ଠାକୁର ସଦାବେଳେ ବସିଛନ୍ତି। ସେତ କେଉଁ ସାଇଟ୍‌କୁ ମୋ ବାପା ଭଳି ଯିବା ମୁଁ ଦେଖି ନାହିଁ, ଆସ ଦେଖିବା।"

ତା'ପରେ କିଛିକ୍ଷଣ ପାଇଁ ଚାରିଜଣଯାକ ପାଖଘର ଭିତରକୁ ଚାଲିଗଲେ ଓ ମୋର ଝରକା ସାମ୍ନା ବଗିଚାକୁ ସେମାନେ ପୁଣି ଫେରି ଆସିଲେ। ଜଣେ ବୁଝାଇ କହୁଥାଏ, "ପପୁନ୍ ! ତୁ ଯେଉଁ ଠାକୁର ଦେଖାଇଲୁ, ତାହା ଠାକୁରଙ୍କ ଫଟୋ ସତ, କିନ୍ତୁ ଠାକୁର ସେଇଠି ନାହାଁନ୍ତି।" ଆଉ ଜଣେ କହିଲା, "ତାହାହେଲେ ଠାକୁର ସତରେ ରହନ୍ତି କେଉଁଠି?"

ଚାରିଜଣ ପିଲା ହାତରେ ଗୋଟାଏ ଗୋଟାଏ ସୁନ୍ଦର ପ୍ରଜାପତି ଧରି, ମୋ

କୋଠରୀକୁ ପଶି ଆସିଲେ। ମୋତେ ଏକା ସ୍ୱରରେ ପ୍ରଶ୍ନକଲେ, "ମଉସା ! ମଉସା ! ଏଇ ଡ୍ୟାମ୍ ପରା ଠାକୁର ଗଢୁଛନ୍ତି, ସେ କେଉଁଠି ରହନ୍ତି, ତାଙ୍କୁ କେମିତି ଦେଖିହେବ ?"

ଏମିତି ଏକ ଅନନ୍ତ ଗୂଢ଼ ପ୍ରଶ୍ନରେ ମୁଁ ନିର୍ବାକ୍ ହୋଇଗଲି। ଭଗବାନଙ୍କର ଠିକଣା ପଚାରୁଥିବା ନିରୀହ ଶିଶୁମାନେ, ଉତ୍‌କଣ୍ଠାରେ ମୋତେ ଆଁ କରି ଅନାଇ ରହିଥିଲେ। ତାଙ୍କ ମଧ୍ୟରେ ଡାକ୍ତର ମୁଖାର୍ଜୀଙ୍କର ପୁଅ ପପୁନ୍‌ଟି ଖୁବ୍ ସୁନ୍ଦର ଦେଖାଯାଉଥାଏ। ତାକୁ କୋଳକୁ ଟେକିଆଣି କହିଲି, "ପିଲାଏ, ସତରେ ଏଇ ଡ୍ୟାମ୍ ଠାକୁର ହିଁ ଗଢ଼ିଛନ୍ତି, ସେ ଆମକୁ ମଧ୍ୟ ଗଢ଼ିଛନ୍ତି। ଏଇ ବଗିଚ଼ା, ଫୁଲ, ପ୍ରଜାପତି ସବୁ ତାଙ୍କର। ତେବେ ସେ ଆମଭଳି ହଇଗୋଳ ମଧ୍ୟରେ ରହନ୍ତି ନାହିଁ। ସେ ରହନ୍ତି ନିର୍ଜନରେ, ଯେଉଁଠି କୌଣସି ଲୋକବାକ ରହନ୍ତି ନାହିଁ। ତମେ ଧ୍ରୁବକଥା ଶୁଣିଥିବ ?"

ଜଣେ ପିଲା ଉତ୍ତର ଦେଲା - "ହଁ!" ମୁଁ ପୁଣିଥରେ ସେଇ ଧ୍ରୁବ କାହାଣୀ କହିଥିଲି।

- "ଧ୍ରୁବ ଘନ ଜଙ୍ଗଲରେ ଭଗବାନଙ୍କୁ ପାଇଥିଲା। ଆଉ ତମେ ଏଇ କଲୋନୀରେ ଭଗବାନ ଖୋଜିଲେ ପାଇବ କେମିତି ? ଆଉ ଗୋଟିଏ କଥା, ତୁମେ ସବୁ ପ୍ରଜାପତି ଧରିଛ। ପ୍ରଜାପତି ଆଉ କଙ୍କି ଧରିବାବେଳେ ତମେ କେମିତି ଚୁପ୍ ଚାପ୍ ଗୋଡ଼ ଚିପି ଚିପି ଯାଅ। ଯେମିତି ଟିକିଏ ଶବ୍ଦ ହେଲେ କଙ୍କି ଉଡ଼ିଯାଏ, ସେମିତି ଯେଉଁଠି ମଣିଷଙ୍କ ପାଟିଶବ୍ଦ ସେଇଠି ଠାକୁର ରହନ୍ତି ନାହିଁ। ସେଇ ଦୂର ବନ- ଭୂମିରେ ନିଶ୍ଚଳରେ ଧ୍ୟାନ କଲେ ତମେ ସିନା ଠାକୁରଙ୍କ ସନ୍ଧାନ ପାଇବ।"

ଏକଥା କହିବା ବେଳେ, ଦୂର ଉପତ୍ୟକା ଶେଷରେ ଦୃଶ୍ୟମାନ ବଣ ଆଡ଼କୁ ମୁଁ ଆଙ୍ଗୁଠି ନିର୍ଦ୍ଦେଶ କରି ଦେଇଥିଲି। ପିଲାଏ କ'ଣ ବୁଝିଲେ ଜାଣି ନାହିଁ, କିଛିକ୍ଷଣ ପରେ ସେମାନେ ନୀରବରେ କୋଠରି ଛାଡ଼ି ବାହାରିଗଲେ।

ସେଦିନ ସନ୍ଧ୍ୟାବେଳେ ଡ୍ୟାମ୍‌ର କବାଟ ସବୁ ବନ୍ଦ କରାହେଲା। ତା'ପରେ ଅସରାଏ ବର୍ଷା ମଧ୍ୟ ହୋଇଗଲା। ଡ୍ୟାମ୍ ସାଇଟ୍‌ରୁ କଲୋନୀକୁ ଫେରି ଶୁଣିଲି ସେଇ ଚାରିଜଣ ପିଲା, ପପୁନ୍, ବବୁନ୍, ଟୁକୁନା ଏବଂ ବାବୁନା କେଉଁଆଡ଼େ ଚାଲିଯାଇଛନ୍ତି।

ରାତି ନଅଟା ପର୍ଯ୍ୟନ୍ତ ଚାରିଆଡ଼େ ଧାଆଁ ଦଉଡ଼ ଆରମ୍ଭ ହେଲା। ପିଲାଙ୍କ ଘରେ କାନ୍ଦ ବୋବାଳି ଖେଳିଗଲା। ଜିପ୍ ଗାଡ଼ି ଧରି ଆମେ ଆଖପାଖ ଅଞ୍ଚଳମାନ ଖୋଜିବାକୁ ବାହାରିଲୁଁ। ଠିକ୍ ରାତି ଦଶଟା ବେଳକୁ ଇଞ୍ଜିନିୟରବାବୁଙ୍କ ପୁଅ ବାବୁନା ଏବଂ ଟୁକୁନା ଦୁଇ କି.ମି ଦୂର ଗୋଟାଏ ଜଙ୍ଗଲ ମଧ୍ୟରୁ ଆସୁଥିବା ଦେଖାଗଲା। ଅନ୍ୟ ଦୁଇଜଣଙ୍କର ଖବର ତାଙ୍କଠାରୁ ଶୁଣିଲୁ। ବାବୁନା କହିଲା- "ମୋ କଥାନୁସାରେ ସେମାନେ ସମସ୍ତେ ଠାକୁରଙ୍କୁ ଜଗିଥିଲେ। ଅଶ୍ରାଏ ବର୍ଷାପରେ ବାବୁନାକୁ ଛିଙ୍କ ଆଉ କାଶ ହେଲା।

ପପୁନ୍ ଯିଏ ଠାକୁର ଦେଖାର ନେତୃତ୍ୱ ନେଇଥିଲା ସେ ତାକୁ ରାଗିଲା ଏବଂ କହିଲା, ଏମିତି କାଶ ହେଲେ ଠାକୁର ଆଉ ଦେଖାଦେବେ ନାହିଁ। ବାଧ୍ୟହୋଇ ବାବୁନା ଏବଂ ଟୁକୁନା ମନଦୁଃଖରେ ତାଙ୍କୁ ଠାକୁରଙ୍କୁ ଜଗିବା ପାଇଁ କହି ଚାଲି ଆସିଲେ। ତାଙ୍କର ଦୃଢ଼ ବିଶ୍ୱାସ ଠାକୁରଙ୍କୁ ସେମାନେ ଦେଖିବେ।"

ବାବୁନା ଆଉ ଟୁକୁନାଠାରୁ ଏହି ଖବର ଶୁଣି ପିଲାମାନେ ଯାଇଥିବା ଜଙ୍ଗଲ ଆଡ଼େ ଆମେ ଦଉଡ଼ିଥିଲୁ। କିନ୍ତୁ ବେଶ୍ ବିଳମ୍ବ ହୋଇଯାଇଥିଲା। ଆମେ ଯଥା ସ୍ଥାନରେ ମୋଟେ ପହଞ୍ଚିପାରି ନଥିଲୁ। କିଛି ରାସ୍ତା ଆଗରେ ସମଗ୍ର ବନଭୂମିଟି ସଂପୂର୍ଣ୍ଣ ଜଳାର୍ଣ୍ଣବ ହୋଇ ସାରିଥିଲା। ଯେଉଁଠି ପିଲାଏ ଠାକୁରଙ୍କୁ ଅପେକ୍ଷା କରିଥିଲେ, ସେଇ ଅଞ୍ଚଳରେ ପଚାଶ ଫୁଟ ଗଭୀର ପାଣି ଲହଡ଼ି ଭାଙ୍ଗୁଥାଏ।

ଦୁଇଦିନ ପରେ ଡ୍ୟାମ୍ କଡ଼ରେ ପପୁନ୍ ଏବଂ ବବୁନ୍‌ର ଶବ ଭାସୁଥିବାର ଦେଖାଗଲା। ଜୋତା, ମୋଜା, ହାଫ୍‌ପେଣ୍ଟ୍ ପିନ୍ଧା ଶିଶୁ ଦୁଇଟିର ଫୁଲନ୍ତା ଶବ ଦୁଇଟି ଜଳାଶୟରୁ ଯେତେବେଳେ ଜାଲରେ ଉଦ୍ଧାର କରାଗଲା, ଉପସ୍ଥିତ ସମସ୍ତ ନରନାରୀ 'ଭୋ' 'ଭୋ' କାନ୍ଦି ଉଠିଥିଲେ।

ପପୁନ୍ ପିତା ମୋର ପଡ଼ୋଶୀ ଡଃ ମୁଖାର୍ଜୀ। ସେ କୌଣସି ମତେ ନିଜକୁ ସମ୍ଭାଳି ନେଇଥିଲେ। ପପୁନ୍‌ର ମାଆ କିନ୍ତୁ ପାଗଳୀ ପ୍ରାୟ କଲୋନୀର ପ୍ରତ୍ୟେକ ବଗିଚାର କୋଣ ଅନୁକୋଣରେ ଆପଣା ପପୁନ୍‌କୁ ଖୋଜି ବୁଲୁଥିଲେ। ଡାକ୍ତରବାବୁ ବାଧ୍ୟହୋଇ ବଦଳିହୋଇ ଏହି କଳାହାଣ୍ଡିକୁ ଚାଲି ଆସିଥିଲେ।

ମୋର ମଧ୍ୟ ଘଟଣାର କେଇ ମାସ ମଧ୍ୟରେ କଳାହାଣ୍ଡିକୁ ବନପାଳ ଭାବରେ ବଦଳି ହୋଇଥିଲା ଏବଂ ଡାକ୍ତରବାବୁ ଭବାନୀପାଟଣାରେ ମୋର ପୁନର୍ବାର ପଡ଼ୋଶୀ ହୋଇଥିଲେ।

ଡାକ୍ତରବାବୁ କିନ୍ତୁ ବେଶ୍ ବଦଳି ଯାଇଥିଲେ। ଏକଦା ସଂପୂର୍ଣ୍ଣ ନିରାମିଷ ଶ୍ରୀ ଗୁରୁଦୀକ୍ଷିତ ଡାକ୍ତରବାବୁ ବଡ଼ ଶିକାର ପ୍ରିୟ ହୋଇଯାଇଥିଲେ। ଏହି ପରିବର୍ତ୍ତନ ଥିଲା ବଡ଼ ଅସ୍ୱାଭାବିକ। ସେ ବିଦେଶୀ ବନ୍ଧୁକଟିଏ କିଣିଥିଲେ ଏବଂ ମୋ ସହ ପ୍ରାୟତଃ ଶିକାର ପାଇଁ ଜଙ୍ଗଲ ଯାଉଥିଲେ।

ଆମେ ସେଇ ସମୟରେ ଏଇ କର୍ଲାପାଟକୁ ଅନେକଥର ଶିକାର ପାଇଁ ଆସୁଥିଲୁ ଏବଂ ଆମକୁ ଏକ ଉପତ୍ୟକାରେ ରହୁଥିବା ମାଙ୍ଗ୍‌ତା ନାମକ ଜଣେ କୁଟିଆ ସର୍ଦ୍ଦାର ବହୁତ ସାହାଯ୍ୟ କରୁଥିଲା। ବାଘ, ଗୟଳ, ହରିଣର ନିର୍ଭୁଲ ସନ୍ଧାନ ଦେଇ ଆମର ଅତି ପ୍ରିୟ ହୋଇ ପାରିଥିଲା।

ଦିନକର ଘଟଣା। ଡାକ୍ତରବାବୁଙ୍କୁ ଶିକାର ନିଶା ଏମିତି ଘାରିଥାଏ ଯେ ଦିନ

ଦୁଇଟାରୁ ଆସି ମୋ ଘରେ ହାଜର୍। ବାଧ୍ୟହୋଇ କେଇଜଣ ଫରେଷ୍ଟ ଗାର୍ଡ଼ ସହ ଜିପ୍‌ରେ ବସିଲି ଏଇ କର୍ଲାପାଟ ଅଭିମୁଖେ।

ସେଦିନ ଯୋଗ ଭଲ ନଥିଲା। ଆମେ ପଦର୍‌ଠାରୁ ମାଙ୍ଗତାକୁ ନେଇଯିବା ପାଇଁ ଯାଇ ଦେଖିଲୁ ସେଠି କୁଟିଆମାନଙ୍କର ଗୋଟାଏ ବଡ଼ ମହୋତ୍ସବ ଚାଲିଛି। ଭୋଜିଭାତ ହୋଇ ପୁନେଇ ଠାକୁରାଣୀଙ୍କ ଠାରେ ନାଚ, ଗୀତ, ଢାବ ଏବଂ ଢୋଲର ପ୍ରତିଯୋଗିତା ଚାଲିଛି। ବୁଝିଲୁଁ, ସେଦିନ ମାଙ୍ଗ୍‌ତାକୁ ଠାକୁରାଣୀ ସ୍ୱପ୍ନାଇଲେ ଯେ, ଗାଁର ମାଟିଆ କୁଟିଆ ଏଣିକି 'ଜାନୀ' ବା ସର୍ଦ୍ଦାର ହୋଇ କୁଟିଆକୁ ରକ୍ଷା କରିବ, ମାଆଙ୍କର ଆଦେଶ। ଏଇ ପ୍ରଥାରେ ହିଁ କୁଟିଆ ସର୍ଦ୍ଦାର ମନୋନୀତ ହୋଇଥାଏ। ତେଣୁ ମାଟିଆ କୁଟିଆ ଆଜିଠାରୁ 'ଜାନୀ' ହୋଇଛି। ସେ ଆଉ ଦାର ଗ୍ରହଣ କରିବ ନାହିଁ। ଚିର କୁମାର ରହିବା ବିଧି ଅଛି।

ଏଇ ମହୋତ୍ସବର ନାୟକ ମାଟିଆ ସହ ମଧ୍ୟ ଆମର ଦେଖାହେଲା। ଆମେ ତାକୁ କିଛି ଟଙ୍କା ଏବଂ ବିଦେଶୀ ରମ୍ ବୋତଲଟିଏ ଉପହାର ଦେଇଥିଲୁଁ। ଯୁବକ ମାଟିଆ କିନ୍ତୁ ମହୁଲି ଖାଇ ଆମକୁ ଯାହା କହିଲା ତହିଁରୁ ଆମର ଅନୁମାନ ହେଲା ଯେ ସେ 'ଜାନୀ' ପଦ ପାଇ ଖୁସି ନୁହଁ। ସେ ଏଇ ମାଙ୍ଗ୍‌ତା ଦ୍ୱାରା ଅନ୍ୟାୟରେ ଗାଁରୁ ତଡ଼ା ଖାଇଥିବା ଜଣେ ବିଧବା କୁଟିଆ ଯୁବତୀକୁ ବିବାହ କରିବାକୁ ଚାହିଁଥିଲା। ବିଚରା ଆଗରୁ ଦୁଇଥର ବିବାହ କରିଥିଲା, କିନ୍ତୁ ବିବାହ ପରଦିନ ହିଁ ଜଣକୁ ସାପ କାମୁଡ଼ିଥିଲା ଏବଂ ଆଉ ଜଣକୁ ବାଘ ନେଇଗଲା। ମାଙ୍ଗ୍‌ତା ଜାନୀର ପୁତୁରା ଥିଲା ଦ୍ୱିତୀୟ ବର। ତା'ପରେ ଜାନୀ ମାଙ୍ଗ୍‌ତା କୁଟିଆ ସଭାରେ ଘୋଷଣା କଲା ଯେ ସେହି ଯୁବତୀ ଠାକୁରାଣୀ ଦ୍ରୋହିଣୀ, ଏବଂ ତାକୁ ଗାଁରୁ ସମସ୍ତେ ତଡ଼ିଦେଲେ। ବିଚାରୀ ବର୍ଷେ ହେଲା ନିକଟସ୍ଥ ଏକ ପାହାଡ଼ ଗୁମ୍ଫାରେ ରହୁଛି। ମାଟିଆ ତାକୁ ଭଲପାଏ ଏବଂ ତାହାର ବିବାହ ଇଚ୍ଛା ମାଙ୍ଗ୍‌ତାକୁ ଜଣାଇଥିଲା।

ବୃଦ୍ଧ ଜାନୀ ମାଙ୍ଗ୍‌ତା କିନ୍ତୁ ଶୁଣିବାକୁ ନାରାଜ୍। ଠାକୁରାଣୀଙ୍କର ସ୍ୱପ୍ନାଦେଶକୁ ଅବମାନନା କରିବାକୁ ସିଏବା କିଏ? ଯାହାହେଉ ମାଟିଆ କୁଟିଆ 'ଜାନୀ' ଭାବରେ ଅଧିଷ୍ଠିତ ହେବାପରେ ଠାକୁରାଣୀଙ୍କର ଆଦେଶ ମାନି ଆପଣା ଦୁଃଖକୁ ଗ୍ରହଣ କରି ସାରିଥିଲା।

ଏମିତି ଏକ ଅଭାବନୀୟ ହଟ୍ଟଗୋଳ ମଧ୍ୟରେ ଡାକ୍ତରବାବୁ କିନ୍ତୁ ବଡ଼ ହତାଶ ହୋଇଗଲେ। ସେଦିନ ଆଉ କୌଣସି ଶିକାର ଆଶା ନ ରଖି ଆମେ ଫେରିବା ଆରମ୍ଭ କଲୁ।

ଆମେରିକୀୟ ଯୁବକ ମୋର କଥା ଶୁଣି ଶୁଣି ନୀରବରେ ବନ୍ଧୁକ ସହ ମୋତେ ଅନୁସରଣ କରୁଥାଆନ୍ତି। ଆମେ ଗୋଟାଏ ପାହାଡ଼ି ଝରଣା କୂଳେକୂଳେ ଯାଉଥାଉଁ।

ମଝିରେ ମଝିରେ ମାଟି ଅତଡ଼ା ଖସିଯାଇଥିବା ଯୋଗୁଁ ଆଗେଇବା ମୋଟେ ସୁବିଧା ହେଉନଥାଏ। କିଛି ସମୟ ପରେ ଆମେ ଗୋଟାଏ ବଡ଼ ପାହାଡ଼ ଅତିକ୍ରମ କଲୁ। ସେଇଠୁଁ ନିଘଞ୍ଚ ଅରଣ୍ୟର ବିସ୍ତୃତ ଉପତ୍ୟକା।

ଆମେ ଆଗରେ ଗୋଟାଏ ପାଖରେ ନିଆଁ ଜଳୁଥିବା ଲକ୍ଷ୍ୟ କଲୁ ଏବଂ ସେଇ ଦିଗକୁ ଆଗେଇଲୁଁ। ନିକଟ ହେବାରୁ ଦେଖିଲୁ ସେଇଟା ଗୋଟାଏ ପାହାଡ଼ ଗୁମ୍ଫା। ଆମେ ଦୂରରୁ ପରିଷ୍କାର ଦେଖିଲୁ, ଜଣେ ଝାମ୍ପୁରାବାଳ, ଦୀର୍ଘକାୟ, ବଳିଷ୍ଠ କୁଟିଆ ସେଇଠି ବିଶାଳ ଶାଳ ଗଛର ଗଣ୍ଡିରେ ନିଆଁ ଜାଳି, ସେଇ ଗୁମ୍ଫାର ଶିଳା ଦିହରେ କିଛି ସିନ୍ଦୂର ନେଶିଦେଉଛି ଏବଂ ପଥରକୁ ମୁଣ୍ଡରେ ଲଗାଇଛି। କିଛିକ୍ଷଣ ପରେ କୁଟିଆ ସେଇଠୁଁ ଉପତ୍ୟକା ମଧ୍ୟକୁ ନୀରବରେ ଓହ୍ଲାଇଗଲା।

ମୁଁ ଆମେରିକୀୟ ଯୁବକଙ୍କୁ କହିଲି ଆମର ଲକ୍ଷ୍ୟ ସ୍ଥଳ ନିକଟ ହେଲାଣି। ତେବେ ଡାକ୍ତରବାବୁଙ୍କ କଥା ପୁଣି ଆରମ୍ଭ କଲି। ସେଇ ଗୁମ୍ଫା ନିକଟରେ ଯୁବକଙ୍କୁ ଟିକିଏ ବିଶ୍ରାମ ନେବାକୁ କହିଲି।

ସେଦିନ ଏଇ ଗୁମ୍ଫା ନିକଟ ଦେଇ ଆମେ କୁଟିଆ ଜାନୀଠାରୁ ନିରାଶ ହୋଇ ଫେରୁଥିଲୁଁ। ହଠାତ୍ ଏଇ ଗୁମ୍ଫା ଆଗରେ ଗୋଟିଏ ମହାବଳ ବାଘ ଲମ୍ଫ ପ୍ରଦାନ କରି ଆମ ଆଗରେ ବିଜୁଳି ବେଗରେ ଚାଲିଗଲା। ବାଘର ଲମ୍ଫ ସହ ଏକ ନାରୀ କଣ୍ଠର ଆର୍ତ୍ତନାଦ ମଧ୍ୟ ଶୁଭିଲା। ଡାକ୍ତରବାବୁ ତତ୍‌କ୍ଷଣାତ୍ ହେଡ୍‌ଲାଇଟ୍ ମାରି, ବନ୍ଧୁକ ଚଳାଇଥିଲେ । ଗୁଳି ଶବ୍ଦ ସହ ବାଘଟି ଶହେ ଗଜ ଦୂରରେ ଗର୍ଜନ କରି ଗଡ଼ିପଡ଼ିଥିଲା। ଆମେ ଦୂରନ୍ତ ଲାଇଟ୍ ଫୋକସ୍ କରି ଦେଖିଲୁ, ବାଘ ନିକଟରେ ରକ୍ତାକ୍ତ ଅବସ୍ଥାରେ ଛିଟ୍‌କି ପଡ଼ିଛି ଜଣେ କୁଟିଆ ଯୁବତୀ।

ଆମେ ସମସ୍ତେ ସାହସ କରି ତାହାର ନିକଟତର ହେଲୁ। ଯୁବତୀର ପିଞ୍ଜରା ତଥା ବେକ ବାଘର ଶକ୍ତ ପଞ୍ଝାରେ ବିଦୀର୍ଣ୍ଣ ହୋଇ ରକ୍ତ ନିର୍ଗତ ହେଉଥାଏ। ଯୁବତୀ କିନ୍ତୁ ତଥାପି ବଞ୍ଚିଥାଏ। କଥା କହିପାରୁଥାଏ ।

ଆମକୁ ନିକଟରେ ଦେଖି ବିକଳରେ କହିଲା, "ବାବୁ, ମୋ ପେଟର ପିଲା ଦିନଟି ସାରା ବାହାରିବ ବୋଲି ବାହାରି ପାରୁନାହିଁ। ସେଇ ମାଟିଆ କୁଟିଆର ପିଲା ବାବୁ। ମୋତେ ସହାୟ ହୁଅ। ମୋତେ ମାରିଦିଅ ପଛେ, ପିଲାଟିକୁ ମୋ ଦିହରୁ କାଢ଼ିନିଅ।"

ଡାକ୍ତରବାବୁ ମାତ୍ର କିଛିକ୍ଷଣ ନୀରବ ରହିଲେ। ତା'ପରେ ଫରେଷ୍ଟ୍ ଗାର୍ଡ୍‌ମାନଙ୍କଠାରୁ ମାଂସକଟା ଛୁରୀ ଏବଂ ପନିକି ମାଗିନେଲେ। ଏଇ ଗୁମ୍ଫା ସାମ୍ନାରେ ସ୍ତ୍ରୀ ଲୋକର ପେଟ ଚିରି ପିଲାକୁ କାଢ଼ିଦେଲେ। ସେଇଦିନ ପିଲାଟିର କଇଁକଇଁ କାନ୍ଦରେ ମଧ୍ୟ ରାତ୍ରିର ବନଭୂମି କମ୍ପି ଉଠିଥିଲା।

ସ୍ତ୍ରୀ ଲୋକଟିର କିନ୍ତୁ ଆଉ ଚେତା ନଥିଲା। ମଝିରେ କେବଳ ଥରୁଟିଏ ଆଖି ଖୋଲି, ପିଲାଟି ଆଡ଼କୁ ଚାହିଁଥିଲା। ବଡ଼ କଷ୍ଟରେ ଡାକ୍ତର ବାବୁଙ୍କର ପାଦ ଦୁଇଟିକୁ ଜାବୁଡ଼ି ଧରି ବିକଳରେ କହିଥିଲା, "ବାବୁ, ତମେ ତାକୁ ଗର୍ଭରୁ କାଢ଼ିଛ, ତାକୁ ଫୋପାଡ଼ି ଦିଅନି ବାବୁ। ତମେ ତା'ର ବାପା ମାଆ, ତମେ ତାକୁ ନେଇଯାଅ। ତମର ଗୁହମୁତ ସଫା କରିବ ବାବୁ।"

ପରକ୍ଷଣରେ ସ୍ତ୍ରୀ ଲୋକଟି ନିଥର ହୋଇଗଲା।

ଖୁବ୍ କମ୍ ସମୟରେ ଏତେ ଘଟଣା ଘଟିଗଲା। ପିଲାଟି ସେମିତି କାନ୍ଦୁଥାଏ। ଡାକ୍ତରବାବୁ ତାକୁ କୋଳକୁ ଟାଣିନେଇ ଜାବୁଡ଼ି ଧରିଲେ। ପିଲାଟିକୁ ଆପଣା ଚଦରରେ ଭଲକରି ପୋଛି, କିଛି ପାଣି ପିଆଇ ଦେଲେ। ପିଲାଟି ଶୋଇପଡ଼ିଲା। ଡାକ୍ତରବାବୁ ପିଲାଟିକୁ ମୋ ହାତକୁ ବଢ଼ାଇ ଦେଇ, ସେଇ ଗୁମ୍ଫା ଭିତରକୁ ପଶିଲେ। ଗୁମ୍ଫା ଭିତରେ କେତୋଟି ପଥର କାଢ଼ି ଗୋଟାଏ ଗାତ ଖୋଳି ଦେଲେ। ସ୍ତ୍ରୀ ଲୋକଟିର ଶବଟିକୁ ଏକା ଟେକିନେଇ ସେଇ ଗାତରେ ପୋତିଦେଲେ। ତା'ପରେ ଏକ ଦୀର୍ଘ ଶିଳାଖଣ୍ଡ ଆଣି ଗୁମ୍ଫା ମୁହଁଟି ବନ୍ଦ କରିଦେଲେ।

ତା' ପରେ ଡାକ୍ତରବାବୁ ପିଲାଟିକୁ ନେଇ ତାଙ୍କ ପତ୍ନୀଙ୍କୁ ଦେଇଥିଲେ। ତାଙ୍କର ପାଗଳିନୀ ପତ୍ନୀ ପୁତ୍ରଟିକୁ ପାଇ ପୁଣି ଠିକ୍ ହୋଇଗଲେ, କିନ୍ତୁ ଡାକ୍ତରବାବୁ ବଡ଼ ଚାକିରିଟେ ଯୋଗାଡ଼ କରି ଚିରଦିନ ପାଇଁ ଭାରତ ଛାଡ଼ିଦେଇ ସପରିବାର ଆମେରିକା ଚାଲିଗଲେ।

ଏ ଯାଏଁ ନିଆଁ ଧାସରେ ଉଷୁମ ଧ୍ୟାନରେ ଚୁପ୍‌ଚାପ୍ ବନ୍ଧୁକ ଧରି ବସିଥିବା ଆମେରିକୀୟ ଯୁବକ, ହଠାତ୍ ଚିତ୍କାର କରିଉଠିଲେ। ଏକ ଅସମ୍ଭବ କୋହ ଏବଂ ଆବେଗରେ ଗୁମ୍ଫାର ପଥରଟିକୁ ଖସାଇବାରେ ଲାଗିଗଲେ। ପଥରଟି ଅକ୍ଳେଶରେ ଗୋଟାଏ କଣକୁ ଖସିଗଲା। ପାଗଳ ଭଳି ଯୁବକ ଉଖାରିଥିଲେ ଦୁଇ ହାତରେ ଗୁମ୍ଫାର ଚଟାଣ। କିଛି ସମୟ ପରେ ତାଙ୍କର ହସ୍ତଗତ ହେଲା କେଇଟି କଂକାଳ। ସେ ମଧ୍ୟରୁ ଶ୍ୱେତବର୍ଣ୍ଣର କେଇଟି କଂକାଳକୁ ଛାତିରେ ଜାବୁଡ଼ି ଧରି ମୋ ନିକଟକୁ ଆସି କଇଁକଇଁ କାନ୍ଦି ଉଠି କହିଲେ, "ମଉସା, ମୋ ମାଣିକର ସନ୍ଧାନ ପାଇଛି। ମଉସା, ମୋ ମାଣିକର ସନ୍ଧାନ ପାଇଛି। ମୋ ମାଆକୁ ମୁଁ ପାଇଛି ମଉସା, ମୋ ମାଆକୁ ମୁଁ ପାଇଛି। ମୋର ଚେରକୁ ମୁଁ ପାଇଛି ମଉସା, ମୋ ଚେରକୁ ପାଇଛି, ମୁଁ ଜଣେ ଡାକ୍ତର ମଉସା। ଥରେ ହାତଛୁଇଁଲେ ଆମେରିକାରେ ହଜାରେ ଡଲାର୍ ପାଏଁ। ମୋର ଅନେକ ସଂପତ୍ତି, ଅନେକ ଡଲାର୍ ଅଛି। କିନ୍ତୁ ଏଇ ମାଆ ଆଉ ମାଟିକୁ ଛାଡ଼ି ମୁଁ ଆଉ ଯାଇପାରିବି ତ। ମୁଁ ଯେ ଜଣେ କୁଟିଆ ମଉସା, ମୁଁ ଜଣେ କୁଟିଆ....।"

ସାକ୍ଷୀ

ପଙ୍କଜ ପାଲ

"ହଜୁର ! ମୁଁ ଗୀତା ଛୁଇଁ ଶପଥ କରି କହୁଛି, ଯାହା କହିବି ସତ କହିବି।"

ଓକିଲ ମହାଶୟ ନିଜର ଚଷମାକୁ ସଜାଡ଼ି ଦେଇ ଲୋକଟିକୁ ଚାହିଁଲେ, ଯେପରି ସାପଟିଏ ଫଣା ଟେକିଛି। ତା'ପରେ ଛାତିଠାରୁ ମୁଣ୍ଡ ପର୍ଯ୍ୟନ୍ତ ଅଂଶଟି ତାଙ୍କର ସାମାନ୍ୟ ହଲିଲା- ଯେପରି ସେ ସବୁ ବୁଝିପାରୁଛନ୍ତି। ଜାଣିପାରୁଛନ୍ତି ଲୋକଟା ସଇତାନ (ମିଛ ସାକ୍ଷୀ।)

- ଆଚ୍ଛା, ତୁମ ନାମ କ'ଣ ?

- ଗିରିଧାରୀ ସାହୁ।

- ତୁମେ କ'ଣ କର ?

- ଆଜ୍ଞା କିଛି ନାହିଁ।

- ସବୁବେଳେ ତେବେ ବଜାରରେ ବୁଲୁଥାଅ ?

- ନାଇଁ ଆଜ୍ଞା। ନିଜ ପାଇଁଟିକୁତ ସମୟ ଅଣ୍ଟେ ନାହିଁ, ମୁଁ କାଇଁକି ବଜାରରେ ଖାଲିଟାରେ ବୁଲିବି।

- ତେବେ ସବୁବେଳେ ଘରେ ଥାଅ ?

- ନାଇଁ ଆଜ୍ଞା, ଚାଷବାସ ମୂଲମଜୁରୀ ଖଟେ।

- ଏବେ ତ କହିଲ ତୁମେ କିଛି କର ନାହିଁ!

ଗିରିଧାରୀ କାବାହୋଇ ଓକିଲ ବାବୁଙ୍କୁ ଅନେଇଲା। ଅସହାୟତାର ଚାହାଣି ଭିତରୁ ଫୁଟି ବାହାରି ପଡୁଥିଲା- ମତେ ଆଉ ଘୁଙ୍ଗାଳନ୍ତୁ ନାହିଁ ଆଜ୍ଞା। ଏତେ ଲୋକ, ଏ

ସାହେବ ଓକିଲମାନଙ୍କ ଆଗରେ ମୋ ତଣ୍ଟି ଶୁଖି ଯାଉଛି। ଛାତି ଥରୁଛି। ମୁଁ ପଡ଼ି ଯିବିକି କ'ଣ! ମତେ ଛାଡ଼ିଦିଅ।

- ତମେ ତା' ହେଲେ ସେଦିନ ବଜାରରେ ବୁଲୁଥିଲ ?

- ନାଇଁ ଆଜ୍ଞା।

- ତା' ହେଲେ ତୁମେ କିଛି ଦେଖି ନା ?

- ନାଇଁ ଆଜ୍ଞା

- ତୁମ ନା ସାକ୍ଷୀ ତାଲିକାରେ କେମିତି ଉଠିଲା ?

- ଆଜ୍ଞା ମୋ ସ୍ତ୍ରୀ ମତେ ରଖେଇ ବସେଇ ଦେଲା ନାହିଁ, ସବୁବେଳେ ଖାଲି ଖିଟିଖିଟି ହେଲା।

ହଠାତ୍ ଓକିଲ ସାହେବ କଥା ଭିତରୁ ପଶି ଆସି ଗିରିଧାରୀକୁ ଆଉ କିଛି କହିବାକୁ ନ ଦେଇ ପଚାରିଲେ- ତୁମ ସ୍ତ୍ରୀ ବାଧ କରିବାରୁ ତୁମେ ସାକ୍ଷୀ ଦେଉଛ। ତୁମେ କିନ୍ତୁ ସେଦିନ ବଜାରକୁ ଯାଇ ନଥିଲ କି କିଛି ବି ଦେଖି ନ ଥିଲ।

- ମାଇଁ ଲର୍ଡ। ଏ ପଏଣ୍ଟ ନୋଟ୍ କରାଯାଉ। ଗିରିଧାରୀ ସାହୁ ଜଣେ ମିଥ୍ୟା ସାକ୍ଷୀ। ତା'ର ସ୍ତ୍ରୀର ଚାପରେ ସେ ସାକ୍ଷୀ ଦେବାକୁ ଆସିଛି।

ଗିରିଧାରୀ ସାହୁ ଘାବରେଇଗଲା। ହଠାତ୍ ତା' ପାଟିରୁ ବାହାରି ଆସିଲା- ନାଇଁ ଆଜ୍ଞା, ମୁଁ କେବେ କୋର୍ଟ କଚେରି ଧନ୍ଦାରେ ପଶି ନାହିଁ। ଏସବୁ ଥାନକୁ ମୋର ଭାରି ଭୟ। ମୁଁ ସେଇଥିପାଇଁ ନାଗମଣି ବାବୁଙ୍କୁ ମନା କରୁଥିଲି। ମତେ ସେ ଧନ୍ଦାରେ ପୂରାନ୍ତୁ ନାହିଁ। ମୁଁ କିଛି କହି ପାରିବି ନାହିଁ।

ଏଥର ଜଜ୍ ସାହେବ ନିଜର ଚୌକି ଉପରେ ଆଉଜି ପଡ଼ି ସହଜ ସ୍ୱରରେ କହିଲେ- ନା, ତୁମେ ଭୟ କରନା। ସବୁ ସତ ସତ କଥା କୁହ। ତୁମର ସାକ୍ଷୀ ବଡ଼ ଗୁରୁତ୍ୱପୂର୍ଣ୍ଣ।

ଗିରିଧାରୀ ସାହୁ ଏଥର ଟିକିଏ ସାହସ ସଞ୍ଚୟ କରି କହିଲା- ହଜୁର, ମତେ ଆଉ କିଛି ପଚାରନ୍ତୁ ନାହିଁ। ମତେ ଛାଡ଼ି ଦିଅନ୍ତୁ । ମୋ ଦେହ ହାତ ଥରୁଛି। ମତେ ପଛେ ଆଉ ଦିନେ ସବୁ କଥା ପଚାରିବେ, ମୁଁ କହିବି । ଆଜି...ଗିରିଧାରୀ ହାତଯୋଡ଼ି ବିକଳଭାବେ ଜଜ୍ ସାହେବ ଓ ଓକିଲଙ୍କୁ ଆଖି ଫେରେଇ ଚାହିଁ ରହୁଥାଏ।

ଜଜ୍ ସାହେବ ନାଜରକୁ ଚାହିଁ କହିଲେ- ଏ ସାକ୍ଷୀକୁ ପୁଣିଥରେ ଶେଷ ସାକ୍ଷୀ ଭାବେ ଡକାଇବାକୁ ଦିନଧାର୍ଯ୍ୟ କରିବେ। ଆଜି ସେ ଯାଉ।

- ହଁ ତୁମେ ଯାଅ। ଓକିଲ ମହାଶୟଙ୍କ ଆଦେଶ ପାଉ ପାଉ ଗିରିଧାରୀ ସାହୁ କୃତ୍ୟକୃତ୍ୟ ହୋଇ ହାତ ଯୋଡ଼ି କୋର୍ଟକୁ ଦଣ୍ଡବତ କଲା। ଗୋଡ଼ ଟେକି ପ୍ଲାଟଫର୍ମ

ଉପରୁ ତଳକୁ ଆସି ଯେତେବେଳେ ବାହାରେ ପହଞ୍ଚିଲା, ସେତେବେଳେ ସେ ନିଃଶ୍ୱାସ ନେଇ ପାରୁନଥିଲା। ସେ ନିଜକୁ ଠେଲି ନେଇ ଯାଇ ବସି ପଡ଼ିଲା କୋର୍ଟ ବାରଣ୍ଡାରେ।

କୋର୍ଟ ଭିତରେ ବାହାରେ ବେଶ୍ ଲୋକ ଥିଲେ। ଗୋଟାଏ ଚଳନ୍ତି ହୈଚୈରେ ସ୍ଥାନଟି ପୂରି ରହିଥିଲା। ଗିରିଧାରୀ ସାହୁର ନିଃଶ୍ୱାସ ଘରେ ପଶିବାରୁ ସେ ମୁହଁ ଟେକି ଯାହାଙ୍କୁ ଖୋଜିଲା ସେ- ନାଗମଣି ବାବୁ । ସେ ତାଙ୍କ ବ୍ୟତୀତ ଅନ୍ୟମାନଙ୍କୁ ଦେଖି ପାରିଲା ସେଇ ଓକିଲ ଯିଏ ତାକୁ ଜେରା କରୁଥିଲେ ତା' ଠାରୁ ଖଣ୍ଡେ ଦୂରରେ ଠିଆ ହୋଇ ସିଗ୍ରେଟ୍ ଲଗାଉଛନ୍ତି । ତାଙ୍କ ମହକିଲ ଘନ ରାଉତ ହସ ହସ ମୁହଁରେ ତାଙ୍କ ପାଖରେ ଠିଆ ହୋଇ ସେ କ'ଣ ପଚାରୁଛି। ମୋହରିର ବି ସେଠି ଫାଇଲ୍ ଧରି ଠିଆ ହୋଇଛି। ସେମାନେ ସମସ୍ତେ ଖୁସି। ବିରକ୍ତିରେ ସେପଟୁ ମୁହଁ ବୁଲେଇ ନେଲା ଗିରିଧାରୀ। ସେ ଦେଖିଲା ତା' ପାଖରେ ଦୁଇଜଣ ପୋଲିସ ଠିଆ ହୋଇଛନ୍ତି। ସେମାନେ ତାକୁ ଶୁଣେଇ କହିଲେ- ଶଳା ପେଖନା କାଢୁଛି। ଘରେ ମାମଲତକାରୀ ଦେଖେଇବ ଯେ ପାଟିରେ ବାଟୁଳି ବାଜିବ ନାହିଁ, ଯେମିତି ଦୁନିଆଯାକର ଆଇନ୍ ଜାଣିଛି। ଏଠିକି ବାନା ପରଖର୍ଚ୍ଚରେ ଆସିଥିଲା କେସ୍‌କୁ ଭଣ୍ଡୁର କାରିବାକୁ।

- ହଇରେ ତୁ ସେ ମର୍ଡ଼ର ହେଲାବେଳେ ଦେଖି ନଥିଲୁ? ଗିରିଧାରୀ ଠିଆ ହୋଇଯାଇ କହିଲା- ହଁ, ଆଜ୍ଞା ଦେଖିଥିଲି।

- ଦେଖିଥିଲୁ ତ ଆଉ ମାଇପ କହିଲା, ବୋଉ କହିଲା, ବୋପା କହିଲା କାହିଁକି କହୁଥିଲୁ ବେ? ପୋଲିସବାବୁ ବିରକ୍ତ ହୋଇ ଯାଇଥିଲେ।

- ଆଜ୍ଞା ମୋ ମୁଣ୍ଡ ବିଗିଡ଼ି ଗଲା ।

- ଶଳା ସେ ପଟରୁ କିଛି ମାଲ ପକେଇଛୁ କି ? ପୋଲିସ ବାବୁ ଜଣକ ଆଙ୍ଗୁଠିରେ ଆଙ୍ଗୁଠି ଘସି ଇସାରା ଦେଲେ।

- ଆଜ୍ଞା, ଜଗନ୍ନାଥଙ୍କ ଦ୍ୱାହି। ଏଠି ଧର୍ମ କୋର୍ଟ କଚେରି ଲାଗିଛି। ସେ କଥାସବୁ ଏ ଗିରିଧାରୀ ଜାତକରେ ନାହିଁ।

ଆଉ କିଛି ଶୁଣିବାକୁ ପୋଲିସ ଦୁଇଜଣ ଯାକ ସେଠି ରହିଲେ ନାହିଁ। ଗିରିଧାରୀ ହତାଶିଆ ଅନୁଭବ କଲା ଓ ମୁହଁ ବୁଲେଇ ନାଗମଣି ବାବୁଙ୍କୁ ଖୋଜିଲା। ତା' ପାଖରେ ଗାଁକୁ ଯିବାକୁ ପଇସା ନାହିଁ କି ଖାଇବାକୁ ପଇସା ନାହିଁ। କ'ଣ କରିବ ସେ ଜାଣି ପାରୁନଥାଏ। ସେ ଖାଲି କେମିତି ଏକ ଆତ୍ମଗ୍ଳାନିରେ ଛଟପଟ ହୋଇ ଖୋଜୁଥାଏ ନାଗମଣି ବାବୁଙ୍କୁ।

ତା'ର ଏତେ ପାଖରେ କୋର୍ଟ ପିଣ୍ଡାରେ ଯେ ନାଗମଣି ବାବୁ ଠିଆ ହୋଇଛନ୍ତି ସେ ନିଜକୁ ବି ବିଶ୍ୱାସ କରି ପାରିଲା ନାହିଁ। ସେ ତାଙ୍କୁ ଦେଖୁ ଦେଖୁ କେମିତି ନିଜକୁ

ଅପରାଧୀଟିଏ ମନେ କଲା। ତାଙ୍କ ପାଖକୁ ଯିବାକୁ ଆଉ ସାହସ ବା ଇଚ୍ଛା ହେଲାନାହିଁ । ସେ ସେଇଠି ଖାଲି ନଙ୍ଗପଙ୍ଗ ହେଲା।

- ଗିରିଆ ଭାଇ, ଆସ ଖାଇବ ଆସ। କିଛି ସମୟ ପରେ ନିଜେ ନାଗମଣି ବାବୁ ଶୁଖିଲା ସ୍ୱରରେ ତାକୁ ଡାକିଲେ ଓ ଚାଲିବା ଆରମ୍ଭ କରିଦେଲେ । ଅଗତ୍ୟା ଗିରିଧାରୀ ତାଙ୍କ ପଛେ ପଛେ ଚାଲିଲା।

ସେମାନେ ଅନ୍ନପୂର୍ଣ୍ଣା ହୋଟେଲରେ ପଶିଗଲେ। ବାଲ୍‌ଟିରୁ ମଗରେ ପାଣି ଆଣି ମୁହଁ ହାତ ଧୋଇ ପକେଇ ବସିଗଲେ ଗୋଟାଏ ଲମ୍ବା ବେଞ୍ଚ ଓ ଡେସ୍କ ମଝିରେ।

- ନାଗୁ ବାବୁ! ତମକୁ ମିଛ ମତେ ସତ, ମୋ ମୁଣ୍ଡ ଖରାପ ହୋଇଗଲା । ଗିରିଧାରୀ ନିଜକୁ ବୁଝାଇବାକୁ ଚେଷ୍ଟା କରୁଥାଏ। - ହେଇ ଲକ୍ଷ୍ମୀଙ୍କ ପାଖରେ ବସିଛି। ମିଛ କହୁଥିଲେ ସାତ ଜନ୍ମ ଯାଏ ମତେ ଅନ୍ନ ମିଳିବ ନାହିଁ।

- କ'ଣ ଖାଇବ ? ମାଛ ନା ସାଦା ! ନାଗୁବାବୁ ଏ ସବୁ କଥାକୁ କାନ ନ ଦେଇ ପଚାରିଲେ।

ଏମିତି ଭାବ ଦେଖି ଗିରିଧାରୀର ଖାଇବାକୁ ଇଚ୍ଛା ହେଲାନାହିଁ। ସେ ଅଭିମାନ ଆଉ ଅନୁତାପଭରା କଣ୍ଠରେ କହିଲା- ତମେ ମୋ ଉପରେ ରାଗିଛ।

- ପୁଅ ମଲା ଦିନଠୁଁ ମୁଁ ଆଉ ଆଇଁଷ ଖାଉନାହିଁ। ଗୋଟାଏ ସାଦା ଓ ଗୋଟାଏ ଆଇଁଷ ମିଲ୍ ଦିଅ। ନାଗୁବାବୁ ପୂଜାରୀକୁ ବରାଦ୍ ଦେଲେ।

ଗିରିଧାରୀ କାନ୍ଦ କାନ୍ଦ ହୋଇ ଉଠିଲା। ସେ ନିଜକୁ ଖୁବ୍ ଛୋଟ ମନେ କରି କହିଲା ହଉ ହେଲା, ନାଗୁବାବୁ! ଯେଉଁ ଭୁଲ୍ ତ କରିଛି, କରିଛି। ତମ ସାଙ୍ଗରେ ଆସି ତମର ନାଁ ମୋର, କାହାରି କିଛି ଲାଭ ହେଲାନି । ଘରକୁ ଗଲେ ମୋ ପିଛା ଖର୍ଚ୍ଚ କରିଥିବା ପଇସା ମୁଁ ତମକୁ ଦେଇଦେବି।

ଭାତ ଗୁଣ୍ଡାକୁ ପାଟି ପାଖକୁ ନେଉଁ ନେଉଁ ନାଗୁବାବୁ ଅଟକି ଯାଇ ଚାହିଁଲେ ଗିରିଧାରୀ ସାହୁକୁ। ସେ ଭାରି ଭାରି ସ୍ୱରରେ କହିଲେ- ହଁ, ତୁମେ ସେ ଟଙ୍କା ଫେରେଇ ଦବ। ହେଲେ ମୋ ବାଇଶ ବର୍ଷର ପୁଅକୁ ଫେରେଇ ପାରିବ କି ?

ଗିରିଧାରୀ ମୁଠା ଭାତକୁ ଆଙ୍ଗୁଠିରେ ଘାଣ୍ଟୁଥାଏ ନିରବରେ।

- ତମେ ଇଚ୍ଛା କରିଥିଲେ, ଯାହା ସବୁ ଦେଖିଥିଲ କୋର୍ଟରେ କହି ପାରିଥାନ୍ତ। ଆଉ ସେ ଖୁଣୀମାନେ ଦଣ୍ଡ ପାଇଥାନ୍ତେ। ତା' ତମେ କଲ ନାହିଁ। କାହିଁକି ସେ ସବୁ କଥା କହିଲ ନାହିଁ, ମତେ କ'ଣ ଅଛପା ଅଛି ବୋଲି ଭାବୁଛ ! ମୁଁ ସବୁ ଜାଣେ।

- କ'ଣ ଜାଣିଛ ? ଗିରିଧାରୀ ମୁହଁ ଟେକି ପଚାରିଲା।

- ହଉ ଖାଇଦିଅ। ଭାତ ଥଣ୍ଡା ହୋଇଯାଉଛି। ମୁଁ ତ ଆଉ ଖାଇପାରିବି ନାହିଁ

ମୋ ହୃଦ ଜଳୁଛି। କାହାକୁ ସେ ସବୁ କଥା କହିବି ? ଆଖିରେ ଦେଖିଥିବା ଲୋକ, ପୁଣି ମୋ ନିଜ ଲୋକ ହୋଇତ ପାଟି ଖୋଲୁ ନାହାନ୍ତି ସତ କହିବାକୁ।

- ପୁଅ ମରିବାର ଦୁଃଖ ସହ ଏ ଦୁଃଖ ବି ସହିବାକୁ ପଡୁଛି। କ'ଣ ଆଜି କାଲି ମଣିଷ ହୋଇ ଗଲେଣି । ସତ୍ୟ ନ୍ୟାୟ ଧର୍ମ ଟିକିଏ କାହା ପାଖରେ ଆଉ ଦେଖାଯାଉ ନାହିଁ। କେମିତି ଏ ଦୁନିଆରେ ଚଳିବ କେଜାଣି।

ମୁଁ ଭାବୁଥିଲି, ସେ ଗୁଣ୍ଡାମାନେ, ବଜାର ମଝିଟାରେ ସମସ୍ତଙ୍କ ଆଖି ଆଗରେ ମୋ ପୁଅକୁ ମାରି ନିସ୍ତାର ପାଇବେ ନାହିଁ। ନିଶ୍ଚୟ ଦଣ୍ଡ ପାଇବେ। ହେଲେ, ସବୁ କଥା ଦେଖିଥିବା ଲୋକମାନେ ସାକ୍ଷୀ ହେବାକୁ ନାହିଁ କରୁଛନ୍ତି। କହୁଛନ୍ତି ଆମେ କିଛି ଦେଖିନାହୁଁ। ଆମକୁ ସେ ଅଡୁଆରେ ପୂରାଅ ନାହିଁ। ଦୀର୍ଘଶ୍ୱାସ ପକାଇ ନାଗମଣି ବାବୁ ଖାଇବା ପାଖରୁ ଉଠିଗଲେ । ହାତ ଧୋଇ ଆସି ଗିରିଧାରୀ ପାଖରେ ଠିଆ ହୋଇ କହିଲେ- ତୁମେ ଭାଇ ଖାଇଦିଅ । ବ୍ୟସ୍ତ ହୁଅନା। ମୁଁ ବାହାରେ ପାନ ଭାଙ୍ଗି ଆଣୁଛି।

ଗିରିଧାରୀ ନିରବରେ ସବୁ କଥା ଶୁଣୁଥାଏ । ସେ ଏମିତି ଅପରାଧୀ ନିଜକୁ ମନେ କରୁଥାଏ ଯେ ଭୋକ ସତ୍ତ୍ୱେ ଖାଇ ପାରୁ ନଥାଏ । ଯାଢ଼େ ଭାତ ଗଣ୍ଡାକ ଛାଡ଼ିଦେଇ ଉଠି ଆସିବାକୁ ବି ଉଚିତ ମଣୁ ନଥାଏ । କୌଣସି ମତେ ନାକରେ ପାଟିରେ ସେତେକ ପୂରେଇ ଦେଇ ସେ ହାତ ଧୋଇଲା। ଲୁଗା କାନିରେ ମୁହଁ ହାତ ପୋଛି ଯେତେବେଳେ ନାଗମଣିଙ୍କ ହାତରୁ ପାନ ଦିଖଣ୍ଡ ଧରିଲା ସେ ନିଜକୁ ଖୁବ୍ ଏକୁଟିଆ ଓ ହୀନ ମନେ କରୁଥିଲା । ଚୁପ୍ ଚାପ୍ ତାଙ୍କ ପଛରେ ଚାଲୁଥିଲା।

ବସ୍‌ରୁ ଓହ୍ଲାଇ ରାତି ଘଡ଼ିକ ସୁଦ୍ଧା ସେମାନେ ଯାଇ ଗାଁରେ ପହଞ୍ଚିଲେ । ଗିରିଧାରୀର ଘର ଗାଁ ଠୁଁ ଟିକିଏ ଦୂରରେ।

- ଚାଲ, ତୁମକୁ ମୁଁ ତମ ଘରେ ଛାଡ଼ିଦେଇ ଆସିବି । ହଠାତ୍ ମୁହଁ ଖୋଲି ନାଗମଣି କହିଲେ।

- ନାଇଁ ମୁଁ ଚାଲିଯିବି।

- ଅନ୍ଧାର ହୋଇଗଲାଣି, ଡର ମାଡ଼ିବ।

- ମତେ ଡରମାଡ଼େ ନାହିଁମ ! ହଠାତ୍ କହୁ କହୁ ଅଟକିଗଲା ଗିରିଧାରୀ ।

- ତମକୁ ଡର ମାଡ଼େ ନାହିଁ ? ନାଗମଣି ତୀକ୍ଷ୍ଣ ସ୍ୱରରେ ପଚାରିଲା।

ଗିରିଧାରୀ ଚୁପ୍ ରହିଲା। କ'ଣ ଉତ୍ତର ଦେବ ସେ ବୁଝିପାରିଲା ନାହିଁ। ଆଗେ ଆଗେ ନାଗମଣି ବାବୁ ଚାଲିଥାନ୍ତି । ବାସ୍ତୁହରା ମଣିଷଟିଏ ଯେମିତି। ଯାହା ଭାବୁଛି ତା' କରୁଛି । ଯୁଆଡ଼େ ପାଦ ପଡୁଛି ସିଆଡ଼େ ଚାଲୁଛି।

- ନାଣ୍ଡି ଅପା, ନାଣ୍ଡି ଅପା । କବାଟ ଖୋଲ। ନାଗମଣି ବାବୁ ଯାଇ ଗିରିଧାରୀର କବାଟ ବାଡ଼େଇଲେ ।

ହାତରେ ଗୋଟାଏ ଡିବିରି ଧରି ନାଣ୍ଡି ଅପା କବାଟ ଖୋଲି କହିଲା- ଆସିଲ। ଆମ ଘରକୁ ଆସ ।

- ନାଇଁ ମୁଁ ଯାଉଛି । ଡର ମାଡ଼ିବ ବୋଲି ମୁଁ ଭାଇଙ୍କୁ ଛାଡ଼ିଦେବାକୁ ଆସିଥିଲି।

- କ'ଣ ହେଲା, ଟିକିଏ କହିକରି ଯା ! ନାଣ୍ଡି ଅପାର ଉଦ୍‌ବିଗ୍ନ ସ୍ୱର।

- ତୁ ତାଙ୍କୁ ପଚାରି ବୁଝ ସବୁ କଥା । ମତେ ଥକ୍‌କା ଲାଗିଲାଣି। ନାଗମଣି ବାବୁ ପାହାଚ ତଳକୁ ଓହ୍ଲାଇ ପଡ଼ିଲେ।

- ଇରେ ଆଲୁଅଟାଏ ନେଇଯା । ଅନ୍ଧାରରେ କେମିତି ଯିବୁ ?

- ମୁଁ ଯାଇ ପାରିବି। ପୁଅ ମଲା ପରେ ଆଉ ମୋର କ'ଣ ଅଛି କହୁନୁ ? ଆଉ ଜୀବନକୁ ଶରଧା ଅଛି ? ତୁ ଥା'। ନାଗମଣି ବାବୁ କହିଦେଇ ଚାଲିଗଲେ । ନାଣ୍ଡି ଅପାକୁ ସେଇ ସ୍ୱର ଯେମିତି ଛନ୍ଦି ପକେଇଲା । ତା' ସମବେଦନଶୀଳ ହୃଦୟରେ କୋହ ଭରିଗଲା।

କବାଟ ଦେଇ ଘର ଭିତରକୁ ସେମାନେ ପଶିଲେ । ଗିରିଧାରୀ କିଛି ନ କହି କୂଅମୂଳକୁ ଚାଲିଗଲା ଧୋଇଧାଇ ହେବାକୁ। ଗାମୁଛାଟା, ଖୋଜିଆଣି ନାଣ୍ଡିଅପା ବଢ଼େଇଦେଲା ସ୍ୱାମୀଙ୍କୁ। ସେ ପୋଛିପାଛି ହେଲା। ଗାମୁଛା ବଦଳେଇଲା।

- କ'ଣ ହେଲା, କହୁନା କାହିଁକି ? - ନାଣ୍ଡି ପଚାରି ହାତରେ ଧରିଥିବା ଡିବିରିକୁ ଚଟାଣରେ ଥୋଇଦେଇ ବସିପଡ଼ିଲା ।

- କ'ଣ ଆଉ ହବ। ଦୀର୍ଘଶ୍ୱାସ ପକେଇ ଗିରିଧାରୀ ଖଟଉପରେ ବସିପଡ଼ି ଉତ୍ତର ଦେଲା।

- ତମେ କ'ଣ ସାକ୍ଷୀ ଦେଲ ନାହିଁ ?

- ଦେଲି ଯେ କିଛି କହିପାରିଲି ନାହିଁ ।

- ଯାହା ଦେଖିଥିଲ, ତା' ବି କହିପାରିଲ ନାହିଁ ?

- ନା।

- ନା ! କାହିଁକି ? ଚିଡ଼ିଉଠି ନାଣ୍ଡି ପଚାରିଲା।

- ଡର ମାଡ଼ିଲା।

- କାହାକୁ ?

- ତତେ ମୁଁ କିଛି କହିନି। ତୁ ବେସ୍ତ ହବୁ ବୋଲି।

ନାଣ୍ଡି ତିଖ ଭାବେ ଚାହିଁ ରହିଲା ନିଜ ସ୍ୱାମୀଙ୍କୁ। ମତେ ପୁଣି କେଉଁ କଥା

କହିନା ? ଦି' ଦିନ ତଳେ ପଞ୍ଚାଏ ଗୁଣ୍ଡା ମତେ ଘେରିଥିଲେ । ଧମକଦେଇ ପଚାରିଲେ- "ତୁ ଅଜୁ ମର୍ଡ଼ର କେସ୍‌ରେ ସାକ୍ଷୀ ହେବାକୁ ଚାହୁଁଛୁ।"

ମୁଁ ତ ଆବାକାବା ହୋଇ ଠିଆ ହୋଇଥାଏ । ମତେ ବି ସେମାନେ କିଛି କହିବାକୁ ଦଉନଥାନ୍ତି । ଖାଲି ନିଜ ତରଫରୁ କହିଯାଉଥାନ୍ତି। - "ଦେଖ ଶଳା ତତେ ଭଲରେ କହିଦଉଛୁ। ଅଜୁ ତ ମଲାଣି ଗଲାଣି। ତା' ପାଇଁ ଆଉ ଗୋଟାଏ ଟୋକା ଜୀବନ ମାଟି କାଇଁ କରିବୁ। ଶଳା ଯଦି ତୁ କିଛି ଦେଖିଛୁ ବୋଲି କୋର୍ଟରେ କହିବୁ, ତାହେଲେ ଘରୁ ମାଇପର ହାତରୁ ଚୁଡ଼ି କାଢ଼ି ଦେଇ ଯାଇଥିବୁ। ମନେରଖ- କୋର୍ଟରୁ ବାହାରିଲେ କୋଉଁ ବୋପା ତୋ ପିଠିରେ ପଡ଼ିବେ ନାହିଁ।"

ତମେ ଏଇ ଡରରେ ସାକ୍ଷୀ ଦେଲ ନାହିଁ? ନାଣ୍ଡିର କଣ୍ଠରେ ଭରିଗଲା ତାଚ୍ଛଲ୍ୟ । ଡରରେ ଆଉ ଆଉ ଦେଖିଥିବା ଲୋକେ ପାଟିରେ ବେଙ୍ଗ ପୂରେଇ ଆଖିରେ ସିଞ୍ଜୁ ମାରି ପଡ଼ି ରହିଲେ । ଯେମିତି କିଛି କେହି ଦେଖି ନାହାନ୍ତି, ଜାଣି ନାହାନ୍ତି। ମାଇଚିଆଏ, ଅଜୁ ମର୍ଡ଼ର ଦେଖି ଯେମିତି କଥା କହୁଥିଲେ ସବୁ ତାଡ଼ି ପକେଇବେ । ଅସଲ ବେଳ ଆସିଲା ବେଳକୁ ସେ ବାଡ଼ିପଶା ଖୁଣୀର ବାପା ଆଉ ତା' ସାଙ୍ଗମାନେ ଯେତେବେଳେ ହାତରେ ତାଙ୍କର ଦି ପଇସାଗୁଞ୍ଜି ଦେଲେ କି ଟିକିଏ ଧମକଚମକ ଦେଇ ଦେଲେ ସମସ୍ତେ ମୁହଁ ମାଡ଼ି ରହିଲେ।

ଶେଷରେ ତମେ ବି ସେମିତି କଲ !

ଟିକିଏ ତମେ ଧର୍ମକୁ ଚାହିଁଲ ନାହିଁ । ମୋ ନାଗୁ ଭାଇ ମୁହଁକୁ ଚାହିଁଲ ନାହିଁ । କେଡ଼େ ସୁଧାର ମଣିଷଟିଏ ସେ । ମତେ ତା' ମା' ଧର୍ମଝିଅ କରିଥିଲା, ହେଲେ ସେ ତ ଏକା ନାଡ଼ିକଟା ଭଉଣୀ ଭଳି ମତେ ଦେଖେ। ତମକୁ କେତେ ଖାତିର କରେ। ଡରରେ ତମେ ସବୁ ପାସୋରି ପକେଇଲ ? ଛି,ଛି..ଛି,ଛି,ଛି, ଏ ଦେଶରେ କ'ଣ ଆଉ ରହି ହେବ ନାହିଁ? ଗୁଣ୍ଡା ବଦମାସତ ସବୁବେଳେ ସବୁକାଳେ ଅଛନ୍ତି..... ରହିବେ....ଇଆ ବୋଲି ଆମେ ଭଲ ଲୋକଗୁଡ଼ାକ ସେ ଅସାମାଜିକ ଲୋକଗୁଡ଼ାଙ୍କୁ ଡରିବା ? ଏମିତି ଯେ ସତ କଥା, ଆଖିରେ ଦେଖା କଥା କହି ପାରିବା ନାହିଁ।

ନାଣ୍ଡିର ଆଖି ଜଳିଲା ବିଦ୍ୱେଷରେ, ଘୃଣାରେ ।- "ଏଇ ଚୁଡ଼ି ପାଇଁ ତମେ ସତ କଥା ନ କହି ନିଜକୁ ଏଡ଼େ ଛୋଟ କରିଦେଲ ? କି ମର୍ଯ୍ୟାଦା ରଖିଲ ୟା'ର । ଇଏ ଥାଇ କେତେ ନ ଥାଇ କେତେ।"

ନାଣ୍ଡି ଚଟାଣ ଉପରେ ଖୁବ୍ ଜୋର୍‌ରେ ତା' ହାତ ଦୁଇଟାକୁ ପିଟିଦେଲା । ସେଇ ଘାତରେ ହାତର ମୁଠାକଯାକ ପାଣିକାଚ ଭାଙ୍ଗି ଛିଟିକି ପଡ଼ିଲା ଚାରିଆଡ଼େ । ତା'ପରେ ସେ କାନ୍ଦି ଉଠିଲା ବିକଳ ହୋଇ ।

ଗିରିଧାରୀ ସାହୁ ଚମକିପଡ଼ି ଠିଆ ହୋଇଗଲା । ■

ସମୟ ସମୁଦ୍ର ଓ ସ୍ୱର୍ଗଦ୍ୱାର

ଅଧ୍ୟାପକ ବିଶ୍ୱରଂଜନ

ସମୟ......

ଏକ ବେଗଗାମୀ ସ୍ରୋତ। ସବୁବେଳେ ବହି ଚାଲିଛି। କାହାରିକୁ ସେ କେବେ ଅପେକ୍ଷା କରିନାହିଁ।

ସମୁଦ୍ର......

ପ୍ରଥମ ସୃଷ୍ଟିର ଜୀବନ୍ତ ପ୍ରତୀକ। ଅନନ୍ତ-ଅସୀମ । ବକ୍ଷରେ ତାର ସତେ ଅଗଣିତ ତରଙ୍ଗର ଉଦ୍‌ବେଳନ।

ସ୍ୱର୍ଗଦ୍ୱାର....

ବାଲୁକାମୟ ଏକ ଶ୍ମଶାନ। ପ୍ରତିଦିନ ପ୍ରତି ମୁହୂର୍ତ୍ତରେ ପ୍ରତୀକ୍ଷା କରି ରହିଛି। ମୃତଯାତ୍ରୀର ଆଗମନକୁ ସ୍ୱାଗତ ଜଣାଇବା ପାଇଁ। ହିନ୍ଦୁ ମନର କଳ୍ପନାକୁ ବାସ୍ତବ ରୂପ ଦେଇ ଗଢ଼ି ଉଠିଛି ଏଇ 'ସ୍ୱର୍ଗଦ୍ୱାର'- ଯେଉଁଠି ଶତାଧିକ ଆତ୍ମା ମାଟିର ଘଟ ତ୍ୟାଗ କରି ସ୍ୱର୍ଗ ଅଭିମୁଖେ ଯାତ୍ରା କରନ୍ତି ।

ପୁରୀର ଏଇ ସମୁଦ୍ର - ଏଇ ସ୍ୱର୍ଗଦ୍ୱାର। ମୋର ଅତି ପରିଚିତ ଅତି ଆତ୍ମୀୟ ଅତି ଆପଣାର। ତିନିବର୍ଷ ପରେ ଆଜି ସେଇ ସ୍ୱର୍ଗଦ୍ୱାରର ଅଦୂରରେ ବିସ୍ତୃତ ବହଳ ବାଲିଶେଯ ଉପରେ ବସି ମୁଁ ପୁଣି ଥରେ ଦେଖୁଥିଲି ମୋ' ଜୀବନର ଏହି ଅବିସ୍ମରଣୀୟ ସ୍ଥାନଟିକୁ। ସନ୍ଧ୍ୟା କ୍ରମେ ନଇଁ ଆସୁଥିଲା ।

ସମୁଦ୍ରର ଅଗଣିତ ଢେଉ ଭିତରୁ ଗୋଟିଏ ଢେଉ ଆସି ମୋର ପାଦ ଦୁଇଟିକୁ ଛୁଇଁ ଦେଇଗଲା। ମନର ବେଳା ଭୂଇଁରେ ହଜି ଯାଇଥିବାବେଳେ ସ୍ମୃତିର ଢେଉ ପୁଣି

ଥରେ ନାଚି ଉଠିଲେ। ଦି'ହାତରେ ଦି'ମୁଠା ବାଲି ନେଇ ଦେଖୁଥିଲି। ଆଙ୍ଗୁଳିର ସୂକ୍ଷ୍ମ ଛିଦ୍ର ଦେଇ ବାଲି ଗୁଡ଼ାକ ଖସି ପଡୁଥିଲେ ତଳକୁ। ଖୋଜୁଥିଲି। ପାଉନଥିଲି।

ସେଇ ରାଶି ରାଶି ବାଲି ଭିତରେ ଖୋଜୁଥିଲି ମୋର ବୋଉକୁ-ଦୁଇବର୍ଷ ତଳେ ଯାହାର ସୁନ୍ଦର ଦେହଟା ପାଉଁଶ ହୋଇ ଏଇ ସମୁଦ୍ର ଓ ସ୍ୱର୍ଗଦ୍ୱାରେ ବାଲି ସହିତ ମିଶି ଏକ ହୋଇଗଲା। କେତେ ଆଶା କରି ନଥିଲା ସିଏ । ପୁଅକୁ ତାର ବାହା କରିବ। ଘରକୁ ବୋହୂ ଆଣିବ। ନାତି ନାତୁଣୀ। ଆଉ ଭାବିପାରୁ ନଥିଲି। ବୋଉର ମନରେ ଭରି ଯାଇଥିଲା କେତେ ଆଶାର ଫସଲ। ସବୁ କିନ୍ତୁ ଉଜୁଡ଼ିଗଲା। ପୁଅର ଏକା ଜିଦ୍, ଚାକିରି ସତ, ହେଲେ ବାହା ହେବନି। ଜନ୍ମ ଦେଇ ଯେଉଁ ମୁହୂର୍ତ୍ତରୁ ମା' ହେବାର ଗୌରବ ସେ ଲାଭ କରିଥିବ, ସେଇ ମୁହୂର୍ତ୍ତରୁ ମୋତେ ନେଇ ସେ ହୁଏତ ଏ ସମୁଦ୍ରର ଅସଂଖ୍ୟ ଢେଉ, ଏ ସ୍ୱର୍ଗଦ୍ୱାରର ଆକଳନ କାଲି ଅପେକ୍ଷା ଆହୁରି ବିରାଟ, ଏକ ଅନନ୍ତ କଳ୍ପନା- ଆକାଶରେ ଘୂରି ବୁଲିଥିବ ଅବ୍ୟକ୍ତ ଆନନ୍ଦରେ ଆତ୍ମ-ବିଭୋର ହୋଇ ଠିକ୍ ଯେମିତି ନୀଳ ଆକାଶର ସୌନ୍ଦର୍ଯ୍ୟ ଭିତରେ ପହଁରି ପହଁରି ଚାଲିଥାନ୍ତି ଦଳ ଦଳ ହୋଇ ପକ୍ଷୀ ଦଳ ସବୁ। ଆଉ ପୁଅର ବିବାହ ଦେଖି ଅଧିକ ଆନନ୍ଦ ଓ ଗୌରବ ଲାଭ କରିବାର ଯେଉଁ ବାସନା ଟିକକ ମନ ଭିତରେ ମୁଣ୍ଡ ଟେକି ଠିଆ ହୋଇଥିଲା- ତାହା ଯେତେବେଳେ ତା ପୁଅର ଏକ ଅପ୍ରତ୍ୟାଶିତ ମୂଲ୍ୟହୀନ ନିଷ୍ପତ୍ତିରେ ଧକ୍କା ଖାଇ ଭାଙ୍ଗି ଖଣ୍ଡ ଖଣ୍ଡ ହୋଇ ମାଟିରେ ମିଶିଗଲା- ସେ ବା ଆଉ ଅପେକ୍ଷା କରିଥାନ୍ତା କାହିଁକି ? ସେଇ ଦୁଃଶ୍ଚିନ୍ତାରେ ସେ ବି ଆଖି ବୁଜିଦେଲା। ତା' ମନରେ ସ୍ୱପ୍ନ ପରି ତା' ମାଟିର ଦେହଟା ଶେଷରେ ମାଟିରେ ମିଶି ଏକ ହୋଇଗଲା।

ସାଗର ବକ୍ଷରୁ ଆଉ ଗୋଟିଏ ଢେଉ ଆସି ମୋର ପାଦ ଦୁଇଟିକୁ ସ୍ପର୍ଶ କରି ଦେଇଗଲା। ବିଦ୍ୟୁତ୍‌ର ଏକ ତଡ଼ିତ୍ ପ୍ରବାହିତ ହୋଇଗଲା ମୋ ଦେହରେ। ମୁଁ ଫେରିଗଲି ପଛକୁ- ଖୁବ୍ ପଛକୁ। ସେଇ ପଛକୁ ଫେରି ଚାହିଁ ଦେଖୁଥିଲି ଅପର ପାର୍ଶ୍ୱରୁ ସମୁଦ୍ରରୁ ଢେଉ ଭଳି ନାଚି ନାଚି କାହିଁ କେତେ ଦୂରରୁ ଚାଲି ଆସୁଥିଲା ରୀନା । ଆସୁଥିଲା, ଛୁଇଁ ଦେଇ ଚାଲିଯାଉଥିଲା ମୋ ଦେହରେ ପ୍ରତି ଶିରା ପ୍ରଶିରାରେ ଗୋଟାଏ ନୂଆ ଚମକ ଖେଳେଇ। ସମୁଦ୍ରର ସଙ୍ଗୀତ ଭଳି ତା' କଣ୍ଠରେ ମୋ କାନ ଦୁଇଟିର ପ୍ରତି ତନ୍ତ୍ରୀରେ ଆଘାତ ସୃଷ୍ଟି କରି ତାକୁ ଛିନ୍‌ଭିନ୍ କରିଦେଉଥିଲା। ତାର ସେଇ ପିଲାଳିଆ ନାଚ, ଗୀତ, ଅସରନ୍ତି ହସ ଭିତରେ ମୁଁ ନିଜକୁ ହଜେଇ ବସିଥିଲି।

"ଆମ ଘରକୁ କାଲି ଆସିବୁ। ନିଶ୍ଚୟ ଆସିବୁ। ଆସିବୁଟି"- ସେଇ କେତୋଟି ଅନୁରୋଧ ମିଶା ଦାବୀ ମୋତେ ଅଥୟ କରିଥିଲା ସାରା ଜୀବନ । ସାରା ଦିନ, ସାରା ରାତି ଗୋଟିଏ ସଦ୍ୟ ନିମନ୍ତ୍ରଣ ପତ୍ର ଭଳି ମୁଁ ଯେପରି ସେହି କଥାଗୁଡ଼ିକୁ ସଜାଡ଼ି

ରଖିଥିଲି ବୁକୁ ଭିତରେ । ଆଉ ଆଜି ବି ସ୍ୱର୍ଗଦ୍ୱାରର ବାଲି ଉପରେ ବସି ସମୁଦ୍ରର ଢେଉ ସବୁ ଗଣିଲାବେଳେ ମୋର ମନେ ହେଉଥିଲା ସତେ ଯେମିତି ତା'ର ସେଇ ଅନୁରୋଧ- ତା'ର ସେଇ କଥା ପଦକ, ଯାହାର ପ୍ରତି ଶବ୍ଦ ଭିତରେ ମୋ ପାଇଁ ପ୍ରଚ୍ଛନ୍ନ ଭାବେ ଲୁଚି ରହିଥିଲା ଏକ ଅନାବିଳ ସ୍ନେହ, ପ୍ରେମ ଓ ଆବେଗର ଉଚ୍ଛ୍ୱାସ- ତାହା ଯେମିତି ଆଜି ବି ସ୍ୱର୍ଗଦ୍ୱାର ନିକଟସ୍ଥ 'ସ୍ୱପ୍ନ-ନିଳୟ' ରୁ ପବନରେ ଇଟା କାନ୍ଥର ପାଚେରୀ ଡେଇଁ ମୋ କାନର ପରଦା ଠେଲି ଭିତରକୁ ପଶି ଯାଉଥିଲା । ମନେ ହେଉଥିଲା ସତେ ଯେମିତି ଏଇ ସ୍ୱର୍ଗଦ୍ୱାର ନିକଟସ୍ଥ ଦେବୀ ମନ୍ଦିର ପାଖରେ ଠିଆ ହୋଇ ସେଦିନ ପରି ଆଜି ବି ସେ ତାର ଆଖିର ଡୋଳା ଦି'ଟାକୁ ନଚେଇ ନଚେଇ ଲତା ଭଳି ଲମ୍ବି ଆସିଥିବା ବେଣୀ ଦି'ଟାକୁ ହାତର ଆଙ୍ଗୁଳିରେ ଛନ୍ଦି ଛନ୍ଦି ଜଣେଇ ଚାଲିଛି ତାର ଅନୁରୋଧ - "କାଲି ଆସିବୁ, କାଲି ଆସିବୁ।"

ଅନେକ ଥର ତା'ର ଅନୁରୋଧ ରଖି ତା' ଘରକୁ ଯାଇଛି। ସେ ଖୁସି ହେଇଛି। ତା'ର ସ୍ୱଭାବ ସୁଲଭ ଭଙ୍ଗୀରେ ନାଚି ନାଚି ଆସି ମୋତେ ସ୍ୱାଗତ ଜଣେଇଛି। କଥା ନ କହି ଅଭିମାନ କରିଛି ଯେତେବେଳେ ତା'ର ଅନୁରୋଧ ରଖି ନ ପାରି ତା ଘରକୁ ଯାଇ ପାରିନି । ଏମିତି ହସ-ଖୁସି, ମାନ-ଅଭିମାନର ଲୁଚକାଳି ଖେଳ ଭିତରେ ଆମେ ଦୁହେଁ ଅନେକ ମୁହୂର୍ତ୍ତ ବିତେଇ ଦେଇଥିଲୁ।

ବି.ଏ.ର ପ୍ରଥମ ବର୍ଷ ସେଇଟା। ଆଉ ସେଇ ବର୍ଷ ହିଁ ମୋ ଜୀବନରେ ଏକ ନୂତନ ଅଧ୍ୟାୟର ଆରମ୍ଭ। ଖାଲି ମୋ ଜୀବନରେ କାହିଁକି ତା' ଜୀବନରେ ବି। ସେ ହେଉଛି ପ୍ରେମର ଅଧ୍ୟାୟ- ଯେଉଁ ଅଧ୍ୟାୟର ପୃଷ୍ଠା କେତୋଟି ପ୍ରାୟ ପ୍ରତ୍ୟେକଙ୍କ ଜୀବନ- ଯୌବନରେ ଦେଖିବାକୁ ମିଳିଥାଏ । ଜୀବନର ଆଦ୍ୟ ବସନ୍ତରେ ପାଦ ଦେଇ ରୀନା ମୋତେ ଭଲ ପାଇବାକୁ ଆରମ୍ଭ କରିଥିଲା। ଅବଶ୍ୟ ଆମ ଦୁହିଁଙ୍କ ଭିତରେ ପ୍ରଥମେ କୌଣସି କଥାବାର୍ତ୍ତାର ବିନିମୟ ହୋଇନଥିଲା, ମୋତେ ଦେଖିଲେ ସେ କେବଳ ସାମାନ୍ୟ ହସି ଦେଉଥିଲା- ଆଉ ସେଇ ହସରେ ହିଁ ମୁଁ ଉତ୍ତର ଦେଇ ଦେଉଥିଲି। ମୁଁ କିନ୍ତୁ ସ୍ପଷ୍ଟ ଅନୁଭବ କରି ପାରୁଥିଲି ଯେ ତା' ପ୍ରତି ମୋ' ହୃଦୟର କେଉଁ ନିଭୃତ କୋଣରେ ଦୁର୍ବଳତାର ଏକ କ୍ଷୁଦ୍ର ଅଙ୍କୁର ଉଦ୍‌ଗମ ପାଇଁ ଅପେକ୍ଷା କରି ରହିଥିଲା । ସମୟ ଓ ସୁଯୋଗର ଅନୁକୂଳ ବାତାବରଣ ପାଇ ସେଇ କ୍ଷୁଦ୍ର ଅଙ୍କୁରଟି ଧୀରେ ଧୀରେ ଶାଖା ପତ୍ର ମେଲି ବଢ଼ିବାକୁ ଆରମ୍ଭ କଲା।

ସାମ୍‌ନାରେ ଆସି ଠିଆ ହେଲା ଅଜିତ୍। ମୋ କଲେଜ ଜୀବନର ଅନ୍ତରଙ୍ଗ ବନ୍ଧୁ ଆଇ.ଏ.ଏସ୍. ଅଜିତ୍ । ଅଜିତ୍ ଥରେ ମୋତେ ପ୍ରଶ୍ନ କରିଥିଲା- "ତୁମେ ରୀନାକୁ ଭଲ ପାଅ ? କିନ୍ତୁ ଭଲପାଇବାର ପରିଣତି ସମ୍ବନ୍ଧରେ କେବେ ଚିନ୍ତା କରିଛ ?"

"ଚିନ୍ତା କରିବାର ଆବଶ୍ୟକତା କ'ଣ ?" - ମୁଁ ଉତ୍ତର ଦେଇଥିଲି। "ଆଚ୍ଛା, ତୁମର ଏ ଭଲପାଇବାଟା କେତେଦିନ ରହିବ ?" - ଅଜିତ୍ ପୁଣି ପ୍ରଶ୍ନ କରିଥିଲା।

"ଯେତେଦିନ ଆମେ ଅଛୁ।"

କିପରି ଏକ ରହସ୍ୟପୂର୍ଣ୍ଣ ହସ ହସି ସେ କହିଥିଲା- "ଭଲପାଇବାଟା କେବଳ ବିବାହ ଭିତରେ ହିଁ ବଞ୍ଚିପାରେ ରଞ୍ଜନ- ଅନ୍ୟ କୌଣସି ପ୍ରକାର ନୁହେଁ। ସାମାଜିକ ନୀତି ନିୟମ ଦୃଷ୍ଟିରୁ ରୀନା ସହିତ ତୁମର ବିବାହ ସମ୍ଭବ ନୁହେଁ। କାରଣ ତୁମେ ଓଡ଼ିଆ ଆଉ ରୀନା ବଙ୍ଗୀୟା। ଆଉ ବିବାହ ବିନା ଭଲ ପାଇବାର କୌଣସି ଅର୍ଥ ନାହିଁ।"

ବୋକାଙ୍କ ଭଳି ମୁଁ କେବଳ ଅଜିତ୍‌କୁ ଚାହିଁ ରହିଥିଲି, ତା'ର କୌଣସି କଥା ମୋ ମୁଣ୍ଡ ଭିତରେ ପଶିପାରୁନଥିଲା। 'ସମୟ ଆସିଲେ ସବୁ ବୁଝିପାରିବ' ଏତିକି କହି ସେ କଥାର ମୋଡ଼ ବୁଲେଇ ଦେଇଥିଲା। ମୁଁ କେବଳ ସେଇଦିନ ପ୍ରଥମ କରି ତା'ଠୁ ବୁଝିଥିଲି ଯେ କୌଣସି ଏକ ଝିଅକୁ ଭଲ ପାଇବା ଅର୍ଥ ହିଁ କେବଳ ବିବାହ। କିନ୍ତୁ ତା'ର ସେ ଯୁକ୍ତିକୁ ମୋର ଅବୁଝା ମନ ସେତେବେଳେ ମାନିବାକୁ ପ୍ରସ୍ତୁତ ନଥିଲା।

ରୀନା ସହିତ ମୋର ଘନିଷ୍ଠତା । ତା'ର ଦୁଇଟି ବର୍ଷ ପରେ ସମୟର ବେଗଗାମୀ ସ୍ରୋତରେ ଠେଲି ହୋଇ ମୁଁ ଚାଲିଗଲି ଦୂରକୁ- ଅନେକ ଦୂରକୁ। ପୁରୀ ସମୁଦ୍ର କୂଳରୁ ମୁଁ ଯାଇ ପହଞ୍ଚିଲି ଗଙ୍ଗା କୂଳରେ। ଗଙ୍ଗା, ଯମୁନା ଓ ସରସ୍ୱତୀର ପବିତ୍ର ସଙ୍ଗମ ସହର ଆହ୍ଲାବାଦରେ। ବି.ଏ. ପାସ୍ କରି ମୁଁ ସେଠିକି ଯାଇଥିଲି ଅର୍ଥନୀତିରେ ଏମ୍.ଏ. ପଢ଼ିବା ଉଦ୍ଦେଶ୍ୟରେ।

ଆହ୍ଲାବାଦ୍ ଯିବାର କିଛିଦିନ ପୂର୍ବରୁ ରୀନା ଆଉ ମୁଁ ଦିନେ ଏଇ ସ୍ୱର୍ଗଦ୍ୱାର ରାସ୍ତା ଦେଇ ଫେରୁଥାଉ । ଗୋଟିଏ ଶବରେ ଅଗ୍ନି ସଂଯୋଗ କରି ଆତ୍ମୀୟମାନେ ତା'ର ଚାହିଁ ରହିଥାନ୍ତି। ଚିତାଗ୍ନି ଜଳି ଉଠୁଥାଏ। ସେଇ ଦୃଶ୍ୟ ପ୍ରତି ଅଙ୍ଗୁଳି ନିର୍ଦ୍ଦେଶ କରି ରୀନା ମୋତେ ପଚାରୁଥିଲା- "ଦେଖୁଛୁ ରଞ୍ଜନ ?"

ମୁଁ କହିଥିଲି, ମଣିଷ ଜୀବନରେ ଏକ ନିଷ୍ଠୁର ବାସ୍ତବତାର ଛବି ଇଏ।

"ମୋ ଜୀବନରେ ଏହା କିନ୍ତୁ ଶୀଘ୍ର ସତ ହେବାକୁ ଯାଉଛି ।"

"ରୀନା"- ହାତ ଦି'ଟା ମୋର ସେତେବେଳେ ସ୍ଥାନ କାଳ ଭୁଲି ପାଟିକୁ ତାର ଜୋର୍‌ରେ ଚାପି ଧରି ଦେଇଥିଲା । ମୋର ହାତକୁ ତା' ପାଟିରୁ ଧୀରେ ଧୀରେ କାଢ଼ି ନେଇ ସେ କହିଲା- "ମୁଁ ମରିଗଲେ ତୋ ମନରେ ଖୁବ୍ ଦୁଃଖ ହେବ ନା! କିନ୍ତୁ ଜଣେ ଜ୍ୟୋତିଷ ମୋ ହାତ ଦେଖି କ'ଣ କହିଛନ୍ତି ଜାଣୁ ? ଚବିଶ ବର୍ଷ ବୟସରେ ମୁଁ ମରିଯିବି।"

"ଥାଉ, ବନ୍ଦ କର। ତୋର କୌଣସି ଭବିଷ୍ୟତ- କଥା ମୁଁ ଶୁଣିବାକୁ ଚାହେଁ ନା"- ମୁଁ ପାଟି କରି ଉଠିଥିଲି।

ଆହ୍ଲାବାଦରେ ଥରେ ତା'ଠାରୁ ଚିଠି ପାଇଲି ଯେ ମାଆ ତା'ର ଭାରି ବ୍ୟସ୍ତ ହୋଇପଡ଼ିଛନ୍ତି ତା'ର ବିବାହ ପାଇଁ। ଆଉ ଠିକ୍ ସେଇବର୍ଷ ମୁଁ ତା'ଠୁ ଆଉ ଗୋଟିଏ ଚିଠି ପାଇଥିଲି ଯେ ତା'ର ବହୁ ପ୍ରତିବାଦ ଓ ଅନିଚ୍ଛା ସତ୍ତ୍ୱେ ବିବାହ ସ୍ଥିର ହୋଇଯାଇଛି ପୁରୀ ସହରରେ। ତା' ସାଙ୍ଗେସାଙ୍ଗେ ରୀନାର ବିବାହ ଉତ୍ସବରେ ଯୋଗଦେବା ପାଇଁ ଅନୁରୋଧ କରି ବାପା ତା'ର ମୋ ପାଖକୁ ପଠେଇଥିଲେ ଖଣ୍ଡିଏ ଚିଠି ଓ ନିମନ୍ତ୍ରଣ ପତ୍ର। ପଢ଼ାପଢ଼ି ଚାପରେ ମୁଁ କିନ୍ତୁ ଯାଇପାରିନଥିଲି। ରୀନାର ନୂଆ ଜୀବନର ଶୁଭକାମନା କରି ଖଣ୍ଡିଏ ଚିଠି ଓ ଉପହାର ପଠେଇ ଦେଇଥିଲି। ପୁରୀ ଆସି ତା' ବିବାହ ଉତ୍ସବରେ ଯୋଗ ଦେଇ ପାରିଥିଲେ ବି ସେଇଠି ରହି ସ୍ୱପ୍ନରେ ତା'ର ବିବାହ ଦେଖିବାର ସୁଯୋଗ ପାଇଥିଲି। ଶଙ୍ଖ, ହୁଳହୁଳି, ବାଦ୍ୟଯନ୍ତ୍ର ଭିତରେ ଅବଗୁଣ୍ଠନ ତଳୁ ରୀନାର ବଧୂବେଶ, ହାତରେ ଶଙ୍ଖା, ମଥାରେ ସିନ୍ଦୂର - ଖୁବ୍ ସୁନ୍ଦର ଦେଖାଯାଉଥିଲା ସିଏ। "ଆଜି ସତରେ ତୁ ଖୁବ୍ ସୁନ୍ଦର ଦେଖା ଯାଉଛୁ ରୀନା।" ସେଇଠି ରହି ମୁଁ ତାକୁ ମୋ ମନର କଥା ଜଣେଇ ଦେଇଥିଲି।

ଆଉ ଭାବି ପାରୁନଥିଲି। ସମୁଦ୍ର ସଙ୍ଗୀତ ରୀନାର କଣ୍ଠ ସଙ୍ଗୀତ ବଦଳରେ ମୃତ୍ୟୁ-ସଙ୍ଗୀତ ପରି ମନେ ହେଉଥିଲା। ରୀନା ବିବାହ କଲା। କିନ୍ତୁ ବିବାହର ଠିକ୍ ଗୋଟିଏ ବର୍ଷ ପରେ ଯେତେବେଳେ ତା'ଠୁ ପ୍ରଥମ ଚିଠି ପାଇ ଆନନ୍ଦରେ ମୁଁ ଆତ୍ମବିଭୋର ହୋଇ ପଡ଼ିଥିଲି, ସେତେବେଳେ ଜାଣି ନ ଥିଲି ଯେ ସେଇଟା ଥିଲା ତା'ର ଶେଷ ଚିଠି। ଲେଖିଥିଲା - "ରଞ୍ଜନ, ଜୀବନରେ ତତେ ମୁଁ ଭଲପାଇଥିଲି। କିନ୍ତୁ ବିବାହପରେ ସ୍ୱାମୀକୁ ଭଲପାଇବାର କଥା। ବହୁତ ଚେଷ୍ଟା କରିଛି ମୁଁ ତାଙ୍କୁ ଭଲ ପାଇବାକୁ। କିନ୍ତୁ ପାରିଲିନି। ହୃଦୟ ଦେଇ ଜଣଙ୍କୁ ଭଲ ପାଇବା ପରେ ଅନ୍ୟକୁ କ'ଣ ଭଲପାଇ ହୁଏ? ତେଣୁ ବିବାହ ପରେ ମୁଁ ଭଲ ପାଇ ବସିଲି- ମୋର ସ୍ୱାମୀଙ୍କୁ ନୁହେଁ- ମୃତ୍ୟୁକୁ। ମୃତ୍ୟୁର ସଙ୍ଗୀତ ମୋତେ ଅସ୍ଥିର କରି ପକାଇଲା। ଆଉ ସେଇ ସଙ୍ଗୀତ ଶୁଣିବାର ପ୍ରୟାସୀ ହୋଇ ମୁଁ ଚାଲିଲି।" ସେଇଠି ରହି ମୁଁ ଶୁଣିବାକୁ ପାଇଥିଲି ଯେ ରୀନା ଆତ୍ମହତ୍ୟା କରିଥିଲା। ତା'ରି କଥା ରଖି ଚବିଶ ବର୍ଷ ବୟସରେ ସେ ଚାଲିଗଲା।

ତା'ପରେ ସାରା ଜୀବନ ଅବିବାହିତ ରହିବାର ଶପଥ ନେଲି। ଯେଉଁ ବିବାହ ରୀନାର ଜୀବନରେ ମୃତ୍ୟୁର ସଙ୍ଗୀତ ସୃଷ୍ଟି କଲା- ସେ ବିବାହ କ'ଣ ମୋ ଜୀବନରେ ମିଳନର ଫଲ୍‌ଗୁ ଝରେଇ ପାରିଥାନ୍ତା ? କେବଳ ମୋରି ପାଇଁ ଆଗ ପଛ ହୋଇ

ଦୁଇଟା ଜୀବନ ଚାଲିଗଲା। ମୋର ବିବାହ ନ ଦେଖି ବୋଉ ଆଖି ବୁଜିଲା ଆଉ ମୋତେ ବିବାହ ନ କରିପାରି ରୀନା ବି ଆଖି ବୁଜିଲା। ମୁଁ କିନ୍ତୁ ସେମିତି ଚାହିଁଥିଲି। ଅତୀତର ସେ ସ୍ମୃତିର ଢେଉଗୁଡ଼ାକ ମୋ ମନର ବେଳା ଭୂଇଁରେ ମଥା ପିଟି ବାରମ୍ବାର ଚିତ୍କାର କରୁଥିଲେ।

ଭାବନାରେ ବାଧା ଦେଇ ଗୋଟିଏ ମୃତଯାତ୍ରୀର ଶୋଭାଯାତ୍ରା ଆସି ପହଞ୍ଚିଲା। ସଧବା ସ୍ତ୍ରୀଟିଏ ମରିଯାଇଛି ବୋଧହୁଏ । ଅହ୍ୟ-ଡେଙ୍ଗୁରା ବାଜୁଥିଲା । ମୁଁ ଭାବିଥିଲି, ଏଇମିତି ଫଟା ବାଇଦ ବଜେଇ ବୋଉକୁ ଆଣି ବାପା ଓ ମୁଁ ଏଇ ବାଲି ଉପରେ ଶୁଆଇ ଦେଇଥିଲୁ। ଆଉ ସେମିତି ଫଟା ବାଇଦ ବଜେଇ ରୀନା ବି ଆସିଥିବ ମୃତ ଶରୀରରେ ତା' ସ୍ୱାମୀ ସହିତ। ସଧବା ସ୍ତ୍ରୀ ମୁହଁରେ ଅଗ୍ନି ସଂଯୋଗ କଲେ ତା'ର ସ୍ୱାମୀ। ଊର୍ଦ୍ଧ୍ୱକୁ ଶିଖା ତୋଳି ନିଆଁ ଜଳିଉଠିଥିଲା । ମୋ ଦୁଇ ଆଖିର ଡୋଳା ଭିତରେ ଜଳୁଥିଲା ଦୁଇଟି ଜୁଇ । ଗୋଟିଏ ମୋ ବୋଉର- ମୋର ଜନ୍ମଦାତ୍ରୀ ଜନନୀର। ଅନ୍ୟଟି ରୀନାର -ମୋ ଜୀବନର ପ୍ରଥମ ଓ ଶେଷ ପ୍ରଣୟିନୀର।

ଓଃ ! ଆଉ ଚାହିଁପାରିନଥିଲି। ଚିତାଗ୍ନିର ଶିଖା ମୋର ଦୃଷ୍ଟିଶକ୍ତି ଯେମିତି ଲୋପ କରି ଦେଇଥିଲା। ଆଖିପତା ଦିଓଟି ମୋର ଆପେ ଆପେ ମୁଦି ହୋଇ ଆସିଲା। ଆଉ ମୋର ମନେ ହେଉଥିଲା ମୁଁ ଯେମିତି ସେ ସମୁଦ୍ରର ବାଲି ଉପରେ ପଡ଼ିଯାଇଛି। ମୋ ଉପରେ ସମୁଦ୍ରର ଢେଉ ସବୁ ଗୋଟିକ ପରେ ଗୋଟିଏ ଆସି ଭୂତ ଭଳି ମାଡ଼ି ବସୁଛନ୍ତି । ମୁଁ ମୁକ୍ତି ଚାହିଁଥିଲି। 'ବୋଉ'- 'ରୀନା'....ବୋଲି ମୁଁ ଚିତ୍କାର କରୁଥିଲି । ମୋର ଚିତ୍କାର କିନ୍ତୁ ସମୁଦ୍ର ଢେଉର ଗର୍ଜନ ଭିତରେ ମିଳେଇ ଯାଉଥିଲା । ତା' ବଦଳରେ ମୁଁ ଶୁଣିପାରିଥିଲି- ବହୁ ଦୂରକୁ ଗାନ୍ଧି ଘାଟ ନିକଟସ୍ଥ ଝାଉଁବଣର ଆର ପଟୁ ଭାସି ଆସୁଥିଲା ଗୋଟିଏ ସ୍ୱର- ସ୍ନେହ ଅନୁରୋଧମିଶା ସ୍ୱର- "ତୁ ବିବାହ କରିବୁନି ରଞ୍ଜୁ?" ଅନ୍ୟ ଏକ ପାର୍ଶ୍ୱରୁ ନିକଟସ୍ଥ 'ସ୍ୱପ୍ନ ନିଳୟ'ରୁ – "କାଲି ଆସିବୁ"- "କାଲି ଆସିବୁ ।"

ଆଖି ଖୋଲି ଦେଖିଲି । ଜଳନ୍ତା ଜୁଇ ଜଳି ଜଳି ନିଭି ଆସୁଥିଲା। ସମୁଦ୍ରର ଢେଉ ସବୁ ସେମିତି ଗୋଟିକ ପରେ ଗୋଟିଏ ମାଡ଼ି ଆସୁଥିଲେ । କିନ୍ତୁ ମୋ ଛାତି ଭିତରେ ଜଳୁଥିବା ଜୁଇ ଦୁଇଟାକୁ ନିଭାଇବାକୁ ଚେଷ୍ଟା କରି ମୁଁ ପାରୁନଥିଲି।

■

ସୂର୍ଯ୍ୟର ମୃତ୍ୟୁ

ଗୋଲାପମଞ୍ଜରୀ କର

ଧୀରେ ଧୀରେ ସେମାନେ ଦୂରେଇ ଯାଉଛନ୍ତି। ଦୂରେଇ ଯାଉଛି ସୁମନ୍ତର ସଂସାର, ତିନିପୁଅ, ତିନିବୋହୂ, ଦୁଇଝିଅ, ଦୁଇ ଜୋଇଁ, ନାତି ନାତୁଣୀମାନେ, ସର୍ବୋପରି ତା ସାମ୍ରାଜ୍ୟର ସାମ୍ରାଜ୍ଞୀ-ଲଳିତା। ଟ୍ରେନ୍‌ର ଲୟ ବିଳମ୍ବିତରୁ ଦ୍ରୁତ ଆଡ଼କୁ ଆଗେଇ ଯାଉଛି। ନାତି ନାତୁଣୀଙ୍କର କୁନି କୁନି ହାତ ପାପୁଲି ସବୁ ଦୂରରୁ ଦୋଳାୟିତ ଛୋଟ ଛୋଟ ପ୍ଲାକାର୍ଡ଼ ଭଳି ଦେଖା ଯାଉଛି। ପୁଅ, ବୋହୂ, ଝିଅ, ଜୋଇଁ, ଲଳିତା- ସେମାନଙ୍କର ମୁହଁସବୁ ଝାପ୍‌ସା ଦେଖାଗଲାଣି। ସୁମନ୍ତ ଆଖିରେ ଲୁହର ପତଳା ଆସ୍ତରଣ। ତା' ଆଖିକୁ ତ ଲୁହ ଆସିବା କଥା ନୁହେଁ ! ସ୍ଥିତପ୍ରଜ୍ଞ ଭଳି ସ୍ୱେଚ୍ଛାରେ ଦୁର୍ବିସହ ସଂସାର କାରାରୁ ସେ ଚାହିଁଛି ମୁକ୍ତି, ଯାହା ବୋଧହୁଏ ସମ୍ଭବ ନୁହେଁ, ଯେମିତି ସମ୍ଭବ ନଥିଲା ଇକାରସ୍ ପକ୍ଷରେ ସୂର୍ଯ୍ୟକୁ ମାରିଦେବା..... । ତଥାପି ନିସ୍ତରଙ୍ଗ ଜଳରାଶି ବୁକୁରେ ଟେକାଟିଏ ପଡ଼ି ତରଙ୍ଗ ସୃଷ୍ଟି ହେଲା ଭଳି ତା' ମନରେ ସନ୍ଦେହର ତରଙ୍ଗ । ସେ ତ ମଣିଷ। ସେ କ'ଣ ପ୍ରକୃତରେ ସ୍ଥିତପ୍ରଜ୍ଞ ? ତା' ହେଲେ ମନରେ ଏ ତରଙ୍ଗ କାହିଁକି ? କାହିଁକି ଇଚ୍ଛା ହୁଏ, ସେମାନେ ସମସ୍ତେ ଆସି ଶେଷ ମୁହୂର୍ତ୍ତରେ ତାକୁ ଅନୁରୋଧ କରିଥାନ୍ତେ ଘର ଛାଡ଼ି ଚିତ୍ରକୂଟ ଆଶ୍ରମକୁ ନ ଯିବା ପାଇଁ? ତା' ଚାରିପାଖରେ ବେଢ଼ିଯାଇ କହନ୍ତେ "ତୁମେ ସମ୍ରାଟ୍ ! ତୁମ ଅନୁପସ୍ଥିତିରେ ହୁଏତ ଏତେ ଶ୍ରମର ସାମ୍ରାଜ୍ୟ ଭୁଷୁଡ଼ି ପଡ଼ିବ। ତୁମେ ଯାହାହୁଅ ପଛେ, ସର୍ବୋପରି ତୁମେ ସମ୍ରାଟ୍!"

ସେମାନେ ଲୁଚି ଗଲେଣି। ରେଳ ଧାରଣାର ଅନତିଦୂରରେ, ଏଇତ ସୁମନ୍ତର ସୁରମ୍ୟ ଅଟ୍ଟାଳିକା-ଜାହାଙ୍ଗୀରଙ୍କର ଖାସ୍ ଇମାରତ୍....ନୁର୍‌ଜାହାନଙ୍କର ଆଧିପତ୍ୟର

ନିଷିଦ୍ଧ ଇଲାକା । ଏଇ ଘରଟାରେ ସୁମନ୍ତର ସମସ୍ତ ଆଶା, କଳ୍ପନା ଯେମିତି ରୂପାୟିତ। ଘର.... ଇଟା, ପଥର କଂକ୍ରିଟ୍ର ଏଇ ଘରଟା ପାଇଁ ପୁଣି ଏତେ ମାୟା ? ପୁଅ, ଝିଅ, ସ୍ତ୍ରୀ- ଏମାନଙ୍କ ପାଇଁ ଏତେ ଟିକେ ବି ଆକର୍ଷଣ ନଥିଲାବେଳେ ଏଇ ଇଟା ପଥରର ଘରଟା ତାକୁ ଏତେ ନିବିଡ଼ ଭାବରେ ଟାଣି ରଖୁଛି !

ସେମାନଙ୍କ ଭାଷାରେ ସ୍ନେହ, ଭଲପାଇବା ପ୍ରଭୃତି ସୁମନ୍ତ ପାଇଁ ଏକ ଏକ କିତାବୀ ଶବ୍ଦ । ହୋଇପାରେ, କାମିକା ଲୋକ- ସକାଳ ଆଠଟାରୁ ରାତି ଆଠଟା ଅଫିସ୍। ଅଫିସରୁ ଫେରି ନିତ୍ୟକର୍ମ ପରେ ଟିକିଏ କ'ଣ ଖାଇ ଦେଇ ବାଲ୍‌କୋନିରେ ଇଜି ଚେୟାର ଖଣ୍ଡକରେ ସେ ବସିଯାଏ। ପିଲାମାନେ ହୋ ହାଲ୍ଲା କରି ସେମାନଙ୍କର ମାତୃଛାୟାଶ୍ରିତ ଅଖଣ୍ଡ ସ୍ୱାଧୀନତାକୁ ପ୍ରତିପାଦିତ କରୁଥିବା ବେଳେ, ସୁମନ୍ତର ଇଚ୍ଛା ହୁଏ- ବୟସର ଚକଟା ପଛକୁ ଘୁରନ୍ତା କି! ସେ ବି ସେମାନଙ୍କ ସାଙ୍ଗରେ ଜାଜ୍ ନାଚନ୍ତା, ଓସି ବିଶା ବା ବନି ଏମ୍ ଗାଇ ପାରନ୍ତା..... ଅତି ଖୁସିରେ କିଛି କପ୍ ପ୍ଲେଟ୍ ବି ଭାଙ୍ଗି ପାରନ୍ତା । ଅଥଚ ସେ ବସିବା ମାତ୍ରେ ଘରଟା ଯେମିତି ସ୍ତବ୍ଧ ହୋଇଯାଏ। ଧୀରେ ଧୀରେ ସେମାନେ ସମସ୍ତେ ଉଠି ଚାଲିଯା'ନ୍ତି....ସେ କାହାରିକୁ ଦେଖେନି। ଆଉ ଘରୁ କେବଳ ଶୁଭେ, "ଏ ଅସାମାଜିକ ଲୋକଟା ପାଖରେ ରହିଲେ ମଣିଷର ବାକ୍‌ଶକ୍ତି ହଜିଯିବ । ତମେ ସବୁ ତଳକୁ ଯାଅ...." ଇତ୍ୟାଦି । ସୁମନ୍ତ ଭାବେ ସମସ୍ତଙ୍କୁ ଡାକି ପାଖରେ ବସାଇବାକୁ; କିନ୍ତୁ ପାରେନି। ବୟସ ଓ ସମ୍ଭ୍ରମ ଦୁଇଟା ବଲ୍‌ଗା ସମସ୍ତ ଈପ୍‌ସାର ଚପଳତାକୁ ଭିଡ଼ି ଧରନ୍ତି।

ବିରାଟ ଏକ ବ୍ୟବସାୟୀଙ୍କ କନ୍ୟା ଲଳିତା। ଅଥଚ ସୁମନ୍ତ....ଜୀବନ ସଂଗ୍ରାମରେ ପରାହତ ଏକ ଦରିଦ୍ର କିରାଣୀର ପଞ୍ଚମ ସନ୍ତାନ । ଟିଉସନ କରି ପାଠ ପଢ଼ିଛି। ସେଇ ପଢ଼ିବା ବେଳେ ସୌଭାଗ୍ୟ ବା ଦୁର୍ଭାଗ୍ୟବଶତଃ ଲଳିତାର ଦୃଷ୍ଟିପଥାରୂଢ଼ ହେଲା ସୁମନ୍ତ। ତାର ସୌମ୍ୟକାନ୍ତି ବା ଦାରିଦ୍ର୍ୟ, କେଉଁଟା ଲଳିତା ଓ ତାର ଧନୀ ପିତାଙ୍କୁ ଆକୃଷ୍ଟ କରିଥିଲା ସେ ବିଷୟରେ ଏଇ ତିରିଶ ବର୍ଷର ବୈବାହିକ ଜୀବନ ପରେ ମଧ୍ୟ ସୁମନ୍ତ ସନ୍ଦିହାନ । ଶ୍ୱଶୁରଙ୍କ ଆର୍ଥିକ ସାହାଯ୍ୟ ତା'ର ପାଠପଢ଼ାକୁ ଆଗେଇ ନେଇ ଶେଷରେ ବହୁ ଆକାଂକ୍ଷିତ ଇଞ୍ଜିନିୟର ପଦବୀରେ ପ୍ରତିଷ୍ଠା କରାଇ ପାରିଲା ବୋଲି ସ୍ୱୀକାର କରିବାକୁ ସୁମନ୍ତ କୁଣ୍ଠାବୋଧ କରିନି। ତା'ପରେ ସେ ଉଠି ଚାଲିଲା ପାହାଚ ପରେ ପାହାଚ.......ଚଢ଼ିବାର ନିଶା ତାକୁ ଗ୍ରାସିଗଲା । ଶେଷ ପାହାଚରେ ପାଦ ଦେଇ ଦେଖିଲା ଚଢ଼ିବାକୁ ଆଉ ପାହାଚ ନାହିଁ।

ବାରଣ୍ଡାରେ ପାଦ ଦେଇ ସଦର୍ପେ ଘର ଭିତରକୁ ପାଦ ବଢ଼ାଇଲା ବେଳକୁ ଦ୍ୱାର ଦେଶରେ 'ପ୍ରବେଶ ନିଷେଧ' ବୋର୍ଡଟା ଗତିରୋଧ କଲା। ନାଃ-ଅନ୍ୟଦ୍ୱାର

ଦେଇ ଘର ଭିତରେ ପ୍ରବେଶ କରାଯାଇପାରେ। ଅଥଚ ଦ୍ୱାର ପାଖରେ ବୋହୂ ଠିଆ ହୋଇ କହିଲା, "ବାପା! ଆପଣଙ୍କ ରୁମ୍ ସେ ପାଖରେ।" ଆଶ୍ଚର୍ଯ୍ୟ ହୋଇ ସୁମନ୍ତ ବୋହୂ ନିର୍ଦ୍ଦେଶିତ ରୁମ୍‌ରେ ପଶିବାକୁ ଚେଷ୍ଟା କଲା । ଦାସୀ ପରିବାରୀ ବେଷ୍ଟିତ ସାମ୍ରାଜ୍ଞୀ ଲଳିତାଙ୍କର ରୁକ୍ଷ କଣ୍ଠସ୍ୱର ରୁମ୍‌ର ଏକ ପାଖରୁ ଭାସି ଆସିଲା, "ଆରେ ବାବା, ସାଧାରଣ ଭଦ୍ରତା ମଧ୍ୟ ତମକୁ ଜଣା ନାହିଁ? ନକ୍ କରି ଆସି ପାରୁନ?" ସ୍ତବ୍ଧ ସୁମନ୍ତ ଲଥ୍ କରି ସେଇ ବାରଣ୍ଡାରେ ବସି ପଡ଼ିଲା। ଏତେ ବଡ଼ ବଡ଼ ପାହାଚ ଡେଇଁ ଡେଇଁ ଚଢ଼ି ଆସିଲାବେଳେ ସେ ତ ଏତେ କ୍ଲାନ୍ତ ହୋଇ ନ ଥିଲା । ମାତ୍ର ଏଇ ତିନିଟା ନିଷିଦ୍ଧ ଦ୍ୱାରରୁ ଫେରି ଆସି ସେ ଯେମିତି ନିର୍ବାସିତ- ଏକ ଅପାଂକ୍ତେୟ ।

ଡାଇନିଂ ହଲ୍‌ରେ ପୁଅ, ଝିଅ ଓ ସ୍ତ୍ରୀ ବସି ବେଶ୍ ହସଖୁସି ଗପ ଭିତରେ ରାତ୍ରିଭୋଜନ ପର୍ବ ସମାପନ କରୁଥିଲେ। ଅଥଚ ସୁମନ୍ତ ତା'ର ବହୁତ ଆଗରୁ ତା' ରୁମ୍‌ରେ, ଅର୍ଥାତ୍ ଲମ୍ବା ବାରଣ୍ଡାର କାଠ ପାର୍ଟିସନ୍ ଘେରା ଏକ ଅଂଶରେ ବସି ଖାସ୍ ଚାକର ରଘୁ ହାତରୁ ରାତ୍ରିଭୋଜନ ଖାଇ ସାରିଥିଲା ।

ସାନ ଝିଅଟା ଆସିଛି। ବକର ବକର ହେବା ସାଙ୍ଗକୁ ପ୍ରୌଢ଼ୀ ଦେଖାଇବାର ଅଭ୍ୟାସଟା ସ୍ୱତ୍ୱାଧିକାର ସୂତ୍ରେ ମା'ଙ୍କଠାରୁ ଆନୀତ। ଡାଇନିଂ ଟେବୁଲ ପାଖରେ ବସି କହୁଥିଲା, "ଏଇଟା କିନ୍ତୁ ତମର ନିହାତି ଅନ୍ୟାୟ ମା'। ବାପାଙ୍କୁ ତମେ ନିଜେ ଅନ୍ତତଃ ବାଢ଼ି ଦେବା କଥା । ମୁଁ ନିଜେ ବାଢ଼ି ନ ଦେଲେ ତୁମ ସାନ ଜୋଇଁ ତ ମୋଟେ ଖାଇବେନି।" ତା ପରେ ମା'ଙ୍କର ସଂଯତ ଗଲା । "ହଁ ଲୋ ମା, ତମେ ସବୁ କହିବନି କାହିଁକି । କେତେ କଷ୍ଟ ସହି ତମକୁ ସବୁ ମଣିଷ କଲି। କ'ଣ କରିଛି ଏ ଲୋକଟା ତମ ପାଇଁ....? ଗୋଟାଏ ଚରିତ୍ରହୀନ ଘୁଷ୍‌ଖୋର ଲୋକ....।"

"ଥାଉ, ଥାଉ ମା'। ସେଇ ଏକା କଥା କୋଡ଼ିଏ ବର୍ଷହେଲା ଶୁଣି ଶୁଣି ବିରକ୍ତ ଲାଗିଲାଣି । ଅଯଥା ଗୁଡ଼ାଏ କାହିଁକି ଗପୁଛ ଯେ? ସେପଟେ ପରା ଭାଉଜମାନେ ଅଛନ୍ତି ।" ବଡ଼ ଝିଅ ଲିଟି କହିଲା ।

"ଥାଆନ୍ତୁ ଭାଉଜମାନେ। ମୁଁ କ'ଣ ଲୁଚେଇ ଛପେଇ କହୁଛି? ନଷ୍ଟ କରିଦେଲା ମୋ ଜୀବନଟାକୁ । ଗୋଟାଏ ଚରିତ୍ରହୀନ ଲୋକ ପାଖରେ .....ଛି..ଛି....."

"ମାଆ!" ସାନ ପୁଅର ଗମ୍ଭୀର ସତର୍କବାଣୀ ସାଙ୍ଗକୁ ଲଳିତାଙ୍କର ସୁଁ ସୁଁ କାନ୍ଦ। ଶୋଇବାର ଛଳନା ନ କରି ସୁମନ୍ତ ଉଠି ଆସିଲା ପୋର୍ଟିକୋ ଛାତ ଉପରକୁ।

ସେ ଚରିତ୍ରହୀନ.....ସେ ଘୁଷ୍‌ଖୋର । ନିଜକୁ ବିଶ୍ଲେଷଣ କରୁଥିଲା ସୁମନ୍ତ। ଦରିଦ୍ର ସନ୍ତାନ-ପଇସାର ଓଜନ କେବେ ପରଖି ନଥିଲା । ଖୁବ୍ ସାଦାସିଧା ସରଳ

ମଣିଷଟିଏ। କିଏ ତାକୁ ପଇସାର ନିଶା ଚଖେଇଲା ? କିଏ ହାତ ଧରି ଲାଞ୍ଚ, ଜୁଆଚୋରୀର ଗଳି କନ୍ଦି ସହିତ ପରିଚିତ କରାଇଲା ? ଏଇ ଲଳିତା, ଆଉ ତାଙ୍କର ଅଭିଜାତ ପିତା.... ସୁମନ୍ତର ଶ୍ୱଶୁର। ଆଜି ପାର୍ଟି, କାଲି ବାନ୍ଧବୀଙ୍କର ବିବାହ, ଏମିତି କେତେ ଚାହିଦା ଲଳିତାଙ୍କର । ବଡ଼ ଲୋକ ଝିଅର ସମସ୍ତ ଚାହିଦା ମେଣ୍ଟାଇବାକୁ ସାଧାରଣ ଜଣେ ଇଞ୍ଜିନିଅର୍‌ର ସତ୍‌ଉପାର୍ଜିତ ପଇସା ଯଥେଷ୍ଟ ନୁହେଁ। ଶାଢ଼ୀ ଓ ପ୍ରସାଧନ ସାମଗ୍ରୀର ଦାମ୍ ଦେବାକୁ ସୁମନ୍ତର ଦରମା ମଧ୍ୟ ଯଥେଷ୍ଟ ନଥିଲା । ପୁଅ, ଝିଅ ବଡ଼ ହେଲେ ପାଠ ପଢ଼ିଲେ। ବାହାରେ ବନ୍ଧୁ ମେଳରେ ଷ୍ଟାଟସ୍ ମେଣ୍ଟେନ୍ କରି ନପାରିଲେ ଘରେ ମା'ଙ୍କର ଛି ଛାକର, ଭାଗ୍ୟକୁ ଧିକ୍‌କାର, ସୁମନ୍ତର ପିତୃତ୍ୱକୁ, ପୌରୁଷକୁ ଅକ୍ଷେପ। ଧୀରେ ଧୀରେ ସୁମନ୍ତ ଘର ଭୁଲିଲା, ଦୂରେଇଗଲା ଅତି ଆପଣାର ପିଲାମାନଙ୍କଠାରୁ । 'ବାପା' ବୋଲି ସେମାନେ ଜାଣିଲେ ଗୋଟାଏ ସ୍ନେହମମତାହୀନ ମେସିନକୁ। ଲଳିତାଙ୍କ ଭାଷାରେ ଅସାମାଜିକ, ଅନ୍‌କଲଚର୍ଡ୍, ଗୋଟାଏ ଚରିତ୍ରହୀନ ଲୋକ। ଅଥଚ ନିଜ ଘରେ ନିଜ ଇଚ୍ଛାରେ ସେ କିଛି କରି ପାରେନି। ସେ କେବଳ ଘରର ଏକ ମୂଲ୍ୟବାନ ଆସବାବ। ଘରର ସୌନ୍ଦର୍ଯ୍ୟ ବୃଦ୍ଧି ପାଇଁ ଯେଉଁଠି ରଖିବା ଦରକାର, ଯେମିତି ରଙ୍ଗ ଦେବା ଦରକାର ତାକୁ ସେମିତି ଉପଯୋଗ କରାଯାଇଛି। ଦଉଡ଼ି ବାନ୍ଧି କଣ୍ଢେଇ ନାଚ ନଚା ଯାଇଛି।

ଚରିତ୍ରର ସଂଜ୍ଞା ଖୋଜି ବସେ ସୁମନ୍ତ। କେବଳ ଲାଞ୍ଚ ନେବା ବା ଅନ୍ୟ ନାରୀ ସହ ସାମୟିକ ଦେହର ଚାହିଦା ମେଣ୍ଟାଇବାରେ କ'ଣ ଚରିତ୍ରଟା ହାତରୁ ଖସି ଚାଲିଯାଏ ? ଅଥଚ ବୁଢ଼ା ବାପା, ଅସହାୟା ମା' ବା ଅକ୍ଷମ ବଡ଼ ଭାଇକୁ ଆର୍ଥିକ ସାହାଯ୍ୟ ତ ଦୂରର କଥା, ଟିକେ ଦେଖା କରିବାର ଇଚ୍ଛାକୁ ଷ୍ଟାଟସ୍‌ର ଚେକ୍‌ଗେଟ୍‌ରେ ଯିଏ ତନଖିବାକୁ ବାଧ୍ୟ କରେ, ତା' ଚରିତ୍ରଟା କେଉଁ କାଚ ଖୋଳରେ ସଜା ହୋଇ ଚକ୍ ଚକ୍ କରେ ?

ଚିଫ୍ ଇଞ୍ଜିନିଅର ସୁମନ୍ତ ଦାସ.....ଷ୍ଟାଟସ ନେଇ ତାକୁ ବଞ୍ଚିବାକୁ ପଡ଼େ । ନିହାତି ଦରକାର ନ ପଡ଼ିଲେ ଦୟନୀୟ କିରାଣୀ ବାପାଙ୍କ ସଂସାରରେ ପାଦ ପକାଇବାର ଶକ୍ତି ତାର ନାହିଁ। ଯେତେବେଳେ ଯାଏ- ରାଜାର ଥାଟ ନେଇ। ସେମାନେ କୃତକୃତ୍ୟ ହୁଅନ୍ତି। ସେମାନଙ୍କ ଉପରକୁ କେଇଟା ଟଙ୍କା ଫୋପାଡ଼ି ଦେଇ ବୁକୁ ଉପରେ ପାହାଡ଼ ଚାପି ସେ ପୁଣି ଫେରିଆସେ ରାଜଦାଣ୍ଡକୁ । ଅଥଚ ସେ ଫେରିଯାଇ ପାରେନି ତାର ରାଜ ଉଆସକୁ । ଭୟ ହୁଏ କାଳେ ବର୍ଷିଯିବ; ସବୁ ଧୈର୍ଯ୍ୟ ଭଦ୍ରତାର କିମୋନୋ ଫିଙ୍ଗିଦେଇ ହୁଏତ ଲଳିତା ପିଠିରେ ଚାବୁକ ମାରିବ। ସେଥିପାଇଁ ସେ ଫେରିଯାଏ ଗୋଟିଏ ସାଧାରଣ ଚାଳ ଘରକୁ, ଯେଉଁଠି ସୁମିତା ତାର ବୈଧବ୍ୟ ଯନ୍ତ୍ରଣାକୁ ତିଳତିଳ

କରି ପିଇ ବଞ୍ଚି ରହିଛି । ସୁମିତାର ବେଦନା ବତୁରା ଜୀବନ, ଆଉ ସୁମନ୍ତର ପିଞ୍ଜରାବଦ୍ଧ ଜୀବନ ମିଶି ଏକାକାର ହୋଇଯାନ୍ତି । ସବୁ କୃତ୍ରିମତାର ଘଟାଟୋପ ଭିତରୁ ବାହାରି ସୁମନ୍ତ ମଣିଷ ହୋଇଯାଏ ସେଇ କେତେଟା ମୁହୂର୍ତ୍ତ ପାଇଁ । ସେଇ ଚାଳଘରର ପବନରେ ସେ ପାଏ ଫୁଲ ଗନ୍ଧ, ଯାହା ସେ ରାଜ ଉଆସର ଡାଲିଆ, ବେଗନ୍‌ଭିଲା, କ୍ରୋଟନ୍ ଓ କାକଟସ୍ ଭିତରେ ଭୁଲି ଯାଇଥାଏ । ସୁମିତା ହାତର ସଞ୍ଜିବନୀ ସ୍ପର୍ଶ....ସୁମନ୍ତ ଉଜ୍ଜୀବିତ ହୁଏ । ବଞ୍ଚିବା ପାଇଁ ଇନ୍ଧନ ଆହରଣ କରି ସେ ପୁଣି ଓହ୍ଲାଇ ଆସେ ରାଜପଥକୁ, ଚେଷ୍ଟାକରେ ଆତ୍ମସୃଷ୍ଟ ବନ୍ଦୀ ଗୃହକୁ ସଜାଡ଼ିବାକୁ..... । ଲଳିତା ଯାହା କେବେ ବି ଦେଇ ପାରିବେନି, ସେ ପାଇଛି ସୁମିତାଠାରୁ....ସ୍ନେହ, ପ୍ରେମ, ସମର୍ପଣ ଏବଂ ସମସ୍ତ ପାପର ବିଷକୁ ଆକଣ୍ଠ ପାନ କରି ନୀଳକଣ୍ଠ ସାଜିବାର ଶକ୍ତି ।

ଛ'ମାସ ହେଇଗଲା । ସୁମିତା ଚାଲିଯାଇଛି ତା'ର ପୁଅର ସଂସାରକୁ । ସୁମନ୍ତ ଚାକିରୀରୁ ଅବସର ନେବା ମଧ୍ୟ ଛ'ମାସ ହେଇଗଲାଣି । ଏଇ ଛ'ମାସର ପ୍ରତିଟି ମୁହୂର୍ତ୍ତ ତା' ପାଇଁ ଅସହ୍ୟ ଯନ୍ତ୍ରଣାରେ କଣ୍ଟକିତ । ସେ ଏକା ହୋଇଯାଇଛି । ତା ସହ କଥାବାର୍ତ୍ତା କରିବାକୁ କେହି ପ୍ରୟୋଜନ ମନେ କରୁ ନାହାନ୍ତି । ଝିଅମାନେ କେବେ କେମିତି ଆସିଲେ କୁଶଳ ସମ୍ଭାଷଣ; ଶାଶୁଙ୍କ ଭୟରେ ଅତି ଦରକାର ନ ପଡ଼ିଲେ ବୋହୂମାନେ କଥା କୁହନ୍ତିନି । ପୁଅମାନେ କୁଆଡ଼େ ତାକୁ ଭୀଷଣ ଭୟ କରନ୍ତି, ତେଣୁ ଦୂରେଇ ରହନ୍ତି । ସେ ଯେମିତି ପିଞ୍ଜରାବଦ୍ଧ ଏକ ନରଭକ୍ଷୀ ପଶୁ ।

ଏଇ ଯନ୍ତ୍ରଣାବିଦ୍ଧ ଛ'ମାସର ଆଜି ଶେଷ ଦିନ- ସୁମନ୍ତର ମୁକ୍ତିର ଦିନ । ସମସ୍ତ ଶୃଙ୍ଖଳ ଆଜି ଆପେ ଆପେ ଗୋଟି ଗୋଟି ହୋଇ ଛିଣ୍ଡି ପଡୁଛି । ଆଃ.....ମୁକ୍ତିର ସ୍ୱାଦ....ସେମାନଙ୍କ ପାଇଁ ଅନାସ୍ୱାଦିତ ନିଷିଦ୍ଧ ଫଳ । ତଥାପି ତା' ବୁକୁ ଭିତରେ ଶ୍ୱାସରୁଦ୍ଧ ହୋଇଯିବାର ଯନ୍ତ୍ରଣା.....କାହିଁକି ? କାହିଁକି ଆଖି ଦୁଇଟା ଝାପ୍‌ସା ହୋଇଯାଉଛି ? ଛାଡ଼ିଆସିଥିବା କେଉଁ ରାଜା ସଲୋମନ୍‌ଙ୍କର ଗନ୍ତାଘର ପାଇଁ ଏତେ ଆବେଗ ?

ଟ୍ରେନ୍‌ର ଝରକା ଦେଇ ଆକାଶକୁ ଚାହିଁଛି ସୁମନ୍ତ । ଆକାଶରେ କଟି ଯାଉଥିବା ଗୁଡ଼ିଟା ଭାସି ଯାଉଛି । ଇକାରସ୍ ଉଡ଼ି ଯାଉଛି ସୂର୍ଯ୍ୟକୁ ଧରିବା ପାଇଁ । ଆଃ....ଇକାରସ୍‌ର ଡେଣା ଦୁଇଟା ଜଳିଗଲା....ସେ ଖସି ପଡୁଛି ସମୁଦ୍ରକୁ.....ହେଇଟି....ସେ ପଡ଼ିଗଲା ସମୁଦ୍ର ପାଣିରେ । ତଥାପି ପାଣିରେ ସୂର୍ଯ୍ୟଟାକୁ ଖଣ୍ଡ ଖଣ୍ଡ କରିଦେଇଛି । ସେତିକି ତାର ଶେଷ ଇଚ୍ଛା ....ସେ ଜିତିଛି...ସୂର୍ଯ୍ୟଟାକୁ ଭାଙ୍ଗିଦେଇ ପାରିଛି ତ...... ।

ଭଉଁରି

ଆର୍ଯ୍ୟ ଯଜ୍ଞଦତ୍ତ

ଘଣ୍ଟାକ ପୂର୍ବରୁ ଏହି ଭୟଙ୍କର ଦୁର୍ଘଟଣାଟା ଘଟିଗଲା। ଆସନ୍ନ ଶୀତ ସନ୍ଧ୍ୟା । ପଥର ବୋଝେଇ ଟ୍ରକଟା ସୁଉଚ୍ଚ ରାଜପଥରୁ ପୋଲ ବାଡ଼ ଭାଙ୍ଗି ପଥର ଚଟାଣରେ ପାଲଟା ଖାଇ ପାଟନାଳିରେ ହାମୁଡ଼େଇ ପଡ଼ି ଗାରଡ଼େଇ ଚାହୁଁଥିଲା। ଡାଲା ଓ କ୍ୟାବିନ୍‌ରେ ଅନ୍ତତଃ ୨୫/୩୦ ଜଣ ଯାତ୍ରୀ ଥିଲେ । ତେବେ ସ୍ଥଳରେ ମଲେ ତିନିଜଣ ଏବଂ ସମସ୍ତେ ଗୁରୁତରଭାବେ ଆହତ ହୋଇ ଦଶ କିଲୋମିଟର ଦୂରସ୍ଥ ସବ୍‌ଡିଭିଜନାଲ୍ ହସ୍‌ପିଟାଲକୁ ବୁହା ହୋଇଗଲେ।

ଗ୍ରାମରକ୍ଷୀ ନେତରା ମଳିକ ଦୁର୍ଘଟଣା ଖବର ପାଇ ଯେତେବେଳେ ଝପଟି ଆସିଲା, ଦୁର୍ଘଟଣା ସ୍ଥଳରେ ତା' ପାହୁଲ ରକ୍ତ ପଚପଚ ହୋଇଗଲା। ତା' ଦେହ ଶୀତେଇ ଉଠିଲା। ରାଜପଥ ଉପରେ ପାହୁଲ ବହଳ ତାଜା ରକ୍ତ। ମାଛିଅନ୍ଧାରରେ ନେତରା ମଳିକ ତିନିଜଣ ମୃତକଙ୍କୁ ଚିହ୍ନିବାକୁ ଚେଷ୍ଟା କଲା। ନା', ଏମାନେ କେହି ଚିହ୍ନା ଚିହ୍ନା ଲାଗୁନାହାନ୍ତି । କିଏ ଚିହ୍ନିବ ଏମାନଙ୍କୁ ? ଆହତ ଯାତ୍ରୀମାନେ ଇମରଜେନ୍ସି ୱାର୍ଡ଼ରେ ଭର୍ତ୍ତି ହୋଇଛନ୍ତି ଏବଂ ଅଧିକାଂଶ ମସ୍ତିଷ୍କରେ ଆଘାତ ପାଇଛନ୍ତି ବୋଲି ଶୁଣିଲା । କିଏ କିଏ ଆମ୍ବୁଲାନ୍ସ ବା କାର୍ କରି ବଡ଼ ଡାକ୍ତରଖାନା ପଳେଇଗଲେଣି । ଦୁର୍ଘଟଣା ସମୟରେ ଉପସ୍ଥିତ ଥିଲେ ହୁଏତ ନେତରାର ଛାତି ଫାଟି ପଡ଼ିଥାଆନ୍ତା । ହୁଏତ ବାହୁନି ପକାଇ ଥାଆନ୍ତା । କିନ୍ତୁ ଏ ଲୋକମାନେ କଲେ କ'ଣ ? ଆର୍ତ୍ତମାନଙ୍କ ମୁହଁରେ ପାଣିଦେବା ପରିବର୍ତ୍ତେ ସେମାନଙ୍କ ମୁଣା ଉଣ୍ଡାଳିଲେ । ଘଡ଼ି ଫିଟାଇ ନେଲେ । ଉପରେ ହାଏ ଚୁ ଚୁ କରି ମିନିଟ କେତେଟାରେ ହାତ ଚିକ୍କଣ କରିପକାଇଲେ ।

ସେବାର ବୀଭତ୍ସ ବଜାରରେ ଆହା କରୁଥିବା ଲୋକଟି ସ୍ୱାହା କରିଦେଲା । ସମସ୍ତେ ଖାଲି ଉଣ୍ଡାଳୁଥିଲେ।

ଡି.ଏସ୍.ପି. ଓ ସି.ଆଇ. ଘଟଣାସ୍ଥଳ ପରିଦର୍ଶନ କଲେ। ଖାତାରେ କ'ଣ ଟିପାଟିପି କଲେ। ଆତତାୟୀ ସେମିତି ଗାରଡ଼େଇ ଚାହିଁଛି ପାଟନାଳିର ଆଣ୍ଠୁଏ ପଙ୍କପାଣିରୁ।

ସି.ଆଇ.କହିଲେ ଥାନାବାବୁଙ୍କୁ- ତମେ ରାତିରେ ଏଠି ଦୁଇଟା କନେଷ୍ଟବଲ ତୈନାତ କରିବ। ଏ ଶବଗୁଡ଼ାକୁ କନା ଗୁଡ଼େଇ ତମ୍ବୁପାଖରେ ରଖିବ। ସକାଳେ ପୋଷ୍ଟମର୍ଟମ ପାଇଁ ପଠାଇବ।

ସେମାନେ ଚାଲିଗଲେ। ରାତି ୮ ଟା।

ଇନ୍‌ଚାର୍ଜ ଜଣେ କନେଷ୍ଟବଲକୁ କହିଲେ- ରଙ୍କନିଧି, ତୁ ରହ। ନେତରା ତ ଅଛି। ବାଡ଼ି ପୋତ। ଗାଡ଼ି ପାଲରେ ତମ୍ବୁ ଟାଣ। ଶବ ତିନିଟାକୁ ଏଠାକୁ ଘୋଷାରି ଆଣ। ଶଳେ ମଲେନାହିଁ ଯେ ଆମକୁ ଘଣ୍ଟେଇଗଲେ। ଚାରିଲକ୍ଷ ଟଙ୍କାର ଗାଡ଼ି। ମୁଁ ଯାଉଛି । କେହି ଶଳା ଡିଉଟିରେ ଖିଲାପ କରିବ ନାହିଁ।

ଦୁମୁଦୁମୁ ମେଦିନୀ କମ୍ପାଇ ବାବୁଙ୍କ ମଟର ସାଇକଲ ଅନ୍ଧାରରେ ଦାଣ୍ଡିଆ ମାରିଲା। ପଛ ଆଲୁଅ ଲିଭିଲିଭି ଆସିଲା।

ରଙ୍କ ଓ ନେତରାଙ୍କ ପାଇଁ ବଡ଼ହାକିମମାନଙ୍କ ଏଭଳି ବ୍ୟବହାର ନିତିଦିନିଆ ଥିଲା। ସେମାନେ ଧାଁ ଦଉଡ଼ କରନ୍ତି। ଚହଳଟା ବେଶି କାମ ତୁଳନାରେ। ଅସଲ କାମ ବେଳକୁ ଏମାନେ।

ରଙ୍କ ନିଧି କହିଲା- ଆଁ ଟା କରି ଅନେଇଛୁ କ'ଣ ବେ? ବାଡ଼ି ପୋତ! ପାଲଟାଣ। ଆଗେ ଜାଡ଼ କାକରରୁ ରକ୍ଷା ମିଳୁ। ତା'ପରେ ଯୋଉକଥା।

କେତେ ଲୋକ ଗାଡ଼ି ମଟରରୁ ଓହ୍ଲାଇ ପଚାରୁଛନ୍ତି ଯାବତୀୟ କଥା। ଦୁର୍ଘଟଣା ସମ୍ପର୍କରେ ନିଜସ୍ୱ ସମ୍ଭାବ୍ୟ କାରଣ ବର୍ଣ୍ଣନା କରୁଛନ୍ତି। ମୃତକଙ୍କୁ ଦେଖୁଛନ୍ତି ଟର୍ଚ୍ଚ ପକେଇ।

କେତେ କାହାର ଉତ୍ତର ଦେବେ? ଉପର ଠାଉରିଆ କିଛି କହିପକାଉଛନ୍ତି- ଯାଅ ଯାଅ ହସ୍ପିଟାଲ୍‌ରେ ଦେଖ।

ନିଛାଟିଆ ପାଟର ପିଠି ଉପରେ କଳିଶିରା ପରି ରାଜପଥଟା। ପାଖରେ ଦୋକାନ ବଜାର ନାହିଁ। କଳା ଘୁମୁର ଶୀତ ରାତିକୁ ତିନିଟା ମୁର୍ଦ୍ଦାର । ଶୀତ ପବନ ତୁହା ତୁହା ହୋଇ ଝାଉଁ ଗଛରେ ଛାଣି ହୋଇ ଆସୁଛି।

ରଙ୍କ ସାଉଁଳେଇ କହିଲା- ନେତରା, ତୁ କ'ଣ ଖାଇଛୁ ନା? ଭୋକରେ ମୋ'

ଅନ୍ତ ଜଳିଲାଣି। ଜାଣିଛୁ ନା, ଘରେ ଭାରି ବେରାମ। ତା' ଦେହ ଭାରି ଅସୁଖ। ଭାଇଟାପା କାମଟାଏ କର। ମୁଁ ଯାଉଛି, ତୋ' ପୁତୁରା ହାତରେ ଖାଇବା ପଠାଇଦେମି। ଦାଦି ପୁତୁରା ଜାଗିଯିବ। ତିନିଟା ମୁର୍ଦ୍ଦାର। ଲକ୍ଷେ ଟଙ୍କାର ଗାଡ଼ି । ଟଉକଶ ଥିବୁ, ବୁଝିଲୁ ନା ?

ନେତରାର ଉତ୍ତରକୁ ଅପେକ୍ଷା ନକରି ରଙ୍କନିଧି ସାଇକେଲ୍ ଚଢ଼ିକରି ଚାଲିଗଲା କେଁ କେଁ କରି। ଏମିତିଆ ଅନୁଭୂତି ନେତରା ପାଇଁ ବି ନୂଆ ନ ଥିଲା।

ରାଜପଥ ଉପରେ ଝାଉଁ ହୁଏତ କାନ୍ଦୁଛି। ଲଣ୍ଠନ ତେଜିଲା। ରାତି ନଅ ସେପାଖରେ ହବ। ପୁତୁରା କାହିଁ ? ଗୋଟାକ ପରେ ଗୋଟାଏ ଶବର ଗୋଡ଼ ଘୋଷାରି ସେ ଡେରା ସାମ୍ନା ନନ୍‌ଜୋରିରେ ଥୋଇଲା। ଗୋଟାକ ପାଖକୁ ଗୋଟାଏ ଶୁଆଇ ଦେଲା। ତରାଟିଆ ଆଖିଗୁଡ଼ାକ ସେ ବୁଜିଦେଲା। ମୁର୍ଦ୍ଦାର ଜଗିବା ତା' ପାଇଁ ବି ନୂଆକଥା ନ ଥିଲା।

ରାତି କେତେ ହବ କେଜାଣି । ପାଟର ଥଣ୍ଡା ପବନରେ ତା' ଦେହ ଶୀତେଇ ଉଠିଲା । ଭୂମି ବି ଗିଲା। ରଙ୍କନିଧିକୁ ହୁଏତ କହିପାରିଥାନ୍ତା ପୁତୁରା ହାତରେ ଛଣ ଚାରିବିଡ଼ା ପଠାଇବାକୁ, ଦୂରରୁ ଲଣ୍ଠନ ଦିଶିଲା । ବାଡ଼ି ଠକ୍ ଠକ୍ ଶୁଭିଲା । ବୋଧହୁଏ ନଟିଆ କି କ'ଣ। ରାସ୍ତା ଉପରୁ ସେ ଡାକିଲା- ଦାଦି, ଦାଦି।

ନେତରା ଦେହରେ ସିଂହର ବଳ ପଶିଗଲା । ତାଗଡ଼ା ଟୋକାକୁ କଣ୍ଟି ବାଉଁଶ ଠେଙ୍ଗା। ଗାମୁଛାରେ ପିଠା ତରକାରି ବାନ୍ଧି ଆଣିଥିଲା ନଟିଆ। ନେତରା ନାଳ ପାଣିରେ ମୁହଁ ପଖାଳିଲା। ଗାମୁଛା ଖୋଲି ପିଠା ତରକାରି ଖାଇଲା ବଡ଼ ନିର୍ବିକାର ଭାବରେ।

ନଟିଆ କହିଲା- କହନି ଦାଦି, ଜୀବନଟା କ'ଣ ? ସତରେ ପାଣି ଫୁଟୁକା । ଦେଖନି କେମିତି ପଥରମିତି ପଡ଼ିଛନ୍ତି। ମଲାବେଳକୁ ପିଲାଛୁଆ ସ୍ତ୍ରୀ ସଂସାର କେହି କ'ଣ ମୁହଁରେ ମୁନ୍ଦେ ପାଣି ଦେଲେ ?

ନେତରା ହାକୁଟି ମାରି କହିଲା- ବା, ତୁ ପାଲ ତଳେ ବ। ଯାହା କପାଳରେ ନେଖା ଅଛି ତାକୁ କିଏ ଟାଳିବ।

ନଟିଆ କହିଲା- ଦାଦି, ଏ ମାଳିପୁର ଲୋକଗୁଡ଼ାକ ଏଡ଼େ ଡକାୟତ ନା ? ବିଚରା ଲୋକମାନଙ୍କଠୁଁ କୁଆଡ଼େ ସବୁ ଲୁଟିନେଲେ। ସେ ବେଳରେ ପାଣି ମୁନ୍ଦାଏ ଦବା ଛାଡ଼ି ଏହିସବୁ ଅଧର୍ମ କାମ କଲେ ନା ?

ନେତରା ଦୀର୍ଘଶ୍ୱାସ ଛାଡ଼ି କହିଲା-ବା, ଯିଏ ଯାହା କରୁଛି, ତା' ପାଞ୍ଜିରେ ସେ ସବୁ ହିସାବ ରହୁଛି। ମନକୁ ମନ ଯେତେ ସିଆଣିଆ ଭାବିଲେ କ'ଣ ହବ, ଠାକୁରେ ଦେଖୁଛନ୍ତି ନା ନାହିଁ ?

ବେଶୀରାତି ହେଲାଣି। ନଟିଆ ଢୋଳେଇଲାଣି । ବସି ବସି। କ'ଣ ଟାକୁ

ଚାକୁ ଶବ୍ଦ ଶୁଭିଲା । ନେତରା ଠିଆହେଲା। ଚମକି ପଡ଼ିଲା। ତା' ପଛପାଖ ବିଲରେ ପଣେ ହବ ଆଖି। ନେଳିଆ ନେଳିଆ । ଠେଙ୍ଗା ଉଠାଇଲା ନେତରା। ଡାକ ପକେଇଲା- ଆରେ ନଟିଆ ଉଠିଲୁ ଉଠିଲୁ।

ନଟିଆ ଉଠିପଡ଼ି କହିଲା- ଦାଦି କଅଣ ?

- ଶଳା ବାସନା ପାଇ ଧାଡ଼ି ବାନ୍ଧିଲେଣି ଅନେଇଲୁ।

ଠେଙ୍ଗା ବୁଲାଇ ଗିଅଣା ଦେଇ ଅନ୍ଧାରକୁ ଖେପିଗଲା ନଟିଆ। ରଢ଼ିଲା- ଏମିତି ପାନେ ଦେବି ଯେ, ଶଳାଏ ବୋପା ବାହାଘର ଦେଖିବେ ଓ ଆସିଗଲେ ନିମନ୍ତକୁ ପେଣ୍ଡିଆ ଗରାଖ ଗୁଡ଼ାକ ।

ତା କିଳିକିଳାରେ ଆଖିସବୁ ଦଉଡ଼ିଲେ ଯେ ଯୁଆଡ଼େ।

ଚାକୁ ଚାକୁ ଶୁଭୁଥିଲା। ନଟିଆ ପଚାରିଲା- ଦାଦି, ଏ ଆବାଜ୍ କ'ଣ ?

ନେତରା କହିଲା- ବା, ପିଚୁ ଉପରେ ପାହୁଲେ ରକ୍ତ ଜମାଟ। କେତେଟା ଶିଆଳ କି କୋକିଶିଆଳ ଚାଟୁଛନ୍ତି, ଆଉ କ'ଣ? ବାରେ, ରାସ୍ତାଟା ସଫାହୋଇ ଯାଉ। ସେ ରକ୍ତ ଦେଖିଲେ କିଏ ଧିଅ ଧରି ରହିବ।

ନଟିଆ କହିଲା- ଦାଦି, ଶଶୁରଙ୍କୁ ଗୋଡ଼େଇ ଆସେ। ନହେଲେ ନନ୍‌ଜୋରିକୁ ଗଡ଼ି ଆମକୁ ହରକତ କରିବେ।

ନେତରା କହିଲା- ବା', ତୁ ଥୟ ଧଅ। ରାସ୍ତାଟା ସଫା ହୋଇଯାଉ। ଯା'ତୁ ଟିକେ ଘୁମେଇ ପଡ଼। ନଟିଆ ମୋଡ଼ି ମୋଡ଼ି ହୋଇ ଶୋଇଲା । ଘୁଙ୍ଗୁଡ଼ି ମାରିଲା ଘଡ଼ିକରେ।

ମୁର୍ଦ୍ଦାରଗୁଡ଼ାକର ସଜ ଗନ୍ଧ ନେତରାର ନାକରେ ବାଜିଲା। ଛାତି ଭିତରୁ ବାହାରି ଆସୁଥିବା ଚଉତିଶାରେ ସେ ମନବୋଧ କରୁଥିଲା...... ଆହାଃ...... "ଖଣ୍ଡି ଯେ ଖଣ୍ଡି ତୋର ପଞ୍ଜରା କାଠି, ଖାଉଣଥିବେ ଶ୍ୱାନଶୃଗାଳ ବାଣ୍ଟିରେ।"

ଖଣ୍ଡେ ଦୂରରେ ଟ୍ରକ୍‌ଟାଏ ଠିଆ ହେଲା। ଦି'ଟା ଲୋକ ଟର୍ଚ୍ଚ ମାରି ମାରି ଡେରା ଆଡ଼କୁ ଆସିଲେ। ନେତରା ଭାବିଲା ବୋଧହୁଏ କେହି ଆସୁଛନ୍ତି କିଛି ପଚରା ଉଚୁରା କରିବାକୁ ।

ରାସ୍ତା ଉପରୁ ଜଣେ କହିଲା- ଚଉକିଦାର ବାବୁ ଅଛ ?

ନେତରା ହଁ କଲା।

ଜଣେ ପାଖକୁ ଆସି କହିଲା - ଆରେ ନେତରା ବାବୁ ତ ! ମତେ ଚିହ୍ନିଛ ? ଆମ ଗାଁ ପାଟଦେଈପୁର।

ନେତରା କହିଲା- ନାଁ ବାବୁ ଚିହ୍ନି ପାରୁନି। ତୁମର କ'ଣ କେହି ଲୋକବାକ ଟ୍ରକ୍‌ରେ ଥିଲେ କି ?

ସେ ଲୋକଟି କହିଲା- ନେତରା ଭାଇ ଟିକେ ଇଆଡ଼େ ଆସ। ହଁ, ଶଳା ବାହାରିଆ ଗାଡ଼ିଟା ତିରିଶି ଜୀବନ ଖାଇଲା। ତମେ ଟିକେ ସାହାଯ୍ୟ କରନ୍ତ ନାହିଁ ନା? ଆମର ଦି'ଟା ଟାୟାର୍ ଦରକାର। ଆମ ପାଖରେ ଦି'ଟା ଟାୟାର୍ ଅଛି ଯେ ବଦଳେଇ ଦେଲେ ଚଳନ୍ତା ନାହିଁ? ରଖ ଏ ପାଞ୍ଚଶ ଟଙ୍କା। ଧରୁନା। ଆମେ ଦଶ ମିନିଟ୍‌ରେ କାମ ବଢ଼େଇ ଦେବୁ। ଟାୟାର୍ ନା ଟାୟାର୍ କିଏ କ'ଣ ଜାଣିବ? ଆମ ଟାୟାର୍ ଯୋଡ଼ାକ ଭଲ ଯେ। ତମେ ଅନେଇ ଥିବ କାମ ଓଭର ଜାଣ।

ଟଙ୍କା ଠେଲି ଦେଇ ନେତରା କହିଲା- ବାବୁ, ମୋର ଟଙ୍କା ଦରକାର ନାହିଁ। କାଲିକୁ ଯଦି କଥାଟା ପଦାରେ ପଡ଼େ ଯେ ନେତରା ମଳିକ ଟାୟାର୍ ବିକି ପଇସା ଖାଇଛି ବୋଲି, ଛୁଆପିଲାରେ ସାହି ପଡ଼ିଶାରେ ମୁଁ ମୁଣ୍ଡ ଟେକି ଚାଲି ପାରିବିଟି। ମୋତେ ଅସତ ଆଡ଼କୁ ଟାଣନା ବାବୁ, ତୁମକୁ ଅନୁରୋଧ କରୁଛି।

ଲୋକଟା ପୁଣି କହିଲା- ନେତରା ଭାଇ, ସତ କ'ଣ ଅସତ କ'ଣ? ମଉକା ଦଶଥର ଆସେନା। ପାଞ୍ଚଶ ଟଙ୍କା କାହିଁକି ହାତଛଡ଼ା କରୁଛ? ତମର କିଛି ଅସୁବିଧା ହବନି । ଏ ଦୁନିଆରେ ସତିଆ କିଏ କହିଲ। ସୁଯୋଗ ନମିଳିଲେ ସତୀ, ବୁଝିଲ? ଏତେ ପରିଶ୍ରମ କରି କ'ଣ ପାଉଛ ତମେ? ତମ ହାକିମମାନେ କ'ଣ କରୁଛନ୍ତି ତମେ କ'ଣ ଜାଣୁନ? ମନ ଯଦି ନମାନୁଛି, ହଉ ଆଉ ଦି'ଶ ଧର।

ଲୋକଟା ଜବରଦସ୍ତି ତା ପକେଟ୍‌ରେ ଟଙ୍କା ପୁଳାଏ ଗୁଞ୍ଜିଦେଲା। ନେତରା ଉପରେ ଯେମିତି ନିଶ୍ଚେତକ ପ୍ରୟୋଗ କଲା ଲୋକଟା କଥାରେ କଥାରେ। ଭାବିଲା- ସତରେ ଜନତାକୁ ହରକତ କରି ହାକିମମାନେ ପଇସା ଲୁଟୁଛନ୍ତି। କେହି କେବେ କ'ଣ କହୁଛନ୍ତି ଶ୍ରଦ୍ଧାରେ- ଧ' ନେତରା ପଚାଶ ପଇସା, ଚା' ପିଇବୁ।

ଆଗରେ ଝିଅର ପୁଆଣୀ। ବଡ଼ ଟୋକାଟା ତିନିବର୍ଷ ହେଲା ଗୁଜୁରାଟ ଗଲାଣି ଯେ ମାସକୁ ପଚାଶ ଶହେ ଟଙ୍କା ନିୟମିତ ପଠାଇପାରୁ ନାହିଁ। ଲେଖିଥିଲା ଭଉଣୀ ପୁଆଣୀ ପାଇଁ ଯୋଗାଡ଼ କରି ୩୦୦/୪୦୦ ସରିକି ଟଙ୍କା ପଠାଇବ। ଦି'ମାସ ହେଲା କାହିଁ? ଜୋଇଁଟା ବି ଶଳା ପାଖକୁ ବାତିନି ଲେଖୁଛି ତାକୁ ଗୁଜୁରାଟ ନେଇଯିବାକୁ।

ଆଖିପିଛୁଳାକେ ଲୋକ ଦି'ଟା ଟାୟାର୍ ଦି'ଟା ଖୋଲି ପୁଣି ଦି'ଟା ଟାୟାର୍ ଫିଟ୍ କରିଦେଲେ ପେନ୍‌ସିଲ୍ ଟର୍ଚ୍ଚଲାଇଟ୍ ପକେଇ। ଟାୟାର୍ ଦି'ଟା ଗଡ଼ାଇ ଗଡ଼ାଇ ଉପରକୁ ନେଇଗଲେ।

ନେତରା ସେଠି ନିଶ୍ଚେତ ଅବସ୍ଥାରେ ବସିଥିଲା। ତା' ଆଖି ଆଗରେ ଖାଲି ଛାୟା ଚିତ୍ର ଦେଖୁଥିଲା। ଭାବି ଚାଲିଲା- ଚୌକିଦାରରୁ ଗ୍ରାମରକ୍ଷୀ ହେଲା।

ଦରମା ବଢ଼ିବ ବଢ଼ିବ ବୋଲି ସେ ଅନେଇ ରହିଗଲା। ଦେଖୁ ଦେଖୁ ବାଳ ଝୋଟ ହେଲା। ସେ ଅନ୍ୟରକ୍ଷୀଙ୍କ ଭଳି ଛନ୍ଦ କପଟ ଜାଣି ନଥିଲା। କାହାକୁ ଫସେଇବା କିମ୍ବା ଅସୁବିଧାରେ ପକାଇବା ଅବା ଖଟମିଛ କହି ଆଚ୍ଛାକରି ରଗଡ଼େଇବା ତା' ଜାତକରେ ନ ଥିଲା। ତାକୁ ବି ଲୋକେ ମାନୁଥିଲେ। ନ୍ୟାୟ ନିଶାପରେ ଡାକୁଥିଲେ। ଅନେକ ଗାଁ କଥା ଗାଁରେ ଛିଣ୍ଡି ଯାଉଥିଲା। ଆଗେ ଥାନା ପର୍ଯ୍ୟନ୍ତ କଥାଗଲେ ବଡ଼ ବଡ଼ କେସ୍ ବି ଗଞ୍ଜାଟାଏ- କଦଳୀ କାନ୍ଦିରେ ଅବା ଛେଳି ମେଣ୍ଢା ଗୋଟାଏରେ ଛିଣ୍ଡି ଯାଉଥିଲା। ହାକିମ ଭିତରେ ଭିତରେ ତା' ଉପରେ ଗର ଗର ହେଉଥିଲେ। ଏବେ କିନ୍ତୁ କଥା ନିଆରା। କୌଣସି ଗଣ୍ଡଗୋଳର ସୁରାକ ପାଇଲେ ବାବୁମାନେ ସିଧା ପହଞ୍ଚିଯାଉଛନ୍ତି, ମଢ଼ ପାଖରେ ଶାଗୁଣା ପହଞ୍ଚିଲା ଭଳି। ଯାହାହେଉ, ସେ ପାପ କାମରୁ ଅଲଗା ରହି ଯାଉଛି। ଭଲ ହେଲା, ତା ମୁହଁରେ ତ ତାକୁ କେହି ଭଲମନ୍ଦରେ କାଇଲି କରୁନାହିଁ।

ହଠାତ୍ ନେତରା ଉଠିପଡ଼ିଲା। ନୋଟାଟା ହାତରେ ଧରି ପଙ୍କକାଦୁଅ ପୂରାଇ ସେ ଚକ ଆଡ଼େ ଛାଟିଲା। ଏ ଚକ ଦି'ଟା ବାକି ଚକ ଭଳି କାଦୁଅ ଦିଶୁ। ତା' ପାଦ ତଳେ ସେ ଗୋଟିଏ କ'ଣ ଅନୁଭବ କଲା। ହାତ ବନ୍ଧା ଘଡ଼ିଟାଏ। ଧୋଇଧାଇ ପକେଟ୍‌ରେ ରଖିଲା। ତା' ମନ କ'ଣ ହେଲା କେଜାଣି ହାମୁଡ଼େଇ ସେ ପଙ୍କ ଚିପିଲା। ତା' ଆଙ୍ଗୁଳି ଭିତରୁ ମାଛଗୁଡ଼ାକ ସହଜରେ ପଳାଇଗଲେ। ତାକୁ ଶୀତ ଲାଗୁନଥିଲା। ଆଉ କିଛି ମିଳିଲା ନାହିଁ।

ଉଠିଆସି ସେ ବସିଲା। ସେ ଥୁରୁ ଥୁରୁ କମ୍ପିଲା। ଲୁଗା ଚିପୁଡ଼ିଲା। ଗାମୁଛାଟାଏ ପିନ୍ଧିଲା ।

ଘଡ଼ିଟା ସେ ଜ୍ୱାଇଁକୁ ଦେଇଦବ । ଝିଅର ପୁଆଣୀ ଉଠାଇ ଦେବ। ବିଡ଼ି ଟାଣିଲା ନେତରା।

ଆକାଶରେ ତାରାସବୁ ଲୁଚି ଲୁଚି ଆସିଲେଣି । ସିନ୍ଦୂରା ଫାଟି ଆସିଲାଣି । ଫର୍ଚ୍ଚା ଦିଶିଲା । ଚକ ଆଡ଼େ ସେ ଅନେଇଲା । ଠିକ୍ ଅଛି।

ନଟିଆ ଉଠିଲା । ନାଳି ପାଣିରେ ମୁହଁ ଧୋଉ ଧୋଉ ଦେଖିଲା ପଟେ ନୂଆ ଚପଲ। କହିଲା- ଦାଦିଲୋ, ଦେଖିନି ବଢ଼ିଆ ଚପଲ ପଟେ।

ଗୋଡ଼ରେ କଛି ନଟିଆ କହିଲା- ଏପଟଟା ତ ହେଉଛି। ଆର ପଟଟା ମିଳନ୍ତା କି !

ଏ ପାଖ ସେପାଖ ହୋଇ ସେ ଅନେକ ଖୋଜିଲା । ପାଇଲାନାହିଁ ବୋଲି ମନ ଦୁଃଖକଲା।

ନେତରା କହିଲା- ବା, କାହିଁକି କାକରରେ ବୁଲୁଛୁ? ନେ ଦଶ ଟଙ୍କା । ବରା ଗୁଲୁଗୁଲା ଖାଇବୁ। ମୋ' ପାଇଁ ଜଳଖିଆ ବି ଆଣିବୁ।

ନଟିଆ କିଛି ବୁଝିପାରିଲାନି। ଅପୂର୍ବ, ଦାଦି ଆଉ ଦଶ ଟଙ୍କା! ନଟିଆ କହିଲା- ଏତେ ଭୋରୁ କ'ଣ ଦୋକାନ ଖୋଲିବଣି? ଆଠଟା ବେଳକୁ ଧଡ଼ି ସାହୁ ଆଞ୍ଚ ଲଗାଇ ଇଟିଲି ଅଥାର ଚଢ଼ାଇବ । ହଉ ତୁ ଥା, ମୁଁ ଯାଉଛି।

ବୁଢ଼ାଟାଏ କିଏ ବିଳାପ କରି ଦଉଡ଼ି ଦଉଡ଼ି ଆସୁଛି ରାସ୍ତାରେ- ଆରେ ଲଇକ୍ଷଣରେ। ତୁ ମୋ' କୁଳ ବୁଡ଼େଇ ଦେଲୁରେ । ଏ ବୁଢ଼ା ବୟସରେ କୋଉ ଗଛ ଛାଇରେ ଠିଆ ହେବୁରେ ଲଇକ୍ଷଣ । ନେତରା ଅନୁମାନ କଲା- ରଇତ ଭାଇ ତ! ତା ପୁଅ ଲକ୍ଷ୍ମଣ। ଲକ୍ଷ୍ମଣର କ'ଣ ହେଲା ? ଲକ୍ଷ୍ମଣ ଓ ତା' ପୁଅ ସଙ୍ଗାତ ।

ସେ ଉଠିପଡ଼ି ରାସ୍ତା ଉପରକୁ ଧାଇଁଲା । ରଇତକୁ ଧରିପକାଇ ପଚାରିଲା- ଲକ୍ଷ୍ମଣର କ'ଣ ହେଲା ରଇତ ଭାଇ?

କହନାରେ ନେତରା, ମତେ ଭସେଇ ଦେଲା ସେ। ମୋ' ବିଶିକେଶନ ଏହି ଟ୍ରକ୍‌ରେ ଆସୁଥିଲା । ଜୀବନ ଅଛି, ହେଲେ ତା' ଗୋଡ଼ ଗୁଣ୍ଡ ହୋଇଯାଇଛିରେ ନେତରା । କାହାର ଅଭିଶାପ ପଡ଼ିଲା ତା' ଉପରରେ ନେତରା । ତମମାନଙ୍କ ଆଶୀର୍ବାଦରୁ ସେ ଛୋଟା, ଲେଙ୍ଗଡ଼ା ହୋଇ ବଞ୍ଚି ରହୁରେ ନେତରା। ମୁଁ ଯାଏଁ ତାକୁ ଦେଖେରେଁ। ନେତରା କହିଲା- ଏତେ ବାଟ କ'ଣ ଚାଲିକି ଯାଇପାରିବୁ? ଠିଆହ ଗାଡ଼ିଟାଏ ଆସୁ ବସାଇଦେବି।

ବୁଢ଼ା ବିଳିବିଳେଇ ଛାଟିପିଟି ହୋଇ କହିଲା- ଆଉ ସେ ଘଟମରା ଗାଡ଼ିରେ ଚଢ଼ିବି ନାହିଁରେ। ମୋ' ପୁଅକୁ ତ ଖାଇଲା। ଆଉ କାହାକୁ ଖାଇବ?

ଉଡ଼ିଲାଭଳି ବୁଢ଼ାଟା ଆଖି ଆଗରୁ ଅଦୃଶ୍ୟ ହୋଇଗଲା।

ନେତରାକୁ ଭାରି ଚିଟା ଲାଗିଲା । ଧିଅ ଗତଗତ ହେଲାଣି।

ଡାମରା କାଉଟାଏ ମଢ଼ଆଡ଼େ ଚାହିଁ ରାଉ ରାଉ କରୁଛି।

ରଙ୍କନିଧି ରିକ୍ସା ଟ୍ରଲିଟିଏ ନେଇ ପହଞ୍ଚିଲା। ଗାଧୋଇ ପାଧୋଇ ଟେରିକାଟି ପୂରା ଫିନ୍ ଫିନ୍ ।

ରାସ୍ତା ଉପରୁ ଥାଇ ଚିଲେଇଲା- ଏ ନେତରା, ଦେ ଦେ ମଢ଼ ଉଠାଅ। ଶଳାଙ୍କୁ ଫୋପାଡ଼ି ଦେଇ ଆସିଲେ କାମ ସରିବ । ଏକାଥରେ ଫେରି ଗାଧୁଆ ପାଧୁଆ କରିବୁ। ଜଳଖିଆ ପତ୍ର ସେଠି କରିବୁ ଚାଲ।

ନେତରା ଅଜାଣତରେ ଟାୟାର୍ ଆଡ଼େ ଚାହିଁଲା। ପୁଣି ଅନେଇଲା କାଳେ ରଙ୍କନିଧି ସିଆଡ଼େ ଅନାଉଛି କି କ'ଣ।

ଛେପଢୋକି ନେତରା କହିଲା- ଦେ ଭାଇ ଧର।

ରିକ୍ସାବାଲା କୁନ୍ଥୁ କୁନ୍ଥୁ ହେଲା। କହିଲା- ଥାନାବାଲାଙ୍କୁ କନା ଚାଖଣ୍ଡେ କ'ଣ ମିଳିଲା ନାହିଁ ଢାଙ୍କିବାକୁ ।

ରଙ୍କନିଧି କହିଲା- ଚାଲବେ ଭାରି ଭଡ଼ଭଡ଼ ହେଉଛୁ। ଧ ଉଠା । ମଢ଼ ଗୁଡ଼ାକ ଗନ୍ଧେଇଲେଣି। ଟ୍ରଲିରେ ତିନିଟାକୁ ଶୁଆଇ ଦିଆଗଲା । ରିକ୍ସାବାଲା ବେଶ୍ ଶକ୍ତକରି ଦଉଡ଼ାରେ ବସ୍ତା ବାନ୍ଧିଲା ଭଳି ବାନ୍ଧିଦେଲା।

ନେତରା ଅନୁନୟ ହୋଇ କହିଲା- ରଙ୍କବାବୁ, ମୋତେ ଆଉ କାହିଁ ସେଆଡ଼େ ଟାଣୁଛ ? ମୁଁ ରାତି ଅନିଦ୍ରା । ତମେ ଚଳେଇ ନିଅନ୍ତ ନାହିଁ ?

ରଙ୍କ ପଞ୍ଚମ ତାନରେ କହିଲା- ତାଙ୍କୁ ଟଣା ଘୋଷଡ଼ା କରିବ କିଏ ମୋ' ଗୋସ ବାପା ? ଆଉ ତୁ ଫୁଲବାବୁ ହୋ । ବଡ଼ବାବୁ କହିଛନ୍ତି ତୁ ଯିବୁ। ମତେ କ'ଣ କହୁଛୁ ? ମୋ ସାଇକେଲ ନେଇ ଚାଲ୍। ମୁଁ ପଛରେ ଗାଡ଼ିରେ ଯାଉଛି।

ଆଗରେ ତିନୋଟି ମୁର୍ଦ୍ଦାର । ଟ୍ରଲିରେ ଛେଚି ହୋଇ ହାତ ଗୋଡ଼ ହଲାଉଛନ୍ତି। ଟାଣି ନେଉଛନ୍ତି ନେତରାକୁ । ପିଣ୍ଡରୁ ଆତ୍ମାଟା ଛୁ କଲେ କିଏ କାହାର ? କାଲି ଏତେ ବେଳକୁ ପିଲାଛୁଆ ସ୍ତ୍ରୀ ସଂସାର କଥା ଚିନ୍ତା କରୁଥିଲେ, କିନ୍ତୁ ଆଜି ମଢ଼ା, କାଲିକୁ ବିଲୁଆ କୁକୁର ପେଟରେ । ବିଧିର କି ରହସ୍ୟ।

ରଙ୍କନିଧିକୁ ଅପେକ୍ଷା ନ କରି ନେତରା ପୋଷ୍ଟମର୍ଟମ ଘର ଆଗରେ ଥୋଇଦେଲା ଶବ ଗୁଡ଼ାକୁ । ଆଗରୁ ୩/୪ ଟି ଶବ ଥୁଆଯାଇଛି ପୋଷ୍ଟମର୍ଟମ ପାଇଁ।

କେତେବେଳେକେ ରଙ୍କନିଧି ଫୁଲୁବାବୁ ଭଳି ପହଞ୍ଚିଲା । ମୁହଁରୁ ଗଞ୍ଜେଇ ଗନ୍ଧ ଭଳ ଭକ । ନେତରାକୁ ଭାରି ଚିଡ଼ିମାଡ଼ିଲା। କାମ ତୁଟାଇ ସେ ଲକ୍ଷ୍ମଣକୁ ଦେଖିବ ବୋଲି ବାହାରିଲା ।

ହେଇ ଲକ୍ଷ୍ମଣ ପଡ଼ିଛି। ବାଁ ଗୋଡ଼ଟାକୁ ଛାଟୁଛି। ରଇତ ଭାଇ ଓ ନୂଆବୋଉ ଲକ୍ଷ୍ମଣର ଗୋଡ଼କୁ ଆଉଁସୁଛନ୍ତି। ଲକ୍ଷ୍ମଣ ବି ବେଳେ ବେଳେ ଉଃ ଆଃ କରୁଛି ବିକଳ ହୋଇ। ସେମାନଙ୍କ ମୁହଁରେ ଭାଗ୍ୟବାଦର ଶିଳାଲେଖ । ଆଖିର ଲୁହ ଖରସ୍ରୋତା।

ଲକ୍ଷ୍ମଣ ମୁଣ୍ଡ ପାଖରେ ନେତରା ବସିଲା । ଚିପୁଡ଼ି ହୋଇ କାନ୍ଦୁଥିଲା ଲଇକ୍ଷଣ ମା'।

ରଇତ କହିଲା- ନେତରାରେ, ଧନ ବଳ ଅଛି ଯେ ତାକୁ ମୁଁ ବଡ଼ ଡାକ୍ତରଖାନା ନେବି । ଡାକ୍ତରବାବୁ ପଣେ ଔଷଧ ଲେଖିଦେଇ ଗଲେଣି । ପେଟରାରେ ୪୦/୫୦ ସରିକି ଟଙ୍କା ଥିଲା। ସେ ସରିଗଲାଣି, ମୁଁ ଭାସିଗଲିରେ ନେତରା । ମୋର ଆଗ ଅଛି ନା ପଛ ଅଛି, ନା କିଏ ସାହା ଭରସା ଅଛନ୍ତି ।

ବୁଢ଼ା କୋହ ଉଠାଇ କାନ୍ଦିଲା।

- ଆଉ, ସତରେ ମୋ ବିଶିକେଶନ ନଟିଆ ସାଥିରେ ବାଗୁଡ଼ି ଖେଳିବରେ ନେତରା । ଆଉ ଘଣ୍ଟାଏ କିଏ ଛେଲ୍ କିତ୍ କିତ୍ ରାହା ଧରିବରେ ନେତରା । ସତରେ ଆଉ ସେ ଜିତାପଟ ନବରେ । ମୋ କପାଳରେ ପୁଣି ଏୟା ଲେଖା ଥିଲାରେ ନେତରା।

ନେତରା ବୋଧ ଦେଇ କହିଲା- ଭାଇ ଆଉ କାନ୍ଦନା । ଧୈର୍ଯ୍ୟ ରଖ। ଠାକୁରଙ୍କ କୃପାରୁ ସବୁ ଠିକ୍ ହୋଇଯିବ। ସେହି ପ୍ରଭୁଙ୍କୁ ଡାକ । ଆମେ ହଜାର ବାଡ଼େଇ କଚାଡ଼ି ହେଲେ କ'ଣ ହେବ।

ନେତରା ଉଠିବା ପୂର୍ବରୁ ଏକ ସ୍ନେହାର୍ଦ୍ର କଣ୍ଠରେ ଡାକିଲା- ଲଇକ୍ଷଣରେ, ଲଇକ୍ଷଣ। ଟିକେ ଅନାନି। ବା, ଟିକେ ଚାହିଁଲୁ ।

ଲଇକ୍ଷଣ ପତା ଟେକି ଚାହିଁବାକୁ ଚେଷ୍ଟାକଲା। ହାତଟା ଉଠାଇ ନେତରାର ହାତକୁ ଖାଲି ଚାପିଧରିଲା । ହୁଏତ ମନେ ମନେ କହୁଥିଲା ମୋ ପାଖରେ ବସିରୁହ । ମୋ ବାପା ବୋଉକୁ ବୋଧ ଦିଅ।

କିଛି ସମୟ ପରେ ନେତରା ହାତ ମୁକୁଳେଇ ଅଣ୍ଟାକୁ ହାତନେଲା । ରଇତ ଭାଇ କାନରେ ଥିରି ଥିରି କହିଲା- ରଇତ ଭାଇ, ଧର ଏ ପଇସା । ଯତନରେ ରଖିବୁ। ପାହୁଲାଏ ଏ ପାଖ ସେପାଖ କରିବୁନୁ । ଓଷଦ ପାଣି କରିବୁ। ପୁଅ ଭଲ ହୋଇଯିବ ଥୟ ଧ' ।

ସେ ଏକା ନିଃଶ୍ୱାସରେ ବାହାରି ଆସିଲା। ତାକୁ ଭାରି ହାଲୁକା ହାଲୁକା ଲାଗିଲା । ମୁହଁରେ ହସ ଫୁଟି ଉଠିଲା ।

କେଉଁ ଏକ ଅଜଣା ପୁଲକରେ ଥାନା ପାଖରେ ପହଞ୍ଚିଗଲା କେମିତି ଜାଣିପାରିଲା ନାହିଁ । ତାକୁ ଭୋକ ଶୋଷ କିମ୍ବା କ୍ଲାନ୍ତି ଲାଗୁ ନଥିଲା। ଥାନାବାରଣ୍ଡା ଉପରକୁ ଚଢୁ ଚଢୁ ବଡ଼ ବାବୁ ଏକ ଅସ୍ୱାଭାବିକ ବିକଟାଳ ସ୍ୱରରେ କହିଲେ- ଆସ ଆସ ନେତ୍ରମଣି ବାବୁ । ଆସ ଆସ । କିଏ ଅଛରେ ବାବୁଙ୍କୁ ପାଣିନୋଟା ପିଢ଼ା ଦିଅ ।

ବଡ଼ବାବୁଙ୍କ ମୁହଁରେ ବିଷର କୁଟିଳ ଚିତା । ତାକୁ ସେ ଗାରଡ଼େଇ ଅନେଇଲେ ବାଘଭଳି ଖାଇଗଲା ଭଳି । ଆଖିତଳ ବେଜାଏ ନିଶ ଏବଂ ନିଶ ଉପରେ ନାଲିଆଖି ନେତରାକୁ ସମ୍ପୂର୍ଣ୍ଣ ନୂଆ ଲାଗିଲା।

ନେତରା ଆଡ଼କୁ ମାଡ଼ିଆସି ତରାଟି ଚାହିଁଲେ ହାତରେ ବ୍ୟାଟନ୍ ଘୂରୁଛି। ବ୍ୟାଟନ୍‌ଟା ଅଖଞ୍ଜ ଥାନରେ ଗୁଡେଇ ଦେଇ ବଡ଼ବାବୁ ଚିତ୍କାର କଲେ- ହଇବେ ଶଳା ନେତରା। ତୁ ଶଳା ବୁଢ଼ୀଦାରୀଟା । ଭାବିଚୁ ତୁ ଶିଖିଚାଲିଆ ନା। ଆଖି ବୁଜି

ଶଳା ଟଁ ଟଁ କରି ପିଇଗଲା ବାପ ଦୁଧ । ଆବେ ହେ ବୁଢ଼ୀଦାରୀ, ଆଠ ହଜାର ଟଙ୍କାର ମାଲ୍‌କୁ, ଦି' ହଜାର ଟଙ୍କାରେ ପାର୍ କରିଦେଲୁ ନା ? ଆବେ ହେ ଶଳା, ଟାୟାର୍ ଚୋର, ବେଟେରି ଚୋର, ତତେ ଯଦି ପାଞ୍ଚବର୍ଷ ଘଣା ନ ପେଲେଇଚି ମୋ ଏ ଶଳା ନିଶକୁ ଓହ୍ଲେଇ ଦେବି । ଆଜି ସନ୍ଧ୍ୟା ସୁଦ୍ଧା ବସାରେ ଯଦି ସେ ଦି' ହଜାର ଟଙ୍କା ନ ପହଞ୍ଚେଇଛୁ ତୋ ଜିଭ ଉପାଡ଼ିଦେବି । ଶଳାଟାକୁ ଭାବିଥିଲି ଭଲ ଲୋକଟାଏ ବୋ। ଅସଲ ପରମ ଘୁଘୁ । ହାରମଜ୍ୟାଦା କେଉଁଠିକାର।

ନେତରା ଥରିଲା । ତା' ତଣ୍ଟି ଶୁଖିଗଲା; ଅନୁଭବ କଲା ହଠାତ୍ ଏକ ଅତଳ ଭଉଁରି ଭିତରେ ଯେମିତି ସେ ପଡ଼ିଯାଇଛି ଏବଂ ଗୋଟାଏ ଘଡ଼ିଆଳ କୁମ୍ଭୀର ତା' ଗୋଡ଼କୁ ଭିଡ଼ି ଧରିଛି ।"

■

ରେପ୍ତି

ଗିରି ଦଣ୍ଡସେନା

ସେଭଳି ଦୃଢ଼ ଆତ୍ମବିଶ୍ୱାସ ନ ଥିଲେ ସେ ପୁଣି ଜଣେ ଉଚ୍ଚାଭିଳାଷୀ ନାରୀ ପକ୍ଷରେ ଏମିତି ଲୋଭନୀୟ ପ୍ରଶାସନିକ ଚାକିରିରୁ ଲାତମାରି ଏ ବ୍ୟବସ୍ଥାଚକ୍ରର ବିଦ୍ରୋହୀ ପାଲଟି ଯିବାର ଦୃଷ୍ଟାନ୍ତ କେବଳ ବିରଳ ନୁହେଁ, ସମ୍ପୂର୍ଣ୍ଣ ବିସ୍ମୟକର। ବସୁନ୍ଧରା କୂଳର ଅଖ୍ୟାତ ଏକ ଗଡ଼ଜାତି ନିଷ୍ପ୍ରଭ ମଳିନ ପଲ୍ଲୀ ଗୋପାଳଝରର ଆରଣ୍ୟକ ଅନ୍ଧକାର ଚିରି ସେଇ ଆଦିବାସୀ ଯୁବତୀଟି ବିଦ୍ୟାବୁଦ୍ଧିରେ କେଡ଼େ ବିଚକ୍ଷଣ, ଦକ୍ଷ ଆଉ ଦୁଃସାହସୀ ହୋଇନଥିବ, ଯିଏ ହଜାର ହଜାର ପ୍ରତିଯୋଗୀଙ୍କ ଭିଡ଼ ଭିତରେ ରାଜ୍ୟ ପ୍ରଶାସନର ଶୀର୍ଷ ଆସନକୁ ଅଳଙ୍କୃତ କରିବାକୁ-ଯେଉଁ ଆସନ ବା ପଦବୀକୁ ଅକ୍ଷୟ ଅମୃତଫଳ ମନେକରି ହାତେଇବା ପାଇଁ ସହରୀ ଲମ୍ପଟ ସମାଜର ଉଚ୍ଚକୁଳଶୀଳ ସଭ୍ୟ-ଶିକ୍ଷିତ-ସମ୍ଭ୍ରାନ୍ତମାନଙ୍କର ନଟଖଟ କନ୍ୟା, ପୁତ୍ର, ବଧୂମାନେ ଲାଳାୟିତ ଲଙ୍ଗୁର ଭଳି ଲମ୍ଫ ଦେବାକୁ ଛକି ରହିଥାନ୍ତି- ସେ ସମସ୍ତଙ୍କୁ ପଛରେ ପକାଇ ଅନ୍ୟତମା ରୂପେ ନିର୍ବାଚିତ ହୋଇଥିବ।

ସେଇ ଅନନ୍ୟ ପ୍ରତିଭାର ନାମ ରେପ୍ତି । ରେପ୍ତି ସୋରେନ୍।

ରେପ୍ତିର ପ୍ରକୃତ ପରିଚୟ ନଜାଣି, ତା'ର ସୌଭାଗ୍ୟକୁ ଈର୍ଷା କରୁଥିବା ନିନ୍ଦୁକମାନେ ନିଜ ଦୁର୍ବଳତା ଲୁଚାଇବାକୁ ଯାଇ ମନ୍ତବ୍ୟ ଦିଅନ୍ତି- ଆମେ ଏମିତି ବହୁତ ଦେଖିଛୁ ହୋ। ସେ ଆଦିବାସୀ ମାଇକ୍ନାଟା, ଯାହାକୁ ନିର୍ଭୁଲ ଆପ୍ଲିକେସନଟିଏ ବି ଲେଖି ଆସୁଥିବ କି ନାଇଁ କେଜାଣି- ଫ୍ୱାଃ ଫ୍ୱାଃ ! ଆରେ ହଟ୍ !!

ରେପ୍ତି କିନ୍ତୁ ନିଜର ଦୃଢ଼ ସ୍ଥିତି ପ୍ରମାଣ କରି ମାତ୍ର ଦୁଇବର୍ଷ ଭିତରେ ପାଲଟି

ଯାଇଥିଲା ଜଣେ ସୁଦକ୍ଷା ଦୁଃସାହସୀ ପ୍ରାଶାସିକା । ସବୁ ଠିକ୍ ଚାଲିଥିଲା । କିନ୍ତୁ ହଠାତ୍ ଦିନେ ଜିଲ୍ଲା ସୀମାରେ ବ୍ୟାପକ ନକ୍ସଲ ଦମନକୁ ନେଇ ତା'ର କାର୍ଯ୍ୟାନୁଷ୍ଠାନ ଶୈଳୀ ପ୍ରତି ପ୍ରଶାସନ ହୋଇ ଉଠିଲା ଅତୀବ ସନ୍ଦେହୀ ।

ଚାର୍ଜସିଟ୍ ପରେ ତଥାକଥିତ ପାରଙ୍ଗମ ପ୍ରଶାସକମାନଙ୍କର ବୈଠକ ବସିଲା। ରେପ୍ତି ନିର୍ଦ୍ଦୋଷ ଭଳି ଦୃପ୍ତ ପଦରେ ଆସିଲା। ସ୍ପିଙ୍କ୍ସ ପରି କେଶ ବିନ୍ୟାସ। ଗଳାରେ ଧାରେ ମାନ୍ନାର ମୁକ୍ତାମାଳା। ପିନ୍ଧିଥିଲା ଏମିତି ପୋଷାକ, ପଛକୁ ଚାହିଁଲେ ସୁଟ୍ ପିନ୍ଧା ଗୋଟିଏ ପୁରୁଷ । ସମସ୍ତଙ୍କୁ ଅଭିବାଦନ କଲା ପରେ ଓଡ଼ିଆରେ କହିଲା- ଆଶା କରୁଛି, ଉପସ୍ଥିତ ବିଚାରକମାନେ ସମସ୍ତେ ବିଜ୍ଞ। ସେମାନେ କୌଣସି ପକ୍ଷପାତିତା ନକରି ନିଶ୍ଚୟ କେବଳ ନ୍ୟାୟ ପକ୍ଷରେ ଯିବେ । ପ୍ରସିଡିଂସ୍‌ରେ କଲେକ୍ଟର ଓଡ଼ିଶାର ଇଂଲିଶ୍‌ରେ ଚାର୍ଜ କଲେ ସରକାରଙ୍କ ପାଖରେ ରିପୋର୍ଟ ଅଛି; ତମେ ନିଜ ମର୍ଜି ମୁତାବକ କାମ କରୁଛ- ଯାହା ନକ୍‌ସଲମାନଙ୍କୁ ପ୍ରୋତ୍ସାହିତ କରୁଛି । ତମର ଗତିବିଧି ନିହାତି ସନ୍ଦେହଜନକ ।

- ମୁଁ ନ୍ୟାୟତଃ ମୋର କର୍ତ୍ତବ୍ୟ ହିଁ କରିଛି । ରେପ୍ତି ଓଡ଼ିଆରେ କହିଲା।

- ଚୁପ୍ କର ! ପ୍ରଶ୍ନ ସରିନାହିଁ - ରେପ୍ତିକୁ ପ୍ରଥମରୁ ଚାପି ରଖିବାର ପ୍ରୟାସରେ ପ୍ରଶ୍ନକୁ ଇଂଲିଶ୍‌ରେ ଜାରି ରଖିଲେ- ପୁଣି ନଦୀବନ୍ଧ ଓ ଖଣି ଅଞ୍ଚଳର ବିସ୍ଥାପିତମାନଙ୍କୁ ଭିତିରି ସମର୍ଥନ ଦେଉଛ। ରିପୋର୍ଟ ଓଲଟପାଲଟ କରୁଛ। ସରକାରୀ ଆଚରଣ ବିଧି ଓ ନୀତିର ବିରୁଦ୍ଧାଚରଣ କରୁଛ ।

- ବିଧି ଓ ନୀତି ସର୍ବଦା ନ୍ୟାୟ କରେ ନାହିଁ। ତେଣୁ ତଥାକଥିତ ବିଧିନୀତିର ସଂଶୋଧନ ଦରକାର ।

- ବକ୍‌ବାସ୍ ବନ୍ଦକର୍। କଲେକ୍ଟର ଇଂଲିଶରେ ଘୁଡୁକିଲେ-ତମକୁ ଯେତେବେଳେ କୁହାଯିବ ତମେ ସେତେବେଳେ ହିଁ.....

- କେବଳ ଦମନ କରିବା କେବେ ବି ସମସ୍ୟାର ସମାଧାନ ନୁହେଁ। ରେପ୍ତି କଲେକ୍ଟରଙ୍କ ବାରଣ ନମାନି ବକ୍ତବ୍ୟ ଜାରି ରଖିଲା-କୌଣସି ପଦକ୍ଷେପ ନେବା ପୂର୍ବରୁ ପ୍ରଥମେ ସେମାନଙ୍କ ମୂଳ ସମସ୍ୟାଟିକୁ ବୁଝିବା ଦରକାର ଏବଂ ବୁଝିବା ନିମନ୍ତେ ଏକ ଗୁଣାତ୍ମକ ମାନସିକତା ଆବଶ୍ୟକ, ଯାହା ସରକାରଙ୍କର ନାହିଁ ।

- ଧ୍ୟାନ ରହେ, ସରକାର୍ ଏଠି ତମର ପରାମର୍ଶ ନେବାକୁ ବସିନାହିଁ। ଏଥର ଜଣେ କମିସନର ମୁହଁ ଖୋଲିଲେ- ସରକାରୀ ଆଦେଶକୁ ସରକାରଙ୍କ ପକ୍ଷରେ କିପରି ଲାଗୁ କରାଯିବ, ଏହା ତମର ଦାୟିତ୍ୱ। କାର୍ଯ୍ୟ ସମ୍ପାଦନାରୁ ତମର ଦକ୍ଷତା ଜଣାପଡ଼ିବ । କିନ୍ତୁ କାହିଁକି ଲାଗୁ କରିବ, ତା' ଉପରେ ମନ୍ତବ୍ୟ ଦେବା ବା ପ୍ରଶ୍ନ କରିବାର ଅଧିକାର

ତମ ଅଧିକାରର ବହିର୍ଭୂତ । ସେଥିପାଇଁ ତମ ଭଳି ଅଧିକାରୀଠୁ ଆହୁରି ଉଚ୍ଚ କର୍ତ୍ତୃପକ୍ଷ ଉପରେ ବସିଛନ୍ତି । ହାଓ ଓ ହ୍ୱାଏର ପାର୍ଥକ୍ୟ ନିଶ୍ଚୟ ତମେ ଜାଣିବା ଦରକାର, ନୁହେଁ କି ?

– କ୍ଷମା କରିବେ ମୋତେ । ରେପ୍ତି ଏଥର ବଜ୍ରନିର୍ଘୋଷ ଦିଲ୍ଲୀ ଇଂଲିଶ୍‌ରେ ଜବାବ ଦେବା ଆରମ୍ଭ କଲା– ଏଠିକି ମୁଁ ଇତର ପ୍ରଶ୍ନର ଉତ୍ତର ନୁହେଁ, ଦୋଷାରୋପର ପ୍ରତ୍ୟୁତ୍ତର ଦେବାକୁ ଆସିଛି । ଏବଂ ଏଠି ନ୍ୟାୟ ପାଇଁ ଛିଡ଼ା ହୋଇଛି । ବିସ୍ଥାପିତମାନଙ୍କୁ ପ୍ରକୃତରେ ନ୍ୟାୟ ଦରକାର । ମୁଁ ତାଙ୍କ ଆପତ୍ତି ଅଭିଯୋଗକୁ ସମ୍ୟକ ବିଚାର ନିମନ୍ତେ ଉଚ୍ଚ କର୍ତ୍ତୃପକ୍ଷଙ୍କୁ ଜଣାଇବାର ଆଶ୍ୱାସନା ଦେଇଛି ଏବଂ ସରକାରଙ୍କୁ ସେ ସଂପର୍କରେ ବିସ୍ତୃତ ରିପୋର୍ଟ ଦେଇଛି । ଏହାକୁ ନ୍ୟାୟ ବୋଲି ମୁଁ ବିବେଚନା କରେ ।

ରେପ୍ତିର ସ୍ଫୁରିତ ଇଂଲିଶ୍ ବାଗ୍ମୀତାର ତେଜସ୍ୱିୟତାରେ ସମ୍ପୂର୍ଣ୍ଣ ବୈଠକ କିଛି ସମୟ ପାଇଁ ସ୍ତବ୍ଧ ହୋଇଥିଲା । ସକଳ ଧାରଣା ଓ ପୂର୍ବାକଳନକୁ ମିଥ୍ୟା ସାବ୍ୟସ୍ତ କରି, ଉପରେ ନିହାତି ସାଧାରଣ ଦିଶୁଥିବା ରେପ୍ତି ସୋରେନ୍ ଭଳି ଜଣେ ଆସିବାସୀ ରମଣୀ ଭିତରୁ ଆକସ୍ମିକ ଭାବରେ ଏମିତି ଏକ ପ୍ରଚଣ୍ଡ ପ୍ରତିଭାଶାଳୀ ବ୍ୟକ୍ତିତ୍ୱର ଉଦ୍ଭାସନ, ସମସ୍ତଙ୍କୁ ଏକାବେଳକେ ଚକିତ କରିଦେଇଥିଲା । ସମସ୍ତେ ପରସ୍ପର ଘଡ଼ିଏ ମୁହଁ ଚାହାଁଚାହିଁ ହେଲେ । ତା' ପରେ ଗ୍ଲାସେ ପାଣି ପିଇ କ୍ଷୁବ୍ଧ କଲେକ୍ଟର ଓଡ଼ିଆକୁ ଓହ୍ଲାଇ ଆସି ପଚାରିଲେ–ନକ୍ସଲ୍ ଲିଡର ଲଝୋ ଓରାଂକୁ ଜାଣିଛ ?

ରେପ୍ତି କହିଲା – ଲଝୋ ଓରାଂ କିଏ ଜାଣିଛି; ସେ କ'ଣ ମୁଁ ଜାଣିନାହିଁ ।

ଇଂଲିଶ୍‌ରେ ଏଥର କମିଶନର ପଚାରିଲେ– ହାସ୍ୟାସ୍ପଦ ! ସେ ପରା ତମ ସ୍ୱାମୀ, ଏହା କ'ଣ ସତ ? ରେପ୍ତି କହିଲା– ସତ !

– ତମେ ଜଣେ ଦାୟିତ୍ୱବାନ ଅଧିକାରୀ ହୋଇ ସରକାରଙ୍କଠୁ ଏକଥା ଲୁଚାଇଛ କାହିଁକି ? ତଥ୍ୟ ଲୁଚାଇବାର ପରିଣାମ କ'ଣ ହୋଇପାରେ ଅନୁମାନ କରିପାରୁଛ ତ ! ମୁଣ୍ଡ ଗଡ଼ିଯାଇ ପାରେ !

– ଏକ୍ ମିନିଟ୍, ଏକ୍ ମିନିଟ୍ ! ରେପ୍ତି ବି ଇଂଲିଶ୍‌ରେ ପ୍ରତିବାଦ କଲା– ମହାମାନ୍ୟ, ଭାଷା ସଂଯତ କରନ୍ତୁ ! ମୁଁ କୌଣସି ଦାୟରେ ବା ଲୋଭରେ ପଡ଼ି ମୁଣ୍ଡ ବିକି ଚାକିରି କରୁନାହିଁ ! କରୁଛି– କରୁଛି ! ପରିଣାମ କଥା, ମୋର ନୁହେଁ, ସରକାରଙ୍କ ଚିନ୍ତା !

– ବର୍ତ୍ତମାନ କନ୍ଦୁକ ତମ ପ୍ରାଙ୍ଗଣରେ । ତାକୁ ଏ ଦ୍ରୋହକର୍ମରୁ ନିବୃତ୍ତ ହେବାକୁ ବୁଝାଉନାହଁ କାହିଁକି ? ସେ ସରକାରଙ୍କ ବିରୋଧରେ ଲୋକଙ୍କୁ ମତାଉଛି କାହିଁକି ? ଯଦି ଏତେ ସାହସ ଅଛି, ତେବେ ବଣଜଙ୍ଗଲ ଭିତରେ ଲୁଚି ବୁଲୁଛି କାହିଁକି ?

- ତାଙ୍କ ବ୍ୟକ୍ତିଗତ ଜୀବନ ଓ ରୁଚି ସାଙ୍ଗରେ ମୋର ଜୀବିକାର କୌଣସି ସମ୍ପର୍କ ନାହିଁ। ମୁଁ ନିଷ୍ଠାର ସହ ମୋର ଦାୟିତ୍ୱ ସମ୍ପାଦନ କରୁଛି ।

- କିନ୍ତୁ ତମେ ପତ୍ନୀ ଯେତେବେଳେ, ନିଶ୍ଚୟ ତା' ସାଙ୍ଗରେ ଦେଖା ସାକ୍ଷାତ କରୁଥିବ। ତମର ଛୋଟ ପିଲାଟିଏ ବି ଅଛି ପରା! ସରକାର ଜାଣିବାକୁ ଚାହାନ୍ତି ଯେ ତମର କେଉଁଠି କେତେବେଳେ ଦେଖା.......

- ମୋର ବ୍ୟକ୍ତିଗତ କଥାରେ ମୁଣ୍ଡ ପୂରାଇବାକୁ ସରକାର କିଏ? ଏହା ଜଣକର ମୌଳିକ ଅଧିକାର ଉପରେ ହସ୍ତକ୍ଷେପ ଅଟେ । ତେଣୁ ଏସବୁର ଉତ୍ତର ଦେବାକୁ ମୁଁ ବାଧ୍ୟ ନୁହେଁ ।

- ବର୍ତ୍ତମାନ ବି କନ୍ଦୁକ ତମ ପ୍ରାଙ୍ଗଣରେ। ମାନିଗଲେ ସରକାର ହୁଏତ ତୁମ ପ୍ରତି କିଛି କୋହଳ ହୋଇପାରନ୍ତି; ତମର ଯେମିତି ପସନ୍ଦ!

- ନିଜ ସମ୍ପର୍କରେ ମୁଁ ଯଥେଷ୍ଟ ସଚେତନ। ସିଷ୍ଟମ ମୋ ସାଙ୍ଗରେ ଫାଉଲ୍ ଖେଳୁଛି । ମୋତେ ବ୍ୟବହାର କରିବାକୁ ଚାହୁଁଛି । ମୋତେ 'ବୃଥା-କୁଆ-ହୁରୁଡ଼ା' ଦେଖାଉଛି। ଇସ୍ତଫା ଦେଇପାରେ, କିନ୍ତୁ ଇସ୍ତେମାଲ ହେବି ନାହିଁ। ଯାଚନା ତ କେବେ ନୁହେଁ। ଯାଚନ କରି କେହି ଶକୁନର ଭୋଜନ ହୁଏ କି?

ଯା' ପରେ ସମସ୍ତଙ୍କୁ କାବା କରି ସତକୁ ସତ ରେପ୍ତି ସୋରେନ୍ ବେଧଡକ୍ ଇସ୍ତଫା ଦେଇ ହାଇହିଲ୍ ଠକ୍‌ଠକ୍ କରି ବାହାରି ଚାଲିଗଲା। ତାକୁ ପସନ୍ଦ କରୁଥିବା ଦଳେ କହିଲେ, ଯିଏ ଆୟାସସାଧ୍ୟ ହେଲେ ବି ଏମିତି ଆୟାସମୟ ଚାକିରି ଗୋଟେ ଝଟକାରେ ଛାଡ଼ି ଦେଇପାରେ, ସେ କିଛି କମ୍ ଜନ୍ତୁ ନୁହେଁ । ରେପ୍ତିର ଯେଉଁ ପ୍ରତିଭାଶାଳୀ ବ୍ୟକ୍ତିତ୍ୱ, ସେ ନିଶ୍ଚୟ ରାଜନୀତି କରିବ । ସେ ମନ୍ତ୍ରୀ ହେବା ପାଇଁ ଫିଟ୍। ଆଉ ଅଳ୍ପ ବାଚାଳ ନିନ୍ଦୁକ ଦଳେ ତା'ର ଅପାରଗତା ସାବ୍ୟସ୍ତ କରିବାକୁ ତାଚ୍ଛଲ୍ୟ କରି କହିଲେ- ମୂର୍ଖ ମାଇକ୍ନାଟାର କି ବୁଦ୍ଧି ବା ଦକ୍ଷତା ଥିଲା ଯେ ଏତେ ବଡ଼ ଚାକିରି କରିଥାନ୍ତା । ସମ୍ଭାଳି ପାରିଲା ନାହିଁ। ସରକାର ଆଉ କ'ଣ କରିଥାନ୍ତା? ତା' ହାତରୁ ଚାକିରି ଛଡ଼ାଇ ନେଇ ନାତମାରି ନିକାଲ୍ କରିଦେଲା! କି ଲଜ୍ଜା ! ଲଜ୍ଜା!! ଚଳୁଏ ପାଣିରେ ବୁଡ଼ି ମରିବା କଥା! ଫ୍ୱାଃ ଫ୍ୱାଃ!!

ରେପ୍ତି କିନ୍ତୁ ଏସବୁ କଥା ପ୍ରତି କାନ ନଦେଇ ତ୍ୟାଗପତ୍ର ଦେଇ ଜନଦୃଷ୍ଟିରୁ ଏକାବେଳକେ ଅନ୍ତର୍ଦ୍ଧାନ ହୋଇ ଯାଇଥିଲା ।

॥ ୨ ॥

ଅଜୁବା- ରେପ୍ତି ସୋରେନ୍‌ର ଏକମାତ୍ର କନ୍ୟା । ବୟସ ପ୍ରାୟ ଦଶ । ରହୁଥିଲା

ଅଜା ସ୍ୱାଧୀନଙ୍କ ପାଖରେ ଗୋପାଳଝରରେ। ସଦର ମହକୁମାଠାରୁ ସତୁରି ମାଇଲ ଅରଣ୍ୟର ଅଭ୍ୟନ୍ତରରେ। ଏସିଆର ସର୍ବବୃହତ କଳାହୀରା ଖଣିର ଏ ଅଞ୍ଚଳରେ ଦ୍ରୁତ ଶିଳ୍ପାୟନ ପାଇଁ ଗଢ଼ି ଉଠିଥିଲା ନୂଆ ପରିଚୟଟିଏ, ତା' ସାଙ୍ଗରେ ଅଚିହ୍ନା ପରିବେଶଟିଏ । ହଜାର ହଜାର ଟ୍ରକ୍, ଡମ୍ପର, ଟିପର୍‌ର ଧୂଆଁଧୂଳି ଭିତରେ କିରୋସିନ୍, ଡିଜେଲ୍ ଓ କୋଇଲାର ପୂତିମୟ ଗନ୍ଧରେ ପାହାଡ଼ ଭୂଇଁ, ଗଛପତ୍ର, ଘରଦ୍ୱାର, ମଣିଷମାନେ ଦିଶୁଥିଲେ କେମିତି ଏକ ମେଞ୍ଚାଏ ସ୍ତୂପୀକୃତ ବର୍ଜ୍ୟବସ୍ତୁ ଭଳି। ଶାନ୍ତ ସରଳ ଅଞ୍ଚଳଟି ପାଲଟି ଯାଇଥିଲା ଅପରାଧୀ ଆଉ ଅସାମାଜିକଙ୍କର ଚରାଭୂଇଁ। ଆଇନ୍ କାନୁନ୍ ଆଖିରେ କୋଇଲାଗୁଣ୍ଡ ଛାଟି ପ୍ରତ୍ୟହ ଘଟୁଥିଲା ହତ୍ୟା, ଲୁଟତରାଜ, ଚୋରି, ବଳାତ୍କାର ।

ଅଜୁବା ଏସବୁ ଭିତରେ ସମ୍ପର୍କବିହୀନ ଭଳି ରହୁଥିଲା ପ୍ରାୟ ଏକା ଏକା, ଅନାତ୍ମୀୟା ଭାବରେ । ରହୁଥିଲା ମାଆଠୁ ବିଚ୍ଛିନ୍ନ ହୋଇ ଦୂରରେ, ମାତୃତ୍ୱ ସ୍ନେହ ମମତାଠାରୁ ବଞ୍ଚିତ ହୋଇ । ଘରେ କାକୀ, ବଡ଼ମା', ଭାଉଜ, ଆଈ ଇତ୍ୟାଦି ଆତ୍ମୀୟ ସ୍ୱଜନ ନାରୀ କେହି ନଥିଲେ, ସମସ୍ତେ ମରିହଜି ସାରିଥିଲେ। ଖାଁ ଖାଁ ଏତେ ବଡ଼ ଘରେ କେହି ଖେଳସାଥୀ ବି ନଥିଲେ। ଯାହା ଥିଲେ ସବୁ ସ୍କୁଲ୍‌ରେ। ପଢୁଥିଲା ଅଜାଙ୍କ ଦ୍ୱାରା ସ୍ଥାପିତ ସ୍ଥାନୀୟ ବିଦ୍ୟାପୀଠରେ । ଅବଶ୍ୟ ସେଇଟା ଇଂଲିଶ୍ ମାଧ୍ୟମ। ନିୟମିତ ସ୍କୁଲ ଯାଉଥିଲା । ବୁଦ୍ଧିମତୀ ଥିଲା, ଭଲ ପଢୁଥିଲା। ନିଃସଙ୍ଗତା ଓ ଅସହାୟତା ଭିତରେ ହେଲେ ବି ସ୍ୱାଭାବିକ ଥିଲା ଦୈନନ୍ଦିନୀ। କିଛି ଅଭାବ ନଥିଲା, କୌଣସି ଅସୁବିଧା ନଥିଲା। ଚାକରବାକର ଦୁଇ ଚାରିଟା ଥିଲେ । ଏକମାତ୍ର ଝିଅକୁ ବାହାଦେଇ ଏକା ଓ ଅସହାୟ ହୋଇପଡ଼ିଥିବା, ବୁଇର୍ମା ନାମ୍ନୀ ଜଣେ ମଧ୍ୟବୟସ୍କା ବିଧବା ଗଉଡୁଣୀ, ପରିଚାରିକା ଭାବେ ଏ ଘରର ରନ୍ଧାବଢ଼ା ଧୂଆପୋଛା ସହ ଅଜୁବାର ସକଳ ଯତ୍ନ ନେବାକୁ ପ୍ରାୟ ସବୁବେଳେ ଉପସ୍ଥିତ ଥିଲା। ଅଜୁବାକୁ ଗୋଡ଼େ ଗୋଡ଼େ ଜଗୁଥିଲା। ସକାଳୁ ଗାଧୋଇ ଦେଉଥିଲା, ପୋଷାକ ପିନ୍ଧାଇ ଦେଉଥିଲା, ଖୋଇ ଦେଉଥିଲା, ଠିକ୍ ସମୟରେ ବସ୍ତାନି ଧରି ସାଙ୍ଗରେ ସ୍କୁଲ ନେଇ ଯାଉଥିଲା, ପୁଣି ଅପରାହ୍ଣରେ ଯାଇ ସାଙ୍ଗରେ ନେଇ ଆସୁଥିଲା । ରାତିରେ ତା' ପାଖରେ ଶୋଉଥିଲା ।

ହଠାତ୍ ଦିନେ ନିଶାର୍ଦ୍ଧରେ ଶୁଭିଲା ଅଜୁବାର କୋଠରି ଭିତରୁ କିଳିକିଳା ଚିତ୍କାର । ବୁଇର୍ମା ପରିଧାନ ସମ୍ଭାଳୁ ସମ୍ଭାଳୁ ସ୍ୱାଧୀନଙ୍କ କକ୍ଷରୁ ଧାଇଁ ଆସିଲା। ଅଜୁବା ପଲଙ୍କ ଉପରେ ବସି ଝାଳନାଳ ଅବସ୍ଥାରେ ଆଖି ତରାଟି ସ୍ମୃତିରେ ହଜି ଯାଇଥିବା ଭଳି ଚାହିଁଥିଲା କୋଠାଛାତକୁ । ତା'ର ଏ ଚାହାଣୀ ଦେଖି "କ'ଣ ହେଲା ମାଆ"

ବୋଲି ପଚାରିବାରୁ ଅସ୍ପଷ୍ଟ ଗଳାରେ ବିଡ଼ିବିଡ଼ି ହେଲା- ହେଇ ଛାଇ ଛାଇ ଦେଖିଲି ଗୋଟିଏ ଝୁମ୍ପୁଡ଼ି ପରି ନୂଆଣିଆ ଚାଳଘର। ଚାରିପଟେ ଗୁଆ ଆଉ ନଡ଼ିଆ ଗଛ । ପାଖରେ ମାଛ ସଲସଲ ଗାଡ଼ିଆଟେ। ଆଉ ଚାଳଘର ପିଣ୍ଡା ତଳେ ଦୁଇଟା ସ୍ତ୍ରୀଲୋକର ମଲାଦେହ ପଡ଼ିଛି। ଆଖ ପାଖରେ କେହି ନାହାନ୍ତି, ଚାରିଆନେ ଶୂନ୍ ଶାନ୍! ଖାଲି ଗୋଟେ ଝିଙ୍କାରିର ଝିଂ ଝିଂ ଶବ୍ଦ ଶୁଣାଯାଉଛି !

ଏ ମାଁ! ଦୁଃସ୍ୱପ୍ନ ଦେଖି ଡରିଯାଇଛି ବୋଲି ବୁଇର୍ମା ଅଭୟ ଦେବାକୁ ଗୋଟାପଣେ କୁଣ୍ଢେଇ ପକାଇଲା ଅଜୁବାକୁ । କିଛି ଗୋଟେ ଅଲକ୍ଷଣ ଘଟିଥିବାର ଆଶଙ୍କା କରି ନିଦ କି ମଦ ନିଶାରେ ଲଡ଼ବଡ଼ ହୋଇ ପଛେ ପଛେ ଆସି ପହଞ୍ଚିଥିବା ସ୍ୱାଧୀନ ଜିଜ୍ଞାସୁ ହେବାରୁ ବୁଇର୍ମା ସାମାନ୍ୟ ହସିଦେଇ ସାନ୍ତ୍ୱନା ଦେବା ଭଳି କହିଲା- "କିଛି ନୁହେଁ ଗୋ, ଖରାପ ସ୍ୱପ୍ନ ଦେଖିଲା କି କ'ଣ ବାଳୁତ ଛୁଆଟା ଏକା ଥିଲା ତ, ଡରିଯାଇ ଚିଚିରେଇ ଉଠିଥିଲା । କେତେ ଭରସା କରି ରେପ୍ତି ନାନୀ ଛୁଆଟାକୁ ମୋ କୋଳକୁ ସଁପି ଦେଇ ଯାଇଛି- ଘଡ଼େଛନେ ବି ଦୂର ନ କରିବାକୁ । ମୁଇଁ କାଳମୁହିଁ ତମର ସଙ୍ଗ ସୁଆଗରେ ପଡ଼ି ଟିକି ଛୁଆଟାକୁ କେତେ ହତାଦର ନକଲି- ଛି ଛି! ଧିକ୍ ମୋତେ! ଏ ହେ ମାଁ ସମଲେଈ....!!"

ଅଜୁବା ବୁଇର୍ମା କୋଳର ଉଷ୍ମକୋମଳ ପରଶରେ ଶାନ୍ତ ତଥା ସ୍ୱାଭାବିକ ହୋଇଯାଇଥିଲା ସେତେବେଳକୁ ।

ସ୍ୱାଧୀନ ଆଶ୍ୱସ୍ତ ହେଲେ, କିନ୍ତୁ ବୁଇର୍ମାର ଅନ୍ତିମ ପର୍ଯ୍ୟାୟ ମନ୍ତବ୍ୟ ଶୁଣି ଲୋମଶ ଖୋଲା ଛାତିଟିକୁ କାନ୍ଧରେ ଝୁଲୁଥିବା ଚାଦରରେ ଦୁଇ ପରସ୍ତ ଢାଙ୍କି ହୋଇଗଲେ ଏବଂ ମଧ୍ୟଭଗ୍ନ ମଧୁସ୍ୱପ୍ନଜନିତ ଦୀର୍ଘଶ୍ୱାସଟିଏ ତ୍ୟାଗପୂର୍ବକ ନିଜ କକ୍ଷକୁ ପାଦ ଘୋସାରି ଫେରିଗଲେ ।

ଆଉ ଅଳିନ୍ଦ ସଂଲଗ୍ନ କୋଠରିରୁ ଅଶୀତିପର ରୁଗ୍ଣ ଗଜେନ୍ଦ୍ରଙ୍କର ଧଇଁକାଶ ଶୁଭୁଥିଲା ।

॥ ୩ ॥

ନକ୍ସଲ ଉପଦ୍ରବ କ୍ରମଶଃ ତୀବ୍ର ହୋଇ ଉଠୁଥିଲା । ପ୍ରଶାସନ ଏହାର ସମ୍ୟକ୍ ପ୍ରଶମନ ଅପେକ୍ଷା ନିର୍ଦ୍ଦୟ ଦମନକୁ ହିଁ ଶ୍ରେୟସ୍କର ମଣୁଥିଲା। କେବେ ସୀମାନ୍ତରେ, କେବେ ଅଭ୍ୟନ୍ତରରେ ଉପଦ୍ରବ ଏତେ ବର୍ବର ଓ ଭୟଙ୍କର ହେଉଥିଲା ଯେ, ସ୍ଥାନେ ସ୍ଥାନେ ପୋଲିସର ସଶସ୍ତ୍ରବାହିନୀ ନିରସ୍ତ୍ର ହେବାକୁ ବାଧ୍ୟ ହେଉଥିଲା; ଉର୍ଦ୍ଧ୍ୱବାହୁ ହୋଇ ଆତ୍ମସମର୍ପଣରେ ଆଣ୍ଠେଇ ପଡୁଥିଲା। ଦେଶୀ ଗରିଲ୍ଲା ଯୁଦ୍ଧ ନୁହେଁ, ଲଙ୍ଘୋ ଓରାଂ କେଉଁଠି ଗୋଟେ ଆଫ୍ରିକୀୟ ସେରେଙ୍ଗେଟିର ଓରାଂଓଟାଂ ଶୈଳୀର ଯୁଦ୍ଧକୌଶଳ

ଶିଖିଆସି, ସାଥିମାନଙ୍କୁ ବଣରେ ପ୍ରଶିକ୍ଷଣ ଦେଉଥିଲା। ଏ ଶୈଳୀଟି ଥିଲା ଅତୀବ ଆକ୍ରମଣ ଏବଂ ତତୋଽଧିକ ଅତର୍କିତ। ପୋଲିସ ତାକୁ ସାମ୍ନା କରି ନ ପାରି ଛତ୍ରଭଙ୍ଗ ଦେଇ ପଳେଇ ଯାଉଥିଲା।

ବିଶେଷକରି ରାଜ୍ୟର ଉତ୍ତର-ପଶ୍ଚିମ ସୀମାମାନ ଅତି ସମ୍ବେଦନଶୀଳ। ମୟୂରଭଞ୍ଜ, କେନ୍ଦୁଝର, ସୁନ୍ଦରଗଡ଼, ସମ୍ବଲପୁର, କୋରାପୁଟ ଇତ୍ୟାଦି ଯେମିତି ବାରୁଦଗଦା ଉପରେ ବସିଥିଲେ। କୁମ୍ବିଂ ଅପରେସନର ପ୍ରୟାସମାନ ସରକାରଙ୍କର ବିଶେଷଜ୍ଞମାନେ ବିଚକ୍ଷଣ ବୁଦ୍ଧିରୁ ସୂକ୍ଷ୍ମ ଜଳ-ଧାର ପରି ନିର୍ଗତ ହେଉଥିଲା, କିନ୍ତୁ ବିଦ୍ରୋହୀମାନଙ୍କର ପ୍ରଖର ପରମାଣୁ ଉତ୍ତାପର ମରୁଭୂମିରେ ଶୋଷିହୋଇ ନିଶ୍ଚିହ୍ନ ହୋଇ ଯାଉଥିଲା। ସେମାନେ ସାତ ମାରିଲେ, ଏମାନେ ସତର ମାରୁଥିଲେ। ବିଭ୍ରାନ୍ତ ପୋଲିସ ନିରୀହ, ନିର୍ଦ୍ଦୋଷ ଗ୍ରାମୀଣଙ୍କୁ ଆତଙ୍କବାଦୀ ଆଳରେ ଧରିନେଇ ଅକଥନୀୟ ନିର୍ଯ୍ୟାତନା ଦେଉଥିଲା ଏବଂ ଯେଉଁମାନେ ପୋଲିସର ଚାମଚା ସାଜି ଗୁପ୍ତସୂଚନାକାରୀ ପାଲଟୁଥିଲେ, ସେମାନେ ଧରାପଡ଼ିଲେ ନକ୍ସଲଙ୍କ ନିକଟରେ ବଳି ପଡୁଥିଲେ।

ଏକ ପ୍ରକାର ସମାନ୍ତର ଶାସନ ଚାଲିଥିଲା। ପୋଲିସ ଓ ନକ୍ସଲ ମାଓବାଦୀଙ୍କ ଚାପରେ ସାଧାରଣ ଜନତା ପେଷି ହୋଇଯାଉଥିଲା। ଅଞ୍ଚଳଟି ଆତଙ୍କରେ ନିଷ୍କ୍ରିୟ, ଶିଥିଳ ହୋଇ ପଡୁଥିଲା, ସ୍ୱାଭାବିକ ଜୀବନ ଯାତ୍ରା ଅସ୍ତବ୍ୟସ୍ତ ହୋଇପଡୁଥିଲା । ବସ୍ତୁତଃ ଦାରିଦ୍ର୍ୟ ଓ ଅନଗ୍ରସରତା ଗ୍ରାସ କରି ଯାଉଥିଲା। କିନ୍ତୁ ଧୂର୍ତ୍ତ ପୁଞ୍ଜିପତିମାନେ ରାଜନେତା, ପ୍ରଶାସନ ଓ ପୋଲିସର ପ୍ରଶ୍ରୟ ପାଇ, ସମ୍ପୃକ୍ତ ଅଞ୍ଚଳର ସ୍ୱପ୍ନପାୟୀ ଗରୀବ ଲୋକଙ୍କୁ ନାନାଦି ସୁବିଧା ସୁଯୋଗ ତଥା ଆର୍ଥିକ ସାହାଯ୍ୟ ଦେବାର ସ୍ୱପ୍ନ ଦେଖାଇ ସେ ଅଞ୍ଚଳର ସମସ୍ତ ପ୍ରାକୃତିକ ସମ୍ପଦକୁ ଲୁଟି ନେଉଥିଲେ। ସର୍ଗି ଓ ବୀଜାର ବିଶାଳ ବୃକ୍ଷରାଜିର ଛାୟାପ୍ରଦ ନିଘଞ୍ଚ ଜଙ୍ଗଲ ଏବଂ ଜଙ୍ଗଲଜାତ ଅନ୍ୟାନ୍ୟ ଦ୍ରବ୍ୟମାନ ତଥା ଖଣିଜ ସମ୍ପଦମାନ ଟ୍ରକ୍, ଟ୍ରଲିର, କର୍ଣ୍ଣଭେଦୀ ଘର୍ଗର ଆୱାଜ୍ ସହିତ ରାତାରାତି କେଉଁ କେଉଁ ଆଡ଼େ ଉଭାନ ହୋଇଯାଉଥିଲା। ଦିନୁ ଦିନ ନିବିଡ଼ ଜଙ୍ଗଲ ସବୁ ନଗ୍ନ ପଦା ହୋଇପଡୁଥିଲା। ଖଣିଜଗର୍ଭା ଉତ୍ତୁଙ୍ଗ ପାହାଡ଼ ପର୍ବତମାନ ଶୁଷ୍କ ନିରସ ଖୋଳପା ପାଲଟି ଯାଉଥିଲା। ବୁଭୁକ୍ଷିତ ଲୋକଙ୍କର ହାହାକାରକୁ ଉପେକ୍ଷା କରି, ବିକାଶ ନାଆଁରେ ନଦୀବନ୍ଧ ଯୋଜନା ଓ ବୃହତ୍ ଶିଳ୍ପ ପ୍ରତିଷ୍ଠାନ ସ୍ଥାପନ ସକାଶେ, ଏ ମାଟିର ସନ୍ତାନମାନଙ୍କର ଜନ୍ମଜନ୍ମର ଭିଟାମାଟି, ସ୍ୱର୍ଣ୍ଣପ୍ରସୂ କୃଷିଭୂମି ଓ ଅନ୍ନଦାତ୍ରୀ ଅରଣ୍ୟକୁ ଜଳମଗ୍ନ କରାଇ ଦିଆଯାଇ, ସବୁ ଜଳ-ସ୍ରୋତ ଓ ଜଳ-ବିଦ୍ୟୁତକୁ ଦୂର କେଉଁ ସହରର ପୁଞ୍ଜିପତି, ରାଜନେତା ଓ ପ୍ରଶାସକଙ୍କ ବିଳାସ ନିମନ୍ତେ ବିନିଯୋଗ କରାଯାଉଥିଲା। ବିସ୍ଥାପିତମାନଙ୍କ ମଧ୍ୟରୁ ଅଧେ ଯତ୍‌କିଞ୍ଚିତ କ୍ଷତିପୂରଣ ପାଇ ଚୁପ୍ ରହିବାକୁ ବାଧ୍ୟ

ହେଉଥିଲେ । ବାକି ଅଧେ ରାଜସ୍ୱ ବିଭାଗର ତ୍ରୁଟିପୂର୍ଣ୍ଣ ଫାଇଲ୍ ତଳେ ଚାପି ହୋଇ ନ୍ୟାଯ୍ୟ କ୍ଷତିପୂରଣ ଟିକକ ପାଇବାରୁ ବଞ୍ଚିତ ହୋଇ, ବାସ୍ତୁହରା ପାଲଟି ଯାଉଥିଲେ।

ଏସବୁର ଅନ୍ଧଗଳି ଭିତରେ ଅଣନିଃଶ୍ୱାସୀ ହୋଇ ଏମାନଙ୍କ ଭିତରେ, ପାଉଁଶ ତଳର ନିଆଁ ପରି ଜାଗି ଉଠିଥିଲା ଜମି-ଜଳ-ଜଙ୍ଗଲ ଚେତନା। ଏହାର ସମ୍ପୂର୍ଣ୍ଣ ସୁଯୋଗ ନେଲେ ମାଓବାଦୀ ଓ ନକ୍ସଲାଇଟ୍। ଏବେ ଏଭଳି ସମସ୍ୟା ସଂଭୂତ ଉତ୍ତେଜନାର ସେଇ ନିଆଁଝୁଲ ବାଡ଼ବାଗ୍ନି ହୋଇ ବ୍ୟାପିଯାଉଛି, ଏ ପର୍ବତରୁ ସେ ପର୍ବତ ଏ ଭୂମିରୁ ସେ ଭୂମି ଏବଂ ଏ ଆକାଶରୁ ସେ ଆକାଶ।

ଇତିମଧ୍ୟରେ ହଠାତ୍ ଦିନେ ଜନରବ ହେଲା ଯେ, ପୁଲିସ ଗୁଳିରେ ଲଝୋ ଓରାଂ ନିହତ ! ସମଗ୍ର ଅରଣ୍ୟ ସ୍ତବ୍ଧ ହୋଇଗଲା, କିଛିଦିନ ଝଡ଼ ପରର ନିରବତା ପରି। କିନ୍ତୁ ଲାସ୍ ମିଳିଲା ନାହିଁ- ନା ପୋଲିସ୍‌କୁ ନା ଲୋକଙ୍କୁ। ଅକସ୍ମାତ୍ ନକ୍ସଲି ଉପଦ୍ରବ ବନ୍ଦ ହୋଇଯିବାରୁ ପୋଲିସ-ପ୍ରଶାସନ ଧରିନେଲେ ଯେ, ଲଝୋ ଓରାଂ ଭଳି ଦୁର୍ଦ୍ଦାନ୍ତ ଏରିଆ କମାଣ୍ଡର ଅନ୍ତ ହୋଇଯିବା ଦ୍ୱାରା ନକ୍ସଲମାନଙ୍କ ମେରୁଦଣ୍ଡ ଭାଙ୍ଗିପଡ଼ିଲା। କିନ୍ତୁ ଏ ଥିଲା ପ୍ରଳୟର ପୂର୍ବାଭାସ । ହଠାତ୍ ଦିନେ ମୁଖ୍ୟ ସହରର ରାଜସ୍ୱ କାର୍ଯ୍ୟାଳୟକୁ ଧ୍ୱସ୍ତ କରି ବୋମା ଫୁଟିଲା। ଗୋଟିଏ ପୋଲିସ ଭ୍ୟାନ ସହ ଦୁଇଟା ବସ୍ ଟ୍ରକ୍ ଜଳାଇ ଦିଆଗଲା। ଗୋଟାଏ ବ୍ୟାଙ୍କ ଦିନ ଦ୍ୱିପ୍ରହରରେ ଲୁଟି ନିଆଗଲା। ପୋଲିସର ନାକ ତଳୁ ଦୁଇଟା ଅଧିକାରୀଙ୍କୁ ଗସ୍ତରେ ଯାଉଥିବା ବେଳେ ପଣବନ୍ଦୀ କରି ନିଆଗଲା ।

ତା'ପରେ ହଠାତ୍ ପୁଣି ଏକ ବିଶ୍ୱସ୍ତ ସୂତ୍ରରୁ ସର୍ବାପେକ୍ଷା ଅଧିକ ଅବିଶ୍ୱାସ ଓ ଚମକପ୍ରଦ ସୂଚନା ସରକାରଙ୍କ ହସ୍ତଗତ ହେଲା ଯେ, ଏସବୁ ଭୟଙ୍କର କାଣ୍ଡ ପଛରେ ଅଛି ରେପ୍ତି ସୋରେନ୍‌ର ହାତ ! ଗୋଟେ ଜଙ୍ଗଲି ଆଦିବାସୀ ମାଇକ୍ନାର ଚାକିରି ଖାଇ, ତାକୁ ଏକ ଦୃଷ୍ଟାନ୍ତମୂଳକ ଦଣ୍ଡ ଦେଇ ପୁଣି ଜଙ୍ଗଲ ଭିତରକୁ ପଠାଇ ଦେଇପାରିଛି ବୋଲି ସରକାର ବାହାଦୁର ଯୋଉ ଦର୍ପରେ ବାହାସ୍ଫୋଟ ମାରୁଥିଲା ଏବଂ ଏଭଳି ଅପମାନ ଆଉ ମାନସିକ ନିର୍ଯ୍ୟାତନା ସହି ନପାରି ଲଜ୍ଜାରେ ଲୁଚିବାକୁ ବନବାସ ନୁହେଁ ଅଜ୍ଞାତବାସକୁ ଚାଲିଯାଇଥିବ ବୋଲି ନାଭି ତୈଳାକ୍ତ କରି ଯେଉଁ ସୁଶୁପ୍ତିରେ ଘୁଙ୍ଗୁଡ଼ି ମାରୁଥିଲା- ତାହା ଏକାବେଳକେ ଭାଙ୍ଗି ଯାଇଥିଲା। କେବଳ ସେତିକି ନୁହେଁ, ଏ ସୂଚନାଟି ଥିଲା ପ୍ରଶାସନର ଗାଲରେ ଚମକପ୍ରଦ ଏକ ବ୍ରହ୍ମଚାପୁଡ଼ା ଭଳି !

ବସ୍ତୁତ ! ରେପ୍ତି ସୋରେନ୍ ଫୈନିକ୍ସ ପରି ନକ୍ସଲୀ ମହାଯଜ୍ଞର ଲେଲିହାନ ଅଗ୍ନିକୁଣ୍ଡରେ ଆତ୍ମବଳି ଦେଇ ପୁନଃ ନବକଳେବର ଧାରଣ କରି ଆବିର୍ଭୂତ ହୋଇଛି ମହାଶକ୍ତି ରୂପରେ । ଏ ଅଞ୍ଚଳରେ ମୋର୍ଚ୍ଚା ସମ୍ଭାଳିଛି। ପାଲଟି ଯାଇଛି ଅଦମ୍ୟ ଆରଣ୍ୟକ ସାମ୍ରାଜ୍ୟର ମୁକୁଟ ବିହୀନ ସଂଗ୍ରାମ-ସାମ୍ରାଜ୍ଞୀ ! !

ସିଏ କେତେବେଳେ ସରଣ୍ଡା ଜଙ୍ଗଲ ଭିତରେ ଲେଣ୍ଡମାଇନ୍ ହୋଇ ଫୁଟୁଛି ତ, ପୁଣି କେବେ ଯୁଯୁମୁରାରେ ମୃତ୍ୟୁଦୂତ ହୋଇ ବୁଲୁଛି । ଆଜି କଳିଙ୍ଗ ନଗରରେ ରକ୍ତ ତର୍ପଣ କରୁଛି ତ, କାଲି ଗୋପାଳଝରର କୋଇଲା କନ୍ଦରେ ଦାବାଗ୍ନି ହୋଇ ଜଳୁଛି ।

ପୋଲିସ ଖୋଜୁଛି । ରେପ୍ତିର ପତ୍ତା ମିଳୁନାହିଁ । ତେଣୁ ତା'ର ପରିବାର ଉପରେ ଚାପ ପ୍ରୟୋଗ, ଆବଶ୍ୟକ ହେଲେ ପ୍ରତାଡ଼ିତ କରିବାର ସୁଯୋଗ ଉଣ୍ଟୁଛି । ଉଦ୍ଦେଶ୍ୟ ହେଲା, ପୋଲିସ୍ ହାତରେ ଧରାପଡୁ କିମ୍ବା ବାଧ୍ୟ ହୋଇ ଆତ୍ମସମର୍ପଣ କରୁ। କିନ୍ତୁ ରେପ୍ତି ଭୂମିଗର୍ଭା ହୋଇଯାଇଛି ।

॥ ୪ ॥

ପୁନର୍ବାର ସେଇ ଦୁଃସ୍ୱପ୍ନ ଦେଖିଲା ଅଜୁବା। ଏଥର କିନ୍ତୁ ଟିକିଏ ଅଧିକ। ସେଇ ଦୃଶ୍ୟ, ସେଇ ନଡ଼ିଆ ଗଛ। ସେଇ ଗାଡ଼ିଆ । ସେଇ ଗାଆଁ। ସେଇ ଚାଳଘର । ସେଇ ବାରଣ୍ଡା। ବାରଣ୍ଡା ତଳେ ସେଇ ଦୁଇଟା ସ୍ତ୍ରୀଲୋକଙ୍କର ଦୟନୀୟ ଶବ- ଗୋଟିଏ ବୃଦ୍ଧା ବିଧବା, ଅନ୍ୟଟି ଯୁବତୀ। କିନ୍ତୁ ଟିକିଏ ସନ୍ଦେହ ଅଛି । ବୁଢ଼ୀଟି ନିଶ୍ଚଳ। କିନ୍ତୁ ନିରେଖି ଚାହିଁଲେ, ଯୁବତୀଟିର ବାମହାତ ଚିନି ଆଙ୍ଗୁଠିଟି, ଗାଢ଼ ନିଦରେ ଥିବା ଜନ୍ତୁର କାନ ଭଳି, ମଝିରେ ମଝିରେ ସାମାନ୍ୟ ହଲିଲା ଭଳି ଜଣାପଡୁଛି।

ସ୍ୱାଧୀନଙ୍କୁ କଥାବସ୍ତୁ ଅଦ୍ଭୁତ ଲାଗୁଥିଲା । କିନ୍ତୁ ବେଶୀ ରହସ୍ୟମୟ ଲାଗିଲା ଯେତେବେଳେ ଅଜୁବା କହିଲା- ସେଇ ଯୁବତୀର ଚେହେରାଟା ମୋ ମାଆ ଭଳି ଦିଶୁଛି ! !

ନିଷ୍ପାପ ଛୁଆଟା ଏଭଳି ଅଶୁଭ ସ୍ୱପ୍ନ କିଆଁ ଦେଖୁଛି ? ଦୁଇ ତିନି ଜଣ ଦକ୍ଷ ତାନ୍ତ୍ରିକ ବି ଚେଷ୍ଟାକରି ହାରି ଯାଇଥିଲେ। ଛୁଆଟାର ଦୁଃସ୍ୱପ୍ନ ଦର୍ଶନ ଦୂର ହୋଇପାରି ନଥିଲା । ମଝି ମଝିରେ ଦୌରା ପଡୁଥିଲା । କିନ୍ତୁ ଜଣେ ଡାକ୍ତର କହିଲେ- ଏହା ଏକ ବିଶେଷ ପ୍ରକାରର ମାନସିକ ଅସୁସ୍ଥତାର ଲକ୍ଷଣ। ମନୋପଜ ଜାତୀୟ ମନୋବ୍ୟାଧି ଚିକିତ୍ସା ଦରକାର। ଭୟ କରିବାର କାରଣ ନାହିଁ। ଭଗବାନ ଚାହିଁଲେ ନିଶ୍ଚୟ ଭଲ ହୋଇଯିବ ।

ସ୍ୱାଧୀନ ନାତୁଣୀ ପାଇଁ ଚିନ୍ତିତ ଥିଲେ।

ଏ ଅଞ୍ଚଳରେ ସ୍ୱାଧୀନତା ଆନ୍ଦୋଳନର ବିଶେଷ ପ୍ରଭାବ ନଥିଲେ ବି ଭାରତ ସ୍ୱାଧୀନ ହେବା ଦିନ ଜନ୍ମ ହୋଇଥିବାରୁ ବାପା ଗଜେନ୍ଦ୍ର ତାଙ୍କ ନାଆଁ ଦେଇଥିଲେ ସ୍ୱାଧୀନ। ଇଂରେଜ ଦେଶ ଛାଡ଼ି ଚାଲି ଯାଇଥିଲେ। କିନ୍ତୁ ଦେଶ ସେତେବେଳେ

ଦାରିଦ୍ର୍ୟର କରାଳ ଗର୍ଭରେ। ଦରିଦ୍ରଙ୍କ ଉତ୍‌ଥାନ ନିମନ୍ତେ ସମ୍ବିଧାନ ପ୍ରସ୍ତୁତି ବେଳେ ବିଶେଷ ଧ୍ୟାନ ରଖି, ସରକାର ସବୁ କ୍ଷେତ୍ରରେ ଶତକଡ଼ା ତିରିଶ ଭାଗ ସ୍ଥାନ ଆଦିବାସୀ, ହରିଜନଙ୍କ ପାଇଁ ସଂରକ୍ଷିତ ରଖିଲେ। ସେମାନେ ସୁଯୋଗ ସୁବିଧା ନେଲେ। କିନ୍ତୁ ଦୂରଦ୍ରଷ୍ଟା ସ୍ୱାଧୀନ ନିଜ ବୁଦ୍ଧିବଳରେ ଅଣଆଦିବାସୀ ହୋଇ ମଧ୍ୟ ଏ ସୁଯୋଗଟିକୁ ମାରି ନେଇଥିଲେ। ଅବଶ୍ୟ ନିଜ ପାଇଁ ନୁହେଁ, ନିଜ କନ୍ୟାର ଉଜ୍ଜ୍ୱଳ ଭବିଷ୍ୟତ ପାଇଁ ।

ସ୍ୱାଧୀନ ପିଲାଦିନୁ ବିଳାସ ବ୍ୟସନରେ ବଢ଼ିଥିବାରୁ ଉଦ୍ଦଣ୍ଡ ଓ ଲମ୍ପଟ ପାଲଟି ଯାଇଥିଲେ । ସେ ଦାମ୍ଭିକ ତଥା ଦୁଃସାହସୀ ଥିଲେ । ଦଙ୍ଗା ଫିସାଦକୁ ତାଙ୍କର ତିଳେ ଡର ନଥିଲା। ପୁଣି ଜାତି ଧର୍ମ ବର୍ଣ୍ଣ ବିଚାର ନଥିବାରୁ, ବଦମିଜାଜ୍ ଓ ବିଳାସୀ ଚରିତ୍ର ସତ୍ତ୍ୱେ, ତାଙ୍କ ପ୍ରତି ଲୋକଙ୍କର ସମ୍ମାନ ଥିଲା । ଦଙ୍ଗା ପାଇଁ ଭୟ ଭକ୍ତି ବି ଥିଲା।

ତାଙ୍କୁ କୋଡ଼ିଏ ବର୍ଷ ହେଲା ବେଳକୁ, ମୁନୁ ମୁଣ୍ଡା ନାମକ ଗାଆଁର ଏକ ଆଦିବାସୀ କଲିକତାର ଚଟକଳ କି ଚାହା ବାଗାନରେ କେଉଁଠି ଗୋଟେ କାମ କରୁ କରୁ, ଦିନେ ରୂପା ନାମ୍ନୀ ଯେଉଁ ଅପରୂପା ବଙ୍ଗାଳୀ ଯୁବତୀକୁ ଧରି ଉଧଲଇଆ ପଳେଇ ଆସିଥିଲା, ତାକୁ ଦେଖୁ ଦେଖୁ ପ୍ରଥମରୁ ଗୋଟାପଣେ ତା' ପ୍ରତି ମୋହିତ ହୋଇ ଯାଇଥିଲେ ସେ। କିଛିଦିନ ସୁଖରେ କାଟିବା ପରେ ମୁନୁ ମୁଣ୍ଡା ହଠାତ୍ ରୋଗରେ ପଡ଼ିଲା । ଦୀର୍ଘ ଚିକିତ୍ସା ପାଇଁ ଅର୍ଥର ଆବଶ୍ୟକ ହେଲା। ନିରପତ୍ୟା ଗୋରା ତକତକ ସୁନ୍ଦରୀ ରୂପା ପ୍ରତି ପ୍ରଥମରୁ ଆସକ୍ତ ଥିବାରୁ ସ୍ୱାଧୀନ ସେ ସୁଯୋଗରେ ମୁକ୍ତ ହସ୍ତରେ ଆର୍ଥିକ ସାହାଯ୍ୟ କଲେ। ରୂପାର ସାନିଧ୍ୟ ପାଇଁ ରୋଗୀକୁ ଦେଖିବା ଆଳରେ ତା' ଘରକୁ ଯିବା ଆସିବା କଲେ ଏବଂ କ୍ରମେ ରୂପା ସହ ଗୁପ୍ତ ପ୍ରଣୟରେ ମାତିଲେ। ମୁନୁମୁଣ୍ଡା ମଧ୍ୟ ଦିନ କେଇଟାରେ ରୋଗରେ ସର୍ବସ୍ୱାନ୍ତ ହୋଇ ଶେଷକୁ ମରିଗଲା। ସ୍ୱାଧୀନ ମଧ୍ୟ ମାଆ ବାପାଙ୍କର ଅବାଧ୍ୟ ହୋଇ ରୂପାକୁ ଗାନ୍ଧର୍ବୀ ରୀତିରେ ଧରିଆସି କୋଠାରେ ରଖିଲେ, ଅବଶ୍ୟ ପତ୍ନୀ ଭଳି। ତାଙ୍କ ଔରସରୁ ଜନ୍ମ ନେଇଥିଲା ରେପ୍ତି। ରେପ୍ତିକୁ ପାଞ୍ଚବର୍ଷ ହେବା ବେଳକୁ, ଚତୁରତାର ସହ ସଂରକ୍ଷଣ ନୀତିର ସୁଯୋଗ ନେଇ ସମା ସୋରେନ୍ ନାମକ ତାଙ୍କର ଗୋଟିଏ ହଳିଆକୁ ପୋଷ୍ୟପୁତ୍ରୀ ରୂପେ ଦାନ କରିଦେଲେ- ବିଧିବଦ୍ଧ ଭାବରେ, କୋର୍ଟ କଚେରୀର ଷ୍ଟାମ୍ପ ପେପରରେ ଲିଖିତ ଆକାରରେ। ସେଇ ଦିନଠାରୁ ରେପ୍ତି, ରେପ୍ତି ପଟ୍ଟନାୟକ ପରିବର୍ତ୍ତେ ଆଇନତଃ ରେପ୍ତି ସୋରେନ୍ ବୋଲାଇଲା। କିନ୍ତୁ ସମା ସୋରେନ୍ ନାମକୁ ମାତ୍ର ରେପ୍ତିର ବାପା ଥିଲା । ରେପ୍ତି ବି ନାମକୁ ମାତ୍ର ଆଦିବାସୀ ପାଲଟିଥିଲା। ଅଥଚ ସମୟ ଓ ପରିସ୍ଥିତିର ଏତେ ପରିବର୍ତ୍ତନ ସତ୍ତ୍ୱେ, ରେପ୍ତି ସୋରେନ୍ ନାମଟି ଏ ପର୍ଯ୍ୟନ୍ତ ଅପରିବର୍ତ୍ତିତ ରହିଛି। ଲଝୋ ଓରାଂକୁ ବାହା ହେବା ପରେ ମଧ ତା'ର ସାଙ୍ଗିଆ ବଦଳି ନାହିଁ ।

ରେପ୍ତି ଭାରି ମୁଡ଼୍‌ତୀ। କେମିତି ଗୋଟେ ଭିନ୍ନ ଉପାଦନରେ ଗଢ଼ା। ଦୃଢ଼ ଆତ୍ମବିଶ୍ୱାସୀ ଏବଂ ମହତ୍ତ୍ୱାକାଂକ୍ଷୀ; ଦିଲ୍ଲୀରେ ପଢ଼ି ଉଚ୍ଚଶିକ୍ଷିତା। କିନ୍ତୁ ଦେଖ, ସୁଖର ଚାକିରିକୁ ଲାତ ମାରି ଘରଦ୍ୱାର, ପରିବାର, ସଂସାର ଛାଡ଼ି, ବଣଜଙ୍ଗଲ ପାହାଡ଼ ପର୍ବତ ଭିତରେ ନକ୍ସଲଙ୍କ ସହ ମାତିଛି । ପୁଣି ଦେଖ, ମାଁ ହୋଇ କେତେ ନିର୍ଦ୍ଦୟ ଯେ, ଦଶବର୍ଷର ଅବୋଧ କୋମଳ ଏକମାତ୍ର କନ୍ୟାଙ୍କୁ ତାଙ୍କ ପାଖରେ ଏକା ଛାଡ଼ିଦେଇ ମାସ ମାସ ଅନ୍ତର୍ଦ୍ଧାନ । ପୁଣି ଦେଖ ଅଳୁବା ବି ସତରେ ଅଳୁବା- ଏକ ବିସ୍ମୟ। ଗୋଟିଏ ମୁହୂର୍ତ୍ତରେ ମୋହାଚ୍ଛନ୍ନ ହୋଇ ଦୁଃସ୍ୱପ୍ନଟିଏ ଦେଖେ, ପରମୁହୂର୍ତ୍ତରେ ସେଇ ମୋହାଚ୍ଛନ୍ନତା କଟି ସ୍ୱାଭାବିକ ହୋଇଯାଏ। ତା' ସାଙ୍ଗ ଦୁଃସ୍ୱପ୍ନ ମଧ୍ୟ ନିଶ୍ଚିହ୍ନ ହୋଇଯାଏ, ଜାଣିଚାଏ ବି ମନେନଥାଏ। ସ୍ୱାଭାବିକ ଅବସ୍ଥାରେ ଦୁଃସ୍ୱପ୍ନ କଥା ମନରୁ ସମ୍ପୂର୍ଣ୍ଣ ବିସ୍ମରି ଯାଇଥାଏ। ପଚାରିଲେ ନିଷ୍କପଟ ଭାବରେ ମନା କରେ । ତା'ର କିଛି ସେପରି ଦେଖିଥିବାର କିମ୍ବା କହିଥିବାର ମନେନାହିଁ ବୋଲି କହେ।

ରେପ୍ତି ଅପେକ୍ଷା ସେ ଅଳୁବା ପାଇଁ ବେଶି ଚିନ୍ତିତ ଥିଲେ, କିଛିଟା ଅସହାୟ ବି! ହେଲେ ବି ମନକୁ ଦୃଢ଼ କରି ଅଳୁବାକୁ ସାଙ୍ଗରେ ଧରି ସହଳ ବାହାରିଗଲେ ବୁର୍ଲା ଅଭିମୁଖେ।

ସ୍ୱାଧୀନ ବାହାରି ଗଲାପରେ ଦ୍ୱିପ୍ରହରେ ଧୂଳି ଉଡ଼ାଇ ହଠାତ୍ ପୋଲିସ୍ ଗାଡ଼ି ଛିଡ଼ା ହେବା ମାତ୍ରେ ସୈନ୍ୟବାହିନୀ ଭୁସ୍‌ଭାସ୍ ଡେଇଁପଡ଼ି ବଳାତ୍ କୋଠା ଭିତରକୁ ପଶିଗଲେ ଯେମିତି ଆଉ କ୍ଷଣେ ବିଳମ୍ବ ହୋଇଗଲେ ଇଚ୍ଛିତ ଆସାମୀଟି ତାଙ୍କ ଅଭେଦ୍ୟ ବ୍ୟୁହରୁ ଖସି ଚାଲିଯିବ । କିନ୍ତୁ ପୋଲିସ ପାଖରେ ଥିବା ରେପ୍ତିର ସ୍ଥିତି ସମ୍ପର୍କିତ ସୂଚନାଟି ଥିଲା ସୁଦ୍ଧୁ ମିଥ୍ୟା। କୋଠା ଶୂନ୍ୟ ପଡ଼ିଥିଲା। ଖାନତଲାସି ବୃଥା ଗଲା। ରେପ୍ତି ମିଳିଲା ନାହିଁ।

ନିଷ୍ଫଳତାରେ କ୍ଷୁବ୍ଧ ହୋଇ ନିଜକୁ ଦକ୍ଷ ମନେକରୁଥିବା ପୋଲିସ ଅଧିକାରୀ ଜଣକ ଅବଜ୍ଞାପୂର୍ବକ ଆପାଦମସ୍ତକ ଆବୃତ,ଶଯ୍ୟାଶୟୀ, ଅଶୀତିପର ଗଜେନ୍ଦ୍ରଙ୍କର ଉଦ୍ଦେଶ୍ୟରେ ଭିତର ଅଳିନ୍ଦରୁ ଅଂହଂକାର ଝାଡ଼ିଲେ- "ପୋଲିସ ଦେଖି ଶଳେ ସମସ୍ତେ ଲୁଚି ଯାଇଛନ୍ତି, ନାଇଁ! ସେ ଉଦ୍ଦଣ୍ଡୀଟା କେଉଁଠି ଲୁଚିଛି ? କେହି କିଛି ନ କହିଲେ ବି ଆଜି ନହେଲେ କାଲି ଫାନ୍ଦରେ ନପଡ଼ି ଯିବ କୁଆଡ଼େ!! ଭଲ ଗତି ଅଛି ଯଦି ତାକୁ କହ ଆତ୍ମସମର୍ପଣ କରିଦେଉ, ନହେଲେ ପୁଲିସ ଗୁଳିରେ ମରିବ!"

ଗଜେନ୍ଦ୍ର ଶଯ୍ୟାରୁ ଉଠି କିଛି କହିବା ପୂର୍ବରୁ ତାଙ୍କ ସ୍ଥିତିକୁ ଉପେକ୍ଷା କରି ସେମାନେ ଧମ୍ ଧମ୍ କରି ବାହାରି ଯାଇଥିଲେ।

॥ ୫ ॥

କଳିଙ୍ଗନଗରରୁ ଗୁପ୍ତପଥ ଦେଇ ସରଣ୍ଡା ଜଙ୍ଗଲକୁ ଫେରିବା ବେଳେ ବହୁଦିନ ତଳେ ଥରେ ରେପ୍ତି ଆସିଥିଲା। ଗୋଟିଏ ରାତି ରହି ଅନ୍ୟ ଦିନ ଅଚାନକ ସକାଳ ପୂର୍ବରୁ ସାଙ୍ଗରେ ଆସିଥିବା ଚାରି ଜଣ ସଶସ୍ତ୍ର ସାଥୀଙ୍କ ସହ ପୁଣି ଅଦୃଶ୍ୟ ହୋଇଯାଇଥିଲା । ତା'ପରଠୁ ଆଉ ତା'ର ଦେଖାନାହିଁ । ଆଜି ହଠାତ୍ କିନ୍ତୁ ଅଜୁବା ତା'ର ମାଆକୁ ବହୁତ ମନେ ପକାଇ କାନ୍ଦିଲା ଓ ଅଳି କଲା । କିଛି ଉପାୟ ନ ପାଇ ପରିଚାରିକା ବୁଇର୍ମା ହାତୀ ଦେବି, ଘୋଡ଼ା ଦେବି କହି ବହୁତ ଢିଙ୍କି ବଗ କଲା ପରେ ଯାଇ ବଡ଼ କଷ୍ଟରେ ଶାନ୍ତ୍ ହେଲା। ଏବେ ଖାଇପିଇ ଶୋଇ ଯାଇଛି।

ଅଜୁବାର କଥା ଭାବି କେଜାଣି କାହିଁକି ଗଜେନ୍ଦ୍ରଙ୍କ ମାନସପଟରେ ଅତୀତ ସବୁ ସିନେମାର ସ୍ମୃତି- ଦୃଶ୍ୟାୟନ ପରି ଗୋଟେ ଉଦ୍ଭାସିତ ହୋଇଚାଲିଲା। ଚାଲିଲା ସ୍ମୃତିର ଶୋଭାଯାତ୍ରା ।

ଏ ଇଲାକାର ମୂଳ ବାସିନ୍ଦା ନୁହଁନ୍ତି ସେମାନେ। ବାପା ଜଗନ୍ନାଥ ପଟ୍ଟନାୟକ ଭିଟାମାଟି ଛାଡ଼ି ଏକ ଆଶ୍ରା ସନ୍ଧାନରେ ଏଠିକି ପଳେଇ ଆସିଥିଲେ । ବିପଦସଂକୁଳ ସ୍ଥଳପଥ ଚାଡ଼ି ଜଳପଥରେ ଆସିଥିଲେ। ଆସିଥିଲେ ମହାନଦୀ ଓ ଇବ୍ ନଦୀର ପ୍ରତିକୂଳ ସ୍ରୋତରେ । ବିଂଶ ଶତାବ୍ଦୀ ଆରମ୍ଭ ବେଳର କଥା। ପ୍ରାକୃତିକ ବିପର୍ଯ୍ୟୟ ଥିଲା ଓଡ଼ିଶାର ନିୟତି। ଦାରିଦ୍ର୍ୟ, ରୋଗ ଓ କୁସଂସ୍କାର ଥିଲା ଜୀବନର ଅନିବାର୍ଯ୍ୟ ସହଚର । କଟକ ଇତ୍ୟାଦି ସହରାଞ୍ଚଳ ଇଂରେଜୀ ମାୟାରେ ଯତ୍‌କିଞ୍ଚିତ୍ ଆଲୋକିତ ଥିଲାବେଳେ, ଗ୍ରାମାଞ୍ଚଳ ସବୁ ଥିଲା ଯେଉଁ ତିମିରେକୁ ସେଇ ତିମିରେ। ସାହସ କରି ସେ ଗୋଟେ ଗୁମାସ୍ତାର ଛେଉଣ୍ଡ ଯୁବତୀ ଝିଅକୁ ଧରି ପଳାଇ ଆସିଥିଲେ। ଝିଅଟା କୁଆଡ଼େ ଥିଲା ଅଲକ୍ଷଣୀ, ଉଆଁସୀ କନ୍ୟା। ପାଠ ପଢ଼ି ପାପିନୀ ସାଜି ଗୋଟି ଗୋଟି କରି ବଉଁଶସାରା ଖାଇ ସାରିଥିଲା। ଶହେ ବର୍ଷ ତଳେ ଯୁଗ ଯେମିତି ଥିଲା- ଅନ୍ଧକାରାଚ୍ଛନ୍ନ। ଆଲୋକ କହିଲେ ଲୋକେ ନିଆଁ ବୁଝୁଥିଲେ, ଯାହା ସବୁକିଛିକୁ ପୋଡ଼ି ଭସ୍ମ କରିଦିଏ, ଛାରଖାର କରିଦିଏ। ଜ୍ଞାନ ବା ବିଦ୍ୟାକୁ ଆଲୋକ କହିବା ଏକ ନୂତନତାର ଆବିଷ୍କାର, ଏକ ଆଧୁନିକ ଶୈଳୀର ଅନୁଚିନ୍ତା।

ପାଟପୁରର ଭିଟାମାଟି ଛାଡ଼ିଲା ବେଳକୁ ବାପା ବୋଉ ବ୍ୟତୀତ ସାଙ୍ଗରେ ଆଣିଥିଲେ ଗୋଟେ ଡିବିରି, ଏକ ପାନ ବଟୁଆ, ଝୁମ୍ପାଏ ନଡ଼ିଆ, ଗୋଟେ ଖଞ୍ଜଣି, କିଛିଟା ଛାନ୍ଦ ଚଉପଦୀ, ଭାଗବତ ବହି, ଗୋଟେ ଆୟୁର୍ବେଦ ପୋଥି, ଅନ୍ତବୁଜୁଳା ଭଳି ଛିଣ୍ଡାକୋତରା କନାର ଗୋଟେ ଗଣ୍ଠିଲି ଏବଂ ଦୁଇଟା ଶୂନ୍ୟହସ୍ତ । ଡଙ୍ଗାରେ

ଆସି ପ୍ରଥମେ ପହଞ୍ଚିଲେ ସମ୍ବଲପୁରରେ। ତା' ପରେ ଝାରସୁଗୁଡ଼ା। ସେଇଠି ଇବ୍‌ନଦୀର ସ୍ରୋତେ ସ୍ରୋତେ ଆସି ପ୍ରବେଶ କରିଥିଲେ ତତ୍କାଳୀନ ଗାଙ୍ଗପୁର ଷ୍ଟେଟ୍‌ରେ।

ଜଗନ୍ନାଥ ଆସିବା ପୂର୍ବରୁ ଅବଶ୍ୟ ଜଗନ୍ନାଥ ସଂସ୍କୃତି ଏ ଭୂମିରେ ପ୍ରବେଶ କରିସାରିଥିଲା । ଏ ଶାନ୍ତ ଭୂମିରେ ଶାନ୍ତ ସରଳ ଲୋକେ ଥିଲେ ପ୍ରକୃତି ପୂଜକ। ସମଲେଇ ନାମ୍ନୀ ଏକ ପ୍ରତ୍ୟକ୍ଷ ଶକ୍ତି ହେଉଛନ୍ତି ଏଇ ବିସ୍ତୃତ ଇଲାକାର ଆପ୍ରାତଃସନ୍ଧ୍ୟାସ୍ମର ଇଷ୍ଟଦେବୀ । ଲୋକେ ପ୍ରକୃତିତଃ ଧର୍ମଭୀରୁ ତଥା ଈଶ୍ୱରବିଶ୍ୱାସୀ ହୋଇଥିବାରୁ, ସମଲେଇ, ଦୁର୍ଗା, ଅଙ୍ଗ୍ରାପାଟ, ଶିଖରବାସିନୀ ପ୍ରଭୃତି ମହାଦେବୀଙ୍କର ଉଗ୍ରଶାନ୍ତ ପୂଜାପର୍ବ ଦଶହରା ପାଳନ ଭଳି, ସୌମ୍ୟଶାନ୍ତ ଜଗନ୍ନାଥଙ୍କର ରଥଯାତ୍ରା ବି ମହାପର୍ବ ପ୍ରାୟେ ଏ ଅଞ୍ଚଳରେ ମହାସମାରୋହରେ ପାଳନ ହେବାର ପରମ୍ପରା ଆରମ୍ଭ ହୋଇସାରିଥିଲା ।

ସେ ଶାନ୍ତ ସୁନ୍ଦର ଗାଙ୍ଗପୁର ଗଡ଼ର ରାଜକୀୟ ଆଶୀର୍ବାଦ ଭିକ୍ଷା କରି ଆଶ୍ରା ନେଇଥିଲେ ସୁଉଚ୍ଚ ହେମଗିରି ନିକଟସ୍ଥ ଗୋପାଳଝରରେ। ବସୁନ୍ଧରା ନଈ କୂଳରେ ପ୍ରକୃତିଭରା ଏଇ ରମଣୀୟ ସ୍ଥାନଟି ତାଙ୍କୁ ବେଶ୍ ସୁହାଇଥିଲା। ଅଜଣା ମୁଲକ, ଅଜଣା ଲୋକ,ଅଜଣା ଭାଷା ଗୀତି ଭିତରେ ସେ ବାରି ହୋଇ ପଡୁଥିଲେ। ଧନ ସମ୍ପତ୍ତି ବ୍ୟତୀତ ଅନ୍ୟ ସବୁ ଜିନିଷରେ ସେ ଅନ୍ୟମାନଙ୍କଠାରୁ ଅଗ୍ରଗାମୀ ଥିଲେ- ବୁଦ୍ଧି, ବଳ, ବିଚାର, ବ୍ୟବହାର, କଥାବାର୍ତ୍ତା, ସର୍ବୋପରି କାର୍ଯ୍ୟକୁଶଳତାରେ ମଧ୍ୟ । ପ୍ରଥମେ ଗାଆଁ ଗାଆଁ, ହାଟ ହାଟ ବୁଲି ଡିବିରି ଲଣ୍ଠନ, ନଡ଼ିଆ ଓ ବିଭିନ୍ନ ମସଲା ଜାତୀୟ ଦ୍ରବ୍ୟ ବିକ୍ରି କଲେ। ତା' ସାଙ୍ଗକୁ ପୁଣି ସ୍ୱୋପାର୍ଜିତ ଜ୍ଞାନରୁ ପୋଥି ପଢ଼ି ବୈଦିକ ଚିକିତ୍ସା ବି ଆରମ୍ଭ କରିଦେଲେ। ବ୍ୟବସାୟ ଭଲ ଚାଲିଲା, ଭଲ ଦି' ପଇସା ପାଇଲେ । ସେଠି ଜମି କିଣି ଘର ଖଣ୍ଡେ କଲେ। ପୁଣି ଧୀରେ ଧୀରେ ବାର ପନ୍ଦର ଏକର ଜମି କରି ବେଶ୍ ଜମିଗଲେ, ସ୍ଥାୟୀ ବାସିନ୍ଦା ଭଳି।। ନାଁ ବି କଲେ, 'ଜଗା-କଟକ୍ୟା' ନାମରେ ସେ ଅଞ୍ଚଳରେ ଲୋକପ୍ରିୟ ହେଲେ ।

ୟା' ବାହାରେ ନାଟକ ସୁଆଙ୍ଗର ଗୁରୁ ସାଜି ବୁଲି ବୁଲି କର୍ଣ୍ଣାର୍ଜ୍ଜୁନ, ଶିବ ବିବାହ, ରାମଲୀଳା, କଂସବଧ, ସୁଭଦ୍ରା ହରଣ ଇତ୍ୟାଦି ନାଟକ ମଞ୍ଚସ୍ଥ କରାଇଲେ। ଗାଁ ଲୋକଙ୍କ ସହ ମିଶି-ଗିନି-ମର୍ଦ୍ଦନ-ଖଞ୍ଜଣି ସମ୍ମିଳିତ ଐକତାନିକ ସମବେତ ସ୍ୱରରେ ଗାଇ ଭଗବତ ପ୍ରେରଣା ସହ ଭାବଗତକୁ ଏ ଅଞ୍ଚଳରେ ଲୋକପ୍ରିୟ କରାଇଥିଲେ। ଏଇ ଧାର୍ମିକ ଓ ସାଂସ୍କୃତିକ ଚେତନା ପାଇଁ ସମ୍ଭବତଃ ମିଶନାରୀମାନଙ୍କର ଧର୍ମାନ୍ତରଣ ଷ୍ଟେଟର ଉତ୍ତରାର୍ଦ୍ଧରେ ବ୍ୟାପକ ହୋଇ ପଡ଼ିଥିବା ବେଳେ ଏ ଦକ୍ଷିଣାର୍ଦ୍ଧରେ ସେତେ ସମ୍ଭବ ହୋଇପାରି ନଥିଲା।

ଦେଶରେ ସ୍ୱାଧୀନତା ଆନ୍ଦୋଳନ ଚାଲିଥିଲା। ବଙ୍ଗାଳୀଙ୍କ ଦ୍ୱାରା ଓଡ଼ିଆ ଭାଷାର ବିଲୋପ ଚକ୍ରାନ୍ତ ଚାଲିଥିଲା। ଭାଷାଭିତ୍ତିକ ପ୍ରଦେଶ ଗଠନ ପାଇଁ ଉତ୍କଳ ସମ୍ମିଳନୀ ସଂଗଠନ ଚାଲିଥିଲା। ଗାଙ୍ଗପୁର ଷ୍ଟେଟ୍‌ଟି କିନ୍ତୁ ଇଂରେଜଙ୍କ କରଦ ରାଜ୍ୟ ହୋଇଥିଲେ ବି ସ୍ୱାଧୀନ ଭାବରେ ରାଜକୀୟ ଢଙ୍ଗରେ ଚାଲିଥିଲା। ଆଞ୍ଚଳିକ ଗଡ଼ଜାତ ଭାଷା ସଂସ୍କୃତି ସମୃଦ୍ଧ ଏ ଅଞ୍ଚଳଟି ଭୌଗୋଳିକ ଦୃଷ୍ଟିରୁ ଅନ୍ୟ ରାଜ୍ୟର ସୀମାଞ୍ଚଳ ହୋଇଥିବାରୁ କେତେବେଳେ ମଧ୍ୟପ୍ରଦେଶ, କେତେବେଳେ ବିହାର ଆଉ କେତେବେଳେ ବଙ୍ଗ ସାଙ୍ଗେ ଯୋଡ଼ି ହେଉଥିବାରୁ ଏ ଅଞ୍ଚଳରେ ଓଡ଼ିଆ-ଭାଷା ବା ଓଡ଼ିଆ-ସଂସ୍କୃତିର ବିଶେଷ ପ୍ରଭାବ ଅନୁଭୂତ ହେଉନଥିଲା। ଏପରିକି, ସ୍ୱାଧୀନତା ଆନ୍ଦୋଳନର ସ୍ୱର ବି ଏଠି ବ୍ୟାପକ ନଥିଲା। ଏ ଭୂମିରେ ଏକଭାଷା ଏକ ସଂସ୍କୃତିର ମାନସିକତା ନଥିଲା। ଅନ୍ୟ ଦ୍ୱାରା ଶାସିତ ହେଉଥିଲେ ମଧ୍ୟ ଲୋକେ ବସ୍ତୁତଃ ସ୍ୱାଧୀନଚେତା ଥିଲେ। ଆଦିବାସୀମାନେ ପ୍ରକୃତିତଃ ସର୍ବଦା ସ୍ୱାଧୀନମନସ୍କ। ସମ୍ଭବତଃ ସେଇଥିପାଇଁ ସ୍ୱତନ୍ତ୍ର ଓଡ଼ିଶା ଗଠନ କ୍ରମରେ ଗାଙ୍ଗପୁର ଥିଲା ମିଶ୍ରଣର ସର୍ବଶେଷ ଇଲାକା ।

ଗଜେନ୍ଦ୍ର ବଡ଼ ହେବା ବେଳକୁ ବାପାଙ୍କ ଧନ ସାଙ୍ଗେ ଆଧିପତ୍ୟ ବଢ଼ିଯାଇଥିଲା। ପରିଶ୍ରମ ଓ ବୁଦ୍ଧି ବଳରେ ସେ ଏ ଇଲାକାରେ ମାନ୍ୟଗଣ୍ୟ ତଥା ନ୍ୟାୟନିଶାପ ମାଲିମକଦ୍ଦମାର ପରାମର୍ଶକାରୀ, ମାମଲତକାରୀ ପାଲଟି ଯାଇଥିଲେ। ଗଜେନ୍ଦ୍ର ବାହାରୁ ପାଠପଢ଼ା ଅଧାରୁ ଛାଡ଼ି ଫେରିଆସି, ପିତାଙ୍କ ପଦାଙ୍କ ଅନୁସରଣ କଲେ । ବାପପୁଅ ଦୁହେଁ ମିଶି ଚିକିତ୍ସା ଓ ମାମଲତକାର କରି ପଚିଶ, ତିରିଶ ବର୍ଷ ଭିତରେ ପାଖାପାଖି ଅଞ୍ଚଳରେ ପଚାଶ ଏକର ଖଣ୍ଡେ ଜମି ଅକ୍ତିଆର କରି ନେଇଛନ୍ତି ଏବଂ ଏକ ଛୋଟକାଟିଆ ଜମିଦାର ପାଲଟି ଯାଇଛନ୍ତି ଏକ ଅଦ୍ଭୁତ ଢଙ୍ଗରେ । ରାଜସ୍ୱ ରେକର୍ଡ଼ରେ ବାର ଏକର ଜମି ବ୍ୟତୀତ ବାପ-ପୁଅ କାହାରି ନାମରେ କିଛି ନାହିଁ । ସବୁ ଜମିଜମା ଚାଷୀଙ୍କ ନାମରେ ରହିଛି । ସେ କେବଳ ଅଲିଖିତ ଭାବରେ ଭୋଗଦଖଲ କରନ୍ତି। ଗୋଟିଏ ବିଶ୍ୱାସରେ ଚାଷୀଏ କୋଠଚାଷ ଭଳି ଏକାଠି ଚାଷ କରନ୍ତି। ଅମଳ ପରେ ଭାଗ ପୈଠ କରିଯାନ୍ତି। ବେଶୀ ବାଧ୍ୟବାଧକତା ନଥାଏ; ଖାସ୍ ହିସାବପତ୍ର ମଧ୍ୟ ଟିପାଯାଏ ନାହିଁ। ତାଙ୍କ ବିରୋଧରେ ଶୋଷଣର ନାନାଦି ଖଚମିଛ ଗୁଜବ୍ ଯାହା ଉଡୁ, କମ୍ ବେଶୀ କରି ଫି ବର୍ଷ ନିଶ୍ଚୟ କିଛି କିଛି ମିଳିଯାଏ । ଗଜେନ୍ଦ୍ର ଆଉ ଯାହା ନ ହେଉ, ଏ ଭୂମିର ଆଶୀର୍ବାଦରେ ମଣିଷଙ୍କୁ ବିଶ୍ୱାସ କରିବା ଶିଖିଛନ୍ତି, ମାନବିକତାକୁ ବିଶ୍ୱାସ କରିବା ଶିଖିଛନ୍ତି !

ପୁତ୍ର ସ୍ୱାଧୀନର ଜନ୍ମ ବେଳକୁ କିନ୍ତୁ ବାପା ଆଉ ନ ଥିଲେ । ଗଜେନ୍ଦ୍ର

ଦରପାଠୁଆ ହେବାରୁ ପରେ ପାଠର ମହତ୍ତ୍ୱ ବୁଝିପାରିଲେ। ତେଣୁ ତିନି ପୁଅଝିଅଙ୍କୁ ପ୍ରାଣପଣେ ମଣିଷ କରିବାକୁ ଚେଷ୍ଟା କରିଥିଲେ। ବଡ଼ପୁଅ ଇଂଜିନିୟର ହୋଇ ରାଉରକେଲା ଷ୍ଟିଲ୍ ପ୍ଲାଣ୍ଟରେ ଥିଲା। କ'ଣ ଗୋଟେ ଉଚ୍ଚ ଜ୍ଞାନ କୌଶଳ ତାଲିମ ପାଇଁ ଆମେରିକାକୁ ଗଲା ଯେ ସେଠି ରହିଗଲା ପ୍ରବାସୀ ଭାରତୀୟ ହୋଇ । ଗୋଟେ ଶ୍ୱେତାଙ୍ଗିନୀକୁ ବାହାହୋଇ ଦୁଇ ପୁତ୍ରକନ୍ୟା ସହ ସେଠି ସୁଖରେ ଅଛି।

– ତିରିଶବର୍ଷରେ ମାତ୍ର ତିନି ଥର ଘରକୁ ଆସିଛି ସେ- ସମ୍ପର୍କ ପ୍ରାୟ ଛିନ୍ନ। ମଝିଆଁଟା ଝିଅ-ସୁନ୍ଦରଗଡ଼ରେ ସ୍କୁଲ୍, ସମ୍ବଲପୁର୍‌ରେ କଲେଜ, କଟକରେ ମେଡ଼ିକାଲ କରି ବ୍ରହ୍ମପୁରରେ ବାହା ହୋଇଛି। ବିର୍ତ୍ତମାନ ସ୍ୱାମୀ ସ୍ତ୍ରୀ ଦୁହେଁ ବୁର୍ଲା ମେଡ଼ିକାଲରେ ଡାକ୍ତର ଡାକ୍ତରାଣୀ। ଏ ବର୍ଷ ବୋଧହୁଏ ଅବସର ନେବେ କି କ'ଣ। ତା'ର ପୁଅବୋହୂ, ଝିଅ ଜ୍ୱାଇଁ, ନାତି ନାତୁଣୀ ହୋଇ ପୁଞ୍ଜେ। ସେମାନେ ଛୁଟି ଫୁଟିରେ ଆସିଲେ କୋଠା କମ୍ପେ, ଗୋପାଳଝର କମ୍ପେ!! ଆଉ ସବା ସାନ ଏଇ ସ୍ୱାଧୀନ। ଟିକେ ବେଶୀ ଗେଲବସରିଆ ହୋଇବଢ଼ିଥିଲା। ବୁଦ୍ଧିମାନ ସିନା, ହେଲେ ଟିକିଏ ଏକଜିଦ୍ଧିଆ। ତାଙ୍କ ଭଳି ସ୍ୱଚ୍ଛ ପାଠୁଆ। ପାଠ ନ ପଢ଼ି ଘରେ ରହିଗଲା। ପ୍ରକାରେ ଭଲ ହୋଇଛି। ସେ ନଥିଲେ ଏ ପୈତୃକ କୋଠାବାଡ଼ି ଜମିଜମା କଥା କିଏ ବୁଝିଥାନ୍ତା ?

ତା'ରି ଝିଅ ରେପ୍ତି। ବାପ ଗୁଣ ପାଇ ଉଦ୍ଦଣ୍ଡୀ, ଏକଜିଦିଆ। ଯାହା ବୁଝିଥିବ ସେଇଆ।

॥ ୬ ॥

ଅଜୁବାକୁ ପୁଣି ଥରେ ଦୌରା ପଡ଼ିଲା। ମାଆ ମାଆ ବୋଲି ଚିତ୍କାର କଲା। ସ୍ୱାଧୀନ ସମେତ ଚାକର ବାକର ସମସ୍ତେ ଦୌଡ଼ି ଆସିଲେ। ଏପରିକି ପ୍ରଥମ ଥର ପାଇଁ ରୁଗ୍‌ଣ ଗଜେନ୍ଦ୍ର ମଧ୍ୟ, ଶଯ୍ୟାରୁ ଉଠିପଡ଼ି।

ମନ୍ତ୍ରମୁଗ୍ଧଭଳି ଅଜୁବା ଚକ୍ଷୁ ମୁଦ୍ରିତ କରି କାଳିସୀ ଭଳି ବାଳମୁକୁଳା କରି ବିଛଣା ଉପରେ ସାମ୍ନାରେ ହାତଭରା ଦେଇ ଆଗକୁ ଝୁଙ୍କିପଡ଼ି ଚକାମାରି ବସି ହୁଁ ହୁଁ ହୋଇ ଦୋହଲୁଛି । ବୁଇର୍ମା ସନ୍ତ୍ରସ୍ତ ହୋଇ ତଳେ ଛିଡ଼ା ହୋଇଛି! କ'ଣ ହେଲା ମାଆ ବୋଲି ସ୍ୱାଧୀନ ତାକୁ କୋଳେଇବା ପୂର୍ବରୁ ଅଜୁବା ହଠାତ୍ ଏକ ଅପରିଚିତ ଗମ୍ଭୀର କଣ୍ଠରେ ପୂର୍ବାପର ସଂହତି ମିଶ୍ରିତ ନୂଆ ପ୍ରସଙ୍ଗ ସହ ସ୍ୱପ୍ନବୃତ୍ତାନ୍ତ ବଖାଣିବାକୁ ଆରମ୍ଭ କଲା- ହେଇ ଯେଉଁ ସାମ୍ନା ବାଡ଼ରେ କଳରା ଆଉ ପୋଇ ଡଙ୍କର ବହଳ ଆସ୍ତରଣ, ସେଇଟା ଗୁମାସ୍ତା ଶ୍ୟାମବନ୍ଧୁ ମହାନ୍ତିଙ୍କର ଚାଳଘର। ଗାଆଁ ନାଁ ପାଟପୁର। ଜିଲ୍ଲା କଟକ। ଆଉ ଦୁଲ୍‌ଦାଲ୍ ହୋଇ ପିଣ୍ଡା ତଳେ ମରି ପଡ଼ିଥିବା ଠିଙ୍ଗିଣି ବିଧବା

ବୁଢ଼ୀ, ଯିଏ କିଛି ସମୟ ଆଗରୁ ଲୋ ନିଆଁ-ଲୋ ଚୂଲୀ-ଲୋ ପାଉଁଶ ବୋଲି ଝିଙ୍ଗାସୁଥିଲା ପାଖରେ ପଡ଼ିଥିବା ଯୁବତୀ ଉଦ୍ଦେଶ୍ୟରେ, ସିଏ ଗୁମାସ୍ତାର ବୋଉ। ଆଉ ଯୁବତୀଟି ଗୁମାସ୍ତାର ଝିଅ। ଯୁବତୀଟା ମଲାପରି ଦିଶୁଥିଲେ ବି ବଞ୍ଚିଛି, ନିଶ୍ୱାସ, ପ୍ରଶ୍ୱାସ ଚାଲୁଛି। ଏଇ ତ କିଛି ସମୟ ପୂର୍ବରୁ ଜଣେ ଅପୂର୍ବ ଦୟାଳୁ ଫକୀର ଆବିର୍ଭାବ ହୋଇ 'ବଞ୍ଚିଉଠୁ' ବୋଲି ଆଶୀର୍ବାଦ ଦେଇଯାଇଛନ୍ତି। ମୋ ମାଆ ସହିତ ସେଇ ଯୁବତୀର ଚେହେରା ପୂରାପୂରି ମିଶି ଯାଉଛି। ଯୁବତୀର ନାଁଟି ହେଉଛି କ'ଣ ତା'ର ନାଆଁଟା ତ-ଏଇତ ଜିହ୍ୱାଗ୍ରେ ଲଟକି ରହିଛି, ଆସୁନାହିଁ- ଅଃ କଣ ତା' ନାଆଁଟା ତ ? ଅଃ ଚ୍ୟୁ ! ! ପୁଣି ସେଇ ଫକୀରଙ୍କ ଦୟାରୁ ସେଇ ଗାଁର ଏକ ଦେବ ପୁରୁଷ ଆସୁ ଆସୁ ହଠାତ୍ ସେଇ ଯୁବତୀ ଉପରେ ଦୃଷ୍ଟି ପଡ଼ିଯାଇଛି। ତେବେ ପୁରୁଷଟା ଯୁବତୀକୁ ନିଜ ଘରକୁ ଟେକି ନେଇ ନିଆଁର ଉଷୁମ ସେକ ଦେଇ ସାଷ୍ଟାମ କରିଛି। କିନ୍ତୁ ଗାଆଁ ଲୋକେ ପାଠପଢ଼ି ବଉଁଶ ଖାଇଥିବା ଅଲକ୍ଷଣୀ ଯୁବତୀକୁ ଆଶ୍ରୟ ଦେଇଥିବାରୁ ତା' ଘରେ ନିଆଁ ଲଗେଇ ଦେଇଛନ୍ତି । ତେବେ- ପୁରୁଷଟି ସର୍ବହରା ହୋଇ ପ୍ରାଣ ବିକଳରେ ସେଦିନ ରାତ୍ରିରେ ରେବତୀକୁ ଧରି କେଉଁଆଡ଼େ ଗୋଟେ ହଁ, ହଁ ମନେପଡ଼ିଲା, ମନେପଡ଼ିଲା- ସେ ଯୁବତୀର ନାଆ ରେବତୀ ! ରେବତୀ ! !

ଅନ୍ୟମାନେ ସେ ବକ୍ତବ୍ୟର ସୂତ୍ର ଧରି ପାରିଲେ କି ନା, କିନ୍ତୁ ବୃଦ୍ଧ ଗଜେନ୍ଦ୍ର ସମସ୍ତ ସୂତ୍ର ଓ ଅର୍ଥ ସ୍ପଷ୍ଟ ଭାବରେ ଧରି ପକାଇଲେ। ତାଙ୍କ ପିଲାବେଳ, ବୋଉ କଥା ମନେପଡ଼ିଗଲା। ଆଖି ତାଙ୍କର ଛଳ ଛଳ ହୋଇ ଆସିଲା। ସେ ଅଜୁବାକୁ କୋଳାଗ୍ରତ କଲେ ଓ ଗଦ୍‌ଗଦ୍ ହୋଇ କହିଲେ- "ହଁ ମାଆ, ତୋ ମାଆ ରେପ୍ତି ହିଁ ରେବତୀ । ଲୋକେ ସିନା କୁସଂସ୍କାର ଓ ଅଶିକ୍ଷାବଶତଃ ରେବତୀକୁ ଅଲକ୍ଷଣୀ, ବଉଁଶଖାଇ ବୋଲି ଅପବାଦ ଦେଲେ। ହେଲେ ମୁଁ ତାକୁ ଅନ୍ତରର ସହ ଜାଣେ। ରେବତୀ ମୋ ଜନ୍ମଦାତ୍ରୀ ମାଆ- ଏକ ଦେବୀତୁଲ୍ୟ ପୁଣ୍ୟାତ୍ମା। ମୋ ମାଆ ରେପ୍ତି ଭିତରେ ମୋ ବୋଉ ରେବତୀର ଆତ୍ମା । ରେପ୍ତି ହିଁ ରେବତୀର ଅବତାର। ରେବତୀର ପୁନର୍ଜନ୍ମ ହୋଇଛି-ନୂଆ ଶକ୍ତି ନେଇ, ନୂଆ କଳେବର ନେଇ । ଅନ୍ୟକେହି ବିଶ୍ୱାସ କରୁ କି ନକରୁ, ମୁଁ ତୋ କଥାକୁ ବିଶ୍ୱାସ କରୁଛି ମାଆ।"

ଅଜୁବା ଅଜ୍ଞାତ ଐଶୀଶକ୍ତିରେ ମୋହାଚ୍ଛନ୍ନ ଥାଇ କହିଲା- ଏଥର ମୋର ଉଦ୍ଦେଶ୍ୟ ପୂର୍ଣ୍ଣ ହେଲା। ମୁଁ ଆଉ କେବେ ଆବିର୍ଭାବ ହେବିନାହିଁ।

ସ୍ୱାଧୀନ ସାଙ୍ଗେ ବୁଇର୍ମା ସମେତ ଅନ୍ୟ ଚାକରବାକରମାନେ ମଧ୍ୟ ଆଶ୍ଚର୍ଯ୍ୟରେ ନିର୍ବାକ ନିଶ୍ଚଳ ହୋଇ ଛିଡ଼ା ହୋଇଥିଲେ।

ଦେଖୁ ଦେଖୁ ଆଖି ସାମ୍ନାରେ ଅଜୁବାର ଢଙ୍ଗ ରଙ୍ଗ ବଦଳିବାକୁ ଲାଗିଲା ।

ଏବଂ ଚକ୍ଷୁ ମେଲି ସେ କେଇଟା ମୁହୂର୍ତ୍ତ ଭିତରେ ସ୍ୱାଭାବିକ ହୋଇଗଲା, ପ୍ରକୃତିସ୍ଥ ହୋଇଗଲା । ଗଜେନ୍ଦ୍ର ତାକୁ ପଚାରିଲେ- କ'ଣ ସବୁ ଦେଖି ତୁ ବକୁଥିଲୁ ମାଆ ? ଗଜେନ୍ଦ୍ରଙ୍କର କୋଳରେ ଥାଇ ଫିକ୍‌କିନା ନିର୍ମଳ ହସଟିଏ ସେ ହସିଦେଲା ଏବଂ ଅତି ନିରୀହ କୋମଳ ସ୍ୱରରେ କହିଲା କାହିଁ, ନା ତ, କିଛି ନାଇ !

ସେ ଦିଶୁଥିଲା ନିଷ୍ପାପ, ସଦ୍ୟ ଫୁଟିଥିବା ଫୁଲଟିଏ ପରି ।

॥ ୭ ॥

ବଁ ବାଁ କରି ଅକସ୍ମାତ୍ ଦୁଇଟା ପୋଲିସ ଗାଡ଼ି ଆସି କୋଠା ସାମ୍ନାରେ ଛିଡ଼ାହେଲା । ରେପ୍ତିର ତଲାଶରେ । ପୋଲିସ ଅଧିକାରୀ ଜଣକ ଜିପ୍‌ରୁ ଓହ୍ଲାଇ ପଡ଼ିଲେ । ଏଥର ନିର୍ଭରତମ ସୂଚନା ମିଳିଛି, ସେଇ ଆଦିବାସୀ ଉଦ୍ଦଣ୍ଡୀଟା ନିଶ୍ଚୟ ବାପ ଘରକୁ ଆସିଥିବ । ତା' ବାପ ତ ଜଙ୍ଗଲ ଭିତରେ କେଉଁଠି ଝୁମ୍ପୁଡ଼ିରେ ରହୁଥିବ । କିନ୍ତୁ ସୂଚନାକାରୀ କହୁଛି- ଏଇ ଘର, ଏଇ ଘର !! କିନ୍ତୁ ଏଇଟା ତ କା'ର ରାଜକୀୟ କୋଠା । ଯା ସଙ୍ଗେ ରେପ୍ତି ସୋରେନ୍‌ର ସମ୍ପର୍କ କ'ଣ ?

ଅତି ବୃଦ୍ଧ ଗଜେନ୍ଦ୍ର ପଟ୍ଟନାୟକ ! ପାଞ୍ଚହାତ, ବ୍ୟକ୍ତିତ୍ୱସମ୍ପନ୍ନ ସମ୍ଭ୍ରାନ୍ତ ଚେହେରା କିନ୍ତୁ ତାଙ୍କ ଯୁବା ବୟସରେ ନିଶ୍ଚୟ ରାଜପୁତ୍ର ସମ ସୌମ୍ୟ, ସୁଦର୍ଶନ ଓ ପରାକ୍ରମୀ ହୋଇଥିବେ ବୋଲି ଅଚିରେ ଜଣେ ଅନୁମାନ କରିନେଇ ପାରିବ ।

ଏ ବୃଦ୍ଧ ରେପ୍ତି ସୋରେନ୍‌ର ପିତାମହ ? ୟେ ? ଅଗ୍ରଗାମୀ ଅଧିକାରୀ ଜଣକ ସନ୍ଦେହ ଓ ଅବିଶ୍ୱାସରେ ଏକ ପ୍ରକାର ସ୍ତବ୍ଧ ହୋଇଗଲେ, ଯେତେବେଳେ ତାଙ୍କର ସମସ୍ତ ପୂର୍ବାନୁମାନକୁ ମିଥ୍ୟା ସାବ୍ୟସ୍ତ କରି ଦୁଗ୍ଧଫେନିଳ ଫିନ୍‌ଫିନ୍ ଧୋତିକୁର୍ତ୍ତାରେ ସ୍ୱର୍ଣ୍ଣମୁଷ୍ଟି ସମ୍ବଳିତ ମୂଲ୍ୟବାନ ଷ୍ଟିକ ଖଣ୍ଡକ ଧରି ଗମ୍ଭୀର ମୁଦ୍ରାରେ କ'ଣ ହେଲା ବୋଲି ପ୍ରଶସ୍ତ ବାରଣ୍ଡାକୁ ବାହାରି ଆସି ଦଣ୍ଡାୟମାନ ହୋଇଗଲେ ଗଜେନ୍ଦ୍ର । ଭୂମିଠାରୁ ପାଞ୍ଚଫୁଟ ଉଚ୍ଚର ବାରଣ୍ଡା ତଳେ ପୋଲିସ ବାହିନୀ ଦିଶୁଥିଲେ, ବିଶାଳ ପର୍ବତମାଳା ତଳେ ଚରୁଥିବା ଉଷ୍ଟ୍ରପଲ ପରି । ଅଧିକାରୀ ଜଣକ ଧୀର ପଦପାତରେ ଉଠିଆସି ଏକ ପ୍ରଭାବଶାଳୀ ବ୍ୟକ୍ତିତ୍ୱକୁ ସମ୍ମାନ ପ୍ରଦର୍ଶନ କଲା ପରି ଦୂରତାରୁ ବଶମ୍ବଦ ସ୍ୱରରେ ପୁଚ୍ଛା କଲେ- ସାର୍, ରେପ୍ତିଦେବୀ ଅଛନ୍ତି ?

ଗଜେନ୍ଦ୍ର ସ୍ମିତ ହାସ୍ୟରେ କହିଲେ- ଆପଣ ବୃଥା କଷ୍ଟ କଲେ ତାକୁ ଏଠିକୁ ଖୋଜିବାକୁ ଆସି । ସେ ତ ଏକ ବ୍ୟାପ୍ତି । ସେ ତ ଏ ଅଞ୍ଚଳର ମାଟି, ପାଣି, ପବନରେ ରହିଛି । ଲୋକଙ୍କ ଭିତରେ ଅଛି । ଅଛି ଉଦ୍ଦୀପନା ରୂପେ, ଶକ୍ତି ରୂପେ । ଆଜିର

ତାରିଖରେ, ଅତ୍ର ତତ୍ର ସର୍ବତ୍ର ତା'ର ଉପସ୍ଥିତି ଅନୁଭବ କରି ହେଉଛି; ମାତ୍ର ଅବସ୍ଥିତି ସମ୍ପର୍କରେ ଆମେ ମଧ୍ୟ ଅଜ୍ଞ! ବିଶ୍ୱାସ ନାହିଁ ଯଦି, ଭିତରକୁ ଯାଇ ଖାନ୍‌ତଲାସ୍ କରିପାରନ୍ତି!!

ଅଧିକାରୀ ଜଣକ ବାରଣ୍ଡାରୁ ଓହ୍ଲାଇ ଆସି ସୈନ୍ୟବଳକୁ ହତାଶ କଣ୍ଠରେ ଫେରିଯିବାକୁ ଆଦେଶ ଦେଲେ। ପୂର୍ବ ଦିଗରେ ପୋଲିସ ଦଳ ଅଦୃଶ୍ୟ ହେବା ପରେ ପଶ୍ଚିମରୁ ସୁବର୍ଣ୍ଣ ଗୋଧୂଳିର କୋମଳ କିରଣରେ ଅରଣ୍ୟ ସୀମାରୁ ଗୋ-ପଲ ସଙ୍ଗେ ମୁଣ୍ଡରେ ଠେକା ଭିଡ଼ି ଉଦୟ ହେଲେ କତିପୟ ଗୋପାଳ।

ଗଜେନ୍ଦ୍ର ଅନ୍ୟମନସ୍କ ହୋଇ ସେଇଭଳି ଛିଡ଼ା ହୋଇଥିଲେ।

କୋଠା ସାମ୍ନାରେ ପହଞ୍ଚିବା ପରେ ସେମାନଙ୍କ ମଧ୍ୟରେ ଜଣେ ସତର୍କରେ ତଳମୁଖା ହୋଇ ବାରଣ୍ଡାକୁ ଉଠିଆସି ତାଙ୍କ ପାଦ ଛୁଇଁ ଉଠିଲାବେଳକୁ ଆଗନ୍ତୁକକୁ ଚାହିଁ ସେ ଚମକି ପଡ଼ିଲେ ଏବଂ ଚାରିଆଡ଼କୁ ଥରେ ତୀକ୍ଷ୍ଣ ଦୃଷ୍ଟିରେ ନୀରବରେ ନିରୀକ୍ଷଣ କଲେ। ଆଗନ୍ତୁକ ଜଣକ ସନ୍ତର୍ପଣରେ ଚିର ଈପ୍‌ସିତକୁ ଅକସ୍ମାତ୍ ପାଇଯିବାର ଆନନ୍ଦାତିଶଯ୍ୟରେ, ଗଜେନ୍ଦ୍ରଙ୍କର ଧୋତି କାନି ପଛରୁ ସାମ୍ନାକୁ ବାହାରି ଆସି ହସୁଥିବା ଅଜୁବାକୁ କୋଳକୁ ଟେକିନେଇ କୋଠା ଭିତରକୁ ପଳାଇଲା।

ଗଜେନ୍ଦ୍ର ଆନନ୍ଦାଶ୍ରୁ ଢଳଢଳ ଆଖିରେ ନିର୍ବାକ ହୋଇ ଚାହିଁଥିଲେ। ବାରଣ୍ଡା ତଳେ ସଦ୍ୟ ଅରଣ୍ୟରୁ ଫେରୁଥିବା ଗାଭୀଟିଏ ସକାଳୁ ସଞ୍ଜ ଯାଏ କ୍ଷୁଧାର୍ତ୍ତ ଓ ବାତ୍ସଲ୍ୟ-ବଞ୍ଚିତ ଥିବା ବ୍ୟାକୁଳ ବତ୍ସା ପାଇଁ ମେଲି ଦେଇଥିଲା ମାତୃତ୍ୱର ଅମୃତଭାଣ୍ଡ।

ଗଳ୍ପରଚୟିତାଙ୍କର ପରିଚୟ-ବୃତ୍ତ

ଅଚ୍ୟୁତାନନ୍ଦ ପତି (୨୨ ଜୁନ୍ ୧୯୨୭- ନରହରିପୁର, ଯାଜପୁର)- ସ୍ୱାଧୀନତା ପରବର୍ତ୍ତୀ ଓଡ଼ିଆ ଗଳ୍ପ ସାହିତ୍ୟ ଜଗତରେ ଅଚ୍ୟୁତାନନ୍ଦ ପତି ଜଣେ ବହୁଚର୍ଚ୍ଚିତ କଥାକାର। ଯାହାଙ୍କର ଶିଳ୍ପସିଦ୍ଧି ଯଥାର୍ଥରେ ପ୍ରସିଦ୍ଧ ଓ ବିସ୍ମୟକର । ପତି ଜଣେ ସଫଳ ମାନବବାଦୀ କଥାକାର। ତାଙ୍କର ସୃଷ୍ଟି-ସର୍ଜନା ମାନବ ଓ ଅଣମାନବୀୟ ଜୀବନ ପ୍ରତି ସମ୍ବେଦନଶୀଳ ସଂଗୀତରେ ମୁଖରିତ । ଏହା ହିଁ ତାଙ୍କ ପ୍ରତିଷ୍ଠାର ବାହକ। ପତିଙ୍କ କ୍ଷୁଦ୍ରଗଳ୍ପ ରଚନାଶୈଳୀ ଶକ୍ତିଶାଳୀ ଓ ପ୍ରାଞ୍ଜଳ ହେବା ସହ ସରସ ଓ ଭାବଗର୍ଭକ। ପ୍ରତୀକାତ୍ମକ ଗଳ୍ପ ରଚନାରେ ଯଶସ୍ୱୀ ପତି, ନିର୍ଦ୍ଦିଷ୍ଟ ଚେତନାକୁ ଅନ୍ତରଙ୍ଗ କଳାତ୍ମକତା ମଧ୍ୟ ଦେଇ ଗଢ଼ି ବସନ୍ତି ସୂକ୍ଷ୍ମ ସାନ୍ଦ୍ରତାର ଏକ ବିସ୍ତୀର୍ଣ୍ଣ ପୃଷ୍ଠଭୂମି। ଯାହା ମାନବୀୟ ଆବେଗ, ଆବେଦନର ଶକ୍ତିଠାରୁ ଊର୍ଦ୍ଧ୍ୱଗାମୀ । ପତିଙ୍କ ପ୍ରତ୍ୟେକଟି ଚରିତ୍ର ସମାଜରୁ ତ୍ରୁଟିବିଚ୍ୟୁତିର ଅଳନ୍ଧୁକୁ ଦୂରକରି ମହାନ ଆଲୋକ ପଥର ଯାତ୍ରୀ ହେବାପାଇଁ ପ୍ରେରିତ। ତାଙ୍କର **ଗଳ୍ପ ସଂକଳନ** ଗୁଡ଼ିକ 'ଅଶୁଭ ପୁତ୍ରର କାହାଣୀ' (୧୯୭୩), 'ଉଗ୍ରସେନ ଉବାଚ' (୧୯୭୬), 'ନିଆଁ ଜଳୁଛି' (୧୯୭୮), 'ସ୍ନାୟୁ ଓ ସନ୍ନ୍ୟାସୀ' (୧୯୮୧), 'ଚାରିସଙ୍ଗାତ କଥା' (୧୯୮୩), 'ଅବାଧ ପ୍ରଜାପତି' (୧୯୯୨), 'ଅନ୍ୟ ଶିବିର' (୧୯୯୨), 'ଇତରଙ୍କ ଇତିବୃତ୍ତ' (୨୦୦୬), ' ଚା'ରୁ ଚୈତନ୍ୟ ପର୍ଯ୍ୟନ୍ତ' (୨୦୦୮), 'ଅଚ୍ୟୁତାନନ୍ଦ ପତିଙ୍କ ନିର୍ବାଚିତ ଗଳ୍ପ', 'ସିକ୍ତ ସୈକତ' ପ୍ରଭୃତି । **ପୁରସ୍କାର** : 'ସ୍ନାୟୁ ଓ ସନ୍ନ୍ୟାସୀ' (ଗଳ୍ପ ସଂକଳନ) ଓଡ଼ିଶା ସାହିତ୍ୟ ଏକାଡ଼େମୀ ପୁରସ୍କାର (୧୯୮୩)। ଅତିବଡ଼ୀ ଜଗନ୍ନାଥ ଦାସ ପୁରସ୍କାର (ସାମଗ୍ରିକ କୃତି, ୨୦୦୨)। 'ଚା'ରୁ ଚୈତନ୍ୟ ପର୍ଯ୍ୟନ୍ତ' (ଗଳ୍ପ ସଂକଳନ), ଶାରଳା ପୁରସ୍କାର (୨୦୧୩)।

● **ବିଜୟ କୃଷ୍ଣ ମହାନ୍ତି- (୧୩ ଏପ୍ରିଲ୍ ୧୯୨୮- ୨୩ ଏପ୍ରିଲ୍ ୨୦୦୫) କୁଣ୍ଢେଇବେଣ୍ଟ ସାହି, ପୁରୀ)**- ଗାଳ୍ପିକ ବିଜୟକୃଷ୍ଣ ମହାନ୍ତି ଆଧୁନିକ ମଣିଷ ଚେତନାର ପ୍ରତ୍ୟେକ ସ୍ତରକୁ ଅତିକ୍ରମ କରିବାକୁ ନେଇ ଜୀବନରୂପୀ ଅନନ୍ତ ସାଗରକୁ ମନ୍ଥନ କରିବସନ୍ତି ନିଜର କ୍ଷୁଦ୍ରଗଳ୍ପ ମାଧ୍ୟମରେ। ନିଜର ଅଧିକାଂଶ ଗଳ୍ପରେ ନିଜେ ଚରିତ୍ର ଭାବେ ଉଭାହୋଇ କିଛି ଅନୁଭୂତି ଓ କିଛି କଳ୍ପନାକୁ ନେଇ ସେ ମଣିଷମନର ବୈଚିତ୍ର୍ୟକୁ ଗଳ୍ପରୂପ ଦେଇଥାନ୍ତି। ବିଜୟଙ୍କ ପ୍ରକାଶିତ **ଗଳ୍ପ ଗ୍ରନ୍ଥ**- 'ତଥାପି'(୧୯୭୫), 'ମ୍ଳାନଜ୍ୟୋସ୍ନା', 'ସ୍ୱରଭଙ୍ଗ' (୧୯୮୦), 'ନିଭୃତ ସଂଳାପ' (୧୯୮୧), 'ପାଗଳା ସାହେବ', 'ପ୍ରଚକ୍ଷୁ'(୧୯୮୪), 'ଫାନୁସ୍', 'ଦିଗ୍‌ବଳୟ', 'ନିଘଞ୍ଚ', 'ତୀର୍ଯ୍ୟକ୍', 'ଜତୁଗୃହ', 'ଅନ୍ୟପାଖ', 'ନୀଳରକ୍ତ ଓ ଅନ୍ୟାନ୍ୟ ଗଳ୍ପ', 'ଆକାଶ', 'ତୃତୀୟନୟନ', 'ଦୁଃଖଦ', 'ଦୃଷ୍ଟିର ଦୁଇପ୍ରାନ୍ତ' ଇତ୍ୟାଦି ରହିଛି। **ପୁରସ୍କାର :** ଓଡ଼ିଶା ସାହିତ୍ୟ ଏକାଡ଼େମୀ, 'ପ୍ରଚକ୍ଷୁ' ଗଳ୍ପ ସଂକଳନ (୧୯୯୧)।

● **ଦୁର୍ଗାମଧବ ମିଶ୍ର- (୧୨ ଅକ୍ଟୋବର ୧୯୨୯- ୩ ଫେବୃଆରୀ ୧୯୯୭) ଅବିଭକ୍ତ ପୁରୀ ଜିଲ୍ଲା, ନୟାଗଡ଼)**- ଗଳ୍ପର କଥାବସ୍ତୁ ବା କାହାଣୀ ଭାଗଟି ଗଳ୍ପର ମୁଖ୍ୟବିଷୟ, ଏହି ବିଚାରଧାରାକୁ ସଂପୂର୍ଣ୍ଣରୂପେ ବିଶ୍ୱାସ କରୁଥିବା ଗାଳ୍ପିକ ହେଉଛନ୍ତି ଦୁର୍ଗାମାଧବ ମିଶ୍ର। ଓଡ଼ିଆ ସାହିତ୍ୟରେ କ୍ଷୁଦ୍ରଗଳ୍ପ ରଚନା କ୍ଷେତ୍ରରେ ଜଣେ ସଫଳ ଶିଳ୍ପୀ, ଯେ କି ନିଜ ଗଳ୍ପର ଚରିତ୍ରକୁ ସାମାଜିକ ଆଦର୍ଶ ଓ ନୈତିକତା ମଧ୍ୟଦେଇ ପ୍ରତିଷ୍ଠା ଦିଅନ୍ତି। ତାଂକ ପ୍ରକାଶିତ **ଗଳ୍ପ** ପୁସ୍ତକଗୁଡ଼ିକ - 'ଜଉତିଷ କହିଛନ୍ତି' (୧୯୫୭), 'ମନ୍ଦାକ୍ରାନ୍ତା', 'ତାରା ଓ ତିମିର'(୧୯୬୩), 'ଫଲ୍‌ଗୁରେ ବନ୍ୟା' (୧୯୭୭), 'ନିଷାଦର ନିଃଶବ୍ଦ ବାରଣ' (୧୯୮୧), 'ଦୂରରୁ ଦୂରକୁ', 'ଅପରାହ୍ନର ଗଳ୍ପ' (୧୯୯୮), 'ମୁଠିଏ ମାଟି ଚିନାଏ ଆକାଶ' ଇତ୍ୟାଦି। **ପୁରସ୍କାର:** ଓଡ଼ିଶା ସାହିତ୍ୟ ଏକାଡ଼େମୀ ପୁରସ୍କାର (୧୯୮୨) 'ନିଷାଦର ନିଃଶବ୍ଦ ବାରଣ' ଗଳ୍ପ ପୁସ୍ତକ।

● **ସାତକଡ଼ି ହୋତା (୨୯ ଅକ୍ଟୋବର, ୧୯୨୯- ଜଗନ୍ନାଥ ଖୁଣ୍ଟା, ମୟୁରଭଞ୍ଜ)**- ସ୍ୱାଧୀନତୋତ୍ତର କାଳର ଜଣେ ସଫଳ କଥାକାର ହେଉଛନ୍ତି ସାତକଡ଼ି ହୋତା। ସେ ବିପୁଳ ସାହିତ୍ୟ ସୃଷ୍ଟିର ସ୍ରଷ୍ଟା। 'କଳା ପାଇଁ କଳା' ସୃଷ୍ଟିର ଜୟଗାନ ତାଙ୍କ ଗଳ୍ପରେ ପ୍ରାଧାନ୍ୟ ପାଇଥାଏ । ମଣିଷ ଜୀବନର ଅସହାୟତା, ବ୍ୟର୍ଥତା ସ୍ଥିତିଜନିତ ବ୍ୟାକୁଳତାର ବେଦମ୍ ପଦଧ୍ୱନି ତାଙ୍କ ସାହିତ୍ୟ-ଶିଳ୍ପର ମୁଖ୍ୟ ସ୍ୱର। ସାତକଡ଼ି ହୋତା ନିଜକୁ ଦାୟିତ୍ୱସମ୍ପନ୍ନ ସାହିତ୍ୟିକଟିଏ ମନେକରି ସମାଜରେ ପରିବର୍ତ୍ତନର ଆଶା ରଖିଛନ୍ତି ନିଜର ଗଳ୍ପମାଧ୍ୟମରେ । ତାଙ୍କ ଗଳ୍ପର ଚରିତ୍ରମାନଙ୍କର ଭାଷା ଓଡ଼ିଆ ଲୋକ ମୁଖର ଭାଷାଠୁ ଦୂରେଇ ଯାଇନି। ତାଙ୍କର **ଗଳ୍ପ ସଂକଳନ** ଗୁଡ଼ିକ ମଧ୍ୟରେ 'ଶୋଣିତର ସ୍ୱପ୍ନ'

(୧୯୭୭), 'ଫୁଲର ଗୋଟିଏ ସୁରଭି' (୧୯୭୭), 'ବେଗମ୍ ସାହେବା' (୧୯୭୮), 'କିରିବୁରୁର କନ୍ୟା' (୧୯୮୦), 'ଲଙ୍ଗଳାରାଜା' (୧୯୮୧), 'ନୀଳାଚଳକୁ ରାସ୍ତା' (୧୯୮୨), 'ଜଗନ୍ନାଥଙ୍କ ହସ'(୧୯୮୨), ଅସତର୍କ ମୁହୂର୍ତ୍ତ' (୧୯୮୨), 'ସାୟାହ୍ନର ଶୋଭା' (୧୯୮୨), 'ମଧୁଲଗ୍ନ' (୧୯୮୨), 'ମୋ ଗଳ୍ପର ନାୟକ' (୧୯୮୪), 'ଶେଷ ସମ୍ବଳ' (୧୯୯୨), 'ରାଜଧାନୀର ସକାଳ', 'କଥା ଅନେକ', 'ଦୀପ ଜଳିଲେ ଆଲୁଅ', 'ମହାସ୍ନାନ', 'ସବା ଶେଷରେ', 'ଆକାଶର ଘର', 'ଷ୍ଟୁଆର୍ଟ ସାହେବ', 'ମୋ ଗଳ୍ପ (୨୦୦୭), 'ଶୁମ୍ଭ ନିଶୁମ୍ଭ', 'ନିତ୍ୟ ବୃନ୍ଦାବନ'(୨୦୦୭) ପ୍ରଭୃତି ଉଲ୍ଲେଖଯୋଗ୍ୟ। **ପୁରସ୍କାର :** 'ଅଶାନ୍ତ ଅରଣ୍ୟ' (ଉପନ୍ୟାସ)- ଓଡ଼ିଶା ସାହିତ୍ୟ ଏକାଡ଼େମୀ ପୁରସ୍କାର (୧୯୮୭)। 'ଜନନୀ ଜନ୍ମଭୂମି' (ଉପନ୍ୟାସ)- ଶାରଳା ପୁରସ୍କାର- (୨୦୦୪)।

- **ନନ୍ଦିନୀ ଶତପଥୀ- (୯ ଜୁନ୍ ୧୯୩୧- ୫ ଅଗଷ୍ଟ ୨୦୦୬, କଟକ ସହର)-** ଓଡ଼ିଶାର ରାଜନୀତିକ ଇତିହାସର ଏକମାତ୍ର ନାରୀ ମୁଖ୍ୟମନ୍ତ୍ରୀ ନନ୍ଦିନୀ ଶତପଥୀଙ୍କ ଗଳ୍ପଗୁଡ଼ିକ ହିନ୍ଦୀଭାଷା ସହିତ ଅନ୍ୟ ଭାରତୀୟ ଭାଷାରେ ଅନୂଦିତ ହୋଇ ତାଂକୁ ଓଡ଼ିଶା ବାହାରେ ଗାଳ୍ପିକାଭାବେ ଏକ ସ୍ୱତନ୍ତ୍ର ପରିଚୟ ଦେଇଛି। ଭଗବାନଙ୍କ ସୃଷ୍ଟିରେ ଶ୍ରେଷ୍ଠ ପ୍ରାଣୀ ବୋଲାଉଥିବା ମଣିଷର ଅସହାୟତା ପ୍ରତି ସେ ତାଂକ ଗଳ୍ପରେ ବହୁ ସମ୍ବେଦନଶୀଳ ମନୋଭାବ ଦେଖାଇଛନ୍ତି। ଏଥି ସହିତ ନାରୀ ମନସ୍ତତ୍ତ୍ୱର ସଫଳ ରୂପାୟନ କରିଛନ୍ତି। ପ୍ରକାଶିତ **ଗଳ୍ପଗ୍ରନ୍ଥ-** 'କେତୋଟି କଥା'- (୧୯୬୭), 'ସପ୍ତଦଶୀ'- (୧୯୮୮)

- **ଶାନ୍ତନୁ କୁମାର ଆଚାର୍ଯ୍ୟ (୧୯ ମେ ୧୯୩୩- ଜନ୍ମ- କଲିକତା, ନିଜଘର- ସିଥଳ, ସିଦ୍ଧେଶ୍ୱରପୁର, ଜଗତସିଂହପୁର)-** ସ୍ୱାଧୀନତା ପରବର୍ତ୍ତୀ ସମୟର ଅନ୍ୟ ଜଣେ ମୁଖ୍ୟ ଗାଳ୍ପିକ ହେଉଛନ୍ତି ଶାନ୍ତନୁ କୁମାର ଆଚାର୍ଯ୍ୟ। ତାଙ୍କର ନିଜସ୍ୱ କଥନଶୈଳୀ ପାଇଁ ସେ ସମକାଳୀନ ଗାଳ୍ପିକଙ୍କ ମାର୍ଗରୁ ବାରି ହୋଇପଡ଼ନ୍ତି। ସାମାଜିକ ଓ ରାଜନୀତିକ ବ୍ୟଙ୍ଗ୍ୟ, ବିଦ୍ରୂପ ସହିତ ଆଧ୍ୟାତ୍ମିକତାକୁ ତାଙ୍କ ଗଳ୍ପରେ ଅନୁଭବ କରେ ପାଠକ। ସ୍ଥିତିବାଦୀ ମଣିଷର ମନସ୍ତାତ୍ତ୍ୱିକ ଚେତନାର ଚିତ୍ର ଖୁବ୍ ନିଆରା । ମାନବୀୟ ଅଶାନ୍ତି ଓ ଅସହାୟତା ପ୍ରତି ସେ ସମ୍ବେଦନଶୀଳ । ଏସବୁ ସତ୍ତ୍ୱେ ତାଙ୍କ ଗଳ୍ପ ବିବିଧ ମିଶ୍ର ଚେତନାରେ ପରିପୂର୍ଣ୍ଣ। ତାଙ୍କର ପ୍ରକାଶିତ **ଗଳ୍ପ ସଂକଳନ** ଗୁଡ଼ିକ ହେଉଛି- 'ମନ ମର୍ମର' (୧୯୬୨), 'ଦୁର୍ବାର' (୧୯୬୫), 'ଏଇ ଶେଷ ପଦଟି' (୧୯୭୨), 'ଅରଣ୍ୟର ଚୂଳ' (୧୯୭୪), 'ଅଦିନ ବଉଳ' (୧୯୭୮), 'ଏକବିଂଶ ଶତାବ୍ଦୀ ପାଇଁ ଗଳ୍ପ' (୧୯୭୮), 'କରଂଜିଆ ଡାଏରୀ' (୧୯୮୪), 'ଆଦ୍ୟସକାଳ' (୧୯୮୫),

'ସର୍ପଯାନ' (୧୯୮୯), 'ଚଳନ୍ତି ଠାକୁର' (୧୯୯୧), 'ନାଟାଲିୟାର ଓଁକାର' (୧୯୯୫), 'ଗଳ୍ପ ବର୍ଣ୍ଣାଳୀ' (୧୯୯୭), 'ଶ୍ରେଷ୍ଠଗଳ୍ପ' (୧୯୯୮), 'ଜଳଛବିର ରାତି' (୧୯୯୯), 'ଦୃଶ୍ୟ ଅଦୃଶ୍ୟ' (୨୦୦୨), 'ଛାୟା ପୁରୁଷ' (୨୦୦୫), 'ରେକର୍ଡ଼ ବ୍ରେକର' (୨୦୦୬), 'ତୃତୀୟ ନେତ୍ର' (୨୦୦୭), 'ଶାନ୍ତନୁ ଆଚାର୍ଯ୍ୟଙ୍କ ଗଳ୍ପ ସମଗ୍ର' (ପ୍ରଥମଖଣ୍ଡ-୨୦୦୯), 'ପିତ ପ୍ରସ୍ତର ଉଦ୍ୟାନ' (୨୦୧୦) ପ୍ରଭୃତି। **ପୁରସ୍କାର :** 'ନରକିନ୍ନର' (ଉପନ୍ୟାସ) ଓଡ଼ିଶା ସାହିତ୍ୟ ଏକାଡ଼େମୀ ପୁରସ୍କାର (୧୯୬୨)। 'ଶକୁନ୍ତଳା' (ଉପନ୍ୟାସ)- ଶାରଳା ପୁରସ୍କାର (୧୯୮୭)। 'ଚଳନ୍ତି ଠାକୁର' (ଗଳ୍ପଗ୍ରନ୍ଥ) ସାହିତ୍ୟ ଏକାଡ଼େମୀ ପୁରସ୍କାର (୧୯୯୩)। ଅତିବଡ଼ୀ ଜଗନ୍ନାଥ ଦାସ ପୁରସ୍କାର (ସାମଗ୍ରିକ କୃତି -(୨୦୧୪)।

- **ମନୋଜ ଦାସ (୨୭ ଫେବ୍ରୁଆରି ୧୯୩୪-୨୭ ଏପ୍ରିଲ୍ ୨୦୨୧- ଶଂଖାରୀ, ବାଲେଶ୍ୱର)-** ଆନ୍ତର୍ଜାତିକ ଖ୍ୟାତିସମ୍ପନ୍ନ ସୁସାହିତ୍ୟିକ ମନୋଜ ଦାସଙ୍କୁ ନେଇ ସୂଚନାଟିଏ ମଧ୍ୟ ଲେଖିବାକୁ ହେଲେ ଜ୍ଞାନ-ଗଙ୍ଗାକୁ ପାରିହେବାକୁ ପଡ଼ିବ । ଅବକ୍ଷୟଗ୍ରସ୍ତ ସାମନ୍ତବାଦୀ ତଥା ସବୁକାଳର ମଣିଷ ଅସହାୟତା ଓ ନିଃସଙ୍ଗତାର ଚିତ୍ରଣ ତାଙ୍କର ସ୍ୱତନ୍ତ୍ର। ଆଧ୍ୟାତ୍ମିକ ଅନ୍ୱେଷାଦ୍ୱାରା ସେ ବହୁ ଭାବେ ମାନବଚିତ୍ତଭୂମିର ଚୈତନ୍ୟକୁ ନୂତନତ୍ୱ ପ୍ରଦାନ କରିଛନ୍ତି। ପ୍ରାଚୀନ ଲୋକକାହାଣୀ ମଧ୍ୟଦେଇ ଆଧୁନିକ ମଣିଷର ଜୀବନ-ଜିଜ୍ଞାସାକୁ ଏକ ବୃହତ୍ତର କାନ୍‌ଭାସ୍‌ରେ ସେ ଚିତ୍ରିତ କରିଛନ୍ତି। ଭାଷା ଓ ଶୈଳୀ ଦୃଷ୍ଟିରୁ ସେ ଫକୀରମୋହନଙ୍କ ସର୍ବଶ୍ରେଷ୍ଠ ଦାୟାଦ। ଗାଳ୍ପିକଙ୍କ **ଗଳ୍ପ ସଂକଳନ**ଗୁଡ଼ିକ ହେଲା 'ସମୁଦ୍ରର କ୍ଷୁଧା' (୧୯୫୦), 'ଜୀବନର ସ୍ୱାଦ' (୧୯୫୨), 'ବିଷକନ୍ୟାର କାହାଣୀ' (୧୯୫୪), 'ଆରଣ୍ୟକ' (୧୯୬୦), 'ଶେଷ ବସନ୍ତର ଚିଠି' (୧୯୬୬), 'ମନୋଜ ଦାସଙ୍କ କଥା ଓ କାହାଣୀ' (୧୯୭୧), 'ଲକ୍ଷ୍ମୀର ଅଭିସାର' (୧୯୭୪), 'ଆବୁପୁରୁଷ ଓ ଅନ୍ୟାନ୍ୟ କାହାଣୀ' (୧୯୭୫),'ଧୂମ୍ରାଭ ଦିଗନ୍ତ ଓ ଅନ୍ୟାନ୍ୟ କାହାଣୀ' (୧୯୭୭), 'ମନୋଜ ପଞ୍ଚବିଂଶତି' (୧୯୮୩), 'ଭିନ୍ନ ମଣିଷ ଓ ଅନ୍ୟାନ୍ୟ କାହାଣୀ' (୧୯୮୮), 'ଚତୁର୍ଥ ବନ୍ଧୁ ଓ ଅନ୍ୟାନ୍ୟ କାହାଣୀ' (୧୯୯୦), 'ଅବୋଲକରା କାହାଣୀ' (୧୯୯୧), 'ମନୋଜ ଦାସଙ୍କ ଗଳ୍ପ' (୧୯୯୨)। **ପୁରସ୍କାର :** ଆରଣ୍ୟକ (ଗଳ୍ପ ସଂକଳନ) ଓଡ଼ିଆ ସାହିତ୍ୟ ଏକାଡେମୀ ପୁରସ୍କାର (୧୯୬୨)। ମନୋଜ ଦାସଙ୍କ କଥା ଓ କାହାଣୀ (ଗଳ୍ପ ସଂକଳନ) ସାହିତ୍ୟ ଏକାଡ଼େମୀ ପୁରସ୍କାର- (୧୯୭୨)। 'ଧୂମ୍ରାଭ ଦିଗନ୍ତ ଓ ଅନ୍ୟାନ୍ୟ କାହାଣୀ' (ଗଳ୍ପ ସଂକଳନ) ଶାରଳା ପୁରସ୍କାର - (୧୯୮୧)। ' କେତେ ଦିଗନ୍ତ' (ପ୍ରବନ୍ଧ ସଂକଳନ) ଓଡ଼ିଶା ସାହିତ୍ୟ ଏକାଡ଼େମୀ ପୁରସ୍କାର -

(୧୯୮୭)। 'ଅମୃତ ଫଳ' (ଉପନ୍ୟାସ) ସରସ୍ୱତୀ ସମ୍ମାନ (୨୦୦୦)। ପଦ୍ମଶ୍ରୀ- (୨୦୦୧)। ଅତିବଡ଼ୀ ଜଗନ୍ନାଥ ଦାସ ପୁରସ୍କାର (ସାମଗ୍ରିକ କୃତି, ୨୦୦୭)। ପଦ୍ମଭୂଷଣ (୨୦୨୦)।

- **ରବି ପଟ୍ଟନାୟକ- (୨୧ ଅକ୍ଟୋବର ୧୯୩୫- ୩ ଜୁନ୍ ୧୯୯୧, ବଣେଇ, ସୁନ୍ଦରଗଡ଼; ପୈତୃକ ଗ୍ରାମ- ଆୟଡ଼ିହା, ମୟୂରଭଞ୍ଜ)**

ନିରୋଳ ଗଳ୍ପ ଲେଖି ବହୁ ପ୍ରତିଷ୍ଠା ଓ ସମ୍ମାନର ଅଧିକାରୀ ହୋଇପାରିଛନ୍ତି ଜନପ୍ରିୟ ଗାଳ୍ପିକ ରବି ପଟ୍ଟନାୟକ। ୧୯୬୦ ପରବର୍ତ୍ତୀ ଗଳ୍ପ ମୋଡ଼ର ସେ ଅନ୍ୟତମ ଶ୍ରେଷ୍ଠ ବିନ୍ଧାଣୀ। ଓଡ଼ିଆ ଗଳ୍ପକୁ ପାଠକପ୍ରିୟ, ଜନପ୍ରିୟ ଓ ବହୁପାଠ୍ୟ କରିବାରେ ତାଙ୍କ ଗଳ୍ପଗୁଡ଼ିକର ଭୂମିକା ଗୁରୁତ୍ୱପୂର୍ଣ୍ଣ। ନିଜର ଗାଳ୍ପିକପଣିଆ ଦ୍ୱାରା ପାଠକକୁ ବାନ୍ଧିରଖିବାରେ ସେ ବହୁମାତ୍ରାରେ ସଫଳ। **ଗଳ୍ପ ଗ୍ରନ୍ଥମାନ** – 'ଅସାମାଜିକର ଡାଏରୀ' (୧୯୬୪), 'ଅନ୍ଧଗଳିର ଅନ୍ଧକାର' (୧୯୭୨), 'ରାଗତୋଡ଼ି' (୧୯୭୯), 'ବହୁରୂପୀ' (୧୯୭୯), 'ହିରଣ୍ୟଗର୍ଭ' (୧୯୮୨), 'ଗଳ୍ପ' (୧୯୮୨), 'ବିଷୁବରେଖା' (୧୯୮୪), 'ରାଜାରାଣୀ' (୧୯୮୬), ' ବନ୍ଧ୍ୟାଗାନ୍ଧାରୀ' (୧୯୮୮), 'ଅମରିଲତା' (୧୯୯୦), 'ବିଚିତ୍ରବର୍ଣ୍ଣା' (୧୯୯୧), 'ଛାୟାପୁତ୍ରର କାଳ' (୧୯୯୧), 'ରବି ପଟ୍ଟନାୟକ ଶ୍ରେଷ୍ଠ ଗଳ୍ପ' (୧୯୯୨), 'ପ୍ରେମ ଓ ପ୍ରତିମା' (୧୯୯୩), 'ମେଘମଲ୍ଲାର' (୧୯୯୫), 'ଅବିନଶ୍ୱର' (୧୯୯୫), 'ପ୍ରଜାପତିର ଘର' (୧୯୯୬) 'ଗଳ୍ପ ସମଗ୍ର ୧ମ ଭାଗ' (୨୦୦୮), 'ଗଳ୍ପ ସମଗ୍ର ୨ୟ ଭାଗ' (୨୦୧୦) ପ୍ରଭୃତି **ପୁରସ୍କାର** : 'ହିରଣ୍ୟଗର୍ଭ' (ଗଳ୍ପ ସଂକଳନ), ଓଡ଼ିଆ ସାହିତ୍ୟ ଏକାଡ଼େମୀ ପୁରସ୍କାର (୧୯୮୪)। ବନ୍ଧ୍ୟାଗାନ୍ଧାରୀ (ଗଳ୍ପ ସଂକଳନ) ଶାରଳାପୁରସ୍କାର (ମରଣୋତ୍ତର ୧୯୯୧)। 'ବିଚିତ୍ରବର୍ଣ୍ଣା' ପୁସ୍ତକ ପାଇଁ ସାହିତ୍ୟ ଏକାଡ଼େମୀ ପୁରସ୍କାର (୧୯୯୨)।

- **ଜଗନ୍ନାଥ ପ୍ରସାଦ ଦାସ – (୨୬ ଏପ୍ରିଲ୍ ୧୯୩୬- ଇଛାପୁର ନିକଟବର୍ତ୍ତୀ ଅଚ୍ୟୁତରାଜପୁର ଗ୍ରାମ)** ଜଗନ୍ନାଥ ପ୍ରସାଦ ଦାସ କେବଳ ଜଣେ ସଫଳ କବି ନୁହଁନ୍ତି; ଜଣେ ପ୍ରୟୋଗବାଦୀ ଗାଳ୍ପିକ ମଧ୍ୟ। ଓଡ଼ିଆ କ୍ଷୁଦ୍ରଗଳ୍ପ କ୍ଷେତ୍ରରେ ନୂତନ ପରୀକ୍ଷାନିରୀକ୍ଷା ଓ ପ୍ରୟୋଗରେ ସେ ବିଶ୍ୱାସୀ। ଏ ଦିଗରୁ ସେ ଓଡ଼ିଆ ଗଳ୍ପକୁ ବହୁ ନୂତନତାରେ ପରଖିଛନ୍ତି। ଓଡ଼ିଶା ବାହାରେ ଏଥିପାଇଁ ସେ ଜଣେ ଜଣାଶୁଣା ଗାଳ୍ପିକ ଭାବରେ ପ୍ରତିଷ୍ଠିତ। ତାଂକ ରଚିତ **ଗଳ୍ପ ସଂକଳନ** ଗୁଡ଼ିକ- 'ଭବନାଥ ଓ ଅନ୍ୟମାନେ' (୧୯୮୨), 'ଦିନଚର୍ଯ୍ୟା' (୧୯୮୩), 'ଆମେ ଯେଉଁମାନେ' (୧୯୮୬), 'ସାକ୍ଷାତ୍‌କାର' (୧୯୮୭), 'ପ୍ରିୟ ବିଦୂଷକ' (୧୯୯୨), 'ଶେଷ ପର୍ଯ୍ୟନ୍ତ'

(୧୯୯୫), 'ଇଚ୍ଛାପତ୍ର' (୨୦୦୦), 'ଇନ୍ଦ୍ରଧନୁ', 'ଆଖି' ଓ 'କବିତାର ଦୀର୍ଘଜୀବନ' (୨୦୦୯) ଇତ୍ୟାଦି। **ପୁରସ୍କାର** - 'ଯେ ଯାହାର ନିର୍ଜନତା' (କବିତାଗ୍ରନ୍ଥ) ଓଡ଼ିଶା ସାହିତ୍ୟ ଏକାଡେମୀ **ପୁରସ୍କାର** (୧୯୮୧)। 'ଆହ୍ନିକ' (କବିତାଗ୍ରନ୍ଥ) ସାହିତ୍ୟ ଏକାଡ଼େମୀ ପୁରସ୍କାର- (୧୯୯୧)। 'ପ୍ରିୟ ବିଦୁଷକ' (ଗଳ୍ପଗ୍ରନ୍ଥ) ଶାରଳା ପୁରସ୍କାର-(୧୯୯୮)। 'ପରିକ୍ରମା' (କବିତାଗ୍ରନ୍ଥ) ସରସ୍ୱତୀ ସମ୍ମାନ-(୨୦୦୬)।

- **ଅକ୍ଷୟ ମହାନ୍ତି- (୧୨ ଅକ୍ଟୋବର ୧୯୩୬- ୧୨ ନଭେମ୍ବର, ୨୦୦୨, କଟକ ସହର)**- ଓଡ଼ିଶା ସଂଗୀତ ଜଗତର ମୁକୁଟ ବିହୀନ ସମ୍ରାଟ ଅକ୍ଷୟ ମହାନ୍ତି ଯେ ଜଣେ ଶ୍ରେଷ୍ଠ ଗାଳ୍ପିକ; ଏ କଥା ତାଂକ ଗଳ୍ପକୁ ପାଠ କଲେ ଓଡ଼ିଆ ପାଠକ ବିଶ୍ୱାସ କରିପାରିବ। ତାଂକ ଗଳ୍ପ ଗୁଡ଼ିକରେ ସେ ଆଂଗିକ ଓ ଆତ୍ମିକ ଉଭୟ ଦୃଷ୍ଟିରୁ ନୂତନ ପରୀକ୍ଷାନିରୀକ୍ଷା କରିଛନ୍ତି। ନିଜର ଗଳ୍ପ ମାଧ୍ୟମରେ ମଣିଷର ନିର୍ଲିପ୍ତବାସନା ଓ ରହସ୍ୟକୁ ସେ ସାର୍ଥକଭାବରେ ପରିପ୍ରକାଶ କରିଛନ୍ତି। ତାଂକ **ଗଳ୍ପ** କୃତିଗୁଡ଼ିକ- 'ଅନେଶତ ରାଣୀ' (୧୯୭୨), 'ବିଚରା', 'ନଗ୍ନ ମୋନାଲିସା' (୧୯୭୫), 'ମଲା ପ୍ରଜାପତି' ଅକ୍ଷୟ ମହାନ୍ତିଙ୍କର ଗଳ୍ପ ସମଗ୍ର (୨୦୧୮) ଇତ୍ୟାଦି। **ପୁରସ୍କାର** - ଜୟଦେବ ପୁରସ୍କାର, ପ୍ରଚ୍ଛଦ ସଂଗୀତ ପାଇଁ ୭ ଗୋଟି ରାଜ୍ୟ ଚଳଚିତ୍ର ପୁରସ୍କାର।
- **ବୀଣାପାଣି ମହାନ୍ତି (୧୧ ନଭେମ୍ବର ୧୯୩୬- ୨୪ ଏପ୍ରିଲ୍ ୨୦୨୨- ଚାନ୍ଦୋଳ, କେନ୍ଦ୍ରାପଡ଼ା)**- ଉତ୍ତର ଷାଠିଏ କାଳରେ ଜଣେ ପ୍ରମୁଖ ଓ ସଫଳ ଗାଳ୍ପିକା ଭାବରେ ଆମ ସାମ୍ନାରେ ଉଭା ହୁଅନ୍ତି। ମହାନ୍ତିଙ୍କ ସମସ୍ତ ଗଳ୍ପରେ କଥାଭାଗର ଶୀର୍ଷ ବିନ୍ଦୁରେ ଥାଏ ନାରୀ। ତା'ର ସମଗ୍ର ଜୀବନର ଯନ୍ତ୍ରଣା ଓ ସମସ୍ୟାକୁ ଗାଳ୍ପିକା ନିଜର ସ୍ୱରରେ ତୋଳିଧରିଛନ୍ତି । ତାଙ୍କର **ଗଳ୍ପ ସଂକଳନ**ଗୁଡ଼ିକ ମଧ୍ୟରେ 'ନବତରଙ୍ଗ' (୧୯୬୩), 'ପାନ୍ଥଶାଳା ଓ ରକ୍ତକରବୀ' (୧୯୬୫), 'କସ୍ତୁରୀମୃଗ ଓ ସବୁଜଅରଣ୍ୟ' (୧୯୬୭), 'ତଟିନୀର ତୃଷା' (୧୯୭୨), 'ସାୟାହ୍ନର ସ୍ୱର' (୧୯୭୩), 'ଅନ୍ଧକାରର ଛାଇ' (୧୯୭୬), 'କାଳାନ୍ତର' (୧୯୭୭), ଆରୋହଣ' (୧୯୭୮), 'ମଧ୍ୟାନ୍ତର' (୧୯୭୮), 'ବସ୍ତ୍ରହରଣ' (୧୯୮୦), 'ଇଷ୍ଟରଭିଉ', (୧୯୮୧), 'ଅନ୍ୟ ଅରଣ୍ୟ' (୧୯୮୨), 'ଖେଳଣା' (୧୯୮୩), 'ଦୃଶ୍ୟାନ୍ତର' (୧୯୮୪), 'ଚରିତ୍ର ହସୁଛି' (୧୯୮୬), 'ପାଟଦେଈ' (୧୯୮୭), 'ତୃତୀୟ ପାଦ' (୧୯୮୯), 'ବହ୍ନି ବଳୟ' (୧୯୯୦), 'ଜନ୍ମାନ୍ତର' (୧୯୯୧), 'ଶକୁନିର ଛକା' (୧୯୯୨), 'ଅଶ୍ରୁ ଅନଳ' (୧୯୯୨), 'ଏକାକୀ ପରାଶର' (୧୯୯୫), 'ଅଭିନେତ୍ରୀ' (୧୯୯୭), 'ପାଚେରି ସେପଟ ନଈ' (୧୯୯୯),

'ପଦ୍ମ ଘୁଞ୍ଚି ଘୁଞ୍ଚି ଯାଉଛି' (୨୦୦୦) ଇତ୍ୟାଦି। **ପୁରସ୍କାର:** 'କସ୍ତୁରୀମୃଗ ଓ ସବୁଜ ଅରଣ୍ୟ' (ଗଳ୍ପ ସଂକଳନ) ଓଡ଼ିଶା ସାହିତ୍ୟ ଏକାଡ଼େମୀ ପୁରସ୍କାର (୧୯୭୦)। 'ପାଟଦେଈ' (ଗଳ୍ପ ସଂକଳନ) ସାହିତ୍ୟ ଏକାଡ଼େମୀ ପୁରସ୍କାର - (୧୯୯୦)। 'ଅପହଞ୍ଚ ଆକାଶ' (ଗଳ୍ପ ସଂକଳନ) ଶାରଳା ପୁରସ୍କାର- (୨୦୧୦)। ଅତିବଡ଼ି ଜଗନ୍ନାଥ ଦାସ ପୁରସ୍କାର (ସାମଗ୍ରିକ କୃତି ୨୦୧୯)। ପଦ୍ମଶ୍ରୀ- (୨୦୨୦)।

- **ବିଭୂତି ପଟ୍ଟନାୟକ (୨୫ ଅକ୍ଟୋବର ୧୯୩୭- ଜିରା, ଜଗତସିଂହପୁର)-** ସମଗ୍ର ଓଡ଼ିଆ ସାହିତ୍ୟର ଇତିହାସରେ ଅନ୍ୟତମ ଶ୍ରେଷ୍ଠ ଲୋକପ୍ରିୟ ସାହିତ୍ୟିକ ହେଉଛନ୍ତି ବିଭୂତି ପଟ୍ଟନାୟକ । ତାଙ୍କ ଗଳ୍ପର ମୁଖ୍ୟ ପାଠକ ଯୁବବର୍ଗ । ମୁଖ୍ୟତଃ ପ୍ରେମଜନିତ ବିଭିନ୍ନ ସମସ୍ୟାକୁ କେନ୍ଦ୍ରକରି ପଟ୍ଟନାୟକଙ୍କ ଗଳ୍ପ ଆରମ୍ଭ ଓ ଶେଷ। ପ୍ରେମିଳ ଓ ମନଛୁଆଁ ଭାଷାଶୈଳୀ ମାଧ୍ୟମରେ ସେ ମଣିଷର ସୂକ୍ଷ୍ମ ମାନବିକ ବିଶ୍ଳେଷଣ କରିବସନ୍ତି। ତାଙ୍କ **ଗଳ୍ପ ସଂକଳନ** ମଧ୍ୟରେ- 'ମନ-ନିର୍ଜନ', 'କେତେ ଯେ ବସନ୍ତ ସତେ', 'ନୀଳ ଆଖିର ନଦୀ', 'ଅନ୍ୟ ଏକ ଭାରତବର୍ଷ', 'ଅନେକ ତାରାର ରାତ୍ରି', 'ନିର୍ବାଚିତ ଗଳ୍ପ', 'ସ୍ମୃତିର ସୁଦେଷ୍ଣା', ' ସମୟର ଶୋକ', 'ଭଲଝିଅ ଖରାପ ଝିଅ', 'ମନ ଭଲନାହିଁ', 'ଆଖି ବୁଜିଦେଲେ ସତ୍ୟଯୁଗ', 'ରାଜକନ୍ୟାର ଦୁଃଖ', 'ଦେବକୀର କାରାବାସ', 'ଊଣେଇଶିଶହ ପଞ୍ଚାବନ', 'ରାଜକନ୍ୟାର ଦୁଃଖ', 'ନିମ୍ନଗାମୀ ମନ', 'ଗ୍ରହଣ', 'ଅଦିନବର୍ଷା', 'ପ୍ରେମଗଳ୍ପ', 'ସୂର୍ଯ୍ୟମୁଖୀ', 'ଲଳିତା ଲବଙ୍ଗଲତା', 'କଳିକାଳ', 'ଜୀବନର ଜଟିଳତା', 'କିଛି ଜ୍ୟୋସ୍ନା କିଛି ଅନ୍ଧକାର', 'ଈର୍ଷାର ଈଶ୍ୱରୀ', 'ଅଳକାର ପ୍ରେମିକ', 'ନିଷିଦ୍ଧ ପଲ୍ଲୀର ନାୟିକା', 'ଜଗନ୍ନାଥର ଜମିବାଡ଼ି', 'ମଧ୍ୟାହ୍ନରେ ଅନ୍ଧକାର', 'ମହିଷାସୁରର ମୁହଁ' ଇତ୍ୟାଦି। **ପୁରସ୍କାର :** 'ଅଶ୍ୱମେଧର ଘୋଡ଼ା' (ଉପନ୍ୟାସ) ଓଡ଼ିଶା ସାହିତ୍ୟ ଏକାଡ଼େମୀ ପୁରସ୍କାର (୧୯୮୫)। 'ମହିଷାସୁର ମୁହଁ' (ଗଳ୍ପ ସଂକଳନ) ସାହିତ୍ୟ ଏକାଡ଼େମୀ ପୁରସ୍କାର (୨୦୧୫)। ଶାରଳା ପୁରସ୍କାର (ସାମଗ୍ରିକ କୃତି, ୧୯୯୯), ଅତିବଡ଼ି ଜଗନ୍ନାଥ ଦାସ ପୁରସ୍କାର (ସାମଗ୍ରିକ କୃତି, ୨୦୧୬)।

- **ଉମାଶଙ୍କର ମିଶ୍ର- (୨୧ ଡିସେମ୍ବର ୧୯୭୨- ୨ ନଭେମ୍ବର ୨୦୧୨, ରାମଚନ୍ଦ୍ରପୁର, ନୟାଗଡ଼)-** ଯଦି କୌଣସି ପାଠକ ଗଳ୍ପରେ ପ୍ରତ୍ୟେକଟି ଉପାଦାନକୁ ମାପଚୁପ ହିସାବରେ ଚାହେଁ, ତେବେ ସେ ଉମାଶଙ୍କର ମିଶ୍ରଙ୍କ ଗଳ୍ପକୁ ପାଠ କରିବା ଉଚିତ । ଏ ଦୃଷ୍ଟିରୁ ମିଶ୍ରଙ୍କ ଗଳ୍ପ ପାଠକକୁ ନିରାଶ କରିବନାହିଁ। ସବୁ କିଛିର ସମତୁଲ ଉପଯୋଗ, ଅନୁଭୂତିକୁ ନେଇ ସେ ନିଜର ଗଳ୍ପରେ ବର୍ଣ୍ଣିଥାନ୍ତି। ଶବ୍ଦ ସଂଯୋଜନା, କଥନଶୈଳୀ, କାହାଣୀ ନିର୍ବାଚନ ଓ ପରିବେଷଣ ଦୃଷ୍ଟିରୁ ସବୁଥିରେ ତାଂକ ଗଳ୍ପଗୁଡ଼ିକ

ସୁସଂଯୋଜିତ ଓ ପରିପୁଷ୍ଟ ମନେ ହୋଇଥାଏ। ତାଂକ ରଚିତ **ଗଳ୍ପ**ପୁସ୍ତକ - 'ଉମାଶଙ୍କର ମିଶ୍ରଙ୍କ କାହାଣୀ ସ୍ତବକ' (୧୯୮୦), 'ଶ୍ୱେତ ଅନୃତ' (୧୯୮୧), 'ତ୍ରିଶଙ୍କୁ' (୧୯୮୨), 'ବୋହୂ ବୋହୂକା' (୧୯୮୭), 'ମୋକ୍ଷଚକ୍ର', 'କାନ୍ତ ବିନା', 'ପ୍ରବାଦ ସୁନ୍ଦରୀ', 'ନୂଆ ଶତାବ୍ଦୀର ଫଗୁଣ' (୧୯୮୮), 'ବିଚକ୍ଷଣାରେ', 'ଶୂନ୍ୟବାଣୀ', 'ଆକାଶ ନାବିକ', 'ଓଲଟ ବୃକ୍ଷ, 'ଅସରନ୍ତି ସ୍ୱପ୍ନ', ନିର୍ବାଚିତ ଗଳ୍ପ ଇତ୍ୟାଦି। **ପୁରସ୍କାର** : 'ବୋହୂ ବୋହୂକା' (ଗଳ୍ପ ସଂକଳନ) ଓଡ଼ିଶା ସାହିତ୍ୟ ଏକାଡେମୀ ପୁରସ୍କାର (୧୯୮୭)।

- **ବିଜୟ ପ୍ରସାଦ ମହାପାତ୍ର- (୧ ଅଗଷ୍ଟ ୧୯୩୮- ୧୨ ଡିସେମ୍ବର, ୨୦୧୩, ବାସେଲୀ ସାହି, ପୁରୀ)**- ୧୯୮୦ ପରବର୍ତ୍ତୀ ନୂତନ ଓଡ଼ିଆ ଗଳ୍ପଧାରାର ଅନ୍ୟ ଜଣେ ଶ୍ରେଷ୍ଠବିଦ୍ଧାଣୀ ହେଉଛନ୍ତି ବିଜୟ ପ୍ରସାଦ ମହାପାତ୍ର। ସେ ଯେକୌଣସି ବିଷୟକୁ ନେଇ ସୁନ୍ଦର ଗଳ୍ପ ଲେଖିପାରନ୍ତି ଏବଂ ତାକୁ ଚମତ୍କାର ଢଙ୍ଗରେ ନିଜଶୈଳୀ ଓ ପରିବେଷଣ ମାଧ୍ୟମରେ ଆୟତ୍ତକୁ ଆଣି ତାରି ମାଧ୍ୟମରେ ପାଠକକୁ କାବୁ କରିବସନ୍ତି। ଏହାରି ମଧ୍ୟ ଦେଇ ବିଚରାପାଠକ ଆଚମ୍ବିତ ଓ ତଟସ୍ଥ ହେବା ସହିତ ଗାଳ୍ପିକଙ୍କ ସହ ଗଳ୍ପରେ ଆତ୍ମସ୍ଥ ହୁଏ। ଓଡ଼ିଆ ସାହିତ୍ୟକୁ ଅର୍ପିତ **ଗଳ୍ପ** ପୁସ୍ତକସମୂହ- 'ପ୍ରେମଗଳ୍ପ' (୧୯୮୮), 'ପୁରୀର ଗଳ୍ପ' (୧୯୯୨), 'କଣ୍ଢେଇଙ୍କ ଗଳ୍ପ' (୧୯୯୨), 'ଅନ୍ୟସ୍ରୋତର ଗଳ୍ପ' (୧୯୯୨), 'କଳାପାନ ଗୋଲାପର ଗଳ୍ପ', 'ଅଦିନିଆ ଗଳ୍ପ', 'ମୃଗତୃଷ୍ଣାର ଗଳ୍ପ', 'ଗୋଲାପ ବଗିଚାର ଗଳ୍ପ' (୨୦୦୧) ଇତ୍ୟାଦି। **ପୁରସ୍କାର** - 'ଅନ୍ୟସ୍ରୋତର ଗଳ୍ପ' (ଗଳ୍ପ ସୁସ୍ତକ) ଓଡ଼ିଶା ସାହିତ୍ୟ ଏକାଡ଼େମୀ ପୁରସ୍କାର (୧୯୯୮)।

- **ଦେବ୍ରାଜ ଲେଙ୍କା (୨୩ ମେ ୧୯୩୯- କୁଶପଙ୍ଗୀ, କଟକ)**- ଶ୍ରୀ ଲେଙ୍କା ନିଜର ନୂତନ ଶୈଳୀର ଭାଷା, କଥାବସ୍ତୁର ପରିକଳ୍ପନା ଓ ପରିବେଷଣ ପାଇଁ ଖୁବ୍ ପରିଚିତ । ବହୁ ପରିଚିତ କିନ୍ତୁ ଅପ୍ରଚଳିତ ଭାଷାକୁ ବ୍ୟବହାର କରି ସେ ଖେଳିବସନ୍ତି ଶବ୍ଦ ଓ ଅର୍ଥର ଲୁଚକାଳି ଖେଳ। ଏଇ ନୁଖୁରୀ ଜୀବନର ନୁଖୁରା କାହାଣୀକୁ ନେଇ ସେ ଗଢ଼ିବସନ୍ତି ସାହିତ୍ୟର ସାମ୍ରାଜ୍ୟ, ଯେଉଁଥିରେ ନିଜ ପାଇଁ ଥାଏ ସୁବିସ୍ତୃତ ଇଲାକା। ତାଙ୍କର **ଗଳ୍ପ ସଂକଳନ** ଗୁଡ଼ିକ ହେଲା - 'ଦେବ୍ରାଜର ଅର୍କେଷ୍ଟ୍ରା' (୧୯୭୫), 'ଗୋଟିଏ ବାକ୍ସ ଗପ' (୧୯୮୦), 'ଗାଁ ଗାଁ ଆହା ଆହା' 'ଗପ ମସିହା ୨୦୦୦', ' ଅକାତକାତ ଓ ଅନ୍ୟାନ୍ୟ' (୨୦୧୭)। **ପୁରସ୍କାର :** ' ଗାଁ ଗାଁ ଆହା ଆହା', (ଗଳ୍ପ ସଂକଳନ) ଓଡ଼ିଶା ସାହିତ୍ୟ ଏକାଡ଼େମୀ ପୁରସ୍କାର (୧୯୯୪)।

- **ବରେନ୍ଦ୍ର କୃଷ୍ଣ ଧଳ (୨୫ ମାର୍ଚ୍ଚ ୧୯୪୧- ୦୯ ଅଗଷ୍ଟ ୨୦୧୬-**

ବାଙ୍କି, କଟକ)- ବରେନ୍ଦ୍ର କୃଷ୍ଣ ଧଳ ଜଣେ ପରିଚିତ ଗାଳ୍ପିକ। ତାଙ୍କର ଗଳ୍ପ ଗୁଡ଼ିକରେ ଜାଗତିକ ଜଞ୍ଜାଳ ଅପେକ୍ଷା ପ୍ରେମ ଓ ପ୍ରଣୟର ଆନ୍ତରିକତା ଅଧିକ। କ୍ରିକେଟ୍ ଖେଳ ସମ୍ପର୍କୀୟ ବିଷୟକୁ ଉପଜୀବ୍ୟ କରି ସେ ପ୍ରଥମକରି ଓଡ଼ିଆ ସାହିତ୍ୟରେ ଗଳ୍ପ ରଚନା କରିଛନ୍ତି । ଏକ ବୃତ୍ତାନ୍ତଧର୍ମୀ କାହାଣୀ ପରଷିବାକୁ ଯାଇ ସେ କଳାତ୍ମକତା ହରାଇବସନ୍ତି। ତାଙ୍କର ପ୍ରକାଶିତ **ଗଳ୍ପ ସଂକଳନ** ମଧ୍ୟରୁ 'ପାଣିଗାର', 'ଅନେଶତ ରନ୍', 'ଅବ୍ୟର୍ଥ ମୃଗୟା', 'କ୍ଳାନ୍ତ ନକ୍ଷତ୍ର', 'ଏକାକୀ ଅଭିମନ୍ୟୁ', 'ଦେହ ଦହନ', 'କଳ୍ପବଟ', 'ଛନ୍ଦପତନ', 'ଗଣତନ୍ତ୍ରର ମୁଖା ଓ ଅନ୍ୟାନ୍ୟ ଗଳ୍ପ', 'ନିର୍ବାଚିତ ଗଳ୍ପ', 'ମୁଖ୍ୟମନ୍ତ୍ରୀ', 'ବରେନ୍ଦ୍ର ଧଳଙ୍କ ନୂଆ ଗପ' ଇତ୍ୟାଦି ଅନ୍ୟତମ ।

- **ବନଜ ଦେବୀ- (୧୦ ଅଗଷ୍ଟ ୧୯୪୧- ଡେଲାଂଗ, ପୁରୀ)**- ଯେଉଁ କେତେଜଣ ଓଡ଼ିଆ ଗାଳ୍ପିକା ଓଡ଼ିଆ ଗଳ୍ପକୁ ନୂତନତ୍ୱ ଦେଇଛନ୍ତି, ସେମାନଙ୍କ ମଧ୍ୟରେ ବନଜଦେବୀ ଅନ୍ୟତମା। ଗୁଣାତ୍ମକ ଏବଂ ପରିମାଣାତ୍ମକ ଉଭୟ ଦୃଷ୍ଟିରୁ ସେ ଓଡ଼ିଆ ପାଠକଙ୍କୁ ନିରାଶ କରିନାହାନ୍ତି। ଜୀବନ ଜୀଇଁବା ହିଁ ଶ୍ରେଷ୍ଠ କଳା- ଏହା ହିଁ ତାଂକ ଗଳ୍ପର ଶ୍ରେଷ୍ଠଧର୍ମ । ନାରୀ ଏବଂ ନାରୀତ୍ୱକୁ ସେ ଅନ୍ୟ ଏକ ଭୂମିରେ ଭିନ୍ନ ରୂପରେ ଚିତ୍ରିତ କରିଥାନ୍ତି। ପ୍ରକାଶିତ **ଗଳ୍ପ ପୁସ୍ତକ**ଗୁଡ଼ିକ - 'କେତୋଟି ସବୁଜପତ୍ର' (୧୯୭୯), 'ତାରା ଫୁଟିବାର ବେଳା' (୧୯୮୭), 'ରାଗ ବେହାଗ' (୧୯୯୪), 'ବସ୍ତିସାରା ଶୋକ' (୧୯୯୫), 'ସେ ଆଉଜଣେ' (୧୯୯୬), 'ନୀଳମାଧବର ଗାଁ' (୧୯୯୮), 'ଗାୟତ୍ରୀର ପୁଅ' (୨୦୦୧), 'ଅନ୍ୟରାସ୍ତାର ଲୋକ' (୨୦୧୪), 'କାଠପୁଅ ଓ ଅନ୍ୟାନ୍ୟ ଗଳ୍ପ' (୨୦୧୬) ଇତ୍ୟାଦି। **ପୁରସ୍କାର**- 'ଗାୟତ୍ରୀର ପୁଅ' (ଗଳ୍ପ ସଂକଳନ) ଓଡ଼ିଶା ସାହିତ୍ୟ ଏକାଡେମୀ ପୁରସ୍କାର (୨୦୦୧)। କାଠପୁଅ ଓ ଅନ୍ୟାନ୍ୟ ଗଳ୍ପ (ଗଳ୍ପ ସଂକଳନ) ଶାରଳା ପୁରସ୍କାର- ୨୦୧୭।

- **ପ୍ରଭାତ ମହାପାତ୍ର (୧୬ ଫେବ୍ରୁଆରୀ ୧୯୪୨- ଶଙ୍ଖେଶ୍ୱର, ଜଗତ୍‌ସିଂହପୁର)**- ନୂତନତା ବା ପରମ୍ପରାମୁକ୍ତି ହେଉଛି ଗାଳ୍ପିକ ପ୍ରଭାତ ମହାପାତ୍ରଙ୍କ ଅନ୍ୟତମ ନାମ । ସେ ନିଜର କାହାଣୀକୁ ସ୍ୱକୀୟ ଭାଷାଶୈଳୀ ମାଧ୍ୟମରେ ପରିବେଷଣ କରି ପାଠକଙ୍କ ମର୍ମକୁ ଭେଦକରିପାରନ୍ତି, ଯେଉଁଥିରେ ନଥାଏ ଗଳ୍ପର ଚମକ ତଥାପି ଚମକାଇ ଦିଅନ୍ତି। ମହାପାତ୍ରଙ୍କ ପ୍ରକାଶିତ **ଗଳ୍ପ ସଂକଳନ**ଗୁଡ଼ିକ ହେଲା 'ଅନେକ ଅକ୍ଷାଂଶ' (୧୯୮୧), 'ଚିଠି ନିଜ ଠିକଣାରେ' (୧୯୮୧), 'ମାର୍ଫତ୍ ନିରବଧିକାଳ' (୧୯୯୪)।

- **ଗଣେଶ୍ୱର ମିଶ୍ର- (୨୮ ଅକ୍ଟୋବର ୧୯୪୨-୧୦ ଅଗଷ୍ଟ ୨୦୧୫, ପୁରୁଷୋତ୍ତମପୁର, ପୁରୀ)**- ସାହିତ୍ୟ ଯେ ଅଲଭ୍ୟ ଏବଂ ସେହି ଅଲଭ୍ୟତା ଭିତରେ

ଲବ୍‌ଧତା ଲୁଚିରହିଛି, ଏହି ରୂପଟିକୁ ସୁନ୍ଦର ଭାବରେ ଗାଳ୍ପିକ ଗଣେଶ୍ୱର ମିଶ୍ର ନିଜର ଗଳ୍ପ ମାଧ୍ୟମରେ ତୋଳିଧରନ୍ତି। ନିଜର ଗଳ୍ପ ଦ୍ୱାରା ମାନବ ଚିନ୍ତାଚେତନାକୁ ଏକ ଅନ୍ୟ ଜଗତକୁ ନେଇଯା'ନ୍ତି। ଯେଉଁଠି ପାଠକ ନିଜକୁ ଖୋଜିପାଇ ଚକିତ ଓ ଆନନ୍ଦିତ ହୋଇଉଠେ। କଳାତ୍ମକ ଦୃଷ୍ଟିରୁ ଓଡ଼ିଆ ଗଳ୍ପ ସାହିତ୍ୟରେ ଗଣେଶ୍ୱର ମିଶ୍ରଙ୍କ ସ୍ଥାନ ସ୍ୱତନ୍ତ୍ର। ତାଂକ କଲମ ନିଃସୃତ **ଗଳ୍ପ**ଗୁଚ୍ଛମାନ- 'ଅନ୍ଧାର' (୧୯୮୧), 'ମଧୁମିଶ୍ରଙ୍କ ଶବ', 'ମୃତ୍ୟୁ ପରେ ପୃଥିବୀ' (୨୦୧୨) ଇତ୍ୟାଦି।

ପ୍ରତିଭା ରାୟ (୨୧ ଜାନୁଆରୀ ୧୯୪୩- ଅଳାବୋଲ, ଜଗତସିଂହପୁର)- ପ୍ରତିଭା ରାୟ ଓଡ଼ିଶାର ଗଳ୍ପ ସାହିତ୍ୟର ଅନ୍ୟତମ ଶ୍ରେଷ୍ଠ ଗାଳ୍ପିକା। ସେ ଓଡ଼ିଆ ସାହିତ୍ୟକୁ ପରିମାଣାତ୍ମକ ଏବଂ ଗୁଣାତ୍ମକ ଦୃଷ୍ଟିରୁ ବହୁ ପରିମାଣରେ ପରିପୁଷ୍ଟ କରିଛନ୍ତି । ସାଂପ୍ରତିକ ସମାଜର ପରିବର୍ତ୍ତିତ ମୂଲ୍ୟବୋଧ, ସ୍ଥିତିଶୀଳ ମଣିଷର ନିଃସଙ୍ଗତାବୋଧ ତଥା ନାରୀର ଅସହାୟତାକୁ ସେ ନିଜ ଢଙ୍ଗରେ ପ୍ରକାଶ କରିଛନ୍ତି। ତାଙ୍କର **ଗଳ୍ପ ସଂକଳନ**ଗୁଡ଼ିକ ମଧ୍ୟରେ 'ସାମାନ୍ୟକଥନ' (୧୯୭୮), 'ଗଙ୍ଗଶିଉଳି' (୧୯୭୯), 'ଅସମାପ୍ତ' (୧୯୮୦), 'ଐକତାନ' (୧୯୮୪), 'ହାତବାକ୍‌ସ' (୧୯୮୩), 'ଅନାବନା' (୧୯୮୬), 'ଘାସ ଓ ଆକାଶ' (୧୯୮୪), 'ଚନ୍ଦ୍ରଭାଗା ଓ ଚନ୍ଦ୍ରକଳା' (୧୯୮୪), 'ଶ୍ରେଷ୍ଠଗଳ୍ପ' (୧୯୮୪), 'ଅବ୍ୟକ୍ତ' (୧୯୮୬), 'ଇତିବୃତ୍ତକ' (୧୯୮୭), 'ହରିତ୍‌ପତ୍ର' (୧୯୮୯), 'ପୃଥକ ଈଶ୍ୱର' (୧୯୯୧), ଭଗବାଁର ଦେଶ' (୧୯୯୧), 'ମନୁଷ୍ୟର ସ୍ୱର' (୧୯୯୨), 'ସ୍ୱନିର୍ବାଚିତ ଶ୍ରେଷ୍ଠଗଳ୍ପ' (୧୯୯୪), 'ଷଷ୍ଠସତୀ' (୧୯୯୬), 'ମୋକ୍ଷ' (୧୯୯୬), 'ଉଲ୍ଲଂଘନ' (୧୯୯୮), 'ନିବେଦନମିଦମ୍' (୨୦୦୦), 'ଗାନ୍ଧିଙ୍କ ଗାଁ' (୨୦୦୩), 'ଝୋଟିପକା କାନ୍ଥ'(୨୦୦୬), 'ଶୈଳଶାୟିନୀ' ଇତ୍ୟାଦି। **ପୁରସ୍କାର:** 'ଶିଳାପଦ୍ମ' (ଉପନ୍ୟାସ) ଓଡ଼ିଶା ସାହିତ୍ୟ ଏକାଡ଼େମୀ ପୁରସ୍କାର- (୧୯୮୬) । 'ଯାଜ୍ଞସେନୀ' (ଉପନ୍ୟାସ) ଶାରଳା ପୁରସ୍କାର- (୧୯୯୦) ଓ ମୂର୍ତ୍ତିଦେବୀ ପୁରସ୍କାର- (୧୯୯୧)। 'ଉଲ୍ଲଘଂନ' (ଗଳ୍ପ ସଂକଳନ) ସାହିତ୍ୟ ଏକାଡ଼େମୀ ପୁରସ୍କାର (୨୦୦୦)। ପଦ୍ମଶ୍ରୀ (୨୦୦୭)। ଜ୍ଞାନପୀଠ ପୁରସ୍କାର (୨୦୧୧)। ପଦ୍ମ ଭୂଷଣ (୨୦୨୨)।

ପୂର୍ଣ୍ଣାନନ୍ଦ ଦାନୀ- (୨୧ ଏପ୍ରିଲ୍ ୧୯୪୩- ୧୩ ସେପ୍ଟେମ୍ବର ୨୦୦୪, ମହାନ୍ତିପଡ଼ା, ସମ୍ବଲପୁର)- ନିଜର ପ୍ରଥମ ଗଳ୍ପ ସଂକଳନ ପାଇଁ ଓଡ଼ିଆ ସାହିତ୍ୟ ଏକାଡେମୀ ପୁରସ୍କାର- ଏହା ହିଁ ଗାଳ୍ପିକ ପୂର୍ଣ୍ଣାନନ୍ଦ ଦାନୀଙ୍କ ସଫଳତାର ପରିଚୟ। ଚରିତ୍ର ଚିତ୍ରଣରେ ବହୁବିଧତା ତାଂକ ଗଳ୍ପକୁ ନୂତନତା ପ୍ରଦାନ କରିଛି। ଏକ ଆକସ୍ମିକ ନାଟକୀୟତା ଭିତରେ ସେ ଚମତ୍କାରିତା ସୃଷ୍ଟି କରିବସନ୍ତି। ଯାହା ପାଠକର ତନ୍ମୟଚିତ୍ତକୁ

ସମ୍ମୋହିତ କରି ଗଳ୍ପ ଜଗତକୁ ଟାଣିନିଏ। ପୁଣି ଗଳ୍ପ ଭୂମିରୁ ଭାବମୟ ଜଗତକୁ ନେଇଆସେ। ରଚିତ **ଗଳ୍ପ** ପୁସ୍ତକଗୁଚ୍ଛ- 'ନିଶା' (୧୯୮୩), 'ବଗିଚାର ଫୁଲମାନେ', 'କାଳୀୟ ଦଳନ ଓ ଅନ୍ୟାନ୍ୟ ଗଳ୍ପ' (୧୯୮୬), 'ଦର୍ପଣରେ ନିଜମୁହଁ' (୧୯୮୯), 'ହଳଦୀକିଆରୀ' ଇତ୍ୟାଦି। **ପୁରସ୍କାର** – 'ନିଶା' (ଗଳ୍ପସଂକଳନ) ଓଡ଼ିଶା ସାହିତ୍ୟ ଏକାଡେମୀ ପୁରସ୍କାର (୧୯୮୬)।

- **ନାରୁ ମହାନ୍ତି (୧୮ ଜୁଲାଇ ୧୯୪୩- ବାଲିଆ, କେନ୍ଦ୍ରାପଡ଼ା)**- ନାରୁ ମହାନ୍ତି ଓ ଗାଳ୍ପିକ ନାରୁ ମହାନ୍ତି, ଉଭୟଙ୍କ ମନୋଭାବ ଓ ବ୍ୟକ୍ତିତ୍ୱ ସମାନ, ବେସାଲିସ୍। ଜୀବନର ବହୁବିଧ ଓ ବିଚିତ୍ର ଅନୁଭୂତି ଓ ଅନୁଭବର ରଙ୍ଗରେ ତାଙ୍କ ଗଳ୍ପ ନାୟକମାନେ ବର୍ଣ୍ଣବିଭାରେ ମଣ୍ଡିତ। ମଣିଷ ଯେକୌଣସି ସ୍ତର, ଶ୍ରେଣୀର ହେଉନା କାହିଁକି, ସର୍ବୋପରି ତା'ର ଜୟଗାନ ନାରୁ ମହାନ୍ତିଙ୍କ ଗଳ୍ପର ଲକ୍ଷ୍ୟ। ମହାନ୍ତିଙ୍କ **ଗଳ୍ପ ସଂକଳନ** ଗୁଡ଼ିକ 'ବାଟ ପାଉ ନଥିବା ଜଣେ ପ୍ରୌଢ଼ର ଦୁର୍ଦ୍ଦଶା' (୧୯୮୧), 'ଶେଷ ଲୋକର ବିବରଣୀ' (୧୯୮୩), 'ମୁଖାବଲୋକନ' (୧୯୯୦), 'ପଙ୍ଗୁର ଆତ୍ମକଥା' (୧୯୯୧), 'ଅନ୍ୟ ଗତି ନାହିଁ' (୧୯୯୭), 'ଶ୍ରୀରଙ୍ଗା ରଙ୍ଗେ ରଙ୍ଗେ' (୨୦୦୦), 'ଗୋଟିଏ ଦୁଃଖର ଅନ୍ୟ ସହଯୋଗୀ ଭୂମିକା' (୨୦୦୪), 'ଶୋଧ ଡମ୍ବରୁ' (୨୦୦୫), 'ଦଳେଇ ଆଇଲେ ମୂଳରୁ' (୨୦୦୭), 'ଯେ ଯାହାର ପରିଧିରେ ଅଥବା ନଗେନ୍' (୨୦୦୮), 'ବିଘ୍ନିତ ଆହୋରଣ' (୨୦୧୩), 'ସପ୍ତାଘର ପିଣ୍ଡା' (୨୦୧୩), 'ଅନାଗତର ଅପେକ୍ଷାରେ' (୨୦୧୭) ଆଦି ପ୍ରଧାନ। **ପୁରସ୍କାର :** 'ପୂର୍ବାପର' (ଉପନ୍ୟାସ) ଓଡ଼ିଶା ସାହିତ୍ୟ ଏକାଡ଼େମୀ ପୁରସ୍କାର (୧୯୯୯)।
- **ପ୍ରଫୁଲ୍ଲ କୁମାର ତ୍ରିପାଠୀ- (୨୫ ଅଗଷ୍ଟ ୧୯୪୫, ଭଟ୍‌ଲି, ବରଗଡ଼)**- ନିଜର ଗଳ୍ପଭୁମିକୁ ସ୍ୱତସ୍ଫୂର୍ତ୍ତ ଭାଷା ଓ ଅପ୍ରାକୃତ ଶୈଳୀ ମାଧ୍ୟମରେ ଶସ୍ୟ ଶ୍ୟାମଳା କରି ଗଢ଼ିତୋଳିବାରେ ଗାଳ୍ପିକ ପ୍ରଫୁଲ୍ଲ କୁମାର ତ୍ରିପାଠୀ ବେଶ୍ ସିଦ୍ଧହସ୍ତ। ମଣିଷ ଜୀବନର ଲୁହ,ଲହୁ, ଦୁଃଖ, ଦାରିଦ୍ର୍ୟ, ଯନ୍ତ୍ରଣା, କାତରତା ଭିତରେ ବଞ୍ଚିବାର ଯେଉଁ ଅଦମ୍ୟ ବାସନା ତାହା ତ୍ରିପାଠୀଙ୍କ ହୃଦୟସ୍ପର୍ଶୀ ଆଲେଖ୍ୟ ଦ୍ୱାରା ବେଶ୍ ଜୀବନ୍ତ। ଏହି ଜୀବନ୍ତତା କାହାଣୀଧର୍ମୀ ଅପେକ୍ଷା ବହୁମାତ୍ରାରେ ସୂଚନାଧର୍ମୀ। ରଚିତ **ଗଳ୍ପ ପୁସ୍ତକ** – 'ନିଜ ସିଂହାସନ', 'ଆୟତନ', 'ସପ୍ତାହ ଓ ଅନ୍ୟ ସାତ', 'ଜଗତ୍ ସତ୍ୟ', 'ସ୍ୱୟଂ ମୁଁ ନିଜେ', 'ମିଠାମିଛ' ଇତ୍ୟାଦି। **ପୁରସ୍କାର** – 'ନିଜ ସିଂହାସନ' (ଗଳ୍ପ ସଂକଳନ) ଓଡ଼ିଶା ସାହିତ୍ୟ ଏକାଡ଼େମୀ ପୁରସ୍କାର (୧୯୭୯)।
- **ରାଧାବିନୋଦ ନାୟକ- (୩ ଜାନୁଆରୀ ୧୯୪୫, କାଶିମପୁର, ଭଦ୍ରକ)**- ରାଧାବିନୋଦ ନାୟକଙ୍କ ଗଳ୍ପ ନିବିଡ଼ ଅନୁଭବର ରସଘନ ପରିପ୍ରକାଶ। ସାମାଜିକ

ମଣିଷର ସୁଖ ଦୁଃଖ ତେଣୁ ତାଂକ ଗଳ୍ପର ଭାବବସ୍ତୁ ଏବଂ କଥାବସ୍ତୁ ମଧ୍ୟ। ନିଜ ଢଙ୍ଗରେ ଜୀବନକୁ ଜୀଇଁବା ଏବଂ ବିତେଇବାର ପ୍ରବଳ ଆଗ୍ରହ ରଖନ୍ତି ନାୟକଙ୍କ ଗଳ୍ପର ଚରିତ୍ରମାନେ। **ଗଳ୍ପଗ୍ରନ୍ଥ** ସମୂହ - 'ପରାଣ ପିତୁଳା କାନ୍ଦୁଚି' (୧୯୭୨), 'ଅନୁଚ୍ଚାରିତ' (୧୯୭୮) 'ଅପେକ୍ଷାର ଦିନରାତି' (୧୯୭୯), 'ମିଛମଣିଷ' (୧୯୮୧), 'ପ୍ରତିନାୟକ' (୧୯୮୧), 'ଏକା ଏକା ବନବାସ' (୨୦୦୦), 'ମାଉଣ୍ଟବ୍ୟାଟେନ୍‌ଙ୍କ ଷ୍ଟିକ୍' (୨୦୧୧), 'କଥା ବିନୋଦ'- ୧ମ ଓ ୨ୟ ଭାଗ (୨୦୦୮ ଓ ୨୦୧୫)। ପୁରସ୍କାର - 'ରକ୍ତନଦୀ' (ନାଟକ) ଓଡ଼ିଶା ସଂଗୀତ ନାଟକ ଏକାଡ଼େମୀ ପୁରସ୍କାର (୧୯୮୧)।

- **ନୃସିଂହ ତ୍ରିପାଠୀ- (୧୮ ମାର୍ଚ୍ଚ ୧୯୪୫- ଢେଙ୍କାନାଳ)** -୧୯୮୦ ପରବର୍ତ୍ତୀ ଗଳ୍ପ ଜଗଜରେ ବହୁ ପ୍ରତିଶ୍ରୁତି ଓ ସମ୍ଭାବନା ବହନକରେ ଗାଳ୍ପିକ ନୃସିଂହ ତ୍ରିପାଠୀଙ୍କ ଗଳ୍ପ। କାବ୍ୟିକତାର ନିର୍ଝରିଣୀ କୁଳୁକୁଳୁ ସ୍ୱର ତାଂକ ଗଳ୍ପରେ ନିନାଦିତ। ପୁଣି ବହୁ ଜୀବନର ଅନୁଭୂତି, ଅଭିଜ୍ଞତା, ଦାର୍ଶନିକ ଚିନ୍ତାଚେତନା, ଆବେଗ, ଭାବପ୍ରବଣତା ଓ ଜୀବନ ପ୍ରତି ଜୀଇଁବାର ଦୃଷ୍ଟି ଆଦି ବ୍ୟାପକ ରୂପ ନେଇ ପ୍ରକାଶ ପାଏ ତାଙ୍କ ଗଳ୍ପସମୂହ। **ଗଳ୍ପ** କୃତିମାନ- 'ମନୋନିବେଶ' (୧୯୯୪), 'ଲାବଣ୍ୟବତୀ' (୨୦୦୧), 'ଶବଯାତ୍ରା' (୨୦୧୪), 'ସ୍ୱପ୍ନସମାଧି' (୨୦୧୪) ଇତ୍ୟାଦି। **ପୁରସ୍କାର** - 'ଋରୁଚନ୍ଦ୍ରଲେଖା' (ଅନୁବାଦ ପୁସ୍ତକ) ସାହିତ୍ୟ ଏକାଡେମୀ ପୁରସ୍କାର (୨୦୦୨)।
- **ରାମଚନ୍ଦ୍ର ବେହେରା (୨ ନଭେମ୍ବର ୧୯୪୫, ବାରହାଟିପୁରା, କେନ୍ଦୁଝର)-** ଓଡ଼ିଆ ଗଳ୍ପ ସାହିତ୍ୟର ଉତ୍ତର ସତୁରୀ କାଳର ଜଣେ ପ୍ରମୁଖ ଗାଳ୍ପିକ ହେଉଛନ୍ତି ରାମଚନ୍ଦ୍ର ବେହେରା। ସେ ନିଜର ପ୍ରତ୍ୟେକଟି ଗଳ୍ପର କଥାବସ୍ତୁକୁ ନିଜସ୍ୱ କଳାତ୍ମକତାର ନିବିଡ଼ ମାନବୀୟ ଆବେଗରେ ଗଢ଼ିତୋଳନ୍ତି, ଯେଉଁଠୁ ଗାଳ୍ପିକ ରାମଚନ୍ଦ୍ର ବେହେରା ଖସିଆସନ୍ତି ସତ; କିନ୍ତୁ ଦରଦୀ ମାନବବାଦୀ ରାମଚନ୍ଦ୍ର ବେହେରା ଅଟକି ରହନ୍ତି । ତାଙ୍କର ସେହି କଥାବସ୍ତୁ ମଧ୍ୟଦେଇ ମାନବବାଦୀ ରାମଚନ୍ଦ୍ର ବେହେରାଙ୍କ ମୂଲ୍ୟବୋଧ, ଦୃଷ୍ଟିଭଙ୍ଗୀ, ସଂସ୍କାର, ଆବେଗ, ବୌଦ୍ଧିକତା ଓ ନାନ୍ଦନିକତା ପ୍ରକାଶ ପାଇଥାଏ। ଲେଖକଙ୍କ ପ୍ରକାଶିତ **ଗଳ୍ପ ସଂକଳନ** ଗୁଡ଼ିକ ହେଲା- 'ଦ୍ୱିତୀୟ ଶ୍ମଶାନ' (୧୯୭୬), 'ଅଚିହ୍ନା ପୃଥିବୀ' (୧୯୭୯), 'ଅବଶିଷ୍ଟ ଆୟୁଷ' (୧୯୮୨), 'ଓଁକାର ଧ୍ୱନି' (୧୯୮୭), 'ବଞ୍ଚିରହିବା' (୧୯୯୦), 'ଭଗ୍ନାଂଶର ସ୍ୱପ୍ନ' (୧୯୯୩), 'ମହାକାବ୍ୟର ମୁହଁ' (୧୯୯୮), 'ଫଟାକାନ୍ଥର ଗଛ' (୨୦୦୦), 'ଅସ୍ଥାୟୀ ଠିକଣା' (୨୦୦୨), 'ଗୋପପୁର' (୨୦୦୪), 'ସବୁଜିମାର ପରମାୟୁ' (୨୦୦୬)। **ପୁରସ୍କାର** : 'ଅଭିନୟର ପରିଧି' (ଉପନ୍ୟାସ) ଓଡ଼ିଆ ସାହିତ୍ୟ ଏକାଡ଼େମୀ ପୁରସ୍କାର (୧୯୯୩)।

'ଓଁକାର ଧ୍ୱନି' (ଗଳ୍ପ ସଂକଳନ) ଶାରଳା ପୁରସ୍କାର (୧୯୯୧) । 'ଗୋପପୁର' (ଗଳ୍ପ ସଂକଳନ) ସାହିତ୍ୟ ଏକାଡ଼େମୀ ପୁରସ୍କାର (୨୦୦୫)। ଅତିବଡି ଜଗନ୍ନାଥ ଦାସ ପୁରସ୍କାର (ସାମଗ୍ରିକ କୃତି, ୨୦୨୦)।

● **କହ୍ନେଇଲାଲ ଦାସ (୨୭ ଜୁନ୍ ୧୯୪୭- ୨୭ ଜୁଲାଇ, ୧୯୭୫- କମର୍ଦ୍ଧା, ବାଲେଶ୍ୱର)**- କହ୍ନେଇଲାଲ ଦାସ ନିଜର ଗଳ୍ପ ମଧ୍ୟରେ ସ୍ଥିତିବାଦୀ ଚେତନାକୁ ଓଡ଼ିଆ ପାଠକଙ୍କ ନିକଟରେ ପରିଚିତ ଓ ଲୋକପ୍ରିୟ କରାଇଛନ୍ତି। ଉଭୟ ଆଙ୍ଗିକ ଓ ଆତ୍ମିକରେ ବହୁ ପରୀକ୍ଷାନିରୀକ୍ଷା କରି ଓଡ଼ିଆ ଗଳ୍ପକୁ ଚମକପ୍ରଦ କଳାତ୍ମକତା ଓ ଅଭିନବ ପରିପାଟୀ ଦେଇଛନ୍ତି । ତାଙ୍କର **ଗଳ୍ପ ସଂକଳନ**ଗୁଡ଼ିକ ମଧ୍ୟରେ 'କହ୍ନେଇନାମା', 'ହ୍ୟାଲୋ ମୁଁ କହ୍ନେଇ କହୁଛି', 'କହ୍ନେଇ କଥାଘର' (୧୯୮୬) ଆଦି ପ୍ରଧାନ।

● **ଅର୍ଚ୍ଚନା ନାୟକ - (୧୬ ଜୁଲାଇ ୧୯୪୭- ବାଲୁଗାଁ, ଜଗତ୍‌ସିଂହପୁର)**- ସାମାଜିକ ଆବେଦନର ଏକ ଜୀବନ୍ତ ବର୍ଣ୍ଣଳଚିତ୍ର ଭାବରେ ନିଜର ଗଳ୍ପ ଭୂମିକୁ ସମୃଦ୍ଧ କରିବାରେ ଗାଳ୍ପିକା ଅର୍ଚ୍ଚନା ନାୟକ ମାହିର। ପ୍ରକାଶଭଂଗୀ ଦୃଷ୍ଟିରୁ ଗଳ୍ପରେ କଳାତ୍ମକ ଉତ୍କର୍ଷତା ପ୍ରତିପାଦିତ କରିବାରେ ସେ ସମର୍ଥ। ଚଳନ୍ତି ସମୟର ଅନ୍ୟ ଜଣେ ଶ୍ରେଷ୍ଠ ଗାଳ୍ପିକା ହେଉଛି ଅର୍ଚ୍ଚନା ନାୟକ। **ଗଳ୍ପକୃତି** ଗୁଡ଼ିକ - 'କେତେ ଦୃଶ୍ୟ' (୧୯୯୧), 'ଅନ୍ୟ ନାୟିକା' (୧୯୯୭), 'ଅରଣ୍ୟ ଅଭିସାର' (୧୯୯୫), 'କୁହୁଡ଼ି ପକ୍ଷୀ ଓ ଅନ୍ୟାନ୍ୟ ଗଳ୍ପ', 'ଶ୍ରମଣାର ପୃଥିବୀ' (୧୯୯୮), 'ଭୁଲ୍ ଠିକଣାର ଚିଠି' (୨୦୦୧), 'ସ୍ୱପ୍ନ ଗୋଧୂଳି' (୨୦୦୧), 'କାଳ୍ପନିକ ସତ୍ୟ' (୨୦୦୬), 'ଅର୍ଚ୍ଚନା ନାୟକଙ୍କ କଥା ବିଚିତ୍ରା', (୨୦୦୭), 'ସାକ୍ଷୀ ଠାକୁରାଣୀ', 'ନକ୍ଷତ୍ରର ଭାଷା', 'ହଂସପ୍ରହରୀ' ଇତ୍ୟାଦି।

● **ଉତ୍ତମ କୁମାର ପ୍ରଧାନ (୨୯ ସେପ୍ଟେମ୍ବର ୧୯୪୭- ନଭେମ୍ବର, ୨୦୧୨- କଣ୍ଟାମାଳ, କଳାହାଣ୍ଡି)**- ଗାଳ୍ପିକ ଉତ୍ତମ କୁମାର ପ୍ରଧାନ ଗଳ୍ପର କଳାତ୍ମକ ପରିବେଷଣ ଅପେକ୍ଷା କାହାଣୀକୁ ଅଧିକ ଗୁରୁତ୍ୱ ଦେଇଥାନ୍ତି। ସେଥିପାଇଁ ତାଙ୍କ ଗଳ୍ପରେ କାହାଣୀ ନାୟକ ପରି ମନେହୁଏ। କଳାହାଣ୍ଡିର ବଣ ଜଙ୍ଗଲ ଘେରା ପ୍ରାକୃତିକ ଶୋଭାରାଜି ପରି ତାଙ୍କ ଗଳ୍ପ କୃତ୍ରିମତା ଆଡ଼ମ୍ବରଠାରୁ ବହୁ ଦୂରରେ। ଏହି ନିଆରାପଣ ହିଁ ତାଙ୍କ ସଫଳତାର କାହାଣୀ କହେ। ତାଙ୍କ **ଗଳ୍ପ ସଂକଳନ** ମଧ୍ୟରେ 'ବୁଢ଼ୀଆଣି ଓ ବୃଦ୍ଧ ପ୍ରଜାପତି', 'ନଚିକେତାର ହାତ', 'କଳାହାଣ୍ଡିର କଥାକାର', 'ଡବ୍ଲୁ ଡବ୍ଲୁ ଅମରଲୋକ ଡଟ୍ କମ୍', 'ଶୂନ୍ୟପୋଥିର କାହାଣୀ' ଓ 'ବେଳାଭୂମିରେ ବାନପ୍ରସ୍ଥ' ଇତ୍ୟାଦି। **ପୁରସ୍କାର :** 'ନଚିକେତାର ହାତ' (ଗଳ୍ପ ସଂକଳନ) ଓଡ଼ିଶା ସାହିତ୍ୟ ଏକାଡ଼େମୀ ପୁରସ୍କାର (୧୯୮୮)। 'କଳାହାଣ୍ଡିର କଥାକାର' (ଗଳ୍ପ ସଂକଳନ) ଶାରଳା ପୁରସ୍କାର

- ୨୦୦୨।

ପଙ୍କଜ ପାଲ (୪ ନଭେମ୍ବର ୧୯୪୭- କାଦୁଅପଡ଼ା ଜଗତସିଂହପୁର)- ସାଂପ୍ରତିକ ଓଡ଼ିଆ ଗଳ୍ପର ଅନ୍ୟତମ କର୍ଣ୍ଣଧାର ପଙ୍କଜ ପାଲ ନିଜର ଗଳ୍ପ ମାଧ୍ୟମରେ ପରିବର୍ତ୍ତିତ ସମାଜର ଅବକ୍ଷୟ ଦୃଶ୍ୟକୁ ଖୁବ୍ ନିଆରା ଢଙ୍ଗରେ ରୂପ ଦେଇଛନ୍ତି । ରୋମାଣ୍ଟିକ୍ ବାସ୍ତବତା ପ୍ରତି ତାଙ୍କ ଗଳ୍ପ ନାୟକମାନେ ଅନୁରକ୍ତି ପ୍ରକାଶ କରିଛନ୍ତି। ତାଙ୍କର ପ୍ରକାଶିତ **ଗଳ୍ପ ସଂକଳନ**ଗୁଡ଼ିକ ହେଉଛି 'ନିଷିଦ୍ଧ ଅରଣ୍ୟ' (୧୯୮୪) , 'ଅପେକ୍ଷାକର ମୁଁ ଫେରୁଛି', 'ଇଗଲର ନଖ ଦନ୍ତ', 'ସବୁଠୁଁ ସୁନ୍ଦର ପକ୍ଷୀ' (୧୯୯୦), 'ଉତ୍ତର ପୁରୁଷ', 'ଜୀବନମୟ', 'କୂଅ ଖୋଳା ପାଇଁ ଦରଖାସ୍ତ', 'କ୍ଷତ', 'ମୁହଁସଞ୍ଜ', 'କୁଆଡ଼େ ଯିବାର ନାହିଁ' ଇତ୍ୟାଦି। **ପୁରସ୍କାର :** ଦୁର୍ଗ ପତନର ବେଳ' (ଉପନ୍ୟାସ) ଓଡ଼ିଶା ସାହିତ୍ୟ ଏକାଡ଼େମୀ ପୁରସ୍କାର (୧୯୯୧)।

ଅଧ୍ୟାପକ ବିଶ୍ୱରଂଜନ- (୧୨ ଡିସେମ୍ବର ୧୯୪୭, ତଳମାଳିସାହି, ପୁରୀ) ବର୍ତ୍ତମାନ ସମୟର ଜଣେ ପ୍ରତିଷ୍ଠିତ ଗାଳ୍ପିକ ଅଧ୍ୟାପକ ବିଶ୍ୱରଂଜନ। ଓଡ଼ିଆ କଥା ସାହିତ୍ୟକୁ ଅଦ୍ଭୁତ କଳାତ୍ମକ ପ୍ରୟୋଗରେ ସେ ପ୍ରଦାନ କରିଛନ୍ତି ନୂତନ ପରିପାଟୀ। ଗଳ୍ପ ସାହିତ୍ୟକୁ ନାଟକୀୟତାର ଅପରୂପ ସଂଯୋଜନାରେ ସେ ଦେଇଛନ୍ତି ଦ୍ୱନ୍ଦ୍ୱ, ଉତ୍କଣ୍ଠାର ଉତ୍କର୍ଷତା। ଗଳ୍ପ ସାହିତ୍ୟରେ ଶବ୍ଦର ବ୍ୟବସାୟ ଅଧ୍ୟାପକ ବିଶ୍ୱରଂଜନଙ୍କୁ ବେଶ୍ ଜଣା। **ଗଳ୍ପ ପୁସ୍ତକ**ମାନ- କାଚ କଣ୍ଢେଇ (୧୯୭୪), ଅଳ୍ପ କଥାର ଗଳ୍ପ କେତୋଟି (୧୯୮୧), 'ରେ ଆତ୍ମନ ନିଦ୍ରା ପରିହରି'ତଥାପି ଆଲୋକ' (୧୯୮୧), 'ରାତିପାହିଲେ ପୁରୀ' (୧୯୯୦), 'ଅନନ୍ତ ଶୟନ' (୧୯୯୯), 'ଛବିବହି'(୧୯୯୦), 'ମଳୟ ମଞ୍ଜରୀ' (୧୯୯୬), 'ବିଶ୍ୱରଂଜନଙ୍କ ପ୍ରେମକଥା' (୨୦୦୦), 'ବିଶ୍ୱରଂଜନଙ୍କ ଅଳ୍ପକଥା' (୨୦୦୨), 'ପୁଅ'(୨୦୧୫), 'ବିଶ୍ୱରଂଜନଙ୍କ ଶ୍ରେଷ୍ଠଗଳ୍ପ' (୨୦୧୬), ବସାଘର, 'ଝେରର ଚିଠି', 'ଦୋରୋଟି', 'ବିଶ୍ୱଜରଂନଙ୍କ ନିର୍ବାଚିତ ଗଳ୍ପ', 'ଦୂର ଅରଣ୍ୟ' ଇତ୍ୟାଦି।

ଗୋଲାପମଞ୍ଜରୀ କର (ଦେବୀ)- (୧ ଜାନୁଆରୀ ୧୯୪୯- ସୁକିନ୍ଦା, ଯାଜପୁର)- ଜଣେ ମାନବବାଦୀ ଗାଳ୍ପିକା ଭାବେ ଗୋଲାପମଂଜରୀ କର ଆପଣାର ସ୍ୱତନ୍ତ୍ର ପରିଚୟ ଦିଅନ୍ତି ନିଜର ଗଳ୍ପ ମାଧ୍ୟମରେ। ତାଙ୍କ ଗଳ୍ପରେ ଜୀବନର ବିବିଧ ଅଭିଜ୍ଞତା, ବିପୁଳ ଅନୁଭୂତି ଓ ଜୀବନ ପ୍ରତି ଅସୀମ ଦରଦ ପ୍ରକଟିତ। କଥାବସ୍ତୁ ଚୟନ କିମ୍ବା ଗଳ୍ପ ଶୀର୍ଷକର ନାମକରଣ ଆଦି ବହୁ ଦିଗରୁ ଗାଳ୍ପିକା କରଙ୍କର ଶୈଳିକତା ପାଠକର ଦୃଷ୍ଟି ଆକର୍ଷଣ କରେ। **ଗଳ୍ପ** ପୁସ୍ତକ ଗୁଡ଼ିକ- 'କେବେକେବେ ଈଶ୍ୱର' (୧୯୯୮), 'ଏବଂ ଶୂନ୍ୟସେତୁ' (୨୦୦୦), 'ଛାୟାବିମ୍ବ' (୨୦୦୨), 'ପଲକେ

ସ୍ୱପ୍ନ' (୨୦୦୫), 'ଗୋଟିଏ ହତ୍ୟା ସଂପର୍କରେ' (୨୦୦୮), 'ଅହିର ଭୈରବ' (୨୦୧୫) ଇତ୍ୟାଦି।

- **ଆର୍ଯ୍ୟ ଯଜ୍ଞଦତ୍ତ(୨୫ ଡିସେମ୍ବର ୧୯୪୯, ସୟଦପୁର, ଯାଜପୁର)-** ମାନବିକ ସମ୍ବେଦନଶୀଳତା ଓ ଅସହାୟତାବୋଧ ଆର୍ଯ୍ୟ ଯଜ୍ଞଦତ୍ତଙ୍କ ଗଳ୍ପ ରଚନାର ମୁଖ୍ୟ ପୃଷ୍ଠଭୂମି । ତାଙ୍କ ଗଳ୍ପର ଚରିତ୍ର ସମଗ୍ର ମାନବ ଜାତିର ପ୍ରତିନିଧିତ୍ୱ କରେ ଏବଂ ନିଜର ଦୁଃସ୍ଥିତିକୁ ବିରୋଧ କରି ତୀବ୍ର ପ୍ରତିବାଦ କରେ । ଗାଳ୍ପିକଙ୍କ ରଚିତ **ଗଳ୍ପ ସଂକଳନ** ଗୁଡ଼ିକ ହେଲା 'ଫୁଲକୁଣ୍ଡରେ ପକ୍ଷୀଘର' (୧୯୯୩),, 'କଦମ୍ବ ଗଛର ପକ୍ଷୀ' (୧୯୯୫), 'ଲୋଟଣୀ ପାରାର ଗୀତ' (୧୯୯୫), 'ପାପୁଲିରେ ପଦ୍ମ' (୧୯୯୭), ' ଏକଲବ୍ୟର ଶର' (୧୯୯୫), 'ଗୁପ୍ତଗଂଗା' (୨୦୦୦), 'ଡେଣା ଓ ଅନ୍ୟାନ୍ୟ ଗଳ୍ପ' (୨୦୦୫), 'ବାଉଁଶ ଫୁଲ', 'ଉଡ଼ନ୍ତା ଚୌକି' ଇତ୍ୟାଦି।
- **ଗିରି ଦଣ୍ଡସେନା - (୨୯ ଡିସେମ୍ବର ୧୯୪୯- ସୁନ୍ଦରଗଡ଼ ସହର)-**

ଗାଳ୍ପିକ ଗିରି ଦଣ୍ଡସେନାଙ୍କ ଗଳ୍ପ ସମଗ୍ର ୧୯୮୦ ପରବର୍ତ୍ତୀ ମଣିଷର ପରିବର୍ତ୍ତିତ ଜୀବନର ପଟ୍ଟଭୂମିକୁ ଆଧାର କରି ଗତି କରିଛି। ପ୍ରତୀକ, ଚିତ୍ରକଳ୍ପଧର୍ମୀଭାଷା ତାଂକ ଗଳ୍ପକୁ ନିତ୍ୟ ନୂତନ କରି ଗଢ଼ିତୋଳିଛି। ଆଧୁନିକ ମଣିଷର ସଂଗୁପ୍ତ ବାସନାଗୁଡ଼ିକୁ ଖୋଲାଖୋଲି ଭାବେ ପ୍ରକାଶ କରିବାରେ ସେ ଦ୍ୱିଧାହୀନ। ତାଂକ ସ୍ରଷ୍ଟାମାନସରୁ ଝରିପଡ଼ିଥିବା **ଗଳ୍ପଗ୍ରନ୍ଥ**- 'କାଳସୂତ୍ର' (୧୯୯୩), 'ଓ ଇଣ୍ଡିଆ' (୨୦୦୩), 'ଭୂମିଗର୍ଭା' (୨୦୦୮), 'ଓଡ଼ିଶୀ ଓଡ଼ିଶୀ' (୨୦୧୦), 'ପ୍ରବାଦପୁରୁଷ' (୨୦୧୧), 'ରାସ୍ତାକଡ଼େ ଜୀବନ'(୨୦୧୨), 'ଅନାର୍ଯ୍ୟ ଦାସ' (୨୦୧୪) ଇତ୍ୟାଦି ରହିଛି।

ପ୍ରସ୍ତୁତି : କଳାଭୂଷଣ କମଳଲୋଚନ ଦାସ

BLACK EAGLE BOOKS

www.blackeaglebooks.org
info@blackeaglebooks.org

Black Eagle Books, an independent publisher, was founded as
a nonprofit organization in April, 2019. It is our mission to
connect and engage the Indian diaspora and the world at large
with the best of works of world literature published on a
collaborative platform, with special emphasis on
foregrounding Contemporary Classics and New Writing.